Tiefe Wunden

Schneewittchen muss sterben

NELE NEUHAUS

Tiefe Wunden

Schneewittchen muss sterben

2 Kriminalromane in 1 Band

Weltbild

Besuchen Sie uns im Internet:
www.weltbild.de

Genehmigte Sonderausgabe für Verlagsgruppe Weltbild GmbH,
Steinerne Furt, 86167 Augsburg
Tiefe Wunden

Schneewittchen muss sterben

Umschlaggestaltung: Jarzina kommunikationsdesign, Holzkirchen
Umschlagmotiv: mauritius images, Mittenwald (© Peter Lehner)
Gesamtherstellung: CPI – Ebner & Spiegel, Ulm
Printed in the EU
ISBN 978-3-86365-302-6

2016 2015 2014 2013
Die letzte Jahreszahl gibt die aktuelle Lizenzausgabe an.

NELE
NEUHAUS

Tiefe Wunden

Kriminalroman

Weltbild

Für Anne

Dieses Buch ist ein Roman.
Alle Charaktere und die Handlung sind von mir
frei erfunden.

Prolog

Niemand aus seiner Familie hatte seine Entscheidung, den Lebensabend in Deutschland zu verbringen, verstanden, am wenigsten er selbst. Ganz plötzlich hatte er gespürt, dass er in dem Land, das über sechzig Jahre so gut zu ihm gewesen war, nicht sterben wollte. Er sehnte sich nach der Lektüre deutscher Zeitungen, nach dem Klang der deutschen Sprache in seinen Ohren. David Goldberg hatte Deutschland nicht freiwillig verlassen, es war damals, 1945, lebensnotwendig gewesen, und er hatte das Beste aus dem Verlust seiner Heimat gemacht. Aber nun gab es nichts mehr, was ihn in Amerika hielt. Das Haus in der Nähe von Frankfurt hatte er kurz nach Sarahs Tod vor beinahe zwanzig Jahren gekauft, um nicht in anonymen Hotels übernachten zu müssen, wenn ihn seine zahlreichen geschäftlichen oder freundschaftlichen Verpflichtungen nach Deutschland führten.

Goldberg stieß einen tiefen Seufzer aus und blickte durch die großen Panoramascheiben auf die Ausläufer des Taunus, die von der untergehenden Sonne in ein goldenes Licht getaucht wurden. Er konnte sich an Sarahs Gesicht kaum mehr erinnern. Überhaupt waren die sechzig Jahre, die er in den USA gelebt hatte, oft aus seinem Gedächtnis wie weggewischt, und er hatte Mühe, sich an die Namen seiner Enkelkinder zu erinnern. Dafür war seine Erinnerung an die Zeit vor Amerika, an die er lange nicht mehr gedacht hatte, umso schärfer. Manchmal, wenn er nach einem kurzen Nickerchen aufwachte, brauchte er Minuten, um zu begreifen, wo er war. Dann betrachtete er mit Verachtung seine knotigen, zittrigen Greisenhände, die schorfige, altersfleckige Haut. Alt zu werden war keine Gnade, so ein Unsinn. Wenigstens hatte ihm das Schicksal erspart, ein sabbernder, hilfloser Pflegefall zu werden, wie so viele seiner Freunde und Weggefährten, die nicht das Glück gehabt hatten, rechtzeitig von einem Herzinfarkt dahingerafft zu werden. Er hatte eine stabile Konstitution, die seine Ärzte immer wieder erstaunte, war lange Jahre geradezu immun gegen die meisten Alterserscheinungen gewesen. Das verdankte er seiner eisernen Disziplin, mit der er jede Herausforderung im Leben gemeistert hatte. Nie hatte er sich gehen lassen, bis heute achtete er auf korrekte Kleidung und ein ordentliches Äußeres. Goldberg schauderte beim Gedanken an seinen letzten, unerfreulichen Besuch in einem Altersheim. Der Anblick der Alten, die in Bademänteln und Hausschlappen mit wirrem Haar und leerem Blick wie Geister aus einer anderen Welt durch die Gänge schlurften oder einfach sinnlos herumsaßen, hatte ihn abgestoßen. Die meisten waren jünger als er, trotzdem hätte er es sich verbeten, wenn man ihn mit ihnen in einen Topf geworfen hätte.

»Herr Goldberg?«

Er fuhr zusammen und wandte den Kopf. Die Pflegerin, deren Anwesenheit und Namen er bisweilen vergaß, stand im Türrahmen. Wie hieß sie noch gleich? Elvira, Edith … egal. Seine Familie hatte darauf bestanden, dass er nicht alleine lebte, und diese Frau für ihn organisiert. Fünf Bewerberinnen hatte Goldberg abgelehnt. Er wollte nicht mit einer Polin oder einer Asiatin unter einem Dach leben, außerdem spielte das Äußere für ihn eine Rolle. Sie hatte ihm sofort gefallen: groß, blond, energisch. Sie war Deutsche, examinierte Hauswirtschafterin und Krankenschwester. Für alle Fälle, hatte

Goldbergs Ältester Sal gesagt. Er zahlte dieser Frau sicherlich ein fürstliches Gehalt, denn sie ertrug seine Schrullen und beseitigte die Spuren seiner zunehmenden Hinfälligkeit, ohne jemals mit der Wimper zu zucken. Sie trat neben seinen Sessel und blickte ihn prüfend an. Goldberg erwiderte ihren Blick. Sie war geschminkt, der Ausschnitt ihrer Bluse ließ den Ansatz ihrer Brüste sehen, von denen er gelegentlich träumte. Wohin sie wohl ging? Ob sie einen Freund hatte, mit dem sie sich an ihrem freien Abend traf? Sie war höchstens vierzig und sehr attraktiv. Aber er würde sie nicht fragen. Er wollte keine Vertraulichkeit.

»Ist es in Ordnung, wenn ich jetzt gehe?« Ihre Stimme hatte einen leicht ungeduldigen Beiklang. »Haben Sie alles, was Sie brauchen? Ich habe Ihr Abendbrot und die Tabletten vorbereitet und …«

Goldberg schnitt ihr mit einer Handbewegung das Wort ab. Sie neigte bisweilen dazu, ihn wie ein zurückgebliebenes Kind zu behandeln.

»Gehen Sie nur«, sagte er knapp, »ich komme klar.«

»Morgen früh um halb acht bin ich wieder da.«

Daran zweifelte er nicht. Deutsche Pünktlichkeit.

»Ihren dunklen Anzug für morgen habe ich schon aufgebügelt, auch das Hemd.«

»Ja, ja. Danke.«

»Soll ich die Alarmanlage einschalten?«

»Nein, das mache ich später schon selbst. Gehen Sie nur. Viel Spaß.«

»Danke.« Das klang erstaunt. Er hatte ihr noch nie viel Spaß gewünscht. Goldberg hörte die Absätze ihrer Schuhe über den Marmorboden der Eingangshalle klappern, dann fiel die schwere Haustür ins Schloss. Die Sonne war hinter den Bergen des Taunus verschwunden, es dämmerte. Er starrte mit düsterer Miene hinaus. Da draußen machten sich

Millionen junger Menschen auf den Weg zu Verabredungen, zu unbeschwertem Vergnügen. Früher einmal hatte er zu ihnen gehört, er war ein gutaussehender Mann gewesen, wohlhabend, einflussreich, bewundert. In Elviras Alter hatte er keinen Gedanken an die Greise verschwendet, die mit schmerzenden Knochen ständig fröstelnd in ihren Sesseln saßen, um mit einer Wolldecke über arthritischen Knien dem letzten großen Ereignis in ihrem Leben entgegenzudämmern: dem Tod. Kaum zu fassen, dass es ihn nun auch erwischt hatte. Jetzt war er ein solches Fossil, ein Überbleibsel aus grauer Vorzeit, dessen Freunde, Bekannte und Weggefährten ihm längst vorausgegangen waren. Drei Menschen gab es noch auf dieser Welt, mit denen er über früher sprechen konnte, die sich an ihn erinnerten, als er noch jung und stark gewesen war.

Der Klang der Türglocke riss ihn aus seinen Gedanken. War es schon halb neun? Wahrscheinlich. Sie war immer pünktlich, genau wie diese Edith. Goldberg erhob sich mit einem unterdrückten Stöhnen aus dem Sessel. Sie hatte vor der Geburtstagsfeier morgen noch einmal dringend mit ihm sprechen wollen, unter vier Augen. Kaum zu glauben, dass sie auch schon fünfundachtzig wurde, die Kleine. Er durchquerte mit steifen Schritten Wohnzimmer und Eingangshalle, warf einen kurzen Blick in den Spiegel neben der Tür und glättete mit den Händen sein immer noch ziemlich volles weißes Haar. Auch wenn er wusste, dass sie sich mit ihm streiten würde, so freute er sich, sie zu sehen. Er freute sich immer. Sie war der wichtigste Grund, weshalb er nach Deutschland zurückgekehrt war. Mit einem Lächeln öffnete er die Haustür.

Samstag, 28. April 2007

Oliver von Bodenstein nahm den Topf mit der heißen Milch vom Herd, rührte zwei Löffel Kakaopulver hinein und füllte das dampfende Getränk in eine Kanne. So lange Cosima stillte, verzichtete sie auf ihren geliebten Kaffee, und er zeigte sich gelegentlich solidarisch. Ein heißer Kakao war auch nicht zu verachten. Sein Blick begegnete dem von Rosalie, und er grinste, als er die kritische Miene seiner neunzehnjährigen Tochter sah.

»Das sind mindestens zweitausend Kalorien«, sagte sie und rümpfte die Nase. »Wie könnt ihr nur!«

»Da siehst du mal, was man seinen Kindern zuliebe alles tut«, erwiderte er.

»Auf meinen Kaffee würde ich sicher nicht verzichten«, behauptete sie und nahm demonstrativ einen Schluck aus ihrer Tasse.

»Abwarten.« Bodenstein nahm zwei Porzellanbecher aus dem Schrank und stellte sie neben die Kakaokanne auf ein Tablett. Cosima hatte sich noch einmal hingelegt, nachdem das Baby sie bereits um fünf Uhr aus dem Bett gescheucht hatte. Ihr aller Leben hatte sich seit der Geburt von Sophia Gabriela im vergangenen Dezember komplett verändert. Der erste Schreck über die Nachricht, dass Cosima und er noch einmal Eltern werden würden, war zuerst einer glücklichen Vorfreude, dann aber einiger Besorgnis gewichen. Lorenz und Rosalie waren dreiundzwanzig und neunzehn, längst erwachsen und mit der Schule fertig. Wie würde es sein, das alles noch einmal von vorne durchzumachen? Waren er und Cosima überhaupt dazu in der Lage? Würde das Kind gesund sein? Bodensteins heimliche Sorgen hatten sich als unbegründet erwiesen. Bis zum Tag vor der Niederkunft war Cosima ihrer Arbeit nachgegangen, das positive Ergebnis einer Fruchtwasseruntersuchung hatte sich bei Sophias Geburt bestätigt: Die Kleine war kerngesund. Und jetzt, nach knapp fünf Monaten, fuhr Cosima wieder täglich in ihr Büro, das Baby im MaxiCosi immer dabei. Eigentlich, dachte Bodenstein, war alles viel einfacher als bei Lorenz und Rosalie. Zwar waren sie damals noch jünger und robuster gewesen, aber sie hatten nur wenig Geld und eine kleine Wohnung gehabt. Außerdem hatte er gespürt, dass Cosima darunter litt, ihren heißgeliebten Beruf als Fernsehreporterin aufgeben zu müssen.

»Warum bist du eigentlich so früh auf den Beinen?«, fragte er seine ältere Tochter. »Heute ist doch Samstag.«

»Ich muss um neun im Schloss sein«, entgegnete Rosalie. »Wir haben heute eine Riesenveranstaltung. Champagnerempfang und danach Sechs-Gänge-Menü für dreiundfünfzig Leute. Eine von Omas Freundinnen feiert bei uns ihren 85. Geburtstag.«

»Aha.«

Rosalie hatte sich nach ihrem bestandenen Abitur im vergangenen Sommer gegen ein Studium und stattdessen für eine Lehre als Köchin im noblen Restaurant von Bodensteins Bruder Quentin und seiner Schwägerin Marie-Louise entschieden. Zur Überraschung ihrer Eltern war Rosalie voller Begeisterung bei der Sache. Sie beklagte sich weder über unchristliche Arbeitszeiten noch über ihren strengen und cholerischen Chef. Cosima argwöhnte, dass genau dieser Chef, der temperamentvolle Sterne-Koch Jean-Yves St. Clair, der eigentliche Grund für Rosalies Entscheidung gewesen sei.

»Die haben mindestens zehnmal die Menüfolge, die Weinauswahl und die Anzahl der Gäste geändert.« Rosalie stellte ihre Kaffeetasse in die Spülmaschine. »Bin mal gespannt, ob denen noch was Neues eingefallen ist.«

Das Telefon klingelte. An einem Samstagmorgen um halb neun verhieß das erfahrungsgemäß nichts Gutes. Rosalie ging dran und kam wenig später mit dem tragbaren Telefon zurück in die Küche. »Für dich, Papa«, sagte sie, hielt ihm das Gerät entgegen und verabschiedete sich mit einem kurzen Winken. Bodenstein seufzte. Aus dem Spaziergang im Taunus und einem gemütlichen Mittagessen mit Cosima und Sophia würde wohl nichts werden. Seine Befürchtungen bestätigten sich, als er die angespannte Stimme von Kriminalkommissarin Pia Kirchhoff hörte.

»Wir haben einen Toten. Ich weiß, ich habe heute Bereitschaft, aber vielleicht sollten Sie mal kurz herkommen, Chef. Der Mann war ein hohes Tier, außerdem Amerikaner.«

Das klang stark nach einem verdorbenen Wochenende.

»Wo?«, fragte Bodenstein knapp.

»Sie haben es nicht weit. Kelkheim. Drosselweg 39a. David Goldberg. Seine Haushälterin hat ihn heute Morgen um halb acht gefunden.«

Bodenstein versprach, sich zu beeilen, dann brachte er Cosima den Kakao und verkündete ihr die schlechte Nachricht.

»Leichen am Wochenende gehören verboten«, murmelte Cosima und gähnte herzhaft. Bodenstein lächelte. Noch nie in den vierundzwanzig Jahren ihrer Ehe hatte seine Frau verärgert oder missmutig reagiert, wenn er überraschend wegmusste und damit die Pläne eines Tages ruinierte. Sie setzte sich auf und ergriff den Becher. »Danke. Wo musst du hin?«

Bodenstein nahm ein Hemd aus dem Kleiderschrank. »In

den Drosselweg. Ich könnte eigentlich zu Fuß gehen. Der Mann hieß Goldberg und war Amerikaner. Pia Kirchhoff befürchtet, dass es kompliziert werden könnte.«

»Goldberg«, überlegte Cosima und zog grüblerisch die Stirn in Falten. »Den Namen habe ich erst neulich irgendwo gehört. Aber ich weiß nicht mehr, wo.«

»Es heißt, er sei ein hohes Tier gewesen.« Bodenstein entschied sich für eine blau gemusterte Krawatte und schlüpfte in ein Jackett.

»Ah ja, ich weiß es wieder«, sagte Cosima. »Frau Schönermark vom Blumengeschäft war es! Ihr Mann liefert Goldberg jeden zweiten Tag frische Blumen. Er ist vor einem halben Jahr fest hierhergezogen, früher hat er das Haus nur gelegentlich bewohnt, wenn er zu Besuch in Deutschland war. Sie hat gesagt, sie habe gehört, er sei mal Berater von Präsident Reagan gewesen.«

»Na, dann muss er ja schon etwas älter gewesen sein.« Bodenstein beugte sich über seine Frau und küsste sie auf die Wange. Er war in Gedanken schon bei dem, was ihn erwarten würde. Wie jedes Mal, wenn er zum Fundort einer Leiche gerufen wurde, überfiel ihn diese Mischung aus Herzklopfen und Beklommenheit, die erst verschwand, wenn er die Leiche gesehen hatte.

»Ja, er war ziemlich alt.« Cosima nippte abwesend an ihrem nur noch lauwarmen Kakao. »Aber da war noch etwas …«

Außer ihm und dem Priester mit seinen beiden verschlafenen Messdienern waren nur einige alte Mütterchen, die entweder die Furcht vor dem nahenden Ende oder die Aussicht auf einen weiteren öden und einsamen Tag so früh in die Kirche getrieben hatte, zur Messe nach St. Leonhard gekommen. Sie saßen verstreut im vorderen Drittel des Kirchenschiffs auf den harten hölzernen Bänken und lauschten der leiernden Stimme des Priesters, der hin und wieder verstohlen gähnte. Marcus Nowak kniete in der hintersten Bank und starrte blicklos vor sich hin. Der Zufall hatte ihn in diese Kirche mitten in Frankfurt geführt. Hier kannte ihn niemand, und er hatte insgeheim gehofft, dass ihm der tröstlich vertraute Ablauf der heiligen Messe sein seelisches Gleichgewicht zurückgeben würde, aber dem war nicht so. Ganz im Gegenteil. Aber wie konnte er das auch erwarten, nachdem er jahrelang keine Kirche mehr betreten hatte? Es kam ihm vor, als müsste ihm jeder ansehen, was er in der vergangenen Nacht getan hatte. Das war keine jener Sünden, die man im Beichtstuhl loswerden und mit zehn Vaterunser wiedergutmachen konnte! Er war nicht würdig, hier zu sitzen und auf Gottes Vergebung zu hoffen, denn seine Reue war nicht echt. Das Blut stieg ihm ins Gesicht, und er schloss die Augen, als er daran dachte, wie sehr es ihm gefallen, wie sehr es ihn berauscht und beglückt hatte. Noch immer sah er sein Gesicht vor sich, wie er ihn angesehen hatte und schließlich vor ihm auf die Knie gegangen war. Mein Gott. Wie hatte er das nur tun können? Er legte seine Stirn auf seine gefalteten Hände und spürte, wie eine Träne über seine unrasierte Wange lief, als ihm die ganze Tragweite bewusst wurde. Nie wieder würde sein Leben so sein wie vorher. Er biss sich auf die Lippen, öffnete die Augen und betrachtete seine Hände mit einem Anflug von Abscheu. In tausend Jahren könnte er diese Schuld nicht abwaschen. Das Schlimmste jedoch war, dass er es wieder tun würde, sobald sich eine passende Gelegenheit ergeben sollte. Wenn seine Frau, seine Kinder oder seine Eltern je davon erfuhren – sie würden ihm nie verzeihen. Er stieß einen so abgrundtiefen Seufzer aus, dass sich zwei der alten Mütterchen aus den vorderen Reihen erstaunt nach ihm umsahen. Rasch senkte er den Kopf wieder auf die Hände und verfluchte seinen Glauben, der ihn zu einem Gefangenen seiner anerzogenen Moralvorstellungen machte. Aber wie er es auch drehen und wenden mochte, es gab keine Entschuldigung, solange er sein Tun nicht ehrlich bereute. Ohne Reue gab es keine Buße, kein Vergeben.

Der alte Mann kniete auf dem spiegelblanken Marmorboden in der Eingangshalle des Hauses, keine drei Meter von der Haustür entfernt. Sein Oberkörper war nach vorne gekippt, sein Kopf lag in einer Lache geronnenen Blutes. Bodenstein mochte sich nicht vorstellen, wie sein Gesicht aussah, oder das, was davon übrig war. Die tödliche Kugel war in den Hinterkopf eingetreten, das kleine dunkle Loch wirkte täuschend unscheinbar. Der Austritt der Kugel hingegen hatte beträchtlichen Schaden angerichtet. Blut und Hirnmasse waren durch den ganzen Raum gespritzt, klebten an der dezent gemusterten Seidentapete, an den Türrahmen, den Bildern und dem großen venezianischen Spiegel neben der Eingangstür.

»Hallo, Chef.« Pia Kirchhoff trat aus der Tür an der Stirnseite des Flures. Sie gehörte seit knapp zwei Jahren zum Team des K11 der Regionalen Kriminalinspektion in Hofheim. Obwohl sonst eine ausgesprochene Frühaufsteherin, sah sie an diesem Morgen ziemlich verschlafen aus. Bodenstein ahnte, weshalb, verkniff sich aber eine Bemerkung und nickte ihr zu: »Wer hat ihn gefunden?«

»Seine Haushälterin. Sie hatte gestern ihren freien Abend, kam heute Morgen gegen halb acht ins Haus.«

Die Kollegen vom Erkennungsdienst trafen ein, warfen von der Haustür aus einen kurzen Blick auf die Leiche und zogen sich draußen weiße Einwegoveralls und -überziehschuhe an.

»Herr Hauptkommissar!«, rief einer der Männer, und Bodenstein wandte sich zur Tür.

»Hier liegt ein Handy.« Der Beamte fischte mit seiner behandschuhten Rechten ein Mobiltelefon aus dem Blumenbeet neben der Haustür.

»Packen Sie es ein«, erwiderte Bodenstein. »Vielleicht haben wir Glück, und es gehört dem Täter.«

Er drehte sich um. Ein Sonnenstrahl, der durch die Haustür fiel, traf den großen Spiegel und ließ ihn für einen Moment aufleuchten. Bodenstein stutzte.

»Haben Sie das hier gesehen?«, fragte er seine Kollegin.

»Was meinen Sie?« Pia Kirchhoff kam näher. Sie hatte ihr blondes Haar zu zwei Zöpfen geflochten und nicht einmal die Augen geschminkt, ein sicheres Indiz dafür, dass sie es heute Morgen eilig gehabt hatte. Bodenstein deutete auf den Spiegel. Mitten in die Blutspritzer war eine Zahl gemalt worden. Pia kniff die Augen zusammen und betrachtete die fünf Ziffern eingehend.

»1-6-1-4-5. Was hat das zu bedeuten?«

»Ich habe keinen blassen Schimmer«, gab Bodenstein zu und ging vorsichtig, um keine Spuren zu zerstören, an der Leiche vorbei. Er betrat nicht sofort die Küche, sondern schaute in die Räume, die sich an den Eingangsbereich und den Flur anschlossen. Das Haus war ein Bungalow, aber größer, als es von außen den Anschein hatte. Die Einrichtung war altmodisch, wuchtige Möbel im Gründerzeitstil, Nussbaum und Eiche mit Schnitzereien. Im Wohnzimmer lagen verblichene Perserteppiche auf beigefarbenem Teppichboden.

»Er muss Besuch gehabt haben.« Pia wies auf den Couchtisch, auf dessen Marmorplatte zwei Weingläser und eine Rotweinflasche standen, daneben ein weißes Porzellanschälchen mit Olivensteinen. »Die Haustür war nicht beschädigt, und bei der ersten oberflächlichen Betrachtung gibt es keine Einbruchspuren. Vielleicht hat er mit seinem Mörder noch etwas getrunken.«

Bodenstein ging zu dem niedrigen Couchtisch, beugte sich

vor und kniff die Augen zusammen, um das Etikett der Weinflasche zu lesen.

»Wahnsinn.« Er streckte schon die Finger nach der Flasche aus, als ihm gerade noch rechtzeitig einfiel, dass er keine Handschuhe trug.

»Was ist?«, fragte Pia Kirchhoff. Bodenstein richtete sich auf.

»Das ist ein 1993er Château Petrus«, antwortete er mit einem ehrfürchtigen Blick auf die unscheinbare grüne Flasche mit dem in der Weinwelt so begehrten roten Schriftzug in der Mitte des Etiketts. »Diese eine Flasche kostet ungefähr so viel wie ein Kleinwagen.«

»Nicht zu fassen.«

Bodenstein wusste nicht, ob seine Kollegin damit die Verrückten meinten, die so viel Geld für eine Flasche Wein bezahlten, oder die Tatsache, dass das Mordopfer kurz vor seinem Tod – vielleicht sogar mit seinem Mörder – einen solch edlen Tropfen getrunken hatte.

»Was wissen wir über den Toten?«, fragte er, nachdem er festgestellt hatte, dass die Flasche nur zur Hälfte geleert worden war. Er empfand echtes Bedauern bei dem Gedanken daran, dass man den Rest achtlos in die Spüle gießen würde, bevor die Flasche ins Labor wanderte.

»Goldberg lebte seit Oktober letzten Jahres hier«, sagte Pia. »Er stammte aus Deutschland, hat aber über sechzig Jahre in den USA gelebt, und da muss er ein ziemlich wichtiger Mann gewesen sein. Die Haushälterin meint, seine Familie sei wohlhabend.«

»Lebte er alleine? Er war doch ziemlich alt.«

»Zweiundneunzig. Aber sehr rüstig. Die Haushälterin hat eine Wohnung im Souterrain. Sie hat zweimal in der Woche einen freien Abend, am Sabbat und an einem Abend ihrer Wahl.«

»Goldberg war Jude?« Bodensteins Blick glitt durch das Wohnzimmer und blieb wie zur Bestätigung auf einem bronzenen siebenarmigen Leuchter hängen, der auf einer Anrichte stand. Die Kerzen der Menora waren noch nicht angezündet worden. Sie betraten die Küche, die im Vergleich zum Rest des Hauses hell und modern war.

»Das ist Eva Ströbel«, stellte Pia ihrem Chef die Frau vor, die am Küchentisch saß und sich nun erhob. »Die Haushälterin von Herrn Goldberg.«

Sie war groß, musste trotz flacher Absätze kaum den Kopf heben, um Bodenstein in die Augen sehen zu können. Er reichte ihr die Hand und musterte das blasse Gesicht der Frau. Der Schreck war ihr deutlich anzusehen. Eva Ströbel erzählte, sie sei vor sieben Monaten von Sal Goldberg, dem Sohn des Ermordeten, als Haushälterin für seinen Vater eingestellt worden. Seitdem wohne sie in der Souterrainwohnung und kümmere sich um den alten Herrn und den Haushalt. Goldberg sei noch sehr selbständig gewesen, geistig rege und überaus diszipliniert. Er habe großen Wert auf einen geregelten Tagesablauf und drei Mahlzeiten am Tag gelegt, das Haus habe er nur selten verlassen. Ihr Verhältnis zu Goldberg sei distanziert, aber gut gewesen.

»Hatte er häufig Besuch?«, wollte Pia wissen.

»Nicht häufig, aber gelegentlich«, erwiderte Eva Ströbel. »Einmal im Monat kommt sein Sohn aus Amerika und bleibt für zwei oder drei Tage. Außerdem hatte er hin und wieder Besuch von Bekannten, aber meistens abends. Namen kann ich Ihnen keine nennen, er hat mir seine Gäste nie vorgestellt.«

»Erwartete er gestern Abend auch Besuch? Im Wohnzimmer auf dem Tisch stehen zwei Gläser und eine Flasche Rotwein.«

»Dann muss jemand da gewesen sein«, sagte die Haushälterin. »Ich habe keinen Wein eingekauft, und es ist auch keiner im Haus.«

»Konnten Sie feststellen, ob irgendetwas fehlt?«

»Ich habe noch nicht nachgesehen. Als ich ins Haus kam und ... und Herrn Goldberg da liegen sah, habe ich die Polizei angerufen und vor der Tür gewartet.« Sie machte eine unbestimmte Handbewegung. »Ich meine, da war das Blut, überall. Da war mir klar, dass ich nichts mehr hätte tun können.«

»Sie haben ganz richtig gehandelt.« Bodenstein lächelte sie freundlich an. »Machen Sie sich deswegen keine Gedanken. Wann haben Sie gestern Abend das Haus verlassen?«

»Gegen acht. Ich habe noch das Abendessen und seine Tabletten vorbereitet.«

»Wann waren Sie wieder zurück?«, erkundigte Pia sich.

»Heute Morgen um kurz vor sieben. Herr Goldberg legte Wert auf Pünktlichkeit.«

Bodenstein nickte. Dann erinnerte er sich an die Ziffern auf dem Spiegelglas.

»Sagt Ihnen die Zahl 16145 etwas?«, erkundigte er sich. Die Haushälterin blickte ihn erstaunt an und schüttelte den Kopf.

In der Halle wurden Stimmen laut. Bodenstein wandte sich zur Tür und stellte fest, dass Dr. Henning Kirchhoff – der stellvertretende Leiter des Zentrums für Rechtsmedizin in Frankfurt und Exmann seiner Kollegin – höchstselbst gekommen war. Früher, während seiner Zeit beim K11 in Frankfurt, hatte Bodenstein oft und gerne mit Kirchhoff zusammengearbeitet. Der Mann war eine Koryphäe in seinem Beruf, ein brillanter Wissenschaftler mit einer an Besessenheit grenzenden Arbeitseinstellung, außerdem einer der wenigen Spezialisten für forensische Anthropologie in Deutschland. Wenn sich herausstellte, dass Goldberg in seinem Leben tatsächlich eine wichtige Persönlichkeit gewesen war, würde das öffentliche und politische Interesse den Druck auf das K11 erheblich erhöhen. Umso besser, wenn ein anerkannter Spezialist wie Kirchhoff Leichenschau und Obduktion vornahm. Denn auf dieser würde Bodenstein bestehen, ganz gleich, wie offensichtlich die Todesursache auch sein mochte.

»Hallo, Henning«, hörte Bodenstein die Stimme von Pia Kirchhoff hinter sich. »Danke, dass du gleich selbst gekommen bist.«

»Dein Wunsch war mir Befehl.« Kirchhoff ging neben der Leiche Goldbergs in die Hocke und betrachtete sie prüfend. »Da hat der alte Knabe den Krieg und Auschwitz überlebt, um in seinem eigenen Haus hingerichtet zu werden. Unglaublich.«

»Kanntest du ihn?« Pia schien überrascht.

»Nicht persönlich.« Kirchhoff blickte auf. »Aber er war in Frankfurt nicht nur bei der Jüdischen Gemeinde hoch geschätzt. Wenn ich mich richtig erinnere, war er ein wichtiger Mann in Washington und über Jahrzehnte Berater des Weißen Hauses, sogar Mitglied des Nationalen Sicherheitsrates. Er hatte mit der Rüstungsindustrie zu tun. Außerdem hat er viel für die Aussöhnung zwischen Deutschland und Israel getan.«

»Woher weißt du das?«, hörte Bodenstein seine Kollegin misstrauisch fragen. »Hast du etwa eben noch schnell seinen Namen gegoogelt, um bei uns Eindruck zu schinden?«

Kirchhoff erhob sich und warf ihr einen gekränkten Blick zu.

»Nein. Das habe ich irgendwo gelesen und abgespeichert.«

Das ließ Pia Kirchhoff gelten. Ihr geschiedener Mann hatte ein fotografisches Gedächtnis und war überdurchschnittlich intelligent. In zwischenmenschlicher Hinsicht hingegen besaß er einige eklatante Schwächen, er war ein Zyniker und Misanthrop.

Der Rechtsmediziner trat zur Seite, damit der Beamte vom Erkennungsdienst die notwendigen Tatortfotos schießen konnte. Pia machte ihn auf die Zahl auf dem Spiegel aufmerksam.

»Hm.« Kirchhoff betrachtete die fünf Ziffern aus nächster Nähe.

»Was könnte das wohl bedeuten?«, fragte Pia. »Das muss der Mörder geschrieben haben, oder?«

»Ist anzunehmen«, bestätigte Kirchhoff. »Jemand hat sie in das Blut gezeichnet, als es noch frisch war. Aber was sie bedeuten – keine Ahnung. Ihr solltet den Spiegel mitnehmen und untersuchen lassen.«

Er wandte sich wieder der Leiche zu. »Ach ja, Bodenstein«, sagte er leichthin. »Ich vermisse Ihre Frage nach dem Todeszeitpunkt.«

»Üblicherweise frage ich frühestens nach zehn Minuten«, entgegnete Bodenstein trocken. »Für einen Hellseher halte ich Sie bei aller Wertschätzung dann doch nicht.«

»Ich würde ganz unverbindlich behaupten, dass der Tod um zwanzig nach elf eingetreten ist.«

Bodenstein und Pia blickten ihn verblüfft an.

»Das Glas seiner Armbanduhr ist gesplittert«, Kirchhoff deutete auf das linke Handgelenk des Toten, »und die Uhr ist stehengeblieben. Tja, es wird wohl hohe Wellen schlagen, wenn bekannt wird, dass Goldberg erschossen wurde.«

Das fand Bodenstein noch ziemlich zurückhaltend ausgedrückt. Die Aussicht, dass eine Antisemitismusdiskussion die Ermittlungen in den Fokus des öffentlichen Interesses rücken könnte, behagte ihm überhaupt nicht.

Die Momente, in denen sich Thomas Ritter vorkam wie ein Schwein, gingen immer schnell vorbei. Der Zweck heiligte schließlich die Mittel. Nach wie vor glaubte Marleen an einen puren Zufall, der ihn an jenem Novembertag in das Bistro in der Goethepassage geführt hatte, wo sie immer zu Mittag aß. Das zweite Mal waren sie sich »zufällig« vor der Praxis des Physiotherapeuten an der Eschersheimer Landstraße begegnet, bei dem sie immer donnerstags um 19:30 Uhr trainierte, um das Handicap ihrer Behinderung auszugleichen. Eigentlich hatte er sich auf eine lange Zeit des Werbens eingestellt, aber es war erstaunlich schnell gegangen. Er hatte Marleen zum Abendessen in Erno's Bistro eingeladen, obwohl das seine finanziellen Möglichkeiten weit überstiegen und den großzügigen Vorschuss des Verlags beängstigend verringert hatte. Behutsam hatte er erkundet, inwieweit sie über seine momentane Situation Bescheid wusste. Zu seiner Erleichterung war sie vollkommen ahnungslos und freute sich nur, einen alten Bekannten wieder getroffen zu haben. Sie war schon immer eine Einzelgängerin gewesen; der Verlust ihres Unterschenkels und die Prothese hatten sie noch zurückhaltender werden lassen. Nach dem Champagner hatte er einen sensationellen 1994 Pomerol Château L'Eglise Clinet bestellt, der ungefähr das kostete, was er seinem Vermieter schuldete. Geschickt hatte er sie dazu gebracht, von sich zu erzählen. Frauen redeten gerne über sich, so auch die einsame Marleen. Er erfuhr von ihrem Job als Archivarin bei einer deutschen Großbank und von ihrer maßlosen Enttäuschung, als sie herausgefunden hatte, dass ihr Ehemann während ihrer Ehe mit seiner Geliebten zwei Kinder gezeugt hatte. Nach zwei weiteren Gläsern Rotwein hatte Marleen jede Zurückhaltung verloren. Hätte sie geahnt, wie viel ihm ihre Körpersprache verriet, so hätte sie sich ganz sicher geschämt. Sie war ausgehungert nach Liebe, nach Aufmerksamkeit und Zärtlichkeit, und spätestens beim Dessert, das sie kaum anrührte, hatte er gewusst, dass er sie noch am selben Abend ins Bett kriegen würde. Geduldig hatte er darauf gewartet, dass sie den Anfang machen würde. Und tatsächlich, eine Stunde später war es so weit gewesen. Ihr atemlos geflüstertes Geständnis, sie habe sich schon vor fünfzehn Jahren in ihn verliebt, hatte ihn nicht überrascht. In der Zeit, in der er im Hause Kaltensee ein und aus gegangen war, hatte er sie, die Lieblingsenkelin ihrer Großmutter, oft genug gesehen und ihr die Komplimente gemacht, die sie von keinem anderen zu hören bekam. Damit hatte er schon damals ihr Herz erobert, als ob er geahnt hätte, dass er es eines Tages brauchen würde. Der Anblick ihrer Wohnung – geschmackvoll eingerichtete hundertfünfzig Quadratmeter Stilaltbau mit Stuckdecken und Parkettfußboden im vornehmen Frankfurter Westend – hatte ihm schmerzlich vor Augen geführt, was er durch die Ächtung der Familie Kaltensee verloren hatte. Er hatte sich geschworen, sich alles zurückzuholen, was sie ihm genommen hatten, und noch viel mehr dazu.

Das war nun ein halbes Jahr her.

Thomas Ritter hatte seine Rache mit Weitsicht und viel Geduld geplant, jetzt ging die Saat auf. Er drehte sich auf den Rücken und streckte träge seine Glieder. Im benachbarten Badezimmer rauschte schon zum dritten Mal hintereinander die Klospülung. Marleen litt unter heftiger Morgenübelkeit, aber für den Rest des Tages fühlte sie sich wohl, so dass ihre Schwangerschaft bisher niemandem aufgefallen war.

»Geht es dir gut, Liebling?«, rief er und unterdrückte ein zufriedenes Grinsen. Für eine Frau mit ihrem scharfen Verstand hatte sie sich überraschend leicht reinlegen lassen. Sie ahnte nicht, dass er gleich nach der ersten Liebesnacht ihre Pille durch wirkungslose Placebos ersetzt hatte. Als er an einem Abend vor etwa drei Monaten nach Hause gekommen war, hatte sie in der Küche gesessen, verheult und hässlich, vor sich auf dem Tisch der positive Schwangerschaftstest. Es war wie ein Sechser im Lotto mit Zusatzzahl. Allein die

Vorstellung, wie *sie* toben würde, wenn *sie* herausfand, dass ausgerechnet *er* ihre geliebte Kronprinzessin geschwängert hatte, war für ihn das reinste Aphrodisiakum gewesen. Er hatte Marleen in die Arme genommen, zuerst ein wenig konsterniert, dann aber hellauf begeistert getan und sie schließlich auf dem Küchentisch gevögelt.

Marleen kehrte aus dem Bad zurück, blass, aber lächelnd. Sie kroch zu ihm unter die Bettdecke und schmiegte sich an ihn. Obwohl ihm der Geruch von Erbrochenem in die Nase stieg, zog er sie enger an sich. »Bist du dir sicher, dass du das tun willst?«

»Aber natürlich«, antwortete sie ernsthaft. »Wenn es dir nichts ausmacht, eine Kaltensee zu heiraten.«

Offenbar hatte sie tatsächlich mit niemandem aus ihrer Familie über ihn und ihren Zustand gesprochen. So ein braves Mädchen! Übermorgen, am Montag, um Viertel vor zehn hatten sie einen Termin beim Standesamt im Römer, und spätestens um zehn gehörte er offiziell zu der Familie, die er aus ganzem Herzen hasste. Oh, wie er sich darauf freute, *ihr* als Marleens angetrauter Ehemann gegenüberzutreten! Er spürte, wie er bei seiner Lieblingsphantasie unwillkürlich eine Erektion bekam. Marleen bemerkte es und kicherte.

»Wir müssen uns beeilen«, flüsterte sie. »In spätestens einer Stunde muss ich bei Omi sein und mit ihr …«

Er verschloss ihren Mund mit einem Kuss. Zum Teufel mit Omi! Bald, bald, bald war es so weit, der Tag der Rache war zum Greifen nahe! Aber sie würden es erst dann offiziell verkünden, wenn Marleen einen ordentlich dicken Bauch hatte.

»Ich liebe dich«, flüsterte er ohne den Hauch eines schlechten Gewissens. »Ich bin verrückt nach dir.«

Dr. Vera Kaltensee saß, eingerahmt von ihren Söhnen Elard und Siegbert, auf dem Ehrenplatz in der Mitte der prächtig gedeckten Tafel im großen Saal von Schloss Bodenstein und wünschte, dieser Geburtstag wäre endlich vorüber. Selbstverständlich war die gesamte Familie ausnahmslos ihrer Einladung gefolgt, aber das bedeutete ihr wenig, denn ausgerechnet die beiden Männer, in deren Gesellschaft sie diesen Tag gerne gefeiert hätte, fehlten in der Runde. Und daran hatte sie selbst Schuld. Mit dem einen hatte sie sich erst gestern wegen einer Lappalie gestritten – kindisch, dass er ihr das nachtrug und deswegen heute nicht gekommen war –, den anderen hatte sie vor einem Jahr aus ihrem Leben verbannt. Die Enttäuschung über Thomas Ritters hinterhältiges Verhalten nach achtzehn Jahren vertrauensvoller Zusammenarbeit schmerzte noch immer wie eine offene Wunde. Vera mochte es sich nicht eingestehen, aber in Momenten der Selbsterkenntnis ahnte sie, dass dieser Schmerz die Qualität echten Liebeskummers hatte. Peinlich in ihrem Alter und doch war es so. Thomas war achtzehn Jahre lang ihr engster Vertrauter gewesen, ihr Sekretär, ihr Kummerkasten, ihr Freund, aber leider nie ihr Liebhaber. Kaum einen der Männer in ihrem Leben hatte Vera so vermisst wie diesen kleinen Verräter. Etwas anderes war er schließlich nicht. Im Laufe ihres langen Lebens hatte sie feststellen müssen, dass der Spruch »Jeder ist ersetzbar« nicht stimmte. Niemand war einfach so ersetzbar, Thomas schon gar nicht. Nur selten gestattete Vera sich einen Blick zurück. Heute, an ihrem fünfundachtzigsten Geburtstag, erschien es ihr aber durchaus legitim, wenigstens kurz all derer zu gedenken, die sie nach und nach im Stich gelassen hatten. Von einigen Weggefährten hatte sie sich leichten Herzens getrennt, bei anderen war es ihr schwerer gefallen. Sie seufzte tief.

»Geht es dir gut, Mutter?«, erkundigte sich Siegbert, ihr Zweitältester, der zu ihrer Linken saß, sofort besorgt. »Du hast kaum etwas gegessen!«

»Mir geht's gut.« Vera nickte und zwang sich zu einem beruhigenden Lächeln. »Mach dir keine Sorgen, mein Junge.«

Siegbert war immer so bemüht um ihr Wohlergehen und ihre Anerkennung, manchmal tat er ihr deswegen beinahe leid. Vera wandte den Kopf für einen kurzen Seitenblick auf ihren Ältesten. Elard wirkte abwesend, wie so häufig in letzter Zeit, und schien dem Tischgespräch nicht zu folgen. In der vergangenen Nacht hatte er wieder einmal nicht zu Hause übernachtet. Vera war das Gerücht zu Ohren gekommen, er habe eine Affäre mit der talentierten japanischen Malerin, die derzeit von der Stiftung gefördert wurde. Das Mädchen war Mitte zwanzig, fast vierzig Jahre jünger als Elard. Aber im Gegensatz zu dem rundlichen fröhlichen Siegbert, der schon mit fünfundzwanzig Jahren kein Haar mehr auf dem Kopf gehabt hatte, war das Alter mit Elard gnädig gewesen, ja, er sah jetzt, mit dreiundsechzig, beinahe besser aus als früher. Kein Wunder, dass Frauen jeden Alters noch immer auf ihn flogen! Er gab sich stets als Gentleman alter Schule, eloquent, kultiviert und angenehm zurückhaltend. Undenkbar, sich Elard in Badehose am Strand vorzustellen! Selbst im heißesten Sommer kleidete er sich bevorzugt schwarz, und diese anziehende Mischung aus Nonchalance und Melancholie machte ihn seit Jahrzehnten für alle weiblichen Wesen in seiner Umgebung zum Objekt der Begierde. Herta, seine Ehefrau, hatte schon früh resigniert und bis zu ihrem Tod vor einigen Jahren klaglos akzeptiert, dass sie einen Mann wie Elard nie für sich alleine haben würde. Vera indes wusste, dass es hinter der schönen Fassade, die ihr Ältester der Welt präsentierte, ganz anders aussah. Und seit einer Weile glaubte sie, eine Veränderung an ihm festzustellen, eine Unruhe, die sie nie zuvor an ihm bemerkt hatte.

Sie spielte gedankenverloren mit der Perlenkette, die sie um den Hals trug, und ließ ihren Blick weiter schweifen. Links von Elard saß Jutta, ihre Tochter. Sie war fünfzehn Jahre jünger als Siegbert, eine Nachzüglerin und eigentlich nicht mehr geplant gewesen. Ehrgeizig und zielstrebig, wie sie war, erinnerte sie Vera an sich selbst. Jutta hatte nach einer Banklehre Volkswirtschaft und Jura studiert und war vor zwölf Jahren in die Politik gegangen. Seit acht Jahren hatte sie ein Landtagsmandat, war mittlerweile Fraktionsvorsitzende und würde aller Voraussicht nach im nächsten Januar als Spitzenkandidatin für ihre Partei in die Landtagswahlen gehen. Ihr langfristiger Plan war, über den Posten der hessischen Ministerpräsidentin in die Bundespolitik zu gelangen. Vera zweifelte nicht daran, dass ihr das auch gelingen würde. Der Name Kaltensee würde ihr dabei von beträchtlichem Nutzen sein.

Ja, eigentlich konnte sich Vera rundum glücklich schätzen, mit ihrem ganzen Leben, ihrer Familie und ihren drei Kindern, die alle ihren Weg gemacht hatten. Wenn da nicht diese Sache mit Thomas gewesen wäre. Seit sie denken konnte, hatte Vera Kaltensee überlegt gehandelt und geschickt taktiert. Sie hatte ihre Emotionen im Griff gehabt, wichtige Entscheidungen stets mit kühlem Kopf getroffen. Immer. Bis auf dieses eine Mal. Sie hatte die Konsequenzen nicht bedacht, aus Zorn, aus verletztem Stolz und aus Panik völlig überstürzt gehandelt. Vera griff nach dem Glas und trank einen Schluck Wasser. Das Gefühl der Bedrohung verfolgte sie seit jenem Tag, an dem es zur endgültigen Trennung von Thomas Ritter gekommen war, es lag über ihr wie ein Schatten, der sich nicht vertreiben ließ.

Immer war es ihr gelungen, gefährliche Klippen in ihrem Leben mit Weitsicht und Mut zu umsegeln. Sie hatte Krisen gemeistert, Probleme gelöst, Angriffe erfolgreich abgewehrt, aber jetzt fühlte sie sich plötzlich verwundbar, verletzlich und einsam. Sie empfand die gewaltige Verantwortung für ihr

Lebenswerk, für die Firma und die Familie mit einem Mal nicht mehr als Lust, sondern als eine Last, die ihr das Atmen schwermachte. War es nur das Alter, das ihr allmählich zusetzte? Wie viele Jahre hatte sie noch, bis ihre Kraft sie gänzlich im Stich ließ und ihr unweigerlich die Kontrolle entglitt?

Ihr Blick schweifte über ihre Gäste, über fröhliche, sorglose, lächelnde Gesichter, sie hörte das Summen der Stimmen, das Klirren von Besteck und Geschirr aus weiter Ferne. Vera betrachtete Anita, ihre liebe Freundin aus Jugendzeiten, die leider gar nicht mehr ohne Rollstuhl auskam. Nicht zu fassen, wie gebrechlich die resolute, lebenshungrige Anita geworden war! Vera schien es, als sei es erst gestern gewesen, dass sie gemeinsam in der Tanzschule gewesen waren und später dann beim BDM, wie beinahe alle Mädchen damals. Nun kauerte sie in ihrem Rollstuhl wie ein zartes, blasses Gespenst, die glänzende dunkelbraune Haarpracht von einst nur noch weißer Flaum. Anita war eine der Letzten von Veras Freunden und Gefährten aus Jugendzeiten; die allermeisten hatten schon ins Gras gebissen. Nein, es war nicht schön, alt zu werden, zu verfallen und einen nach dem anderen wegsterben zu sehen.

Milde Sonne im Laub, gurrende Tauben. Der See so blau wie der endlose Himmel über den dunklen Wäldern. Der Geruch nach Sommer, nach Freiheit. Junge Gesichter, die mit glänzenden Augen aufgeregt die Regatta verfolgen. Die Jungs in ihren weißen Pullovern schießen als Erste mit ihrem Boot über die Ziellinie. Sie strahlen stolz, winken. Vera kann ihn sehen, er hat das Steuer in der Hand, er ist der Kapitän. Ihr schlägt das Herz bis zum Hals, als er mit einem geschmeidigen Satz auf die Kaimauer springt. Hier bin ich, denkt sie und winkt mit beiden Armen, ich hab dir die Daumen gedrückt, schau mich an! Zuerst glaubt sie, er lächelt sie an, ruft ihm einen Glückwunsch zu und streckt die Arme nach ihm aus. Ihr Herz macht einen Satz, denn er kommt direkt auf sie zu, lächelnd, strahlend. Die Enttäuschung schmerzt wie ein Messerstich, als sie begreift, dass sein Lächeln nicht ihr gilt, sondern Vicky. Die Eifersucht würgt in ihrer Kehle. Er umarmt die andere, legt seinen Arm um ihre Schulter, verschwindet mit ihr in der Menschenmenge, die ihn und seine Mannschaft begeistert feiert. Vera spürt die Tränen in den Augen, die grenzenlose Leere in ihrem Innern. Diese Kränkung, die Zurückweisung vor allen anderen, ist mehr, als sie ertragen kann. Sie wendet sich ab, beschleunigt ihre Schritte. Enttäuschung wird zu Zorn, zu Hass. Sie ballt die Fäuste, läuft den sandigen Weg am Ufer des Sees entlang, nur weg, nur weg!

Erschrocken zuckte Vera zusammen. Woher kamen so plötzlich diese Gedanken, die unerwünschten Erinnerungen? Mit Mühe verkniff sie sich einen Blick auf die Armbanduhr. Sie wollte nicht undankbar erscheinen, aber der ganze Trubel, die stickige Luft und die vielen Stimmen machten sie ganz benommen. Sie zwang sich, ihre Aufmerksamkeit auf das Hier und Jetzt zu richten, so, wie sie es seit sechzig Jahren gehalten hatte. In ihrem Leben hatte es immer nur ein Vorwärts gegeben, kein nostalgisch-verklärtes Zurückblicken auf Vergangenes. Auch aus diesem Grund hatte sie sich niemals vor den Karren irgendeines Vertriebenenbundes oder einer Landsmannschaft spannen lassen. Die Freifrau von Zeydlitz-Lauenburg war spätestens am Tage ihrer Hochzeit mit Eugen Kaltensee für immer verschwunden. Das ehemalige Ostpreußen hatte Vera nie wieder besucht. Wieso auch? Es stand für einen Lebensabschnitt, der für immer vorbei war.

Siegbert klopfte mit einem Messer an sein Glas, das Stimmengewirr verstummte, die Kinder wurden auf ihre Plätze geschickt.

»Was ist?«, fragte Vera ihren zweitältesten Sohn verwirrt.

»Du wolltest vor dem Hauptgang doch eine kurze Ansprache halten, Mutter«, erinnerte er sie.

»Ach ja.« Vera lächelte entschuldigend, »ich war ganz in Gedanken.«

Sie räusperte sich und erhob sich von ihrem Stuhl. Es hatte sie einige Stunden gekostet, die kurze Rede vorzubereiten, aber nun verzichtete Vera auf ihre Notizen.

»Ich freue mich, dass ihr heute alle hierhergekommen seid, um mit mir diesen Tag zu feiern«, sagte sie mit fester Stimme und blickte in die Runde. »Die meisten Menschen schauen an einem Tag wie heute zurück auf ihr Leben. Aber ich möchte euch die Erinnerungen einer alten Frau ersparen, ihr wisst ja sowieso schließlich alles, was es über mich zu wissen gibt.«

Wie erwartet brandete kurzes Gelächter auf. Doch ehe Vera weitersprechen konnte, ging die Tür auf. Ein Mann trat ein und blieb diskret an der hinteren Wand stehen. Vera konnte ihn ohne Brille nicht richtig erkennen und spürte zu ihrer Verärgerung, wie ihr der Schweiß ausbrach und ihre Knie weich wurden. War das etwa Thomas? Besaß er wirklich die Frechheit, heute hier aufzutauchen?

»Was hast du, Mutter?«, fragte Siegbert leise.

Sie schüttelte heftig den Kopf, griff hastig nach ihrem Glas. »Schön, dass ihr alle heute mit mir feiert!«, sagte sie, während sie gleichzeitig krampfhaft überlegte, was sie tun sollte, wenn es sich bei dem Mann tatsächlich um Thomas handeln sollte. »Zum Wohl!«

»Ein Hoch auf Mama!«, rief Jutta und erhob ihr Glas. »Alles Gute zum Geburtstag!«

Alle hoben ihre Gläser und ließen die Jubilarin hochleben, gleichzeitig blieb der Mann neben Siegbert stehen und räusperte sich. Vera wandte mit klopfendem Herzen den Kopf. Es war der Inhaber von Schloss Bodenstein, nicht Thomas! Sie war erleichtert und enttäuscht zugleich und ärgerte sich über ihre heftigen Gefühle. Die Flügeltüren des großen Saales öffneten sich, und die Kellner des Schlosshotels marschierten ein, um den Hauptgang zu servieren.

»Entschuldigen Sie, dass ich störe«, hörte Vera den Mann leise sagen. »Ich soll Ihnen diese Nachricht übergeben.«

»Danke.« Siegbert ergriff das Papier und faltete es auseinander. Vera beobachtete, wie ihm das Blut aus dem Gesicht wich.

»Was ist?«, fragte sie alarmiert. »Was hast du denn?«

Siegbert blickte auf.

»Eine Nachricht von Onkel Jossis Haushälterin.« Seine Stimme klang tonlos. »Es tut mir so leid, Mutter. Ausgerechnet heute. Onkel Jossi ist tot.«

Kriminaldirektor Dr. Heinrich Nierhoff hielt sich nicht damit auf, Bodenstein in sein Büro zu beordern, um wie üblich seine Autorität und seine übergeordnete Position zu betonen, sondern kam in den Besprechungsraum des K11, in dem Kriminaloberkommissar Kai Ostermann und Kriminalassistentin Kathrin Fachinger Vorbereitungen für eine kurzfristig anberaumte Besprechung trafen. Sie hatten nach Pias morgendlichem Rundruf alle privaten Wochenendpläne hintenangestellt und waren ins K11 gekommen. Auf die noch leere Tafel im großen Besprechungsraum hatte Fachinger mit ihrer korrekten Schrift GOLDBERG geschrieben, daneben die geheimnisvolle Zahl 16145.

»Was gibt es, Bodenstein?«, fragte Nierhoff. Auf den ersten Blick wirkte der Leiter der Regionalen Kriminalinspektion unscheinbar: ein untersetzter Mann Mitte fünfzig mit grauem Seitenscheitel, einem kleinen Schnauzbart und weichen Gesichtszügen. Aber dieser erste Eindruck täuschte. Nierhoff war ausgesprochen ehrgeizig und besaß ein sicheres politisches Gespür. Seit Monaten kursierten Gerüchte, er werde über kurz oder lang seinen Chefsessel in der Regionalen Kriminalinspektion mit dem des Regierungspräsidenten in Darmstadt tauschen. Bodenstein bat seinen Chef in sein Büro und berichtete ihm in knappen Worten vom Mord an David Goldberg. Nierhoff hörte schweigend zu und sagte auch nichts, als Bodenstein geendet hatte. Im Kommissariat war bekannt, dass der Kriminaldirektor das Rampenlicht mochte und gerne Pressekonferenzen in großem Stil abhielt; seit dem medienwirksamen Selbstmord von Oberstaatsanwalt Hardenbach vor zwei Jahren hatte es im Main-Taunus-Kreis kein so prominentes Mordopfer mehr gegeben. Bodenstein, der eigentlich angenommen hatte, Nierhoff würde von der Aussicht auf ein Blitzlichtgewitter begeistert sein, war von der zurückhaltenden Reaktion seines Chefs ein wenig überrascht.

»Das könnte eine heikle Angelegenheit werden.« Die unverbindliche Freundlichkeit, die Kriminaldirektor Nierhoff sonst immer zur Schau trug, war aus seiner Miene gewichen, zum Vorschein kam der gewiefte Taktierer. »Ein amerikanischer Staatsbürger jüdischen Glaubens und Überlebender des Holocaust mit einem Genickschuss hingerichtet. Wir sollten Presse und Öffentlichkeit vorerst da raushalten.«

Bodenstein nickte zustimmend.

»Ich erwarte bei den Ermittlungen äußerstes Fingerspitzengefühl. Keine Pannen«, sagte er zu Bodensteins Verärgerung. Seit es das K11 in Hofheim gab, konnte sich Bodenstein an keine Ermittlungspanne in seinem Zuständigkeitsgebiet erinnern.

»Was ist mit der Haushälterin?«, erkundigte sich Nierhoff.

»Was soll mit ihr sein?« Bodenstein verstand nicht ganz. »Sie hat die Leiche heute Morgen gefunden und stand unter Schock.«

»Vielleicht hat sie etwas damit zu tun. Goldberg war wohlhabend.«

Bodensteins Verstimmung wuchs. »Für eine examinierte Krankenschwester gibt es sicher unauffälligere Möglichkeiten als einen Genickschuss«, bemerkte er mit leichtem Sarkasmus. Nierhoff war seit fünfundzwanzig Jahren mit seiner Karriere beschäftigt und hatte ebenso lange keine Ermittlungen mehr geführt; dennoch fühlte er sich immer wieder bemüßigt, seine Meinung kundzutun. Seine Augen huschten hin und her, während er nachdachte und Nutzen und Nachteile, die aus diesem Fall erwachsen konnten, gegeneinander abwog.

»Goldberg war ein sehr prominenter Mann«, sagte er schließlich mit gesenkter Stimme. »Wir werden äußerst vorsichtig vorgehen müssen. Schicken Sie Ihre Leute heim, und sorgen Sie dafür, dass vorerst keine Information dieses Haus verlässt.«

Bodenstein wusste nicht recht, was er von dieser Strategie halten sollte. Die ersten 72 Stunden waren bei einer Ermittlung immer die wichtigsten. Spuren wurden sehr schnell kalt, das Erinnerungsvermögen von Zeugen immer schwächer, je mehr Zeit verging. Aber natürlich fürchtete Nierhoff genau das, was Dr. Kirchhoff heute Morgen prophezeit hatte: negative Publicity für seine Behörde und diplomatische Verstrickungen. Politisch mochte die Entscheidung durchaus sinnvoll sein, aber Bodenstein hatte kein Verständnis dafür. Er war Ermittler, wollte den Mörder finden und dingfest machen. Ein hochbetagter Greis, der in Deutschland Schreckliches erlebt hatte, war brutal in seinem eigenen Haus ermordet worden, und es widersprach Bodensteins Auffassung von guter Polizeiarbeit völlig, aus taktischen Gründen wertvolle Zeit zu vergeuden. Insgeheim ärgerte er sich darüber, dass er Nierhoff überhaupt eingeschaltet hatte. Der allerdings kannte seinen

Dezernatsleiter besser, als dieser angenommen hatte. »Denken Sie nicht einmal darüber nach, Bodenstein.« Nierhoffs Stimme klang warnend. »Eigenmächtigkeiten könnten einen sehr nachteiligen Einfluss auf Ihre weitere Karriere haben. Sie wollen doch wohl nicht für den Rest Ihres Lebens in Hofheim sitzen und Mördern und Bankräubern hinterherjagen.«

»Wieso nicht? Das ist der Grund, weshalb ich überhaupt Polizist geworden bin«, entgegnete Bodenstein, verärgert über Nierhoffs versteckte Drohung und die beinahe verächtliche Abqualifizierung seiner Arbeit.

Mit seinen nächsten Worten machte es der Kriminaldirektor noch schlimmer, auch wenn es versöhnlich gemeint war. »Ein Mann mit Ihrer Erfahrung und Ihren Begabungen sollte sich der Verantwortung stellen und eine leitende Position übernehmen, Bodenstein, auch wenn es unbequem ist. Denn das ist es, das kann ich Ihnen sagen.«

Bodenstein bemühte sich, die Fassung zu wahren. »Meiner Meinung nach gehören die besten Leute in die *Ermittlung*«, sein Tonfall grenzte an Insubordination, »und nicht hinter irgendeinen Schreibtisch, wo sie ihre Zeit mit politischem Geplänkel vergeuden müssen.«

Der Kriminaldirektor hob die Augenbrauen und schien zu überlegen, ob diese Bemerkung als Beleidigung gemeint war oder nicht.

»Manchmal frage ich mich, ob es nicht ein Fehler von mir war, Ihren Namen beim Innenministerium im Bezug auf die Entscheidung um meine Nachfolge ins Gespräch zu bringen«, sagte er kühl. »Wie mir scheint, fehlt es Ihnen ganz und gar an Ehrgeiz.«

Das verschlug Bodenstein für ein paar Sekunden die Sprache, aber er war zu eiserner Selbstbeherrschung fähig und hatte viel Übung darin, seine Gefühle hinter einer unbeteiligten Miene zu verbergen.

»Machen Sie jetzt keinen Fehler, Bodenstein«, sagte Nierhoff und wandte sich zur Tür. »Ich hoffe, wir haben uns verstanden.«

Bodenstein zwang sich zu einem höflichen Kopfnicken und wartete, bis sich die Tür hinter Nierhoff geschlossen hatte. Dann griff er zu seinem Handy, rief Pia Kirchhoff an und schickte sie direkt nach Frankfurt in die Rechtsmedizin. Er hatte nicht vor, die bereits genehmigte Obduktion abzusagen, egal, wie Nierhoff reagieren würde. Bevor er sich selbst auf den Weg nach Frankfurt machte, schaute er im Besprechungsraum vorbei. Ostermann, Fachinger und die inzwischen eingetroffenen Kriminalkommissare Frank Behnke und Andreas Hasse blickten ihm mehr oder weniger erwartungsvoll entgegen.

»Sie können wieder nach Hause gehen«, sagte er knapp. »Wir sehen uns Montag. Sollte sich etwas ändern, werde ich Sie informieren.«

Damit wandte er sich ab, bevor einer seiner verblüfften Mitarbeiter eine Frage stellen konnte.

Robert Watkowiak trank das Bier aus und wischte sich mit dem Handrücken den Mund ab. Er musste pinkeln, aber er hatte keine Lust, an den halbstarken Idioten vorbeizugehen, die neben der Tür zu den Klos seit einer Stunde Dart spielten. Erst vorgestern hatten sie ihn blöd angemacht und ihm seinen Stammplatz am Tresen streitig machen wollen. Er warf einen Blick in Richtung Dartscheibe. Nicht dass er nicht mit ihnen fertig geworden wäre, aber er war einfach nicht in Stimmung für einen Krach.

»Mach mir noch eins.« Er schob das leere Glas über den klebrigen Tresen. Es war halb vier. Jetzt hockten sie alle zusammen, herausgeputzt wie die Pfingstochsen, soffen Champagner und taten so, als seien sie überglücklich, den Geburtstag der alten Schlange feiern zu dürfen. So ein verlogenes Pack! Eigentlich hatten sie alle nicht viel füreinander übrig, aber bei solchen Anlässen spielten sie die große glückliche Familie. *Ihn* hatte man nicht eingeladen, klar. Davon abgesehen wäre er sowieso nicht hingegangen. In seinen Tagträumen hatte er sich genussvoll ausgemalt, wie er ihr die Einladung verächtlich vor die Füße geworfen und in ihr entsetztes und schockiertes Gesicht gegrinst hätte. Erst gestern hatte er begriffen, dass man ihm diese Genugtuung verwehrt hatte, indem er überhaupt nicht eingeladen wurde.

Die Bedienung schob ihm ein frisches Pils hin und machte einen Strich auf seinem Deckel. Er griff nach dem Glas und bemerkte verärgert, dass seine Hand zitterte. Scheiße! Die ganze bescheuerte Bagage war ihm so was von egal! Sie hatten ihn schon immer wie den letzten Dreck behandelt und ihn spüren lassen, dass er nicht richtig zu ihnen gehörte, weil er ein unerwünschter Bastard war. Sie würden hinter vorgehaltener Hand über ihn tuscheln, sich vielsagende Blicke zuwerfen und die Köpfe schütteln, diese selbstgerechten Spießer! Robert, der Versager. Schon wieder der Führerschein weg wegen der Sauferei. Zum dritten Mal? Nein, schon das vierte Mal! Jetzt geht er wohl wieder ins Gefängnis. Geschieht ihm nur recht. Hat doch alle Chancen gehabt, der Junge, und nichts draus gemacht. Robert schloss seine Hand fest um das Glas und beobachtete, wie seine Fingerknöchel weiß hervortraten. So würden seine Hände aussehen, wenn er sie um ihren faltigen Hühnerhals legte und zudrückte, bis ihr die Augen aus dem Kopf quollen.

Er nahm einen tiefen Schluck. Der erste war immer der beste. Die kalte Flüssigkeit rann durch seine Speiseröhre, und er stellte sich vor, wie sie zischend über diesen glühenden, brennenden Klumpen von Eifersucht und Verbitterung in seinem Inneren floss. Wer behauptete eigentlich, dass Hass kalt war? Viertel vor vier. Verdammt, er musste aufs Klo. Er fingerte eine Zigarette aus dem Päckchen und zündete sie an. Kurti würde schon irgendwann auftauchen. Er hatte es ihm versprochen, gestern Abend. Wenigstens hatte er ihm die Schulden zurückzahlen können, nachdem er Onkel Jossi ein bisschen unter Druck gesetzt hatte. Immerhin war er sein Patenonkel, für irgendetwas musste das ja gut sein.

»Noch eins?«, fragte die Bedienung geschäftsmäßig. Er nickte und blickte in den Spiegel, der hinter dem Tresen an der Wand hing. Der Anblick seines vernachlässigten Äußeren, die fettigen Haare, die ihm auf die Schultern fielen, die glasigen Augen und die Bartstoppeln machten ihn sofort wieder wütend. Und seit dieser Schlägerei mit den Scheißtypen am Höchster Bahnhof fehlte ihm auch noch ein Zahn. Das sah ja total asozial aus! Das nächste Bier kam. Das sechste heute. Allmählich erreichte er Betriebstemperatur. Sollte er Kurti dazu überreden, ihn rüber zu Schloss Bodenstein zu fahren? Bei der Vorstellung, wie sie alle glotzen würden, wenn er lässig reingehen, sich auf den Tisch stellen und in aller Ruhe seine Blase entleeren würde, musste er grinsen. Das hatte er mal in einem Film gesehen, und es hatte ihm gefallen.

»Kannste mir mal dein Handy leihen?«, fragte er die Bedienung und merkte, dass es ihm schwerfiel, deutlich zu sprechen.

»Du hast doch selber eins«, erwiderte sie schnippisch und zapfte ein Bier, ohne ihn anzusehen. Er hatte leider keins mehr. Pech aber auch. Irgendwo musste es ihm aus der Jacke gerutscht sein.

»Hab's verloren«, nuschelte er. »Stell dich nicht so an. Los.«

»Nee.« Sie wandte sich einfach ab und wackelte mit einem vollen Tablett zu den Prolls an der Dartscheibe. Im Spiegel sah er, wie die Tür aufging. Kurti. Na endlich.

»Hey, Alter.« Kurti schlug ihm auf die Schulter und setzte sich auf den Barhocker neben ihm.

»Bestell dir was, ich lad dich ein«, sagte Robert großzügig. Die Kohle von Onkel Jossi würde für ein paar Tage reichen, dann musste er sich nach einer neuen Geldquelle umsehen, und er hatte schon eine gute Idee. Er hatte den lieben Onkel Herrmann schon lange nicht mehr besucht. Vielleicht sollte er Kurti in seine Pläne einweihen. Robert verzog das Gesicht zu einem boshaften Lächeln. Er würde sich schon holen, was ihm zustand.

Bodenstein untersuchte im Büro von Henning Kirchhoff den Inhalt des Kartons, den Pia aus dem Hause Goldberg mit ins Rechtsmedizinische Institut gebracht hatte. Die beiden benutzten Gläser und die Weinflasche waren schon auf dem Weg ins Labor, ebenso der Spiegel, sämtliche Fingerabdrücke und alles, was die Spurensicherung sonst sichergestellt hatte. Unten, im Keller des Instituts, nahm währenddessen Dr. Kirchhoff in Anwesenheit von Pia und einem blutjungen Staatsanwalt, der wie ein Jurastudent im dritten Semester aussah, die Obduktion der Leiche von David Josua Goldberg vor. Bodenstein überflog einige Dankesbriefe von verschiedenen Institutionen und Personen, die Goldberg gefördert und finanziell unterstützt hatte, betrachtete flüchtig einige Fotos in silbernen Rahmen, blätterte ausgeschnittene Zeitungsartikel durch, die sorgfältig gelocht und penibel abgeheftet waren. Eine Taxiquittung vom Januar, ein abgegriffenes Büchlein in hebräischer Schrift. Nicht besonders viel. Offenbar hatte Jossi Goldberg den größten Teil seiner persönlichen Habe woanders aufgehoben. Unter all den Dingen, die für ihren ursprünglichen Besitzer eine Bedeutung gehabt haben mochten, war für Bodenstein nur ein Terminkalender von Interesse. Goldberg hatte eine für sein hohes Alter erstaunlich klare Handschrift besessen, ohne verzitterte, unsichere Buchstaben. Neugierig blätterte Bodenstein zur letzten Woche, in der sich zu jedem Tag Notizen fanden, die ihm aber nicht weiterhalfen, wie er enttäuscht feststellte: ausnahmslos Namen, die fast alle auch noch abgekürzt waren. Lediglich am heutigen Tag war ein Name ganz ausgeschrieben. *Vera 85*, stand da. Bodenstein trug den Terminkalender trotz der mageren Ergebnisse zum Kopierer im Sekretariat des Instituts und begann, sämtliche Seiten seit Januar zu kopieren. Just als er bei der letzten Woche im Leben Goldbergs angelangt war, summte sein Handy.

»Chef«, Pia Kirchhoffs Stimme klang ein wenig verzerrt, weil der Empfang im Keller des Instituts nicht optimal war, »Sie müssen mal herkommen. Henning hat hier etwas Eigenartiges entdeckt.«

»Ich habe dafür keine Erklärung. Absolut nicht. Aber es ist eindeutig. Vollkommen eindeutig«, sagte Dr. Henning Kirchhoff kopfschüttelnd, als Bodenstein den Sektionsraum betrat. Seine professionelle Gelassenheit und aller Zynismus waren ihm abhandengekommen. Auch sein Assistent und Pia wirkten ratlos, der Staatsanwalt kaute aufgeregt an seiner Unterlippe.

»Was haben Sie denn gefunden?«, fragte Bodenstein.

»Etwas Unglaubliches.« Kirchhoff bedeutete ihm, näher an den Tisch zu treten, und reichte ihm eine Lupe. »Mir ist etwas an der Innenseite seines linken Oberarms aufgefallen, eine Tätowierung. Ich konnte es schlecht erkennen, wegen der Leichenflecke am Arm. Er hatte mit der linken Seite auf dem Boden gelegen.«

»Jeder, der in Auschwitz war, hatte doch eine Tätowierung«, erwiderte Bodenstein.

»Aber nicht so eine.« Kirchhoff deutete auf den Arm des

Toten. Bodenstein kniff ein Auge zu und betrachtete die bezeichnete Stelle durch das Vergrößerungsglas.

»Sieht aus wie … hm … wie zwei Buchstaben. Frakturschrift. Ein … A und ein B, wenn ich mich nicht täusche«

»Sie täuschen sich nicht«, Kirchhoff nahm ihm die Lupe aus der Hand.

»Was hat das zu bedeuten?«, wollte Bodenstein wissen.

»Ich gebe meinen Beruf auf, falls ich mich irren sollte«, erwiderte Kirchhoff. »Es ist unglaublich, schließlich war Goldberg Jude.«

Bodenstein begriff nicht, was den Rechtsmediziner so aufregte.

»Jetzt spannen Sie mich nicht auf die Folter«, sagte er ungeduldig. »Was ist denn so außergewöhnlich an einer Tätowierung?«

Kirchhoff blickte Bodenstein über den Rand seiner Halbbrille an.

»Das«, er senkte seine Stimme zu einem konspirativen Flüstern, »ist eine Blutgruppentätowierung, wie sie die Mitglieder der Waffen-SS hatten. Zwanzig Zentimeter über dem Ellbogen auf der Unterseite des linken Oberarms. Weil diese Tätowierung ein eindeutiges Erkennungszeichen war, haben nach dem Krieg viele ehemalige SS-Leute versucht, sie loszuwerden. Dieser Mann hier auch.«

Er holte tief Luft und begann, den Sektionstisch zu umrunden.

»Üblicherweise«, dozierte Kirchhoff wie bei einer Erstsemestervorlesung im Hörsaal, »werden Tätowierungen durch Stechen mit einer Nadel in die mittlere Hautschicht, die sogenannte Dermis, eingebracht. In unserem Fall hier ist die Farbe aber bis in die Subcutis eingedrungen. Oberflächlich war nur noch eine bläuliche Narbe zu erkennen, aber jetzt, nach der Entfernung der obersten Hautschichten, ist die Tätowierung wieder deutlich zu sehen. Blutgruppe AB.«

Bodenstein starrte die Leiche Goldbergs an, die im grellen Licht mit geöffnetem Brustkorb auf dem Sektionstisch lag. Er wagte kaum, daran zu denken, was Kirchhoffs unglaubliche Enthüllung bedeuten und was sie nach sich ziehen konnte.

»Wenn Sie nicht wüssten, um wen es sich hier auf Ihrem Tisch handelt«, sagte er langsam, »was würden Sie vermuten?«

Kirchhoff blieb abrupt stehen.

»Dass der Mann in jüngeren Jahren ein Mitglied der SS gewesen ist. Und zwar ziemlich von Anfang an. Später wurden die Tätowierungen in lateinischer Schrift vorgenommen, nicht in altdeutscher.«

»Kann es sich nicht um eine andere harmlose Tätowierung handeln, die sich im Laufe der Jahre irgendwie ... hm ... verändert hat?«, fragte Bodenstein, obwohl er in dieser Hinsicht keine Hoffnung hegte. Kirchhoff irrte sich so gut wie nie, zumindest konnte Bodenstein sich an keinen Fall erinnern, bei dem der Rechtsmediziner sein Urteil hätte revidieren müssen.

»Nein. Schon gar nicht an dieser Stelle.« Kirchhoff war durch Bodensteins Skepsis nicht gekränkt. Er war sich der Tragweite seiner Entdeckung ebenso bewusst wie jeder der Anwesenden. »Ich habe diese Art der Tätowierung selbst schon auf dem Tisch gehabt, einmal in Südamerika und mehrmals hier. Es gibt für mich keinen Zweifel.«

Es war halb sechs, als Pia die Haustür aufschloss und im Windfang die schmutzigen Schuhe auszog. Sie hatte im Rekordtempo Pferde und Hunde versorgt und beeilte sich, ins Bad zu kommen, um zu duschen und die Haare zu waschen. Im Gegensatz zu ihrem Chef war sie über Nierhoffs Anweisung, vorerst keine Ermittlungen im Fall Goldberg aufzunehmen, ganz und gar nicht böse. Sie hatte schon befürchtet, dass sie Christoph für heute Abend absagen müsste, und das wollte sie auf gar keinen Fall. Vor anderthalb Jahren hatte sie sich von Henning getrennt, vom Gewinn ihres Aktienpakets den Birkenhof in Unterliederbach gekauft und war wieder in ihren Beruf bei der Kriminalpolizei zurückgekehrt. Das Sahnehäubchen auf ihrem Glück war zweifellos Christoph Sander. Zehn Monate war es her, dass sie sich bei einem Mordfall im Kronberger Opel-Zoo kennengelernt hatten. Der Blick aus seinen dunkelbraunen Augen hatte sie wie ein Blitzschlag mitten ins Herz getroffen. Sie war so daran gewöhnt, für alles in ihrem Leben eine rationale Erklärung zu finden, dass sie von der Anziehungskraft, die dieser Mann vom ersten Augenblick an auf sie ausübte, zutiefst verwirrt war. Seit acht Monaten waren sie und Christoph ... ja, was waren sie? Ein Liebespaar? Befreundet? Zusammen? Er übernachtete häufig bei ihr, sie ging in seinem Haus ein und aus und verstand sich gut mit seinen drei erwachsenen Töchtern, aber eigentlich hatten sie bisher recht wenig Alltag miteinander erlebt. Ihn zu sehen, bei ihm zu sein und mit ihm zu schlafen war noch immer eine aufregende Sache.

Pia erwischte sich dabei, wie sie ihr Spiegelbild dämlich angrinste. Sie drehte die Dusche auf und wartete ungeduldig, bis der alte Boiler das Wasser auf eine annehmbare Temperatur gebracht hatte. Christoph war temperamentvoll und leidenschaftlich, bei allem, was er tat. Auch wenn er mitunter ungeduldig und aufbrausend sein konnte, wurde er dabei nie verletzend wie Henning, der ein wahrer Könner war, wenn es darum ging, in offenen Wunden herumzustochern. Nach sechzehn Jahren an der Seite eines introvertierten Genies wie Henning, dem es mühelos gelang, mehrere Tage lang kein Wort zu sagen, der keine Haustiere, keine Kinder und keine spontanen Einfälle mochte, war Pia von Christophs Unkompliziertheit immer wieder aufs Neue fasziniert. Seit sie ihn kannte, hatte sie ein ganz neues Selbstbewusstsein entwickelt. Er liebte sie, wie sie war, auch ungeschminkt und verschlafen, in Stallklamotten und Gummistiefeln, er störte sich weder an einem Pickel noch an ein paar Pfunden zu viel auf ihren Rippen. Und darüber hinaus hatte er wirklich bemerkenswerte Qualitäten als Liebhaber, die er in den fünfzehn Jahren seit dem Tod seiner Frau unglaublicherweise jeder anderen vorenthalten hatte. Pia bekam noch immer Herzklopfen, wenn sie sich an den Abend im menschenleeren Zoo erinnerte, als er ihr seine Zuneigung gestanden hatte.

Heute Abend würde sie das erste Mal ganz offiziell mit ihm ausgehen. Im Zoogesellschaftshaus in Frankfurt sollte ein Galaempfang stattfinden, dessen Einnahmen dem Neubau des Menschenaffenhauses zugutekommen würden. Schon die ganze Woche lang hatte Pia sich Gedanken darüber gemacht, was sie anziehen sollte. Die wenigen Kleider, denen der Sprung aus der Henning-Zeit in ihr neues Leben gelungen war, hatten Größe 38 und passten zu ihrem Schrecken nicht mehr richtig. Sie hatte keine Lust, den ganzen Abend den Bauch einzuziehen, voller Angst, dass bei der nächsten unbedachten Bewegung irgendeine Naht oder der Reißverschluss aufplatzen könnten. Deshalb hatte sie zwei Abende und einen Samstagvormittag im Main-Taunus-Zentrum und auf der Zeil in Frankfurt mit der Suche nach einem passenden Kleid verschwendet. Aber offenbar war man in den Geschäften nur noch auf magersüchtige Kundinnen eingestellt. Vergeblich hatte sie Ausschau nach einer Verkäuferin in ihrem Alter gehalten, die Verständnis für ihre Problemzonen haben mochte, aber Fehlanzeige: Sämtliche Mitarbeiterinnen waren knapp der Minderjährigkeit entwachsene exotische Schönheiten mit Kleidergröße XXS, die ihre Versuche, sich in der engen Umkleidekabine schwitzend in diverse Abendkleider zu zwängen, mit Gleichgültigkeit oder gar Mitleid betrachteten. Bei H&M hatte sie etwas gefunden, nur um peinlich berührt festzustellen, dass sie sich in der Umstandsmodenabteilung befand. Schließlich hatte sie die Nase voll gehabt, sich in dem Bewusstsein, dass Christoph sie so mochte, wie sie war, für ein schlichtes schwarzes Shift-Kleid in Größe 42 entschieden und sich als Belohnung für schweißtreibende Anproben ein Extra-Menü bei McDonald's gegönnt. Inklusive einem McFlurry mit Smarties als Nachtisch.

Als Bodenstein am Abend nach Hause kam, war seine Familie ausgeflogen, nur der Hund bereitete ihm einen stürmischen Empfang. Hatte Cosima ihm gesagt, dass sie weggehen würde? Auf dem Küchentisch fand er eine Nachricht. *Besprechung wegen Neuguinea im Merlin, habe Sophia mitgenommen. Bis später.* Bodenstein seufzte. Cosima hatte im vergangenen Jahr wegen ihrer Schwangerschaft eine lang geplante Filmexpedition in die Urwälder Neuguineas ausfallen lassen müssen. Er hatte heimlich gehofft, dass sie nach Sophias Geburt die abenteuerlichen Reisen aufgeben würde, aber offenbar hatte er sich getäuscht. Im Kühlschrank fand er Käse und eine angebrochene Flasche 96er Château La Tour Blanche. Er machte sich ein Käsebrot, schenkte sich ein Glas Rotwein ein und ging – gefolgt von seinem ewig hungrigen Hund – ins Arbeitszimmer. Zwar hätte Ostermann wahrscheinlich zehnmal schneller dem Internet die gewünschten Informationen entlockt als er, aber er würde sich an Nierhoffs Anweisung halten und keine Mitarbeiter mit Nachforschungen zur Person von David Goldberg beauftragen. Bodenstein klappte sein Laptop auf, legte eine CD der argentinisch-französischen Cellistin Sol Gabetta ein und nippte an dem Wein, der noch ein bisschen zu kalt war. Während er den Klängen von Tschaikowsky und Chopin lauschte, klickte er sich durch Dutzende von Webseiten, durchforstete Zeitungsarchive und notierte sich alles Wissenswerte über den Mann, den man gestern Nacht erschossen hatte.

David Goldberg war 1915 in Angerburg im ehemaligen Ostpreußen als Sohn des Kolonialwarenhändlers Samuel Goldberg und dessen Frau Rebecca geboren, er hatte 1935 Abitur gemacht, danach verlor sich seine Spur bis zum Jahr 1947. In einer Kurzbiographie wurde erwähnt, dass er nach der Befreiung von Auschwitz 1945 über Schweden und England nach Amerika emigriert war. In New York hatte er Sarah Weinstein geheiratet, die Tochter eines angesehenen deutschstämmigen Bankiers. Goldberg war jedoch nicht ins Bankgeschäft eingestiegen, sondern hatte beim amerikanischen Rüstungsriesen Lockheed Martin Karriere gemacht. 1959 war er bereits Direktor der strategischen Planungsabteilung geworden. Als Vorstandsmitglied der mächtigen National Rifle Association hatte er zu den wichtigsten Waffenlobbyisten in Washington gehört, und mehrere Präsidenten hatten ihn als Berater hoch geschätzt. Trotz aller Grausamkeiten, die seiner Familie im Dritten Reich widerfahren waren, hatte er sich Deutschland immer stark verbunden gefühlt und zahlreiche enge Kontakte, besonders nach Frankfurt, gepflegt.

Bodenstein seufzte und lehnte sich zurück. Wer konnte wohl einen Grund haben, einen Zweiundneunzigjährigen zu erschießen?

Einen Raubmord schloss er aus. Der Haushälterin war nicht aufgefallen, dass etwas fehlte, wobei Goldberg ohnehin keine wirklich wertvollen Dinge in seinem Haus aufbewahrt hatte. Die Überwachungsanlage des Hauses war außer Betrieb, und der im Telefon integrierte Anrufbeantworter schien nie benutzt worden zu sein.

*

Im Zoogesellschaftshaus hatte sich die übliche Frankfurter Mischung aus altem Geldadel und schrillen Neureichen eingefunden, pressewirksam garniert mit Prominenz aus Fernsehen, Sport und Halbwelt, die großzügig dazu beitrugen, dass die Menschenaffen ein neues Dach über dem Kopf bekommen würden. Der Edelcaterer hatte dafür gesorgt, dass den verwöhnten Gaumen seiner Gäste nichts fehlte, der Champagner floss in Strömen. Pia schob sich an Christophs Arm durch die Menge. In ihrem kleinen Schwarzen fühlte sie sich einigermaßen wohl. Außerdem hatte sie in einer der zahlreichen unausgepackten Umzugskisten ein Glätteisen gefunden und damit ihre widerspenstigen Haare in eine richtige Frisur verwandelt sowie eine geschlagene halbe Stunde für ein Make-up gebraucht, das so wirkte, als sei sie kaum geschminkt. Christoph, der sie nur mit Jeans und Pferdeschwanz kannte, war unübersehbar tief beeindruckt gewesen.

»Mein Gott«, hatte er gesagt, als sie ihm die Haustür geöffnet hatte. »Wer sind Sie? Und was tun Sie in Pias Haus?«

Dann hatte er sie in die Arme genommen und lange und zärtlich geküsst – allerdings mit der gebotenen Vorsicht, um nichts zu zerstören. Als alleinerziehender Vater dreier Töchter im jungen Erwachsenenalter war er bestens geschult, was den Umgang mit weiblichen Wesen betraf, und machte nur erstaunlich selten Fehler. Er wusste zum Beispiel ganz genau, welch katastrophale Auswirkungen eine einzige unbedachte Bemerkung in Bezug auf Figur, Frisur oder Kleidung haben konnte, und hielt sich wohlweislich damit zurück. Aber seine Komplimente am heutigen Abend waren keine Taktik, sondern ehrlich gemeint. Pia fühlte sich unter seinen anerkennenden Blicken attraktiver als jede dünne Zwanzigjährige.

»Ich kenne hier kaum jemanden«, raunte Christoph ihr zu. »Wer sind diese ganzen Leute? Was haben sie mit dem Zoo zu tun?«

»Das ist die feine Frankfurter Gesellschaft und die, die meinen, dazugehören zu müssen«, erklärte Pia ihm. »Auf jeden Fall werden sie eine Menge Geld hierlassen, und das ist ja wohl Sinn und Zweck der ganzen Veranstaltung. Da drüben an dem Tisch in der Ecke stehen übrigens welche von den wirklich Reichen und Mächtigen hier in der Stadt.«

Wie auf ein Stichwort reckte ausgerechnet eine der Damen an jenem Tisch in diesem Moment den Hals und winkte Pia zu. Sie mochte um die vierzig sein und hatte ein Figürchen, mit dem sie wahrscheinlich in jedem Geschäft der Stadt mühelos ein passendes Abendkleid fand. Pia lächelte höflich und winkte zurück, erst dann sah sie genauer hin.

»Ich bin beeindruckt.« Christoph grinste amüsiert. »Die Reichen und Mächtigen kennen dich. Wer ist das?«

»Das glaube ich ja nicht.« Pia ließ Christophs Arm los. Die zierliche, dunkelhaarige Frau drängte sich durch die Umstehenden und blieb vor ihnen stehen.

»Püppi!«, rief sie laut, breitete die Arme aus und grinste.

»Frosch! Ich fasse es nicht! Was machst du in Frankfurt?«, fragte Pia verblüfft, dann umarmte sie die Frau herzlich. Miriam Horowitz war vor vielen Jahren Pias allerbeste Freundin gewesen. Gemeinsam hatten sie wilde und lustige Zeiten erlebt, sich aber dann aus den Augen verloren, als Miriam weggezogen war.

»Frosch hat mich schon lange keiner mehr genannt«, lachte die Frau. »Mensch, das ist ja echt eine Überraschung!«

Die beiden Frauen musterten sich neugierig und erfreut, und Pia stellte fest, dass sich ihre ehemals beste Freundin – abgesehen von ein paar Fältchen hier und da – kaum verändert hatte.

»Christoph, das ist Miriam, früher meine allerallerbeste Freundin.« Pia erinnerte sich an ihre gute Erziehung. »Miri, das ist Christoph Sander.«

»Sehr erfreut.« Miriam reichte ihm die Hand und lächelte. Sie unterhielten sich eine Weile, dann ließ Christoph die beiden erst mal allein und gesellte sich zu einigen Kollegen.

Als Elard Kaltensee aufwachte, fühlte er sich wie gerädert und brauchte ein paar Sekunden, um zu begreifen, wo er war. Er hasste es, am Nachmittag einzuschlafen, das brachte seinen Biorhythmus durcheinander, und doch war es seine einzige Möglichkeit, den Schlaf nachzuholen, der ihm fehlte. Seine Kehle schmerzte, und er hatte einen widerlichen Geschmack im Mund. Über Jahre hinweg hatte er kaum geträumt, und wenn, dann konnte er sich nicht daran erinnern. Aber vor einer Weile hatten sich abscheuliche, beklemmende Alpträume eingestellt, denen er nur mit der Einnahme von Tabletten entgehen konnte. Seine Tagesdosis Tavor lag mittlerweile bei 2 Milligramm, und vergaß er sie auch nur einmal, dann suchten sie ihn heim – verschwommene, unerklärliche Erinnerungen an Angst, an Stimmen und schauriges Gelächter, die ihn schweißgebadet und mit Herzrasen aufwachen ließen und mitunter den ganzen folgenden Tag überschatteten. Elard setzte sich benommen auf und massierte seine Schläfen, hinter denen ein dumpfer Schmerz pochte. Vielleicht würde jetzt alles besser werden, wenn er endlich wieder zur Tagesordnung übergehen konnte. Er war heilfroh, dass mit der Feier im Familienkreis die allerletzte der zahllosen offiziellen, halboffiziellen und privaten Festivitäten zu Ehren des 85. Geburtstages seiner Mutter überstanden waren. Der Rest der Familie hatte wie selbstverständlich von ihm erwartet, dass er sich um alles kümmerte, nur weil er auf dem Mühlenhof lebte und in ihren Augen sonst nichts zu tun hatte. Erst jetzt fiel ihm wieder ein, was geschehen war. Die Nachricht von Goldbergs Tod hatte die Feier auf Schloss Bodenstein abrupt beendet.

Elard Kaltensee verzog das Gesicht zu einem bitteren Lächeln und schwang die Beine über die Bettkante. Beachtliche zweiundneunzig Lenze hatte er auf dem Buckel gehabt, der alte Scheißkerl. Man konnte nicht gerade behaupten, dass er mitten aus dem Leben gerissen worden war. Elard wankte ins Bad, zog sich aus und trat vor den Spiegel. Er betrachtete kritisch sein Spiegelbild. Auch mit dreiundsechzig Jahren war er noch ziemlich gut in Form. Kein Bauchansatz, keine Speckrollen, kein schlabberiger Truthahnhals. Er ließ die Badewanne volllaufen, gab eine Handvoll Badesalz hinein und ließ sich mit einem Seufzer in das duftende warme Wasser gleiten. Goldbergs Tod erschütterte ihn nicht, eigentlich war er sogar ganz froh, dass die Feier dadurch ein frühes Ende gefunden hatte. Er hatte sofort der Bitte seiner Mutter entsprochen, sie nach Hause zu fahren. Da Siegbert und Jutta nur Sekunden später auf dem Mühlenhof eingetroffen waren, hatte er die Gelegenheit genutzt, sich diskret zurückzuziehen. Er brauchte dringend Ruhe, um endlich über die Geschehnisse der letzten Tage nachzudenken.

Elard Kaltensee schloss die Augen und spulte seine Gedanken zurück zum vergangenen Abend, betrachtete mit klopfendem Herzen die ebenso aufwühlende wie beängstigende Sequenz vor seinem inneren Auge wie den Ausschnitt eines Videofilms. Immer und immer wieder. Wie hatte es nur so weit kommen können? Sein ganzes Leben lang hatte er sich mit irgendwelchen Schwierigkeiten privater und beruflicher Natur herumschlagen müssen, aber dies hier drohte ihn ernsthaft aus der Bahn zu werfen. Es bestürzte ihn, weil er einfach nicht begriff, was in ihm vorging. Ihm entglitt die Kontrolle, und es gab niemandem, mit dem er über sein Dilemma sprechen konnte. Wie sollte er mit diesem Geheimnis leben können? Was würden seine Mutter, seine Söhne, seine Schwiegertöchter dazu sagen, sollte es eines Tages herauskommen? Die Tür wurde aufgerissen. Elard fuhr erschrocken hoch und bedeckte seine Blöße mit beiden Händen.

»Herrgott, Mutter«, sagte er ärgerlich. »Kannst du nicht anklopfen?«

Erst dann bemerkte er Veras verstörten Gesichtsausdruck.

»Jossi ist nicht einfach gestorben«, stieß sie hervor und ließ sich auf die Bank neben der Badewanne sinken. »Er wurde *erschossen*!«

»Ach je. Das tut mir leid.« Zu mehr als zu dieser lahmen Floskel konnte sich Elard nicht durchringen. Vera starrte ihn einen Augenblick an.

»Wie herzlos du bist«, flüsterte sie mit zitternder Stimme. Dann verbarg sie das Gesicht in den Händen und begann, leise zu schluchzen.

»Komm, auf unser Wiedersehen müssen wir anstoßen!« Miriam zog Pia mit sich Richtung Bar und bestellte zwei Gläser Champagner.

»Seit wann bist du wieder in Frankfurt?«, fragte Pia. »Das Letzte, was ich von dir gehört habe war, dass du in Warschau lebst. Deine Mutter hat es mir vor ein paar Jahren erzählt, als ich sie zufällig getroffen habe.«

»Paris – Oxford – Warschau – Washington – Tel Aviv – Berlin – Frankfurt«, zählte Miriam im Telegrammstil auf und lachte. »In jeder Stadt habe ich die Liebe meines Lebens getroffen und wieder verlassen. Irgendwie eigne ich mich nicht für eine feste Beziehung. Aber erzähl von dir! Was tust du so? Beruf, Mann, Kinder?«

»Ich bin nach drei Semestern Jura zur Polizei gegangen«, sagte Pia.

»Quatsch!« Miriam riss die Augen auf. »Wie das denn?«

Pia zögerte. Es fiel ihr noch immer schwer, darüber zu reden, auch wenn Christoph meinte, dass es die einzige

Möglichkeit sei, ihr Trauma zu verarbeiten. Beinahe zwanzig Jahre lang hatte sie mit niemandem über dieses schlimmste Erlebnis ihres Lebens gesprochen, nicht einmal mit Henning. Sie wollte nicht immer wieder an ihre Schwäche und die Angst erinnert werden. Miriam besaß allerdings mehr Einfühlungsvermögen, als Pia angenommen hatte, und wurde sofort ernst. »Was ist passiert?«

»Es war im Sommer nach dem Abi«, erwiderte Pia. »Ich habe in Frankreich einen Mann kennengelernt. Er war nett, ein Urlaubsflirt. Wir hatten Spaß. Nach dem Urlaub war die Sache für mich vorbei. Für ihn aber leider nicht. Er verfolgte mich, terrorisierte mich mit Briefen und Anrufen, er lauerte mir überall auf. Und dann brach er in meine Wohnung ein und vergewaltigte mich.«

Sie ließ es gleichmütig klingen, aber Miriam schien zu spüren, welche Kraft es Pia kostete, so ruhig und scheinbar unbeteiligt darüber zu sprechen.

»O mein Gott«, sagte sie leise und ergriff Pias Hand. »Das ist ja entsetzlich.«

»Ja, das war es.« Pia lächelte schief. »Irgendwie dachte ich wohl, als Polizistin wäre ich nicht mehr so angreifbar. Mittlerweile bin ich bei der Kripo, Mordkommission.«

»Und sonst? Was hast du sonst dagegen getan?«, fragte Miriam. Pia verstand, was sie meinte.

»Nichts.« Sie hob die Schultern und wunderte sich, dass es ihr jetzt, da sie einmal damit angefangen hatte, erstaunlich leichtfiel, mit Miriam über den Abschnitt ihrer Lebensgeschichte zu sprechen, der bisher ein Tabu gewesen war. »Ich hatte es nicht einmal meinem Mann erzählt. Irgendwie dachte ich, ich würde schon damit zurechtkommen.«

»Aber es klappte nicht …«

»Doch. Eine Weile sogar ziemlich gut. Erst letztes Jahr holte mich die ganze Geschichte wieder ein.«

Sie erzählte Miriam in Kurzfassung von den beiden Mordfällen im vergangenen Sommer und von den Ermittlungen, in deren Verlauf sie Christoph kennengelernt hatte und mit ihrer Vergangenheit konfrontiert worden war.

»Christoph will mich dazu überreden, eine Selbsthilfegruppe für Vergewaltigungsopfer zu unterstützen«, schloss sie wenig später. »Aber ich weiß nicht recht, ob ich das tun soll.«

»Doch, unbedingt!« Miriams Tonfall wurde eindringlich. »Ein solches Trauma kann ein ganzes Leben zerstören. Glaub mir, ich weiß, wovon ich spreche. Bei meiner Arbeit im Fritz-Bauer-Institut und im Zentrum gegen Vertreibungen in Wiesbaden habe ich von den schrecklichen Schicksalen der Frauen nach dem Zweiten Weltkrieg im Osten gehört. Was diese Frauen erlebt haben, ist unsäglich. Und die meisten von ihnen haben ihr ganzes Leben lang nicht darüber gesprochen. Das hat sie seelisch zerstört.«

Pia betrachtete die Freundin aufmerksam. Miriam hatte sich wirklich verändert. Keine Spur mehr von dem sorglosen, oberflächlichen Mädchen aus privilegierter Familie. Zwanzig Jahre waren auch eine lange Zeit.

»Was ist das für ein Institut, an dem du arbeitest?«, erkundigte sie sich.

»Ein Studien- und Dokumentationszentrum zur Geschichte und Wirkung des Holocaust, angeschlossen an die Uni«, erklärte Miriam. »Dort halte ich Vorlesungen, organisiere Ausstellungen und so weiter. Schon verrückt, oder? Früher dachte ich immer, ich werde mal Diskobesitzerin oder Springreiterin.« Miriam kicherte plötzlich.

»Kannst du dir unsere Lehrer vorstellen, was die für Augen machen würden, wenn sie wüssten, dass aus uns beiden etwas ganz Anständiges geworden ist?«

»Wo sie uns doch immer wieder prophezeit haben, wir

würden eines Tages mindestens in der Gosse landen«, grinste Pia. Sie bestellten noch zwei Gläser Champagner.

»Was ist mit Christoph?«, fragte Miriam. »Ist das was Ernstes?«

»Ich glaube schon«, erwiderte Pia.

»Er ist ganz schön verliebt.« Miriam zwinkerte ihr zu und beugte sich vor. »Er lässt dich die ganze Zeit nicht aus den Augen.«

Diese Bemerkung ließ augenblicklich wieder Schmetterlinge in Pias Bauch flattern. Der Champagner kam, sie stießen erneut an. Pia erzählte vom Birkenhof und ihren Tieren.

»Wo wohnst du jetzt?«, erkundigte sie sich. »Hier in Frankfurt?«

»Ja.« Miriam nickte. »Bei Oma im Haus.«

Für jemanden, der Miriams Familienverhältnisse nicht kannte, musste sich das spießig anhören, aber Pia wusste es besser. Miriams Oma Charlotte Horowitz war die Grande Dame der allerfeinsten Frankfurter Gesellschaft; ihr »Haus« war eine großartige alte Villa auf einem riesigen Grundstück im Holzhausenviertel, das jedem Grundstücksspekulanten die Tränen der Begehrlichkeit in die Augen trieb. Plötzlich kam Pia ein Gedanke.

»Sag mal, Miri«, wandte sie sich an ihre Freundin, »sagt dir der Name David Josua Goldberg etwas?«

Miriam blickte sie erstaunt an.

»Aber natürlich«, sagte sie. »Jossi Goldberg ist ein alter Bekannter von Oma. Seine Familie unterstützt seit Jahrzehnten zig Projekte der Jüdischen Gemeinde in Frankfurt, weshalb fragst du?«

»Nur so«, wich Pia aus, als sie die Neugier in den Augen der Freundin sah. »Ich kann dir leider im Moment nicht mehr sagen.«

»Polizeigeheimnis?«

»So in etwa. Tut mir leid.«

»Nicht so schlimm.« Miriam hob ihr Glas und lächelte. »Auf unser Wiedersehen nach so langer Zeit! Ich freue mich wirklich!«

»Ich mich auch.« Pia grinste. »Wenn du Lust hast, kommst du mich besuchen, und wir machen mal wieder einen Ausritt, so wie früher.«

Christoph trat zu ihnen an den Stehtisch. Die Selbstverständlichkeit, mit der er Pia den Arm um die Taille legte, ließ ihr Herz einen glücklichen Sprung vollführen. Henning hatte so etwas nie getan, zärtliche Berührungen in der Öffentlichkeit als »geschmacklose Zurschaustellung primitiven Besitzerstolzes« bezeichnet und stets peinlich vermieden. Pia mochte es. Sie leerten zu dritt eine weitere Runde Champagner, dann noch eine. Pia erzählte von ihrem Ausflug in die Umstandsmodenabteilung bei H&M, und sie lachten Tränen darüber. Bevor sie sich versah, war es halb eins, und Pia stellte fest, dass sie sich schon lange nicht mehr so gut und entspannt amüsiert hatte. Henning hätte entweder spätestens ab zehn Uhr nach Hause oder ins Institut gewollt oder in irgendeiner Ecke mit irgendwem wichtige Gespräche geführt, von denen sie automatisch ausgeschlossen war. Diesmal war es anders. Christoph hatte in Pias heimlicher Punktewertung auch in der Kategorie »Ausgehen« die volle Punktzahl erreicht.

Als sie das Zoogesellschaftshaus verließen und sich Hand in Hand auf die Suche nach ihrem Auto machten, lachten sie noch immer, und Pia wusste, dass sie kaum glücklicher sein konnte als in diesem Moment.

Bodenstein fuhr zusammen, als Cosima im Türrahmen seines Arbeitszimmers erschien.

»Hallo«, sagte er. »Und, wie war deine Besprechung?«

Cosima kam näher und legte den Kopf schief.

»Äußerst konstruktiv.« Sie lächelte und küsste ihn auf die Wange. »Keine Angst, ich habe nicht vor, selbst durch den Urwald zu klettern. Aber ich habe Wilfried Dechent als Expeditionsleiter gewinnen können.«

»Ich habe mich schon gefragt, ob du Sophia mitnimmst oder ob ich Urlaub beantragen muss«, erwiderte er und ließ sich seine Erleichterung nicht anmerken. »Wie spät ist es eigentlich?«

»Gleich halb eins.« Sie beugte sich vor und blickte auf den Bildschirm seines Laptops. »Was machst du da?«

»Ich suche Informationen über den Mann, der erschossen wurde.«

»Und?«, erkundigte sie sich. »Hast du etwas herausgefunden?«

»Nicht besonders viel.« Bodenstein fasste kurz zusammen, was er über Goldberg in Erfahrung gebracht hatte. Er besprach sich gerne mit Cosima. Sie besaß einen scharfen Verstand und genügend Distanz zu seinen Fällen, um ihm auf die Sprünge helfen zu können, wenn er bei langwierigen Ermittlungen gelegentlich vor lauter Bäumen den Wald nicht mehr sah. Als er ihr vom Ergebnis der Obduktion berichtete, riss sie überrascht die Augen auf.

»Das glaube ich nicht!«, sagte sie voller Überzeugung. »Das kann nie und nimmer wahr sein!«

»Ich habe es mit eigenen Augen gesehen«, erwiderte Bodenstein. »Kirchhoff hat sich noch nie geirrt. Auf den ersten Blick weist tatsächlich nichts darauf hin, dass Goldberg eine dunkle Vergangenheit hatte. Aber in über sechzig Jahren kann man natürlich viel vertuschen. Sein Terminkalender ist nichtssagend, ein paar Vornamen und Abkürzungen, mehr nicht. Nur unter dem heutigen Datum standen ein Name und eine Zahl.«

Er gähnte und rieb sich den Nacken. »Vera 85. Klingt wie ein Passwort. Mein Passwort bei Hotmail ist zum Beispiel Cosi …«

»Vera 85?«, unterbrach Cosima ihn und richtete sich auf. »Mir ging heute Morgen schon etwas durch den Kopf, als du Goldbergs Namen erwähnt hast.«

Sie legte ihren Zeigefinger an die Nase und runzelte die Stirn.

»Ach ja? Und was?«

»Vera. Vera Kaltensee. Sie hat heute ihren 85. Geburtstag bei Quentin und Marie-Louise gefeiert. Rosalie hat davon erzählt, und meine Mutter war sogar eingeladen.«

Bodenstein spürte, wie seine Müdigkeit schlagartig verschwand. *Vera 85*. Vera Kaltensee, 85. Geburtstag. Das wäre eine Erklärung für die rätselhafte Notiz im Tagebuch des Toten! Selbstverständlich wusste er, wer Vera Kaltensee war. Für ihre unternehmerischen Leistungen, aber auch für ihr großzügiges soziales und kulturelles Engagement hatte Vera Kaltensee, die in einem Atemzug mit so einflussreichen Frauen wie Aenne Burda oder Friede Springer genannt wurde, zahllose Auszeichnungen und Ehrungen erhalten. Aber was hatte diese Dame untadeligsten Rufes mit einem ehemaligen SS-Angehörigen zu tun? Ihr Name im Zusammenhang mit diesem Mann würde dem ganzen Fall eine zusätzliche Brisanz verleihen, auf die Bodenstein liebend gerne verzichtet hätte.

»Kirchhoff muss sich geirrt haben«, sagte Cosima gerade. »Vera wäre *niemals* mit einem früheren Nazi befreundet gewesen, schon gar nicht, nachdem sie ja durch die Nazis 1945 alles verloren hat, ihre Familie, ihre Heimat, das Schloss in Ostpreußen …«

»Vielleicht wusste sie es nicht«, gab Bodenstein zurück. »Goldberg hatte die perfekte Legende aufgebaut. Hätte ihn nicht jemand erschossen, und wäre er nicht ausgerechnet bei

Kirchhoff auf dem Tisch gelandet, dann hätte er sein Geheimnis mit ins Grab genommen.«

Cosima kaute nachdenklich an ihrer Unterlippe. »Mein Gott, das ist ja richtig unheimlich!«

»Vor allen Dingen unheimlich schlecht für meine Karriere, wie Nierhoff mir heute ziemlich deutlich mitgeteilt hat«, erwiderte Bodenstein mit einem Anflug von Sarkasmus.

»Wie meinst du das?«

Er wiederholte, was Nierhoff heute in seinem Büro zu ihm gesagt hatte.

Cosima zog erstaunt die Augenbrauen hoch. »Ich wusste gar nicht, dass er aus Hofheim weggehen will.«

»Doch, darüber wird intern schon eine ganze Weile gemunkelt.« Bodenstein schaltete die Schreibtischlampe aus. »Nierhoff fürchtet wohl diplomatische Verwicklungen. Bei einem Fall wie diesem kann er keine Lorbeeren ernten, das ist ihm klar.«

»Aber er kann euch doch nicht einfach die Ermittlungen untersagen! Das ist ja Behinderung der Polizei!«

»Nein«, Bodenstein erhob sich und legte Cosima den Arm um die Schulter, »das ist ganz einfach Politik. Aber egal. Lass uns ins Bett gehen, morgen ist auch noch ein Tag. Vielleicht lässt unsere Prinzessin uns durchschlafen.«

Sonntag, 29. April 2007

Kriminaldirektor Nierhoff war beunruhigt. Äußerst beunruhigt. Am frühen Sonntagmorgen hatte er einen unerfreulichen Anruf von einem ranghohen Beamten des BKA bekommen, der ihm den strikten Befehl erteilt hatte, sämtliche Ermittlungen im Fall Goldberg mit sofortiger Wirkung einzustellen. Obschon Nierhoff nicht scharf darauf war, sich und seine Behörde durch politische Verwicklungen, die leicht aus dem Mordfall erwachsen konnten, ins Kreuzfeuer der Kritik zu bringen, gefiel es ihm überhaupt nicht, wie man ihn behandelte. Er hatte Bodenstein aufs Kommissariat bestellt und berichtete seinem Dezernatsleiter nun unter dem Siegel der Verschwiegenheit, was vorgefallen war.

»Salomon Goldberg ist heute Morgen mit der ersten Maschine aus New York gekommen«, sagte er. »Er verlangte die sofortige Herausgabe der sterblichen Überreste seines Vaters.«

»Von Ihnen?«, fragte Bodenstein erstaunt.

»Nein.« Nierhoff schüttelte ungehalten den Kopf. »Goldberg erschien mit Verstärkung durch zwei Leute von der CIA und dem amerikanischen Generalkonsul beim Polizeipräsidenten. Der hatte natürlich keine Ahnung, um was es überhaupt ging, deshalb hat er sich mit dem Innenministerium und dem BKA in Verbindung gesetzt.«

Der Innenminister persönlich hatte sich der Angelegenheit

angenommen. Man hatte sich im Rechtsmedizinischen Institut getroffen: Nierhoff, ein Staatssekretär aus dem Innenministerium, der Frankfurter Polizeipräsident, Professor Thomas Kronlage, zwei Beamte des BKA, Salomon Goldberg in Begleitung des einflussreichen Vorsitzenden der Frankfurter Jüdischen Gemeinde, des amerikanischen Generalkonsuls und der Geheimdienstleute. Es hatte diplomatischer Ausnahmezustand geherrscht, die Forderung der Amerikaner war unmissverständlich. Sie wollten Goldbergs Leiche, und zwar sofort. Natürlich hatte juristisch gesehen niemand von der Abordnung der deutsch-amerikanischen Obrigkeit das Recht, sich in laufende Ermittlungen in einem Mordfall einzumischen, aber der Innenminister hatte kein Interesse an einem Skandal, schon gar nicht ein halbes Jahr vor der Wahl. Kaum zwei Stunden nach dem Eintreffen von Salomon Goldberg war der Fall Sache des BKA.

»Ich verstehe überhaupt nichts mehr«, schloss Nierhoff konsterniert. Er war durch sein Büro gewandert und blieb nun vor Bodenstein stehen. »Was ist da los?«

Bodenstein hatte nur eine Erklärung für diese ungewöhnliche Aktion an einem Sonntagmorgen in aller Herrgottsfrühe: »Bei der Obduktion gestern wurde an der Innenseite von Goldbergs linkem Oberarm eine Tätowierung festgestellt, die darauf schließen lässt, dass er früher bei der SS war.«

Nierhoff erstarrte, beinahe wäre ihm der Mund aufgeklappt.

»Aber ... aber ... das ist doch Unsinn«, widersprach er. »Goldberg war Überlebender des Holocaust, er war in Auschwitz und hat dort seine ganze Familie verloren.«

»Das sagt zumindest seine Legende.« Bodenstein lehnte sich zurück und schlug die Beine übereinander. »Aber ich vertraue Dr. Kirchhoffs Urteil voll und ganz. Und es wäre eine Erklärung dafür, dass Goldbergs Sohn keine vierundzwanzig

Stunden, nachdem wir die Leiche seines Vaters gefunden haben, mit einer ganzen Streitmacht auftaucht, um uns an weiteren Ermittlungen zu hindern. Entweder Goldberg junior oder jemand anderes hat beste Beziehungen und ein Interesse daran, die sterblichen Überreste seines Vaters so schnell wie möglich verschwinden zu lassen. Goldbergs Geheimnis sollte geheim bleiben. Allerdings waren wir schneller.«

Nierhoff atmete tief durch, ging hinter seinen Schreibtisch und setzte sich.

»Angenommen, Sie haben recht«, sagte er nach einer Weile, »wie konnte Goldbergs Sohn so schnell alle diese Leute mobilisieren?«

»Er kennt eben den richtigen Mann an der richtigen Stelle. Sie wissen doch, wie so etwas geht.«

Nierhoff sah Bodenstein misstrauisch an. »Haben Sie gestern die Angehörigen informiert?«

»Nein. Das hat wahrscheinlich Goldbergs Haushälterin getan.«

»Sie werden den Obduktionsbericht haben wollen.« Nierhoff rieb sich nervös das Kinn. In seinem Innern kämpfte der Polizist gegen den Politiker. »Können Sie sich vorstellen, was daraus werden kann, Bodenstein?«

»Ja, das kann ich.« Bodenstein nickte. Nierhoff sprang wieder auf und setzte seinen Marsch fort. Eine Weile ging er stumm in seinem Büro auf und ab.

»Was soll ich jetzt machen?«, überlegte er laut. »Ich bin erledigt, wenn die Sache an die Öffentlichkeit kommt. Nicht auszudenken, was die Presse daraus macht, wenn irgendetwas durchsickert!«

Bodenstein verzog angesichts dieser selbstmitleidigen Äußerung das Gesicht. Die Aufklärung des Mordfalles interessierte seinen Chef offenbar nicht die Bohne.

»Es kommt nichts an die Öffentlichkeit«, erwiderte er. »Da

niemand Interesse daran hat, die Sache an die große Glocke zu hängen, wird nichts passieren.«

»Sie sagen das so leicht ... Was ist mit dem Obduktionsbericht?«

»Den lassen Sie durch den Reißwolf.«

Nierhoff trat ans Fenster, die Hände hinter dem Rücken gefaltet, und starrte einen Moment hinaus. Dann drehte er sich ruckartig um.

»Ich habe mein Wort gegeben, dass es unsererseits keine Ermittlungen mehr im Fall Goldberg geben wird«, sagte er mit gesenkter Stimme. »Ich verlasse mich darauf, dass Sie das beherzigen.«

»Selbstverständlich«, entgegnete Bodenstein. Ihm war egal, wem der Kriminaldirektor sein Wort gegeben hatte, aber es bedurfte keiner besonderen hellseherischen Fähigkeiten, um zu wissen, was das bedeutete. Der Mordfall Goldberg würde von übergeordneten Stellen unter den Teppich gekehrt werden.

Montag, 30. April 2007

»Ich hab getanzt heut' Nacht, die ganze Nacht heut' Nacht! Ach wär's doch nie vorbei! Ich möcht noch so viel mehr, auch wenn es Sünde wär!«

Es war kurz nach sieben, als Bodenstein verblüfft in der Tür des Besprechungsraumes stehen blieb und seine Kollegin beobachtete, die vor sich hin trällerte und mit einem imaginären Tanzpartner zwischen Tisch und Flip-Chart herumtanzte. Er räusperte sich. »War Ihr Zoodirektor nett zu Ihnen? Es scheint Ihnen ja richtig gutzugehen.«

»Mir geht's blendend!« Pia Kirchhoff drehte sich in einer letzten Pirouette, ließ die Arme sinken und deutete mit einem Grinsen eine Verbeugung an. »Und er ist immer nett zu mir. Soll ich Ihnen einen Kaffee holen, Chef?«

»Ist etwas passiert?« Bodenstein hob die Augenbrauen. »Wollen Sie sich etwa einen Urlaubsantrag unterschreiben lassen?«

»Mein Gott, sind Sie misstrauisch! Nein, ich hab einfach gute Laune«, erwiderte Pia. »Ich habe am Samstagabend eine alte Freundin wiedergetroffen, die Goldberg persönlich gekannt hat, und …«

»Goldberg ist kein Thema mehr«, unterbrach Bodenstein sie. »Warum, erkläre ich Ihnen später. Sind Sie so gut und rufen die anderen zusammen?«

Wenig später saß das ganze Team des K11 Hofheim um den

Besprechungstisch und lauschte erstaunt Bodensteins knapper Mitteilung, dass der Fall Goldberg für sie abgeschlossen sei. Kriminalkommissar Andreas Hasse, der heute statt einem seiner üblichen braunen Anzüge ein dottergelbes Hemd und einen gemusterten Pullunder zur Cordhose trug, nahm diese Neuigkeit ohne sichtbare Gemütsregung auf. Ihm fehlte jeder Elan, und obwohl er erst Mitte fünfzig war, zählte er schon seit Jahren die Tage bis zu seiner Pensionierung. Auch Behnke kaute gleichgültig auf seinem Kaugummi weiter, in Gedanken offenbar ganz woanders. Da nichts Dringendes anstand, war Bodenstein damit einverstanden, dass seine Mitarbeiter die Kollegen vom K10 bei den Ermittlungen gegen eine osteuropäische Autoschieberbande, die seit Monaten ihr Unwesen im Rhein-Main-Gebiet trieb, unterstützten. Ostermann und Pia Kirchhoff sollten sich um die Aufarbeitung eines ungeklärten Raubüberfalles kümmern. Bodenstein wartete, bis er mit den beiden alleine war, und berichtete ausführlich von seinen Erkenntnissen über Goldbergs Vergangenheit und den seltsamen Ereignissen am Sonntagmorgen, die dazu geführt hatten, dass es für das K11 keinen Fall Goldberg mehr gab.

»Das heißt, wir sind wirklich raus?«, fragte Ostermann ungläubig.

»Offiziell ja.« Bodenstein nickte. »Weder die Amerikaner noch das BKA zeigen ein Interesse an irgendeiner Art der Aufklärung, und Nierhoff ist einfach nur erleichtert, die Angelegenheit vom Hals zu haben.«

»Was ist mit der Auswertung der Spuren im Labor?«, wollte Pia wissen.

»Ich würde mich nicht wundern, wenn sie die vergessen hätten«, entgegnete Bodenstein. »Ostermann, setzen Sie sich gleich mal mit dem Kriminallabor in Verbindung und forschen unauffällig nach. Sollte es schon Ergebnisse geben, holen Sie die persönlich in Wiesbaden ab.«

Ostermann nickte.

»Die Haushälterin hat mir erzählt, dass Goldberg am Donnerstagnachmittag Besuch von einem glatzköpfigen Mann und einer dunkelhaarigen Dame hatte«, sagte Pia. »Am Dienstag war am frühen Abend ein Mann da, dem die Haushälterin noch begegnet ist, als sie gerade gehen wollte. Er hatte sein Auto direkt vor dem Tor geparkt, einen Sportwagen mit Frankfurter Kennzeichen.«

»Na, das ist doch schon mal was. Haben Sie noch mehr?«

»Ja«, Pia sah in ihren Notizen nach. »Goldberg bekam zweimal in der Woche frische Blumen. Am Mittwoch brachte sie nicht wie üblich der Blumenhändler, sondern ein ziemlich ungepflegter Mann, etwa Anfang bis Mitte vierzig. Die Haushälterin hat ihn hereingelassen. Der Mann ist direkt zu Goldberg gegangen und hat ihn geduzt. Das Gespräch konnte sie nicht hören, weil der Mann die Tür zum Wohnzimmer zugemacht hatte, aber dieser Besuch hatte den alten Herrn ziemlich aufgeregt. Er hat der Haushälterin befohlen, demnächst die Blumen an der Haustür entgegenzunehmen und niemanden mehr ins Haus zu lassen.«

»Gut.« Bodenstein nickte. »Ich frage mich nur immer noch, was diese Zahl auf dem Spiegel bedeutet.«

»Eine Telefonnummer«, überlegte Ostermann. »Oder die Nummer eines Schließfachs, ein Passwort, ein Schweizer Nummernkonto oder eine Mitgliedsnummer …«

»Eine Mitgliedsnummer!«, unterbrach Pia ihren Kollegen. »Wenn das Motiv für den Mord tatsächlich in Goldbergs Vergangenheit liegt, könnte die 16145 seine Mitgliedsnummer bei der SS gewesen sein.«

»Goldberg war zweiundneunzig«, gab Ostermann zu bedenken. »Jemand, der seine Mitgliedsnummer von früher kennt, müsste ja fast genauso alt sein.«

»Nicht zwangsläufig«, erwiderte Bodenstein nachdenklich.

»Es würde reichen, dass er über Goldbergs Vergangenheit Bescheid weiß.«

Er erinnerte sich an Fälle von Mördern, die an Tatorten oder ihren Opfern ganz offensichtliche Botschaften hinterließen, als makabres Markenzeichen. Täter, die mit der Polizei ein Spielchen spielen und damit ihre Intelligenz und Raffinesse unter Beweis stellen wollten. War es in diesem Fall genauso? War diese Zahl am Spiegel in Goldbergs Diele ein Zeichen? Wenn ja, was bedeutete es? War es ein Hinweis oder absichtliche Irreführung? Bodenstein konnte sich ebenso wenig einen Reim darauf machen wie seine Kollegen, und er fürchtete, dass der Mord an David Josua Goldberg tatsächlich unaufgeklärt bleiben würde.

Marcus Nowak saß am Schreibtisch seines kleinen Büros und sortierte sorgfältig die Unterlagen, die er für die Besprechung übermorgen brauchte. Endlich schien Bewegung in das Projekt zu kommen, in das er so viel Zeit investiert hatte. Vor kurzem hatte die Stadt Frankfurt das Technische Rathaus zurückgekauft, das im Zuge einer umfangreichen Altstadtsanierung abgerissen werden sollte. Bereits im Sommer 2005 hatte man im Frankfurter Stadtparlament heftig darüber debattiert, welche Architektur an der Stelle des hässlichen Betonklotzes entstehen sollte. Geplant war der Wiederaufbau von Teilen der früheren Altstadt zwischen Dom und Römerberg; sieben der im Krieg zerstörten Fachwerkhäuser von stadthistorischer Bedeutung sollten möglichst originalgetreu rekonstruiert werden. Für einen begabten, aber noch ziemlich unbekannten Restaurator wie Marcus Nowak bedeutete eine solche Aufgabe mehr als nur eine unglaubliche berufliche Herausforderung und eine Auslastung seiner Firma auf Jahre hinaus. Ihm bot sich die einmalige Chance, seinen Namen weit über die Region hinaus bekannt zu machen, denn das ehrgeizige Projekt würde zweifellos große Aufmerksamkeit erregen.

Das Klingeln seines Handys riss Marcus Nowak aus seinen Gedanken. Er suchte unter den Bergen von Plänen, Skizzen, Tabellen und Fotos nach dem Gerät, und sein Herz schlug schneller, als er die Nummer im verkratzten Display erkannte. Auf diesen Anruf hatte er gewartet! Sehnsüchtig und zugleich mit entsetzlich schlechtem Gewissen. Er zögerte einen Moment. Eigentlich hatte er Tina fest versprochen, später zum Sportplatz zu kommen, wo der SV Fischbach wie jedes Jahr ein Festzelt aufgebaut und eine große Party zum Tanz in den Mai organisiert hatte. Nowak betrachtete das Handy und biss sich nachdenklich auf die Unterlippe, aber die Versuchung war zu stark.

»Verdammt«, murmelte er leise und nahm das Gespräch entgegen.

Er hatte den ganzen Tag keinen Tropfen Alkohol getrunken, na ja, fast keinen. Die beiden Prozac hatte er vor einer Stunde mit einem Schlückchen Wodka runtergespült, den roch man nicht. Er hatte Kurti versprochen, nichts zu trinken, und jetzt fühlte er sich richtig gut und glasklar im Kopf. Seine Hände zitterten nicht. Robert Watkowiak grinste sein Spiegelbild an. Was ein ordentlicher Haarschnitt und anständige Klamotten doch ausmachten! Der liebe Onkel Herrmann war ein richtiger deutscher Beamtenspießer und legte größten Wert auf ein sauberes, korrektes Aussehen. Es war also besser, ordentlich gekleidet und glatt rasiert bei ihm aufzutauchen, ohne Schnapsfahne und rote Augen. Zwar wäre er auch so an das Geld gekommen, aber es erschien ihm besser, seinen Wunsch höflich zu äußern.

Nur durch puren Zufall war er vor ein paar Jahren auf das dunkle Geheimnis des Alten gestoßen, das dieser geschickt vor aller Welt verbarg – und seitdem waren sie die besten

Freunde. Was Onkel Jossi und die Stiefmama wohl dazu sagen würden, wenn sie erfuhren, was der liebe Onkel Herrmann in seinem Keller trieb? Watkowiak lachte glucksend und wandte sich vom Spiegel ab. Er war nicht so dumm, es ihnen zu sagen, denn dann wäre diese Einnahmequelle für immer versiegt. Hoffentlich lebte der alte Sack noch lange! Mit einem Lappen fuhr er über die schwarzen Lackschuhe, die er extra gekauft hatte, zusammen mit dem grauen Anzug, dem Hemd und der Krawatte. Dafür hatte er beinahe die Hälfte des Geldes von Onkel Jossi ausgegeben, aber diese Investition würde sich lohnen. Gut gelaunt machte sich Watkowiak um kurz vor acht auf den Weg. Kurti wollte ihn pünktlich um acht am Bahnhof abholen.

Auguste Nowak mochte die Dämmerung, die Blaue Stunde. Sie saß auf der Holzbank hinter ihrem kleinen Häuschen und genoss die abendliche Ruhe und den würzigen Duft des nahen Waldes. Obwohl die Wetternachrichten einen deutlichen Temperaturrückgang mit Regen angekündigt hatten, war die Luft mild, und die ersten Sterne leuchteten am wolkenlosen Abendhimmel. Im Rhododendron zankten sich zwei Amseln, auf dem Dach gurrte eine Taube. Es war schon Viertel nach zehn, und die ganze Familie amüsierte sich beim Tanz in den Mai oben am Sportplatz. Bis auf Marcus, ihren Enkelsohn, der noch immer an seinem Schreibtisch saß. Das sahen sie nicht, diese Neidhammel, die sich das Maul über den Jungen zerrissen, seit er mit seiner Firma Erfolg hatte! Keiner von ihnen war bereit, sechzehn Stunden am Tag zu arbeiten, ohne Wochenende und ohne Urlaub!

Auguste Nowak faltete die Hände im Schoß und überkreuzte die Fußknöchel. Wenn sie es recht bedachte, ging es ihr jetzt so gut wie nie zuvor in ihrem langen arbeits- und sorgenreichen Leben. Helmut, ihr vom Krieg traumatisierter, seelisch kranker Ehemann, der keine Arbeit länger als vier Wochen durchgehalten und die letzten zwanzig Jahre seines Lebens kaum noch einen Schritt vor die Tür gesetzt hatte, war vor zwei Jahren gestorben. Auguste hatte dem Drängen ihres Sohnes nachgegeben und war in das kleine Haus auf dem Firmengelände nach Fischbach gezogen. In dem Dorf im Sauerland hielt sie nach Helmuts Tod nichts mehr. Endlich hatte sie ihre Ruhe und musste nicht länger den ständig laufenden Fernseher und die Gebrechen eines Mannes ertragen, für den sie in den besten Momenten ihrer Ehe allenfalls Gleichgültigkeit empfunden hatte. Auguste hörte das Gartentürchen klappern, wandte den Kopf und lächelte erfreut, als sie ihren Enkelsohn erkannte.

»Hallo, Oma«, sagte Marcus. »Störe ich dich?«

»Du störst mich nie«, erwiderte Auguste Nowak. »Willst du etwas essen? Ich hab noch Gulasch und Nudeln im Kühlschrank.«

»Nein. Danke.«

Schlecht sah er aus, angespannt und um Jahre älter als vierunddreißig. Schon seit Wochen hatte sie den Eindruck, dass ihn etwas belastete.

»Komm, setz dich zu mir.« Auguste klopfte auf das Polster neben sich, aber er blieb stehen. Sie betrachtete sein Mienenspiel. Noch immer konnte sie in seinem Gesicht lesen wie in einem Buch.

»Die anderen tanzen in den Mai«, sagte sie. »Warum gehst du nicht auch hin?«

»Mach ich ja. Ich fahre jetzt hoch zum Sportplatz. Ich wollte nur ...«

Er brach ab, überlegte einen Augenblick und blickte dann stumm zu Boden.

»Wo drückt der Schuh, hm?«, fragte Auguste. »Hat es etwas mit der Firma zu tun? Hast du Geldsorgen?«

Er schüttelte den Kopf, und als er sie endlich anblickte, versetzte es ihr einen Stich. Der Ausdruck von Qual und Verzweiflung in seinen dunklen Augen traf sie mitten ins Herz. Er zögerte noch einen Moment, aber dann setzte er sich neben sie auf die Bank und stieß einen abgrundtiefen Seufzer aus.

Auguste liebte den Jungen, als sei er ihr eigenes Kind. Vielleicht, weil seine Eltern vor lauter Firma und Arbeit nie Zeit für ihren jüngsten Sohn gehabt hatten und er deshalb große Teile seiner Kindheit bei ihr verbracht hatte. Aber vielleicht auch deshalb, weil er ihrem älteren Bruder Ulrich so ähnlich war. Ulrich war handwerklich unglaublich begabt gewesen, ein wahrer Künstler. Er hätte es weit bringen können, hätte der Krieg nicht seine Pläne durchkreuzt und alle Träume zerstört. Im Juni 1944 war er in Frankreich gefallen, drei Tage vor seinem dreiundzwanzigsten Geburtstag. Auch äußerlich erinnerte Marcus sie sehr an ihren geliebten Bruder. Er hatte dieselben feinen ausdrucksstarken Gesichtszüge, das glatte dunkelblonde Haar, das ihm in die dunklen Augen fiel, und einen schönen Mund mit vollen Lippen. Doch obwohl er erst vierunddreißig war, hatten sich schon tiefe Sorgenfalten in sein Gesicht gegraben, und oft kam er Auguste vor wie ein Junge, der viel zu früh die Last eines Erwachsenen zu tragen hatte. Plötzlich legte Marcus seinen Kopf in ihren Schoß, so, wie er es als kleines Kind immer getan hatte, wenn er Trost gesucht hatte. Auguste streichelte sein Haar und summte leise vor sich hin.

»Ich habe etwas wirklich, wirklich Schlimmes getan, Oma«, sagte er mit gepresster Stimme. »Dafür komme ich in die Hölle.«

Sie spürte, wie er schauderte. Die Sonne war hinter den Bergen des Taunus verschwunden, es wurde kühl. Es dauerte noch eine Weile, aber schließlich begann er zu reden, stockend zuerst, dann immer hastiger, offenbar froh, das dunkle

Geheimnis, das auf seiner Seele lastete, endlich mit jemandem teilen zu können.

Auguste Nowak blieb noch eine Weile nachdenklich im Dunkeln sitzen, nachdem ihr Enkelsohn gegangen war. Sein Geständnis hatte sie erschüttert, wenn auch weniger aus moralischen Gründen. Marcus war in dieser Familie von Kleingeistern so fehl am Platze wie ein Eisvogel unter Krähen, und dann hatte er auch noch eine Frau geheiratet, die nicht das geringste Verständnis für einen Künstler wie ihn aufbrachte. Auguste argwöhnte seit einer Weile, dass es um die Ehe ihres Enkels nicht zum Besten bestellt war, aber sie fragte ihn nie danach.

Er kam jeden Tag zu ihr und erzählte ihr von seinen großen und kleinen Sorgen, von neuen Aufträgen, von Erfolgen und Rückschlägen, kurzum, von allem, was ihn bewegte und was ein Mann eigentlich mit seiner Ehefrau besprechen sollte. Sie selbst hatte auch nicht viel übrig für die Familie, die zwar unter einem Dach lebte, aber nicht durch Zuneigung oder Respekt, sondern durch bloße Bequemlichkeit zusammengehalten wurde. Für Auguste waren sie Fremde geblieben, die nichts sagten, wenn sie redeten, und beharrlich darauf bedacht waren, die Fassade eines harmonischen Familienlebens aufrechtzuerhalten.

Als Marcus eine halbe Stunde später zum Sportplatz gefahren war, ging sie ins Haus, band sich ein Kopftuch um, ergriff die dunkle Windjacke, die Taschenlampe und nahm den Schlüssel für Marcus' Büro vom Brett. Obwohl er ihr immer wieder sagte, sie solle es nicht tun, putzte sie regelmäßig in seinem Büro. Untätigkeit passte nicht zu ihr, und Arbeit hielt jung. Ihr Blick fiel in den Spiegel neben der Haustür. Auguste Nowak wusste, was die Jahre mit ihrem Gesicht gemacht hatten, und war dennoch manchmal verblüfft, wenn sie die Falten, den durch fehlende Zahnwurzeln eingefallenen Mund und die schweren Schlupflider sah. Fast fünfundachtzig, dachte sie. Unglaublich, dass sie bald so alt sein sollte! Wenn sie ehrlich war, fühlte sie sich keinen Tag älter als fünfzig. Sie war zäh und kräftig und immer noch gelenkiger als manche Dreißigjährige. Mit sechzig hatte sie den Führerschein gemacht, mit siebzig ihren ersten Urlaub. Sie erfreute sich an Kleinigkeiten, haderte nicht mit ihrem Schicksal. Außerdem hatte sie noch etwas zu erledigen, etwas immens Wichtiges. Der Tod, dem sie schon vor über sechzig Jahren das erste Mal direkt ins Gesicht geschaut hatte, würde sich gedulden müssen, bis sie alles geregelt hatte. Auguste zwinkerte ihrem Spiegelbild zu und verließ das Haus. Sie überquerte den Hof, schloss die Tür zum Bürogebäude auf und betrat Marcus' Büro im Anbau neben der Werkshalle, die er auf der Wiese unterhalb von Augustes Häuschen vor ein paar Jahren gebaut hatte. Die Uhr über dem Schreibtisch zeigte halb zwölf! Sie musste sich beeilen, wenn niemand etwas von ihrem kleinen Ausflug mitbekommen sollte.

Er hörte die stampfenden Bässe der Musik schon, als er über den vollgeparkten Parkplatz ging. Der DJ spielte sämtliche Ballermann-Hits rauf und runter, und die Leute waren besoffener, als Marcus Nowak es um diese Uhrzeit für möglich gehalten hatte. Auf dem Rasenplatz spielten ein paar Kinder, darunter seine eigenen, Fußball, im Festzelt drängten sich ungefähr dreihundert Leute. Die älteren Semester hatten sich an den Tresen des Sportlerheims zurückgezogen, bis auf ein paar Ausnahmen. Marcus wurde übel beim Anblick der beiden deutlich angeheiterten Herren vom Vorstand, die lüstern die jungen Mädchen anglotzten.

»Hey, Nowak!« Eine Hand krachte auf seine Schulter, und

jemand blies ihm seinen Schnapsatem ins Gesicht. »Dass *du* hier auftauchst!«

»Hi, Stefan«, erwiderte Marcus. »Hast du Tina gesehen?«

»Nee, sorry. Aber komm doch rüber zu uns. Trink einen mit, Alter.«

Er fühlte sich am Arm gepackt und folgte dem anderen widerwillig quer durch die schwitzende, ausgelassene Menge in den hinteren Teil des Festzeltes.

»Ey, Leute!«, brüllte Stefan. »Guckt mal, wen ich mitgebracht habe!«

Alle wandten sich zu ihnen um, grölten und feixten. Er blickte in vertraute Gesichter mit glasigen Augen, die ihm verrieten, dass der Alkohol schon eine ganze Weile in Strömen floss. Früher war er einer von ihnen gewesen, sie waren Schul- oder Sportkameraden, Kerbeburschen, hatten zusammen von der E-Jugend bis zur 1. Mannschaft Fußball gespielt, gemeinsam Dienst bei der Freiwilligen Feuerwehr getan und so manches Fest wie dieses gefeiert. Er kannte sie alle, von Kindesbeinen an, aber auf einmal kamen sie ihm vor wie Fremde. Sie rutschten zusammen, er setzte sich grinsend, machte gute Miene zum bösen Spiel. Jemand drückte ihm ein Glas Maibowle in die Hand, man prostete ihm zu, und er trank. Wann hatte es angefangen, dass ihm das alles nicht mehr gefallen hatte? Warum hatte er nicht mehr denselben Spaß an diesen schlichten Vergnügungen wie seine Kumpels von früher? Während die anderen im Fünf-Minuten-Takt die Gläser leerten, hielt er sich an seiner Maibowle fest. Plötzlich spürte er den Vibrationsalarm seines Handys in der Hosentasche. Er pulte das Gerät aus der Jeans, und sein Herz machte einen Satz, als er sah, wer ihm eine SMS geschrieben hatte. Der Inhalt ließ das Blut in sein Gesicht schießen.

»Du, Marcus, isch will dir maln Rat gebn, als guder Freund«, lallte ihm Chris Wiethölter, einer der Jugendtrainer, mit dem er früher in einer Mannschaft gespielt hatte, ins Ohr. »Der Heiko is ganz schön scharf auf die Tina. Da solltest du'n Auge drauf haben.«

»Ja, danke. Mach ich«, erwiderte er abwesend. Was sollte er auf die SMS antworten? Einfach ignorieren? Das Handy ausschalten und sich mit den Kumpels von früher betrinken? Er saß wie gelähmt auf der Bank, hielt das Glas mit der inzwischen lauwarmen Bowle umklammert, unfähig, klar zu denken.

»Ich mein ja nur. So unner Freundn«, nuschelte Wiethölter, kippte sein Bier in einem Zug herunter und rülpste.

»Du hast recht.« Nowak stand auf. »Ich geh mal nach ihr gucken.«

»Ja, mach das, Alter ...«

Tina würde sich nie und nimmer mit Heiko Schmidt oder einem anderen Kerl einlassen, und wenn, wäre es ihm egal, aber er nutzte die Gelegenheit zur Flucht. Er kämpfte sich durch das Gedränge verschwitzter Leiber, nickte hier und da jemandem zu und hoffte, weder seiner Frau noch einer ihrer Freundinnen in die Arme zu laufen. Wann war ihm klar geworden, dass er Tina nicht mehr liebte? Er wusste selbst nicht, was sich verändert hatte. Es musste an ihm liegen, denn Tina war so wie immer. Sie fühlte sich wohl in ihrem Leben, das ihm plötzlich zu eng geworden war. Unauffällig verschwand er aus dem Festzelt und nahm die Abkürzung durch die Vereinskneipe. Zu spät bemerkte er seinen Fehler. Sein Vater, der mit seinen Kumpels am Tresen saß, wie beinahe jeden Abend, hatte ihn schon erspäht.

»He, Marcus!« Manfred Nowak wischte sich mit dem Handrücken den Bierschaum aus dem Schnauzbart. »Komm mal her!«

Marcus Nowak fühlte, wie sich in ihm alles zusammenzog, gehorchte aber. Er erkannte, dass sein Vater schon ordentlich einen im Tee hatte, und wappnete sich innerlich. Ein rascher Blick auf die Uhr an der Wand zeigte ihm, dass es gleich halb zwölf war.

»Ein Weizen für meinen Sohn!«, orderte sein Vater mit dröhnender Stimme, dann wandte er sich an die anderen älteren Herren, die immer noch in Trainingsanzügen und Sportschuhen herumliefen, obwohl ihre bescheidenen sportlichen Erfolge Jahrzehnte zurücklagen.

»Mein Sohn kommt jetzt ganz groß raus! Er baut nämlich die Frankfurter Altstadt wieder auf, Haus für Haus! Da staunt ihr, was?«

Manfred Nowak klopfte Marcus auf den Rücken, aber in seinen Augen lagen weder Anerkennung noch Stolz, sondern purer Hohn. Er fuhr damit fort, ihn zu verspotten, und Marcus sagte keinen Ton, was seinen Vater noch mehr in Fahrt brachte. Die Männer grinsten. Sie wussten alle bestens Bescheid über den Bankrott von Nowaks Bauunternehmen und Marcus' Weigerung, die Firma zu übernehmen, denn in einem Örtchen wie Fischbach blieb nichts verborgen, schon gar nicht eine solch grandiose Niederlage. Die Bedienung stellte das Weizenbier auf den Tresen, doch er rührte es nicht an.

»Prost!«, rief sein Vater und hob das Glas. Alle tranken, bis auf Marcus.

»Was ist? Bist dir wohl zu fein dafür, mit uns zu trinken, was?«

Marcus Nowak sah den trunkenen Zorn in den Augen seines Vaters.

»Ich hab keine Lust mehr auf deine blöden Sprüche«, sagte er. »Erzähl das deinen Freunden, wenn du willst. Vielleicht glaubt es dir noch einer.«

Der lang aufgestaute Groll seines Vaters entlud sich in dem Versuch, seinem jüngsten Sohn eine Ohrfeige zu verpassen, wie früher so häufig. Der Alkohol verlangsamte jedoch seine Bewegungen, und Marcus wich dem Schlag ohne große Mühe aus. Er sah mitleidslos zu, wie sein Vater das Gleichgewicht verlor, mitsamt Barhocker krachend zu Boden ging, und suchte das Weite, bevor er wieder auf die Beine kam. Vor der Tür des Vereinsheims atmete er tief durch und überquerte mit schnellen Schritten den Parkplatz. Er setzte sich ins Auto und gab mit quietschenden Reifen Gas. Keine zweihundert Meter weiter stoppte ihn die Polizei.

»Na«, der eine Beamte leuchtete ihm mit seiner Taschenlampe ins Gesicht, »schön in den Mai getanzt?«

Das klang gehässig. Er erkannte die Stimme. Siggi Nitschke hatte beim SV Ruppertshain in der ersten Mannschaft gespielt, als Marcus über Jahre hinweg Torschützenkönig der Kreisliga gewesen war.

»Hallo, Siggi«, sagte er deshalb.

»Ach, schau an. Der Nowak. Der Herr *Unternehmer*. Führerschein und Fahrzeugpapiere, bitte.«

»Hab ich nicht dabei.«

»So ein Pech aber auch«, spottete Nitschke. »Dann steigen Sie mal aus.«

Marcus seufzte und gehorchte. Nitschke hatte ihn noch nie leiden können, hauptsächlich deshalb, weil er als Fußballspieler immer eine Klasse schlechter gewesen war. Ihn nun angehalten zu haben musste für Nitschke ein innerer Reichsparteitag sein. Er ließ es sich widerspruchslos gefallen, wie ein Schwerverbrecher behandelt zu werden. Sie ließen ihn in den Alkotester blasen und waren offensichtlich sauer, als auf dem Display des Gerätes eine Null erschien.

»Drogen?« So leicht wollte Nitschke ihn nicht entkommen lassen. »Was geraucht? Oder durch die Nase gezogen?«

»Quatsch«, erwiderte Marcus, der keinen Ärger wollte. »So was hab ich noch nie gemacht. Das weißt du genau.«

»Keine plumpen Vertraulichkeiten. Ich bin im Dienst. *Polizeimeister* Nitschke für Sie, verstanden?«

»Ach, lass ihn doch fahren, Siggi«, sagte sein Kollege halblaut. Polizeimeister Nitschke starrte Marcus grimmig an und überlegte angestrengt, wie er ihn doch noch drankriegen konnte. Auf eine Gelegenheit wie diese würde er für den Rest seines Lebens warten müssen.

»Spätestens um zehn Uhr morgen früh legen Sie meinen Kollegen auf dem Kelkheimer Revier Ihren Führerschein und die Fahrzeugpapiere vor«, sagte er schließlich. »Na los, verpiss dich. Hast Glück gehabt.«

Ohne noch etwas zu sagen, stieg Marcus ins Auto, ließ den Motor an, legte den Gurt an und fuhr los. Alle guten Vorsätze hatten sich in Luft aufgelöst. Er ergriff sein Handy und schrieb eine kurze Antwort. *Bin auf dem Weg. Bis gleich.*

Dienstag, 1. Mai 2007

Bodensteins Finger trommelten ungeduldig auf das Lenkrad. In Eppenhain war die Leiche eines Mannes gefunden worden, aber die einzige Straße, die in den entlegenen Kelkheimer Stadtteil führte, war von der Polizei abgesperrt. Die Teilnehmer des Radrennens »Rund um den Henninger Turm« kämpften sich zum zweiten Mal an diesem Vormittag die steile Steigung von Schlossborn nach Ruppertshain hinauf, Hunderte von Menschen säumten die Straßenränder und warteten vor Videoleinwänden in der engen Kurve am Zauberberg. Endlich kamen die ersten Radler in Sicht. Die Vorhut sauste wie eine magentafarbene Wolke vorbei, dann folgte das Hauptfeld in allen Farben des Regenbogens. Dazwischen, daneben und dahinter die Versorgungsfahrzeuge, dicht an dicht, und in der Luft kreiste der Hubschrauber vom Hessischen Fernsehen, das die gesamte Veranstaltung live übertrug.

»Ich kann mir nicht vorstellen, dass das ein gesunder Sport ist«, ließ sich Pia Kirchhoff vom Beifahrersitz aus vernehmen. »Die fahren doch nur in den Abgasen ihrer Begleitfahrzeuge.«

»Sport ist Mord«, bestätigte Bodenstein, dem Leistungssportler beinahe so suspekt waren wie religiöse Fanatiker.

»Fahrradfahren auf jeden Fall. Ganz besonders für Männer. Ich habe neulich irgendwo gelesen, dass Männer, die häufig Fahrrad fahren, impotent werden«, sagte Pia und fügte übergangslos hinzu: »Kollege Behnke fährt übrigens bei den Jedermännern mit. Immerhin die 100-Kilometer-Bergstrecke.«

»Wie darf ich denn das verstehen? Haben Sie etwa Insiderwissen über Behnkes Gesundheitszustand, das Sie mir vorenthalten?« Bodenstein konnte ein belustigtes Grinsen nicht unterdrücken. Noch immer war das Verhältnis zwischen Pia Kirchhoff und Behnke nicht ganz ungetrübt, auch wenn aus der offenen Feindseligkeit zwischen ihnen seit letztem Sommer allmählich kollegiale Akzeptanz geworden war. Erst jetzt begriff Pia, was sie gesagt hatte.

»Um Gottes willen, nein.« Sie lachte verlegen. »Die Straße ist frei.«

Niemand, der Hauptkommissar Oliver von Bodenstein kennenlernte, hätte vermutet, wie versessen er insgeheim auf jede Art von Klatsch und Tratsch war. Rein äußerlich machte Pias Chef, der stets in Anzug und Krawatte auftrat, den Eindruck eines Mannes, der souverän über den Dingen stand und mit aristokratischer Höflichkeit das Privatleben anderer Menschen ignorierte. Aber das täuschte. In Wirklichkeit war seine Neugier geradezu unstillbar und sein Gedächtnis erschreckend gut. Vielleicht machte die Kombination dieser beiden Charaktereigenschaften Bodenstein zu dem brillanten Kriminalbeamten, der er zweifellos war.

»Bitte sagen Sie das Behnke bloß nicht«, bat Pia. »Er könnte es gründlich missverstehen.«

»Das muss ich mir noch mal gut überlegen«, entgegnete Bodenstein grinsend und lenkte seinen BMW in Richtung Eppenhain.

Marcus Nowak wartete im Auto, bis seine Familie das Haus verlassen hatte und davongefahren war, zuerst seine Eltern, dann sein Bruder mit Familie, schließlich auch Tina mit den Kindern. Wie er sie kannte, würden sie alle miteinander jetzt zum Radrennen fahren, also eine ganze Weile weg sein, und das war ihm recht. Das Rennen verpassten sie nie, selbst wenn sie bis in die frühen Morgenstunden gefeiert hatten – der Schein musste gewahrt werden. Er war heute Morgen schon zwölf Kilometer gelaufen, seine übliche Strecke über den Reis bis zum Hofgut Bodenstein, hinauf nach Ruppertshain und durch den Wald in einem großen Bogen wieder zurück. Normalerweise entspannte ihn das Laufen und machte seinen Kopf frei, aber heute hatte er den Gewissensbissen und seinen heftigen Schuldgefühlen nicht weglaufen können. Er hatte es schon wieder getan, obwohl er genau wusste, dass er dafür in der tiefsten Hölle schmoren würde. Er stieg aus seinem Auto, schloss die Haustür auf und rannte die Treppe hoch in seine Wohnung im zweiten Stock. Für einen Moment blieb er mit hängenden Armen mitten im Wohnzimmer stehen. Alles sah aus wie immer an einem frühen Morgen, der Frühstückstisch war noch nicht abgeräumt, Spielzeug lag herum. Beim Anblick der vertrauten Normalität schossen ihm Tränen in die Augen. Dies war nicht mehr seine Welt und würde es nie mehr sein! Woher kam nur plötzlich dieser dunkle Trieb, diese Lust am Verbotenen? Tina, die Kinder, Freunde und Familie – warum setzte er all das aufs Spiel? Bedeutete es ihm wirklich nichts mehr?

Er betrat das Badezimmer und erschrak, als er sein eingefallenes Gesicht und die blutunterlaufenen Augen im Spiegel sah. Gab es für ihn noch einen Weg zurück, wenn niemand davon erfuhr, was er getan hatte? *Wollte* er denn überhaupt zurück? Nackt trat er unter die Dusche und drehte das Wasser auf. Kalt. Eiskalt. Strafe musste sein. Er keuchte durch die zusammengebissenen Zähne, als der eisige Strahl auf seine verschwitzte Haut traf. Er konnte es nicht verhindern, dass die Bilder der vergangenen Nacht wieder auf ihn einstürmten. Wie er vor ihm gestanden und ihn angesehen hatte, erstaunt, nein, entsetzt! Ohne den Blick abzuwenden, war er dann langsam vor ihm in die Knie gegangen, hatte ihm den Rücken zugewandt und zitternd darauf gewartet, dass er ... Aufschluchzend schlug er die Hände vors Gesicht.

»Marcus?«

Er zuckte erschrocken zusammen, als er durch das feuchte Glas schemenhaft die Gestalt seiner Großmutter erkannte. Eilig drehte er das Wasser ab und schlang sich das Handtuch, das er über die Glastür der Dusche gelegt hatte, um seine Hüften.

»Was hast du?«, fragte Auguste Nowak besorgt. »Geht es dir nicht gut?«

Er trat aus der Dusche und begegnete ihrem prüfenden Blick.

»Ich wollte es nicht wieder tun«, stieß er verzweifelt hervor. »Wirklich, Oma, aber ... aber ich ...«

Er verstummte, suchte vergeblich nach einer Erklärung. Die alte Frau nahm ihn in die Arme. Erst sperrte er sich gegen ihre Umarmung, aber dann lehnte er sich gegen sie, atmete ihren vertrauten Geruch ein.

»Warum tue ich so etwas?«, flüsterte er verzweifelt. »Ich weiß einfach nicht, was mit mir los ist! Bin ich nicht normal?«

Sie nahm sein Gesicht in ihre schwieligen Hände und blickte ihn aus ihren erstaunlich jugendlichen Augen bekümmert an.

»Quäl dich doch nicht so, Junge«, sagte sie leise.

»Aber ich verstehe mich selbst nicht mehr«, erwiderte er mit gepresster Stimme. »Und wenn jemand davon erfährt, dann ...«

»Wie soll es denn jemand erfahren? Dich hat doch dort niemand gesehen, oder?« Sie klang wie eine Verschwörerin.

»Ich ... ich glaube nicht.« Er schüttelte den Kopf. Wie

konnte seine Großmutter nur Verständnis für seine Taten haben?

»Na also.« Sie ließ ihn los. »Jetzt zieh dir was an. Und dann kommst du runter zu mir, ich mache dir einen Kakao und ein ordentliches Frühstück. Du hast sicher noch nichts gegessen.«

Wider Willen musste Marcus Nowak lächeln. Das war das Patentrezept seiner Großmutter: Essen half immer. Als er ihr nachblickte, fühlte er sich tatsächlich ein ganz klein wenig getröstet.

Das Haus von Herrmann Schneider war ein repräsentativer, aber verwohnter Walmdachbungalow und lag direkt am Waldrand, umgeben von einem großen, ziemlich ungepflegten Garten. Die Leiche war von einem Zivildienstleistenden des Malteser Hilfsdienstes gefunden worden, der jeden Morgen nach dem alten Herrn schaute. Bodenstein und Pia Kirchhoff erlebten ein schauriges Déjà-vu. Der Mann kniete auf dem Fliesenboden in der Diele seines Hauses, die tödliche Kugel war in seinen Hinterkopf eingedrungen. Es sah aus wie eine Hinrichtung, genau wie bei David Goldberg.

»Bei dem Toten handelt es sich um Herrmann Schneider, geboren am 2. März 1921 in Wuppertal.« Die junge sommersprossige Polizeimeisterin, die mit ihrem Kollegen als Erste vor Ort gewesen war, hatte sich schon gründlich und umfassend informiert. »Lebte seit dem Tod seiner Frau vor ein paar Jahren alleine hier, wurde dreimal täglich vom Pflegedienst besucht, bekam Essen auf Rädern.«

»Haben Sie sich schon bei den Nachbarn umgehört?«

»Selbstverständlich.« Die tüchtige Polizeimeisterin warf Bodenstein einen etwas verärgerten Blick zu. Wie überall im Leben gab es auch innerhalb der Polizei Animositäten. Die Streifenpolizisten waren der Meinung, dass sich die Kripoleute für etwas Besseres hielten und auf sie herabsahen, und im Prinzip hatten sie damit nicht ganz unrecht.

»Die Nachbarin, die direkt nebenan wohnt, hat zwei Männer gesehen, die Schneider so gegen halb neun besucht haben. Um kurz nach elf sind sie wieder gegangen und haben dabei ziemlichen Krach gemacht.«

»Da hat's wohl jemand auf Rentner abgesehen«, bemerkte ihr Kollege. »Schon der zweite innerhalb einer Woche.«

Bodenstein überhörte die flapsige Bemerkung.

»Gibt es Einbruchspuren?«

»Auf den ersten Blick nicht. Sieht so aus, als ob er seinem Mörder die Tür geöffnet hätte. Es wurde auch in der Wohnung nichts durchwühlt«, erwiderte die Polizeimeisterin.

»Danke«, sagte Bodenstein. »Gute Arbeit.«

Pia und er zogen sich Latexhandschuhe an und beugten sich über die Leiche des alten Mannes. Im schummerigen Licht des 40-Watt-Strahlers an der Decke sahen sie beide gleichzeitig, dass die scheinbare Duplizität der Ereignisse kein Zufall war: In die Blutspritzer auf der geblümten Tapete hatte jemand fünf Ziffern gezeichnet. 16145. Bodenstein blickte seine Kollegin an.

»*Den*«, sagte er entschlossen, »lasse ich mir nicht wegnehmen.«

In dem Augenblick traf der Arzt ein. Pia erkannte ihn wieder. Es war der Zwerg, der vor anderthalb Jahren die Leichenschau bei der toten Isabel Kerstner durchgeführt hatte. Der Zwerg erinnerte sich offenbar auch an den ersten Mordfall, den Pia und Bodenstein gemeinsam bearbeitet hatten, und verzog kurz das Gesicht zu einem säuerlichen Lächeln.

»Darf ich mal«, brummte er unhöflich. Entweder war das seine Wesensart, oder er war nachtragend. Bodenstein hatte ihm damals ob seiner Gleichgültigkeit ziemlich unverblümt die Meinung gesagt.

»Passen Sie auf, dass Sie keine Spuren vernichten«, entgegnete Bodenstein genauso unhöflich und erntete dafür einen grimmigen Blick. Er bedeutete Pia mit einem Kopfnicken, ihm in die Küche zu folgen.

»Wer hat den denn gerufen?«, fragte er mit gesenkter Stimme.

»Ich denke mal die Kollegen vom ersten Angriff«, erwiderte sie. Pias Blick blieb an einer Pinnwand neben dem Küchentisch hängen. Sie trat näher und löste eine Karte aus vornehmem Büttenpapier, die zwischen Quittungen, Rezepten und ein paar Postkarten an die Korkplatte gepinnt worden war. *Einladung*, stand darauf. Pia klappte die Karte auseinander und stieß einen überraschten Pfiff aus. »Schau mal einer an!« Sie reichte die Einladungskarte an ihren Chef weiter.

Der Bungalow aus den frühen siebziger Jahren des vergangenen Jahrhunderts versammelte alle stilistischen Geschmacklosigkeiten jener Epoche in der altmodischen Einrichtung, wie Pia bei einem Rundgang feststellte. Furnierte Eiche rustikal im Wohnzimmer, an den Wänden nichtssagende Landschaftsbilder, die keine Rückschlüsse auf den Geschmack der Hausbewohner erlaubten. Das Blümchendekor auf den Wandfliesen in der Küche schmerzte in den Augen, das Gästeklo war komplett in altrosa gehalten. Pia betrat das spartanisch eingerichtete Schlafzimmer. Auf dem Nachttischschränkchen neben der Seite des Bettes, die Schneider benutzt hatte, standen ein paar Medikamentenfläschchen, daneben lag ein aufgeschlagenes Buch. Ein zerlesenes Exemplar von Marion Gräfin Dönhoffs *Namen, die keiner mehr nennt*.

»Und?«, fragte Bodenstein. »Irgendetwas gefunden?«

»Nichts.« Pia zuckte die Schultern. »Kein Arbeitszimmer, noch nicht mal einen Schreibtisch.«

Während die Leiche von Herrmann Schneider in die

Rechtsmedizin transportiert wurde, packten die Beamten vom Erkennungsdienst ihr Handwerkszeug zusammen; auch der Arzt war schon wieder weg, nachdem er die Rektaltemperatur des Toten gemessen und den Todeszeitpunkt mit Hilfe dieses Wertes auf ungefähr ein Uhr morgens geschätzt hatte.

»Vielleicht hatte er ein Büro im Keller«, vermutete Bodenstein. »Lassen Sie uns unten nachsehen.«

Pia folgte ihrem Chef die Kellertreppe hinunter. Hinter der ersten Tür befand sich der Heizungskeller mit einer modernen Ölheizung. Im Keller nebenan standen ordentlich beschriftete Kartons in Regalen, an der anderen Wand lagerten Weinflaschen in Holzkisten. Bodenstein nahm die Flaschen genauer in Augenschein und stieß einen anerkennenden Pfiff aus.

»Hier lagert ein kleines Vermögen.«

Pia ging schon zur nächsten Tür. Sie schaltete das Licht ein und blieb staunend stehen.

»Chef!«, rief sie. »Das müssen Sie sich ansehen!«

»Was ist das denn?« Bodenstein erschien hinter ihr im Türrahmen.

»Sieht aus wie ein Kino.« Pia betrachtete die mit dunkelrotem Samt bespannten Wände, die drei Reihen mit jeweils fünf bequemen Plüschsesseln und den geschlossenen schwarzen Vorhang am anderen Ende des erstaunlich großen Raumes. An der Wand neben der Tür stand ein altmodischer Filmprojektor.

»Na, dann schauen wir doch mal, was sich der alte Knabe im stillen Kämmerlein für Filme angesehen hat.« Bodenstein trat an den Projektor heran, in den eine Filmrolle eingelegt war, und drückte auf gut Glück ein paar Knöpfe. Pia versuchte sich an den Schaltern neben der Tür, und plötzlich glitt der Vorhang zur Seite. Beide zuckten erschrocken zusammen, als aus unsichtbaren Lautsprechern Gewehrfeuer und

Marschmusik ertönten. Sie starrten auf die Leinwand. Panzer rollten über verschneites Land, in flackerndem Schwarzweiß grinsende Gesichter junger Soldaten, die an Flakgeschützen und Maschinengewehren hockten. Flugzeuge vor grauem Himmel.

»Die Wochenschau«, sagte Pia erstaunt. »Er hat hier in seinem Privatkino die *Wochenschau* angesehen? Wie krank muss man denn dazu sein?«

»Damals war er jung.« Bodenstein, der schon befürchtet hatte, ein Pornofilmarchiv vorzufinden, zuckte die Schultern. »Vielleicht hat er sich einfach gerne an diese Zeit erinnert.«

Er ging die Unmengen akkurat beschrifteter Filmspulen durch, die in einem Regal lagerten, und entdeckte darunter zahllose Folgen der deutschen Wochenschau aus den Jahren von 1933 bis 1945, Aufnahmen von Goebbels' Rede im Sportpalast, Filme über die NSDAP-Reichsparteitage in Nürnberg, Leni Riefenstahls »Triumph des Willens«, »Stürme über dem Montblanc« und andere Raritäten, für die Sammler ein Vermögen bezahlen würden. Bodenstein schaltete den Filmprojektor aus.

»Er hat sich diese Filmchen offenbar mit seinem Besuch angesehen.« Pia wies auf drei benutzte Gläser, zwei leere Weinflaschen und einen überquellenden Aschenbecher, die auf einem Tischchen zwischen den Sitzreihen standen. Sie ergriff vorsichtig ein Glas und betrachtete es genau. Ihre Vermutung bestätigte sich: Die Neige auf dem Boden des Glases war noch nicht eingetrocknet. Bodenstein ging zurück in den Flur und rief die Beamten von der Spurensicherung in den Keller, dann folgte er Pia in den nächsten Raum. Dessen Einrichtung verschlug ihnen für ein paar Sekunden die Sprache.

»Um Himmels willen«, stieß Pia angewidert hervor. »Ist das eine Filmkulisse?«

Der fensterlose Raum, der durch die Holzbalkenimitate

an der Decke und den dunkelroten Teppichboden noch niedriger wirkte, als er ohnehin war, wurde von einem wuchtigen Schreibtisch aus dunklem Mahagoni beherrscht. Bücherregale bis an die Zimmerdecke, Aktenschränke, ein schwerer Tresor, an den Wänden eine Hakenkreuzfahne und mehrere gerahmte Fotos von Adolf Hitler und anderen Nazigrößen. Im Gegensatz zum oberen Teil des Hauses, der unpersönlich und fast unbewohnt wirkte, stapelten sich hier die Hinterlassenschaften und Zeugnisse eines langen Menschenlebens. Pia betrachtete eines der Bilder genau und schauderte.

»Dieses Foto hat eine persönliche Widmung von Hitler. Ich komme mir vor wie im Bunker unter der Reichskanzlei.«

»Schauen Sie sich auf dem Schreibtisch um. Wenn wir irgendwo einen Hinweis finden, dann hier.«

»Jawohl, mein Führer!« Pia stand stramm.

»Lassen Sie die Witze.« Bodenstein blickte sich in dem überfüllten, düsteren Raum um, der eine klaustrophobische Wirkung auf ihn ausübte. Pia Kirchhoffs Vergleich mit einem Bunker war gar nicht so weit hergeholt. Während sie sich an den Schreibtisch setzte und mit spitzen Fingern eine Schublade nach der anderen öffnete, nahm Bodenstein wahllos Ordner und Fotoalben aus den Regalen und blätterte in ihnen herum.

»Mein Gott, was ist das denn?« Kröger vom Erkennungsdienst trat ein.

»Gruselig, nicht wahr?« Pia blickte kurz auf. »Könnt ihr bitte den ganzen Kram hier einpacken, wenn ihr alles fotografiert habt? Ich habe keine Lust, länger als nötig in diesem Loch zu hocken.«

»Dazu brauchen wir wohl einen LKW.« Der Beamte sah sich wenig begeistert um und zog eine Grimasse. In der zweiten Schublade von oben stieß Pia auf sorgfältig abgeheftete Kontoauszüge von verschiedenen Banken. Herrmann Schneider hatte eine ordentliche Pension erhalten, aber außerdem fand sich auf den Auszügen einer Schweizer Bank eine regelmäßige Zahlung von fünftausend Euro im Monat. Der aktuelle Stand dieses Kontos belief sich auf hundertzweiundsiebzigtausend Euro.

»Chef«, sagte Pia. »Jemand hat ihm jeden Monat fünftausend Euro überwiesen. KMF. Was bedeutet das wohl?« Sie reichte Bodenstein einen der Ausdrucke.

»Kriegsministerium Frankfurt«, vermutete Kröger.

»Konto meines Führers«, witzelte sein Kollege. Bodenstein spürte, wie das Unbehagen in seinem Innern stärker wurde, denn die Verbindung war nun nicht mehr zu übersehen Die Einladung oben in der Küche, Zahlungen von der KMF, die ominöse Zahl, die der Täter an beiden Tatorten zurückgelassen hatte. Es war an der Zeit, einer sehr angesehenen Dame einen Besuch abzustatten, auch wenn alles ein bloßer Zufall sein mochte.

»KMF bedeutet Kaltensee Maschinenfabrik«, sagte er mit gesenkter Stimme zu Pia. »Schneider hat Vera Kaltensee gekannt. Genau wie Goldberg.«

»Sie hatte offenbar ganz feine Freunde«, antwortete Pia.

»Wir wissen doch gar nicht, ob es wirklich ihre Freunde waren«, gab Bodenstein zu bedenken. »Vera Kaltensee genießt einen untadeligen Ruf, an ihrer Integrität gibt es überhaupt keinen Zweifel.«

»Goldbergs Ruf war auch untadelig«, sagte Pia ungerührt.

»Was wollen Sie damit sagen?«

»Dass nichts so sein muss, wie es auf den ersten Blick scheint.«

Bodenstein blickte nachdenklich auf die Kontoauszüge.

»Ich fürchte, es gibt in Deutschland noch Tausende, die in ihrer Jugend mit den Nazis sympathisiert haben oder selbst welche waren«, sagte er. »Das alles liegt sechzig Jahre zurück.«

»Das rechtfertigt nichts«, entgegnete Pia und erhob sich. »Und dieser Schneider war kein bloßer Sympathisant. Das war ein Vollblut-Nazi. Schauen Sie sich doch nur um.«

»Wir können aber nicht automatisch davon ausgehen, dass Vera Kaltensee von der Nazi-Vergangenheit zweier Bekannter auch gewusst hat«, sagte Bodenstein und stieß einen Seufzer aus. Eine düstere Vorahnung erfüllte ihn. Mochte Vera Kaltensees Ruf auch noch so untadelig sein, sobald die Presse sie erst mit dieser braunen Soße in Verbindung gebracht hatte, würde unweigerlich etwas davon an ihr kleben bleiben.

Er stieg am Parkplatz in Königstein aus dem Bus und schlenderte durch die Fußgängerzone. Es war ein gutes Gefühl, Geld zu haben. Robert Watkowiak betrachtete zufrieden sein Spiegelbild in den Schaufenstern und beschloss, sich von Onkel Herrmanns Kohle als Erstes die Zähne reparieren zu lassen. Mit dem neuen Haarschnitt und dem Anzug fiel er schon nicht mehr auf; keiner der übrigen Passanten blickte sich kopfschüttelnd nach ihm um. Das war ein noch besseres Gefühl. Wenn er ehrlich war, hing ihm das Leben, zu dem man ihn mehr oder weniger gezwungen hatte, aus dem Hals raus. Er brauchte ein Bett, eine Dusche und den Komfort, den er von früher gewohnt war, und er hasste es, bei Moni unterzukriechen. Gestern hatte sie wohl wieder geglaubt, er werde um einen Schlafplatz in ihrer Wohnung betteln, aber da hatte sie sich geirrt. Obwohl sie nichts anderes als eine verlogene Schlampe war, die sich für Geld von jedem bumsen ließ, glaubte sie, was Besseres zu sein. Zugegeben, sie sah nicht schlecht aus, aber wenn sie den Mund aufmachte, zeigte sich, dass sie ein Proletenweib war, vor allem, wenn sie getrunken hatte. Vor ein paar Wochen hatte sie ihn vor seinen Kumpels im Bremslicht derart provoziert, dass er ihr eine geklebt hatte. Da hatte sie endlich die Klappe gehalten. Danach hatte er jedes Mal zugeschlagen, wenn es ihm in den Sinn kam, manchmal sogar ganz ohne Grund. Das Gefühl, Macht über jemanden zu haben, gefiel ihm.

Robert Watkowiak bog Richtung Kurpark ab, ging an der Villa Borgnis vorbei Richtung Rathaus. Schon eine ganze Weile benutzte er das leerstehende Haus neben dem Lottoladen als gelegentlichen Unterschlupf. Der Besitzer duldete stillschweigend seine Anwesenheit. Zwar war alles voller Staub und Dreck, aber es gab Strom, und Klo und Dusche funktionierten – allemal besser, als unter einer Brücke schlafen zu müssen.

Mit einem Seufzer ließ er sich auf der Matratze in dem Zimmer im oberen Stockwerk nieder, streifte die Schuhe von den Füßen und angelte aus seinem Rucksack eine Dose Bier, die er mit ein paar Schlucken leerte. Er rülpste laut. Dann griff er noch mal in den Rucksack und lächelte, als seine Finger das kühle Metall berührten. Der Alte hatte nicht bemerkt, dass er sie eingesteckt hatte. Die Pistole war sicher ein Vermögen wert. Echte Waffen aus dem Zweiten Weltkrieg wurden zu Wahnsinnspreisen gehandelt. Und es gab Freaks, die für solche, mit denen schon mal jemand umgelegt worden war, locker noch mal das Doppelte oder Dreifache hinblätterten. Robert holte die Pistole hervor und betrachtete sie versonnen. Er hatte einfach nicht widerstehen können. Irgendwie hatte er das sichere Gefühl, dass sich in seinem Leben allmählich alles zum Besseren wendete. Morgen konnte er die Schecks einlösen. Und zum Zahnarzt gehen. Oder übermorgen. Heute Abend würde er noch einmal im Bremslicht vorbeischauen. Vielleicht war ja dieser Typ da, der mit dem Militärzeug handelte.

*

Bodenstein bog in Fischbach an der Kreuzung nach rechts ab und fuhr auf die B455 Richtung Eppstein. Er hatte sich entschlossen, sofort mit Vera Kaltensee zu sprechen, bevor sein Chef das aus irgendwelchen taktischen Erwägungen verhindern konnte. Während der Fahrt dachte er über die Frau nach, die zweifellos zu den herausragenden Persönlichkeiten der Gegend gehörte und deren bloße Anwesenheit jede Veranstaltung aufwertete. Vera Kaltensee war eine geborene Freifrau von Zeydlitz-Lauenburg und war, nur mit einem Koffer in der Hand und einem Baby auf dem Arm, damals aus Ostpreußen in den Westen geflüchtet. Dort hatte sie wenig später den Hofheimer Unternehmer Eugen Kaltensee geheiratet und mit ihm gemeinsam die Kaltensee Maschinenfabrik zu einem Weltkonzern ausgebaut. Nach dem Tod ihres Mannes hatte sie die Geschäftsführung übernommen und sich gleichzeitig unermüdlich bei verschiedenen Wohltätigkeitsorganisationen engagiert. Als großzügige Geldgeberin und Spendensammlerin hatte sie nicht nur in Deutschland allerhöchstes Ansehen erworben. Mit ihrer Eugen-Kaltensee-Stiftung förderte sie Kunst, Kultur, Umwelt- und Denkmalschutz und unterstützte hilfsbedürftige Menschen mit zahlreichen sozialen Projekten, die sie zum großen Teil selbst ins Leben gerufen hatte.

Der »Mühlenhof«, wie der herrschaftliche Familiensitz der Kaltensees genannt wurde, verbarg sich im Tal zwischen Eppstein und Lorsbach hinter blickdichten Hecken und einem hohen schwarzen Eisenzaun mit goldenen Spitzen. Bodenstein bog in die Einfahrt ein; das doppelflügelige Eingangstor stand weit offen. Im hinteren Bereich des parkähnlich angelegten Gartens lag das Herrenhaus, links davon befand sich das historische Mühlengebäude.

»Oh! Ich werde neidisch«, rief Pia beim Anblick sattgrüner Rasenflächen, perfekt gestutzter Büsche und sorgfältig angelegter Blumenrabatten. »Wie kriegen die so etwas hin?«

»Mit einer Armee von Gärtnern«, entgegnete Bodenstein trocken. »Ich glaube auch nicht, dass hier irgendwelches Getier einfach über den Rasen laufen darf.«

Pia grinste bei dieser Anspielung. Bei ihr zu Hause auf dem Birkenhof war ständig irgendein Tier dort, wo es eigentlich nicht sein sollte: die Hunde im Ententeich, die Pferde im Garten, die Enten und Gänse auf Erkundungstour im Haus. Der letzte Ausflug ihres Federviehs hatte Pia einen ganzen Nachmittag gekostet, um die grünlichen Hinterlassenschaften in den Zimmern zu beseitigen. Nur gut, dass Christoph in dieser Hinsicht unempfindlich war.

Bodenstein hielt vor der Freitreppe des Herrenhauses an. Als sie ausstiegen und sich umblickten, kam ein Mann um die Hausecke. Er hatte graues Haar und in seinem langen, schmalen Gesicht fielen Pia zuerst die melancholischen Bernhardineraugen auf. Offenbar handelte es sich um den Gärtner, denn er trug eine grüne Latzhose und hielt eine Rosenschere in der Hand.

»Kann ich Ihnen helfen?« Er musterte sie misstrauisch. Bodenstein zog seinen Polizeiausweis hervor.

»Wir sind von der Kriminalpolizei Hofheim und möchten zu Frau Dr. Kaltensee.«

»Ach so.« Umständlich nestelte der Mann aus der Brusttasche seiner Latzhose eine Lesebrille und studierte Bodensteins Ausweis gründlich. Dann verzog er das Gesicht zu einem höflichen Lächeln. »Ich erlebe hier die verrücktesten Sachen, wenn ich mal nicht sofort das Tor zumache. Viele Leute denken, das wäre ein Hotel oder ein Golfclub.«

»Das wundert mich nicht«, entgegnete Pia mit Blick auf die Beete mit blühenden Stauden und Rosen und die kunstvoll beschnittenen Buchsbaumsträucher. »Genauso sieht es hier ja auch aus.«

»Gefällt es Ihnen?« Der Mann war sichtlich geschmeichelt.

»O ja!« Pia nickte. »Machen Sie das etwa alles ganz alleine?«

»Mein Sohn hilft mir gelegentlich«, räumte er bescheiden ein, genoss aber Pias Bewunderung in vollen Zügen.

»Sagen Sie, wo finden wir Frau Dr. Kaltensee?«, unterbrach Bodenstein seine Kollegin, bevor sie sich noch in eine Fachdiskussion über Rasendüngung oder Rosenpflege verwickeln würde.

»Oh, natürlich.« Der Mann lächelte entschuldigend. »Ich werde Sie sofort anmelden. Wie, sagten Sie, ist Ihr Name?«

Bodenstein reichte ihm seine Visitenkarte, und der Mann verschwand in Richtung Haustür.

»Im Gegensatz zum Park ist das Haus aber ziemlich schäbig«, stellte Pia fest. Aus der Nähe betrachtet sah das Gebäude längst nicht mehr so herrschaftlich und prachtvoll aus wie aus der Ferne. Der fleckige Putz war schadhaft und blätterte ab, an manchen Stellen war das Mauerwerk zu sehen.

»Das Haus ist historisch auch nicht so bedeutsam wie die anderen Gebäude hier«, erklärte Bodenstein. »Bekannt ist das Anwesen vor allen Dingen durch die Mühle, die zum ersten Mal im dreizehnten Jahrhundert urkundlich erwähnt wurde, wenn ich mich richtig erinnere. Sie gehörte bis ins frühe zwanzigste Jahrhundert der Familie zu Stolberg-Werningerode, die auch Besitzer der Burg Eppstein waren, bevor sie sie 1929 der Stadt Eppstein schenkten. Ein Cousin der Werningerodes heiratete eine Tochter aus dem Hause Zeydlitz, und so ist dieses Anwesen in den Besitz der Kaltensees gelangt.«

Pia starrte ihren Chef verblüfft an.

»Was ist?«, fragte der.

»Woher wissen Sie das alles? Und was haben Wernige... dingsda und Zeydlitz mit Kaltensees zu tun?«

»Vera Kaltensee ist eine geborene Zeydlitz-Lauenburg«, informierte Bodenstein seine Kollegin. »Ich hatte vergessen,

Ihnen das zu sagen. Alles andere ist einfach Heimatkundewissen.«

»Na klar.« Pia nickte. »Derart fundamentale Details lernt man unter Blaublütern wahrscheinlich gleichzeitig mit dem Gotha auswendig.«

»Höre ich da so etwas wie Sarkasmus in Ihrer Stimme?«, erkundigte Bodenstein sich und grinste.

»Um Gottes willen, nein!« Pia hob beide Hände. »Ah, da kommt der Leibeigene der gnädigen Frau schon herbeigeeilt. Wie begrüßt man sie wohl? Mit einem Hofknicks?«

»Sie sind unmöglich, Frau Kirchhoff.«

Marleen Ritter, geborene Kaltensee, betrachtete den schlichten Goldring am Ringfinger ihrer rechten Hand und lächelte. Ihr war noch immer ganz schwindelig von dem Tempo, in dem sich ihr Leben in den vergangenen Wochen und Monaten so grundlegend zum Positiven verändert hatte. Eigentlich hatte sie sich nach der Scheidung von Marco damit abgefunden, bis ans Ende ihrer Tage allein zu sein. Ihre stämmige Figur war ein Erbe ihres Vaters, abschreckender für jeden potentiellen Verehrer war aber ihr amputierter Unterschenkel. Nicht so für Thomas Ritter! Er kannte sie schließlich seit ihrer Kindheit und hatte das ganze Drama miterlebt: die verbotene Liaison mit Robert, den folgenschweren Unfall, den entsetzlichen Krach, der die ganze Familie tief erschüttert hatte. Thomas hatte sie im Krankenhaus besucht, er hatte sie zu den Arztterminen und zur Physiotherapie chauffiert, wenn ihre Eltern keine Zeit hatten. Immer hatte er tröstende und aufmunternde Worte für das unglückliche dicke Mädchen gefunden, das sie gewesen war. Ja, zweifellos hatte sie sich damals schon in ihn verliebt.

Als sie ihn im vergangenen Dezember zufällig wiedergetroffen hatte, war es ihr wie ein Fingerzeig Gottes erschienen.

Er hatte schlecht ausgesehen, beinahe etwas heruntergekommen, aber er war so zuvorkommend und charmant wie eh und je gewesen. Nie hatte er auch nur ein einziges schlechtes Wort über ihre Omi gesagt, obwohl er allen Grund gehabt hätte, sie zu hassen. Marleen wusste nicht genau, was nach achtzehn Jahren zum Bruch zwischen Thomas und ihrer Großmutter geführt hatte, darüber war in der Familie nur heimlich spekuliert worden, aber es tat ihr sehr leid, denn Thomas war ein ganz besonderer Mann. Es lag an der Großmutter und ihren Beziehungen, dass er nicht mehr den Hauch einer Chance hatte, in Frankfurt einen anständigen Job zu finden, der seinem Können entsprach.

Weshalb hatte er die Stadt nicht einfach verlassen und woanders einen Neuanfang gewagt? Stattdessen hielt er sich mit Mühe als freiberuflicher Journalist über Wasser; seine kleine Wohnung in einem Wohnblock in Frankfurt-Niederrad war ein deprimierendes Loch. Sie hatte ihn gedrängt, zu ihr zu ziehen, aber er hatte erwidert, er wolle ihr nicht auf der Tasche liegen. Das rührte sie sehr. Ihr war es gleichgültig, dass Thomas kaum mehr besaß als das, was er auf dem Leib trug. Es war nicht seine Schuld. Sie liebte ihn aus tiefstem Herzen, sie liebte es, mit ihm zusammen zu sein, mit ihm zu schlafen. Und sie freute sich auf ihr gemeinsames Kind. Marleen zweifelte nicht daran, dass es ihr gelingen würde, Thomas und die Großmutter wieder miteinander zu versöhnen. Schließlich hatte Vera ihr noch nie etwas abgeschlagen. Ihr Handy klingelte mit dem speziellen Rufton, der Thomas vorbehalten war. Er rief sie mindestens zehnmal am Tag an, um sich zu erkundigen, wie es ihr ging.

»Wie geht es dir, mein Schatz?«, fragte er. »Was treibt ihr zwei so?«

Marleen lächelte bei der Anspielung auf das Baby in ihrem Bauch.

»Wir liegen faul auf der Couch«, erwiderte sie. »Ich lese ein bisschen. Was machst du?«

In einer Zeitungsredaktion wurde auch an Feiertagen gearbeitet. Thomas hatte freiwillig den Dienst am 1. Mai übernommen, zugunsten seiner Kollegen, die Familie und Kinder hatten. Das fand Marleen bezeichnend für seinen Charakter. Thomas war rücksichtsvoll und selbstlos.

»Ich muss noch auf zwei aktuelle Sachen warten«, seufzte er. »Es tut mir echt leid, dass ich dich heute den ganzen Tag alleine lasse, aber wenigstens habe ich am Wochenende frei.«

»Mach dir keine Gedanken wegen mir. Mir geht's gut.«

Sie redeten noch eine Weile, dann musste Thomas das Gespräch beenden. Selig betrachtete Marleen wieder den Ring an ihrem Finger. Dann lehnte sie sich zurück, schloss die Augen und überlegte, wie viel Glück sie doch mit diesem Mann gehabt hatte.

Dr. Vera Kaltensee erwartete sie in der Eingangshalle, eine gepflegte Dame mit schneeweißem Haar und wachen hellblauen Augen in einem sonnengebräunten Gesicht, in das ein langes Leben ein Netz tiefer Falten gegraben hatte. Sie hielt sich sehr gerade, das einzige Zugeständnis an ihr Alter war ein Gehstock mit silbernem Knauf.

»Kommen Sie herein.« Ihr Lächeln war herzlich, ihre tiefe Stimme zitterte leicht. »Mein lieber Moormann sagte mir, dass Sie mich in einer wichtigen Angelegenheit sprechen möchten.«

»Ja, das stimmt.« Bodenstein reichte ihr die Hand und erwiderte ihr Lächeln. »Oliver von Bodenstein, Kripo Hofheim. Meine Kollegin, Pia Kirchhoff.«

»Sie sind also der tüchtige Schwiegersohn von meiner lieben Freundin Gabriela«, stellte sie fest und betrachtete ihn prüfend. »Sie schwärmt nur in den höchsten Tönen von Ihnen. Ich hoffe, mein Geschenk zur Geburt Ihrer kleinen Tochter hat guten Anklang gefunden?«

»Aber selbstverständlich. Herzlichen Dank.« Bodenstein konnte sich beim besten Willen nicht an ein Geschenk von Vera Kaltensee zu Sophias Geburt erinnern, aber er nahm an, dass Cosima selbiges mit einem Dankschreiben angemessen gewürdigt hatte.

»Guten Tag, Frau Kirchhoff«, Dr. Vera Kaltensee wandte sich Pia zu und ergriff ihre Hand, »ich freue mich, Sie kennenzulernen.«

Sie beugte sich ein wenig vor.

»Ich habe noch nie eine so hübsche Polizistin getroffen. Was haben Sie für schöne blaue Augen, meine Liebe!«

Pia, die auf solche Komplimente eigentlich misstrauisch reagierte, fühlte sich wider Willen geschmeichelt und lachte verlegen. Sie hatte erwartet, von dieser prominenten, schwerreichen Frau von oben herab behandelt oder gar nicht beachtet zu werden, und war angenehm überrascht, wie normal und unprätentiös Vera Kaltensee auftrat.

»Aber kommen Sie erst einmal herein!« Die alte Dame hakte sich bei Pia unter, als seien sie alte Freundinnen, und führte sie in einen Salon, dessen Wände mit flämischen Wandteppichen bedeckt waren. Vor dem wuchtigen Marmorkamin standen drei Sessel und ein Tischchen, die trotz ihrer Unscheinbarkeit wahrscheinlich wertvoller waren als das gesamte Mobiliar des Birkenhofs. Sie machte eine einladende Geste in Richtung Sessel.

»Bitte«, sagte sie freundlich. »Nehmen Sie Platz. Darf ich Ihnen Kaffee oder eine Erfrischung anbieten?«

»Nein danke«, lehnte Bodenstein höflich ab. Die Nachricht vom Tod eines Menschen überbrachte sich leichter im Stehen als bei einem Tässchen Kaffee.

»Gut. Was führt Sie zu mir? Ein reiner Höflichkeitsbesuch ist es wohl kaum, oder?« Vera Kaltensee lächelte noch immer, aber in ihren Augen erschien ein besorgter Ausdruck.

»Leider nein«, gab Bodenstein zu.

Das Lächeln verschwand aus dem Gesicht der alten Dame. Mit einem Mal wirkte sie auf eine rührende Weise hilflos. Sie setzte sich in einen der Sessel und blickte Bodenstein abwartend an wie ein Schulmädchen den Lehrer.

»Wir wurden heute Morgen zur Leiche von Herrmann Schneider gerufen. In seinem Haus haben wir Hinweise gefunden, dass er Sie kannte, deshalb sind wir hier.«

»Um Gottes willen«, flüsterte Vera Kaltensee entsetzt und wurde kreidebleich. Der Gehstock entglitt ihr, die Finger ihrer rechten Hand schlossen sich um das Medaillon ihrer Halskette. »Wie ist er ... ich meine ... was ... was ist passiert?«

»Er wurde in seinem Haus erschossen.« Bodenstein hob den Gehstock auf und wollte ihn ihr reichen, aber sie achtete nicht darauf. »Wir vermuten, dass es derselbe Täter war, der David Goldberg getötet hat.«

»O nein.« Vera Kaltensee stieß einen erstickten Schluchzer aus und presste eine Hand auf den Mund. In ihren Augen sammelten sich Tränen und rannen über die runzligen Wangen. Pia warf ihrem Chef einen vorwurfsvollen Blick zu, den dieser mit einem kurzen Hochziehen der Augenbrauen beantwortete. Sie ging vor Vera Kaltensee in die Knie und legte mitfühlend ihre Hand auf die der alten Dame.

»Es tut mir leid«, sagte sie leise. »Soll ich Ihnen ein Glas Wasser bringen?«

Vera Kaltensee kämpfte um Beherrschung und lächelte unter Tränen.

»Danke, meine Liebe«, flüsterte sie. »Das wäre sehr freundlich von Ihnen. Da hinten auf der Anrichte müsste eine Karaffe stehen.«

Pia erhob sich und ging zu einem Sideboard, auf dem verschiedene Spirituosen und umgestülpte Gläser standen. Vera Kaltensee lächelte dankbar, als Pia ihr ein Glas Wasser reichte, und nahm einen Schluck.

»Dürfen wir Ihnen ein paar Fragen stellen, oder wäre es Ihnen lieber, wenn wir das auf einen späteren Zeitpunkt verschieben?«, fragte Pia.

»Nein, nein. Es ist schon ... es geht schon wieder.« Vera Kaltensee zauberte ein blütenweißes Taschentuch aus der Tasche ihrer Kaschmirstrickjacke, tupfte sich die Augen ab und schnäuzte sich. »Es ist nur ein Schock, so etwas zu erfahren. Herrmann ist ... ich meine, er war ... so viele Jahre ein guter, enger Freund unserer Familie. Und dann muss er auf eine so grausame Weise sterben!«

Wieder füllten sich ihre Augen mit Tränen.

»Wir haben im Haus von Herrn Schneider eine Einladung zu Ihrer Geburtstagsfeier gefunden«, sagte Pia. »Außerdem gab es regelmäßige Zahlungen der KMF auf sein Konto bei einer Schweizer Bank.«

Vera Kaltensee nickte. Sie hatte sich wieder gefangen und sprach mit leiser, aber fester Stimme.

»Herrmann war ein alter Freund meines verstorbenen Mannes«, erklärte sie. »Nach seiner Pensionierung, war er Berater unserer Schweizer Tochtergesellschaft KMF Suisse. Herrmann war früher Finanzbeamter, seine Erfahrungen und Ratschläge waren sehr wertvoll.«

»Was wissen Sie über Herrn Schneider und seine Vergangenheit?« fragte Bodenstein, der noch immer den Gehstock in der Hand hielt.

»Beruflich oder privat?«

»Am besten beides. Wir sind auf der Suche nach jemandem, der einen Grund hatte, Herrn Schneider zu töten.«

»Da kann ich mir beim besten Willen niemanden vorstellen.« Vera Kaltensee schüttelte nachdrücklich den Kopf. »Er war ein so lieber Mensch. Nach dem Tod seiner Frau lebte er ganz allein in seinem Haus, obwohl er nicht gesund war. Aber in ein Seniorenheim wollte er nicht.«

Pia konnte sich denken, weshalb. Dort hätte er kaum die Wochenschau gucken oder ein handsigniertes Foto von Adolf Hitler an die Wand hängen können. Aber sie sagte nichts.

»Wie lange haben Sie Herrn Schneider gekannt?«

»Sehr lange. Er war ein sehr guter Freund von Eugen, meinem verstorbenen Mann.«

»Kannte er auch Herrn Goldberg?«

»Ja, natürlich.« Vera Kaltensee schien ein wenig irritiert. »Wieso fragen Sie das?«

»Wir haben an beiden Tatorten eine Zahl gefunden«, sagte Bodenstein. »16145. Sie wurde in das Blut der Opfer gezeichnet und könnte auf einen Zusammenhang zwischen den beiden Taten hinweisen.«

Vera Kaltensee antwortete nicht sofort. Ihre Hände umklammerten die Lehnen des Sessels. Für den Bruchteil einer Sekunde huschte ein Ausdruck über ihr Gesicht, der Pia verwunderte.

»16145?«, fragte die alte Dame nachdenklich. »Was soll das bedeuten?«

Bevor Bodenstein etwas erwidern konnte, betrat ein Mann den Salon. Er war groß und schlank, fast hager. Mit Anzug, Seidenschal, Dreitagebart und schulterlangem graumeliertem Haar wirkte er wie ein alternder Theaterschauspieler. Erstaunt blickte er von Bodenstein zu Pia und schließlich zu Vera. Pia war sicher, ihn von irgendwoher zu kennen.

»Ich wusste nicht, dass du Besuch hast, Mutter«, sagte er und wollte wieder gehen. »Entschuldige bitte die Störung.«

»Bleib hier!« Vera Kaltensees Stimme klang scharf, aber

sie lächelte, als sie sich an Bodenstein und Pia wandte. »Das ist Elard, mein ältester Sohn. Er wohnt hier bei mir im Haus.«

Dann blickte sie ihren Sohn an.

»Elard, das ist Hauptkommissar von Bodenstein von der Kripo Hofheim, der Schwiegersohn von Gabriela. Und das ist seine Kollegin … bitte verzeihen Sie mir, ich habe mir Ihren Namen nicht gemerkt.«

Bevor Pia etwas sagen konnte, ergriff Elard Kaltensee das Wort. Seine rauchige Stimme hatte einen angenehm melodiösen Klang.

»Frau Kirchhoff«, verblüffte er sie mit einem phänomenalen Namensgedächtnis. »Es ist schon eine Weile her, dass wir uns begegnet sind. Wie geht es Ihrem Gatten?«

Professor Elard Kaltensee, dachte Pia. Natürlich kannte sie ihn! Er war Kunsthistoriker und lange Jahre Dekan seines Fachbereiches an der Frankfurter Universität gewesen. Mit Henning, der als stellvertretender Leiter des rechtsmedizinischen Instituts auch zum Lehrkörper der Uni gehörte, hatte sie gelegentlich Veranstaltungen besucht, an denen auch Elard Kaltensee teilgenommen hatte. Pia erinnerte sich, dass man gemunkelt hatte, er sei kein Kostverächter und habe eine Vorliebe für junge Künstlerinnen. Er musste mittlerweile über sechzig sein, sah aber auf eine etwas verlebte Weise immer noch attraktiv aus.

»Danke der Nachfrage.« Pia unterschlug die Tatsache, dass Henning und sie seit zwei Monaten geschieden waren. »Ihm geht es gut.«

»Herrmann wurde ermordet«, ließ sich Vera Kaltensee vernehmen. Ihre Stimme zitterte wieder. »Deshalb ist die Polizei hier.«

»Ach«, Elard Kaltensee hob die Augenbrauen, »wann denn das?«

»Gestern Nacht«, antwortete Bodenstein. »Er wurde im Flur seines Hauses erschossen.«

»Das ist ja furchtbar.« Professor Kaltensee nahm die Nachricht ohne sichtbare Gemütsregung auf, und Pia überlegte, ob er wohl von der Nazivergangenheit Schneiders Kenntnis hatte. Aber das konnte sie ihn schlecht fragen. Nicht jetzt und nicht hier.

»Ihre Mutter hat uns schon erzählt, dass Herr Schneider ein guter Freund Ihres verstorbenen Vaters war«, sagte Bodenstein. Pia bemerkte den kurzen Blick, den Elard Kaltensee seiner Mutter zuwarf. Sie meinte, etwas wie Belustigung darin zu erkennen.

»Dann stimmt das wohl«, erwiderte er.

»Wir vermuten eine Parallele zum Mord an David Goldberg«, fuhr Bodenstein fort. »An beiden Tatorten sind wir auf eine Zahl gestoßen, die uns ein Rätsel aufgibt. Jemand hat die Ziffern 16145 in das Blut der Opfer gezeichnet.«

Vera Kaltensee gab einen erstickten Laut von sich.

»16145?«, wiederholte ihr Sohn nachdenklich. »Das könnte …«

»Ach, es ist so schrecklich! Das ist einfach alles zu viel für mich!«, stieß Vera Kaltensee plötzlich hervor und bedeckte ihre Augen mit der rechten Hand. Ihre schmalen Schultern zuckten, sie schluchzte laut. Bodenstein ergriff mitfühlend ihre Linke und sagte leise, man könne das Gespräch auch später weiterführen. Pia betrachtete jedoch nicht sie, sondern ihren Sohn. Elard Kaltensee machte keine Anstalten, seine Mutter zu trösten, deren Schluchzen sich zu einem Weinkrampf steigerte. Stattdessen ging er zum Sideboard und schenkte sich ungerührt einen Cognac ein. Sein Gesicht war gänzlich unbewegt, aber in seinen Augen lag ein Ausdruck, den Pia nicht anders als verächtlich bezeichnen würde.

*

Sein Herz klopfte, und er trat etwas zurück, als er die Schritte auf der anderen Seite der Tür hörte. Dann schwang die Haustür auf. Katharinas Anblick verschlug ihm wieder einmal den Atem. Sie trug ein rosa Leinenkleid und eine weiße Jacke, das glänzende schwarze Haar fiel in großen Locken über ihre Schultern, ihre langen Beine waren sonnengebräunt.

»Hallo, Schatz. Wie geht es dir?« Thomas Ritter zwang sich zu einem Lächeln und ging auf sie zu. Sie musterte ihn kühl von oben bis unten.

»*Schatz*«, wiederholte sie spöttisch, »willst du mich verarschen?«

So schön, wie sie war, so derb konnte sie auch sein. Aber gerade das machte ihren Reiz aus. Erschrocken überlegte Ritter, ob Katharina wohl von ihm und Marleen erfahren haben könnte, dann verwarf er den Gedanken. Sie war seit Wochen entweder im Verlag in Zürich oder auf Mallorca, sie konnte es nicht wissen.

»Komm rein.« Sie wandte sich um, und er folgte ihr durch die weitläufige Wohnung bis hinauf auf die Dachterrasse. Ihm ging durch den Kopf, dass sich Katharina wahrscheinlich königlich darüber amüsieren würde, wenn sie erfuhr, was er getan hatte. Was die Familie Kaltensee betraf, waren sie sich in ihrer Rachsucht einig. Aber ihm war nicht ganz wohl bei der Vorstellung, mit Katharina über Marleen zu lachen.

»Also«, Katharina blieb stehen und bot ihm auch keinen Platz an, »wie weit bist du? Mein Vertriebschef wird allmählich ungeduldig.«

Ritter zögerte.

»Ich bin mit den ersten Kapiteln noch nicht zufrieden«, gab er zu. »Es kommt mir beinahe so vor, als sei Vera 1945 aus dem Nichts in Frankfurt aufgetaucht. Es gibt keine Fotos von früher, keine Familienunterlagen – einfach nichts! Bis jetzt liest sich das ganze Manuskript wie eine x-beliebige Promi-Biographie.«

»Du hast mir doch gesagt, du hättest noch eine ganz heiße Quelle!« Katharina Ehrmann runzelte verärgert die Stirn. »Wieso habe ich das Gefühl, dass du mich hinhalten willst?«

»Das will ich nicht«, antwortete Ritter düster. »Wirklich nicht! Aber Elard weicht mir jedes Mal aus und lässt sich verleugnen.«

Der strahlend blaue Himmel wölbte sich über der Königsteiner Altstadt, aber Ritter hatte keinen Blick für die spektakuläre Aussicht von Katharinas Dachterrasse auf die Burgruine auf der einen und die Villa Andreae auf der anderen Seite.

»Deine Quelle ist Elard?« Katharina schüttelte den Kopf. »Das hättest du mir auch eher sagen können.«

»Was hätte das genützt? Meinst du, dir würde er eher etwas sagen als mir?«

Katharina Ehrmann musterte ihn.

»Wie auch immer«, sagte sie schließlich. »Mach halt etwas aus dem, was ich dir erzählt habe. Das ist doch wohl Sprengstoff genug!«

Ritter nickte und biss sich auf die Unterlippe.

»Ich habe allerdings noch ein kleines Problem«, sagte er verlegen.

»Wie viel brauchst du?«, fragte Katharina Ehrmann mit unbewegtem Gesicht.

Ritter zögerte einen Moment, dann stieß er einen Seufzer aus.

»Fünftausend würden schon mal die größten Löcher stopfen.«

»Du kriegst das Geld, aber nur unter einer Bedingung.«

»Unter welcher?«

Katharina Ehrmann lächelte sardonisch.

»Du schreibst das Buch in den nächsten drei Wochen fertig. Es muss spätestens Anfang September erscheinen, wenn meine Busenfreundin Jutta als Spitzenkandidatin aufgestellt werden will.«

Drei Wochen! Thomas Ritter trat an die Brüstung der Terrasse. Wie hatte er nur in diese beschissene Lage geraten können? Sein Leben war in bester Ordnung gewesen, bis ihm in einem Anfall von Größenwahn sein gesunder Menschenverstand abhandengekommen war. Als er Katharina von seiner Idee, eine Enthüllungsbiographie über Vera zu schreiben, erzählt hatte, hatte er nicht geahnt, welche Begeisterung dieses Vorhaben bei der ehemals besten Freundin von Jutta Kaltensee auslösen würde.

Katharina hatte Jutta nie verziehen, wie eiskalt sie damals von ihr abserviert worden war; sie lechzte nach Rache, obwohl sie das überhaupt nicht nötig hatte. Ihre kurze Ehe mit dem Schweizer Verleger Beat Ehrmann hatte sich für sie in finanzieller Hinsicht mehr als gelohnt, der alte Ehrmann war in grandioser Überschätzung seiner körperlichen Fähigkeiten knapp zwei Jahre nach der Hochzeit mit seiner besten Redakteurin zwischen deren Schenkeln einem Herzinfarkt erlegen, und Katharina hatte alles geerbt: sein Vermögen, seine Immobilien, den Verlag. Aber der Stachel der Kränkung über Juttas eifersüchtige Intrige hatte offenbar tief gesessen. Katharina hatte Thomas Ritter den Mund wässrig gemacht mit der Aussicht auf die Millionen, die eine Skandalbiographie über eine der berühmtesten deutschen Frauen der Zeitgeschichte einbringen würde. Und dadurch hatte er dann alles verloren, was ihm etwas bedeutet hatte: seinen Job, sein Ansehen, seine Zukunft. Vera hatte nämlich von seinem Vorhaben erfahren und ihn rausgeschmissen. Seitdem war er ein gesellschaftlicher Paria, lebte mehr oder weniger von Katharinas Zuwendungen, machte einen Job, den er aus tiefstem Herzen verachtete, und konnte aus eigener Kraft dieser Situation nicht entkommen. Die Idee einer heimlichen Heirat mit Marleen, die ihm in seiner blinden Rachsucht so brillant erschienen war, erwies sich mittlerweile als weitere Falle, in die er getappt war. Manchmal wusste er überhaupt nicht mehr, wem er was sagen durfte. Katharina trat neben ihn.

»Ich muss mir jeden Tag neue Ausreden ausdenken, warum du nicht endlich das verdammte Manuskript ablieferst«, sagte sie mit einer Schärfe, die er an ihr nicht kannte. »Sie wollen jetzt endlich Ergebnisse sehen, dafür, dass wir dir seit Monaten Geld in den Hintern schieben.«

»In drei Wochen kriegst du das komplette Manuskript«, versprach Thomas eilig. »Ich muss den Anfang noch etwas umschreiben, weil ich nicht herausgefunden habe, was ich erhofft hatte. Aber die Sache mit Eugen Kaltensee ist brisant genug.«

»Das hoffe ich für dich.« Katharina Ehrmann legte den Kopf schräg. »Und für mich. Auch wenn es mein Verlag ist, bin ich meinen Geschäftspartnern Rechenschaft schuldig.«

Thomas Ritter gelang ein treuherziges Lächeln. Er war sich seines Aussehens und seiner Wirkung durchaus bewusst. Die Erfahrung hatte ihn gelehrt, dass er etwas an sich hatte, was die Frauen dazu brachte, ihm zu Füßen zu liegen. Die schöne Katharina machte da keine Ausnahme.

»Komm, Schatz.« Er lehnte sich an die Brüstung und streckte die Arme nach ihr aus. »Lass uns später übers Geschäft reden. Ich habe dich vermisst.«

Sie gab noch einen Augenblick die Spröde, dann ließ ihr Widerstand nach, und sie lächelte ebenfalls.

»Es geht um Millionen«, erinnerte sie ihn mit gesenkter Stimme. »Unsere Juristen haben eine Möglichkeit gefunden, die einstweilige Verfügung zu umgehen, indem das Buch in der Schweiz erscheint.«

Ritter ließ seine Lippen an ihrem schlanken Hals abwärtswandern und spürte eine deutliche Regung in seinem Unterleib, als sie sich nun fordernd an ihn presste. Nach dem langweiligen Blümchensex mit Marleen erregte ihn der Gedanke an die gewalttätige Hemmungslosigkeit, mit der Katharina ihn an seine physischen Grenzen zu bringen vermochte.

»Außerdem«, murmelte sie und öffnete seinen Gürtel, »werde ich selbst mit Elard sprechen. Er konnte mir noch nie etwas abschlagen.«

»Haben Sie bemerkt, wie sie reagiert hat, als Sie diese Zahl erwähnt haben?«, fragte Pia, als sie vom Mühlenhof nach Hofheim zum Kommissariat fuhren. Die ganze Zeit grübelte sie schon darüber nach, was sie für einen winzigen Moment im Gesicht von Vera Kaltensee gesehen zu haben glaubte. Angst? Hass? Erschrecken? »Und wie sie mit ihrem Sohn gesprochen hat, so … herrisch.«

»Mir ist nichts aufgefallen.« Bodenstein schüttelte den Kopf. »Und selbst wenn sie irgendwie seltsam reagiert haben sollte, dann ist das doch wohl verständlich. Wir haben ihr mitgeteilt, dass ein alter Freund der Familie erschossen wurde. Woher kennen Sie eigentlich den Sohn von Frau Dr. Kaltensee?«

Pia erklärte es ihm. »Die Nachricht von Schneiders Tod schien ihn ziemlich kaltzulassen«, fügte sie hinzu. »Er wirkte nicht besonders schockiert.«

»Und was schließen Sie daraus?«

»Nichts.« Pia zuckte mit den Schultern. »Höchstens, dass er weder Schneider noch Goldberg besonders leiden konnte. Er hatte auch kein einziges tröstendes Wort für seine Mutter übrig.«

»Vielleicht fand er, sie hätte genug mitfühlende Unterstützung.« Bodenstein hob eine Augenbraue und grinste spöttisch. »Ich hatte schon befürchtet, dass Sie auch in Tränen ausbrechen würden.«

»Ja, verdammt. Das war unprofessionell, ich weiß«, räumte Pia zerknirscht ein. Sie ärgerte sich darüber, dass sie sich von der alten Dame dermaßen hatte einwickeln lassen. Normalerweise wahrte sie genügend Distanz und konnte mitleidslos Tränen sehen. »Schluchzende weißhaarige Omis sind nun mal meine Achillesferse.«

»So, so.« Bodenstein warf ihr einen amüsierten Seitenblick zu. »Bisher dachte ich, Ihre Achillesferse seien psychisch labile junge Männer aus gutem Haus, die unter Mordverdacht stehen.«

Pia verstand die Anspielung auf Lukas van den Berg, aber sie besaß ein mindestens ebenso gutes Gedächtnis wie Bodenstein.

»Wer im Glashaus sitzt, sollte nicht mit Steinen werfen, Chef«, entgegnete sie grinsend. »Wo wir gerade von Schwächen reden: Ich erinnere mich da lebhaft an eine Tierärztin und ihre hübsche Tochter, die …«

»Schon gut«, unterbrach Bodenstein sie hastig. »Sie verstehen ja wirklich überhaupt keinen Spaß.«

»Sie ja auch nicht.«

Das Autotelefon summte. Es war Ostermann, der ihnen mitteilte, dass die Genehmigung für die Obduktion von Schneiders Leiche vorlag. Außerdem hatte er interessante Neuigkeiten aus dem kriminaltechnischen Labor in Wiesbaden. Tatsächlich hatten die Kollegen des BKA in der Hektik ihrer Vertuschungsbemühungen die Spuren, die zur Auswertung ins Labor gegangen waren, vergessen.

»Das Handy, das im Beet neben Goldbergs Haustür gefunden wurde, gehörte einem Robert Watkowiak«, sagte Ostermann. »Der ist erkennungsdienstlich erfasst, mit Fingerabdrücken und allem. Ein alter Bekannter, der den Ehrgeiz zu besitzen scheint, nach und nach gegen so ziemlich jeden Paragraphen im Strafgesetzbuch zu verstoßen. Ein Mord hat in seiner Sammlung bisher noch gefehlt. Sonst hat er alles hinter sich: Ladendiebstähle, Körperverletzung, Raubüberfall, wiederholte Verstöße gegen das Betäubungsmittelgesetz, Fahren ohne Führerschein, mehrmaliger Entzug der Fahrerlaubnis wegen Trunkenheit am Steuer, versuchte Vergewaltigung und so weiter.«

»Dann lassen Sie ihn aufs Kommissariat bringen«, sagte Bodenstein.

»Das ist nicht so einfach. Er hat keinen festen Wohnsitz, seit er vor einem halben Jahr aus dem Knast entlassen wurde.«

»Und seine letzte Adresse? Wie lautet die?«

»Jetzt wird es interessant«, sagte Ostermann. »Er ist noch immer auf dem Mühlenhof der Familie Kaltensee gemeldet.«

»Wieso denn das?« Pia war verblüfft.

»Vielleicht weil er ein uneheliches Kind vom alten Kaltensee ist«, erwiderte Ostermann. Pia warf Bodenstein einen raschen Blick zu. Konnte es ein Zufall sein, dass schon wieder der Name Kaltensee auftauchte? Ihr Handy meldete sich. Sie kannte die Nummer nicht, die im Display erschien, nahm das Gespräch aber entgegen.

»Hallo, Pia, ich bin's«, hörte sie die Stimme ihrer Freundin Miriam. »Störe ich gerade?«

»Nein, tust du nicht«, antwortete Pia. »Was gibt's?«

»Hast du am Samstagabend schon gewusst, dass Goldberg tot ist?«

»Ja«, sagte Pia. »Ich durfte dir nur noch nichts sagen.«

»O Gott. Wer erschießt denn einen alten Mann wie ihn?«

»Das ist eine gute Frage, auf die wir auch keine Antwort

haben«, erwiderte Pia. »Man hat uns die Ermittlungen in diesem Fall leider abgenommen. Goldbergs Sohn erschien am nächsten Tag mit Verstärkung aus dem amerikanischen Konsulat und aus dem Innenministerium und nahm die Leiche seines Vaters mit. Wir waren etwas erstaunt darüber.«

»Na ja, das mag daran liegen, dass ihr euch nicht mit unseren Bestattungsriten auskennt«, sagte Miriam nach einer kurzen Pause. »Sal, Goldbergs Sohn, ist strenggläubig. Nach jüdischem Ritus soll der Tote möglichst noch am selben Tag bestattet werden.«

»Aha.« Pia blickte Bodenstein an, der das Gespräch mit Ostermann beendet hatte, und legte den Zeigefinger an die Lippen. »Wurde er denn schon beerdigt?«

»Ja. Gleich am Montag. Auf dem jüdischen Friedhof in Frankfurt. Es wird allerdings nach Ablauf der Schiwa noch eine offizielle Trauerfeier geben.«

»Shiva?«, fragte Pia verständnislos. Sie kannte dieses Wort nur als Namen einer hinduistischen Gottheit.

»Schiwa ist hebräisch und bedeutet ›sieben‹«, erklärte Miriam. »Die ›Schiwa‹ ist die siebentägige Trauerperiode, die einem Begräbnis folgt. Sal Goldberg und seine Familie bleiben so lange in Frankfurt.«

Plötzlich hatte Pia einen Einfall.

»Wo bist du gerade?«, fragte sie die Freundin.

»Zu Hause«, erwiderte Miriam. »Warum?«

»Hättest du Zeit, dich mit mir zu treffen? Ich muss dir etwas erzählen.«

Elard Kaltensee stand am Fenster im ersten Stock des großen Hauses und beobachtete, wie das Auto seines Bruders durch das Tor rauschte und vor der Haustür anhielt. Mit einem bitteren Lächeln wandte er sich vom Fenster ab. Vera setzte alles in Bewegung, um die Lage im Griff zu behalten, denn die Einschläge kamen näher, und er selbst war nicht ganz unschuldig daran. Zwar wusste er auch nicht, welche Bedeutung diese Zahl haben mochte, aber er hatte den Verdacht, dass seine Mutter sie kannte. Mit ihrem für sie völlig untypischen Weinkrampf hatte sie sich geschickt weiteren Fragen der Polizei entzogen, um sofort darauf die Zügel in die Hand zu nehmen. Kaum waren die Kripoleute verschwunden, hatte Vera Siegbert angerufen, und der hatte natürlich alles stehen und liegen lassen, um unverzüglich bei Mama anzutreten. Elard streifte die Schuhe von den Füßen, zog das Jackett aus und hängte es über den Herrendiener.

Warum hatte ihn diese Polizistin, Kirchhoffs Frau, so eigenartig angesehen? Mit einem Seufzer setzte er sich auf die Bettkante, vergrub sein Gesicht in den Händen und versuchte, sich jedes Detail des Gesprächs in Erinnerung zu rufen. Hatte er irgendetwas Falsches gesagt, sich auffällig oder verdächtig benommen? Schöpfte die Polizistin Verdacht? Und wenn ja, weshalb? Er fühlte sich elend. Ein weiteres Auto fuhr unten vor. Natürlich, Vera hatte auch Jutta herbeizitiert. Dann würde es nicht mehr lange dauern, bis sie auch ihn nach unten bestellte, zum Familienrat. Allmählich wurde ihm bewusst, dass er unvorsichtig gewesen war und einen riesengroßen Fehler begangen hatte. Der Gedanke an das, was passieren konnte, wenn sie es herausfanden, verursachte ihm Herzschmerzen. Aber es hatte keinen Sinn, sich zu verkriechen. Er musste so weiterleben wie immer und so tun, als sei er völlig ahnungslos. Erschrocken zuckte er zusammen, als sein Handy unerwartet und überlaut klingelte. Zu seiner Überraschung war es Katharina Ehrmann, Juttas beste Freundin.

»Hallo, Elard«, Katharina klang gut gelaunt. »Wie geht's?«

»Katharina!« Elard gab sich gelassener, als er sich fühlte. »Du hast ja lange nichts mehr von dir hören lassen! Was verschafft mir die Ehre deines Anrufes?«

Er hatte Katharina immer gut leiden können, gelegentlich trafen sie sich auf kulturellen Veranstaltungen in Frankfurt oder bei anderen gesellschaftlichen Anlässen.

»Ich muss ein wenig mit der Tür ins Haus fallen«, sagte sie. »Ich brauche deine Hilfe. Können wir uns irgendwo treffen?«

Der dringliche Unterton in ihrer Stimme verstärkte das ungute Gefühl in seinem Inneren.

»Das ist im Moment ungünstig«, erwiderte Elard ausweichend. »Bei uns herrscht gerade Krisenstimmung.«

»Der alte Goldberg ist erschossen worden, das habe ich gehört.«

»Ach ja?« Elard fragte sich, wie sie davon gehört haben konnte. Aus den Zeitungen war der Mord an Onkel Jossi erfolgreich herausgehalten worden. Aber vielleicht hatte Jutta ihr davon erzählt.

»Vielleicht weißt du, dass Thomas ein Buch über deine Mutter schreibt«, fuhr Katharina fort. Elard erwiderte nichts darauf, aber das ungute Gefühl wurde stärker. Natürlich wusste er von dieser Schnapsidee mit dem Buch, die schon für reichlich Zündstoff innerhalb der Familie gesorgt hatte. Am liebsten hätte er das Gespräch einfach weggedrückt, aber das würde nichts nützen. Katharina Ehrmann war bekannt für ihre Beharrlichkeit. Sie würde ihn nicht in Frieden lassen, bevor sie nicht das hatte, was sie haben wollte.

»Du hast sicher gehört, was Siegbert dagegen unternommen hat.«

»Ja, das habe ich. Wieso interessiert dich das?«

»Weil das Buch in meinem Verlag erscheinen soll.«

Diese Neuigkeit verschlug Elard für einen Moment die Sprache.

»Weiß Jutta das?«, fragte er schließlich.

Katharina lachte auf.

»Keine Ahnung. Darauf kann ich auch keine Rücksicht nehmen. Mir geht es ums Geschäft. Eine Biographie über deine Mutter ist Millionen wert. Wir wollen das Buch auf jeden Fall zur Buchmesse im Oktober herausbringen, aber uns fehlt noch wichtiges Hintergrundwissen, von dem ich annehme, dass du es uns besorgen kannst.«

Elard erstarrte. Sein Mund war plötzlich staubtrocken, seine Hände schweißnass.

»Ich weiß nicht, was du meinst«, entgegnete er mit belegter Stimme. Wie konnte Katharina davon wissen? Von Ritter? Und wenn er es ihr erzählt hatte, wem noch? Ach, hätte er geahnt, was das alles nach sich ziehen würde, dann hätte er die Finger davon gelassen!

»Natürlich weißt du, was ich meine!« Katharinas Stimme wurde einige Grade kühler. »Na komm schon, Elard! Niemand wird erfahren, dass du uns geholfen hast. Denk wenigstens darüber nach. Du kannst mich jederzeit anrufen.«

»Ich muss Schluss machen.« Er drückte das Gespräch weg, ohne sich zu verabschieden. Sein Herz raste, ihm war speiübel. Krampfhaft versuchte er, seine Gedanken zu ordnen. Ritter musste Katharina alles erzählt haben, obwohl er hoch und heilig geschworen hatte, den Mund zu halten! Auf dem Flur vor der Zimmertür hörte er Schritte näher kommen, das energische Klappern von hohen Absätzen, wie nur Jutta sie trug. Es war zu spät, um unauffällig aus dem Haus zu verschwinden. Jahre zu spät.

Pia und Miriam trafen sich in einem Bistro in der Schillerstraße, das seit seiner Eröffnung vor knapp zwei Monaten als neuer Geheimtipp in der Frankfurter Gastronomieszene gehandelt wurde. Sie bestellten die Spezialität des Hauses: fettfrei gegrillte Burger mit Fleisch von glücklichen Kühen aus der Rhön. Miriam konnte ihre Neugier kaum verbergen, deshalb kam Pia sofort auf ihr Anliegen zu sprechen.

»Hör zu, Miri. Alles, worüber wir jetzt sprechen, ist absolut vertraulich. Du darfst wirklich mit keiner Menschenseele darüber sprechen, sonst kriege ich den Ärger des Jahrhunderts.«

»Ich sag kein Sterbenswörtchen.« Miriam hob eine Hand wie zum Schwur. »Versprochen.«

»Gut.« Pia lehnte sich vor und senkte die Stimme. »Wie gut hast du Goldberg gekannt?«

»Ich bin ihm ein paarmal begegnet. Seit ich denken kann, war er immer wieder bei uns zu Besuch, wenn er in Frankfurt war«, erwiderte Miriam nach kurzem Überlegen. »Oma war mit Sarah, seiner Frau, sehr eng befreundet und dadurch natürlich auch mit ihm. Habt ihr schon eine Ahnung, wer ihn ermordet hat?«

»Nein«, gab Pia zu. »Es ist ja auch nicht mehr unsere Sache. Und wenn ich ehrlich bin, glaube ich auch nicht, dass das Auftauchen von Goldbergs Sohn mit dem amerikanischen Generalkonsul, Leuten vom BKA, von der CIA und vom Innenministerium im Schlepptau nur etwas mit den jüdischen Bestattungsriten zu tun hatte.«

»CIA? BKA? Das ist nicht dein Ernst!« Miriam staunte.

»Doch. Sie haben uns die Ermittlungen entzogen. Und wir vermuten auch, dass wir den wahren Grund dafür kennen. Goldberg hatte ein ziemlich düsteres Geheimnis, und es kann kaum im Sinne seines Sohnes oder seiner Freunde sein, dass das bekannt wird.«

»Jetzt erzähl schon«, drängte Miriam. »Was für ein Geheimnis? Ich habe gehört, dass er früher ziemlich fragwürdige Geschäfte gemacht haben soll, aber das gilt ja für viele Leute. Hat er etwa Kennedy erschossen?«

»Nein.« Pia schüttelte den Kopf. »Er war Mitglied der SS.«

Miriam starrte sie an, dann stieß sie ein ungläubiges Lachen aus.

»Darüber macht man keine Witze!«, sagte sie. »Jetzt sag schon die Wahrheit.«

»Das *ist* die Wahrheit. Bei der Obduktion wurde eine Blutgruppentätowierung an seinem linken Oberarm festgestellt, wie sie nur Angehörige der SS hatten. Es gibt überhaupt keinen Zweifel.«

Das Lachen verschwand aus Miriams Gesicht.

»Die Tätowierung ist eine Tatsache«, sagte Pia nüchtern. »Er muss irgendwann versucht haben, sie zu entfernen. Aber im Unterhautgewebe war sie deutlich zu erkennen, Blutgruppe AB. Das war seine Blutgruppe.«

»Ja, aber das kann nicht sein, ehrlich, Pia!« Miriam schüttelte den Kopf. »Oma kannte ihn seit sechzig Jahren, jeder hier kannte ihn! Er hat jede Menge Geld für jüdische Einrichtungen gestiftet und viel für die Versöhnung zwischen Deutschen und Juden getan, es kann unmöglich sein, dass er früher ein *Nazi* gewesen sein soll.«

»Und wenn es doch so war?«, gab Pia zu bedenken. »Was, wenn er in Wirklichkeit gar nicht der war, der er zu sein vorgegeben hat?«

Miriam starrte sie schweigend an und kaute an ihrer Unterlippe.

»Du kannst mir helfen«, fuhr Pia fort. »In dem Institut, in dem du arbeitest, hast du doch sicher Zugang zu Akten und Unterlagen über die jüdische Bevölkerung in Ostpreußen. Du könntest mehr über seine Vergangenheit herausfinden.«

Sie sah die Freundin an und konnte förmlich sehen, wie es in ihrem Gehirn arbeitete. Die Möglichkeit, dass ein Mann wie David Goldberg ein solch unglaubliches Geheimnis gehabt und über Jahrzehnte bewahrt haben sollte, war so ungeheuerlich, dass sie sich an diesen Gedanken erst gewöhnen musste.

»Heute Morgen wurde die Leiche eines Mannes namens Herrmann Schneider gefunden«, sagte Pia leise. »Er wurde in seinem Haus ermordet, genau wie Goldberg mit einem Genickschuss. Er war weit über achtzig, lebte allein. Sein Arbeitszimmer im Keller sieht aus wie Hitlers Büro in der Reichskanzlei, mit Hakenkreuzfahne und persönlich signiertem Führerbild, echt schaurig, das sage ich dir. Und wir haben herausgefunden, dass dieser Schneider genauso mit Vera Kaltensee befreundet war wie Goldberg.«

»Mit Vera Kaltensee?« Miriam riss die Augen auf. »Die kenne ich gut! Sie unterstützt seit Jahren das Zentrum gegen Vertreibungen. Jeder weiß, wie sehr sie Hitler und das Dritte Reich gehasst hat. Sie wird es sich nicht gefallen lassen, wenn man versucht, ihre Freunde als ehemalige Nazis hinzustellen.«

»Das wollen wir doch auch nicht«, beschwichtigte Pia. »Niemand behauptet, dass sie etwas über Goldbergs oder Schneiders Vergangenheit wusste. Aber die drei kannten sich sehr lange und sehr gut.«

»Wahnsinn«, murmelte Miriam. »Totaler Wahnsinn!«

»Neben beiden Leichen haben wir eine Zahl gefunden, die der Täter in das Blut seiner Opfer gezeichnet hat. 16145«, fuhr Pia fort. »Wir wissen nicht, was das bedeutet, aber damit steht fest, dass Goldberg und Schneider von ein und derselben Person erschossen wurden. Ich habe irgendwie das Gefühl, dass das Motiv für die Morde in der Vergangenheit der beiden Männer zu suchen ist. Deshalb wollte ich dich bitten, mir zu helfen.«

Miriam wandte ihren Blick nicht von Pias Gesicht. Ihre Augen glänzten aufgeregt, und ihre Wangen röteten sich.

»Es könnte ein Datum sein«, sagte sie nach einer Weile. »Der 16. Januar 1945.«

Pia spürte, wie das Adrenalin durch ihren Körper schoss, und richtete sich ruckartig auf. Natürlich! Dass sie selbst nicht darauf gekommen war! Mitgliedsnummer, Konto- oder Telefonnummer, alles Quatsch! Aber was mochte am 16. Januar 1945 geschehen sein? Und wo? Und wie hing das mit Schneider und Goldberg zusammen? Aber vor allen Dingen: Wer konnte davon wissen?

»Wie kann man mehr darüber erfahren?«, fragte Pia. »Goldberg stammte aus Ostpreußen, genau wie Vera Kaltensee, Schneider kam aus dem Ruhrgebiet. Vielleicht gibt es noch Archive, in denen Hinweise zu finden sind.«

Miriam nickte. »Die gibt es allerdings. Das wichtigste Archiv für Ostpreußen ist das Geheime Staatsarchiv PK in Berlin, und auch in Online-Datenbanken findet man viele alte deutsche Unterlagen. Außerdem gibt es das Standesamt Nr. 1 in Berlin, da liegen alle Standesamtsunterlagen, die aus Ostpreußen gerettet werden konnten, vor allem die der jüdischen Bevölkerung, denn 1939 wurde eine ziemlich detaillierte Volkszählung durchgeführt.«

»Mensch, das wäre wirklich eine Chance!«, begeisterte sich Pia für die Idee. »Wie kann man da Einsicht bekommen?«

»Für die Polizei dürfte das gar kein Problem sein«, vermutete Miriam. Da fiel Pia ein, dass es sehr wohl ein Problem gab.

»Wir dürfen im Mordfall Goldberg offiziell nicht ermitteln«, sagte sie enttäuscht. »Und ich kann meinen Chef zurzeit kaum bitten, mir Urlaub zu geben, damit ich nach Berlin fahren kann.«

»Ich könnte das machen«, schlug Miriam vor. »Ich hab gerade nicht viel zu tun. Das Projekt, an dem ich in den letzten Monaten gearbeitet habe, ist abgeschlossen.«

»Würdest du das echt tun? Das wäre spitze!«

Miriam grinste, wurde dann aber ernst.

»Ich werde versuchen zu beweisen, dass Goldberg auf keinen Fall ein Nazi war«, sagte sie und ergriff Pias Hände.

»Von mir aus auch das.« Pia lächelte. »Hauptsache, wir erfahren etwas über diese Zahl.«

Mittwoch, 2. Mai 2007

Frank Behnke war schlecht gelaunt. Die Euphorie des Vortages über einen hervorragenden elften Platz in der Jedermann-Wertung beim Radrennen »Rund um den Henninger-Turm« war längst verflogen. Der graue Alltag hatte ihn wieder, und das ausgerechnet mit einer neuen Mordermittlung. Eigentlich hatte er gehofft, dass die ereignislose Zeit noch eine Weile andauern würde und er weiterhin pünktlich Feierabend machen könnte. Seine Kollegen hatten sich mit Feuereifer in die Arbeit gestürzt, als ob sie froh wären, endlich wieder Überstunden schieben und die Wochenenden durcharbeiten zu dürfen. Fachinger und Ostermann hatten keine Familie, der Chef eine Frau, die sich um alles kümmerte. Hasses Frau war froh, wenn ihr Mann aus dem Haus war, und die Kirchhoff schien über die erste Phase glühender Verliebtheit mit ihrem neuen Kerl hinweg und wieder scharf darauf zu sein, sich zu profilieren. Keiner von ihnen hatte auch nur einen blassen Schimmer davon, welche Probleme er am Hals hatte! Verließ er abends pünktlich das Büro, musste er sich schiefe Blicke gefallen lassen.

Behnke setzte sich hinter das Steuer des schäbigen Dienstwagens und wartete mit laufendem Motor, bis die Kirchhoff endlich auftauchte und einstieg. Er hätte die Sache alleine erledigen können, aber der Chef hatte darauf bestanden, dass sie mitfuhr. Robert Watkowiaks Fingerabdrücke waren auf einem Glas im Keller des ermordeten Herrmann Schneider gefunden worden, und sein Handy hatte neben der Haustür von Goldberg gelegen. Das konnte kein Zufall sein, deshalb wollte Bodenstein mit dem Kerl reden. Ostermann hatte sich ein bisschen umgehört und herausgefunden, dass Watkowiak seit ein paar Monaten in einem Wohnblock in Niederhöchstadt bei einer Frau hauste.

Behnke versteckte sich hinter seiner Sonnenbrille und sagte keinen Ton, während sie über Bad Soden und Schwalbach nach Niederhöchstadt zum Rotdornweg fuhren. Auch Pia machte keinen Versuch, eine Unterhaltung anzufangen. Die hässlichen Wohnblöcke wirkten wie Fremdkörper inmitten der Siedlung aus Einfamilien- und Reihenhäusern in gepflegten Gärten. Um diese Uhrzeit waren die meisten Parkplätze frei, die Bewohner der Häuser bei der Arbeit. Oder auf dem Sozialamt, dachte Behnke säuerlich. Der Großteil dieser Leute lebte garantiert von Vater Staat, besonders die mit Migrationshintergrund, die einen überproportional großen Anteil der Mieter ausmachten, wie sich an den Namen auf den Klingelschildchen unschwer ablesen ließ.

»M. Krämer«, Pia deutete auf eines der Schilder, »da soll er angeblich wohnen.«

Robert Watkowiak döste vor sich hin. Der Abend gestern war ziemlich gut verlaufen. Moni hatte ihm nichts nachgetragen, und gegen halb zwei waren sie zu ihrer Wohnung gewankt. Sein Bargeld war zwar jetzt aufgebraucht, und der Kerl wegen der Pistole hatte sich auch nicht gemeldet, aber er würde sich gleich auf den Weg machen, um die drei Schecks von Onkel Herrmann zu Kohle zu machen.

»Ey, guck mal.« Moni kam ins Schlafzimmer und hielt ihm ihr Handy entgegen. »Ich hab gestern 'ne total wirre SMS gekriegt. Kapierst du, was das heißen soll?«

Er blinzelte verschlafen und bemühte sich, auf dem Display etwas zu erkennen. SÜSSE, WIR SIND REICH! HAB AUCH DEN ANDEREN ALTEN UM DIE ECKE GEBRACHT. JETZT GEHT'S AB IN DEN SÜDEN!

Auch Robert konnte sich keinen Reim auf die Nachricht machen. Er zuckte die Schultern und schloss wieder die Augen, während Moni sich laut Gedanken darüber machte, wer ihr eine solche Nachricht geschickt haben mochte und warum. Ihm brummte der Schädel, er hatte einen ekligen Geschmack im Mund, und ihre schrille Stimme nervte ihn schon wieder.

»Dann ruf doch da an, wenn du wissen willst, wer's geschrieben hat«, murmelte er. »Lass mich weiterpennen.«

»Kommt nicht in Frage.« Sie zerrte an seiner Bettdecke. »Bis um zehn musst du hier verschwunden sein.«

»Kriegst wohl wieder Besuch, was?« Eigentlich war es ihm egal, auf welche Weise sie sich Geld dazuverdiente, aber es störte ihn, dass er dann immer irgendwo herumsitzen und warten musste, bis der »Besuch« gegangen war. Heute Morgen hatte er überhaupt keine Lust aufzustehen.

»Ich brauch die Kohle«, erwiderte sie. »Bei dir ist ja nichts zu holen.«

Es klingelte an der Tür, die Hunde fingen an zu kläffen. Moni riss gnadenlos die Rollläden hoch.

»Mach, dass du aus dem Bett kommst«, zischte sie nachdrücklich und verließ das Schlafzimmer.

Behnke drückte erneut auf die Klingel und war überrascht, als eine Stimme aus der Sprechanlage »Hallo« krächzte. Im Hintergrund kläfften Hunde.

»Hier ist die Polizei«, sagte Behnke. »Wir wollen zu Robert Watkowiak.«

»Der ist nicht da«, erwiderte die Frauenstimme.

»Lassen Sie uns trotzdem bitte rein.«

Es dauerte eine Weile, bis der Türöffner summte und sie das Haus betreten konnten. In jedem Stockwerk roch es anders und nirgends wirklich angenehm. Die Wohnung von Monika Krämer befand sich im fünften Stock am Ende eines dunklen Flurs. Die Deckenlampe war offenbar kaputt. Behnke klingelte, und die dünne verschrammte Tür ging auf. Eine dunkelhaarige Frau blickte sie misstrauisch an. Auf dem Arm hielt sie zwei winzige Hündchen, in der freien Hand qualmte eine Zigarette, und hinter ihr lief der Fernseher.

»Der Robert ist nich da«, sagte sie nach einem kurzen Blick auf Behnkes Ausweis. »Hab'n schon ewig nich mehr gesehen.«

Behnke drängte sich an ihr vorbei und blickte sich um. Die Zweizimmerwohnung war billig, aber durchaus geschmackvoll möbliert. Eine hübsche weiße Couch, eine indische Holztruhe als Couchtisch. An den Wänden hingen Bilder mit mediterranen Motiven, wie es sie für ein paar Euro im Baumarkt zu kaufen gab, in einer Ecke stand eine große Palme. Auf dem Laminatboden lag ein bunter Teppich.

»Sind Sie die Lebensgefährtin von Herrn Watkowiak?«, erkundigte sich Pia bei der Frau, die höchstens Ende zwanzig war. Sie hatte die gezupften Augenbrauen mit einem dunklen Augenbrauenstift übertrieben gewölbt nachgemalt, was ihr einen dauerhaft ungläubigen Gesichtsausdruck verlieh. Beine und Arme waren kaum dicker als die einer Zwölfjährigen, dafür hatte sie einen beachtlichen Vorbau, den sie in einem tief ausgeschnittenen Hemdchen ohne falsche Bescheidenheit präsentierte.

»Lebensgefährtin? Nee«, erwiderte die Frau. »Der pennt manchmal hier, mehr nich.«

»Und wo ist er jetzt?«

Schulterzucken. Eine neue Menthol-Zigarette. Sie setzte die

zitternden Hündchen auf der schneeweißen Couch ab. Behnke ging in den Nachbarraum. Ein Doppelbett, ein Schrank mit Spiegeltüren und eine Anrichte mit zahlreichen Schubladen. Das Bett war auf beiden Seiten benutzt. Behnke legte seine Hand auf das Laken. Es war noch warm.

»Wann sind Sie aufgestanden?«, wandte er sich an Monika Krämer, die mit verschränkten Armen im Türrahmen stand und ihn nicht aus den Augen ließ.

»Was soll'n das jetzt?« Sie reagierte mit der Aggressivität einer Ertappten.

»Antworten Sie einfach auf meine Frage.« Behnke spürte, dass er kurz davor war, die Geduld zu verlieren. Die Frau ging ihm auf die Nerven.

»Vor 'ner Stunde oder so. Was weiß ich.«

»Und wer hat dann in der rechten Betthälfte gelegen? Das Bettzeug ist noch warm.«

Pia streifte Handschuhe über und öffnete eine Spiegeltür des Schranks.

»He!«, rief Frau Krämer. »Das dürft ihr ohne Durchsuchungsbefehl gar nicht!«

»Na, mit so was hast du wohl Erfahrung.« Behnke musterte sie anzüglich von oben bis unten. Mit ihrem knappen Jeansröckchen und den billigen Lackstiefeln mit schiefgetretenen Absätzen hätte sie an jede Straßenecke im Bahnhofsviertel gepasst.

»Lass die Pfoten vom Schrank!«, keifte Monika Krämer Pia an und drängte sich zwischen sie und das Möbelstück. In dem Moment nahm Behnke eine Bewegung im vorderen Zimmer wahr; für den Bruchteil einer Sekunde sah er die Umrisse eines Mannes, dann knallte die Wohnungstür ins Schloss.

»Scheiße!«, fluchte er und wollte hinterherlaufen, aber Monika Krämer stellte ihm ein Bein. Er stolperte, knallte mit dem Kopf gegen den Türrahmen und krachte in eine Batterie leerer Sektflaschen, die neben der Tür auf dem Boden standen. Eine Flasche zerbrach, ein Splitter bohrte sich in seinen Unterarm. Mit einem Satz war er wieder auf den Beinen, aber die Schlampe fiel ihn an wie eine Furie. Da entlud sich der Zorn, der sich seit dem Morgen in ihm aufgestaut hatte. Die Wucht der Ohrfeige schleuderte das klapperdürre Weibsstück gegen die Wand. Er schlug noch einmal zu, dann packte er sie und drehte ihr einen Arm auf den Rücken. Sie wehrte sich mit erstaunlicher Kraft, trat ihn gegen das Schienbein und spuckte ihm ins Gesicht. Dabei beschimpfte sie ihn auf eine so unflätige Weise, wie er es seit seiner Zeit bei der Sitte im Frankfurter Rotlichtmilieu nicht mehr gehört hatte.

Er hätte das Miststück grün und blau geprügelt, wenn Pia nicht eingeschritten wäre und ihn von ihr weggezerrt hätte. Der ganze Tumult wurde vom hysterischen Kläffen der kleinen Köter begleitet. Schwer atmend richtete Behnke sich auf und betrachtete die heftig blutende Schnittwunde an seinem rechten Unterarm.

»Wer war der Mann, der eben weggelaufen ist?«, fragte Pia die Frau, die mit dem Rücken an der Wand sitzen geblieben war. Blut lief ihr aus der Nase. »War das Robert Watkowiak?«

»Ich sag euch Scheißbullen gar nix!«, fauchte sie und wehrte die Hündchen ab, die panisch auf ihren Schoß klettern wollten. »Ich zeig euch an! Ich kenn nämlich ein paar Anwälte!«

»Hören Sie, Frau Krämer«, Pias Stimme klang erstaunlich ruhig, »wir suchen Robert Watkowiak im Zusammenhang mit einem Mordfall. Sie tun ihm und sich keinen Gefallen, wenn Sie weiterhin lügen. Immerhin haben Sie meinen Kollegen tätlich angegriffen, das macht sich sehr schlecht vor Gericht, das werden Ihnen Ihre Anwälte bestätigen.«

Die Frau überlegte einen Moment. Sie schien den Ernst

ihrer Lage zu begreifen, denn schließlich gab sie zu, dass es Watkowiak war, der aus der Wohnung geflüchtet war.

»Er war auf'm Balkon. Mit Mord hat er nix zu tun.«

»Aha. Und warum ist er dann abgehauen?«

»Weil er keinen Bock auf Bullen hat.«

»Wissen, Sie, wo Herr Watkowiak am Montagabend war?«

»Keine Ahnung. Er ist erst heut früh hier aufgetaucht.«

»Und letzte Woche am Freitagabend? Wo war er da?«

»Weiß nich. Bin doch nich sein Kindermädchen.«

»Gut.« Pia nickte. »Danke für Ihre Hilfe. In Ihrem eigenen Interesse wäre es das Beste, wenn Sie uns anrufen, falls er hier wieder auftauchen sollte.«

Sie reichte Frau Krämer ihre Visitenkarte, die diese achtlos in ihren Ausschnitt steckte.

Pia fuhr Behnke ins Krankenhaus und wartete, während man in der Notfallambulanz den tiefen Schnitt an seinem Arm und die Platzwunde am Kopf mit ein paar Stichen nähte. Sie lehnte am Kotflügel des Dienstwagens und rauchte eine Zigarette, als ihr Kollege mit finsterer Miene durch die Drehtür kam, auf der Stirn ein Pflaster, um den rechten Arm ein leuchtend weißer Verband.

»Und?«, erkundigte sie sich.

»Bin krankgeschrieben«, antwortete er, ohne sie anzusehen. Er setzte sich auf den Beifahrersitz und schob die Sonnenbrille auf die Nase. Pia verdrehte die Augen und trat die Zigarette aus. Seit ein paar Wochen war Behnke wieder völlig ungenießbar. Während der kurzen Fahrt ins Kommissariat sagte er keinen Ton, und Pia überlegte, ob sie Bodenstein von seinem Ausraster berichten sollte. Sie hatte keine Lust, als Petze dazustehen, aber auch wenn ihr Behnkes hitzige Veranlagung durchaus bekannt war, hatte sie sein Kontrollverlust in der Wohnung von Monika Krämer doch überrascht.

Ein Polizeibeamter musste Provokationen ertragen und sich beherrschen können. Auf dem Parkplatz vor dem Kommissariat stieg Behnke ohne ein Wort des Dankes aus.

»Ich fahr nach Hause«, sagte er nur, klaubte seine Dienstwaffe samt Schulterhalfter und seine Lederjacke vom Rücksitz, zog die Bescheinigung des Krankenhauses aus der Gesäßtasche seiner Jeans und hielt sie Pia hin. »Kannst du das Bodenstein geben?«

»Ich würde an deiner Stelle dem Chef kurz Bescheid sagen.« Pia nahm das Papier. »Und es wäre vielleicht besser, wenn du selbst den Bericht schreibst.«

»Kannst du doch auch machen«, brummte er. »Warst ja dabei.«

Er wandte sich ab und ging zu seinem Auto, das auf dem öffentlichen Parkplatz geparkt war. Pia blickte ihm verärgert nach. Eigentlich sollte es ihr egal sein, was Behnke tat. Sie hatte sein mürrisches Benehmen und die Selbstverständlichkeit, mit der er seinen Kollegen in der letzten Zeit Arbeit aufhalste, ziemlich satt. Trotzdem hatte sie keine Lust auf schlechte Stimmung im Team. Bodenstein war ein großzügiger Chef, der seine Autorität selten ausspielte, aber ganz sicher hätte er gerne von Behnke selbst gehört, wie es zu seinen Verletzungen gekommen war.

»Frank!«, rief Pia und stieg aus dem Auto aus. »Warte!«

Er drehte sich widerwillig um und blieb stehen.

»Was ist los mit dir?«, fragte Pia den Kollegen.

»Du warst doch dabei«, erwiderte er.

»Nein, das meine ich nicht.« Pia schüttelte den Kopf. »Irgendetwas ist doch los mit dir. Du bist nur noch mies drauf in letzter Zeit. Kann ich dir irgendwie helfen?«

»Mit mir ist nichts los«, sagte er schroff. »Alles in Ordnung.«

»Das glaub ich dir nicht. Ist etwas mit deiner Familie?«

In seinem Innern schien ein Rollladen herunterzurasseln. Bis hierher und nicht weiter, sagte seine Miene.

»Mein Privatleben geht keinen was an«, gab er zurück.

Pia fand, dass sie ihrer Pflicht als gute Kollegin Genüge getan hatte, und zuckte die Schultern. Behnke war und blieb eben ein sturer Hund.

»Wenn du mal reden willst – du weißt ja, wie du mich erreichst!«, rief sie ihm nach. Da riss er sich die Sonnenbrille von der Nase und kam auf sie zu. Für einen Moment glaubte Pia schon, er werde auf sie losgehen, so wie vorhin auf Monika Krämer.

»Wieso müsst ihr Weiber euch eigentlich immer wie Mutter Teresa aufspielen und euch überall einmischen? Geht's euch dann besser, oder was?«, fuhr er sie zornig an.

»Sag mal, spinnst du?« Pia war sauer. »Ich will dir helfen, weil du mein Kollege bist und weil ich merke, dass irgendetwas nicht stimmt. Aber wenn du keine Hilfe brauchst, dann mach doch, was du willst!«

Sie knallte die Tür des Autos zu und ließ ihren Kollegen stehen. Frank Behnke und sie würden nie Freunde werden.

Thomas Ritter lag mit geschlossenen Augen im heißen Badewasser und spürte, wie sich seine schmerzenden Muskeln langsam entspannten. Er war diese Art der Anstrengung nicht mehr gewöhnt, und ehrlicherweise musste er sich eingestehen, dass er sie auch nicht mehr besonders mochte. Katharinas aggressive Sexualität, die ihn früher fast um den Verstand gebracht hatte, stieß ihn mittlerweile ab. Besonders überrascht hatte ihn sein schlechtes Gewissen, als er am Abend zu Marleen nach Hause gekommen war. Er hatte sich angesichts ihrer freundlichen Arglosigkeit für sein nachmittägliches Treiben zutiefst geschämt, gleichzeitig war er wütend geworden. Sie war eine Kaltensee und damit der Feind. Er hatte sich einzig aus dem Grund an sie herangemacht, Vera zu kränken und zu demütigen, seine Verliebtheit war nur gespielt und Teil des Plans. Wenn er erst sein Ziel erreicht hatte, würde er Marleen mitsamt dem Balg in den Hintern treten. So hatte er sich das in den vielen schlaflosen Nächten auf der klapprigen Schlafcouch in der schäbigen Wohnung ausgemalt. Aber plötzlich waren Gefühle mit im Spiel, Gefühle, die er nicht einkalkuliert hatte.

Nachdem seine Frau damals die Scheidung eingereicht hatte, als der soziale Abstieg offensichtlich wurde, hatte er sich geschworen, keiner Frau mehr zu vertrauen. Katharina Ehrmann und er, das war Geschäft. Sie war die Verlegerin, die ihn für die Lebensgeschichte der Vera Kaltensee bezahlte – und das nicht schlecht –, er war ihr bevorzugter Liebhaber, wenn sie in Frankfurt war. Was sie tat, wenn er außer Reichweite war, war ihm ziemlich egal. Ritter stieß einen Seufzer aus. Er hatte sich in eine wirklich beschissene Lage manövriert. Sollte Katharina von Marleen erfahren, war er unter Umständen seine Geldgeberin los. Erfuhr Marleen von seinem Vertrauensmissbrauch und den Lügengeschichten, die er ihr erzählt hatte, so würde sie ihm nie verzeihen, und er würde sie und sein Kind unweigerlich verlieren. Wie er es auch betrachtete, er saß in der Klemme. Das Telefon klingelte. Ritter öffnete die Augen und tastete nach dem Gerät.

»Ich bin's«, ertönte Katharinas Stimme an seinem Ohr. »Hast du schon gehört? Der alte Schneider ist auch ermordet worden.«

»Was? Wann?« Ritter schoss hoch, das Wasser schwappte mit einem Schwall über den Rand der Badewanne und ergoss sich auf dem Parkettfußboden des Badezimmers.

»In der Nacht von Montag auf Dienstag. Er wurde erschossen, wie Goldberg.«

»Woher weißt du das?«

»Ich weiß es eben.«

»Wer erschießt denn wohl die alten Knacker?« Ritter bemühte sich um einen gleichgültigen Tonfall, erhob sich aus dem Wasser und betrachtete die Bescherung, die er angerichtet hatte.

»Keine Ahnung«, sagte Katharina am anderen Ende der Leitung. »Mein erster Verdacht fiel auf dich, wenn ich ehrlich bin. Du warst doch neulich erst bei ihm und auch bei Goldberg, oder nicht?«

Das verschlug Ritter für einen Augenblick die Sprache. Ihm wurde eiskalt. Woher konnte Katharina das wissen?

»So ein Quatsch«, brachte er dann mühsam heraus und hoffte, dass seine Stimme belustigt klang. »Was hätte ich denn davon?«

»Schweigen?«, schlug Katharina vor. »Du hast sie ja immerhin beide ziemlich unter Druck gesetzt.«

Ritter spürte seinen Herzschlag bis zum Hals. Er hatte mit niemandem über diese Besuche gesprochen, mit wirklich niemandem. Katharina war schwer zu durchschauen und spielte nie mit offenen Karten. Ritter hätte nicht mit Bestimmtheit sagen können, auf wessen Seite sie eigentlich stand, und gelegentlich beschlich ihn das ungute Gefühl, für Katharina nicht viel mehr als ein Werkzeug zur Erfüllung ihrer eigenen Rache an der Familie Kaltensee zu sein.

»Ich habe niemanden unter Druck gesetzt«, erwiderte er nun kühl. »Im Gegensatz zu dir, meine Liebe. Du warst bei Goldberg, und zwar wegen dieser bescheuerten Firmenanteile, um die ihr euch seit Urzeiten streitet. Vielleicht warst du auch bei Herrmann, hast dir ein paar Filme angeguckt und ein Fläschchen Bordeaux mit ihm gepichelt. Du würdest doch alles tun, um den Kaltensees eins reinzuwürgen.«

»Lass es gut sein«, erwiderte Katharina nach einer kurzen Pause ruhig. »Die Polizei hat übrigens Robert im Visier. Würde mich nicht wundern, wenn der es getan hätte, er braucht schließlich immer Kohle. Aber jetzt schreib schön weiter. Vielleicht kriegen wir ja noch ein ganz aktuelles Kapitel über die liebe Familie Kaltensee.«

Ritter legte das Handy neben das Waschbecken, ergriff ein paar Handtücher und wischte das Badewasser auf, bevor der Parkettfußboden Schaden nehmen konnte. In seinem Kopf wirbelten die Informationen durcheinander. Goldberg, der alte Widerling, erschossen. Schneider erschossen. Er wusste, dass Elard die beiden Alten aus unterschiedlichen Gründen zutiefst gehasst hatte. Robert war immer in Geldnot und Siegbert zweifellos hinter den verfluchten Firmenanteilen her. Aber war einer von ihnen fähig, deswegen einen Mord oder auch zwei zu begehen? Die Antwort war eindeutig: ja. Ritter musste grinsen. Eigentlich konnte er sich in aller Ruhe zurücklehnen und abwarten.

»*Time is on my side*«, summte er und hatte keine Ahnung, wie sehr er sich damit irrte.

Monika Krämer zitterte noch immer am ganzen Körper, während sie versuchte, das Nasenbluten mit einem nassen Handtuch und Eiswürfeln zu stoppen. Dieser arrogante, hässliche Scheißbulle hatte ihr richtig weh getan. Zu schade, dass er nicht mit dem Hals in die Flaschen gefallen war! Sie betrachtete ihr Gesicht im Badezimmerspiegel. Vorsichtig berührte sie ihre Nase, aber sie schien nicht gebrochen zu sein. Und das alles wegen Robert! Dieser Idiot musste mal wieder richtigen Mist gebaut haben, von dem er ihr nichts erzählt hatte. Sie hatte die Pistole in seinem Rucksack gesehen, von der er behauptet hatte, er habe sie gefunden. Mord, hatten die Bullen gesagt! Da hörte der Spaß wirklich auf! Monika Krämer hatte überhaupt keine Lust, die Polizei auf der Pelle zu haben, und mit der Begründung würde sie Robert auch endgültig rausschmeißen. Der wirkliche Grund war der, dass er ihr auf die Nerven ging. Es wurde immer schwerer, ihn loszuwerden. Zu dumm auch, dass sie so schlecht nein sagen konnte. Immer wieder hatte sie Mitleid mit ihm und nahm ihn mit nach Hause, obwohl sie sich schon ein Dutzend Mal geschworen hatte, es nicht mehr zu tun. Er hatte nie Geld und war dazu noch eifersüchtig.

Sie ging hinüber ins Schlafzimmer und stopfte das benutzte Bettzeug in den Kleiderschrank. Aus der Kiste unter dem Bett holte sie die Seidenbettwäsche heraus, die sie benutzte, wenn sie »Besuch« erwartete. Vor zwei Jahren hatte sie damit angefangen, in der Zeitung zu inserieren. Der Text *»Manu, 19, ganz privat – knackig und tabulos«* gefiel vielen Männern, und wenn sie erst mal da waren, interessierte sie es nicht mehr, dass sie weder Manu hieß noch neunzehn Jahre jung war. Manche kamen regelmäßig: ein Busfahrer, ein paar Rentner, der Briefträger und der Kassierer von der Bank in seiner Mittagspause. Sie nahm dreißig Euro für das normale Programm, fünfzig Euro für französisch und hundert für Extras, die noch nie jemand gewünscht hatte. Zusammen mit dem Hartz-IV-Geld konnte sie so ganz gut leben, jeden Monat was zurücklegen und sich hin und wieder sogar etwas Besonderes gönnen. Noch zwei, drei Jahre, und sie würde sich ihren Traum erfüllen können: ein kleines Häuschen an einem See in Kanada. Dafür lernte sie auch nebenher Englisch.

Es klingelte. Sie warf einen Blick auf die Uhr in der Küche. Viertel vor zehn. Ihr Donnerstagmorgen-Stammfreier war pünktlich. Er war bei der Müllabfuhr und verbrachte einmal wöchentlich seine Frühstückspause bei ihr. So auch heute. Die fünfzig Euro waren schnell verdientes Geld, eine Viertelstunde später war er wieder verschwunden. Nur fünf Minuten später klopfte es an der Wohnungstür. Das konnte nur Robert sein, denn eigentlich erwartete Monika Krämer erst gegen zwölf wieder Besuch. Was dachte sich dieser Vollidiot dabei, wieder hier aufzutauchen? Die Bullen hockten womöglich unten in ihrem Auto und warteten nur auf ihn! Wütend marschierte sie zur Tür und riss sie auf.

»Was soll das …«, begann sie, verstummte dann aber, als sie einen grauhaarigen Fremden vor sich stehen sah.

»Hallo«, sagte der Mann. Er hatte einen Schnauzbart, trug eine altmodische Brille mit getönten Gläsern und gehörte eindeutig in die Kategorie »erträglich«. Kein schwitzender Fettsack mit Haaren auf dem Rücken, kein Schmutzfink, der seit Wochen nicht geduscht hatte, und keiner, der hinterher um die Kohle feilschen würde.

»Komm rein«, sagte sie und drehte sich um. Im Vorbeigehen warf sie einen prüfenden Blick in den Spiegel neben der Wohnungstür. Wie neunzehn sah sie zwar nicht mehr aus, aber vielleicht wie dreiundzwanzig. Weggegangen war bis jetzt auf jeden Fall noch nie einer.

»Hier geht's lang.« Monika Krämer deutete in Richtung Schlafzimmer. Der Mann stand immer noch an der Wohnungstür, und ihr fiel auf, dass er Handschuhe trug. Ihr Herz begann zu klopfen. War der Typ pervers?

»An den Händen brauchst du kein Gummi«, versuchte sie zu scherzen. Sie hatte plötzlich ein ungutes Gefühl. »Wo ist Robert?«, fragte er auf einmal. Scheiße! War das auch ein Bulle?

»Keine Ahnung«, erwiderte sie. »Das hab ich deinen Kollegen eben schon gesagt, Mann!«

Ohne sie aus den Augen zu lassen, griff er hinter sich und drehte den Schlüssel der Wohnungstür um. Plötzlich bekam sie Angst. Der war nicht von der Polizei! Mit wem hatte sich Robert denn jetzt schon wieder angelegt? Schuldete er irgendjemandem Geld?

»Du wirst ja wohl wissen, wo er sich rumtreibt, wenn er nicht bei dir ist«, sagte der Fremde. Monika Krämer überlegte kurz und kam zu dem Schluss, dass Robert es nicht wert war, sich wegen ihm in irgendetwas reinziehen zu lassen.

»Er pennt manchmal in so 'nem leerstehenden Haus in Königstein«, erwiderte sie deshalb. »In der Altstadt, am Ende der Fußgängerzone. Kann sein, dass er da hin ist, um sich vor den Bullen zu verstecken. Die suchen ihn ja.«

»Okay.« Der Mann nickte und musterte sie. »Danke.«

Irgendwie sah er traurig aus mit dem Schnauzbart und der dicken Brille. Ein bisschen wie der Typ von der Bank. Monika Krämer entspannte sich und lächelte. Vielleicht konnte sie noch ein Scheinchen rausschlagen.

»Wie wär's?« Sie lächelte kokett. »Für 'n Zwanziger blas ich dir einen.«

Der Mann kam näher, bis er direkt vor ihr stand. Sein Gesichtsausdruck war ruhig, beinahe gleichgültig. Er machte eine schnelle Bewegung mit der rechten Hand, und Monika Krämer spürte einen brennenden Schmerz an ihrem Hals. Sie griff im Reflex an ihre Kehle und blickte ungläubig auf das Blut an ihren Händen. Es dauerte ein paar Sekunden, bis sie begriff, dass es ihr eigenes war. Ihr Mund füllte sich mit einer warmen, kupfrig schmeckenden Flüssigkeit, und sie spürte das Prickeln echter Panik in ihrem Nacken. Was sollte das? Was hatte sie dem Mann getan? Sie wich vor ihm zurück, stolperte über einen der Hunde und verlor das Gleichgewicht. Überall war Blut. Ihr Blut.

»Bitte, bitte nicht«, krächzte sie und hob schützend die Arme vor ihren Körper, als sie das Messer in seiner Hand sah. Die Hunde kläfften wie wild. Sie schlug und trat um sich, wehrte sich verzweifelt und mit einer Kraft, die ihr die Todesangst verlieh.

*

Für niemandem beim K11 war es eine echte Überraschung, dass Dr. Kirchhoff bei der Obduktion der Leiche von Schneider dieselbe Blutgruppentätowierung gefunden hatte wie zuvor bei Goldberg. Überraschender war da schon, dass Schneider am Tage seines Todes einen Barscheck über zehntausend Euro ausgestellt haben sollte, den heute gegen halb zwölf jemand bei der Filiale der Taunus-Sparkasse in Schwalbach einlösen wollte. Die Mitarbeiter der Bank hatten die Auszahlung der ungewöhnlich hohen Summe verweigert und die Polizei eingeschaltet. Auf den Bändern der Überwachungskamera im Schalterraum war der Mann zu erkennen, der seit seiner Flucht am Morgen mit Haftbefehl gesucht wurde. Robert Watkowiak war, als er gemerkt hatte, dass es Probleme gab, ohne den Scheck aus der Bank geflüchtet, um wenig später bei der Nassauischen Sparkasse in Schwalbach aufzutauchen und dort ebenso erfolglos sein Glück mit einem Barscheck über fünftausend Euro zu versuchen. Bodenstein hatte beide Schecks vor sich auf dem Schreibtisch liegen. Ein graphologisches Gutachten würde klären, ob die Unterschrift Schneiders echt war. Die Verdachtsmomente gegen Watkowiak waren auf jeden Fall erdrückend, seine Fingerabdrücke fanden sich an beiden Tatorten.

Es klopfte an der Tür, und Pia Kirchhof trat ein.

»Ein Nachbar von Schneider hat sich gemeldet«, verkündete sie. »Er will Montagnacht gegen halb eins ein verdächtiges Fahrzeug in der Einfahrt von Schneiders Grundstück gesehen haben, als er noch spät mit dem Hund draußen war. Einen hellen Kombi mit einer Werbeaufschrift. Als er eine Viertelstunde später zurückkam, war das Auto weg, und im Haus war kein Licht mehr.«

»Hat er sich das Nummernschild gemerkt?«

»Eine MTK-Nummer. Es war dunkel, das Auto stand ungefähr zwanzig Meter entfernt. Zuerst dachte er, es sei vielleicht das Fahrzeug, mit dem der Zivildienstleistende immer kommt. Aber dann ist ihm ein Firmenlogo aufgefallen.«

»Watkowiak war ja nicht alleine bei Schneider, das beweisen die Gläser mit verschiedenen Fingerabdrücken und die Aussage der Nachbarin. Der andere Typ fährt vielleicht einen Firmenwagen und ist später noch mal zurückgekommen.«

»Leider hat die Datenbank zu den Fingerabdrücken keinen Namen ausgespuckt außer dem von Watkowiak. Und die DNA-Abgleiche dauern noch.«

»Dann müssen wir Watkowiak finden. Behnke soll noch mal zu der Wohnung fahren und die Frau fragen, in welche Kneipen ihr Untermieter zu gehen pflegt.«

Bodenstein bemerkte ein kurzes Zögern an seiner Kollegin und sah sie fragend an.

»Äh, Frank ist nach Hause gefahren«, sagte Pia. »Er ist krankgeschrieben.«

»Wieso denn das?« Bodenstein schien erstaunt über das Verhalten des Mannes, mit dem er seit über zehn Jahren zusammenarbeitete. Behnke war damals als Einziger aus seinem Frankfurter Team mit nach Hofheim gekommen, als Bodenstein die Leitung des neu gegründeten K11 bei der Regionalen Kriminalinspektion übernommen hatte.

»Ich dachte, er hätte mit Ihnen telefoniert«, sagte Pia vorsichtig. »Frau Krämer wollte Behnke daran hindern, Watkowiak zu verfolgen. Dabei ist er in eine Flasche gestürzt und hat sich am Arm und am Kopf verletzt.«

»Aha«, sagte Bodenstein nur. »Dann sollen die Kollegen aus Eschborn alle Kneipen in der Gegend abklappern und mit den Wirten sprechen.«

Pia wartete darauf, dass er noch weitere Fragen stellen würde, aber Bodenstein ging nicht weiter auf Behnkes Verhalten ein. Stattdessen stand er auf und griff nach seinem Jackett.

»Wir fahren noch mal auf den Mühlenhof und sprechen mit

Vera Kaltensee. Ich möchte wissen, was sie uns über Watkowiak sagen kann. Vielleicht weiß sie ja, wo er sein könnte.«

Das große Tor des Anwesens stand zwar offen, aber ein Mann in dunkler Uniform und mit Knopf im Ohr bedeutete Pia anzuhalten und das Fenster herunterzulassen. Ein weiterer Uniformierter stand in der Nähe. Sie präsentierte ihm ihren Ausweis und sagte, dass sie mit Vera Kaltensee sprechen wollten.

»Moment.« Der Sicherheitsmann stellte sich vor die Kühlerhaube und sprach in ein Mikrofon, das er wohl am Jackenaufschlag trug. Nach einer Weile nickte er, trat zur Seite und bedeutete Pia, sie dürfe weiterfahren. Vor dem Herrenhaus parkten drei Autos, ein Klon des ersten Wachmanns vom Tor stoppte ihre Fahrt. Erneute Ausweiskontrolle, erneutes Nachfragen.

»Was geht denn hier ab?«, murmelte Pia. »Das ist doch die reinste Schikane!«

Sie hatte sich fest vorgenommen, beim nächsten Gespräch mit Vera Kaltensee keine Gemütsregung zu zeigen, selbst wenn sich die alte Dame in Weinkrämpfen auf dem Fußboden winden sollte. Die nächste Überprüfung fand an der Haustür statt, und allmählich wurde Pia sauer.

»Was soll denn der ganze Zirkus?«, wandte sie sich an den grauhaarigen Mann, der sie und Bodenstein nun ins Haus eskortierte. Es war derselbe, der sie tags zuvor aufgehalten hatte. Moormann, wenn Pia sich richtig erinnerte. Heute trug er einen dunklen Rollkragenpullover und eine schwarze Jeans.

»Es gab einen Einbruchsversuch. Gestern Abend«, sagte er mit besorgter Miene. »Deshalb wurden die Sicherheitsvorkehrungen verschärft. Die gnädige Frau ist ja oft ganz allein hier im Haus.«

Pia erinnerte sich gut, wie sie sich selbst in ihrem Haus nach einem Einbruch im vergangenen Sommer gefürchtet hatte. Sie hatte Verständnis für Vera Kaltensees Angst. Die alte Dame war immerhin millionenschwer und ziemlich bekannt. Wahrscheinlich hortete sie in diesem Haus Kunstschätze und Schmuck von unschätzbarem Wert, die immer wieder eine Verlockung für Kunsträuber und Einbrecher aller Art darstellten.

»Bitte warten Sie hier.« Moormann blieb vor einer anderen Tür als gestern stehen. Gedämpft drangen erregte Stimmen aus dem Raum, die in dem Moment verstummten, als Moormann anklopfte. Er trat ein und schloss die Tür hinter sich. Bodenstein setzte sich mit gleichmütiger Miene auf einen Sessel mit staubigem Brokatbezug. Pia blickte sich neugierig in der großen Empfangshalle um. Das Sonnenlicht, das durch drei spitzgieblige Kirchenfenster über der Brüstung der Freitreppe fiel, zeichnete bunte Muster auf den schwarzweißen Marmorboden. An der Wand hingen dunkle goldgerahmte Porträts neben drei ungewöhnlichen Jagdtrophäen: ein mächtiger ausgestopfter Elchkopf, der Schädel eines Bären und ein gewaltiges Hirschgeweih. Bei genauerem Hinsehen fiel Pia einmal mehr auf, dass das große Haus nicht sonderlich gut gepflegt war. Der Boden war stumpf, die Tapeten verschossen. Spinnweben verunzierten die Tierköpfe, im Holzgeländer der Treppe fehlten Sprossen. Alles wirkte leicht heruntergekommen, was dem Haus eine Art morbiden Charme verlieh, als sei die Zeit vor sechzig Jahren stehengeblieben.

Plötzlich öffnete sich die Tür, hinter der Moormann verschwunden war, und ein Mann von etwa vierzig Jahren in Anzug und Krawatte verließ den Raum. Er sah alles andere als gut gelaunt aus, nickte Pia und Bodenstein aber höflich zu, bevor er durch die Haustür verschwand. Es dauerte noch etwa drei Minuten, dann kamen zwei weitere Männer heraus, von denen Pia einen sofort erkannte. Dr. Manuel Rosenblatt war ein bekannter Frankfurter Anwalt, der besonders gerne von großen Wirtschaftsbossen engagiert wurde, wenn sie in Bedrängnis geraten waren. Moormann erschien in der geöffneten Tür. Bodenstein erhob sich.

»Frau Dr. Kaltensee lässt bitten«, sagte er.

»Danke«, antwortete Pia und betrat hinter ihrem Chef einen großen Raum, dessen bedrückend wirkende dunkle Holztäfelung etwa fünf Meter hoch bis zur stuckverzierten Decke reichte. Am hinteren Ende befand sich ein Marmorkamin, groß wie ein Garagentor, in der Mitte stand ein wuchtiger Tisch, aus demselben dunklen Holz wie die Wandverkleidung, mit zehn unbequem aussehenden Stühlen. Vera Kaltensee saß aufrecht am Kopfende des Tisches, der mit Papierstößen und aufgeschlagenen Aktenordnern bedeckt war. Obwohl blass und sichtlich angeschlagen, wahrte sie Haltung.

»Frau Kirchhoff! Lieber Herr Bodenstein! Was kann ich für Sie tun?«

Bodenstein gab sich höflich und wohlerzogen, ganz alter Adel. Es fehlte nur noch der Handkuss.

»Herr Moormann sagte eben, es hätte gestern einen Einbruchsversuch gegeben.« Seine Stimme klang besorgt. »Wieso haben Sie mich nicht angerufen, Frau Dr. Kaltensee?«

»Ach Gott, ich wollte Sie nicht mit einer solchen Lappalie belästigen.« Vera Kaltensee schüttelte leicht den Kopf. Ihre Stimme klang unsicher. »Sie haben gewiss genug zu tun.«

»Was ist denn passiert?«

»Nicht der Rede wert. Mein Sohn hat mir einige Leute vom Werkschutz geschickt.« Sie lächelte zittrig. »Jetzt fühle ich mich etwas sicherer.«

Ein untersetzter, etwa sechzigjähriger Mann betrat den Raum. Vera Kaltensee stellte ihn als ihren zweitältesten Sohn Siegbert, den Geschäftsführer der KMF, vor. Siegbert Kaltensee mit seinem rosa Schweinchengesicht, Hängebacken und Glatze wirkte freundlich und umgänglich im Vergleich zu seinem aristokratisch-hageren Bruder Elard. Mit einem Lächeln reichte er erst Pia, dann Bodenstein die Hand, bevor er sich hinter den Stuhl seiner Mutter stellte. Sein grauer Anzug und das schneeweiße Hemd mit der dezent gemusterten Krawatte saßen so perfekt, wie nur Maßanfertigung sitzen konnte. Siegbert Kaltensee schien großen Wert auf Understatement zu legen, in seinem Auftreten wie in seiner Kleidung.

»Wir wollen Sie nicht lange stören«, sagte Bodenstein. »Aber wir sind auf der Suche nach Robert Watkowiak. Es gibt Anhaltspunkte dafür, dass er an beiden Tatorten gewesen ist.«

»Robert?« Vera Kaltensee riss bestürzt die Augen auf. »Sie denken doch nicht, dass er etwas ... *damit* zu tun hat?«

»Nun ja«, räumte Bodenstein ein. »Es ist eine erste Spur. Wir würden uns gerne mit ihm unterhalten. Gestern waren wir in der Wohnung, in der er zurzeit lebt, und da ist er vor meinen Kollegen geflüchtet.«

»Er ist immer noch hier, auf dem Mühlenhof, polizeilich gemeldet«, fügte Pia hinzu.

»Ich wollte ihm nicht auch noch die letzte Tür vor der Nase zuschlagen«, sagte Vera Kaltensee. »Der Junge hat mir Sorgen gemacht, seit er das erste Mal dieses Haus betreten hat.«

Bodenstein nickte. »Ich kenne sein Vorstrafenregister.« Siegbert Kaltensee sagte nichts. Sein Blick wanderte aufmerksam zwischen Bodenstein und Pia hin und her.

»Wissen Sie«, Vera Kaltensee seufzte tief, »Eugen, mein verstorbener Mann, hat mir lange Jahre Roberts Existenz verschwiegen. Der arme Junge wuchs bei seiner Mutter in ärmlichsten Verhältnissen auf, bis sie sich zu Tode getrunken hatte. Er war schon zwölf, als Eugen mit der Wahrheit über seinen unehelichen Sohn herausrückte. Nachdem ich den

Schock über seine Untreue überwunden hatte, habe ich darauf bestanden, dass Robert bei uns aufwächst. Er konnte ja nichts dafür. Aber ich fürchte, es war für ihn zu spät.«

Siegbert Kaltensee legte eine Hand auf die Schulter seiner Mutter, und sie griff nach ihr. Eine Geste voller Vertrautheit und Zuneigung.

»Robert war schon als Kind verstockt«, fuhr sie fort. »Mir ist es nie gelungen, an ihn heranzukommen, obwohl ich wirklich alles versucht habe. Als er vierzehn war, wurde er das erste Mal beim Ladendiebstahl erwischt. Und damit begann seine unrühmliche Karriere.«

Vera Kaltensee blickte mit kummervoller Miene auf.

»Meine Kinder behaupten, ich hätte ihn zu sehr beschützt, und es hätte ihn vielleicht aufgerüttelt, wenn er früher im Gefängnis gelandet wäre. Aber mir tat der Junge in der Seele leid.«

»Halten Sie ihn für fähig, einen Menschen zu töten?«, fragte Pia.

Vera Kaltensee überlegte einen Augenblick, während ihr Sohn sich noch immer in höflicher Zurückhaltung übte und schwieg.

»Ich wollte, ich könnte aus voller Überzeugung nein sagen«, erwiderte sie schließlich. »Robert hat uns unendlich oft enttäuscht. Ungefähr vor zwei Jahren war er zum letzten Mal hier. Er wollte Geld, wie üblich. Da hat Siegbert ihn schließlich vor die Tür gesetzt.«

Pia sah, dass Vera Kaltensee Tränen in die Augen stiegen, aber sie war gewappnet und betrachtete die alte Dame mit nüchternem Interesse.

»Robert hat von uns wirklich jede Chance bekommen und nie genutzt«, sagte nun Siegbert Kaltensee. Seine hohe Stimme stand in eigenartigem Gegensatz zu seiner kräftigen Erscheinung. »Er hat Mutter immer wieder um Geld angebettelt, außerdem hat er geklaut wie ein Rabe. Mutter war zu gutmütig, um ihn in die Schranken zu weisen, aber mir wurde das irgendwann zu bunt. Ich habe ihm mit einer Anzeige wegen Hausfriedensbruchs gedroht, sollte er jemals wieder den Fuß über diese Türschwelle setzen.«

»Kannte er Herrn Goldberg und Herrn Schneider?«, wollte Pia wissen.

»Natürlich.« Siegbert Kaltensee nickte. »Er kannte sie beide gut.«

»Halten Sie es für möglich, dass er sie um Geld gebeten hat?«

Vera Kaltensee verzog die Miene, als sei ihr dieser Gedanke höchst unangenehm.

»Ich weiß, dass er die beiden in der Vergangenheit regelmäßig angepumpt hat.« Siegbert Kaltensee lachte, ein kurzes Schnauben ohne Heiterkeit. »Er hat wirklich keine Hemmungen.«

»Ach, Siegbert, du bist ungerecht.« Vera Kaltensee schüttelte den Kopf. »Ich mache mir schwere Vorwürfe, weil ich auf dich gehört habe. Ich hätte die Verantwortung übernehmen und Robert in meiner Reichweite behalten sollen. Dann wäre er nicht auf all diese dummen Gedanken gekommen.«

»Darüber haben wir doch schon tausendmal gesprochen, Mutter«, entgegnete Siegbert Kaltensee geduldig. »Robert ist vierundvierzig Jahre alt. Wie lange hättest du ihn denn vor sich selbst beschützen können? Er wollte doch deine Hilfe überhaupt nicht, nur dein Geld.«

»Auf welche dummen Gedanken ist Robert denn gekommen?«, fragte Bodenstein nach, bevor Siegbert Kaltensee und seine Mutter die Diskussion, die sie wohl schon häufig geführt hatten, vertiefen konnten.

Vera Kaltensee lächelte steif.

»Sie kennen doch seine Akte«, sagte sie. »Dabei ist Robert

von seiner Veranlagung her nicht bösartig. Er ist einfach zu vertrauensselig und gerät immer an die falschen Leute.«

Pia beobachtete, wie Siegbert Kaltensee bei diesen Worten in stummer Resignation die Augenbrauen hob. Er dachte wohl dasselbe wie sie. Genau diesen Satz hörte sie immer wieder von Angehörigen. Immer waren andere daran schuld, wenn ein Sohn, eine Tochter, ein Ehemann oder Partner kriminell wurde. Es war so leicht, die Verantwortung auf schlechten Einfluss abzuschieben, um das eigene Versagen zu rechtfertigen. Vera Kaltensee machte da keine Ausnahme. Bodenstein bat sie, ihn anzurufen, sollte Robert Watkowiak sich bei ihr melden.

Robert Watkowiak marschierte schlecht gelaunt den asphaltierten Fußweg von Kelkheim nach Fischbach entlang. Er schimpfte leise vor sich hin und bedachte Herrmann Schneider mit allen Flüchen, die er kannte. Am meisten ärgerte es ihn, dass er sich von dem alten Mistkerl hatte austricksen lassen. Die Schecks seien doch so gut wie Bargeld, hatte er gesagt und ihm bedauernd sein leeres Portemonnaie präsentiert. Von wegen! Diese Spießer auf der Bank hatten ein Riesengeschiss gemacht und herumtelefoniert, wahrscheinlich mit den Bullen. Da hatte er lieber die Flucht ergriffen. Aber jetzt hatte er weder ein Handy noch genug Kohle für den Bus und musste zu Fuß latschen! Vor anderthalb Stunden war er einfach losgelaufen, ohne zu überlegen, wohin eigentlich. Der Schreck heute Morgen, als die Bullen bei Moni aufgetaucht waren, hatte ihn ernüchtert, und der Fußmarsch an der frischen Luft brachte ihm Klarheit über seine Lage: Er war am Ende. Er hatte Hunger, Durst und kein Dach über dem Kopf. Bei Kurti brauchte er nicht aufzutauchen, seine Oma hatte ihn schon mehrfach beschimpft und rausgeschmissen, und andere Freunde gab es nicht mehr. Die einzige Möglichkeit, die er noch hatte, war Vera. Er musste eine Gelegenheit abpassen, mit ihr alleine zu sprechen. Wie man ungesehen auf den Mühlenhof gelangte, wusste er, und er kannte jeden Zentimeter des Hauses. Wenn er ihr erst gegenüberstand, würde er ihr ganz sachlich darlegen, wie es um ihn bestellt war. Vielleicht gab sie ihm ja freiwillig etwas. Wenn nicht, dann würde er die Pistole ziehen und sie ihr an den Kopf halten. Aber so weit würde es nicht kommen. Eigentlich war es ja nicht Vera, die ihm Hausverbot erteilt hatte, sondern Siegbert, dieses überhebliche, dicke Schwein. Der hatte ihn noch nie leiden können, erst recht nicht nach dem Unfall damals, an dem man ihm allein die Schuld gegeben hatte. Dabei war es Marleen gewesen, die am Steuer gesessen hatte, aber das wollte ihm niemand glauben, schließlich war sie erst vierzehn gewesen und so ein liebes, artiges Mädchen! Sie hatte die Idee zu der Spritztour mit Onkel Elards Porsche gehabt, heimlich den Schlüssel entwendet und war losgefahren. Er war nur eingestiegen, um sie von dieser Dummheit abzuhalten. Aber natürlich war die Familie wie selbstverständlich davon ausgegangen, dass er gefahren war, um dem Mädchen zu imponieren! Robert Watkowiak trottete an der Aral-Tankstelle vorbei und überquerte die Straße. Wenn er sich ranhielt, konnte er in einer Stunde am Mühlenhof sein. Plötzlich riss ihn lautes Hupen aus seinen düsteren Gedanken. Ein schwarzer Mercedes hielt neben ihm an. Der Fahrer ließ das Fenster an der Beifahrerseite herunter und beugte sich herüber.

»Hey, Robert! Kann ich dich irgendwohin mitnehmen?«, fragte er. »Na komm schon, steig ein!«

Robert zögerte einen Augenblick, dann zuckte er die Achseln. Alles war besser als Laufen.

»Die Köter kläffen schon den ganzen Tag. Ich hab heute zig Beschwerden gekriegt«, klagte der Hausmeister der Wohnanlage des Rotdornwegs, als er mit Bodenstein und Pia im engen Aufzug in den obersten Stock des Gebäudes fuhr. »Aber die sind oft tagelang nicht da und lassen die Hunde einfach bellen und in die Wohnung kacken.«

Ostermann hatte beim zuständigen Richter Gefahr im Verzug geltend gemacht und den Hausdurchsuchungsbeschluss für die Wohnung von Monika Krämer in kürzester Zeit erhalten. Der Aufzug hielt mit einem Ruck, der Hausmeister öffnete die zerkratzte und beschmierte Tür und quasselte weiter.

»... kaum noch anständige Leute hier in diesem Haus. Die meisten sprechen noch nicht mal deutsch! Aber die Miete zahlt bei denen immer das Sozialamt. Dazu sind sie noch rotzfrech. Eigentlich müsste ich hier das Doppelte verdienen, bei dem ganzen Ärger, den man den ganzen Tag hat.«

Pia verdrehte genervt die Augen. Vor der Wohnung am Ende des düsteren Flures warteten zwei uniformierte Beamte, drei Leute von der Spurensicherung und ein Mann von einem Schlüsselnotdienst. Bodenstein klopfte an die Wohnungstür.

»Hier ist die Polizei!«, rief er. »Öffnen Sie die Tür!«

Keine Reaktion. Der Hausmeister schob ihn beiseite und hämmerte gegen das Holz.

»Macht die Tür auf! Wird's bald!«, rief er. »Ich weiß doch, dass ihr da seid, ihr Penner!«

»Na, jetzt machen Sie mal halblang«, bremste Bodenstein den Mann.

»Eine andere Sprache verstehen die doch nicht«, brummte der Hausmeister. Die Tür der gegenüberliegenden Wohnung wurde einen Spaltbreit geöffnet und gleich wieder geschlossen. Die Polizei war in dieser Wohnanlage offenbar kein ungewöhnlicher Besuch.

»Machen Sie die Tür auf«, sagte Bodenstein zum Hausmeister, der eilfertig nickte. Er versuchte es mit dem Zweitschlüssel, aber vergeblich. Der Mann vom Schlüsselnotdienst hatte das Zylinderschloss innerhalb weniger Sekunden geknackt, die Tür ging trotzdem nicht auf.

»Die haben wohl was von innen dagegengestellt«, vermutete der Schlosser und trat einen Schritt zurück. Zwei Beamte stemmten sich mit ihrem ganzen Gewicht gegen die Sperrholztür und verschafften sich so Zugang zu der Wohnung. Die Hunde kläfften wie die Wahnsinnigen.

»Scheiße«, murmelte einer der beiden, als er erkannte, was ihnen den Zugang erschwert hatte. Direkt hinter der Tür lag der leblose und blutverschmierte Körper der Mieterin Monika Krämer.

»Ich glaub, ich muss kotzen«, stieß der Beamte hervor und drängte sich hastig an Pia vorbei zurück in den Flur. Pia zog wortlos Handschuhe an und beugte sich über die Leiche der jungen Frau, die mit angezogenen Beinen und dem Gesicht zur Tür lag. Die Leichenstarre hatte noch nicht eingesetzt. Pia ergriff die Frau an der Schulter und drehte sie auf den Rücken. Sie hatte in den Jahren ihrer Tätigkeit bei der Kripo schon viele schreckliche Bilder gesehen, aber die Brutalität, mit der man den Körper der jungen Frau verstümmelt hatte, traf sie mit Urgewalt. Man hatte Monika Krämer regelrecht aufgeschlitzt, der Schnitt reichte von der Kehle bis zum Schambein, sogar der Slip war durchgeschnitten worden. Ihre Eingeweide quollen aus der offenen Bauchdecke.

»O Gott«, hörte Pia ihren Chef mit erstickter Stimme hinter sich sagen. Sie warf ihm einen raschen Blick zu. Bodenstein konnte einiges vertragen, aber jetzt war er weiß wie eine Wand. Pia wandte sich wieder der Leiche zu und sah, was Bodenstein so sehr erschüttert hatte. Ihr Magen zog sich zusammen, sie kämpfte gegen den aufsteigenden Brechreiz. Der Mörder hatte sich nicht damit zufriedengegeben, die junge Frau zu töten, er hatte ihr auch noch beide Augen ausgestochen.

»Lassen Sie mich fahren, Chef.« Pia hielt die Hand auf, und Bodenstein reichte ihr widerspruchslos die Autoschlüssel. Sie hatten ihre Arbeit in der Wohnung getan und mit allen Nachbarn nebenan und einen Stock tiefer gesprochen. Mehrere hatten einen heftigen Streit und dumpfe Schläge gegen elf Uhr aus der Wohnung vernommen, aber alle gaben unisono an, dass handgreifliche und lautstarke Streitereien in der Wohnung von Monika Krämer an der Tagesordnung gewesen seien. War Watkowiak in die Wohnung zurückgekehrt, nachdem Pia und Behnke gegangen waren? Hatte er die junge Frau auf diese bestialische Weise ermordet? Sie war nicht sofort tot gewesen, trotz ihrer entsetzlichen Verletzungen hatte sie sich bis zur Tür geschleppt und versucht, in den Flur zu gelangen. Bodenstein rieb sich das Gesicht mit beiden Händen. Er sah so mitgenommen aus, wie Pia es noch nie vorher erlebt hatte.

»Manchmal wünschte ich, ich wäre Förster geworden oder Staubsaugervertreter«, sagte Bodenstein dumpf, nachdem sie schon eine Weile gefahren waren. »Das Mädchen war kaum älter als Rosalie. An so etwas werde ich mich nie im Leben gewöhnen.«

Pia warf ihm einen raschen Seitenblick zu. Sie fühlte sich versucht, ihrem Chef die Hand zu drücken oder irgendeine andere tröstende Geste zu machen, aber sie tat es nicht. Obwohl sie seit zwei Jahren beinahe täglich mit ihm zusammenarbeitete, war noch immer eine Distanz zwischen ihnen, die ihr das verbot. Bodenstein war alles andere als ein kumpelhafter Typ, seine Emotionen verbarg er normalerweise gut. Manchmal fragte Pia sich, wie er das aushielt – die entsetzlichen Bilder, den Druck, der auf ihm lastete und dem er nie wirklich Luft zu machen schien, weder durch Flüche noch durch einen Wutausbruch. Sie vermutete, dass diese übermenschliche Selbstbeherrschung Ergebnis seiner strengen

Erziehung war. Das war wohl das, was man als *Contenance* bezeichnete. Haltung bewahren. Um jeden Preis und in jeder Situation.

»Ich auch nicht«, antwortete sie nun. Sie mochte zwar äußerlich den Eindruck erwecken, als ließe sie das alles unberührt, aber in ihrem Innern sah es völlig anders aus. Auch endlose Stunden in der Rechtsmedizin hatten sie nicht abstumpfen oder gleichgültig gegen die Schicksale und Tragödien der Menschen werden lassen, die sie nur als Leichen kennenlernte. Aus gutem Grund wurden Ersthelfer an Schauplätzen von Katastrophen von Psychologen betreut, denn der Anblick von verstümmelten Toten brannte sich in das Gehirn ein und ließ sich durch nichts vertreiben. Wie Pia, so suchte auch Bodenstein sein Heil in der Routine.

»Diese Nachricht auf ihrem Handy«, sagte er mit sachlicher Stimme, »könnte der Beweis dafür sein, dass Watkowiak tatsächlich hinter den Morden an Goldberg und Schneider steckt.«

Die Spurensicherung hatte im Handy von Monika Krämer eine SMS von Robert Watkowiak vom Vortag um 13:34 Uhr mit dem Wortlaut SÜSSE, WIR SIND REICH! HAB AUCH DEN ANDEREN ALTEN UM DIE ECKE GEBRACHT. JETZT GEHT'S AB IN DEN SÜDEN! gefunden.

»Dann sind unsere Mordfälle wohl gelöst«, folgerte Pia ohne echte Überzeugung. »Watkowiak hat aus Habgier Goldberg und Schneider getötet, die ihn als Stiefsohn von Vera Kaltensee gut kannten und deshalb arglos hereingelassen haben. Danach hat er Monika Krämer als Mitwisserin getötet.«

»Was halten Sie davon?«, fragte Bodenstein. Pia dachte einen Augenblick nach. Sie wünschte sich nichts mehr, als dass es eine so einfache Erklärung für die drei Morde gab, aber insgeheim zweifelte sie daran.

»Ich weiß nicht«, erwiderte sie nach kurzem Nachdenken.

»Mein Gefühl sagt mir, dass mehr hinter der ganzen Sache steckt.«

Der nasse Mist in den Pferdeboxen war schwer wie Blei, der Ammoniakgeruch raubte ihr den Atem, aber Pia achtete ebenso wenig darauf wie auf ihren schmerzenden Rücken und das Ziehen in den Armen. Sie musste sich irgendwie von ihren Gedanken ablenken, und da gab es kaum etwas Besseres als harte körperliche Arbeit. Genug Kollegen suchten in einer solchen Situation Vergessen im Alkohol, und Pia konnte das sogar verstehen. Verbissen schaufelte sie Gabel um Gabel auf den Miststreuer, den sie direkt vor den Stall manövriert hatte, bis die Zinken über den blanken Betonboden schabten. Den letzten Rest kratzte sie mit einer Schaufel heraus, dann hielt sie atemlos inne und wischte sich mit dem Ärmel den Schweiß von der Stirn.

Bodenstein und sie waren ins Kommissariat gefahren und hatten den Kollegen Bericht erstattet. Die Fahndung nach Robert Watkowiak war verschärft worden, eine Weile hatten sie erwogen, die Bevölkerung mittels eines Appells über den lokalen Rundfunk in die Suche mit einzubeziehen. Pia war gerade mit der Arbeit fertig, als ihre Hunde, die jede ihrer Bewegungen aufmerksam verfolgt hatten, aufsprangen und freudig bellend davonrannten. Nur Sekunden später hielt der grüne Pick-up vom Opel-Zoo neben dem Traktor, und Christoph stieg aus. Seine Miene war besorgt, als er nun mit raschen Schritten auf Pia zukam.

»Hey, meine Süße«, sagte er leise und schloss sie fest in die Arme. Pia lehnte sich an ihn und spürte, wie ihr die Tränen in die Augen schossen und über ihre Wangen liefen. Es war so erleichternd, für einen Moment schwach sein zu dürfen. Bei Henning hatte sie sich das nie erlaubt.

»Ich bin froh, dass du da bist«, murmelte sie.

»So schlimm?«

Sie spürte seinen Mund in ihrem Haar und nickte stumm. Eine ganze Weile hielt Christoph sie fest und streichelte ihr tröstend über den Rücken.

»Du legst dich jetzt in die Badewanne«, sagte er bestimmt. »Ich hole die Pferde rein und füttere sie. Außerdem habe ich uns was zum Essen mitgebracht. Deine Lieblingspizza.«

»Mit extra Thunfisch und Sardellen?« Pia hob den Kopf und lächelte zaghaft. »Du bist ein Schatz.«

»Ich weiß.« Er zwinkerte ihr zu und küsste sie. »Und jetzt ab mit dir in die Wanne.«

Als sie eine halbe Stunde später mit feuchten Haaren in einen Frotteebademantel gewickelt aus dem Badezimmer kam, fühlte sie sich trotz des ausgiebigen Bades noch immer innerlich verschmutzt. Die Brutalität des Mordes war entsetzlich genug. Dass sie noch ein paar Stunden zuvor mit der jungen Frau gesprochen hatte, machte die ganze Situation bedeutend schlimmer. Hatte Monika Krämer sterben müssen, weil die Polizei bei ihr aufgetaucht war?

Christoph hatte mittlerweile auch die Hunde gefüttert, in der Küche den Tisch gedeckt und eine Flasche Wein geöffnet. Der verführerische Duft nach Pizza erinnerte Pia daran, dass sie heute den ganzen Tag nichts gegessen hatte.

»Möchtest du darüber reden?«, fragte Christoph, als sie am Küchentisch saßen und lauwarme Pizza al Tonno mit den Fingern aßen. »Vielleicht tut dir das gut.«

Pia blickte ihn an. Seine Sensibilität war unglaublich. Natürlich tat es gut zu reden. Es loszuwerden, zu teilen war eigentlich das einzige Mittel, um das Erlebte zu verarbeiten.

»So etwas Grauenhaftes habe ich noch nie gesehen«, sagte sie und seufzte. Christoph schenkte ihr noch etwas Wein nach und lauschte aufmerksam, als Pia sachlich schilderte, was heute geschehen war. Sie erzählte von ihrem morgendlichen

Besuch in der Wohnung von Monika Krämer, von Watkowiaks Flucht und Behnkes Ausraster.

»Weißt du«, sagte sie und trank einen Schluck Wein, »man kann alles bis zu einem gewissen Grad nachvollziehen, auch wenn es immer furchtbar ist. Aber diese wahnsinnige Brutalität, diese Grausamkeit, mit der das Mädchen umgebracht wurde, das macht mich wirklich fertig.«

Pia aß das letzte Stück Pizza und wischte die fettigen Finger an einem Stück Küchenrolle ab. Sie fühlte sich völlig ausgelaugt und gleichzeitig bis zum Platzen angespannt. Christoph stand auf und räumte die leeren Pizzaschachteln in den Mülleimer. Dann trat er hinter Pia, legte seine Hände auf ihre Schultern und begann sanft, ihre verkrampfte Nackenmuskulatur zu massieren.

»Das einzig Gute an so einer Sache ist, dass ich dann glasklar den Sinn meiner Arbeit erkenne.« Pia schloss die Augen. »Das Schwein, das das getan hat, will ich finden und für immer hinter Schloss und Riegel bringen.«

Christoph beugte sich über sie und küsste ihre Wange.

»Du siehst wirklich fertig aus«, sagte er leise. »Es tut mir so leid, dass ich dich ausgerechnet jetzt allein lassen muss.«

Pia wandte sich zu ihm um. Morgen schon würde er nach Südafrika fliegen. Seine einwöchige Reise nach Kapstadt zur Konferenz der World Association of Zoos and Aquariums, kurz WAZA, war seit Monaten geplant. Pia vermisste ihn schon jetzt mit jeder Faser ihres Herzens.

»Es sind ja nur acht Tage.« Sie gab sich cooler, als sie sich in Wirklichkeit fühlte. »Und ich kann dich jederzeit anrufen.«

»Du rufst mich aber wirklich an, wenn irgendetwas ist, oder?« Christoph zog sie an sich. »Versprichst du mir das?«

»Hoch und heilig.« Pia schlang ihre Arme um seinen Hals. »Aber noch bist du ja da. Und das sollten wir ausnutzen.«

»Findest du?«

Statt einer Antwort gab sie ihm einen Kuss. Am liebsten hätte sie ihn nie wieder losgelassen. Henning war früher oft auf Reisen gewesen, manchmal hatte sie ihn tagelang nicht erreichen können, aber das hatte sie weder beunruhigt noch gestört. Bei Christoph war das anders. Seit sie sich kannten, waren sie kaum länger als vierundzwanzig Stunden voneinander getrennt gewesen, und der bloße Gedanke daran, dass sie nicht einfach mal kurz bei ihm im Zoo vorbeifahren konnte, erfüllte sie mit einem schmerzlichen Gefühl der Verlassenheit.

Er schien ihr dringendes Verlangen zu spüren, wie eine Strahlung, die von ihrem Körper ausging. Obwohl es natürlich nicht das erste Mal war, dass sie mit ihm schlief, klopfte ihr Herz zum Zerspringen, als sie ihm ins Schlafzimmer folgte und zusah, wie er sich eilig seiner Kleider entledigte. Einen Mann wie Christoph hatte sie noch nie gehabt – einen Mann, der alles forderte und alles gab, der ihr keinen verschämten Rückzug, keine Verlegenheit und keinen vorgetäuschten Orgasmus gestattete. Pia war geradezu süchtig nach der Heftigkeit, mit der ihr Körper auf seinen reagierte. Für Zärtlichkeit war später Zeit, jetzt wünschte sie nichts sehnlicher, als in seinen Armen den ganzen grässlichen Tag zu vergessen.

Donnerstag, 3. Mai 2007

Bodenstein fühlte sich wie gerädert, als er sich um kurz vor acht die Treppe zu den Büros des K11 in den ersten Stock hinaufschleppte. Das Baby hatte die halbe Nacht geschrien. Cosima war zwar rücksichtsvoll ins Gästezimmer umgezogen, aber er hatte trotzdem kaum Schlaf gefunden. Dann hatte ihn ein Unfall auf der B519 kurz vor der Ortseinfahrt Hofheim eine geschlagene halbe Stunde aufgehalten, und zu allem Unglück trat Kriminaldirektor Nierhoff ausgerechnet in dem Moment aus seiner Bürotür, als Bodenstein die letzten Stufen nahm.

»Guten Morgen, guten Morgen.« Nierhoff lächelte leutselig und rieb sich die Hände. »Glückwunsch! Das ging ja wirklich schnell. Wirklich gute Arbeit, Bodenstein.«

Der blickte seinen Chef irritiert an und begriff, dass Nierhoff ihm aufgelauert hatte. Bodenstein konnte es überhaupt nicht leiden, auf diese Art überfallen zu werden, bevor er nicht wenigstens einen Schluck Kaffee getrunken hatte.

»Guten Morgen«, sagte er. »Wovon sprechen Sie?«

»Wir gehen gleich mit der Nachricht an die Presse«, fuhr Nierhoff unbeirrt fort. »Ich habe unseren Pressesprecher schon instruiert und sämtliche …«

»Mit was wollen Sie an die Presse gehen?«, unterbrach Bodenstein den Redefluss des Kriminaldirektors. »Habe ich irgendetwas verpasst?«

»Die Morde sind aufgeklärt«, frohlockte Nierhoff. »Sie haben doch den Täter ermittelt. Damit ist die Sache vom Tisch.«

»Wer behauptet das?« Bodenstein nickte zwei Kollegen zu, die an ihm vorbeigingen.

»Kollegin Fachinger«, erwiderte Nierhoff, »sie sagte mir, dass …«

»Moment.« Bodenstein war es egal, ob er unhöflich war oder nicht. »Wir haben gestern die Leiche einer Bekannten des Mannes gefunden, der irgendwann an beiden Tatorten war, aber uns fehlen bisher sowohl die Mordwaffe als auch ein eindeutiger Beweis dafür, dass er die Morde tatsächlich begangen hat. Wir haben die Fälle ganz und gar noch nicht gelöst.«

»Wieso wollen Sie es so kompliziert machen, Bodenstein? Der Mann hat aus Habgier getötet, alle Spuren weisen darauf hin. Und dann hat er seine Mitwisserin getötet. Wir werden ihn früher oder später fassen, und dann kriegen wir ein Geständnis.« Für Nierhoff schien die Sachlage glasklar. »Die Pressekonferenz ist für elf Uhr anberaumt. Ich hätte Sie gerne dabei.«

Bodenstein konnte es nicht fassen. Der Tag schien sich tatsächlich noch schlechter zu entwickeln, als er begonnen hatte.

»Pünktlich um elf unten im großen Besprechungsraum«, der Kriminaldirektor ließ keinen Einwand zu. »Danach möchte ich Sie in meinem Büro sprechen.«

Damit verschwand er mit einem zufriedenen Lächeln.

Bodenstein riss verärgert die Tür zum Büro von Hasse und Fachinger auf. Beide waren schon da und saßen hinter ihren Schreibtischen. Hasse drückte rasch auf eine Taste seiner Computertastatur, aber Bodenstein war es in diesem Moment egal, ob er wieder privat im Internet surfte, auf der Suche nach einem passenden Ort in südlichen Gefilden für die Zeit nach seiner Pensionierung.

»Frau Fachinger«, wandte sich Bodenstein an seine jüngste Mitarbeiterin, ohne sich mit einem Gruß aufzuhalten, »kommen Sie mit in mein Büro.«

So verärgert er auch war, er wollte sie nicht in Gegenwart eines Kollegen zur Rede stellen.

Wenig später betrat sie sein Büro mit einem ängstlichen Gesichtsausdruck und schloss behutsam die Tür hinter sich. Bodenstein setzte sich hinter seinen Schreibtisch, forderte sie aber nicht auf, Platz zu nehmen.

»Wie kommen Sie dazu, dem Kriminaldirektor zu erzählen, wir hätten die beiden Mordfälle gelöst?«, fragte er scharf und musterte seine Kollegin. Sie war noch jung und sehr tüchtig, doch mangelte es ihr an Selbstvertrauen, und sie neigte bisweilen dazu, vor lauter Eifer Fehler zu machen.

»*Ich?*« Kathrin Fachinger lief blutrot an. »Was soll ich ihm denn erzählt haben?«

»Ja, das würde ich auch gerne wissen!«

»Er ... er kam gestern Abend in ... in den Besprechungsraum«, stotterte Kathrin Fachinger nervös. »Er hat Sie gesucht und wollte wissen, wie die Ermittlungen laufen. Ich sagte ihm, dass Sie und Pia bei der Leiche der Freundin von dem Mann seien, der an beiden Tatorten Spuren hinterlassen hat.«

Bodenstein blickte seine Mitarbeiterin an. Sein Zorn verrauchte so schnell, wie er gekommen war.

»Mehr habe ich nicht gesagt«, beteuerte Kathrin Fachinger. »Wirklich nicht, Chef. Das schwöre ich Ihnen.«

Bodenstein glaubte ihr. Nierhoff hatte es so eilig, diesen Fall aufgeklärt zu sehen, dass er sich die Ermittlungsergebnisse zusammenpuzzelte, wie es ihm gefiel. Das war ungeheuerlich – und seltsam.

»Ich glaube Ihnen«, sagte Bodenstein, »entschuldigen Sie

bitte meinen Ton, aber ich war etwas verärgert. Ist Behnke schon da?«

»Nein.« Kathrin Fachinger schien sich unbehaglich zu fühlen. »Er ... er ist doch krankgeschrieben.«

»Ach ja. Und Frau Kirchhoff?«

»Sie hat ihren Freund heute Morgen an den Flughafen gebracht und ist danach gleich in die Rechtsmedizin gefahren. Die Obduktion von Monika Krämer fängt um acht an.«

»Wie siehst du denn aus?«, begrüßte Dr. Henning Kirchhoff seine geschiedene Frau um kurz nach acht im Sektionsraum 2 des Rechtsmedizinischen Instituts. Pia warf einen schnellen Blick in den Spiegel über dem Handwaschbecken. Eigentlich fand sie, dass sie ziemlich gut aussah – dafür, dass sie die halbe Nacht nicht geschlafen und bis vor zehn Minuten im Auto geheult hatte. Im Chaos am Flughafen war der Abschied von Christoph viel zu knapp ausgefallen. Vor der Halle B hatten zwei Kollegen aus Berlin und Wuppertal, die auch zum Kongress nach Südafrika fliegen würden, auf ihn gewartet, und Pia hatte mit einem Anflug von Eifersucht festgestellt, dass der Kollege aus Berlin eine Kollegin war, noch dazu eine ziemlich attraktive. Eine letzte Umarmung, ein flüchtiger Abschiedskuss, dann war er mit den beiden in der Halle verschwunden. Pia hatte ihm hinterhergestarrt, nicht gefasst auf das überwältigende Gefühl der Leere. »Erinnerst du dich an meine Freundin Miriam?«, fragte sie Henning.

»Fräulein Horowitz und ich sind uns glücklicherweise vor vielen Jahren nur ein einziges Mal begegnet.« Das klang etwas säuerlich, und Pia fiel ein, dass Miriam Henning damals einen »humorlosen Dr. Frankenstein« genannt hatte, woraufhin er sie abfällig als »dümmliches Partyhuhn« bezeichnet hatte. Pia erwog kurz, Henning von Miriams beruflichem Werdegang zu erzählen, ließ es dann aber sein.

»Egal«, sagte sie. »Ich habe sie zufällig neulich wiedergetroffen. Sie arbeitet am Fritz-Bauer-Institut.«

»Wahrscheinlich hat Papi ihr die Stelle besorgt.« Henning erwies sich wieder einmal als nachtragend, aber Pia achtete nicht darauf.

»Ich habe sie gebeten, Nachforschungen über Goldberg anzustellen. Sie wollte natürlich erst nicht glauben, dass er ein Nazi gewesen sein soll, aber dann ist sie im Archiv des Instituts auf Unterlagen über Goldberg und seine Familie gestoßen. Die Nazis hatten ja alles akribisch dokumentiert.«

Ronnie trat neben Pia an den Tisch, auf dem schon die gewaschene und entkleidete Leiche von Monika Krämer lag, die hier, in dieser klinischen Umgebung, allen Schrecken verloren hatte. Pia berichtete, dass Goldberg, seine Familie und alle jüdischen Einwohner von Angerburg im März 1942 ins KZ Plaszow deportiert worden waren. Während Goldbergs Familie dort umgekommen war, hatte er überlebt, bis das KZ im Januar 1945 geräumt wurde. Man hatte alle Häftlinge nach Auschwitz gebracht, wo Goldberg im Januar 1945 in der Gaskammer ermordet wurde. Es war ganz still im Sektionsraum. Pia sah die beiden Männer erwartungsvoll an.

»Ja, und?«, fragte Henning herablassend. »Wo bleibt die Sensation?«

»Verstehst du nicht?« Pia ärgerte sich über seine Reaktion. »Das ist der Beweis dafür, dass der, den du hier auf dem Tisch hattest, ganz sicher nicht David Josua Goldberg war.«

»Ist ja toll!« Henning zuckte unbeeindruckt die Schultern. »Wo bleibt übrigens dieser Staatsanwalt? Ich hasse Unpünktlichkeit wie die Pest!«

»Hier ist er schon«, ertönte eine weibliche Stimme. »Guten Morgen allerseits.«

Staatsanwältin Valerie Löblich stolzierte hocherhobenen Hauptes herein, nickte Ronnie Böhme zu und übersah Pia, die wiederum Hennings plötzliches Unbehagen mit Interesse registrierte.

»Guten Morgen, Frau Löblich«, sagte er nur.

»Guten Morgen, Herr Dr. Kirchhoff«, erwiderte die Staatsanwältin kühl. Die Förmlichkeit, mit der sie sich begrüßten, entlockte Pia ein Grinsen. Sie dachte an ihre letzte Begegnung mit Staatsanwältin Löblich im Wohnzimmer von Hennings Wohnung, die nur als äußerst kompromittierend bezeichnet werden konnte. Damals hatten Valerie Löblich und auch Henning erheblich weniger Kleidung am Leib gehabt als jetzt.

»Dann können wir ja anfangen.« Kirchhoff vermied jeden Blickkontakt mit Staatsanwältin Löblich oder Pia und verfiel in hektische Betriebsamkeit. Er hatte Pia seinerzeit versichert, dass es trotz aller Bemühungen der Löblich bei dieser einen Begegnung geblieben war, und sie wusste, dass die Staatsanwältin ihr die Schuld daran gab. Sie hielt sich im Hintergrund, während Henning die äußere Leichenschau vornahm und seine Kommentare in das Mikrofon an seinem Hals diktierte.

»Sie hat sich jetzt einen Richter angelacht«, raunte Ronnie Pia zu und wies mit einem Kopfnicken auf die Staatsanwältin, die mit verschränkten Armen direkt am Sektionstisch stand. Pia zuckte die Schultern. Es war ihr herzlich gleichgültig. Ein leichtes Ziehen in Oberschenkeln und Rücken erinnerte sie an die vergangene leidenschaftliche Nacht, und sie rechnete nach, wann Christoph in Kapstadt landen würde. Er hatte versprochen, ihr sofort nach der Landung eine SMS zu schreiben. Ob er wohl daran dachte? Pias Gedanken schweiften ab. Sie bekam kaum mit, was Henning tat.

Er erweiterte den brutalen Schnitt, den der Mörder dem Mädchen zugefügt hatte, entnahm die einzelnen Organe und sezierte dann das Herz. Ronnie brachte Proben vom Mageninhalt ins Labor im oberen Stockwerk. Während der ganzen

Zeit sprach niemand ein Wort, abgesehen von Henning, der seine Arbeit mit halblauter Stimme für das Obduktionsprotokoll kommentierte.

»Pia!«, rief er auf einmal scharf. »Schläfst du?«

Unsanft aus ihren Gedanken gerissen, machte sie einen Schritt nach vorne. Gleichzeitig trat auch die Staatsanwältin näher an den Tisch.

»Ihr müsst nach einem Messer mit einer etwa zehn Zentimeter langen Hawkbill-Klinge suchen«, sagte Kirchhoff zu seiner Exfrau. »Der Täter hat den Schnitt mit viel Kraft und ohne zu zögern ausgeführt. Die Klinge hat dabei die inneren Organe verletzt und Schnittspuren auf den Rippen hinterlassen.«

»Was ist eine Hawkbill-Klinge?«, fragte die Staatsanwältin.

»Ich bin nicht Ihr Nachhilfelehrer. Machen Sie Ihre Hausaufgaben«, fuhr Kirchhoff sie an, und da tat sie Pia plötzlich leid.

»Hawkbill-Klingen sind halbmondförmig gebogen«, erklärte sie deshalb. »Sie stammen aus Indonesien und wurden ursprünglich beim Fischfang benutzt. Zum Schneiden sind solche Klingen nicht geeignet, sie werden ausschließlich für Kampfmesser verwendet.«

»Danke.« Staatsanwältin Löblich nickte Pia zu.

»So ein Messer kann man nicht im Supermarkt kaufen.« Kirchhoffs Laune hatte sich aus unerfindlichen Gründen schlagartig verschlechtert. »Zuletzt habe ich solche Schnittverletzungen bei Opfern der UÇK im Kosovo gesehen.«

»Was ist mit ihren Augen?« Pia bemühte sich um Sachlichkeit, aber sie schauderte bei dem Gedanken daran, was die Frau vor ihrem Tod hatte durchmachen müssen.

»Was soll damit sein?«, blaffte ihr Exmann gereizt. »So weit bin ich noch nicht.«

Pia und die Staatsanwältin wechselten einen verständnisinnigen Blick, der Kirchhoff nicht entging. Er begann, den Unterleib der Frau zu untersuchen, entnahm Proben und murmelte nur noch unverständlich vor sich hin. Pia bedauerte die Sekretärin, die das Obduktionsprotokoll schreiben durfte. Zwanzig Minuten später betrachtete Kirchhoff die bläulichen Lippen der Toten mit einem Vergrößerungsglas, dann untersuchte er eingehend die Mundhöhle.

»Was ist denn?«, fragte Valerie Löblich ungeduldig. »Machen Sie es doch nicht unnötig spannend.«

»Bitte noch einen Moment Geduld, werte Frau Staatsanwältin«, erwiderte Kirchhoff spitz. Er ergriff ein Skalpell, sezierte die Speiseröhre und den Kehlkopf. Dann nahm er mit hochkonzentrierter Miene mehrere Proben mit einem Wattestäbchen und reichte eine nach der anderen seinem Assistenten. Schließlich ergriff er eine UV-Lampe und leuchtete damit in den Mund und in die freigelegte Speiseröhre der Toten.

»Oha!«, machte er und richtete sich auf. »Möchten Sie mal schauen, Frau Staatsanwältin?«

Valerie Löblich nickte eifrig und trat näher.

»Sie müssen näher herangehen«, sagte Kirchhoff. Pia ahnte, was es dort zu sehen gab, und schüttelte den Kopf. Heute trieb es Henning wirklich zu weit! Auch Ronnie wusste Bescheid und unterdrückte mit Mühe ein Grinsen.

»Ich sehe nichts«, sagte die Staatsanwältin.

»Fallen Ihnen nicht die bläulich schimmernden Stellen auf?«

»Doch.« Sie hob den Kopf und runzelte die Stirn. »Wurde sie vergiftet?«

»Tja. Ob das Sperma vergiftet war, kann ich im Moment nicht beurteilen.« Kirchhoff grinste spöttisch. »Aber das werden wir im Labor feststellen.«

Der Staatsanwältin schoss das Blut ins Gesicht, als sie

begriff, dass sie Opfer eines Scherzes an unpassender Stelle geworden war. »Weißt du was, Henning, du bist ein Arschloch!«, zischte sie erbost. »Der Tag, an dem du selbst auf diesem Tisch liegst, kommt schneller, als du denkst, wenn du so weitermachst!«

Sie drehte sich auf dem Absatz um und marschierte hinaus. Kirchhoff blickte ihr nach, dann zuckte er die Schultern und sah Pia an.

»Du hast es gehört«, sagte er mit unschuldiger Miene. »Eine glatte Morddrohung. Na ja. Haben einfach keinen Humor, diese Staatsanwältinnen.«

»Das war auch wirklich nicht gut«, erwiderte Pia. »Wurde sie vergewaltigt?«

»Wer? Die Löblich?«

»Kein bisschen komisch, Henning«, sagte Pia scharf. »Also?«

»Mein Gott«, rief er ungewöhnlich heftig, nachdem er sich vergewissert hatte, dass sein Assistent nicht im Raum war. »Die regt mich auf! Sie lässt mich einfach nicht in Ruhe, dauernd ruft sie an und quakt blödes Zeug!«

»Vielleicht hast du ihr Anlass zu falschen Hoffnungen gegeben.«

»*Du* hast ihr Anlass zu falschen Hoffnungen gegeben«, warf er ihr vor. »Indem du mich zu einer Scheidung gedrängt hast!«

»Ich glaube, du spinnst.« Pia schüttelte entgeistert den Kopf. »Aber nach deiner Einlage heute bist du sie wohl los.«

»So viel Glück habe ich nicht. Die taucht spätestens in einer Stunde wieder hier auf.«

Pia musterte ihren Exmann scharf.

»Ich könnte wetten, du hast mich angelogen«, sagte sie.

»Wie meinst du das denn?«, fragte er betont arglos.

»Das Intermezzo im letzten Sommer auf dem Wohnzimmertisch war nicht das einzige Mal, wie du mir weismachen wolltest. Hab ich recht?«

Kirchhoff machte eine ertappte Miene. Aber bevor er etwas sagen konnte, kehrte Ronnie Böhme zurück in den Sektionssaal, und sein Verhalten wurde sofort wieder professionell.

»Sie wurde nicht vergewaltigt. Aber sie hatte vor ihrem Tod Oralverkehr«, erklärte er. »Danach wurden ihr die anderen Verletzungen zugefügt, die zweifellos todesursächlich waren. Sie ist verblutet.«

»Monika Krämer ist an den schweren Verletzungen verblutet, die ihr mit einem Messer mit einer Hawkbill-Klinge zugefügt wurden«, berichtete Pia ihren Kollegen eine Stunde später im Besprechungsraum. »In Mundhöhle und Speiseröhre wurden Spuren von Sperma festgestellt. Da wir ja die DNA von Watkowiak im Computer haben, werden wir spätestens in ein paar Tagen wissen, ob es von ihm stammt. Ob sich unter den sichergestellten Spuren, Fasern und Haaren auch die DNA einer dritten Person befindet, müssen wir abwarten. Die Kollegen von der Kriminaltechnik arbeiten unter Hochdruck daran.«

Bodenstein warf Kriminaldirektor Nierhoff einen raschen Blick zu und hoffte, dass sein Chef erkannte, wie überaus dünn die Beweislage war. Unten warteten die Journalisten, die Nierhoff in großer Zahl eingeladen hatte, um sich mit der rasanten Aufklärung der Morde an Goldberg und Schneider zu brüsten.

»Der Mann hat sich einer Mitwisserin entledigt, nachdem er ihr vorher von den begangenen Morden erzählt hat.« Nierhoff erhob sich. »Ein deutlicher Beweis für seine Gewaltbereitschaft. Gute Arbeit, Kollegen. Bodenstein, Sie denken dran: um zwölf in meinem Büro.«

Schon hatte er den Raum verlassen und eilte mit großen

Schritten zur Pressekonferenz, ohne darauf zu bestehen, dass Bodenstein ihn begleitete. Einen Moment war es ganz still.

»Was erzählt er denn jetzt wohl da unten?«, fragte Ostermann.

»Keine Ahnung.« Bodenstein hatte resigniert. »Auf jeden Fall wird eine Falschmeldung zu diesem Zeitpunkt keinen Schaden anrichten.«

»Sie halten Watkowiak also nicht für den Mörder von Goldberg und Schneider?«, fragte Kathrin Fachinger schüchtern.

»Nein«, erwiderte Bodenstein. »Er ist ein Gewohnheitsverbrecher, aber kein Mörder. Und ich glaube auch nicht, dass er Frau Krämer umgebracht hat.«

Fachinger und Ostermann sahen ihren Chef erstaunt an.

»Ich habe die Befürchtung, dass ein Dritter die Finger im Spiel hat. Damit wir nicht weiter herumschnüffeln, musste schnell ein Täter her, dem man die Morde an Goldberg und Schneider in die Schuhe schieben kann.«

»Sie denken, dass der Mord an Monika Krämer ein Auftragsmord gewesen sein könnte?« Ostermann zog die Augenbrauen hoch.

»So etwas vermute ich«, bestätigte Bodenstein. »Dafür sprechen das professionelle Vorgehen und der Einsatz eines Kampfmessers. Die Frage ist: Würde Goldbergs Familie so weit gehen? Immerhin hatten sie innerhalb von vierundzwanzig Stunden das BKA, das Innenministerium, den amerikanischen Generalkonsul, den Frankfurter Polizeipräsidenten und die CIA mobilisiert, um zu verhindern, dass herauskommt, was wir schon herausgefunden hatten, nämlich dass der ermordete Goldberg alles andere als ein jüdischer Überlebender des Holocaust war.« Er sah seine Kollegen eindringlich an. »Eins ist klar: Irgendjemand, der viel zu verlieren hat, scheut vor nichts zurück. Deshalb müssen wir bei unseren weiteren Ermittlungen sehr, sehr vorsichtig sein, um nicht noch mehr unschuldige Menschen in Gefahr zu bringen.«

»Dann ist es doch sogar gut, dass Nierhoff jetzt verkündet, wir hätten den Täter gefunden«, bemerkte Ostermann, und Bodenstein nickte.

»Genau. Deshalb halte ich ihn auch nicht davon ab. Der mögliche Auftraggeber des Mordes an Monika Krämer wird sich in Sicherheit wiegen.«

»Auf ihrem Handy wurden übrigens mehrere alte SMS von Watkowiak gefunden«, sagte Pia nun. »Alle in Groß- und Kleinschreibung, und nicht einmal hat er sie als ›Süße‹ bezeichnet. Die SMS, die wir gefunden haben, stammte nicht von ihm. Jemand hat unter falschem Namen ein Handy gekauft, wahrscheinlich ein Prepaid-Gerät, und die SMS an Monika Krämer verschickt, um den Mordverdacht auf Watkowiak zu lenken.«

Jeder begriff die Tragweite dieser Schlussfolgerung, und für eine Minute herrschte Schweigen im Raum. Watkowiak mit seinem ellenlangen Vorstrafenregister war ein wunderbar glaubhafter Mordverdächtiger.

»Wer weiß denn überhaupt, dass wir Watkowiak als Täter im Visier haben?«, fragte Kathrin Fachinger. Bodenstein und Pia wechselten einen raschen Blick. Das war eine gute Frage. Nein, es war *die* Frage, die es zu beantworten galt, falls es tatsächlich nicht Watkowiak gewesen war, der Monika Krämer erst geblendet und dann regelrecht abgeschlachtet hatte.

»Vera Kaltensee und ihr Sohn Siegbert auf jeden Fall«, sagte Pia in die schweigende Runde und dachte an die Männer in den martialischen schwarzen Uniformen auf dem Mühlenhof. »Und wahrscheinlich auch der Rest der Familie Kaltensee.«

»Ich glaube nicht, dass Vera Kaltensee etwas damit zu tun hat«, widersprach Bodenstein. »So etwas passt überhaupt nicht zu ihr.«

»Nur weil sie eine große Wohltäterin ist, muss sie noch lange kein Engel sein«, entgegnete Pia, die als Einzige ahnte, weshalb ihr Chef die alte Dame so unbedingt in gutem Licht sehen wollte. Bodenstein, der durch seine Arbeit sämtliche Abstufungen der Gesellschaft vom Bodensatz bis hin zur Oberschicht kannte, war noch immer seinem anerzogenen Klassendenken verhaftet. Seine gesamte Familie gehörte zum Adel wie die geborene Freifrau von Zeydlitz-Lauenburg.

»Hat jemand Interesse an Laborergebnissen?« Ostermann klopfte auf den Hefter, der vor ihm lag.

»Natürlich.« Bodenstein beugte sich vor. »Gibt es etwas über die Tatwaffe?«

»Ja.« Ostermann schlug den Hefter auf. »Es handelte sich eindeutig um dieselbe Waffe. Die Munition ist etwas ganz Besonderes, nämlich in beiden Fällen eine 9 x 19-Parabellum-Patrone, hergestellt irgendwann zwischen 1939 und 1942. Das konnten sie im Labor anhand der Metalllegierung feststellen, die seitdem in dieser Zusammensetzung nicht mehr verwendet wird.«

»Unser Mörder benutzt also eine Neun-Millimeter-Waffe und Munition aus dem Zweiten Weltkrieg«, wiederholte Pia. »Wo bekommt man so etwas her?«

»Das Zeug kann man im Internet bestellen«, behauptete Hasse. »Und wenn nicht da, dann auf Waffenbörsen. Ich finde es nicht so ungewöhnlich, wie es erst mal klingt.«

»Okay, okay«, erstickte Bodenstein die Diskussion im Keim. »Was gibt es sonst noch, Ostermann?«

»Die Unterschriften von Schneider auf den Schecks waren echt. Und die geheimnisvolle Zahl wurde in beiden Fällen von derselben Person gezeichnet, sagt der Graphologe. Die DNA an dem Rotweinglas in Goldbergs Wohnzimmer gehört zu einer Frau, die Abgleichung der DNA und auch der Fingerabdrücke hat nichts ergeben. Der Lippenstift ist nichts

Besonderes – ein handelsübliches Produkt des Herstellers ›Maybelline Jade‹ –, aber außer dem Lippenstift wurden noch Spuren von Aciclovir gefunden.«

»Und was ist das?«, erkundigte sich Kathrin Fachinger.

»Ein Wirkstoff gegen Lippenherpes. Ist zum Beispiel in Zovirax enthalten.«

»Na, das ist ja mal eine Nachricht«, murrte Hasse. »Der Mörder wurde durch seinen Herpes überführt. Kann mir schon die Schlagzeile vorstellen.«

Bodenstein musste wider Willen grinsen, aber das Grinsen verging ihm bei Pias nächsten Worten.

»Vera Kaltensee hatte ein Pflaster auf der Lippe. Zwar hatte sie Lippenstift drübergemalt, aber ich hab's genau gesehen. Erinnern Sie sich, Chef?«

Bodenstein runzelte die Stirn, er warf Pia einen zweifelnden Blick zu.

»Möglich. Aber ich könnte es nicht beschwören.«

In dem Moment klopfte es an der Tür, die Sekretärin des Kriminaldirektors steckte den Kopf herein.

»Der Chef ist von der Pressekonferenz zurück und erwartet Sie, Herr Hauptkommissar«, überbrachte sie ihre Botschaft. »Dringend.«

Der Auftrag war unmissverständlich. Die Kiste samt Inhalt musste *unbedingt* gefunden werden. Weshalb, das war ihm gleichgültig. Er wurde nicht dafür bezahlt, dass er sich Gedanken über irgendwelche Beweggründe machte. Er hatte noch nie Skrupel gehabt, einen Befehl zu befolgen. Das war sein Job. Es dauerte anderthalb Stunden, bis Ritter endlich das hässliche, gelb gestrichene Mietshaus verließ, in dem er seit seinem folgenreichen Sündenfall hauste. Der Mann beobachtete mit boshafter Genugtuung, wie Ritter mit einer umgehängten Laptop-Tasche und dem Handy am Ohr die

Straße überquerte und zur S-Bahn-Haltestelle Schwarzwaldstraße ging. Die Zeiten waren vorbei, in denen sich der arrogante Typ herumchauffieren ließ.

Er wartete, bis Ritter aus seinem Blickfeld verschwunden war, dann stieg er aus und betrat das Haus. Ritters Wohnung lag im dritten Stock. Für die lächerlichen Sicherheitsvorrichtungen an der Wohnungstür benötigte der Mann exakt zweiundzwanzig Sekunden, ein Kinderspiel. Er zog sich Handschuhe an und blickte sich um. Wie musste sich ein Mann wie Thomas Ritter, der an ein Leben im Luxus gewöhnt war, in einer solchen Bude fühlen? Ein Zimmer mit Blick auf das Nachbargebäude, ein Badezimmer mit Dusche und Klo ohne Tageslicht, ein winziger Flur und eine Küche, die dieser Bezeichnung spottete. Er öffnete die Türen des einzigen Schranks, arbeitete sich systematisch durch Stapel mit sauberer und weniger sauberer Kleidung, Unterwäsche, Socken und Schuhe. Nichts. Kein Hinweis auf eine Kiste oder auf die Familie. Das Bett sah aus, als sei es eine Weile nicht benutzt worden, es war nicht einmal bezogen. Als Nächstes wandte er sich dem Schreibtisch zu. Es gab keinen Festnetzanschluss, also auch keinen Anrufbeantworter, der etwas verraten konnte. Auf dem Schreibtisch lag zu seiner Enttäuschung nur uninteressantes Zeug herum, alte Zeitungen und Sexmagazine der billigsten Art. Eines steckte er sich ein. Etwas inspirierende Lektüre für langweilige Wartestunden im Auto konnte nicht schaden.

Er blätterte akribisch die Stapel handschriftlicher Notizen durch und stellte fest, dass sich Ritters Niveau erheblich verschlechtert hatte. »*Raschelnde Laken, quietschende Muschis und atemlose Orgasmusschreie*«, entzifferte er und musste grinsen. So weit war er also gesunken, der Herr Doktor, der früher hochgeistige Reden verfasst hatte. Heute schrieb er platte Kurzgeschichten mit pornographischem Inhalt. Der

Mann blätterte weiter. Er stutzte, als er auf einem gelben Post-it einen flüchtig hingekritzelten Namen, eine Mobilfunknummer und ein Wort las, das ihn augenblicklich elektrisierte. Mit seiner Digitalkamera fotografierte er den Zettel und deckte anschließend die anderen Unterlagen wieder darüber. Der Besuch in Ritters Wohnung war doch keine Zeitverschwendung gewesen.

Katharina Ehrmann stand in Slip und BH in ihrem begehbaren Kleiderschrank und überlegte, was sie anziehen sollte. Sie hatte sich nie für besonders eitel gehalten, bis sie nach dem plötzlichen Tod ihres Mannes die trauernde Witwe gespielt und eine Weile auf Make-up verzichtet hatte. Der Blick in den Spiegel war jedes Mal ein Schock gewesen. Ein Schock, den sie sich gerne ersparte, zumal sie nicht mehr von einem mickrigen Angestelltensalär leben musste. Kurz nach ihrem vierzigsten Geburtstag vor ein paar Jahren hatte sie damit begonnen, dem Alter entgegenzuwirken. Mit Stunden im Fitnesszentrum, Lymphdrainagen und Darmreinigungen hatte es angefangen, mittlerweile waren vierteljährliche Botoxbehandlungen und sündhaft teure Faltenunterspritzungen mit Kollagen und Hyaluronsäure dazugekommen. Aber es lohnte sich. Verglichen mit gleichaltrigen Frauen sah sie zehn Jahre jünger aus. Katharina lächelte ihrem Spiegelbild zu. In Königstein lebten viele wohlhabende Leute, die diskreten Privatkliniken, die sich auf jede Art des Anti-Aging eingestellt hatten, schossen wie Pilze aus dem Boden.

Aber deshalb war sie nicht in den kleinen Taunusort zurückgekehrt. Der Grund ihrer Rückkehr war weitaus pragmatischer. Sie wollte nicht in Frankfurt wohnen, brauchte aber ein Haus in der Nähe des Flughafens, weil sie viel Zeit in Zürich oder in ihrer Finca auf Mallorca verbrachte. Der Kauf des großen Hauses mitten in der Königsteiner Altstadt, nur ein paar hundert Meter entfernt von der Hütte, in der sie als arme Gastwirtstochter aufgewachsen war, war für sie ein Triumph gewesen. Hier hatte der Mann gewohnt, der ihren Vater damals in den Bankrott getrieben hatte. Nun war er selbst pleite, und Katharina hatte sein Haus für einen Spottpreis erstanden. Sie lächelte. Man sieht sich immer zweimal im Leben, dachte sie.

Ein prickelnder Schauer lief ihr über den Rücken, als sie an den Tag dachte, an dem Thomas Ritter ihr von seinem Vorhaben erzählt hatte, eine Biographie über Vera Kaltensee zu schreiben. In hoffnungsloser Selbstüberschätzung hatte er angenommen, Vera würde von seiner Idee begeistert sein, aber das Gegenteil war der Fall gewesen. Vera hatte nicht lange gefackelt und ihn nach achtzehn Jahren fristlos entlassen. Bei einer zufälligen Begegnung hatte sich Ritter selbstmitleidig über diese Ungerechtigkeit beklagt, und da hatte Katharina ihre Gelegenheit, sich an Vera und der ganzen Kaltensee-Sippe zu rächen, erkannt. Gierig hatte sich Ritter auf das Angebot gestürzt, das Katharina ihm gemacht hatte.

Nun, anderthalb Jahre später, hatte Ritter zwar einen Vorschuss in fünfstelliger Höhe erhalten, aber bisher nichts Bestseller-Verdächtiges zu Papier gebracht. Obwohl Katharina gelegentlich mit ihm ins Bett ging, ließ sie sich keinesfalls von seinen großen Sprüchen und Versprechungen blenden. Nach einer nüchternen Analyse dessen, was Ritter bisher abgeliefert hatte, wusste sie, dass sein Geschreibsel meilenweit von dem skandalösen Enthüllungsbericht entfernt war, den er ihr vor Monaten vollmundig versprochen hatte. Es war an der Zeit gewesen einzugreifen.

Sie war nach wie vor gut informiert, was die Familie Kaltensee betraf, denn sie hielt den freundschaftlichen Kontakt zu Jutta aufrecht, als ob nie etwas gewesen sei, und Jutta in ihrer Eitelkeit zweifelte nicht an Katharinas Aufrichtigkeit. Durch Ritter wusste Katharina um die Umstände, die zu seiner fristlosen Kündigung geführt hatten. Ein höchst aufschlussreiches Gespräch mit Veras nicht sonderlich loyaler Haushälterin hatte sie schließlich darauf gebracht, Elard zu kontaktieren. Zwar wusste sie nicht mit Sicherheit, wie hilfreich Juttas ältester Bruder sein würde, aber er war zumindest bei dem Eklat im Sommer vorigen Jahres dabei gewesen. Während Katharina noch darüber nachdachte, summte ihr Handy.

»Hallo, Elard«, sagte sie. »Das war wohl Gedankenübertragung.«

Elard Kaltensee sparte sich diesmal die Umständlichkeiten und kam sofort zur Sache.

»Wie hast du dir die Übergabe vorgestellt?«, fragte er.

»Aus deinen Worten schließe ich, dass du etwas für mich hast«, erwiderte Katharina. Sie war neugierig, was Elard herausrückte.

»Jede Menge«, sagte Elard. »Ich will das Zeug loswerden. Also?«

»Treffen wir uns bei mir«, schlug Katharina vor.

»Nein. Ich schicke dir die Sachen. Morgen Mittag.«

»Einverstanden. Wo?«

»Das sage ich dir noch. Auf Wiedersehen.«

Und schon hatte er aufgelegt. Katharina lächelte zufrieden. Alles lief wie am Schnürchen.

Bodenstein knöpfte sein Jackett zu und klopfte an die Bürotür seines Chefs, bevor er eintrat. Überrascht sah er, dass Nierhoff rothaarigen Damenbesuch hatte, und wollte sich schon wieder entschuldigen, aber der Kriminaldirektor sprang auf und kam auf ihn zu. Er schien noch immer unter der berauschenden Wirkung einer in seinen Augen hoch erfolgreichen Pressekonferenz zu stehen.

»Kommen Sie herein, Bodenstein!«, rief er leutselig. »Kommen Sie nur! Es mag für Sie ein wenig unerwartet kommen, aber ich möchte Ihnen meine Nachfolgerin im Amt vorstellen!«

In dem Moment drehte sich die Frau um, und Bodenstein erstarrte. Der schwarze Tag raste mit der Geschwindigkeit eines ICE auf den absolut schwärzesten Tiefpunkt zu.

»Hallo, Oliver.«

Ihre raue Stimme war unverwechselbar, genauso wie das Unbehagen, das der kühle, berechnende Blick aus den hellen Augen in ihm auslöste.

»Hallo, Nicola.« Er hoffte, dass sie nicht bemerkt hatte, wie ihm für den Bruchteil einer Sekunde die Gesichtszüge entgleist waren.

»Wie?« Nierhoff schien enttäuscht. »Sie kennen sich?«

»Allerdings.« Nicola Engel erhob sich und hielt Bodenstein ihre Hand hin, die dieser kurz schüttelte. Vor seinem inneren Auge lief ein Film mit düsteren Erinnerungen ab, und ein Blick in Nicolas Augen machte ihm klar, dass auch sie nichts vergessen hatte.

»Wir waren zusammen auf der Polizeischule«, erklärte sie dem verblüfften Kriminaldirektor.

»Aha«, sagte der nur. »Nehmen Sie Platz, Bodenstein.«

Bodenstein gehorchte. Er versuchte, sich an die letzte Begegnung mit der Frau zu erinnern, die in Zukunft seine Chefin sein würde.

»... hatte Ihren Namen ja mehrfach ins Gespräch gebracht«, drang die Stimme des Kriminaldirektors an sein Ohr. »Aber aus dem Innenministerium kam der Vorschlag, jemandem von außerhalb die Leitung der RKI zu übertragen. Sie sind meines Wissens ohnehin nicht sehr erpicht darauf, in den höheren Dienst zu wechseln. Politik ist ja nicht so Ihr Gebiet.«

Bodenstein meinte bei diesen Worten ein spöttisches Aufblitzen in Nicolas Augen zu erkennen, gleichzeitig fiel ihm alles wieder ein. Es war ungefähr zehn Jahre her; sie hatten mitten in hoffnungslos festgefahrenen Ermittlungen zu einer brutalen Mordserie im Rotlichtmilieu gesteckt, die bis heute unaufgeklärt geblieben war. Das gesamte Frankfurter K11 hatte unter unglaublichem Druck gestanden. Ein V-Mann, den sie in eine der rivalisierenden Banden hatten einschleusen können, war angeblich durch einen weiteren V-Mann im Milieu enttarnt und daraufhin auf offener Straße erschossen worden.

Bodenstein war sich bis heute sicher, dass die Enttarnung auf einen gravierenden Fehler von Nicola zurückging, die damals innerhalb des K11 eine andere Abteilung geleitet hatte. Nicola, ehrgeizig und rücksichtslos, hatte Bodensteins Leute verantwortlich machen wollen. Der Machtkampf war schließlich durch die nachdrückliche Intervention des Polizeipräsidenten beendet worden. Nicola war von Frankfurt nach Würzburg gegangen, hatte es dort zur Vizepräsidentin des Polizeipräsidiums Unterfranken gebracht und galt als kompetent und unbestechlich. Mittlerweile war sie Kriminalrätin, wie Bodenstein erfuhr, und zum 1. Juni 2007 würde sie seine neue Chefin sein. Er wusste ganz und gar nicht, was er davon halten sollte.

»Frau Dr. Engel hat sich bereits in Würzburg beurlauben lassen und wird ab sofort von mir eingearbeitet«, schloss Nierhoff seine Rede, von der Bodenstein nur Bruchstücke mitbekommen hatte. »Ich werde sie am nächsten Montag offiziell allen Mitarbeitern vorstellen.«

Er blickte seinen Dezernatsleiter erwartungsvoll an, aber Bodenstein sagte nichts und stellte auch keine Fragen.

»War's das?«, sagte er nur und stand auf. »Ich muss zurück in die Besprechung.«

Nierhoff nickte konsterniert.

»Unser K 11 hat gerade die Ermittlungen in zwei Mordfällen so gut wie abgeschlossen«, erklärte er seiner Nachfolgerin stolz – wohl in der Hoffnung, Bodenstein würde irgendwie darauf eingehen.

Nicola Engel erhob sich ebenfalls und hielt Bodenstein die Hand hin.

»Ich freue mich auf eine gute Zusammenarbeit«, sagte sie, aber der Ausdruck in ihren Augen strafte diese Behauptung Lügen. Von nun an würde ein anderer Wind bei der Regionalen Kriminalinspektion wehen, das war Bodenstein klar. Inwieweit sich Dr. Nicola Engel in seine Arbeit einmischen würde, blieb abzuwarten.

»Ich mich auch«, erwiderte er und schüttelte ihre Hand.

Die Besprechung mit dem Architekten und den anderen Handwerkern war gut verlaufen; nach einem Jahr der Planung konnten die Arbeiten am Idsteiner Hexenturm Anfang nächster Woche endlich beginnen. Marcus Nowak war guter Dinge, als er am frühen Abend sein Büro betrat. Es war immer ein aufregender Moment, wenn ein Projekt in die akute Bauphase kam und es richtig losging. Er setzte sich an seinen Schreibtisch, schaltete den Computer ein und sah die Post des Tages durch. Zwischen all den Rechnungen, Angeboten, Werbesendungen und Katalogen steckte ein Briefumschlag aus Umweltpapier, der üblicherweise nichts Gutes verhieß.

Er riss den Umschlag auf, überflog den Inhalt und schnappte ungläubig nach Luft. Eine Ladung zur Kelkheimer Polizei! Man warf ihm gefährliche Körperverletzung vor. Das konnte ja wohl nicht wahr sein! Heißer Zorn kochte in ihm hoch, und in einem wütenden Impuls zerknüllte er den Brief und feuerte ihn in den Papierkorb. Gleichzeitig klingelte das Telefon auf dem Schreibtisch. Tina! Sie hatte ihn sicherlich vom Küchenfenster aus ins Büro gehen sehen. Widerstrebend nahm er den Hörer ab. Wie erwartet musste er sich dafür rechtfertigen, dass er nicht mit ihr zum Open-Air-Konzert im Kelkheimer Schwimmbad gehen würde. Tina wollte einfach nicht akzeptieren, dass er keine Lust hatte. Sie war gekränkt, und noch während sie in einem weinerlichen Tonfall gebetsmühlenartig die üblichen Vorwürfe herunterspulte, meldete sich Marcus' Handy mit einem Piepton.

»Das nächste Mal komme ich mit«, versprach er seiner Frau, ohne es zu meinen, und klappte sein Handy auf. »Wirklich. Sei nicht böse ...«

Als er die eingegangene Kurzmitteilung las, flog ein erfreutes Lächeln über sein Gesicht. Tina schimpfte und bettelte noch immer, während er mit dem Daumen der rechten Hand eine Antwort tippte.

Alles klar, schrieb er. *Bin spätestens um 12 bei dir. Muss vorher noch was erledigen. Bis dann.*

Die Vorfreude rieselte durch seinen Körper. Er würde es wieder tun, heute Nacht. Das schlechte Gewissen und die Schuldgefühle, die ihn so sehr gequält hatten, waren kaum mehr als ein schwächer werdendes Echo irgendwo tief in seinem Innern.

Freitag, 4. Mai 2007

»Wir sollten die Polizei verständigen.« Die Hausdame Parveen Multani war ernsthaft besorgt. »Ihr muss etwas zugestoßen sein. Alle ihre Medikamente sind da. Wirklich, Frau Kohlhaas, ich habe ein schlechtes Gefühl bei der Sache.«

Sie hatte um halb acht morgens festgestellt, dass eine Bewohnerin fehlte, und es gab keine Erklärung dafür. Renate Kohlhaas, die Leiterin der vornehmen Seniorenresidenz *Taunusblick*, war verärgert. Ausgerechnet an einem Tag wie heute musste so etwas geschehen! Um elf Uhr wurde eine Abordnung der amerikanischen Betreiberfirma des Hauses zur Qualitätskontrolle erwartet. Sie dachte nicht im Traum daran, die Polizei zu rufen, denn sie wusste genau, welch verheerenden Eindruck das unbemerkte Verschwinden einer Bewohnerin aus ihrem Verantwortlichkeitsbereich auf die Geschäftsleitung machen würde.

»Ich kümmere mich darum«, sagte sie mit einem beruhigenden Lächeln zu der Hausdame. »Sie gehen an Ihre Arbeit und sprechen bitte vorerst mit niemandem über das Thema. Wir werden Frau Frings sicher schnell wiederfinden.«

»Aber sollten Sie nicht besser …«, begann Parveen Multani, doch die Direktorin schnitt ihr mit einer Handbewegung das Wort ab.

»Ich nehme die Angelegenheit selbst in die Hand.« Sie geleitete die besorgte Hausdame zur Tür, setzte sich an ihren

Computer und rief das Stammblatt der verschwundenen Bewohnerin auf. Anita Frings lebte seit fast fünfzehn Jahren im *Taunusblick*. Sie war achtundachtzig und seit geraumer Zeit durch eine starke Arthritis mehr oder weniger an den Rollstuhl gefesselt. Zwar hatte sie keine Angehörigen, die Probleme machen konnten, aber alle Alarmglocken im Kopf der Direktorin begannen zu schrillen, als sie den Namen der Person las, die im Falle von Krankheit oder Tod benachrichtigt werden sollte. Ihr standen echte Probleme ins Haus, wenn die Oma nicht ganz bald wieder unversehrt in ihrer Wohnung im dritten Stock saß.

»Das hat ja noch gefehlt«, murmelte sie und griff zum Telefon. Ihr blieben noch knapp zwei Stunden Zeit, um Anita Frings zu finden. Die Polizei war in diesem Augenblick ganz sicher die falsche Wahl.

Bodenstein stand mit verschränkten Armen vor der großen Tafel im Besprechungsraum des K11. David Goldberg. Herrmann Schneider. Monika Krämer. Und trotz der Aufrufe im regionalen Rundfunk, zu denen er sich gestern entschlossen hatte, weiterhin keine Spur von Robert Watkowiak. Seine Augen folgten den Pfeilen und Kreisen, die Fachinger mit dem Filzstift gemalt hatte. Gemeinsamkeiten gab es einige. Zum Beispiel hatten Goldberg und Schneider enge Beziehungen zur Familie Kaltensee gehabt, waren mit derselben Waffe getötet worden und hatten in jüngeren Jahren zur SS gehört. Aber das brachte ihn nicht weiter. Bodenstein stieß einen Seufzer aus. Es war einfach zum Verrücktwerden. Wo sollte er ansetzen? Mit welcher Begründung konnte er ein weiteres Gespräch mit Vera Kaltensee führen? Da ihm die Ermittlungen im Mordfall Goldberg offiziell entzogen worden waren, durfte er natürlich nicht über die Laborergebnisse und die DNA-Spur am Weinglas sprechen. Watkowiaks Freundin musste nicht zwangsläufig von demselben Täter ermordet worden sein, der Goldberg und Schneider erschossen hatte. Es gab keine Augenzeugen, keine Fingerabdrücke, keine Spuren – außer denen von Robert Watkowiak. Der schien der ideale Täter zu sein: Er hatte an allen Tatorten Spuren hinterlassen, hatte die Mordopfer gekannt und dringend Geld gebraucht. Er mochte Goldberg ermordet haben, weil der nichts rausgerückt hatte, Schneider, weil der ihm mit einer Anzeige gedroht hatte, und Monika Krämer, weil sie ein Risiko war. Auf den ersten Blick passte es wirklich perfekt. Nur die Mordwaffen fehlten.

Die Tür ging auf. Bodenstein war nicht sonderlich überrascht, seine zukünftige Chefin zu sehen.

»Hallo, Frau Dr. Engel«, sagte er höflich.

»Ich dachte mir schon, dass dir Förmlichkeit lieber ist.« Sie musterte ihn mit hochgezogenen Augenbrauen. »Also gut. Hallo, Herr von Bodenstein.«

»Das ›von‹ dürfen Sie gerne weglassen. Was kann ich für Sie tun?«

Kriminalrätin Nicola Engel blickte an ihm vorbei auf die Tafel und legte die Stirn in Falten.

»Ich dachte, die Fälle Goldberg und Schneider seien aufgeklärt.«

»Ich fürchte, nicht.«

»Kriminaldirektor Nierhoff sagte, dass die Beweise gegen den Mann, der seine Lebensgefährtin getötet hat, geradezu erdrückend seien.«

»Watkowiak hat Spuren hinterlassen, mehr nicht«, korrigierte Bodenstein. »Allein die Tatsache, dass er irgendwann einmal an den Tatorten gewesen ist, macht ihn in meinen Augen nicht automatisch zum Mörder.«

»Aber so stand es heute Morgen in den Zeitungen.«

»Papier ist geduldig.«

Bodenstein und Nicola Engel sahen sich an. Dann wandte sie den Blick ab, verschränkte die Arme vor der Brust und lehnte sich an einen der Tische.

»Ihr habt also euren Vorgesetzten gestern mit unrichtigen Informationen in die Pressekonferenz gehen lassen«, stellte sie fest. »Gibt es dafür einen speziellen Grund, oder ist das hier so Usus?«

Bodenstein reagierte nicht auf diese Provokation.

»Die Informationen waren nicht unrichtig«, antwortete er. »Aber leider lässt sich der Herr Kriminaldirektor oft nicht bremsen, besonders dann nicht, wenn er einen schnellen Ermittlungserfolg für notwendig hält.«

»Oliver! Als zukünftige Leiterin dieser Behörde will ich wissen, was sich hier im Hause abspielt. Also: Warum gab es gestern eine PK, wenn die Fälle noch nicht aufgeklärt sind?« Ihre Stimme klang scharf und erinnerte Bodenstein unangenehm an einen anderen Fall und einen anderen Ort. Trotzdem wollte er nicht vor ihr kuschen und wenn sie hundertmal seine Chefin werden würde.

»Weil Nierhoff es so wollte und mir nicht zugehört hat«, entgegnete er mit derselben Schärfe. Sein Gesichtsausdruck war ruhig, beinahe gleichgültig. Ein paar Sekunden lang starrten sie einander an. Sie ruderte zurück, bemüht um einen gelassenen Tonfall.

»Du nimmst also nicht an, dass alle drei Personen vom selben Täter getötet wurden?«

Bodenstein ignorierte die vertrauliche Anrede. Als erfahrener Polizist kannte er sich mit Verhörtaktiken bestens aus und ließ sich vom Wechsel zwischen Aggression und Versöhnlichkeit nicht verunsichern.

»Goldberg und Schneider wurden von derselben Person getötet. Meine Theorie ist, dass jemand keine weiteren Ermittlungen wünscht und deshalb unseren Verdacht auf

Watkowiak lenken will, den wir noch nicht gefunden haben. Aber das ist bisher reine Spekulation.«

Nicola Engel trat vor die Tafel.

»Wieso hat man euch den Fall Goldberg entzogen?«

Sie war klein und zierlich, dennoch konnte sie eine einschüchternde Wirkung auf andere Menschen haben, wenn sie es darauf anlegte. Bodenstein fragte sich, wie seine Kollegen – insbesondere Behnke – mit dieser neuen Chefin zurechtkommen würden. Ihm war klar, dass sich Frau Dr. Engel nicht wie Nierhoff mit schriftlichen Berichten zufriedengeben würde, dazu kannte er sie viel zu gut. Sie war schon früher eine Perfektionistin mit ausgeprägtem Kontrollzwang gewesen, die genauestens informiert werden wollte und gerne Intrigen witterte.

»Jemand, der über viel Einfluss an den richtigen Stellen verfügt, fürchtet, dass etwas ans Licht kommen könnte, was besser verborgen bleiben sollte.«

»Und was kann das sein?«

»Die Tatsache, dass Goldberg in Wirklichkeit kein jüdischer Überlebender des Holocaust war, sondern ein ehemaliges Mitglied der SS, was eine Blutgruppentätowierung an seinem Arm eindeutig beweist. Bevor sie uns die Leiche wegnehmen konnten, hatte ich eine Obduktion machen lassen.«

Nicola Engel ließ seine Erläuterung unkommentiert. Sie ging um den Tisch herum und blieb an der Kopfseite stehen.

»Hast du Cosima erzählt, dass ich deine Chefin werde?«, fragte sie in beiläufigem Tonfall. Bodenstein war von dem übergangslosen Themawechsel nicht überrascht. Er hatte damit gerechnet, früher oder später mit der Vergangenheit konfrontiert zu werden.

»Ja«, antwortete er.

»Und? Was sagt sie?«

Er fühlte sich für einen Moment versucht, ihr die wenig

schmeichelhafte Wahrheit zu sagen, aber es wäre unklug, sich Nicola zur Feindin zu machen. Sie deutete sein Zögern falsch.

»Du hast ihr überhaupt nichts gesagt«, erwiderte sie mit einem triumphierenden Blitzen in den Augen. »Das hätte ich mir denken können! Feigheit war schon immer deine große Schwäche. Du hast dich wirklich nicht verändert.«

Die starken Emotionen hinter diesen Worten verblüfften und alarmierten ihn gleichermaßen. Die Zusammenarbeit mit Nicola Engel würde nicht einfach werden. Bevor er sie über ihre Fehleinschätzung aufklären konnte, erschien Ostermann in der Tür. Er warf Dr. Engel einen raschen Blick zu, aber als Bodenstein keine Anstalten machte, ihm die Frau vorzustellen, begnügte er sich mit einem höflichen Kopfnicken.

»Es ist dringend«, sagte er zu Bodenstein.

»Ich komme sofort«, erwiderte der.

»Lassen Sie sich nicht aufhalten, Herr Bodenstein.« Nicola Engel lächelte zufrieden wie eine Katze. »Wir sehen uns ja sicher noch.«

Die alte Frau war blutüberströmt und splitternackt. Man hatte sie an den Handgelenken gefesselt und ihr als Knebel einen Strumpf in den Mund gestopft.

»Genickschuss«, erklärte der Notarzt, den die uniformierten Kollegen, die zuerst am Tatort eingetroffen waren, verständigt hatten. »Der Tod ist ungefähr vor zehn Stunden eingetreten.«

Er wies auf die nackten Beine der Frau.

»Außerdem wurden ihr noch die Kniescheiben durchschossen.«

»Danke.« Bodenstein verzog das Gesicht. Der Mörder von Goldberg und Schneider hatte ein drittes Mal zugeschlagen, daran gab es keinen Zweifel, denn er hatte die Zahl 16145 mit dem Blut seines Opfers auf dessen nackten Rücken gemalt. Er hatte sich auch nicht die Mühe gemacht, die Leiche zu vergraben; wahrscheinlich war es ihm wichtig, dass sie schnell gefunden wurde.

»Diesmal hat er sein Opfer ins Freie gebracht.« Pia streifte sich Latexhandschuhe über, ging in die Hocke und betrachtete die Leiche eingehend. »Warum?«

»Sie wohnte in der Seniorenresidenz *Taunusblick*«, mischte sich der Einsatzleiter der Schutzpolizei ein. »Sicher wollte er nicht riskieren, dass jemand die Schüsse hört.«

»Woher wissen Sie das?«, fragte Pia überrascht.

»Steht da drauf.« Er wies auf einen Rollstuhl, der ein paar Meter entfernt in einem Gebüsch stand. Bodenstein betrachtete die Leiche, die der Hund eines Spaziergängers gefunden hatte, und verspürte eine Mischung aus tiefem Mitgefühl und hilflosem Zorn. Was hatte die alte Frau in den letzten Minuten ihres langen Lebens durchgemacht, welche Angst und welche Demütigungen hatte sie ausstehen müssen! Der Gedanke, dass irgendwo ein Mörder herumlief, der zunehmend sadistischer agierte, war beunruhigend. Diesmal hatte er sogar riskiert, bemerkt zu werden. Wieder überkam Bodenstein das irritierende Gefühl der Machtlosigkeit. Er hatte keinen blassen Schimmer, wo er den Hebel ansetzen musste. Mittlerweile waren es vier Morde innerhalb einer Woche.

»Sieht fast danach aus, als ob wir es mit einem Serientäter zu tun hätten«, sagte Pia in diesem Augenblick auch noch zu allem Überfluss. »Die Presse wird uns in Stücke reißen, wenn das so weitergeht.«

Ein Polizeibeamter bückte sich unter dem Absperrband hindurch und nickte Bodenstein grüßend zu.

»Es liegt keine Vermisstenmeldung vor«, berichtete er. »Die Spusi ist unterwegs.«

»Danke.« Bodenstein nickte. »Wir gehen hoch zu diesem

Altersheim und fragen dort nach. Vielleicht haben sie nur noch nicht bemerkt, dass die Frau fehlt.«

Wenig später betraten sie das großzügige Foyer, und Pia staunte nicht schlecht über den glänzenden Marmorboden und die bordeauxroten Teppichläufer. Das einzige Altersheim, das sie von innen kannte, war das Pflegeheim, in dem ihre Großmutter die letzten Jahre ihres Lebens verbracht hatte. Sie erinnerte sich an Kunststoffböden, hölzerne Handläufe an den Wänden und den Geruch von Urin und Desinfektionsmitteln. Der *Taunusblick* hingegen wirkte wie ein Grandhotel mit dem langen Empfangstresen aus poliertem Mahagoniholz, dem üppigen Blumenschmuck überall, Hinweistafeln mit goldenen Lettern und leiser Hintergrundmusik. Die junge Empfangsdame strahlte sie freundlich an und erkundigte sich nach ihren Wünschen.

»Wir möchten gerne mit dem Direktor sprechen«, sagte Bodenstein und präsentierte seine Kripo-Marke. Die junge Frau hörte auf zu lächeln und griff nach dem Telefon.

»Ich werde Frau Kohlhaas sofort verständigen. Einen kleinen Moment bitte.«

»Das hier bezahlt wohl keine Krankenkasse, oder?«, flüsterte Pia ihrem Chef zu. »Ist ja Wahnsinn!«

»Der *Taunusblick* ist richtig teuer«, bestätigte Bodenstein. »Es gibt Leute, die sich schon zwanzig Jahre vor ihrem Einzug hier einkaufen. Eine Wohnung kostet locker dreitausend Euro im Monat.«

Pia dachte an ihre Großmutter und verspürte ein schlechtes Gewissen. Das Pflegeheim, in dem sie nach einem arbeitsreichen Leben bei klarem Verstand ihre letzten drei Jahre zwischen Demenzkranken und Schwerstpflegefällen hatte verbringen müssen, war das Einzige gewesen, das sich die Familie hatte leisten können. Pia schämte sich, weil sie ihre Oma so selten besucht hatte, aber der Anblick der alten Menschen in Bademänteln, die mit leerem Gesichtsausdruck verloren herumsaßen, hatte sie furchtbar deprimiert. Das lieblos zubereitete Essen, der Verlust der Individualität, die unzureichende Betreuung durch schlechtgelauntes und chronisch überarbeitetes Pflegepersonal, dem für persönliche Gespräche die Zeit fehlte – so sollte ein Leben nicht enden müssen. Die Leute, die sich einen Lebensabend im *Taunusblick* leisten konnten, waren wahrscheinlich ihr ganzes Leben schon privilegiert gewesen. Noch eine Ungerechtigkeit mehr.

Bevor Pia etwas in dieser Art zu ihrem Chef äußern konnte, erschien die Direktorin in der Halle. Renate Kohlhaas war eine dürre Person Ende vierzig mit einer modernen eckigen Brille, elegantem Hosenanzug und angegrautem Bubikopf. Ihre Kleider verströmten den Geruch von Zigarettenrauch, ihr Lächeln wirkte nervös.

»Wie kann ich Ihnen helfen?«, fragte sie höflich.

»Vor etwa einer Stunde hat ein Spaziergänger im Eichwald die Leiche einer älteren Dame gefunden«, erwiderte Bodenstein. »Ganz in der Nähe stand ein Rollstuhl des *Taunusblicks*. Wir möchten gerne wissen, ob es sich bei der Toten um eine Bewohnerin Ihres Hauses handeln könnte.«

Pia bemerkte ein erschrockenes Aufflackern in den Augen der Direktorin.

»Tatsächlich vermissen wir eine Bewohnerin«, gab sie nach kurzem Zögern zu. »Ich habe gerade die Polizei verständigt, nachdem wir das ganze Haus ergebnislos abgesucht haben.«

»Wie ist der Name der vermissten Dame?«, erkundigte sich Pia.

»Anita Frings. Was ist passiert?«

»Wir gehen davon aus, dass sie einem Gewaltverbrechen zum Opfer gefallen ist«, sagte Bodenstein vage. »Könnten Sie uns bei der Identifizierung behilflich sein?«

»Ich bedaure, aber …« Die Direktorin schien zu merken, wie eigenartig ihre Ablehnung wirken musste, und brach ab. Ihr Blick huschte hin und her, sie wurde zunehmend nervöser.

»Ah, Frau Multani!«, rief sie plötzlich mit deutlicher Erleichterung und winkte einer Frau, die gerade aus dem Aufzug trat. »Frau Multani ist unsere Hausdame und somit Ansprechpartnerin für alle Bewohnerinnen und Bewohner. Sie wird Ihnen weiterhelfen.«

Pia entging nicht der scharfe Blick, mit dem die Direktorin ihre Untergebene bedachte, bevor sie mit klackenden Absätzen entschwand. Sie stellte sich und ihren Chef vor und reichte der Hausdame die Hand. Frau Multani war eine asiatische Schönheit mit glänzendem lackschwarzen Haar, schneeweißen Zähnen und besorgt blickenden samtigen Augen, die allein durch ihr Aussehen wohl sämtlichen männlichen Bewohnern des Seniorenstifts den Spätherbst des Lebens versüßte. In ihrem schlichten dunkelblauen Kostüm und der weißen Bluse wirkte sie wie eine Stewardess von Cathay Pacific.

»Haben Sie Frau Frings gefunden?«, fragte sie in nahezu akzentfreiem Deutsch. »Wir vermissen sie seit heute früh.«

»Ach ja? Weshalb haben Sie dann nicht die Polizei gerufen?«, wollte Pia wissen. Die Hausdame blickte sie verwirrt an, dann wandte sie sich in die Richtung, in die die Direktorin verschwunden war.

»Aber … Frau Kohlhaas sagte doch … ich meine, sie wollte die Polizei gleich um halb acht verständigen.«

»Das hat sie dann wohl vergessen. Offenbar hatte sie wichtigere Dinge zu erledigen.«

Frau Multani zögerte, zeigte sich aber loyal.

»Wir haben heute wichtigen Besuch von der Geschäftsführung im Haus«, versuchte sie das Verhalten ihrer Vorgesetzten zu entschuldigen. »Ich stehe Ihnen aber gerne zur Verfügung.«

»O mein Gott.« Die Hausdame legte beim Anblick der Leiche entsetzt beide Hände vor Mund und Nase. »Ja, das ist Frau Frings. Wie furchtbar!«

»Kommen Sie.« Bodenstein ergriff die schockierte Frau behutsam am Ellbogen und führte sie zurück auf den Waldweg. Der Einsatzleiter hatte also recht gehabt: Der Täter hatte den Mord im Wald begangen, weil in der Seniorenresidenz zu viele Leute die Schüsse hätten hören können. Bodenstein und Pia folgten Frau Multani zurück in den *Taunusblick* und fuhren mit dem Aufzug in den dritten Stock, in dem die Wohnung von Anita Frings lag. Sie versuchten nachzuvollziehen, wie der Mörder in diesem Fall vorgegangen war. Wie war es ihm gelungen, die gebrechliche alte Dame unbemerkt aus dem Gebäude zu bringen?

»Gibt es hier irgendein Überwachungssystem?«, fragte Pia. »Kameras?«

»Nein«, erwiderte Frau Multani nach kurzem Zögern. »Viele Bewohner hätten das zwar gerne, aber bisher hat die Verwaltung sich noch nicht dazu entschlossen.«

Sie berichtete, dass am Abend zuvor im *Taunusblick* eine große Veranstaltung stattgefunden habe, eine Open-Air-Theateraufführung im Park des Hauses mit anschließendem Feuerwerk, zu der viele Gäste und Besucher von außerhalb gekommen waren.

»Wann war das Feuerwerk?«, fragte Pia.

»Etwa um Viertel nach elf«, erwiderte Frau Multani. Bodenstein und Pia wechselten einen Blick. Von der Zeit her passte es. Der Mörder hatte die Gelegenheit genutzt, die alte Dame im Schutze der Dunkelheit in den Wald zu bringen und dort während des Feuerwerks die drei Schüsse abzufeuern.

»Wann ist Ihnen aufgefallen, dass Frau Frings verschwunden war?«, wollte Pia wissen. Frau Multani blieb vor einer Wohnungstür stehen.

»Ich habe sie beim Frühstück vermisst«, sagte sie. »Frau Frings war immer eine der Ersten. Sie war zwar auf den Rollstuhl angewiesen, legte aber großen Wert auf Selbständigkeit. Ich habe bei ihr angerufen, und als sie nicht ans Telefon ging, habe ich nach ihr geschaut.«

»Um wie viel Uhr war das ungefähr?«, wollte Pia wissen.

»Wenn ich ehrlich bin, ich weiß es nicht mehr genau.« Die Hausdame war ganz grau im Gesicht. »Es muss ungefähr halb acht oder acht gewesen sein. Ich habe überall nachgesehen und dann die Direktorin informiert.«

Pia warf einen Blick auf ihre Uhr. Jetzt war es elf. Gegen zehn war die Meldung über den Leichenfund eingegangen. Aber was war in den drei Stunden seit acht Uhr passiert? Es hatte keinen Sinn, Frau Multani deswegen zu befragen. Die Frau war vollkommen durcheinander. Sie schloss die Wohnung auf und ließ Bodenstein und Pia den Vortritt. Pia blieb in der Tür zum Wohnzimmer stehen und schaute sich um. Heller Teppichboden, ein Perserteppich in der Mitte, eine Plüschcouch mit Spitzenkissen, ein Fernsehsessel, ein wuchtiger Wohnzimmerschrank, eine Anrichte mit dekorativen Schnitzereien.

»Hier stimmt etwas nicht«, ertönte hinter ihr die Stimme der Hausdame. Sie deutete auf die Anrichte. »Da standen immer Fotos, und auch die gerahmten Bilder an der Wand fehlen. Und im Bücherregal hatte sie ihre Fotoalben und Aktenordner. Die sind alle weg. Das gibt es doch nicht! Ich war heute Morgen noch hier, da war alles so wie immer.«

Pia erinnerte sich daran, wie schnell man ihnen den Fall Goldberg aus der Hand genommen hatte. Wollte hier schon wieder jemand etwas vertuschen? Aber wer konnte so rasch vom Tod der alten Dame erfahren haben?

»Warum, glauben Sie, hat die Direktorin nicht sofort die Polizei gerufen, nachdem sie vom Fehlen einer Bewohnerin unterrichtet wurde?«, fragte Pia.

Die Hausdame zuckte die Schultern.

»Ich bin davon ausgegangen, dass sie es tun würde. Sie hat zu mir gesagt, dass sie ...« Sie brach ab, schüttelte hilflos den Kopf.

»Gab es hier im Haus schon öfter Einbrüche?«

Pias Frage war Frau Multani sichtlich unangenehm.

»Der *Taunusblick* ist ein offenes Haus«, erwiderte sie ausweichend. »Die Bewohner können kommen und gehen, wie sie möchten. Wir haben nichts gegen Besucher, und unsere Restaurants und Veranstaltungen sind öffentlich. Eine wirkliche Kontrolle ist da schwierig.«

Pia verstand. Der Luxus der Freiheit hatte ihren Preis. Von einer Atmosphäre der Geborgenheit konnte keine Rede sein, und der hotelähnliche Charakter des Hauses öffnete kriminellen Subjekten Tür und Tor. Sie nahm sich vor, Erkundigungen über gemeldete Einbrüche und Diebstähle im *Taunusblick* einzuholen.

Bodenstein beorderte per Handy die Spurensicherung in die Wohnung. Dann fuhren er und Pia in Begleitung von Frau Multani wieder mit dem Aufzug hinunter ins Erdgeschoss. Die Hausdame erzählte, Anita Frings sei seit fünfzehn Jahren Bewohnerin des Hauses. »Früher hat sie gelegentlich Freunde besucht und außer Haus übernachtet«, sagte die Hausdame. »Aber das konnte sie ja schon seit längerem nicht mehr.«

»Hatte sie hier im Haus Freunde?«, wollte Pia wissen.

»Nein, nicht wirklich«, antwortete Frau Multani nach kurzem Überlegen. »Sie war zurückhaltend und blieb lieber für sich.«

Der Aufzug hielt mit einem sanften Ruck. Im Foyer trafen sie die Direktorin im Gespräch mit einer Gruppe von Geschäftsleuten an. Renate Kohlhaas schien wenig erfreut über eine erneute Begegnung mit der Kripo, entschuldigte sich aber bei ihren Besuchern und kam auf Bodenstein und Pia zu.

»Es tut mir leid, dass ich nur wenig Zeit habe«, sagte sie. »Wir haben Besuch von unserer externen Prüfstelle. Einmal jährlich gibt es eine Pflegequalitätsprüfung, um die Zertifizierung unseres Qualitätsmanagements aufrechtzuerhalten.«

»Wir stören nicht lange«, versicherte Pia. »Bei der Toten, die gefunden wurde, handelt es sich übrigens um Ihre Bewohnerin Anita Frings.«

»Ja, das habe ich schon gehört. Entsetzlich.«

Die Direktorin bemühte sich um den Eindruck angemessener Betroffenheit, aber sie war vor allem merklich verärgert über die Unannehmlichkeiten, die der Mord an einer Bewohnerin mit sich brachte. Wahrscheinlich befürchtete sie einen Imageschaden für ihre vornehme Seniorenresidenz, wenn Einzelheiten in der Öffentlichkeit bekannt wurden. Sie führte Bodenstein und Pia in einen kleinen Raum hinter dem Empfang.

»Was kann ich noch für Sie tun?«, fragte sie.

»Warum haben Sie so lange mit dem Anruf bei der Polizei gewartet?«, fragte Pia. Frau Kohlhaas sah sie irritiert an.

»Ich habe gar nicht gewartet«, erwiderte sie. »Nachdem Frau Multani mich verständigt hatte, habe ich unverzüglich bei der Polizei angerufen.«

»Ihre Hausdame sagte uns, dass sie das Fehlen von Frau Frings ungefähr zwischen halb acht und acht gemeldet hat«, schaltete sich Bodenstein ein. »Wir wurden allerdings erst um zehn Uhr benachrichtigt.«

»Es war nicht halb acht oder acht«, widersprach die Direktorin. »Frau Multani sagte mir ungefähr gegen Viertel nach neun Bescheid.«

»Sind Sie sicher?« Pia war misstrauisch, konnte sich aber auch nicht erklären, welches Interesse Frau Kohlhaas daran haben sollte, mit einem Anruf bei der Polizei zwei Stunden zu warten.

»Natürlich bin ich sicher«, entgegnete die Direktorin.

»Haben Sie schon die Angehörigen von Frau Frings benachrichtigt?«, fragte Bodenstein. Frau Kohlhaas zögerte ein paar Sekunden.

»Frau Frings hatte keine Angehörigen«, antwortete sie dann.

»Wirklich niemanden?«, hakte Pia nach. »Es muss doch irgendjemanden geben, der im Todesfall benachrichtigt werden soll. Ein Anwalt oder ein Bekannter.«

»Ich habe selbstverständlich meine Sekretärin sofort gebeten, mir die entsprechende Telefonnummer herauszusuchen«, entgegnete die Direktorin. »Aber es gibt niemanden. Tut mir leid.«

Pia ließ das Thema auf sich beruhen.

»In der Wohnung von Frau Frings fehlen nach Aussage Ihrer Hausdame verschiedene Gegenstände«, fuhr sie fort. »Wer könnte sie entwendet haben?«

»Das kann nicht stimmen!« Direktorin Kohlhaas gab sich entrüstet. »In unserem Haus wird nichts gestohlen.«

»Wer hat einen Schlüssel für die Wohnungen der Bewohner?«, fragte Pia.

»Die Bewohner selbst, die Hausdame, gelegentlich Angehörige«, erwiderte die Direktorin mit deutlichem Unbehagen. »Ich hoffe, Sie wollen Frau Multani nichts unterstellen. Sie war immerhin die Einzige, die wusste, dass Frau Frings verschwunden war.«

»Sie wussten es auch«, entgegnete Pia ungerührt. Renate Kohlhaas wurde erst rot, dann blass.

»Das habe ich jetzt nicht gehört«, sagte sie kühl. »Bitte entschuldigen Sie mich. Ich muss mich um meinen Besuch kümmern.«

In der Wohnung von Anita Frings fand sich nicht mehr der kleinste Hinweis auf die Frau, die die letzten fünfzehn Jahre ihres Lebens in diesen vier Wänden verbracht hatte – kein Foto, kein Brief, kein Tagebuch. Bodenstein und Pia konnten sich keinen Reim darauf machen. Wer hatte ein Interesse an den Hinterlassenschaften einer Achtundachtzigjährigen?

»Wir sollten davon ausgehen, dass Frau Frings Goldberg und Schneider gekannt hat«, sagte Bodenstein. »Diese Zahl hat eine Bedeutung, die wir nur noch nicht verstehen. Und es ist anzunehmen, dass sie auch Vera Kaltensee kannte.«

»Wieso hat die Direktorin erst so spät die Polizei angerufen, wenn Anita Frings doch schon seit dem Morgen vermisst wurde?«, überlegte Pia laut. »Sie benimmt sich irgendwie komisch, und ich glaube nicht, dass das nur mit dem wichtigen Besuch zu tun hat.«

»Welches Interesse sollte sie am Tod von Frau Frings haben?«

»Ein großzügiges Erbe zugunsten des Hauses?«, mutmaßte Pia. »Vielleicht hat sie die Wohnung ausräumen lassen, damit man keinen Hinweis auf mögliche Erben findet.«

»Aber da konnte sie doch noch gar nicht wissen, ob Frau Frings tatsächlich tot war«, widersprach Bodenstein.

Sie gingen zum Büro der Direktorin. Im Vorzimmer thronte eine kleine Dicke weit jenseits der fünfzig. Mit der blondierten und mit Haarspray festbetonierten Fönwelle sah sie aus wie eine der fröhlichen Jacob Sisters, entpuppte sich aber als wahrer Zerberus.

»Ich bedaure«, sagte sie würdevoll. »Die Direktorin ist nicht am Platz, und ich darf Ihnen keine Informationen über eine Bewohnerin geben.«

»Dann rufen Sie Frau Kohlhaas an und lassen sich eine Erlaubnis geben!«, fuhr Pia sie brüsk an. Ihre Geduld war erschöpft. »Wir haben nicht den ganzen Tag Zeit!«

Die Sekretärin musterte Pia unbeeindruckt über den Rand ihrer Halbbrille, an der eine altmodische Goldkette befestigt war.

»Wir haben Besuch aus der Hauptverwaltung«, entgegnete sie kühl. »Frau Kohlhaas ist irgendwo im Gebäude unterwegs. Ich kann sie nicht erreichen.«

»Wann wird sie zurück sein?«

»Etwa gegen fünfzehn Uhr.« Die Sekretärin blieb unnachgiebig. Bodenstein intervenierte mit einem gewinnenden Lächeln.

»Ich weiß, dass wir ungelegen kommen, gerade wenn so wichtiger Besuch im Hause ist«, umschmeichelte er den Vorzimmerdrachen. »Aber eine Bewohnerin ist gestern Nacht entführt und brutal ermordet worden. Wir brauchen eine Adresse oder Telefonnummer der Angehörigen, um sie zu informieren. Wenn Sie uns weiterhelfen, müssen wir Frau Kohlhaas gar nicht weiter belästigen.«

Bodensteins Höflichkeit hatte Erfolg, wo Pias schroffe Art versagt hatte. Der alte Haudegen wurde wachsweich.

»Ich kann Ihnen alle notwendigen Angaben aus der Akte von Frau Frings heraussuchen«, flötete sie.

»Das wäre uns eine große Hilfe.« Bodenstein zwinkerte ihr zu. »Und wenn Sie dann noch ein aktuelles Foto von Frau Frings hätten, sind Sie uns sofort los.«

»Schleimer«, murmelte Pia, und Bodenstein grinste verstohlen. Die Sekretärin klapperte auf der Tastatur ihres Computers herum, und Sekunden später schossen zwei Blätter aus dem Laserdrucker.

»Bitte sehr.« Sie strahlte Bodenstein an und reichte ihm eines der Blätter. »Das dürfte Ihnen weiterhelfen.«

»Was ist mit dem zweiten Blatt?«, fragte Pia.

»Das sind interne Informationen«, sagte die Sekretärin hoheitsvoll. Als Pia die Hand ausstreckte, vollführte sie mit ihrem Stuhl eine elegante Drehung nach links und ließ das Blatt mit einem gezierten Lächeln durch einen Reißwolf. »Ich habe meine Anweisungen.«

»Und ich habe in einer Stunde einen Durchsuchungsbeschluss«, sagte Pia mit aufflammendem Zorn. Vielleicht war es doch nicht so erstrebenswert, wie es auf den ersten Blick scheinen mochte, seinen Lebensabend in diesem Seniorenstift zu verbringen.

»Die Sachen sind auf dem Weg«, verkündete Elard. »Um kurz nach zwölf vor dem alten Haus deiner Eltern. Ist das in Ordnung?«

Katharina warf einen Blick auf ihre Armbanduhr.

»Ja, wunderbar. Vielen Dank«, erwiderte sie. »Ich rufe Thomas gleich an, damit er hierherkommt. Glaubst du, es ist etwas Verwertbares dabei?«

»Da bin ich sicher. Unter anderem neun Tagebücher von Vera.«

»Tatsächlich? Dann stimmte das Gerücht ja doch.«

»Ich bin froh, wenn ich alles los bin. Also, ich wünsche dir noch …«

»Moment«, sagte Katharina, bevor Elard das Gespräch beenden konnte. »Was glaubst du, wer die beiden Alten erschossen hat?«

»Mittlerweile sind es drei«, berichtigte sie Elard.

»Drei?« Katharina richtete sich auf.

»Ach, du weißt es sicher noch nicht.« Elards Stimme klang beinahe vergnügt, als würde er eine lustige Anekdote zum Besten geben. »Gestern Nacht ist die liebe Anita ermordet worden. Genickschuss. Wie die anderen beiden auch.«

»Das scheint dir ja nicht gerade das Herz zu brechen«, stellte Katharina fest.

»Stimmt. Ich konnte sie alle drei nicht leiden.«

»Ich auch nicht. Aber das weißt du ja.«

»Goldberg, Schneider und die liebe Anita«, sagte Elard verträumt. »Jetzt fehlt nur noch Vera.«

Sein Tonfall ließ Katharina aufhorchen. Konnte es nicht durchaus Elard gewesen sein, der die drei engsten und ältesten Freunde seiner Mutter erschossen hatte? Motive hatte er zumindest genügend. Er war ihr schon immer wie ein Außenseiter in der Familie vorgekommen, von seiner Mutter mehr geduldet als geliebt.

»Hast du einen Verdacht, wer es getan haben könnte?«, wiederholte sie ihre Frage.

»Leider nein«, erwiderte Elard leichthin. »Es ist mir auch egal. Aber wer immer es getan hat, er hätte es dreißig Jahre früher tun sollen.«

Am frühen Nachmittag hatte Pia mit rund zwanzig Bewohnern des *Taunusblicks* gesprochen, die nach Angaben von Frau Multani in engerem Kontakt mit Frau Frings gestanden hatten, außerdem mit einigen Mitarbeitern des Pflegepersonals. Das alles hatte unbefriedigend wenig ergeben, auch der Auszug aus der Akte, den sich der Chef von der Vorzimmerdame erschleimt hatte, gab nicht viel her. Anita Frings hatte keine Kinder oder Enkelkinder und schien aus einem Leben gerissen worden zu sein, in dem sie keine erkennbaren Spuren hinterlassen hatte. Der Gedanke, dass sie niemandem fehlen und keine Angehörigen ihren Tod betrauern würden, war bedrückend. Ein Menschenleben war einfach erloschen und schon vergessen, ihr Appartement im *Taunusblick* würde renoviert und umgehend an den Nächsten auf der Warteliste vermietet werden. Aber Pia war fest entschlossen, mehr über die alte Dame herauszufinden. Ohne sich dabei von einer wichtigtuerischen Sekretärin und einer unkooperativen Direktorin aufhalten zu lassen. Sie bezog Stellung in der Eingangshalle mit direktem Blick auf die Tür zum Vorzimmer der Direktorin und übte sich in Geduld. Nach einer Dreiviertelstunde wurde sie belohnt: Der Zerberus verspürte offenbar ein menschliches Bedürfnis und verließ das Büro, ohne abzuschließen.

Pia wusste, dass die unerlaubte Beschlagnahmung von Beweismaterial gegen jede Dienstregel verstieß, aber das war ihr egal. Sie vergewisserte sich, dass sie unbeobachtet war, überquerte den Flur und betrat das Vorzimmer. Mit ein paar Schritten war sie hinter dem Schreibtisch und öffnete den Reißwolf. Sehr viel hatte die alte Hexe heute noch nicht vernichtet. Pia klaubte die geschredderte Papierwolle aus dem Auffangbehälter und stopfte sie unter ihr T-Shirt. In weniger als sechzig Sekunden hatte sie das Büro wieder verlassen und schlenderte mit klopfendem Herzen durch die Eingangshalle hinaus ins Freie. Sie ging am Waldrand entlang zu ihrem Auto, das sie in der Nähe des Leichenfundortes abgestellt hatte.

Als sie die Fahrertür ihres Autos aufschloss und die piksende Papierwolle unter ihrem T-Shirt hervorzog, wurde ihr bewusst, dass Christophs Haus nur ein paar hundert Meter entfernt lag. Er war erst seit vierundzwanzig Stunden weg, aber sie vermisste ihn so sehr, dass es weh tat. Pia war froh über die Ablenkung, die ihr die Arbeit im Augenblick bot, denn so konnte sie nicht lange darüber nachgrübeln, wie Christoph in Südafrika wohl seine Abende verbrachte. Das Summen ihres Handys schreckte sie aus ihren Gedanken. Obwohl Bodenstein ihr mehrfach eingeschärft hatte, während der Fahrt nicht zu telefonieren, nahm sie das Gespräch entgegen.

»Pia, ich bin's, Miriam.« Ihre Freundin klang aufgewühlt. »Hast du gerade Zeit?«

»Ja, habe ich. Ist etwas passiert?«, fragte Pia.

»Das weiß ich noch nicht«, antwortete Miriam. »Hör zu. Ich habe Oma erzählt, auf was ich im Institut gestoßen bin und dass ich den Verdacht hätte, Goldberg habe seine Lebensgeschichte verändert. Sie hat mich ganz komisch angeguckt, ich dachte erst, sie wäre sauer auf mich, aber dann hat sie mich gefragt, weshalb ich in Goldbergs Vergangenheit herumstöbern würde. Ich hoffe, du bist nicht böse, dass ich das getan habe.«

»Wenn's was bringt, sicher nicht.« Pia klemmte das Handy zwischen Schulter und Kinn, um die Hand zum Schalten frei zu haben.

»Also, Oma hat erzählt, dass sie und Sarah, Goldbergs Frau, zusammen in Berlin zur Schule gegangen sind. Sie waren sehr gute Freundinnen. Die Familie von Sarah ist 1936 nach Amerika ausgewandert, nachdem Sarah ein schlimmes Erlebnis mit drei betrunkenen Kerlen hatte. Oma sagte, dass Sarah überhaupt nicht jüdisch ausgesehen habe, sie war groß und blond, und alle Jungs waren verrückt nach ihr. An einem Abend waren sie im Kino, und auf dem Nachhauseweg ist Sarah von drei Typen angepöbelt worden. Es hätte böse ausgehen können, wenn nicht ein junger SS-Mann dazugekommen wäre. Er hat sie nach Hause gebracht, und Sarah hat ihm als Dank für die Rettung das Medaillon von ihrer Kette geschenkt. Sie hatte sich noch ein paarmal heimlich mit dem Mann getroffen, aber dann ging ihre Familie aus Berlin weg. Elf Jahre später hat sie dieses Medaillon wiedergesehen. An einem Juden namens David Josua Goldberg, der in der Bank ihres Vaters in New York vor ihr stand! Sarah hat ihren damaligen Retter sofort erkannt und wenig später geheiratet. Sie hat außer meiner Oma nie jemandem erzählt, dass sie über die wahre Identität ihres Mannes Bescheid wusste!«

Pia hatte der Geschichte schweigend und mit wachsendem Unglauben gelauscht. Das war der endgültige Beweis für die große Lüge im Leben des David Goldberg, einer Lüge, die im Laufe der Jahrzehnte gigantische Dimensionen angenommen hatte.

»Kann sich deine Oma noch an seinen richtigen Namen erinnern?«, fragte sie aufgeregt.

»Nicht mehr genau«, sagte Miriam. »Otto oder Oskar, meint sie. Aber sie weiß noch, dass er auf der SS-Junkerschule in Bad Tölz und Angehöriger der Leibstandarte Adolf Hitlers gewesen ist. Ich bin mir sicher, dass man darüber etwas herausfinden kann.«

»Mensch, Miri, du bist klasse.« Pia grinste. »Was hat deine Oma sonst noch erzählt?«

»Sie hat Goldberg nie wirklich leiden können«, fuhr Miriam mit bebender Stimme fort. »Aber sie musste Sarah bei allem, was ihr heilig war, schwören, über alles zu schweigen. Sarah wollte nicht, dass ihre Söhne jemals von der Vergangenheit ihres Vaters erfahren.«

»Aber offenbar wussten sie es«, sagte Pia. »Wie lässt es sich sonst erklären, dass sein Sohn schon einen Tag später mit solcher Verstärkung hier aufmarschiert ist?«

»Vielleicht doch mit religiösen Gründen«, vermutete Miriam. »Oder damit, dass Goldberg wirklich allerbeste Verbindungen hatte. Oma kann sich erinnern, dass er mehrere Pässe besessen hatte und selbst während der kältesten Phase des Kalten Krieges völlig ungehindert in den Ostblock reisen konnte.«

Sie machte eine Pause.

»Weißt du, was mich an der ganzen Sache wirklich schockiert?«, fragte sie, beantwortete ihre Frage aber sofort selbst. »Nicht etwa, dass er kein Jude und früher Nazi war. Wer weiß, wie ich selbst in seiner Situation gehandelt hätte. Überlebenswille ist menschlich. Was mich echt erschüttert, ist, dass man sechzig Jahre lang mit einer solchen Lüge durchkommen kann ...«

Bis man bei Henning Kirchhoff auf dem Tisch landet, dachte Pia, sagte es aber nicht laut.

»… und dass es nur noch einen einzigen Menschen auf der ganzen Welt gibt, der die Wahrheit kannte.«

Daran zweifelte Pia allerdings. Es gab mindestens noch zwei Menschen, die diese Wahrheit kannten. Nämlich den Mörder von Goldberg, Schneider und Anita Frings und denjenigen, der verhindern wollte, dass alles ans Licht kam.

Thomas Ritter zog an seiner Zigarette und warf missmutig einen Blick auf die Uhr. Viertel nach zwölf. Katharina hatte ihn angerufen und gesagt, er solle um elf in Königstein auf dem Parkplatz vor dem Luxemburgischen Schloss sein. Jemand werde kommen und ihm etwas geben. Er war pünktlich gewesen und wartete nun seit einer geschlagenen Stunde mit zunehmender Verärgerung. Ritter wusste selbst um die Schwächen des Manuskripts, aber es verletzte ihn, dass Katharina seine Arbeit als Larifari bezeichnet hatte. Keine skandalösen Enthüllungen, keine Bestsellerqualität. Verdammt! Zwar hatte Katharina versprochen, ihm neues Material zu besorgen, aber er konnte sich nicht vorstellen, was sie so plötzlich noch aus dem Hut zaubern wollte. Hatte sie Beweise, dass der tödliche Unfall von Eugen Kaltensee doch ein Mord gewesen war? Auf jeden Fall hatte Katharinas Vertriebschef eine Erstauflage von hundertfünfzigtausend Exemplaren in Aussicht gestellt, die Marketingleute des Verlages planten eine Strategie, vereinbarten Interviewtermine mit den größten deutschen Zeitschriften und verhandelten mit der BILD-Zeitung über einen exklusiven Vorabdruck. Das alles setzte Ritter enorm unter Druck.

Er schnippte die Zigarette aus dem geöffneten Fenster zu den anderen Kippen, die er schon geraucht hatte, und begegnete dem strafenden Blick einer Oma, die ihren altersschwachen Pudel hinter sich herschleifte. Ein orangefarbener Mercedes-Pritschenwagen bog auf den Parkplatz ein und hielt an. Der Fahrer stieg aus und blickte sich suchend um. Erstaunt erkannte Ritter Marcus Nowak, den Restaurator, der vor zwei Jahren die alte Mühle auf dem Kaltensee'schen Mühlenhof wieder auf Vordermann gebracht hatte und zum Dank dafür aufs Übelste verleumdet und ausgetrickst worden war. Nicht zuletzt durch ihn war es schließlich zu dem Zerwürfnis mit Vera gekommen, das Ritters Existenz von einem Tag auf den anderen vollkommen ruiniert und ihn selbst zu einem Geächteten gemacht hatte. Nowak hatte ihn nun auch erblickt und kam auf ihn zu.

»Hallo«, sagte er und blieb neben Ritters Auto stehen.

»Was wollen Sie?« Ritter musterte ihn misstrauisch und machte keine Anstalten auszusteigen. Er hatte keine Lust, von Nowak erneut in irgendetwas hineingezogen zu werden.

»Ich soll Ihnen was geben«, erwiderte Nowak sichtlich nervös. »Außerdem kenne ich jemanden, der Ihnen mehr über Vera Kaltensee erzählen kann. Fahren Sie hinter mir her.«

Ritter zögerte. Er wusste, dass Nowak ebenso wie er ein Opfer der Familie Kaltensee war, trotzdem traute er ihm nicht. Was hatte der Mann mit den Informationen zu tun, die Katharina ihm versprochen hatte? Er durfte sich keine Fehler erlauben, schon gar nicht jetzt während dieser hochsensiblen letzten Phase seines Plans. Dennoch war er neugierig. Er atmete tief durch und bemerkte, dass seine Hände zitterten. Egal, er brauchte dieses Material, von dem Katharina behauptet hatte, es sei sensationell. Marleen käme erst in ein paar Stunden nach Hause, und er hatte nichts Besseres zu tun, da konnte ein Gespräch mit diesem Jemand, den Nowak kannte, nicht schaden.

Bodensteins Schwägerin Marie-Louise kniff die Augen zusammen und betrachtete das undeutliche Schwarzweißfoto, das ihm die Sekretärin von Direktorin Kohlhaas überlassen hatte.

»Wer soll das sein?«, erkundigte sie sich.

»Kann es sein, dass diese Frau am vergangenen Samstag auf der Geburtstagsfeier von Vera Kaltensee gewesen ist?«, fragte Bodenstein. Pia hatte ihn auf die Idee gebracht, sich an das Personal des Schlosshotels zu wenden. Sie war fest davon überzeugt, dass der Mörder nicht wahllos tötete und es eine Verbindung zwischen Anita Frings und Vera Kaltensee gab.

»Ich bin mir nicht sicher«, erwiderte Marie-Louise. »Wieso musst du das wissen?«

»Die Frau wurde heute Morgen tot aufgefunden.« Seine Schwägerin würde ohnehin nicht lockerlassen, bis sie erfahren hatte, worum es ging.

»Dann kann es wohl kaum etwas mit unserem Essen zu tun gehabt haben.«

»Ganz sicher nicht. Also, was meinst du?«

Marie-Louise begutachtete nochmals das Foto und zuckte die Schultern.

»Wenn du erlaubst, frage ich mal das Servicepersonal«, sagte sie. »Komm mit. Willst du eine Kleinigkeit essen?«

Dieses verlockende Angebot konnte Bodenstein, der, was das Essen betraf, unter regelmäßig wiederkehrenden Anfällen erschreckender Disziplinlosigkeit litt, unmöglich ausschlagen. Er folgte der Schwägerin bereitwillig in die großzügige Restaurantküche, in der schon rege Betriebsamkeit herrschte. Um die ausgefallenen kulinarischen Kreationen von Maître Jean-Yves St. Clair vorzubereiten, bedurfte es mehrerer Stunden täglich, aber das Ergebnis war jedes Mal sensationell.

»Hallo, Papa.« Rosalie stand für Bodensteins Geschmack etwas zu dicht und mit etwas zu roten Wangen neben dem großen Meister, der sich nicht zu schade war, selbst das Gemüse zu schnippeln. St. Clair blickte auf und grinste.

»Ah, Olivier! Kontrolliert die Kriminalpolizei jetzt schon die Gastronomie?«

Eher fünfunddreißigjährige Starköche, die neunzehnjährigen Lehrlingen den Kopf verdrehen, dachte Bodenstein, sagte aber nichts. Seines Wissens verhielt sich St. Clair Rosalie gegenüber vollkommen korrekt – zu ihrem tiefen Bedauern. Er unterhielt sich mit dem Franzosen und erkundigte sich nach Rosalies Fortschritten. Marie-Louise hatte ihm unterdessen einen Teller mit allerhand leckeren Dingen zurechtgemacht, und während er eine unglaublich klingende Variation von Hummer, Kalbsbries und Blutwurst aß, zeigte sie das Foto ihrem Personal.

»Ja, die war am Samstag da«, erinnerte sich eine junge Frau vom Service. »Das war die im Rollstuhl.«

Rosalie warf ebenfalls einen neugierigen Blick auf das Bild.

»Stimmt«, bestätigte sie. »Du hättest übrigens nur Oma fragen müssen, die hat nämlich neben ihr gesessen.«

»Ach, tatsächlich?« Bodenstein nahm das Blatt wieder an sich.

»Was ist mit ihr?«, fragte Rosalie neugierig.

»Rosalie! Soll ich selber alles Gemüse putzen?«, brüllte St. Clair aus den Tiefen der Küche, und das Mädchen verschwand wie der Blitz. Bodenstein und seine Schwägerin wechselten einen Blick.

»Lehrjahre sind keine Herrenjahre.« Marie-Louise erlaubte sich ein belustigtes Lächeln, bevor sie wieder die Stirn furchte, weil ihr irgendetwas einfiel, was sie noch zu erledigen hatte, bevor der Betrieb in einer Stunde losging. Bodenstein bedankte sich für den Imbiss und verließ gestärkt das Schloss.

Professor Elard Kaltensee entschuldigte seine Mutter, als Bodenstein am frühen Abend auf dem Mühlenhof erschien. Die

Nachricht vom gewaltsamen Tod der Freundin habe sie so sehr mitgenommen, dass sie sich von ihrem Arzt ein Beruhigungsmittel habe verabreichen lassen und nun schlafe.

»Kommen Sie herein.« Kaltensee machte zwar den Eindruck, als sei er gerade dabei gewesen, das Haus zu verlassen, dennoch schien er nicht in Eile. »Darf ich Ihnen etwas zu trinken anbieten?«

Bodenstein folgte ihm in den Salon, lehnte einen Drink jedoch höflich ab. Sein Blick wanderte zu den Fenstern, vor denen bewaffnete Sicherheitsleute zu zweit auf und ab patrouillierten.

»Sie haben die Sicherheitsvorkehrungen erheblich verstärkt«, bemerkte er. »Gibt es dafür einen Grund?«

Elard Kaltensee schenkte sich einen Cognac ein und blieb mit geistesabwesender Miene hinter einem der Sessel stehen. Der Tod von Anita Frings berührte ihn offenbar so wenig wie der von Goldberg oder Schneider, aber irgendetwas beschäftigte ihn. Seine Hand, die das Cognacglas hielt, zitterte, und er sah übernächtigt aus.

»Meine Mutter litt schon immer unter Verfolgungswahn. Jetzt glaubt sie, dass sie die Nächste sein könnte, die mit einem Genickschuss hinter ihrer Haustür liegt«, sagte er. »Deshalb hat mein Bruder seine Truppen aufmarschieren lassen.«

Bodenstein war verblüfft über den Zynismus, der aus Kaltensees Worten sprach.

»Was können Sie mir über Anita Frings sagen?«, erkundigte er sich.

»Nicht viel.« Kaltensee blickte ihn aus geröteten Augen nachdenklich an. »Sie war eine Jugendfreundin meiner Mutter aus Ostpreußen und lebte in der DDR. Nach dem Tod ihres Mannes kurz nach der Wende ist sie in den *Taunusblick* gezogen.«

»Wann haben Sie sie das letzte Mal gesehen?«

»Am Samstag, auf der Geburtstagsfeier meiner Mutter. Ich habe nie viel mit ihr gesprochen, es wäre übertrieben zu behaupten, ich hätte sie gekannt.«

Elard Kaltensee nahm einen Schluck Cognac.

»Wir haben leider noch überhaupt keine Ahnung, in welche Richtung wir in den Mordfällen Schneider und Anita Frings ermitteln sollen«, gab Bodenstein offen zu. »Es wäre sehr hilfreich, wenn Sie mir mehr über die Freunde Ihrer Mutter sagen könnten. Wer könnte ein Interesse am Tod dieser drei Herrschaften haben?«

»Das weiß ich beim besten Willen nicht«, erwiderte Kaltensee mit höflichem Desinteresse.

»Goldberg und Schneider wurden mit derselben Waffe getötet«, sagte Bodenstein. »Die Munition stammte aus dem Zweiten Weltkrieg. Und an allen drei Tatorten wurde die Zahl 16145 hinterlassen. Wir gehen davon aus, dass es sich um ein Datum handelt, das wir uns aber nicht erklären können. Was sagt Ihnen der 16. Januar 1945?«

Bodenstein beobachtete die ausdruckslose Miene seines Gegenübers und wartete vergeblich auf ein äußerliches Zeichen irgendeiner Gefühlsregung.

»Am 16. Januar 1945 wurde Magdeburg von den Alliierten zerbombt«, sagte Kaltensee, nun ganz Historiker. »Hitler verließ an diesem Tag sein heimliches Hauptquartier in der Wetterau und zog mit seinem Stab in den Bunker unter der Reichskanzlei, den er nicht mehr verlassen sollte.«

Er machte eine nachdenkliche Pause.

»Im Januar 1945 sind meine Mutter und ich aus Ostpreußen geflüchtet. Ob es genau der Sechzehnte war, weiß ich nicht.«

»Können Sie sich daran erinnern?«

»Nur sehr vage. Es sind keine bildhaften Erinnerungen,

dafür war ich wohl zu jung. Manchmal denke ich, dass das, was ich für eine Erinnerung halte, im Laufe der Jahre in meinem Kopf durch Filme und Fernsehberichte entstanden ist.«

»Wie alt waren Sie damals, wenn ich das fragen darf?«

»Sie dürfen.« Kaltensee drehte das nunmehr leere Glas in den Händen. »Ich bin am 23. August 1943 geboren.«

»Dann können Sie sich wohl kaum an irgendetwas erinnern«, entgegnete Bodenstein. »Sie waren nicht einmal zwei Jahre alt.«

»Eigenartig, nicht wahr? Allerdings war ich inzwischen mehrere Male in meiner alten Heimat. Vielleicht bilde ich mir das alles auch nur ein.«

Bodenstein überlegte, ob Elard Kaltensee von Goldbergs Geheimnis wusste. Er konnte den Mann nur schwer einschätzen. Plötzlich fiel ihm etwas ein.

»Kannten Sie eigentlich Ihren leiblichen Vater?«, fragte er, und ihm entging nicht das Erstaunen, das kurz in Kaltensees Augen aufblitzte.

»Wie kommen Sie denn darauf?«

»Sie können nicht der Sohn von Eugen Kaltensee sein.«

»Stimmt. Meine Mutter hat es allerdings nie für nötig befunden, mir die Identität meines Erzeugers mitzuteilen. Ich wurde von meinem Stiefvater adoptiert, als ich fünf Jahre alt war.«

»Wie hießen Sie bis dahin?«

»Zeydlitz-Lauenburg. Wie meine Mutter. Sie war nicht verheiratet.«

Irgendwo im Haus verkündete eine Uhr mit sieben melodiösen Schlägen die Stunde.

»Könnte Goldberg Ihr Vater gewesen sein?«, wollte Bodenstein wissen. Kaltensee verzog das Gesicht zu einem gequälten Lächeln.

»Um Gottes willen! Allein die Vorstellung wäre für mich schrecklich.«

»Warum das?«

Elard Kaltensee wandte sich zum Sideboard und schenkte sich einen weiteren Cognac ein.

»Goldberg konnte mich nicht leiden«, erklärte er dann. »Und ich ihn auch nicht.«

Bodenstein wartete darauf, dass er weitersprach, aber das tat er nicht.

»Woher kannte Ihre Mutter ihn?«, fragte er dann.

»Er stammte wohl aus dem Nachbarort; er machte zusammen mit dem Bruder meiner Mutter, nach dem ich benannt wurde, Abitur.«

»Eigenartig«, sagte Bodenstein. »Dann müsste Ihre Mutter es doch eigentlich gewusst haben.«

»Was meinen Sie?«

»Dass Goldberg in Wirklichkeit kein Jude war.«

»Wie bitte?« Kaltensees Verblüffung schien echt.

»Bei der Obduktion wurde eine Blutgruppentätowierung an seinem linken Oberarm gefunden, wie sie nur Angehörige der SS hatten.«

Kaltensee starrte Bodenstein an, an seiner Schläfe pochte eine Ader.

»Umso schlimmer, wenn er mein Vater gewesen wäre«, sagte er ohne die Spur eines Lächelns.

»Wir nehmen an, dass uns die weiteren Ermittlungen im Fall Goldberg aus diesem Grunde entzogen wurden«, fuhr Bodenstein fort. »Jemand hat Interesse daran, dass Goldbergs wahre Identität geheim bleibt. Aber wer?«

Elard Kaltensee antwortete nicht. Die Schatten unter seinen geröteten Augen schienen sich vertieft zu haben, er sah richtiggehend schlecht aus. Schwer ließ er sich in einen der Sessel sinken und fuhr sich mit der Hand über das Gesicht.

»Glauben Sie, Ihre Mutter kannte Goldbergs Geheimnis?«

Kaltensee sann einen Augenblick über diese Möglichkeit nach.

»Wer weiß«, sagte er dann bitter. »Eine Frau, die ihrem Sohn nicht verrät, wer sein leiblicher Vater ist, ist durchaus in der Lage, der ganzen Welt sechzig Jahre lang Theater vorzuspielen.«

Elard Kaltensee mochte seine Mutter nicht. Aber aus welchem Grund lebte er dann mit ihr unter einem Dach? Hegte er die Hoffnung, sie werde ihm doch noch eines Tages seine wahre Herkunft enthüllen? Oder steckte mehr dahinter? Nur wenn ja: was?

»Schneider war früher auch bei der SS«, sagte Bodenstein. »Der Keller seines Hauses ist ein richtiges Nazi-Museum. Er hatte ebenfalls diese Tätowierung.«

Elard Kaltensee starrte stumm vor sich hin, und Bodenstein hätte sehr viel mehr als nur einen Penny dafür gegeben, seine Gedanken lesen zu können.

Pia breitete die Papierwolle aus dem Reißwolf des Sekretariats auf dem Küchentisch aus und machte sich an die Arbeit. Akribisch glättete sie einen schmalen Papierstreifen nach dem anderen, legte sie nebeneinander, aber die verfluchte Wolle ringelte sich unter ihren Fingern auf und weigerte sich beharrlich, ihr Geheimnis preiszugeben. Pia spürte, wie ihr der Schweiß ausbrach. Geduld war noch nie ihre Stärke gewesen, und nach einer Weile musste sie einsehen, dass es keinen Sinn hatte, was sie da tat. Sie kratzte sich nachdenklich am Kopf und überlegte, wie sie sich die Arbeit erleichtern konnte. Ihr Blick fiel auf ihre vier Hunde, dann auf die Uhr. Besser, sie kümmerte sich zuerst um die Tiere, bevor sie einen Wutanfall bekam und den ganzen Papierberg in den Mülleimer stopfte. Eigentlich hatte sie heute Abend das Durcheinander von schmutzigen Schuhen, Jacken, Eimern und Pferdehalftern im Windfang aufräumen wollen, aber das musste warten.

Pia marschierte zum Stall, mistete die Boxen aus und streute frisches Stroh ein. Dann holte sie die Pferde von der Koppel herein. In Kürze war es Zeit, Heu zu machen, wenn das Wetter ihr keinen Strich durch die Rechnung machte. Auch hätten längst wieder einmal die Grünstreifen links und rechts von der Auffahrt gemäht werden müssen. Als sie die Tür zur Futterkammer öffnete, waren wie aus dem Nichts die beiden Katzen zur Stelle, die vor ein paar Monaten beschlossen hatten, ab sofort auf dem Birkenhof zu leben. Der schwarze Kater sprang auf das Regal über der Arbeitsfläche, auf der Pia das Futter zusammenmischte. Bevor sie es verhindern konnte, hatte er eine Reihe von Flaschen und Dosen heruntergefegt und brachte sich mit einem Satz in Deckung.

»Du bist echt ein Trottel!«, rief Pia dem Kater nach. Sie bückte sich, und als sie die Sprühflasche mit Schweifspray aufhob, hatte sie einen Einfall. Rasch fütterte sie Hunde, Katzen, Federvieh und Pferde und lief dann zurück ins Haus. Sie leerte den Rest des Schweifsprays ins Spülbecken und füllte die Flasche mit klarem Wasser. Dann legte sie die Papierstreifen auf ein Küchenhandtuch, kämmte sie mit den Fingern durch und sprühte sie mit Wasser ein. Zum Schluss deckte sie ein weiteres Handtuch darüber. Vielleicht war ihre Mühe umsonst, vielleicht aber auch nicht. Die Geheimnistuerei der Vorzimmerdame hatte auf jeden Fall ihr Misstrauen geweckt. Ob sie wohl bemerkt hatte, dass man ihr den Reißwolf ausgeräumt hatte? Pia kicherte bei dem Gedanken daran und machte sich auf die Suche nach dem Dampfbügeleisen.

Früher, bei Henning, hatte jedes Gerät seinen festen Platz gehabt, die Schränke waren immer akkurat aufgeräumt gewesen. Auf dem Birkenhof herrschte das Zufallsprinzip. Einige Umzugskisten hatte Pia auch nach über zwei Jahren noch nicht ausgeräumt. Irgendwie kam immer etwas dazwischen. Schließlich fand sie das Bügeleisen im Schlafzimmerschrank und machte sich daran, die feuchten Papierstreifen glatt zu bügeln. Zwischendurch verzehrte sie eine Gemüselasagne aus der Mikrowelle und einen Fertigsalat, beides zwar nur die Illusion einer vitaminreichen, gesunden Ernährung, aber immer noch besser als ein Döner oder Fastfood. Das Zusammensetzen der Streifen forderte Pia alles an Geduld und Feinmotorik ab, was sie besaß, sie fluchte immer wieder über ihre Ungeschicklichkeit und zittrigen Finger, aber schließlich hatte sie es geschafft.

»Danke, du fette schwarze Katze«, murmelte sie und grinste. Das Blatt enthielt sensible Krankendaten von Anita Maria Frings geborene Willumat. Dazu ihre letzte Adresse in Potsdam, vor Einzug in den *Taunusblick*. Zunächst konnte Pia nicht recht nachvollziehen, weshalb die Sekretärin ihnen das Blatt nicht einfach ausgehändigt hatte, doch dann sprang ihr ein Name ins Auge. Sie warf einen Blick auf die Küchenuhr. Kurz nach neun. Noch nicht zu spät, um Bodenstein anzurufen.

Bodensteins stumm geschaltetes Handy vibrierte in der Innentasche seines Jacketts. Er zog es hervor und erkannte den Namen seiner Kollegin im Display. Elard Kaltensee saß noch immer stumm da, das leere Cognacglas in der Hand und starrte vor sich hin.

»Ja?«, meldete sich Bodenstein mit gedämpfter Stimme.

»Chef, ich habe etwas herausgefunden.« Pia Kirchhoff klang aufgeregt. »Waren Sie schon bei Vera Kaltensee?«

»Ich bin gerade dort.«

»Fragen Sie sie, woher sie von Anita Frings' Tod weiß und wann sie es erfahren hat. Ich bin gespannt, was sie Ihnen antwortet. Vera Kaltensee ist nämlich im Computer vom

Taunusblick als die Person eingetragen, die bei einem Notfall benachrichtigt werden soll. Sie war Anita Frings' Vormund und hat das Heim auch bezahlt. Erinnern Sie sich, wie die Hausdame sich darüber gewundert hat, dass man uns noch nicht informiert hatte? Bestimmt hat die Direktorin erst Vera Kaltensee angerufen, um sich Instruktionen geben zu lassen.«

Bodenstein lauschte angespannt und fragte sich, woher seine Kollegin das plötzlich alles wusste.

»Vielleicht durfte sie uns nicht eher informieren, weil die Kaltensees erst sicherheitshalber die Wohnung von Frau Frings ausräumen lassen wollten!«

Ein Auto rollte an den Fenstern vorbei, dann ein zweites. Reifen knirschten auf dem Kies.

»Ich muss Schluss machen«, unterbrach Bodenstein den Redefluss seiner Kollegin. »Ich melde mich gleich noch mal.«

Sekunden später öffnete sich die Tür zum Salon, und eine große, dunkelhaarige Frau kam herein, gefolgt von Siegbert Kaltensee. Elard Kaltensee blieb im Sessel sitzen, blickte nicht einmal auf.

»Guten Abend, Herr Hauptkommissar.« Siegbert Kaltensee reichte Bodenstein mit einem sparsamen Lächeln die Hand. »Darf ich vorstellen: meine Schwester Jutta.«

Sie wirkte in natura ganz anders als die toughe Politikerin, die Bodenstein bisher nur aus dem Fernsehen gekannt hatte: weiblicher, hübscher, ja, unerwartet attraktiv. Obwohl sie nicht unbedingt seinem Frauentyp entsprach, fühlte er sich auf den ersten Blick von ihr angezogen. Bevor sie ihm überhaupt die Hand geben konnte, hatte Bodenstein sie schon mit den Augen ausgezogen und sie sich nackt vorgestellt. Seine unanständigen Gedanken waren ihm peinlich, er errötete beinahe unter ihrem forschenden Blick aus blauen Augen, mit dem sie ihn ihrerseits taxierte. Was sie sah, schien ihr zu gefallen.

»Meine Mutter hat viel von Ihnen erzählt. Ich freue mich, Sie endlich persönlich kennenzulernen.« Sie lächelte mit angemessenem Ernst, ergriff Bodensteins Hand und hielt sie einen Moment länger fest als nötig. »Auch wenn die Umstände traurig sind.«

»Eigentlich wollte ich nur kurz mit Ihrer Frau Mutter sprechen.« Bodenstein bemühte sich, den innerlichen Aufruhr, den ihr Anblick in ihm ausgelöst hatte, niederzukämpfen. »Aber Ihr Bruder sagte mir, dass sie unpässlich ist.«

»Anita war Mamas älteste Freundin.« Jutta Kaltensee ließ seine Hand los und stieß einen bekümmerten Seufzer aus. »Die Ereignisse der letzten Tage haben sie furchtbar mitgenommen. Ich mache mir allmählich ernsthafte Sorgen. Mama ist nicht mehr so robust, wie sie sich gibt. Wer tut so etwas nur?«

»Um das herauszufinden, brauche ich Ihre Hilfe«, sagte Bodenstein. »Hätten Sie einen Augenblick Zeit, mir ein paar Fragen zu beantworten?«

»Selbstverständlich«, sagten Siegbert und Jutta Kaltensee wie aus einem Mund. Ganz unvermittelt erwachte ihr Bruder Elard aus dem Zustand dumpfen Brütens. Er erhob sich, stellte das leere Glas auf ein Beistelltischchen und richtete den blutunterlaufenen Blick auf seine Geschwister, die er beide um Haupteslänge überragte.

»Habt ihr gewusst, dass Goldberg und Schneider bei der SS waren?«

Siegbert Kaltensee reagierte nur mit einem kurzen Hochziehen der Augenbrauen, aber auf dem Gesicht seiner Schwester glaubte Bodenstein einen Ausdruck des Erschreckens zu sehen.

»Onkel Jossi ein Nazi? Unsinn!« Sie lachte ungläubig und

schüttelte den Kopf. »Was redest du denn da, Elard? Bist du etwa betrunken?«

»Ich war seit Jahren nicht nüchterner.« Kaltensee starrte erst seine Schwester, dann seinen Bruder hasserfüllt an. »Deshalb merke ich es vielleicht auch so deutlich. Diese verlogene Familie kann man nur im Suff ertragen!«

Das Verhalten ihres ältesten Bruders war Jutta sichtlich peinlich, sie warf Bodenstein einen verlegenen Blick zu und lächelte entschuldigend.

»Sie hatten Blutgruppentätowierungen, wie sie bei der SS üblich waren«, fuhr Elard Kaltensee mit düsterer Miene fort. »Und je länger ich darüber nachdenke, desto sicherer bin ich, dass es die Wahrheit ist. Gerade Goldberg, der ...«

»Ist das wahr?«, unterbrach Jutta ihren Bruder und sah Bodenstein an.

»Ja, das stimmt«, bestätigte er nickend. »Bei der Obduktion wurden die Tätowierungen festgestellt.«

»Das gibt's doch nicht!« Sie wandte sich an ihren Bruder Siegbert, ergriff dessen Hand, als ob sie bei ihm Schutz suchte. »Ich meine, bei Herrmann würde es mich nicht wundern, aber doch nicht Onkel Jossi!«

Elard Kaltensee öffnete den Mund zu einer Entgegnung, aber sein Bruder kam ihm zuvor.

»Haben Sie eigentlich Robert ausfindig gemacht?«, fragte Siegbert.

»Nein, wir haben ihn bisher noch nicht gefunden.« Einer unbestimmten Intuition folgend verschwieg Bodenstein den Geschwistern den brutalen Mord an Monika Krämer. Ihm fiel auf, dass Elard Kaltensee überhaupt nicht nach Watkowiak gefragt hatte.

»Ach, Herr Kaltensee«, wandte er sich an den Professor. »Wann und von wem haben Sie vom Tod von Anita Frings erfahren?«

»Meine Mutter bekam heute Morgen einen Anruf«, erwiderte Elard Kaltensee. »Ungefähr gegen halb acht. Es hieß, Anita sei aus ihrem Zimmer verschwunden. Ein paar Stunden später kam dann die Nachricht, sie sei tot.«

Bodenstein war über diese ehrliche Antwort erstaunt. Entweder besaß der Professor nicht genug Geistesgegenwart, um zu lügen, oder er war tatsächlich arglos. Vielleicht irrte sich Pia Kirchhoff auch, und die Kaltensees hatten gar nichts damit zu tun, dass die Wohnung der alten Dame ausgeräumt worden war.

»Wie hat Ihre Mutter reagiert?«

Kaltensees Handy klingelte. Er schaute kurz auf das Display, seine ausdruckslose Miene belebte sich.

»Sie entschuldigen mich«, sagte er unvermittelt. »Ich muss in die Stadt. Ein wichtiger Termin.«

Und damit war er verschwunden, grußlos und ohne Händedruck. Jutta sah ihm kopfschüttelnd nach.

»Seine Affären mit Mädchen, die kaum halb so alt sind wie er, scheinen ihm allmählich an die Substanz zu gehen«, bemerkte sie spöttisch. »Er ist schließlich nicht mehr der Jüngste.«

»Elard steckt im Augenblick in einer Sinnkrise«, erklärte Siegbert Kaltensee. »Sie müssen ihm sein Benehmen nachsehen. Nach seiner Emeritierung vor einem halben Jahr ist er in ein tiefes Loch gefallen.«

Bodenstein betrachtete die Geschwister, die sich trotz des Altersunterschiedes sehr nahezustehen schienen. Siegbert Kaltensee war schwer einzuschätzen. Aufmerksam, fast übertrieben höflich, ließ er sich nicht anmerken, was er von seinem älteren Bruder hielt.

»Wann haben Sie von Frau Frings' Tod erfahren?«, fragte Bodenstein.

»Elard hat mich gegen halb elf angerufen.« Siegbert runzelte bei der Erinnerung daran die Stirn. »Ich war geschäftlich in Stockholm und habe dann sofort den nächsten Flug nach Hause genommen.«

Seine Schwester setzte sich auf einen Stuhl, nahm ein Päckchen Zigaretten aus der Tasche ihres Blazers, zündete sich eine an und inhalierte tief.

»Schlechte Angewohnheit.« Sie zwinkerte Bodenstein verschwörerisch zu. »Verraten Sie das bloß nicht meinen Wählern. Oder meiner Mutter.«

»Versprochen.« Bodenstein nickte lächelnd. Siegbert Kaltensee schenkte sich einen Bourbon ein und bot Bodenstein ebenfalls einen Drink an, den dieser wiederum ablehnte.

»Mir hat Elard übrigens eine SMS geschickt«, sagte Jutta nun. »Ich war in einer Plenarsitzung und hatte deshalb das Handy leise gestellt.«

Bodenstein schlenderte zu einer Anrichte, auf der Familienfotos in silbernen Rahmen standen.

»Haben Sie schon einen Verdacht, wer die drei Morde begangen haben könnte?«, erkundigte sich Siegbert Kaltensee.

Bodenstein schüttelte den Kopf.

»Leider nicht«, sagte er. »Sie kannten die drei gut. Wer könnte ein Interesse an ihrem Tod gehabt haben?«

»Überhaupt niemand«, behauptete Jutta Kaltensee und zog an ihrer Zigarette. »Sie haben keiner Menschenseele etwas zuleide getan. Ich kannte Onkel Jossi zwar nur als alten Mann, aber er war immer sehr nett zu mir. Er hat nie vergessen, mir ein Geschenk mitzubringen.«

Sie lächelte versonnen.

»Kannst du dich an den Gauchosattel erinnern, Berti?«, fragte sie ihren Bruder. Der verzog das Gesicht bei der Nennung dieses kindlichen Spitznamens.

»Ich glaube, ich war acht oder neun Jahre alt, konnte das

Ding kaum hochheben. Aber mein Pony musste dran glauben ...«

»Du warst zehn.« Kaltensee korrigierte seine jüngere Schwester mit freundlicher Zuneigung. »Und der Erste, der dich mit dem Sattel durch das Wohnzimmer getragen hat, war ich.«

»Stimmt. Mein großer Bruder hat immer alles getan, was ich wollte.«

Die Betonung lag auf dem Wort »alles«. Sie ließ den Zigarettenrauch durch die Nase entweichen und schenkte Bodenstein ein Lächeln, in dem mehr als nur gewöhnliche Neugier lag. Ihm wurde unwillkürlich heiß.

»Gelegentlich«, fügte sie hinzu, ohne ihn aus den Augen zu lassen, »habe ich diese Wirkung auf Männer.«

»Jossi Goldberg war ein sehr aufmerksamer, freundlicher Mensch«, ließ sich nun Siegbert Kaltensee vernehmen und trat mit einem Glas Bourbon in der Hand neben seine Schwester. Die Geschwister erzählten abwechselnd und charakterisierten Goldberg und Schneider ganz anders, als Elard es getan hatte. Alles klang ganz natürlich, und dennoch fühlte sich Bodenstein wie der Zuschauer eines Theaterstücks.

»Herrmann und seine Frau waren ganz liebe Menschen.« Jutta Kaltensee drückte ihre Zigarette in einem Aschenbecher aus. »Wirklich. Ich habe sie sehr gemocht. Anita habe ich erst Ende der achtziger Jahre kennengelernt. Ich war sehr überrascht, dass mein Vater sie mit einem Firmenanteil bedacht hatte. Über sie kann ich Ihnen leider gar nichts sagen.«

Sie stand auf.

»Anita war die älteste Freundin unserer Mutter«, ergänzte Siegbert Kaltensee. »Sie kannten sich schon als kleine Mädchen und haben nie den Kontakt verloren, obwohl Anita bis zur Wende in der DDR lebte.«

»Aha.« Bodenstein nahm eines der gerahmten Fotos in die Hand und betrachtete es nachdenklich.

»Das Hochzeitsfoto meiner Eltern.« Jutta Kaltensee trat neben ihn, griff nach einem anderen Bild. »Und hier ... ach je, Berti, wusstest du, dass Mama dieses Foto gerahmt hat?«

Sie grinste belustigt, ihr Bruder lächelte auch.

»Das war nach Elards Abitur«, erklärte er. »Ich hasse dieses Foto.«

Bodenstein konnte verstehen, warum. Elard Kaltensee war auf dem Bild etwa achtzehn. Er war groß, schlank und auf eine dunkle Art sehr gut aussehend. Sein jüngerer Bruder wirkte auf dem Bild wie ein rundliches Schweinchen mit spärlichem farblosen Haar und dicken Backen.

»Das bin ich an meinem siebzehnten Geburtstag.« Jutta tippte auf ein weiteres Bild und warf Bodenstein einen kurzen Seitenblick zu. »Rank und schlank. Mama hat mich damals zum Arzt geschleppt, weil sie dachte, ich hätte Magersucht. Dazu neige ich nun leider wirklich nicht.«

Sie strich sich mit beiden Händen über ihre Hüften, an denen Bodenstein nichts auszusetzen fand, und kicherte. Verblüfft stellte er fest, dass es ihr mit dieser beiläufigen Geste gelungen war, sein Interesse auf ihren Körper zu lenken, als habe sie gewusst, was er sich bei ihrem Anblick ausmalte. Während Bodenstein noch überlegte, ob sie dies mit Absicht getan hatte, wies sie auf ein anderes Foto. Jutta und eine junge Frau mit schwarzem Haar, beide etwa Mitte zwanzig, strahlten in die Kamera. »Meine beste Freundin Katharina«, erklärte sie. »Und das sind Kati und ich in Rom. Alle haben uns ›die Zwillinge‹ genannt, weil wir unzertrennlich waren.«

Bodenstein betrachtete die Aufnahme. Juttas Freundin sah aus wie ein Fotomodell. Gegen sie wirkte die Jutta von damals wie eine graue Maus. Bodenstein tippte auf ein anderes

Bild, auf dem eine junge Jutta mit einem etwa gleichaltrigen Mann zu sehen war.

»Wer ist das neben Ihnen?«, erkundigte er sich.

»Robert«, erwiderte Jutta. Sie stand so dicht neben ihm, dass er ihr Parfüm riechen konnte und eine Andeutung von Zigarettenrauch. »Wir sind genau gleich alt, ich bin nur einen Tag älter als er. Das hat Mama immer sehr gekränkt.«

»Warum?«

»Überlegen Sie doch mal.« Sie sah ihn an, ihr Gesicht war seinem so nah, dass er die dunklen Sprenkel in ihren blauen Augen erkennen konnte. »Mein Vater hatte sie und eine andere Frau beinahe am selben Tag geschwängert.«

Die unverblümte Erwähnung dieses doch recht intimen Sachverhalts machte Bodenstein verlegen. Sie schien es zu bemerken und lächelte anzüglich.

»Robert traue ich übrigens am ehesten die Taten zu«, ließ sich Siegbert Kaltensee aus dem Hintergrund vernehmen. »Ich weiß, dass er unsere Mutter und ihre Freunde immer wieder angeschnorrt hat, auch nachdem ich ihm Hausverbot erteilt hatte.«

Jutta stellte die Bilderrahmen zurück.

»Er ist völlig abgerutscht«, bestätigte sie bedauernd. »Er hat noch nicht einmal mehr einen festen Wohnsitz, seit er aus dem Gefängnis entlassen wurde. Schon traurig, dass es so weit mit ihm gekommen ist, dabei hatte er wirklich alle Chancen.«

»Wann haben Sie das letzte Mal mit ihm gesprochen?«, fragte Bodenstein. Die Geschwister sahen sich nachdenklich an.

»Das ist schon eine Weile her«, erwiderte Jutta schließlich. »Ich glaube, das war während meines letzten Wahlkampfs. Wir hatten einen Stand in der Fußgängerzone in Bad Soden, da stand er plötzlich vor mir. Ich habe ihn zuerst gar nicht erkannt.«

»Wollte er nicht sogar Geld von dir?« Siegbert Kaltensee gab ein verächtliches Schnauben von sich. »Ihm ging es immer nur um Geld, Geld, Geld. Ich habe ihn nie mehr gesehen, seitdem ich ihn rausgeworfen habe. Ich glaube, er hat begriffen, dass es bei mir nichts mehr zu holen gibt.«

»Man hat uns die Ermittlungen im Fall Goldberg entzogen«, sagte Bodenstein nun. »Und heute wurde die Wohnung von Frau Frings komplett ausgeräumt, bevor wir uns dort umschauen konnten.«

Die Geschwister Kaltensee sahen ihn an, offenkundig erstaunt über den abrupten Themenwechsel.

»Warum sollte jemand die Wohnung ausräumen?«, fragte Siegbert.

»Ich habe das Gefühl, jemand will unsere Ermittlungen behindern.«

»Weshalb denn das?«

»Tja. Das ist wohl die Gretchenfrage. Ich weiß es nicht.«

»Hm«, Jutta sah ihn nachdenklich an, »Anita war zwar nicht reich, aber sie hatte einigen Schmuck. Vielleicht waren es Leute aus dem Altersheim. Anita hatte keine Kinder, und das wussten sie sicher.«

Daran hatte Bodenstein selbst kurz gedacht. Aber deswegen hätte man nicht die Wohnung bis auf die Möbel ausräumen müssen.

»Es kann ja kein Zufall sein, dass sie alle drei auf dieselbe Weise umgebracht wurden«, fuhr Jutta in ihren Überlegungen fort. »Onkel Jossi hatte ganz sicher eine bewegte Vergangenheit, in der er sich nicht nur Freunde gemacht hat. Aber Onkel Herrmann? Oder Anita? Das kann ich nicht verstehen.«

»Was uns zu denken gibt, ist diese Zahl, die der Täter an

allen drei Tatorten hinterlassen hat. 1-6-1-4-5. Es scheint mir ein Hinweis zu sein. Aber worauf?«

In diesem Moment ging die Tür auf. Jutta zuckte erschrocken zusammen, als Moormann im Türrahmen erschien.

»Können Sie nicht anklopfen?«, herrschte sie den Mann an.

»Ich bitte um Verzeihung.« Moormann nickte Bodenstein höflich zu, sein Pferdegesicht blieb ausdruckslos. »Der gnädigen Frau geht es schlechter. Ich wollte die Herrschaften nur informieren, bevor ich jetzt den Notarzt rufe.«

»Danke, Moormann«, sagte Siegbert. »Wir kommen sofort nach oben.«

Moormann deutete eine Verbeugung an und verschwand.

»Entschuldigen Sie mich bitte.« Siegbert Kaltensee wirkte plötzlich sehr besorgt. Er nestelte eine Visitenkarte aus der Innentasche seines Jacketts und reichte sie Bodenstein. »Wenn Sie noch Fragen haben, rufen Sie mich an.«

»Natürlich. Richten Sie Ihrer Mutter meine Genesungswünsche aus.«

»Danke. Kommst du, Jutta?«

»Ja, sofort.« Sie wartete, bis ihr Bruder gegangen war, dann zog sie mit fahrigen Fingern eine Zigarette aus dem Päckchen.

»Furchtbar, dieser Moormann!« Sie war ganz blass im Gesicht, tat einen tiefen Zug. »Schleicht überall lautlos herum und erschreckt mich jedes Mal fast zu Tode, dieser alte Spion!«

Bodenstein wunderte sich. Jutta war in diesem Haus aufgewachsen und sicher seit ihrer Kindheit an diskretes Hauspersonal gewöhnt. Sie gingen durch die Eingangshalle zur Haustür. Jutta Kaltensee blickte sich argwöhnisch um.

»Es gibt da übrigens noch jemanden, mit dem Sie sich unterhalten sollten«, sagte sie mit gesenkter Stimme. »Thomas

Ritter, der ehemalige Assistent meiner Mutter. Dem traue ich alles zu.«

Bodenstein ging nachdenklich zu seinem Auto. Elard Kaltensee mochte weder seine Mutter noch seine Geschwister, die seine Abneigung beide mit Herablassung erwiderten. Weshalb lebte er dann auf dem Mühlenhof? Siegbert und Jutta Kaltensee hatten sich höflich und hilfsbereit verhalten und ohne zu zögern auf jede seiner Fragen geantwortet, aber auch sie beide schienen erstaunlich wenig betroffen vom brutalen Ableben der drei Alten, die sie angeblich so sehr geschätzt hatten. Bodenstein blieb neben seinem Auto stehen. Irgendetwas hatte ihn während seines Gesprächs mit den beiden Kaltensees stutzig werden lassen, nur was? Die Dämmerung senkte sich herab, mit einem Zischen starteten die Rasensprenger, die für das saftige Grün der weitläufigen Rasenflächen verantwortlich waren. Und da fiel es ihm ein. Es war nur ein Nebensatz gewesen, den Jutta Kaltensee gesagt hatte, aber er konnte durchaus wichtig sein.

Samstag, 5. Mai 2007

Bodenstein blickte auf die zusammengeklebten Papierstreifen, die Pia Kirchhoff ihm in die Hand gedrückt hatte, und lauschte ungläubig ihrer Erklärung, wie sie an dieses Beweismaterial gelangt war. Sie standen vor der Haustür seines Hauses, hinter der hektische Betriebsamkeit herrschte. Er konnte sich in dieser Phase der Ermittlungen eigentlich keinen freien Tag erlauben, aber es wäre unweigerlich zu einer mittelschweren Familienkrise gekommen, wenn er am Tag der Taufe seiner jüngsten Tochter ins Kommissariat gefahren wäre.

»Wir müssen unbedingt mit Vera Kaltensee sprechen«, drängte Pia. »Sie muss uns mehr über die drei Toten erzählen. Was, wenn das jetzt so weitergeht?«

Bodenstein nickte. Er erinnerte sich an das, was Elard Kaltensee gesagt hatte. *Meine Mutter glaubt, sie könnte die Nächste sein.*

»Außerdem bin ich mir ganz sicher, dass sie die Wohnung von Anita Frings hat ausräumen lassen. Ich würde gerne wissen, weshalb.«

»Wahrscheinlich hatte Frau Frings ein ähnliches Geheimnis wie Goldberg und Schneider«, vermutete Bodenstein. »Aber leider können wir ein Gespräch mit ihr vorerst vergessen. Ich habe eben mit ihrer Tochter telefoniert, und die hat mir gesagt, dass der Notarzt Vera gestern Abend noch ins Krankenhaus geschickt hat. Sie liegt mit einem Nervenzusammenbruch in der geschlossenen Psychiatrie.«

»Quatsch. Sie ist nicht der Typ für einen Nervenzusammenbruch.« Pia schüttelte den Kopf. »Sie taucht unter, weil es eng für sie wird.«

»Ich bin mir nicht so sicher, ob Vera Kaltensee dahintersteckt.« Bodenstein kratzte sich nachdenklich am Kopf.

»Wer denn sonst?«, fragte Pia. »Bei Goldberg hätte es sein Sohn sein können, vielleicht auch der amerikanische Geheimdienst, der nicht wollte, dass irgendetwas über den Mann publik wird. Aber bei dieser alten Frau? Was hatte sie denn wohl zu verbergen?«

»Wir denken womöglich falsch«, sagte er. »Vielleicht ist die Lösung viel banaler, als wir annehmen. Diese Zahl zum Beispiel kann auch nur eine falsche Fährte sein, die der Täter gelegt hat, um uns zu verwirren. Ostermann muss auf jeden Fall mehr über die KMF herausfinden. Jutta Kaltensee hat gestern irgendwelche Anteile erwähnt, die ihr Vater Anita Frings überschrieben hat.«

Er hatte Pia gestern nach seinem Besuch auf dem Mühlenhof angerufen und ihr in knappen Worten geschildert, was er von den Geschwistern Kaltensee Widersprüchliches über die Charaktere von Goldberg und Schneider erfahren hatte. Allerdings hatte er ihr verschwiegen, dass Jutta ihn am späten Abend noch angerufen hatte. Er wusste selbst nicht recht, was er von diesem Telefonat halten sollte.

»Sie meinen, dass es um Geld ging?«

»Im weiteren Sinne. Vielleicht.« Bodenstein zuckte ratlos die Schultern. »Ganz zum Schluss hat Jutta Kaltensee mir noch geraten, mit dem früheren Assistenten ihrer Mutter zu sprechen. Das sollten wir auf jeden Fall tun, schon allein, um die Familie Kaltensee aus einem anderen Blickwinkel zu sehen.«

»Okay.« Pia nickte. »Ich nehme mir jetzt die Hinterlassenschaften von Schneider vor. Vielleicht finde ich einen Hinweis.«

Sie wollte gerade gehen, als ihr noch etwas einzufallen schien. Aus ihrer Tasche förderte sie ein Päckchen zutage, das sie Bodenstein überreichte.

»Für Sophia«, sagte sie und lächelte. »Mit den besten Wünschen vom K11.«

Den ganzen Vormittag lang arbeitete sich Pia durch die Berge von Akten und Unterlagen, die in Schneiders Haus sichergestellt worden waren, während Ostermann mit allen ihm zur Verfügung stehenden Mitteln Informationen über die KMF einholte, wie Bodenstein es angeordnet hatte.

Es war gegen Mittag, als Pia einigermaßen frustriert aufgab.

»Der Kerl hat das halbe Finanzamt in seinem Keller archiviert«, seufzte sie. »Ich frage mich echt, warum!«

»Möglicherweise haben ihm diese Unterlagen die treue Freundschaft der Kaltensees und anderer eingetragen«, mutmaßte Ostermann.

»Wie meinst du das? Erpressung?«

»Zum Beispiel«, Ostermann setzte seine Brille ab und rieb sich die Augen mit Daumen und Zeigefinger. »Vielleicht waren es Druckmittel. Denk nur an die Zahlungen der KMF auf Schneiders Schweizer Konto.«

»Ich weiß nicht«, zweifelte Pia. »Auf jeden Fall glaube ich nicht, dass diese Unterlagen das Motiv für den Mord gewesen sind.«

Sie schloss einen Ordner mit einem Knall und warf ihn auf den Boden zu einem Haufen anderer Aktenordner.

»Hast du etwas herausfinden können?«

»Eine Menge.« Ostermann klemmte den Bügel seiner

Brille zwischen die Zähne und wühlte in einem Berg Papier, bis er das richtige Blatt gefunden hatte. »Die KMF ist eine Unternehmensgruppe mit weltweit über 3000 Mitarbeitern, Vertretungen in 169 Ländern und umfasst ungefähr dreißig Gruppengesellschaften. Der Vorstandsvorsitzende ist Siegbert Kaltensee. Im Konzern sind 40 Prozent Eigenkapital.«

»Was machen die überhaupt?«

»Sie stellen Strangpressen für die Bearbeitung von Aluminium her. Der Gründer der Firma hat den Urtyp dieser Pressen erfunden, mit denen man Aluminium in verschiedene Profile formen kann. Die KMF hat bis heute die Patente an dieser Strangpresse und allen daraus entstandenen Neuentwicklungen. Über hundert insgesamt. Scheint eine einträgliche Sache zu sein.«

Er erhob sich von seinem Schreibtischstuhl. »Ich hab Hunger. Soll ich uns einen Döner besorgen?«

»Ja, das wäre prima.« Pia widmete sich der nächsten Kiste. Die Kollegen von der Spurensicherung hatten sie mit der Aufschrift »Inhalt Schrank, unten links« gekennzeichnet, und sie enthielt einige Schuhkartons, die ordentlich mit Paketkordel zugebunden waren. Im ersten Karton befanden sich Reiseerinnerungen, Bordkarten für ein Kreuzfahrtschiff, Postkarten mit Motiven exotischer Länder, eine Tanzkarte, Menükarten, Einladungen zu Taufen, Hochzeiten, Geburtstagen, Beerdigungen und andere Andenken, die für niemanden außer Schneider irgendeinen Wert hatten. Der zweite Karton enthielt sauber gebündelte handgeschriebene Briefe. Pia schnitt das Band durch und faltete einen auseinander. Er war am 14. März 1941 geschrieben worden. *Lieber Sohn*, entzifferte sie mühsam die verblichene altmodische Handschrift, *wir hoffen und beten jeden Tag, dass es dir gutgeht und dass du gesund und an einem Stück zu uns zurückkehrst. Hier ist alles so friedlich wie immer, alles geht seinen üblichen*

Gang, und man sollte kaum glauben, dass Krieg ist! Es folgten Berichte über Bekannte und Nachbarn, Alltägliches, das den Empfänger des Briefes wohl interessiert haben mochte. Unterschrieben war der Brief mit *Mutter*. Pia zog wahllos Briefe aus den Stapeln, Schneiders Mutter schien eine eifrige Schreiberin gewesen zu sein. Ein Brief steckte sogar noch im Umschlag. *»Käthe Kallweit, Steinort, Landkreis Angerburg«* war der Absender. Pia starrte auf den Briefumschlag, der an einen Hans Kallweit adressiert war. Diese Briefe kamen gar nicht von Schneiders Mutter! Aber weshalb hatte er sie dann wohl aufgehoben? Eine vage Erinnerung regte sich in ihr, ließ sich aber nicht greifen. Sie las weiter in den Briefen. Ostermann kam zurück, brachte Döner mit extra Fleisch und Schafskäse mit, den Pia neben sich auf den Tisch legte, ohne ihn anzurühren. Ostermann begann zu essen, und bald roch der ganze Besprechungsraum wie eine Dönerbude.

Am 26. Juni 1941 schrieb Käthe Kallweit an ihren Sohn ... *hat der Schlageter vom Schloss dem Vater erzählt, dass ein ganzer Flügel für Ribbentrop und seine Leute requiriert worden ist. Er sagte, es habe etwas mit der Baustelle von der Askania bei Görlitz zu tun* ... Dann war eine Passage von der Zensur geschwärzt worden. ... *hat uns dein Freund Oskar besucht und deine Grüße ausgerichtet. Er sagt, dass er jetzt öfter hier in der Gegend zu tun hat und versuchen will, uns dann regelmäßig zu besuchen ...*

Pia hielt inne. Vera Kaltensee hatte behauptet, Schneider sei ein alter Freund ihres verstorbenen Mannes gewesen, aber Elard Kaltensee hatte dazu nur »Dann stimmt das wohl« gesagt und seiner Mutter einen seltsamen Blick zugeworfen. Und Miriams Oma meinte sich zu erinnern, dass der falsche Goldberg früher Otto oder Oskar geheißen habe.

»Was sind das für Briefe?«, erkundigte sich Ostermann kauend. Pia nahm sich noch einmal den letzten Brief vor.

... hat uns dein Freund Oskar besucht ..., las sie. Ihr Herz begann, aufgeregt zu klopfen. Näherte sie sich dem Geheimnis?

»Herrmann Schneider hat ungefähr zweihundert Briefe von einer Käthe Kallweit aus Ostpreußen aufgehoben, und ich frage mich, weshalb«, sagte sie und rieb sich nachdenklich die Nasenspitze. »Angeblich ist er in Wuppertal geboren und dort zur Schule gegangen, aber diese Briefe kommen aus Ostpreußen.«

»Was denkst du?« Ostermann wischte sich den Mund mit dem Handrücken ab und kramte in seinen Schubladen nach einer Küchenrolle.

»Dass auch Schneider seine Identität gefälscht hat. Der falsche Goldberg hieß eigentlich Oskar und war auf der SS-Junkerschule in Bad Tölz.« Pia blickte auf. »Und dieser Oskar war wiederum ein Freund von Hans Kallweit aus Steinort in Ostpreußen, dessen Korrespondenz wir im Schrank von Herrmann Schneider gefunden haben.«

Sie zog Tastatur und Maus ihres Computers hervor. Bei *Google* gab sie die Stichworte ein, die sie in den Briefen gefunden hatte. »Ostpreußen« und »Steinort«, »Ribbentrop« und »Askania« und fand eine ausgesprochen informative Seite über das ehemalige Ostpreußen. Beinahe eine Stunde lang vertiefte sie sich in Geschichte und Geographie eines verlorenen Landes und stellte beschämt fest, wie rudimentär ihre Kenntnisse der jüngeren deutschen Vergangenheit waren. Die Baustelle der Wolfsschanze, Hitlers Hauptquartier im Osten, hatte den Tarnnamen »Chemische Werke Askania« gehabt, und niemand aus der Bevölkerung hatte geahnt, was sich in den dichten masurischen Wäldern unweit des Dörfchens Görlitz im Landkreis Rastenburg abspielte. Außenminister von Ribbentrop hatte tatsächlich ab Sommer 1941, als Hitler die Wolfsschanze bezogen hatte, einen Flügel des Schlosses Steinort der Familie Lehndorff für sich und seinen Stab requirieren lassen. Käthe Kallweit aus Steinort hatte irgendeine Beziehung zu dem Schloss gehabt – womöglich hatte sie dort als Dienstmädchen gearbeitet – und ihrem Sohn in ihren Briefen vom alltäglichen Klatsch und Neuigkeiten berichtet. Unwillkürlich schauderte Pia bei der Vorstellung, wie die Frau vor gut fünfundsechzig Jahren an ihrem Küchentisch gesessen und diesen Brief an ihren Sohn an der Front geschrieben haben musste. Pia notierte sich ein paar Stichwörter und ihre Informationsquellen aus dem Internet, dann griff sie zum Telefon und wählte Miriams Handynummer.

»Wie kriege ich etwas über gefallene deutsche Soldaten heraus?«, erkundigte sie sich nach einer kurzen Begrüßung bei der Freundin.

»Zum Beispiel über die Kriegsgräberfürsorge«, erwiderte Miriam. »Wonach suchst du genau? Ach, ich muss dich warnen. Das Gespräch könnte teuer werden. Ich bin seit gestern Abend in Polen.«

»Wie bitte? Was tust du denn da?«

»Diese Goldberg-Sache hat meine Neugier geweckt«, gab Miriam zu. »Ich dachte, ich recherchiere mal ein bisschen vor Ort.«

Für einen Moment war Pia sprachlos.

»Und das heißt?«, fragte sie schließlich.

»Ich bin in Wegorzewo«, sagte Miriam, »dem ehemaligen Angerburg am Mauersee. Der echte Goldberg ist hier geboren. Es hat Vorteile, wenn man polnisch spricht. Der Bürgermeister selbst hat mir das Stadtarchiv aufgeschlossen.«

»Du bist ja total verrückt.« Pia musste grinsen. »Dann viel Erfolg. Und danke für den Tipp.«

Sie klickte sich durch das Internet, bis sie auf einer Webseite mit dem Titel *Weltkriegsopfer.de* angelangt war. Dort gab es einen Link zur Gräbersuche online. Sie gab den vollen Namen des Ermordeten Herrmann Schneider sowie Geburtsdatum und -ort ein. Pia starrte wartend auf den Monitor. Sekunden später las sie mit Verblüffung, dass Herrmann Ludwig Schneider, geboren am 2. März 1921 in Wuppertal, Ritterkreuzträger, Oberleutnant und Staffelkapitän der 6. Staffel des Jagdgeschwaders 400, am 24. Dezember 1944 im Luftkampf bei Hausen-Oberaula gefallen war. Er hatte eine Focke-Wulf FW 190A-8 geflogen, seine sterblichen Überreste waren auf dem Hauptfriedhof in Wuppertal beigesetzt worden.

»Das gibt's doch wohl nicht«, rief sie und erzählte Ostermann, was sie soeben gefunden hatte. »Der echte Herrmann Schneider ist seit dreiundfünfzig Jahren tot!«

»Herrmann Schneider ist ein ideales Pseudonym. Ein gebräuchlicher Name.« Ostermann runzelte die Stirn. »Wenn ich meine Identität fälschen wollte, dann würde ich mir auch einen möglichst unauffälligen Namen aussuchen.«

»Stimmt.« Pia nickte. »Aber wie kam unser Schneider an die Daten des echten Schneider?«

»Vielleicht haben sich die beiden gekannt, waren in einer Einheit. Als unser Schneider nach dem Krieg eine neue Identität brauchte, erinnerte er sich an seinen inzwischen gefallenen Freund und schlüpfte in seine.«

»Aber was ist mit der Familie des echten Schneider?«

»Die hatten ihren Schneider längst beerdigt, und damit war für sie die Sache erledigt.«

»Aber das ist doch viel zu leicht herauszufinden«, zweifelte Pia. »Ich habe ihn in Sekundenschnelle gefunden.«

»Du musst dich in die Zeit zurückversetzen«, entgegnete Ostermann. »Der Krieg ist vorbei, es herrscht Chaos. Ein Mann in Zivil taucht ohne Papiere bei den Offiziellen der Besatzungsmacht auf und behauptet, er heiße Herrmann

Schneider. Vielleicht hatte er sich sogar den Wehrpass vom echten Herrmann besorgt. Wer weiß? Vor sechzig Jahren konnte man nicht absehen, dass man eines Tages per Computer Dinge in ein paar Sekunden finden kann, für die man früher einen Detektiv, sehr viel Glück und eine Menge Geld, Zeit und Zufälle gebraucht hätte. Ich hätte ganz sicher auch die Identität eines Bekannten genommen, über den ich etwas weiß. Nur für den Fall eines Falles. Außerdem hätte ich darauf geachtet, mich aus dem Licht der Öffentlichkeit fernzuhalten. Das hat unser Schneider getan. Er war sein Leben lang die Unauffälligkeit in Person.«

»Nicht zu fassen.« Pia machte sich Notizen. »Dann suchen wir nach einem Hans Kallweit aus Steinort in Ostpreußen. Steinort liegt ganz in der Nähe von Angerburg, woher der echte Goldberg stammte. Und wenn deine Theorie stimmt, dann könnte der falsche Goldberg – Oskar – tatsächlich jemand gewesen sein, der den echten von früher kannte.«

»Genau.« Ostermann warf einen begehrlichen Blick auf Pias inzwischen kalten Döner auf dem Schreibtisch. »Isst du den noch?«

»Nein.« Pia schüttelte abwesend den Kopf. »Greif zu.«

Das ließ Ostermann sich nicht zweimal sagen. Pia war schon wieder im Internet unterwegs. Anita und Vera waren Freundinnen gewesen, der falsche Schneider – Hans Kallweit – und der falsche Goldberg – Oskar – ebenfalls. Keine drei Minuten später hatte sie eine Kurzbiographie von Vera Kaltensee auf dem Bildschirm.

Geboren am 28. April 1922 in Lauenburg am Dobensee, Landkreis Angerburg, las sie. *Eltern: Freiherr Heinrich Elard von Zeydlitz-Lauenburg und Freifrau Hertha von Zeydlitz-Lauenburg, geborene von Pape. Geschwister: Heinrich (*1898 †1917), Meinhard (*1899 †1917), Elard (*1917, seit Januar 1945 vermisst.) Im Januar 1945 geflüchtet, der*

Rest der Familie starb bei einem russischen Angriff auf den Lauenburger Treck.

Sie klickte wieder die informative Ostpreußenseite an, gab »Lauenburg« ein und fand einen Verweis auf einen winzigen Ort namens Doba am Dobensee, in dessen Nähe sich die Ruinen des ehemaligen Schlosses der Familie Zeydlitz-Lauenburg befanden.

»Vera Kaltensee und Anita Frings stammten aus derselben Ecke in Ostpreußen wie der falsche Goldberg und der falsche Schneider«, sagte Pia zu ihrem Kollegen. »Wenn du mich fragst, kannten sich alle vier von früher.«

»Kann schon sein«, Ostermann stützte die Ellbogen auf den Schreibtisch und sah Pia an, »aber warum haben sie so ein Geheimnis daraus gemacht?«

»Gute Frage.« Pia knabberte an ihrem Kugelschreiber. Sie überlegte einen Moment, dann griff sie nach ihrem Handy und rief noch einmal Miriam an. Die Freundin meldete sich Sekunden später.

»Hast du etwas zu schreiben da?«, fragte Pia. »Wenn du schon am Suchen bist, dann halte auch mal Ausschau nach einem Hans Kallweit aus Steinort und einer Anita Maria Willumat.«

Das Frankfurter Kunsthaus, eine der ersten Adressen für nationale und internationale zeitgenössische Kunst, befand sich in einem historischen Stadthaus direkt am Römerberg. Pia musste feststellen, wie unpraktisch ihr Geländewagen an einem Samstagnachmittag in der Stadt war. Die Parkhäuser rings um Römer und Hauptwache waren belegt, und eine Parklücke für den klotzigen Nissan zu finden erwies sich als aussichtslos. Schließlich fuhr sie entnervt direkt auf den großen Platz vor dem Frankfurter Rathaus. Es dauerte keine Minute, bis zwei eifrige Politessen auftauchten und ihr bedeuteten, auf der Stelle das Auto wegzufahren. Pia stieg aus und zeigte den Damen Ausweis und Kripomarke.

»Ist die auch echt?«, fragte die eine misstrauisch, und Pia sah sie im Geiste schon in die Marke beißen, um zu überprüfen, ob diese nicht vielleicht aus Schokolade war.

»Natürlich ist die echt«, sagte sie ungeduldig.

»Was glauben Sie, was wir hier alles gezeigt kriegen!« Die Politesse gab ihr Ausweis und Marke zurück. »Wenn wir das alles aufheben würden, könnten wir ein eigenes Museum aufmachen.«

»Ich bleibe auch nicht lange hier stehen«, versicherte Pia und machte sich auf den Weg zum Kunsthaus, das am Samstagnachmittag natürlich geöffnet hatte. Sie selbst konnte zeitgenössischer Kunst nicht viel abgewinnen und war erstaunt darüber, wie viele Menschen sich im Foyer, in den Ausstellungsräumen und auf den Treppen drängten, um die Kunstwerke eines chilenischen Bildhauers und Malers zu bestaunen, dessen Namen Pia noch nie zuvor gehört hatte. Das Café im Erdgeschoss des Kunsthauses war ebenfalls proppenvoll. Pia blickte sich um und kam sich wie eine echte Kulturbanausin vor. Keiner der Künstlernamen auf den Prospekten und Flyern war ihr auch nur annähernd bekannt, und sie fragte sich, was all diese Menschen in den Klecksen und Strichen sahen.

Sie bat die junge Dame am Infostand, Professor Kaltensee darüber zu informieren, dass sie da sei, und verkürzte sich ihre Wartezeit damit, indem sie in einer Broschüre mit dem Programm des Frankfurter Kunsthauses blätterte. Außer der sogenannten »Contemporary Art« in allen Formen unterstützte und förderte die Eugen-Kaltensee-Stiftung, der übrigens die Immobilie auch gehörte, junge und talentierte Musiker und Schauspieler. In einem der oberen Stockwerke gab es sogar einen eigenen Konzertsaal und Wohn- und Arbeitsräume, die Künstlern aus dem In- und Ausland für einen gewissen Zeitraum zur Verfügung gestellt wurden. Zog man den Ruf von Professor Kaltensee in Betracht, handelte es sich dabei wohl vornehmlich um junge Künstler*innen*, die dem Direktor des Frankfurter Kunsthauses in physischer Hinsicht gefielen. In dem Augenblick, in dem sie das dachte, sah sie Elard Kaltensee die Treppe herunterkommen. Neulich auf dem Mühlenhof hatte der Mann keinen besonderen Eindruck auf sie gemacht, aber heute wirkte er völlig verändert. Er war von Kopf bis Fuß in schlichtes Schwarz gekleidet wie ein Priester oder Magier, eine düstere eindrucksvolle Gestalt, vor der sich die Menge respektvoll teilte.

»Hallo, Frau Kirchhoff.« Er blieb vor ihr stehen und reichte ihr die Hand, ohne zu lächeln. »Bitte entschuldigen Sie, dass ich Sie habe warten lassen.«

»Das macht nichts. Danke, dass Sie so kurzfristig für mich Zeit gefunden haben«, erwiderte Pia. Aus der Nähe betrachtet sah Elard Kaltensee auch heute erschöpft aus. Unter seinen geröteten Augen lagen dunkle Schatten, der Dreitagebart bedeckte eingefallene Wangen. Pia hatte den Eindruck, dass er sich für eine Rolle verkleidet hatte, die ihm nicht mehr behagte.

»Kommen Sie«, sagte er, »gehen wir hoch in meine Wohnung.«

Sie folgte ihm neugierig die knarrenden Treppen hinauf bis in den vierten Stock. Über diese Wohnung im Dachgeschoss des Hauses kursierten seit Jahren in der Frankfurter Gesellschaft die wildesten Gerüchte. Angeblich hatten hier ausschweifende Partys stattgefunden, man munkelte hinter vorgehaltener Hand von orgiastischen Sauf- und Koksgelagen mit prominenten Gästen aus der Kunst- und Politikszene der Stadt. Kaltensee öffnete eine Tür und ließ Pia höflich den Vortritt. In dem Moment klingelte sein Handy.

»Entschuldigen Sie mich.« Er blieb im Treppenhaus zurück. »Ich komme sofort.«

In der Wohnung herrschte dämmeriges Zwielicht. Pia sah sich in dem großen Raum mit offenen Deckenbalken und abgetretenem Dielenboden um. Vor den bis zum Boden reichenden Fenstern stand ein überladener Schreibtisch aus dunklem Mahagoniholz, auf jeder verfügbaren Fläche stapelten sich Bücher und Kataloge. In einer Ecke gähnte ein offener Kamin mit rußigem Schlund, davor gruppierte sich eine lederne Couchgarnitur um einen niedrigen hölzernen Couchtisch. Die Wände wirkten wie frisch gestrichen, sie waren grellweiß und leer, bis auf zwei überdimensionale gerahmte Fotos, von denen eines die ziemlich appetitliche Rückansicht eines nackten Mannes zeigte, das andere eine Augen- und eine Mundpartie, Nase und Kinn waren von gespreizten Fingern verdeckt.

Pia schlenderte weiter durch die Wohnung. Der narbige Eichenholzfußboden knarrte unter ihren Schritten. Eine Küche, von der aus eine Glastür auf einen Dachbalkon führte. Das Badezimmer, ganz in weiß gehalten, auf den Fliesen noch feuchte Fußabdrücke. Ein benutztes Handtuch neben der Dusche, eine achtlos fallen gelassene Jeans, der Duft von Rasierwasser. Pia fragte sich, ob sie Elard Kaltensee vielleicht bei einem Schäferstündchen mit einer seiner Künstlerinnen gestört hatte, denn die Jeans passte als Kleidungsstück nicht zu ihm.

Sie konnte der Versuchung nicht widerstehen und warf einen neugierigen Blick in den angrenzenden Raum, der nur durch einen schweren Samtvorhang abgeteilt war. Sie sah ein breites zerwühltes Bett, eine Kleiderstange, an der ausschließlich schwarze Kleidungsstücke hingen. Eine vergoldete Buddha-Figur diente als Fuß für einen Glastisch, auf dem in einem silbernen Sektkühler ein Strauß halb vertrockneter Rosen stand; ihr Duft hing schwer und süß in der Luft. Auf dem Boden neben dem Bett standen ein altertümlicher Überseekoffer und ein wuchtiger, mehrarmiger Kerzenleuchter aus Bronze. Die Kerzen waren heruntergebrannt und hatten ein skurriles Gebilde aus Wachs auf dem Holz des Fußbodens hinterlassen. Nicht gerade die Liebeshöhle, die Pia erwartet hatte. Ihr Adrenalinspiegel schoss unwillkürlich in die Höhe, als ihr Blick auf dem Nachttisch eine Pistole streifte. Mit angehaltenem Atem wagte sie sich einen Schritt näher und beugte sich über das Bett. Gerade als sie nach der Pistole greifen wollte, nahm sie eine Bewegung direkt hinter sich wahr. Sie verlor vor Schreck das Gleichgewicht und fand sich auf dem Bett liegend wieder. Vor ihr stand Elard Kaltensee und musterte sie mit einem eigentümlichen Ausdruck in den Augen.

Sie roch, dass er getrunken hatte, und das nicht zu knapp. Aber bevor sie etwas sagen konnte, nahm er ihr Gesicht in seine Hände und verschloss ihren Mund mit einem so leidenschaftlichen Kuss, dass ihre Knie weich wurden. Seine Hände glitten unter Marleens Bluse, öffneten ihren BH und umfassten ihre Brüste.

»Herrgott, ich bin verrückt nach dir«, flüsterte Thomas Ritter heiser. Er drängte sie Richtung Bett, das Herz schlug ihr bis zum Hals. Ohne seinen Blick von ihren Augen abzuwenden, öffnete er den Reißverschluss seiner Hose und ließ sie herunter, im nächsten Augenblick war er über ihr und drückte sie mit seinem ganzen Gewicht auf das Bett. Er presste seinen Unterleib gegen ihren, und sofort reagierte ihr Körper auf sein Verlangen. Ströme innerer Erregung zuckten durch ihren Körper, und auch wenn sie sich den Verlauf des Nachmittags etwas anders vorgestellt hatte, so begann es doch, ihr zu gefallen. Marleen Ritter streifte die Schuhe von den Füßen und wand sich mit fiebriger Ungeduld aus ihren Jeans, ohne den Kuss zu unterbrechen. Erst da fiel ihr ein, dass sie heute ausgerechnet einen dieser hässlichen Liebestöter angezogen hatte, aber das schien ihr Mann nicht einmal zu bemerken. Sie keuchte auf und schloss die Augen, als er ohne jede Zärtlichkeit in sie eindrang. Es musste ja nicht immer die pure Romantik mit Kerzenlicht und Rotwein sein …

»Enttäuscht?«

Elard Kaltensee ging zu einer kleinen Bar in einer Ecke des Raumes und nahm zwei Gläser aus einem Regal. Pia wandte sich zu ihm um. Sie war froh, dass er ohne weiteren Kommentar über die peinliche Situation vorhin hinweggegangen war und ihr die indiskrete Schnüffelei in seiner Wohnung nicht übelzunehmen schien. Die alte Duellpistole, die er ihr in die Hand gedrückt hatte, war ein wirklich schönes Stück mit wahrscheinlich erheblichem Sammlerwert. Allerdings handelte es sich dabei ganz sicher nicht um die Waffe, mit der kürzlich drei Menschen erschossen worden waren.

»Wieso sollte ich enttäuscht sein?«, fragte Pia zurück.

»Ich weiß, was über diese Wohnung schon geredet wurde«, erwiderte er und bot ihr mit einer Handbewegung einen Platz auf dem Ledersofa an. »Möchten Sie etwas trinken?«

»Was trinken Sie?«

»Cola light.«

»Das ist für mich auch okay.«

Er öffnete einen kleinen Kühlschrank, nahm eine Flasche Cola heraus und schenkte beide Gläser voll, die er auf dem niedrigen Tisch abstellte. Er setzte sich Pia gegenüber auf die Couch.

»Gab es diese legendären Partys wirklich?«, wollte Pia wissen.

»Es gab jede Menge Partys, aber längst nicht solche Orgien, wie kolportiert wurde. Die letzte fand irgendwann gegen Ende der Achtziger statt«, antwortete er. »Dann wurde mir das alles zu anstrengend. Eigentlich bin ich ein Spießer, der gerne abends mit einem Glas Rotwein vor dem Fernseher sitzt und um zehn ins Bett geht.«

»Ich dachte, Sie wohnen auf dem Mühlenhof«, sagte Pia.

»Hier war kein Wohnen mehr möglich.« Elard Kaltensee betrachtete nachdenklich seine Hände. »Alles, was sich der Frankfurter Kunstszene für zugehörig hielt, meinte, mich ständig belagern zu müssen. Irgendwann hatte ich keine Lust mehr auf diesen Zirkus, auf die Menschen, die mich bedrängten. Von einem Tag auf den anderen waren sie mir zuwider, diese wichtigtuerischen, ahnungslosen Kunstsammler, selbsternannte Experten, die wie besessen das kaufen, was gerade angesagt ist, und dafür horrende Summen bezahlen. Aber noch schlimmer fand ich die lebensuntüchtigen, talentfreien Möchtegern-Künstler mit ihren aufgeblähten Egos, ihrer wirren Weltanschauung und einem diffusen Kunstverständnis, die stunden-, ja nächtelang auf mich einlaberten, um mich davon zu überzeugen, dass sie einzig und allein der Stiftungsgelder und Stipendien würdig seien. Unter tausend gibt es einen, der es wirklich wert ist, gefördert zu werden.«

Er stieß ein Geräusch aus, das eher ein Schnauben als ein Lachen war.

»Sie nahmen wohl an, ich sei ganz versessen darauf, bis in die Morgenstunden mit ihnen zu diskutieren, aber im Gegensatz zu diesem Volk musste ich morgens um acht Vorlesungen an der Uni halten. Deshalb bin ich vor drei Jahren auf den Mühlenhof geflüchtet.«

Einen Moment sprach keiner von ihnen. Kaltensee räusperte sich.

»Aber Sie wollen etwas von mir wissen«, sagte er förmlich. »Wie kann ich Ihnen helfen?«

»Es geht um Herrmann Schneider.« Pia öffnete ihre Tasche und holte ihren Notizblock heraus. »Wir sichten gerade seinen Nachlass und sind dabei auf Ungereimtheiten gestoßen. Nicht nur Goldberg, sondern auch er scheint nach dem Krieg eine falsche Identität angenommen zu haben. Schneider stammte in Wirklichkeit nicht aus Wuppertal, sondern aus Steinort in Ostpreußen.«

»Aha.« Falls Kaltensee überrascht war, ließ er es sich nicht anmerken.

»Als Ihre Mutter uns erzählte, dass Schneider ein Freund ihres verstorbenen Mannes gewesen sei, reagierten Sie mit den Worten ›Dann stimmt das wohl‹. Ich hatte aber das Gefühl, dass Sie etwas anderes sagen wollten.«

Elard Kaltensee hob die Augenbrauen.

»Sie sind eine genaue Beobachterin.«

»Eine Grundvoraussetzung für meinen Job«, bestätigte Pia.

Kaltensee trank einen weiteren Schluck seiner Cola. »In meiner Familie gibt es viele Geheimnisse«, sagte er ausweichend. »Meine Mutter behält so einiges für sich. Zum Beispiel verschweigt sie mir bis heute den Namen meines leiblichen Vaters und, wie ich manchmal argwöhne, mein wirkliches Geburtsdatum.«

»Wieso sollte sie das tun, und wie kommen Sie darauf?« Pia war erstaunt.

Kaltensee beugte sich vor und stützte die Ellbogen auf seine Knie.

»Ich kann mich an Dinge, Orte und Menschen erinnern, an die ich mich eigentlich nicht erinnern dürfte. Und das nicht etwa, weil ich übersinnliche Fähigkeiten besitze, sondern weil ich älter als sechzehn Monate gewesen sein muss, als wir Ostpreußen verließen.«

Er rieb sich nachdenklich die unrasierte Wange und starrte

vor sich hin. Pia schwieg und wartete darauf, dass er weitersprach.

»Fünfzig Jahre lang habe ich nicht sehr viel über meine Herkunft nachgedacht«, sagte er nach einer Weile. »Ich hatte mich damit abgefunden, dass ich keinen Vater hatte und keine Heimat. Vielen Menschen meiner Generation ist es so ergangen. Väter sind im Krieg geblieben, Familien wurden zerrissen und mussten flüchten. Mein Schicksal war nicht einzigartig. Aber dann bekam ich eines Tages eine Einladung von unserer Partneruniversität in Krakau, zu einem Seminar. Ich dachte mir nichts dabei und fuhr hin. An einem Wochenende machte ich mit einigen Kollegen einen Ausflug nach Olszytn, dem früheren Allenstein, um dort die gerade neu eröffnete Universität zu besichtigen. Bis dahin hatte ich mich wie ein einfacher Tourist in Polen gefühlt, aber ganz plötzlich ... ganz plötzlich hatte ich das sichere Gefühl, diese Eisenbahnbrücke und die Kirche schon einmal gesehen zu haben. Ich konnte mich sogar daran erinnern, dass es im Winter gewesen sein muss. Kurz entschlossen habe ich mir ein Auto geliehen und bin von Olszytn aus Richtung Osten gefahren. Es war ...«

Er brach ab, schüttelte den Kopf und holte tief Luft.

»Hätte ich es nur gelassen!«

»Warum?«

Elard Kaltensee stand auf und trat ans Fenster. Als er weitersprach, klang seine Stimme bitter.

»Bis zu diesem Zeitpunkt war ich ein einigermaßen zufriedener Mann mit zwei anständigen Kindern, gelegentlichen Affären und einem Beruf, der mich ausfüllte. Ich glaubte zu wissen, wer ich war und wo ich hingehörte. Aber seit dieser Reise hat sich alles verändert. Seitdem habe ich das Gefühl, in wichtigen Bereichen meines Lebens völlig im Dunkeln zu tappen. Trotzdem habe ich mich nie getraut, ernsthaft zu suchen. Heute glaube ich, ich hatte einfach Angst davor, Dinge zu erfahren, die noch mehr zerstören würden.«

»Was denn zum Beispiel?«, fragte Pia. Kaltensee wandte sich zu ihr um, und der Ausdruck unverhüllter Seelenqual auf seinem Gesicht traf sie unvorbereitet. Er war labiler, als es nach außen sichtbar war.

»Ich gehe mal davon aus, dass Sie Ihre Eltern und Großeltern kennen«, sagte er. »Sie haben sicher schon oft den Satz gehört ›Das kann sie nur von ihrem Vater haben, oder von ihrer Mutter oder von Oma oder Opa‹. Habe ich recht?«

Pia nickte, verblüfft über diese plötzliche Vertraulichkeit.

»*Ich* habe das nie gehört. Warum nicht? Meine erste Annahme war, dass meine Mutter vielleicht vergewaltigt wurde, wie viele Frauen damals. Aber das wäre kein Grund gewesen, mir nichts über meine Herkunft zu erzählen. Dann kam mir ein weitaus schlimmerer Verdacht. Vielleicht war mein Erzeuger ein Nazi, der irgendwelche entsetzlichen Gräueltaten auf dem Gewissen hat. War meine Mutter vielleicht mit einem Kerl in schwarzer SS-Uniform, der eine Stunde zuvor noch unschuldige Menschen gefoltert und hingerichtet hat, im Bett gewesen?« Elard Kaltensee redete sich in Rage, er schrie beinahe, und Pia beschlich ein mulmiges Gefühl, als er nun direkt vor ihr stehen blieb. Schon einmal war sie alleine mit einem Mann gewesen, der sich als Psychopath entpuppt hatte. Die Fassade distanzierter Höflichkeit bröckelte, Kaltensees Augen glänzten wie im Fieber, und er ballte die Hände zu Fäusten.

»Es gibt für mich keine andere Erklärung für ihr Schweigen als diese! Können Sie auch nur *ansatzweise* verstehen, wie mich dieser Gedanke, diese Ungewissheit meiner Herkunft, quält, Tag und Nacht? Je mehr ich darüber nachdenke, desto deutlicher spüre ich diese ... diese Dunkelheit in mir, diesen Zwang, Dinge zu tun, die ein normaler, ausgeglichener Mensch nicht tut! Und ich frage mich: Warum ist das so? Woher kommt dieses Verlangen, diese Sehnsucht? Welche Gene habe ich in mir? Die eines Massenmörders oder die eines Vergewaltigers? Wäre es anders, wenn ich in einer richtigen Familie aufgewachsen wäre, mit einem Vater und einer Mutter, die mich mit allen meinen Stärken und Schwächen geliebt hätten? Jetzt erst merke ich, was mir gefehlt hat! Ich spüre diesen schwarzen unheilvollen Riss, der sich durch mein ganzes Leben zieht! Sie haben mir meine Wurzeln genommen und mich zu einem Feigling gemacht, der sich nie getraut hat, Fragen zu stellen!«

Er fuhr sich mit dem Handrücken über den Mund, ging zurück zum Fenster, stemmte die Hände auf das Fensterbrett und lehnte die Stirn an die Glasscheibe. Pia saß stocksteif da und sagte keinen Ton. Wie viel Selbstekel, wie viel Verzweiflung hinter jedem seiner Worte stand!

»Ich *hasse* sie dafür, dass sie mir das angetan haben«, fuhr er mit gepresster Stimme fort. »Ja, manchmal habe ich sie so sehr gehasst, dass ich sie am liebsten umgebracht hätte!«

Seine letzten Worte versetzten Pia in höchste Alarmbereitschaft. Kaltensee benahm sich mehr als seltsam. War er womöglich psychisch krank? Was sonst konnte einen Menschen dazu veranlassen, einer Polizistin gegenüber so unverhohlen Mordabsichten zu äußern?

»Von wem sprechen Sie?«, fragte sie nun. Ihr war aufgefallen, dass er im Plural gesprochen hatte. Kaltensee fuhr herum und starrte sie an, als würde er sie das erste Mal sehen. Sein starrer Blick aus blutunterlaufenen Augen hatte etwas Wahnsinniges. Was sollte sie tun, wenn er sich nun auf sie stürzte, um sie zu würgen? Ihre Dienstwaffe hatte sie leichtsinnigerweise zu Hause im Schrank gelassen, und niemand wusste, dass sie hierhergefahren war.

»Von denen, die Bescheid wissen«, erwiderte er rau.

»Und wer ist das?«

Er ging zur Couch und setzte sich hin. Plötzlich schien er wieder zur Besinnung gekommen zu sein, denn er lächelte, als ob nichts gewesen wäre.

»Sie haben Ihre Cola gar nicht getrunken«, stellte er fest und schlug die Beine übereinander. »Möchten Sie Eiswürfel?«

Pia ging nicht darauf ein.

»Wer weiß Bescheid?«, insistierte sie, obwohl ihr Herz in der Gewissheit, einem dreifachen Mörder gegenüberzusitzen, heftig klopfte.

»Es spielt keine Rolle mehr«, erwiderte er ruhig, fast heiter und trank seine Cola light aus. »Jetzt sind sie ja alle tot. Bis auf meine Mutter.«

Erst als sie wieder in ihrem Auto saß, fiel Pia ein, dass sie vergessen hatte, Kaltensee noch einmal nach der Bedeutung der ominösen Zahl und nach Robert Watkowiak zu fragen. Sie war immer stolz auf ihre gute Menschenkenntnis gewesen, aber bei Elard Kaltensee hatte sie völlig danebengelegen. Sie hatte ihn für einen kultivierten, gelassenen und charmanten Mann gehalten, der mit sich und der Welt im Reinen war. Auf den unerwarteten Blick in die düsteren Abgründe seiner inneren Zerrissenheit war sie nicht vorbereitet gewesen. Pia wusste nicht, was sie mehr erschreckt hatte: sein heftiger Ausbruch, der Hass hinter seinen Worten oder der abrupte Wechsel zu heiterer Normalität. »›Möchten Sie Eiswürfel‹«, murmelte sie. »So was!«

Verärgert bemerkte sie, dass ihr Bein zitterte, wenn sie die Kupplung trat. Sie zündete sich eine Zigarette an und bog auf die Alte Brücke ab, die über den Main nach Sachsenhausen führte. Allmählich wurde sie wieder ruhiger. Nüchtern betrachtet war es durchaus denkbar, dass Elard Kaltensee die drei Freunde seiner Mutter erschossen hatte, weil sie ihm nicht die Wahrheit über seine Herkunft hatten sagen wollen und er ihnen die Schuld an seinem Unglück gab. Nach der Szene eben traute sie es dem Mann ohne weiteres zu. Vielleicht hatte er zuerst ruhig und sachlich mit ihnen geredet und war dann ausgerastet, als er gemerkt hatte, dass sie ihm nichts sagen würden. Anita Frings hatte ihn gut gekannt, sie hätte sich wahrscheinlich nicht dagegen gewehrt, wenn er sie mit dem Rollstuhl aus dem Gebäude gefahren hätte. Und auch Goldberg und Schneider hätten ihn arglos hereingelassen. Die Zahl 16145 hatte sowohl für Elard Kaltensee als auch die drei Getöteten eine Bedeutung. Womöglich handelte es sich dabei tatsächlich um das Datum der Flucht! Je länger Pia über alles nachdachte, desto schlüssiger erschien es ihr.

Sie fuhr im Schritttempo die Oppenheimer Landstraße Richtung Schweizer Platz entlang und starrte nachdenklich aus dem Fenster. Es hatte angefangen zu regnen, die Scheibenwischer schrammten über die Windschutzscheibe. Auf dem Beifahrersitz summte ihr Handy.

»Kirchhoff«, meldete sie sich knapp.

»Wir haben Robert Watkowiak gefunden«, hörte sie die Stimme ihres Kollegen Ostermann. »Allerdings als Leiche.«

Marleen Ritter lag auf der Seite, den Kopf in die Hand gestützt, und betrachtete nachdenklich das Gesicht ihres schlafenden Ehemannes. Eigentlich hätte sie sauer auf ihn sein sollen: Erst hatte er sich beinahe vierundzwanzig Stunden nicht bei ihr gemeldet, dann war er mit einer Fahne aufgetaucht und ohne weitere Erklärung über sie hergefallen. Aber es war ihr einfach unmöglich, sich über ihn zu ärgern, schon gar nicht jetzt, wo er wieder da war und friedlich schnarchend neben ihr auf dem Bett lag.

Sie betrachtete zärtlich die klaren Konturen seines Profils, sein dichtes zerzaustes Haar und wunderte sich wieder einmal darüber, dass sich dieser gutaussehende, intelligente und wunderbare Mann ausgerechnet in sie verliebt hatte. Thomas hätte zweifellos bei ganz anderen Frauen die besten Chancen. Dennoch hatte er sich für sie entschieden, und das erfüllte sie mit einem warmen, tiefen Glücksgefühl. In ein paar Monaten, wenn das Baby da war, würden sie eine richtige Familie sein, und spätestens dann – da war sie sich ganz sicher – würde ihre Oma Thomas alles verzeihen. Das, was zwischen Thomas und ihrer Großmutter vorgefallen sein mochte, war der einzige Schatten über ihrem Glück, aber er würde sicher alles tun, um die Sache wieder ins Lot zu bringen, denn er trug Vera nichts nach. Er bewegte sich im Schlaf, und Marleen beugte sich vor, um die Decke über seine Blöße zu ziehen.

»Geh nicht weg.« Er streckte mit geschlossenen Augen die Hand nach ihr aus. Marleen lächelte. Sie schmiegte sich an ihn und streichelte seine unrasierte Wange. Er wälzte sich mit einem Stöhnen auf die Seite und legte schwer einen Arm über sie.

»Tut mir leid, dass ich mich nicht bei dir gemeldet habe«, murmelte er undeutlich. »Aber ich habe in den letzten vierundzwanzig Stunden so viel Unglaubliches erfahren, dass ich wohl mein Manuskript total umschreiben muss.«

»Was für ein Manuskript?«, fragte Marleen erstaunt. Er schwieg eine Weile, dann öffnete er die Augen und blickte sie an.

»Ich war nicht ganz ehrlich zu dir«, gab er zu und lächelte zerknirscht. »Vielleicht, weil ich mich geschämt habe. Nachdem Vera mich vor die Tür gesetzt hatte, war es für mich ziemlich schwer, einen neuen Job zu kriegen. Und um irgendwie zu Geld zu kommen, habe ich angefangen, Romane zu schreiben.«

Marleen roch seinen schalen Alkoholatem.

»Aber daran ist doch nichts Ehrenrühriges«, erwiderte sie. Wenn er so lächelte, war er einfach zum Anbeißen süß.

»Na ja.« Er seufzte und kratzte sich verlegen am Ohr, »für das, was ich schreibe, kriege ich keinen Literatur-Nobelpreis. Aber immerhin sechshundert Euro pro Manuskript. Ich schreibe Groschenromane. Arztromane. Herzschmerz. Du weißt schon.«

Das verschlug Marleen für einen Augenblick die Sprache. Aber dann fing sie an zu lachen.

»Du lachst mich aus«, sagte Thomas gekränkt.

»Ach Quatsch!« Sie schlang die Arme um seine Mitte und kicherte. »Ich liebe Dr. Stefan Frank! Vielleicht hab ich ja schon etwas von dir gelesen.«

»Möglich.« Er grinste. »Allerdings schreibe ich unter Pseudonym.«

»Verrätst du es mir?«

»Nur wenn du mir irgendwas Leckeres zu essen machst. Ich sterbe vor Hunger.«

»Kannst du das übernehmen, Pia?«, fragte Ostermann. »Der Chef hat doch heute Taufe.«

»Ja, klar. Wo muss ich hin? Wer hat ihn gefunden?« Pia hatte seit einer Ewigkeit den rechten Blinker gesetzt, aber diese sturen Deppen hinter ihr ließen sie nicht einfädeln. Endlich tat sich eine kleine Lücke auf, sie trat heftig auf das Gaspedal und zwang ihren Hintermann damit zum Bremsen. Promptes Gehupe war die Antwort auf ihr rücksichtsloses Manöver.

»Du wirst es nicht glauben: ein Immobilienmakler! Er wollte einem Ehepaar das Haus zeigen, und da hockt Watkowiak tot in einer Ecke. Bestimmt nicht gerade verkaufsfördernd.«

»Sehr witzig.« Pia war nach ihrem Erlebnis mit Elard Kaltensee nicht nach Scherzen zumute.

»Der Makler sagte, das Haus habe seit Jahren leer gestanden. Watkowiak muss eingebrochen sein, um es gelegentlich als Unterschlupf zu benutzen. Es liegt in der Königsteiner Altstadt. Hauptstraße 75.«

»Ich bin schon unterwegs.«

Als sie am Hauptbahnhof vorbei war, wurde der Verkehr flüssiger. Pia legte die Robbie-Williams-CD ein, für die sie von ihren Kollegen lauthals verspottet worden war, und fuhr zu den Klängen von *Feel* an der Messe vorbei auf die Autobahn. Ihr Musikgeschmack war stark stimmungsabhängig. Bis auf Jazz und Rap mochte sie beinahe alles, und ihre CD-Sammlung reichte von Abba über die Beatles, Madonna, Meat Loaf, Shania Twain bis hin zu U2 und ZZ-Top. Heute war sie in Stimmung für Robbie. Am Main-Taunus-Zentrum bog sie auf die B8 ab und war eine Viertelstunde später in Königstein. Sie kannte die verwinkelten Gassen der Altstadt noch aus ihrer Schulzeit und musste niemanden nach der Adresse fragen. Schon als sie in die Kirchstraße einbog, sah sie ganz oben zwei Streifenwagen und einen Notarztwagen stehen. Das Haus mit der Nummer 75 lag zwischen einem Geschäft für Damenmode und einem Lottoladen. Es stand seit Jahren leer. Mit vernagelten Fenstern und Türen, abblätterndem Putz und einem schadhaften Dach war es zu einem hässlichen Schandfleck im Herzen Königsteins geworden. Der Makler war noch da, ein braungebrannter Mittdreißiger mit Gelfrisur und Lackschuhen, der dem Klischee seines Berufsstandes auf fast schon lächerliche Weise entsprach. Es hatte sich eingeregnet, und Pia schlug die Kapuze ihrer grauen Sweatjacke über den Kopf.

»Jetzt hatte ich endlich mal Interessenten, und dann das!«, beschwerte er sich bei Pia, als sei es ihre Schuld. »Die Frau hat fast einen Nervenzusammenbruch bekommen, als sie die Leiche gesehen hat!«

»Vielleicht hätten Sie vorher mal nach dem Rechten sehen

sollen«, unterbrach Pia den Makler ungerührt. »Wem gehört das Haus?«

»Einer Kundin hier aus Königstein.«

»Ich hätte gern Namen und Adresse«, sagte Pia. »Aber vielleicht möchten Sie Ihre Kundin ja lieber selbst über den fehlgeschlagenen Besichtigungstermin informieren.«

Der Makler hörte den Sarkasmus in ihrer Stimme und warf ihr einen finsteren Blick zu. Er förderte aus seinem Sakko ein Blackberry zutage, tippte darauf herum und notierte Name und Adresse der Hausbesitzerin auf der Rückseite einer seiner Visitenkarten. Pia steckte die Karte ein und blickte sich im Hof um. Das Grundstück war größer, als es zuerst den Anschein hatte, und grenzte mit der Rückseite an den Kurpark. Der marode Zaun war ein wenig geeignetes Mittel, um Unbefugten den Zugang zu verwehren. Vor der Hintertür stand ein uniformierter Kollege. Pia nickte ihm zu und betrat das Gebäude, nachdem sie den Makler abgewimmelt hatte. Das Haus sah von innen nicht viel besser aus als von außen.

»Hallo, Frau Kirchhoff.« Der Notarzt, den Pia von anderen Tatorten kannte, packte seine Sachen schon wieder zusammen. »Sieht auf den ersten Blick nach einer versehentlichen Selbsttötung aus. Er hat wohl eine halbe Apotheke intus und mindestens eine Flasche Wodka.«

Er wies mit einem Kopfnicken hinter sich.

»Danke.« Pia ging an ihm vorbei und begrüßte die anwesenden Streifenpolizisten. Der Raum mit dem abgetretenen Dielenboden war wegen der vernagelten Fensterläden ziemlich düster – und vollkommen leer. Es roch nach Urin, nach Erbrochenem und nach Verwesung. Pia spürte beim Anblick des Toten Ekel in sich aufsteigen. Der Mann lehnte mit dem Rücken an der Wand, umschwärmt von Schmeißfliegen, Augen und Mund weit geöffnet. Eine weißliche Substanz bedeckte sein Kinn und war auf sein Hemd getropft und eingetrocknet, wahrscheinlich Erbrochenes. Er trug schmutzige Tennissocken, ein blutbeflecktes weißes Hemd und eine schwarze Jeans. Seine Schuhe – nagelneue, teuer aussehende Lederschuhe – standen neben ihm. Dem Immobilienmakler sei Dank war die Leiche gefunden worden, bevor Passanten durch Verwesungsgeruch auf sie aufmerksam geworden wären und man den Todeszeitpunkt nur noch mit Hilfe eines Entomologen hätte ermitteln können. Pias Blick wanderte über eine stattliche Anzahl leerer Bier- und Wodkaflaschen neben dem Toten. Daneben lagen ein geöffneter Rucksack, Medikamentenpackungen und ein Stapel Geldscheine. Irgendetwas an dem Bild, das sich ihr bot, störte Pia.

»Wie lange ist er schon tot?«, erkundigte sie sich und streifte Handschuhe über.

»Grob geschätzt etwa vierundzwanzig Stunden«, antwortete der Notarzt. Pia rechnete zurück. Falls das stimmte, konnte Watkowiak ohne weiteres den Mord an Anita Frings begangen haben. Die Kollegen von der Spurensicherung trafen ein, grüßten Pia mit einem Kopfnicken und warteten auf Anweisungen.

»Übrigens ist das Blut an seinem Hemd möglicherweise nicht sein eigenes«, sagte der Notarzt hinter ihr. »Er hat keine äußerliche Verletzung am Körper, soweit ich das im Moment beurteilen kann.«

Pia nickte und versuchte nachzuvollziehen, was hier geschehen war. Watkowiak war irgendwann am vergangenen Nachmittag in das Haus eingedrungen, beladen mit einem Rucksack, sieben Flaschen Bier, drei Flaschen Wodka und einer Einkaufstüte voller Medikamente. Er hatte sich auf den Boden gesetzt, gewaltige Mengen von Bier und Wodka in sich hineingeschüttet und dazu Tabletten genommen. Als die Wirkung von Alkohol und Antidepressiva eingesetzt hatte, hatte er das Bewusstsein verloren. Aber wieso waren seine

Augen geöffnet? Weshalb saß er aufrecht an der Wand und war nicht seitlich weggekippt?

Sie bat die Kollegen, für mehr Licht zu sorgen, und ging durch die anderen Räume des Hauses. Im oberen Stockwerk fand sie Anzeichen dafür, dass ein Raum und das angrenzende Badezimmer gelegentlich benutzt worden waren: In der Ecke lag eine Matratze mit schmutzigem Bettzeug auf dem Boden, es gab eine abgewetzte Couch und einen niedrigen Tisch, sogar einen kleinen Fernseher und einen Kühlschrank. Über einem Stuhl hingen Kleidungsstücke, im Badezimmer befanden sich Utensilien zur Körperpflege und Handtücher. Im Erdgeschoss jedoch war alles von einer mehrjährigen Staubschicht bedeckt. Warum hatte sich Watkowiak auf den blanken Fußboden gesetzt, um zu trinken, nicht auf die Couch oben? Plötzlich wusste Pia, was ihr vorhin so eigenartig vorgekommen war: Der Dielenboden des Raumes, in dem die Leiche von Watkowiak lag, war blitzsauber! Watkowiak hatte wohl kaum selbst den Boden gekehrt, bevor er sich zugedröhnt hatte. Als sie zum Fundort der Leiche zurückkehrte, erblickte sie dort eine zierliche rothaarige Frau, die sich neugierig umsah. In ihrem eleganten weißen Leinenkostüm und den hochhackigen Pumps wirkte sie fehl am Platze.

»Dürfte ich erfahren, wer Sie sind und was Sie hier zu suchen haben?«, fragte Pia wenig freundlich. »Das hier ist ein Tatort.«

Aufdringliche Schaulustige konnte sie überhaupt nicht gebrauchen.

»Das ist kaum zu übersehen«, erwiderte die Frau. »Mein Name ist Nicola Engel. Ich bin die Nachfolgerin von Kriminaldirektor Nierhoff.«

Pia starrte sie verblüfft an. Niemand hatte ihr von Nierhoffs Nachfolgerin erzählt.

»Aha«, sagte sie etwas ruppiger, als es eigentlich ihre Art war. »Und weshalb sind Sie hier? Um mir das zu sagen?«

»Um Sie bei Ihrer Arbeit zu unterstützen.« Die Rothaarige lächelte liebenswürdig. »Ich habe zufällig mitbekommen, dass Sie allein auf weiter Flur sind. Und da ich im Moment nichts Besseres zu tun habe, dachte ich, ich schaue mal vorbei.«

»Können Sie sich ausweisen?« Pia blieb misstrauisch. Sie fragte sich, ob Bodenstein über eine Nachfolgerin des Chefs Bescheid wusste oder ob diese Behauptung ein plumper Trick einer dreisten Reporterin war, um eine Leiche live zu sehen. Das Lächeln der Frau blieb unverändert freundlich. Sie griff in ihre Handtasche und präsentierte Pia einen Polizeiausweis. *»Kriminalrätin Dr. Nicola Engel«*, las Pia, *»Polizeipräsidium Würzburg.«*

»Wenn Sie zuschauen möchten, habe ich nichts dagegen.« Pia gab ihr den Ausweis zurück und zwang sich zu einem Lächeln. »Ach ja, ich bin Pia Kirchhoff vom K11 der RKI Hofheim. Wir hatten ein paar harte Tage, entschuldigen Sie bitte, dass ich nicht höflicher war.«

»Kein Problem.« Dr. Engel lächelte noch immer. »Machen Sie einfach Ihren Job.«

Pia nickte und wandte sich wieder dem Toten zu. Der Fotograf hatte die Leiche aus allen Winkeln fotografiert, ebenso die Flaschen, die Schuhe und den Rucksack. Die Beamten von der Spurensicherung begannen, alles einzutüten, was irgendwie von Interesse sein konnte. Pia bat einen Kollegen, die Leiche auf die Seite zu drehen. Das erwies sich aufgrund der bereits eingetretenen Leichenstarre als etwas schwierig, gelang aber schließlich. Pia hockte sich neben die Leiche und begutachtete Rücken, Hinterteil und Handflächen des Toten. Alles voller Staub. Das konnte nur bedeuten, dass jemand saubergemacht hatte, *nachdem* Watkowiak abgelegt worden war. Und das wiederum bedeutete, dass sie möglicherweise keinen erfolgreichen Suizid vor sich hatte, sondern einen nicht minder erfolgreichen Mord. Sie verschwieg Dr. Engel ihre Vermutung und untersuchte stattdessen den Inhalt des Rucksacks, der Nierhoffs Theorie von Watkowiak als Mörder zu bestätigen schien: ein Messer mit einer gebogenen Klinge und eine Pistole. Waren das die Waffen, mit denen Monika Krämer und die drei alten Leute getötet worden waren? Pia kramte weiter und fand eine Goldkette mit einem altmodischen Medaillon, eine Sammlung von Silbermünzen und einen massiven Goldarmreif. Diese Wertsachen konnten aus dem Besitz von Anita Frings stammen.

»Dreitausendvierhundertsechzig Euro«, verkündete Dr. Engel, die das Geld gezählt hatte, und ließ sich von einem Beamten einen Plastikbeutel geben, in den sie das Geld steckte. »Was ist das?«

»Sieht aus wie das Messer, mit dem Monika Krämer getötet wurde«, erwiderte Pia düster. »Und das hier könnte die Waffe sein, mit der drei Menschen erschossen wurden. Es ist eine 08.«

»Dann dürfte der Mann der gesuchte Mörder sein.«

»Es soll zumindest so aussehen.« Pia verzog nachdenklich das Gesicht.

»Sie zweifeln daran?«, fragte die Kriminalrätin. Sie hatte ihr leutseliges Lächeln abgelegt und wirkte aufmerksam und konzentriert. »Wieso?«

»Weil es mir zu einfach vorkommt«, erwiderte Pia. »Und weil hier irgendetwas nicht stimmt.«

Pia überlegte kurz, ob sie ihren Chef bei der Familienfeier stören sollte, entschied sich dann aber für einen Anruf. Sie fühlte sich nicht in der Lage für höflichen Smalltalk. Bodensteins Sohn ging ans Telefon und reichte Pia weiter. In knappen Worten berichtete sie von ihrem Besuch bei Elard Kaltensee, vom Leichenfund und ihren Zweifeln an einem Selbstmord Watkowiaks.

»Von wo aus rufen Sie an?«, erkundigte er sich. Pia fürchtete schon, er wolle sie einladen, zum Abendessen vorbeizukommen.

»Vom Auto aus«, sagte sie. Im Hintergrund ertönte schallendes Gelächter, das sich entfernte, dann hörte Pia eine Tür klappen, und es wurde ruhiger.

»Ich habe ein paar interessante Dinge von meiner Schwiegermutter erfahren«, erzählte Bodenstein. »Sie kennt Vera Kaltensee seit Jahren, sie verkehren ja in denselben gesellschaftlichen Kreisen. Und sie war auch auf Veras Geburtstagsfeier am vergangenen Samstag, obwohl sie keine Busenfreundinnen sind. Aber der Name meiner Schwiegermutter macht eben auf jeder Gästeliste was her.«

Cosima von Bodensteins Blut war noch ein wenig blauer als das ihres Gatten, das wusste Pia. Ihre Großeltern väterlicherseits hatten den letzten Kaiser noch persönlich gekannt, der Vater ihrer Mutter war ein italienischer Fürst gewesen, der Anspruch auf den Thron gehabt hätte.

»Meine Schwiegermutter hat sich ziemlich kritisch über Veras verstorbenen Mann geäußert«, fuhr Bodenstein fort. »Eugen Kaltensee hatte es im Dritten Reich zu einem Vermögen gebracht, weil seine Firma die Wehrmacht belieferte. Später wurde er von den Alliierten als Mitläufer eingestuft und war nach 1945 schnell wieder gut im Geschäft. Sein Geld hatte er während des Krieges in die Schweiz transferiert, wie es auch Veras Familie getan hatte. Als er Anfang der 80er Jahre starb, wurde übrigens Elard Kaltensee verdächtigt, seinen Stiefvater getötet zu haben. Die Ermittlungen verliefen im Sande, später wurde auf Unfall erkannt.«

Pia fröstelte unwillkürlich, als sie den Namen Elard Kaltensee hörte.

»Sohn Siegbert musste nach einem familieninternen Eklat 1964 in die USA, wo er studierte. Er kehrte erst 1973 mit Frau und Kindern zurück. Er ist alleiniger Geschäftsführer der KMF. Und Jutta Kaltensee hatte angeblich während ihres Studiums ein lesbisches Verhältnis, das sie ausgerechnet mit einem Angestellten ihrer Mutter beendete.«

»Haben Sie auch etwas anderes als Familientratsch erfahren?«, fragte Pia mit leichter Ungeduld. »Ich muss noch den Staatsanwalt wegen der Obduktion von Watkowiak erreichen.«

»Meine Schwiegermutter konnte Goldberg und Schneider nicht besonders leiden«, fuhr Bodenstein fort, ohne beleidigt zu sein. »Sie bezeichnet Goldberg als einen unangenehmen, rücksichtslosen Menschen, nennt ihn einen schmierigen Waffenhändler und Wichtigtuer. Angeblich besaß er mehrere Pässe und konnte selbst während des Kalten Krieges ungehindert in den Ostblock reisen.«

»Da ist sie ja mit Elard Kaltensee einer Meinung.« Pia hatte den Parkplatz vor dem Kommissariat erreicht und stellte den Motor ab. Sie ließ das Fenster ein Stück herunter und zündete sich eine ihrer Notfall-Zigaretten an, von denen sie heute schon zwölf geraucht hatte. »Ich habe übrigens den echten Schneider ausfindig gemacht. Er war Pilot bei der Luftwaffe und ist bei einer Luftschlacht 1944 gefallen. Unser Herrmann Schneider stammte in Wirklichkeit nämlich auch aus Ostpreußen und hieß wahrscheinlich Hans Kallweit.«

»Ist ja interessant.« Bodenstein schien wenig überrascht. »Meine Schwiegermutter ist nämlich fest davon überzeugt, dass die vier sich allesamt von früher kannten. Zu vorgerückter Stunde pflegte Vera ihre Freundin Anita ›Mia‹ zu nennen, außerdem machten sie hin und wieder Bemerkungen über Heimatabende und schwelgten gerne in Erinnerungen.«

»Irgendjemand muss das ebenfalls gewusst haben«, überlegte Pia. »Und ich vermute, Elard Kaltensee. Er könnte unser Mörder sein, denn er leidet offenbar sehr darunter, nichts über seine Herkunft zu wissen. Vielleicht hat er die drei Freunde seiner Mutter aus Wut darüber, dass sie ihm nichts gesagt haben, erschossen.«

»Das erscheint mir doch etwas sehr konstruiert«, sagte Bodenstein. »Anita Frings lebte in der DDR. Laut meiner Schwiegermutter waren sie und ihr Mann beide beim Ministerium für Staatssicherheit, Herr Frings sogar in einer ziemlich bedeutenden Position. Und entgegen den Behauptungen der Direktorin vom *Taunusblick* hatte sie einen Sohn.«

»Vielleicht ist der schon tot«, mutmaßte Pia. Ihr Handy meldete sich mit der Anklopffunktion. Sie warf einen raschen Blick darauf: Miriam.

»Ich kriege gerade einen Anruf«, sagte sie zu ihrem Chef.

»Aus Südafrika?«

»Wie bitte?« Pia war für einen Moment perplex.

»Ist Ihr Zoodirektor nicht in Südafrika?«

»Wie kommen Sie denn darauf?«

»Ist er's?«

»Ja. Aber er war's nicht, der eben versucht hat, mich zu erreichen.« Pia war nicht besonders erstaunt darüber, dass ihr Chef schon wieder bestens informiert zu sein schien.

»Das war meine Freundin Miriam aus Polen. Sie sitzt im Stadtarchiv von Wegorzewo, dem ehemaligen Angerburg, und sucht nach Spuren des echten Goldberg und auch des echten Schneider. Vielleicht hat sie etwas gefunden.«

»Was hat Ihre Freundin mit Goldberg zu tun?«, wollte Bodenstein wissen. Pia klärte ihn über die Zusammenhänge auf. Dann versprach sie ihm, zur Obduktion von Watkowiak zu gehen, falls diese schon am nächsten Tag stattfinden sollte, und beendete das Gespräch, um Miriam zurückzurufen.

Sonntag, 6. Mai 2007

Das Klingeln des Telefons neben ihrem Bett schreckte Pia aus dem Tiefschlaf. Es war stockdunkel und stickig im Zimmer. Sie drückte verwirrt auf den Schalter der Nachttischlampe und griff nach dem Hörer.

»Wo bleibst du?«, tönte die gereizte Stimme ihres Exmannes dicht an ihrem Ohr. »Wir warten hier auf dich! Du warst es schließlich, die es so eilig hatte mit der Sektion.«

»Henning, mein Gott«, murmelte Pia. »Es ist mitten in der Nacht!«

»Es ist Viertel nach neun«, berichtigte er sie. »Beeil dich gefälligst.«

Und schon hatte er aufgelegt. Pia kniff die Augen zusammen und blickte auf den Wecker. Tatsächlich! Viertel nach neun! Sie warf die Bettdecke zurück, sprang auf und taumelte zum Fenster. Gestern Nacht musste sie die Rollläden versehentlich ganz heruntergelassen haben, deshalb war es im Schlafzimmer so dunkel wie in einem Sarg. Eine schnelle Dusche weckte ihre Lebensgeister, dennoch fühlte sie sich, als sei sie von einem Bus überfahren worden.

Der Staatsanwalt hatte die Genehmigung für eine rasche Obduktion der Leiche von Robert Watkowiak erteilt, nachdem Pia ihn mehr oder weniger dazu genötigt hatte. Als Argument hatte sie angeführt, dass sich die Medikamente, mit denen sich der Mann absichtlich oder unabsichtlich das

Leben genommen hatte, abbauen und nicht mehr nachweisbar sein könnten, wenn man zu lange warte. Henning hatte säuerlich reagiert, als Pia ihn angerufen und gebeten hatte, die Obduktion am nächsten Tag durchzuführen. Und als sie schließlich um kurz nach neun nach Hause gekommen war, hatte sie zu allem Überfluss feststellen müssen, dass die beiden Jährlinge aus der Koppel ausgebrochen waren und sich in den Obstplantagen des benachbarten Elisabethenhofs die unreifen Äpfel schmecken ließen. Nach einer schweißtreibenden Jagd hatte sie gegen elf beide Ausreißer sicher im Stall und war völlig erschöpft ins Haus gewankt. Im Kühlschrank hatte sie nur noch einen abgelaufenen Joghurt und einen halben Camembert gefunden. Der einzige Lichtblick war ein Anruf von Christoph gewesen, bevor sie wie eine Tote ins Bett gefallen war. Und jetzt hatte sie den Beginn der Obduktion verschlafen! Bei einem Blick in den Kleiderschrank stellte sie fest, dass ihr Vorrat an frischer Unterwäsche ziemlich zusammengeschmolzen war, und stopfte noch schnell Sechzig-Grad-Schmutzwäsche in die Waschmaschine. Keine Zeit für ein Frühstück, und die Pferde würden in ihren Boxen bleiben müssen, bis sie aus Frankfurt zurückkam. Pech.

Es war kurz vor zehn, als Pia in der Rechtsmedizin eintraf und wieder die Löblich als Vertreterin der Staatsanwaltschaft antraf. Diesmal trug sie kein schickes Kostüm, sondern Jeans und ein zu großes T-Shirt, das Pia unschwer als eines von Henning identifizierte. Die Folgerung aus dieser Tatsache gab Pias angegriffener Psyche den Rest.

»Dann können wir ja endlich anfangen«, war Hennings einziger Kommentar. Pia fühlte sich urplötzlich fremd in diesem Raum, in dem sie und Henning unzählige gemeinsame Stunden zugebracht hatten. Ihr wurde zum ersten Mal wirklich bewusst, dass sie in seinem Leben nichts mehr verloren hatte. Zwar war sie es, die ihn verlassen hatte, und wenn er nun dasselbe tat wie sie und sich einen neuen Partner suchte, dann hatte sie das zu akzeptieren. Dennoch versetzte es ihr einen Schock, dem sie in ihrem derzeitigen Zustand nicht gewachsen war.

»Entschuldigung«, murmelte sie. »Ich bin gleich wieder da.«

»Bleib hier!«, sagte Henning scharf, aber Pia flüchtete aus dem Sektionsraum ins Nebenzimmer. Dorit, die Laborantin, die extra gekommen war, um die Schnellanalysen durchzuführen, hatte wie üblich Kaffee gekocht. Pia nahm einen Porzellanbecher und goss sich Kaffee ein. Er schmeckte bitter wie Galle. Sie stellte die Tasse ab, schloss die Augen und rieb ihre Schläfen mit den Fingern, um den Druck in ihrem Kopf zu mildern. Selten hatte sie sich so erschöpft und demoralisiert gefühlt wie an diesem Morgen, was auch daran liegen mochte, dass sie ihre Tage bekommen hatte. Zu ihrem Ärger spürte sie, dass Tränen hinter ihren Augenlidern brannten. Wenn doch nur Christoph da gewesen wäre, mit dem sie hätte reden und lachen können! Sie presste die Handballen auf die Augen und kämpfte gegen die aufsteigenden Tränen.

»Alles okay mit dir?« Hennings Stimme ließ sie zusammenzucken. Sie hörte, wie er die Tür hinter sich schloss.

»Ja«, erwiderte sie, ohne sich umzudrehen. »Es war alles nur … ein bisschen viel in den letzten Tagen.«

»Wir können die Obduktion auf heute Nachmittag verschieben«, bot er an. Damit er mit der Löblich noch mal ins Bett kriechen konnte, während sie alleine herumsaß?

»Nein«, sagte sie schroff. »Es geht schon.«

»Guck mich mal an.« Das klang so mitfühlend, dass ihr die Tränen, die sie fast niedergekämpft hatte, nun doch in die Augen schossen. Sie schüttelte stumm den Kopf wie ein trotziges kleines Kind. Und dann tat Henning etwas, was er in den Jahren, in denen sie verheiratet gewesen waren, nie getan hatte. Er nahm sie einfach in die Arme und hielt sie fest an sich gedrückt. Pia stand stocksteif da. Sie wollte sich vor ihm keine Blöße geben. Schon gar nicht, wenn sie daran dachte, dass er es womöglich seiner Geliebten erzählen würde.

»Ich kann es nicht mit ansehen, wenn du unglücklich bist«, sagte er leise. »Wieso kümmert sich dein Zoodirektor nicht besser um dich?«

»Weil er in Südafrika ist«, murmelte sie und ließ zu, dass er sie an den Schultern nahm, umdrehte und ihr Kinn anhob.

»Augen aufmachen«, kommandierte er. Sie gehorchte und stellte verwundert fest, dass er ernsthaft besorgt aussah.

»Die Fohlen sind gestern Abend abgehauen, Neuville hat sich dabei verletzt. Ich musste sie zwei Stunden durch die Gegend jagen«, flüsterte sie, als sei das die Erklärung für ihren jämmerlichen Zustand. Und dann liefen ihr wirklich die Tränen über das Gesicht. Henning zog sie in seine Arme und streichelte tröstend ihren Rücken.

»Deine Freundin wird sicher sauer sein, wenn sie uns so sieht«, sagte sie dumpf in den Stoff seines grünen Kittels.

»Sie ist nicht meine Freundin«, antwortete er. »Du bist doch nicht etwa eifersüchtig?«

»Ich hab kein Recht dazu. Ich weiß. Aber trotzdem.«

Er schwieg einen Moment, und als er weitersprach, klang seine Stimme verändert.

»Weißt du was«, sagte er leise, »wir bringen das jetzt hier hinter uns, dann gehen wir beide ordentlich frühstücken. Und wenn du willst, komme ich mit auf den Birkenhof und schaue nach Neuville.«

Dieses Angebot war rein freundschaftlich gemeint, kein plumper Annäherungsversuch. Henning war im letzten Jahr bei der Geburt des Fohlens dabei gewesen und ein Pferdeliebhaber wie sie selbst. Die Aussicht, den Tag nicht allein verbringen zu müssen, war verlockend, dennoch widerstand

Pia der Versuchung. In Wirklichkeit wollte sie Hennings Mitgefühl gar nicht, und es wäre unfair, ihm Hoffnungen zu machen, nur weil sie sich beschissen und einsam fühlte. Das hatte er nicht verdient. Sie atmete tief durch, um wieder einen klaren Kopf zu bekommen.

»Danke, Henning«, sagte sie und wischte sich mit dem Handrücken die Tränen ab. »Das ist sehr lieb von dir. Ich bin froh, dass wir uns immer noch so gut verstehen. Aber ich muss später noch ins Büro.«

Das stimmte zwar nicht, klang aber nicht so sehr nach Zurückweisung.

»Okay.« Henning ließ sie los. In seinen Augen lag ein schwer zu deutender Ausdruck. »Dann trink erst mal in Ruhe deinen Kaffee. Lass dir Zeit. Ich warte auf dich.«

Pia nickte und fragte sich, ob er sich wohl der Doppeldeutigkeit seiner Worte bewusst war.

Montag, 7. Mai 2007

»Robert Watkowiak wurde ermordet«, verkündete Pia bei der morgendlichen Besprechung im K11 ihren Kollegen. »Die Einnahme von Alkohol und Tabletten erfolgte nicht freiwillig.«

Vor ihr lag das vorläufige Obduktionsergebnis, das nicht nur sie gestern ziemlich überrascht hatte. Die Schnellanalyse von Blut und Urin des Toten hatte eine hochgradige Intoxikation ergeben. Todesursächlich war zweifellos die hohe Konzentration der trizyklischen Antidepressiva in Kombination mit einem Blutalkoholgehalt von 3,9 Promille, die zu einem Atem- und Kreislaufstillstand und somit zum Tode geführt hatte. Allerdings hatte Henning am Kopf, an den Schultern und Handgelenken der Leiche Blutergüsse und Unterblutungen festgestellt und vermutet, man habe Watkowiak festgehalten und gefesselt. Feine, unterblutete Längsrisse im Gewebe der Speiseröhre und Spuren von Vaseline hatten seinen Verdacht erhärtet, dass man dem Mann den tödlichen Cocktail gewaltsam mittels eines Tubus verabreicht hatte. Weitere Proben wurden im kriminaltechnischen Labor in Wiesbaden untersucht, aber Henning hatte eindeutig auf Tod durch Fremdverschulden erkannt.

»Außerdem war der Fundort nicht der Tatort.« Sie reichte die Fotos herum, die die Kollegen von der Spurensicherung aufgenommen hatten. »Jemand war so clever, den Fußboden sauberzumachen, um keine Spuren zu hinterlassen. Allerdings nicht clever genug, denn das ist demjenigen wohl erst eingefallen, nachdem er Watkowiak abgelegt hatte. Seine Kleidung war voller Staub.«

»Damit haben wir einen fünften Mord«, stellte Bodenstein fest.

»Und fangen wieder bei null an«, ergänzte Pia deprimiert. Sie fühlte sich wie gerädert. Die Alpträume der vergangenen Nacht, in denen Elard Kaltensee und eine 08 eine beängstigende Rolle gespielt hatten, steckten ihr noch immer in den Knochen. »Falls wir überhaupt schon mal weiter waren.«

Sie waren sich einig, dass der Mörder von Goldberg, Schneider und Frings ein anderer war als der, der Monika Krämer getötet hatte. Aber zu Pias Enttäuschung hatte sich niemand aus dem Team ihrem Verdacht, Elard Kaltensee könnte der dreifache Mörder sein, anschließen wollen. Sie musste zugeben, dass ihre Begründungen, die sie am Samstag noch für absolut schlüssig gehalten hatte, ziemlich weit hergeholt klangen.

»Es ist doch eindeutig«, sagte Behnke. Er war pünktlich um sieben Uhr eingetroffen und saß nun mürrisch und mit verquollenen Augen am Tisch im Besprechungsraum. »Watkowiak hat die drei Alten erschossen, um an Geld zu kommen. Das hat er der Krämer erzählt. Als sie gedroht hat, es auszuplaudern, hat er sie umgebracht.«

»Und weiter?«, fragte Pia. »Wer hat *ihn* getötet?«

»Keine Ahnung«, gab Behnke griesgrämig zu. Bodenstein erhob sich und ging zu der Wandtafel, die mittlerweile von oben bis unten beschrieben und mit Tatortfotos beklebt war. Er verschränkte die Hände hinter dem Rücken und betrachtete kritisch das Durcheinander aus Linien und Kreisen.

»Wischen Sie alles weg«, sagte er zu Kathrin Fachinger. »Wir müssen ganz von vorne anfangen. Irgendwo haben wir etwas übersehen.«

Es klopfte an der Tür. Eine Beamtin von der Wache trat ein.

»Es gibt Arbeit für euch. Gestern Nacht gab's in Fischbach eine gefährliche Körperverletzung.« Sie reichte Bodenstein einen dünnen Hefter. »Der Geschädigte hat mehrere Stichverletzungen im Oberkörper. Er liegt hier in Hofheim im Krankenhaus.«

»Auch das noch«, murrte Behnke. »Als hätten wir mit fünf Toten nicht genug am Hals.«

Sein Gemecker nützte nichts. Das K11 war zuständig, egal, wie viele Morde auf Aufklärung warteten.

»Tut mir leid«, sagte die Beamtin alles andere als mitleidig und ging wieder. Pia streckte die Hand nach dem Hefter aus. In keinem der fünf Mordfälle ging es voran, sie mussten auf die Ergebnisse aus dem Labor warten, und das konnte Tage, wenn nicht sogar Wochen dauern. Bodensteins Strategie, die Presse vorerst weitgehend aus den Ermittlungen herauszuhalten, hatte einen gravierenden Nachteil: Es würde keine Hinweise aus der Bevölkerung geben, denen sie nachgehen konnten, weder unsinnige noch hilfreiche. Pia überflog das Protokoll der Streife, die dem anonymen Notruf um 2:48 Uhr gefolgt war und den schwerverletzten Mann namens Marcus Nowak in seinem verwüsteten Büro gefunden hatte.

»Wenn keiner etwas dagegen hat, mache ich das.« Sie war nicht besonders erpicht darauf, den ganzen Tag tatenlos an ihrem Schreibtisch zu sitzen, auf Laborergebnisse zu warten und von Behnkes negativer Ausstrahlung kontaminiert zu werden. Und ihre eigenen düsteren Gedanken bekämpfte sie lieber mit Aktivität.

Eine Stunde später sprach Pia mit der Oberärztin der Plastischen Chirurgie des Hofheimer Krankenhauses. Dr. Heidrun van Dijk sah übernächtigt aus und hatte Ringe unter den Augen. Pia wusste, dass die Ärzte, die über das Wochenende Dienst hatten, nicht selten unmenschliche Zweiundsiebzig-Stunden-Schichten schoben.

»Ich darf Ihnen leider keine Einzelheiten sagen.« Die Ärztin suchte die Krankenakte von Nowak heraus. »Nur so viel: Das war keine Wirtshausschlägerei. Die Typen, die ihn so zugerichtet haben, die wussten, was sie taten.«

»Wie meinen Sie das?«

»Man hat nicht einfach auf ihn eingeprügelt. Seine rechte Hand wurde zerquetscht. Wir haben letzte Nacht sofort operiert, aber ich kann nicht sagen, ob wir nicht doch noch amputieren müssen.«

»Ein Racheakt?« Pia runzelte die Stirn.

»Eher Folter.« Die Ärztin zuckte die Achseln. »Das waren Profis.«

»Ist er außer Lebensgefahr?«, wollte Pia wissen.

»Sein Zustand ist stabil. Die OP hat er gut überstanden.«

Sie gingen den Flur entlang, bis Dr. van Dijk vor einer Tür stehen blieb, hinter der eine aufgebrachte Frauenstimme zu hören war.

»… du überhaupt um diese Uhrzeit im Büro gemacht? Wo bist du gewesen? Jetzt sag doch endlich was!«

Die Stimme brach ab, als die Ärztin die Tür öffnete und eintrat. In dem großen hellen Raum stand nur ein Bett. Auf einem Stuhl mit dem Rücken zum Fenster saß eine alte Frau, eine um mindestens fünfzig Jahre jüngere Frau stand vor ihr. Pia stellte sich vor.

»Christina Nowak«, sagte die Jüngere. Pia schätzte sie auf Mitte dreißig. Unter anderen Umständen mochte sie sehr hübsch sein, mit klaren Gesichtszügen, glänzendem braunen Haar und einer sportlichen Figur. Aber jetzt war sie blass, ihre Augen vom Weinen gerötet.

»Ich muss mit Ihrem Mann sprechen«, sagte Pia. »Allein.«

»Bitte. Viel Glück dabei.« Christina Nowak kämpfte gegen neue Tränen. »Mit mir redet er auf jeden Fall nicht.«

»Könnten Sie bitte einen Moment draußen warten?«

Christina Nowak blickte auf ihre Armbanduhr. »Ich muss eigentlich zur Arbeit«, sagte sie unsicher. »Ich bin Kindergärtnerin, und wir machen heute einen Ausflug in den Opel-Zoo, auf den sich die Kinder die ganze Woche gefreut haben.«

Die Erwähnung des Opel-Zoos versetzte Pia einen Stich. Unwillkürlich fragte sie sich, was sie tun würde, wenn Christoph schwer verletzt in einem Krankenbett liegen und nicht mit ihr sprechen würde.

»Wir können uns auch später unterhalten.« Sie kramte in ihrer Tasche nach einer Visitenkarte und reichte sie Christina Nowak. Die warf einen Blick auf die Karte.

»Sie sind Immobilienmaklerin?«, fragte sie misstrauisch. »Sie sagten doch, Sie wären von der Kripo.«

Pia nahm ihr die Visitenkarte aus der Hand und stellte fest, dass es sich dabei um die handelte, die ihr der Makler am Samstag gegeben hatte.

»Entschuldigung.« Sie zog die richtige Karte aus der Tasche. »Können Sie heute Nachmittag gegen drei aufs Kommissariat kommen?«

»Natürlich.« Christina Nowak gelang ein zittriges Lächeln. Sie sah noch einmal zu ihrem schweigenden Ehemann hinüber, biss sich auf die Lippen und ging hinaus. Die alte Frau, die ebenfalls die ganze Zeit keinen Ton gesagt hatte, folgte ihr. Erst jetzt wandte Pia sich dem Verletzten zu. Marcus Nowak lag auf dem Rücken, ein Schlauch steckte in seiner Nase, ein anderer in seiner Armbeuge. Sein geschwollenes Gesicht war von Blutergüssen entstellt. Über dem linken Auge befand sich eine Naht, eine zweite zog sich vom linken Ohr bis fast zum Kinn. Der rechte Arm lag in einer Schiene, sein Oberkörper und die verletzte Hand waren dick bandagiert. Pia setzte sich auf den Stuhl, auf dem vorhin die alte Frau gesessen hatte, und rückte ihn ein Stück näher an das Bett.

»Hallo, Herr Nowak«, sagte sie. »Mein Name ist Pia Kirchhoff von der Kripo Hofheim. Ich werde Sie nicht lange behelligen, aber ich muss wissen, was gestern Nacht passiert ist. Können Sie sich an den Überfall erinnern?«

Der Mann öffnete mühsam die Augen, seine Lider flatterten. Er schüttelte leicht den Kopf.

»Man hat Sie schwer verletzt.« Pia beugte sich vor. »Mit ein bisschen weniger Glück würden Sie jetzt nicht hier im Bett, sondern in einem Kühlfach im Leichenschauhaus liegen.«

Schweigen.

»Haben Sie jemanden erkannt? Weshalb wurden Sie überfallen?«

»Ich ... ich kann mich an nichts erinnern«, murmelte Nowak undeutlich. Das war immer eine gute Ausrede. Pia ahnte, dass der Mann sehr genau wusste, von wem und warum er krankenhausreif geschlagen worden war. Hatte er Angst? Einen anderen Grund für sein Schweigen konnte es kaum geben.

»Ich will keine Anzeige erstatten«, sagte er leise.

»Ist auch nicht nötig«, erwiderte Pia. »Gefährliche Körperverletzung ist ein Offizialdelikt und wird automatisch von der Staatsanwaltschaft verfolgt. Es wäre für uns deshalb sehr hilfreich, wenn Sie sich an irgendetwas erinnern könnten.«

Er antwortete nicht und drehte den Kopf zur Seite.

»Denken Sie in Ruhe darüber nach.« Pia stand auf. »Ich komme später noch mal vorbei. Gute Besserung.«

Es war neun Uhr, als Kriminaldirektor Nierhoff mit unheilverkündender Miene in Bodensteins Büro rauschte, dicht gefolgt von Nicola Engel.

»Was ... ist ... das!?« Nierhoff pfefferte die aktuelle Ausgabe der Bildzeitung auf Bodensteins Schreibtisch und tippte mit dem Zeigefinger auf den halbseitigen Artikel auf Seite drei, als wolle er das Papier durchbohren. »Ich wünsche eine Erklärung, Bodenstein!«

GRAUSAMER MORD AN RENTNERIN lautete die fette Schlagzeile. Wortlos ergriff Bodenstein die Zeitung und überflog den Rest des reißerisch formulierten Artikels. Vier Leichen innerhalb einer Woche, die Polizei ratlos und ohne heiße Spur, dafür mit einer offensichtlichen Lügengeschichte. *Robert W., Neffe der bekannten Unternehmerin Vera Kaltensee und mutmaßlicher Mörder der Rentner David G. (92) und Herrmann S. (88) sowie seiner Lebensgefährtin Monika K. (26), ist noch immer verschwunden. Am Freitag hat der Serienmörder ein viertes Mal zugeschlagen und die gehbehinderte Rentnerin Anita F. (88) mit einem Genickschuss getötet. Die Polizei tappt im Dunkeln, gibt keine Informationen. Einzige Gemeinsamkeit: Alle Ermordeten standen in enger Beziehung zur Hofheimer Millionärin Vera Kaltensee, die nun auch um ihr Leben fürchten muss …*

Die Buchstaben verschwammen vor seinen Augen, aber Bodenstein zwang sich, den Artikel zu Ende zu lesen. Das Blut pochte ihm so sehr in den Schläfen, dass er keinen klaren Gedanken fassen konnte. Wer hatte diese verdrehte Geschichte an die Presse gegeben? Er blickte auf, direkt in die grauen Augen von Nicola Engel, die ihn spöttisch und abwartend musterte. Hatte sie die Presse informiert, um den Druck, der ohnehin schon auf ihm lastete, noch zu erhöhen?

»Ich will wissen, wie diese Geschichte in die Presse kommt!« Kriminaldirektor Nierhoff versah jedes Wort mit einem Ausrufezeichen; er war so wütend, wie Bodenstein ihn zuvor nie erlebt hatte. Fürchtete er einen Gesichtsverlust vor seiner Nachfolgerin oder Konsequenzen aus einer ganz anderen Richtung? Immerhin hatte er die Einmischung und

Vertuschung im Fall Goldberg nur zu bereitwillig akzeptiert, nicht ahnend, dass diesem Mord noch zwei weitere, sehr ähnliche, folgen würden.

»Das weiß ich nicht«, antwortete Bodenstein. »Sie waren es, der mit den Journalisten gesprochen hat.«

Nierhoff schnappte nach Luft.

»Ich habe der Presse etwas völlig anderes mitgeteilt«, zischte er. »Und zwar etwas Falsches! Ich hatte mich auf Sie verlassen!«

Bodenstein warf Nicola Engel einen raschen Blick zu und wunderte sich nicht, dass sie ziemlich zufrieden aussah. Wahrscheinlich steckte sie doch dahinter.

»Sie hatten mir nicht zugehört«, entgegnete Bodenstein seinem Chef. »Ich war gegen diese Pressekonferenz, aber Sie waren ja ganz wild darauf, die Fälle geklärt zu sehen!«

Nierhoff grabschte nach der Zeitung. Er war krebsrot im Gesicht.

»Das hätte ich Ihnen nicht zugetraut, Bodenstein«, stieß er hervor und wedelte mit der Zeitung vor dessen Gesicht herum. »Ich werde dort in der Redaktion anrufen und herausfinden, woher die Informationen gekommen sind. Und wenn Sie oder Ihre Leute dahinterstecken, Bodenstein, dann machen Sie sich auf ein Disziplinarverfahren und Ihre Suspendierung gefasst!«

Er ließ seine Amtsnachfolgerin stehen und verschwand mitsamt Zeitung. Bodenstein zitterte am ganzen Körper vor Zorn. Viel mehr als der Zeitungsartikel ärgerte ihn Nierhoffs ungerechtfertigte Unterstellung, er habe ihn hintergangen, um ihn in der Öffentlichkeit bloßzustellen.

»Was nun?«, fragte Nicola Engel. Bodenstein empfand ihre mitfühlend gestellte Frage als Gipfel der Heuchelei. Für einen Augenblick war er versucht, sie aus seinem Büro zu werfen.

»Wenn du denkst, du kannst auf diese Weise meine Ermittlungen behindern«, sagte er mit mühsam gesenkter Stimme, »dann versichere ich dir, dass dieser Schuss nach hinten losgehen wird.«

»Was willst du damit andeuten?« Nicola Engel lächelte harmlos.

»Dass du diese Informationen an die Presse lanciert hast«, erwiderte er. »Ich erinnere mich nämlich noch sehr gut an einen anderen Fall, in dem die voreilige Benachrichtigung der Presse dazu geführt hat, dass einer unserer Leute enttarnt und ermordet wurde.«

Er bereute die Anschuldigung in dem Moment, in dem er sie ausgesprochen hatte. Damals hatte es kein Disziplinarverfahren, keine interne Untersuchung und noch nicht einmal eine Aktennotiz gegeben. Aber Nicola war über Nacht von dem Fall abgezogen worden, und das war für Bodenstein Bestätigung genug gewesen. Das Lächeln auf ihrem Gesicht wurde frostig.

»Pass auf, was du sagst«, entgegnete sie leise. Bodenstein war bewusst, dass er sich auf gefährliches Terrain begab, aber er war zu aufgebracht und zu wütend, um vernünftig zu sein. Außerdem hatte ihm diese Sache schon viel zu lange auf der Seele gebrannt.

»Ich lasse mich von dir nicht einschüchtern, Nicola.« Er blickte aus der vollen Höhe seiner einsachtundachtzig auf sie hinunter. »Und ich dulde auch nicht, dass du meine Mitarbeiter ohne Rücksprache mit mir bei ihrer Arbeit überwachst. Ich weiß besser als jeder andere, wozu du fähig bist, wenn du ein Ziel erreichen willst. Vergiss nicht, wie lange wir uns schon kennen.«

Unerwartet wich sie vor ihm zurück. Ganz plötzlich spürte er, wie sich das Kräfteverhältnis zu seinen Gunsten neigte, und offensichtlich hatte sie es auch bemerkt. Sie wandte sich ruckartig ab und verließ wortlos sein Büro.

Nowaks Großmutter erhob sich von dem Plastikstuhl im Wartebereich der Station, als Pia durch die Milchglastür kam. Sie mochte etwa im gleichen Alter wie Vera Kaltensee sein – aber welch ein Unterschied zwischen der gepflegten, vornehmen Dame und dieser vierschrötigen Frau mit kurzgeschnittenem eisgrauen Haar und abgearbeiteten Händen, die deutliche Spuren von Arthritis zeigten. Zweifellos hatte Auguste Nowak in ihrem langen Leben einiges erlebt und mitgemacht.

»Setzen wir uns einen Moment.« Pia wies auf eine Sitzgruppe am Fenster. »Danke, dass Sie gewartet haben.«

»Ich kann den Jungen doch nicht alleine lassen«, erwiderte die alte Frau. Auf ihrem runzligen Gesicht lag ein besorgter Ausdruck. Pia bat sie um ein paar Angaben zu ihrer Person und machte sich Notizen. Es war Auguste Nowak gewesen, die in der Nacht die Polizei gerufen hatte. Ihr Schlafzimmer ging zum Hof, wo sich Werkstatt und Büro der Firma ihres Enkelsohnes befanden. Gegen zwei Uhr morgens hatte sie Geräusche vernommen, war aufgestanden und hatte aus dem Fenster geschaut.

»Ich schlafe seit Jahren nicht mehr gut«, erklärte die alte Frau. »Als ich aus dem Fenster geguckt habe, habe ich Licht in Marcus' Büro gesehen, und das Hoftor stand offen. Vor dem Büro stand ein dunkles Auto, ein Transporter. Ich hatte ein ungutes Gefühl und bin hinausgegangen.«

»Das war aber leichtsinnig von Ihnen«, bemerkte Pia. »Hatten Sie keine Angst?«

Die alte Frau machte eine wegwerfende Handbewegung.

»Ich habe vom Flur aus das Außenlicht eingeschaltet«, fuhr sie fort, »und als ich aus der Haustür kam, stiegen sie gerade in ihr Auto. Es waren drei. Sie fuhren direkt auf mich zu, als wollten sie mich überfahren, dabei haben sie einen der Betonkübel gerammt, die als Schutz vor dem Gartenzaun stehen. Ich wollte mir noch das Kennzeichen merken, aber sie hatten keins an ihrem Auto, diese Verbrecher.«

»Kein Kennzeichen?« Pia, die sich Notizen gemacht hatte, blickte überrascht auf. Die alte Frau schüttelte den Kopf.

»Was macht Ihr Enkelsohn beruflich?«

»Er ist Restaurator«, erwiderte Auguste Nowak. »Er saniert und restauriert alte Gebäude. Seine Firma hat einen sehr guten Ruf, er hat viele Aufträge. Aber seit er Erfolg hat, ist er nicht mehr besonders beliebt.«

»Wieso?«, fragte Pia nach.

»Wie heißt es so schön«, die alte Frau schnaubte verächtlich, »Neid musst du dir erarbeiten, Mitleid bekommst du umsonst.«

»Glauben Sie, dass Ihr Enkelsohn die Leute kannte, die ihn letzte Nacht überfallen haben?«

»Nein«, Auguste Nowak schüttelte den Kopf, ihr Tonfall wurde bitter, »das glaube ich nicht. Von seinen Bekannten traut sich so was keiner.«

Pia nickte.

»Die Ärztin hält die Verletzungen für das Ergebnis einer Art Folter«, sagte sie. »Warum sollte jemand Ihren Enkelsohn foltern? Hat er etwas zu verbergen? Wurde er in der letzten Zeit bedroht?«

Auguste Nowak blickte sie aufmerksam an. Sie mochte eine einfache Frau sein, aber sie war nicht schwer von Begriff.

»Darüber weiß ich nichts«, wich sie aus.

»Wer könnte es dann wissen? Seine Frau?«

»Das glaube ich kaum.« Die Alte lächelte bitter. »Aber Sie können sie ja heute Nachmittag fragen, wenn sie von der Arbeit kommt. Die ist ihr ja wichtiger als ihr Mann.«

Pia bemerkte den leichten Sarkasmus in ihrer Stimme. Sie erlebte es nicht zum ersten Mal, dass sich hinter der Fassade der Normalität eine abgrundtief zerstrittene Familie verbarg.

»Und Sie wissen wirklich nichts darüber, ob Ihr Enkelsohn irgendwie in Schwierigkeiten steckt?«

»Nein, tut mir leid.« Die alte Frau schüttelte bedauernd den Kopf. »Wenn er Probleme mit der Firma hätte, dann hätte er mir sicher davon erzählt.«

Pia bedankte sich bei Auguste Nowak und bat sie, später für ein Protokoll aufs Kommissariat zu kommen. Dann bestellte sie ein Team der Spurensicherung nach Fischbach in die Firma von Marcus Nowak und machte sich auf den Weg zum Ort des Geschehens.

Die Firma von Marcus Nowak lag am Ortsrand von Fischbach, direkt an einer für den öffentlichen Verkehr gesperrten Straße, die von Anwohnern gerne als nächtlicher Promilleweg benutzt wurde. Als Pia auf dem Betriebsgelände eintraf, fand sie Nowaks Mitarbeiter in einer heftigen Diskussion vor der verschlossenen Tür eines Anbaus, in dem sich wohl die Büros befanden.

Pia hob ihren Ausweis. »Guten Morgen. Pia Kirchhoff, Kriminalpolizei.« Das Stimmengewirr verstummte.

»Was ist denn hier los?«, erkundigte sie sich. »Gibt es Probleme?«

»Wohl mehr als genug«, sagte ein junger Mann in einem karierten Wollhemd und blauer Arbeitshose. »Wir können nicht rein, dabei sind wir eh schon zu spät! Der Vater vom Chef hat gesagt, wir müssten warten, bis die Polizei hier ist.«

Er wies mit einem Kopfnicken auf einen Mann, der mit großen Schritten über den Hof marschiert kam.

»Die Polizei *ist* jetzt hier.« Pia war es ganz recht, dass nicht Dutzende von Leuten am Tatort herumgetrampelt waren, bevor die Spurensicherung ihre Arbeit tun konnte. »Ihr Chef wurde gestern Nacht überfallen. Er liegt im Krankenhaus und bleibt dort wohl noch eine Weile.«

Das verschlug den Männern für einen Moment die Sprache.

»Lasst misch emol dorsch!«, ertönte eine Stimme, und die Männer gehorchten sofort. »*Sie* sin die Polizei?«

Der Mann musterte Pia misstrauisch von Kopf bis Fuß. Er war groß und stattlich, mit einer gesunden Gesichtsfarbe und einem akkurat getrimmten Schnauzer unter der knolligen Nase. Ein befehlsgewohnter Patriarch, der sich mit weiblicher Autorität schwertat.

»Allerdings.« Sie präsentierte ihm ihren Ausweis. »Und wer sind Sie?«

»Nowak, Manfred. Meim Sohn geheert die Ferma.«

»Wer kümmert sich um die Geschäfte, solange Ihr Sohn das nicht tun kann?«, wollte Pia wissen. Nowak senior zuckte die Schultern.

»Wir wissen, was wir tun müssen«, schaltete sich der junge Mann ein. »Wir brauchen nur das Werkzeug und die Autoschlüssel.«

»Halt disch jetzemol zurick«, blaffte Nowak senior.

»Das werd ich nicht!«, entgegnete der Jüngere hitzig. »Sie glauben wohl, Sie könnten Marcus jetzt endlich mal eins reinwürgen! Zu sagen haben Sie hier mal grad überhaupt nichts!«

Nowak senior lief rot an. Er stemmte die Arme in die Seiten und öffnete schon den Mund zu einer heftigen Erwiderung.

»Beruhigen Sie sich!«, sagte Pia. »Schließen Sie bitte die Tür auf. Dann möchte ich mich mit Ihnen und Ihrer Familie über die letzte Nacht unterhalten.«

Nowak senior warf ihr einen feindseligen Blick zu, tat aber, was sie verlangt hatte.

»Sie kommen mit«, bedeutete Pia dem jungen Mann.

Im Büro herrschte völlige Verwüstung. Aktenordner waren aus den Regalen gerissen, Schubladen und ihr Inhalt lagen umgedreht auf dem Boden, der Computerbildschirm, Drucker, Fax und Kopierer waren zertrümmert, Schränke standen offen und waren durchwühlt.

»Ach du liebe Scheiße«, entfuhr es dem Vorarbeiter.

»Wo sind die Autoschlüssel?«, fragte Pia ihn. Er wies auf einen Schlüsselkasten links neben der Bürotür, und Pia gestattete ihm mit einer Geste, den Raum zu betreten. Als er alle benötigten Schlüssel an sich genommen hatte, folgte sie ihm einen Flur entlang durch eine schwere Sicherheitstür in die Werkshalle. Hier schien auf den ersten Blick alles in Ordnung zu sein, aber der junge Mann stieß einen unterdrückten Fluch aus.

»Was ist?«, wollte Pia wissen.

»Das Lager.« Der Mann zeigte auf eine weit geöffnete Tür auf der gegenüberliegenden Seite. Wenig später standen sie auch hier in einem Chaos von umgekippten Regalen und zerstörtem Material.

»Wie haben Sie das eben eigentlich gemeint, als Sie sagten, Manfred Nowak könnte seinem Sohn jetzt endlich mal eins reinwürgen?«, erkundigte Pia sich bei Nowaks Vorarbeiter.

»Der Alte hat tierisch Zorn auf den Marcus«, erklärte der junge Mann mit unverhohlener Abneigung. »Er hat's ihm total übelgenommen, dass der damals nicht die Baufirma und die ganzen Schulden übernommen hat. Ich kann's gut verstehen. Die Firma war pleite, weil jeder in die Kasse gegriffen hat und keiner Ahnung von Buchhaltung hatte. Der Marcus, der ist aus anderem Holz geschnitzt als der Rest von denen. Der ist echt clever, und er kann was. Es macht Spaß, mit ihm zu arbeiten.«

»Arbeitet Herr Nowak bei seinem Sohn in der Firma?«

»Nee, das wollte er nicht.« Der junge Mann schnaubte abfällig. »Genauso wenig wie dem Marcus seine beiden älteren Brüder. Die gehen lieber aufs Arbeitsamt.«

»Seltsam, dass gestern Nacht niemand von der Familie etwas gehört haben will«, sagte Pia nun. »Das muss doch ein Höllenlärm gewesen sein.«

»Vielleicht haben sie's nicht hören wollen.« Der junge Mann schien von der ganzen Familie seines Chefs nicht viel zu halten. Sie verließen das Lager und gingen durch die Werkshallen zurück. Unvermittelt blieb der Vorarbeiter stehen.

»Wie geht's dem Chef wirklich?«, fragte er. »Sie haben eben gesagt, er würde für eine Weile im Krankenhaus bleiben. Stimmt das?«

»Ich bin zwar keine Ärztin«, antwortete Pia, »aber so, wie ich es verstanden habe, ist er wohl ernsthaft verletzt. Er liegt in Hofheim im Krankenhaus. Kommen Sie vorübergehend ohne ihn aus?«

»Ein paar Tage schon.« Der junge Mann zuckte die Achseln. »Aber Marcus ist an einem großen Auftrag dran. Da weiß nur er Bescheid. Und Ende der Woche ist da ein wichtiger Termin.«

Die Familie von Marcus Nowak gab sich abweisend bis desinteressiert. Niemand dachte daran, Pia ins Haus zu bitten, deshalb fand die Befragung vor der Eingangstür des großen Hauses statt, das direkt an das Firmengelände grenzte. Einen Steinwurf entfernt stand ein kleines Häuschen inmitten eines gepflegten Gärtchens. Pia erfuhr, dass dort Nowaks Großmutter wohnte. Manfred Nowak antwortete wie selbstverständlich auf jede Frage, die Pia stellte, ungeachtet dessen, an wen sie gerichtet war. Einmütiges, wenn auch gleichgültiges Kopfnicken bestätigte jede seiner Behauptungen. Seine Frau wirkte verhärmt und älter, als sie sein mochte. Sie vermied jeden Blickkontakt und hielt den schmallippigen Mund fest zusammengepresst. Die Brüder von Marcus Nowak waren etwa Anfang vierzig, beide schwerfällig, etwas linkisch und in physischer Hinsicht genaue Abbilder ihres Vaters, allerdings ohne dessen Selbstbewusstsein. Der Ältere, der die wässrigen Augen eines Trinkers hatte, lebte mit seiner Familie ebenfalls in dem großen Haus neben dem Firmengelände, der andere zwei Häuser weiter. Weshalb sie um diese Uhrzeit an einem Montagmorgen zu Hause und nicht bei der Arbeit waren, wusste Pia nun. Keiner von ihnen wollte etwas von den nächtlichen Vorgängen mitbekommen haben, alle Schlafzimmer gingen angeblich nach hinten, zum Waldrand. Erst als Notarzt und Polizei gekommen waren, hatte man bemerkt, dass etwas geschehen sein musste. Im Gegensatz zu Auguste Nowak hatte ihr Sohn sofort mehrere Verdächtige bei der Hand. Pia notierte zwar die Namen eines beleidigten Kneipenwirts und eines gekündigten Mitarbeiters, aber es erschien ihr überflüssig, sie zu überprüfen. Wie die Ärztin im Krankenhaus bemerkt hatte: Der Überfall auf Marcus Nowak war professionelle Arbeit gewesen. Pia dankte der Familie für ihre Unterstützung und ging wieder hinüber in Nowaks Büro, wo gerade die Kollegen der Spurensicherung mit ihrer Arbeit begonnen hatten. Die Worte von Auguste Nowak kamen ihr in den Sinn. *Neid musst du dir erarbeiten, Mitleid bekommst du umsonst.* Wie wahr.

Bei ihrer Rückkehr ins Kommissariat zwei Stunden später bemerkte Pia sofort, dass etwas vorgefallen sein musste. Ihre Kollegen saßen mit angespannten Mienen an ihren Schreibtischen und blickten kaum auf.

»Ist etwas passiert?«, fragte Pia. Ostermann klärte sie in knappen Worten über den Zeitungsartikel und Bodensteins Reaktion auf. Der Chef hatte nach einem heftigen Wortwechsel mit Nierhoff hinter geschlossenen Türen einen für ihn völlig untypischen Wutanfall bekommen und einen nach dem anderen verdächtigt, Informationen an die Presse herausgegeben zu haben.

»Von uns war's sicher keiner«, sagte Ostermann. »Auf deinem Schreibtisch liegt übrigens das Protokoll von einer Frau Nowak. Die war gerade eben hier.«

»Danke.« Pia stellte ihre Tasche auf dem Schreibtisch ab und warf einen kurzen Blick auf das Protokoll, das der KvD aufgenommen hatte. Außerdem klebte ein gelber Zettel auf ihrem Telefon mit dem Hinweis »Dringend zurückrufen!«. Eine Telefonnummer mit der Vorwahl 0048 für Polen. Miriam. Beides musste bis später warten. Sie ging zu Bodensteins Büro. Gerade als sie anklopfen wollte, wurde die Tür aufgerissen, und Behnke stürmte mit wachsbleichem Gesicht an ihr vorbei. Pia betrat das Büro ihres Chefs.

»Was ist denn mit dem los?«, fragte sie. Bodenstein antwortete nicht. Er sah auch nicht unbedingt gutgelaunt aus.

»Was war im Krankenhaus?«, wollte er wissen.

»Marcus Nowak, Restaurator aus Fischbach«, erwiderte Pia. »Er wurde gestern Nacht in seinem Büro von drei Männern überfallen und gefoltert. Leider sagt er keinen Ton, und von seiner Familie scheint niemand einen blassen Schimmer zu haben, wer oder was hinter diesem Überfall stecken könnte.«

»Geben Sie die Sache an die Kollegen vom K10 weiter.« Bodenstein kramte in einer Schublade seines Schreibtisches. »Wir haben genug zu tun.«

»Moment«, sagte Pia. »Ich bin noch nicht fertig. In Nowaks Büro haben wir eine Ladung von den Kelkheimer Kollegen gefunden. Er wird der fahrlässigen Körperverletzung zum Nachteil von Vera Kaltensee beschuldigt.«

Bodenstein hielt inne und blickte auf. Sein Interesse war schlagartig geweckt.

»Von Nowaks Telefon aus wurde in den vergangenen Tagen mindestens dreißigmal die Nummer von Kaltensees Anschluss auf dem Mühlenhof gewählt. Gestern Nacht hat er fast eine halbe Stunde lang mit unserem Freund Elard telefoniert. Es mag Zufall sein, aber irgendwie finde ich es schon eigenartig, dass wieder der Name Kaltensee auftaucht.«

»Allerdings.« Bodenstein rieb sich nachdenklich das Kinn.

»Erinnern Sie sich, dass man uns die Anwesenheit des Werkschutzes auf dem Anwesen mit einem Einbruchsversuch erklärt hat?«, fragte Pia. »Vielleicht steckte Nowak dahinter.«

»Wir gehen der Sache auf den Grund.« Bodenstein griff nach dem Telefon und tippte eine Nummer ein. »Ich habe eine Idee.«

Eine gute Stunde später bremste Bodenstein vor dem Tor des Anwesens von Gräfin Gabriela von Rothkirch im Bad Homburger Hardtwald, der wohl vornehmsten Wohngegend im vorderen Taunus. Hinter hohen Mauern und dichten Hecken lebte hier die wirkliche High Society in herrschaftlichen Villen auf jeweils mehreren tausend Quadratmeter großen Parkgrundstücken. Seit Cosima und ihre Geschwister nach und nach ausgezogen waren und ihr Gatte verstorben war, bewohnte die Gräfin die prächtige Achtzehn-Zimmer-Villa ganz allein; ein altes Hausmeisterehepaar lebte im angrenzenden Gästehaus, mittlerweile eher Freunde als Angestellte. Bodenstein schätzte seine Schwiegermutter sehr. Sie führte ein erstaunlich spartanisches Leben, spendete große Summen aus diversen Familienstiftungen, tat dies aber im Gegensatz zu Vera Kaltensee diskret und ohne großes Aufhebens. Bodenstein führte Pia um das Haus herum in den weitläufigen Garten. Sie fanden die Gräfin in einem ihrer drei Gewächshäuser, damit beschäftigt, Tomatensetzlinge umzutopfen.

»Ah, da seid ihr ja«, sagte sie und lächelte. Bodenstein musste grinsen, als er seine Schwiegermutter in verblichenen

Jeans, einer ausgeleierten Strickjacke und einem Schlapphut erblickte.

»Mein Gott, Gabriela.« Er küsste seine Schwiegermutter auf beide Wangen, ehe er sie und Pia einander vorstellte. »Ich wusste gar nicht, welche Ausmaße deine Gemüsezucht angenommen hat. Was machst du mit dem ganzen Zeug? Das kannst du doch unmöglich alles alleine essen!«

»Das, was ihr nicht esst, bekommt die Bad Homburger Tafel«, erwiderte die Gräfin. »So kommt mein Hobby noch jemandem zugute. Aber jetzt erzählt schon – worum geht es?«

»Haben Sie schon einmal den Namen Marcus Nowak gehört?«, fragte Pia.

»Nowak, Nowak.« Die Gräfin hieb ein Messer in einen der Säcke, die neben ihr auf dem Arbeitstisch lagen, und zog es mit einem Ruck durch das Plastik. Fette schwarze Erde quoll auf den Tisch, und Pia dachte unwillkürlich an Monika Krämer. Sie begegnete dem Blick ihres Chefs und wusste, dass er dieselbe Assoziation hatte wie sie. »Ja, natürlich! Das ist der junge Restaurator, der vor zwei Jahren die alte Mühle auf dem Mühlenhof restauriert hat, nachdem Vera Auflagen vom Denkmalschutzamt bekommen hatte.«

»Das ist ja interessant«, sagte Bodenstein. »Irgendetwas muss vorgefallen sein, denn sie hat ihn wegen fahrlässiger Körperverletzung verklagt.«

»Davon habe ich gehört«, bestätigte die Gräfin. »Es hat wohl einen Unfall gegeben, bei dem Vera verletzt wurde.«

»Was ist passiert?« Bodenstein öffnete sein Jackett und lockerte die Krawatte. Im Gewächshaus herrschten mindestens achtundzwanzig Grad bei neunzig Prozent Luftfeuchtigkeit. Pia hatte ihren Block hervorgeholt und machte sich Notizen.

»Ich weiß leider nichts Genaues.« Die Gräfin stellte die

fertig umgetopften Pflanzen auf ein Brett. »Vera redet nur ungern über ihre Niederlagen. Auf jeden Fall hat sie nach dieser Sache ihren Dr. Ritter gefeuert und mehrere Prozesse mit Nowak geführt.«

»Wer ist Dr. Ritter?«, wollte Pia wissen.

»Thomas Ritter war lange Jahre Veras persönlicher Assistent und Mädchen für alles«, erklärte Gabriela von Rothkirch. »Ein intelligenter, gutaussehender Mann. Vera hat ihn nach der fristlosen Kündigung überall so schlechtgemacht, dass er nirgendwo mehr einen Job bekommen hat.«

Sie hielt inne und kicherte.

»Ich hatte immer die Vermutung, dass sie scharf auf ihn war. Aber mein Gott, der Junge war ein smartes Kerlchen und Vera eine alte Schachtel! Dieser Nowak ist übrigens auch ein ziemlich hübscher Bursche. Ich habe ihn zwei- oder dreimal gesehen.«

»Er *war* ein hübscher Bursche«, korrigierte Pia. »Gestern Nacht wurde er überfallen und übel zugerichtet. Nach Meinung der behandelnden Ärzte hat man ihn gefoltert. Seine rechte Hand ist so stark gequetscht, dass sie eventuell amputiert werden muss.«

»Großer Gott!« Die Gräfin hielt entsetzt mit ihrer Arbeit inne. »Der arme Mann!«

»Wir müssen herausfinden, weshalb Vera Kaltensee ihn angezeigt hat.«

»Da solltet ihr am besten mit Dr. Ritter sprechen. Und mit Elard. Soweit ich weiß, waren sie bei dem Vorfall dabei.«

»Elard Kaltensee wird uns wohl kaum etwas Nachteiliges über seine Mutter erzählen«, vermutete Bodenstein und zog das Jackett ganz aus. Der Schweiß lief ihm über das Gesicht.

»Da wäre ich mir nicht so sicher«, entgegnete die Gräfin. »Elard und Vera sind sich nicht besonders zugetan.«

»Aber warum lebt er denn dann mit ihr unter einem Dach?«

»Wahrscheinlich, weil es bequem ist«, vermutete Gabriela von Rothkirch. »Elard ist kein Mensch, der bei irgendetwas die Initiative ergreift. Er ist ein brillanter Kunsthistoriker, und seine Meinung ist in der Kunstwelt hoch geschätzt, aber im wahren Leben ist er eher unbeholfen – kein Macher, wie Siegbert. Elard geht gerne den bequemsten Weg und möchte mit allen gut Freund sein. Wenn das nicht geht, dann weicht er aus.«

Pia hatte einen ganz ähnlichen Eindruck von Elard Kaltensee gewonnen. Nach wie vor war er ihr bevorzugter Verdächtiger.

»Halten Sie es für möglich, dass Elard die Freunde seiner Mutter getötet haben könnte?«, fragte sie deshalb, obwohl Bodenstein sofort die Augen verdrehte. Die Gräfin aber blickte Pia unverwandt an.

»Elard ist schwer einzuschätzen«, sagte sie. »Ich bin mir sicher, dass er hinter seiner höflichen Fassade etwas verbirgt. Sie müssen bedenken, dass er nie einen Vater hatte, keine Wurzeln. Das macht ihm zu schaffen, besonders jetzt, in dem Alter, in dem man begreift, dass womöglich nicht mehr viel kommt. Und Goldberg und Schneider hat er zweifellos nie leiden können.«

Marcus Nowak hatte Besuch, als Bodenstein und Pia eine Stunde später das Krankenzimmer betraten. Pia erkannte den jungen Vorarbeiter von heute Morgen wieder. Er saß auf dem Stuhl neben dem Bett seines Chefs, hörte ihm zu und machte sich eifrig Notizen. Nachdem er mit dem Versprechen, später am Abend noch einmal wiederzukommen, verschwunden war, stellte Bodenstein sich Nowak vor.

»Was ist gestern Nacht passiert?«, fragte er ohne große

Einleitung. »Und kommen Sie mir jetzt nicht damit, dass Sie sich nicht erinnern können. Das nehme ich Ihnen nicht ab.«

Nowak schien nicht sonderlich begeistert, schon wieder die Kripo zu sehen, und tat das, was er gut konnte: Er schwieg. Bodenstein hatte sich auf den Stuhl gesetzt, Pia lehnte am Fensterbrett und hatte ihr Notizbuch aufgeschlagen. Sie betrachtete Nowaks übel zugerichtetes Gesicht. Ihr war beim letzten Mal nicht aufgefallen, was für einen schönen Mund er hatte. Volle Lippen, weiße regelmäßige Zähne und feingeschnittene Gesichtszüge. Bodensteins Schwiegermutter hatte recht. Unter normalen Umständen war er sicher ein ziemlich hübscher Mann.

»Herr Nowak«, Bodenstein beugte sich vor, »meinen Sie, wir sind zum Spaß hier? Oder ist es Ihnen egal, wenn die Männer, denen Sie möglicherweise den Verlust Ihrer rechten Hand verdanken, straffrei ausgehen?«

Nowak schloss die Augen und schwieg beharrlich.

»Wieso hat Frau Kaltensee Sie wegen fahrlässiger Körperverletzung angezeigt?«, fragte Pia. »Warum haben Sie in den letzten Tagen ungefähr dreißigmal bei ihr angerufen?«

Schweigen.

»Kann es sein, dass der Überfall auf Sie etwas mit der Familie Kaltensee zu tun hat?«

Pia bemerkte, wie Nowak seine unverletzte Hand bei dieser Frage zu einer Faust ballte. Treffer! Sie nahm einen zweiten Stuhl, stellte ihn auf die andere Seite des Bettes und setzte sich. Ihr erschien es fast ein bisschen unfair, den Mann, der vor kaum achtzehn Stunden Entsetzliches erlebt hatte, so in die Mangel zu nehmen. Sie selbst wusste nur zu gut, wie furchtbar es war, in seinen eigenen vier Wänden überfallen zu werden. Trotzdem – sie hatten fünf Morde aufzuklären, und Marcus Nowak hätte leicht die sechste Leiche sein können.

»Herr Nowak.« Sie ließ ihre Stimme freundlich klingen.

»Wir wollen Ihnen helfen, wirklich. Es geht um sehr viel mehr als den Überfall auf Sie. Bitte schauen Sie mich doch mal an.«

Nowak gehorchte. Der Ausdruck der Verletzlichkeit in seinen dunklen Augen berührte Pia. Der Mann war ihr irgendwie sympathisch, obwohl sie ihn gar nicht kannte. Es passierte ihr gelegentlich, dass sie für einen Menschen, in dessen Leben sie durch ihre Ermittlungen plötzlich Einblick erhielt, mehr Mitgefühl und Verständnis empfand, als für ihre Objektivität gut sein mochte. Während sie noch darüber nachdachte, weshalb sie den Mann mochte, der sich so hartnäckig weigerte, irgendetwas preiszugeben, fiel ihr wieder ein, was ihr am Morgen beim Anblick von Nowaks Fahrzeugen durch den Kopf geschossen war. Ein Zeuge hatte in der Nacht von Schneiders Ermordung in der Einfahrt von dessen Haus ein Auto mit einer Firmenaufschrift gesehen.

»Wo waren Sie in der Nacht vom 30. April auf den 1. Mai?«, fragte sie unvermittelt. Nowak war von dieser Frage ebenso überrascht wie Bodenstein.

»Ich war beim Tanz in den Mai. Auf dem Sportplatz in Fischbach.«

Seine Stimme klang etwas undeutlich, was an den Blutergüssen und seiner aufgeplatzten Unterlippe liegen mochte, aber immerhin hatte er etwas gesagt.

»Sie waren nicht zufällig danach noch kurz in Eppenhain?«

»Nein. Was sollte ich denn da machen?«

»Wie lange waren Sie auf diesem Fest? Wo waren Sie danach?«

»Weiß ich nicht genau. Bis um eins oder halb zwei. Danach war ich zu Hause«, erwiderte Nowak.

»Und am Abend des 1. Mai? Waren Sie da vielleicht auf dem Mühlenhof bei Frau Kaltensee?«

»Nein«, sagte Nowak. »Warum auch?«

»Um mit Frau Dr. Kaltensee zu reden. Weil sie Sie angezeigt hat. Oder vielleicht, weil Sie Frau Kaltensee einschüchtern wollten.«

Endlich kam Nowak aus der Reserve.

»Nein!«, erwiderte er gereizt. »Ich war nicht auf dem Mühlenhof! Und warum sollte ich Frau Kaltensee einschüchtern wollen?«

»Sagen Sie es mir. Wir wissen, dass Sie die Mühle restauriert haben. Dabei kam es zu einem Unfall, an dem Frau Kaltensee Ihnen ganz offensichtlich die Schuld gibt. Was ist da los zwischen Ihnen und Frau Kaltensee? Was ist damals passiert? Weshalb gab es Prozesse?«

Es dauerte einen Moment, bis sich Nowak zu einer Antwort durchringen konnte.

»Sie ist auf die Baustelle gegangen und durch den frischen Lehmboden gebrochen, obwohl ich sie gewarnt hatte«, erklärte er schließlich. »Sie hat mir die Schuld an ihrem Unfall gegeben und deshalb meine Rechnung nicht bezahlt.«

»Vera Kaltensee hat Sie bis heute nicht für Ihre Arbeit entlohnt?«, fragte Pia nach. Nowak zuckte mit den Schultern und starrte auf seine gesunde Hand.

»Wie viel schuldet sie Ihnen?«, wollte Pia wissen.

»Weiß ich nicht.«

»Ach kommen Sie, Herr Nowak! Sie wissen es ganz sicher auf den Cent genau. Erzählen Sie uns nichts! Also, wie viel Geld schuldet Ihnen Frau Kaltensee für Ihre Arbeiten an der Mühle?«

Marcus Nowak zog sich wieder in sein Schneckenhaus zurück und schwieg.

»Ein Anruf bei den Kollegen in Kelkheim reicht, und ich bekomme Einblick in die Klageschrift«, sagte Pia. »Also?«

Nowak dachte kurz darüber nach, dann seufzte er.

»Hundertsechzigtausend Euro«, sagte er widerstrebend. »Ohne Zinsen.«

»Das ist viel Geld. Können Sie auf eine solche Summe verzichten?«

»Nein, natürlich nicht. Aber ich werde das Geld schon bekommen.«

»Und wie wollen Sie das hinkriegen?«

»Ich werde es einklagen.«

Eine Weile war es ganz still in dem Krankenzimmer.

»Ich frage mich«, sagte Pia in die Stille, »wie weit Sie gehen würden, um an Ihr Geld zu kommen.«

Schweigen. Bodensteins Blick signalisierte ihr, so weiterzumachen.

»Was haben die Männer gestern Nacht von Ihnen gewollt?«, fuhr Pia fort. »Weshalb haben sie Ihr Büro und das Lager auf den Kopf gestellt und Sie gefoltert? Was haben sie gesucht?«

Nowak presste die Lippen zusammen und wandte den Blick ab.

»Die Männer hatten es eilig wegzukommen, als Ihre Großmutter die Außenbeleuchtung angemacht hat«, sagte Pia. »Dabei haben sie einen Betonblumenkübel gerammt. Unsere Kollegen haben Lackspuren sichergestellt, die im Augenblick in unserem Labor ausgewertet werden. Wir werden die Kerle kriegen. Es würde nur schneller gehen, wenn Sie uns helfen.«

»Ich habe niemanden erkannt«, beharrte Nowak. »Sie waren maskiert und haben mir die Augen verbunden.«

»Was wollten die von Ihnen?«

»Geld«, antwortete er schließlich nach kurzem Zögern. »Sie haben einen Tresor gesucht, ich habe aber keinen.«

Das war glatt gelogen. Und Marcus Nowak wusste, dass Pia seine Lüge durchschaut hatte.

»Na gut.« Sie stand auf. »Wenn Sie uns nicht mehr erzählen wollen, ist das Ihre Sache. Wir haben versucht, Ihnen zu helfen. Vielleicht kann mir Ihre Frau mehr erzählen. Sie kommt jetzt gleich aufs Kommissariat.«

»Was hat denn meine Frau damit zu tun?« Nowak richtete sich mühsam auf. Der Gedanke, dass die Kriminalpolizei mit seiner Frau sprechen würde, schien ihm Unbehagen zu verursachen.

»Das werden wir schon sehen.« Pia lächelte kurz. »Alles Gute für Sie. Und falls Ihnen doch noch etwas einfällt, hier ist meine Karte.«

»Weiß er wirklich nichts, oder hat er Angst?«, grübelte Bodenstein auf dem Weg ins Erdgeschoss des Krankenhauses.

»Weder noch«, entgegnete Pia bestimmt. »Er verheimlicht uns etwas, das hab ich im Gefühl. Ich hatte gehofft, ich …«

Sie brach ab, ergriff ihren Chef am Arm und zog ihn hinter einen Pfeiler.

»Was ist denn?«, fragte Bodenstein.

»Der Mann da drüben, der mit dem Blumenstrauß«, flüsterte Pia. »Ist das nicht Elard Kaltensee?«

Bodenstein kniff die Augen zusammen und blickte durch die Halle.

»Ja, das ist er. Was macht der denn hier?«

»Ob er zu Nowak will?«, überlegte Pia. »Aber wenn ja – warum?«

»Woher sollte er überhaupt wissen, dass Nowak hier im Krankenhaus ist?«

»Wenn die Kaltensees tatsächlich hinter dem Überfall stecken, dann weiß er es natürlich«, erwiderte Pia. »Er hat gestern Nacht noch mit Nowak telefoniert – vielleicht um ihn so lange hinzuhalten, bis die Schläger da waren.«

»Fragen wir ihn.« Bodenstein setzte sich in Bewegung und

steuerte auf den Mann zu. Elard Kaltensee war in die Hinweisschilder vertieft und fuhr erschrocken herum, als Bodenstein ihn ansprach. Er wurde noch blasser als er ohnehin schon war.

»Sie bringen Ihrer Mutter Blumen mit.« Bodenstein lächelte freundlich. »Da wird sie sich aber freuen. Wie geht es ihr?«

»Meiner Mutter?« Kaltensee wirkte verstört.

»Ihr Bruder hat mir erzählt, dass Ihre Mutter im Krankenhaus liegt«, sagte Bodenstein. »Sie wollen doch sicher zu ihr, oder nicht?«

»N… nein, ich … ich bin auf dem Weg zu einem … Bekannten.«

»Zu Herrn Nowak?«, fragte Pia. Kaltensee zögerte einen Moment, dann nickte er.

»Woher wissen Sie, dass er hier im Krankenhaus liegt?«, fragte Pia argwöhnisch. In Bodensteins Gegenwart war ihr Elard Kaltensee längst nicht mehr so unheimlich wie am Samstagnachmittag.

»Von seiner Buchhalterin«, antwortete Kaltensee jetzt. »Sie hat mich heute Morgen angerufen und mir erzählt, was passiert ist. Sie müssen wissen, dass ich Nowak einen großen Auftrag in Frankfurt vermittelt habe, das Sanierungsprojekt der Frankfurter Altstadt. In drei Tagen findet ein wichtiger Termin statt, und Nowaks Leute fürchten, dass ihr Chef bis dahin noch nicht das Krankenhaus verlassen darf.«

Das klang glaubhaft. Allmählich schien er sich von seinem Schrecken zu erholen, in sein wachsbleiches Gesicht kehrte die Farbe zurück. Er sah aus, als ob er seit Samstag nicht mehr geschlafen hätte.

»Haben Sie schon mit ihm gesprochen?«, wollte er wissen.

Bodenstein nickte. »Ja, das haben wir.«

»Und? Wie geht es ihm?«

Pia sah ihn misstrauisch an. War das wirklich nur höfliche Sorge um das Wohlergehen eines Bekannten?

»Man hat ihn gefoltert«, sagte sie. »Dabei wurde seine rechte Hand so zerquetscht, dass sie womöglich amputiert werden muss.«

»Gefoltert?« Kaltensee wurde wieder blass. »O mein Gott!«

»Ja, der Mann hat sehr ernste Probleme«, fuhr Pia fort. »Sie wissen ja sicher, dass Ihre Mutter ihm für die Arbeiten an der Mühle noch einen sechsstelligen Geldbetrag schuldet.«

»Wie bitte?« Kaltensees Überraschung wirkte echt. »Das kann doch nicht sein!«

»Herr Nowak hat es uns eben selbst erzählt«, bestätigte Bodenstein.

»Aber ... aber das gibt's doch gar nicht.« Kaltensee schüttelte fassungslos den Kopf. »Warum hat er nie etwas davon gesagt? Mein Gott, was muss er von mir denken!«

»Wie gut kennen Sie Herrn Nowak eigentlich?«, fragte Pia. Kaltensee antwortete nicht sofort.

»Eher flüchtig«, erwiderte er dann reserviert. »Als er auf dem Mühlenhof gearbeitet hat, haben wir uns gelegentlich unterhalten.«

Pia wartete darauf, dass er weitersprach, aber es kam nichts mehr.

»Sie haben gestern zweiunddreißig Minuten mit ihm telefoniert«, sagte sie. »Um ein Uhr nachts, wohlgemerkt. Eine eigenartige Uhrzeit, um mit einem flüchtigen Bekannten zu plaudern, finden Sie nicht?«

Kurz zeichnete sich Erschrecken auf dem Gesicht des Professors ab. Der Mann hatte etwas zu verbergen, das war offensichtlich. Seine Nerven waren angegriffen. Pia zweifelte nicht daran, dass er in einem ordentlichen Verhör zusammenbrechen würde.

»Wir haben über das Sanierungsprojekt gesprochen«, entgegnete Kaltensee steif. »Das ist eine große Angelegenheit.«

»Um ein Uhr nachts? Nie im Leben!« Pia schüttelte den Kopf.

»Ihre Mutter hat Herrn Nowak außerdem wegen fahrlässiger Körperverletzung angezeigt«, warf Bodenstein ein. »Sie hat drei Prozesse gegen ihn geführt.«

Elard Kaltensee starrte Bodenstein verständnislos an.

»Ja und?« Er schien sich unbehaglich zu fühlen, begriff aber noch immer nicht, worauf sie hinauswollten. »Was hat das alles mit mir zu tun?«

»Finden Sie nicht auch, dass Herr Nowak allen Grund hätte, Ihre Familie aus tiefstem Herzen zu hassen?«

Kaltensee blieb stumm. Ihm stand der Schweiß auf der Stirn. Das sah nicht aus, als ob er ein reines Gewissen hätte.

»Wir fragen uns deshalb«, fuhr Bodenstein fort, »wie weit Herr Nowak wohl zu gehen bereit war, um an sein Geld zu kommen.«

»Was … was meinen Sie?« Der konfliktscheue Professor war mit der Situation überfordert.

»Hat Marcus Nowak Herrn Goldberg oder Herrn Schneider gekannt? Und vielleicht auch Frau Frings? Ein Auto mit einer Firmenaufschrift, wie Nowak sie in seinem Fuhrpark hat, wurde in der Nacht von Schneiders Ermordung gegen halb eins in dessen Hauseinfahrt gesehen. Herr Nowak hat für diesen Zeitraum kein echtes Alibi, denn er behauptet, zu Hause gewesen zu sein. Allein.«

»Gegen halb eins?«, wiederholte Elard Kaltensee.

»Nowak hat eine ganze Weile auf dem Mühlenhof gearbeitet«, sagte Pia. »Er kannte die drei und wusste, dass sie die engsten Freunde Ihrer Mutter waren. Für Sie mögen hundertsechzigtausend Euro nicht viel Geld sein, aber für Herrn Nowak ist das ein Vermögen. Vielleicht dachte er sich, er könne Ihre Mutter unter Druck setzen, wenn er ihre Freunde tötet. Einen nach dem anderen, um seiner Forderung Nachdruck zu verleihen.«

Kaltensee starrte sie an, als habe sie den Verstand verloren. Er schüttelte heftig den Kopf.

»Aber das ist doch völlig absurd! Was glauben Sie denn von dem Mann? Marcus Nowak ist doch kein Killer! Und das alles ist kein Motiv für einen Mord!«

»Rache und Existenzangst sind sehr starke Mordmotive«, sagte Bodenstein. »Nur die wenigsten Morde werden tatsächlich von Killern verübt. Meistens sind es ganz normale Menschen, die keinen anderen Ausweg mehr sehen.«

»Marcus hat nie und nimmer jemanden erschossen!«, entgegnete Kaltensee überraschend heftig. »Ich frage mich wirklich, wie Sie auf so eine alberne Idee kommen!«

Marcus? Das Verhältnis zwischen den beiden war wohl um einiges weniger flüchtig, als Kaltensee sie glauben machen wollte. Pia kam ein Gedanke. Sie erinnerte sich daran, mit welcher Gleichgültigkeit er vor ein paar Tagen auf die Nachricht vom Tod Herrmann Schneiders reagiert hatte. Möglicherweise deshalb, weil es für ihn überhaupt keine Neuigkeit gewesen war? War es denkbar, dass Kaltensee – ein wohlhabender, einflussreicher Mann – Nowak benutzt, ihn mit einem Millionenauftrag geködert und dafür als Gegenleistung drei Morde eingefordert hatte?

»Wir werden Nowaks Alibi in der Nacht des Mordes an Schneider überprüfen«, sagte Pia. »Und wir werden ihn auch fragen, wo er gewesen ist, als Goldberg und Frau Frings sterben mussten.«

»Sie liegen ganz sicher völlig falsch.« Kaltensees Stimme bebte. Pia betrachtete den Mann aufmerksam. Auch wenn er sich mittlerweile gut unter Kontrolle hatte, so war es doch nicht zu übersehen, wie aufgewühlt er war. Merkte er, dass sie ihm auf der Spur war?

Pias Handy summte, kaum dass sie das Krankenhaus verlassen hatte.

»Ich versuche seit einer Stunde, dich anzurufen.« Ostermann klang vorwurfsvoll.

»Wir waren im Krankenhaus.« Pia blieb stehen, während ihr Chef weiterging. »Da drin war kein Empfang. Was gibt's?«

»Hör zu: Marcus Nowak wurde am 30. April um 23:45 Uhr von einer Polizeistreife in Fischbach kontrolliert. Er hatte keinen Führerschein und keinen Ausweis dabei und sollte beides am nächsten Tag bei den Kollegen in Kelkheim vorlegen. Das hat er allerdings bis heute nicht getan.«

»Ist ja interessant. Wo genau fand die Fahrzeugkontrolle statt?« Pia hörte, wie ihr Kollege auf der Tastatur seines Computers herumtippte.

»Grüner Weg, Ecke Kelkheimer Straße. Er fuhr einen VW-Passat, der auf seine Firma zugelassen ist.«

»Schneider wurde gegen ein Uhr morgens getötet«, überlegte Pia laut. »Von Fischbach nach Eppenhain braucht man mit dem Auto ungefähr fünfzehn Minuten. Danke, Kai.«

Sie steckte ihr Handy ein und ging zu ihrem Chef, der schon sein Auto erreicht hatte und mit abwesender Miene vor sich hin starrte. Pia erzählte ihm, was sie von Ostermann erfahren hatte.

»Er hat also gelogen, was sein Alibi für die Tatzeit betrifft«, stellte sie fest. »Aber warum?«

»Warum sollte er Schneider ermorden?«, fragte Bodenstein zurück.

»Vielleicht auf Betreiben von Professor Kaltensee. Der hat Nowak einen großen Auftrag vermittelt und dafür eine

Gefälligkeit eingefordert. Oder vielleicht wollte Nowak Vera Kaltensee unter Druck setzen, indem er ihre besten Freunde ermordet hat. Und diese Zahl könnte auch ein Hinweis auf die Summe sein, die sie ihm schuldet. Er sagte etwas von hundertsechzigtausend!«

»Dann würde aber mindestens noch eine Null fehlen«, widersprach Bodenstein.

»Na ja.« Pia zuckte die Achseln. »War auch nur eine Idee von mir.«

»Vergessen Sie Elard Kaltensee als Täter oder Anstifter«, sagte Bodenstein. Sein nachsichtiger Tonfall machte Pia plötzlich wütend.

»Nein, das tue ich nicht!«, entgegnete sie heftig. »Dieser Mann hat das stärkste Motiv von allen Leuten, mit denen wir bisher gesprochen haben! Sie hätten ihn neulich erleben sollen, in seiner Wohnung! Er sagte, er *hasst* diejenigen, die ihn daran gehindert hätten, mehr über seine wahre Herkunft zu erfahren! Und als ich ihn fragte, von wem er spräche, da sagte er: *von denen, die Bescheid wissen.* Er hätte sie am liebsten umgebracht. Ich habe nicht lockergelassen und weiter nachgefragt, und da sagte er, jetzt seien sie ja alle drei tot.«

Bodenstein blickte sie über das Autodach nachdenklich an.

»Kaltensee ist Anfang sechzig«, fuhr Pia etwas ruhiger fort. »Viel Zeit bleibt ihm nicht mehr, um herauszufinden, wer sein leiblicher Vater war! Er hat die drei Freunde seiner Mutter erschossen, als sie sich geweigert haben, ihm etwas zu sagen. Oder er hat Nowak dazu angestiftet! Und ich bin sicher, dass er als Nächstes seine Mutter umbringt. Die hasst er nämlich auch!«

»Sie haben keinen einzigen Beweis für Ihre Theorie«, sagte Bodenstein.

»Verdammt!« Pia schlug mit der Faust auf das Autodach.

Lieber noch hätte sie ihren Chef an den Schultern gepackt und geschüttelt, weil er Offensichtliches einfach nicht sehen wollte. »Ich habe das sichere Gefühl, dass Kaltensee etwas damit zu tun hat! Warum gehen Sie nicht zurück ins Krankenhaus und fragen ihn nach seinen Alibis für die Tatzeiten? Ich wette, er sagt Ihnen, er wäre zu Hause gewesen. Allein.«

Statt zu antworten, warf Bodenstein ihr den Autoschlüssel zu.

»Schicken Sie mir einen Streifenwagen, der mich in einer halben Stunde hier abholt«, sagte er und ging zurück zum Krankenhaus.

Christina Nowak wartete im Vorraum der Wache und sprang auf, als Pia eintraf. Sie war sehr blass und sichtlich nervös.

»Hallo, Frau Nowak.« Pia reichte ihr die Hand. »Kommen Sie mit.«

Sie signalisierte dem Beamten hinter der Glasscheibe, sie hereinzulassen. Der Türdrücker summte. Gleichzeitig meldete sich Pias Handy. Es war Miriam.

»Bist du im Büro?« Die Stimme der Freundin klang aufgeregt.

»Ja, gerade eingetroffen.«

»Dann schau deine E-Mails nach. Ich habe die Sachen eingescannt und als Anhang geschickt. Außerdem hat mir die Archivarin noch ein paar Tipps gegeben. Ich unterhalte mich mit ein paar Leuten und melde mich wieder.«

»Okay. Schaue ich mir gleich an. Vielen Dank erst mal.«

Vor ihrem Büro im ersten Stock blieb Pia stehen.

»Würden Sie bitte einen Moment hier warten? Ich komme sofort.«

Christina Nowak nickte stumm und setzte sich auf einen der Plastikstühle im Flur. Von den Kollegen hielt Ostermann als Einziger die Stellung. Hasse war in den *Taunusblick* gefahren, um mit den Bewohnern zu sprechen, Fachinger suchte im Wohnblock in Niederhöchstadt nach möglichen Zeugen, und Behnke tat dasselbe in Königstein. Pia setzte sich an ihren Schreibtisch und rief ihre E-Mails auf. Neben dem üblichen Spam-Schrott, gegen den selbst die Firewall des Polizeiservers machtlos war, fand sie eine E-Mail mit einem polnischen Absender. Sie öffnete die angehängten Dokumente und betrachtete eines nach dem anderen.

»Wow«, murmelte sie und grinste. Miriam hatte wirklich gute Arbeit geleistet. Sie hatte im Stadtarchiv von Wegorzewo Schulfotos aus dem Jahr 1933 gefunden, die die Abschlussklasse des Gymnasiums in Angerburg zeigten, und einen Zeitungsartikel über die Siegerehrung einer Segelregatta, da Angerburg am Mauersee schon damals eine Hochburg des Wassersports gewesen war. Auf beiden Fotos war David Goldberg abgebildet, in der Zeitung wurde er sogar mehrfach erwähnt: als Regattasieger und Sohn des Angerburger Kaufmanns Samuel Goldberg, der den Preis für die Regatta gestiftet hatte. Das war der echte David Goldberg, der im Januar 1945 in Auschwitz sterben musste. Er hatte dunkles lockiges Haar, tiefliegende Augen und war klein und schmächtig, nicht größer als eins siebzig. Der Mann, der in seinem Haus in Kelkheim erschossen wurde, musste in jüngeren Jahren ungefähr eins fünfundachtzig groß gewesen sein. Pia beugte sich über den Zeitungsartikel aus den Angerburger Nachrichten vom 22. Juli 1933. Die siegreiche Mannschaft des Segelbootes mit dem stolzen Namen »Preußenehre« bestand aus vier jungen Männern, die glücklich in die Kamera lachten: David Goldberg, Walter Endrikat, Elard von Zeydlitz-Lauenburg und Theodor von Mannstein.

»Elard von Zeydlitz-Lauenburg«, murmelte Pia und vergrößerte das Bild mit einem Mausklick. Das musste der seit Januar 1945 als vermisst geltende Bruder von Vera Kaltensee gewesen sein. Die Ähnlichkeit zwischen dem knapp Achtzehnjährigen auf dem Foto von 1933 und seinem sechzigjährigen Neffen gleichen Vornamens war nicht zu übersehen. Pia druckte die Dateien aus, dann stand sie auf und bat Christina Nowak in ihr Büro.

»Entschuldigen Sie bitte, dass Sie warten mussten.« Pia schloss die Tür hinter sich. »Darf ich Ihnen einen Kaffee anbieten?«

»Nein danke.« Christina Nowak setzte sich auf die vorderste Kante des Stuhls und stellte ihre Handtasche auf den Knien ab.

»Ihr Mann spricht mit mir leider genauso wenig, deshalb würde ich gerne von Ihnen ein wenig mehr über ihn und sein Umfeld erfahren.«

Christina Nowak nickte gefasst.

»Hat Ihr Mann Feinde?«

Die blasse Frau schüttelte den Kopf. »Nicht dass ich wüsste.«

»Wie steht es in der Familie? Das Verhältnis zwischen Ihrem Mann und Ihrem Schwiegervater scheint nicht besonders gut zu sein.«

»In einer Familie gibt es immer Spannungen.« Frau Nowak schob sich mit einer fahrigen Handbewegung eine Haarsträhne aus dem Gesicht. »Mein Schwiegervater würde aber sicher niemals etwas tun, was Marcus und damit auch mir und den Kindern schaden könnte.«

»Aber er nimmt es Ihrem Mann übel, dass er damals nicht die Baufirma weitergeführt hat, stimmt's?«

»Die Firma war das Lebenswerk meines Schwiegervaters. Die ganze Familie arbeitete dort. Natürlich haben er und mein Schwager gehofft, dass Marcus ihnen aus der Bredouille helfen würde.«

»Und Sie? Was haben Sie davon gehalten, dass Ihr Mann

das nicht getan und sich stattdessen selbständig gemacht hat?«

Christina Nowak rutschte auf ihrem Stuhl hin und her.

»Wenn ich ehrlich sein soll, hätte ich mir auch gewünscht, er hätte die Firma weitergemacht. Im Nachhinein bewundere ich ihn dafür, dass er es nicht getan hat. Die ganze Familie – ich eingeschlossen – hat großen Druck auf ihn ausgeübt. Ich bin leider kein besonders mutiger Mensch und hatte befürchtet, dass Marcus es nicht schaffen und wir alles verlieren würden.«

»Und wie ist es jetzt?«, erkundigte sich Pia. »Ihr Schwiegervater war nicht sehr betroffen über das, was Ihrem Mann gestern Nacht zugestoßen ist.«

»Da täuschen Sie sich«, sagte Christina Nowak schnell. »Mein Schwiegervater ist mittlerweile sehr stolz auf Marcus.«

Das bezweifelte Pia. Manfred Nowak war offensichtlich ein Mensch, dem der Verlust von Einfluss und Reputation schwer zu schaffen machte. Allerdings konnte sie verstehen, dass seine Schwiegertochter nichts Negatives gegen die Eltern ihres Mannes sagen wollte, mit denen sie unter einem Dach lebte. Sie war schon oft Frauen wie Christina Nowak begegnet, die mit aller Macht die Augen vor der Realität verschlossen, jede Veränderung in ihrem Leben fürchteten und krampfhaft die Fassade bester Ordnung aufrechterhielten.

»Können Sie sich vorstellen, warum Ihr Mann überfallen und gefoltert wurde?«, fragte Pia.

»Gefoltert?« Frau Nowak wurde noch blasser und starrte Pia ungläubig an.

»Seine rechte Hand wurde zerquetscht. Die Ärzte wissen noch nicht, ob sie überhaupt zu retten ist. Wussten Sie das gar nicht?«

»Nein ... nein«, gab sie nach kurzem Zögern zu. »Und

ich habe auch keine Ahnung, weshalb jemand meinen Mann *foltern* sollte. Er ist Handwerker, kein ... kein Geheimagent oder so etwas.«

»Warum hat er uns dann angelogen?«

»Angelogen? Wieso?«

Pia erwähnte die Polizeikontrolle, in die Nowak in der Nacht vom 30. April auf den 1. Mai geraten war. Christina Nowak wich ihrem Blick aus.

»Sie müssen mir hier kein Theater vorspielen«, sagte Pia. »Es kommt immer wieder vor, dass ein Mann Geheimnisse vor seiner Frau hat.«

Christina Nowak lief rot an, zwang sich aber zur Ruhe.

»Mein Mann hat keine Geheimnisse vor mir«, sagte sie steif. »Das mit der Polizeikontrolle hat er mir erzählt.«

Pia tat so, als würde sie sich eine Notiz machen, weil sie wusste, dass es die Frau verunsicherte.

»Wo waren Sie in der Nacht vom 30. April auf den 1. Mai?«

»Beim Tanz in den Mai am Sportplatz. Mein Mann hatte an dem Abend noch zu tun und kam später auf das Fest.«

»Wann ist er dort eingetroffen? Vor oder nach der Polizeikontrolle?«

Pia lächelte harmlos. Sie hatte die Uhrzeit der Kontrolle nicht erwähnt.

»Ich ... ich habe ihn gar nicht gesehen. Aber mein Schwiegervater und ein paar Freunde meines Mannes sagten mir, er sei da gewesen.«

»Er war auf dem Fest und hat nicht mit Ihnen gesprochen?«, hakte Pia nach. »Das ist ja komisch.«

Sie merkte, dass sie einen wunden Punkt getroffen hatte. Einen Moment war es ganz still. Pia wartete ab.

»Es ist nicht so, wie Sie denken.« Christina Nowak beugte sich etwas vor. »Ich weiß, dass mein Mann sich nicht mehr viel aus den Leuten im Sportverein macht, deshalb habe ich ihn auch nicht gedrängt, zu diesem Fest zu kommen. Er war kurz da, hat mit seinem Vater gesprochen und ist wieder nach Hause gefahren.«

»Ihr Mann wurde in dieser Nacht um 23:45 Uhr von der Polizei angehalten. Wo ist er danach gewesen?«

»Zu Hause, nehme ich an. Ich bin erst um sechs nach dem Aufräumen vom Sportplatz gekommen, da war er schon joggen. Wie jeden Morgen.«

»Aha. Na gut.« Pia suchte in den Unterlagen auf ihrem Schreibtisch herum und sagte nichts. Christina Nowak wurde zunehmend nervöser. Ihr Blick huschte hin und her, über ihrer Oberlippe glänzten Schweißperlen. Schließlich hielt sie es nicht mehr aus.

»Warum fragen Sie überhaupt immer wieder nach dieser Nacht?«, fragte sie. »Was hat das mit dem Überfall auf meinen Mann zu tun?«

»Ist Ihnen der Name Kaltensee ein Begriff?«, erkundigte sich Pia, statt zu antworten.

»Ja. Natürlich.« Christina Nowak nickte unsicher. »Wieso?«

»Vera Kaltensee schuldet Ihrem Mann eine große Summe Geld. Außerdem hat sie ihn wegen fahrlässiger Körperverletzung angezeigt. Wir haben in seinem Büro eine Ladung zur Polizei gefunden.«

Christina Nowak biss sich auf die Unterlippe. Offenbar gab es einiges, von dem sie nichts wusste. Ab da schwieg sie auf jede von Pias Fragen. »Frau Nowak, bitte. Ich suche nach einem Grund für den Überfall.«

Sie hob den Kopf und starrte Pia an. Ihre Finger umklammerten den Griff ihrer Tasche so fest, dass die Fingerknöchel weiß hervortraten. Eine ganze Weile war es still.

»Ja, mein Mann *hat* Geheimnisse vor mir!«, stieß sie auf

einmal hervor. »Ich weiß auch nicht, wieso, aber seit er vorletztes Jahr in Polen war und Professor Kaltensee kennengelernt hat, hat er sich vollkommen verändert!«

»Er war in Polen? Wieso?«

Christina Nowak schwieg zunächst, doch dann strömte es aus ihr heraus wie Lava aus einem Vulkan.

»Mit mir und den Kindern ist er seit Ewigkeiten nicht mehr in Urlaub gefahren, weil er angeblich keine Zeit hat! Aber er kann zehn Tage mit seiner Oma nach Masuren fahren! Dafür hat er Zeit! Ja, es klingt vielleicht albern, aber manchmal habe ich das Gefühl, er wäre mit Auguste verheiratet und nicht mit mir! Und dann ist auch noch dieser Kaltensee aufgetaucht! Professor Kaltensee hier, Professor Kaltensee dort! Dauernd telefonieren sie und schmieden irgendwelche Pläne, von denen er mir nichts erzählt. Mein Schwiegervater ist explodiert, als er mitbekommen hat, dass Marcus ausgerechnet für die Kaltensees gearbeitet hat!«

»Warum das?«

»Die Kaltensees sind schuld daran, dass mein Schwiegervater damals Bankrott anmelden musste«, erklärte Christina Nowak zu Pias Überraschung. »Er hat für Kaltensees Firma den neuen Bürotrakt in Hofheim gebaut. Sie warfen ihm Pfusch am Bau vor. Es gab zig Sachverständigengutachten, die Sache kam vor Gericht und zog sich über Jahre hin. Meinem Schwiegervater ist irgendwann die Luft ausgegangen, immerhin ging es um sieben Millionen Euro. Als es zu einem Vergleich kam, sechs Jahre später, war die Firma nicht mehr zu retten.«

»Das ist ja interessant. Und weshalb hat Ihr Mann dann wieder für die Kaltensees gearbeitet?«, wollte Pia wissen. Christina Nowak zuckte mit den Schultern.

»Das hat niemand von uns verstanden«, sagte sie bitter. »Mein Schwiegervater hat Marcus immer wieder gewarnt.

Und jetzt wiederholt sich das ganze Spiel: Es gibt kein Geld, stattdessen Prozesse, Gutachten über Gutachten ...«

Sie brach ab und stieß einen tiefen Seufzer aus.

»Mein Mann ist diesem Kaltensee regelrecht hörig. Mich nimmt er überhaupt nicht mehr wahr! Er würde es nicht einmal merken, wenn ich ausziehe!«

Pia konnte aus eigener Erfahrung nachvollziehen, wie es der Frau ging, aber sie wollte keine Details über die Eheprobleme der Nowaks hören.

»Ich bin Professor Kaltensee heute im Krankenhaus begegnet. Er war auf dem Weg zu Ihrem Mann und schien sehr besorgt«, sagte sie mit der Absicht, Frau Nowak noch etwas mehr aus der Reserve zu locken. »Angeblich hat er nicht gewusst, dass seine Mutter Ihrem Mann noch Geld schuldet. Warum hat Ihr Mann ihm das nicht erzählt, wenn er doch mit ihm befreundet ist?«

»Befreundet? So würde ich das sicher nicht nennen! Der Kaltensee nutzt meinen Mann aus, aber Marcus kapiert das einfach nicht!«, erwiderte Frau Nowak heftig. »Alles dreht sich bei ihm nur noch um diesen Auftrag in Frankfurt! Dabei ist das der totale Wahnsinn! Das ist eine Nummer zu groß für ihn, damit übernimmt er sich völlig! Wie soll er das denn wohl bewältigen mit seinen paar Leuten? Sanierung der Frankfurter Altstadt – pah! Dieser Kaltensee hat ihm einen Floh ins Ohr gesetzt! Wenn das schiefgeht, ist alles verloren!«

Bitterkeit und Frustration sprachen aus diesen Worten. War sie eifersüchtig auf die Freundschaft zwischen ihrem Mann und Professor Kaltensee? Fürchtete sie sich vor einem möglichen Bankrott? Oder war es die Angst einer Frau, die spürte, dass ihre kleine, scheinbar heile Welt aus den Fugen geriet und sie die Kontrolle verlor? Pia stützte ihr Kinn in die Hand und betrachtete die Frau nachdenklich.

»Sie helfen mir nicht«, stellte sie fest. »Und ich frage mich, warum nicht? Wissen Sie tatsächlich so wenig über Ihren Mann? Oder ist es Ihnen gleichgültig, was ihm zugestoßen ist?«

Christina Nowak schüttelte heftig den Kopf.

»Nein, das ist es mir nicht!«, erwiderte sie mit bebender Stimme. »Aber was soll ich denn tun? Marcus redet seit Monaten kaum noch mit mir! Ich habe absolut keine Ahnung, wer ihm das angetan hat und warum, weil ich gar nicht weiß, mit was für Leuten er zu tun hat! Aber eins weiß ich ganz sicher: Bei dem Streit mit den Kaltensees ging es nicht um einen Fehler, den Marcus gemacht hat, sondern um irgendeine Kiste, die bei den Arbeiten verschwunden sein soll. Marcus ist damals ein paarmal von Professor Kaltensee und Dr. Ritter, dem Sekretär von Vera Kaltensee, besucht worden. Sie haben stundenlang in seinem Büro gesessen und geheimnisvoll getan. Aber mehr kann ich Ihnen beim besten Willen nicht darüber erzählen!«

In ihren Augen glänzten Tränen. »Ich mache mir wirklich Sorgen um meinen Mann«, sagte sie mit einer Hilflosigkeit, die in Pia unwillkürlich Mitleid erweckte. »Ich habe Angst um ihn und um unsere Kinder, weil ich nicht weiß, in was er da hineingeraten ist und warum er nicht mehr mit mir spricht!«

Sie wandte das Gesicht ab und schluchzte.

»Außerdem glaube ich, dass er … dass er eine andere hat! Er fährt oft spätabends noch weg und kommt erst am nächsten Morgen zurück.«

Sie wühlte in ihrer Handtasche und vermied es, Pia anzusehen. Die Tränen rannen über ihr Gesicht. Pia reichte ihr ein Kleenex und wartete, bis Frau Nowak sich umständlich die Nase geputzt hatte.

»Das heißt, er könnte auch in der Nacht vom 30. April auf den 1. Mai nicht zu Hause gewesen sein?«, fragte sie leise.

Christina Nowak zuckte mit den Schultern und nickte. Als Pia schon glaubte, sie würde nichts mehr Interessantes erfahren, ließ die Frau eine Bombe platzen.

»Ich ... ich habe ihn neulich mit dieser Frau gesehen. In Königstein. Ich ... ich war in der Fußgängerzone und habe Bücher für den Kindergarten in der Buchhandlung abgeholt. Da habe ich sein Auto gegenüber von der Eisdiele stehen sehen. Gerade, als ich zu ihm hingehen wollte, kam eine Frau aus diesem heruntergekommenen Haus neben dem Lottoladen, und er stieg aus seinem Auto aus. Ich habe beobachtet, wie sie miteinander gesprochen haben.«

»Wann war das?«, fragte Pia wie elektrisiert. »Wie sah die Frau aus?«

»Groß, dunkelhaarig, elegant«, erwiderte Christina Nowak betrübt. »Wie er sie angeschaut hat ... und sie hat die Hand auf seinen Arm gelegt ...«

Sie schluchzte auf, und wieder strömten die Tränen.

»Wann ist das gewesen?«, wiederholte Pia.

»Letzte Woche«, flüsterte Frau Nowak. »Am Freitag, ungefähr um Viertel nach zwölf. Ich ... ich dachte erst, es ginge um einen neuen Auftrag, aber dann ... dann ist sie bei Marcus ins Auto eingestiegen, und sie sind zusammen weggefahren.«

Als Pia in den Besprechungsraum hinüberging, hatte sie das Gefühl, einen Durchbruch erzielt zu haben. Nur ungern setzte sie Menschen so stark unter Druck, bis sie in Tränen ausbrachen, aber manchmal heiligte der Zweck eben die Mittel. Bodenstein hatte für halb fünf eine Besprechung angesetzt, doch bevor Pia ihm berichten konnte, was sie soeben erfahren hatte, betrat Dr. Nicola Engel den Raum. Hasse und Fachinger saßen schon am Tisch, wenig später traf Ostermann mit zwei Ordnern in den Händen ein, gleich darauf erschien Behnke. Pünktlich um halb fünf tauchte Bodenstein auf.

»Wie ich sehe, ist das K11 komplett anwesend.« Nicola Engel setzte sich an das Kopfende des Tisches, an dem üblicherweise Bodenstein saß. Der verlor kein Wort darüber und nahm zwischen Pia und Ostermann Platz. »Die Gelegenheit erscheint mir also günstig, mich Ihnen vorzustellen. Mein Name ist Nicola Engel, und ich werde ab dem 1. Juni die Nachfolge von Kollege Nierhoff antreten.«

Im Raum herrschte Totenstille. Natürlich wusste jeder Beamte der Regionalen Kriminalinspektion in Hofheim längst, wer sie war.

»Ich habe viele Jahre selbst als Ermittlerin gearbeitet«, fuhr die Kriminalrätin unbeeindruckt von der ausbleibenden Reaktion fort. »Die Arbeit des K11 liegt mir besonders am Herzen, deshalb möchte ich gerne – wenn auch inoffiziell – an dem vorliegenden Fall mitarbeiten. Mir scheint, zusätzliche Hilfe kann nicht schaden.«

Pia warf ihrem Chef einen kurzen Blick zu. Bodenstein verzog keine Miene. Er schien in Gedanken ganz woanders zu sein. Während die Kriminalrätin einen Vortrag über ihren Werdegang und ihre Pläne für die Zukunft der RKI Hofheim hielt, beugte Pia sich zu ihm hinüber.

»Und?«, flüsterte sie gespannt.

»Sie hatten recht«, erwiderte Bodenstein leise. »Kaltensee hat keine Alibis.«

»Also«, die Kriminalrätin blickte in die Runde und strahlte, »Hauptkommissar Bodenstein und Frau Kirchhoff kenne ich bereits. Ich würde vorschlagen, die anderen stellen sich in zwangloser Reihenfolge vor. Fangen wir mit Ihnen an, Herr Kollege.«

Sie blickte Behnke an, der sich auf seinem Stuhl fläzte und so tat, als habe er nicht gehört.

»Kriminaloberkommissar Behnke.« Frau Dr. Engel schien die Situation zu genießen. »Ich warte.«

Die Spannung im Raum war greifbar, wie vor einem Gewitter. Pia erinnerte sich daran, wie Behnke mit wachsbleichem Gesicht aus Bodensteins Büro gestürmt war. Hatte sein eigenartiges Verhalten im Zusammenhang mit Frau Dr. Engel gestanden? Behnke war damals beim K11 in Frankfurt Bodensteins Mitarbeiter gewesen. Er musste Nicola Engel also auch von früher kennen. Aber wieso tat die neue Chefin so, als ob sie ihn nicht kennen würde? Während sie noch darüber nachdachte, ergriff Bodenstein das Wort.

»Schluss mit dem Geplänkel«, sagte er. »Wir haben jede Menge Arbeit.«

Mit knappen Worten stellte er seine Mitarbeiter vor, dann ging er sofort dazu über, die neuesten Erkenntnisse mitzuteilen. Pia beschloss, sich in Geduld zu üben und ihre Neuigkeit bis zum Schluss aufzuheben. Die Pistole, die sie in Watkowiaks Rucksack gefunden hatte, war nicht die Waffe, mit der die drei alten Leute erschossen worden waren, das hatte die Kriminaltechnik eindeutig festgestellt. Im *Taunusblick* war man nicht viel weitergekommen. Die Bewohner, mit denen Hasse gesprochen hatte, hatten nichts beobachtet, was für den Fall relevant wäre. Fachinger hatte dagegen in Niederhöchstadt eine Nachbarin von Monika Krämer aufgetan, die einen ihr unbekannten dunkel gekleideten Mann zur Tatzeit im Treppenhaus und später an den Mülltonnen im Hof gesehen haben wollte. Behnke hatte in Königstein einige hochinteressante Dinge herausgefunden: Der Betreiber der Eisdiele, die schräg gegenüber dem heruntergekommenen Gebäude lag, in dem Watkowiaks Leiche gefunden worden war, hatte Robert Watkowiak auf dem Foto erkannt und ausgesagt, dass Watkowiak gelegentlich in dem Haus übernachtete. Außerdem hatte er am vergangenen Freitag den Firmenwagen einer Restaurierungsfirma mit einem sehr auffälligen »N« als Firmenlogo bemerkt, der beinahe eine Dreiviertelstunde vor dem Haus gestanden hatte. Und vor ein paar Wochen hatte Watkowiak mit einem Mann, der sein BMW Cabrio mit Frankfurter Kennzeichen direkt vor der Eisdiele abgestellt hatte, dort fast zwei Stunden an einem der hinteren Tische gesessen und intensiv auf den Fremden eingeredet.

Während die Kollegen spekulierten, was wohl ein Fahrzeug von Nowak vor dem Haus in Königstein gemacht hatte und wer der Unbekannte in der Eisdiele gewesen sein könnte, blätterte Pia in der Akte Goldberg, die ziemlich dünn geblieben war.

»Hört mal«, mischte sie sich ins Gespräch ein. »Goldberg hatte am Donnerstag vor seinem Tod Besuch von einem Mann, der in einem Sportwagen mit Frankfurter Kennzeichen gekommen ist. Das kann kein Zufall sein.«

Bodenstein nickte anerkennend. Nun rückte Pia mit dem heraus, was sie vor einer halben Stunde von Christina Nowak erfahren hatte.

»Was soll in dieser Kiste drin gewesen sein?«, fragte Ostermann.

»Das weiß sie auch nicht. Aber ihr Mann ist auf jeden Fall sehr viel besser mit Professor Kaltensee bekannt, als der uns weismachen will. Kaltensee und ein Mann namens Dr. Ritter, der früher für Vera Kaltensee gearbeitet hat, waren nach diesem Vorfall in der Mühle mehrfach bei Nowak im Büro.«

Pia holte tief Luft.

»Und jetzt kommt das Wichtigste! Nowak war am Freitag ungefähr zu Watkowiaks Todeszeitpunkt, nämlich gegen Viertel nach zwölf, an dem Haus in Königstein, in dem wir Watkowiaks Leiche gefunden haben. Er hat sich dort mit einer dunkelhaarigen Frau getroffen und ist später mit ihr gemeinsam weggefahren. Das weiß ich von seiner Frau, die ihn zufällig gesehen hat.«

Im Raum herrschte Stille. Marcus Nowak rückte damit auf

der Hitliste der Tatverdächtigen wieder auf einen der oberen Plätze. Wer war die dunkelhaarige Frau? Was hatte Nowak an dem Haus gemacht? Konnte er Watkowiaks Mörder sein? Aus jeder Neuigkeit erwuchsen sofort neue Rätsel und Ungereimtheiten.

»Wir fragen Vera Kaltensee nach dieser Kiste«, sagte Bodenstein schließlich. »Aber zuerst werden wir mit diesem Dr. Ritter sprechen. Er scheint eine Menge zu wissen. Ostermann, finden Sie heraus, wo sich der Mann aufhält. Hasse und Frau Fachinger, Sie gehen dem Mord an Frau Frings nach. Befragen Sie morgen weiter die Bewohner des *Taunusblick,* auch die Angestellten, die Gärtner, die Anwohner und Lieferanten. Irgendwer muss gesehen haben, wie die Dame aus dem Gebäude gebracht wurde.«

»Zu zweit brauchen wir dafür Wochen«, beschwerte sich Andreas Hasse. »Auf der Liste stehen über dreihundert Namen, und wir haben bis jetzt erst mit sechsundfünfzig Leuten gesprochen.«

»Ich sorge dafür, dass Sie Verstärkung bekommen.« Bodenstein machte sich eine Notiz und blickte in die Runde. »Frank, Sie nehmen sich morgen noch einmal die Nachbarn von Goldberg und Schneider vor. Zeigen Sie ihnen das Firmenlogo von Nowak, Sie können es sich von seiner Webseite im Internet herunterladen. Außerdem fahren Sie nach Fischbach in das Vereinsheim des SV und fragen nach, ob ihn dort jemand am Abend zum 1. Mai gesehen hat.«

Behnke nickte.

»Dann ist alles klar für morgen. Wir treffen uns am Nachmittag zur gleichen Zeit wie heute. Ach, Frau Kirchhoff. Wir beide fahren jetzt noch mal zu Nowak.«

Pia nickte. Unter dem Scharren der Stuhlbeine auf dem Linoleumboden löste sich die Gruppe auf.

»Und was hast du für mich vorgesehen?«, hörte Pia beim

Hinausgehen Kriminalrätin Dr. Engel fragen. Die vertrauliche Anrede verblüffte sie, deshalb blieb sie im Flur hinter der offenen Tür stehen und spitzte neugierig die Ohren.

»Was sollte dein Auftritt hier eigentlich?« Bodensteins gedämpfte Stimme klang verärgert. »Was bezweckst du mit dieser Masche? Ich hatte dir doch gesagt, dass ich während dieser Ermittlungen keine Unruhe im Team haben will.«

»Ich interessiere mich eben für den Fall.«

»Dass ich nicht lache! Du suchst nur eine Gelegenheit, um mich bei einem Fehler zu erwischen. Ich kenne dich doch!«

Pia hielt den Atem an. Was war das denn? »Du hältst dich für wichtiger, als du bist«, zischte Dr. Engel herablassend. »Warum sagst du mir nicht, dass ich mich zum Teufel scheren und mich aus den Ermittlungen heraushalten soll?«

Gespannt wartete Pia auf die Entgegnung Bodensteins. Unglücklicherweise kamen in diesem Augenblick ein paar Kollegen laut redend den Flur entlang, und die Tür des Besprechungsraumes wurde von innen geschlossen.

»Mist«, murmelte Pia, die zu gerne mehr gehört hätte, und nahm sich vor, Bodenstein bei einer geeigneten Gelegenheit ganz beiläufig zu fragen, woher er Kriminalrätin Dr. Engel kannte.

Dienstag, 8. Mai 2007

Vom Wachpersonal war nichts mehr zu sehen, als Bodenstein und Pia am frühen Vormittag auf dem Mühlenhof eintrafen. Das große Tor stand weit offen.

»Scheinbar hat sie keine Angst mehr«, sagte Pia. »Jetzt, wo Watkowiak tot und Nowak im Krankenhaus ist.«

Bodenstein nickte nur abwesend. Die Fahrt über hatte er keinen einzigen Ton gesagt. Eine drahtige Frau mit praktischem Kurzhaarschnitt öffnete die Tür und teilte ihnen mit, dass von der Familie Kaltensee niemand zu Hause sei. Von einer Sekunde auf die andere war Bodenstein wie verwandelt. Er setzte sein charmantestes Lächeln auf und fragte die Frau, ob sie ein paar Minuten Zeit habe, einige Fragen zu beantworten. Sie hatte, auch durchaus mehr als ein paar Minuten. Pia kannte das schon und überließ in solchen Fällen ihrem Chef das Wort. Seiner geballten Charme-Offensive konnte auch Anja Moormann nicht widerstehen. Sie war die Ehefrau von Vera Kaltensees Faktotum und seit mehr als fünfzehn Jahren in Diensten der »gnädigen Frau«. Diese altmodische Bezeichnung entlockte Pia ein belustigtes Lächeln. Die Moormanns bewohnten ein kleines Häuschen auf dem großen Grundstück und bekamen regelmäßig Besuch von ihren beiden erwachsenen Söhnen mit Familien.

»Kennen Sie eigentlich auch den Herrn Nowak?«, fragte Bodenstein.

»Ja, natürlich.« Anja Moormann nickte eifrig. Sie war sehr schlank, fast sehnig. Unter dem hautengen weißen T-Shirt zeichneten sich winzige Brüste ab, die sommersprossige Haut spannte sich straff über knochige Schlüsselbeine. Pia schätzte ihr Alter auf irgendetwas zwischen vierzig und fünfzig.

»Ich hab ja immer für ihn und seine Leute gekocht, als sie hier gearbeitet haben. Der Herr Nowak ist ein ganz Netter. Und dazu so ein gutaussehender Mann!« Sie stieß ein Kichern aus, das nicht recht zu ihr passte. Ihre Oberlippe schien ein wenig zu kurz oder die Vorderzähne zu groß, was in Pia die Assoziation mit einem atemlosen Kaninchen weckte. »Ich kann bis heute nicht verstehen, warum die gnädige Frau so ungerecht zu ihm war.«

Anja Moormann mochte nicht die Allerhellste sein, aber sie war neugierig und gesprächig. Pia war davon überzeugt, dass auf dem Mühlenhof nur wenig geschah, von dem sie nichts mitbekam.

»Erinnern Sie sich an den Tag, als es zu dem Unfall kam?«, erkundigte sie sich und überlegte gleichzeitig, welche dialektale Färbung die Sprache der Hauswirtschafterin hatte. Schwäbisch? Sächsisch? Saarländisch?

»O ja. Der Herr Professor und der Herr Nowak standen im Hof vor der Mühle und schauten sich irgendwelche Pläne an. Ich hatte ihnen gerade Kaffee gebracht, als die gnädige Frau und Dr. Ritter ankamen. Mein Mann hatte sie am Flughafen abgeholt.« Anja Moormann erinnerte sich minutiös und genoss es ganz offensichtlich, im Mittelpunkt zu stehen, wo das Leben für sie ansonsten eine Statistenrolle vorgesehen hatte. »Die gnädige Frau ist aus dem Auto gesprungen und hat einen Wutanfall bekommen, als sie die Leute in der Mühle gesehen hat. Der Herr Nowak wollte sie noch zurückhalten, aber sie hat ihn weggestoßen und ist schnurstracks in die Mühle rein und die Treppe hoch. Der neue Lehmboden im ersten Stock war noch ganz feucht, sie ist durch den Boden gekracht und hat geschrien wie am Spieß.«

»Was wollte sie denn eigentlich in der Mühle?«, fragte Pia.

»Es ging um irgendetwas auf dem Dachboden«, erwiderte Anja Moormann. »Es hat auf jeden Fall eine Riesenschreierei gegeben. Der Herr Nowak stand nur da und hat nichts gesagt. Die gnädige Frau hat sich dann in die Werkstatt geschleppt, obwohl sie den Arm gebrochen hatte.«

»Wieso in die Werkstatt?«, warf Pia ein, als Frau Moormann Luft holen musste. »Was war denn auf dem Dachboden gewesen?«

»Ach Gott, Unmengen von altem Krempel. Die gnädige Frau hat ja nie etwas weggeworfen. Aber hauptsächlich ging es wohl um die Kisten. Sechs Stück waren es, ganz staubig und voller Spinnweben. Nowaks Leute hatten den ganzen Kram und auch diese Kisten in die Werkstatt gebracht, bevor sie den Boden in der Mühle rausgerissen haben.«

Anja Moormann hatte die Arme vor der Brust verschränkt und bohrte nachdenklich die Daumen in ihre erstaunlich muskulösen Oberarme.

»Eine Kiste hat wohl gefehlt«, sagte sie dann. »Die Herrschaften haben sich angebrüllt, und als Ritter sich eingemischt hat, da ist die gnädige Frau explodiert. Was die alles gebrüllt hat, das kann ich gar nicht wiederholen.«

Anja Moormann schüttelte bei der Erinnerung den Kopf.

»Als der Notarzt kam, schrie die gnädige Frau, wenn die Kiste nicht innerhalb von vierundzwanzig Stunden wieder im Hof stünde, dann könne Ritter sich einen neuen Job suchen.«

»Aber was hatte der denn damit zu tun?«, erkundigte sich Bodenstein. »Er war doch mit der gnä… mit Frau Dr. Kaltensee im Ausland gewesen, oder nicht?«

»Stimmt.« Anja Moormann zuckte die Schultern. »Aber *ein* Kopf musste rollen. Den Herrn Professor konnte sie schlecht rauswerfen. Dafür hat's den armen Nowak erwischt und den Ritter. Nach achtzehn Jahren! Mit Schimpf und Schande hat sie ihn vom Hof gejagt! Er wohnt jetzt in einer schäbigen Einraumwohnung und hat nicht mal mehr ein Auto. Und das alles wegen so einer staubigen Überseekiste!«

Dieses letzte Wort rief in Pia eine vage Erinnerung hervor, aber sie kam nicht darauf, welche.

»Wo sind die Kisten jetzt?«, wollte sie wissen.

»Immer noch in der Werkstatt.«

»Können wir sie mal sehen?«

Anja Moormann überlegte kurz, kam dann aber wohl zu dem Schluss, dass nichts dabei sei, wenn sie der Polizei die Kisten zeigte. Bodenstein und Pia folgten ihr um das Haus herum zu den angebauten flachen Wirtschaftsgebäuden. Die Werkstatt war penibel aufgeräumt. An den Wänden über hölzernen Werkbänken hing jede Menge Werkzeug, dessen jeweiliger Umriss akkurat mit schwarzem Filzstift an die Wand gezeichnet worden war. Anja Moormann öffnete eine Tür.

»Da sind die Dinger«, sagte sie. Bodenstein und Pia betraten den Nebenraum, ein ehemaliges Kühlhaus, wie die gefliesten Wände und die Rohrbahn an der Decke erkennen ließen. Nebeneinander standen fünf staubige Überseekoffer. Auf einmal fiel Pia ein, wo der sechste war. Frau Moormann redete munter weiter und erzählte von ihrer letzten Begegnung mit Marcus Nowak. Kurz vor Weihnachten war er auf dem Mühlenhof erschienen, angeblich um ein Geschenk abzugeben. Nachdem er sich unter diesem Vorwand Zutritt zum Haus verschafft hatte, war er schnurstracks in den großen Salon gegangen, wo die gnädige Frau und ihre Freunde ihren monatlichen »Heimatabend« abhielten.

»Heimatabend?«, hakte Bodenstein nach.

»Ja.« Anja Moormann nickte eifrig. »Sie haben sich einmal im Monat getroffen, Goldberg, Schneider, die Frings und die gnädige Frau. Wenn der Herr Professor verreist war, haben sie sich hier getroffen, sonst bei Schneider.«

Pia warf Bodenstein einen Blick zu. Das war ja aufschlussreich! Aber momentan interessierte sie Nowak.

»Aha. Und was ist dann passiert?«

»Ach so, ja.« Die Haushälterin blieb mitten in der Werkstatt stehen und kratzte sich nachdenklich am Kopf. »Der Herr Nowak hat der gnädigen Frau vorgeworfen, sie würde ihm noch Geld schulden. Das hat er ganz höflich gesagt, ich hab's selbst gehört, aber die gnädige Frau hat ihn ausgelacht und heruntergeputzt wie …«

Sie brach mitten im Satz ab. Um die Ecke des Hauses glitt die dunkle Maybach-Limousine. Die Reifen knirschten auf dem sauber geharkten Kies, als der schwere Wagen direkt an ihnen vorbeifuhr und ein paar Meter weiter zum Stehen kam. Pia glaubte, hinter den verdunkelten Scheiben im Fond eine Person sitzen zu sehen, aber der pferdegesichtige Moormann, heute in korrekter Chauffeursuniform, stieg alleine aus, verschloss das Auto per Fernbedienung und kam auf sie zu.

»Die gnädige Frau ist leider noch immer unpässlich«, sagte er, und Pia war sicher, dass er nicht die Wahrheit sagte. Sie bemerkte den kurzen Blick, den Moormann und seine Frau wechselten. Wie fühlte es sich wohl an, Dienstbote von reichen Leuten zu sein, für sie lügen und immer den Mund halten zu müssen? Ob die Moormanns ihre Chefin insgeheim hassten? Anja Moormann hatte sich schließlich nicht sonderlich loyal verhalten.

»Dann richten Sie ihr doch bitte herzliche Grüße von mir aus«, sagte Bodenstein. »Ich melde mich morgen noch einmal.«

Moormann nickte. Er und seine Frau blieben vor der Tür der Werkstatt stehen und blickten Bodenstein und Pia nach.

»Ich wette, er lügt«, sagte Pia leise zu ihrem Chef.

»Ja, das glaube ich auch«, erwiderte Bodenstein. »Sie sitzt im Auto.«

»Gehen wir hin und machen die Tür auf«, schlug Pia vor. »Dann ist sie schön blamiert.«

Bodenstein schüttelte den Kopf.

»Nein«, sagte er. »Sie läuft uns schon nicht weg. Soll sie uns ruhig für ein bisschen beschränkt halten.«

Dr. Thomas Ritter hatte als Ort für ihr Treffen das Café Siesmayer im Frankfurter Palmengarten vorgeschlagen, und Bodenstein vermutete, dass er sich seiner Wohnung schämte. Der ehemalige Assistent von Vera Kaltensee saß schon an einem der Tische im Raucherbereich des Cafés, als sie eintraten. Er drückte eine Zigarette im Aschenbecher aus und sprang auf, als Bodenstein direkt auf ihn zusteuerte. Pia schätzte ihn auf Mitte vierzig. Mit den kantigen, ein wenig asymmetrischen Gesichtszügen, einer vorspringenden Nase, tiefliegenden blauen Augen und dichtem, vorzeitig ergrautem Haar war er nicht hässlich, aber auch nicht schön im herkömmlichen Sinn. Trotzdem hatte sein Gesicht etwas, das eine Frau zu einem zweiten Blick veranlassen mochte. Er musterte Pia kurz von Kopf bis Fuß, schien sie uninteressant zu finden und wandte sich Bodenstein zu.

»Möchten Sie lieber an einem Nichtrauchertisch sitzen?«, fragte er.

»Nein, schon in Ordnung.« Bodenstein nahm auf der ledernen Bank Platz und kam gleich zur Sache.

»Im Umfeld Ihrer früheren Arbeitgeberin wurden fünf Menschen ermordet«, sagte er. »Im Laufe der Ermittlungen ist mehrfach Ihr Name gefallen. Was können Sie uns über die Familie Kaltensee erzählen?«

»Über wen möchten Sie etwas wissen?« Ritter hob die Augenbrauen und zündete sich eine neue Zigarette an. Drei Kippen lagen schon im Aschenbecher. »Ich war achtzehn Jahre lang der persönliche Assistent von Frau Dr. Kaltensee. Deshalb weiß ich natürlich eine Menge über sie und ihre Familie.«

Die Bedienung trat an den Tisch, bot ihnen die Speisekarte an und hatte nur Augen für Ritter. Bodenstein bestellte einen Kaffee, Pia eine Cola light.

»Noch einen Latte macchiato?«, fragte die junge Frau. Ritter nickte lässig und streifte Pia mit einem Blick, als wolle er sichergehen, dass sie bemerkt hatte, welche Wirkung er auf das weibliche Geschlecht ausübte.

Blödmann, dachte sie und lächelte ihn an.

»Was hat zu dem Zerwürfnis zwischen Ihnen und Frau Dr. Kaltensee geführt?«, erkundigte sich Bodenstein.

»Es gab kein Zerwürfnis«, behauptete Ritter. »Aber nach achtzehn Jahren verliert auch der interessanteste Job irgendwann seinen Reiz. Ich wollte einfach mal etwas anderes machen.«

»Aha.« Bodenstein tat so, als glaube er dem Mann. »Was machen Sie jetzt beruflich, wenn ich fragen darf?«

»Sie dürfen.« Ritter verschränkte lächelnd die Arme vor der Brust. »Ich bin Redakteur eines wöchentlich erscheinenden Lifestyle-Magazins und schreibe nebenher Bücher.«

»Oh, tatsächlich? Ich habe noch nie einen richtigen Schriftsteller getroffen.« Pia warf ihm einen bewundernden Blick zu, den er mit nicht zu übersehender Befriedigung registrierte. »Was schreiben Sie denn?«

»Vor allem Romane«, erwiderte er vage. Er hatte die Beine übereinandergeschlagen und versuchte vergebens, einen gelassenen Eindruck zu erwecken. Immer wieder wanderte sein Blick zu dem Handy, das neben dem Aschenbecher auf dem Tisch lag.

»Man hat uns erzählt, dass Ihre Trennung von Frau Dr. Kaltensee nicht ganz so einvernehmlich war, wie Sie es schildern«, sagte Bodenstein nun. »Weshalb wurden Sie wirklich nach dem Unfall in der Mühle entlassen?«

Ritter antwortete nicht. Sein Adamsapfel bewegte sich ruckartig auf und ab. Hatte er wirklich angenommen, die Polizei sei so ahnungslos?

»Bei dem Streit, der zu Ihrer fristlosen Entlassung geführt hat, ging es angeblich um eine Kiste mit geheimnisvollem Inhalt. Was können Sie uns darüber sagen?«

»Alles dummes Gerede.« Ritter machte eine wegwerfende Handbewegung. »Die ganze Familie war eifersüchtig auf mein gutes Verhältnis zu Vera. Ich war ihnen ein Dorn im Auge, weil sie fürchteten, ich könnte zu viel Einfluss auf sie haben. Unsere Trennung verlief freundschaftlich.«

Das klang so überzeugend, dass Pia ohne Frau Moormanns gegensätzliche Schilderung nicht im Geringsten an seiner Behauptung gezweifelt hätte.

»Was hat es denn eigentlich mit dieser verschwundenen Kiste auf sich?« Bodenstein nippte an seinem Kaffee. Pia sah ein kurzes Aufflackern in Ritters Augen. Seine Finger spielten unablässig mit dem Zigarettenpäckchen. Am liebsten hätte sie es ihm weggenommen, er steckte sie an mit seiner Nervosität.

»Ich habe keine Ahnung«, antwortete er. »Es stimmt, dass eine Kiste vom Speicher der Mühle verschwunden sein soll. Aber ich habe sie nie zu Gesicht bekommen und weiß nicht, was damit passiert ist.«

Dem jungen Mädchen hinter dem Büfett rutschte plötzlich ein Stapel Teller aus der Hand, und das Porzellan zerbarst krachend auf dem Granitfußboden. Ritter zuckte zusammen, als habe man auf ihn geschossen, und wurde schneeweiß im Gesicht. Um seine Nerven schien es nicht zum Besten bestellt zu sein.

»Haben Sie denn eine Vermutung, was in dieser Kiste gewesen sein könnte?«, wollte Bodenstein wissen. Ritter holte tief Luft, dann schüttelte er den Kopf. Er log ganz offensichtlich – aber warum? Schämte er sich, oder wollte er ihnen keinen Anlass geben, ihn zu verdächtigen? Zweifellos war ihm von Vera Kaltensee übel mitgespielt worden. Die Demütigung seiner fristlosen Entlassung in aller Öffentlichkeit musste für jeden Mann mit einem Rest an Selbstachtung nur schwer zu ertragen sein.

»Was für ein Auto fahren Sie eigentlich?«, wechselte Pia unvermittelt das Thema.

»Wieso?« Ritter starrte sie irritiert an. Er wollte eine weitere Zigarette aus dem Päckchen nehmen, musste aber feststellen, dass es leer war.

»Reine Neugier.« Pia griff in ihre Handtasche und legte ein angebrochenes Päckchen Marlboro auf den Tisch. »Bitte, bedienen Sie sich.«

Ritter zögerte einen Moment, griff dann aber zu.

»Meine Frau hat einen Z3. Den benutze ich gelegentlich.«

»Auch vergangene Woche am Donnerstag?«

»Möglich.« Ritter ließ sein Feuerzeug aufschnappen und sog den Rauch tief in die Lunge. »Wieso fragen Sie?«

Pia wechselte einen raschen Blick mit Bodenstein und entschloss sich zu einem Schuss ins Blaue. Vielleicht war Ritter der Mann mit dem Sportwagen.

»Sie wurden zusammen mit Robert Watkowiak gesehen«, sagte sie und hoffte, dass sie sich nicht irrte. »Was haben Sie mit ihm besprochen?«

Ritters fast unmerkliches Zusammenzucken signalisierte Pia, dass sie richtiglag.

»Weshalb möchten Sie das wissen?«, fragte er argwöhnisch und bestätigte so ihre Vermutung.

»Sie waren womöglich einer der Letzten, der mit Watkowiak gesprochen hat«, sagte sie. »Wir gehen derzeit davon aus, dass er der Mörder von Goldberg, Schneider und Anita Frings ist. Vielleicht wissen Sie schon, dass er sich am vergangenen Wochenende mit einer Überdosis Medikamente das Leben genommen hat.«

Sie bemerkte die Erleichterung, die kurz über Ritters Gesicht huschte.

»Das habe ich gehört.« Er ließ Rauch aus den Nasenlöchern entweichen. »Aber damit habe ich nichts zu tun. Robert hatte mich angerufen. Er hatte mal wieder ein Problem. Ich habe ihm früher in Veras Auftrag oft genug aus der Patsche geholfen, deshalb meinte er wohl, ich könne ihm auch diesmal helfen. Aber das konnte ich nicht.«

»Um ihm das zu sagen, haben Sie zwei Stunden mit ihm in der Eisdiele gesessen? Das glaube ich Ihnen nicht.«

»Es war aber so«, beharrte Ritter.

»Sie waren einen Tag, bevor er erschossen wurde, bei Goldberg in Kelkheim. Warum?«

»Ich habe ihn oft besucht«, log Ritter, ohne mit der Wimper zu zucken, und sah Pia dabei direkt in die Augen. »Ich weiß gar nicht mehr, über was wir an dem Abend gesprochen haben.«

»Sie lügen uns seit einer Viertelstunde an«, stellte Pia fest. »Warum? Haben Sie etwas zu verbergen?«

»Ich lüge nicht«, erwiderte Ritter. »Und ich habe nichts zu verbergen.«

»Warum sagen Sie uns nicht einfach, was Sie wirklich bei Goldberg wollten und worüber Sie mit Watkowiak gesprochen haben?«

»Weil ich mich kaum daran erinnere«, redete sich Ritter heraus. »Es muss etwas Unwichtiges gewesen sein.«

»Kennen Sie übrigens Marcus Nowak?«, mischte sich Bodenstein ein.

»Nowak? Den Restaurator? Nur flüchtig, ich bin ihm mal begegnet. Wieso wollen Sie das wissen?«

»Schon eigenartig.« Pia zog ihren Notizblock aus der Tasche. »Jeder scheint hier jeden nur flüchtig zu kennen.«

Sie blätterte ein paar Seiten zurück.

»Ah ja, hier: Seine Frau hat uns erzählt, dass Sie und Professor Kaltensee nach dem Unfall in der Mühle und Ihrer fristlosen Entlassung mehrfach bei Marcus Nowak im Büro gesessen haben. Und das stundenlang.« Sie fixierte Ritter, dem sein Unbehagen anzusehen war. Mit der Überheblichkeit eines Mannes, der sich für intelligenter hielt als den Großteil seiner Mitmenschen, insbesondere als die Polizei, hatte er Pia völlig unterschätzt und wurde sich nun dessen bewusst. Er warf einen Blick auf seine Armbanduhr und entschied sich für einen geordneten Rückzug.

»Ich muss jetzt leider los«, sagte er mit einem gezwungenen Lächeln. »Ein wichtiger Termin in der Redaktion.«

»Bitte.« Pia nickte. »Lassen Sie sich von uns nicht aufhalten. Wir werden Frau Dr. Kaltensee nach dem wahren Grund für Ihre Kündigung fragen. Vielleicht hat sie ja auch eine Vermutung, was Sie mit den Herren Watkowiak und Goldberg zu besprechen hatten.«

Das Lächeln gefror auf Ritters Gesicht, aber er erwiderte nichts. Pia schob ihm ihre Visitenkarte hin.

»Rufen Sie uns an, wenn Ihnen die Wahrheit einfällt.«

»Wie sind Sie darauf gekommen, dass der Mann in der Eisdiele Ritter gewesen sein könnte?«, fragte Bodenstein, als sie durch den Palmengarten zu ihrem Auto zurückgingen.

»Intuition.« Pia zuckte die Achseln. »Ritter ist irgendwie der Typ für einen Sportwagen.«

Eine Weile gingen sie schweigend nebeneinanderher.

»Wieso hat der uns wohl so angelogen? Ich kann mir nicht vorstellen, dass Vera Kaltensee ihren langjährigen Assistenten, der so viel über sie weiß, nach achtzehn Jahren wegen einer verschwundenen Kiste fristlos feuert. Dahinter muss mehr stecken.«

»Aber wer könnte das wissen?«, überlegte Bodenstein.

»Elard Kaltensee«, schlug Pia vor. »Den sollten wir sowieso noch mal besuchen. In seinem Schlafzimmer direkt neben dem Bett steht nämlich die fehlende Kiste.«

»Woher wissen Sie denn, was im Schlafzimmer von Elard Kaltensee steht?« Bodenstein blieb stehen und sah Pia mit gerunzelter Stirn an. »Und wieso haben Sie das nicht eher gesagt?«

»Mir ist es vorhin in der Werkstatt auf dem Mühlenhof eingefallen«, rechtfertigte sich Pia. »Aber jetzt sage ich es ja.«

Sie verließen den Palmengarten und überquerten die Siesmayerstraße. Bodenstein öffnete mit einem Druck auf die Fernbedienung die Zentralverriegelung seines Autos. Pia hatte schon den Griff der Beifahrertür in der Hand, als ihr Blick auf das Haus an der gegenüberliegenden Straßenseite fiel. Es war eines jener vornehmen Stadthäuser aus dem 19. Jahrhundert mit sorgfältig restaurierter Gründerzeitfassade, deren großzügige Altbauwohnungen auf dem Immobilienmarkt hoch gehandelt wurden.

»Schauen Sie mal da drüben. Ist das nicht unser Lügenbaron?«

Bodenstein wandte den Kopf.

»Tatsächlich. Das ist er.«

Ritter hatte sein Handy zwischen Ohr und Schulter geklemmt und hantierte mit einem Schlüsselbund an der Briefkastenanlage des Hauses. Dann schloss er immer noch telefonierend die Haustür auf und verschwand im Innern des Gebäudes. Bodenstein schlug die Autotür wieder zu. Sie überquerten die Straße und begutachteten die Briefkästen.

»Also, eine Zeitungsredaktion gibt's hier nicht.« Pia tippte auf eines der Messingschildchen. »Aber hier wohnt jemand namens M. Kaltensee. Was hat denn das jetzt zu bedeuten?«

Bodenstein blickte an der Fassade hoch. »Das werden wir schon rauskriegen. Fahren wir erst mal zu Ihrem Lieblingsverdächtigen.«

Friedrich Müller-Mansfeld war ein hochgewachsener, schlanker Mann mit einem schneeweißen Haarkranz rings um eine altersfleckige Glatze. Er hatte ein langes faltiges Gesicht und rot umränderte Augen, die von den dicken Gläsern seiner altmodischen Brille unnatürlich vergrößert wurden. Er war am vergangenen Samstagmorgen zu seiner Tochter an den Bodensee gereist und erst gestern Abend wieder zurückgekehrt. Sein Name war einer der letzten auf der langen Liste der Bewohner und Mitarbeiter des *Taunusblicks*, und Kathrin Fachinger hegte keine besonders großen Hoffnungen, von ihm mehr zu erfahren, als von den dreihundertzwölf Personen zuvor. Höflich stellte sie dem alten Herrn die üblichen Routinefragen. Sieben Jahre lang hatte er Tür an Tür mit Anita Frings gewohnt und zeigte sich nun angemessen betroffen, als er vom gewaltsamen Tod seiner Nachbarin erfuhr.

»Ich habe sie am Abend, bevor ich abgereist bin, noch gesehen«, sagte er mit heiserer, zittriger Stimme. »Da war sie recht guter Dinge.«

Er umfasste sein rechtes Handgelenk mit der linken Hand, aber der Tremor war nicht zu übersehen.

»Parkinson«, erklärte er. »Meistens geht es mir gut, nicht wahr, aber die Reise hat mich doch etwas angestrengt.«

»Ich werde Sie auch nicht lange stören«, erwiderte Kathrin Fachinger freundlich.

»Oh, stören Sie mich, solange Sie wollen.« In seinen hellen Augen blitzte der Altherrencharme. »Es ist eine nette Abwechslung, mit einer so hübschen jungen Dame zu sprechen, nicht wahr. Sonst gibt es hier ja nur alte Schachteln.«

Kathrin Fachinger lächelte.

»Gut. Sie haben Frau Frings also noch am Abend des 3. Mai gesehen. War sie allein oder in Begleitung?«

»Allein konnte sie sich ja kaum noch fortbewegen. Hier war viel los, im Park war eine Freiluftaufführung. Bei ihr war dieser Mann, der sie regelmäßig besucht hat, nicht wahr.«

Kathrin Fachinger horchte auf.

»Können Sie sich erinnern, um wie viel Uhr das ungefähr gewesen ist?«

»Natürlich. Ich habe Parkinson, nicht wahr, kein Alzheimer.«

Es sollte ein Scherz sein, aber da sein Gesicht so gut wie unbeweglich blieb, begriff die Beamtin das nicht sofort.

»Wissen Sie, ich stamme aus Ostberlin«, sagte der alte Herr. »Ich war Professor für angewandte Physik an der Humboldt-Universität. Im Dritten Reich durfte ich meinen Beruf nicht ausüben, weil ich mit den Kommunisten sympathisierte, deshalb war ich jahrelang im Ausland, aber später in der DDR ging es mir und meiner Familie immer gut.«

»Aha«, sagte Kathrin Fachinger höflich. Sie wusste nicht ganz, auf was der alte Herr hinauswollte.

»Natürlich kannte ich die ganze Parteispitze der SED persönlich, auch wenn ich nicht gerade behaupten kann, dass sie mir sonderlich sympathisch waren. Aber ich durfte endlich forschen, alles andere spielte für mich keine Rolle. Anitas Mann Alexander war beim MfS, er war Offizier im besonderen Einsatz und zuständig für verdeckte Geschäfte zur Devisenerwirtschaftung …«

Kathrin Fachinger setzte sich aufrecht hin und starrte den Mann an.

»Sie haben Frau Frings von früher gekannt?«

»Ja, sagte ich das nicht vorhin schon?« Der alte Herr überlegte einen Augenblick, dann zuckte er die Schultern. »Eigentlich kannte ich ihren Mann. Alexander Frings war im Krieg Offizier der Abwehr in der Abteilung Fremde Heere Ost und ein enger Mitarbeiter von General Reinhard Gehlen, vielleicht sagt Ihnen der Name etwas.«

Kathrin Fachinger schüttelte den Kopf. Sie machte sich fieberhaft Notizen und ärgerte sich, dass sie das Diktiergerät auf ihrem Schreibtisch vergessen hatte.

»In seiner Eigenschaft als Abwehroffizier war Frings ein intimer Kenner der Russen, nicht wahr. Und nachdem sich Gehlen und seine gesamte Abteilung bereits im Mai 1945 den Amerikanern gestellt hatten, wurden sie der Vorgängerorganisation der CIA angegliedert. Später gründete Gehlen mit ausdrücklicher Billigung der USA die ›Organisation Gehlen‹, aus der später der Bundesnachrichtendienst wurde.« Fritz Müller-Mansfeld lachte heiser, sein Lachen ging in Husten über. Es dauerte eine Weile, bis er weitersprechen konnte. »Innerhalb kürzester Zeit wurden aus überzeugten Nazis überzeugte Demokraten. Frings ging nicht mit nach Amerika, sondern zog es vor, in der sowjetisch besetzten Zone zu bleiben. Ebenfalls mit Billigung und Wissen der Amerikaner installierte er sich im MfS und war zuständig für Devisenbeschaffung für die DDR, aber er blieb im Kontakt mit der CIC, später CIA und Gehlen in Deutschland.«

»Woher wissen Sie das alles?«, staunte Kathrin Fachinger.

»Ich bin neunundachtzig Jahre alt«, erwiderte Müller-

Mansfeld freundlich. »Ich habe in meinem Leben sehr viel gesehen und gehört und fast genauso viel vergessen. Aber Alexander Frings hat mich beeindruckt, nicht wahr. Er sprach sechs oder sieben Sprachen fließend, war sehr intelligent und kultiviert, und er spielte das Spiel auf beiden Seiten mit. Er war Führungsoffizier für zahllose Ost-Spione, konnte in den Westen reisen, wie er wollte, kannte hochrangige westliche Politiker und alle wichtigen Wirtschaftsführer, vor allem die Waffenlobbyisten waren seine Freunde, nicht wahr.«

Müller-Mansfeld machte eine Pause und rieb nachdenklich sein knochiges Handgelenk.

»Was Frings allerdings an Anita gefunden hat – abgesehen von ihrem Äußeren –, das kann ich bis heute nur schwer verstehen.«

»Wieso?«

»Sie war ein eiskaltes Frauenzimmer«, entgegnete Müller-Mansfeld. »Man hat sich erzählt, dass sie Aufseherin im KZ Ravensbrück gewesen ist, nicht wahr. Sie hatte nicht die Absicht, in den Westen zu gehen, um dort möglicherweise von früheren Lagerinsassinnen identifiziert zu werden. 1945 in Dresden hatte sie Frings kennengelernt, und weil der damals schon Kontakte zu den Amerikanern und den Russen hatte, konnte er sie durch eine Heirat vor weiterer Strafverfolgung bewahren. Mit ihrem neuen Namen hatte sie auch ihre braune Gesinnung abgelegt und ebenfalls Karriere beim MfS gemacht. Allerdings ...« Müller-Mansfeld kicherte boshaft. »Ihr Faible für westliche Konsumgüter hat ihr in Wandlitz den heimlichen Spitznamen ›Miss Amerika‹ eingebracht, über den sie sich sehr geärgert hat.«

»Was können Sie mir über den Mann sagen, der bei ihr war, an dem Abend?«, fragte Kathrin Fachinger.

»Anita hatte ziemlich häufig Besuch. Ihre Jugendfreundin Vera war oft da und gelegentlich auch der Herr Professor.«

Kathrin Fachinger übte sich in Geduld, während der alte Herr in seinen Erinnerungen kramte und mit zittriger Hand sein Wasserglas zum Mund führte.

»Sie nannten sich die vier Musketiere.« Er lachte wieder, heiser und spöttisch. »Zweimal im Jahr trafen sie sich in Zürich, auch nachdem Anita und Vera ihre Männer unter die Erde gebracht hatten.«

»Wer nannte sich die vier Musketiere?«, fragte Kathrin Fachinger verwirrt nach.

»Die vier alten Freunde von früher. Sie kannten sich ja von Kindesbeinen an, nicht wahr, Anita, Vera, Oskar und Hans.«

»Oskar und Hans?«

»Der Waffenhändler und sein Adjutant vom Finanzamt.«

»Goldberg und Schneider?« Kathrin Fachinger beugte sich aufgeregt vor. »Die haben Sie auch gekannt?«

Die Augen von Friedrich Müller-Mansfeld funkelten belustigt.

»Sie haben keine Vorstellung, wie lang die Tage in einem Seniorenheim werden können, selbst wenn es so luxuriös und komfortabel ist wie dieses hier. Anita hat gerne erzählt. Angehörige hatte sie keine, und zu mir hatte sie Vertrauen. Ich bin schließlich auch einer von drüben. Sie war raffiniert, aber längst nicht so gerissen wie ihre Freundin Vera. Die hat es faustdick hinter den Ohren. Sie hat es ja auch weit gebracht, für ein einfaches Mädchen aus Ostpreußen, nicht wahr.«

Er rieb sich wieder nachdenklich die Fingerknöchel.

»Anita war sehr aufgeregt, letzte Woche. Warum, das hat sie mir nicht gesagt. Aber sie hatte dauernd Besuch. Der Sohn von Vera war mehrfach da, der Glatzkopf, und auch seine Schwester, die Politikerin. Sie haben mit Anita unten in der Cafeteria gesessen, stundenlang. Und ›Katerchen‹, der kam regelmäßig. Schob sie im Rollstuhl durch die Gegend …«

»›Katerchen‹?«

»So hat sie ihn genannt, den jungen Mann.«

Kathrin Fachinger fragte sich, was aus der Sicht eines Neunundachtzigjährigen wohl »jung« bedeuten mochte.

»Wie hat er ausgesehen?«, fragte sie.

»Hm. Braune Augen. Schlank. Mittelgroß, Durchschnittsgesicht. Der ideale Spion, nicht wahr.« Müller-Mansfeld lächelte. »Oder ein Schweizer Bankier.«

»Und der war auch am Freitagabend bei ihr?«, fragte Kathrin Fachinger geduldig, obwohl sie innerlich vor Aufregung bebte. Bodenstein würde sich freuen.

»Ja.« Friedrich Müller-Mansfeld nickte. Sie holte ihr Handy aus der Tasche und suchte im Speicher nach dem Foto von Marcus Nowak, das Ostermann ihr vor einer halben Stunde geschickt hatte.

»Kann es dieser Mann hier gewesen sein?« Sie reichte Müller-Mansfeld ihr Mobiltelefon. Er schob die Brille auf die Stirn und hielt sich das Display dicht vor die Augen.

»Nein, der war das nicht«, sagte er. »Aber den habe ich auch gesehen. Ich glaube, es war sogar am selben Abend.«

Müller-Mansfeld legte nachdenklich die Stirn in Falten.

»Ja, ich erinnere mich«, sagte er schließlich. »Es war am Donnerstag, so gegen halb elf. Die Theateraufführung war gerade zu Ende, und ich ging zum Aufzug. Er stand im Foyer, als ob er auf jemanden warten würde. Mir ist aufgefallen, wie nervös er war. Er schaute dauernd auf die Uhr.«

»Und Sie sind ganz sicher, dass es sich um diesen Mann hier gehandelt hat?«, vergewisserte sich Kathrin Fachinger und hob ihr Handy.

»Hundertprozentig. Ich habe ein gutes Gedächtnis für Gesichter.«

Nachdem sie Professor Kaltensee nicht im Kunsthaus angetroffen hatten, fuhren Bodenstein und Pia zurück aufs Kommissariat. Ostermann begrüßte sie mit der Neuigkeit, dass der Staatsanwalt die Gründe zu dünn fand, um einer kriminaltechnischen Untersuchung von Nowaks Fahrzeugen zuzustimmen.

»Dabei war Nowak zur Tatzeit am Fundort einer Leiche!«, regte Pia sich auf. »Außerdem wurde eines seiner Autos vor Schneiders Haus gesehen!«

Bodenstein schenkte sich eine Tasse Kaffee ein.

»Gibt es Neuigkeiten aus dem Krankenhaus?«, erkundigte er sich. Seit dem frühen Morgen saß vor der Tür von Nowaks Krankenzimmer ein Beamter, der jeden Besucher und die Uhrzeit des Besuches vermerkte.

»Morgens war seine Frau da«, erwiderte Ostermann. »Mittags kamen seine Großmutter und einer seiner Mitarbeiter.«

»Das ist alles?« Pia war enttäuscht. Nichts ging voran.

»Dafür habe ich jede Menge über die KMF herausgefunden.« Ostermann suchte in seinen Unterlagen, bis er die entsprechende Mappe gefunden hatte, und referierte. Eugen Kaltensee hatte sich in den dreißiger Jahren auf eine etwas unfeine, aber damals nicht ungewöhnliche Art der Firma seines jüdischen Chefs bemächtigt, als dieser die Zeichen der Zeit erkannt und mit seiner Familie Deutschland verlassen hatte. Kaltensee hatte die Erfindungen des Vorbesitzers für die Rüstungsindustrie genutzt, im Osten expandiert und ein Vermögen verdient. Als Lieferant der Wehrmacht war er Mitglied der NSDAP und einer der großen Kriegsgewinnler gewesen.

»Woher weißt du das?«, unterbrach Pia ihren Kollegen verwundert.

»Es gab einen Prozess«, erwiderte Ostermann. »Der jüdische Vorbesitzer Josef Stein verlangte nämlich nach dem Krieg seine Firma zurück. Angeblich hatte Kaltensee eine Erklärung unterschrieben, dass er im Falle einer Rückkehr Steins die Firma an ihn zurückgeben müsste. Natürlich war diese Erklärung unauffindbar, es kam zu einem Vergleich, und Stein erhielt Anteile an der Firma. Das alles ging damals groß durch die Presse, denn obwohl Kaltensee in seinen Ostbetrieben nachweislich KZ-Häftlinge ausgebeutet hatte, wurde er als ›entlastet‹ eingestuft und nicht verurteilt.«

Ostermann lächelte zufrieden.

»Ich habe den ehemaligen Prokuristen der KMF ausfindig gemacht«, sagte er. »Er ist vor fünf Jahren in Rente gegangen und auf Vera und Siegbert Kaltensee nicht besonders gut zu sprechen, denn sie haben ihn ziemlich übel ausgebootet. Der Mann kennt den ganzen Laden bis ins kleinste Detail und hat mir alles haarklein erzählt.«

Mitte der achtziger Jahre war es zu einem folgenschweren Krach in der Firma gekommen. Vera und Siegbert wollten mehr Einfluss und schmiedeten Intrigen gegen Eugen Kaltensee, der daraufhin die Struktur der Firma veränderte. Er setzte einen neuen Gesellschaftervertrag auf und verteilte die Stimmrechte nach Gutdünken an einzelne Familienmitglieder und Freunde. Eine fatale Entscheidung, die bis zum heutigen Tag für Krach innerhalb der Familie sorgte. Siegbert und Vera erhielten je zwanzig Prozent, Elard, Jutta, Schneider und Anita Frings jeweils zehn Prozent, Goldberg elf Prozent, Robert Watkowiak fünf Prozent und eine Frau namens Katharina Schmunck vier Prozent. Bevor Kaltensee diesen Vertrag wieder ändern konnte, stürzte er die Kellertreppe hinunter und brach sich dabei das Genick.

In dem Augenblick meldete sich Bodensteins Handy. Es war Kathrin Fachinger. »Chef, ich hab einen Volltreffer!«, rief sie. Bodenstein machte Ostermann ein Zeichen, dass er einen Augenblick warten sollte, und lauschte der aufgeregten Stimme seiner jüngsten Mitarbeiterin.

»Sehr gut, Frau Fachinger«, sagte er schließlich und beendete das Gespräch. Er blickte auf und grinste zufrieden. »Damit kriegen wir einen Haftbefehl für Nowak und einen Durchsuchungsbeschluss für seine Firma und Wohnung.«

23. August 1942. Diesen Tag werde ich in meinem ganzen Leben niemals vergessen! Ich bin Tante geworden! Was für eine Aufregung! Um zehn Uhr fünfzehn heute Abend hat Vicky einen gesunden Jungen zur Welt gebracht – und ich war dabei! Es ging ganz schnell, dabei dachte ich immer, so etwas dauert Stunden und Stunden! Der Krieg ist so weit weg und doch so nah! Elard hat keinen Fronturlaub bekommen, er ist in Russland, und Mama hat den ganzen Tag gebetet, dass ihm nichts passiert, nicht an diesem Tag! Am Nachmittag haben bei Vicky die Wehen eingesetzt. Papa hat Schwinderke nach Doben geschickt, um die Frau Wermin zu holen, aber die konnte nicht weg. Die Frau vom Bauern Krupski in Rosengarten liegt seit zwei Tagen in den Wehen, und sie ist ja schon fast vierzig! Vicky war ganz tapfer. Ich bewundere sie! Es war schrecklich und gleichzeitig wunderbar! Mama, Edda, ich und die Frau Endrikat haben das auch ohne die Frau Wermin hinbekommen. Papa hat eine Flasche Champagner aufgemacht und mit Endrikat zusammen ausgetrunken – die beiden Großväter! Sie waren ziemlich beschwipst, als Mama ihnen das Baby gezeigt hat. Ich durfte es auch auf dem Arm halten. Unglaublich, wenn man sich vorstellt, dass aus diesem Wesen mit den winzigen Händchen und Füßchen eines Tages ein großer, starker Mann werden soll! Vicky hat ihn nach meinem und ihrem Papa Heinrich Arno Elard genannt – auch wenn Edda sagte, er müsse mindestens mit zweitem Namen Adolf heißen –, und da haben die zwei Großväter vor Rührung ein paar Tränchen zerquetscht und noch eine Flasche Champagner geköpft. Als die Frau Wermin schließlich gekommen ist, hat Vicky das Baby schon gestillt, die Frau Endrikat hatte es gewaschen und gewickelt. Und ich werde Patentante sein!! Ach, das Leben ist so aufregend. Der kleine Heinrich Arno Elard war ganz unbeeindruckt, als Papa ihm ganz ernsthaft erklärt hat, dass er eines Tages der Herr von Gut Lauenburg sein wird, und dann hat er ihm auf die Schulter gespuckt. Was haben wir gelacht! Ein herrlicher Tag, fast so wie früher! Sobald Elard Urlaub bekommt, wird Taufe sein. Und bald auch Hochzeit! Dann wird Vicky wirklich meine Schwester sein, obwohl wir auch jetzt schon die allerbesten Freundinnen sind, die man sich vorstellen kann …

Thomas Ritter klebte einen gelben Zettel in die Seiten des Tagebuchs und rieb sich die brennenden Augen. Es war unglaublich! Beim Lesen war er in eine lang untergegangene Welt eingetaucht, in die Welt eines jungen Mädchens, das behütet auf dem großen elterlichen Gut in Masuren aufgewachsen war. Allein diese Tagebücher hätten Stoff für einen großartigen Roman hergegeben, ein Requiem auf das versunkene Ostpreußen, nicht viel schlechter als Arno Surminski oder Siegfried Lenz. Ausführlich und sehr aufmerksam hatte die junge Vera Land und Leute geschildert, aber auch die politische Situation aus dem Blickwinkel der Gutsherrentochter, deren Eltern zwei Söhne im Ersten Weltkrieg verloren und sich seitdem auf das ostpreußische Landgut zurückgezogen hatten. Sie hatten Hitler und den Nazis kritisch gegenübergestanden, aber dennoch geduldet, dass Vera und ihre Freundinnen Edda und Vicky zum BDM gingen. Faszinierend auch die Schilderung der Reise der jungen Mädchen mit ihrer BDM-Gruppe zu den Olympischen Spielen nach

Berlin, Veras Aufenthalte in einem Schweizer Mädcheninternat, wo sie ihre Freundin Vicky sehr vermisst hatte. Bei Ausbruch des Krieges war Veras älterer Bruder Elard zur Luftwaffe gegangen und hatte dort durch seine Leistungen schnell Karriere gemacht. Besonders berührend war die Entwicklung der Liebesbeziehung zwischen Elard und Vicky, der Tochter des Gutsverwalters Endrikat.

Weshalb nur war Vera so vehement dagegen gewesen, ihre Jugend in Ostpreußen in den ersten Kapiteln der Biographie zu thematisieren? Sie hatte schließlich nichts getan, für das sie sich hätte schämen müssen, abgesehen vielleicht von ihrer Mitgliedschaft im BDM. Aber gerade auf dem Land, wo jeder jeden kannte, war es damals nahezu unmöglich gewesen, sich auszuschließen, ohne in Schwierigkeiten zu geraten. Ritter hatte immer weiter gelesen, und ganz allmählich hatte er begriffen, warum diese Erinnerungen aus Veras Sicht eher ins Feuer gehört hätten als in die Hände eines Fremden. Vor dem Hintergrund dessen, was er am vergangenen Freitag erfahren hatte, boten diese Tagebücher puren Sprengstoff. Beim Lesen hatte er sich fortwährend Notizen gemacht und im Geiste die ersten Kapitel seines Manuskripts neu geordnet. Im Tagebuch von 1942 hatte er dann den Beweis gefunden. Als er die Schilderung des 23. August 1942 – dem Tag, als Hitler mit seinen Bombern zum ersten Mal Stalingrad angreifen ließ – las, wählte er sich sofort ins Internet ein und rief die Kurzbiographie von Elard Kaltensee auf.

»Das gibt's doch nicht«, murmelte Ritter und starrte auf den Bildschirm seines Laptops. Elard war am 23. August 1943 geboren, stand da. War es möglich, dass Vera auf den Tag genau ein Jahr nach der Geburt ihres Neffen selbst einen Sohn zur Welt gebracht hatte? Ritter suchte nach dem Tagebuch aus dem Jahr 1943 und blätterte bis zum August.

Heini ist ein Jahr alt geworden! So ein süßer, kleiner Kerl –

er ist zum Fressen! Sogar laufen kann er schon ... Er blätterte ein paar Seiten zurück, ein paar Seiten vor. Vera war im Juli aus der Schweiz auf das elterliche Gut zurückgekehrt und hatte dort den Sommer verbracht, einen Sommer, der überschattet wurde vom Tod Walters, des älteren Bruders ihrer Freundin Vicky Endrikat, der in Stalingrad gefallen war. Keine Rede von einem Mann in Veras Leben, geschweige denn von einer Schwangerschaft! Kein Zweifel, dass es sich bei Elard Kaltensee um den Jungen Heinrich Arno Elard handelte, der am 23. August 1942 zur Welt gekommen war. Aber weshalb stand in seiner Biographie das Jahr 1943 als sein Geburtsjahr? Hatte sich Elard aus Eitelkeit ein Jahr jünger gemacht? Ritter fuhr erschrocken zusammen, als sein Handy summte. Marleen erkundigte sich besorgt, wo er bliebe. Es war schon kurz nach zehn. In Ritters Kopf schwirrten die Gedanken, er konnte jetzt unmöglich einfach unterbrechen!

»Es wird leider später, Schatz«, sagte er und bemühte sich um einen bedauernden Tonfall. »Du weißt doch, ich habe morgen Abgabetermin. Ich komme, so schnell ich kann, aber warte nicht auf mich. Geh ruhig schlafen.«

Kaum, dass sie aufgelegt hatte, zog er den Laptop heran und fing an, die Sätze, die er beim Lesen in seinem Kopf formuliert hatte, in die Tastatur zu tippen. Er lächelte dabei. Wenn er seinen Verdacht mit handfesten Beweisen untermauern konnte, dann hatten Katharina und ihre Verlagsmenschen zweifellos die gewünschte Sensation.

»Nowak war also am Donnerstagabend im *Taunusblick*«, sagte Bodenstein, nachdem er Ostermann und Pia von Kathrin Fachingers Gespräch mit Anita Frings' Wohnungsnachbarn berichtet hatte.

»Und das wohl kaum wegen der Theateraufführung«, bemerkte Pia.

»Erzählen Sie weiter von der KMF«, forderte Bodenstein Ostermann auf.

Vera Kaltensee hatte vor Wut gerast, als der neue Gesellschaftervertrag bei der Testamentseröffnung nach dem Tod ihres Mannes verlesen wurde. Sie hatte vergeblich versucht, den Vertrag anzufechten, dann hatte sie Goldberg, Schneider und Frings die Anteile abkaufen wollen, aber das war laut Vertrag nicht möglich.

»Übrigens wurde damals Elard Kaltensee verdächtigt, seinen Stiefvater, mit dem er sich nie gut verstanden hatte, die Treppe hinuntergestoßen zu haben«, sagte Ostermann. »Später wurde aber auf Unfall erkannt, und die Sache kam zu den Akten.« Er blickte auf seinen Notizblock. »Vera Kaltensee hatte es überhaupt nicht gepasst, dass sie ihre alten Freunde, ihren Stiefsohn Robert und eine Freundin ihrer Tochter nun um Zustimmung für jedes geplante Geschäft bitten musste, aber ihr gelang es durch die Unterstützung Goldbergs, Honorarkonsulin von Surinam zu werden, sich die Rechte am Bauxitvorkommen in Surinam zu sichern und so direkt ins Aluminiumgeschäft einzusteigen. Sie wollte nicht länger nur Zulieferer sein. Ein paar Jahre später hat sie diese Rechte an die amerikanische ALCOA verkauft, und die KMF wurde Weltmarktführer für Strangpressen zur Aluminiumverarbeitung. Die Tochtergesellschaften, die das eigentliche Kapital verwalten, sitzen in der Schweiz, in Liechtenstein, auf den British Virgin Islands, Gibraltar, Monaco und was weiß ich, wo. Sie zahlen so gut wie überhaupt keine Steuern.«

»Hatte Herrmann Schneider mit diesen Geschäften zu tun?«, fragte Pia. Allmählich schien sich die ganze Geschichte mit ihren eigenen Erkenntnissen wie ein Puzzle zusammenzufügen! Alles hatte eine Bedeutung, die sich aus dem Gesamtbild ergeben würde.

»Ja.« Ostermann nickte. »Er war Berater der KMF Suisse.«

»Was ist jetzt mit den Firmenanteilen?«, wollte Bodenstein wissen.

»Genau.« Ostermann richtete sich auf. »Jetzt kommt's nämlich: Laut Gesellschaftervertrag waren sämtliche Anteile weder vererblich noch verkäuflich und gehen beim Tod des Inhabers an den geschäftsführenden Gesellschafter über. Und diese Klausel könnte ein echtes Motiv für vier unserer Morde sein.«

»Wie meinen Sie das?«, fragte Bodenstein.

»Laut Einschätzung der Wirtschaftsprüfer ist die KMF etwa vierhundert Millionen Euro wert«, sagte Ostermann. »Es gibt ein Angebot einer englischen Heuschreckenfirma über das Doppelte des derzeitigen Marktwertes. Ihr könnt euch ausrechnen, was das für die einzelnen Anteile bedeutet.«

Bodenstein und Pia wechselten einen kurzen Blick.

»Der Geschäftsführer der KMF ist Siegbert Kaltensee«, sagte Bodenstein. »Er bekommt also die Anteile von Goldberg, Schneider, Watkowiak und Frau Frings nach ihrem Tod.«

»So sieht es aus.« Ostermann legte seinen Notizblock auf den Schreibtisch und blickte triumphierend in die Runde. »Und wenn achthundert Millionen Euro kein Mordmotiv sind, dann fällt mir auch nichts mehr ein.«

Einen Moment lang war es völlig still.

»Da gebe ich Ihnen recht«, bemerkte Bodenstein trocken.

»Siegbert Kaltensee konnte bisher die Firma weder verkaufen noch an die Börse bringen, dafür fehlten ihm die Mehrheiten. Jetzt sieht es ganz anders aus: Er hält, wenn ich richtig rechne, 55 Prozent der Anteile, inklusive seiner eigenen zwanzig.«

»Schon zehn Prozent von achthundert Millionen sind nicht

zu verachten«, sinnierte Pia. »Jeder von denen könnte ein Interesse daran gehabt haben, dass Siegbert die Anteilsmehrheit bekommt und durch einen Verkauf der KMF seine Anteile in klingende Münze verwandelt.«

»Ich kann mir nicht vorstellen, dass da das Motiv für die Morde liegt«, Bodenstein trank den Rest seines Kaffees aus und schüttelte den Kopf. »Viel eher denke ich, dass unser Mörder – ohne es zu wollen – den Kaltensees einen großen Gefallen getan hat.«

Pia hatte sich die Unterlagen von Ostermanns Schreibtisch gefischt und studierte seine Notizen.

»Wer ist eigentlich diese Katharina Schmunck?«, fragte sie. »Was hat die mit den Kaltensees zu tun?«

»Katharina Schmunck heißt heute Katharina Ehrmann«, erklärte Ostermann. »Sie ist die beste Freundin von Jutta Kaltensee.«

Bodenstein legte die Stirn in Falten und dachte nach, dann erhellte sich sein Gesicht. Er erinnerte sich an die Fotos, die er auf dem Mühlenhof gesehen hatte. Doch bevor er etwas sagen konnte, war Pia aufgesprungen und wühlte in ihrer Tasche, bis sie die Visitenkarte gefunden hatte, auf die der Immobilienmakler den Namen der Hausbesitzerin geschrieben hatte.

»Das gibt's doch nicht!«, sagte sie, als sie die Karte gefunden hatte. »Katharina Ehrmann gehört das Haus in Königstein, in dem wir Watkowiaks Leiche gefunden haben! Wie passt das denn jetzt zusammen?«

»Ist doch klar«, behauptete Ostermann, der die Geldgier der Familie Kaltensee für ein äußerst plausibles Mordmotiv zu halten schien. »Sie haben Watkowiak umgebracht und wollten einen Verdacht auf Katharina Ehrmann lenken. Damit hätten sie zwei Fliegen mit einer Klappe geschlagen.«

*

Ritters Augen brannten, sein Kopf dröhnte. Die Buchstaben auf dem Monitor verschwammen vor seinen Augen. In den letzten zwei Stunden hatte er fünfundzwanzig Seiten geschrieben. Er war todmüde und gleichzeitig aufgekratzt vor lauter Euphorie. Mit einem Mausklick speicherte er die Datei und wechselte ins E-Mail-Programm. Katharina sollte morgen früh gleich lesen, was er aus ihrem Material gemacht hatte. Mit einem Gähnen stand er auf und trat ans Fenster. Jetzt musste er noch schnell die Tagebücher in den Banksafe legen, bevor er nach Hause fuhr. Marleen war zwar blauäugig, aber wenn sie das hier in die Finger bekam, dann würde sie alles begreifen. Und im schlimmsten Fall würde sie sich doch auf die Seite ihrer Familie schlagen. Ritters Blick fiel auf den leeren Parkplatz, auf dem neben seinem Cabrio nur noch ein dunkler Kastenwagen stand. Er wollte sich gerade abwenden, als für den Bruchteil einer Sekunde ein Licht im Fahrerbereich des Kastenwagens aufleuchtete und er die Gesichter von zwei Männern wahrnahm. Sein Herz begann, angstvoll zu klopfen. Katharina hatte gesagt, dass die Unterlagen brisant, vielleicht sogar gefährlich seien. Das hatte ihn am helllichten Tag nicht interessiert, aber jetzt, nachts um halb elf im einsamen Hinterhof eines Fechenheimer Gewerbegebietes, hatte dieser Gedanke zweifellos etwas Bedrohliches. Er ergriff sein Handy und wählte Katharinas Nummer. Sie meldete sich nach dem zehnten Klingeln.

»Kati«, Ritter versuchte, gelassen zu klingen, »ich glaube, ich werde beobachtet. Ich bin noch im Büro und arbeite am Manuskript. Unten auf dem Parkplatz steht ein Kastenwagen, in dem zwei Typen sitzen. Was soll ich denn jetzt machen? Wer kann das sein?«

»Beruhig dich«, erwiderte Katharina mit gesenkter Stimme. Im Hintergrund hörte Ritter Stimmengewirr und Klavierspiel. »Das bildest du dir sicher nur ein. Ich …«

»Das bilde ich mir nicht ein, verdammt!«, zischte Ritter. »Die stehen da unten und warten vielleicht auf mich! Du hast doch selbst gesagt, diese Unterlagen könnten gefährlich sein!«

»So habe ich das doch nicht gemeint«, sagte Katharina besänftigend. »Ich habe nicht an eine konkrete Gefahr gedacht. Es weiß doch niemand von den Sachen. Jetzt fahr nach Hause, und schlaf dich mal ordentlich aus.«

Ritter ging zur Tür und schaltete das Deckenlicht aus. Dann trat er wieder ans Fenster. Der Lieferwagen stand immer noch da.

»Okay«, sagte er. »Aber ich muss die Tagebücher noch auf die Bank bringen. Meinst du, dass mir da was passieren kann?«

»Nein, das ist doch Unsinn«, hörte er Katharinas Stimme.

»Na gut.« Ritter fühlte sich etwas beruhigter. Wenn wirklich Gefahr drohte, würde sie anders reagieren. Er war schließlich ihr Goldesel, sie würde sein Leben nicht leichtfertig aufs Spiel setzen. Plötzlich kam er sich albern vor. Katharina musste ihn für ein Weichei halten!

»Ich hab dir übrigens das Manuskript geschickt«, sagte er.

»Oh, prima«, antwortete Katharina. »Ich lese es mir gleich morgen früh durch. Ich muss jetzt Schluss machen.«

»Alles klar. Gute Nacht.« Ritter klappte sein Handy zu, dann packte er die Tagebücher in die ALDI-Tüte und das Laptop in seinen Rucksack. Seine Knie zitterten, als er den Flur entlangging. »Alles Einbildung«, murmelte er.

Mittwoch 9. Mai 2007

»Du wirst nicht glauben, wer mich gestern angerufen hat«, sagte Cosima aus dem Badezimmer. »Ich sag dir, ich war ganz platt!«

Bodenstein lag im Bett und spielte mit dem Baby, das glucksend nach seinem Finger griff und mit erstaunlicher Kraft festhielt. Es wurde Zeit, dass sie diesen verwickelten Fall lösten, denn er sah seine jüngste Tochter definitiv zu wenig.

»Wer denn?«, fragte er zurück und kitzelte Sophias Bauch. Sie juchzte und strampelte mit den Beinchen.

Cosima erschien in der Tür, nur ein Handtuch um den Körper geschlungen, in der Hand die Zahnbürste.

»Jutta Kaltensee.«

Bodenstein erstarrte. Er hatte Cosima nicht erzählt, dass Jutta Kaltensee ihn in den letzten Tagen mindestens zehnmal angerufen hatte. Zuerst hatte er sich geschmeichelt gefühlt, aber die Gespräche waren für seinen Geschmack zu schnell zu vertraulich geworden. Doch erst, als sie ihn gestern schließlich ganz unverblümt gefragt hatte, ob sie nicht einmal zusammen essen gehen könnten, hatte er begriffen, was sie tatsächlich mit ihren Anrufen bezweckte. Jutta Kaltensee machte ihm eindeutig Avancen, und er wusste nicht, wie er sich ihr gegenüber verhalten sollte.

»Ach ja? Was wollte sie denn?« Bodenstein zwang sich zu

einem beiläufigen Tonfall und fuhr fort, mit dem Baby zu spielen.

»Sie sucht Mitarbeiter für ihre neue Imagekampagne.« Cosima ging ins Bad und kehrte im Morgenmantel zurück. »Sie sagte, sie sei auf mich gekommen, als sie dich bei ihrer Mutter getroffen hat.«

»Tatsächlich?« Bodenstein fühlte sich nicht wohl bei dem Gedanken, dass Jutta hinter seinem Rücken Informationen über ihn und seine Familie eingeholt hatte. Außerdem war Cosima keine Werbefilmerin, sondern produzierte Dokumentarfilme. Das Argument mit der Imagekampagne war eine Lüge. Aber weshalb tat sie das?

»Wir treffen uns heute Mittag zum Essen, und ich höre mir mal an, was sie will.« Cosima setzte sich auf die Bettkante und cremte ihre Beine ein.

»Das klingt doch gut.« Bodenstein wandte den Kopf und sah seine Frau mit einem Ausdruck völliger Arglosigkeit an. »Lass es dir nur ordentlich bezahlen. Die Kaltensees haben Geld wie Heu.«

»Hast du nichts dagegen?«

Bodenstein wusste nicht genau, was Cosima mit dieser Frage meinte.

»Wieso sollte ich?«, fragte er und nahm sich in derselben Sekunde vor, Jutta Kaltensees Anrufe in Zukunft zu ignorieren. Gleichzeitig dämmerte ihm, wie weit er sich schon auf sie eingelassen hatte. Zu weit. Der bloße Gedanke an die scharfsinnige und aufregend attraktive Frau entfachte Phantasien in ihm, die sich für einen verheirateten Mann nicht gehörten.

»Ihre Familie steht doch im Fokus eurer Ermittlungen«, sagte Cosima.

»Hör dir doch einfach mal an, was sie dir anbietet«, schlug er gegen seinen Willen vor. Ihn beschlich ein unangenehmes Gefühl. Der bisher harmlose Flirt mit Jutta Kaltensee konnte leicht zu einem unkalkulierbaren Risiko werden, und so etwas brauchte er überhaupt nicht. Es war Zeit, sie freundlich, aber bestimmt in die Schranken zu weisen. So leid es ihm tat.

Obwohl die Nacht sehr kurz gewesen war, saß Pia am nächsten Morgen schon um Viertel vor sieben an ihrem Schreibtisch. Es war unumgänglich geworden, so bald wie möglich mit Siegbert Kaltensee zu sprechen, so viel war klar. Sie nippte an ihrem Kaffee, starrte auf den Bildschirm und dachte über Ostermanns Bericht und Schlussfolgerungen gestern nach. Sicher, es war denkbar, dass die Geschwister Kaltensee die Morde in Auftrag gegeben hatten. Aber zu viel passte nicht zusammen: Was sollte diese Zahl, die der Mörder an allen drei Tatorten hinterlassen hatte? Weshalb waren die Morde mit einer uralten Waffe und sechzig Jahre alter Munition verübt worden? Ein Auftragsmörder hätte wohl eher eine Waffe mit einem Schalldämpfer benutzt und sich nicht die Mühe gemacht, Anita Frings aus dem Seniorenstift in den Wald zu bugsieren. Hinter den Morden an Goldberg, Schneider und Anita Frings steckte etwas Persönliches, da war sich Pia sicher. Aber wie passte Robert Watkowiak ins Bild? Weshalb hatte seine Freundin sterben müssen? Die Antwort verbarg sich hinter einem Gewirr falscher Fährten und möglicher Tatmotive. Rachsucht war ein starkes Motiv. Thomas Ritter kannte die Familiengeschichte der Kaltensees, er war von Vera zutiefst gedemütigt und verletzt worden.

Und was war mit Elard Kaltensee? Hatte er die drei Freunde seiner Mutter erschossen – oder erschießen lassen –, weil die ihm nichts über seine wahre Herkunft verraten wollten? Er hatte ja zugegeben, dass er sie gehasst und ihnen gegenüber Mordgelüste verspürt hatte. Schließlich gab es noch Marcus Nowak, der eine ganz dubiose Rolle spielte. Sein Firmenwagen war nicht nur zur Tatzeit an Schneiders Haus gesehen worden, er selbst war auch zu der Zeit, als Watkowiak gestorben war, an dem Haus in Königstein gewesen und am Abend von Anita Frings' Ermordung im *Taunusblick*. Das konnten keine bloßen Zufälle mehr sein. Für Nowak ging es immerhin auch um viel Geld. Nowak und Elard Kaltensee waren sehr viel besser befreundet, als Kaltensee es ihnen hatte weismachen wollen. Vielleicht hatten sie beide gemeinsam die drei Morde begangen, waren möglicherweise von Watkowiak dabei gesehen worden ... oder war alles falsch, und es steckten doch die Kaltensees hinter allem? Oder jemand ganz anderes? Pia musste sich eingestehen, dass sie sich im Kreis drehte.

Die Tür ging auf, Ostermann und Behnke betraten das Büro. Im selben Augenblick piepte das Faxgerät neben Ostermanns Schreibtisch und begann zu rattern. Er stellte seine Tasche ab, zog die erste Seite heraus und studierte sie.

»Na endlich«, sagte er. »Das Labor hat Ergebnisse.«

»Lass sehen.« Gemeinsam lasen sie die sechs Seiten, die das Kriminallabor geschickt hatte. Bei der Waffe, mit der Anita Frings erschossen worden war, handelte es sich um dieselbe Waffe, aus der die tödlichen Schüsse auf Goldberg und Schneider abgefeuert worden waren. Auch die Munition war dieselbe. Die DNA, die an einem Glas und an mehreren Zigarettenkippen in Schneiders Heimkino gefunden worden waren, gehörte zu einem Mann, dessen Daten im Computer des BKA gespeichert waren. Neben der Leiche von Herrmann Schneider war mittels eines einzelnen Haares eine weibliche, aber unbekannte DNA-Spur festgestellt worden, am Spiegel aus Goldbergs Haus ein deutlicher Fingerabdruck, der leider auch nicht zugeordnet werden konnte. Ostermann loggte sich in die Datenbank ein und stellte fest, dass es sich bei dem Mann, der im Kino in Schneiders Keller gewesen war, um einen Kurt Frenzel handelte, mehrfach vorbestraft wegen Körperverletzung und Fahrerflucht.

»Das Messer, das bei Watkowiak gefunden wurde, war eindeutig die Waffe, mit der Monika Krämer getötet wurde«, sagte Pia. »Seine Fingerabdrücke waren am Griff des Messers. Aber das Sperma in ihrem Mund stammte nicht von Watkowiak, sondern von einem Unbekannten. Die Tat wurde von einem Rechtshänder ausgeführt. Die Spuren in der Wohnung stammen hauptsächlich von Monika Krämer und Robert Watkowiak, außer einigen Fasern unter ihren Fingernägeln, die nicht zugeordnet werden können, und einem Haar, das noch untersucht wird. Das Blut am Hemd von Watkowiak stammte übrigens von Frau Krämer.«

»Das klingt doch alles sehr eindeutig«, sagte Behnke. »Watkowiak hat seine Alte umgelegt. Die war ja auch nervtötend.«

Pia bedachte ihren Kollegen mit einem scharfen Blick.

»Er kann's nicht gewesen sein«, erinnerte Ostermann ihn. »Wir haben die Bänder der Überwachungskameras aus den Filialen der Taunus-Sparkasse und der Nassauischen Sparkasse, auf denen Watkowiak zu sehen ist, als er die Schecks einlösen wollte. Ich müsste die genaue Uhrzeit nachsehen, aber ich glaube, das war zwischen halb zwölf und zwölf. Monika Krämer starb laut Obduktionsbericht zwischen elf und zwölf Uhr.«

»Ihr glaubt doch wohl nicht diese Profikiller-Scheiße, die sich der Chef ausgedacht hat?«, maulte Behnke. »Welcher Profikiller legt denn so eine dämliche Alte um und wieso?«

»Um den Verdacht auf Watkowiak zu lenken«, erwiderte Pia. »Und derselbe Täter hat auch Watkowiak getötet, ihm die Tatwaffe und das Handy in den Rucksack gesteckt und das blutverschmierte Hemd angezogen.«

In diesem Moment verwarf sie innerlich ihre Nowak-Kaltensee-Theorie. Keinem von beiden traute sie einen brutalen Mord mit vorausgegangener Fellatio zu. Sie hatten es mit zwei Tätern zu tun, so viel stand fest.

»Das könnte so gewesen sein«, räumte Ostermann ein und las die Stelle aus dem Laborbericht über das Hemd vor. Es war falsch zugeknöpft, hatte nicht Watkowiaks Größe und war so neu, dass in einem Ärmel sogar noch eine Nadel steckte, wie bei original verpackten Hemden üblich.

»Wir müssen herausfinden, wo das Hemd gekauft wurde«, ordnete Pia an.

»Ich versuch's.« Ostermann nickte.

»Ach, da fällt mir was ein.« Behnke suchte in den Papierstapeln auf seinem Schreibtisch und reichte Ostermann ein Blatt. Der warf einen Blick darauf und runzelte die Stirn.

»Wann ist das gekommen?«

»Gestern irgendwann.« Behnke schaltete seinen Computer an. »Ich hab's ganz vergessen.«

»Was ist das?«, erkundigte Pia sich.

»Das Bewegungsprofil des Handys, das bei Watkowiak im Rucksack war«, erwiderte Ostermann verärgert und wandte sich an seinen Kollegen, für dessen Nachlässigkeiten er sonst immer eine Entschuldigung fand. Diesmal jedoch war er richtig sauer.

»Mensch, Frank«, rief er scharf. »Das ist wichtig, das weißt du doch! Ich warte seit Tagen darauf!«

»Mach doch keine Staatsaffäre daraus!«, entgegnete Behnke heftig. »Hast du etwa noch nie was vergessen?«

»Was einen Fall betrifft – nein! Was ist bloß los mit dir, Mann?«

Statt zu antworten, stand Behnke auf und verließ das Büro.

»Und?«, erkundigte sich Pia, ohne Behnkes Verhalten zu kommentieren. Wenn jetzt endlich auch Ostermann auffiel, dass mit Behnke irgendetwas nicht stimmte, würde er sich vielleicht darum kümmern und die Sache unter Männern klären.

»Das Handy wurde nur ein einziges Mal benutzt, und zwar zum Verschicken dieser SMS an Monika Krämer«, erwiderte Ostermann nach einem gründlichen Studium des Blattes. »Es waren keine Nummern gespeichert.«

»Ist eine Funkzelle angegeben?«, erkundigte Pia sich neugierig.

»Eschborn und Umgebung.« Ostermann schnaubte. »Ein Radius von ungefähr 3 Kilometern rings um den Sendemast. Hilft uns nicht viel weiter.«

Bodenstein stand vor seinem Schreibtisch und blickte auf die dort ausgebreiteten Tageszeitungen. Hinter ihm lag die erste unerfreuliche Begegnung des Tages mit Kriminaldirektor Nierhoff, der unmissverständlich damit gedroht hatte, eine SoKo einzurichten, sollte Bodenstein nicht sehr bald greifbare Ergebnisse liefern. Der Pressesprecher wurde mit Anrufen bombardiert, nicht nur seitens der Presse: Sogar aus dem Innenministerium hatte es eine offizielle Anfrage nach den Ermittlungsfortschritten gegeben. Die Stimmung im Team war gereizt. In keinem der fünf Mordfälle war auch nur annähernd ein Durchbruch in Sicht. Dass Goldberg, Schneider, Anita Frings und Vera Kaltensee alte Freunde aus Jugendzeiten gewesen waren, half ihnen nicht weiter. Der Mörder hatte an allen drei Tatorten keine erkennbare Spur hinterlassen, ein Täterprofil war unmöglich zu erstellen. Das beste Motiv hatten mittlerweile die Geschwister Kaltensee, aber Bodenstein widerstrebte es, sich Ostermanns Vermutungen anzuschließen.

Er faltete die Zeitungen zusammen, setzte sich hin und stützte seine Stirn in die Hand. Irgendetwas war vor ihren

Augen im Gange, etwas, das sie nicht erkannten. Ihm wollte es einfach nicht gelingen, die Morde in einen sinnvollen Zusammenhang zur Familie Kaltensee und deren Umfeld zu bringen. Falls es hier überhaupt etwas in Zusammenhang zu bringen gab. War ihm seine Fähigkeit, die richtigen Fragen zu stellen, abhandengekommen? Es klopfte an der Tür, und Pia Kirchhoff trat ein.

»Was gibt's?«, fragte er und hoffte, dass seine Kollegin ihm Selbstzweifel und Ratlosigkeit nicht anmerken würde.

»Behnke war eben bei Watkowiaks Kumpel Frenzel, dessen DNA wir in Schneiders Haus gefunden haben«, sagte sie. »Er hat Frenzels Handy mitgebracht. Watkowiak hatte ihm am Donnerstag auf die Mailbox gesprochen.«

»Und?«

»Wir wollten es uns jetzt anhören«, sagte Pia. »Übrigens: In dem Haus in der Siesmayerstraße, das Ritter neulich betreten hat, wohnt eine Frau namens Marleen Kaltensee.« Sie warf ihm einen prüfenden Blick zu. »Was ist los mit Ihnen, Chef?«

Einmal mehr hatte Bodenstein das Gefühl, sie könne ihm direkt ins Gehirn schauen.

»Wir kommen nicht weiter«, entgegnete er. »Zu viele Rätsel, zu viele Unbekannte, zu viele sinnlose Spuren.«

»So ist es doch immer.« Pia setzte sich auf den Stuhl vor seinem Schreibtisch. »Wir haben vielen Leuten viele Fragen gestellt und damit Unruhe verbreitet. Die ganze Sache entwickelt jetzt eine eigene Dynamik, auf die wir momentan zwar keinen Einfluss haben, die aber für uns arbeitet. Ich habe das sichere Gefühl, dass sehr bald etwas geschehen wird, was uns auf die richtige Spur bringt.«

»Sie sind wirklich eine Optimistin. Was, wenn Ihre gerühmte Dynamik uns die nächste Leiche beschert? Nierhoff und das Innenministerium machen mir jetzt schon enormen Druck!«

»Was erwarten die denn von uns?« Pia schüttelte den Kopf. »Wir sind doch keine Fernsehkommissare! Jetzt schauen Sie doch nicht so resigniert! Lassen Sie uns nach Frankfurt fahren, zu Ritter und zu Elard Kaltensee. Wir fragen sie nach der verschwundenen Kiste.«

Sie stand wieder auf und blickte ihn ungeduldig an. Ihre Energie wirkte ansteckend. Bodenstein fiel auf, wie unverzichtbar Pia Kirchhoff innerhalb der letzten beiden Jahre für ihn geworden war. Gemeinsam waren sie ein perfektes Team: sie diejenige, die bisweilen waghalsige Vermutungen anstellte und Dinge energisch vorantrieb, er derjenige, der sich korrekt an die Regeln hielt und sie bremste, wenn sie zu emotional wurde.

»Na kommen Sie schon, Chef«, sagte sie nun. »Keine Selbstzweifel jetzt! Wir müssen unserer neuen Vorgesetzten schließlich beweisen, was wir draufhaben!«

Da musste Bodenstein lächeln.

»Stimmt«, sagte er und erhob sich.

»... ruf mich zurück, Mann!«, ertönte die Stimme von Robert Watkowiak aus dem Lautsprecher. Er klang gehetzt. *»Die sind hinter mir her. Die Bullen glauben, ich hätte einen umgelegt, und die Gorillas von meiner Stiefmutter haben mir vor Monis Wohnung aufgelauert. Ich verschwind für 'ne Weile von hier. Ich ruf dich noch mal an.«*

Es klickte. Ostermann spulte das Band zurück.

»Wann hat Watkowiak auf die Mailbox gesprochen?«, erkundigte sich Bodenstein, der sein Formtief überwunden hatte.

»Am vergangenen Donnerstag um vierzehn Uhr fünfunddreißig«, sagte Ostermann. »Der Anruf kam von einem öffentlichen Fernsprecher in Kelkheim. Wenig später muss er gestorben sein.«

»… die Gorillas von meiner Stiefmutter haben mir vor Monis Wohnung aufgelauert …«, ertönte wieder die Stimme des toten Robert Watkowiak. Ostermann arbeitete an den Reglern und ließ die Ansage noch einmal ablaufen.

»Lassen Sie's gut sein«, sagte Bodenstein. »Was gibt es von Nowak?«

»Liegt in seinem Bettchen«, erwiderte Ostermann. »Heute Morgen von acht bis kurz nach zehn waren Oma und Papa da.«

»Nowaks Vater war bei seinem Sohn im Krankenhaus?«, fragte Pia erstaunt. »Zwei Stunden lang?«

»Ja.« Ostermann nickte. »So hat es der Kollege durchgegeben.«

»Okay.« Bodenstein räusperte sich und blickte in die Runde, in der Kriminalrätin Dr. Engel heute fehlte. »Wir sprechen noch einmal mit Vera Kaltensee und mit ihrem Sohn Siegbert. Außerdem will ich Speichelproben von Marcus Nowak, Elard Kaltensee und Thomas Ritter. Letzteren besuchen wir heute auch noch einmal. Und ich will mit Katharina Ehrmann sprechen. Frank, finden Sie heraus, wo wir die Dame antreffen können.«

Behnke nickte kommentarlos.

»Hasse, Sie machen dem Labor Dampf wegen der Lackspuren des Autos, das den Betonkübel vor Nowaks Firma gerammt hat. Ostermann, ich will mehr Informationen über Thomas Ritter haben.«

»Alles heute noch?«, fragte Ostermann.

»Bis heute Nachmittag, wenn's geht.« Bodenstein erhob sich. »Um fünf Uhr sehen wir uns hier wieder, und dann will ich Ergebnisse haben.«

Eine halbe Stunde später klingelte Pia in der Siesmayerstraße bei Marleen Kaltensee, und nachdem sie ihren Ausweis in die

Kamera über der Sprechanlage gehalten hatte, summte der Türöffner. Die Frau, die ihr und Bodenstein wenig später die Wohnungstür öffnete, war ungefähr Mitte dreißig und hatte ein unscheinbares, etwas aufgeschwemmt wirkendes Gesicht mit bläulichen Augenringen. Ihr stämmiger Körperbau mit kurzen Beinen und einem breiten Hinterteil ließ sie dicker wirken; als sie eigentlich war.

»Ich hatte Sie schon viel früher erwartet«, eröffnete sie die Unterhaltung.

»Wieso?«, fragte Pia erstaunt.

»Na ja«, Marleen Kaltensee zuckte mit den Schultern, »die Morde an den Freunden meiner Großmutter und an Robert …«

»Deswegen sind wir gar nicht da.« Pia ließ den Blick durch die geschmackvoll eingerichtete Wohnung wandern. »Wir haben gestern mit Herrn Dr. Ritter gesprochen. Den kennen Sie ja sicher, oder?«

Zu ihrer Überraschung kicherte die Frau wie ein Teenager und wurde tatsächlich rot.

»Er hat dieses Haus betreten. Eigentlich wollten wir nur von Ihnen wissen, was er von Ihnen wollte«, fuhr Pia leicht irritiert fort.

»Er wohnt hier.« Marleen Kaltensee lehnte sich gegen den Türrahmen. »Wir sind nämlich verheiratet. Ich heiße nicht mehr Kaltensee, sondern Ritter.«

Bodenstein und Pia wechselten einen verblüfften Blick. Ritter hatte gestern im Zusammenhang mit dem Cabrio zwar von seiner Frau gesprochen, aber nicht erwähnt, dass es sich dabei um die Enkelin seiner ehemaligen Chefin handelte.

»Wir sind erst ganz frisch verheiratet«, erläuterte diese nun. »Ich habe mich noch nicht richtig an meinen neuen Namen gewöhnt. Meine Familie weiß auch noch nichts von unserer

Hochzeit. Mein Mann will auf einen passenden Moment warten, bis sich die Aufregungen gelegt haben.«

»Sie meinen die Aufregungen um die Morde an den Freunden Ihrer … Großmutter?«

»Ja, genau. Vera Kaltensee ist meine Oma.«

»Und Sie sind wessen Tochter?«, wollte Pia wissen.

»Mein Vater ist Siegbert Kaltensee.«

In diesem Moment fiel Pias Blick auf das engsitzende T-Shirt der jungen Frau, und sie kombinierte richtig.

»Wissen Ihre Eltern, dass Sie in anderen Umständen sind?«

Marleen Ritter wurde zuerst rot, strahlte dann aber stolz, streckte den deutlich sichtbaren Bauch heraus und legte beide Hände darauf. Pia gelang ein Lächeln, obwohl ihr nicht danach zumute war. Noch immer, nach all den Jahren, verspürte sie in der Gegenwart einer glücklichen Schwangeren einen kleinen Stich.

»Nein«, sagte Marleen Ritter. »Wie gesagt, mein Vater hat zurzeit andere Sorgen.«

Jetzt erst schien sie sich auf ihre gute Erziehung zu besinnen.

»Kann ich Ihnen etwas zu trinken anbieten?«

»Danke, nein«, lehnte Bodenstein höflich ab. »Wir wollten eigentlich mit … Ihrem Mann sprechen. Wissen Sie, wo er sich gerade aufhält?«

»Ich kann Ihnen seine Handynummer und die Adresse der Redaktion geben.«

»Das wäre sehr freundlich.« Pia zückte ihr Notizbuch.

»Ihr Mann hat uns gestern erzählt, dass Ihre Großmutter ihn seinerzeit nach Unstimmigkeiten entlassen hat«, sagte Bodenstein. »Nach achtzehn Jahren.«

»Ja, das ist wahr.« Marleen Ritter nickte bekümmert. »Ich weiß auch nicht genau, was vorgefallen ist. Thomas verliert nie ein schlechtes Wort über Oma. Ich bin ganz sicher, dass sich alles wieder einrenkt, wenn sie erst erfährt, dass wir verheiratet sind und ein Baby erwarten.«

Pia staunte über den naiven Optimismus der Frau. Sie zweifelte sehr daran, dass Vera Kaltensee den Mann, den sie in Schimpf und Schande vom Hof gejagt hatte, wieder mit offenen Armen aufnehmen würde, nur weil er ihre Enkelin geheiratet hatte. Ganz im Gegenteil.

Elard Kaltensee zitterte am ganzen Körper, als er sein Auto Richtung Frankfurt lenkte. Konnte das, was er soeben erfahren hatte, wirklich die Wahrheit sein? Wenn ja – was erwarteten sie von ihm? Was sollte er tun? Immer wieder musste er seine schweißnassen Handflächen an seiner Hose reiben, weil ihm sonst das Lenkrad entglitten wäre. Für einen Augenblick war er versucht, das Auto mit Vollgas direkt gegen einen Betonpfeiler zu lenken, damit alles ein Ende hätte. Aber der Gedanke daran, dass er verkrüppelt überleben könnte, hielt ihn davon ab. Er tastete in der Mittelkonsole seines Autos nach dem vertrauten Döschen, bis ihm einfiel, dass er es vor zwei Tagen voller Euphorie und guter Vorsätze aus dem Fenster geworfen hatte. Wie hatte er nur annehmen können, dass er plötzlich ohne Tavor auskommen könnte? Sein seelisches Gleichgewicht war schon seit Monaten tief erschüttert, jetzt aber fühlte er sich, als ob man ihm den Boden unter den Füßen weggezogen hätte. Er wusste selbst nicht, auf welche Erkenntnis er in all den Jahren des halbherzigen Suchens gehofft hatte, aber ganz sicher nicht auf diese.

»Herrgott im Himmel«, stieß er hervor und kämpfte gegen die widerstreitenden Gefühle, die in seinem Innern ohne die Droge beängstigend heftig tobten. Alles war plötzlich unerträglich klar umrissen und schmerzhaft deutlich. Das war das richtige Leben, und er wusste nicht, ob er es überhaupt noch meistern konnte und wollte. Sein Körper und sein Gehirn verlangten nachdrücklich nach der entspannenden Wirkung des Benzodiazepam. Als er versprochen hatte, es sich abzugewöhnen, hoch und heilig, hatte er noch nicht gewusst, was er jetzt wusste. Sein ganzes Leben, seine ganze Existenz und seine Identität eine einzige Lüge! Warum?, hämmerte es schmerzhaft in seinem Kopf, und Elard Kaltensee wünschte sich verzweifelt den Mut, diese Frage der richtigen Person zu stellen. Doch schon der Gedanke daran erfüllte ihn mit der tiefen Sehnsucht, weit wegzulaufen. Jetzt konnte er noch so tun, als wisse er nichts.

Plötzlich leuchteten vor ihm rote Bremslichter auf, und er trat so heftig auf die Bremse, dass das Antiblockiersystem seines schweren Mercedes ratterte. Der Autofahrer hinter ihm hupte wild und scherte gerade noch rechtzeitig auf den Standstreifen aus, um ihm nicht mit voller Wucht in den Kofferraum zu rauschen. Der Schreck brachte Elard Kaltensee wieder zu sich. Nein, so konnte er nicht leben. Und es war ihm auch egal, wenn alle Welt erkannte, welch jämmerlicher Feigling sich hinter der glatten Fassade des weltmännischen Professors verbarg. Ein Rezept hatte er noch in seinem Koffer. Ein, zwei Tabletten, ein paar Gläser Wein würden alles erträglicher machen. Schließlich hatte er sich zu nichts verpflichtet. Das Beste wäre, jetzt ein paar Sachen einzupacken, direkt zum Flughafen zu fahren und nach Amerika zu fliegen. Für ein paar Tage, nein, besser noch für ein paar Wochen. Vielleicht sogar für immer.

»Redakteur eines Lifestyle-Magazins«, wiederholte Pia spöttisch angesichts des hässlichen Flachbaus im Hinterhof eines Möbelabhollagers im Fechenheimer Gewerbegebiet. Bodenstein und sie stiegen die schmutzige Treppe in den obersten Stock hinauf, in dem sich das Büro von Thomas Ritter befand. Ganz sicher hatte Marleen Ritter ihren Gatten noch nie hier besucht, denn spätestens an der Eingangstür dessen, was dieser euphemistisch als »Redaktion« bezeichnet hatte, wären ihr wohl Zweifel gekommen. An der billigen Glastür, die mit fettigen Fingerabdrücken übersät war, prangte ein poppigbuntes Schild mit dem Schriftzug »*Weekend*«. Die Rezeption bestand aus einem Schreibtisch, je zur Hälfte eingenommen von einer Telefonanlage und einem altertümlichen Monster von Monitor.

»Sie wünschen?« Die Empfangsdame der *Weekend* sah aus, als habe sie früher selbst einmal für die Titelseiten posiert. Die Schminke täuschte allerdings nicht darüber hinweg, dass dies wohl eine Weile her war. Ungefähr dreißig Jahre.

»Kriminalpolizei«, sagte Pia. »Wo finden wir Thomas Ritter?«

»Letztes Büro auf dem Gang links. Soll ich Sie anmelden?«

»Nicht nötig.« Bodenstein lächelte der Dame freundlich zu. Die Wände des Ganges waren mit gerahmten Titelbildern der *Weekend* gepflastert, die nackten Tatsachen wurden zwar von unterschiedlichen Mädchen präsentiert, die aber eines gemeinsam hatten: mindestens Körbchengröße Doppel D. Die letzte Tür links war geschlossen. Pia klopfte an und trat ein. Es war Ritter sichtlich peinlich, dass Bodenstein und Pia ihn in dieser Umgebung antrafen. Zwischen der luxuriösen Altbauwohnung im Westend und dem engen verqualmten Büro mit Pornofotos an den Wänden lagen Welten. Allerdings lagen auch Welten zwischen der unscheinbaren Ehefrau, die sein Kind erwartete, und der Frau, die neben ihm stand und deren blutroter Lippenstift Spuren an Ritters Mund hinterlassen hatte. Alles an ihr sah stilvoll und teuer aus, angefangen von der Kleidung über Schmuck und Schuhe bis zur Frisur.

»Ruf mich an«, sagte sie und ergriff ihre Handtasche. Sie

streifte Bodenstein und Pia mit einem kurzen, uninteressierten Blick, dann rauschte sie hinaus.

»Ihre Chefin?«, erkundigte Pia sich. Ritter stützte die Ellbogen auf den Schreibtisch und fuhr sich mit allen zehn Fingern durch das Haar. Er wirkte erschöpft und um Jahre gealtert, passend zur Tristesse seiner Umgebung.

»Nein. Was wollen Sie denn noch? Woher wissen Sie überhaupt, dass ich hier bin?« Er griff nach einem Päckchen Zigaretten und zündete sich eine an.

»Ihre Frau war so freundlich, uns die Adresse der *Redaktion* zu geben.« Ritter reagierte nicht auf Pias Sarkasmus.

»Sie haben Lippenstift im Gesicht«, fügte sie hinzu. »Falls Ihre Frau Sie so zu sehen bekommt, könnte sie falsche Schlüsse ziehen.«

Ritter fuhr sich mit dem Handrücken über den Mund. Er zögerte eine Weile mit einer Antwort, aber dann machte er eine resignierte Geste.

»Das war eine Bekannte«, sagte er. »Ich schulde ihr noch Geld.«

»Weiß Ihre Frau davon?«, fragte Pia.

Ritter starrte sie an, beinahe trotzig. »Nein. Das muss sie auch nicht.« Er zog an der Zigarette und ließ den Rauch durch die Nase entweichen. »Ich habe jede Menge zu tun. Was wollen Sie? Ich habe Ihnen doch schon alles gesagt.«

»Ganz im Gegenteil«, erwiderte Pia. »Sie haben uns das meiste verheimlicht.«

Bodenstein hielt sich schweigend im Hintergrund. Ritters Augen wanderten zwischen ihm und Pia hin und her. Gestern hatte er den Fehler gemacht, sie zu unterschätzen. Das würde ihm heute nicht mehr passieren.

»Ach ja?« Er versuchte, gelassen zu wirken, aber das nervöse Flackern in seinen Augen verriet seinen wahren Gemütszustand. »Was denn zum Beispiel?«

»Warum waren Sie am Abend des 25. April bei Herrn Goldberg, einen Tag, bevor er ermordet wurde?«, fragte Pia. »Was haben Sie mit Robert Watkowiak in der Eisdiele besprochen? Und warum hat Vera Kaltensee Sie tatsächlich entlassen?«

Mit einer fahrigen Bewegung drückte Ritter die Kippe aus. Sein Handy, das neben der Tastatur seines Computers lag, schmetterte die ersten Akkorde von Beethovens Neunter, doch er warf nicht einmal einen Blick auf das Display.

»Ach, was soll's«, sagte er plötzlich. »Ich war bei Goldberg, Schneider und der alten Frings, weil ich mit ihnen reden wollte. Vor zwei Jahren kam ich auf die Idee, eine Biographie über Vera zu schreiben. Sie war zuerst ganz begeistert und diktierte mir stundenlang, was sie über sich lesen wollte. Ich merkte nach ein paar Kapiteln, dass das stinklangweilig werden würde. Zwanzig Sätze über ihre Vergangenheit, mehr nicht. Dabei waren gerade die Vergangenheit, ihre adelige Herkunft, die dramatische Flucht mit einem kleinen Kind, der Verlust ihrer Familie und des Schlosses doch das, was den Leser interessiert, nicht irgendwelche Geschäftsabschlüsse und Wohltätigkeitskram.«

Das Handy, das zwischenzeitlich verstummt war, meldete sich mit einem einzelnen Piepton.

»Aber sie wollte nichts davon wissen. Entweder nach ihren Vorstellungen oder gar nicht. Kompromisslos wie eh und je, der alte Geier.« Ritter schnaubte verächtlich. »Ich redete auf sie ein, schlug ihr vor, aus ihrem Leben einen Roman zu machen. Veras Erlebnisse, alle Verluste, Siege, Höhepunkte und Niederlagen im Leben einer Frau, die Weltgeschichte am eigenen Leib erlebt hatte. Wir gerieten darüber in Streit. Sie verbot mir kategorisch, Nachforschungen anzustellen, sie verbot mir zu schreiben, sie wurde immer misstrauischer. Und dann kam die Sache mit der Kiste dazu. Ich machte den Fehler, Nowak zu verteidigen. Da war es aus.« Ritter seufzte.

»Mir ging es ziemlich mies«, gab er zu. »Ich hatte keine Aussicht mehr auf einen anständigen Job, eine schöne Wohnung, eine Zukunft.«

»Bis Sie Marleen geheiratet haben. Da hatten Sie alles wieder.«

»Was wollen Sie damit andeuten?«, fuhr Ritter auf, aber seine Empörung wirkte nicht echt.

»Dass Sie sich an Marleen herangemacht haben, um sich an Ihrer ehemaligen Chefin zu rächen.«

»Unsinn!«, widersprach er. »Wir haben uns rein zufällig getroffen. Ich habe mich in sie verliebt und sie sich in mich.«

»Warum haben Sie uns dann gestern nicht gesagt, dass Sie die Tochter von Siegbert Kaltensee geheiratet haben?« Pia glaubte ihm kein Wort. Im Vergleich mit der eleganten Dunkelhaarigen von vorhin zog die unscheinbare Marleen eindeutig den Kürzeren.

»Weil ich nicht angenommen habe, dass es eine Rolle spielt«, erwiderte Ritter angriffslustig.

»Ihr Privatleben interessiert uns nicht«, mischte sich Bodenstein vermittelnd ein. »Was war mit Goldberg und Watkowiak?«

»Ich wollte Informationen von ihnen.« Ritter wirkte erleichtert über den Themenwechsel und warf Pia einen feindseligen Blick zu, um sie danach völlig zu ignorieren. »Vor einer Weile trat jemand an mich heran und fragte mich, ob ich nicht doch die Biographie schreiben wolle. Allerdings über das wahre Leben der Vera Kaltensee, mit allen schmutzigen Details. Man bot mir sehr viel Geld, Informationen aus erster Hand und die Aussicht auf – Rache.«

»Wer war das?«, fragte Bodenstein. Ritter schüttelte den Kopf.

»Kann ich nicht sagen«, antwortete er. »Aber das Material, das ich bekam, war erstklassig.«

»Inwiefern?«

»Es waren Veras Tagebücher aus den Jahren 1934 bis 1943.« Ritter lächelte grimmig. »Detaillierte Hintergrundinformationen über all das, was Vera unbedingt geheim halten will. Bei der Lektüre bin ich auf jede Menge Unstimmigkeiten gestoßen, aber eins ist mir jetzt klar: Elard kann auf gar keinen Fall Veras Sohn sein. Die Tagebuchschreiberin hatte nämlich bis Dezember 1943 weder einen Verlobten noch einen Verehrer, bis dahin auch noch keinen Geschlechtsverkehr, geschweige denn ein Kind gehabt. Aber ...« Er machte eine wirkungsvolle Pause und blickte Bodenstein an. »Veras älterer Bruder Elard von Zeydlitz-Lauenburg unterhielt eine Liebesbeziehung zu einer jungen Frau namens Vicky, der Tochter des Gutsverwalters Endrikat. Sie brachte im August des Jahres 1942 einen Sohn zur Welt, der auf den Namen Heinrich Arno Elard getauft wurde.«

Bodenstein ließ diese Neuigkeit unkommentiert.

»Und weiter?«, fragte er nur. Ritter war über die ausbleibende Begeisterung merklich enttäuscht.

»Die Tagebücher wurden von einer Linkshänderin geschrieben. Vera ist Rechtshänderin«, schloss er knapp. »Und das ist der Beweis.«

»Der Beweis wofür?«, wollte Bodenstein wissen.

»Der Beweis dafür, dass Vera in Wirklichkeit nicht die ist, für die sie sich ausgibt!« Ritter hielt es nicht länger auf seinem Stuhl. »Genau wie Goldberg, Schneider und die Frings! Die vier haben irgendein düsteres Geheimnis geteilt, und ich wollte herausfinden, welches!«

»Deswegen waren Sie bei Goldberg?«, fragte Pia skeptisch. »Haben Sie wirklich gedacht, er würde Ihnen bereitwillig alles erzählen, worüber er mehr als sechzig Jahre geschwiegen hat?«

Ritter achtete nicht auf ihren Einwand.

»Ich war in Polen und habe dort recherchiert. Leider gibt es keine Zeitzeugen mehr, die man fragen könnte. Dann war ich bei Schneider und auch bei Anita – immer dasselbe!«

Er verzog angeekelt das Gesicht.

»Sie haben sich alle drei dumm gestellt, diese selbstgerechten, überheblichen alten Nazis mit ihren Kameradschaftsabenden und den ewiggestrigen Sprüchen! Ich konnte sie schon früher nicht leiden, keinen von ihnen.«

»Und als die drei Ihnen nicht geholfen haben, da haben Sie sie erschossen«, sagte Pia.

»Genau. Mit der Kalaschnikow, die ich immer dabeihabe. Nehmen Sie mich fest«, forderte Ritter sie patzig auf. Er wandte sich an Bodenstein. »Wieso hätte ich die drei umbringen sollen? Sie waren uralt, die Zeit hätte das schon für mich erledigt.«

»Und Robert Watkowiak? Was wollten Sie von dem?«

»Informationen. Ich habe ihn dafür bezahlt, dass er mir mehr über Vera erzählt, außerdem konnte ich ihm sagen, wer in Wirklichkeit sein Vater war.«

»Woher wussten Sie das denn?«, fragte Pia.

»Ich weiß eine Menge«, erwiderte Ritter herablassend. »Dass Robert der uneheliche Sohn von Eugen Kaltensee war, ist ein Märchen. Roberts Mutter war ein siebzehnjähriges polnisches Dienstmädchen auf dem Mühlenhof. Siegbert hatte sich an ihr vergriffen, bis die Ärmste schwanger wurde. Seine Eltern haben ihn sofort auf eine Uni nach Amerika geschickt und sie gezwungen, im Keller heimlich zu entbinden. Danach verschwand sie auf Nimmerwiedersehen. Ich nehme an, dass sie sie abgemurkst und irgendwo auf dem Grundstück verscharrt haben.«

Ritter sprach immer schneller, seine Augen glänzten wie im Fieber. Bodenstein und Pia hörten schweigend zu.

»Vera hätte Robert als Säugling zur Adoption freigeben

können, aber sie ließ ihn gerne darunter leiden, dass er ein bedauerlicher Fehltritt war. Gleichzeitig hat sie es genossen, wie er sie bewundert und angebetet hat! Sie war schon immer überheblich und hält sich für unantastbar. Deshalb hat sie auch die Kisten mit dem ganzen brisanten Inhalt nie vernichtet. Pech für sie, dass Elard ausgerechnet dicke Freundschaft mit einem Restaurator geschlossen hatte und auf die Idee kam, die Mühle umbauen zu lassen.«

Ritters Stimme klang hasserfüllt, und Pia wurde erst jetzt das ganze Ausmaß seiner Rachsucht und Bitterkeit bewusst.

Er lachte boshaft. »Ach ja, und Vera hat Robert auf dem Gewissen. Als Marleen sich nämlich ausgerechnet in Robert – ihren Halbbruder – verliebte, war natürlich Holland in Not! Marleen war erst vierzehn und Robert schon Mitte zwanzig. Nach dem Unfall, bei dem Marleen ihr Bein verlor, flog Robert vom Mühlenhof. Kurz darauf begann seine kriminelle Karriere.«

»Ihre Frau hat ein Bein verloren?«, fragte Pia nach und erinnerte sich daran, dass Marleen Ritter tatsächlich ihr linkes Bein beim Laufen nachgezogen hatte.

»Ja. Wie gesagt.«

Eine ganze Weile war es in dem kleinen Büro ganz still, abgesehen vom Surren des Computers. Pia wechselte einen raschen Blick mit Bodenstein, dem wie üblich nicht anzusehen war, was er dachte. Wenn Ritters Informationen auch nur ansatzweise der Wahrheit entsprachen, dann waren sie tatsächlich Sprengstoff. Hatte Watkowiak sterben müssen, weil er von Ritter die Wahrheit über seine Herkunft erfahren und Vera Kaltensee damit konfrontiert hatte?

»Wird das auch ein Kapitel in Ihrem Buch werden?«, erkundigte sich Pia. »Das hört sich für mich nämlich ziemlich riskant an.«

Ritter zögerte mit einer Antwort, dann zuckte er die Schultern.

»Das ist es auch«, sagte er, ohne sie anzusehen. »Aber ich brauche das Geld.«

»Was sagt Ihre Frau dazu, dass Sie so etwas über ihre Familie und ihren Vater schreiben? Das wird ihr doch kaum gefallen.«

Ritter presste die Lippen zu einem schmalen Strich zusammen.

»Zwischen den Kaltensees und mir herrscht Krieg«, erwiderte er pathetisch. »Und in jedem Krieg gibt es Opfer.«

»Familie Kaltensee wird sich das nicht so einfach gefallen lassen.«

»Sie haben ihre Truppen schon gegen mich in Stellung gebracht«, Ritter lächelte gezwungen. »Es gibt eine einstweilige Verfügung. Und eine Unterlassungsklage gegen mich und den Verlag. Außerdem hat mich Siegbert massiv bedroht. Er sagte, dass ich keine Freude mehr an irgendwelchen Tantiemen haben würde, sollte ich meine lügnerischen Behauptungen jemals publik machen.«

»Geben Sie uns die Tagebücher«, forderte Bodenstein ihn auf.

»Sie sind nicht hier. Außerdem sind diese Tagebücher meine Lebensversicherung. Die einzige, die ich habe.«

»Hoffentlich irren Sie sich da nicht.« Pia zog ein Röhrchen aus der Tasche. »Gegen eine Speichelprobe haben Sie sicherlich nichts einzuwenden, oder?«

»Nein, habe ich nicht.« Ritter steckte die Hände in die Gesäßtaschen seiner Jeans und musterte Pia abfällig. »Auch wenn ich mir nicht vorstellen kann, wozu das gut sein soll.«

»Damit wir Ihre Leiche schneller identifizieren können«,

entgegnete Pia kalt. »Ich fürchte nämlich, Sie unterschätzen die Gefahr, in die Sie sich begeben haben.«

Das Funkeln in Ritters Augen wurde feindselig. Er nahm Pia das Wattestäbchen aus der Hand, öffnete den Mund und fuhr mit dem Stäbchen über die Innenseite seiner Mundschleimhaut.

»Danke.« Pia nahm das Teststäbchen und verschloss die Probe ordnungsgemäß. »Morgen schicken wir unsere Kollegen bei Ihnen vorbei, die Tagebücher abholen. Und falls Sie sich in irgendeiner Weise bedroht fühlen, rufen Sie mich an. Meine Karte haben Sie ja.«

»Ich weiß nicht, ob ich Ritter das alles glaube«, sagte Pia, als sie den Parkplatz überquerten. »Der Mann ist hochgradig rachsüchtig. Sogar seine Ehe ist pure Rache.«

Plötzlich fiel ihr etwas ein, und sie blieb abrupt stehen.

»Was ist?«, fragte Bodenstein.

»Diese Frau in seinem Büro«, sagte Pia und versuchte, sich an ihre Unterhaltung mit Christina Nowak zu erinnern. »Schön, dunkelhaarig, elegant – das könnte dieselbe Frau gewesen sein, mit der Nowak sich in Königstein vor dem Haus getroffen hat!«

»Tatsächlich.« Bodenstein nickte. »Sie kam mir auch irgendwie bekannt vor. Ich komme nur nicht darauf, woher.«

Er reichte Pia den Autoschlüssel.

»Ich bin sofort wieder da.«

Er ging zurück in das Gebäude und lief die Treppen hinauf in den obersten Stock. Vor der Tür wartete er einen Moment, bis er nicht mehr wie ein Walross schnaufte, dann klingelte er. Die Empfangsdame klapperte erstaunt mit den künstlichen Wimpern, als sie ihn erblickte.

»Wissen Sie, wer die Frau war, die vorhin bei Herrn Dr. Ritter war?«, fragte er. Sie musterte ihn von Kopf bis Fuß, legte den Kopf schief und rieb Zeigefinger und Daumen der rechten Hand.

»Kann schon sein.«

Bodenstein verstand. Er zückte seine Brieftasche und holte einen Zwanzigeuroschein heraus. Die Frau zog eine verächtliche Grimasse, die erst ein Fünfziger in ein Lächeln verwandelte.

»Katharina …« Sie schnappte den Schein und hielt weiterhin die Hand hin. Bodenstein seufzte und reichte ihr auch noch den Zwanziger. Sie ließ beide Geldscheine im Schaft ihres Stiefels verschwinden.

»Ehrmann.« Sie beugte sich vor und senkte verschwörerisch die Stimme. »Aus der Schweiz. Wohnt irgendwo im Taunus, wenn sie in Deutschland ist. Fährt einen schwarzen 5er mit Züricher Kennzeichen. Und falls Sie jemanden kennen, der eine tüchtige Sekretärin sucht, denken Sie an mich. Ich hab den Laden hier nämlich echt satt.«

»Ich hör mich mal um.« Bodenstein, der das für einen Witz hielt, zwinkerte ihr zu und steckte seine Visitenkarte in die Tastatur ihres Computers. »Schicken Sie mir eine E-Mail. Mit Lebenslauf und Zeugnissen.«

Bodenstein ging eilig durch die Reihen abgestellter Autos, während er sein Handy auf inzwischen eingegangene Nachrichten prüfte. Beinahe wäre er dabei gegen einen schwarzen Kastenwagen geprallt. Pia tippte gerade eine SMS, als Bodenstein zu seinem BMW zurückkehrte.

»Miriam soll mal überprüfen, ob das stimmt, was Ritter uns gerade erzählt hat«, erklärte sie und gurtete sich an. »Vielleicht existieren noch Kirchenbücher von 1942.«

Bodenstein startete den Motor.

»Die Frau, die vorhin bei Ritter war, war Katharina Ehrmann«, sagte er.

»Ach? Etwa die mit den vier Prozent Stimmanteilen?« Pia war erstaunt. »Was hat die denn mit Ritter zu tun?«

»Fragen Sie mich was Leichteres.« Bodenstein manövrierte den BMW aus der Parklücke und drückte am Multifunktionslenkrad auf die Rückruftaste des Telefons. Wenig später meldete sich Ostermann.

»Chef, hier ist die Hölle los«, tönte seine Stimme aus dem Lautsprecher. »Nierhoff und die Neue planen eine SoKo Rentner und eine SoKo Monika.«

Bodenstein, der etwas Ähnliches schon viel früher erwartet hatte, blieb gelassen. Er warf einen Blick auf die Uhr. Halb zwei. Von der Hanauer Landstraße brauchte er um diese Uhrzeit ungefähr dreißig Minuten, wenn er den Weg über den Riederwald und den Alleenring nahm.

»Wir treffen uns in einer halben Stunde im Zaika in Liederbach zur Lagebesprechung. Das komplette K11«, sagte er zu Ostermann. »Bestellen Sie mir Carpaccio und Chicken Curry, wenn Sie vor mir da sein sollten.«

»Und mir eine Pizza!«, rief Pia vom Beifahrersitz aus.

»Mit extra Thunfisch und Sardellen«, ergänzte Ostermann. »Geht klar. Bis gleich.«

Eine ganze Weile fuhren sie schweigend, jeder mit seinen eigenen Gedanken beschäftigt. Bodenstein dachte an den Vorwurf, den ihm sein früherer Chef in Frankfurt früher häufig gemacht hatte. Er sei unflexibel und kein Teamplayer, hatte Oberkommissar Menzel behauptet, gerne vor versammelter Mannschaft. Zweifellos hatte er damit recht gehabt. Bodenstein hasste es, unnötig Zeit mit Lagebesprechungen, Kompetenzstreitigkeiten und albernen Machtdemonstrationen zu vergeuden. Nicht zuletzt deshalb war er gerne nach Hofheim gewechselt, in eine mit fünf Leuten überschaubare Abteilung. Nach wie vor war er der Meinung, dass viele Köche den Brei nur zu gründlich verderben konnten.

»Werden Sie sich auf zwei SoKos einlassen?«, fragte Pia in diesem Augenblick. Bodenstein warf ihr einen raschen Blick zu.

»Kommt drauf an unter wessen Leitung«, erwiderte er. »Es ist aber auch alles völlig verfahren. Um was geht es hier eigentlich wirklich?«

»Um die Morde an drei alten Menschen, einer jungen Frau und einem Mann«, überlegte Pia laut.

Bodenstein trat in der Höhe der Berger Straße auf die Bremse und ließ eine Gruppe junger Leute über den Zebrastreifen gehen.

»Wir stellen die falschen Fragen«, sagte er und überlegte, was Katharina Ehrmann mit Ritter zu tun haben mochte. Zwischen den beiden lief etwas, das war klar. Vielleicht kannte sie ihn von früher, als er noch für Vera Kaltensee gearbeitet hatte.

»Ob sie noch mit Jutta Kaltensee befreundet ist?«, fragte Bodenstein. Pia verstand sofort, von wem er sprach.

»Wieso ist das wichtig?«

»Woher hat Ritter die Information über Robert Watkowiaks leiblichen Vater? Das ist garantiert ein Familiengeheimnis, von dem nur sehr wenige wissen.«

»Wie soll dann Katharina Ehrmann davon wissen?«

»Sie war immerhin so vertraut mit der Familie, dass Eugen Kaltensee ihr Firmenanteile übereignet hat.«

»Besuchen wir eben Vera Kaltensee noch einmal«, schlug Pia vor. »Fragen wir sie, was in der Kiste war und weshalb sie uns wegen Watkowiak angelogen hat. Was haben wir zu verlieren?«

Bodenstein schwieg, dann schüttelte er den Kopf.

»Wir müssen sehr vorsichtig sein«, sagte er. »Auch wenn Sie Ritter nicht leiden können, will ich keine sechste Leiche riskieren, nur weil wir unüberlegte Fragen gestellt haben. Sie hatten nicht ganz unrecht damit, dass Ritter sich auf dünnem Eis bewegt.«

»Der Typ hält sich für nicht weniger unantastbar als Vera Kaltensee«, entgegnete Pia heftig. »Der ist blind vor Rachsucht, und ihm ist jedes Mittel recht, um der Familie Kaltensee an den Karren zu fahren. So ein Widerling. Der betrügt seine schwangere Frau mit dieser Katharina Ehrmann. Hundertprozentig.«

»Das glaube ich auch«, räumte Bodenstein ein. »Trotzdem, als Leiche nützt er uns wenig.«

Der größte Ansturm zur Mittagszeit war schon vorbei, als Pia und Bodenstein im Zaika eintrafen, und bis auf ein paar Geschäftsleute hatte sich das Restaurant schon wieder geleert. Die Mitarbeiter des K11 hatten sich um einen der größeren Tische in einer Ecke des mediterran gestalteten Gastraumes versammelt und waren bereits beim Essen. Nur Behnke saß mit säuerlicher Miene daneben und nippte an einem Wasser.

»Ich hab auch ein paar gute Nachrichten, Chef«, begann Ostermann, als sie am Tisch Platz genommen hatten. »Zu dem DNA-Profil, das jeweils an einem Haar bei den Leichen von Monika Krämer und Watkowiak festgestellt wurde, hat der Computer einen Spur-Spur-Treffer ausgespuckt. Bei der Aufarbeitung alter Fälle haben unsere Kollegen vom BKA Spuren ausgewertet und gespeichert. Derjenige hatte irgendetwas mit einem bisher ungeklärten Mord in Dessau am 17. Oktober 1990 und einer gefährlichen Körperverletzung in Halle am 24. März 1991 zu tun.«

Pia bemerkte Behnkes hungrigen Blick. Wieso hatte er sich nichts zu essen bestellt?

»Noch was?« Bodenstein griff nach der Pfeffermühle und würzte das Carpaccio nach.

»Ja. Ich habe was über Watkowiaks Hemd herausgefunden«, fuhr Ostermann fort. »Die Hemden dieser Marke werden in Manufaktur und ausschließlich für einen Herrenausstatter in der Schillerstraße in Frankfurt hergestellt. Die Geschäftsführerin war sehr kooperativ und hat mir Rechnungskopien zur Verfügung gestellt. Weiße Hemden in Größe 41 wurden zwischen dem 1. März und dem 5. Mai genau vierundzwanzigmal verkauft. Unter anderem ...« Er machte eine wirkungsvolle Pause, um sich die volle Aufmerksamkeit aller Anwesenden zu sichern. »... kaufte eine Anja Moormann auf Rechnung von Vera Kaltensee am 26. April fünf weiße Hemden in Größe 41.«

Bodenstein hörte auf zu kauen und richtete sich auf.

»Na, die soll sie uns jetzt mal zeigen.« Pia schob Behnke ihren Teller hin. »Nimm nur. Ich kann nicht mehr.«

»Danke«, murmelte dieser und verputzte die übrige halbe Pizza in weniger als sechzig Sekunden, als habe er seit Tagen nichts mehr gegessen.

»Was war bei den Nachbarn von Goldberg und Schneider?« Bodenstein sah Behnke an, der mit vollen Backen kaute.

»Ich habe dem Mann, der das Auto gesehen hat, drei verschiedene Logos gezeigt«, erwiderte Behnke. »Er hat nicht eine Sekunde gezögert und auf das von Nowak gezeigt. Außerdem hat er die Uhrzeit präzisiert. Er ist um zehn vor eins mit dem Hund rausgegangen, nachdem irgendein Film auf ARTE vorbei war. Um zehn nach eins ist er zurückgekommen, da war das Auto weg und das Tor der Einfahrt zu.«

»Nowak wurde um Viertel vor zwölf von den Kollegen in Kelkheim angehalten«, sagte Pia. »Er kann locker danach nach Eppenhain gefahren sein.«

Bodensteins Handy klingelte. Er warf einen Blick aufs Display und entschuldigte sich für eine Minute.

»Wenn wir morgen immer noch nicht weiter sind, haben

wir zwanzig Kollegen am Hals.« Ostermann lehnte sich zurück. »Da habe ich überhaupt keinen Bock drauf.«

»Das hat keiner von uns«, antwortete Behnke. »Aber wir können den Täter ja nicht herbeizaubern.«

»Wir haben aber jetzt mehr Anhaltspunkte und können konkretere Fragen stellen.« Pia beobachtete durch die großen Fenster ihren Chef, der mit dem Handy am Ohr auf dem Parkplatz hin und her ging. Mit wem sprach er wohl? Normalerweise verließ er zum Telefonieren nie den Raum. »Und wissen wir mehr über das Messer, mit dem Monika Krämer getötet wurde?«

»Ach ja.« Ostermann schob seinen Teller weg und suchte in den mitgebrachten Unterlagen, bis er eine der verschließbaren farbigen Plastikmappen gefunden hatte, die ein wichtiger Bestandteil seines Ablagesystems waren. So salopp er mit Pferdeschwanz, Nickelbrille und lässiger Kleidung auch wirken mochte, war Ostermann doch ein ausgesprochen strukturierter Mensch.

»Bei der Mordwaffe handelt es sich um ein Emerson Karambit Fixed Blade mit einem Skelettgriff, nachgebildetes indonesisches Design, ein taktisches Kampfmesser zur Selbstverteidigung. Emerson ist ein amerikanischer Hersteller, das Messer ist aber in verschiedenen Internetshops bestellbar und in dieser Ausführung seit 2003 auf dem Markt. Es hatte eine Seriennummer, die herausgefeilt wurde.«

»Damit scheidet Watkowiak als Täter völlig aus«, sagte Pia. »Ich fürchte, der Chef hat recht mit dem Profikiller.«

»Womit habe ich recht?« Bodenstein kehrte an den Tisch zurück und machte sich über den Rest seines nur noch lauwarmen Chicken Curry her. Ostermann wiederholte die Info über das Messer.

»Okay.« Bodenstein wischte sich den Mund an der Serviette ab und blickte ernst in die Gesichter seiner Mitarbeiter. »Hört mir zu. Ich erwarte von euch ab sofort hundert Prozent mehr Einsatz! Wir haben von Nierhoff einen Tag Galgenfrist bekommen. Bisher haben wir mehr oder weniger im Trüben gefischt, aber jetzt gibt es ein paar konkrete Spuren, die …«

Wieder klingelte sein Handy. Diesmal nahm er das Gespräch entgegen und lauschte einen Moment. Seine Miene verfinsterte sich.

»Nowak ist aus dem Krankenhaus verschwunden«, teilte er der Runde mit.

»Er sollte heute Nachmittag noch mal operiert werden«, sagte Hasse. »Vielleicht hat er Schiss gekriegt und sich aus dem Staub gemacht.«

»Woher wissen Sie das?«, fragte Bodenstein.

»Wir haben ihm heute Morgen eine Speichelprobe abgenommen.«

»Hatte er Besuch, als ihr bei ihm wart?«, erkundigte sich Pia.

»Ja«, nickte Kathrin Fachinger. »Seine Oma und sein Vater waren da.«

Pia wunderte sich erneut, dass Nowaks Vater seinen Sohn im Krankenhaus besucht haben sollte.

»So ein Großer, Kräftiger mit Schnauzbart?«, erkundigte sie sich.

»Nein.« Kathrin Fachinger schüttelte verunsichert den Kopf. »Er hatte keinen Schnauzbart, eher einen Dreitagebart. Und graue Haare, bisschen länger …«

»Na, klasse.« Bodenstein schob ruckartig seinen Stuhl zurück und sprang auf. »Das war Elard Kaltensee! Wann wollten Sie mir das mitteilen?«

»Das konnte ich doch nicht wissen!«, verteidigte sich Kathrin Fachinger. »Hätte ich mir seinen Ausweis zeigen lassen sollen?«

Bodenstein sagte nichts, aber sein Blick sprach Bände. Er legte Ostermann einen Fünfzigeuroschein hin.

»Bezahlen Sie für uns mit«, sagte er und zog sein Jackett an. »Jemand fährt auf den Mühlenhof und lässt sich von der Haushälterin die fünf Hemden zeigen. Dann will ich wissen, wann, wo und von wem dieses Messer gekauft wurde, mit dem Monika Krämer getötet wurde. Und alles über die Pleite von Nowaks Vater vor acht Jahren und ob tatsächlich ein Zusammenhang mit der Familie Kaltensee bestand. Findet Vera Kaltensee. Sollte sie in irgendeinem Krankenhaus sein, postiert zwei Beamte vor ihrem Zimmer, die protokollieren, von wem sie Besuch bekommt. Außerdem beobachten wir rund um die Uhr den Mühlenhof. Ach ja: Katharina Ehrmann geborene Schmunck wohnt irgendwo im Taunus und besitzt möglicherweise die Schweizer Staatsbürgerschaft. Alles klar?«

»Ja, spitze.« Sogar Ostermann, der normalerweise nie murrte, war alles andere als begeistert über das Pensum, das ihm aufgebrummt worden war. »Wie viel Zeit haben wir?«

»Zwei Stunden«, erwiderte Bodenstein, ohne zu lächeln. »Aber nur, wenn eine Stunde nicht reicht.«

Er war schon fast zur Tür hinaus, als ihm noch etwas einfiel.

»Was ist mit dem Durchsuchungsbeschluss für Nowaks Firma?«

»Kriegen wir heute«, antwortete Ostermann. »Samt Haftbefehl.«

»Gut. Das Foto von Nowak geht an die Presse und sollte heute noch im Fernsehen gezeigt werden. Geben Sie keine Information, weshalb wir ihn suchen, denken Sie sich etwas aus. Dass er dringend irgendwelche Medikamente braucht oder so etwas.«

»Wer hat vorhin angerufen?«, erkundigte sich Pia, als sie im Auto saßen. Bodenstein überlegte kurz, ob er es seiner Kollegin sagen sollte.

»Jutta Kaltensee«, antwortete er schließlich. »Sie hat mir angeblich etwas Wichtiges zu sagen und will mich heute Abend treffen.«

»Hat sie gesagt, um was es geht?«, fragte Pia.

Bodenstein sah starr geradeaus und ging vom Gas, als er das Ortsschild von Hofheim passierte. Bisher hatte er Cosima noch nicht erreicht, um sie zu fragen, wie ihr Mittagessen mit Jutta Kaltensee verlaufen war. Was für ein Spiel spielte diese Frau? Er fühlte sich nicht wohl bei dem Gedanken, mit ihr allein zu sein. Allerdings musste er ihr dringend ein paar Fragen stellen. Über Katharina Ehrmann. Und über Dr. Ritter. Bodenstein verwarf den Gedanken, Pia um ihre Begleitung zu bitten. Er würde schon selbst mit Jutta fertig werden.

»Kuckuck!«, rief Pia in diesem Moment, und er zuckte zusammen.

»Wie bitte?«, fragte er irritiert. Er bemerkte den eigenartigen Blick seiner Kollegin, hatte aber ihre Frage nicht mitbekommen.

»Entschuldigung. Ich war in Gedanken. Jutta und Siegbert Kaltensee haben mir Theater vorgespielt, an dem Abend, an dem ich auf dem Mühlenhof mit ihnen gesprochen habe.«

»Wieso sollten sie das tun?« Pia war erstaunt.

»Vielleicht, um mich von dem abzulenken, was Elard vorher gesagt hatte.«

»Und was war das?«

»Ja, was, was, was! Ich weiß es eben nicht mehr genau!«, stieß Bodenstein ungewohnt heftig hervor und ärgerte sich gleichzeitig über sich selbst. Er war nicht hundertprozentig bei der Sache. Und hätte er nicht in den letzten Tagen immer wieder mit Jutta Kaltensee telefoniert, so würde er sich jetzt besser an jenes Gespräch auf dem Mühlenhof erinnern. »Es ging um Anita Frings. Elard Kaltensee hatte mir gesagt, dass seine Mutter um halb acht über deren Verschwinden informiert wurde und gegen zehn über ihren Tod.«

»Das haben Sie mir gar nicht erzählt«, sagte Pia mit deutlichem Vorwurf in der Stimme.

»Doch! Das habe ich!«

»Nein, haben Sie nicht! Das bedeutet nämlich, dass Vera Kaltensee genug Zeit hatte, ihre Leute in den *Taunusblick* zu schicken, um das Zimmer von Anita Frings auszuräumen!«

»Ich hab's Ihnen erzählt«, beharrte Bodenstein. »Ganz sicher.«

Pia schwieg daraufhin und überlegte angestrengt, ob das stimmte.

Am Krankenhaus stellte Bodenstein das Auto im Wendehammer ab, ohne sich um die Proteste des jungen Mannes an der Information zu kümmern. Der Beamte, der Nowak überwachen sollte, gestand mit belämmerter Miene ein, dass er sich zweimal hatte übertölpeln lassen. Vor ungefähr einer Stunde sei ein Arzt aufgetaucht und habe Nowak zu einer Untersuchung abgeholt. Eine der Stationsschwestern hatte ihm sogar noch dabei geholfen, das Bett in den Aufzug zu schieben. Da ihm der Arzt versichert hatte, Nowak sei in etwa zwanzig Minuten vom Röntgen zurück, hatte der Beamte sich wieder auf den Stuhl neben der Zimmertür gesetzt.

»Die Anweisung, ihn nicht aus den Augen zu lassen, war doch wohl eindeutig«, sagte Bodenstein eisig. »Ihre Bequemlichkeit wird für Sie Konsequenzen haben, das kann ich Ihnen versprechen!«

»Was war mit dem Besuch heute Morgen?«, wollte Pia wissen. »Wie sind Sie darauf gekommen, dass der Mann Nowaks Vater war?«

»Die Oma hat gesagt, er wäre ihr Sohn«, antwortete der Beamte mürrisch. »Damit war das für mich klar.«

Die Stationsärztin, die Pia von ihrem ersten Besuch kannte, kam den Flur entlanggelaufen und teilte Bodenstein und Pia besorgt mit, dass Nowak ernsthaft in Gefahr sei, denn außer dem Trümmerbruch an der Hand habe er durch einen Messerstich eine Leberverletzung erlitten, mit der nicht zu spaßen sei.

Leider waren die Angaben des Beamten, der auf Nowak hatte aufpassen sollen, nicht besonders hilfreich.

»Der Arzt hatte so eine Haube auf und grüne Klamotten an«, sagte er lahm.

»Herrje! Wie sah er aus? Alt, jung, dick, dünn, Glatze, Vollbart – irgendetwas muss Ihnen doch aufgefallen sein!« Bodenstein war kurz davor, die Beherrschung zu verlieren. Genau einen solchen Fehler hatte er vermeiden wollen, erst recht, seit Dr. Nicola Engel nur zu begierig auf sein Versagen zu lauern schien.

»Er war so vierzig oder fünfzig, würde ich schätzen«, erinnerte sich der Beamte endlich. »Außerdem hatte er, glaube ich, eine Brille.«

»Vierzig? Fünfzig? Oder sechzig? Vielleicht war es auch eine Frau?«, fragte Bodenstein sarkastisch. Sie standen in der Eingangshalle des Krankenhauses, wo inzwischen die Bereitschaftspolizei eingetroffen war. Vor den Aufzügen gab der Einsatzleiter seinen Beamten Anweisungen. Funkgeräte rauschten, neugierige Patienten drängten sich zwischen die Polizisten, die sich nun formierten, um Stockwerk um Stockwerk nach dem verschwundenen Marcus Nowak abzusuchen. Die Streife, die Pia bei Nowak zu Hause vorbeigeschickt hatte, meldete sich und teilte mit, dass er dort nie eingetroffen sei.

»Ihr bleibt vor dem Firmentor stehen und meldet euch kurz

vor Schichtende, damit wir die Ablösung schicken können«, wies Pia den Kollegen an.

Bodensteins Handy klingelte. Man hatte das leere Krankenbett in einem Untersuchungsraum im Erdgeschoss direkt neben einem Notausgang gefunden. Die letzte Hoffnung, dass sich Nowak noch irgendwo im Gebäude aufhalten könnte, war hinüber: Blutspuren führten aus dem Raum, den Flur entlang bis hinaus ins Freie.

»Das war's dann wohl.« Resigniert wandte sich Bodenstein an Pia. »Kommen Sie, wir fahren zu Siegbert Kaltensee.«

Elard Kaltensee war ein glänzender Theoretiker, aber kein Mann der Tat. Zeit seines Lebens hatte er sich vor Entscheidungen gedrückt und sie anderen Menschen in seinem Umfeld überlassen, doch diesmal hatte die Situation sein sofortiges Handeln erfordert. So schwer es ihm gefallen war, seinen Plan in die Tat umzusetzen: Es ging nicht länger mehr nur um ihn, doch nur er konnte diese Sache ein für alle Mal zu Ende bringen. Mit dreiundsechzig Jahren – nein, vierundsechzig, verbesserte er sich in Gedanken – hatte er endlich den Mut gefunden, die Dinge in die Hand zu nehmen. Er hatte die vermaledeite Kiste aus seiner Wohnung geschafft, das Kunsthaus vorübergehend geschlossen, alle Mitarbeiter nach Hause geschickt, online die Flüge gebucht und gepackt. Und eigenartigerweise ging es ihm plötzlich besser als je zuvor, auch ohne Tabletten. Er fühlte sich um Jahre verjüngt, entschlossen und tatkräftig. Elard Kaltensee lächelte. Vielleicht war es sein Vorteil, dass sie ihn alle für einen Feigling hielten, ihm traute niemand etwas Derartiges zu. Mal abgesehen von dieser Polizistin, aber auch sie hatte sich auf eine falsche Fährte locken lassen. Vor dem Tor des Mühlenhofs stand ein Streifenwagen, aber nicht einmal dieses unerwartete Hindernis konnte ihn erschüttern. Wenn er Glück hatte, kannte die Polizei die Zufahrt zum Hof über Lorsbach durchs Fischbachtal nicht, und er konnte ungesehen ins Haus gelangen. Eine Begegnung mit der Polizei pro Tag reichte ihm voll und ganz, außerdem würde ihn das Blut auf dem Beifahrersitz unweigerlich in Erklärungsnot bringen. Er horchte auf und drehte das Radio lauter. »*... bittet die Polizei um Ihre Mithilfe. Seit dem Nachmittag wird der vierunddreißigjährige Marcus Nowak vermisst. Er ist aus dem Krankenhaus in Hofheim verschwunden und dringend auf lebensnotwendige Medikamente angewiesen ...*« Elard Kaltensee schaltete das Radio ab und lächelte zufrieden. Sollten sie getrost suchen. Er wusste, wo Nowak war. So schnell würde ihn niemand finden, dafür hatte er gesorgt.

Die Konzernzentrale der KMF befand sich in direkter Nähe zum Finanzamt am Hofheimer Nordring. Bodenstein hatte es vorgezogen, sich nicht bei Siegbert Kaltensee anzukündigen, und präsentierte dem Pförtner kommentarlos seinen Ausweis. Ein Mann in dunkler Uniform starrte ausdruckslos ins Auto und ließ den Schlagbaum hoch.

»Ich wette ein Monatsgehalt, dass wir da drüben die Leute finden, die Nowak überfallen haben«, bemerkte Pia und wies auf ein unscheinbares Gebäude mit dem diskreten Firmenschild »K-Secure«. Auf dem eingezäunten Parkplatz daneben parkten mehrere schwarze VW-Busse und Mercedes-Transporter mit verdunkelten Scheiben. Bodenstein verlangsamte die Fahrt, und Pia las auf einigen Fahrzeugen die Werbeaufschrift »*K-Secure – Objekt-, Werk- und Personenschutz, Geld- und Werttransporte*«. Die Kratzer vom Betonblumenkübel vor Auguste Nowaks Haus waren sicher längst repariert worden, aber sie waren auf der richtigen Spur. Das Kriminallabor hatte die Lackspuren eindeutig einem Produkt aus dem Hause Mercedes-Benz zugeordnet.

Die Sekretärin von Siegbert Kaltensee, die problemlos bei *Germany's Next Topmodel* in die letzte Runde gekommen wäre, kündigte ihnen eine längere Wartezeit an – der Chef sei in einer wichtigen Geschäftsbesprechung mit Kunden aus Übersee. Pia erwiderte ihren herablassenden Blick mit einem Lächeln und fragte sich, wie jemand den ganzen langen Tag mit solchen Absätzen herumlaufen konnte.

Siegbert Kaltensee ließ seine Überseekunden offenbar sitzen und erschien innerhalb von drei Minuten.

»Wir haben gehört, dass Sie einige Veränderungen planen, was die Firma anbelangt«, sagte Bodenstein, nachdem die Sekretärin Kaffee und Mineralwasser serviert hatte. »Sie wollen angeblich verkaufen, was Sie bisher nicht konnten, da einige der Anteilsinhaber ihre Sperrminorität ausgeübt haben.«

»Ich weiß nicht, woher Sie diese Informationen haben«, entgegnete Siegbert Kaltensee gelassen. »Außerdem ist die Angelegenheit etwas komplexer, als es wohl dargestellt wurde.«

»Aber es stimmt doch, dass Sie für Ihr Vorhaben keine Mehrheit hatten?«

Siegbert Kaltensee lächelte und stützte die Ellbogen auf die Schreibtischplatte. »Worauf wollen Sie hinaus? Doch nicht etwa darauf, dass ich Goldberg, Schneider und Anita Frings habe umbringen lassen, um als Geschäftsführer der KMF an ihre Anteile zu gelangen?«

Bodenstein lächelte ebenfalls. »Jetzt sind Sie es, der die Sache ein wenig vereinfacht ausgedrückt hat. Aber in diese Richtung zielte meine Frage.«

»Tatsächlich haben wir vor einigen Monaten die Firma von einer Wirtschaftsprüfungsgesellschaft bewerten lassen«, sagte Siegbert Kaltensee. »Natürlich gibt es immer wieder Investoren, die Appetit auf eine gesunde, gut aufgestellte Firma haben, die auch noch Weltmarktführer auf ihrem Gebiet ist und einige hundert Patente besitzt. Die Bewertung fand allerdings nicht aus dem Grund statt, weil wir verkaufen wollen, sondern weil wir in naher Zukunft einen Börsengang planen. Die KMF soll völlig umstrukturiert werden, um sich den Erfordernissen des Marktes anzupassen.«

Er lehnte sich zurück.

»Ich werde im Herbst sechzig. Niemand aus der Familie zeigt Interesse an der Firma, deshalb muss ich früher oder später das Ruder einem Fremden überlassen. Spätestens dann möchte ich die Familie aus der Firma herausnehmen. Sicher wissen Sie über die testamentarische Verfügung meines Vaters Bescheid. Mit Ablauf des Jahres verliert sie an Gültigkeit, dann können wir endlich die Betriebsform der Firma verändern. Aus der GmbH soll eine Aktiengesellschaft werden, und das innerhalb der nächsten zwei Jahre. Niemand von uns wird für seine Anteile Millionen kassieren. Natürlich habe ich alle Anteilseigner persönlich und ausführlich über diese Pläne informiert, selbstverständlich auch die Herren Goldberg und Schneider und Frau Frings.«

Siegbert Kaltensee lächelte wieder.

»Darum ging es übrigens auch bei dem Gespräch letzte Woche im Hause meiner Mutter, als Sie wegen Robert zu uns gekommen sind.«

Das klang alles schlüssig. Das Mordmotiv von Siegbert und Jutta Kaltensee, das weder Bodenstein noch Pia für wirklich relevant gehalten hatten, löste sich damit in Luft auf.

»Kennen Sie Katharina Ehrmann?«, fragte sie.

»Natürlich.« Siegbert Kaltensee nickte. »Katharina und meine Schwester Jutta sind eng befreundet.«

»Weshalb hat Frau Ehrmann von Ihrem Vater damals Firmenanteile erhalten?«

»Das entzieht sich meiner Kenntnis. Katharina ist quasi auf dem Mühlenhof aufgewachsen. Ich nehme an, mein Vater wollte damit meine Mutter ärgern.«

»Wussten Sie, dass Katharina Ehrmann ein Verhältnis mit Dr. Ritter, dem ehemaligen Assistenten Ihrer Mutter, hat?«

Eine steile Unmutsfalte erschien zwischen Kaltensees Augenbrauen.

»Nein, das ist mir nicht bekannt«, räumte er ein. »Es ist mir auch ziemlich egal, was dieser Mann tut. Er hat einen schlechten Charakter. Leider hat meine Mutter viel zu lange nicht erkannt, dass er immer versucht hat, sie gegen die Familie aufzubringen.«

»Er schreibt an einer Biographie über Ihre Mutter.«

»Er *hat* daran geschrieben«, korrigierte Kaltensee kühl. »Unsere Anwälte haben ihm das untersagt. Außerdem hat er sich bei Beendigung des Beschäftigungsverhältnisses vertraglich verpflichtet, über alle Familieninterna Stillschweigen zu bewahren.«

»Was passiert, wenn er dagegen verstößt?«, fragte Pia neugierig.

»Die Konsequenzen werden für ihn ausgesprochen unangenehm sein.«

»Was haben Sie eigentlich gegen eine Biographie Ihrer Mutter einzuwenden?«, erkundigte sich Bodenstein. »Sie ist eine bemerkenswerte Frau mit einer großartigen Lebensleistung.«

»Wir haben überhaupt nichts dagegen einzuwenden«, antwortete Kaltensee. »Aber meine Mutter möchte sich ihren Biographen selbst aussuchen. Ritter hat sich allerhand abstruses Zeug aus den Fingern gesogen, einzig, um sich für vermeintlich erlittenes Unrecht an meiner Mutter zu rächen.«

»Zum Beispiel, dass Goldberg und Schneider früher Nazis waren und mit einer falschen Identität gelebt haben?«, fragte Pia.

Wieder lächelte Siegbert Kaltensee unverbindlich. »In den Lebensläufen zahlreicher erfolgreicher Unternehmer aus der

Nachkriegszeit werden Sie Verbindungen zum Naziregime finden«, entgegnete er. »Auch mein Vater hatte zweifellos vom Krieg profitiert, schließlich war seine Firma ein Rüstungsbetrieb. Darum geht es nicht.«

»Worum dann?«, fragte Bodenstein.

»Ritter stellt wilde Spekulationen an, die den Straftatbestand der Verleumdung und der üblen Nachrede erfüllen.«

»Wie können Sie das wissen?«, erkundigte sich Pia

Siegbert Kaltensee zuckte die Achseln und schwieg.

»Uns ist zu Ohren gekommen, dass man damals Ihren Bruder Elard verdächtigte, Ihren Vater die Treppe hinuntergestoßen zu haben. Schreibt Ritter auch darüber etwas in seinem Buch?«

»Ritter schreibt kein Buch«, entgegnete Siegbert Kaltensee. »Davon abgesehen glaube ich bis heute, dass Elard es war. Er konnte meinen Vater nie leiden. Dass er Firmenanteile bekommen hat, ist der blanke Hohn.«

Seine glatte Fassade der Selbstsicherheit zeigte erste Risse. Woher rührte seine offensichtliche Abneigung gegen den älteren Halbbruder? War es Eifersucht auf dessen Aussehen und seinen Erfolg bei Frauen, oder steckte mehr dahinter?

»Genaugenommen gehört Elard nicht mal zur Familie. Trotzdem profitiert er seit Jahrzehnten wie selbstverständlich von meiner Arbeit, die in seinen Augen nur eine verachtenswerte, sinnentleerte Jagd nach dem schnöden Mammon ist.« Er lachte gallig. »Ich würde meinen hochgeistigen, feinsinnigen Bruder gerne mal ohne Geld erleben, mittellos und auf sich selbst gestellt! Der Herr Kunstprofessor ist nämlich kein besonders lebenstüchtiger Mensch.«

»So ähnlich wie Robert Watkowiak?«, fragte Pia. »Berührt Sie sein Tod eigentlich gar nicht?«

Siegbert Kaltensee hob die Augenbrauen und fand zu seiner gelassenen Haltung zurück.

»Wenn ich ehrlich bin, nein. Ich habe mich oft genug dafür geschämt, dass er mein Halbbruder war. Meine Mutter war lange zu nachsichtig mit ihm.«

»Vielleicht, weil er ihr Enkelsohn war«, bemerkte Bodenstein beiläufig.

»Wie bitte?« Kaltensee richtete sich auf.

»Uns ist in den letzten Tagen so einiges zu Ohren gekommen«, erwiderte Bodenstein. »Unter anderem, dass in Wirklichkeit *Sie* der Vater von Watkowiak waren. Seine Mutter sei ein Dienstmädchen Ihrer Eltern gewesen. Nachdem Ihre Eltern von diesem nicht standesgemäßen Verhältnis Wind bekamen, wurden Sie nach Amerika geschickt, und Ihr Vater hat den Fauxpas auf sich genommen.«

Siegbert Kaltensee verschlug diese Behauptung buchstäblich die Sprache. Er fuhr sich mit der Hand nervös über die Glatze.

»Mein Gott«, murmelte er und erhob sich. »Ich hatte tatsächlich eine Affäre mit dem Dienstmädchen meiner Eltern. Sie hieß Danuta, war ein paar Jahre älter als ich und sehr hübsch.«

Er ging in seinem Büro hin und her.

»Mir war es ernst mit ihr, wie das so ist, wenn man sechzehn ist. Meine Eltern waren natürlich nicht begeistert und schickten mich nach Amerika, damit ich auf andere Gedanken käme.«

Unvermittelt blieb er stehen.

»Als ich nach acht Jahren mit Universitätsabschluss, Frau und Tochter zurückkam, hatte ich Danuta ganz vergessen.«

Er trat an das Fenster und starrte hinaus. Dachte er an all die Zurückweisungen und Versäumnisse, die seinen angeblichen Halbbruder erst in die Kriminalität und dann in den Tod getrieben hatten?

»Wie geht es übrigens Ihrer Mutter?«, wechselte Bodenstein das Thema. »Und wo ist sie? Wir müssen nämlich dringend mit ihr sprechen.«

Siegbert Kaltensee wandte sich um und nahm mit bleichem Gesicht wieder hinter dem Schreibtisch Platz. Geistesabwesend malte er mit einem Kugelschreiber Figuren auf einen Schreibblock.

»Sie ist derzeit nicht ansprechbar«, sagte er leise. »Die Ereignisse der letzten Tage haben sie sehr mitgenommen. Die Morde, die Robert begangen hat, und zuletzt die Nachricht von seinem Selbstmord, das war einfach zu viel für sie.«

»Watkowiak hat die Morde nicht begangen«, erwiderte Bodenstein. »Und sein Tod war auch kein Selbstmord. Bei der Obduktion wurde zweifelsfrei festgestellt, dass er durch Fremdeinwirkung gestorben ist.«

»Durch Fremdeinwirkung?«, fragte Kaltensee ungläubig. Die Hand, mit der er den Kugelschreiber hielt, zitterte leicht. »Aber wer … und warum? Wer sollte Robert denn ermorden wollen?«

»Das fragen wir uns auch. Wir haben bei ihm die Waffe gefunden, mit der seine Freundin zuvor getötet wurde, aber er war nicht ihr Mörder.«

In das Schweigen klingelte das Telefon auf dem Schreibtisch. Siegbert Kaltensee hob ab, verbat sich barsch jegliche Störung und legte wieder auf.

»Können Sie sich vorstellen, wer die drei Freunde Ihrer Mutter umgebracht hat und was die Zahl 16145 bedeuten könnte?«

»Diese Zahl sagt mir nichts«, erwiderte Kaltensee und dachte kurz nach. »Ich will niemanden zu Unrecht verdächtigen, aber ich weiß von Goldberg, dass Elard ihn in den letzten Wochen massiv unter Druck gesetzt hat. Mein Bruder wollte nicht akzeptieren, dass Goldberg nichts über seine Vergangenheit wusste, schon gar nicht über seinen leiblichen

Vater. Und auch Ritter hatte Goldberg wiederholt besucht. Ihm traue ich drei Morde ohne weiteres zu.«

Pia hatte es nur selten erlebt, dass jemand so deutlich einen Mordverdacht äußerte. Sah Siegbert Kaltensee seine Chance, den beiden Männern, mit denen er jahrelang um die Gunst seiner Mutter rivalisiert hatte und die er aus tiefstem Herzen verabscheute, eins auszuwischen? Was würde geschehen, wenn Kaltensee erfuhr, dass Ritter nicht nur sein Schwiegersohn war, sondern auch der Vater seines Enkelkindes sein würde?

»Goldberg, Schneider und Frings sind mit einer Weltkriegswaffe und alter Munition erschossen worden. Woher sollte Ritter die haben?«, wandte sie nun ein. Kaltensee musterte sie eindringlich.

»Sie haben doch sicher auch die Geschichte von der verschwundenen Kiste gehört«, sagte er. »Ich habe mir Gedanken darüber gemacht, was sie wohl enthalten hat. Was, wenn es Hinterlassenschaften meines Vaters waren? Er war Mitglied der NSDAP und außerdem bei der Wehrmacht gewesen. Vielleicht hat Ritter die Kiste mit seiner Waffe unterschlagen.«

»Wie denn das? Er durfte doch seit diesem Vorfall den Mühlenhof gar nicht mehr betreten«, warf Pia ein. Siegbert Kaltensee ließ sich nicht verunsichern.

»Ritter schert sich nicht um Verbote«, sagte er nur.

»Wusste Ihre Mutter, was in der Kiste war?«

»Davon gehe ich aus. Sie sagt aber nichts. Und wenn meine Mutter etwas nicht sagen will, dann tut sie es nicht.« Kaltensee lachte gehässig. »Schauen Sie sich nur meinen Bruder an, der seit sechzig Jahren verzweifelt auf der Suche nach seinem Erzeuger ist.«

»Gut.« Bodenstein lächelte und erhob sich. »Danke, dass Sie uns Ihre Zeit geopfert haben. Ach, nur noch eine Frage:

Auf wessen Anweisung haben die Leute von Ihrem Werkschutz Marcus Nowak gefoltert und zusammengeschlagen?«

»Wie bitte?« Kaltensee schüttelte irritiert den Kopf. »Wen?«

»Marcus Nowak. Der Restaurator, der damals den Umbau der Mühle vorgenommen hat.«

Kaltensee runzelte nachdenklich die Stirn, dann schien es ihm einzufallen.

»Ach, der«, sagte er. »Mit seinem Vater hatten wir seinerzeit große Probleme. Seine schlampige Arbeit beim Bau des Verwaltungsgebäudes hat uns viel Geld gekostet. Aber was soll unser Werkschutz bei seinem Sohn gewollt haben?«

»Das würde uns auch interessieren«, sagte Bodenstein. »Haben Sie etwas dagegen, wenn sich unsere Kriminaltechniker Ihre Fahrzeuge anschauen?«

»Nein«, erwiderte Kaltensee, ohne zu zögern und ein bisschen amüsiert. »Ich rufe Herrn Améry an, den Geschäftsführer von K-Secure. Er wird Ihnen zur Verfügung stehen.«

Henri Améry war Mitte dreißig, ein gutaussehender südländischer Typ, schlank und braungebrannt, das kurzgeschnittene schwarze Haar nach hinten gekämmt. Er trug ein weißes Hemd, einen dunklen Anzug und italienische Schuhe und hätte gut und gerne Börsenmakler, Anwalt oder Banker sein können. Mit einem zuvorkommenden Lächeln überreichte er Bodenstein eine Liste seiner Mitarbeiter, vierunddreißig an der Zahl inklusive ihm selbst, und beantwortete anstandslos alle Fragen. Seit anderthalb Jahren war er Chef der K-Secure. Den Namen Nowak hatte er nie gehört und schien ehrlich überrascht, als er von einem angeblichen Geheimeinsatz seiner Leute erfuhr. Gegen eine Untersuchung der Fahrzeuge hatte er nichts einzuwenden und legte gleich eine zweite Liste vor, auf denen alle Firmenfahrzeuge mit Kennzeichen, Typ,

Tag der ersten Zulassung und Kilometerstand aufgeführt waren. Während Bodenstein noch mit ihm sprach, meldete sich Miriam auf Pias Handy. Sie war auf dem Weg nach Doba, dem ehemaligen Doben, zu dessen Amtsbereich das Dorf Lauenburg und das Gut gehört hatten.

»Ich treffe mich morgen früh mit einem Mann, der bis 1945 auf dem Gut der Zeydlitz-Lauenburgs als polnischer Zwangsarbeiter gearbeitet hat«, berichtete sie. »Die Archivarin kennt ihn. Er lebt in einem Altersheim in Wegorzewo.«

»Das hört sich gut an.« Pia sah ihren Chef aus dem Büro der K-Secure kommen. »Achte auf die Namen Endrikat und Oskar, denk dran!«

»Klar, mach ich«, erwiderte Miriam. »Bis später.«

»Und?«, erkundigte sich Bodenstein, als Pia das Handy zugeklappt hatte. »Was halten Sie von Siegbert Kaltensee und diesem Améry?«

»Siegbert hasst seinen Bruder und Ritter«, analysierte Pia. »Sie waren in seinen Augen Konkurrenten um die Gunst seiner Mutter. Hat Ihre Schwiegermutter nicht gesagt, Vera habe ihren Assistenten geradezu vergöttert? Und Elard wohnt sogar auf dem Mühlenhof, sieht Klassen besser aus als Siegbert und hatte zumindest früher ein amouröses Abenteuer nach dem anderen.«

»Hm.« Bodenstein nickte nachdenklich. »Und dieser Améry?«

»Hübsches Bürschchen, etwas zu glatt für meinen Geschmack«, urteilte Pia. »Ein bisschen sehr hilfsbereit außerdem. Wahrscheinlich steht das Auto, mit dem seine Leute bei Nowak waren, überhaupt nicht auf der Liste. Die Untersuchung können wir dem Steuerzahler ersparen.«

Im Kommissariat erwartete sie Ostermann mit jeder Menge Neuigkeiten: Vera Kaltensee lag weder in Hofheim noch in Bad Soden im Krankenhaus. Von Nowak gab es keine Spur;

immerhin war der Durchsuchungsbeschluss endlich da. Vor dem Tor des Mühlenhofs und vor Nowaks Firma waren Streifenwagen postiert worden. Die Hemden, die Behnke sich von Frau Moormann hatte zeigen lassen, gehörten Elard Kaltensee. Behnke war mittlerweile in Frankfurt auf der Suche nach dem Professor, doch das Kunsthaus war noch immer geschlossen. Ostermann hatte über Finanzamt, Einwohnermeldeamt und POLAS herausgefunden, dass Katharina Ehrmann, früher Schmunck, geboren am 19. 7. 1964 in Königstein, deutsche Staatsbürgerin mit ständigem Wohnsitz in Zürich/Schweiz, als zweiten Wohnsitz eine Adresse in Königstein angegeben hatte. Sie war selbständige Verlegerin, einkommenssteuerpflichtig in der Schweiz, hatte keine Vorstrafen.

Bodenstein hatte Ostermann schweigend zugehört. Er warf einen Blick auf die Uhr. Gleich Viertel nach sechs. Um halb acht wartete Jutta Kaltensee im Gasthaus Rote Mühle in der Nähe von Kelkheim auf ihn.

»Verlegerin«, wiederholte er. »War sie es vielleicht, die Ritter mit dem Schreiben der Biographie beauftragt hat?«

»Werde ich überprüfen.« Ostermann machte sich eine Notiz.

»Und geben Sie eine Fahndung raus«, fügte Bodenstein hinzu. »Nach Professor Elard Kaltensee und seinem Auto.«

Er bemerkte Pias zufriedenen Gesichtsausdruck. Offenbar hatte sie mit ihrem Verdacht richtiggelegen.

»Morgen früh um sechs Uhr durchsuchen wir Nowaks Firma und Wohnung. Organisieren Sie das, Frau Kirchhoff. Ich will mindestens zwanzig Leute dabeihaben, das übliche Team.«

Pia nickte. Das Telefon klingelte, Bodenstein nahm ab. Behnke hatte den Hausmeister des Kunsthauses aufgetrieben. Dieser hatte Elard Kaltensee am Mittag geholfen, eine Kiste und zwei Reisetaschen ins Auto zu laden.

»Außerdem habe ich erfahren, dass der Professor noch ein Büro an der Universität hat«, schloss Behnke. »Im Campus Westend. Da fahre ich jetzt hin.«

»Was für ein Auto fährt er?« Bodenstein drückte auf die Lautsprechertaste, damit Ostermann mithören konnte.

»Moment.« Behnke sprach mit jemandem, dann wieder in sein Telefon. »Einen schwarzen S-Klasse Mercedes, Kennzeichen MTK-EK 222.«

»Danke. Halten Sie Ostermann und Frau Kirchhoff auf dem Laufenden. Falls Sie Kaltensee antreffen, nehmen Sie ihn fest und bringen ihn hierher«, sagte Bodenstein. »Ich will heute noch mit ihm sprechen.«

»Trotzdem Fahndung?«, erkundigte sich Ostermann, als Bodenstein aufgelegt hatte.

»Natürlich«, antwortete dieser und wandte sich zum Gehen. »Und dass mir von euch heute keiner Feierabend macht, ohne sich telefonisch abzumelden.«

Thomas Ritter blickte erschöpft auf die fertige Rohfassung des Manuskripts. Nach vierzehn Stunden und zwei Schachteln Marlboro, nur unterbrochen von den Kripoleuten und Katharina, hatte er es geschafft. Dreihundertneunzig Seiten schmutzige Wahrheit über die Familie Kaltensee und ihre vertuschten Verbrechen! Dieses Buch war purer Sprengstoff, es würde Vera das Genick brechen, ja sie vielleicht sogar ins Gefängnis bringen. Er fühlte sich völlig ausgelaugt und gleichzeitig so aufgekratzt, als hätte er Kokain geschnupft. Nachdem er die Datei abgespeichert hatte, brannte er sie aus einem Impuls heraus zusätzlich auf eine CD-ROM. Er kramte in seiner Aktentasche nach einer kleinen Audiokassette und steckte diese mit der CD-ROM in einen wattierten Umschlag, den er mit Eddingstift adressierte. Eine Sicherheitsmaßnahme für den Fall, dass sie ihn wieder bedrohen würden. Thomas

Ritter schaltete sein Laptop ab, klemmte es sich unter den Arm und stand auf.

»Auf Nimmerwiedersehen, du Dreckbüro«, murmelte er und warf keinen Blick zurück, als er hinausging. Nichts wie nach Hause und unter die Dusche! Katharina erwartete ihn zwar heute Abend noch, aber vielleicht konnte er das verschieben. Er hatte keine Lust mehr, über das Manuskript zu sprechen, über Verkaufschancen, Marketingstrategien und seine Schulden. Und noch weniger hatte er Lust auf Sex mit ihr. Zu seiner eigenen Überraschung freute er sich ehrlich auf Marleen. Er hatte ihr vor Wochen einen schönen Abend zu zweit versprochen, ein gemütliches Essen in einem netten Restaurant, danach einen Absacker in einer Bar und eine ausführliche Liebesnacht.

»Du grinst ja so zufrieden«, bemerkte Empfangsdame Sina, als er an ihrem Tisch vorbeiging. »Was ist los?«

»Ich freue mich auf meinen Feierabend«, erwiderte Ritter. Plötzlich hatte er eine Idee. Er reichte ihr den wattierten Umschlag. »Sei ein Schatz, und heb den für mich auf.«

»Klar doch. Mach ich.« Sina steckte den Umschlag in ihre gefälschte Louis-Vuitton-Tasche und zwinkerte ihm verschwörerisch zu. »Viel Spaß beim Feierabend …«

Es klingelte an der Tür.

»Na, endlich.« Sie drückte auf den Türöffner. »Das wird wohl der Kurier mit den Andrucken sein. Der hat sich ja heute Zeit gelassen.«

Ritter zwinkerte zurück und trat zur Seite, um den Fahrradkurier vorbeizulassen. Doch statt des erwarteten Boten trat ein bärtiger Mann in dunklem Anzug ein. Er blieb vor Ritter stehen und musterte ihn kurz.

»Sind Sie Dr. Thomas Ritter?«, fragte er.

»Wer will das wissen?«, entgegnete Ritter misstrauisch.

»Falls Sie es sind, habe ich ein Päckchen für Sie«, antwortete der Bärtige. »Von einer Frau Ehrmann. Soll ich Ihnen aber nur persönlich übergeben.«

»Aha.« Ritter war skeptisch. Allerdings war Katharina immer für eine Überraschung gut. Sie brachte es fertig und schickte ihm irgendein Sexspielzeug, als Einstimmung auf den von ihr geplanten Abend. »Und wo ist das Päckchen?«

»Wenn Sie einen Moment warten, hol ich's gerade. Ich hab es noch im Auto.«

»Nein, lassen Sie nur. Ich bin sowieso auf dem Weg nach unten«, Ritter winkte Sina grüßend zu und folgte dem Mann ins Treppenhaus. Er war froh, das Büro heute bei Tageslicht zu verlassen. Auch wenn er es sich nur ungern eingestand, der Lieferwagen auf dem Parkplatz und die blöde Bemerkung dieser unsympathischen blonden Kripotante hatten ihm Angst eingejagt. Aber jetzt würde er das Manuskript in die Verantwortlichkeit des Verlages übergeben, und wenn es erst einmal gedruckt war, konnten sie sich ihre Drohungen in den Hintern stecken. Ritter nickte dem Mann zu, als der ihm höflich die Tür aufhielt. Plötzlich spürte er einen Stich seitlich im Hals.

»Au!«, stieß er hervor und ließ die Tasche mit dem Laptop fallen. Ritter spürte, wie seine Beine unter ihm nachgaben, als seien sie aus Gummi. Ein schwarzer Lieferwagen stoppte direkt vor ihm, aus der Seitentür sprangen zwei Männer heraus und ergriffen seine Arme. Unsanft wurde er in das Innere des Transporters gestoßen, die Seitentür krachte wieder zu, und es war stockdunkel. Dann ging die Innenbeleuchtung des Transporters an, aber es wollte ihm nicht gelingen, den Kopf zu heben. Speichel tropfte aus seinem Mundwinkel, alles verschwamm vor seinen Augen, und in seinem Inneren öffneten sich die Schleusen der Angst. Dann verlor er das Bewusstsein.

Donnerstag, 10. Mai 2007

Pia stand fröstelnd neben dem Einsatzwagen der Spurensicherung und gähnte, bis ihre Kiefergelenke knackten. Es war kalt und ungemütlich, der Maimorgen dämmerte herauf wie ein Novembertag. Sie hatte gestern Abend erst um halb zwölf das Büro verlassen. Nacheinander trafen auch Behnke, Fachinger und Hasse ein, tranken einen Becher rabenschwarzen Kaffee, den der Einsatzleiter aus Thermoskannen verteilte. Es war Viertel nach sechs, als Bodenstein endlich auftauchte, unrasiert und augenscheinlich übernächtigt. Die Zivilbeamten scharten sich für eine letzte Lagebesprechung um ihn. Alle hatten schon genug Hausdurchsuchungen mitgemacht, um zu wissen, auf was es ankam. Zigaretten wurden ausgetreten, Kaffeereste in die Büsche neben der ARAL-Tankstelle gekippt, an der sie sich getroffen hatten. Pia ließ ihr Auto stehen und stieg bei Bodenstein ein. Er war blass und wirkte angespannt. Im Konvoi fuhren die Beamten hinter Bodensteins BMW die Straße hinunter zu Nowaks Firma.

»Die Empfangsdame aus Ritters Redaktion hat mir gestern Abend noch auf die Mailbox gesprochen«, sagte Bodenstein. »Ich habe es vorhin erst gehört. Ritter hat gestern gegen halb sieben das Büro verlassen, sie musste noch auf einen Kurier warten. Er wurde von einem Mann nach unten begleitet, der ihm ein Päckchen von Frau Ehrmann übergeben sollte. Als sie dann um halb acht aus dem Büro kam, stand Ritters Auto einsam und verlassen auf dem Parkplatz.«

»Da lang.« Pia wies nach rechts. »Das ist ja seltsam.«

»Allerdings.«

»Wie war es übrigens gestern mit Jutta Kaltensee? Haben Sie noch etwas Interessantes erfahren?« Sie registrierte überrascht, wie sich Bodensteins Kiefermuskulatur anspannte.

»Nein. Nichts Besonderes. Verschwendete Zeit«, erwiderte er wortkarg.

»Sie verheimlichen mir etwas«, stellte Pia fest.

Bodenstein stieß einen Seufzer aus und hielt ein paar Meter von Nowaks Firmengebäude entfernt am Straßenrand an.

»Gott bewahre mich vor dem Tag, an dem Sie mir auf den Fersen sind«, sagte er düster. »Ich habe eine Riesendummheit gemacht. Ich weiß wirklich nicht, wie es dazu kommen konnte, aber auf dem Weg zum Auto hat sie mich plötzlich ... nun ja ... unsittlich berührt.«

»Wie bitte?« Pia starrte ihren Chef ungläubig an, dann lachte sie. »Sie wollen mich auf den Arm nehmen, stimmt's?«

»Nein. Das ist die Wahrheit. Ich hatte alle Mühe, ihr zu entkommen.«

»Sie haben es aber doch geschafft, oder nicht?«

Bodenstein vermied es, sie anzusehen.

»Nicht wirklich«, gab er zu. Pia überlegte angestrengt, wie sie ihre nächste Frage so diplomatisch wie möglich formulieren konnte, ohne ihrem Chef zu nahe zu treten.

»Haben Sie etwa Ihre DNA an ihr hinterlassen?«, fragte sie deshalb vorsichtig. Bodenstein lachte nicht und antwortete auch nicht sofort.

»Ich fürchte, ja«, erwiderte er und stieg aus.

Christina Nowak war schon wieder oder noch immer angezogen, als Bodenstein ihr den Durchsuchungsbeschluss reichte. Sie hatte tiefe Ringe unter den geröteten Augen und sah apathisch zu, wie die Beamten die Wohnung im ersten Stock betraten und mit ihrer Arbeit begannen. Ihre beiden Söhne saßen mit erschrockenen Gesichtern im Schlafanzug in der Küche, der jüngere weinte.

»Haben Sie etwas von meinem Mann gehört?«, fragte sie leise. Pia hatte größte Schwierigkeiten, sich auf ihre Arbeit zu konzentrieren. Sie war über Bodensteins Geständnis noch immer fassungslos. Als Frau Nowak ihre Frage nun wiederholte, kam Pia zu sich.

»Leider nein«, antwortete sie bedauernd. »Es gab auch noch keinen Hinweis auf unseren Fahndungsaufruf.«

Christina Nowak begann zu schluchzen. Im Treppenhaus wurden Stimmen laut, Nowak senior beschwerte sich lautstark, Marcus Nowaks Bruder polterte schlaftrunken die Treppe hinunter.

»Beruhigen Sie sich. Wir werden Ihren Mann schon finden«, sagte Pia, obwohl sie davon selbst gar nicht überzeugt war. Insgeheim war sie sicher, dass sich Elard Kaltensee eines Mitwissers entledigt hatte. Ihm hatte Nowak vertraut, und in seinem Zustand hätte er sich sowieso nicht wehren können. Höchstwahrscheinlich war er längst tot.

Die Durchsuchung der Wohnung verlief ergebnislos. Christina Nowak schloss den Beamten die Tür zum Büro ihres Mannes auf. Seit Pias letztem Besuch war aufgeräumt worden. Die Aktenordner standen wieder in den Regalen, die Papiere lagen sortiert in Ablagekörben. Ein Beamter zog die Stecker des Computers, andere räumten die Regale aus. Zwischen den Männern tauchte die gedrungene Gestalt der alten Frau Nowak auf. Sie hatte kein Wort des Trostes für die Ehefrau ihres Enkelsohnes, die mit verweintem Gesicht wie versteinert im Türrahmen stand, und wollte das Büro betreten, aber zwei Beamte hinderten sie daran.

»Frau Kirchhoff!«, rief sie zu Pia hinüber. »Ich muss unbedingt mit Ihnen sprechen!«

»Später, Frau Nowak«, erwiderte Pia. »Bitte warten Sie draußen, bis wir fertig sind.«

»Na, was haben wir denn da?«, hörte sie Behnke sagen und drehte sich um. Hinter den Aktenordnern befand sich ein Wandtresor.

»Da hat er uns also auch angelogen.« Schade, Marcus Nowak war ihr sympathisch gewesen. »Er hat behauptet, es gebe keinen Tresor in seiner Firma.«

»13-24-08«, diktierte Christina Nowak ungefragt, und Behnke tippte die Zahlenkombination ein. Mit einem Piepton und einem Klacken sprang die Tresortür in dem Augenblick auf, als Bodenstein das Büro betrat.

»Und?«, fragte er. Behnke bückte sich, griff hinein und wandte sich mit einem triumphierenden Grinsen um. In seiner behandschuhten Rechten hielt er eine Pistole, in der Linken ein Pappkästchen mit Munition. Christina Nowak holte scharf Luft.

»Ich schätze, hier haben wir die Tatwaffe.« Er schnupperte am Lauf der Pistole. »Damit wurde vor nicht allzu langer Zeit geschossen.«

Bodenstein und Pia wechselten einen Blick.

»Die Fahndung nach Nowak wird ausgeweitet«, sagte Bodenstein. »Aufrufe im Rundfunk und im Fernsehen.«

»Was ... was hat das alles zu bedeuten?«, flüsterte Christina Nowak. Sie war schneeweiß im Gesicht. »Warum hat mein Mann eine Pistole in seinem Tresor? Ich ... ich verstehe gar nichts mehr!«

»Setzen Sie sich erst einmal.« Bodenstein zog den Schreibtischstuhl heran. Sie gehorchte zögernd. Pia schloss trotz der Proteste von Großmutter Nowak die Bürotür.

»Ich weiß, dass das für Sie nur schwer zu begreifen ist«,

sagte Bodenstein. »Aber wir verdächtigen Ihren Mann des Mordes. Bei dieser Pistole handelt es sich aller Wahrscheinlichkeit nach um die Waffe, mit der drei Menschen erschossen wurden.«

»Nein …«, flüsterte Christina Nowak fassungslos.

»Sie müssen als Ehefrau keine Aussage machen«, informierte Bodenstein sie. »Aber wenn Sie etwas sagen, dann sollte es die Wahrheit sein, weil Sie sich sonst der Falschaussage strafbar machen.«

Durch die Tür tönte die polternde Stimme von Nowak senior, der mit den Beamten diskutierte.

Christina Nowak achtete nicht darauf und blickte Bodenstein unverwandt an. »Was wollen Sie wissen?«

»Können Sie sich erinnern, wo Ihr Mann in den Nächten vom 27. auf den 28. April, vom 30. April auf den 1. Mai und vom 3. auf den 4. Mai gewesen ist?«

Ihre Augen füllten sich mit Tränen, sie senkte den Kopf.

»Er war nicht zu Hause«, sagte sie mit erstickter Stimme. »Aber ich glaube *niemals*, dass er jemanden umgebracht hat. Warum sollte er das tun?«

»Wo war er dann in diesen Nächten?«

Sie zögerte einen Augenblick, ihre Lippen zitterten. Mit dem Handrücken fuhr sie sich über die Augen.

»Ich vermute«, würgte sie hervor, »er war bei dieser Frau, mit der ich ihn gesehen habe. Ich weiß, dass er mich … betrügt.«

»Ich hatte kaum etwas getrunken«, sagte Bodenstein später im Wagen, ohne Pia anzusehen. »Nur ein Glas Wein. Trotzdem fühlte ich mich, als hätte ich zwei Flaschen intus. Ich habe kaum mitbekommen, was sie erzählt hat. Bis jetzt kann ich mich an große Teile des Abends nicht erinnern.«

Er machte eine Pause und rieb sich die Augen.

»Irgendwann waren wir die Letzten im Lokal. An der frischen Luft ging es mir etwas besser, aber ich konnte nur mit Mühe geradeaus laufen. Wir haben an meinem Auto gestanden. Die Leute vom Restaurant machten Feierabend und fuhren weg. Das Letzte, woran ich mich erinnern kann, ist, dass sie mich geküsst hat und mir die Ho…«

»Schon gut!«, unterbrach Pia ihn hastig. Der Gedanke, was sich keine acht Stunden zuvor möglicherweise genau auf diesem Sitz abgespielt hatte, war ihr entsetzlich peinlich.

»Das«, Bodensteins Stimme klang gepresst, »hätte mir nicht passieren dürfen.«

»Möglicherweise ist ja gar nichts passiert«, sagte Pia unbehaglich. Natürlich wusste sie, dass ihr Chef auch nur ein Mensch war, aber so etwas hätte sie ihm nicht zugetraut. Vielleicht war es auch seine ungewohnte Offenheit, die sie so verwirrte, denn obwohl sie täglich zusammenarbeiteten, waren intime Details aus dem Privatleben bisher tabu gewesen.

»Das hat Bill Clinton seinerzeit auch behauptet«, sagte Bodenstein frustriert. »Ich frage mich nur, warum sie das getan hat.«

»Na ja«, erwiderte Pia vorsichtig, »Sie sind ja nicht unbedingt hässlich, Chef. Vielleicht hat sie einfach nur ein Abenteuer gesucht.«

»Nein. Jutta Kaltensee tut nichts ohne Grund. Das war geplant. Sie hat mich in den letzten Tagen mindestens zwanzigmal angerufen. Und gestern hat sie sich unter einem fadenscheinigen Vorwand mit Cosima zum Mittagessen getroffen.«

Zum ersten Mal während ihrer Unterhaltung blickte Bodenstein Pia an.

»Sollte ich vom Dienst suspendiert werden, müssen Sie die Ermittlungen alleine weiterführen.«

»So weit sind wir ja noch nicht«, beruhigte ihn Pia.

»So weit werden wir sehr schnell sein.« Bodenstein fuhr sich mit allen zehn Fingern durchs Haar. »Nämlich spätestens wenn Frau Dr. Engel davon Wind bekommt. Auf so etwas hat sie nur gewartet.«

»Aber wie soll sie denn davon erfahren?«

»Von Jutta Kaltensee persönlich.«

Pia begriff, was er meinte. Ihr Chef hatte sich mit einer Frau eingelassen, deren Familie im Mittelpunkt von Mordermittlungen stand. Wenn Jutta Kaltensee aus Berechnung gehandelt hatte, dann war durchaus zu befürchten, dass sie diesen Vorfall irgendwie zu ihrem Vorteil nutzen wollte.

»Hören Sie, Chef«, sagte Pia. »Sie sollten sich Blut abnehmen lassen. Die hat Ihnen sicher irgendetwas in den Wein oder ins Essen getan, um sicher zu sein, dass Sie sich verführen lassen.«

»Wie soll sie das denn gemacht haben?«, Bodenstein schüttelte den Kopf. »Ich saß doch die ganze Zeit neben ihr.«

»Vielleicht kennt sie den Wirt.«

Bodenstein dachte einen Augenblick nach.

»Stimmt. Den kennt sie ganz sicher. Sie war per du mit ihm und hat sich mit einem Riesentrara als Stammgast aufgespielt.«

»Dann kann der Ihnen etwas ins Glas getan haben«, sagte Pia mit mehr Überzeugung, als sie tatsächlich verspürte. »Wir fahren sofort zu Henning. Der kann Ihnen Blut abnehmen und es gleich untersuchen. Und wenn er tatsächlich irgendetwas findet, dann können Sie damit beweisen, dass die Kaltensee Ihnen eine Falle gestellt hat. Einen Skandal kann sie sich nicht leisten, bei ihren Ambitionen.«

Ein Hoffnungsschimmer belebte Bodensteins müdes Gesicht. Er ließ den Motor an.

»Okay«, sagte er zu Pia. »Sie hatten übrigens recht.«

»Womit?«

»Damit, dass die Sache eine eigene Dynamik entwickeln würde.«

Es war halb zehn, als sich das Team wieder zur Lagebesprechung im Kommissariat traf. Die sichergestellte Pistole, eine sehr gut erhaltene Mauser Po8 S/42 Baujahr 1938 mit Seriennummer und Abnahmestempel, sowie die Munition aus dem Tresor in Nowaks Büro waren schon auf dem Weg in die Ballistik. Hasse und Fachinger hatten das Telefon übernommen, das nach den Aufrufen um Mithilfe aus der Bevölkerung im Radio beinahe unablässig klingelte. Bodenstein schickte Behnke nach Frankfurt zu Marleen Ritter. Eine Streife hatte gemeldet, dass Ritters BMW noch immer auf dem Parkplatz vor der Redaktion der *Weekend* stand.

»Pia!«, rief Kathrin Fachinger. »Telefon für dich! Ich stell's in dein Büro!«

Pia nickte und stand auf.

»Ich war gestern bei diesem alten Mann«, verkündete Miriam ohne Begrüßung. »Schreib mit, was ich dir erzähle. Das ist der Hammer.«

Pia griff nach einem Block und einem Kuli. Ryszard Wielinski war mit einundzwanzig als Zwangsarbeiter auf das Gut der Familie Zeydlitz-Lauenburg gekommen. Sein Kurzzeitgedächtnis war nicht mehr das beste, aber er erinnerte sich messerscharf an die Ereignisse von vor fünfundsechzig Jahren. Vera von Zeydlitz war auf einem Internat in der Schweiz gewesen, ihr älterer Bruder Elard Pilot bei der Luftwaffe. Beide waren während des Krieges nur selten auf dem elterlichen Gut gewesen, aber Elard hatte eine Liebesbeziehung zu der hübschen Verwaltertochter Vicky, aus der im August 1942 ein Sohn hervorging. Elard hatte Vicky heiraten wollen, aber jedes Mal war er kurz vor dem geplanten Termin von der Gestapo verhaftet worden, zuletzt 1944. Vermutlich hatte ihn

SS-Sturmbannführer Oskar Schwinderke, der Sohn des Zahlmeisters von Gut Lauenburg, denunziert, um die Hochzeit zu verhindern, denn Schwinderkes ehrgeizige jüngere Schwester Edda war ihrerseits heftig in den jungen Grafen verliebt und wahnsinnig eifersüchtig auf Vicky und deren enge Freundschaft mit Elards Schwester gewesen. Schwinderke war während des Krieges häufig auf dem Gut, weil er als Mitglied der Leibstandarte Adolf Hitler in der nahegelegenen Wolfsschanze Dienst getan hatte. Im November 1944 war Elard mit einer schweren Verletzung nach Hause gekommen. Und als am 15. Januar 1945 der offizielle Treckbefehl erging und die gesamte Dobener Bevölkerung am Morgen des 16. Januar 1945 Richtung Bartenstein aufbrach, waren auf dem Gut der alte Freiherr von Zeydlitz-Lauenburg, seine Frau, der verletzte Elard, seine Schwester Vera, Vicky Endrikat mit dem dreijährigen Heinrich, Vickys kranke Mutter, ihr Vater und ihre kleine Schwester Ida zurückgeblieben. Sie hatten so schnell wie möglich dem Treck folgen wollen. In der Nähe von Mauerwald war dem Treck ein Kübelwagen entgegengekommen. Am Steuer hatte SS-Sturmbannführer Oskar Schwinderke gesessen, neben ihm ein anderer SS-Mann, den Wielinski mehrfach auf Gut Lauenburg gesehen hatte, auf der Rückbank Edda und ihre Freundin Maria, die beide seit Anfang 1944 in einem Gefangenenlager für Frauen in Rastenburg gearbeitet hatten, die eine als Aufseherin, die andere als Sekretärin des Lagerleiters. Sie hatten kurz mit Zahlmeister Schwinderke gesprochen und waren dann weitergefahren. Wielinski hatte diese vier an jenem Tag zum letzten Mal gesehen. Am Abend des folgenden Tages hatte die russische Armee den Dobener Treck überrollt, alle Männer waren erschossen, die Frauen vergewaltigt und zum Teil verschleppt worden. Er selbst hatte nur überlebt, weil die Russen ihm geglaubt hatten, dass er polnischer Zwangsarbeiter war. Einige Jahre nach dem Krieg war Wielinski in die Gegend zurückgekehrt. Er hatte oft über das Schicksal der Familien Zeydlitz-Lauenburg und Endrikat nachgedacht, denn man hatte ihn als Zwangsarbeiter sehr gut behandelt, und Vicky Endrikat hatte mit ihm regelmäßig Deutsch gelernt.

Pia bedankte sich bei Miriam und versuchte, ihre Gedanken zu ordnen. In der Vita von Vera Kaltensee hatte sie gelesen, dass ihre gesamte Familie seit 1945 als auf der Flucht gestorben oder vermisst galt. Wenn es stimmte, was der ehemalige Zwangsarbeiter erzählt hatte, dann hatten sie das Gut an jenem 16. Januar 1945 aber gar nicht verlassen! Was hatte Oskar Schwinderke – bei dem es sich zweifellos um den falschen Goldberg handelte – mit seiner Schwester und seinen Freunden dort noch getan, so kurz bevor die russische Armee einrückte? In den Geschehnissen jenes Tages lag der Schlüssel zu den Morden. War Vera in Wirklichkeit die Tochter des Gutsverwalters Endrikat und Elard Kaltensee demzufolge der Sohn des Piloten Elard? Pia ging mit ihren Notizen in den Besprechungsraum. Bodenstein rief auch Fachinger und Hasse dazu. Schweigend lauschten sie Pias Bericht.

»Vera Kaltensee könnte tatsächlich Vicky Endrikat sein«, meldete sich Kathrin Fachinger zu Wort. »Der alte Mann aus dem *Taunusblick* hat gesagt, dass Vera es weit gebracht hätte, für ein einfaches Mädchen aus Ostpreußen.«

»In welchem Zusammenhang hat er das gesagt?«, fragte Pia. Kathrin zog ihren Notizblock hervor und blätterte kurz.

»*Die vier Musketiere*«, las sie vor. »*So haben sie sich genannt. Vera, Anita, Oskar und Hans, die vier alten Freunde von früher, die sich von Kindesbeinen an kannten. Sie haben sich zweimal im Jahr in Zürich getroffen, auch nachdem Anita und Vera ihre Männer unter die Erde gebracht hatten.*«

Es war einen Moment ganz still. Bodenstein und Pia sahen

sich an. Die Puzzlestücke fielen von selbst an die richtigen Plätze.

»Ein einfaches Mädchen aus Ostpreußen«, sagte Bodenstein langsam. »Vera Kaltensee ist Vicky Endrikat.«

»Sie hat damals die Chance gesehen, quasi über Nacht in den Adelsstand aufzusteigen, nachdem ihr Prinz ihr zwar ein Kind gemacht, sie aber nicht geheiratet hatte«, ergänzte Pia. »Und sie ist damit durchgekommen. Bis heute.«

»Aber wer hat die drei umgebracht?«, fragte Ostermann ratlos. Bodenstein sprang auf und griff nach seinem Jackett.

»Frau Kirchhoff hat recht«, sagte er. »Elard Kaltensee muss herausgefunden haben, was damals passiert ist. Und er ist noch nicht am Ende mit seinem Rachefeldzug. Wir müssen ihn aufhalten.«

Die wirkungsvollen drei Worte »Gefahr im Verzug» veranlassten den zuständigen Richter, innerhalb einer halben Stunde drei Haftbefehle und Durchsuchungsbeschlüsse zu unterschreiben. Behnke hatte unterdessen mit einer völlig verzweifelten Marleen Ritter gesprochen. Sie hatte gestern gegen Viertel vor sechs von ihrem Büro aus mit ihrem Mann telefoniert und sich mit ihm für den Abend zum Essengehen verabredet. Als sie um halb acht nach Hause gekommen war, hatte sie ihre Wohnung durchwühlt und verwüstet vorgefunden, von Ritter keine Spur. Er war nicht ans Handy gegangen, und ab Mitternacht war es ausgeschaltet. Marleen Ritter hatte die Polizei verständigt, aber dort hatte man ihr gesagt, es sei zu früh für eine Vermisstenanzeige, ihr Gatte sei immerhin ein erwachsener Mann und erst seit sechs Stunden abgängig. Außerdem wusste Behnke zu berichten, dass vor der Abflughalle des Frankfurter Flughafens der Mercedes von Elard Kaltensee gefunden worden war. Beifahrersitz und

Innenseite der Tür waren voller Blut, das vermutlich von Marcus Nowak stammte und gerade im Labor untersucht wurde.

Bodenstein und Pia fuhren auf den Mühlenhof, wieder verstärkt von Durchsuchungsbeamten sowie zusätzlich unterstützt von Kriminaltechnikern mit einem Bodenradargerät und Leichenspürhunden. Zu ihrer Überraschung trafen sie dort Siegbert und Jutta Kaltensee mitsamt ihrem Anwalt Dr. Rosenblatt an. Sie saßen umgeben von Aktenbergen am großen Tisch im Salon. Der Duft von frisch aufgebrühtem Tee hing in der Luft.

»Wo ist Ihre Mutter?«, fragte Bodenstein ohne Begrüßungsfloskeln.

Pia betrachtete unauffällig die Landtagsabgeordnete, die sich ebenso wenig wie Bodenstein anmerken ließ, was am Abend zuvor geschehen war. Sie wirkte nicht wie eine Frau, die es mit einem verheirateten Mann nachts auf dem Parkplatz trieb, aber man konnte sich in Menschen täuschen.

»Ich habe Ihnen doch gesagt, dass sie nicht …«, begann Siegbert Kaltensee, aber Bodenstein fiel ihm scharf ins Wort.

»Ihre Mutter ist in höchster Gefahr. Wir gehen davon aus, dass Ihr Bruder Elard die Freunde Ihrer Mutter erschossen hat und nun auch sie töten will.«

Siegbert Kaltensee erstarrte.

»Außerdem haben wir einen Durchsuchungsbeschluss für das Haus und das Grundstück.« Pia reichte Kaltensee das Dokument, das dieser mechanisch an seinen Anwalt weitergab.

»Wieso wollen Sie das Haus durchsuchen?«, mischte sich der Anwalt ein.

»Wir suchen Marcus Nowak«, erwiderte Pia. »Er ist heute aus dem Krankenhaus verschwunden.«

Bodenstein und sie hatten sich darauf geeinigt, den Geschwistern Kaltensee vorerst noch nichts von dem Haftbefehl gegen ihre Mutter zu sagen.

»Warum soll Herr Nowak denn hier sein?« Jutta Kaltensee nahm dem Anwalt den Beschluss aus der Hand.

»Der Mercedes Ihres Bruders wurde am Flughafen gefunden«, erklärte Pia. »Er war voller Blut. Solange wir Marcus Nowak und Ihre Mutter nicht gefunden haben, müssen wir davon ausgehen, dass es ihr Blut sein könnte.«

»Wo sind Ihre Mutter und Ihr Bruder?«, wiederholte Bodenstein. Als er keine Antwort bekam, wandte er sich an Siegbert Kaltensee.

»Ihr Schwiegersohn ist seit gestern Abend ebenfalls spurlos verschwunden.«

»Aber ich habe gar keinen Schwiegersohn«, antwortete Kaltensee verwirrt. »Sie müssen sich irren. Ich verstehe wirklich nicht, was das hier alles soll.«

Durchs Fenster beobachtete er die Polizeibeamten mit Hunden und dem Bodenradargerät, die in breiter Phalanx über die gepflegten Rasenflächen stapften.

»Sie wissen ja wohl, dass Ihre Tochter vor vierzehn Tagen Thomas Ritter geheiratet hat, weil sie ein Kind von ihm erwartet.«

»Wie bitte?« Siegbert Kaltensee wich das Blut aus dem Gesicht. Er stand da wie vom Donner gerührt und fand keine Worte. Sein Blick glitt zu seiner Schwester, die sich verblüfft gab.

»Ich muss telefonieren«, sagte er plötzlich und zückte sein Handy.

»Später«, Bodenstein nahm ihm das Gerät aus der Hand, »erst will ich wissen, wo Ihre Mutter und Ihr Bruder sind.«

»Mein Mandant hat das Recht zu telefonieren!«, protestierte der Anwalt. »Was Sie hier machen, ist Willkür!«

»Halten Sie die Klappe«, sagte Bodenstein scharf. »Also, wird's bald?«

Siegbert Kaltensee zitterte am ganzen Leib, sein bleiches Mondgesicht glänzte vor Schweiß.

»Lassen Sie mich telefonieren«, bat er mit heiserer Stimme. »Bitte.«

Auf dem Mühlenhof war weder eine Spur von Marcus Nowak noch von Elard oder Vera Kaltensee zu finden. Bodenstein hatte nach wie vor den Verdacht, dass Elard Kaltensee Nowak getötet und die Leiche irgendwo versteckt hatte, wenn nicht hier, dann an einem anderen Ort. Thomas Ritter war bisher auch nicht wiederaufgetaucht. Bodenstein rief bei seiner Schwiegermutter an und erfuhr von ihr, wo die Kaltensees Häuser und Wohnungen besaßen.

»Am wahrscheinlichsten erscheinen mir die Häuser in Zürich und im Tessin«, sagte er zu Pia, als sie zurück zum Kommissariat fuhren. »Wir bitten die Schweizer Kollegen um Amtshilfe. Herrgott, ist das alles verfahren!«

Pia schwieg, denn sie wollte ihrem Chef nicht noch Salz in die Wunden streuen. Wenn er auf sie gehört hätte, wäre Elard Kaltensee längst in Untersuchungshaft und Nowak möglicherweise noch am Leben. Ihre Theorie der Ereignisse war folgende: Elard hatte die Kiste mit den Tagebüchern und der .08 an sich gebracht. Da er kein Mann von schnellen Entschlüssen war und vielleicht erst eine Weile gebraucht hatte, um die Bedeutung der Tagebücher zu erfassen, hatte er noch Monate gezögert, bevor er zur Tat geschritten war. Er hatte Goldberg, Schneider und Anita Frings mit der Waffe aus der Kiste erschossen, weil diese ihm nichts über die Vergangenheit hatten erzählen wollen. Der 16. Januar 1945 war der Tag der Flucht, der Tag, an dem etwas Einschneidendes passiert war, an das sich Elard Kaltensee womöglich doch dunkel erinnern konnte, weil er damals nicht zwei, sondern bereits drei Jahre alt gewesen war. Und Marcus Nowak, der von den drei Morden gewusst oder sogar dabei geholfen hatte, musste verschwinden, weil er Elard Kaltensee gefährlich werden konnte.

Ostermann rief an. Die Fingerabdrücke von Marcus Nowak und Elard Kaltensee auf der Tatwaffe waren für niemanden eine Überraschung. Außerdem hatte sich eine Dame aus Königstein gemeldet, die Nowaks Bild in der Zeitung gesehen hatte. Sie hatte den Restaurator als den Mann erkannt, der am späten Vormittag des 4. Mai auf dem Parkplatz am Luxemburgischen Schloss mit einem grauhaarigen Mann in einem BMW Cabrio gesprochen hatte.

»Nowak hat mit Ritter gesprochen, sich kurz zuvor aber mit Katharina Ehrmann getroffen. Wie passt denn das zusammen?«, dachte Bodenstein laut nach.

»Das frage ich mich auch«, erwiderte Pia. »Die Aussage der Frau bestätigt aber, dass Christina Nowak nicht gelogen hat. Ihr Mann war ungefähr zu der Zeit, als Watkowiak gestorben ist, in Königstein.«

»Also haben er und Elard Kaltensee womöglich nicht nur etwas mit den drei Morden an den Alten zu tun, sondern auch mit dem Tod von Watkowiak und Monika Krämer?«

»Ich würde inzwischen gar nichts mehr ausschließen«, sagte Pia und gähnte. Sie hatte in den letzten Tagen definitiv zu wenig Schlaf bekommen und sehnte sich nach einer ruhigen Nacht. Vorerst sah es aber nach dem genauen Gegenteil aus, denn Ostermann rief wieder an: Unten auf der Wache warte eine Auguste Nowak, die dringend mit Pia reden wolle.

»Hallo, Frau Nowak.« Pia reichte der alten Frau die Hand, die sich von dem Stuhl im Wartebereich erhob. »Können Sie uns sagen, wo Ihr Enkelsohn ist?«

»Nein, das nicht. Aber ich muss dringend mit Ihnen sprechen.«

»Wir haben leider sehr viel zu tun«, sagte Pia. In diesem Moment summte ihr Handy; auch Bodenstein telefonierte schon wieder. Sie warf Nowaks Großmutter einen entschuldigenden Blick zu und nahm das Gespräch entgegen. Ostermann berichtete aufgeregt, dass Marcus Nowaks Handy für ein paar Minuten hatte geortet werden können. Pia spürte den Adrenalinstoß im ganzen Körper. Vielleicht lebte der Mann ja doch noch!

»In Frankfurt, zwischen der Hansaallee und der Fürstenberger Straße«, sagte Ostermann. »Genauer ging es nicht, das Gerät war nur sehr kurz eingeschaltet.«

Pia gab ihm die Anweisung, sich mit den Kollegen in Frankfurt in Verbindung zu setzen und das Gebiet sofort weiträumig absperren zu lassen.

»Chef«, sie wandte sich an Bodenstein, »Nowaks Handy wurde in Frankfurt an der Hansaallee geortet. Denken Sie, was ich denke?«

»Allerdings.« Bodenstein nickte. »Kaltensees Büro in der Uni.«

»Entschuldigen Sie bitte.« Auguste Nowak legte ihre Hand auf Pias Arm. »Ich muss Ihnen wirklich …«

»Ich habe jetzt leider keine Zeit, Frau Nowak«, erwiderte Pia. »Vielleicht finden wir Ihren Enkelsohn noch lebend. Wir unterhalten uns später. Ich rufe Sie an. Soll jemand Sie nach Hause fahren?«

»Nein danke.« Die alte Frau schüttelte den Kopf.

»Es kann länger dauern. Tut mir leid!« Pia hob die Arme in einer Geste des Bedauerns und folgte Bodenstein, der schon sein Auto erreicht hatte. Sie hatten keine Zeit mehr zu verlieren und bemerkten deshalb auch nicht die dunkle Maybach-Limousine, deren Motor in dem Augenblick angelassen wurde, als Auguste Nowak aus dem Tor der Regionalen Kriminalinspektion trat.

Als Bodenstein und Pia im ehemaligen IG-Farben-Haus am Grüneburgplatz eintrafen, in dem sich der neue Campus Westend der Frankfurter Universität befand, hatten uniformierte Beamte bereits den Eingangsbereich abgeriegelt. Die unvermeidbaren Schaulustigen sammelten sich hinter den Absperrbändern; im Innern des Gebäudes diskutierten verärgerte Studenten, Professoren und Mitarbeiter der Universität mit den Polizisten, doch die Anweisung war eindeutig: Niemand durfte das Gebäude betreten oder verlassen, bis man Nowaks Handy und im besten Fall dessen Besitzer gefunden hatte.

»Da ist Frank«, sagte Pia, der beim Anblick des neunstöckigen und etwa zweihundertfünfzig Meter breiten Gebäudes der Mut sank. Wie sollten sie hier ein Handy finden, das schon wieder ausgeschaltet war und sich ebenso gut irgendwo auf dem vierzehn Hektar großen Gelände, im Park oder in einem geparkten Auto befinden konnte? Behnke stand mit dem Einsatzleiter der Frankfurter Polizei zwischen den vier Säulen vor dem imposanten Haupteingang des IG-Farben-Gebäudes. Als er Bodenstein und Pia erblickte, kam er auf sie zu.

»Fangen wir mit dem Büro von Kaltensee an«, schlug er vor. Sie betraten den prunkvollen Eingangsbereich, aber niemand von ihnen hatte einen Blick für die Bronzeplatten und kunstvollen Kupferfriese, mit denen Wände und Fahrstuhltüren verkleidet waren. Behnke führte Bodenstein, Pia und eine Gruppe martialisch aussehender Beamter in Kampfanzügen vom MEK hinauf in den vierten Stock. Dann wandte er sich nach rechts und ging zielsicher den langen, leicht gebogenen Flur entlang. Pias Handy summte, und sie ging dran.

»Das Handy wurde wieder eingeschaltet!«, rief Ostermann aufgeregt.

»Und? Ist es hier im Haus?« Pia blieb stehen und hielt sich ein Ohr zu, um den Kollegen besser zu verstehen.

»Ja, ganz sicher.«

Die Tür zu Kaltensees Büro war abgeschlossen – eine weitere Verzögerung entstand, bis endlich jemand den Hausmeister mit einem Zentralschlüssel aufgetrieben hatte. Der Mann, ein älterer Herr mit einem schneeweißen Schnauzer, hantierte umständlich mit seinem Schlüsselbund. Als die Tür endlich aufging, stürmten Behnke und Bodenstein ungeduldig an ihm vorbei.

»Scheiße«, fluchte Behnke. »Keiner da.«

Der Hausmeister stand in einer Ecke des Büros und verfolgte die hektischen Bemühungen der Polizei mit großen Augen.

»Was ist hier eigentlich los?«, fragte er nach einer Weile. »Ist etwas mit Professor Kaltensee?«

»Glauben Sie, sonst würden wir hier mit hundert Leuten und dem Mobilen Einsatzkommando auftauchen? Allerdings ist etwas mit ihm!« Pia beugte sich über den Schreibtisch und studierte die vollgekritzelte Schreibtischunterlage in der Hoffnung auf einen Namen, eine Telefonnummer oder irgendeinen Hinweis auf den Verbleib von Nowak, aber Kaltensee schien beim Telefonieren einfach gerne zu zeichnen. Bodenstein wühlte im Papierkorb, Behnke durchsuchte die Schreibtischschubladen, während die MEK-Leute auf dem Flur warteten.

»Er war auch gestern ganz anders als sonst«, äußerte der Hausmeister nachdenklich. »Irgendwie ... aufgekratzt.«

Bodenstein, Behnke und Pia hielten gleichzeitig inne und starrten ihn an.

»Sie haben Professor Kaltensee gestern gesehen? Warum sagen Sie das nicht gleich?«, fuhr Behnke den Mann ärgerlich an.

»Weil Sie mich nicht gefragt haben«, erwiderte der würdevoll. Das Funkgerät des Einsatzleiters knisterte und rauschte, dann ertönte eine Stimme, kaum verständlich durch die atmosphärischen Störungen, die von den dicken Betondecken im Gebäude verursacht wurden. Der Hausmeister zwirbelte nachdenklich ein Ende seines Schnauzers.

»Er war richtig euphorisch«, erinnerte er sich. »Was sonst eigentlich nie der Fall ist. Er kam aus dem Keller im Westflügel. Darüber habe ich mich noch gewundert, weil sein Büro ja …«

»Können Sie uns dorthin führen?«, unterbrach Pia ihn ungeduldig.

»Natürlich.« Der Hausmeister nickte. »Aber was hat er denn eigentlich gemacht, der Herr Professor?«

»Nichts Schlimmes«, erwiderte Behnke sarkastisch. »Vermutlich nur ein paar Menschen ermordet.«

Dem Hausmeister klappte der Mund auf.

»Meine Leute halten mehrere Personen fest, die sich unbefugt Zutritt zum Gebäude verschafft haben«, meldete der Einsatzleiter nun in gestelztem Beamtendeutsch.

»Wo?«, fragte Bodenstein gereizt.

»Im Untergeschoss. Im Westflügel.«

»Na, dann los«, sagte Bodenstein knapp.

Die sechs Männer in den schwarzen Uniformen der K-Secure standen mit dem Rücken zu den Polizisten, die Beine gespreizt, die Hände an der Wand.

»Umdrehen!«, kommandierte Bodenstein. Die Männer gehorchten. Pia erkannte Henri Améry, den Geschäftsführer des Kaltensee'schen Werkschutzes, auch ohne Anzug und Lackschuhe.

»Was tun Sie und Ihre Leute hier?«, fragte Pia.

Améry schwieg und lächelte.

»Sie sind vorläufig festgenommen.« Sie wandte sich an einen der MEK-Beamten. »Bringt sie hier raus. Und stellt fest, woher sie wussten, dass wir hier sind.«

Der Mann nickte. Handschellen schnappten, die sechs Schwarzgekleideten wurden abgeführt. Bodenstein, Pia und Behnke ließen sich vom Hausmeister jeden Raum aufschließen – Aktenarchive, Abstellräume, Elektrotechnik- und Heizungsräume, leere Keller. Im vorletzten Raum wurden sie schließlich fündig. Auf einer Matratze auf dem Boden lag eine Gestalt, daneben standen Wasserflaschen, Lebensmittel, Medikamente und eine Überseekiste. Pia drückte auf den Lichtschalter. Ihr schlug das Herz bis zum Hals. Mit einem leisen Sirren leuchtete die Neonröhre an der Decke auf.

»Hallo, Herr Nowak.« Sie ging neben der Matratze in die Hocke. Der Mann blinzelte benommen in das helle Licht. Er war unrasiert, tiefe Furchen der Erschöpfung hatten sich in sein übel zugerichtetes Gesicht gegraben. Mit seiner gesunden Hand umklammerte er ein Handy. Er sah krank aus, aber er lebte. Pia legte ihre Hand auf seine fieberheiße Stirn und sah, dass sein T-Shirt blutdurchtränkt war. Sie drehte sich zu Bodenstein und Behnke um.

»Ruft sofort den Notarzt her.«

Dann wandte sie sich wieder dem Verletzten zu. Egal, was er getan haben mochte, er tat ihr leid. Er musste schlimme Schmerzen haben.

»Sie gehören ins Krankenhaus«, sagte sie. »Warum sind Sie hier?«

»Elard …«, murmelte Nowak. »Bitte … Elard …«

»Was ist mit Professor Kaltensee?«, fragte sie. »Wo ist er?«

Der Mann richtete mühsam seinen Blick auf sie, dann schloss er die Augen.

»Herr Nowak, helfen Sie uns!«, bat Pia eindringlich. »Wir haben das Auto von Professor Kaltensee am Flughafen gefunden. Er und seine Mutter sind wie vom Erdboden verschwunden. Und wir haben im Tresor in Ihrem Büro die Pistole gefunden, mit der vor kurzem drei Menschen erschossen wurden. Wir nehmen an, dass Elard Kaltensee diese drei Morde verübt hat, nachdem er die Pistole in der Kiste gefunden hatte …«

Marcus Nowak öffnete die Augen. Seine Nasenflügel bebten, er holte keuchend Luft, als wolle er etwas sagen, aber nur ein Stöhnen kam über seine aufgeplatzten Lippen.

»Ich muss Sie leider verhaften, Herr Nowak«, sagte Pia nicht ohne Bedauern. »Sie haben keine Alibis für die Mordnächte. Ihre Frau hat uns heute bestätigt, dass Sie in keiner der betreffenden Nächte zu Hause waren. Wollen Sie dazu etwas sagen?«

Nowak antwortete nicht, stattdessen ließ er das Handy los und griff nach Pias Hand. Sichtlich verzweifelt rang er um Worte. Schweiß rann über sein Gesicht, ein Anfall von Schüttelfrost ließ ihn erschauern. Pia erinnerte sich an die Warnung der Ärztin im Hofheimer Krankenhaus, Nowak habe bei dem Überfall eine Leberverletzung erlitten. Offenbar hatte der Transport hierher die innerliche Verletzung verschlimmert.

»Ganz ruhig«, sagte sie und streichelte seine Hand. »Wir bringen Sie jetzt erst mal ins Krankenhaus. Wenn es Ihnen bessergeht, reden wir.«

Er sah sie an wie ein Ertrinkender, die dunklen Augen panisch geweitet. Wenn Marcus Nowak nicht bald Hilfe bekam, würde er sterben. War das Elard Kaltensees Plan gewesen? Hatte er ihn deshalb hierhergebracht, wo ihn niemand finden würde? Aber wieso hatte er ihm dann nicht das Handy abgenommen?

»Der Notarzt ist da«, unterbrach eine Stimme ihre Gedanken. Zwei Sanitäter schoben eine fahrbare Trage in den Kellerraum, ein Arzt mit einer orangefarbenen Weste und Rot-

Kreuz-Koffer in der Hand folgte ihnen. Pia wollte aufstehen, um dem Arzt Platz zu machen, aber Marcus Nowak ließ ihre Hand nicht los.

»Bitte ...«, flüsterte er verzweifelt. »Bitte ... nicht Elard ... meine Oma ...«

Er brach ab.

»Meine Kollegen werden auf Sie aufpassen«, sagte Pia leise. »Machen Sie sich keine Sorgen. Professor Kaltensee wird Ihnen nichts mehr tun, das verspreche ich Ihnen.«

Sie löste sich sanft aus Nowaks Umklammerung und erhob sich.

»Er hat eine Leberverletzung«, informierte sie den Notarzt, dann wandte sie sich ihren Kollegen zu, die mittlerweile die Kiste untersucht hatten. »Und, was habt ihr gefunden?«

»Unter anderem die SS-Uniform von Oskar Schwinderke«, erwiderte Bodenstein. »Den Rest schauen wir uns auf dem Kommissariat an.«

»Ich habe die ganze Zeit gewusst, dass Elard Kaltensee ein Mörder ist«, sagte Pia zu Bodenstein. »Er hätte Nowak in dem Kellerloch elendig verrecken lassen, nur um sich selbst nicht die Finger schmutzig machen zu müssen.«

Sie waren auf dem Weg zurück nach Hofheim. Auf dem Kommissariat wartete Katharina Ehrmann, in den Arrestzellen saßen die sechs K-Secure-Leute.

»Wen hat Nowak zuletzt angerufen?«, erkundigte sich Bodenstein.

»Keine Ahnung, das Handy ist ausgeschaltet. Wir müssen die Einzelverbindungsnachweise anfordern.«

»Warum hat Kaltensee ihm das Handy nicht abgenommen? Er musste doch damit rechnen, dass Nowak jemanden anrufen würde.«

»Ja, das habe ich mich auch schon gefragt. Wahrscheinlich

hat er nicht gewusst, dass wir das Handy orten könnten.« Pia zuckte zusammen, als das Autotelefon schrillte. »Oder er hat überhaupt nicht daran gedacht.«

»Hallo«, tönte eine Frauenstimme aus dem Lautsprecher. »Herr Bodenstein?«

»Ja«, Bodenstein warf Pia einen ratlosen Blick zu und zuckte die Schultern, »wer spricht denn da?«

»Sina. Ich bin die Sekretärin von der *Weekend*.«

»Ah ja. Was kann ich für Sie tun?«

»Herr Ritter hat mir gestern Abend einen Umschlag gegeben«, sagte sie. »Ich sollte ihn aufbewahren. Aber jetzt, wo er verschwunden ist, habe ich mir gedacht, dass das für Sie wichtig sein könnte. Da steht nämlich Ihr Name drauf.«

»Tatsächlich? Wo sind Sie jetzt?«

»Noch hier, im Büro.«

Bodenstein zögerte.

»Ich schicke einen Kollegen vorbei, der den Umschlag holt. Bitte warten Sie so lange.«

Pia griff schon nach ihrem Handy und wies Behnke an, in die Redaktion nach Fechenheim zu fahren. Seinen wütenden Fluch angesichts der Aussicht, um diese Uhrzeit quer durch die Stadt fahren zu müssen, überhörte sie.

»Ja, das stimmt«, nickte Katharina Ehrmann. »Mein Verlag wird die Biographie von Vera Kaltensee herausbringen. Ich fand Thomas' Idee großartig und habe ihn in seinem Vorhaben unterstützt.«

»Sie wissen, dass er seit gestern Abend verschwunden ist, oder?« Pia betrachtete die Frau, die ihr gegenübersaß. Katharina Ehrmann war ein bisschen zu schön, um echt zu sein. Ihr ausdrucksloses Gesicht zeugte entweder von mangelndem Mitgefühl oder zu viel Botox.

»Wir waren gestern Abend verabredet«, erwiderte sie. »Als

er nicht kam, habe ich versucht, ihn anzurufen, aber er ging nicht dran. Später war sein Handy dann ausgeschaltet.«

Das deckte sich mit der Aussage von Marleen Ritter.

»Warum haben Sie sich am Freitag letzter Woche mit Marcus Nowak in Königstein getroffen?«, wollte Bodenstein wissen. »Nowaks Frau hat Sie in das Auto ihres Mannes einsteigen und wegfahren sehen. Haben Sie ein Verhältnis mit ihm?«

»So schnell geht's bei mir dann doch nicht.« Katharina Ehrmann schien ehrlich amüsiert. »Ich habe ihn an dem Tag zum ersten Mal gesehen. Er hatte mir von Elard die Tagebücher und die anderen Unterlagen, um die ich ihn gebeten hatte, gebracht und war dann noch so freundlich, mich ein Stück mitzunehmen, bevor er sich mit Thomas getroffen hat.«

Pia und Bodenstein wechselten einen überraschten Blick. Das waren ja interessante Neuigkeiten! So war Ritter also an die Informationen gekommen. Elard selbst hatte seine Mutter ans Messer geliefert.

»Das Haus, vor dem Sie sich mit Nowak getroffen haben und in dem Watkowiaks Leiche gefunden wurde, gehört Ihnen«, sagte Pia. »Was sagen Sie dazu?«

»Was soll ich dazu sagen?« Katharina Ehrmann wirkte nicht sonderlich betroffen. »Das ist mein Elternhaus, ich will es seit Jahren verkaufen. Der Makler hat mich letzten Samstag angerufen und mir auch schon Vorwürfe gemacht. Als ob ich etwas dafür könnte, dass Robert beschlossen hat, sich ausgerechnet dort das Leben zu nehmen!«

»Wie ist Watkowiak in das Haus hineingekommen?«

»Mit einem Schlüssel, vermute ich«, erwiderte Katharina Ehrmann zu Pias Überraschung. »Ich habe ihm erlaubt, das Haus zu benutzen, als er mal wieder einen Unterschlupf brauchte. Wir waren einmal ziemlich gut befreundet, Robert, Jutta und ich. Er hat mir damals leidgetan.«

Das wagte Pia zu bezweifeln. Katharina Ehrmann machte keinen sonderlich mitfühlenden Eindruck.

»Er hat sich übrigens nicht das Leben genommen«, sagte sie. »Er wurde ermordet.«

»Ach?« Auch diese Information brachte die Frau nicht aus der Fassung.

»Wann haben Sie das letzte Mal mit ihm gesprochen?«

»Das ist noch nicht so lange her.« Sie überlegte. »Ich glaube, es war letzte Woche. Er rief an und sagte, die Polizei würde ihn wegen der Morde an Goldberg und Schneider suchen. Aber er sei es nicht gewesen. Ich sagte ihm, dann sei es das Klügste, wenn er zur Polizei gehen und sich stellen würde.«

»Das hat er leider nicht getan. Sonst würde er unter Umständen noch leben«, erwiderte Pia. »Denken Sie, Ritters Verschwinden könnte etwas mit dieser Biographie zu tun haben, an der er schreibt?«

»Möglich.« Katharina Ehrmann zuckte mit den Schultern. »Das, was wir über die Vergangenheit von Vera erfahren haben, könnte sie ins Gefängnis bringen. Und zwar für den Rest ihres Lebens.«

»Der Tod von Eugen Kaltensee war kein Unfall, sondern Mord?«, vermutete Pia.

»Unter anderem«, erwiderte Katharina Ehrmann. »Aber in erster Linie geht es wohl darum, dass Vera und ihr Bruder damals in Ostpreußen mehrere Menschen erschossen haben sollen.«

Der 16. Januar 1945. Die vier Musketiere im Kübelwagen auf dem Weg nach Gut Lauenburg. Die Familie Zeydlitz-Lauenburg, die seither als verschollen galt.

»Wie hat Ritter davon erfahren?«, erkundigte Pia sich.

»Von einer Augenzeugin.«

Eine Augenzeugin, die das Geheimnis der vier alten Freunde gekannt hatte. Wer war sie, und wem hatte sie noch davon erzählt? Pia fühlte sich wie elektrisiert. Sie waren nur noch Millimeter von der Aufklärung der drei Morde entfernt!

»Halten Sie es für möglich, dass jemand von der Familie Kaltensee Ritter entführt hat, um das Erscheinen des Buches zu verhindern?«

»Ich traue denen alles zu«, bestätigte Katharina Ehrmann. »Vera geht über Leichen. Und Jutta ist nicht viel besser.«

Pia warf ihrem Chef einen Blick zu, aber der trug eine unbeteiligte Miene zur Schau.

»Aber wie können Kaltensees davon erfahren haben, dass Elard Thomas Ritter diese Informationen zugespielt hatte?«, fragte er nun. »Wer wusste darüber Bescheid?«

»Eigentlich nur Elard, Thomas, Elards Freund Nowak und ich«, erwiderte Katharina Ehrmann nach kurzem Nachdenken.

»Haben Sie am Telefon darüber gesprochen?«, forschte Bodenstein.

»Ja«, sagte Katharina Ehrmann zögernd. »Nicht über Details, aber darüber, dass Elard uns den Inhalt dieser Kiste zur Verfügung stellen würde.«

»Wann war das?«

»Am Freitag.«

Am Sonntagabend darauf war Nowak überfallen worden. Das passte.

»Mir fällt gerade ein, dass Thomas mich vorgestern Abend aus dem Büro angerufen hat. Er machte sich Sorgen, weil auf dem Parkplatz ein Lieferwagen stand, in dem zwei Männer saßen. Ich habe das nicht ganz ernst genommen, aber vielleicht ...« Katharina Ehrmann verstummte. »Großer Gott! Meinen Sie, dass die unsere Telefongespräche abgehört haben?«

»Das halte ich für möglich.« Bodenstein nickte besorgt. Die Leute von K-Secure waren gut ausgerüstet, sie hatten den Polizeifunk abgehört und so erfahren, wo man Nowaks Handy geortet hatte. Für sie war es vermutlich ein Leichtes, auch andere Telefongespräche abzuhören. Es klopfte an der Tür, Behnke trat ein und reichte Pia den wattierten Umschlag, den sie gleich öffnete.

»Eine CD-ROM«, stellte sie fest. »Und eine Kassette.«

Sie angelte nach ihrem Diktiergerät, legte die Kassette ein und drückte die Play-Taste. Sekunden später ertönte die Stimme von Ritter.

»Heute ist Freitag, der 4. Mai 2007. Mein Name ist Thomas Ritter, vor mir sitzt Frau Auguste Nowak. Frau Nowak, Sie möchten etwas erzählen. Bitte.«

»Stopp!«, unterbrach Bodenstein. »Danke, Frau Ehrmann. Sie können jetzt gehen. Bitte informieren Sie uns, wenn Sie etwas von Herrn Dr. Ritter hören.«

Die dunkelhaarige Frau verstand und erhob sich.

»Schade«, sagte sie. »Gerade jetzt, wo es spannend wird.«

»Machen Sie sich eigentlich überhaupt keine Sorgen um Herrn Ritter?«, fragte Bodenstein. »Immerhin ist er ja Ihr Autor, der Ihnen einen Bestseller liefern soll.«

»Und Ihr Liebhaber«, fügte Pia hinzu.

Katharina Ehrmann lächelte kühl.

»Glauben Sie mir«, sagte sie. »Er wusste, worauf er sich einlässt. Kaum jemand kennt Vera besser als er. Außerdem hatte ich ihn gewarnt.«

»Eine Frage noch«, hielt Bodenstein sie zurück, bevor sie ging. »Warum hat Ihnen Eugen Kaltensee Firmenanteile überschrieben?«

Ihr Lächeln verschwand.

»Lesen Sie die Biographie«, sagte sie. »Dann wissen Sie's.«

»Mein Vater war ein großer Verehrer des Kaisers«, klang die Stimme von Auguste Nowak aus dem Lautsprecher des

Kassettenrekorders, der mitten auf dem Tisch stand. *»Deshalb ließ er mich nach der Kaiserin Auguste Viktoria taufen. Früher nannte man mich Vicky, aber das ist lange her.«*

Bodenstein und Pia wechselten einen raschen Blick. Das ganze Team des K11 hatte sich um den großen Tisch im Besprechungsraum versammelt, neben Bodenstein saß Kriminalrätin Dr. Nicola Engel mit ausdrucksloser Miene. Die Uhr zeigte Viertel vor neun, aber nicht einmal Behnke dachte an Feierabend.

»Ich wurde am 17. März 1922 in Lauenburg geboren. Mein Vater Arno war Gutsverwalter auf dem Gut der Familie Zeydlitz-Lauenburg. Wir waren drei Mädchen: Vera, die Tochter des Freiherrn, Edda Schwinderke, die Tochter des Zahlmeisters, und ich. Wir waren alle drei gleich alt und sind fast wie Schwestern aufgewachsen. Edda und ich schwärmten als junge Mädchen für Elard, Veras älteren Bruder, aber der konnte Edda nicht leiden. Sie war schon als Mädchen furchtbar ehrgeizig und sah sich insgeheim schon als Herrin auf Gut Lauenburg. Als Elard sich in mich verliebt hat, hat sich Edda schrecklich geärgert. Sie dachte, Elard wäre beeindruckt, weil sie schon mit sechzehn Führerin der Mädelgruppe beim BDM war, aber das Gegenteil war der Fall. Er hat die Nazis verachtet, auch wenn er das nie laut gesagt hat. Edda hat das nicht gemerkt, hat immer mit ihrem Bruder Oskar geprotzt, weil er bei der Leibstandarte Adolf Hitler war.«

Auguste Nowak machte eine Pause. Niemand in der Runde sagte ein Wort, bis sie weitersprach.

»1936 waren wir mit den Jungmädels in Berlin bei der Olympiade. Elard hat damals in Berlin studiert. Er hat Vera und mich abends zum Essen ausgeführt, und Edda ist vor Eifersucht beinahe geplatzt. Sie schwärzte uns an, weil wir uns unerlaubt von der Gruppe entfernt hatten, und es gab richtigen Ärger deswegen. Seit dem Tag hat sie mich schikaniert,

wo sie nur konnte, mich vor den anderen Mädchen bei den wöchentlichen Heimabenden lächerlich gemacht, einmal hat sie sogar behauptet, mein Vater sei ein Bolschewik. Als ich neunzehn war, wurde ich schwanger. Niemand hatte etwas gegen eine Heirat einzuwenden, auch Elards Eltern nicht, aber es war Krieg und Elard an der Front. Als der Hochzeitstermin feststand, wurde er von der Gestapo verhaftet, obwohl er Offizier der Luftwaffe war. Der zweite Hochzeitstermin musste auch verschoben werden, weil Elard wieder verhaftet wurde. Es war übrigens Oskar gewesen, der Elard bei der Gestapo angeschwärzt hatte.«

Pia nickte. Diese Aussage bestätigte, was der ehemalige polnische Zwangsarbeiter Miriam erzählt hatte.

»Am 23. August 1942 kam unser Sohn zur Welt. Edda hatte Gut Lauenburg mittlerweile verlassen. Sie und Maria Willumat, die Tochter vom NSDAP-Ortsgruppenleiter aus Doben, hatten sich zum Dienst in einem Frauen-Gefangenenlager gemeldet. Seit sie weg war und nicht mehr herumschnüffeln konnte, haben Elard und Vera heimlich Geld, Schmuck und Wertgegenstände hinüber ins Reich beziehungsweise in die Schweiz geschmuggelt. Elard war davon überzeugt, dass der Krieg verloren war, und wollte, dass wenigstens Vera, Heini und ich in den Westen gehen. Die Familie seiner Mutter besaß ein Anwesen in der Nähe von Frankfurt, da wollte er uns hinbringen.«

»Der Mühlenhof«, bemerkte Pia leise.

»Aber dazu kam es nicht mehr. Elard wurde im November 44 abgeschossen und kam schwer verletzt nach Gut Lauenburg. Vera hatte heimlich ihr Schweizer Mädchenpensionat verlassen und war auch über Weihnachten zu Hause. Wir haben Elard geholfen, die Flucht vorzubereiten, aber die Treckerlaubnis kam erst am 15. Januar. Viel zu spät, die Russen waren nur noch zwanzig Kilometer entfernt. Der Treck ist

am Morgen des 16. Januar in aller Frühe aufgebrochen. Ich wollte nicht ohne Elard und meine Eltern gehen, und weil ich blieb, blieb auch Vera. Wir dachten, dass es später noch die Möglichkeit geben würde, in den Westen zu gelangen.«

Auguste Nowak stieß einen tiefen Seufzer aus.

»Elards Eltern wollten lieber sterben als das Gut verlassen. Sie waren beide schon weit über sechzig und hatten ihre ältesten Söhne im Ersten Weltkrieg verloren. Meine Eltern waren schwer krank, Tuberkulose. Auch meine jüngere Schwester Ida lag mit über vierzig Fieber im Bett. Wir versteckten uns im Keller des Schlosses, versorgt mit Lebensmitteln und Bettzeug, und hofften, dass die Russen uns nicht entdecken und weiterziehen würden. Es war gegen Mittag, als ein Auto in den Hof fuhr, ein Kübelwagen. Veras Vater glaubte, dass Schwinderke jemanden geschickt hatte, um die Kranken zu transportieren, aber das stimmte nicht.«

»Wer ist denn gekommen?«, fragte Ritter nach.

»Edda und Maria, Oskar und dessen SS-Kamerad Hans.«

Wieder deckten sich Auguste Nowaks Schilderungen mit der Aussage des ehemaligen Zwangsarbeiters. Pia hielt den Atem an und beugte sich gespannt vor.

»Sie kamen ins Schloss, fanden uns im Keller. Oskar bedrohte uns mit einer Pistole und zwang Vera und mich, eine Grube zu graben. Der Boden war zwar sandig, aber so fest, dass wir es nicht schafften, deshalb griffen Edda und Hans zu den Schaufeln. Niemand sagte einen Ton. Der Freiherr und die Freifrau knieten sich hin und …«

Die Stimme von Auguste Nowak, bis dahin ruhig und unbeteiligt, begann zu zittern.

»… fingen an zu beten. Heini schrie die ganze Zeit. Meine kleine Schwester Ida stand nur da, die Tränen liefen ihr über die Backen. Ich sehe sie heute noch vor mir. Wir mussten uns in einer Reihe aufstellen, mit dem Gesicht zur Wand. Maria

riss mir Heini vom Arm und zerrte ihn weg. Der Junge hat geschrien und geschrien …«

Es war so still im Besprechungsraum, dass man eine Stecknadel hätte fallen hören können.

»Oskar tötete zuerst den Freiherrn und die Freifrau mit einem Genickschuss, danach meine kleine Schwester Ida. Sie war erst neun Jahre alt. Dann gab er die Pistole Maria, sie schoss meiner Mutter in beide Knie und dann in den Kopf, danach erschoss sie meinen Vater. Elard und ich hielten uns an den Händen. Edda nahm Maria die Pistole ab. Ich habe ihr in die Augen gesehen, sie waren voller Hass. Sie hat gelacht, als sie erst Elard, dann Vera in den Kopf schoss. Zum Schluss schoss sie auf mich. Ich höre sie heute noch lachen …«

Pia konnte es kaum fassen. Welche Kraft musste es die alte Frau gekostet haben, so nüchtern und sachlich über dieses Massaker an ihrer Familie zu sprechen! Wie konnte man mit solchen Erinnerungen weiterleben, ohne verrückt zu werden? Pia dachte an das, was Miriam ihr über die Schicksale der Frauen nach dem Zweiten Weltkrieg im Osten erzählt hatte, die sie im Rahmen ihres Forschungsprojektes befragt hatte. Unsägliches hatten diese Frauen erlebt und ihr ganzes Leben lang nicht darüber gesprochen. Wie auch Auguste Nowak.

»Ich überlebte den Kopfschuss wie durch ein Wunder, die Kugel war durch den Mund wieder ausgetreten. Ich weiß nicht mehr, wie lange ich ohne Bewusstsein war, aber irgendwie gelangte ich aus eigener Kraft aus der Grube. Sie hatten Sand über uns geschaufelt, und ich hatte wohl nur deshalb atmen können, weil ich halb unter Elards Leiche gelegen hatte. Ich schleppte mich nach oben, auf der Suche nach Heini. Das Schloss brannte lichterloh, und ich lief vier russischen Soldaten in die Arme, die mich trotz meiner Verletzung vergewaltigten und erst danach in ein Krankenlager brachten. Als ich einigermaßen bei Kräften war, wurde ich

mit anderen Mädchen und Frauen in einen Viehwaggon gepfercht. Es war zu eng, um sich hinzusetzen, und nur, wenn die Posten mal gute Laune hatten, gab es einen Eimer Wasser für vierzig Menschen. Wir kamen nach Karelien, mussten am Onegasee Gleise verlegen, Holz fällen und Gräben ziehen, bei minus vierzig Grad. Um mich herum starben sie wie die Fliegen, manche Mädchen waren gerade mal vierzehn oder fünfzehn. Ich überlebte fünf Jahre Arbeitslager nur deshalb, weil mich der Lagerleiter zu mögen schien und mir mehr zu essen gab als den anderen. Ich kam erst 1950 aus Russland zurück, auf dem Arm ein Baby, das Abschiedsgeschenk des Lagerleiters.«

»Der Vater von Marcus«, folgerte Pia. »Manfred Nowak.«

»Im Lager Friedland lernte ich meinen Mann kennen. Wir bekamen Arbeit auf einem Bauernhof im Sauerland. Die Hoffnung, meinen ältesten Sohn wiederzufinden, hatte ich längst aufgegeben. Gesprochen habe ich darüber nie. Ich kam auch später nie auf den Gedanken, dass es sich bei der berühmten Vera Kaltensee, von der man hin und wieder hörte oder las, um Edda handeln könnte. Erst als mein Enkelsohn Marcus und ich im Sommer vor zwei Jahren eine Reise nach Ostpreußen unternahmen und wir in Gizycko, dem ehemaligen Lötzen, Elard Kaltensee begegneten, begriff ich, wer er war und wer seit meinem Umzug nach Fischbach ganz in meiner Nähe gelebt hatte.«

Auguste Nowak machte wieder eine Pause.

»Ich behielt mein Wissen für mich. Ein Jahr später arbeitete Marcus auf dem Mühlenhof, und eines Tages brachten er und Elard einen alten Überseekoffer mit. Es war ein Schock, als ich all diese Sachen sah, die SS-Uniform, die Bücher, die Zeitungen von damals. Und diese Pistole. Ich wusste sofort, dass es genau diese Pistole gewesen sein musste, mit der sie

meine ganze Familie erschossen hatten. Sechzig Jahre lang hatte sie in der Kiste gelegen, Vera hatte sie nie weggeworfen. Und als Sie, Dr. Ritter, Marcus und Elard von Vera und ihren drei alten Freunden erzählt haben, wusste ich gleich, wer sie in Wirklichkeit waren. Elard nahm die Kiste an sich, aber Marcus legte die Pistole und die Patronen in seinen Tresor. Ich fand heraus, wo sie lebten, die Mörder, und als Marcus eines Abends weggefahren war, nahm ich die Pistole und fuhr zu Oskar. Ausgerechnet er hatte sich all die Jahre als Jude getarnt! Er hat mich sofort erkannt und bettelte um sein Leben, aber ich erschoss ihn so, wie er Elards Eltern damals erschossen hat. Dann kam ich auf die Idee, Edda eine Nachricht zu hinterlassen. Ich wusste, dass sie sofort verstehen würde, was die fünf Zahlen bedeuten, und war mir sicher, dass sie Todesangst bekommen würde, weil sie ja keine Ahnung hatte, wer davon wissen konnte. Drei Tage später habe ich Hans erschossen.«

»Wie sind Sie zu Goldberg und Schneider hingekommen?«, unterbrach Ritter.

»Mit einem Lieferwagen meines Enkelsohnes«, antwortete Auguste Nowak. *»Das war auch das größte Problem bei Maria. Ich hatte herausgefunden, dass in dem Altersheim eine Theateraufführung mit Feuerwerk stattfinden sollte. An dem Abend hatte ich aber kein Auto, deshalb fuhr ich mit dem Bus und musste meinen Enkelsohn bitten, mich dort abzuholen. Der Junge hat sich nicht einmal gewundert, was ich im vornehmen Taunusblick wollte, er war zu sehr mit sich selbst und seinen Problemen beschäftigt. Ich habe Maria in ihrer Wohnung mit einem Strumpf geknebelt und dann im Rollstuhl durch den Park in den Wald geschoben. Niemand hat uns beachtet, und beim Feuerwerk hat keiner die drei Schüsse gehört.«*

Auguste Nowak verstummte. Im Raum war es totenstill.

Die tragische Lebensgeschichte der alten Frau und ihr Geständnis erschütterten selbst die erfahrensten Kriminalpolizisten.

»*Ich weiß, dass in der Bibel steht ›Du sollst nicht töten‹*«, sprach Auguste Nowak weiter, ihre Stimme klang mit einem Mal brüchig. »*Aber in der Bibel steht auch ›Auge um Auge, Zahn um Zahn‹. Als ich begriffen hatte, wer sie waren, Vera und ihre Freunde, da wusste ich, dass ich dieses Unrecht nicht ungesühnt lassen durfte. Meine kleine Schwester Ida wäre heute einundsiebzig, sie könnte noch leben. Daran musste ich die ganze Zeit denken.*«

»*Professor Elard Kaltensee ist also Ihr Sohn?*«, fragte Thomas Ritter nach.

»*Ja. Er ist der Sohn von mir und meinem geliebten Elard*«, bestätigte Auguste Nowak. »*Er ist der Freiherr von Zeydlitz-Lauenburg, denn Elard und ich wurden am Weihnachtstag 1944 von Pastor Kunisch in der Bibliothek von Gut Lauenburg getraut.*«

Die Mitarbeiter des K11 saßen eine Weile schweigend um den Tisch herum, als das Band zu Ende war.

»Sie war heute hier und wollte mit mir sprechen«, sagte Pia in die Stille. »Ganz sicher wollte sie mir genau das erzählen, damit wir nicht länger ihren Enkelsohn verdächtigen.«

»Und ihren Sohn«, fügte Bodenstein hinzu. »Professor Kaltensee.«

»Haben Sie sie etwa gehen lassen?«, fragte Dr. Nicola Engel verständnislos.

»Ich konnte ja nicht wissen, dass sie unsere Mörderin ist!«, entgegnete Pia heftig. »Das Handy von Nowak war gerade geortet worden, wir mussten nach Frankfurt.«

»Sie wird nach Hause gefahren sein«, sagte Bodenstein. »Wir werden sie abholen. Wahrscheinlich weiß sie, wo Elard jetzt ist.«

»Viel wahrscheinlicher ist, dass sie erst noch Vera Kaltensee tötet«, meldete sich Ostermann zu Wort. »Wenn sie das nicht schon längst getan hat.«

Bodenstein und Behnke fuhren nach Fischbach, um Auguste Nowak zu verhaften, während Pia am Bildschirm die Biographie von Vera Kaltensee las, auf der Suche nach einer Erklärung für Katharina Ehrmanns Beziehung zu Eugen Kaltensee. Die Lebensgeschichte von Auguste Nowak hatte sie tief erschüttert, und obwohl sie als Polizistin und Exfrau eines Rechtsmediziners die düstere Seite der Menschheit zur Genüge kannte, war sie fassungslos über die eiskalte Grausamkeit der vier Mörder. Mit Überlebenswillen in einer Ausnahmesituation war diese Tat nicht zu rechtfertigen, vielmehr hatten sie sich sogar in Lebensgefahr begeben, um ihre Gräueltat zu begehen. Wie konnte man so etwas verdrängen, mit einer solchen Bluttat auf dem Gewissen weiterleben? Und Auguste Nowak, was hatte sie durchgemacht! Vor ihren Augen waren ihr Mann, ihre Eltern, ihre beste Freundin, ihre kleine Schwester erschossen worden. Ihr Kind entführt, sie selbst verschleppt! Pia konnte nicht nachvollziehen, woher die Frau diese Kraft genommen haben mochte, Arbeitslager, Erniedrigung, Vergewaltigungen, Hunger und Krankheit zu überleben. War es die Hoffnung, ihren Sohn wiederzufinden, die sie am Leben erhalten hatte, oder der Gedanke an Rache? Auguste Nowak würde sich auch mit fünfundachtzig Jahren vor Gericht als dreifache Mörderin verantworten müssen, so sah es das Strafgesetzbuch vor. Ausgerechnet jetzt, wo sie ihren verloren geglaubten Sohn wiedergefunden hatte, würde sie ins Gefängnis gehen müssen. Und es gab keine Beweise, die ihre Taten irgendwie rechtfertigen konnten. Pia hielt beim Lesen inne. Vielleicht doch! Die Idee erschien ihr zunächst wahnwitzig, aber bei genauerem Nachdenken durchaus realistisch.

Gerade als Pia die Nummer von Hennings Privatanschluss wählte, betrat Bodenstein ihr Büro mit düsterer Miene.

»Wir müssen Auguste Nowak zur Fahndung ausschreiben«, verkündete er.

Pia legte einen Zeigefinger an die Lippen, denn Henning meldete sich am anderen Ende der Leitung.

»Was gibt's?«, fragte er übellaunig. Pia achtete nicht darauf, sondern erzählte ihm in Kurzfassung die Geschichte von Auguste Nowak. Bodenstein blickte Pia fragend an. Sie stellte das Telefon laut und informierte Henning darüber, dass ihr Chef mithörte.

»Kann man noch nach über sechzig Jahren aus Knochen DNA extrahieren?«, fragte sie.

»Unter Umständen schon.« Der gereizte Tonfall war aus Hennings Stimme verschwunden, er klang neugierig. »Was hast du vor?«

»Ich habe das noch nicht mit meinem Chef abgesprochen«, erwiderte Pia und sah Bodenstein dabei an. »Aber du und ich, wir sollten nach Polen fahren. Fliegen wäre natürlich noch besser. Miriam könnte uns abholen.«

»Wie? Jetzt gleich?«

»Das wäre am besten. Die Zeit drängt.«

»Ich habe nichts mehr vor heute Abend«, entgegnete Henning mit gesenkter Stimme. »Im Gegenteil. Du würdest mir einen Gefallen tun.«

Pia verstand die Andeutung und grinste. Staatsanwältin Löblich saß ihm im Nacken.

»Mit dem Auto brauchen wir etwa achtzehn Stunden nach Masuren.«

»Ich habe an Bernd gedacht. Der hat doch seine Cessna noch, oder?«

Bodenstein schüttelte den Kopf, aber Pia achtete nicht auf ihn.

»Ich rufe ihn an«, sagte Henning Kirchhoff. »Ich melde mich gleich wieder. Ach – Bodenstein?«

Pia hielt ihrem Chef den Hörer hin.

»Bei der Schnellanalyse Ihrer Blutprobe habe ich Spuren von 4-Hydroxybutansäure, kurz GHB, gefunden. Man nennt es auch Liquid Ecstasy. Meinen Berechnungen zufolge müssten Sie etwa gegen 21:00 Uhr des Vorabends eine Dosis von ungefähr zwei Milligramm zu sich genommen haben.«

Bodenstein blickte Pia an.

»Bei einer Dosis in dieser Höhe tritt eine Einschränkung der motorischen Kontrolle auf, ähnlich wie bei einem Alkoholrausch. Unter Umständen kommt eine aphrodisierende Wirkung hinzu.«

Pia registrierte, dass ihr Chef tatsächlich rot wurde.

»Was schließen Sie daraus?«, fragte er und wandte Pia den Rücken zu.

»Wenn Sie es nicht selbst eingenommen haben, hat Ihnen jemand etwas verabreicht. Wahrscheinlich in einem Getränk. Liquid Ecstasy ist eine farblose Flüssigkeit.«

»Alles klar«, sagte Bodenstein knapp. »Vielen Dank, Dr. Kirchhoff.«

»Keine Ursache. Ich melde mich gleich wieder.«

»Na also.« Pia war zufrieden. »Jutta hatte Ihnen eine Falle gestellt.«

»Sie können nicht nach Polen fahren«, sagte Bodenstein, statt darauf einzugehen. »Sie wissen doch gar nicht, ob es dieses Schloss überhaupt noch gibt. Außerdem werden die polnischen Behörden nicht begeistert sein, wenn wir sie jetzt mitten in der Nacht um Amtshilfe bitten.«

»Dann tun wir das eben nicht. Henning und ich fliegen als Touristen rüber.«

»Sie stellen sich das so einfach vor.«

»Das *ist* einfach«, sagte Pia. »Wenn Hennings Freund Zeit

hat, kann er uns morgen früh nach Polen fliegen. Der fliegt dauernd irgendwelche Geschäftsleute in den Osten und kennt sich mit den Bestimmungen aus.«

Bodenstein legte die Stirn in Falten. Es klopfte, und Dr. Engel trat ein.

»Glückwunsch«, sagte sie. »Sie haben drei Mordfälle aufgeklärt.«

»Danke«, erwiderte Bodenstein.

»Wie geht es weiter? Warum haben Sie die Frau nicht verhaftet?«

»Weil sie nicht zu Hause war«, sagte Bodenstein. »Ich gebe jetzt eine Fahndung raus.«

Nicola Engel hob die Augenbrauen und blickte argwöhnisch zwischen Bodenstein und Pia hin und her.

»Sie führen doch irgendetwas im Schilde«, folgerte sie scharfsinnig.

»Stimmt.« Bodenstein holte tief Luft. »Ich werde Frau Kirchhoff und einen forensischen Anthropologen nach Polen zu diesem Schloss schicken. Sie sollen, wenn möglich, Knochen sicherstellen, die wir dann hier analysieren lassen können. Wenn sich herausstellt, dass Auguste Nowak die Wahrheit sagt – wovon ich überzeugt bin –, haben wir genug in der Hand, um Vera Kaltensee wegen Mordes vor Gericht zu bringen.«

»Das kommt gar nicht in Frage. Wir haben mit der Schauergeschichte dieser Frau nichts zu tun.« Dr. Engel schüttelte energisch den Kopf. »Es besteht überhaupt keine Notwendigkeit, dass Frau Kirchhoff nach Polen reist.«

»Aber man könnte doch …«, begann Pia.

»Sie haben hier zwei weitere Morde aufzuklären«, würgte die Kriminalrätin ihren Einwand ab. »Außerdem ist Professor Kaltensee noch immer flüchtig, und jetzt auch diese Frau Nowak, eine geständige Mörderin. Und wo sind die Tagebücher, die Ritter von Nowak erhalten hat? Wo ist Ritter? Weshalb sitzen sechs Männer unten in den Arrestzellen? Sprechen Sie lieber mit denen, bevor Sie aufs Geratewohl nach Polen fahren!«

»Das hat doch alles noch einen Tag Zeit«, versuchte Pia zu argumentieren, aber ihre zukünftige Chefin zeigte sich unnachgiebig.

»Dr. Nierhoff hat mich befugt, in seinem Namen Entscheidungen zu treffen, und die treffe ich hiermit. Sie fahren *nicht* nach Polen. Das ist ein Dienstbefehl.« Dr. Engel hielt einen Abhefter in ihrer sorgfältig manikürten Hand. »Hier gibt es nämlich schon neue Probleme.«

»Aha.« Bodenstein zeigte wenig Interesse.

»Der Anwalt der Familie Kaltensee hat eine offizielle Beschwerde wegen Ihrer Verhörmethoden an das Innenministerium gerichtet. Er bereitet derzeit eine Anzeige gegen Sie beide vor.«

»So ein Quatsch«, schnaubte Bodenstein verächtlich. »Die wollen uns mit allen Mitteln einschüchtern, weil sie merken, dass wir ihnen auf den Fersen sind.«

»Sie haben noch ein weitaus gravierenderes Problem am Hals, Herr von Bodenstein. Der Anwalt von Frau Kaltensee bezeichnet das hier bisher nur als Nötigung. Wenn er Ihnen übelwill, wird daraus schnell eine Vergewaltigung.« Sie schlug den Abhefter auf und hielt ihn Bodenstein hin. Der wurde knallrot.

»Frau Kaltensee hat mich in eine Falle gelockt, um …«

»Machen Sie sich nicht lächerlich, Herr Hauptkommissar«, unterbrach Dr. Engel ihn scharf. »Sie haben sich mit der Landtagsabgeordneten Kaltensee zu einem Tête-à-Tête getroffen und sie anschließend zu sexuellen Handlungen genötigt.«

Die angeschwollene Ader an Bodensteins Schläfe zeigte

Pia, dass es ihm nur noch mit äußerster Mühe gelang, nicht die Beherrschung zu verlieren.

»Sollte *das* in irgendeiner Weise publik werden«, sagte die Kriminalrätin, »wird mir nichts anderes übrigbleiben, als Sie vom Dienst zu suspendieren.«

Bodenstein starrte sie grimmig an. Sie hielt seinem Blick stand.

»Auf wessen Seite stehst du eigentlich?«, fragte er. Offenbar hatte er Pias Anwesenheit ganz vergessen. Auch Nicola Engel achtete nicht mehr auf Zuhörer.

»Auf meiner«, erwiderte sie kalt. »Das solltest du mittlerweile begriffen haben.«

Es war Viertel nach elf, als Henning mit Reisetasche und seiner kompletten Ausrüstung auf dem Birkenhof eintraf. Bodenstein und Pia saßen in der Küche am Tisch und aßen Thunfischpizza aus Pias eiserner Tiefkühlreserve.

»Wir können morgen früh um halb fünf fliegen«, verkündete Henning und beugte sich über den Tisch. »Bah, dass du dieses Zeug immer noch essen kannst.«

Erst dann schien ihm die gedrückte Stimmung aufzufallen.

»Was ist denn los?«

»Wie begeht man den perfekten Mord?«, fragte Bodenstein düster. »Sie haben doch sicher ein paar gute Tipps für mich.«

Henning warf Pia einen fragenden Blick zu.

»Oh, da würde mir sicherlich etwas einfallen. Vor allen Dingen sollten Sie vermeiden, dass Ihr Opfer auf meinem Tisch landet«, sagte er dann leichthin. »Um wen geht's?«

»Um unsere zukünftige Chefin. Dr. Nicola Engel«, sagte Pia. Bodenstein hatte ihr mittlerweile unter dem Siegel der Verschwiegenheit erzählt, woher Nicola Engels Abneigung gegen ihn kam. »Sie hat mir verboten, nach Polen zu fahren.«

»Na ja, genaugenommen fahren wir ja auch nicht. Wir fliegen.«

Bodenstein blickte auf. »Stimmt.« Er grinste zögerlich.

»Damit wäre das geklärt.« Henning nahm sich ein Glas aus dem Regal und goss sich einen Schluck Wasser ein. »Bringt mich mal auf den neuesten Stand.«

Bodenstein und Pia berichteten abwechselnd von den Ereignissen der letzten vierundzwanzig Stunden.

»Wir brauchen unbedingt Beweise für das, was angeblich am 16. Januar 1945 passiert ist«, schloss Pia. »Sonst können wir eine Mordanklage gegen Vera Kaltensee vergessen. Im Gegenteil: Sie wird uns mit Anzeigen und Klagen überziehen. Und kein Gericht der Welt wird sie aufgrund der Aussage von Auguste Nowak verurteilen; schließlich kann sie immer noch behaupten, dass sie selbst damals keinen Schuss abgegeben hat. Außerdem wissen wir nicht, wo die Tagebücher sind, und Ritter ist bisher auch nicht wiederaufgetaucht.«

»Auch Vera und Elard Kaltensee sowie Auguste Nowak sind verschwunden«, fügte Bodenstein hinzu. Er unterdrückte mit Mühe ein Gähnen und warf einen Blick auf die Uhr.

»Wenn Sie morgen früh nach Polen fliegen, lassen Sie bitte Ihre Dienstwaffe hier«, sagte er zu Pia. »Nicht dass es noch irgendwelche Schwierigkeiten gibt.«

»Klar.« Pia nickte. Im Gegensatz zu ihrem Chef war sie hellwach. Bodensteins Handy klingelte. Er nahm das Gespräch entgegen, während Pia die benutzten Teller in die Spülmaschine räumte.

»Auf dem Grundstück des Mühlenhofs wurde ein weibliches Skelett gefunden«, berichtete er kurz darauf mit müder Stimme. »Und die Schweizer Kollegen haben sich gemeldet. Vera Kaltensee ist weder in ihrem Haus in Zürich noch im Tessin.«

»Hoffentlich ist es nicht schon zu spät«, sagte Pia. »Ich würde alles darum geben, sie vor Gericht zu bringen.«

Bodenstein erhob sich von seinem Stuhl.

»Ich fahre nach Hause«, sagte er. »Morgen ist auch noch ein Tag.«

»Warten Sie, ich mache das Tor hinter Ihnen zu.« Pia folgte ihm hinaus, begleitet von den vier Hunden, die an der Haustür gelegen und auf das Signal zur letzten Abendrunde gewartet hatten. An seinem Auto blieb Bodenstein stehen.

»Was sagen Sie der Engel morgen, wenn sie nach mir fragt?«, wollte Pia wissen. Sie hatte ein ungutes Gefühl, schließlich stand Bodenstein ohnehin schon haarscharf vor einer Suspendierung.

»Mir fällt schon etwas ein.« Er zuckte mit den Schultern. »Machen Sie sich deswegen keine Gedanken.«

»Sagen Sie doch, dass ich einfach geflogen bin.«

Bodenstein sah sie nachdenklich an, dann schüttelte er den Kopf.

»Das ist nett gemeint, aber das werde ich ganz sicher nicht machen. Was Sie tun, das tun Sie mit meiner vollen Rückendeckung. Ich bin schließlich Ihr Chef.«

Sie standen da und blickten sich im Licht des Hofscheinwerfers an.

»Passen Sie bloß auf sich auf«, sagte Bodenstein mit rauer Stimme. »Ich wüsste echt nicht, was ich ohne Sie anfangen sollte, Pia.«

Es war das erste Mal, dass er sie beim Vornamen nannte. Pia wusste nicht ganz, was sie davon halten sollte, aber irgendetwas hatte sich in den letzten Wochen zwischen ihnen verändert. Bodenstein hatte seine Distanz aufgegeben.

»Uns passiert schon nichts«, versicherte sie. Er öffnete die Fahrertür, stieg aber nicht ein.

»Zwischen Dr. Engel und mir stehen nicht nur die Vorkommnisse bei diesen Ermittlungen damals«, rückte er endlich heraus. »Wir hatten uns beim Jurastudium in Hamburg kennengelernt und waren zwei Jahre lang zusammen. Bis mir Cosima über den Weg gelaufen ist.«

Pia hielt den Atem an. Woher kam plötzlich dieses Mitteilungsbedürfnis?

»Nicola hat mir nie verziehen, dass ich mit ihr Schluss gemacht und nur drei Monate später Cosima geheiratet habe.« Er verzog das Gesicht zu einer Grimasse. »Sie trägt mir das bis heute nach. Und ich Idiot liefere ihr auch noch eine solche Steilvorlage!«

Jetzt erst verstand Pia, was ihr Chef befürchtete.

»Sie meinen, sie könnte Ihrer Frau von dem ... äh ... Vorfall erzählen?«

Bodenstein stieß einen Seufzer aus und nickte.

»Dann sagen Sie ihr selbst, was passiert ist, bevor sie es von der Engel erfährt«, riet Pia. »Sie haben doch die Laborergebnisse als Beweis dafür, dass die Kaltensee Sie in eine Falle gelockt hat. Ihre Frau wird das verstehen, da bin ich sicher.«

»Ich leider nicht«, erwiderte Bodenstein und stieg ins Auto. »Also, passen Sie auf sich auf. Gehen Sie keine unnötigen Risiken ein. Und melden Sie sich regelmäßig.«

»Das mache ich«, versprach Pia und hob grüßend die Hand, als er davonfuhr.

Bodenstein saß an seinem Laptop, in den er eine Kopie der CD-ROM mit dem Manuskript der Vera-Kaltensee-Biographie geschoben hatte, und versuchte, sich zu konzentrieren. Selbst eine halbe Packung Aspirin hatte nichts gegen seine quälenden Kopfschmerzen ausrichten können. Der Text verschwamm vor seinen Augen, seine Gedanken waren ganz woanders. Er hatte gelogen, als er Cosima vorhin gesagt hatte, dass er vor dem Schlafengehen noch das Manuskript lesen müsse, weil es wichtig für seine Ermittlungen sei, und sie hatte es ihm ohne zu zögern geglaubt. Seit geschlagenen zwei Stunden überlegte er nun, ob er ihr von dem Vorfall erzählen und wenn ja, wie er anfangen sollte. Er war es nicht gewöhnt, Geheimnisse vor Cosima zu haben, und fühlte sich entsetzlich elend dabei. Mit jeder Minute, die verstrich, sank ihm der Mut. Was, wenn sie ihm nicht glaubte, wenn sie in Zukunft immer misstrauisch sein würde, wenn er mal länger wegblieb?

»Verdammt«, murmelte er und klappte den Laptop zu. Er knipste die Schreibtischlampe aus und ging mit schweren Schritten die Treppe hoch. Cosima lag im Bett und las. Als er eintrat, legte sie das Buch zur Seite und blickte ihn an. Wie schön sie war, wie vertraut ihr Anblick! Unmöglich, ein solches Geheimnis vor ihr zu haben! Stumm sah er sie an und suchte nach den richtigen Worten.

»Cosi«, sein Mund war trocken wie Papier, er zitterte innerlich, »ich … ich … muss dir etwas sagen …«

»Na endlich«, erwiderte sie.

Er starrte sie wie vom Donner gerührt an. Zu seiner Überraschung lächelte sie sogar ein wenig.

»Das schlechte Gewissen steht dir ins Gesicht geschrieben, mein Lieber«, sagte Cosima. »Ich hoffe nur, dass es nichts mit deiner alten Flamme Nicola zu tun hat. Und jetzt erzähl schon.«

Freitag, 11. Mai 2007

Siegbert Kaltensee saß am Schreibtisch im Arbeitszimmer seines Hauses und starrte das Telefon an, während seine Tochter sich in der Küche die Augen ausweinte. Thomas Ritter war seit nunmehr sechsunddreißig Stunden wie vom Erdboden verschluckt, und Marleen hatte in ihrer Verzweiflung keinen anderen Ausweg mehr gesehen, als sich ihrem Vater anzuvertrauen. Siegbert hatte sich nicht anmerken lassen, dass er bereits über alles Bescheid wusste. Sie hatte ihn um Hilfe angefleht, aber er hatte ihr nicht helfen können. Inzwischen war ihm bewusst geworden, dass nicht er die Fäden in der Hand hielt, wie er es die ganze Zeit angenommen hatte. Die Polizei hatte mit dem Bodenradargerät auf dem Mühlenhof Reste eines menschlichen Skeletts gefunden. Siegbert ging die Behauptung der Kripoleute nicht aus dem Kopf, er sei der leibliche Vater von Robert gewesen, und seine Mutter habe Danuta kurz nach der Geburt des Kindes getötet. Konnte das wahr sein? Und wo war seine Mutter tatsächlich? Er hatte am Mittag noch mit ihr gesprochen. Sie hatte beschlossen, sich von Moormann in ihr Haus im Tessin fahren zu lassen, aber bis jetzt hatte sie sich noch nicht bei ihm gemeldet. Siegbert Kaltensee griff nach dem Telefon und wählte die Nummer seiner Schwester. Jutta hatte keinen Gedanken an die Mutter verschwendet oder an Elard, der ebenso verschwunden war wie Ritter. Ihre einzige Sorge galt ihrer Karriere, die durch die unseligen Ereignisse Schaden nehmen könnte.

»Hast du mal auf die Uhr geguckt?«, meldete sie sich nun ungehalten.

»Wo ist Ritter?«, fragte Siegbert seine Schwester. »Was hast du mit ihm gemacht?«

»Ich? Sag mal, spinnst du?«, empörte sie sich. »Du warst es doch, der Mutters Vorschlag so begierig aufgegriffen hat!«

»Ich habe ihn für eine Weile aus dem Verkehr ziehen lassen, mehr nicht. Hast du etwas von Mutter gehört?«

Siegbert bewunderte und verehrte seine Mutter, hatte von Kindesbeinen an um ihre Liebe und Anerkennung gekämpft und war ihren Wünschen, Anordnungen und Bitten stets nachgekommen, auch dann, wenn er selbst nicht von deren Richtigkeit überzeugt gewesen war. Sie war seine Mutter, die große Vera Kaltensee, und wenn er ihr nur gehorchte, dann würde sie ihn eines Tages so lieben, wie sie Jutta liebte. Oder Elard, der sich wie eine Zecke auf dem Mühlenhof festgesetzt hatte.

»Nein«, sagte Jutta. »Dann hätte ich dir schon Bescheid gesagt.«

»Sie müsste doch längst angekommen sein. Moormann meldet sich auch nicht auf seinem Handy. Ich mache mir Sorgen.«

»Hör zu, Berti.« Jutta senkte die Stimme. »Mutter wird es schon gutgehen. Glaub nicht den Mist, den die Polizei erzählt hat, von wegen Elard wäre hinter ihr her. Du kennst Elard doch! Wahrscheinlich hat er sich aus dem Staub gemacht, der Feigling, zusammen mit seinem kleinen Freund.«

»Mit wem?«, fragte Siegbert konsterniert.

»Sag bloß, du weißt es nicht?« Jutta lachte boshaft. »Elard steht der Sinn neuerdings nach hübschen jungen Männern.«

»So ein Unsinn!« Siegbert verabscheute seinen älteren Halbbruder aus tiefstem Herzen, aber mit dieser Behauptung ging Jutta sicher zu weit.

»Wie auch immer.« Juttas Stimme wurde kalt. »Ich frage mich, ob ihr das alle mit Absicht tut, um mir zu schaden. Mutter mit ihren Nazifreunden, ein schwuler Bruder und ein Skelett auf dem Mühlenhof! Wenn die Presse davon Wind bekommt, bin ich erledigt.«

Siegbert Kaltensee schwieg verwirrt. In den vergangenen Tagen hatte er seine Schwester von einer Seite kennengelernt, die ihm bis dahin fremd gewesen war, und allmählich begriffen, dass ihr ganzes Tun von eisenharter Berechnung bestimmt wurde. Ihr war es herzlich gleichgültig, wo Vera steckte, ob Elard drei Menschen erschossen hatte und wessen Skelett die Polizei gefunden hatte – solange man nur ihren Namen nicht damit in Verbindung brachte.

»Verlier jetzt bloß nicht die Nerven, hörst du, Berti?«, beschwor sie ihn. »Egal, was die Polizei uns fragt: Wir wissen nichts. Und das stimmt sogar. Mutter hat in ihrem Leben Fehler gemacht, die ich nicht ausbaden möchte.«

»Dich interessiert gar nicht, was mit ihr ist«, stellte Siegbert mit tonloser Stimme fest. »Dabei ist sie unsere Mutter …«

»Werd bloß nicht sentimental! Mutter ist eine alte Frau, die ihr Leben gelebt hat! Ich habe noch Pläne, und die will ich mir nicht von ihr verderben lassen. Und auch nicht von Elard oder Thomas oder …«

Siegbert Kaltensee legte den Hörer auf. Von ferne hörte er das Schluchzen seiner Tochter und die beruhigende Stimme seiner Frau. Er starrte blicklos vor sich hin. Woher kamen mit einem Mal die Zweifel, die seit dem Gespräch mit den beiden Kripoleuten an ihm nagten? Er hatte all das doch tun *müssen*, um die Familie zu schützen! Die Familie war schließlich das höchste Gut, das war das Credo seiner Mutter. Weshalb nur fühlte er sich plötzlich von ihr im Stich gelassen? Warum meldete sie sich nicht?

Miriam erwartete sie wie verabredet um halb neun vor dem Regionalflughafen nahe Szczytno-Szymany, dem einzigen Flughafen in der Woiwodschaft Ermland-Masuren, dessen Tage allerdings gezählt waren. Der Flug in der erstaunlich komfortablen Cessna CE-500 Citation hatte knappe vier Stunden gedauert, die Passkontrolle drei Minuten.

»Ah, Dr. Frankenstein.« Miriam reichte Henning Kirchhoff die Hand, nachdem sie Pia herzlich umarmt hatte. »Willkommen in Polen!«

»Sie sind wirklich nachtragend«, stellte Henning fest und grinste. Miriam setzte die Sonnenbrille ab und musterte ihn, dann grinste sie auch.

»Ich habe ein Gedächtnis wie ein Elefant«, bestätigte sie und ergriff eine von Kirchhoffs Taschen. »Kommt mit. Bis nach Doba sind es ungefähr hundert Kilometer zu fahren.«

In einem gemieteten Ford Focus brausten sie über Landstraßen Richtung Nordosten ins Herz Masurens. Miriam und Henning unterhielten sich über die Schlossruine und stellten Vermutungen an, ob der Keller nach sechzig Jahren Vernachlässigung überhaupt noch zugänglich sein würde. Pia saß auf der Rückbank, hörte mit einem Ohr zu und blickte stumm aus dem Fenster. Sie hatte keine Beziehungen zu diesem Land und seiner wechselhaften und traurigen Vergangenheit. Ostpreußen war bisher für sie nur ein abstrakter Begriff gewesen, nicht mehr als ein immer wiederkehrendes Thema von Fernsehdokumentationen und Spielfilmen. Flucht und Vertreibung hatte ihre Familie nicht gekannt. Vor den Fenstern huschten im dunstigen Licht des Morgens Hügel, Wälder und Felder vorbei, noch lagen über den vielen kleinen und größeren Seen wattige Nebelschwaden, die sich nur allmählich unter den warmen Strahlen der Maisonne auflösten.

Pias Gedanken wanderten zu Bodenstein. Sein Vertrauen berührte sie tief. Er hätte ihr das alles nicht erzählen müssen, wollte aber offenbar ehrlich zu ihr sein. Dr. Engel hatte es aus rein persönlichen Gründen auf ihn abgesehen, das war ungerecht, aber nicht zu ändern. Die einzige Möglichkeit, ihm zu helfen, bestand darin, hier und heute keinen Fehler zu machen. Bei Mragowo bog Miriam auf eine unwegsamere schmale Landstraße ab, die sie an verschlafenen Gehöften und kleinen Dörfern vorbeiführte. Idyllisch, die alten Alleen! Und zwischen den dunklen Wäldern blitzte immer wieder blaues Wasser auf. Masuren, hatte Miriam erklärt, sei die größte Seenplatte Europas. Eine Weile später fuhren sie am Kisajno-See vorbei, durch die kleinen Orte Kamionki und Doba. Pia wählte Bodensteins Nummer.

»Wir sind gleich da«, verkündete sie. »Wie ist die Stimmung?«

»Bis jetzt noch gut«, erwiderte er. »Ich habe Frau Dr. Engel noch nicht gesehen. Allerdings ist Auguste Nowak bisher nicht wiederaufgetaucht, und auch die anderen sind … le … erschwun … eu … Morgen … mit Améry … sprochen, mit … nichts … bekommen … sie …«

»Ich kann Sie nur ganz schlecht hören!«, rief Pia, dann riss die Verbindung ganz ab. In den Weiten des ehemaligen Ostpreußens gab es nicht viele Sendemasten, das Mobilfunknetz brach regelmäßig zusammen, wie Miriam schon erwähnt hatte. »Mist«, fluchte sie.

Miriam stoppte an einer Kreuzung und bog nach rechts in einen asphaltierten Waldweg ein. Die Fahrt ging ein paar hundert Meter durch einen lichten Laubwald, und das Auto holperte von einem Schlagloch zum nächsten, so dass Pia unsanft mit dem Kopf gegen das Seitenfenster knallte.

»Passt auf«, sagte Miriam, »jetzt verschlägt's euch gleich den Atem!«

Pia beugte sich vor und blickte zwischen den Lehnen der Vordersitze hindurch, als sie den Wald hinter sich ließen. Zur Rechten lag dunkel und glitzernd der Dobensee, links dehnten sich weite Hügel, hin und wieder von Baumgruppen und Wäldern unterbrochen.

»Diese Ruinen links, das war früher das Dorf Lauenburg«, erklärte Miriam. »Beinahe alle Einwohner arbeiteten auf dem Gut. Es gab eine Schule, einen Laden, eine Kirche und natürlich eine Dorfkneipe.«

Von Lauenburg war fast nur noch die Kirche übrig. Auf dem halbeingestürzten Kirchturm aus rotem Backstein thronte ein Storchennest.

»Man hat das Dorf quasi als Steinbruch benutzt«, wusste Miriam. »Auch die meisten Wirtschaftsgebäude des Gutes und die Schlossmauer sind auf diese Weise verschwunden. Vom Schloss selbst ist dagegen noch ziemlich viel erhalten.«

Aus der Ferne war noch die Symmetrie des Gutshofes zu erkennen: das Schloss in der Mitte direkt am Ufer des Sees, u-förmig umgeben von den inzwischen abgetragenen Gebäuden, deren Grundmauern durch leuchtendes Grün schimmerten. Früher musste eine gepflegte Allee auf das Hauptportal des Schlosses zugeführt haben, aber nun wuchsen Bäume in wildem Durcheinander an Stellen, an denen man sie früher sicherlich nicht geduldet hätte.

Miriam steuerte durch den Torbogen, der im Gegensatz zum Rest der Mauer noch erhalten war, und hielt vor der Schlossruine. Pia blickte sich um. Vögel zwitscherten in den Ästen der mächtigen Bäume. Aus der Nähe betrachtet, wirkten die Überreste der einstigen Gutsanlage deprimierend, das leuchtende Grün entpuppte sich als Unkraut und Gestrüpp,

Brennnesseln wucherten meterhoch, Efeu bedeckte beinahe jede freie Fläche. Was für ein Gefühl musste es für Auguste Nowak gewesen sein, als sie nach sechzig Jahren der Verdrängung und des Vergessenwollens wieder hierhergekommen war und den Ort der glücklichsten und schrecklichsten Momente ihres Lebens in diesem Zustand vorgefunden hatte? Vielleicht hatte sie genau an dieser Stelle beschlossen, für das, was man ihr angetan hatte, Rache zu nehmen.

»Was diese Mauern wohl erzählen könnten«, murmelte Pia und stapfte über das weitläufige Gelände, das nach Jahrzehnten der Vernachlässigung beinahe vollständig von der Natur zurückerobert worden war. Hinter der brandgeschwärzten Ruine des Schlosses glitzerte silbrig der See. Hoch am tiefblauen Himmel flogen Störche, und auf den zerbrochenen Stufen des Schlosses räkelte sich in der Sonne eine fette Katze, die sich wohl als legitime Nachfolgerin der Zeydlitz-Lauenburgs fühlte. Vor Pias innerem Auge erstand das Gut, wie es einmal ausgesehen haben mochte. Das Schloss in der Mitte, Verwalterhaus, Schmiede, Stallungen. Auf einmal konnte sie nachvollziehen, weshalb die Menschen, die aus diesem wunderschönen Land vertrieben worden waren, den endgültigen Verlust ihrer Heimat bis heute nicht akzeptieren wollten.

»Pia!«, rief Henning ungeduldig. »Kannst du wohl mal herkommen?«

»Ja, ich komme.« Sie wandte sich um. Aus dem Augenwinkel nahm sie ein Aufblitzen wahr. Sonnenlicht auf Metall. Neugierig umrundete sie einen von Brennnesseln überwucherten Schutthaufen und erstarrte. Der Schreck fuhr ihr bis in die Fingerspitzen. Vor ihr stand die dunkle Maybach-Limousine von Vera Kaltensee, verstaubt von einer langen Fahrt, die Windschutzscheibe von Insekten verklebt. Pia legte die Hand auf die Motorhaube. Sie war noch warm.

»Katharina Ehrmann war die einzige Freundin, die Jutta Kaltensee je gehabt hatte. Sie hat in allen Ferien bei Eugen Kaltensee im Büro gejobbt, und er mochte sie.« Ostermann sah übernächtigt aus, was kein Wunder war, denn er hatte das komplette Manuskript in der vergangenen Nacht durchgelesen. »An dem Abend, als Juttas Vater starb, war sie auf dem Mühlenhof und wurde so zufällig Augenzeugin des Mordes.«

»Tatsächlich Mord?«, vergewisserte Bodenstein sich. Er saß an seinem Schreibtisch und hatte in den Akten nach dem Protokoll gesucht, das Kathrin Fachinger nach ihrem Gespräch mit Anita Frings' Nachbarn aus dem *Taunusblick* angefertigt hatte, als Ostermann hereingekommen war. Zu seiner unendlichen Erleichterung hatte Cosima ihm gestern Nacht keine Szene gemacht und ihm auch geglaubt, dass er unschuldig in eine Falle getappt war. Sie hatte schon beim Mittagessen mit Jutta Kaltensee gemerkt, dass die angebliche Imagekampagne nur ein lahmer Vorwand gewesen war. Alles andere würde er schon bewältigen, auch Nicolas Bestrebungen, ihn loszuwerden. Pia Kirchhoff gegen ihre ausdrückliche Anweisung nach Polen reisen zu lassen war – nüchtern betrachtet – in seiner derzeitigen Lage beruflicher Selbstmord. Aber im Keller des Schlosses in Masuren lag der Schlüssel für die Ereignisse, die ihnen in zehn Tagen fünf Leichen beschert hatten. Bodenstein hoffte inständig, dass Pias Unternehmung von Erfolg gekrönt war, sonst konnte er seinen Hut nehmen.

»Ja, es war zweifellos Mord«, erwiderte Ostermann nun. »Warten Sie, ich lese Ihnen die Stelle aus dem Manuskript vor: *Vera stieß ihn die steile Kellertreppe hinunter und lief hinterher, als ob sie ihm helfen wollte. Sie kniete neben ihm, legte ihr Ohr an seinen Mund, und als sie bemerkte, dass er noch atmete, erstickte sie ihn mit seinem eigenen Pullover. Danach ging sie ungerührt nach oben und setzte sich an ihren*

Schreibtisch. Erst zwei Stunden später fand man die Leiche. Ein Verdächtiger war schnell zur Hand: Elard hatte nach einem heftigen Streit mit seinem Stiefvater am späten Nachmittag in großer Eile den Mühlenhof verlassen, um noch am selben Abend mit dem Nachtzug nach Paris zu fahren.«

Bodenstein nickte nachdenklich. Thomas Ritter musste sehr naiv oder wahrhaftig blind vor Rachsucht sein, ein solches Buch zu schreiben! Clever von Katharina Ehrmann, ihr Wissen auf diese Weise öffentlich zu machen. Er wusste nicht, aus welchem Grund Katharina die Kaltensees hasste; dass sie einen hatte, war allerdings kaum zu übersehen. Eins war sicher: Sollte dieses Buch jemals erscheinen, würde der Skandal einige Mitglieder der Familie Kaltensee in den Abgrund reißen.

Das Telefon klingelte. Entgegen seiner Hoffnung war es nicht Pia, sondern Behnke. Die Beschreibung des Mannes, der Ritter vorgestern aus der Redaktion begleitet hatte, konnte auf einen Mitarbeiter der K-Secure zutreffen, aber Améry und seine fünf Kollegen schwiegen wie die sizilianische Mafia.

»Ich will mit Siegbert Kaltensee sprechen«, sagte Bodenstein auf die Gefahr hin, eine weitere Anzeige wegen Polizeiwillkür zu kassieren. »Holen Sie ihn hierher. Und auch die Empfangsdame der *Weekend*. Wir machen eine Gegenüberstellung mit den K-Secure-Leuten. Vielleicht erkennt sie den Paketboten wieder.«

Wo war Vera Kaltensee? Wo war Elard? Waren sie noch am Leben? Weshalb hatte Elard Kaltensee Nowak in den Keller der Universität gesperrt? Man hatte Marcus Nowak gestern Abend noch operiert, er lag nun auf der Intensivstation des Bethanien-Krankenhauses, und es war noch nicht abzusehen, ob er überleben würde. Bodenstein schloss die Augen und stützte den Kopf in die Hand. Elard war im Besitz der Kiste und der Tagebücher gewesen. Auf Bitten von Katharina Ehrmann hatte er die Tagebücher Ritter gegeben, und irgendwie mussten die Kaltensees davon erfahren haben. Unkonzentriert blätterte er das Protokoll durch. Plötzlich hielt er inne.

»*›Katerchen‹, der kam regelmäßig*«, las er. »*Schob sie im Rollstuhl durch die Gegend … ›Katerchen‹? … So hat sie ihn genannt, den jungen Mann … Wie hat er ausgesehen? … Braune Augen. Schlank. Mittelgroß, Durchschnittsgesicht. Der ideale Spion, nicht wahr. Oder ein Schweizer Bankier.*«

Irgendetwas regte sich in Bodensteins Gedächtnis. Spion, Spion … Dann fiel es ihm ein! »Furchtbar, dieser Moormann!«, hatte Jutta Kaltensee gesagt und war ganz blass geworden, als der Chauffeur ihrer Mutter plötzlich hinter ihr aufgetaucht war. »Schleicht überall lautlos herum und erschreckt mich jedes Mal fast zu Tode, dieser alte Spion!«

Das war an dem Tag gewesen, als er ihr auf dem Mühlenhof zum ersten Mal begegnet war. Bodenstein dachte an das Hemd, das Watkowiak getragen hatte. Moormann hätte ohne größere Probleme ein Hemd von Elard Kaltensee an sich nehmen können, um damit eine falsche Spur zu legen!

»Großer Gott«, murmelte Bodenstein. Wieso hatte er nicht viel eher daran gedacht? Moormann, der Dienstbote, dessen ständige unauffällige Anwesenheit im Haus so selbstverständlich war, wusste sicherlich bestens über alles Bescheid, was sich in der Familie abspielte. Hatte er von der Übergabe der Tagebücher an Ritter erfahren, hatte er vielleicht ein Telefonat von Elard belauscht? Zweifellos war der Mann seiner Chefin treu ergeben, zumindest log er für sie. Mordete er auch für sie? Bodenstein klappte die Akte zu und nahm seine Dienstwaffe aus der Schreibtischschublade Er musste sofort zum Mühlenhof fahren. Gerade, als er sein Büro verlassen wollte, erschienen im Türrahmen Kriminaldirektor Nierhoff mit bedrohlicher Gewittermiene und eine ziemlich zufrieden blickende Nicola Engel. Bodenstein zog sein Jackett an.

»Frau Dr. Engel«, sagte er, bevor einer von ihnen den Mund aufmachen konnte, »ich brauche dringend Ihre Hilfe.«

»Wo ist Frau Kirchhoff?«, fragte Nierhoff scharf.

»In Polen.« Bodenstein sah Nicola Engel an. »Ich weiß, dass ich damit eine Dienstanweisung missachtet habe, aber ich hatte meine Gründe.«

»Wobei brauchen Sie Hilfe?« Die Kriminalrätin überging seine Rechtfertigung und erwiderte seinen Blick mit einem unergründlichen Ausdruck in den Augen.

»Mir ist gerade klargeworden, dass wir die ganze Zeit jemanden übersehen haben«, sagte Bodenstein. »Ich glaube, dass Vera Kaltensees Chauffeur Moormann der Mörder von Monika Krämer und Robert Watkowiak ist.« Eilig erläuterte er ihr die Verdachtsmomente.

»Wir haben einen Spur-Spur-Treffer, den wir bisher nicht zuordnen konnten. Ich brauche die DNA von Moormann und möchte, dass Sie mich zum Mühlenhof begleiten. Außerdem brauchen wir eine Gegenüberstellung von Ritters Sekretärin und den K-Secure-Leuten. Ich kann sie nur noch bis heute Abend festhalten.«

»Ja, aber so geht das nicht …«, protestierte Nierhoff, doch Dr. Engel nickte.

»Ich komme mit«, sagte sie entschlossen. »Fahren wir.«

Pia ging langsam um das dunkle Auto herum, das achtlos zwischen Disteln und Schutthaufen abgestellt worden war. Die Türen waren nicht abgeschlossen. Derjenige, der mit dem Auto hierhergekommen war, hatte es eilig gehabt. Leise entfernte sie sich und berichtete Henning und Miriam von ihrem Fund. Nach wie vor hatte keines ihrer Handys Empfang, aber Bodenstein hätte ihnen jetzt ohnehin nicht helfen können.

»Vielleicht sollten wir besser die polnische Polizei einschalten«, überlegte Pia.

»Quatsch.« Henning schüttelte den Kopf. »Was willst du denen erzählen? Da steht ein Auto, können Sie bitte mal herkommen? Die lachen dich doch aus.«

»Wer weiß, was sich da unten in dem Keller abspielt«, gab Pia zu bedenken.

»Das werden wir schon sehen«, erwiderte Henning und marschierte entschlossen los. Pia hatte ein ungutes Gefühl, aber es war Unsinn, so kurz vor dem Ziel umzukehren. Wer konnte den Maybach von Deutschland hierhergefahren haben und warum? Nach kurzem Zögern folgte sie Miriam und ihrem Exmann.

Das einstmals prachtvolle Schloss war beinahe völlig eingestürzt. Die äußeren Mauern standen noch, aber das Erdgeschoss war verschüttet und bot daher keinen Zugang zum Keller.

»Hier!«, rief Miriam mit halblauter Stimme. »Hier ist vor kurzem jemand entlanggegangen!«

Zu dritt folgten sie einem schmalen Pfad durch Brennnesseln und Gestrüpp Richtung See. Niedergetretene Gräser ließen darauf schließen, dass der Weg erst vor kurzer Zeit benutzt worden war. Sie bahnten sich einen Weg durch das mannshohe Schilf, das leise im Wind rauschte. Ihre Füße quatschten im Morast, Henning fluchte erschrocken, als direkt neben ihnen mit lautem Geschnatter zwei Wildenten aufflogen. Pias Nerven waren zum Zerreißen gespannt. Es war heiß geworden, der Schweiß rann ihr in die Augen. Was erwartete sie im Keller des Schlosses? Wie sollte sie sich verhalten, wenn sie tatsächlich auf Vera oder Elard Kaltensee trafen? Sie hatte Bodenstein versprochen, kein Risiko einzugehen. Wäre es nicht doch klüger, die polnische Polizei zu verständigen?

»Ah ja«, sagte Miriam. »Hier sind Treppenstufen.«

Die brüchigen Stufen schienen ins Nichts zu führen, da der rückwärtige Teil des Schlosses in Schutt und Asche lag. Die

Marmorplatten der einstigen Terrasse mit spektakulärem Seeblick waren längst verschwunden. Miriam blieb stehen und wischte sich mit dem Unterarm den Schweiß vom Gesicht. Sie wies auf ein Loch, das zu ihren Füßen gähnte. Pia schluckte und kämpfte einen Augenblick mit sich, bevor sie als Erste hinabkletterte. Sie wollte nach ihrer Pistole greifen, als ihr einfiel, dass sie sie auf Bodensteins Anweisung in Deutschland gelassen hatte. Innerlich fluchend, tastete sie sich über einen Berg von Schutt abwärts in die Dunkelheit.

Die Keller des Schlosses Lauenburg hatten Feuer, Krieg und den Zahn der Zeit erstaunlich gut überstanden, die meisten Räume waren noch vorhanden. Pia versuchte, sich zu orientieren. Sie hatte keine Ahnung, an welcher Stelle des weitläufigen Kellers sie sich befanden.

»Lass mich vorgehen«, sagte Henning, der eine Taschenlampe eingesteckt hatte. Eine Ratte huschte über das Geröll und verharrte einen Moment im Lichtkegel. Pia verzog angeekelt das Gesicht. Nach ein paar Metern blieb Henning unvermittelt stehen und knipste die Lampe aus. Pia stieß unsanft gegen ihn und taumelte.

»Was ist?«, flüsterte sie angespannt.

»Da redet jemand«, erwiderte er leise. Sie standen ganz still und lauschten, aber außer ihren Atemzügen war eine ganze Weile nichts zu hören. Pia zuckte erschrocken zusammen, als beinahe direkt neben ihr eine herrische Frauenstimme ertönte.

»Mach mir jetzt die Fesseln ab, sofort! Was fällt dir ein, mich so zu behandeln?«

»Sag mir, was ich hören will, dann mach ich dich los«, erwiderte ein Mann.

»Ich sage überhaupt nichts. Und hör endlich auf, mit diesem Ding herumzufuchteln!«

»Erzähl mir, was hier passiert ist, am 16. Januar 1945! Sag, was ihr getan habt, du und deine Freunde, und ich mache dich sofort los.«

Pia schob sich mit klopfendem Herzen an Henning vorbei und blickte mit angehaltenem Atem um die Ecke. Ein tragbarer Scheinwerfer warf einen grellen Lichtstrahl an die Decke und erhellte den niedrigen Kellerraum. Elard Kaltensee stand hinter der Frau, die er sein Leben lang für seine Mutter gehalten hatte, und drückte ihr den Lauf einer Pistole ins Genick. Sie kniete auf dem Boden, die Hände auf dem Rücken gefesselt. Nichts erinnerte mehr an die vornehme Dame von Welt. Ihr weißes Haar stand wirr von ihrem Kopf ab, sie war nicht geschminkt, und ihre Kleider waren staubig und zerknittert. Pia sah die Anspannung in Elard Kaltensees Gesicht. Er zwinkerte mit den Augen, befeuchtete seine Lippen nervös mit der Zunge. Ein falsches Wort nur, eine falsche Bewegung konnte ihn dazu veranlassen zu schießen.

Als Bodenstein und Dr. Engel unverrichteter Dinge vom Mühlenhof zurückkehrten, weil dort offenbar alle ausgeflogen waren, wartete Siegbert Kaltensee bereits auf dem Kommissariat.

»Was willst du eigentlich von ihm?«, fragte Nicola Engel, als sie die Stufen zum Büro hinaufgingen.

»Erfahren, wo Moormann und Ritter sind«, entgegnete Bodenstein mit grimmiger Entschlossenheit. Viel zu lange hatte er sich auf das Offensichtliche konzentriert und das Naheliegende dabei übersehen. Siegbert, der sein Leben lang im Schatten Elards gestanden hatte, war von seiner Mutter genauso benutzt worden wie jeder andere Mensch in ihrer Umgebung.

»Wieso sollte er das wissen?«

»Er ist der verlängerte Arm seiner Mutter, und die hat das alles befohlen.«

Nicola Engel blieb stehen und hielt ihn zurück.

»Wie kommst du eigentlich darauf, dass Jutta Kaltensee dich in eine Falle locken wollte?«, fragte sie ernst. Bodenstein sah sie an. In ihren Augen lag aufrichtiges Interesse.

»Jutta Kaltensee ist eine sehr ehrgeizige Frau«, sagte er. »Sie hat erkannt, dass die Morde im Umfeld ihrer Familie ausgesprochen schädlich für ihre Karriere sein könnten. Eine aufsehenerregende Biographie, die Negativschlagzeilen macht, ist das Letzte, was sie braucht. Wer von ihnen den Mord an Robert Watkowiak und seiner Freundin befohlen hat, weiß ich noch nicht, aber die beiden mussten sterben, um uns auf eine falsche Fährte zu locken. Die Spuren zu Elard Kaltensee wurden gelegt, um ihn ebenfalls unglaubwürdig zu machen. Als wir immer noch weiterbohrten, entschloss sie sich in einem verzweifelten Schritt, mich zu kompromittieren. Der leitende Ermittler, der ein Mitglied der Familie Kaltensee zu sexuellen Handlungen zwingt – was kann es Besseres geben?«

Nicola Engel sah ihn nachdenklich an.

»Sie hat sich mit mir verabredet, um mir angeblich etwas zu erzählen«, fuhr Bodenstein fort. »Ich kann mich an den Abend kaum noch erinnern, obwohl ich nur ein Glas Wein getrunken hatte. Ich war wie benebelt. Deshalb habe ich mir gestern eine Blutprobe entnehmen lassen. Dr. Kirchhoff hat festgestellt, dass man mir heimlich Liquid Ecstasy verabreicht hat. Verstehst du? Sie hat das geplant!«

»Um dich kaltzustellen?«, vermutete Nicola Engel.

»Anders kann ich es mir nicht erklären«, Bodenstein nickte. »Sie will Ministerpräsidentin werden, aber das wird sie kaum schaffen mit einer Mörderin als Mutter und einem Skelett auf dem Grundstück des Familienanwesens. Jutta wird sich von der Familie distanzieren, um zu überleben. Und mit dem, was sie mit mir getan hat, will sie mich im Notfall erpressen.«

»Sie hat doch keine Beweise, oder?«

»Ganz sicher hat sie die«, erwiderte Bodenstein bitter. »Sie ist clever genug, um irgendetwas aufzuheben, an dem meine DNA nachweisbar ist.«

»Du könntest wirklich recht haben«, räumte Nicola Engel nach kurzem Nachdenken ein.

»Ich *habe* recht.« Bodenstein ging weiter. »Du wirst sehen.«

Eine Weile war es ganz still im Gewölbe. Pia holte tief Luft und machte einen Schritt nach vorne.

»Sie können es ruhig erzählen, Edda Schwinderke«, sagte sie laut und trat mit erhobenen Händen ins Licht. »Wir wissen nämlich, was hier passiert ist.«

Elard Kaltensee fuhr herum und starrte sie an wie einen Geist. Auch Vera alias Edda war erschrocken zusammengezuckt, erholte sich aber schnell von ihrer Überraschung.

»Frau Kirchhoff!«, rief sie mit der zuckersüßen Stimme, die Pia an ihr kannte. »Sie schickt der Himmel! Helfen Sie mir, bitte!«

Pia beachtete sie nicht und ging zu Elard Kaltensee.

»Machen Sie sich jetzt nicht unglücklich. Geben Sie mir die Waffe.« Sie streckte die Hand aus. »Wir kennen die Wahrheit und wissen, was sie getan hat.«

Elard Kaltensee richtete den Blick wieder auf die vor ihm kniende Frau.

»Das ist mir egal.« Er schüttelte nachdrücklich den Kopf. »Ich bin nicht tausend Kilometer gefahren, um jetzt aufzugeben. Ich will eine Aussage von dieser mörderischen alten Hexe. Jetzt.«

»Ich habe einen Spezialisten mitgebracht, der hier nach den Überresten der erschossenen Menschen suchen wird«, sagte Pia. »Man kann auch nach sechzig Jahren noch DNA-

Proben nehmen und die Personen identifizieren. Wir können Vera Kaltensee in Deutschland wegen mehrfachen Mordes vor Gericht bringen. Die Wahrheit wird auf jeden Fall herauskommen.«

Kaltensee wandte nicht den Blick von Vera.

»Gehen Sie, Frau Kirchhoff. Das hier ist nicht Ihre Sache.«

Plötzlich löste sich aus dem Schatten der Mauer eine kräftige kleine Gestalt. Pia zuckte erschrocken zusammen, sie hatte nicht bemerkt, dass noch jemand im Raum war. Erstaunt erkannte sie Auguste Nowak.

»Frau Nowak! Was tun Sie denn hier?«

»Elard hat recht«, sagte diese anstelle einer Antwort. »Es geht Sie nichts an. Diese Frau hat meinem Jungen tiefe Wunden zugefügt, die sechzig Jahre lang nicht heilen konnten. Sie hat ihm sein Leben gestohlen. Es ist sein gutes Recht, von ihr zu erfahren, was sich hier abgespielt hat.«

»Wir haben die Geschichte gehört, die Sie Thomas Ritter erzählt haben«, sagte Pia mit gedämpfter Stimme. »Und wir glauben Ihnen. Trotzdem muss ich Sie jetzt festnehmen. Sie haben drei Menschen erschossen, und ohne Beweise für Ihre Beweggründe werden Sie wohl im Gefängnis sterben müssen. Selbst wenn Ihnen das egal ist, dann halten Sie wenigstens Ihren Sohn von der Dummheit ab, jetzt einen Mord zu begehen! Das ist diese Person doch gar nicht wert!«

Auguste Nowak blickte nachdenklich auf die Waffe in Elards Händen.

»Übrigens haben wir Ihren Enkelsohn gefunden«, sagte Pia. »Wohl gerade noch rechtzeitig. Ein paar Stunden später, dann wäre er innerlich verblutet.«

Elard Kaltensee hob den Kopf und sah sie mit flackerndem Blick an.

»Wieso verblutet?«, fragte er rau.

»Er hatte bei dem Überfall innere Verletzungen davongetragen«, erwiderte Pia. »Dadurch, dass Sie ihn in diesen Keller geschleppt haben, ist er in Lebensgefahr geraten. Warum haben Sie das getan? Wollten Sie, dass er stirbt?«

Elard Kaltensee ließ unvermittelt die Pistole sinken, sein Blick glitt zu Auguste Nowak, dann zu Pia. Er schüttelte heftig den Kopf.

»Mein Gott, nein!«, stieß er betroffen hervor. »Ich wollte Marcus in Sicherheit wissen, bis ich wieder zurückkomme. Ich würde doch niemals etwas tun, was ihm schaden könnte!«

Seine Bestürzung erstaunte Pia, dann erinnerte sie sich an die Begegnung mit Kaltensee im Krankenhaus und glaubte zu verstehen.

»Sie und Nowak kennen sich nicht nur flüchtig«, sagte sie. Elard Kaltensee schüttelte den Kopf.

»Nein«, gab er zu. »Wir sind sehr gut befreundet. Eigentlich ... sogar sehr viel mehr als das ...«

»Stimmt«, Pia nickte. »Sie sind verwandt. Marcus Nowak ist Ihr Neffe, wenn mich nicht alles täuscht.«

Elard Kaltensee drückte ihr die Pistole in die Hand und fuhr sich mit beiden Händen durchs Haar. Im Licht des Scheinwerfers war zu erkennen, dass er totenbleich geworden war.

»Ich muss sofort zu ihm«, murmelte er. »Das habe ich nicht gewollt, wirklich nicht. Ich wollte doch nur, dass ihm niemand etwas tut, bis ich wieder zurück bin. Ich ... ich konnte doch nicht ahnen, dass er ... Großer Gott! Er wird doch wieder gesund?«

Er blickte auf. Seine Rache schien ihm mit einem Mal völlig egal zu sein, in seinen Augen stand nackte Angst. Und da begriff Pia, welcher Art die Beziehung zwischen Elard Kaltensee und Marcus Nowak war. Ihr fielen die Fotos an den Wänden in seiner Wohnung im Kunsthaus ein. Die Rückansicht eines nackten Mannes, die dunklen Augen in Großaufnahme. Die Jeans auf dem Boden des Badezimmers. Marcus Nowak hatte seine Ehefrau tatsächlich betrogen. Aber nicht mit einer anderen Frau, sondern mit Elard Kaltensee.

Siegbert Kaltensee saß zusammengesackt auf dem Stuhl in einem der Verhörräume und starrte vor sich hin. Seit dem Vortag schien er Bodenstein um Jahre gealtert. Alles Rosige und Joviale war verschwunden, sein Gesicht war grau und eingefallen.

»Haben Sie in der Zwischenzeit etwas von Ihrer Mutter gehört?«, begann Bodenstein das Gespräch. Kaltensee schüttelte stumm den Kopf.

»Wir haben mittlerweile sehr interessante Dinge erfahren. Zum Beispiel, dass Ihr Bruder Elard in Wirklichkeit gar nicht Ihr Bruder ist.«

»Wie bitte?« Siegbert Kaltensee hob den Kopf und starrte Bodenstein an.

»Wir haben die Mörderin von Goldberg, Schneider und Frau Frings gefasst, sie war geständig«, fuhr Bodenstein fort. »Die drei hießen in Wirklichkeit Oskar Schwinderke, Hans Kallweit und Maria Willumat. Schwinderke war der Bruder Ihrer Mutter, die eigentlich Edda Schwinderke heißt und die Tochter des ehemaligen Zahlmeisters von Gut Lauenburg ist.«

Kaltensee schüttelte ungläubig den Kopf, auf seinem Gesicht zeichnete sich Fassungslosigkeit ab, als Bodenstein ihm nun ausführlich vom Geständnis Auguste Nowaks berichtete.

»Nein«, murmelte er. »Nein, das kann doch nicht sein.«

»Es ist leider so. Ihre Mutter hat Sie Ihr Leben lang belogen. Der rechtmäßige Besitzer des Mühlenhofs ist Freiherr Elard von Zeydlitz-Lauenburg, dessen Vater von Ihrer Mutter am 16. Januar 1945 erschossen wurde. Auf diesen Tag bezog sich die geheimnisvolle Zahl, die wir an allen Tatorten gefunden haben.«

Siegbert Kaltensee barg das Gesicht in den Händen.

»Wussten Sie, dass Moormann, der Chauffeur Ihrer Mutter, früher bei der Stasi gewesen ist?«

»Ja«, sagte Kaltensee dumpf. »Das habe ich gewusst.«

»Wir gehen davon aus, dass er Ihren Sohn Robert und dessen Freundin Monika Krämer umgebracht hat.«

Siegbert Kaltensee blickte auf.

»Ich Idiot«, stieß er mit plötzlicher Verbitterung hervor.

»Wie meinen Sie das?«, fragte Bodenstein.

»Ich hatte keine Ahnung.« Der verlorene Ausdruck auf Siegbert Kaltensees Gesicht zeigte, dass gerade seine ganze Welt in Stücke fiel. »Ich hatte überhaupt keine Ahnung, um was es die ganze Zeit gegangen ist. Mein Gott. Was habe ich getan!«

Bodenstein spannte unwillkürlich jeden Muskel an, wie ein Jäger, der unverhofft die Beute vor sich sieht. Um ein Haar hätte er noch den Atem angehalten. Doch er wurde enttäuscht.

»Ich will meinen Anwalt sprechen.« Siegbert Kaltensee straffte die Schultern.

»Wo ist Moormann?«

Keine Antwort.

»Was ist mit Ihrem Schwiegersohn passiert? Wir wissen, dass Thomas Ritter von Leuten Ihrer Sicherheitsfirma entführt wurde. Wo ist er?«

»Ich will meinen Anwalt sprechen«, wiederholte Kaltensee heiser, die Augen schienen ihm aus dem Kopf zu quellen. »Sofort.«

»Herr Kaltensee«, Bodenstein tat so, als habe er nicht gehört, »Sie haben den Männern von K-Secure den Auftrag gegeben, Marcus Nowak zu überfallen, um an die Tagebücher zu gelangen. Und Sie haben auch Ritter entführen lassen, damit er die Biographie nicht schreiben kann. Sie haben wie immer die Drecksarbeit für Ihre Mutter gemacht, stimmt's?«

»Mein Anwalt«, murmelte Kaltensee. »Ich will meinen Anwalt sprechen.«

»Lebt Ritter noch?«, insistierte Bodenstein. »Oder ist es Ihnen gleichgültig, dass Ihre Tochter vor Sorge um ihn beinahe den Verstand verliert?« Bodenstein registrierte, wie der Mann zusammenzuckte. »Anstiftung zum Mord ist strafbar. Dafür gehen Sie ins Gefängnis. Ihre Tochter und Ihre Frau werden Ihnen das niemals verzeihen. Sie werden *alles* verlieren, Herr Kaltensee, wenn Sie mir jetzt nicht antworten!«

»Ich will meinen ...«, begann Kaltensee wieder.

»Hat Ihre Mutter Sie darum gebeten, diese Dinge in die Hand zu nehmen?« Bodenstein ließ nicht locker. »Haben Sie ihr damit einen Gefallen getan? Falls das so ist, sollten Sie uns das jetzt sagen. Ihre Mutter wird sowieso ins Gefängnis gehen, wir haben Beweise für ihre Tat und außerdem eine Zeugenaussage, die den angeblichen Unfalltod Ihres Vaters als Mord enthüllt. Begreifen Sie denn nicht, um was es hier geht? Wenn Sie uns sofort sagen, wo Thomas Ritter ist, haben Sie noch eine Chance, einigermaßen glimpflich aus der Sache herauszukommen!«

Siegbert Kaltensee holte keuchend Luft. Ein gehetzter Ausdruck lag auf seinem Gesicht.

»Wollen Sie wirklich für Ihre Mutter, die Sie Ihr Leben lang nur angelogen und ausgenutzt hat, auch noch ins Gefängnis gehen?«

Bodenstein ließ seine Worte wirken, wartete noch eine Minute, dann stand er auf.

»Sie bleiben hier«, sagte er zu Kaltensee. »Denken Sie noch einmal in Ruhe über alles nach. Ich komme gleich wieder.«

Während Henning und Miriam sich daranmachten, den Fußboden des Raumes Zentimeter um Zentimeter auf menschliche Überreste zu untersuchen, verließ Pia mit Elard, Vera und Auguste Nowak den Keller.

»Ich hoffe, Sie haben eben nicht übertrieben«, sagte Elard Kaltensee, als sie das Tageslicht erreicht hatten und die ehemalige Terrasse überquerten. Auguste Nowak wirkte nicht sonderlich angestrengt, aber Vera Kaltensee brauchte eine Pause. Noch immer an den Handgelenken gefesselt, setzte sie sich erschöpft auf einen Steinhaufen.

»Nein, es stimmt.« Pia hatte Elard Kaltensees Pistole gesichert und in ihren Hosenbund gesteckt. »Wir wissen, was damals hier geschehen ist. Und wenn wir Knochenreste finden und DNA extrahieren können, haben wir auch einen Beweis.«

»Ich meinte eigentlich Marcus«, entgegnete Elard besorgt. »Geht es ihm wirklich so schlecht?«

»Gestern Abend war sein Zustand kritisch«, antwortete Pia. »Aber sie werden sich im Krankenhaus schon gut um ihn kümmern.«

»Es ist alles meine Schuld.« Elard legte beide Hände über Mund und Nase und schüttelte ein paarmal den Kopf. »Hätte ich nur die Finger von dieser Kiste gelassen! Dann wäre das alles nicht passiert!«

Damit hatte er zweifellos recht. Einige Menschen würden noch leben, und alle Familiengeheimnisse der Kaltensees wären nach wie vor wohlgehütet. Pias Blick wanderte zu Vera, die eine ausdruckslose Miene aufgesetzt hatte. Wie konnte ein Mensch mit einer solchen Schuld leben, so kalt und gleichgültig sein?

»Warum haben Sie den Jungen damals eigentlich nicht auch noch erschossen?«, fragte Pia. Die alte Frau hob den Kopf und starrte sie an. In ihren Augen loderte auch nach sechzig Jahren noch der blanke Hass.

»Er war mein Triumph über diese Person«, zischte sie und nickte in Augustes Richtung. »Wenn sie nicht gewesen wäre, dann hätte er *mich* geheiratet!«

»Niemals«, warf Auguste Nowak ein. »Elard konnte dich nicht ausstehen. Er war nur zu wohlerzogen, um dich das spüren zu lassen.«

»Wohlerzogen!«, schnaubte Vera Kaltensee. »Das ist doch lächerlich! Ich habe ihn sowieso nicht mehr gewollt. Wie konnte er nur die Tochter jüdischer Bolschewiken schwängern? Er hatte sein Leben sowieso verwirkt, auf Rassenschande stand die Todesstrafe.«

Elard Kaltensee starrte die Frau, die er zeit seines Lebens »Mutter« genannt hatte, fassungslos an. Auguste Nowak hingegen blieb erstaunlich gelassen.

»Stell dir vor, wie Elard sich amüsiert hätte, Edda«, entgegnete sie spöttisch, »hätte er gewusst, dass sich ausgerechnet dein Bruder, der Obersturmbannführer, sechzig Jahre lang als Jude verkleiden würde, um seine Haut zu retten! Der strammste Nazi von allen hat eine jüdische Mamme geheiratet und musste jiddisch sprechen!«

Vera Kaltensees Augen schleuderten wütende Blitze.

»Schade, dass du nicht hören konntest, wie jämmerlich er um sein Leben gebettelt hat«, fuhr Auguste Nowak fort. »Er ist gestorben, wie er gelebt hat, ein armseliger, feiger Wurm! Meine Familie ist dagegen aufrecht in den Tod gegangen, ohne zu jammern. Sie waren keine Feiglinge, die sich hinter einem falschen Namen verkrochen haben.«

»Deine *Familie*, dass ich nicht lache!«, giftete Vera Kaltensee.

»Ja, meine Familie. Pastor Kunisch hat Elard und mich an Weihnachten 1944 in der Bibliothek des Schlosses getraut. Das konnte Oskar nicht verhindern.«

»Das ist nicht wahr!« Vera rüttelte an ihren Fesseln.

»Doch.« Auguste Nowak nickte und ergriff Elards Hand. »Mein Heinrich, den du als deinen Sohn ausgegeben hast, ist der Freiherr von Zeydlitz-Lauenburg.«

»Ihm gehört also der Mühlenhof«, stellte Pia fest. »Auch die KMF gehört von Rechts wegen nicht Ihnen. Sie haben sich Ihr ganzes Leben nur zusammengestohlen, Edda. Wer im Weg war, der wurde beseitigt. Ihren Mann Eugen, den haben Sie selbst die Kellertreppe hinuntergestoßen, nicht wahr? Und die Mutter von Robert Watkowiak, das bedauernswerte Dienstmädchen, musste auch sterben. Übrigens haben wir ihre Überreste auf dem Gelände des Mühlenhofs gefunden.«

»Was blieb mir schon anderes übrig?« Vera Kaltensee war sich in ihrem Zorn nicht darüber im Klaren, dass sie mit ihren Worten ein Geständnis ablegte. »Siegbert wollte diese ordinäre Person tatsächlich heiraten!«

»Vielleicht wäre er mit ihr glücklicher geworden, als er es jetzt ist. Aber Sie haben das verhindert und gedacht, Sie kommen mit allen Morden davon«, sagte Pia. »Womit Sie nicht gerechnet haben, war, dass Vicky Endrikat das Massaker überleben würde. Haben Sie Angst bekommen, als Sie von der Zahl erfuhren, die neben den Leichen Ihres Bruders, von Hans Kallweit und Maria Willumat gefunden wurde?«

Vera zitterte am ganzen Körper vor Wut. Nichts erinnerte mehr an die vornehme, freundliche Dame, mit der Pia einmal sogar Mitleid empfunden hatte.

»Wessen Plan war es eigentlich damals gewesen, die Endrikats und die Zeydlitz-Lauenburgs zu erschießen?«

»Meiner.« Vera Kaltensee lächelte mit offensichtlicher Befriedigung.

»Sie hatten Ihre große Chance gesehen, nicht wahr?«, fuhr Pia fort. »Ihren Aufstieg in den Adelsstand. Aber der Preis dafür war ein Leben in ständiger Angst vor Entdeckung. Sechzig Jahre ging alles gut, dann holte Sie die Vergangenheit ein. Und Sie *hatten* Angst. Nicht um Ihr Leben, aber um Ihr Ansehen, das Ihnen schon immer wichtiger war als alles andere. Deshalb haben Sie Ihren Enkelsohn Robert und dessen Freundin umbringen lassen und eine Spur zu Elard gelegt. Sie und Ihre Tochter Jutta, der an ihrem Ruf genauso viel gelegen ist. Aber jetzt ist es vorbei. Die Biographie wird erscheinen. Mit einem ersten Kapitel, das alle erschüttern wird. Der Mann Ihrer Enkelin Marleen hat sich nämlich nicht von Ihnen einschüchtern lassen.«

»Marleen ist geschieden«, entgegnete Vera Kaltensee herablassend.

»Möglich. Aber vor vierzehn Tagen hat sie Thomas Ritter geheiratet. Heimlich. Und sie bekommt ein Kind von ihm.« Pia genoss die ohnmächtige Wut in den Augen der Frau. »Tja, schon der zweite Mann, der Ihnen eine andere vorgezogen hat. Erst Elard von Zeydlitz-Lauenburg, der lieber Vicky Endrikat geheiratet hat, und nun auch noch Thomas Ritter ...«

Bevor Vera etwas erwidern konnte, tauchte Miriam aus dem Keller auf.

»Wir haben etwas gefunden!«, rief sie atemlos. »Jede Menge Knochen!«

Pia begegnete dem Blick von Elard Kaltensee und lächelte. Dann wandte sie sich an Vera.

»Ich nehme Sie vorläufig fest«, sagte sie. »Wegen des Verdachts der Anstiftung zu siebenfachem Mord.«

Die Empfangsdame Sina hatte Henri Améry eindeutig als den Mann identifiziert, der am Mittwochabend in der Redaktion gewesen war. Nicola Engel stellte ihn nun vor die Entscheidung: Mund aufmachen oder eine Anzeige wegen Freiheitsberaubung, Behinderung der Polizei und Mordverdacht. Der Geschäftsführer der K-Secure war nicht auf den Kopf gefallen und entschied sich nach zehn Sekunden für Alternative eins. Améry hatte mit Moormann und einem Kollegen Marcus Nowak besucht und Dr. Ritter auf Anweisung von Siegbert Kaltensee seit ein paar Tagen überwacht. Dabei hatte er herausgefunden, dass Ritter mit Siegberts Tochter Marleen verheiratet war. Jutta hatte darauf bestanden, diese Tatsache ihrem Bruder zu verschweigen. Die Anweisung, Ritter »zu einem Gespräch abzuholen«, wie Améry es ausdrückte, war schließlich von Siegbert gekommen.

»Wie lautete der Auftrag genau?«, erkundigte sich Bodenstein.

»Ich sollte Ritter ohne großes Aufsehen an einen bestimmten Ort bringen.«

»Wohin?«

»Ins Frankfurter Kunsthaus. Am Römerberg. Das haben wir getan.«

»Und dann?«

»Wir haben ihn in einen der Kellerräume gebracht und dort zurückgelassen. Was danach mit ihm passiert ist, weiß ich nicht.«

Ins Kunsthaus. Eine clevere Idee, denn mit einer Leiche im Keller des Kunsthauses würde sofort Elard Kaltensee in Verbindung gebracht werden.

»Was hat Siegbert Kaltensee von Ritter gewollt?«

»Keine Ahnung. Ich frage nicht nach, wenn ich einen Auftrag kriege.«

»Und bei Marcus Nowak? Sie haben ihn gefoltert, um etwas zu erfahren? Was war das?«

»Moormann hat die Fragen gestellt. Es ging um eine Kiste.«

»Was hat denn Moormann mit der K-Secure zu tun?«

»Eigentlich nichts. Aber er weiß, wie man Leute zum Reden bringt.«

»Aus seiner Stasizeit.« Bodenstein nickte. »Aber Nowak hat nicht geredet, nicht wahr?«

»Nein«, bestätigte Améry. »Der hat keinen Ton gesagt.«

»Was war mit Robert Watkowiak?«, fragte Bodenstein.

»Ich habe ihn laut Anweisung von Siegbert Kaltensee auf den Mühlenhof gebracht. Mittwoch letzte Woche. Meine Leute hatten ihn überall gesucht, in Fischbach war er mir dann über den Weg gelaufen.«

Bodenstein dachte an die Nachricht, die Watkowiak auf dem Anrufbeantworter von Kurt Frenzel hinterlassen hatte. *Die Gorillas meiner Oma haben mir aufgelauert ...*

»Haben Sie auch schon Aufträge von Jutta Kaltensee bekommen?«, mischte sich nun Nicola Engel ein. Améry zögerte, dann nickte er.

»Welche?«

Der selbstsichere und aalglatte Werkschutzleiter schien tatsächlich verlegen zu werden. Er druckste herum.

»Wir warten!« Nicola Engel pochte mit dem Fingerknöchel ungeduldig auf die Tischplatte.

»Ich sollte Fotos machen«, gab Améry schließlich zu und blickte Bodenstein an. »Von Ihnen und Frau Kaltensee.«

Bodenstein spürte, wie ihm das Blut ins Gesicht schoss, gleichzeitig durchflutete ihn die Erleichterung. Er fing den Blick von Nicola Engel auf, die ihre Gedanken jedoch hinter einer ausdruckslosen Miene verbarg.

»Wie lautete in diesem Fall der Auftrag?«

»Sie sagte mir, ich solle mich zur Verfügung halten, um später zur Roten Mühle zu kommen und Fotos zu machen«, erwiderte Améry unbehaglich. »Um halb elf bekam ich eine SMS, dass es in zwanzig Minuten so weit wäre.«

Er warf Bodenstein einen kurzen Blick zu und lächelte zerknirscht.

»Tut mir leid. War nichts Persönliches.«

»Haben Sie Bilder gemacht?«, fragte Dr. Engel.

»Ja.«

»Wo sind die?«

»In meinem Handy und auf meinem Rechner im Büro.«

»Den werden wir beschlagnahmen.«

»Von mir aus.« Améry zuckte wieder die Achseln.

»Welche Weisungsbefugnis hat Jutta Kaltensee Ihnen gegenüber?«

»Sie hat mich für Sonderaufträge extra bezahlt.« Henri Améry war Söldner und kannte keine Loyalität, zumal ihn die Familie Kaltensee in Zukunft nicht mehr bezahlen würde. »Gelegentlich war ich ihr Bodyguard, hin und wieder ihr Liebhaber.«

Nicola Engel nickte zufrieden. Genau das hatte sie hören wollen.

»Wie haben Sie Vera eigentlich über die Grenze bekommen?«, erkundigte sich Pia.

»Im Kofferraum.« Elard Kaltensee lächelte grimmig. »Der Maybach hat ein Diplomatenkennzeichen. Ich hatte darauf gezählt, dass man uns an der Grenze einfach durchwinken würde, und so war es auch.«

Pia dachte an die Äußerung von Bodensteins Schwiegermutter, Elard sei kein tatkräftiger Mensch. Was hatte ihn veranlasst, schließlich doch die Initiative zu ergreifen?

»Vielleicht hätte ich mich weiterhin mit Tavor zugedröhnt, um der Realität nicht ins Auge sehen zu müssen«, erläuterte Kaltensee. »Wenn sie nicht das mit Marcus gemacht hätte. Als ich von Ihnen erfahren habe, dass Vera ihm nie Geld für seine Arbeit gegeben hat, und als ich ihn dann da habe liegen sehen, so … so misshandelt und verletzt, da ist irgendetwas mit mir passiert. Ich war plötzlich so wütend auf sie, darüber, wie sie mit Menschen umspringt, wie verächtlich und gleichgültig! Und ich wusste, dass ich sie stoppen muss und mit allen Mitteln daran hindern, wieder alles zu vertuschen.«

Er hielt inne, schüttelte den Kopf.

»Ich hatte mitbekommen, dass sie sich heimlich, still und leise über Italien nach Südamerika absetzen wollte, und konnte deshalb nicht länger warten. Am Tor stand ein Polizeiauto, also bin ich auf einem anderen Weg zum Haus gefahren. Den ganzen Tag ergab sich keine Gelegenheit, aber dann fuhr Jutta mit Moormann weg und wenig später auch Siegbert, da konnte ich meine Mu… ich meine … diese *Frau* überwältigen. Der Rest war ein Kinderspiel.«

»Wieso haben Sie Ihren Mercedes am Flughafen abgestellt?«

»Um eine falsche Spur zu legen«, erklärte er. »Dabei habe ich weniger an die Polizei gedacht als an die Werkschutzleute meines Bruders, die mir und Marcus ja dicht auf den Fersen waren. *Sie* musste leider so lange im Kofferraum des Maybach ausharren, bis ich zurück war.«

»Sie haben sich im Krankenhaus bei Nowak als dessen Vater ausgegeben.« Pia blickte ihn an. Er wirkte so entspannt wie nie zuvor, endlich im Reinen mit sich und seiner Vergangenheit. Sein persönlicher Alptraum war zu Ende, nachdem er sich von der Bürde der Ungewissheit befreit hatte.

»Nein«, mischte sich Auguste Nowak ein. »Ich habe gesagt, er sei mein Sohn. Und damit hatte ich ja auch nicht gelogen.«

»Stimmt.« Pia nickte und sah Elard Kaltensee an. »Ich habe Sie die ganze Zeit für den Mörder gehalten. Sie und Marcus Nowak.«

»Ich kann's Ihnen nicht verdenken«, erwiderte Elard. »Wir haben uns ja auch ziemlich verdächtig verhalten, ohne es zu wollen. Ich habe diese Morde gar nicht richtig wahrgenommen, ich war viel zu sehr mit mir selbst beschäftigt. Marcus und ich, wir waren beide völlig durcheinander. Eine ganze Weile wollten wir uns das beide nicht eingestehen, es war ... es war irgendwie undenkbar. Ich meine, weder er noch ich hatten jemals zuvor etwas mit einem ... Mann.«

Er stieß einen tiefen Seufzer aus.

»Die Nächte, für die wir keine Alibis hatten, haben Marcus und ich gemeinsam in meiner Frankfurter Wohnung verbracht.«

»Er ist Ihr Neffe. Sie sind blutsverwandt«, bemerkte Pia.

»Na ja«, ein Lächeln huschte über Elard Kaltensees Gesicht, »wir werden wohl kaum zusammen Kinder haben.«

Da musste Pia auch lächeln.

»Schade, dass Sie mir das alles nicht viel eher gesagt haben«, sagte sie. »Sie hätten uns sehr viel Arbeit erspart. Was werden Sie jetzt tun, wenn Sie nach Hause kommen?«

»Tja«, der Freiherr von Zeydlitz-Lauenburg holte tief Luft, »die Zeit des Versteckspielens ist vorbei. Marcus und ich haben beschlossen, unseren Familien die Wahrheit über unsere Beziehung zu sagen. Wir wollen nicht länger heimlich tun. Für mich ist das nicht so schlimm, mein Ruf ist sowieso zweifelhaft, aber für Marcus ist das ein schwerer Schritt.«

Das glaubte ihm Pia aufs Wort. Marcus Nowaks Umfeld brächte niemals auch nur einen Funken von Verständnis für diese Liebe auf. Sein Vater und die ganze Familie würden wahrscheinlich kollektiv Harakiri begehen, wenn in Fischbach bekannt wurde, dass ihr Sohn, Ehemann oder Bruder seine Familie für einen dreißig Jahre älteren Mann verlassen hatte.

»Ich möchte mit Marcus noch einmal hierherfahren.« Elard Kaltensee ließ seinen Blick über den See schweifen, der im Sonnenlicht glitzerte. »Vielleicht kann man das Schloss wieder aufbauen, wenn die Besitzverhältnisse geklärt sind. Marcus kann das besser beurteilen als ich. Aber es wäre doch ein herrliches Hotel, direkt am See.«

Pia lächelte und warf einen Blick auf die Uhr. Es war höchste Zeit, Bodenstein anzurufen!

»Ich schlage vor, wir bringen Frau Kaltensee zum Auto«, sagte sie. »Und dann fahren wir alle zusammen ...«

»Niemand fährt irgendwohin«, ertönte plötzlich eine Stimme hinter ihr. Pia fuhr erschrocken herum und blickte direkt in den Lauf einer Waffe. Drei schwarzgekleidete Gestalten mit Sturmhauben vor den Gesichtern und gezogenen Pistolen kamen die Treppenstufen hinauf.

»Na endlich, Moormann«, hörte sie Vera Kaltensee sagen. »Das wurde aber auch langsam Zeit.«

»Wo ist Moormann?«, fragte Bodenstein den Chef der K-Secure.

»Falls er mit einem Auto unterwegs ist, kann ich das feststellen.« Henri Améry war nicht scharf auf eine Vorstrafe und daher die Hilfsbereitschaft in Person. »Alle Fahrzeuge der Familie Kaltensee und der K-Secure sind mit einem Chip ausgestattet, durch den man sie mit Hilfe einer Software orten kann.«

»Wie geht das?«

»Wenn Sie mich an einen Computer lassen, zeige ich es Ihnen.«

Bodenstein zögerte nicht lange und brachte den Mann aus dem Verhörraum zu Ostermann in den ersten Stock.

»Bitte.« Er wies auf den Schreibtisch. Bodenstein, Ostermann, Behnke und Dr. Engel verfolgten interessiert, wie Améry den Namen einer Webseite namens Minor Planet eingab. Er wartete, bis sich die Seite aufgebaut hatte, dann loggte er sich mit Benutzernamen und Passwort ein. Eine Landkarte von Europa erschien, darunter waren sämtliche Fahrzeuge mit Kennzeichen aufgelistet.

»Wir haben dieses Überwachungssystem damals eingeführt, damit ich jederzeit sehen kann, wo meine Mitarbeiter sind«, erklärte Améry. »Und für den Fall, dass irgendein Auto gestohlen werden sollte.«

»Mit welchem Auto könnte Moormann unterwegs sein?«, fragte Bodenstein.

»Weiß ich nicht. Ich versuche eines nach dem anderen.«

Nicola Engel bedeutete Bodenstein, ihr hinaus auf den Flur zu folgen.

»Ich besorge einen Haftbefehl für Siegbert Kaltensee«, sagte sie mit gesenkter Stimme. »Mit Jutta Kaltensee wird es Probleme geben, weil sie als Landtagsabgeordnete Immunität genießt, aber ich werde sie auf jeden Fall zu einem Gespräch abholen und hierherbringen.«

»Okay.« Bodenstein nickte. »Ich fahre mit Améry zum Kunsthaus. Vielleicht finden wir dort Ritter.«

»Siegbert Kaltensee weiß, was passiert ist«, vermutete Nicola Engel. »Er hat ein schlechtes Gewissen wegen seiner Tochter.«

»Das glaube ich auch.«

»Ich hab's«, meldete sich Améry aus dem Büro. »Er muss den M-Klasse-Mercedes vom Mühlenhof genommen haben, denn der ist an einem Ort, an dem er nicht sein dürfte. In Polen, in einem Ort namens ... Doba. Das Fahrzeug steht seit dreiundvierzig Minuten.«

Bodenstein spürte, wie ihm eiskalt wurde. Moormann, der mutmaßliche Mörder von Robert Watkowiak und Monika Krämer, war in Polen! Am Telefon hatte Pia ihm vor ein paar Stunden gesagt, dass sie gleich am Ziel seien und Dr. Kirchhoff den Keller gründlich untersuchen würde. Es war also nicht anzunehmen, dass sie das Schloss schon wieder verlassen hatten. Was wollte Moormann überhaupt in Polen? Und ganz plötzlich begriff er, wo Elard Kaltensee war. Er wandte sich dem Chef der K-Secure zu.

»Überprüfen Sie den Maybach«, sagte er mit belegter Stimme. »Wo ist der?«

Améry klickte auf das Kennzeichen der Limousine.

»Auch dort«, sagte er wenig später. »Nein, Moment. Der Maybach ist seit einer Minute in Bewegung.«

Bodensteins Blick begegnete dem von Nicola Engel. Sie verstand sofort.

»Ostermann, Sie behalten die beiden Fahrzeuge im Blick«, sagte die Kriminalrätin entschlossen. »Ich werde die Kollegen in Polen verständigen. Und dann fahre ich nach Wiesbaden.«

Einer der schwarzgekleideten Männer, die so unerwartet aufgetaucht waren, war mit Vera Kaltensee weggefahren. Ihr letzter Befehl war eindeutig gewesen: Elard Kaltensee, Auguste Nowak und Pia sollten gefesselt und im Keller erschossen werden. Pia überlegte verzweifelt, wie sie sich aus dieser ausweglosen Lage befreien und Miriam und Henning warnen konnte. Von den Schwarzgekleideten war keine Gnade zu erwarten, sie würden einfach nur ihren Auftrag erfüllen und danach zurück nach Deutschland fahren, als sei nichts geschehen. Pia wusste, dass sie die Verantwortung für Henning und Miriam trug, immerhin hatte sie die beiden in diese furchtbare Situation gebracht! Mit einem Mal überkam sie wilder Zorn. Sie hatte keine Lust, sich wie ein Opfer zur Schlachtbank führen zu lassen! Es konnte nicht sein, dass sie sterben sollte, ohne Christoph noch einmal wiedergesehen zu haben. Christoph! Sie hatte versprochen, ihn am Flughafen abzuholen, wenn er heute Abend aus Südafrika zurückkehrte! Vor dem Loch, das in den Keller führte, blieb Pia stehen.

»Was haben Sie mit uns vor?«, fragte sie, um Zeit zu gewinnen.

»Das hast du doch gehört«, erwiderte der Mann. Seine Stimme klang durch die Sturmmaske dumpf.

»Aber warum …«, begann Pia. Der Mann versetzte ihr einen groben Stoß in den Rücken, sie verlor das Gleichgewicht und stürzte kopfüber den Schutthaufen hinunter. Durch die Handfesseln behindert, konnte sie sich nicht abstützen. Etwas Hartes bohrte sich schmerzhaft in ihr Zwerchfell, keuchend drehte sie sich auf den Rücken und schnappte nach Luft. Hoffentlich hatte sie sich nichts gebrochen! Der andere Mann trieb Elard Kaltensee und Auguste Nowak vor sich her. Auch ihnen hatte man die Hände auf den Rücken gefesselt.

»Aufstehen!« Schon war der Vermummte über ihr und zerrte an ihrem Arm. »Los, los!«

In dem Augenblick fiel Pia ein, was ihr beinahe die Rippen gebrochen hätte: Elards Pistole, die in ihrem Hosenbund steckte! Sie musste Henning und Miriam warnen!

»Au!«, schrie sie, so laut sie konnte. »Mein Arm! Ich glaube, er ist gebrochen!«

Einer der Killer fluchte leise, zerrte Pia mit Hilfe seines Kumpanen auf die Füße und stieß sie den Gang entlang. Wenn nur Henning und Miriam ihren Schrei gehört und sich versteckt hatten! Die beiden waren ihre einzige Hoffnung, denn Vera Kaltensee hatte nicht daran gedacht, den Schwarzgekleideten von ihnen zu erzählen. Während sie den Gang entlangstolperte, versuchte sie vergeblich, die Fesseln an ihren Handgelenken zu lockern. Dann hatten sie den Keller erreicht. Der Scheinwerfer brannte noch, aber von Henning und Miriam war nichts zu sehen. Pias Mund war staubtrocken, das Herz hämmerte gegen ihre Rippen. Der Mann, der sie das Loch hinuntergestoßen hatte, zog sich nun die Sturmhaube vom Gesicht, und Pia entgleisten die Gesichtszüge.

»Frau Moormann!«, stieß sie fassungslos hervor. »Ich dachte … Sie … ich meine … Ihr Mann …«

»Sie hätten in Deutschland bleiben sollen«, sagte die Haushälterin des Mühlenhofs, die offenbar etwas mehr als nur eine Haushälterin war, und richtete die Pistole mit dem Schalldämpfer direkt auf Pias Kopf. »Selbst schuld, dass Sie jetzt in Schwierigkeiten sind.«

»Aber Sie können uns doch jetzt nicht einfach hier erschießen! Meine Kollegen wissen, wo wir sind und …«

»Klappe halten.« Das Gesicht von Anja Moormann war ausdruckslos, ihre Augen wirkten kalt wie Glasmurmeln. »In einer Reihe aufstellen.«

Auguste Nowak und Elard Kaltensee rührten sich nicht.

»Die polnischen Kollegen sind auch informiert und werden in Kürze hier sein, wenn ich mich nicht bald wieder melde«, wagte Pia einen letzten Versuch. Hinter dem Rücken wand sie verzweifelt die Handgelenke. Ihre Finger waren schon ganz taub, trotzdem glaubte sie zu spüren, dass sich die Fesseln lockerten. Sie musste nur Zeit gewinnen!

»Ihre Chefin wird spätestens an der Grenze verhaftet!«, stieß sie hervor. »Warum tun Sie das jetzt noch? Das ist doch alles sinnlos!«

Anja Moormann beachtete sie nicht. »Los, Herr Professor«, sie richtete ihre Pistole auf Elard Kaltensee, »auf die Knie, wenn ich bitten darf.«

»Wie können Sie das nur tun, Anja«, sagte Elard Kaltensee erstaunlich ruhig. »Ich bin sehr enttäuscht von Ihnen, wirklich.«

»Hinknien!«, kommandierte die vermeintliche Haushälterin.

Pia brach der Schweiß am ganzen Körper aus, als der Strick plötzlich nachgab. Sie ballte die Hände zu Fäusten und öffnete sie wieder, um Gefühl in die Finger zu bekommen. Ihre einzige Chance war der Überraschungseffekt. Elard Kaltensee machte mit resignierter Miene einen Schritt auf das Loch zu, das Henning und Miriam in den Boden gegraben hatten, und ging gehorsam auf die Knie. Bevor Anja Moormann oder ihr Komplize reagieren konnten, zog Pia die Pistole aus dem Hosenbund, entsicherte sie und drückte ab. Der Schuss krachte ohrenbetäubend und zerfetzte den Oberschenkel des zweiten Schwarzgekleideten. Anja Moormann zögerte keine Sekunde. Sie hatte ihre Waffe noch immer auf Elard Kaltensees Kopf gerichtet und schoss. Gleichzeitig machte Auguste Nowak eine Bewegung nach vorne und warf sich vor ihren am Boden knienden Sohn. Der Schalldämpfer ließ nicht mehr als ein dumpfes Ploppen hören, die Kugel traf die alte Frau in der Brust und schleuderte sie nach hinten. Bevor Anja Moormann ein zweites Mal schießen konnte, hechtete Pia nach vorne und prallte mit ihrem ganzen Gewicht gegen sie. Sie stürzten zu Boden. Pia lag auf dem Rücken, Anja Moormann kniete auf ihr, ihre Hände schlossen sich um Pias Hals. Pia wehrte sich mit allen Kräften, versuchte, sich an Tricks aus Selbstverteidigungskursen zu erinnern, aber sie hatte in der Realität noch nie eine zu allem entschlossene durchtrainierte Berufskillerin abwehren müssen. Im schwächer werdenden Licht des batteriebetriebenen Scheinwerfers nahm sie das vor Anstrengung verzerrte Gesicht Anja Moormanns nur noch verschwommen wahr. Sie bekam keine Luft mehr und hatte das Gefühl, die Augen würden ihr jeden Augenblick aus dem Kopf springen. Bei vollständiger Unterbrechung der Sauerstoffzufuhr zum Gehirn würde sie nach etwa zehn Sekunden das Bewusstsein verlieren, nach weiteren fünf bis zehn Sekunden würden sämtliche Hirnfunktionen irreversibel erlöschen. Der Gerichtsmediziner würde bei der Leichenschau punktförmige Unterblutungen in ihren Bindehäuten feststellen, einen Bruch des Zungenbeins und Stauungsblutungen in

Mund- und Rachenschleimhaut. Aber sie wollte nicht sterben, nicht jetzt und nicht hier in diesem Keller! Sie war doch nicht einmal vierzig! Pia bekam eine Hand frei und krallte ihre Finger mit einer Kraft, die ihr die Todesangst verlieh, in Anja Moormanns Gesicht. Die Frau keuchte auf, sie fletschte die Zähne und knurrte wie ein Pitbull, und ihr Griff lockerte sich bereits. Da traf Pia etwas Hartes an der Schläfe, und sie verlor das Bewusstsein.

Jutta Kaltensee saß auf ihrem Platz inmitten ihrer Fraktionskollegen in der dritten Reihe im Plenarsaal des Hessischen Landtags gegenüber der Regierungsbank und lauschte mit einem Ohr dem ewig gleichen Wortgefecht, das sich der Ministerpräsident und der Vorsitzende der Fraktion DIE GRÜNEN/Bündnis 90 unter Punkt 66 der Tagesordnung über das Thema »Flughafenausbau« lieferten, war aber in Gedanken ganz woanders. Egal wie oft ihr Dr. Rosenblatt versicherte, dass die Polizei nichts gegen sie in der Hand hatte und sich alle Verdächtigungen und Beschuldigungen ausschließlich gegen Siegbert und ihre Mutter richteten, sie war beunruhigt. Die Sache mit dem Kommissar und den Fotos war ein Fehler gewesen, darüber war sie sich mittlerweile im Klaren. Sie hätte sich ganz aus der Sache heraushalten sollen. Aber Berti, dieser Schwächling, hatte Nerven gezeigt, nachdem er jahrelang ohne einen Hauch von Gewissensbissen und ohne Fragen zu stellen Veras Anweisungen ausgeführt hatte. Jutta konnte es sich an diesem Punkt ihrer Karriere überhaupt nicht leisten, mit Mordermittlungen und düsteren Familiengeheimnissen in Verbindung gebracht zu werden. Auf dem nächsten Landesparteitag würde ihre Partei sie zur Spitzenkandidatin für den Landtagswahlkampf im kommenden Januar aufstellen, und bis dahin musste sie die Lage irgendwie in den Griff bekommen.

Immer wieder blickte sie auf das Display ihres stumm geschalteten Handys. So bemerkte sie auch nicht gleich die Unruhe, die sich im Plenarsaal ausbreitete. Erst als der Ministerpräsident seine Rede unterbrach, hob sie den Kopf und sah zwei uniformierte Polizisten und eine rothaarige Frau vor der Regierungsbank stehen. Sie sprachen leise mit dem Minister- und dem Landtagspräsidenten, die konsterniert wirkten, und blickten sich suchend im Saal um. Jutta Kaltensee spürte das erste Prickeln echter Panik im Genick. Es gab keine Spur zu ihr. Unmöglich. Henri würde sich eher vierteilen lassen, als den Mund aufzumachen. Nun kam die Rothaarige mit entschlossenem Schritt direkt auf sie zu. Obwohl ihr die Angst wie Eiswasser durch die Adern kroch, bemühte sich Jutta Kaltensee um eine gelassene Miene. Sie besaß Immunität, man konnte sie nicht einfach verhaften.

Der Kellerraum roch klamm und unbenutzt. Bodenstein tastete nach dem Lichtschalter und verspürte tiefe Erleichterung, als er im aufflackernden Licht der Neonröhre Thomas Ritter gefesselt auf einem mit Farbklecksen beschmierten Metalltisch liegen sah. Eine junge Japanerin hatte der Polizei nach wiederholtem Klingeln die Eingangstür des Kunsthauses auf dem Römerberg geöffnet. Sie war eine der Künstlerinnen, die von der Eugen-Kaltensee-Stiftung gefördert wurden, und lebte und arbeitete seit einem halben Jahr im Kunsthaus. Verwirrt und stumm hatte sie zugesehen, wie Bodenstein, Behnke, Henri Améry und vier Beamte der Frankfurter Polizei an ihr vorbei zur Kellertür strebten.

»Hallo, Herr Dr. Ritter«, sagte Bodenstein und trat an den Tisch. Es dauerte ein paar Sekunden, bis sein Gehirn akzeptierte, was seine Augen bereits erfasst hatten. Thomas Ritter lag mit weit geöffneten Augen da und war tot. Man hatte ihm eine Kanüle in die Halsschlagader gebohrt, und sein Herz hatte mit jedem Schlag das Blut aus seinem Körper in einen Eimer gepumpt, der unter dem Tisch stand. Bodenstein verzog angewidert das Gesicht und wandte sich ab. Er hatte die Nase voll von Tod und Blut und Mord. Er hatte es unendlich satt, den Verbrechern immer einen halben Schritt hinterherzuhetzen und nichts, aber auch gar nichts verhindern zu können! Warum nur hatte Ritter nicht auf ihre Warnungen gehört? Wie hatte er die Drohungen der Familie Kaltensee derart überheblich auf die leichte Schulter nehmen können? Für Bodenstein war es nicht nachzuvollziehen, dass der Wunsch nach Rache stärker sein konnte als jede Vernunft. Hätte Thomas Ritter die Finger von dieser unseligen Biographie und von den Tagebüchern gelassen, so wäre er in ein paar Monaten Vater geworden und hätte ein langes, glückliches Leben vor sich haben können! Das Handyklingeln riss Bodenstein aus seinen Gedanken.

»Auch der M-Klasse-Mercedes hat Doba jetzt verlassen«, teilte ihm Ostermann mit. »Ich kann Pia aber immer noch nicht erreichen.«

»Verdammt.« Bodenstein fühlte sich so elend wie selten zuvor in seinem Leben. Er hatte wirklich alles falsch gemacht. Hätte er Pia doch nur diese Reise nach Polen verboten! Nicola hatte recht: Es ging sie nichts an, was dort vor sechzig Jahren geschehen war. Ihre Aufgabe war es, die Mordfälle aufzuklären, mehr nicht.

»Was ist mit Ritter?«, fragte Ostermann. »Haben Sie ihn gefunden?«

»Ja. Er ist tot.«

»Oh, Scheiße! Seine Frau sitzt unten und will nicht gehen, bevor sie nicht mit Ihnen oder Pia gesprochen hat.«

Bodenstein starrte auf die Leiche und auf den Eimer mit geronnenem Blut. Sein Magen zog sich zu einem Knoten zusammen. Was, wenn Pia etwas passierte? Er verdrängte den Gedanken.

»Versuchen Sie es noch mal bei Pia und auch auf dem Handy von Henning Kirchhoff«, wies er Ostermann an und beendete das Gespräch.

»Lassen Sie mich jetzt gehen?«, fragte Henri Améry.

»Nein.« Bodenstein würdigte den Mann keines Blickes. »Vorerst stehen Sie unter Mordverdacht.«

Ohne auf Amérys Proteste zu achten, verließ er den Keller. Was war in Polen passiert? Weshalb waren beide Autos auf dem Rückweg? Warum, zum Teufel, meldete Pia sich nicht wie versprochen? Um seinen Kopf legte sich der Schmerz wie ein eiserner Ring, er hatte einen widerwärtigen Geschmack im Mund. All das erinnerte ihn daran, dass er heute noch nichts gegessen, aber zu viel Kaffee getrunken hatte. Er atmete tief durch, als er auf den Römerberg trat. Die ganze Situation war außer Kontrolle geraten, er sehnte sich nach einem langen einsamen Spaziergang, um die in seinem Kopf kreisenden Gedanken sortieren zu können. Stattdessen musste er nun Marleen Ritter schonend beibringen, dass er ihren toten Mann gefunden hatte.

Als Pia zu sich kam, schmerzte ihr Hals, und sie konnte nicht schlucken. Sie öffnete die Augen und erkannte im dämmerigen Licht, dass sie sich noch immer im Keller befand. Aus dem Augenwinkel nahm sie eine Bewegung wahr, jemand trat hinter sie. Sie hörte angestrengte Atemzüge, und schlagartig kehrte die Erinnerung zurück. Anja Moormann, die Pistole, der Schuss, der Auguste Nowak in die Brust getroffen hatte! Wie lange war sie ohnmächtig gewesen? Ihr gefror das Blut in den Adern, als sie das Klicken hörte, mit dem hinter ihr die Pistole entsichert wurde. Pia wollte schreien, aber aus ihrem Mund kam nur ein heiseres Gurgeln. Ihr Innerstes verkrampfte sich, und sie schloss die Augen. Wie würde es sein, wenn die Kugel den Schädelknochen durchschlug? Würde sie es spüren? Würde es weh tun? Würde …

»Pia!« Jemand packte sie an der Schulter, sie riss die Augen auf. Eine Welle der Erleichterung durchflutete ihren Körper, als sie in das Gesicht ihres Exmannes blickte. Pia hustete und griff sich an die Kehle.

»Wie … was …«, krächzte sie verständnislos. Henning war leichenblass. Zu ihrer Überraschung schluchzte er auf und riss sie heftig in seine Arme.

»Ich hatte so eine Angst um dich«, murmelte er in ihr Haar. »O Gott, du blutest ja am Kopf.«

Pia zitterte am ganzen Körper, ihr Hals schmerzte, aber das Bewusstsein, dem Tod in letzter Sekunde entkommen zu sein, erfüllte sie mit einem beinahe hysterischen Glücksgefühl. Dann erinnerte sie sich an Elard Kaltensee und Auguste Nowak. Sie befreite sich aus Hennings Armen und richtete sich benommen auf. Kaltensee saß im Sand zwischen den Knochen seiner ermordeten Vorfahren und hielt seine Mutter in den Armen. Die Tränen strömten über sein Gesicht.

»Mama«, flüsterte er. »Mama, du darfst jetzt nicht sterben … bitte!«

»Wo ist Anja Moormann?«, flüsterte Pia heiser. »Und der Kerl, den ich angeschossen habe?«

»Der liegt da drüben«, erwiderte Henning. »Ich habe ihn mit der Taschenlampe niedergeschlagen, als er auf dich schießen wollte. Und dann ist die Frau abgehauen.«

»Wo ist Miriam?« Pia wandte sich um und blickte in die schreckgeweiteten Augen ihrer Freundin.

»Mir geht's gut«, flüsterte sie. »Aber wir sollten für Frau Nowak einen Notarzt rufen.«

Auf allen vieren kroch Pia zu Auguste Nowak und ihrem

Sohn hinüber. Hier würde jeder Notarzt zu spät kommen. Auguste Nowak lag im Sterben. Ein schmaler Blutfaden rann aus ihrem Mundwinkel. Sie hatte die Augen geschlossen, atmete aber noch.

»Frau Nowak«, Pias Stimme klang noch immer rau, »können Sie mich hören?«

Auguste Nowak schlug die Augen auf. Ihr Blick war erstaunlich klar, ihre Hand tastete nach der ihres Sohnes, den sie damals genau an diesem Ort verloren hatte. Elard Kaltensee ergriff ihre Hand, sie seufzte tief. Nach mehr als sechzig Jahren hatte sich ein Kreis geschlossen.

»Heini?«

»Ich bin hier, Mama«, sagte Elard mit mühsam beherrschter Stimme. »Ich bin bei dir. Du wirst wieder gesund. Alles wird gut.«

»Nein, mein Junge«, murmelte sie und lächelte. »Ich sterbe ... Aber ... du darfst ... nicht weinen, Heini. Hörst du? Nicht weinen. Es ist ... gut so. Hier ... bin ich ... bei ihm ... bei meinem ... Elard.«

Elard Kaltensee streichelte das Gesicht seiner Mutter.

»Pass ... pass auf Marcus auf ...«, flüsterte sie und hustete. Blutiger Schaum trat auf ihre Lippen, ihr Blick wurde verschwommen. »Mein lieber Junge ...«

Sie holte noch einmal tief Luft, dann seufzte sie. Ihr Kopf sank zur Seite.

»Nein!« Elard hob ihren Kopf, zog den Körper der alten Frau fester in seine Arme. »Nein, Mama, nein! Du darfst doch jetzt nicht sterben!«

Er schluchzte wie ein kleines Kind. Pia spürte, dass auch sie den Tränen nahe war. In einem Anfall von Sympathie legte sie Elard Kaltensee die Hand auf die Schulter. Er blickte auf, ohne seine Mutter loszulassen, das tränennasse Gesicht vom Schmerz verwüstet.

»Sie ist in Frieden gestorben«, sagte Pia leise. »In den Armen ihres Sohnes und im Kreise ihrer Familie.«

Marleen Ritter tigerte in dem kleinen Raum neben dem Verhörzimmer auf und ab wie ein Raubtier im Zoo. Hin und wieder blickte sie zu ihrem Vater hinüber, der durch eine Glasscheibe von ihr getrennt im Nachbarraum saß, reglos, mit leerem Blick und um Jahre gealtert. Er wirkte wie eine Marionette, der man die Fäden durchgeschnitten hatte. Erschüttert hatte Marleen begriffen, was sie all die Jahre nicht hatte erkennen wollen. Ihre Großmutter war nicht die gütige alte Dame, für die sie sie immer gehalten hatte, im Gegenteil! Sie hatte gelogen und betrogen, ganz nach Belieben. Marleen blieb vor der Glasscheibe stehen und starrte den Mann an, der ihr Vater war. Sein ganzes Leben lang hatte er den Launen seiner Mutter gehorcht, hatte alles getan, um sie zufriedenzustellen und ihre Anerkennung zu bekommen. Vergeblich. Für ihn musste die Erkenntnis, schamlos ausgenutzt worden zu sein, am bittersten sein. Dennoch brachte Marleen kein Mitleid für ihn auf.

»Setz dich doch einen Moment hin«, sagte Katharina hinter ihr. Marleen schüttelte den Kopf.

»Dann werde ich verrückt«, erwiderte sie. Katharina hatte ihr alles erzählt: die Sache mit der Kiste, Thomas' unheilvolle Idee mit der Biographie und wie ihn die Tagebücher darauf gebracht hatten, dass Vera nicht die war, für die sie sich ausgab.

»Wenn Thomas etwas zugestoßen ist, werde ich das meinem Vater niemals verzeihen«, sagte sie dumpf. Katharina antwortete nicht, denn in diesem Moment wurde Jutta Kaltensee, ihre ehemals beste Freundin, in das Verhörzimmer geführt. Siegbert Kaltensee hob den Kopf, als seine Schwester eintrat.

»Du hast das alles gewusst, hab ich recht?«, tönte seine Stimme durch den Lautsprecher. Marleen ballte die Hände zu Fäusten.

»Was soll ich gewusst haben?«, erwiderte Jutta Kaltensee auf der anderen Seite der Scheibe kühl.

»Dass sie Robert hat ermorden lassen, damit er den Mund hält. Und dann auch seine Freundin. Und du wolltest genau wie sie, dass Ritter verschwindet, weil ihr beide Angst davor hattet, was er in seinem Buch über euch schreiben würde.«

»Ich weiß überhaupt nicht, wovon du redest, Berti.« Jutta setzte sich auf einen Stuhl und schlug gelassen die Beine übereinander. Selbstsicher und im festen Glauben an ihre Unantastbarkeit.

»Ganz die Mutter«, murmelte Katharina leise.

»Du hast gewusst, dass Marleen Thomas geheiratet hat«, warf Siegbert Kaltensee seiner Schwester vor. »Du wusstest auch, dass Marleen schwanger ist!«

»Und wenn es so gewesen wäre?« Jutta Kaltensee zuckte mit den Schultern. »Ich konnte ja nicht ahnen, dass ihr so weit gehen würdet, ihn zu entführen!«

»Ich hätte es nicht zugelassen, wenn ich das alles gewusst hätte.«

»Ach, komm schon, Berti!«, Jutta lachte spöttisch auf. »Jeder weiß, dass du Thomas hasst wie die Pest. Er war dir schon immer ein Dorn im Auge.«

Marleen stand wie gelähmt an der Scheibe. Es klopfte an der Tür, und Bodenstein trat ein.

»Sie haben meinen Mann entführen lassen!«, rief Marleen. »Mein Vater und meine Tante! Sie haben …«

Sie erstarrte, als sie Bodensteins Gesicht sah. Noch bevor er ein Wort sagen konnte, wusste sie Bescheid. Die Beine gaben unter ihr nach, sie sackte in die Knie. Und dann begann sie zu schreien.

Pia fühlte sich wie jemand, der aus langer Geiselhaft befreit worden war, als sie am späten Abend die Stufen zum Kommissariat hinaufging. Keine zwanzig Minuten nach dem Tod von Auguste Nowak waren die polnischen Kollegen aufgetaucht. Sie hatten Henning, Miriam, Elard Kaltensee und Pia auf die Polizeistation in Gizycko gefahren. Es hatte einiger Telefonate mit Frau Dr. Engel in Deutschland bedurft, um die Lage so weit zu klären, dass man Pia und Elard Kaltensee schließlich hatte gehen lassen. Henning und Miriam waren in Gizycko geblieben, um gleich am nächsten Morgen mit Unterstützung polnischer Spezialisten im Keller der Schlossruine die Knochen zu bergen. Am Flughafen hatte Behnke sie bereits erwartet und den Professor zuerst nach Frankfurt ins Krankenhaus zu Marcus Nowak gefahren. Nun war es zehn Uhr, Pia ging den verwaisten Flur entlang und klopfte an die Tür von Bodensteins Büro. Bodenstein kam hinter seinem Schreibtisch hervor und schloss sie zu ihrer Verblüffung kurz und heftig in die Arme. Dann ergriff er sie bei den Schultern und blickte sie auf eine Weise an, die sie verlegen machte.

»Gott sei Dank«, sagte er mit rauer Stimme. »Ich bin heilfroh, dass Sie wieder da sind.«

»So schlimm kann Ihre Sehnsucht nach mir wohl kaum sein. Ich war ja keine vierundzwanzig Stunden weg«, versuchte Pia mit Ironie ihrer plötzlichen Befangenheit Herr zu werden. »Sie können mich auch ruhig wieder loslassen, Chef. Mir geht's gut.«

Zu ihrer Erleichterung ging Bodenstein auf ihren Tonfall ein.

»Vierundzwanzig Stunden waren eindeutig zu lang«, grinste er und ließ sie los. »Ich habe schon befürchtet, ich müsste den ganzen Schreibkram selbst erledigen.«

Pia grinste auch und schob sich eine Haarsträhne aus dem Gesicht.

»Alle Fälle geklärt, oder?«

»Sieht so aus.« Er nickte und bedeutete ihr, sich zu setzen. »Dank dieser Fahrzeugüberwachungssoftware konnten die Kollegen Vera Kaltensee und auch Anja Moormann an der polnisch-deutschen Grenze festnehmen. Anja Moormann hat übrigens schon gestanden. Sie hat nicht nur Monika Krämer und Watkowiak, sondern auch Thomas Ritter umgebracht.«

»Das hat sie einfach so gestanden?« Pia rieb sich die schmerzende Beule an der Schläfe, die der Lauf von Anja Moormanns Automatik hinterlassen hatte, und dachte mit einem Schaudern an die Kälte in den Augen der Frau.

»Sie war eine der besten Spioninnen der DDR und hat einiges auf dem Kerbholz«, erklärte Bodenstein. »Mit ihrer Aussage hat sie Siegbert Kaltensee schwer belastet. Er war es nämlich, der ihr die Mordaufträge erteilt hat.«

»Tatsächlich? Ich hätte gewettet, dass Jutta das getan hat.«

»Jutta war dafür zu schlau. Siegbert hat auch schon alles gestanden. Wir konnten die persönliche Habe von Anita Frings auf dem Mühlenhof sicherstellen, bis auf die Dinge, die man Watkowiak untergejubelt hatte, um ihn mordverdächtig zu machen. Außerdem hat uns Frau Moormann geschildert, wie sie Watkowiak getötet hat. Übrigens in der Küche ihres Hauses.«

»Mein Gott, was für ein eiskaltes Monster.« Pia wurde bewusst, wie leicht ihre Begegnung mit Anja Moormann auch für sie ein tödliches Ende hätte nehmen können. »Aber wer hat seine Leiche in das Haus gebracht? Das war nämlich ein Dilettant. Hätten sie nicht saubergemacht und ihn oben auf seine Matratze gelegt, wäre ich wahrscheinlich gar nicht misstrauisch geworden.«

»Das waren Amérys Leute«, erwiderte Bodenstein. »Viel Grips haben die wohl nicht.«

Pia unterdrückte nur mit Mühe ein Gähnen. Sie sehnte sich nach einer heißen Dusche und vierundzwanzig Stunden ungestörtem Schlaf. »Ich verstehe trotzdem noch immer nicht, wieso Monika Krämer sterben musste.«

»Ganz einfach: Um Watkowiak noch etwas verdächtiger zu machen. Das Bargeld, das wir bei ihm gefunden haben, stammte aus dem Safe von Anita Frings.«

»Was ist mit Vera Kaltensee? Siegbert hat doch sicher nur in ihrem Auftrag gehandelt?«

»Das können wir ihr nicht nachweisen. Und wenn, nützt es ihm nichts. Aber die Staatsanwaltschaft wird den Tod von Eugen Kaltensee neu untersuchen und außerdem wegen Mordes an Danuta Watkowiak gegen Vera Kaltensee ermitteln. Das Mädchen war damals illegal in Deutschland, deshalb hat sie niemand als vermisst gemeldet.«

»Ob Moormann gewusst hat, was seine Frau so treibt?«, fragte Pia. »Wo war der eigentlich die ganze Zeit?«

»Seine Frau hatte ihn in dem Kühlhaus eingesperrt, in dem die Kisten gestanden haben«, antwortete Bodenstein. »Er kannte natürlich die Vergangenheit seiner Frau, er war ja selbst auch bei der Stasi. Wie seine Eltern.«

»Seine Eltern?« Pia rieb sich verwirrt die schmerzende Schläfe.

»Anita Frings war seine Mutter«, erklärte Bodenstein. »Bei Moormann handelt es sich nämlich um ›Katerchen‹, den Mann, der sie so oft besucht und mit dem Rollstuhl durch die Gegend gefahren hat.«

»Ach, schau einer an.«

Eine Weile saßen sie schweigend da.

»Aber der Spur-Spur-Treffer«, Pia runzelte nachdenklich die Stirn, »die ungeklärten Fälle im Osten. Das war doch eine männliche DNA. Wie kann Anja Moormann das gewesen sein?«

»Sie ist ein Vollprofi«, entgegnete Bodenstein. »Bei ihren Aufträgen trug sie eine Echthaarperücke und hat mit Absicht an jedem Tatort ein Haar zurückgelassen. Zur Irreführung.«

»Nicht zu fassen.« Pia schüttelte den Kopf. »Dr. Engel hat sich übrigens bei den polnischen Kollegen ziemlich für mich ins Zeug gelegt. Die waren alles andere als begeistert von unserer eigenmächtigen Aktion.«

»Ja«, bestätigte Bodenstein. »Sie hat sich sehr fair verhalten. Vielleicht kriegen wir doch eine ganz anständige Chefin.«

Pia zögerte kurz und sah ihn an. »Und das ... hm ... andere Problem?«

»Hat sich erledigt«, sagte Bodenstein leichthin. Er erhob sich, ging zu seinem Schrank und holte eine Flasche Cognac und zwei Gläser hervor.

»Wenn Nowak und Elard Kaltensee von Anfang an ehrlich gewesen wären, hätte es alles nicht so weit kommen müssen.« Pia beobachtete, wie ihr Chef zwei Gläser exakt zwei Fingerbreit mit Cognac füllte. »Aber auf die Idee, dass die beiden ein Liebespaar sind, wäre ich im Leben nicht gekommen. Ich lag mit meinem Verdacht wirklich meilenweit daneben.«

»Ich auch.« Bodenstein reichte ihr ein Glas.

»Auf was trinken wir dann?« Pia lächelte schief.

»Wenn man es genau nimmt, haben wir mindestens ... hm ... fünfzehn Morde aufgeklärt, dazu auch noch die beiden Fälle aus Dessau und Halle. Ich finde, wir waren ziemlich gut.«

»Na denn!« Pia hob ihr Glas.

»Moment«, hielt Bodenstein sie zurück. »Ich finde, es ist allmählich an der Zeit, dass wir uns so benehmen wie alle Kollegen in ganz Deutschland. Was halten Sie davon, wenn wir uns in Zukunft duzen? Ich heiße übrigens Oliver.«

Pia legte den Kopf schief und grinste.

»Aber Sie wollen hier jetzt nicht Brüderschaft trinken mit Küssen und so, oder?«

»Gott bewahre!« Bodenstein grinste auch, dann stieß er mit ihr an und trank einen Schluck. »Ihr Zoodirektor würde mir wahrscheinlich den Hals umdrehen.«

»Ach du Scheiße!« Erschrocken ließ Pia ihr Glas sinken. »Ich habe Christoph vergessen! Ich wollte ihn doch um halb neun am Flughafen abholen! Wie spät ist es?«

»Viertel vor elf«, sagte Bodenstein.

»Verdammt! Ich weiß seine Nummer nicht auswendig, und mein Handy liegt wahrscheinlich irgendwo in einem masurischen See!«

»Wenn Sie mich nett bitten, gebe ich Ihnen meins«, bot Bodenstein großzügig an. »Ich habe seine Nummer noch gespeichert.«

»Ich dachte, wir wären jetzt per du«, entgegnete Pia.

»Sie haben ja noch nicht getrunken«, erinnerte Bodenstein sie. Pia blickte ihn an, dann stürzte sie den Cognac in einem Zug herunter und verzog angeekelt das Gesicht.

»So, Oliver«, sagte sie, »dann sei so nett, und gib mir bitte dein Handy.«

Christophs Töchter blickten überrascht, als Pia um halb zwölf bei ihnen klingelte. Sie hatten nichts von ihrem Vater gehört und angenommen, Pia habe ihn abgeholt. Annika versuchte, ihn auf dem Handy anzurufen, das jedoch noch immer ausgeschaltet war.

»Vielleicht hatte der Flug Verspätung.« Christophs zweitälteste Tochter war wenig besorgt um ihren Vater. »Er wird sich schon melden.«

»Danke.« Pia fühlte sich elend und tief deprimiert. Sie setzte sich in ihren Nissan und fuhr von Bad Soden zum Birkenhof. Bodenstein war jetzt bei seiner Cosima, die ihm seinen Ausrutscher verziehen hatte. Henning und Miriam waren zusammen in einem Hotel in Gidzyko; es war nicht zu übersehen gewesen, dass es bei diesem Abenteuer zwischen ihnen gefunkt hatte. Elard Kaltensee hielt im Krankenhaus Händchen mit Marcus Nowak. Nur sie war allein. Ihre vage Hoffnung, Christoph wäre vom Flughafen aus direkt zu ihr gefahren, erfüllte sich nicht. Der Birkenhof lag im Dunkeln, kein Auto stand vor der Tür. Pia kämpfte mit den Tränen, als sie ihre Hunde begrüßte und die Haustür aufschloss. Wahrscheinlich hatte er gewartet, vergeblich versucht, sie auf dem Handy anzurufen, und war dann mit seiner attraktiven Berliner Kollegin noch etwas trinken gegangen. Verdammt! Wie hatte sie das auch nur vergessen können? Sie schaltete das Licht ein und ließ die Tasche auf den Boden fallen. Plötzlich machte ihr Herz einen Satz. Der Tisch in der Küche war gedeckt, mit Weingläsern und dem guten Geschirr. In einem Sektkühler mit inzwischen geschmolzenem Eis steckte eine Flasche Champagner, auf dem Herd standen abgedeckte Töpfe und Pfannen. Pia lächelte gerührt. Im Wohnzimmer fand sie Christoph tief und fest schlafend auf der Couch. Eine heiße Welle des Glücks strömte durch ihren Körper.

»Hey«, flüsterte sie und ging neben dem Sofa in die Hocke. Christoph öffnete die Augen und blinzelte verschlafen ins Licht.

»Hey«, murmelte er. »Tut mir leid, jetzt ist das Essen wohl kalt.«

»Mir tut's leid, dass ich vergessen habe, dich abzuholen. Mein Handy ist weg, ich konnte dich nicht anrufen. Aber wir haben alle Fälle gelöst.«

»Das klingt gut.« Christoph streckte seine Hand aus und berührte liebevoll ihre Wange. »Du siehst ziemlich mitgenommen aus.«

»Ich hatte ein bisschen Stress in den letzten Tagen.«

»Aha.« Er betrachtete sie aufmerksam. »Was ist passiert? Deine Stimme klingt irgendwie komisch.«

»Nicht der Rede wert.« Sie zuckte die Achseln. »Die Haushälterin von Kaltensees wollte mich im Keller einer Schlossruine in Polen erwürgen.«

»Ach so.« Christoph schien das für einen Scherz zu halten und grinste. »Aber sonst ist alles in Ordnung?«

»Klar.« Pia nickte.

Er setzte sich auf und breitete die Arme aus.

»Du glaubst gar nicht, wie sehr ich dich vermisst habe.«

»Wirklich? Hab ich dir gefehlt in Südafrika?«

»O ja!« Er schloss sie fest in die Arme und küsste sie. »Und wie.«

Epilog

September 2007

Marcus Nowak betrachtete die rußgeschwärzten Reste der Backsteinfassade, die leeren Fensterhöhlen und das eingestürzte Dach. Er sah nicht die Tristesse der Ruine, vor seinem inneren Auge erstand das Bild des Schlosses, wie es einmal ausgesehen hatte. Die klassizistische Fassade, wunderschön in ihrer schlichten Symmetrie, der schmale Mittelrisalit von zweistöckigen Seitenflügeln eingefasst, die wiederum von mächtigen Pavillons mit Haubendächern und darüberliegenden durchbrochenen Türmchen flankiert waren. Schlanke dorische Säulen vor dem Hauptportal, eine schattige Allee, die zum Schloss führte, ein weitläufiger Park mit herrlichen hundertjährigen Rotbuchen und Ahornbäumen. Die Weite der ostpreußischen Landschaft, der Zusammenklang von Wasser und Wäldern hatten ihn schon bei seinem ersten Besuch vor zwei Jahren tief berührt. Dies war das Land seiner und Elards Vorfahren, und die Ereignisse im Keller dieses Schlosses vor nunmehr dreiundsechzig Jahren hatten letztendlich Einfluss auf ihrer beider Leben genommen. In den vergangenen vier Monaten hatte sich viel verändert. Marcus Nowak hatte seiner Frau und seiner Familie die Wahrheit gesagt und war zu Elard auf den Mühlenhof gezogen. Seine Hand war nach zwei weiteren Operationen beinahe wieder so beweglich wie früher. Elard war ganz und gar verändert. Die Geister der Vergangenheit quälten ihn nicht mehr, die Frau, die er für seine Mutter gehalten hatte, saß im Gefängnis, ebenso ihr Sohn Siegbert und auch Anja Moormann, die Profikillerin. Elard hatte von Marleen Ritter die Tagebücher seiner Tante Vera zurückerhalten. In ein paar Wochen, pünktlich zur Buchmesse, würde die Biographie erscheinen, die ihrem Verfasser den Tod und der Familie Kaltensee schon im Voraus wochenlang Schlagzeilen eingebracht hatte.

Ungeachtet dessen war Jutta Kaltensee von ihrer Partei als Spitzenkandidatin für die Landtagswahl im kommenden Januar aufgestellt worden und hatte gute Chancen, die Wahl für sich zu gewinnen. Marleen Ritter hatte vorübergehend die Geschäftsführung der KMF übernommen und war nun dabei, mit Unterstützung des Vorstandes die Firma in eine Aktiengesellschaft umzuwandeln. In den Kisten auf dem Mühlenhof war sogar die Urkunde gefunden worden, die Josef Stein, dem jüdischen Vorbesitzer der KMF, die Rückübereignung der Firma im Falle seiner Rückkehr nach Deutschland bestätigt hatte. Vera/Edda hatte in ihrer Überheblichkeit tatsächlich nie etwas vernichtet.

Aber das alles war Vergangenheit. Marcus Nowak lächelte, als er Elard, den Freiherrn von Zeydlitz-Lauenburg, auf sich zukommen sah. Alles hatte sich zum Besseren gewendet. Er hatte sogar den Vertrag als verantwortlicher Restaurator bei der Sanierung der Frankfurter Altstadt in der Tasche. Außerdem würden sie gemeinsam ihren Lebenstraum in Masuren verwirklichen. Der Bürgermeister von Gizycko hatte dem Verkauf des Schlosses an Elard bereits mündlich zugestimmt; ihren Plänen stand nicht mehr viel im Weg. Sobald der Kaufvertrag unterschrieben war, würden die sterblichen Überreste von Auguste Nowak gemeinsam mit den Knochen aus dem Keller, die man anhand von DNA-Vergleichen zum Teil hatte identifizieren können, auf dem alten Familienfriedhof am Seeufer beigesetzt werden. So würde Auguste gemeinsam mit ihrem geliebten Elard, ihren Eltern und ihrer Schwester die letzte Ruhe in ihrer Heimat finden.

»Und?« Elard blieb neben ihm stehen. »Was denkst du?«

»Es ist machbar.« Marcus Nowak runzelte nachdenklich die Stirn. »Aber ich fürchte, es wird wahnsinnig teuer werden und Jahre dauern.«

»Na und?« Elard grinste und legte einen Arm um seine Schulter. »Wir haben doch alle Zeit der Welt.«

Marcus lehnte sich an ihn und blickte wieder zum Schloss hinüber.

»Hotel Auguste Viktoria am See«, sagte er und lächelte versonnen. »Ich kann es schon vor mir sehen.«

Danksagung

Ich danke Claudia und Caroline Cohen, Camilla Altvater, Susanne Hecker, Peter Hillebrecht, Simone Schreiber, Catrin Runge und Anne Pfenninger für Probelesen und Feedback zum Manuskript.

Ganz herzlichen Dank an Prof. Dr. Hansjürgen Bratzke, den Direktor des Instituts für Rechtsmedizin in Frankfurt, für die ausführliche Beantwortung meiner zahlreichen Fragen zu rechtsmedizinischen Details. Für Fehler in fachlicher Hinsicht bin allein ich verantwortlich.

Danke auch an Kriminalhauptkommissar Peter Deppe vom K11 der Regionalen Kriminalinspektion Hofheim, der alle meine Fragen zu Ermittlungsabläufen und zur Arbeit der Kriminalpolizei erschöpfend beantwortet und mich unter anderem darauf aufmerksam gemacht hat, dass sich alle Kripobeamten in ganz Deutschland duzen.

Ein ganz besonderer Dank gilt meiner Lektorin Marion Vazquez. Die gemeinsame Arbeit an *Tiefe Wunden* hat mir große Freude gemacht.

Nele Neuhaus,
im Februar 2009

NELE NEUHAUS

Schneewittchen muss sterben

Kriminalroman

Weltbild

Für Simone

Prolog

Die rostige Eisentreppe war schmal und führte steil nach unten. Er tastete an der Wand nach dem Lichtschalter. Sekunden später tauchte die 25-Watt-Birne den kleinen Raum in schummeriges Licht. Lautlos öffnete sich die schwere Eisentür. Er ölte regelmäßig die Scharniere, damit kein Quietschen sie aufweckte, wenn er sie besuchte. Warme Luft, vermischt mit dem süßlichen Duft verwelkender Blumen, drang ihm entgegen. Sorgfältig schloss er die Tür hinter sich, schaltete das Licht ein und verharrte einen Moment reglos. Der große, etwa zehn Meter lange und fünf Meter breite Raum war schlicht eingerichtet, aber sie schien sich hier wohl zu fühlen. Er ging hinüber zur Stereoanlage und betätigte die PLAY-Taste. Die raue Stimme von Bryan Adams füllte den Raum. Er selbst konnte der Musik nicht viel abgewinnen, aber sie liebte den kanadischen Sänger, und er pflegte Rücksicht auf ihre Vorlieben zu nehmen. Wenn er sie schon verstecken musste, dann sollte es ihr an nichts fehlen. Wie üblich sagte sie nichts. Sie sprach nicht mit ihm, antwortete ihm nie auf seine Fragen, aber das störte ihn nicht. Er rückte die spanische Wand, die den Raum diskret teilte, beiseite. Da lag sie, still und schön auf dem schmalen Bett, die Hände auf dem Bauch gefaltet, das lange Haar breitete sich wie ein schwarzer Fächer um ihren Kopf aus. Neben dem Bett standen ihre Schuhe, auf dem Nachttisch ein Strauß verwelkter weißer Lilien in einer gläsernen Vase.

»Hallo, Schneewittchen«, sagte er leise. Der Schweiß trat ihm auf die Stirn. Die Hitze war kaum auszuhalten, aber sie mochte es so. Schon früher hatte sie schnell gefroren. Sein Blick wanderte zu den Fotos, die er für sie neben ihrem Bett aufgehängt hatte. Er wollte sie bitten, ob er ein neues Foto dazuhängen durfte. Aber er musste diese Bitte zu einem geeigneten Moment anbringen, nicht dass sie beleidigt war. Vorsichtig setzte er sich auf die Bettkante. Die Matratze senkte sich unter seinem Gewicht, und für einen Moment glaubte er schon, sie habe sich bewegt. Aber nein. Sie bewegte sich nie. Er streckte die Hand aus und legte sie an ihre Wange. Ihre Haut hatte im Laufe der Jahre einen gelblichen Farbton angenommen, fühlte sich fest und ledrig an. Sie hatte wie immer die Augen geschlossen, und wenn auch ihre Haut nicht mehr so zart und rosig war, ihr Mund war so schön wie früher, als sie noch mit ihm geredet und ihn angelächelt hatte. Eine ganze Weile saß er da und betrachtete sie. Nie war der Wunsch, sie zu beschützen, stärker gewesen.

»Ich muss wieder gehen«, sagte er schließlich bedauernd. »Ich habe so viel zu tun.«

Er stand auf, nahm die welken Blumen aus der Vase und vergewisserte sich, dass die Flasche Cola auf ihrem Nachttischchen voll war.

»Du sagst mir, wenn du etwas brauchst, ja?«

Manchmal vermisste er ihr Lachen, dann wurde er traurig. Natürlich wusste er, dass sie tot war, dennoch fand er es einfacher, so zu tun, als wisse er es nicht. So ganz hatte er die Hoffnung auf ein Lächeln von ihr nie aufgegeben.

Donnerstag, 6. November 2008

Er sagte nicht »Auf Wiedersehen«. Niemand, der aus dem Knast entlassen wird, sagt »Auf Wiedersehen«. Oft, sehr oft hatte er sich in den vergangenen zehn Jahren den Tag seiner Haftentlassung ausgemalt. Jetzt musste er feststellen, dass seine Gedanken eigentlich immer nur bis zu dem Augenblick gegangen waren, in dem er durch das Tor in die Freiheit trat, die ihm plötzlich bedrohlich erschien. Er hatte keine Pläne für sein Leben. Nicht mehr. Auch ohne die gebetsmühlenartigen Vorhaltungen der Sozialarbeiter war ihm seit langem bewusst, dass die Welt nicht auf ihn wartete und er sich auf allerhand Vorbehalte und Niederlagen in seiner nicht mehr besonders rosigen Zukunft würde einstellen müssen. Eine Karriere als Arzt, die er damals nach seinem Einser-Abi angestrebt hatte, konnte er vergessen. Unter Umständen mochten ihm sein Studium und die Ausbildung zum Schlosser, die er im Knast absolviert hatte, weiterhelfen. Auf jeden Fall war es an der Zeit, dem Leben ins Auge zu sehen.

Als sich das graue, zackenbewehrte Eisentor der JVA Rockenberg mit einem metallischen Scheppern hinter ihm schloss, sah er sie auf der anderen Straßenseite stehen. Obwohl sie in den vergangenen zehn Jahren die Einzige aus der alten Clique gewesen war, die ihm regelmäßig geschrieben hatte, war er erstaunt, sie hier zu sehen. Eigentlich hatte er seinen Vater erwartet. Sie lehnte am Kotflügel eines silbernen

Geländewagens, ein Handy am Ohr, und rauchte mit hastigen Zügen eine Zigarette. Er blieb stehen. Als sie ihn erkannte, richtete sie sich auf, steckte das Telefon in die Manteltasche und schnippte die Kippe weg. Er zögerte einen Augenblick, bevor er die kopfsteingepflasterte Straße überquerte, den kleinen Koffer mit seinen Habseligkeiten in der linken Hand, und vor ihr stehen blieb.

»Hallo, Tobi«, sagte sie und lächelte nervös. Zehn Jahre waren eine lange Zeit; genauso lange hatten sie sich nicht gesehen, denn er hatte nicht gewollt, dass sie ihn besuchte.

»Hallo, Nadja«, erwiderte er. Eigenartig, sie bei diesem fremden Namen zu nennen. In Wirklichkeit sah sie besser aus als im Fernsehen. Jünger. Sie standen sich gegenüber, blickten einander an, zögerten. Ein kühler Wind trieb das trockene Herbstlaub raschelnd über das Pflaster. Die Sonne hatte sich hinter dichten grauen Wolken versteckt. Es war kalt.

»Schön, dass du wieder draußen bist.« Sie schlang ihre Arme um seine Mitte und küsste seine Wange. »Ich freue mich. Echt.«

»Ich freue mich auch.« In dem Augenblick, in dem er diese Floskel aussprach, fragte er sich, ob das stimmte. Freude fühlte sich anders an als dieses Gefühl der Fremdheit, der Unsicherheit. Sie ließ ihn los, weil er keine Anstalten machte, sie ebenfalls zu umarmen. Früher einmal war sie, die Nachbarstochter, seine beste Freundin gewesen, ihre Existenz in seinem Leben eine Selbstverständlichkeit. Nadja war die Schwester, die er nie gehabt hatte. Aber jetzt hatte sich alles verändert, nicht nur ihr Name. Aus der burschikosen Nathalie, die sich für ihre Sommersprossen, für die Zahnspange und ihren Busen geschämt hatte, war Nadja von Bredow geworden, eine berühmte und gefragte Schauspielerin. Sie hatte ihren ehrgeizigen Traum verwirklicht, hatte das Dorf, aus dem sie beide stammten, weit hinter sich gelassen und war auf der Leiter des gesellschaftlichen Ansehens bis ganz nach oben geklettert. Er selbst konnte seinen Fuß nicht einmal mehr auf die unterste Stufe dieser Leiter stellen. Seit heute war er ein Exknacki, der zwar seine Strafe abgesessen hatte, den aber die Gesellschaft nicht gerade mit offenen Armen erwartete.

»Dein Vater hatte für heute nicht freibekommen.« Unvermittelt machte sie einen Schritt von ihm weg, mied dabei seinen Blick, als ob sich seine Befangenheit auf sie übertragen hätte. »Deshalb hole ich dich ab.«

»Das ist nett von dir.« Tobias schob seinen Koffer auf den Rücksitz ihres Autos und setzte sich auf den Beifahrersitz. Das helle Leder hatte noch keinen einzigen Kratzer, das Wageninnere roch neu.

»Wow«, sagte er ehrlich beeindruckt und warf einen Blick auf das Cockpit, das dem eines Flugzeugs ähnelte. »Tolles Auto.«

Nadja lächelte kurz, gurtete sich an und drückte auf einen Knopf, ohne den Schlüssel in die Zündung gesteckt zu haben. Sofort sprang der Motor mit einem dezenten Surren an. Gekonnt manövrierte sie den wuchtigen Wagen aus der Parklücke. Tobias' Blick streifte ein paar mächtige Kastanien, die dicht an der Gefängnismauer standen. Ihr Anblick von seinem Zellenfenster aus war während der vergangenen zehn Jahre sein Kontakt zur Außenwelt gewesen. Die Bäume im Wechsel der Jahreszeiten waren für ihn zum einzig realen Bezug nach draußen geworden, während der Rest der Welt in einem diffusen Nebel hinter den Gefängnismauern verschwunden war. Und nun musste er, der verurteilte Mädchenmörder, nach Verbüßung seiner Strafe zurück in diesen Nebel. Ob er wollte oder nicht.

»Wo soll ich dich hinfahren? Zu mir?«, fragte Nadja, als sie den Wagen auf die Autobahn lenkte. Sie hatte ihm in ihren letzten Briefen mehrfach angeboten, zunächst bei ihr einzuziehen – ihre Wohnung in Frankfurt sei groß genug. Die Aussicht, nicht nach Altenhain zurückkehren und der Vergangenheit ins Auge blicken zu müssen, war verlockend, dennoch lehnte er ab.

»Später vielleicht«, sagte er deshalb. »Ich will erst mal nach Hause.«

*

Kriminaloberkommissarin Pia Kirchhoff stand im strömenden Regen auf dem Gelände des ehemaligen Militärflugplatzes bei Eschborn. Sie hatte ihr blondes Haar zu zwei kurzen Zöpfchen geflochten, eine Basecap aufgesetzt und sah nun, die Hände tief in den Taschen ihrer Daunenjacke vergraben, mit ausdrucksloser Miene ihren Kollegen von der Spurensicherung zu, die eine Zeltplane über das Loch zu ihren Füßen spannten. Bei den Abrissarbeiten eines der baufälligen Flugzeughangars hatte ein Baggerfahrer in einem der leeren Treibstofftanks Knochen und einen menschlichen Schädel entdeckt und sehr zur Verärgerung seines Chefs daraufhin die Polizei gerufen. Nun stand die Arbeit seit zwei Stunden still, und Pia durfte sich die Schimpftiraden des übellaunigen Vorarbeiters anhören, dessen multikulturelle Abbruchmannschaft sich beim Auftauchen der Polizei schlagartig dezimiert hatte. Der Mann zündete sich die dritte Zigarette innerhalb einer Viertelstunde an und zog die Schultern hoch, als ob das den Regen daran hindern könnte, ihm in den Jackenkragen zu laufen. Dabei fluchte er unablässig vor sich hin.

»Wir warten auf den Rechtsmediziner. Er wird schon kommen.« Pia interessierte weder die offensichtliche Beschäftigung von Schwarzarbeitern auf der Baustelle noch der Zeitplan der Abbrucharbeiten. »Reißen Sie doch erst eine andere Halle ab.«

»Sie sagen das so einfach«, beschwerte sich der Mann und wies in Richtung der wartenden Bagger und Lkw. »Wegen so 'n paar Knochen kommen wir richtig in Verzug, das kostet ein Vermögen.«

Pia zuckte die Schultern und wandte sich um. Ein Auto holperte über den zerborstenen Beton. Unkraut hatte sich durch jede Fuge gefressen und aus der ehemals glatten Rollbahn eine wahre Buckelpiste gemacht. Seit der Stilllegung des Flugplatzes hatte die Natur eindrucksvoll bewiesen, dass sie in der Lage war, jedes von Menschenhand erschaffene Hindernis wieder zu überwinden. Pia ließ den Vorarbeiter lamentieren und ging auf den silbernen Mercedes zu, der neben den Polizeifahrzeugen angehalten hatte.

»Du hast dir ja ordentlich Zeit gelassen«, begrüßte sie ihren Exmann wenig freundlich. »Wenn ich eine Erkältung kriege, bist du schuld.«

Dr. Henning Kirchhoff, stellvertretender Leiter der Frankfurter Rechtsmedizin, ließ sich nicht hetzen. In aller Seelenruhe zog er den obligatorischen Einwegoverall über, tauschte seine blitzblanken schwarzen Lederschuhe gegen Gummistiefel und setzte die Kapuze auf.

»Ich hatte eine Vorlesung«, entgegnete er. »Und dann gab's noch einen Stau an der Messe. Tut mir leid. Was haben wir?«

»Ein Skelett in einem der alten Bodentanks. Die Abbruchfirma hat es vor etwa zwei Stunden gefunden.«

»Ist es bewegt worden?«

»Ich glaube nicht. Sie haben nur den Beton und die Erde entfernt, dann den oberen Teil des Tanks aufgeschweißt, weil sie die Dinger nicht komplett abtransportieren können.«

»Gut.« Kirchhoff nickte, grüßte die Beamten der Spurensicherung und schickte sich an, in die Grube unter der Zeltplane zu klettern, in der sich der untere Teil des Tanks befand. Zweifellos war er der beste Mann für diese Aufgabe, denn er war einer der wenigen forensischen Anthropologen Deutschlands, und menschliche Knochen waren sein Spezialgebiet. Der Wind trieb den Regen nun beinahe horizontal über die freie Fläche. Pia fror bis ins Mark. Das Wasser tropfte vom Schirm ihrer Baseballkappe auf ihre Nase, ihre Füße hatten sich in Eisklumpen verwandelt, und sie beneidete die Männer des zur Untätigkeit verdammten Abrisstrupps, die im Flugzeughangar standen und heißen Kaffee aus Thermosflaschen tranken. Wie üblich arbeitete Henning sorgfältig; hatte er erst einmal irgendwelche Knochen vor sich, verloren Zeit und äußere Einflüsse für ihn völlig an Bedeutung. Er kniete auf dem Boden des Tanks, über das Skelett gebeugt, und betrachtete einen Knochen nach dem anderen. Pia bückte sich unter die Plane und hielt sich an der Leiter fest, um nicht abzurutschen.

»Ein komplettes Skelett«, rief Henning zu ihr hinauf. »Weiblich.«

»Alt oder jung? Wie lange liegt es schon hier?«

»Dazu kann ich noch nichts Genaues sagen. Auf den ersten Blick sind keine Gewebereste mehr zu sehen, also vermutlich schon ein paar Jahre.« Henning Kirchhoff richtete sich auf und kletterte die Leiter hinauf. Die Männer von der Spurensicherung begannen mit der vorsichtigen Bergung der Knochen und des umgebenden Erdreiches. Es würde eine Weile dauern, bis das Skelett in die Rechtsmedizin transportiert werden konnte, wo Henning und seine Mitarbeiter es gründlich untersuchen würden. Immer wieder wurden bei Tiefbauarbeiten menschliche Knochen gefunden; eine genaue Beurteilung der Leichenliegezeit war wichtig, da Gewaltverbrechen gegen das Leben, bis auf Mord, nach dreißig Jahren verjährten. Erst wenn Alter und Liegezeit des Skeletts feststanden, ergab ein Abgleich mit den Vermisstenfällen einen Sinn. Der Flugbetrieb auf dem alten Militärflughafen war irgendwann in den fünfziger Jahren eingestellt worden, ebenso lang lag wohl die letzte Befüllung der Tanks zurück. Das Skelett mochte das einer amerikanischen Soldatin aus dem US-Camp sein, das bis Oktober 1991 nebenan existiert hatte, oder gar das einer Bewohnerin des ehemaligen Asylantenheimes auf der anderen Seite des verrosteten Maschendrahtzaunes.

»Gehen wir noch irgendwo einen Kaffee trinken?« Henning setzte seine Brille ab und rieb sie trocken, dann schälte er sich aus dem durchnässten Overall. Pia blickte ihren Exmann überrascht an. Cafébesuche während der Arbeitszeit waren ganz und gar nicht seine Art.

»Ist irgendetwas passiert?«, fragte sie deshalb argwöhnisch. Er schürzte die Lippen, dann stieß er einen tiefen Seufzer aus.

»Ich sitze ganz schön in der Bredouille«, gab er zu. »Und ich brauche deinen Rat.«

*

Das Dorf kauerte im Tal, überragt von zwei hässlichen, mehrstöckigen Bausünden aus den Siebzigern, als jede Gemeinde, die etwas auf sich hielt, Hochhäuser genehmigt hatte. Rechts am Hang lag der »Millionenhügel«, wie die Alteingesessenen mit verächtlichem Unterton die beiden Straßen nannten, in denen die wenigen Zugezogenen in Villen auf großzügigen Grundstücken lebten. Er spürte, wie sein Herz aufgeregt klopfte, je näher sie dem Haus seiner Eltern kamen. Elf Jahre war es her, dass er zum letzten Mal hier gewesen war. Zur Rechten lag das Fachwerkhäuschen von Oma Dombrowski, das seit eh und je so aussah, als würde es nur noch stehen, weil es zwischen zwei anderen Häusern eingequetscht war. Ein Stück weiter kam links der Hof von Richters mit dem Laden. Und schräg gegenüber die Gaststätte seines Vaters, der Goldene Hahn. Tobias musste schlucken, als Nadja davor anhielt. Ungläubig wanderten seine Augen über die heruntergekommene Fassade, den abblätternden Putz, die geschlossenen Rollläden, die herabhängende Dachrinne. Unkraut hatte sich durch den Asphalt gefressen, das Hoftor hing schief in den Angeln. Beinahe hätte er Nadja gebeten weiterzufahren – schnell, schnell, nur weg hier! Doch er widerstand auch dieser Versuchung, bedankte sich knapp, stieg aus und nahm seinen Koffer von der Rückbank.

»Wenn du irgendetwas brauchst, ruf mich an«, sagte Nadja zum Abschied, dann gab sie Gas und düste davon. Was hatte er erwartet? Einen fröhlichen Empfang? Er stand allein auf dem kleinen asphaltierten Parkplatz vor dem Gebäude, das einmal der Mittelpunkt dieses traurigen Kaffs gewesen war. Der ehemals strahlend weiße Putz war verwittert und bröckelte ab, der Schriftzug »Zum Goldenen Hahn« war kaum noch zu erkennen. In der Eingangstür hing hinter einer gesprungenen Milchglasscheibe ein Schild. »Vorübergehend geschlossen«, stand da in verblasster Schrift. Sein Vater hatte ihm zwar irgendwann erzählt, dass er die Gaststätte aufgegeben hatte, und das mit seinen Bandscheibenproblemen begründet, aber Tobias ahnte, dass ihn etwas anderes zu dieser schweren Entscheidung veranlasst hatte. Hartmut Sartorius war in dritter Generation und mit Leib und Seele Gastwirt gewesen, er hatte selbst geschlachtet und gekocht, seinen eigenen Apfelwein gekeltert und die Gaststätte keinen einzigen Tag wegen Krankheit vernachlässigt. Wahrscheinlich waren die Gäste ausgeblieben. Niemand wollte bei den Eltern eines Doppelmörders essen oder gar feiern. Tobias holte tief

Luft und ging zum Hoftor. Es bedurfte einiger Anstrengung, wenigstens einen der Torflügel zu bewegen. Der Zustand des Hofes versetzte ihm einen Schock. Dort, wo im Sommer einst Tische und Stühle unter den ausladenden Ästen einer mächtigen Kastanie und einer malerisch von wildem Wein überrankten Pergola gestanden hatten, wo Kellnerinnen geschäftig von einem Tisch zum anderen geeilt waren, herrschte traurige Verwahrlosung. Tobias' Blick wanderte über Berge von achtlos abgestelltem Sperrmüll, zerbrochenen Möbeln und Unrat. Die Pergola war zur Hälfte eingestürzt, der wilde Wein verdorrt. Niemand hatte die herabgefallenen Blätter der Kastanie zusammengefegt, die Mülltonne war offenbar seit Wochen nicht mehr an den Straßenrand gestellt worden, denn die Müllsäcke stapelten sich daneben zu einem stinkenden Haufen. Wie konnten seine Eltern hier leben? Tobias spürte, wie ihn das letzte bisschen Mut, mit dem er hier angekommen war, verließ. Er bahnte sich langsam einen Weg bis zu den Stufen, die zur Haustür hinaufführten, streckte die Hand aus und drückte auf die Klingel. Das Herz schlug ihm bis zum Hals, als die Tür zögerlich geöffnet wurde. Der Anblick seines Vaters trieb Tobias die Tränen in die Augen, gleichzeitig stieg Wut in ihm auf, Wut auf sich selbst und auf die Leute, die seine Eltern im Stich gelassen hatten, nachdem er ins Gefängnis gegangen war.

»Tobias!« Ein Lächeln flog über das eingefallene Gesicht von Hartmut Sartorius, der nur noch ein Schatten des vitalen, selbstbewussten Mannes von damals war. Sein ehemals volles, dunkles Haar war grau und schütter geworden, seine gekrümmte Körperhaltung verriet, wie schwer er an der Last trug, die das Leben ihm aufgebürdet hatte.

»Ich ... ich hatte eigentlich noch etwas aufräumen wollen, aber ich habe nicht freibekommen und ...« Er brach ab, hörte auf zu lächeln. Stand einfach nur da, ein gebrochener

Mann, der dem Blick seines Sohnes beschämt auswich, weil ihm bewusst wurde, was dieser sah. Das war mehr, als Tobias ertragen konnte. Er ließ den Koffer fallen, breitete die Arme aus und umarmte unbeholfen diesen ausgemergelten, grauen Fremden, in dem er seinen Vater kaum noch erkannte. Wenig später saßen sie sich befangen am Küchentisch gegenüber. Es gab so viel zu sagen, und doch war jedes Wort überflüssig. Die grellbunte Wachstuchtischdecke war voller Krümel, die Fensterscheiben schmutzig, eine verdorrte Topfpflanze am Fenster hatte den Kampf ums Überleben vor langer Zeit verloren. Es war klamm in der Küche, es roch unangenehm nach saurer Milch und kaltem Zigarettenrauch. Kein Möbelstück war umgestellt, kein Bild von der Wand genommen worden, seitdem man ihn am 16. September 1997 verhaftet und er das Haus verlassen hatte. Aber damals war alles hell und freundlich und blitzsauber gewesen, seine Mutter war eine tüchtige Hausfrau. Wie konnte sie diese Verwahrlosung zulassen und ertragen?

»Wo ist Mama?«, brach Tobias schließlich das Schweigen. Er merkte, dass diese Frage seinen Vater in eine neue Verlegenheit stürzte.

»Wir ... wir wollten es dir eigentlich sagen, aber ... aber dann dachten wir, es sei besser, wenn du es nicht erfährst«, erwiderte Hartmut Sartorius schließlich. »Deine Mutter ist vor einer Weile ... ausgezogen. Sie weiß aber, dass du heute nach Hause kommst, und freut sich, dich zu sehen.«

Tobias blickte seinen Vater verständnislos an.

»Was soll das heißen – sie ist ausgezogen?«

»Es war nicht einfach für uns, nachdem du ... weggegangen bist. Das Gerede hörte nicht auf. Sie hat das irgendwann nicht mehr ausgehalten.« Es lag kein Vorwurf in seiner Stimme, die brüchig und leise geworden war. »Vor vier Jahren sind wir geschieden worden. Sie wohnt jetzt in Bad Soden.«

Tobias schluckte mühsam.

»Wieso habt ihr mir nie etwas gesagt?«, flüsterte er.

»Ach, es hätte doch nichts geändert. Wir wollten nicht, dass du dich aufregst.«

»Das heißt, du lebst hier ganz alleine?«

Hartmut Sartorius nickte und schob mit der Handkante die Krümel auf der Tischdecke hin und her, ordnete sie zu symmetrischen Formen und wischte sie wieder auseinander.

»Und die Schweine? Die Kühe? Wie schaffst du die ganze Arbeit?«

»Die Tiere habe ich schon vor vielen Jahren abgeschafft«, antwortete der Vater. »Ein bisschen Landwirtschaft mache ich noch. Und ich habe einen ganz guten Job in einer Küche in Eschborn gefunden.«

Tobias ballte die Hände zu Fäusten. Wie beschränkt war er gewesen, anzunehmen, nur er sei vom Leben bestraft worden! Er hatte nie richtig begriffen, wie sehr auch seine Eltern unter alldem gelitten hatten. Bei ihren Besuchen im Gefängnis hatten sie ihm eine heile Welt vorgespielt, die es in Wahrheit nie gegeben hatte. Wie viel Kraft musste sie das gekostet haben! Hilfloser Zorn legte sich wie eine Hand um seine Kehle und würgte ihn. Er stand auf, trat ans Fenster und starrte blicklos hinaus. Seine Absicht, nach ein paar Tagen bei seinen Eltern woanders hinzugehen, um weit entfernt von Altenhain einen neuen Start ins Leben zu versuchen, zerfiel zu Staub. Er würde hierbleiben. In diesem Haus, auf diesem Hof, in diesem verfluchten Kaff, in dem man seine Eltern hatte leiden lassen, obwohl sie gänzlich ohne Schuld waren.

*

Der holzgetäfelte Gastraum im Schwarzen Ross war brechend voll, der Geräuschpegel entsprechend hoch. An Tischen und Tresen hatte sich halb Altenhain versammelt, ungewöhnlich für einen frühen Donnerstagabend. Amelie Fröhlich balancierte dreimal Jägerschnitzel mit Pommes zu Tisch 9, servierte und wünschte guten Appetit. Normalerweise hatten Dachdeckermeister Udo Pietsch und seine Kumpels immer einen blöden Spruch parat, der auf ihr ungewöhnliches Äußeres abzielte, aber heute hätte Amelie wahrscheinlich nackt bedienen können, und man hätte sie nicht beachtet. Die Stimmung war so angespannt wie sonst höchstens bei der Übertragung eines Champions-League-Spieles. Amelie spitzte neugierig die Ohren, als sich Gerda Pietsch nun zum Nachbartisch hinüberbeugte, an dem die Richters saßen, die den Lebensmittelladen auf der Hauptstraße betrieben.

»… habe gesehen, wie er gekommen ist«, erzählte Margot Richter gerade. »So eine Unverschämtheit, hier wieder aufzutauchen, als wär nix gewesen!«

Amelie ging zurück zur Küche. An der Essensausgabe wartete Roswitha auf das Rumpsteak für Fritz Unger an Tisch 4, medium, mit Zwiebeln und Kräuterbutter.

»Was ist denn hier heute Abend eigentlich für ein Aufruhr?«, fragte Amelie die ältere Kollegin, die einen ihrer Gesundheitslatschen abgestreift hatte und sich unauffällig mit dem rechten Fuß die Krampfadern an der linken Wade rieb. Roswitha blickte sich zu ihrer Chefin um, die aber zu sehr mit den zahlreichen Getränkebestellungen beschäftigt war, als dass sie sich um ihr Personal kümmern konnte.

»Ei, der Bub vom Sartorius is heude aus'm Knast gekomme«, verriet Roswitha mit gesenkter Stimme. »Zehn Jahr hat der gesesse, weil er doch damals die zwaa Mädsche umgebracht hat!«

»Ach!« Amelie riss erstaunt die Augen auf. Sie kannte Hartmut Sartorius flüchtig, der allein auf seinem riesigen, verlotterten Hof unterhalb ihres Hauses wohnte, aber sie hatte nichts von einem Sohn gewusst.

»Ja.« Roswitha nickte mit dem Kopf Richtung Tresen, an dem Schreinermeister Manfred Wagner mit glasigen Augen vor sich hin stierte, in der Hand das zehnte oder elfte Glas Bier an diesem Abend. Normalerweise brauchte er zwei Stunden länger für dieses Pensum. »Dem Manfred sei Tochter, die Laura, die hat er umgebracht, der Tobias. Un die klaa Schneeberger. Bis heut hat er net verrade, was er mit dene gemacht hat.«

»Einmal Rumpsteak mit Kräuterbutter und Zwiebeln!« Kurt, der Beikoch, schob den Teller durch die Durchreiche, Roswitha schlüpfte in ihre Latschen und manövrierte ihre Leibesfülle geschickt durch den vollbesetzten Gastraum zu Tisch 4. Tobias Sartorius – Amelie hatte den Namen noch nie gehört. Sie war erst vor einem halben Jahr aus Berlin nach Altenhain gekommen, und das nicht freiwillig. Das Dorf und seine Bewohner interessierte sie so viel wie ein Sack Reis in China, und wäre sie nicht durch den Chef ihres Vaters an den Job im Schwarzen Ross gekommen, würde sie hier immer noch niemanden kennen.

»Drei Weizenbier, eine kleine Cola light«, rief Jenny Jagielski, die junge Chefin, die für die Getränke zuständig war. Amelie schnappte ein Tablett, stellte die Gläser darauf und warf einen kurzen Blick auf Manfred Wagner. Seine Tochter war vom Sohn von Hartmut Sartorius *ermordet* worden! Das war ja richtig spannend. Im langweiligsten Dorf der Welt taten sich ungeahnte Abgründe auf. Sie lud die drei Weizenbier an dem Tisch ab, an dem Jenny Jagielskis Bruder Jörg Richter mit zwei anderen Männern saß. Eigentlich sollte er an Jennys Stelle hinterm Tresen stehen, aber er tat nur selten das, was er tun sollte. Schon gar nicht, wenn der Chef, Jennys Mann, nicht da war. Die Cola light kam zu Frau Unger an Tisch 4. Ein kurzer Boxenstopp in der Küche. Alle Gäste waren mit Essen versorgt, und Roswitha hatte bei einer weiteren Runde durch den Gastraum neue Details in Erfahrung gebracht, die sie nun mit glühenden Wangen und bebendem Busen vor ihrer neugierigen Zuhörerschaft zum Besten gab. Außer Amelie spitzten Kurt und Achim, die Beiköche, und Wolfgang, der Küchenchef, die Ohren. Der Lebensmittelladen von Margot Richter – zu Amelies Verwunderung hieß es in Altenhain immer ›wir gehen bei die Margot‹, obwohl der Laden genau genommen ihrem Mann gehörte – lag schräg gegenüber vom ehemaligen Goldenen Hahn, und so waren Margot und die Friseurin Inge Dombrowski, die sich gerade zu einem Schwätzchen im Laden aufgehalten hatte, am Nachmittag Augenzeugen der Rückkehr von *diesem Kerl* geworden. Er war aus einem silbernen Luxusauto ausgestiegen und auf den Hof seiner Eltern gegangen.

»Des is schon 'ne Freschheit«, regte Roswitha sich auf. »Die Mädels sin tot, und der Kerl taucht hier wieder auf, als wär nix gewese!«

»Ei, wo soller denn aach hiegehe?«, bemerkte Wolfgang nachsichtig und nahm einen Schluck aus seinem Bierglas.

»Isch glaab, des du se net mehr alle hast!«, fuhr Roswitha ihn an. »Was tätst denn du saache, wenn der Mörder von deiner Tochter plötzlisch vor dir stehe tät?«

Wolfgang zuckte gleichgültig die Schultern.

»Und was weiter?«, drängte Achim. »Wo ist er hingegangen?«

»Ei, enei ins Haus«, sagte Roswitha. »Der werd sisch gewunnert habbe, als er gesehe hat, wie's do jetzt aussieht.«

Die Schwingtür ging auf. Jenny Jagielski marschierte in die Küche und stemmte die Arme in die Seiten. Wie ihre Mutter Margot Richter war sie ständig in dem Glauben, ihr Personal würde hinter ihrem Rücken in die Kasse greifen oder über sie herziehen. Drei kurz aufeinanderfolgende Schwangerschaften hatten die Figur der ohnehin stämmigen Jenny vollends verdorben: Sie war so rund wie ein Fass.

»Roswitha!«, rief sie scharf der um dreißig Jahre älteren Frau zu. »Tisch 10 will zahlen!«

Roswitha verschwand gehorsam, und Amelie wollte ihr folgen, aber Jenny Jagielski hielt sie zurück.

»Wie oft habe ich dir schon gesagt, dass du diese unappetitlichen Piercings rausnehmen und dir eine gescheite Frisur machen sollst, wenn du zur Arbeit kommst!« Die Missbilligung stand ihr in das aufgeschwemmte Gesicht geschrieben. »Außerdem wäre eine Bluse passender als dieses Leibchen! Da kannst du ja gleich in Unterwäsche bedienen! Wir sind eine anständige Gaststätte und keine ... keine Berliner Untergrunddisko!«

»Den Männern gefällt's aber«, erwiderte Amelie schnippisch. Jenny Jagielskis Augen verengten sich, rote Flecken erschienen wie flammende Male an ihrem fetten Hals.

»Das ist mir egal«, zischte sie drohend. »Lies dir mal die Hygienevorschriften durch!«

Amelie lag schon eine heftige Erwiderung auf der Zunge, aber sie beherrschte sich in der letzten Sekunde. Auch wenn ihr die Jagielski von ihrer verbrannten Billigdauerwelle bis zu den fleischigen Bratwurstwaden von Herzen zuwider war, so durfte sie es sich nicht mit ihr verscherzen. Sie brauchte den Job im Schwarzen Ross.

»Und ihr?« Die Chefin funkelte ihre Köche an. »Habt ihr nichts zu tun?«

Amelie verließ die Küche. Just in diesem Augenblick kippte Manfred Wagner mitsamt dem Barhocker um.

»Hey, Manni«, rief einer der Männer vom Stammtisch. »Es ist doch erst halb zehn!« Die anderen lachten gutmütig. Niemand regte sich sonderlich darüber auf, wiederholte sich dieses Schauspiel doch so oder ähnlich an beinahe jedem Abend, üblicherweise allerdings erst gegen elf. Man rief dann seine Frau an, die innerhalb weniger Minuten erschien, die Zeche bezahlte und ihren Mann nach Hause bugsierte. Heute Abend jedoch veränderte Manfred Wagner die Choreographie. Der sonst so friedfertige Mann rappelte sich ohne fremde Hilfe auf, wandte sich um, packte sein Bierglas und schmetterte es auf den Boden. Die Gespräche an den Tischen verstummten, als er auf den Stammtisch zuwankte.

»Ihr Arschlöcher«, nuschelte er mit alkoholschwerer Zunge. »Ihr sitzt hier und quatscht blödes Zeug, als wär nichts! Euch kann's ja auch egal sein!«

Wagner hielt sich an einer Stuhllehne fest und blickte aus blutunterlaufenen Augen wild in die Runde. »Aber ich, ich muss dieses … Schwein … sehen und … dran denken …« Er brach ab und senkte den Kopf. Jörg Richter war aufgestanden und legte Wagner nun die Hand auf die Schulter.

»Komm, Manni«, sagte er. »Mach keinen Ärger. Ich ruf die Andrea an, und die …«

»Fass mich nicht an!«, heulte Wagner auf und stieß ihn so heftig weg, dass der jüngere Mann ins Taumeln geriet und stürzte. Im Fallen hielt er sich an einem Stuhl fest und riss den darauf Sitzenden mit zu Boden. Im Nu herrschte Chaos.

»Ich bring das Schwein um!«, brüllte Manfred Wagner immer wieder. Er schlug um sich, die vollen Gläser auf dem Stammtisch kippten um, ihr Inhalt ergoss sich über die Kleidung der Männer auf den Boden. Fasziniert verfolgte Amelie von der Kasse aus das Spektakel, während ihre Kollegin mitten im Getümmel ums Überleben kämpfte. Eine richtig fette Schlägerei im Schwarzen Ross! Endlich passierte mal etwas in diesem öden Kaff! Jenny Jagielski walzte an ihr vorbei in die Küche.

»Eine anständige Gaststätte«, murmelte Amelie spöttisch und erntete dafür einen finsteren Blick. Sekunden später kam die Chefin mit Kurt und Achim im Gefolge aus der

Küche gestürmt. Die beiden Köche überwältigten den Betrunkenen im Handumdrehen. Amelie schnappte sich den Handfeger und die Kehrschaufel und ging zum Stammtisch, um die Scherben zusammenzukehren. Manfred Wagner wehrte sich nicht mehr und ließ sich widerstandslos abführen, aber in der Tür entwand er sich dem Zugriff der Männer und drehte sich um. Schwankend stand er da, die Augen blutunterlaufen. Speichel tropfte aus seinem Mundwinkel in den zerzausten Vollbart. Ein dunkler Fleck breitete sich auf der Vorderseite seiner Hose aus. Er muss ja richtig besoffen sein, dachte Amelie. Bisher hatte sie noch nicht erlebt, dass er sich vollpinkelte. Plötzlich empfand sie Mitleid für den Mann, über den sie sich bisher insgeheim immer lustig gemacht hatte. Ob der Mord an seiner Tochter der Grund für die beharrliche Regelmäßigkeit war, mit der er sich jeden Abend ins Koma soff? In der Gaststätte herrschte Totenstille.

»Ich krieg das Schwein!«, schrie Manfred Wagner. »Ich schlag ihn tot, dieses ... dieses ... Mörderschwein!«

Er senkte den Kopf. Und begann zu schluchzen.

*

Tobias Sartorius trat aus der Dusche und griff nach dem Handtuch, das er sich bereitgelegt hatte. Er wischte mit der Handfläche über den beschlagenen Spiegel und betrachtete sein Gesicht in dem schummerigen Licht, das die letzte funktionierende Glühbirne in dem Spiegelschrank spendete. Am Morgen des 16. September 1997 hatte er sich das letzte Mal in diesem Spiegel angesehen, wenig später waren sie gekommen, um ihn zu verhaften. Für wie erwachsen er sich damals gehalten hatte, in dem Sommer nach dem Abitur! Tobias schloss die Augen und lehnte die Stirn gegen die kalte

Fläche. Hier, in diesem Haus, in dem ihm jeder Winkel so vertraut war, schienen die zehn Knastjahre wie ausgelöscht. Er erinnerte sich an jedes Detail der letzten Tage vor seiner Verhaftung, als sei alles erst gestern geschehen. Nicht zu fassen, wie naiv er gewesen war. Aber bis heute gab es die schwarzen Löcher in seiner Erinnerung, die ihm das Gericht nicht geglaubt hatte. Er öffnete die Augen, starrte in den Spiegel und war für eine Sekunde fast überrascht, das kantige Gesicht eines Dreißigjährigen zu sehen. Mit den Fingerspitzen berührte er die weißliche Narbe, die sich von seinem Kieferknochen bis zum Kinn zog. Diese Verletzung hatte man ihm in der zweiten Woche im Knast zugefügt, und sie war der Grund gewesen, weshalb er zehn Jahre lang in einer Einzelzelle gesessen und kaum Kontakt zu seinen Mithäftlingen gehabt hatte. In der strengen Knasthierarchie stand ein Mädchenmörder nur Millimeter über dem allerletzten Dreck, dem Kindsmörder. Die Tür des Badezimmers schloss nicht mehr richtig, ein kalter Luftzug traf seine feuchte Haut und ließ ihn erschauern. Von unten drangen Stimmen zu ihm herauf. Sein Vater musste Besuch bekommen haben. Tobias wandte sich ab und zog Unterhose, Jeans und T-Shirt an. Vorhin hatte er den deprimierenden Rest des großen Hofes besichtigt und festgestellt, dass der vordere Teil im Vergleich zum hinteren geradezu ordentlich aussah. Sein vages Vorhaben, Altenhain schnell wieder zu verlassen, hatte er aufgegeben. Unmöglich konnte er seinen Vater in dieser Verwahrlosung allein lassen. Da er ohnehin nicht so bald damit rechnen konnte, einen Job zu bekommen, würde er in den nächsten Tagen den Hof auf Vordermann bringen. Danach konnte er weitersehen. Er verließ das Bad, ging an der geschlossenen Tür seines ehemaligen Jugendzimmers vorbei und die Treppe hinunter, wobei er aus alter Gewohnheit die Stufen ausließ, die knarrten. Sein Vater saß am Küchentisch, der Besucher wandte Tobias den Rücken zu. Trotzdem erkannte er ihn sofort.

*

Als Oliver von Bodenstein, seines Zeichens Kriminalhauptkommissar und Leiter des Dezernats für Gewaltverbrechen bei der Regionalen Kriminalinspektion in Hofheim, um halb zehn nach Hause kam, traf er als einziges Lebewesen seinen Hund an, dessen Begrüßung eher verlegen als freudig ausfiel – untrügerisches Indiz für ein schlechtes Gewissen. Den Grund dafür roch Bodenstein, bevor er ihn sah. Er hatte einen stressigen Vierzehnstundentag hinter sich, mit einer öden Sitzung im LKA, einem Skelettfund in Eschborn, den seine Chefin, die Kriminalrätin Dr. Nicola Engel, mit ihrer Vorliebe für Anglizismen als »Cold Case« bezeichnete, und zu guter Letzt noch der Ausstandsfeier eines Kollegen vom K 23, der nach Hamburg versetzt wurde. Bodenstein knurrte der Magen, denn außer jeder Menge Alkohol hatte es nur ein paar Chips gegeben. Verstimmt öffnete er den Kühlschrank und erblickte dort nichts, was seine Geschmacksnerven hätte befriedigen können. Hätte Cosima nicht wenigstens mal einkaufen können, wenn sie ihm schon kein Abendessen vorbereitete? Wo war sie überhaupt? Er ging durch die Eingangshalle, ignorierte den stinkenden Haufen und die Pfütze, die dank der Fußbodenheizung schon zu einer klebrigen, gelblichen Lache getrocknet war, und ging die Treppe hinauf zum Zimmer seiner jüngsten Tochter. Sophias Bettchen war erwartungsgemäß leer. Cosima musste die Kleine mitgenommen haben, wohin auch immer sie gefahren war. Er würde sie nicht anrufen, wenn sie ihm noch nicht einmal einen Zettel mit einer Information hinterlassen oder ihm eine SMS schreiben konnte! Gerade als Bodenstein sich ausgezogen hatte und ins Badezimmer ging, um zu duschen, klingelte das Telefon. Natürlich befand sich das Gerät nicht in der Ladestation auf der Kommode im Flur, sondern lag irgendwo im Haus herum. Mit wachsender Verärgerung machte er sich auf die Suche und fluchte, als er im Wohnzimmer auf irgendein herumliegendes Kinderspielzeug trat. Gerade als er das Telefon auf der Couch gefunden hatte, brach das Läuten ab. Gleichzeitig drehte sich der Schlüssel in der Haustür, und der Hund begann aufgeregt zu bellen. Cosima kam herein, auf einem Arm das schlaftrunkene Kind, in der anderen Hand ein riesiger Blumenstrauß.

»Du bist ja zu Hause«, sagte sie als einzige Begrüßung zu ihm. »Warum gehst du nicht ans Telefon?«

Sofort war er in Harnisch.

»Weil ich es erst mal suchen musste. Wo warst du überhaupt?«

Sie gab ihm keine Antwort, ignorierte die Tatsache, dass er bis auf die Unterhose nackt war, und ging an ihm vorbei in die Küche. Dort legte sie den Blumenstrauß auf den Tisch und hielt ihm Sophia entgegen, die nun gänzlich wach war und unleidlich quengelte. Bodenstein nahm seine kleine Tochter auf den Arm. Er roch sofort, dass die Windel bis zum Rand voll sein musste.

»Ich hatte dir mehrere SMS geschrieben, dass du Sophia bei Lorenz und Thordis abholst.« Cosima zog ihren Mantel aus. Sie sah erschöpft aus und genervt, aber er fühlte sich unschuldig.

»Ich habe keine SMS gekriegt.«

Sophie wand sich in seinen Armen und begann zu weinen.

»Weil dein Handy aus war. Du hast doch seit Wochen gewusst, dass ich heute Nachmittag im Filmmuseum bin, bei der Eröffnung der Fotoausstellung über Neuguinea.« Cosimas Stimme klang scharf. »Eigentlich hattest du mir versprochen, heute Abend zu Hause zu sein und auf Sophia aufzupassen. Als du mal wieder nicht aufgetaucht bist und dein Handy ausgeschaltet war, hat Lorenz Sophia abgeholt.«

Bodenstein musste sich eingestehen, dass er Cosima tatsächlich versprochen hatte, heute Abend früh zu Hause zu sein. Er hatte es vergessen, und das verärgerte ihn noch zusätzlich.

»Sie hat die Windel voll«, sagte er und hielt das Kind ein Stück von sich weg. »Außerdem hat der Hund ins Haus gemacht. Du hättest ihn doch wenigstens rauslassen können, bevor du weggegangen bist. Und du könntest auch mal wieder einkaufen gehen, damit ich nach einem langen Arbeitstag etwas zu essen im Kühlschrank finde.«

Cosima antwortete nicht. Sie bedachte ihn stattdessen mit einem Blick unter hochgezogenen Brauen, der ihn richtig in Rage brachte, weil er sich sofort verantwortungslos und mies fühlte. Sie nahm ihm das weinende Kind ab und ging nach oben, um es trockenzulegen und ins Bett zu bringen. Bodenstein stand unentschlossen in der Küche. In seinem Innern tobte ein Kampf zwischen Stolz und Vernunft, schließlich siegte Letztere. Seufzend nahm er eine Vase aus dem Schrank, ließ Wasser einlaufen und stellte die Blumen hinein. Aus der Vorratskammer holte er einen Eimer und eine Rolle Kleenex und machte sich daran, die Hinterlassenschaften des Hundes in der Eingangshalle zu beseitigen. Das Letzte, was er eigentlich wollte, war ein Streit mit Cosima.

*

»Hallo, Tobias.« Claudius Terlinden lächelte freundlich. Er erhob sich von seinem Stuhl und streckte ihm die Hand hin. »Schön, dass du wieder zu Hause bist.«

Tobias ergriff kurz die dargebotene Hand, blieb aber

stumm. Der Vater seines ehemals besten Freundes Lars hatte ihn mehrfach im Gefängnis besucht und ihm versichert, dass er seinen Eltern helfen würde. Tobias hatte sich die Beweggründe für seine Freundlichkeit nie erklären können, denn er hatte Terlinden durch seine Aussage während der Ermittlungen seinerzeit ziemliche Probleme bereitet. Das schien dieser ihm nicht nachgetragen zu haben, im Gegenteil, er hatte innerhalb kürzester Zeit einen der besten Strafanwälte Frankfurts für Tobias engagiert. Doch auch der hatte die Höchststrafe nicht abwenden können.

»Ich möchte euch nicht lange stören, ich bin nur gekommen, um dir ein Angebot zu machen«, sagte Claudius Terlinden nun und setzte sich wieder auf den Küchenstuhl. Er hatte sich kaum verändert in den letzten Jahren. Schlank und selbst jetzt, im November, braungebrannt, trug er das leicht ergraute Haar nach hinten gekämmt, seine früher scharf geschnittenen Gesichtszüge waren ein wenig schwammiger geworden. »Wenn du dich hier wieder eingewöhnt hast und nicht sofort einen Job findest, könntest du bei mir arbeiten. Was hältst du davon?«

Er blickte Tobias erwartungsvoll über den Rand seiner Halbbrille an. Obwohl er weder durch körperliche Größe noch durch ein besonders gutes Aussehen beeindrucken konnte, so strahlte er doch die gelassene Selbstsicherheit des erfolgreichen Unternehmers und eine angeborene Autorität aus, die andere Menschen dazu brachte, sich ihm gegenüber bescheiden, ja unterwürfig zu verhalten. Tobias setzte sich nicht auf den freien Stuhl, sondern blieb in den Türrahmen gelehnt stehen, die Arme vor der Brust verschränkt. Nicht dass es viele Alternativen zu Terlindens Angebot gegeben hätte, aber irgendetwas daran machte Tobias misstrauisch. In seinem teuren Maßanzug, dem dunklen Kaschmirmantel und den auf Hochglanz polierten Schuhen wirkte Claudius

Terlinden in der schäbigen Küche wie ein Fremdkörper. Tobias spürte Ohnmacht in sich aufsteigen. Er wollte nicht in der Schuld dieses Mannes stehen. Sein Blick wanderte zu seinem Vater, der mit hochgezogenen Schultern dasaß und stumm auf seine gefalteten Hände starrte, wie ein devoter Leibeigener beim Besuch des Großgrundbesitzers. Dieses Bild gefiel Tobias überhaupt nicht. Sein Vater sollte es nicht nötig haben, sich vor jemandem ducken zu müssen, auch und erst recht nicht vor Claudius Terlinden, der das halbe Dorf mit seiner selbstverständlichen Großzügigkeit zu seinen Schuldnern gemacht hatte, ohne dass irgendjemand die Möglichkeit hatte, sich dafür zu revanchieren. Aber so hatte Terlinden es schon immer gehalten. Beinahe alle jungen Leute aus Altenhain hatten irgendwann einmal bei ihm gejobbt oder auf andere Art von ihm profitiert. Claudius Terlinden erwartete dafür keine andere Gegenleistung als Dankbarkeit. Da die Hälfte aller Altenhainer ohnehin bei ihm angestellt war, genoss er einen gottähnlichen Status in diesem Nest. Das Schweigen wurde unbehaglich.

»Na ja.« Terlinden erhob sich, und sofort sprang auch Hartmut Sartorius auf. »Du weißt ja, wo du mich findest. Sag mir einfach kurz Bescheid, wenn du dich entschieden hast.«

Tobias nickte nur und ließ ihn vorbeigehen. Er blieb in der Küche, während sein Vater den Gast zur Haustür begleitete.

»Er meint es nur gut«, sagte Hartmut Sartorius, als er zwei Minuten später zurückkehrte.

»Ich will nicht auf seine Gunst angewiesen sein«, erwiderte Tobias heftig. »Wie er hier auftritt, wie … wie ein König, der seinem Knecht die Gnade eines Besuches angedeihen lässt. Als wäre er etwas Besseres!«

Hartmut Sartorius seufzte. Er füllte den Wasserkessel und stellte ihn auf die Herdplatte.

»Er hat uns sehr geholfen«, sagte er leise. »Wir hatten

ja nie etwas gespart, immer alles in den Hof und die Gaststätte gesteckt. Der Anwalt hat viel Geld gekostet, und dann blieben die Gäste weg. Irgendwann konnte ich die laufenden Kredite bei der Bank nicht mehr bedienen. Sie drohten mit Zwangsversteigerung. Claudius hat unsere Schulden bei der Bank abgelöst.«

Tobias starrte seinen Vater ungläubig an.

»Das heißt, der ganze Hof gehört eigentlich – *ihm*?«

»Genau genommen ja. Aber wir haben einen Vertrag. Ich kann ihm den Hof jederzeit wieder abkaufen und habe Einsitzrecht auf Lebenszeit.«

Diese Neuigkeit musste Tobias erst einmal verdauen. Er lehnte den Tee, den sein Vater ihm anbot, ab.

»Wie viel Geld schuldest du ihm?«

Hartmut Sartorius zögerte einen Moment mit seiner Antwort. Er kannte das hitzige Temperament seines Sohnes von früher. »Dreihundertfünfzigtausend Euro. Mit dem Betrag stand ich bei der Bank in der Kreide.«

»Allein das Grundstück ist mindestens das Doppelte wert!«, erwiderte Tobias mit mühsam beherrschter Stimme. »Er hat deine Notlage ausgenutzt und ein Schnäppchen gemacht.«

»Wir konnten nicht wählerisch sein.« Hartmut Sartorius hob die Schultern. »Es gab keine Alternative. Sonst hätte die Bank den Hof zwangsversteigert, und wir hätten auf der Straße gestanden.«

Plötzlich fiel Tobias noch etwas ein. »Was ist mit dem Schillingsacker?«, fragte er.

Sein Vater wich seinem Blick aus und betrachtete den Wasserkessel.

»Papa!«

»Mein Gott.« Hartmut Sartorius schaute hoch. »Das war doch nur eine Wiese!«

Tobias begann zu verstehen. In seinem Kopf fügten sich

die Details zu einem Bild zusammen. Sein Vater hatte Claudius Terlinden den Schillingsacker verkauft, deshalb hatte die Mutter ihn verlassen! Es war nicht einfach nur eine Wiese gewesen, sondern die Mitgift, die sie mit in die Ehe gebracht hatte. Der Schillingsacker war eine Apfelbaumwiese gewesen mit einem rein ideellen Wert, erst nach der Änderung des Flächennutzungsplanes im Jahr 1992 war sie das wohl wertvollste Grundstück in der Altenhainer Gemarkung gewesen, denn sie lag mit beinahe 1500 m² mitten im geplanten Gewerbegebiet. Terlinden war seit Jahren scharf darauf gewesen.

»Was hat er dir dafür bezahlt?«, fragte Tobias mit flacher Stimme.

»Zehntausend Euro«, gab sein Vater zu und ließ den Kopf hängen. Ein so großes Grundstück mitten im Gewerbegebiet war das Fünfzigfache wert! »Claudius hat es dringend gebraucht, für seinen Neubau. Nach allem, was er für uns getan hat, konnte ich einfach nicht anders. Ich musste es ihm geben.«

Tobias biss die Zähne aufeinander und ballte in hilflosem Zorn die Hände zu Fäusten. Er konnte seinem Vater keine Vorwürfe machen, denn er allein war schuld an der misslichen Lage, in die seine Eltern geraten waren. Plötzlich hatte er das Gefühl, in diesem Haus, in diesem verdammten Dorf ersticken zu müssen. Trotzdem würde er bleiben, und zwar so lange, bis er herausgefunden hatte, was vor elf Jahren wirklich geschehen war.

*

Amelie verließ das Schwarze Ross um kurz vor elf durch den Hinterausgang neben der Küche. Gerne wäre sie heute Abend länger geblieben, um noch mehr über das Thema des Tages zu erfahren. Aber Jenny Jagielski achtete streng auf die

Vorschriften des Jugendarbeitsschutzgesetzes, da Amelie erst siebzehn Jahre alt war und sie keinen Ärger mit den Behörden riskieren wollte. Amelie war es egal, sie war froh, dass sie den Job als Kellnerin hatte und eigene Kohle verdiente. Ihr Vater hatte sich als der Geizhals erwiesen, als den ihre Mutter ihn immer beschrieben hatte, und verweigerte ihr das Geld für die Anschaffung eines neuen Laptops mit der Begründung, der alte tue es ja auch noch. Die ersten drei Monate in diesem elenden Dorf waren grausam gewesen. Da jedoch das Ende ihres unfreiwilligen Aufenthalts in Altenhain absehbar war, hatte sie beschlossen, sich für die fünf Monate bis zu ihrem 18. Geburtstag so gut wie möglich zu arrangieren. Spätestens am 21. April 2009 würde sie ohnehin in den erstbesten Zug zurück nach Berlin steigen. Hindern konnte sie dann niemand mehr daran. Amelie zündete sich eine Zigarette an und blickte sich in der Dunkelheit nach Thies um, der jeden Abend auf sie wartete, um sie nach Hause zu begleiten. Ihre enge Freundschaft war für die Tratschweiber im Dorf ein gefundenes Fressen. Die wildesten Gerüchte machten die Runde, aber das interessierte Amelie nicht. Thies Terlinden lebte mit dreißig Jahren noch immer bei seinen Eltern, weil er nicht ganz richtig im Kopf war, wie man im Dorf hinter vorgehaltener Hand erzählte. Amelie schulterte ihren Rucksack und lief los. Thies stand unter der Laterne vor der Kirche, die Hände in den Jackentaschen vergraben, den Blick auf den Boden gesenkt, und schloss sich ihr wortlos an, als sie an ihm vorbeiging.

»Heute Abend war richtig was los«, erzählte Amelie und berichtete Thies von den Ereignissen im Schwarzen Ross und was sie über Tobias Sartorius erfahren hatte. Sie hatte sich daran gewöhnt, von Thies so gut wie nie eine echte Antwort zu bekommen. Er sei dumm, hieß es, und er könne nicht sprechen, der Dorfdepp. Dabei stimmte das nicht. Thies war überhaupt nicht dumm, er war eben … anders. Amelie war auch anders. Ihr Vater mochte es nicht, dass sie ihre Zeit mit Thies verbrachte, aber er konnte nichts dagegen tun. Wahrscheinlich, so dachte Amelie hin und wieder mit zynischer Belustigung, hatte ihr spießiger Vater es längst bitter bereut, dass er auf Stiefmama Barbaras Drängen seine durchgeknallte Tochter aus seiner kurzen ersten Ehe bei sich aufgenommen hatte. Er war in ihren Augen nichts anderes als ein grauer konturloser Fleck ohne Ecken, Kanten und Rückgrat, der sich vorsichtig durch sein angepasstes Buchhalterleben lavierte, ständig darum bemüht, bloß nicht aufzufallen. Eine vorbestrafte, verhaltensauffällige siebzehnjährige Tochter, deren Gesicht ein halbes Pfund Metall schmückte, die ausschließlich schwarze Klamotten trug und, was Frisur und Make-up betraf, das Vorbild von Bill Kaulitz von Tokio Hotel hätte sein können, musste für ihn der blanke Horror sein. Gegen Amelies Freundschaft mit Thies hatte Arne Fröhlich sicherlich eine ganze Menge einzuwenden, ein Verbot hatte er allerdings nie ausgesprochen. Nicht dass es etwas genützt hätte. Über Verbote hatte Amelie sich ihr Leben lang hinweggesetzt. Den wahren Grund seiner schweigenden Duldung vermutete Amelie in der Tatsache, dass Thies der Sohn vom Chef ihres Vaters war. Sie ließ die Zigarettenkippe in einen Gully fallen und fuhr fort, laut über Manfred Wagner, Tobias Sartorius und die toten Mädchen nachzudenken.

Anstatt die beleuchtete Hauptstraße entlangzugehen, hatten sie den schmalen, düsteren Hohlweg eingeschlagen, der von der Kirche aus am Friedhof und den Gärten der Häuser vorbei quer durch den Ort bis hoch zum Waldrand führte. Nach zehn Minuten Fußmarsch erreichten sie die Waldstraße, in der ein Stück oberhalb des Dorfes auf großen Grundstücken nur drei Häuser standen: in der Mitte das Haus, in dem Amelie mit ihrem Vater, ihrer Stiefmutter und ihren beiden jüngeren Halbgeschwistern wohnte; rechts davon stand der Bungalow von Lauterbachs und ein Stück weiter links, umgeben von einem parkähnlichen Grundstück, die große alte Villa von Terlindens direkt am Waldrand. Nur wenige Meter vom schmiedeeisernen Tor des Terlinden-Anwesens entfernt befand sich die rückwärtige Toreinfahrt des Sartorius-Hofes, der sich den ganzen Hang hinunter bis zur Hauptstraße erstreckte. Früher war es ein richtiger Bauernhof gewesen, mit Kühen und Schweinen. Heute war der ganze Hof ein einziger Schweinestall, wie Amelies Vater abfällig zu sagen pflegte. Ein Schandfleck. Amelie blieb am Fuß der Treppe stehen. Üblicherweise trennten Thies und sie sich hier, er ging einfach weiter, ohne ein Wort zu sagen. Heute aber brach er sein Schweigen, als Amelie sich anschickte, die Treppe hochzugehen.

»Hier haben mal Schneebergers gewohnt«, sagte er mit seiner monotonen Stimme. Amelie drehte sich erstaunt um. Das erste Mal an diesem Abend sah sie den Freund direkt an, aber er erwiderte ihren Blick wie üblich nicht.

»Echt?«, vergewisserte sie sich ungläubig. »Das eine Mädchen, das Tobias Sartorius umgebracht hat, hat in *unserem* Haus gewohnt?«

Thies nickte, ohne sie anzusehen.

»Ja. Hier hat Schneewittchen gewohnt.«

Freitag, 7. November 2008

Tobias schlug die Augen auf und war für einen Augenblick verwirrt. Statt der weiß getünchten Decke seiner Zelle strahlte ihm Pamela Anderson von einem Poster entgegen. Erst da begriff er, dass er sich nicht mehr im Knast, sondern in seinem alten Zimmer im Haus seiner Eltern befand. Ohne sich zu regen lag er da und lauschte auf die Geräusche, die durch das schräggestellte Fenster drangen. Sechs Schläge der Kirchturmglocke verkündeten die frühe Uhrzeit, irgendwo bellte ein Hund, ein anderer fiel ein, dann verstummten beide wieder. Das Zimmer war unverändert: der Schreibtisch und das Bücherregal aus billigem Furnierholz, der Schrank mit der schiefen Tür. Die Poster von Eintracht Frankfurt, Pamela Anderson und Damon Hill im Williams Renault, der 1996 die Formel-1-Weltmeisterschaft gewonnen hatte. Die kleine Stereoanlage, die er im März 1997 von seinen Eltern bekommen hatte. Das rote Sofa, auf dem er … Tobias richtete sich auf und schüttelte unwillig den Kopf. Im Gefängnis hatte er seine Gedanken besser unter Kontrolle gehabt. Jetzt holten ihn die quälenden Überlegungen ein: Was wäre damals geschehen, wenn Stefanie nicht an jenem Abend mit ihm Schluss gemacht hätte? Würde sie heute noch leben? Er wusste, was er getan hatte. Das hatten sie ihm schließlich Hunderte Male erklärt – erst die Polizei, dann sein Anwalt, der Staatsanwalt und die Richterin. Es war schlüssig gewesen, es gab Indizien, es gab Zeugen, es gab das Blut in seinem Zimmer, an seiner Kleidung, in seinem Auto. Und doch fehlten in seiner Erinnerung volle zwei Stunden. Bis heute war da nichts als ein schwarzes Loch.

Er konnte sich genau an den 6. September 1997 erinnern. Der geplante Kerbeumzug war ausgefallen, aus Pietät, denn in London wurde an jenem späten Vormittag Prinzessin Diana zu Grabe getragen. Die halbe Welt hatte vor den Fernsehern gesessen und dabei zugesehen, wie der Sarg mit Englands tödlich verunglückter Rose durch die Straßen der englischen Hauptstadt gefahren wurde. Die ganze Kerb hatte man in Altenhain dennoch nicht ausfallen lassen wollen. Wären sie doch nur besser abends alle zu Hause geblieben!

Tobias seufzte und drehte sich auf die Seite. Es war so still, dass er seinen Herzschlag hören konnte. Für einen Moment gab er sich der Illusion hin, er wäre wieder zwanzig und das alles nicht passiert. Sein Studienplatz wartete in München auf ihn. Mit seinem Notendurchschnitt von 1,1 beim Abitur hatte er ihn ohne Probleme bekommen. In die glücklichen Erinnerungen mischten sich wieder schmerzliche. Auf der ausgelassenen Abifeier auf dem Gartengrundstück eines Klassenkameraden in Schneidhain hatte er Stefanie das erste Mal geküsst. Laura war vor Zorn beinahe geplatzt und hatte sich vor seinen Augen Lars an den Hals geworfen, um ihn eifersüchtig zu machen. Aber wie hatte er noch an Laura denken können, wenn er Stefanie im Arm hielt! Sie war das erste Mädchen, um das er sich wirklich hatte bemühen müssen. Das war eine gänzlich neue Erfahrung für ihn gewesen, liefen ihm die Mädchen üblicherweise doch, sehr zum Missfallen seiner Kumpels, in Scharen nach. Wochenlang hatte er um Stefanie geworben, bis sie ihn endlich erhört hatte. Die folgenden vier Wochen waren die glücklichsten seines Lebens gewesen – bis zur Ernüchterung am 6. September. Stefanie war zur Miss Kerb gekürt worden, ein alberner Titel, auf den eigentlich seit

Jahren Laura abonniert gewesen war. Diesmal hatte Stefanie sie ausgestochen. Er hatte mit Nathalie und ein paar anderen am Getränkeausschank im Zelt gearbeitet und beobachten müssen, wie Stefanie mit anderen Typen flirtete, bis sie plötzlich verschwunden war. Vielleicht hatte er da schon mehr getrunken als gut für ihn war. Nathalie hatte gemerkt, wie sehr er litt. Geh sie schon suchen, hatte sie zum ihm gesagt. Er war aus dem Zelt gerannt. Lange hatte er nicht suchen müssen, und als er sie gefunden hatte, war die Eifersucht wie eine Bombe in seinem Innern explodiert. Wie hatte sie ihm das antun, ihn so vor allen Leuten kränken und verletzen können? Alles nur wegen dieser dämlichen Hauptrolle in dem noch dämlicheren Theaterstück? Tobias warf die Decke zurück und sprang auf. Er musste etwas tun, arbeiten, sich irgendwie ablenken von diesen quälenden Erinnerungen.

*

Amelie ging mit gesenktem Kopf durch den feinen Nieselregen. Das Angebot ihrer Stiefmutter, sie zur Bushaltestelle zu fahren, hatte sie wie jeden Morgen abgelehnt, aber nun musste sie sich sputen, wenn sie den Schulbus nicht verpassen wollte. Der November zeigte sich von seiner unfreundlichsten Seite, neblig und regnerisch, aber Amelie hatte etwas für die düstere Trostlosigkeit dieses Monats übrig. Sie mochte den einsamen Fußmarsch durch das schlafende Dorf. Über die Ohrstöpsel ihres iPod dröhnte trommelfellzerfetzend laut Musik von den ›Schattenkindern‹, einer ihrer bevorzugten Dark-Wave-Gruppen. Die halbe Nacht hatte sie wach gelegen und über Tobias Sartorius und die ermordeten Mädchen nachgedacht. Laura Wagner und Stefanie Schneeberger waren damals siebzehn Jahre alt gewesen, genauso alt, wie sie jetzt war. Und sie wohnte ausgerechnet in dem Haus, in dem früher einmal eines der Mordopfer gelebt haben sollte. Sie musste unbedingt mehr über das Mädchen erfahren, das Thies »Schneewittchen« genannt hatte. Was war damals in Altenhain vorgefallen?

Ein Auto bremste neben ihr. Sicher ihre Stiefmutter, die sie mit enervierender Freundlichkeit an den Rand des Wahnsinns zu treiben vermochte. Aber dann erkannte Amelie Claudius Terlinden, den Chef ihres Vaters. Er hatte das Seitenfenster auf der Beifahrerseite heruntergelassen und machte ihr ein Zeichen, näher zu kommen. Amelie schaltete die Musik aus.

»Soll ich dich mitnehmen?«, fragte er. »Du wirst ja ganz nass!«

Der Regen störte Amelie eigentlich nicht, aber sie fuhr gerne in Terlindens Auto mit. Sie mochte den fetten, schwarzen Mercedes mit den hellen Ledersitzen, er roch noch ganz neu, und sie war fasziniert von den technischen Raffinessen, die Claudius Terlinden ihr nur zu gerne vorführte. Aus unerfindlichen Gründen konnte sie den Nachbarn gut leiden, obwohl er mit seinen teuren Anzügen, den dicken Autos und seiner protzigen Villa eigentlich der Prototyp des dekadenten Geldsacks war, den sie und ihre Kumpels zu Hause von Herzen verachtet hatten. Dazu kam noch etwas anderes. Manchmal fragte Amelie sich, ob sie noch ganz normal war, denn bei jedem männlichen Wesen, das einigermaßen freundlich zu ihr war, dachte sie in letzter Zeit sofort an Sex. Wie Herr Terlinden wohl reagieren würde, wenn sie ihm die Hand aufs Bein legte und ihm ein eindeutiges Angebot machte? Schon beim Gedanken daran stieg ein hysterisches Kichern in ihr auf, das sie nur mit Mühe unterdrücken konnte.

»Na, komm schon!«, rief er und winkte mit der Hand. »Steig ein!«

Amelie stopfte die Ohrstöpsel in ihre Jackentasche und ließ sich auf den Beifahrersitz fallen. Die schwere Tür der Luxuskarosse schloss sich mit einem satten Schmatzen. Terlinden fuhr die Waldstraße hinunter und lächelte Amelie an.

»Was ist mit dir?«, fragte er. »Du siehst so grüblerisch aus.«

Amelie zögerte einen Moment. »Darf ich Sie was fragen?«

»Natürlich. Nur zu.«

»Die beiden Mädchen, die damals verschwunden sind. Haben Sie die gekannt?«

Claudius Terlinden warf ihr einen raschen Blick zu. Er lächelte nicht mehr. »Wieso möchtest du das wissen?«

»Ich bin halt neugierig. Es wird so viel geredet, seit dieser Mann wieder da ist. Irgendwie finde ich es spannend.«

»Hm. Das war eine traurige Sache damals. Und ist es bis heute«, erwiderte Terlinden. »Natürlich habe ich die beiden Mädchen gekannt. Stefanie war ja die Tochter unserer Nachbarn. Und Laura kannte ich auch, seit ihrer Kindheit. Ihre Mutter hat bei uns als Haushälterin gearbeitet. Es ist einfach schrecklich für die Eltern, dass die Mädchen nie gefunden wurden.«

»Hm«, machte Amelie nachdenklich. »Hatten sie Spitznamen?«

»Wen meinst du?« Claudius Terlinden schien verwundert über diese Frage.

»Stefanie und Laura.«

»Das weiß ich nicht. Warum ... ach, doch. Stefanie hatte einen Spitznamen. Die anderen Kinder nannten sie Schneewittchen.«

»Und wieso?«

»Vielleicht wegen ihres Nachnamens. Schneeberger.« Terlinden runzelte die Stirn und verlangsamte die Fahrt. Der Schulbus stand schon mit eingeschaltetem Warnblinker an der Haltestelle und wartete auf die wenigen Schüler, die er nach Königstein transportieren sollte.

»Ach nein«, erinnerte sich Claudius Terlinden dann. »Ich glaube, das hing mit diesem Theaterstück zusammen, das in der Schule aufgeführt werden sollte. Stefanie hatte die Hauptrolle bekommen. Sie sollte das Schneewittchen spielen.«

»Sollte?«, fragte Amelie neugierig nach. »Hat sie es nicht getan?«

»Nein. Sie wurde ja vorher … hm … sie verschwand vorher.«

*

Die Brotscheiben schnellten mit einem Klacken aus dem Toaster. Pia schmierte gesalzene Butter auf beide Seiten, dazu eine ordentliche Schicht Nutella und klappte die beiden Hälften zusammen. Sie war geradezu süchtig nach dieser eigenwilligen Kombination aus salzig und süß, genoss jeden Bissen und leckte die geschmolzene Butter-Nutella-Mischung von ihren Fingern, bevor sie auf die Zeitung tropfen konnte, die sie aufgeschlagen vor sich liegen hatte. Der gestrige Skelettfund vom alten Flugplatz wurde in einer fünfzeiligen Notiz erwähnt, dem 11. Prozesstag gegen Vera Kaltensee widmete die Frankfurter Neue Presse im Lokalteil vier Spalten. Heute um neun musste Pia vor dem Landgericht ihre Aussage über die Ereignisse in Polen vom letzten Sommer machen. Unwillkürlich wanderten ihre Gedanken zu Henning. Aus der einen Tasse Kaffee waren gestern drei geworden. Er hatte so offen mit ihr gesprochen wie in den ganzen sechzehn Jahren ihrer Ehe nicht, aber Pia hatte auch keine Lösung für sein Dilemma gewusst. Seit dem Abenteuer in Polen war er mit Pias bester Freundin Miriam Horowitz liiert, dennoch hatte er sich unter Umständen, auf die er zu ihrem Bedauern nicht näher eingegangen war, dazu hinreißen lassen, mit seiner glühenden Verehrerin, der Staatsanwältin Valerie Löblich, ins Bett zu steigen. Ein Ausrutscher, wie er versichert hatte, aber mit fatalen Folgen, denn die Löblich war jetzt schwanger. Henning war mit der Situation völlig überfordert und spielte mit dem Gedanken an Flucht in die USA. Schon seit Jahren lockte ihn die University of Tennessee mit einem sehr lukrativen und wissenschaftlich hochinteressanten Posten. Während Pia noch über Hennings Probleme nachsann und gleichzeitig überlegte, ob sie der ersten Kalorienbombe eine zweite folgen lassen sollte, kam Christoph aus dem Badezimmer und setzte sich ihr gegenüber an den Küchentisch. Sein Haar war noch feucht, und er duftete nach Rasierwasser.

»Meinst du, du schaffst es heute Abend?«, fragte er und goss sich einen Kaffee ein. »Annika würde sich freuen.«

»Wenn nichts dazwischenkommt, dürfte es kein Problem sein.« Pia gab der Versuchung nach und machte sich einen zweiten Toast. »Ich muss um neun bei Gericht eine Aussage machen, aber sonst haben wir nichts Dringendes.«

Christoph grinste belustigt über Nutella und Salzbutter und biss in sein vernünftig-gesundes Schwarzbrot mit Hüttenkäse. Noch immer verursachte sein Anblick ein warmes Kribbeln in ihrem Bauch. Es waren seine dunkelbraunen Toffifee-Augen, die sie bei ihrer allerersten Begegnung sofort in ihren Bann gezogen hatten und die bis heute nichts von ihrer Anziehungskraft verloren hatten. Christoph Sander war ein beeindruckender Mann, der seine Stärke nicht hervorkehren musste. Zwar besaß er nicht das kompromisslos gute Aussehen von Pias Chef, aber seine Gesichtszüge hatten etwas Bemerkenswertes, das Menschen dazu brachte, ein zweites Mal hinzuschauen. Es war vor allen Dingen sein Lächeln, das in seinen Augen anfing und dann über sein ganzes Gesicht wanderte, das in Pia jedes Mal das kaum zu unterdrückende Bedürfnis auslöste, sich in seine Arme zu werfen.

Christoph und sie hatten sich vor zwei Jahren kennengelernt, als die Ermittlungen in einem Mordfall Pia in den Kronberger Opelzoo geführt hatten. Christoph, der Zoodirektor, hatte ihr auf Anhieb gefallen – der erste Mann, für den sie seit ihrer Trennung von Henning überhaupt Augen hatte. Die Sympathie war gegenseitig gewesen. Dummerweise hatte Oliver von Bodenstein Christoph zunächst eine ganze Weile für höchst verdächtig gehalten. Nachdem der Fall gelöst und Christoph von jedem Verdacht reingewaschen war, hatte sich ihre Beziehung ziemlich schnell entwickelt, aus leidenschaftlicher Verliebtheit war Liebe geworden, und nun waren sie seit gut zwei Jahren ein Paar. Zwar hatte jeder seine eigene Wohnung behalten, aber das würde sich in Kürze ändern, denn Christophs drei Töchter, die er nach dem plötzlichen Tod seiner Frau vor siebzehn Jahren allein großgezogen hatte, wurden flügge: Andrea, die Älteste, arbeitete seit dem Frühjahr in Hamburg, Antonia, die Jüngste, lebte mehr oder weniger bei ihrem Freund Lukas, und nun wollte Annika mit ihrem Kind zu dessen Erzeuger nach Australien ziehen. Heute Abend gab sie im Hause ihres Vaters ihre Abschiedsparty, morgen ging das Flugzeug nach Sydney. Pia wusste, dass Christoph darüber alles andere als glücklich war. Er misstraute dem jungen Mann, der Annika vor vier Jahren schwanger hatte sitzenlassen. Zu dessen Verteidigung war allerdings vorzubringen, dass Annika ihm seinerzeit die Schwangerschaft verschwiegen und stattdessen mit ihm Schluss gemacht hatte. Nun hatte sich alles eingerenkt, Jared Gordon war mittlerweile promovierter Meeresbiologe und arbeitete auf einer Forschungsstation auf einer Insel im Great Barrier Reef; er war also quasi ein Berufskollege von Christoph, der seiner Tochter und ihrem Freund schließlich, wenn auch widerstrebend, seinen Segen gegeben hatte.

Da es für Pia nicht in Frage kam, den Birkenhof aufzugeben, hatte Christoph sein Haus in Bad Soden zum 1. Januar vermietet. Annikas Abschiedsparty heute Abend war auch Christophs Abschied von dem Haus, in dem er lange Jahre gelebt hatte. Die Kisten waren schon gepackt, die Möbelspedition für den nächsten Montag bestellt. Bis das Frankfurter Bauamt grünes Licht für den geplanten Um- und Ausbau von Pias kleinem Häuschen gab, sollten die größten Möbel vorübergehend eingelagert werden. Ja, Pia war ziemlich zufrieden mit der Entwicklung, die ihr Privatleben genommen hatte.

*

Tobias hatte alle Rollläden hochgezogen und bei Tageslicht den jämmerlichen Zustand des Hausinneren begutachtet. Sein Vater war zum Einkaufen losgezogen, und er hatte begonnen, die Fenster zu putzen. Gerade als er mit dem Fenster im Esszimmer beschäftigt war, kehrte sein Vater zurück und ging mit gesenktem Kopf stumm an ihm vorbei in die Küche. Tobias stieg von der Trittleiter und folgte ihm.

»Was ist passiert?« Sein Blick fiel auf den leeren Einkaufskorb.

»Sie hat mich nicht bedient«, antwortete Hartmut Sartorius leise. »Ist nicht so schlimm. Ich fahre zum Supermarkt nach Bad Soden runter.«

»Bis gestern hast du aber bei Richters eingekauft, oder nicht?«, wollte Tobias wissen. Sein Vater nickte leicht. Kurz entschlossen nahm Tobias seine Jacke von der Garderobe, ergriff den Korb, in dem das Portemonnaie seines Vaters lag, und verließ das Haus. Er zitterte innerlich vor Zorn. Richters waren früher einmal gute Freunde seiner Eltern gewesen, und heute warf diese dürre Krähe seinen Vater einfach aus dem Laden! Das würde er sich nicht gefallen lassen. Als er die Straße überqueren wollte, nahm er aus dem Augenwinkel etwas Rotes an der Fassade der Gaststätte wahr und wandte sich um. HIER WOHNT EIN MÖRDERSCHWEIN stand in roter Sprühfarbe an der Mauer des Gebäudes. Tobias starrte ein paar Sekunden stumm auf den hässlichen Schriftzug, der jedem Vorbeifahrenden sofort ins Auge fallen musste. Sein Herz hämmerte gegen seinen Brustkorb, und der Knoten in seinem Magen zog sich fester zusammen. Diese Schweine! Was wollten sie damit erreichen? Ihn aus seinem Elternhaus vertreiben? Würden sie es als Nächstes womöglich anzünden? Er zählte bis zehn, dann drehte er sich wieder um und ging schnurstracks über die Straße zu Richters Lebensmittelladen. Die versammelte Tratschweiber-Mafia hatte ihn durch die großen Fensterscheiben kommen sehen. Als die Türglocke schrillte, standen sie da wie in einem Theaterstück: Margot Richter thronte hinter der Kasse, drahtig und biestig, mit Eisen im Rückgrat wie eh und je. Dahinter hatte sich ihr vierschrötiger Mann aufgebaut, eher schutzsuchend als drohend. Tobias bedachte jede der anderen Anwesenden mit einem Blick. Er kannte sie alle, die Mütter seiner Freunde aus Kindertagen. Ganz vorne Inge Dombrowski, Friseurin und ungekrönte Königin der verleumderischen Andeutungen. Dahinter Gerda Pietsch mit ihrem Bulldoggengesicht, doppelt so dick wie früher, aber wahrscheinlich auch doppelt so spitzzüngig. Neben ihr Nadjas Mutter Agnes Unger, verhärmt und mittlerweile grauhaarig. Unglaublich, dass sie eine so schöne Tochter hervorgebracht hatte!

»Guten Morgen«, sagte er. Eisiges Schweigen schlug ihm entgegen. Aber es hinderte ihn auch niemand daran, durch die Regale zu gehen. Überlaut summten die Aggregate der Kühltheken in der angespannten Stille. Tobias lud in aller Seelenruhe in den Korb, was sein Vater auf dem Einkaufszettel notiert hatte. Als er an die Kasse trat, stand jeder noch wie eingefroren an seinem Platz. Äußerlich ungerührt legte Tobias die Waren auf das Förderband, doch Margot Richter hatte die Arme vor der Brust verschränkt und machte keine Anstalten, ihn abzukassieren. Die Glocke an der Ladentür klingelte, der ahnungslose Fahrer eines Paketdienstes kam herein. Er bemerkte die angespannte Stimmung und blieb zögernd stehen. Tobias wich keinen Millimeter zur Seite. Es war ein Kräftemessen, nicht nur zwischen ihm und Margot Richter, sondern zwischen ihm und ganz Altenhain.

»Jetzt lass ihn schon bezahlen.« Lutz Richter knickte nach wenigen Minuten ein. Zähneknirschend gehorchte seine Frau und tippte stumm Tobias' Einkauf in die Kasse.

»Zweiundvierzigsiebzig.«

Tobias gab ihr einen 50-Euro-Schein, sie reichte ihm das Wechselgeld widerwillig und ohne ein Wort der Höflichkeit. Ihr Blick hätte die Südsee einfrieren lassen, aber das kümmerte Tobias nicht. Im Knast hatte er andere Machtkämpfe ausgefochten und war oft genug Sieger geblieben.

»Ich habe meine Strafe abgesessen und bin wieder zurück.« Er schaute reihum in betretene Gesichter mit niedergeschlagenen Augen. »Ob es euch nun passt oder nicht.«

*

Pia kam gegen halb zwölf auf dem Kommissariat an, nachdem sie ihre Zeugenaussage im Prozess gegen Vera Kaltensee im Frankfurter Landgericht gemacht hatte. Da schon seit Wochen niemand das Verlangen verspürt hatte, auf zweifelhafte Art aus dem Leben zu scheiden, gab es beim K 11 vergleichsweise wenig zu tun. Das Skelett aus dem Erdtank des Eschborner Flughafens war der einzige aktuelle Fall. Die Ergebnisse aus der Rechtsmedizin ließen noch auf sich warten, deshalb ging Kriminalkommissar Kai Ostermann ohne sonderliche Hektik die Vermisstenfälle der vergangenen Jahre durch. Unterstützung hatte er keine. Kollege Frank Behnke hatte am Montag für die ganze Woche einen gelben Schein abgegeben, bei einem Sturz vom Fahrrad hatte er sich angeblich Gesichtsverletzungen und Prellungen zugezogen. Dass KK Andreas Hasse ebenfalls krank war, erstaunte niemanden. Schon seit Jahren war er immer wieder für Wochen und Monate krankgeschrieben. Man hatte sich im K 11 darauf eingerichtet, auch ohne ihn zurechtzukommen, und er fehlte niemandem. Pia traf ihre jüngste Kollegin Kathrin Fachinger am Kaffeeautomat im Flur, wo sie ein Schwätzchen mit der Sekretärin von Kriminalrätin Dr. Nicola Engel hielt. Die Zeiten, in denen Kathrin mit Rüschenblusen und karierten Hosen herumzulaufen pflegte, waren vorüber. Ihre runde Eulenbrille hatte sie gegen ein modernes eckiges Modell getauscht, und seit neuestem trug sie knallenge Jeans, hochhackige Stiefel und knappe Pullöverchen, die ihre beneidenswert schlanke Figur perfekt zur Geltung brachten. Den Grund für diese Veränderung kannte Pia nicht, und wieder einmal fiel ihr auf, wie wenig sie über das Privatleben ihrer Kollegen wusste. Auf jeden Fall hatte das Küken der Abteilung deutlich an Selbstbewusstsein gewonnen.

»Pia! Warte mal!«, rief Kathrin, und Pia blieb stehen.

»Was gibt's?«

Kathrin blickte sich wie eine Verschwörerin auf dem Flur um.

»Ich war gestern Abend mit ein paar Freunden in Sachsenhausen«, sagte sie dann mit gesenkter Stimme. »Du glaubst nicht, wen ich da gesehen habe!«

»Doch nicht etwa Johnny Depp?«, spöttelte Pia. Jeder vom K 11 wusste, dass Kathrin eine glühende Verehrerin des amerikanischen Schauspielers war.

»Nein, ich habe Frank gesehen«, fuhr Kathrin unbeeindruckt fort. »Er arbeitet hinter der Bar im Klapperkahn und ist alles andere als krank.«

»Ach!«

»Na ja, jetzt weiß ich nicht, was ich tun soll. Eigentlich müsste ich's dem Chef sagen, oder?«

Pia runzelte die Stirn. Wenn man als Polizeibeamter einen Nebenjob ausüben wollte, musste man einen Antrag stellen und die Genehmigung abwarten. Ein Job in einer Kneipe mit eher zweifelhaftem Ruf gehörte ganz sicher nicht zu denen, die genehmigt wurden. Falls Kathrin richtig gesehen hatte, riskierte Behnke einen Verweis, eine Geldbuße oder gar ein Disziplinarverfahren.

»Vielleicht ist er nur für einen Kumpel eingesprungen.« Pia hatte für ihren Kollegen Behnke nicht viel übrig, aber ihr war nicht ganz wohl beim Gedanken an die Konsequenzen, die eine offizielle Anschuldigung nach sich ziehen würde.

»Ist er nicht.« Kathrin schüttelte den Kopf. »Er hat mich gesehen und ist sofort auf mich losgegangen. Er hat mir unterstellt, ich würde ihm nachspionieren. So ein Quatsch! Und dann sagt dieser Arsch auch noch, ich könnte was erleben, wenn ich ihn verpetze!«

Kathrin war verständlicherweise tief gekränkt und wütend. Pia zweifelte keine Sekunde an ihrer Darstellung. Das hörte sich ganz nach ihrem Lieblingskollegen an. Behnke besaß so viel Sinn für Diplomatie wie ein Pitbull.

»Hast du der Schneider eben schon was gesagt?«, forschte Pia.

»Nein.« Kathrin schüttelte den Kopf. »Obwohl ich's am liebsten getan hätte. Ich bin so was von sauer!«

»Kann ich verstehen. Frank hat echt ein Talent, andere auf die Palme zu bringen. Lass mich mit dem Chef reden. Vielleicht kann man die Sache auch diskret regeln.«

»Warum eigentlich?«, entgegnete Kathrin aufgebracht. »Warum nimmt jeder diesen Mistkerl in Schutz? Er darf sich hier alles erlauben, seine miese Laune an uns auslassen, und nichts passiert.«

Sie sprach Pia aus der Seele. Aus irgendeinem Grund besaß Frank Behnke Narrenfreiheit. In dem Moment bog Bodenstein in den Flur ein.

Pia sah Kathrin an. »Du musst selbst wissen, was du tust«, sagte sie.

»Das tue ich auch«, erwiderte Kathrin und ging entschlossen auf Bodenstein zu. »Ich muss mal kurz mit Ihnen reden, Chef. Unter vier Augen.«

*

Amelie hatte entschieden, dass Recherchen über die Mädchenmorde in Altenhain eindeutig höhere Priorität besaßen als die Schule, und deshalb nach der dritten Stunde der Lehrerin weisgemacht, sie sei krank. Nun saß sie an ihrem Schreibtisch vor ihrem Laptop, gab den Namen des Nachbarssohnes bei Google ein und erhielt tatsächlich Hunderte von Treffern. Mit wachsender Faszination las sie die Presseberichte über die Ereignisse aus dem Sommer 1997 und die Gerichtsverhandlung, bei der Tobias Sartorius zu zehn Jahren Jugendhaft verurteilt worden war. Es war ein reiner Indizienprozess gewesen, denn die Leichen der Mädchen waren nie gefunden worden. Genau das hatte man Tobias zum Vorwurf gemacht; sein Schweigen hatte sich strafverschärfend auf das Urteil ausgewirkt. Amelie betrachtete die Fotos, die einen dunkelhaarigen Jungen mit noch unfertigen Gesichtszügen zeigten, in denen der Mann zu erahnen war, der er einmal sein würde. Tobias Sartorius musste heute ziemlich gut aussehen. Auf den Bildern trug er Handschellen, aber er versteckte sein Gesicht weder unter einer Jacke noch hinter einem Aktenordner, sondern blickte direkt in die Kameras. Als »eiskalten Killer« hatte man ihn bezeichnet, als arrogant, gefühlskalt und grausam.

»Die Eltern der ermordeten Mädchen treten als Nebenkläger beim Prozess gegen Tobias S., den Gastwirtssohn aus dem kleinen Dorf im Vordertaunus, auf. Doch auch das verzweifelte Flehen von Andrea W. und Beate S. ließ den Einserabiturienten kalt. Auf die Frage, was er mit den Leichen der beiden Mädchen gemacht habe, schwieg S., dem ein psychologisches Gutachten überdurchschnittliche Intelligenz bescheinigt. Taktik oder Arroganz? Selbst als die Richterin S. das Angebot machte, im Falle eines Geständnisses die Anklage wegen Mordes an Stefanie S. in Totschlag umzuwandeln, schwieg der junge Mann beharrlich. Das völlige Fehlen von Empathie erstaunte selbst erfahrene Prozessbeobachter. Die Staatsanwaltschaft hat keine Zweifel an seiner Täterschaft, da die Indizienkette und die Rekonstruktion des Tathergangs lückenlos sind. Zwar versuchte S. zuvor, durch zahlreiche Verleumdungen anderer und angebliche Erinnerungslücken seine Unschuld zu beweisen, aber das Gericht ließ sich nicht beirren. Den Urteilsspruch nahm Tobias S. ohne äußerliche Gefühlsregung auf, eine Revision lehnte das Gericht ab.«

Amelie überflog andere, ähnlich lautende Berichte über den Prozess, bis sie endlich einen Artikel fand, der sich mit den vorangegangenen Ereignissen befasste. Laura Wagner und Stefanie Schneeberger waren in der Nacht vom 6. auf den 7. September 1997 spurlos verschwunden. In Altenhain war Kerb gewesen und das ganze Dorf auf den Beinen. Recht bald war Tobias Sartorius in den Fokus der Ermittlungen gerückt, denn Nachbarn hatten beobachtet, wie die beiden Mädchen am Abend das Haus seiner Eltern betreten, aber nicht mehr verlassen hatten. Mit Laura Wagner, seiner Exfreundin, hatte Tobias vor der Haustür heftig und handgreiflich gestritten. Beide hatten auf der Kerb größere Mengen Alkohol konsumiert. Wenig später war Stefanie Schneeberger, Tobias' aktuelle Freundin, dazugekommen. Er selbst hatte später ausgesagt, dass sie an diesem Abend mit ihm Schluss gemacht und er aus Verzweiflung darüber in seinem Zimmer noch fast eine ganze Flasche Wodka getrunken habe. Schon am nächsten Tag hatten Polizeihunde Blutspuren auf dem Grundstück der Sartorius gefunden; der Kofferraum von Tobias' Auto war voller Blut gewesen, außerdem hatte man Blut und Hautpartikel, die beiden Mädchen zugeordnet werden konnten, an seiner Kleidung und im Haus gefunden. Zeugen hatten Tobias noch in der Nacht am Steuer seines Autos erkannt, als er zu später Stunde die Hauptstraße entlanggefahren war. In seinem Zimmer war schließlich der Rucksack von Stefanie Schneeberger sichergestellt worden, die Halskette von Laura Wagner hatte in der Milchküche unter einem Waschbecken gelegen. Vorausgegangen war den Ereignissen eine Liebesgeschichte: Tobias hatte Laura für Stefanie verlassen, dann hatte Stefanie wiederum mit ihm Schluss gemacht. Daraufhin war es zu den Bluttaten gekommen, der reichlich konsumierte Alkohol mochte bei Tobias als Katalysator gewirkt haben. Zwar hatte er bis zum letzten Tag des Prozesses bestritten, mit dem Verschwinden der Mädchen etwas zu tun zu haben, aber das Gericht hatte seine angeblichen Erinnerungslücken nicht gelten lassen, und Entlastungszeugen waren auch nicht aufgetreten. Im Gegenteil. Seine Freunde hatten vor Gericht ausgesagt, Tobias sei hitzköpfig, oft jähzornig und daran gewöhnt, dass die Mädchen ihm zu Füßen lagen – schon möglich, dass er aus Frust über Stefanies Laufpass überreagiert habe. Er hatte nicht die geringste Chance gehabt.

Genau das verstärkte Amelies Neugier, die nichts so sehr hasste wie Ungerechtigkeiten, war sie doch selbst oft genug Opfer ungerechtfertigter Beschuldigungen geworden. Sie konnte nachvollziehen, wie Tobias sich gefühlt haben musste, sollten seine Unschuldsbeteuerungen tatsächlich wahr sein. Sie würde weitere Nachforschungen anstellen, wie genau, wusste sie noch nicht. Aber zuerst musste sie Tobias Sartorius kennenlernen.

*

Zwanzig nach fünf. Eine halbe Stunde lang musste er sich noch hier am Bahnsteig herumdrücken, bis die anderen Jungs auftauchen und ihn vielleicht ins Jugendzentrum zum Proben mitnehmen würden. Nico Bender hatte extra das Fußballtraining geschwänzt, nur um sie nicht zu verpassen, wenn sie mit der S-Bahn um fünf vor sechs aus Schwalbach kamen. Obwohl er für sein Leben gern Fußball spielte, waren ihm die Clique und ihre Band ungleich wichtiger. Früher waren sie Freunde gewesen, aber seit seine Eltern ihn gezwungen hatten, nach Königstein statt nach Schwalbach auf die Schule zu gehen, gehörte er nicht mehr richtig dazu. Dabei hatte er viel mehr drauf als Mark oder Kevin, denn er konnte wirklich gut Schlagzeug spielen. Nico seufzte und beobachtete den bärtigen Mann mit der Baseballkappe, der schon seit einer halben Stunde regungslos am anderen Ende des Bahnsteigs stand. Trotz des Regens hatte er sich nicht zu ihm in das Wartehäuschen gesetzt, es schien ihm egal zu sein, dass er nass wurde. Die S-Bahn aus Frankfurt kam. Acht Wagen im Berufsverkehr. Saß er hier strategisch günstig? Wenn die Jungs im vordersten Wagen waren, würde er sie vielleicht verpassen. Die Türen öffneten sich, Leute stiegen aus, spannten Schirme auf und rannten mit eingezogenem Genick zur Fußgängerbrücke oder an ihm vorbei zur Unterführung. Seine Kumpels waren nicht im Zug gewesen. Nico stand auf und ging langsam den Bahnsteig entlang. Da sah er wieder den Mann mit der Baseballkappe. Er folgte einer Frau Richtung Brücke, sprach sie an. Sie blieb stehen, doch dann schien sie Angst zu bekommen, denn sie ließ ihre Einkaufstüte fallen und lief weg.

Der Mann sprintete ihr nach, packte sie am Arm, sie schlug nach ihm. Nico blieb wie erstarrt stehen. Das war ja wie in einem Film! Der Bahnsteig war schon wieder menschenleer, die Türen des Zuges schlossen sich, und die S-Bahn fuhr an. Dann sah er die beiden auf der Fußgängerbrücke. Es sah so aus, als würden sie kämpfen. Und auf einmal war die Frau verschwunden. Nico hörte Bremsen quietschen, dann ein dumpfes Geräusch, gefolgt von metallischem Krachen und Splittern. Das endlose Band greller Scheinwerfer jenseits der Bahngleise kam ins Stocken. Fassungslos begriff Nico, dass er soeben Zeuge eines Verbrechens geworden war. Der Mann hatte die Frau einfach über das Brückengeländer hinunter auf die vielbefahrene Limesspange gestoßen! Und nun kam er direkt auf ihn zugerannt, mit gesenktem Blick, in der Hand die Tasche der Frau. Nicos Herz schlug bis zum Hals. Angst stieg in ihm auf. Wenn der Typ kapierte, dass er ihn beobachtet hatte, würde er nicht lange fackeln. Voller Panik rannte Nico los. Wie ein Hase floh er in die Unterführung, rannte, was seine Beine hergaben, bis er sein Fahrrad erreicht hatte, das er auf der Bad Sodener Seite der Gleise abgestellt hatte. Die Jungs waren ihm egal, genauso wie die Band und das Jugendzentrum. Er schwang sich auf sein Rad und trat keuchend in die Pedale, als der Mann die Treppe hinaufkam und ihm irgendetwas hinterherbrüllte. Nico riskierte einen Blick über die Schulter und stellte erleichtert fest, dass er ihm nicht folgte. Dennoch fuhr er in Höchstgeschwindigkeit am Eichwald entlang, bis er zu Hause und in Sicherheit war.

*

Die Straßenkreuzung an der S-Bahn-Haltestelle Sulzbach-Nord bot ein Bild der Verwüstung. Sieben Autos waren ineinandergerast, Feuerwehrleute versuchten, mit Schneidbrennern und schwerem Gerät die Blechknäuel zu entwirren, und streuten Sand in die Lachen ausgelaufenen Benzins. Mehrere Rettungswagen standen hintereinander und versorgten verletzte Unfallopfer. Trotz der Kälte und des Regens hatten sich Schaulustige hinter den Absperrbändern eingefunden, die sensationslüstern das grausige Schauspiel verfolgten. Bodenstein fragte sich durch, bis er Polizeioberkommissar Hendrik Koch vom Eschborner Revier gegenüberstand, der als einer der Ersten am Unfallort gewesen war.

»Ich hab ja schon so einiges erlebt, aber das ist wirklich das Übelste, was ich je gesehen habe.« Dem erfahrenen Polizisten stand das Grauen deutlich ins Gesicht geschrieben. Er erklärte Bodenstein und Pia in knappen Worten die Sachlage. Eine Frau war um 17:26 Uhr von der Fußgängerbrücke gefallen, direkt auf die Windschutzscheibe eines aus Richtung Schwalbach kommenden BMW. Der Fahrer hatte, ohne zu bremsen, sein Fahrzeug scharf nach links gezogen und war frontal in den Gegenverkehr gerast. Auf beiden Seiten hatte es daraufhin mehrere Auffahrunfälle gegeben. Ein Autofahrer, der in Sulzbach an der roten Ampel gestanden hatte, wollte gesehen haben, dass die Frau von einer anderen Person über das Geländer gestoßen worden war.

»Was ist mit der Frau?«, erkundigte sich Pia.

»Sie lebt«, erwiderte POK Koch und fügte hinzu: »Noch. Der Notarzt versorgt sie da drüben in einem der Rettungswagen.«

»Uns wurde ein Toter gemeldet.«

»Der Fahrer des BMW hat einen tödlichen Herzinfarkt erlitten. Wohl vor Schreck. Reanimierungsversuche waren vergeblich.« POK Koch nickte mit dem Kopf in Richtung Mitte der Kreuzung. Neben dem völlig demolierten BMW lag eine Leiche. Ein Paar Schuhe ragte unter einer nassen Decke hervor. Am Rande der Absperrung kam es zu einem

Tumult. Zwei Polizeibeamte hielten eine grauhaarige Frau fest, die verzweifelt versuchte, in das Innere des abgesperrten Bereiches zu gelangen. POK Kochs Funkgerät rauschte, eine Stimme knarzte.

»Das ist wohl die Frau des BMW-Fahrers«, sagte er mit angespannter Stimme zu Bodenstein und Pia. »Entschuldigen Sie mich.«

Er sagte etwas in sein Funkgerät und schickte sich an, das Schlachtfeld zu überqueren. Pia beneidete ihn nicht um die Aufgabe, die vor ihm lag. Angehörige über den Tod eines Menschen zu informieren, gehörte mit zu den schwersten Aufgaben in ihrem Job, und weder eine psychologische Schulung noch jahrelange Erfahrung machten es leichter.

»Kümmere du dich um die Frau«, sagte Bodenstein. »Ich rede mit dem Zeugen.«

Pia nickte und ging zu dem Rettungswagen hinüber, in dem die Schwerverletzte noch immer behandelt wurde. Die hintere Tür öffnete sich, und der Notarzt stieg aus. Pia kannte ihn von früheren Einsätzen.

»Ach, Frau Kirchhoff«, begrüßte er sie. »Wir haben sie soweit stabilisiert und bringen sie jetzt nach Bad Soden ins Krankenhaus. Mehrere Knochenbrüche, Gesichtsverletzungen, wohl auch innere Verletzungen. Sie ist nicht ansprechbar.«

»Konnten Sie etwas über ihre Identität in Erfahrung bringen?«

»Sie hatte einen Autoschlüssel in der …« Der Notarzt verstummte und trat einen Schritt zurück, denn der Rettungswagen setzte sich in Bewegung, und das Martinshorn machte jedes Gespräch unmöglich. Pia sprach noch kurz mit ihm, dann bedankte sie sich und ging zu ihren Kollegen hinüber. In der Jackentasche der verletzten Frau hatte man nur einen Autoschlüssel gefunden, sonst nichts. Eine Handtasche hatte die etwa fünfzigjährige Frau nicht bei sich gehabt, nur eine Einkaufstüte voller Lebensmittel hatte man bei der Suche auf der Brücke und dem Bahnsteig gefunden. Bodenstein hatte unterdessen mit dem Autofahrer gesprochen, der den Sturz der Frau beobachtet hatte. Er schwor Stein und Bein, dass jemand die Frau gestoßen habe – ein Mann, da war er sich trotz der Dunkelheit und des Regens sicher.

Bodenstein und Pia gingen die Treppe hoch auf die Brücke.

»Von hier ist sie heruntergefallen.« Pia blickte an der markierten Stelle von der Brücke. »Was schätzt du, wie hoch das ist?«

»Hm«, Bodenstein warf einen Blick über das Geländer, das ihm gerade bis zur Hüfte reichte. »Fünf, sechs Meter. Ich kann kaum glauben, dass sie das überlebt hat. Immerhin kam das Auto mit einigem Tempo an.«

Von hier oben hatte der Anblick der zertrümmerten Fahrzeuge, der blau und orange blinkenden Lichter, der Helfer in den reflektierenden Westen etwas Surreales. Regen wehte schräg durch das Licht der Scheinwerfer. Was mochte der Frau durch den Kopf gegangen sein, als sie das Gleichgewicht verlor und ihr bewusst wurde, dass es keine Rettung mehr gab? Oder war es zu schnell gegangen, um überhaupt noch etwas zu denken?

»Sie hatte einen Schutzengel«, bemerkte Pia und schauderte. »Hoffentlich lässt er sie nicht noch im Stich.«

Sie wandte sich um und ging, gefolgt von Bodenstein, hinüber zum Bahnsteig. Wer war die Frau? Wo kam sie her und wo hatte sie hingewollt? Eben noch hatte sie ahnungslos in der S-Bahn gesessen, und Minuten später lag sie mit zerschmetterten Knochen in einem Rettungswagen. So schnell konnte es gehen. Ein falscher Schritt, eine falsche Begegnung mit dem falschen Menschen – und nichts war mehr wie vorher. Was hatte der Mann von ihr gewollt? War er ein Räuber? Es sah beinahe so aus, denn Bodenstein fand es eigentümlich, dass die Frau keine Tasche bei sich gehabt haben sollte.

»Jede Frau hat eine Tasche«, sagte er zu Pia. »Sie hatte ja noch eingekauft, da brauchte sie doch Geld, ein Portemonnaie.«

»Denkst du wirklich, der Mann wollte sie um halb sechs auf einem belebten Bahnsteig berauben?« Pia ließ den Blick links und rechts die Gleise entlangschweifen.

»Vielleicht war die Gelegenheit günstig. Bei dem Wetter will ja jeder schnell nach Hause. Er kann ihr schon in der S-Bahn gefolgt sein, weil er zuvor beobachtet hatte, wie sie am Geldautomaten war.«

»Hm.« Pia wies auf die Kamera, die den Bahnsteig überwachte. »Wir sollten uns die Bänder ansehen. Mit etwas Glück ist der Winkel der Kamera so groß, dass wir die Brücke sehen können.«

Bodenstein nickte nachdenklich. Mussten heute Abend zwei Familien mit schlimmen Nachrichten fertig werden, nur weil ein Gelegenheitsräuber eine Handtasche klauen wollte? Nicht dass es etwas am tragischen Ergebnis geändert hätte, dennoch erschien es Bodenstein entsetzlich, dass Tod und Verstümmelung aus einem so lächerlichen Grund resultieren sollten. Zwei Beamte kamen aus der Unterführung. Sie hatten auf dem Parkplatz neben der Böschung zum Bahnsteig einen roten Honda Civic gefunden, zu dem der Autoschlüssel aus der Jackentasche der Frau passte. Die Kennzeichenüberprüfung hatte ergeben, dass die Halterin des Fahrzeuges in Neuenhain wohnte. Ihr Name war Rita Cramer.

*

Bodenstein rangierte seinen BMW gekonnt in eine Parklücke vor dem hässlichen Hochhaus im Bad Sodener Stadtteil Neuenhain. Pia musste eine Weile suchen, um unter den rund fünfzig Klingelschildchen das von Rita Cramer zu finden. Niemand meldete sich. Also versuchte Pia es wahllos bei anderen Mietern, bis sie endlich jemand hereinließ. Das Haus, so hässlich es von außen war, war im Innern sehr gepflegt. Im vierten Stock wurden Bodenstein und Pia von einer älteren Dame erwartet, die mit einer Mischung aus Argwohn und Neugier ihre Ausweise in Augenschein nahm. Pia warf ungeduldig einen Blick auf die Uhr. Beinahe neun! Sie hatte Christoph fest versprochen, auf Annikas Party zu kommen, und es war nicht abzusehen, wie lange die ganze Sache hier noch dauern konnte. Eigentlich hatte sie heute Abend freigehabt. Innerlich verfluchte sie Hasse und Behnke.

Die Nachbarin war ein wenig mit Rita Cramer befreundet und hatte einen Schlüssel für deren Wohnung, den sie ohne Umstände herausrückte, nachdem Bodenstein und Pia sich ausgewiesen und von dem Unfall erzählt hatten. Leider wusste die Nachbarin nicht, ob Rita Cramer Angehörige hatte. Besuch bekam sie jedenfalls nie. Die Wohnung war denn auch deprimierend. Blitzsauber und akkurat aufgeräumt zwar, aber nur spärlich möbliert. Nirgendwo gab es einen Hinweis auf die Persönlichkeit von Rita Cramer, private Fotos waren Fehlanzeige, und an den Wänden hingen Bilder, wie man sie für ein paar Euro in Baumärkten kaufen kann. Bodenstein und Pia gingen durch die Wohnung, öffneten Schranktüren und Schubladen in der Hoffnung, einen Hinweis auf Angehörige oder einen Grund für den Überfall zu finden. Nichts.

»So anonym wie ein Hotelzimmer«, stellte Bodenstein fest. »Das gibt's doch gar nicht.«

Pia betrat die Küche. Ihr Blick fiel auf den blinkenden

Anrufbeantworter. Sie drückte die Wiedergabetaste. Leider hatte der Anrufer nichts aufs Band gesprochen, sondern aufgelegt, aber Pia notierte sich die Nummer, die im Display des Telefons aufleuchtete. Eine Königsteiner Vorwahl. Sie holte ihr Handy hervor und tippte die Nummer ein. Nach dem dritten Läuten sprang auf der anderen Seite auch nur ein Anrufbeantworter an.

»Eine Arztpraxis«, sagte sie. »Da ist jetzt niemand mehr.«

»Ist sonst noch ein Anruf gespeichert?«, fragte Bodenstein. Pia drückte auf den Tasten herum, dann schüttelte sie den Kopf.

»Schon eigenartig, dass ein Mensch so leben kann.« Sie stellte das Telefon zurück und sah den Küchenkalender durch, der seit Mai nicht mehr umgeblättert worden war. Es gab keinen einzigen Eintrag. Am Pinnbrett aus Kork hingen lediglich der Prospekt eines Pizzaservice und die vergilbte blaue Kopie eines Strafzettels für Falschparken vom April. Das alles sah nicht nach einem erfüllten, glücklichen Leben aus.

»Wir rufen morgen bei dieser Arztpraxis an«, entschied Bodenstein. »Heute richten wir nichts mehr aus. Ich fahre noch mal im Krankenhaus vorbei und erkundige mich nach Frau Cramers Zustand.«

Sie verließen die Wohnung und gaben den Schlüssel der Nachbarin zurück.

»Könntest du mich bei Christoph rauslassen, bevor du ins Krankenhaus fährst?«, fragte Pia, als sie mit dem Aufzug wieder nach unten fuhren. »Liegt ja auf dem Weg.«

»Ach ja, die Party.«

»Woher weißt du das denn schon wieder?« Pia drückte schwungvoll die Glastür auf und hätte sie fast einem Mann in den Rücken gerammt, der vorgebeugt die Klingelschildchen studierte.

»Entschuldigung«, sagte sie. »Ich hab Sie gar nicht gesehen.«

Pia erhaschte einen flüchtigen Blick auf sein Gesicht und lächelte zerknirscht.

»Nichts passiert«, antwortete der Mann, und sie gingen weiter.

»Ich bin über meine Mitarbeiter gerne gut informiert.« Bodenstein schlug den Mantelkragen hoch. »Das weißt du doch.«

Pia erinnerte sich an ihr morgendliches Gespräch mit Kathrin Fachinger. Die Gelegenheit war ideal.

»Na, dann weißt du ja auch, dass Kollege Behnke einen Nebenjob hat, der ganz sicher nicht offiziell genehmigt wurde.«

Bodenstein runzelte die Stirn und warf ihr einen raschen Blick zu.

»Nein, das habe ich bis heute Morgen allerdings nicht gewusst«, gab er zu. »Du etwa?«

»Ich bin wohl die Letzte, der Behnke etwas erzählen würde«, erwiderte Pia und schnaubte verächtlich. »Er macht aus seinem Privatleben ja immer ein Geheimnis, als wäre er noch beim SEK.«

Bodenstein musterte Pia im fahlen Licht der Straßenlaterne.

»Er hat ziemlich große Probleme«, sagte er dann. »Seine Frau hat ihn vor einem Jahr verlassen, er konnte den Kredit für die Eigentumswohnung nicht mehr bedienen und musste sie aufgeben.«

Pia blieb stehen und starrte ihn einen Augenblick sprachlos an. Das also war die Erklärung für Behnkes Verhalten in der Vergangenheit, für seine ständige Gereiztheit, seine Übellaunigkeit, die Aggressivität. Dennoch verspürte sie kein Mitleid, sondern Verärgerung.

»Du nimmst ihn mal wieder in Schutz«, stellte sie fest. »Was läuft da zwischen euch, dass er so eine Narrenfreiheit hat?«

»Er hat doch keine Narrenfreiheit«, entgegnete Bodenstein.

»Und weshalb darf er sich dauernd Fehler und Nachlässigkeiten erlauben, ohne dass es Konsequenzen hat?«

»Ich habe wohl gehofft, dass er sein Leben irgendwie wieder in den Griff bekommt, wenn ich ihm nicht zu viel Druck mache.« Bodenstein zuckte die Schultern. »Aber wenn er tatsächlich einem nichtgenehmigten Nebenerwerb nachgeht, dann kann ich auch nichts mehr für ihn tun.«

»Du meldest das also der Engel?«

»Ich fürchte, das muss ich.« Bodenstein seufzte und setzte sich wieder in Bewegung. »Allerdings werde ich zuerst mit Frank reden.«

Samstag, 8. November 2008

»O mein Gott.« Dr. Daniela Lauterbach reagierte ehrlich entsetzt, als Bodenstein ihr erklärte, wie er an ihre Telefonnummer gelangt war. Unter ihrer Sonnenbräune wurde sie blass. »Rita ist eine gute Freundin von mir. Bis zu ihrer Scheidung vor ein paar Jahren waren wir Nachbarinnen.«

»Ein Zeuge will beobachtet haben, dass Frau Cramer über die Brüstung der Fußgängerbrücke gestoßen wurde«, sagte Bodenstein. »Deshalb ermitteln wir wegen versuchten Mordes gegen unbekannt.«

»Das ist ja fürchterlich! Die arme Rita! Wie geht es ihr?«

»Nicht gut. Ihr Zustand ist kritisch.«

Dr. Daniela Lauterbach faltete die Hände wie zum Gebet und schüttelte betroffen den Kopf. Bodenstein schätzte sie auf sein Alter, Ende vierzig bis Anfang fünfzig. Sie hatte eine sehr weibliche Figur, das glänzende dunkle Haar zu einem schlichten Knoten frisiert. Mit ihren warmen braunen Augen, die von Lachfältchen umgeben waren, strahlte sie Herzlichkeit und etwas Mütterliches aus. Bestimmt war sie eine Ärztin, die sich noch Zeit für ihre Patienten und deren Belange nahm. Die weitläufige Praxis lag in der Königsteiner Fußgängerzone über einem Juweliergeschäft, große, helle Räume mit hohen Decken und Parkettfußböden.

»Gehen wir in mein Büro«, schlug die Ärztin vor. Bodenstein folgte ihr in einen sehr großen Raum, der von einem wuchtigen, altmodischen Schreibtisch dominiert wurde. An den Wänden bildeten großformatige expressionistische Bilder in düsteren Farben einen ungewöhnlichen, wenn auch reizvollen Kontrast zu der freundlichen Umgebung.

»Kann ich Ihnen einen Kaffee anbieten?«

»O ja, gerne.« Bodenstein lächelte und nickte. »Ich bin heute noch gar nicht zum Kaffeetrinken gekommen.«

»Sie sind früh auf den Beinen.« Daniela Lauterbach stellte eine Tasse unter die automatische Espressomaschine, die auf einer Anrichte neben allerhand Fachliteratur stand, und drückte einen Knopf. Das Mahlwerk begann zu rasseln, und der appetitliche Geruch frisch gemahlenen Kaffees erfüllte die Luft.

»Sie aber auch«, entgegnete Bodenstein. »Und das an einem Samstag.«

Am späten Abend hatte er eine Nachricht auf dem Anrufbeantworter der Praxis hinterlassen, und sie hatte ihn heute Morgen um halb acht zurückgerufen.

»Am Samstagvormittag mache ich Hausbesuche.« Sie reichte ihm eine Tasse Kaffee, Milch und Zucker lehnte er dankend ab. »Und danach steht üblicherweise der Schreibkram auf dem Programm. Leider wird es immer mehr. Ich würde die Zeit lieber für meine Patienten nutzen.«

Sie machte eine einladende Handbewegung in Richtung Schreibtisch, und Bodenstein ließ sich auf einem der Besucherstühle nieder. Die Fenster hinter dem Schreibtisch boten einen herrlichen Ausblick über den Kurpark auf die Königsteiner Burgruine.

»Wie kann ich Ihnen helfen?«, fragte Daniela Lauterbach, nachdem sie einen Schluck aus ihrer Kaffeetasse genommen hatte.

»In der Wohnung von Frau Cramer haben wir leider keinen einzigen Hinweis auf einen Angehörigen gefunden«, erwiderte Bodenstein. »Aber es muss irgendjemanden geben, den wir von dem Unfall unterrichten können.«

»Rita hat noch immer ein gutes Verhältnis zu ihrem geschiedenen Mann«, sagte Daniela Lauterbach. »Ich bin sicher, dass er sich um sie kümmern wird.« Wieder schüttelte sie kummervoll den Kopf. »Wer kann nur das getan haben?« Sie betrachtete Bodenstein nachdenklich aus ihren rehbraunen Augen.

»Das interessiert uns auch. Hatte sie Feinde?«

»Rita? Um Gottes willen, nein! Sie ist ein so lieber Mensch und musste in ihrem Leben schon sehr viel einstecken. Trotzdem ist sie nie verbittert.«

»Einstecken? Was meinen Sie damit?« Bodenstein musterte die Ärztin aufmerksam. Daniela Lauterbach war ihm mit ihrer unaufgeregten, ruhigen Art ausgesprochen sympathisch. Sein eigener Hausarzt fertigte seine Patienten wie am Fließband ab. Jedes Mal wenn Bodenstein ihn aufsuchen musste, war er anschließend nervös von der Hektik, mit der die Untersuchung durchgeführt wurde.

»Ihr Sohn musste ins Gefängnis«, antwortete Dr. Lauterbach und seufzte. »Das war schlimm für Rita. Daran ist wohl letztendlich auch ihre Ehe zerbrochen.«

Bodenstein, der gerade einen Schluck Kaffee hatte nehmen wollen, erstarrte in der Bewegung.

»Der Sohn von Frau Cramer sitzt im Gefängnis? Weshalb?«

»Er *saß* im Gefängnis, vor zwei Tagen wurde er entlassen. Er hat vor zehn Jahren zwei Mädchen ermordet.«

Bodenstein strengte sein Gedächtnis an, aber ihm mochte kein jugendlicher Doppelmörder mit Namen Cramer einfallen.

»Rita hat nach ihrer Scheidung wieder ihren Mädchennamen angenommen, damit sie nicht sofort mit dieser schrecklichen Sache in Verbindung gebracht wird«, erklärte Daniela Lauterbach, als habe sie Bodensteins Gedanken gelesen. »Früher hieß sie Sartorius.«

*

Pia traute ihren Augen kaum. Ungläubig überflog sie das in nüchternem Beamtendeutsch verfasste Schreiben auf grauem Umweltpapier. Ihr Herz hatte einen erfreuten Satz gemacht, als sie eben den lang ersehnten Brief vom Bauamt der Stadt Frankfurt in ihrem Briefkasten gefunden hatte, aber das, was sie nun lesen musste, hatte sie ganz und gar nicht erwartet. Seit Christoph und sie beschlossen hatten, zusammen auf dem Birkenhof zu leben, planten sie den Umbau des Häuschens, das für zwei Personen schon ein wenig eng war, ganz zu schweigen von der Unterbringung möglicher Besucher. Pia hatte von einem befreundeten Architekten Pläne für den Umbau anfertigen und eine Bauvoranfrage stellen lassen. Ungeduldig hatte sie seitdem auf eine Antwort gewartet, denn am liebsten hätte sie sofort losgelegt. Sie las den Inhalt des Briefes ein zweites und ein drittes Mal, dann legte sie ihn weg, erhob sich vom Küchentisch und ging ins Bad. Nach einer schnellen Dusche schlang sie ein Handtuch um ihren Körper und betrachtete sich missmutig im Spiegel. Es war halb vier gewesen, als sie die Party verlassen hatten, trotzdem war Pia um sieben Uhr aufgestanden, um die Hunde rauszulassen und die anderen Tiere zu füttern. Dann hatte sie eine kurze regenfreie Phase genutzt, um die beiden jungen Pferde zu longieren und die Boxen auszumisten. Für lange Partynächte fehlte ihr eindeutig die Kondition. Mit einundvierzig Jahren steckte man eine durchfeierte Nacht nicht mehr so leicht weg wie mit einundzwanzig. Sie bürstete nachdenklich ihr schulterlanges, blondes Haar und flocht es zu zwei

Zöpfen. An Schlaf war nach dieser Hiobsbotschaft ohnehin nicht mehr zu denken. Pia ging durch die Küche, nahm den unerfreulichen Brief vom Tisch und betrat das Schlafzimmer.

»Hey, Süße«, murmelte Christoph und blinzelte verschlafen ins Licht. »Wie viel Uhr ist es?«

»Viertel vor zehn.«

Er richtete sich auf und massierte stöhnend seine Schläfen. Entgegen seiner sonstigen Gewohnheiten hatte er gestern Abend ganz ordentlich dem Alkohol zugesprochen. »Wann geht noch mal Annikas Flugzeug?«

»Heute Mittag um zwei. Wir haben jede Menge Zeit.«

»Was hast du da?«, fragte er, als er den Brief in Pias Hand sah.

»Eine Katastrophe«, erwiderte sie düster. »Das Bauamt hat geschrieben.«

»Und?« Christoph bemühte sich, wach zu werden.

»Das ist eine Abrissverfügung!«

»Wie bitte?«

»Die Vorbesitzer hatten das Haus ohne eine Genehmigung gebaut, stell dir das mal vor! Und jetzt haben wir mit unserer Anfrage schlafende Hunde geweckt. Genehmigt sind lediglich eine Gartenhütte und ein Pferdestall. Ich versteh das nicht.«

Sie setzte sich auf die Bettkante und schüttelte den Kopf.

»Ich bin seit ein paar Jahren hier gemeldet, die Müllabfuhr holt den Müll ab, ich bezahle Wasser und Kanalgebühren. Was dachten die sich denn? Dass ich in einer Gartenhütte hause?«

»Zeig mal.« Christoph kratzte sich am Kopf und las den amtlichen Brief.

»Dagegen legen wir Einspruch ein. Das kann doch nicht sein. Der Nachbar baut eine riesige Halle, und du darfst nicht mal ein Häuschen umbauen!«

Das Handy auf dem Nachttisch klingelte. Pia, die heute

Bereitschaftsdienst hatte, ging ohne große Begeisterung dran. Sie hörte eine Minute schweigend zu.

»Ich komme hin«, sagte sie dann, drückte das Gespräch weg und warf das Handy aufs Bett. »Verdammt.«

»Du musst weg?«

»Ja, leider. Bei den Kollegen in Niederhöchstadt hat sich ein Junge gemeldet, der gestern Abend auf dem Bahnsteig gesehen haben will, wie ein Mann die Frau über das Geländer gestoßen hat.«

Christoph legte ihr einen Arm um die Schulter und zog sie an sich. Pia stieß einen tiefen Seufzer aus. Er küsste erst ihre Wange, dann ihren Mund. Hätte dieser Junge mit seinem Mitteilungsbedürfnis nicht bis heute Nachmittag warten können? Pia hatte überhaupt keine Lust, jetzt zu arbeiten. Eigentlich hätte ohnehin Behnke an diesem Wochenende turnusmäßig Bereitschaft gehabt. Aber der war ja *krank*. Und Hasse war auch *krank*. Zum Teufel mit den blöden Kerlen! Pia ließ sich nach hinten sinken und schmiegte sich an Christophs schlafwarmen Körper. Seine Hand glitt unter das Badehandtuch, streichelte ihren Bauch.

»Jetzt mach dir mal keine Sorgen wegen diesem Wisch«, flüsterte er und küsste sie wieder. »Dafür finden wir schon eine Lösung. So schnell wird nicht abgerissen.«

»Immer und überall gibt es nur Probleme«, murmelte Pia und entschied, dass der Junge auch noch eine Stunde länger auf dem Revier in Niederhöchstadt warten konnte.

*

Bodenstein saß in seinem Auto gegenüber des Bad Sodener Krankenhauses und wartete auf seine Kollegin. Daniela Lauterbach hatte ihm die Adresse von Rita Cramers Exmann in Altenhain gegeben, aber bevor er dem Mann die schlimme

Nachricht überbrachte, hatte er sich im Krankenhaus erst noch einmal nach Rita Cramers Befinden erkundigt. Sie hatte die erste Nacht überlebt; nach einer Operation lag sie im künstlichen Koma auf der Intensivstation. Es war halb zwölf, als Pia neben ihm anhielt, ausstieg und um die Pfützen herum zu seinem Auto stiefelte.

»Der Junge konnte eine ziemlich genaue Beschreibung des Mannes geben.« Sie ließ sich auf den Beifahrersitz fallen und gurtete sich an. »Sollte es Kai jetzt noch gelingen, ein einigermaßen gescheites Foto aus dem Überwachungsvideo herauszuschneiden, hätten wir ein Fahndungsbild für die Presse.«

»Sehr gut.« Bodenstein startete den Motor. Er hatte Pia gebeten, mit ihm zu Rita Cramers Exmann zu fahren. Während der kurzen Fahrt nach Altenhain berichtete er ihr von seinem Gespräch mit Dr. Daniela Lauterbach. Pia hatte Mühe, sich zu konzentrieren. Viel mehr beschäftigte sie das Schreiben vom Bauamt. Abrissverfügung! Sie hatte mit allem gerechnet, aber nicht damit! Was, wenn die Stadt Ernst machen und sie zwingen würde, das Haus abzureißen? Wo sollten Christoph und sie dann wohnen?

»Hörst du mir eigentlich zu?«, fragte Bodenstein.

»Klar«, erwiderte Pia. »Sartorius. Nachbarin. Altenhain. Tut mir leid. Es war vier Uhr, als wir nach Hause gekommen sind.«

Sie gähnte und schloss die Augen. Sie war todmüde. Leider besaß sie nicht Bodensteins eiserne Selbstbeherrschung. Der ließ sich auch nach durchwachten Nächten und anstrengenden Ermittlungen nie gehen. Hatte sie ihn überhaupt schon einmal gähnen sehen?

»Der Fall hat vor elf Jahren Schlagzeilen gemacht«, hörte sie ihren Chef sagen. »Tobias Sartorius wurde in einem reinen Indizienprozess wegen Mordes und Totschlags zur Höchststrafe verurteilt.«

»Ach ja«, murmelte sie. »Ich erinnere mich dunkel. Doppelmord ohne Leichen. Sitzt der Typ noch?«

»Eben nicht. Tobias Sartorius wurde am Donnerstag aus der Haft entlassen. Und er ist wieder in Altenhain, bei seinem Vater.«

Pia dachte ein paar Sekunden nach, dann öffnete sie die Augen.

»Du meinst, dass es einen Zusammenhang geben könnte zwischen der Haftentlassung und dem Anschlag auf seine Mutter?«

Bodenstein warf ihr einen belustigten Blick zu.

»Unglaublich«, sagte er.

»Was denn?«

»Dein Scharfsinn lässt dich sogar im Halbschlaf nicht im Stich.«

»Ich bin hellwach«, verteidigte Pia sich und kämpfte mit äußerster Willensanstrengung einen neuerlichen Gähnkrampf nieder.

Sie passierten das Ortsschild von Altenhain und erreichten die Adresse in der Hauptstraße, die Daniela Lauterbach Bodenstein aufgeschrieben hatte. Bodenstein bog auf den ungepflegten Parkplatz vor der ehemaligen Gaststätte ein. Ein Mann war gerade damit beschäftigt, ein rotes Graffito an der Fassade des Gebäudes mit weißer Farbe zu überpinseln. HIER WOHNT EIN MÖRDERSCHWEIN stand da. Die roten Buchstaben schimmerten noch immer durch die weiße Farbe hindurch. Auf dem Bürgersteig vor der Hofeinfahrt standen drei Frauen mittleren Alters.

»Du Mörder!«, hörten Bodenstein und Pia eine von ihnen keifen, als sie die Türen öffneten, um auszusteigen. »Verschwinde von hier, du Dreckskerl! Sonst kannst du was erleben!«

Sie spuckte auf den Boden.

»Was ist hier los?«, fragte Bodenstein, aber die drei Frauen beachteten ihn nicht und machten sich aus dem Staub. Der Mann hatte die Beschimpfungen völlig ignoriert. Bodenstein grüßte ihn höflich und stellte sich und Pia vor.

»Was wollten die Frauen von Ihnen?«, erkundigte sich Pia neugierig.

»Fragen Sie sie doch«, erwiderte der Mann schroff. Er bedachte sie mit einem uninteressierten Blick und fuhr mit seiner Arbeit fort. Trotz der Kälte trug er nur ein langärmeliges graues T-Shirt, Jeans und Arbeitsschuhe.

»Wir hätten gern mit Herrn Sartorius gesprochen.«

Da drehte sich der Mann um, und Pia glaubte, ihn wiederzuerkennen.

»Waren Sie nicht gestern Abend an dem Haus in Neuenhain, in dem Frau Cramer wohnt?«, fragte sie. Wenn er erstaunt war, ließ er es sich nicht anmerken. Er starrte sie, ohne zu lächeln, aus außergewöhnlich meerblauen Augen an, und ihr wurde unwillkürlich heiß.

»Ja, stimmt«, sagte er. »Ist das verboten?«

»Nein, natürlich nicht. Aber was wollten Sie dort?«

»Zu meiner Mutter. Wir waren verabredet, und sie ist nicht aufgetaucht. Ich hab mir Sorgen gemacht.«

»Ach, dann sind Sie Tobias Sartorius?«

Seine Augenbrauen zuckten in die Höhe, ein spöttischer Zug erschien um seinen Mund.

»Ja, der bin ich. Der Mädchenmörder.«

Er sah auf eine beunruhigende Weise attraktiv aus. Die schmale, weißliche Narbe, die sich von seinem linken Ohr bis zum Kinn zog, machte sein gutgeschnittenes Gesicht interessanter, statt es zu entstellen. Etwas an der Art, wie er sie anschaute, weckte in Pia ein seltsames Gefühl, und sie überlegte, woran das liegen mochte.

»Ihre Mutter hatte gestern Abend einen schweren Unfall«,

mischte sich nun Bodenstein ein. »Sie wurde letzte Nacht noch operiert und liegt jetzt auf der Intensivstation. Ihr Zustand ist kritisch.«

Pia beobachtete, wie sich Tobias Sartorius' Nasenflügel für einen Moment blähten, er presste die Lippen zu einem schmalen Strich zusammen. Dann warf er achtlos die Farbrolle in den Eimer weißer Farbe und ging zum Hoftor. Bodenstein und Pia wechselten einen kurzen Blick und folgten ihm. Der Hof glich einer Müllhalde. Plötzlich stieß Bodenstein einen unterdrückten Schrei aus und blieb wie versteinert stehen. Pia wandte sich zu ihrem Chef um.

»Was ist los?«, fragte sie erstaunt.

»Eine Ratte!«, stieß Bodenstein hervor. Er war kreidebleich geworden. »Das Vieh ist mir direkt über den Fuß gelaufen!«

»Kein Wunder bei dem ganzen Dreck hier.« Pia zuckte die Schultern und wollte weitergehen, aber Bodenstein stand da, wie zur Salzsäule erstarrt.

»Ich hasse nichts so sehr wie Ratten«, sagte er mit bebender Stimme.

»Du bist doch auf einem Gutshof aufgewachsen«, entgegnete Pia. »Da wird es doch die eine oder andere Ratte gegeben haben.«

»Eben drum.«

Pia schüttelte ungläubig den Kopf. Eine solche Phobie hätte sie ihrem Chef gar nicht zugetraut!

»Komm schon«, sagte sie. »Die rennen doch weg, wenn sie uns sehen. Müllratten sind scheu. Meine Freundin, die hatte früher zwei zahme Ratten. Das war etwas anderes. Wir haben mit ihnen …«

»Ich will es nicht hören!« Bodenstein holte tief Luft. »Geh du vor!«

»Also, so was!« Pia musste grinsen, als Bodenstein ihr auf dem Fuß folgte. Misstrauisch und jederzeit zur Flucht bereit, beäugte er die Müllberge zu beiden Seiten des schmalen Pfades, der zum Wohnhaus führte.

»Huch, da ist noch eine! Und was für eine fette.« Pia blieb abrupt stehen. Bodenstein prallte gegen sie und blickte sich panisch um. Seine übliche Gelassenheit war dahin.

»War nur ein Spaß«, grinste Pia, aber Bodenstein konnte nicht darüber lachen.

»Wenn du das noch mal machst, dann kannst du nachher zurück laufen«, drohte er. »Ich hab fast einen Herzinfarkt bekommen!«

Sie gingen weiter. Tobias Sartorius war im Haus verschwunden, aber die Haustür stand offen. Bodenstein überholte Pia auf den letzten Metern und erklomm die drei Treppenstufen zur Tür, wie ein Wanderer, der nach einem Gang durchs Moor endlich festen Boden unter den Füßen haben will. Im Türrahmen erschien ein älterer Mann mit krummen Schultern. Er trug abgenutzte Hausschlappen, eine fleckige graue Hose und eine fadenscheinige Strickjacke, die um seinen mageren Körper herumschlotterte.

»Sind Sie Hartmut Sartorius?«, fragte Pia, und der Mann nickte. Er wirkte ähnlich vernachlässigt wie sein Hof. In sein schmales, längliches Gesicht hatten sich tiefe Falten gegraben, und die einzige Ähnlichkeit mit Tobias Sartorius waren die ungewöhnlich blauen Augen, die aber jede Leuchtkraft verloren hatten.

»Es geht um meine Exfrau, sagt mein Sohn.« Seine Stimme war dünn.

»Ja«, Pia nickte. »Sie hatte gestern einen schweren Unfall.«

»Kommen Sie herein.« Er führte sie durch einen schmalen, düsteren Flur in eine Küche, die gemütlich hätte sein können, wäre sie nicht so schmutzig gewesen. Tobias stand am Fenster, die Arme vor der Brust verschränkt.

»Frau Dr. Lauterbach hat uns Ihre Adresse gegeben«, begann nun Bodenstein, der sich schnell wieder gefasst hatte. »Laut Zeugenaussagen wurde Ihre Exfrau gestern am späten Nachmittag am S-Bahnhof Sulzbach-Nord von jemandem über das Brückengeländer direkt vor ein fahrendes Auto gestoßen.«

»Großer Gott.« Alle Farbe wich aus dem hageren Gesicht des Mannes, er griff nach der Lehne eines Stuhles. »Aber … aber wer tut denn so etwas?«

»Das werden wir herausfinden«, erwiderte Bodenstein. »Können Sie sich vorstellen, wer das getan haben könnte? Hatte Ihre Exfrau Feinde?«

»Meine Mutter wohl kaum«, meldete sich Tobias Sartorius aus dem Hintergrund zu Wort. »Aber ich. Nämlich das ganze verdammte Kaff hier.«

Seine Stimme klang bitter.

»Haben Sie einen bestimmten Verdacht?«, fragte Pia.

»Nein«, antwortete Hartmut Sartorius rasch. »Nein, so etwas Schreckliches traue ich niemandem zu.«

Pias Blick fiel auf Tobias Sartorius, der noch immer vor dem Fenster stand. Im Gegenlicht konnte sie seine Gesichtszüge nicht richtig erkennen, aber an der Art, wie er die Augenbrauen hob und den Mund verzog, war zu erkennen, dass er mit seinem Vater nicht einer Meinung war. Pia konnte die zornigen Schwingungen beinahe spüren, die von seinem angespannten Körper auszugehen schienen. In seinen Augen loderte eine lang unterdrückte Wut wie ein kleines, gefährliches Flämmchen, das nur auf einen Grund wartete, um sich in einen Flächenbrand zu verwandeln. Tobias Sartorius war zweifellos eine Bombe mit tickendem Zeitzünder. Sein Vater hingegen wirkte müde und kraftlos, wie ein sehr alter Mann. Der Zustand des Hauses und des Hofes sprachen für sich. Der Lebensmut des Mannes war erloschen, er hatte sich im wahrsten Sinne des Wortes hinter den Trümmern seines Lebens verbarrikadiert. Eltern eines Mörders zu sein war immer furchtbar, aber wie schlimm musste es für Hartmut Sartorius und seine geschiedene Frau gewesen sein, in einem so kleinen Dorf wie Altenhain ausharren zu müssen, jeder Tag ein neues Spießrutenlaufen, das Frau Sartorius irgendwann nicht mehr ertragen hatte? Sie hatte ihren Mann allein zurückgelassen, sicher mit einem schlechten Gewissen. Ein neuer Anfang war ihr nicht geglückt, das hatte die lieblose Leere ihrer Wohnung deutlich gezeigt.

Pia blickte zu Tobias Sartorius hinüber. Er nagte gedankenverloren an seinem Daumenknöchel und starrte vor sich hin. Was brütete er hinter seiner ausdruckslosen Miene aus? Machte ihm das, was er seinen Eltern angetan hatte, zu schaffen? Bodenstein reichte Hartmut Sartorius seine Karte, die dieser kurz betrachtete und dann in die Tasche seiner Strickjacke steckte.

»Vielleicht könnten Sie und Ihr Sohn sich um Ihre Exfrau kümmern. Es geht ihr wirklich nicht gut.«

»Natürlich. Wir fahren sofort ins Krankenhaus.«

»Und wenn Sie einen Verdacht haben, wer das getan haben könnte, zögern Sie bitte nicht, mich anzurufen.«

Sartorius senior nickte, sein Sohn reagierte nicht. Pia beschlich eine ungute Vorahnung. Hoffentlich begann Tobias Sartorius nicht, auf eigene Faust nach dem Mann zu suchen, der seine Mutter überfallen hatte.

*

Hartmut Sartorius fuhr sein Auto in die Garage. Der Besuch bei Rita war entsetzlich gewesen. Der Arzt, mit dem er gesprochen hatte, wollte keine Prognose wagen. Glück habe sie gehabt, hatte er gesagt, dass ihre Wirbelsäule nahezu unverletzt geblieben sei, aber ansonsten seien von allen 206 Knochen des menschlichen Körpers etwa die Hälfte gebrochen, ganz zu schweigen von den schweren inneren Verletzungen, die sie bei dem Sturz auf das fahrende Auto erlitten habe. Tobias hatte auf der Rückfahrt keinen Ton von sich gegeben, nur düster vor sich hin gestarrt. Sie gingen durchs Tor zum Haus, aber vor der Treppe zur Haustür blieb Tobias stehen und schlug den Kragen seiner Jacke hoch.

»Was hast du vor?«, fragte Hartmut Sartorius seinen Sohn.

»Ich gehe noch ein bisschen frische Luft schnappen.«

»Jetzt? Es ist gleich halb zwölf. Und es gießt in Strömen. Du wirst doch klatschnass bei dem Sauwetter.«

»Ich hatte in den letzten zehn Jahren überhaupt kein Wetter.« Tobias blickte seinen Vater an. »Es stört mich nicht, wenn ich nass werde. Und um die Uhrzeit sieht mich wenigstens niemand.«

Hartmut Sartorius zögerte, aber dann legte er seinem Sohn die Hand auf den Arm.

»Mach keinen Unsinn, Tobi. Bitte versprich mir das.«

»Natürlich nicht. Musst dir keine Sorgen machen.« Er lächelte kurz, obwohl ihm nicht nach Lächeln zumute war, und wartete, bis sein Vater im Haus verschwunden war. Mit gesenktem Kopf lief er durch die Dunkelheit, vorbei an den leerstehenden Stallungen und der Scheune. Der Gedanke an seine Mutter, wie sie mit zerschmetterten Knochen auf der Intensivstation lag, mit den ganzen Schläuchen und Apparaten, setzte ihm mehr zu, als er erwartet hatte. Stand dieser Angriff auf sie im Zusammenhang mit seiner Freilassung? Wenn sie sterben würde, was die Ärzte nicht für ausgeschlossen hielten, dann hatte derjenige, der sie von der Brücke gestoßen hatte, einen Mord auf dem Gewissen.

Tobias hielt inne, als er das hintere Hoftor erreichte. Es war geschlossen und von Efeu und Unkraut überwuchert. Wahrscheinlich war es in den letzten Jahren nicht mehr geöffnet worden. Gleich morgen würde er mit dem Aufräumen beginnen. Seine Sehnsucht nach frischer Luft und selbstbestimmter Arbeit nach zehn Jahren war enorm. Schon nach drei Wochen im Knast hatte er gemerkt, dass er verblöden würde, wenn er seinen Geist nicht anstrengte. Eine Chance auf vorzeitige Entlassung habe er nicht, hatte ihm sein Anwalt mitgeteilt, eine Revision war abgelehnt worden. Deshalb hatte er sich um ein Studium an der Fernuniversität Hagen beworben und sofort eine Ausbildung zum Schlosser begonnen. Jeden Tag hatte er acht Stunden gearbeitet und nach einer Stunde Sport die halbe Nacht über seinen Büchern gesessen, um sich abzulenken und die Eintönigkeit der Tage erträglicher zu machen. Er hatte sich im Laufe der Jahre an die strengen Regeln gewöhnt, und die plötzliche Strukturlosigkeit seines Lebens erschien ihm bedrohlich. Nicht dass er Heimweh nach dem Knast gehabt hätte, aber es würde eine Weile dauern, bis er sich wieder an die Freiheit gewöhnt hätte. Tobias schwang sich über das Tor und blieb im Schutze des Kirschlorbeers stehen, der sich zu einem mächtigen Baum entwickelt hatte. Er wandte sich nach links, ging an der Einfahrt des Terlinden-Anwesens vorbei. Das doppelflügelige schmiedeeiserne Tor war geschlossen, neu war die Kamera oberhalb des einen Torpfostens. Hinter dem Haus begann gleich der Wald. Nach etwa fünfzig Metern bog Tobias in den schmalen Fußweg ein, von den Ortsansässigen der »Stichel« genannt, der sich quer durch das Dorf bis zum Friedhof schlängelte, vorbei an den rückwärtigen Gärtchen und Hinterhöfen der eng beieinanderstehenden Häuser. Tobias kannte jeden Winkel, jede Treppenstufe und jeden Zaun – nichts hatte sich verändert! Als Kinder und Jugendliche waren sie oft hier entlanggelaufen, auf dem Weg zur Kirche, zum Sport oder zu Freunden. Er steckte die Hände in die Jackentaschen. Links hatte die alte Maria Kettels gewohnt, in einem winzigen Häuschen. Sie wäre seine einzige Entlastungszeugin gewesen, die Stefanie an jenem Abend spät noch gesehen haben wollte, aber ihre Aussage war vom Gericht nicht gehört worden. Jeder in Altenhain wusste, dass die Kettels-Marie an Demenz litt und dazu noch halbblind war. Sie musste damals schon weit über achtzig gewesen sein, sicherlich war sie mittlerweile auf den Friedhof umgezogen. Neben ihrem Grundstück lag das von Paschkes. Es grenzte direkt an den Sartorius-Hof und war so akkurat aufgeräumt wie immer. Der alte Paschke pflegte jedem Unkräutchen sofort mit der chemischen Keule zu Leibe zu rücken. Früher war er Arbeiter bei der Stadt gewesen und hatte aus dem Arsenal des städtischen Bauhofes schöpfen können, so wie sämtliche Nachbarn, die bei der Hoechst AG gearbeitet und ohne jedes Unrechtsbewusstsein ihre Häuser und Gärten mit dem Material der Firma erbaut und renoviert hatten. Paschkes waren die Eltern von Gerda Pietsch, der Mutter von Tobias' Freund Felix. Jeder war hier mit jedem um ein paar Ecken verwandt und mit den Familiengeschichten der anderen aufs beste vertraut. Man kannte die geheimsten Geheimnisse, tratschte mit Vorliebe über Verfehlungen, Niederlagen und Krankheiten der Nachbarn. Aufgrund seiner geographisch ungünstigen Lage in einem engen Tal war Altenhain von Neubaugebieten weitgehend verschont geblieben. Zugezogene gab es kaum, und so war die Dorfgemeinschaft seit hundert Jahren mehr oder weniger dieselbe geblieben.

Tobias hatte den Friedhof erreicht und drückte mit der Schulter gegen das kleine Holztor, das sich mit einem gequälten Quietschen öffnete. Die nackten Äste der mächtigen Bäume zwischen den Gräbern peitschten im Wind, der sich zu einem Sturm auswuchs. Langsam ging er durch die Reihen der Gräber. Friedhöfe hatten ihn noch nie gegruselt. Sie hatten für ihn etwas Friedvolles. Tobias näherte sich der Kirche, als die Turmuhr mit zwölf Schlägen die Mitte der Nacht verkündete. Er blieb stehen, legte den Kopf in den Nacken und blickte einen Augenblick den gedrungenen Turm aus grauem Quarzit hoch. Sollte er nicht doch besser auf Nadjas Angebot eingehen und zu ihr ziehen, bis er auf eigenen Füßen stehen konnte? In Altenhain wollte man ihn nicht, das war deutlich. Aber er konnte seinen Vater auch nicht einfach im Stich lassen! Er stand tief in der Schuld seiner Eltern, die sich nie von ihm, dem verurteilten Mädchenmörder, abgewandt hatten. Tobias ging um die Kirche herum und betrat den Vorraum. Er fuhr erschrocken zusammen, als er zu seiner Rechten eine Bewegung wahrnahm. Im schwachen Licht der Straßenlaterne erkannte er ein dunkelhaariges Mädchen, das auf der Lehne der Holzbank neben dem Eingangsportal saß und eine Zigarette rauchte. Sein Herz machte ein paar rasche Schläge, er traute seinen Augen kaum. Vor ihm saß Stefanie Schneeberger.

*

Amelie war kaum weniger erschrocken, als plötzlich ein Mann unter das Vordach der Kirche trat. Seine Jacke glänzte vor Nässe, das dunkle Haar hing ihm tropfnass ins Gesicht. Sie hatte ihn noch nie gesehen, aber sie wusste trotzdem sofort, wer er war.

»Guten Abend«, sagte sie und nahm die Ohrstöpsel ihres iPods aus den Ohren. Die Stimme von Adrian Hates, dem Sänger ihrer absoluten Lieblingsband Diary of Dreams, quäkte aus dem Kopfhörer, bis sie den iPod abschaltete. Es war ganz still, nur der Regen rauschte. Auf der Straße unterhalb der Kirche fuhr ein Auto vorbei. Das Licht der Scheinwerfer huschte für den Bruchteil einer Sekunde über das Gesicht des Mannes. Kein Zweifel, das war Tobias Sartorius! Amelie hatte sich im Internet genügend Fotos von ihm angesehen, um ihn zu erkennen. Eigentlich sah er nett aus. Ziemlich gut sogar. Gar nicht wie die ganzen anderen Typen in dem Kaff hier. Und schon gar nicht wie ein Mörder.

»Hallo«, erwiderte er endlich und musterte sie mit einem eigenartigen Gesichtsausdruck. »Was machst du hier so spät?«

»Musik hören. Eine rauchen. Mir regnet's zu doll, um jetzt nach Hause zu latschen.«

»Aha.«

»Ich bin Amelie Fröhlich«, sagte sie. »Und du bist Tobias Sartorius, nicht wahr?«

»Ja. Wieso?«

»Ich habe viel von dir gehört.«

»Das bleibt wohl nicht aus, wenn man in Altenhain wohnt.« Seine Stimme klang zynisch. Er schien zu überlegen, wo er sie einordnen sollte.

»Ich wohne erst seit Mai hier«, erklärte Amelie. »Eigentlich komme ich aus Berlin. Aber ich hab mich so mit dem neuen Kerl von meiner Mutter gezofft, dass sie mich zu meinem Vater und meiner Stiefmutter abgeschoben haben.«

»Und die lassen dich nachts einfach so herumlaufen?« Tobias Sartorius lehnte sich an die Mauer und betrachtete sie eingehend. »Wenn ein Mörder zurück im Dorf ist?«

Amelie grinste. »Ich glaube, davon haben sie noch gar nichts gehört. Ich schon. Ich arbeite nämlich abends da drüben.« Sie nickte in Richtung der Gaststätte, die auf der anderen Seite des Parkplatzes neben der Kirche lag. »Da bist du seit zwei Tagen Hauptgesprächsthema.«

»Wo?«

»Im Schwarzen Ross.«

»Ach ja. Das gab's damals noch nicht.«

Amelie erinnerte sich, dass zu der Zeit, als die Morde in Altenhain geschehen waren, der Vater von Tobias Sartorius die einzige Gaststätte in Altenhain betrieben hatte, den Goldenen Hahn.

»Was machst du denn um die Uhrzeit hier?« Amelie kramte das Zigarettenpäckchen aus ihrem Rucksack und hielt es ihm hin. Er zögerte einen Moment, dann nahm er eine Zigarette und gab ihr Feuer mit ihrem Feuerzeug.

»Ich laufe einfach rum.« Er stemmte ein Bein gegen die Mauer. »Ich war zehn Jahre im Knast, da ging das nicht.«

Sie rauchten eine Weile schweigend. Auf der anderen Seite des Parkplatzes verließen ein paar späte Gäste das Schwarze Ross. Stimmen drangen zu ihnen herüber, dann knallten Autotüren. Motorengeräusche entfernten sich.

»Hast du keine Angst, abends, in der Dunkelheit?«

»Nee.« Amelie schüttelte den Kopf. »Ich komme aus Berlin. Manchmal habe ich mit ein paar Kumpels in leerstehenden Abrisshäusern gepennt, da gab's schon mal Ärger mit den Pennern, die da auch hausten. Oder mit den Bullen.«

Tobias Sartorius ließ den Zigarettenrauch durch die Nase entweichen.

»Wo wohnst du?«

»In dem Haus neben Terlindens.«

»Ach?«

»Ja, ich weiß. Thies hat es mir erzählt. Da hat damals Schneewittchen gewohnt.«

Tobias Sartorius erstarrte.

»Jetzt lügst du aber«, sagte er nach einer Weile mit veränderter Stimme.

»Tue ich nicht«, widersprach Amelie.

»Doch. Thies redet nicht. Nie.«

»Mit mir schon. Hin und wieder. Er ist nämlich mein Freund.«

Tobias zog an der Zigarette. Der Lichtschein der Glut erhellte sein Gesicht, und Amelie sah, wie er die Augenbrauen hob.

»Nicht so ein Freund, wie du jetzt denkst«, sagte sie rasch. »Thies ist mein bester Freund. Und mein einziger …«

Sonntag, 9. November 2008

Die Feier zum 70. Geburtstag von Gräfin Leonora von Bodenstein fand nicht im vornehmen Schlosshotel statt, sondern in der Reithalle, auch wenn Bodensteins Schwägerin Marie-Louise heftig dagegen protestiert hatte. Aber die Gräfin mochte kein Brimborium um ihre Person, wie sie es ausdrückte. Bescheiden und naturverbunden, wie sie war, hatte sie sich ausdrücklich eine kleine, zünftige Feier in den Stallungen oder der Reithalle gewünscht, und so hatte Marie-Louise von Bodenstein sich gefügt. Sie hatte die Organisation des »Events« in die Hand genommen, energisch und professionell, wie es ihre Art war, und das Ergebnis war atemberaubend.

Bodenstein und Cosima trafen mit Sophia um kurz nach elf auf Hofgut Bodenstein ein und fanden nur mit Mühe und Not einen Parkplatz. Im historischen Innenhof des Reitstalles mit dem Kopfsteinpflaster und seinen sorgfältig renovierten Fachwerkgebäuden war kein Strohhalm zu sehen, die große Stalltür stand weit offen.

»Mein Gott«, bemerkte Cosima amüsiert. »Marie-Louise muss Quentin gezwungen haben, Nachtschichten einzulegen!«

Die alten, hohen Stallungen, um 1850 erbaut, bildeten einen Schenkel der viereckig angelegten Marstallanlage des gräflichen Schlosses. Im Laufe der Jahre hatten sie eine ehrwürdige Patina aus Spinnweben, Staub und Schwalbenkot bekommen – aber die war restlos verschwunden. Alle Pferdeboxen, die Wände und die hohen Decken erstrahlten in frischem Glanz, die Sprossenfenster waren blank geputzt, selbst die Wandbilder, die Jagdszenen darstellten, waren farblich aufgefrischt worden. Den Pferden, die neugierig über die Türen ihrer Boxen auf den Trubel in der breiten Stallgasse schauten, hatte man zur Feier des Tages die Mähnen eingeflochten. In der Vorhalle, liebevoll dekoriert wie zum Erntedankfest, schenkten die Kellner des Schlosshotels Sekt aus.

Bodenstein grinste. Sein jüngerer Bruder Quentin gehörte zu der bequemen Sorte Mensch; er war Landwirt und verwaltete Gut und Reitstall, und ihn störte es nicht im Geringsten, wenn der Zahn der Zeit seine Spuren hinterließ. Mehr und mehr hatte er seiner Frau die Verantwortung für das Restaurant oben im Schloss überlassen, und Marie-Louise hatte in den letzten Jahren ein erstklassiges Sterne-Lokal etabliert, dessen guter Ruf weit über die Region hinausging.

Sie fanden das Geburtstagskind im Kreise von Familie und Gratulanten im Vorraum der Reithalle, die ebenso wunderbar geschmückt war. Bodenstein konnte seiner Mutter gerade zum Geburtstag gratulieren, als das Jagdhornbläsercorps des befreundeten Kelkheimer Reitvereins in der Reitbahn das Programm eröffnete. Die Vorführungen waren eine Überraschung der Einsteller und Reitschüler für ihre Gräfin. Bodenstein wechselte ein paar Worte mit seinem Sohn Lorenz, der mit der Kamera in der Hand die Ereignisse filmte. Seine Freundin Thordis trug die Verantwortung für das Gelingen der Dressurquadrille, den Auftritt der Voltigiergruppe und würde später auch bei der Springquadrille mitreiten. In der Menge traf Bodenstein auf seine Schwester Theresa, die extra für die Feier angereist war. Man hatte sich lange nicht gesehen und viel zu erzählen. Cosima hatte mit Sophia neben ihrer Mutter, der Gräfin Rothkirch, auf der Tribüne an der langen Seite der Reitbahn Platz genommen und verfolgte die Dressurquadrille.

»Cosima sieht zehn Jahre jünger aus«, stellte Bodensteins Schwester gerade fest und nippte an ihrem Sektglas. »Ich könnte neidisch werden.«

»Ein kleines Kind und ein guter Ehemann wirken eben Wunder«, entgegnete Bodenstein und grinste.

»Selbstgerecht wie eh und je, der kleine Bruder«, gab Theresa spöttisch zurück. »Als ob es tatsächlich an euch Kerlen liegen würde, wenn eine Frau gut aussieht!«

Sie war zwei Jahre älter als Bodenstein und sprühte wie immer vor Energie. Dass ihr ebenmäßiges Gesicht eher herb als schön war und sich erste graue Strähnen in ihr dunkles Haar mischten, tat ihrer Ausstrahlung keinen Abbruch. Sie habe sich jede Falte und jedes graue Haar hart erarbeitet, hatte sie einmal gesagt. Ihr durch einen Herzinfarkt früh dahingeschiedener Gatte hatte ihr eine angesehene, aber marode Kaffeerösterei in Hamburg hinterlassen, ein stark renovierungsbedürftiges Familienschloss in Schleswig-Holstein und mehrere hochverschuldete Immobilien in Hamburgs bester Lage. Als promovierte Betriebswirtin hatte sie nach dem Tod ihres Mannes trotz dreier Kinder und düsterer Zukunftsperspektiven energisch die Zügel in die Hand genommen und sich furchtlos in den Kampf gegen Gläubiger und Banken gestürzt. Nun, nach zehn Jahren harter Arbeit und geschickten Taktierens, waren Firma und Privatbesitz gerettet und saniert. Kein Arbeitsplatz war verlorengegangen, und Theresa genoss bei Belegschaft und Geschäftspartnern allerhöchstes Ansehen.

»Apropos Kerle«, meldete sich Quentin zu Wort. »Wie sieht es bei dir aus, Esa? Gibt es Neuigkeiten?«

Sie lächelte. »Eine Dame genießt und schweigt.«

»Warum hast du ihn nicht mitgebracht?«

»Weil ich wusste, dass ihr euch auf den armen Kerl stürzen und ihn gnadenlos sezieren würdet.« Sie nickte in Richtung ihrer Eltern und der übrigen Verwandtschaft, die gebannt die Ereignisse in der Reitbahn verfolgten. »Und die ganze Mischpoke ebenfalls.«

»Also hast du einen«, bohrte Quentin weiter. »Verrat uns doch etwas über ihn.«

»Nein.« Sie hielt dem jüngsten Bruder ihr leeres Glas hin. »Du könntest mal für Nachschub sorgen.«

»Immer ich«, beschwerte sich Quentin, gehorchte aber aus alter Gewohnheit und verschwand.

»Habt ihr Probleme, Cosima und du?«, wandte sich Theresa an Bodenstein. Der blickte seine Schwester überrascht an.

»Nein«, sagte er. »Wie kommst du denn darauf?«

Sie zuckte die Achseln, ließ die Schwägerin nicht aus den Augen. »Irgendetwas ist anders zwischen euch.«

Bodenstein kannte die unfehlbare Intuition seiner Schwester. Es hatte keinen Sinn zu leugnen, dass es zwischen Cosima und ihm tatsächlich nicht zum Besten stand.

»Na ja, im Sommer nach unserer Silberhochzeit hatten wir eine kleine Krise«, gab er deshalb zu. »Cosima hatte eine Finca auf Mallorca gemietet und wollte drei Wochen mit der ganzen Familie Urlaub machen. Nach einer Woche musste ich abreisen, wir hatten einen schwierigen Fall. Das hat sie mir übelgenommen.«

»Aha.«

»Sie hat mir vorgeworfen, ich ließe sie mit Sophia völlig allein, obwohl wir es ursprünglich anders besprochen hätten. Aber was sollte ich denn tun? Ich kann ja schließlich nicht in Elternzeit gehen und den Hausmann spielen!«

»Aber drei Wochen Urlaub werden doch wohl drin sein«, erwiderte Theresa. »Ich will dir nicht zu nahe treten, aber du bist Beamter. In deiner Abwesenheit wird wohl jemand da sein, der dich vertritt, oder nicht?«

»Höre ich da Verachtung für meinen Beruf aus deiner Stimme?«

»Nicht so empfindlich, mein Lieber!«, besänftigte seine Schwester ihn. »Aber ich kann verstehen, dass Cosima sauer war. Sie hat ja immerhin auch einen Beruf und passt wirklich nicht in die Kinder-Küche-Kirche-Ecke, in der du alter Macho sie am liebsten haben willst. Vielleicht bist du sogar ganz froh drüber, dass sie keine Expeditionen mehr macht und du sie ganz unter deiner Fuchtel hast.«

»Das stimmt doch gar nicht!«, widersprach Bodenstein konsterniert. »Ich habe ihre Arbeit immer unterstützt. Ich finde es gut, was sie macht.«

Theresa blickte ihn an, ein spöttisches Lächeln breitete sich auf ihrem Gesicht aus. »Quatsch. Das kannst du erzählen, wem du willst, aber nicht mir. Ich kenne dich schon eine Weile.«

Bodenstein schwieg ertappt. Sein Blick wanderte zu Cosima hinüber. Schon immer war es seiner großen Schwester ohne jede Mühe gelungen, den Finger genau auf den wunden Punkt zu legen. Und auch diesmal hatte sie recht. Er war tatsächlich erleichtert, dass Cosima, seitdem Sophia auf der Welt war, nicht mehr wochenlang durch die Weltgeschichte reiste. Aber es gefiel ihm nicht, das aus dem Mund seiner älteren Schwester zu hören.

Quentin kam mit drei Gläsern Sekt zurück, und ihr Gespräch wandte sich anderen, unverfänglicheren Themen zu. Nachdem die Reitvorführungen beendet waren, eröffnete Marie-Louise das Büfett, das ihre Mitarbeiter in Windeseile im Vorraum der Stallung aufgebaut hatten. Stehtische und lange Reihen von Tischen und Bänken, mit bequemen Kissen gepolstert, weiß eingedeckt und mit Herbstblumengestecken dekoriert, luden zum Hinsetzen ein. Bodenstein traf Verwandte und alte Bekannte, die er lange nicht gesehen hatte, es gab viel zu reden und zu lachen. Die Stimmung war entspannt. Er sah Cosima im Gespräch mit Theresa und hoffte, dass seine Schwester sie nicht mit ihren Emanzensprüchen gegen ihn aufhetzte. Im nächsten Jahr würde Sophia in den Kindergarten kommen, dann hatte Cosima wieder mehr Zeit für sich. Sie arbeitete an einem neuen Filmprojekt, das sie sehr in Anspruch nahm. In einem Anflug guten Willens nahm Bodenstein sich vor, in Zukunft früher zu Hause zu sein und sich die Wochenenden freizuhalten, um Cosima das Kind öfter abnehmen zu können. Vielleicht würde sich dann das seit dem heftigen Mallorca-Krach angespannte Verhältnis zwischen ihnen wieder normalisieren.

»Papa.« Rosalie tippte ihm auf die Schulter, und er wandte sich zu seiner älteren Tochter um. Sie machte eine Lehre als Köchin im Schlosshotel bei Maître Jean-Yves St. Clair, dem französischen Sternekoch, und beaufsichtigte das Büfett. An ihrer Hand hielt sie Sophia, die von oben bis unten mit einer bräunlichen Substanz beschmiert war, von der Bodenstein hoffte, dass es nicht das war, für was er es hielt.

»Ich kann Mama nicht finden«, sagte Rosalie genervt. »Vielleicht könntest du den Zwerg mal umziehen. Mama hat doch sicher noch Ersatzklamotten im Auto.«

»Was hat sie da im Gesicht und an den Händen?« Bodenstein manövrierte mühsam seine langen Beine unter dem Tisch hervor.

»Keine Sorge, das ist nur Mousse au Chocolat«, erwiderte Rosalie. »Ich muss wieder arbeiten.«

»Na, dann komm mal her, du kleines Schweinchen.« Bodenstein ergriff seine jüngste Tochter und nahm sie auf den Arm. »Wie siehst du denn schon wieder aus, hm?«

Sophia stemmte ihre Händchen gegen seine Brust und

strampelte. Sie konnte es nicht leiden, in ihrer Bewegungsfreiheit eingeschränkt zu werden. Mit ihren Pfirsichbäckchen, dem weichen dunklen Haar und ihren kornblumenblauen Augen sah sie zum Anbeißen süß aus, aber das täuschte. Sophia hatte Cosimas Temperament geerbt und wusste sich durchzusetzen. Bodenstein trat mit ihr aus dem Stalltor und überquerte den Hof. Rein zufällig blickte er nach links in die offenstehende Tür der Schmiede auf der anderen Seite des Innenhofes und erblickte zu seiner Überraschung Cosima, die hin und her ging, das Handy am Ohr. Die Art, wie sie sich durchs Haar fuhr, den Kopf schief legte und lachte, überraschte ihn. Wieso versteckte sie sich zum Telefonieren? Bevor sie ihn sehen konnte, ging er rasch weiter, aber ein leises Gefühl des Misstrauens blieb in seinem tiefsten Inneren zurück wie ein winziger Stachel.

*

Wie an jedem Sonntag nach der Kirche hatten sich im Schwarzen Ross die üblichen Verdächtigen versammelt. Der Frühschoppen war reine Männerangelegenheit, die Frauen durften sich daheim um den Sonntagsbraten kümmern. Nicht zuletzt deshalb empfand Amelie die Sonntage in Altenhain als Gipfel der Spießigkeit. Heute war auch der Chef höchstpersönlich anwesend. Unter der Woche kümmerte sich Andreas Jagielski um seine beiden Nobelrestaurants in Frankfurt und überließ die Regie im Schwarzen Ross seiner Frau und seinem Schwager, nur sonntags war er selbst da. Amelie konnte ihn nicht sonderlich leiden. Jagielski war ein massiger Mann mit hervorquellenden Froschaugen und wulstigen Lippen. Nach der Wende war er einer der ersten Ossis in Altenhain gewesen, das hatte Amelie von Roswitha erfahren. Er hatte als Koch im Goldenen Hahn gearbeitet, seinen Arbeitgeber aber bei den ersten Anzeichen des drohenden Niedergangs schnöde im Stich gelassen, um sich niederträchtigerweise als Konkurrenz im Schwarzen Ross niederzulassen. Mit haargenau derselben Karte wie Hartmut Sartorius, aber erheblich günstigeren Preisen und dem Luxus eines großen Parkplatzes, hatte er seinem ehemaligen Chef das Wasser abgegraben und nicht unerheblich zur endgültigen Schließung des Goldenen Hahnes beigetragen. Roswitha hatte bis zum Ende loyal bei Sartorius ausgeharrt und nur widerwillig den Job bei Jagielski angenommen.

Amelie hatte sich am Morgen mit großer Sorgfalt zurechtgemacht, sämtliche Piercings entfernt, die Haare zu zwei Zöpfen geflochten und dezenteres Make-up aufgetragen. Aus dem Kleiderschrank ihrer Stiefmutter hatte sie sich eine weiße Bluse Größe XXS ausgeliehen und in ihrem eigenen nach einigem Suchen einen sexy kurzen Schottenminirock gefunden. Blickdichte schwarze Strümpfe und wadenhohe Springerstiefel vervollständigten das Outfit. Vor dem Spiegel hatte sie die Bluse, die ihr eigentlich zu klein war, so weit aufgeknöpft, dass man den schwarzen BH und den Ansatz ihrer Brüste sehen konnte. Jenny Jagielski hatte sich nicht provozieren lassen und sie nur kurz gemustert, ihr Mann jedoch hatte einen tiefen Blick in Amelies Dekolleté geworfen und ihr anzüglich zugezwinkert. Jetzt hockte er am vollbesetzten runden Stammtisch in der Mitte des Gastraumes, zwischen Lutz Richter und Claudius Terlinden, einem eher seltenen Gast im Schwarzen Ross, der sich heute leutselig und volksnah gab. Auch am Tresen saßen die Männer Ellbogen an Ellbogen, Jenny und ihr Bruder Jörg zapften im Akkord. Manfred Wagner hatte sich wieder erholt, er schien sogar beim Friseur gewesen zu sein, denn sein zotteliger Vollbart war verschwunden, und er sah einigermaßen kultiviert aus. Als Amelie mit einer neuen Runde Weizenbier am Stammtisch ankam, schnappte sie den Namen Tobias Sartorius auf und spitzte die Ohren.

»... dreist und überheblich wie eh und je«, sagte Lutz Richter gerade. »Es ist eine glatte Provokation, dass er wieder hier aufgetaucht ist.«

Zustimmendes Gemurmel erklang, nur Terlinden und Jagielski schwiegen.

»Wenn er so weitermacht, wird es über kurz oder lang knallen«, fügte ein anderer hinzu.

»Er bleibt nicht lange hier«, sagte ein Dritter. »Dafür werden wir schon sorgen.«

Es war Udo Pietsch, der Dachdecker, der das gesagt hatte, und die anderen Männer nickten und murmelten beifällig.

»Liebe Leute, niemand von euch wird hier für irgendwas sorgen«, schaltete sich Claudius Terlinden ein. »Der Junge hat seine Strafe abgesessen und kann bei seinem Vater wohnen, so lange er will und hier keinen Ärger macht.«

Die Runde verstummte, niemand wagte ein Widerwort, aber Amelie sah, wie einige der Männer verstohlene Blicke wechselten. Mochte Claudius Terlinden auch eine Diskussion beenden können, gegen die kollektive Abneigung, die man in Altenhain gegen Tobias Sartorius hegte, würde auch er nichts ausrichten.

»Acht Weizen für die Herren«, machte sich Amelie, der das Tablett allmählich zu schwer wurde, bemerkbar.

»Ah ja, danke, Amelie.« Terlinden nickte ihr wohlwollend zu, aber plötzlich entgleisten ihm für den Bruchteil einer Sekunde die Gesichtszüge. Er hatte sich sofort wieder im Griff und lächelte ein wenig gezwungen. Amelie begriff, dass ihre veränderte Erscheinung Grund für sein Erstaunen war. Sie lächelte zurück, legte kokett den Kopf schräg und hielt seinem Blick ein wenig länger stand, als anständige Mädchen das tun sollten, dann machte sie sich daran, den Nachbartisch abzuräumen. Sie spürte, dass er jede ihrer Bewegungen mit Blicken verfolgte, und konnte nicht widerstehen, absichtlich ein bisschen mit dem Popo zu wackeln, als sie mit dem Tablett benutzter Gläser zurück zur Küche ging. Hoffentlich waren die Männer ordentlich durstig; sie brannte darauf, noch mehr interessante Dinge zu erlauschen. Bisher war ihr Interesse an der ganzen Angelegenheit der Tatsache entsprungen, dass sie eine Verbindung zwischen sich und einem der Mordopfer festgestellt hatte, aber nachdem sie gestern Tobias Sartorius kennengelernt hatte, gab es für sie eine neue Motivation. Er gefiel ihr.

*

Tobias Sartorius war sprachlos. Als Nadja ihm erzählt hatte, sie wohne im Karpfenweg am Westhafen in Frankfurt, da hatte er an einen sanierten Altbau im Gutleutviertel gedacht, aber nicht an das, was er nun sah. Auf dem riesigen Areal des ehemaligen Westhafens wenige Blocks südlich des Hauptbahnhofs war ein neuer, exklusiver Stadtteil entstanden, mit modernen Bürogebäuden auf der Landseite und zwölf siebenstöckigen Wohnhäusern auf der ehemaligen Hafenmole, die nun den Namen »Karpfenweg« erhalten hatte. Er hatte sein Auto am Straßenrand abgestellt und ging mit einem Blumenstrauß unterm Arm staunend über die Brücke, die sich über das ehemalige Hafenbecken spannte. Im schwarzen Wasser dümpelten einige Yachten an Bootsanlegestegen. Am späten Nachmittag hatte Nadja bei ihm angerufen und ihn zu sich zum Abendessen eingeladen. Zwar hatte Tobias keine große Lust verspürt, bis in die Stadt zu fahren, aber er schuldete Nadja etwas für die unverbrüchliche Treue, mit der sie ihm in den letzten zehn Jahren beigestanden hatte. Er hatte also geduscht und war um halb acht mit dem Auto seines Vaters losgefahren, nicht ahnend, welche Veränderungen auf ihn warteten. Angefangen hatte es mit einem nagelneuen Kreisel am Tengelmannmarkt in Bad Soden; auch das Main-Taunus-Zentrum war gewachsen. Und in Frankfurt hatte er sich überhaupt nicht mehr zurechtgefunden. Für einen ungeübten Autofahrer wie ihn war die Stadt ein wahrer Alptraum. Er hatte eine Dreiviertelstunde Verspätung, als er nach einigem Suchen das Haus mit der richtigen Hausnummer fand.

»Nimm den Aufzug in den 7. Stock«, tönte Nadjas fröhliche Stimme durch die Sprechanlage. Der Türdrücker summte, und Tobias betrat das Foyer des Hauses, das nobel mit Granit und Glas gestaltet war. Der gläserne Aufzug trug ihn in Sekundenschnelle nach ganz oben, faszinierend der Ausblick über das Wasser zur Frankfurter Skyline, die sich in den letzten Jahren sehr verändert hatte. Neue Hochhäuser schienen dazugekommen zu sein.

»Da bist du ja!« Nadja strahlte ihm entgegen, als er im siebten Stock aus dem Aufzug trat. Unbeholfen überreichte er ihr den in Zellophanhülle verpackten Blumenstrauß, den er an einer Tankstelle erworben hatte.

»Ach, das war doch nicht nötig.« Sie nahm den Blumenstrauß, ergriff seine Hand und führte ihn in die Wohnung, die ihm den Atem stocken ließ. Das Penthouse war gewaltig. Riesige Panoramafenster bis zum glänzenden Parkettfußboden boten spektakuläre Ausblicke zu allen Seiten. Im Kamin prasselte ein Feuer, die warme Stimme von Leonard Cohen rieselte aus unsichtbaren Lautsprechern, raffinierte Beleuchtung und brennende Kerzen verliehen den ohnehin großzügigen Räumen noch mehr Tiefe. Für einen Augenblick war Tobias versucht, auf dem Absatz kehrtzumachen und davonzulaufen. Er war kein neidischer Mensch, aber das Gefühl, ein jämmerlicher Versager zu sein, überkam ihn beim Anblick dieser Traumwohnung so heftig wie selten zuvor und schnürte ihm die Kehle zu. Zwischen Nadja und ihm lagen Welten. Was zum Teufel wollte sie von ihm? Sie war berühmt, sie war reich, sie war wunderschön – ganz sicher konnte sie ihre Abende mit anderen wohlhabenden, amüsanten und geistreichen Menschen verbringen statt mit einem verbitterten Exknacki wie ihm.

»Gib mir deine Jacke«, sagte sie. Er zog sie aus und schämte sich sogleich für das billige, abgeschabte Ding. Stolz führte Nadja ihn in die große Wohnküche mit dem Küchenblock in der Mitte. Granit und Edelstahl dominierten, die Geräte waren von Gaggenau. Es duftete verführerisch nach gebratenem Fleisch, und Tobias spürte, wie sich seine Magennerven zusammenzogen. Er hatte den ganzen Tag auf dem Hof geschuftet und den Müll sortiert, gegessen hatte er so gut wie nichts. Nadja nahm eine Flasche Moët & Chandon aus dem chromblitzenden amerikanischen Kühlschrank und erzählte, dass sie das Appartement eigentlich nur als Übernachtungsmöglichkeit erworben habe, wenn sie in Frankfurt drehe – sie könne Hotels nicht leiden –, aber mittlerweile sei es ihr Hauptwohnsitz. Sie schenkte Champagner in zwei Kristallgläser und reichte ihm eins.

»Ich freue mich, dass du gekommen bist«, lächelte sie.

»Und ich bedanke mich für die Einladung«, erwiderte Tobias, der sich von seinem ersten Schock erholt hatte und ihr Lächeln erwidern konnte.

»Auf dich«, sagte Nadja und stieß mit ihrem Glas sachte gegen seines.

»Nein, auf dich«, antwortete Tobias ernst. »Danke für alles.«

Wie schön sie geworden war! Ihr beinahe androgynes, klares Gesicht mit den süßen Sommersprossen, das früher trotz aller Ebenmäßigkeit immer ein wenig kantig gewirkt hatte, war weicher geworden. Die hellen Augen leuchteten, einige Strähnen ihres honigblonden Haares hatten sich aus dem Knoten gelöst und fielen in den zarten, leicht gebräunten Nacken. Sie war sehr schlank, aber nicht zu dünn. Ihre Zähne zwischen den vollen Lippen waren weiß und regelmäßig, das erfreuliche Ergebnis der verhassten Zahnspange aus Teenagerzeiten. Sie lächelten sich an und nahmen einen Schluck, aber urplötzlich schob sich das Gesicht einer anderen Frau vor das von Nadja. Ja, genau so hatte er mit Stefanie leben wollen, nach Abschluss des Medizinstudiums, wenn er als Arzt gut verdiente. Er war davon überzeugt gewesen, in ihr die Liebe seines Lebens gefunden zu haben, er hatte von einer gemeinsamen Zukunft geträumt, von Kindern …

»Was hast du?«, fragte Nadja. Tobias begegnete ihrem prüfenden Blick.

»Nichts. Wieso?«

»Du hast plötzlich so erschrocken ausgesehen.«

»Weißt du, wie lange ich keinen Champagner mehr getrunken habe?« Er zwang sich zu einem Grinsen, aber die Erinnerung an Stefanie hatte ihm einen schmerzhaften Stich versetzt. Noch immer, nach all den Jahren, musste er an sie denken. Nur vier Wochen hatte die Illusion des vollkommenen Glücks damals gedauert, die in einer Katastrophe geendet war. Er verscheuchte die unwillkommenen Gedanken und setzte sich an den Tisch in der Küche, den Nadja liebevoll dekoriert hatte. Es gab mit Ricotta und Spinat gefüllte Tortelloni, perfekt gebratenes Rinderfilet mit Barolosauce, Rucolasalat mit gehobeltem Parmesankäse, dazu einen herrlichen, fünfzehn Jahre alten Pomerol. Tobias stellte fest, dass es entgegen seiner Befürchtung nicht schwierig war, sich mit Nadja zu unterhalten. Sie erzählte von ihrer Arbeit, von witzigen und besonderen Ereignissen und Begegnungen – und das auf eine amüsante Weise, ohne mit dem Erreichten anzugeben. Nach dem dritten Glas Rotwein spürte Tobias dessen Wirkung. Sie verließen die Küche und setzten sich ins Wohnzimmer auf die Ledercouch, sie in eine Ecke, er in die andere. Wie gute, alte Freunde eben. Über dem Kamin hing ein gerahmtes Filmplakat von Nadjas erstem Kinofilm – der einzige Hinweis auf ihren großen Erfolg als Schauspielerin.

»Es ist wirklich unglaublich, was du erreicht hast«, sagte Tobias versonnen. »Ich bin echt wahnsinnig stolz auf dich.«

»Danke schön.« Sie lächelte und zog ein Bein unter sich. »Tja. Wer hätte das damals für möglich gehalten: Die hässliche Nathalie ist heute ein großer Filmstar.«

»Du warst doch nie hässlich«, widersprach Tobias, erstaunt darüber, dass sie sich selbst so gesehen hatte.

»Auf jeden Fall hast du mich nie beachtet.«

Zum ersten Mal an diesem Abend näherte sich ihr Gespräch dem heiklen Thema, das sie bisher beide sorgfältig vermieden hatten.

»Du warst doch immer meine allerbeste Freundin«, sagte Tobias. »Alle anderen Mädchen waren eifersüchtig auf dich, weil ich so viel mit dir zusammen war.«

»Aber geküsst hast du mich nie ...«

Sie sagte das in einem neckischen Tonfall, aber plötzlich wurde Tobias klar, dass sie das damals gekränkt haben musste. Kein Mädchen wollte die beste Freundin eines attraktiven Jungen sein, und wenn das in dessen Augen eine noch so große Auszeichnung sein mochte. Tobias versuchte sich zu erinnern, weshalb er sich nie in Nadja verliebt hatte. Vielleicht weil sie so etwas wie eine kleine Schwester für ihn gewesen war? Sie hatten buchstäblich im selben Sandkasten gespielt, waren gemeinsam in den Kindergarten und in die Grundschule gegangen. Ihre Existenz in seinem Leben war eine Selbstverständlichkeit gewesen. Aber jetzt hatte sich etwas verändert. Nadja hatte sich verändert. Neben ihm saß nicht mehr Nathalie, die verlässliche, ehrliche, zuverlässige

Gefährtin aus Kindertagen. Neben ihm saß eine äußerst anziehende, wunderschöne Frau, die ihm, wie er allmählich begriff, ganz eindeutige Signale sendete. Konnte es tatsächlich sein, dass sie mehr von ihm wollte als Freundschaft?

»Warum hast du nie geheiratet?«, fragte er unvermittelt. Seine Stimme war heiser.

»Weil ich nie den passenden Mann getroffen habe.« Nadja zuckte die Achseln, beugte sich vor und schenkte Rotwein in die Gläser nach. »Mein Job ist ein absoluter Beziehungskiller. Dazu können die meisten Männer eine erfolgreiche Frau nicht vertragen. Und einen eitlen, selbstverliebten Berufskollegen will ich ganz sicher nicht. Das kann nicht gutgehen. Ich fühl mich ganz wohl, so wie es ist.«

»Ich habe deine Karriere verfolgt. Im Knast hat man viel Zeit zum Lesen und zum Fernsehen.«

»Welcher meiner Filme hat dir am besten gefallen?«

»Ich weiß nicht.« Tobias lächelte. »Alle sind gut.«

»Du Schmeichler.« Sie legte den Kopf schief. Eine lose Haarsträhne fiel ihr in die Stirn. »Eigentlich hast du dich gar nicht verändert.«

Sie zündete sich eine Zigarette an, zog einmal dran und steckte sie Tobias zwischen die Lippen, so wie sie es früher oft getan hatte. Ihre Gesichter waren einander ganz nah. Tobias hob die Hand und berührte ihre Wange. Er spürte ihren Atem warm auf seinem Gesicht, dann ihre Lippen auf seinem Mund. Sie zögerten beide für einen kurzen Moment.

»Es ist schlecht für deinen Ruf, wenn jemand erfährt, dass du einen Exknacki kennst«, flüsterte Tobias.

»Stell dir vor, mein Ruf war mir schon immer egal«, erwiderte sie mit rauer Stimme. Sie nahm ihm die Zigarette aus der Hand und legte sie achtlos hinter sich in den Aschenbecher. Ihre Wangen glühten, ihre Augen glänzten. Er empfand ihr Verlangen wie ein Echo seiner eigenen Begierde und zog sie über sich. Seine Hände glitten über ihre Oberschenkel, umfassten ihre Hüften. Sein Herz schlug schneller, eine Welle der Lust wogte durch seinen Körper, als ihre Zunge in seinen Mund drang. Wann hatte er das letzte Mal mit einer Frau geschlafen? Er konnte sich kaum daran erinnern. *Stefanie … das rote Sofa …* Ihr Kuss wurde leidenschaftlich. Ohne ihn zu unterbrechen, zerrten sie sich die Kleider vom Leib, liebten sich voller Begierde, stumm und keuchend und ohne jede Zärtlichkeit. Für die würde später Zeit genug sein.

Montag, 10. November 2008

Claudius Terlinden trank seinen Kaffee im Stehen und blickte aus dem Küchenfenster hinunter auf das Nachbarhaus. Wenn er sich beeilte, konnte er das Mädchen wieder mit hinunter an die Bushaltestelle nehmen. Als sein Prokurist Arne Fröhlich ihm vor ein paar Monaten seine fast erwachsene Tochter aus erster Ehe vorgestellt hatte, war es ihm nicht sofort aufgefallen. Die Piercings, die verrückte Frisur und die ausgefallene, schwarze Kleidung hatten ihn irritiert, ebenso wie ihr mürrisches Gesicht und die abweisende Haltung. Aber gestern, im Schwarzen Ross, als sie ihn angelächelt hatte, da hatte ihn die Erkenntnis wie ein Blitzschlag getroffen. Das Mädchen ähnelte auf beinahe schon unheimliche Weise Stefanie Schneeberger. Dieselben fein geschnittenen, alabasterblassen Gesichtszüge, der üppige Mund, die dunklen, wissenden Augen – einfach unglaublich!

»Schneewittchen«, murmelte er. In der letzten Nacht hatte er von ihr geträumt, ein eigenartiger, unheilvoller Traum, in dem sich Gegenwart und Vergangenheit auf verwirrende Weise vermischt hatten. Als er mitten in der Nacht schweißgebadet aufgewacht war, hatte er einen Moment gebraucht, um zu begreifen, dass es nur ein Traum gewesen war. Hinter sich hörte er Schritte und drehte sich um. Seine Frau erschien in der Küchentür, trotz der frühen Stunde perfekt frisiert.

»Du bist früh auf.« Er ging zur Spüle und ließ heißes Wasser über die Tasse laufen. »Hast du etwas vor?«

»Ich bin um zehn mit Verena in der Stadt verabredet.«

»Schön.« Es interessierte ihn nicht im Geringsten, wie seine Frau ihren Tag herumbrachte.

»Es geht wieder los«, sagte sie in diesem Augenblick. »Gerade, wo etwas Gras über das alles gewachsen ist.«

»Was meinst du?« Terlinden warf ihr einen irritierten Blick zu.

»Es wäre vielleicht wirklich besser gewesen, Sartorius' wären hier weggezogen.«

»Wo sollen sie denn hin? So eine Geschichte holt einen überall ein.«

»Trotzdem. Es wird Probleme geben. Die Leute im Dorf wetzen schon die Messer.«

»Das habe ich befürchtet.« Claudius Terlinden stellte seine Kaffeetasse in die Spülmaschine. »Übrigens ist Rita am Freitagabend bei einem Unfall schwer verletzt worden. Jemand soll sie von einer Brücke vor ein fahrendes Auto gestoßen haben.«

»Wie bitte?« Christine Terlinden riss erschüttert die Augen auf. »Woher weißt du das?«

»Ich habe gestern Abend noch kurz mit Tobias gesprochen.«

»Du hast – was? Warum erzählst du mir nichts davon?« Sie sah ihren Mann ungläubig an. Christine Terlinden war auch mit 51 Jahren noch immer eine bemerkenswert schöne Frau. Das naturblonde Haar trug sie zu einem modischen Pagenschnitt frisiert. Sie war klein und zierlich und schaffte es, selbst im Morgenmantel elegant zu wirken.

»Weil ich dich gestern Abend nicht mehr gesehen habe.«

»Du redest mit dem Jungen, besuchst ihn im Gefängnis, hilfst seinen Eltern – hast du vergessen, dass er dich damals in die ganze Sache mit hineingezogen hat?«

»Nein, das habe ich nicht«, erwiderte Claudius Terlinden. Sein Blick fiel auf die Küchenuhr an der Wand. Viertel nach sieben. In zehn Minuten würde Amelie das Haus verlassen. »Tobias hat damals der Polizei nur das gesagt, was er gehört hatte. Und eigentlich war es so auch besser, als wenn …« Er hielt inne. »Sei froh, dass alles so gekommen ist. Sonst stünde Lars heute ganz sicher nicht da, wo er steht.«

Terlinden hauchte seiner Frau pflichtschuldig einen Kuss auf die dargebotene Wange.

»Ich muss los. Es kann spät werden heute Abend.«

Christine Terlinden wartete, bis sie die Haustür ins Schloss fallen hörte. Sie nahm eine Tasse vom Bord, stellte sie unter die Espressomaschine und drückte auf den Knopf für einen doppelten Espresso. Mit der Tasse in den Händen trat sie ans Fenster und beobachtete, wie der dunkle Mercedes ihres Gatten langsam die Auffahrt hinunterrollte. Wenig später hielt er vor dem Haus der Fröhlichs, die roten Bremslichter leuchteten in der Dunkelheit des frühen Morgens. Das Nachbarmädchen schien auf ihn gewartet zu haben und stieg nun zu ihm ins Auto. Christine Terlinden zog scharf die Luft ein, ihre Finger krampften sich um die Tasse. Sie hatte es kommen sehen, seit ihr Amelie Fröhlich das erste Mal begegnet war. Die unheilvolle Ähnlichkeit war ihr sofort aufgefallen. Es gefiel ihr nicht, dass das Mädchen eine Freundschaft mit Thies pflegte. Ihren behinderten Sohn aus alldem herauszuhalten war schon damals nicht leicht gewesen. Sollte sich etwa alles wiederholen? Das beinahe vergessene Gefühl hilfloser Verzweiflung machte sich in ihrem Innern breit.

»O nein, lieber Gott«, murmelte sie. »Bitte, bitte nicht noch einmal.«

*

Das Foto, das Ostermann aus dem Überwachungsvideo vom Bahnsteig herausgeschnitten hatte, war zwar nur in Schwarzweiß und ziemlich grobkörnig, dennoch war der Mann mit der Baseballkappe recht gut zu erkennen. Leider hatte der Winkel der Kamera nicht ausgereicht, um die Vorkommnisse auf der Brücke aufzuzeichnen, aber die glaubhafte Zeugenaussage des vierzehnjährigen Niklas Bender reichte aus, um den Mann, sollte man ihn finden, festnehmen zu können. Bodenstein und Pia waren auf dem Weg nach Altenhain, um das Foto Hartmut Sartorius und seinem Sohn zu zeigen. Aber auch nach mehrfachem Klingeln öffnete niemand.

»Lass uns rüber in den Laden gehen und das Bild dort herumzeigen«, schlug Pia vor. »Ich habe irgendwie das Gefühl, dass dieser Angriff wirklich mit Tobias zusammenhing.«

Bodenstein nickte. Pia besaß eine ähnlich gute Intuition wie seine Schwester und behielt mit ihren Vermutungen oft recht. Den ganzen gestrigen Abend über hatte Bodenstein an das Gespräch mit Theresa gedacht und vergeblich darauf gewartet, dass Cosima ihm erzählen würde, mit wem sie in der Schmiede telefoniert hatte. Wahrscheinlich, so hatte Bodenstein sich eingeredet, war es völlig belanglos gewesen, und Cosima hatte es aus diesem Grunde schon vergessen. Sie telefonierte viel und wurde häufig von ihren Mitarbeitern angerufen, auch sonntags. Heute Morgen beim Frühstück hatte er beschlossen, der Sache keine zu große Bedeutung beizumessen, zumal sich Cosima ihm gegenüber völlig normal verhielt. Heiter und gutgelaunt hatte sie ihm von ihren Plänen für den Tag berichtet: Arbeiten am Film im Schneideraum, Treffen mit dem Sprecher, der den Text des Films sprechen würde, Mittagessen mit dem Team in Mainz. Alles ganz normal. Zum Abschied hatte sie ihn geküsst, wie beinahe jeden Morgen in den vergangenen fünfundzwanzig Jahren. Nein, er machte sich umsonst Sorgen.

Die Türglocke des kleinen Lebensmittelladens läutete, als sie das Geschäft betraten. Ein paar Frauen mit Einkaufskörben steckten zwischen den Regalen die Köpfe zusammen und tauschten wohl gerade den neuesten Dorfklatsch aus.

»Dein Einsatz, Chef«, sagte Pia leise zu Bodenstein, der die meisten weiblichen Wesen mit seinem unverschämt guten Aussehen und seinem Cary-Grant-Charme üblicherweise problemlos um den Finger wickeln konnte. Aber heute schien Bodenstein nicht in Form.

»Mach du das besser«, erwiderte er. Durch eine offene Tür konnte man in den Hof blicken, wo ein kräftiger, grauhaariger Mann gerade Steigen mit Obst und Gemüse aus einem Lieferwagen auslud. Pia zuckte die Schultern und steuerte direkt auf die Gruppe der Frauen zu.

»Guten Morgen.« Sie präsentierte ihren Ausweis. »Kripo Hofheim.«

Misstrauische und neugierige Blicke.

»Am Freitagabend wurde die Exfrau von Hartmut Sartorius Opfer eines hinterhältigen Angriffs.« Pia wählte ihre Worte mit Absicht ein wenig dramatisch. »Ich gehe mal davon aus, dass Sie Rita Cramer kennen?«

Allgemeines Kopfnicken.

»Wir haben hier ein Foto von dem Mann, der sie von einer Brücke direkt vor ein fahrendes Auto gestoßen hat.«

Das Ausbleiben entsetzter Reaktionen ließ vermuten, dass die Nachricht von dem Unfall bereits die Runde im Dorf gemacht hatte. Pia zog das Foto hervor und hielt es der Frau mit dem weißen Kittel, offenbar die Ladenbesitzerin, hin.

»Erkennen Sie diesen Mann?«

Die Frau betrachtete das Foto kurz mit zusammengekniffenen Augen, dann blickte sie auf und schüttelte den Kopf.

»Nein«, sagte sie und täuschte Bedauern vor. »Tut mir leid. Den habe ich noch nie gesehen.«

Auch die anderen drei schüttelten nacheinander ratlos die Köpfe, aber Pia war nicht der rasche Blick entgangen, den eine von ihnen mit der Ladenbesitzerin gewechselt hatte.

»Sind Sie ganz sicher? Schauen Sie noch mal genau hin. Die Bildqualität ist nicht besonders gut.«

»Wir kennen den Mann nicht.« Die Ladenbesitzerin hielt Pia das Foto hin und erwiderte ihren Blick, ohne mit der Wimper zu zucken. Sie log. Das war eindeutig.

»Schade.« Pia lächelte. »Darf ich fragen, wie Sie heißen?«

»Richter. Margot Richter.«

In dem Moment polterte der Mann aus dem Hof mit drei Kisten Obst in den Laden und stellte sie geräuschvoll ab.

»Lutz, das ist die Kriminalpolizei«, ließ sich Margot Richter vernehmen, bevor Pia auch nur den Mund öffnen konnte. Ihr Mann kam näher. Er war groß und korpulent, sein gutmütiges, knollennasiges Gesicht von Kälte und Anstrengung gerötet. Die Art, wie er seine Frau ansah, verriet, dass er unter ihrem Pantoffel stand und wenig zu melden hatte. Er ergriff das Foto mit seiner Pranke, aber bevor er es anschauen konnte, pflückte Margot Richter es ihm aus der Hand.

»Mein Mann kennt den Kerl auch nicht.«

Pia bedauerte den Ehemann, der sicherlich nicht viel zu lachen hatte.

»Sie erlauben.« Sie nahm Frau Richter das Bild wieder ab und hielt es ihrem Mann, bevor sie dagegen protestieren konnte, erneut vor die Nase. »Haben Sie diesen Mann schon einmal gesehen? Er hat Ihre ehemalige Nachbarin am Freitag vor ein fahrendes Auto gestoßen. Rita Cramer liegt seitdem auf der Intensivstation im künstlichen Koma, und es steht noch nicht fest, ob sie überleben wird.«

Richter zögerte kurz, schien seine Antwort abzuwägen. Er war kein guter Lügner, aber ein gehorsamer Ehemann. Sein unsicherer Blick zuckte für eine Sekunde zu seiner Frau hinüber.

»Nein«, sagte er schließlich. »Den kenne ich nicht.«

»Na gut. Vielen Dank auch.« Pia zwang sich zu einem Lächeln. »Einen schönen Tag noch.«

Sie verließ den Laden, gefolgt von Bodenstein.

»Sie kannten ihn alle.«

»Ja, ganz sicher.« Bodenstein blickte die Hauptstraße hinunter. »Da drüben ist ein Friseurladen. Lass es uns da versuchen.«

Sie gingen die paar Meter den schmalen Bürgersteig entlang, aber als sie den kleinen altmodischen Salon betraten, hängte die Friseurin gerade mit schuldbewusstem Gesichtsausdruck das Telefon ein.

»Guten Morgen«, grüßte Pia und nickte in Richtung Telefon. »Frau Richter hat Sie sicherlich schon über unser Anliegen informiert. Da kann ich mir meine Frage ja sparen.«

Die Frau guckte dämlich aus der Wäsche, ihr Blick wanderte von Pia zu Bodenstein und blieb an ihm hängen. Wäre ihr Chef heute besser drauf gewesen, hätte die Friseurin keine Chance gehabt.

»Was ist denn mit dir?«, erkundigte sich Pia leicht verärgert, als sie eine Minute später wieder auf der Straße standen. »Du hättest die Friseurtante doch nur einmal anlächeln müssen, dann wäre sie dahingeschmolzen und hätte dir wahrscheinlich Name, Adresse und Telefonnummer unseres Verdächtigen gegeben.«

»Entschuldige«, erwiderte Bodenstein nur lahm. »Ich bin heute irgendwie nicht richtig bei der Sache.«

Ein Auto rauschte in der engen Straße vorbei, ein zweites, dann ein Lkw. Sie mussten sich an die Hauswand pressen, um nicht von einem Außenspiegel gestreift zu werden.

»Auf jeden Fall lasse ich mir heute Mittag gleich die alten

Akten von dem Sartorius-Fall kommen«, sagte Pia. »Ich schwöre dir, das hängt alles zusammen.«

Eine Nachfrage im Blumenladen blieb genauso ergebnislos wie die im Kindergarten und im Sekretariat der Grundschule. Margot Richter hatte ihre Instruktionen bereits weitergegeben. Die Dorfgemeinschaft vollführte einen kollektiven Schulterschluss und übte sich in sizilianisch anmutendem Schweigen, um einen der Ihren zu schützen.

*

Amelie lag in der Hängematte, die Thies eigens für sie zwischen zwei Topfpalmen angebracht hatte, und ließ sich sanft hin und her wiegen. Vor den Sprossenfenstern rauschte der Regen herab und trommelte auf das Dach der Orangerie, die versteckt hinter einer mächtigen Trauerweide im weitläufigen Park der Terlinden'schen Villa lag. Hier war es warm und behaglich, es roch nach Ölfarbe und Terpentin, denn Thies nutzte das langgestreckte Gebäude, in dem die empfindlichen mediterranen Pflanzen aus dem Park überwinterten, als Atelier. Hunderte von bemalten Leinwänden reihten sich an den Wänden auf, akkurat nach Größe geordnet. In leeren Marmeladegläsern standen Dutzende von Pinseln. Thies war in allem, was er tat, zwanghaft ordentlich. Sämtliche Kübelpflanzen – Oleander, Palmen, Wandelröschen, Zitronen- und Orangenbäumchen – standen nebeneinander wie die Zinnsoldaten, ebenfalls geordnet nach ihrer Größe. Nichts war willkürlich abgestellt. Die Werkzeuge und Geräte, die Thies im Sommer für die Pflege des großen Parks brauchte, hingen an der Wand oder standen in Reih und Glied darunter. Manchmal verrückte Amelie etwas oder ließ mit Absicht eine Zigarettenkippe irgendwo liegen, um Thies damit zu ärgern. Er korrigierte diesen für ihn unerträglichen Zustand jedes

Mal unverzüglich. Auch bemerkte er sofort, wenn sie Pflanzen vertauscht hatte.

»Ich finde es total aufregend«, sagte Amelie. »Am liebsten würde ich noch mehr rausfinden, aber ich weiß nicht, wie.«

Sie erwartete keine Antwort, warf aber dennoch einen raschen Blick zu Thies hinüber. Er stand vor seiner Staffelei und malte konzentriert. Seine Bilder waren zum größten Teil abstrakt und in düsteren Farben gehalten, nichts für Wohnungen von depressiven Menschen, wie Amelie fand. Auf den ersten Blick sah Thies ganz normal aus. Wären seine Gesichtszüge nicht so steinern, wäre er sogar ein ziemlich hübscher Mann, mit dem ovalen Gesicht, der geraden, schmalen Nase und dem weichen, vollen Mund. Die Ähnlichkeit mit seiner schönen Mutter war nicht zu übersehen. Er hatte ihr helles Blondhaar geerbt und die großen nordischblauen Augen, umkränzt von dichten, dunklen Wimpern. Am liebsten mochte Amelie aber seine Hände. Thies besaß die sensiblen, feingliedrigen Hände eines Pianisten, denen auch die Gartenarbeit nicht geschadet hatte. Wenn er sich aufregte, führten sie mitunter ein Eigenleben, flatterten hin und her wie aufgescheuchte Vögel in einem Käfig. Jetzt aber war er ganz ruhig, wie fast immer, wenn er malte.

»Ich frage mich«, fuhr Amelie nachdenklich fort, »was Tobias mit den beiden Mädchen wohl gemacht hat. Wieso hat er das nie gesagt? Dann wäre er vielleicht gar nicht so lange im Gefängnis gewesen. Schon komisch. Aber irgendwie gefällt er mir. Er ist so ganz anders als die anderen Typen hier in diesem Kaff.«

Sie verschränkte die Arme hinter dem Kopf, schloss die Augen und gab sich einem behaglichen Gruseln hin. »Ob er sie zerstückelt hat? Vielleicht hat er sie sogar irgendwo auf seinem Hof einbetoniert.«

Thies arbeitete ungerührt weiter, mischte auf seiner Palette ein dunkles Grün mit einem Rubinrot, verwarf das Ergebnis nach kurzem Überlegen und fügte ein wenig Weiß hinzu. Amelie hielt die Hängematte an.

»Findest du mich eigentlich hübscher, wenn ich meine Piercings draußen habe?«

Thies schwieg. Amelie stemmte sich vorsichtig aus der schwankenden Hängematte hoch und ging zu ihm hinüber. Sie warf einen Blick über seine Schulter auf die Leinwand. Ihr klappte der Mund auf, als sie erkannte, was er in den vergangenen zwei Stunden gemalt hatte.

»Boah«, sagte sie beeindruckt und überrascht zugleich. »Das ist ja geil.«

*

Vierzehn abgegriffene Aktenordner waren aus dem Archiv des Frankfurter Polizeipräsidiums gekommen und standen in Kisten neben Pias Schreibtisch. 1997 hatte es im Main-Taunus-Kreis noch kein eigenes Dezernat für Gewaltdelikte gegeben; im Falle von Mord, Vergewaltigung und Totschlag war bis zur Reform der hessischen Polizei vor ein paar Jahren das K 11 in Frankfurt zuständig gewesen. Aber das Aktenstudium musste noch warten, Dr. Nicola Engel hatte für vier Uhr eine dieser nutzlosen Teambesprechungen angesetzt, die sie so sehr liebte.

Es war warm und stickig im Besprechungsraum. Da nichts Spektakuläres auf der Tagesordnung stand, war die Stimmung schläfrig bis gelangweilt. Vor den Fenstern rauschte der Regen vom wolkenverhangenen Himmel, es wurde schon dunkel.

»Das Fahndungsfoto des Unbekannten geht heute an die Presse«, ordnete die Kriminalrätin an. »Irgendjemand wird ihn erkennen und sich melden.«

Andreas Hasse, der am Morgen bleich und wortkarg wieder zum Dienst erschienen war, nieste.

»Warum bleibst du nicht einfach noch zu Hause, bevor du uns hier alle verpestest?«, fuhr ihn Kai Ostermann, der direkt neben ihm saß, gereizt an. Hasse blieb die Antwort schuldig.

»Gibt es sonst noch etwas?« Der aufmerksame Blick von Dr. Nicola Engel wanderte von einem zum anderen, doch ihre Untergebenen mieden wohlweislich direkten Blickkontakt, denn sie schien jedem direkt ins Gehirn blicken zu können. Mit ihrem seismographischen Gespür hatte sie längst die unterschwellige Spannung bemerkt, die in der Luft lag und deren Ursache sie zu ergründen suchte.

»Ich habe mir die Akten des Falles Sartorius kommen lassen«, meldete sich Pia zu Wort. »Irgendwie habe ich das Gefühl, der Angriff auf Frau Cramer könnte im direkten Zusammenhang mit der Freilassung von Tobias Sartorius stehen. Die Leute in Altenhain haben heute alle den Mann auf dem Foto erkannt, dies aber geleugnet. Sie wollen ihn schützen.«

»Sehen Sie das auch so?«, wandte sich Nicola Engel an Bodenstein, der die ganze Zeit abwesend vor sich hin starrte.

»Das ist durchaus möglich.« Bodenstein nickte. »Die Reaktion der Leute war auf jeden Fall seltsam.«

»Gut.« Nicola Engel blickte Pia an. »Sie sehen die Akten durch. Aber halten Sie sich nicht zu lange mit dem alten Kram auf. Wir erwarten ja auch noch die Ergebnisse zu dem Skelett aus der Rechtsmedizin, und das hat dann Vorrang.«

»Tobias Sartorius ist in Altenhain verhasst«, sagte Pia. »Man hat das Haus seines Vaters mit einem Spruch beschmiert, und als wir am Samstag hinkamen, um die Nachricht vom Unfall zu überbringen, standen drei Frauen auf der anderen Straßenseite und haben ihn beschimpft.«

»Ich habe den Kerl damals erlebt.« Hasse räusperte sich ein paarmal. »Dieser Sartorius war ein eiskalter Killer. Ein arroganter, überheblicher Schönling, der allen weismachen wollte, er hätte einen Filmriss gehabt und könnte sich an nichts erinnern. Dabei war die Spurenlage offensichtlich. Er hat gelogen, bis er in den Knast ging.«

»Aber jetzt hat er seine Strafe abgesessen. Er hat ein Recht auf Resozialisierung«, entgegnete Pia. »Und das Verhalten der Dorfleute irritiert mich. Wieso lügen sie? Wen wollen sie schützen?«

»Das glaubst du aus den alten Akten herauslesen zu können?« Hasse schüttelte den Kopf. »Der Kerl hat seine Freundin erschlagen, als sie mit ihm Schluss gemacht hat, und weil seine Exfreundin das beobachtet hatte, musste sie auch sterben.«

Pia wunderte sich über das ungewöhnliche Engagement, das ihr sonst eher gleichgültiger Kollege plötzlich an den Tag legte.

»Das mag ja sein«, erwiderte sie. »Dafür hat er ja auch zehn Jahre gesessen. Aber vielleicht stoße ich in den alten Verhörprotokollen auf denjenigen, der Rita Cramer von der Brücke gestoßen hat.«

»Aber was willst du mit …«, begann Hasse wieder, doch Nicola Engel beendete die Diskussion energisch.

»Frau Kirchhoff sieht die Akten durch, bis es Fakten über das Skelett gibt.«

Da es sonst nichts zu besprechen gab, war die Sitzung beendet. Nicola Engel verschwand in ihr Büro, das versammelte K 11 löste sich auf.

»Ich muss nach Hause«, sagte Bodenstein unvermittelt, nach einem Blick auf seine Uhr. Pia beschloss, ebenfalls heimzufahren und einen Teil der Akten mitzunehmen. Hier würde sich kaum noch etwas Wichtiges ereignen.

*

»Soll ich Ihnen den Koffer ins Haus tragen, Herr Minister?«, fragte der Chauffeur, aber Gregor Lauterbach schüttelte den Kopf.

»Das schaffe ich schon noch.« Er lächelte. »Sehen Sie zu, dass Sie nach Hause kommen, Forthuber. Morgen früh brauche ich Sie erst um acht.«

»In Ordnung. Dann noch einen schönen Abend, Herr Minister.«

Lauterbach nickte und ergriff den kleinen Koffer. Drei Tage war er nicht zu Hause gewesen, erst hatte er Termine in Berlin gehabt, dann die Kultusministerkonferenz in Stralsund, bei der sich die Kollegen aus Baden-Württemberg und Nordrhein-Westfalen über die Festlegung der Leitlinien zur Deckung des Lehrkräftebedarfs heftig in die Wolle gekriegt hatten. Er hörte das Telefon klingeln, als er die Haustür aufschloss und mit einem Handgriff die Alarmanlage abschaltete. Der Anrufbeantworter sprang an, aber der Anrufer machte sich nicht die Mühe, aufs Band zu sprechen. Gregor Lauterbach stellte den Koffer vor der Treppe ab, machte Licht und ging in die Küche. Er warf einen Blick auf die Post, die sich auf dem Küchentisch stapelte, von der Putzfrau fein säuberlich in zwei Stapel getrennt. Daniela war noch nicht zu Hause. Wenn er sich recht erinnerte, hielt sie heute Abend einen Vortrag bei einem Ärztekongress in Marburg. Lauterbach ging weiter ins Wohnzimmer und betrachtete eine Weile die Flaschen auf dem Sideboard, bevor er sich für einen zweiundvierzig Jahre alten Black Bowmore Scotch Whisky entschied. Ein Geschenk von irgendjemandem, der sich bei ihm anbiedern wollte. Er schraubte die Flasche auf und goss zwei Fingerbreit in ein Glas. Seit er Kultusminister in Wiesbaden war, trafen er und Daniela sich nur noch zufällig oder um ihre Terminkalender abzugleichen. Im selben Bett schliefen sie seit zehn Jahren nicht mehr. Lauterbach besaß eine geheime Wohnung in Idstein, in der er sich einmal pro Woche mit einer diskreten Geliebten traf. Er hatte ihr von vorneherein unmissverständlich klargemacht, dass er nicht vorhabe, sich jemals von Daniela scheiden zu lassen, und so spielte dieses Thema bei ihren Treffen keine Rolle. Ob Daniela ihrerseits ein Verhältnis hatte, wusste er nicht, und er würde sie nicht danach fragen. Er lockerte seine Krawatte, zog seine Anzugsjacke aus, warf sie nachlässig über die Lehne eines Sofas und nahm einen Schluck Scotch. Das Telefon klingelte erneut. Dreimal, dann übernahm wieder der Anrufbeantworter.

»Gregor.« Die männliche Stimme hatte einen dringlichen Unterton. »Wenn du da bist, geh bitte dran. Es ist sehr wichtig!«

Lauterbach zögerte einen Moment. Er erkannte die Stimme. Immer und überall schien alles sehr wichtig zu sein. Aber schließlich stieß er einen Seufzer aus und nahm ab. Der Anrufer hielt sich nicht mit höflichen Floskeln auf. Während Lauterbach zuhörte, spürte er, wie sich seine Nackenhaare aufstellten. Er richtete sich unwillkürlich auf. Das Gefühl der Bedrohung sprang ihn so plötzlich an wie ein Raubtier.

»Danke, dass du angerufen hast«, sagte er mit heiserer Stimme und drückte das Gespräch weg. Wie erstarrt stand er im Halbdunkel. Ein Skelett in Eschborn. Tobias Sartorius zurück in Altenhain. Seine Mutter war von einem Unbekannten von einer Brücke gestoßen worden. Und eine ehrgeizige Beamtin vom K 11 in Hofheim wühlte in alten Akten. Verdammt. Der teure Whisky schmeckte bitter. Achtlos stellte er das Glas ab und ging eilig die Treppe hinauf in sein Schlafzimmer. Es musste nichts bedeuten. Das alles konnte Zufall sein, versuchte er sich zu beruhigen. Aber es gelang ihm nicht. Lauterbach setzte sich auf das Bett, streifte die Schuhe von den Füßen und ließ sich zurücksinken. Eine Flut unwillkommener Bilder rauschte durch seinen Kopf. Wie konnte es sein, dass eine einzige, an sich unbedeutende falsche Entscheidung so katastrophale Auswirkungen hatte? Er schloss die Augen. Die Müdigkeit kroch durch seinen Körper. Seine Gedanken glitten von der Gegenwart auf verschlungenen Pfaden in die Welt der Träume und Erinnerungen. *Weiß wie Schnee, rot wie Blut, schwarz wie Ebenholz …*

Dienstag, 11. November 2008

»Bei dem Skelett handelt es sich um ein Mädchen, das beim Eintritt des Todes zwischen fünfzehn und achtzehn Jahre alt gewesen ist.« Dr. Henning Kirchhoff war in Eile. Er musste das Flugzeug nach London erreichen, wo man ihn in einem Fall als Gutachter erwartete. Bodenstein saß auf einem Stuhl vor dem Schreibtisch und hörte zu, während Kirchhoff notwendige Unterlagen in seinen Koffer packte und dabei über verschmolzene Basilarnähte, partiell verschmolzene Darmbeinkämme und andere Altersindikatoren dozierte.

»Wie lang hat sie in dem Tank gelegen?«, unterbrach Bodenstein ihn schließlich.

»Zehn bis maximal fünfzehn Jahre.« Der Rechtsmediziner trat an den Leuchtkasten und tippte auf eine Röntgenaufnahme. »Sie hatte sich mal den Oberarm gebrochen. Hier ist deutlich eine verheilte Fraktur zu sehen.«

Bodenstein starrte auf das Bild. Weiß leuchteten die Knochen vor dem schwarzen Hintergrund.

»Ach ja, und was noch ganz interessant ist ...« Kirchhoff gehörte nicht zu der Sorte Mensch, der mit seinem Wissen herausplatzte. Selbst unter Zeitdruck vermochte er es noch spannend zu machen. Er blätterte ein paar Röntgenbilder durch, hielt sie gegen das Neonlicht des Kastens und hängte jenes, nach dem er gesucht hatte, neben die Aufnahme des

Armknochens. »Man hatte ihr die ersten Prämolare im rechten und linken Oberkiefer gezogen, wahrscheinlich weil ihr Kiefer zu klein war.«

»Und was bedeutet das?«

»Dass wir Ihren Leuten Arbeit abgenommen haben.« Kirchhoff fixierte Bodenstein mit hochgezogenen Brauen. »Als wir nämlich die Daten zum Zahnschema im Computer mit der Vermisstendatei abgeglichen haben, erhielten wir einen Treffer. Das Mädchen ist seit 1997 als vermisst gemeldet. Wir verglichen also unsere Röntgenbilder mit antemortalen Röntgenbildern der Vermissten – und siehe da …«, er heftete ein weiteres Bild an den Leuchtkasten, »da haben wir den Bruch, als er noch ziemlich frisch war.«

Bodenstein übte sich in Geduld, obwohl ihm mittlerweile dämmerte, wen die Arbeiter auf dem alten Flugplatz in Eschborn da zufällig ausgegraben hatten. Ostermann hatte eine Liste von Mädchen und jungen Frauen erstellt, die in den letzten fünfzehn Jahren verschwunden und nicht wieder aufgetaucht waren. Zuoberst standen die Namen der beiden Mädchen, die Tobias Sartorius ermordet hatte.

»Da keine organischen Substanzen mehr vorhanden sind«, fuhr Kirchhoff fort, »war eine Sequenzierung nicht möglich, aber wir konnten die mitochondriale DNS extrahieren und landeten einen zweiten Treffer. Bei dem Mädchen aus dem Tank handelt es sich um …«

Er verstummte, ging um seinen Schreibtisch herum und wühlte in einem der zahlreichen Papierberge.

»Laura Wagner oder Stefanie Schneeberger«, vermutete Bodenstein. Kirchhoff blickte auf und lächelte säuerlich.

»Sie sind ein Spielverderber, Bodenstein«, sagte er. »Weil Sie mir in Ihrer Ungeduld meine Pointe vermasseln wollten, sollte ich Sie eigentlich bis zu meiner Rückkehr aus London zappeln lassen. Aber wenn Sie so freundlich sind, mich bei diesem Sauwetter zur S-Bahn zu fahren, dann verrate ich Ihnen unterwegs, welche der beiden es ist.«

*

Pia saß an ihrem Schreibtisch und grübelte. Sie hatte gestern bis spät in die Nacht die Akten studiert und war dabei über einige Ungereimtheiten gestolpert. Die Fakten des Falles Tobias Sartorius waren klar, die Beweise gegen ihn auf den ersten Blick eindeutig. Aber eben nur auf den ersten Blick. Schon bei der Lektüre der Vernehmungsprotokolle hatten sich Pia Fragen aufgedrängt, auf die sie im Laufe des Aktenstudiums keine Antworten fand. Tobias Sartorius war zwanzig Jahre alt gewesen, als er wegen Totschlags an der damals siebzehnjährigen Stefanie Schneeberger und wegen Mordes an der ebenfalls siebzehnjährigen Laura Wagner zur höchsten Strafe, die das Jugendstrafrecht kannte, verurteilt worden war. Ein Nachbar hatte beobachtet, wie die beiden Mädchen am späten Abend des 6. September 1997 das Haus von Familie Sartorius im Abstand von wenigen Minuten betreten hatten; schon auf der Straße hatte es eine lautstarke Auseinandersetzung zwischen Tobias und seiner Exfreundin Laura Wagner gegeben. Zuvor waren alle drei auf der Kerb gewesen und hatten dort nach Zeugenaussagen erhebliche Mengen Alkohol konsumiert. Das Gericht hatte es als erwiesen angesehen, dass Tobias seine Freundin Stefanie Schneeberger im Affekt mit einem Wagenheber erschlagen hatte, um danach seine Exfreundin Laura, die Zeugin der Tat geworden war, ebenfalls zu erschlagen. Gemessen an der Menge des Blutes von Laura, das man überall im Haus, an Tobias' Kleidung und im Kofferraum seines Autos gefunden hatte, musste die Tat mit äußerster Brutalität ausgeführt worden sein. Die Mordmerkmale Grausamkeit und Verdeckung einer

Straftat waren somit gegeben. Bei einer Hausdurchsuchung hatte man Stefanies Rucksack in Tobias' Zimmer gefunden, Lauras Halskette in der Milchküche unter einem Waschbecken und schließlich die Mordwaffe, den Wagenheber, in der Jauchegrube hinter dem Kuhstall. Die Argumentation der Verteidigung, Stefanie habe nach dem Streit ihren Rucksack im Zimmer des Freundes vergessen, wurde als unerheblich abgetan. Zeugen hatten Tobias später, kurz nach 23:00 Uhr, in seinem Auto aus Altenhain hinausfahren sehen. Aber gegen 23:45 wollten seine Freunde Jörg Richter und Felix Pietsch an der Haustür mit ihm gesprochen haben! Er sei voller Blut gewesen und habe es abgelehnt, mit zur Wache am Kerbebaum zu kommen.

Über diese Zeitangaben war Pia gestolpert. Das Gericht war davon ausgegangen, dass Tobias die Leichen der beiden Mädchen im Kofferraum seines Autos wegtransportiert hatte. Aber was hatte er in einer knappen Dreiviertelstunde ausrichten können? Pia nahm einen Schluck Kaffee und stützte nachdenklich das Kinn in die Hand. Die Kollegen waren damals gründlich gewesen und hatten im Laufe ihrer Ermittlungsarbeit beinahe jeden Einwohner Altenhains befragt. Dennoch hatte sie das unbestimmte Gefühl, dass seinerzeit etwas übersehen worden war.

Die Tür ging auf, Kollege Hasse erschien im Türrahmen. Er war käsig weiß, nur seine Nase leuchtete rot und entzündet vom vielen Naseputzen.

»Na«, sagte Pia. »Geht's dir besser?«

Zur Antwort nieste Hasse zweimal hintereinander, dann holte er schniefend Luft und zuckte die Schultern.

»Mensch, Andreas, fahr nach Hause.« Pia schüttelte den Kopf. »Leg dich ins Bett und kurier dich aus. Hier ist doch im Moment tote Hose.«

»Wie weit bist du mit dem Zeug?« Er nickte argwöhnisch

in Richtung der Akten, die sich auf dem Boden neben Pias Schreibtisch stapelten. »Hast du was gefunden?«

Sie wunderte sich kurz über sein Interesse, aber wahrscheinlich trieb ihn nur die Befürchtung um, sie könne ihn um Hilfe bitten.

»Wie man's nimmt«, erwiderte sie. »Auf den ersten Blick scheint alles sehr sorgfältig überprüft worden zu sein. Aber trotzdem stimmt irgendetwas nicht. Wer hat damals die Ermittlungen geleitet?«

»KHK Brecht vom K 11 in Frankfurt«, sagte Hasse. »Aber falls du mit ihm reden willst, kommst du ein Jahr zu spät. Er ist letzten Winter gestorben. Ich war auf seiner Beerdigung.«

»Ach.«

»Ein Jahr nach seiner Pensionierung. So hat's Vater Staat am liebsten. Da schuftet man, bis man fünfundsechzig ist, und dann wandert man gleich in die Kiste.«

Pia überhörte die übliche Bitterkeit in seiner Stimme. Kollege Hasse hatte sich in seinem Leben sicher noch nicht dem Risiko ausgesetzt, sich zu Tode zu schuften.

*

Nachdem er Dr. Kirchhoff an der S-Bahn-Haltestelle am Stadion abgesetzt hatte, fuhr Bodenstein auf den Zubringer Richtung Frankfurter Kreuz. Die Eltern von Laura Wagner würden heute endlich Gewissheit über das Schicksal ihrer Tochter erhalten. Möglicherweise brachte es ihnen Erleichterung, wenn sie die sterblichen Überreste des Mädchens nach elf Jahren beerdigen und damit endgültig Abschied nehmen konnten. Er war so in Gedanken versunken, dass er ein paar Sekunden brauchte, bevor er das Kennzeichen des dunklen X5 direkt vor ihm erkannte. Was machte Cosima hier in Frankfurt? Hatte sie sich nicht noch heute Morgen bei ihm beklagt, sie müsse wohl den Rest der Woche im Sender in Mainz verbringen, weil sie mit dem Schnitt des Filmmaterials nicht vorwärtskamen? Bodenstein tippte ihre Handynummer ein. Trotz schlechter Sicht durch Nieselregen und Spritzwasser konnte er sehen, wie die Fahrerin vor ihm ein Handy ans Ohr hob. Er lächelte, als ihre vertraute Stimme aus dem Lautsprecher ertönte. *Schau mal in den Rückspiegel* hatte er eigentlich sagen wollen, aber eine plötzliche Eingebung hielt ihn davon ab. Die Worte seiner Schwester zuckten durch sein Gehirn. Er würde Cosima auf die Probe stellen und sich davon überzeugen lassen, dass sein Misstrauen ungerechtfertigt war.

»Was machst du gerade?«, fragte er also stattdessen. Ihre Antwort verschlug ihm die Sprache.

»Ich bin noch in Mainz. Heute hat gar nichts geklappt«, erwiderte sie in einem Tonfall, der ihn normalerweise nicht an ihrer Aussage hätte zweifeln lassen. Die Lüge versetzte ihm einen so heftigen Schock, dass er innerlich zu zittern begann. Seine Hände schlossen sich fester um das Lenkrad, er nahm den Fuß vom Gaspedal, ließ sich zurückfallen und von einem anderen Auto überholen. Sie log! Sie log immer weiter! Während sie den rechten Blinker setzte und auf die A5 abbog, erzählte sie ihm, dass sie den ganzen Szenenplan umgeworfen habe und deshalb nicht rechtzeitig mit dem Schnitt fertig geworden war.

»Wir hatten den Schneideraum nur bis zwölf zur Verfügung«, sagte sie. Das Blut rauschte in seinen Ohren. Die Erkenntnis, dass Cosima, seine Cosima, ihn derart eiskalt und unverfroren anlog, war mehr, als Bodenstein ertragen konnte. Am liebsten hätte er sie angeschrien, hätte gerufen *Bitte, bitte, lüg doch nicht, ich fahre hinter dir her!*, aber er konnte nichts sagen, brummte nur irgendetwas und drückte dann das Gespräch weg. Wie in Trance fuhr er den Rest der

Strecke zum Kommissariat. An den Garagen, in denen die Einsatzfahrzeuge standen, stellte er den Motor ab und blieb im Auto sitzen. Der Regen prasselte auf das Dach des BMW, rann über die Scheiben. Seine Welt zerfiel in Stücke. Wieso, zum Teufel, log Cosima ihn an? Die einzige Erklärung war, dass sie etwas getan hatte, von dem er nichts erfahren durfte. Was das sein könnte, wollte er überhaupt nicht wissen. So etwas passierte anderen, aber doch nicht ihm! Es dauerte eine Viertelstunde, bis er endlich in der Lage war, auszusteigen und zum Gebäude hinüberzugehen.

*

Im steten Nieselregen belud Tobias den Anhänger des Traktors, um dann alles zu den Containern zu transportieren, die neben der trockengelegten Jauchegrube abgestellt worden waren. Holz, Sperr- und Restmüll. Der Typ vom Entsorgungsunternehmen hatte mehrfach darauf hingewiesen, dass es ein teurer Spaß werden würde, sollte er den Dreck nicht anständig sortieren. Wegen des Metallschrotts war gegen Mittag der Schrotthändler auf den Hof gekommen. Dem Mann hatten Dollarzeichen in den Augen gestanden, als er gesehen hatte, welche Goldgrube sich vor ihm auftat. Mit zwei Gehilfen hatte er alles aufgeladen, angefangen von den rostigen Ketten, mit denen früher die Kühe angebunden worden waren, bis hin zu den Großteilen aus Stall und Scheune. Vierhundertfünfzig Euro hatte der Schrotthändler Tobias ausgezahlt und versprochen, in der nächsten Woche wiederzukommen und den Rest zu holen. Tobias war deutlich bewusst, dass jeder seiner Handgriffe von Nachbar Paschke mit Argusaugen beobachtet wurde. Der Alte verbarg sich hinter der Gardine, aber hin und wieder linste er durch einen Spalt hinaus. Tobias beachtete ihn nicht. Als sein Vater um halb fünf von der Arbeit kam, war von den Müllbergen im unteren Hof nichts mehr zu sehen.

»Aber die Stühle«, wandte Hartmut Sartorius verstört ein. »Die waren doch noch in Ordnung. Und die Tische. Das hätte man doch alles streichen können ...«

Tobias bugsierte seinen Vater ins Haus, dann zündete er sich eine Zigarette an und gönnte sich die erste wohlverdiente Pause seit dem Morgen. Er setzte sich auf die oberste Treppenstufe und blickte zufrieden über den aufgeräumten Hof, in dessen Mitte nur noch die alte Kastanie stand. Nadja. Das erste Mal gestattete er es seinen Gedanken, zur vorgestrigen Nacht zurückzuschweifen. Er mochte zwar dreißig Jahre alt sein, aber was Sex anbelangte, war er ein blutiger Anfänger. Im Vergleich zu dem, was Nadja und er getan hatten, erschienen ihm seine Erlebnisse von früher geradezu kindisch. Seine Phantasie hatte sie aus Mangel an Vergleichen im Laufe der Jahre zu etwas Großartigem, Einzigartigem aufgebauscht, aber nun konnte er sie in die richtige Relation rücken. Kinderkram, das verschämte Rein und Raus im muffigen Jugendbett, die Jeans samt Unterhose in den Kniekehlen, immer mit wachsam gespitzten Ohren – nicht dass unverhofft die Eltern hereinplatzten, weil doch der Schlüssel der Zimmertür fehlte.

»Puh«, seufzte er nachdenklich. Es hörte sich schwülstig an, aber zweifellos hatte erst Nadja ihn wirklich zum Mann gemacht. Nach der ersten, hastigen Vereinigung auf dem Sofa waren sie ins Bett gegangen, und er hatte angenommen, das sei alles gewesen. Sie hatten sich in den Armen gehalten, gestreichelt, geredet, und Nadja hatte ihm gestanden, dass sie ihn schon damals geliebt habe. Es sei ihr erst bewusst geworden, als er aus ihrem Leben verschwunden sei. Und all die Jahre habe sie jeden Mann, dem sie begegnete, unbewusst an ihm gemessen. Dieses Geständnis aus dem Mund dieser wunderschönen Fremden, die er nicht mehr recht mit der Freundin aus Kindertagen in Verbindung zu bringen vermochte, hatte ihn irritiert und gleichzeitig tief beglückt. Es war ihr gelungen, ihn zu schweißtreibenden körperlichen Höchstleistungen zu motivieren, zu denen er selbst sich nie für fähig gehalten hatte. Er glaubte, sie noch immer zu riechen, zu schmecken und zu spüren. Einfach wundervoll. Großartig. Geil. Tobias war so in Gedanken versunken, dass er die leisen Schritte nicht hörte und erschrocken zusammenzuckte, als eine Gestalt unerwartet um die Hausecke bog.

»Thies?«, fragte er erstaunt. Er stand auf, machte aber keinen Versuch, auf den Sohn der Nachbarn zuzugehen oder ihn gar zu umarmen. Thies Terlinden hatte solche Vertraulichkeiten noch nie geschätzt. Er schaute ihm auch jetzt nicht in die Augen, stand nur stumm da, die Arme fest an den Körper gepresst. Seine Behinderung sah man ihm heute wie damals nicht an. So ähnlich musste also Lars heute aussehen. Lars, der um zwei Minuten jüngere Zwilling, der durch die Krankheit seines Bruders unfreiwillig zum Kronprinzen der Terlinden-Dynastie aufgestiegen war. Tobias hatte seinen besten Freund nach jenem verhängnisvollen Tag im September 1997 nie mehr wiedergesehen. Erst jetzt fiel ihm auf, dass er mit Nadja gar nicht über Lars gesprochen hatte, obwohl sie früher wie Geschwister gewesen waren. Kalle, Anders und Eva-Lotte, hatten sie sich genannt, die Weiße Rose – wie bei Astrid Lindgren. Plötzlich machte Thies von sich aus einen Schritt auf Tobias zu und hielt ihm zu seiner Verwunderung die Hand hin, mit der Handfläche nach oben. Erstaunt begriff Tobias, was Thies erwartete: So hatten sie sich früher begrüßt, mit einem dreimaligen Abklatschen. Zuerst war es ihr geheimes Banden-Erkennungszeichen gewesen, später ein Spaß, den sie beibehalten hatten. Ein leichtes Lächeln erschien auf Thies' hübschem Gesicht, als Tobias ihn abklatschte.

»Hallo, Tobi«, sagte er mit seiner eigentümlichen Stimme, der jede Intonation fehlte. »Schön, dass du wieder da bist.«

*

Amelie wischte den langen Tresen ab. Der Gastraum im Schwarzen Ross war noch leer, um halb sechs war es zu früh für die abendliche Kundschaft. Zu ihrem eigenen Erstaunen war es ihr nicht schwergefallen, heute auf ihr übliches Outfit zu verzichten. Sollte ihre Mutter wieder einmal recht behalten und war ihr Goth-Dasein nicht etwa, wie von ihr behauptet, eine Lebenseinstellung, sondern tatsächlich nur eine pubertäre Protestphase? In Berlin hatte sie sich in den weiten, schwarzen Klamotten wohl gefühlt, mit dem Schmuck, der Schminke und der aufwendigen Frisur. Ihre Freunde sahen alle so aus, und niemand drehte sich nach ihnen um, wenn sie wie ein Schwarm schwarzer Raben in der Gruppe durch die Straßen vagabundierten, mit den Springerstiefeln gegen Laternenpfähle traten und gelegentlich mit Mülleimern Fußball spielten. Was die Lehrer und andere Spießer sagten, war ihr schnuppe gewesen, sie hatte sie nicht einmal richtig wahrgenommen. Störende Objekte, die die Lippen bewegten und unsinniges Zeug redeten. Doch plötzlich war alles anders. Die anerkennenden Blicke der Männer am Sonntag, die zweifellos ihrer Figur und ihrem tiefen Ausschnitt gegolten hatten, hatten ihr gefallen. Mehr als das. Sie war wie auf Wolken gelaufen, als sie begriffen hatte, dass jeder Mann im Schwarzen Ross auf ihren Hintern starrte, Claudius Terlinden inklusive. Dieses Hochgefühl hielt noch immer an. Jenny Jagielski kam aus der Küche gewatschelt, die Kreppsohlen ihrer Schuhe verursachten ein quatschendes Geräusch. Bei Amelies Anblick zog sie die Augenbrauen hoch.

»Von der Vogelscheuche zum Vamp«, bemerkte sie spitz. »Na, wem's gefällt.«

Dann beäugte sie kritisch das Ergebnis von Amelies Arbeit, fuhr mit dem Zeigefinger über die Platte und war zufrieden.

»Du kannst noch die Gläser spülen«, sagte sie. »Mein Bruder hat es wohl mal wieder nicht geschafft.«

Vom Mittagsgeschäft standen noch Dutzende benutzter Gläser neben dem Spülbecken. Amelie war es egal, was sie tat. Hauptsache, sie bekam jeden Abend ihre Kohle. Jenny kletterte auf einen Barhocker vor dem Tresen und zündete sich trotz Rauchverbots eine Zigarette an. Das tat sie öfter, wenn sie allein war und in friedlicher Stimmung wie heute. Amelie ergriff die günstige Gelegenheit, sie über Tobias Sartorius auszufragen.

»Natürlich kenne ich ihn von früher«, antwortete Jenny. »Der Tobi war ja ein guter Kumpel von meinem Bruder und oft bei uns zu Hause.«

Sie seufzte und schüttelte den Kopf.

»Trotzdem wär's besser, er wäre nicht hierher zurückgekommen.«

»Wieso?«

»Na ja, überleg doch mal, wie das für Manfred und Andrea sein muss, wenn sie dem Mörder ihrer Tochter über den Weg laufen!«

Amelie trocknete die ersten gespülten Gläser ab, polierte sie sorgfältig.

»Was ist denn damals überhaupt passiert?«, fragte sie beiläufig, aber es bedurfte keiner Motivation, denn ihre Chefin war in Plauderlaune.

»Tobi war erst mit der Laura zusammen, dann mit der Stefanie. Die war neu in Altenhain. An dem Tag, an dem die beiden verschwunden sind, war Kerb. Das ganze Dorf war im Zelt. Ich war damals vierzehn und fand es toll, dass ich den ganzen Abend dableiben durfte. Ehrlich gesagt habe ich gar nicht mitbekommen, was passiert ist. Erst am nächsten Morgen, als die Polizei auftauchte, mit Hunden und Hubschrauber und so weiter, da habe ich mitgekriegt, dass die Laura und die Stefanie verschwunden waren.«

»Hätte ich gar nicht gedacht, dass in so einem Kaff wie Altenhain so etwas Aufregendes passieren kann«, sagte Amelie.

»Aufregend war's tatsächlich«, erwiderte Jenny und betrachtete versonnen die Zigarette, die zwischen ihren Wurstfingern vor sich hin qualmte. »Aber seitdem ist hier im Dorf nichts mehr, wie es mal war. Früher waren alle miteinander befreundet. Das ist vorbei. Tobis Vater war der Wirt vom Goldenen Hahn, da war jeden Abend was los, mehr als hier. Die hatten noch einen riesigen Saal, da ging an Fasching richtig die Post ab. Das Schwarze Ross gab's damals ja noch gar nicht. Mein Mann hat früher als Koch im Goldenen Hahn gearbeitet.«

Sie verstummte, hing ihren Erinnerungen nach. Amelie schob ihr einen Aschenbecher hin.

»Ich weiß noch, dass die Polizei Jörg und seine Freunde stundenlang verhört hat«, fuhr Jenny schließlich fort. »Niemand wusste irgendwas. Und dann hieß es, Tobi hätte die beiden Mädchen umgebracht. Die Polizei hat Blut von Laura in Tobis Auto gefunden und Stefanies Sachen unter seinem Bett. Und der Wagenheber, mit dem Stefanie erschlagen worden ist, lag in Sartorius' Jauchegrube.«

»Ist ja krass. Haben Sie Laura und Stefanie gekannt?«

»Die Laura, ja. Die war ja in der Clique mit meinem Bruder, Felix, Micha, Tobi, Nathalie und Lars.«

»Nathalie? Lars?«

»Terlinden. Und die Nathalie Unger ist eine berühmte Schauspielerin geworden. Heute nennt sie sich Nadja von

Bredow. Vielleicht hast du sie schon mal im Fernsehen gesehen.« Jenny starrte vor sich hin. »Aus den beiden ist was Gescheites geworden. Lars muss einen Superjob bei einer Bank haben. Was Genaues weiß keiner. Er war nie mehr hier in Altenhain. Tja, ich hab auch immer von der großen, weiten Welt geträumt. Aber oft kommt es eben anders, als man denkt …«

Es fiel Amelie schwer, sich ihre fette, chronisch schlechtgelaunte Chefin als fröhliches, vierzehnjähriges Mädchen vorzustellen. War sie vielleicht deshalb oft so bösartig, weil sie in diesem Kaff hängen geblieben war, mit drei ewig nölenden kleinen Kindern und einem Mann, der sie als Anspielung auf ihre Figur vor allen Leuten verächtlich »Micheline« rief?

»Und Stefanie?«, fragte Amelie, als Jenny in ihren Erinnerungen zu versinken drohte. »Wie war sie so?«

»Hm.« Jenny starrte nachdenklich ins Leere. »Schön war sie. Weiß wie Schnee, rot wie Blut, schwarz wie Ebenholz.«

Ihr Blick richtete sich auf Amelie. Ihre hellen Augen mit den blonden Wimpern erinnerten an die eines Schweins.

»Du siehst ein bisschen aus wie sie.« Das klang nicht wie ein Kompliment.

»Ehrlich?« Amelie hielt mit ihrer Arbeit inne.

»Stefanie war ein ganz anderes Kaliber als die Mädchen aus dem Dorf«, sprach Jenny weiter. »Sie war gerade erst mit ihren Eltern hierhergezogen, und Tobi hatte sich sofort in sie verknallt und mit Laura Schluss gemacht.« Jenny kicherte verächtlich. »Da hat mein Bruder seine Chance gesehen. Die Jungs waren alle ganz verrückt nach der Laura. Die war richtig hübsch. Aber auch ganz schön zickig. Sie war stinkwütend, als Stefanie zur Miss Kerb gewählt worden ist und nicht sie.«

»Warum sind Schneebergers hier weggezogen?«

»Würdest du in dem Dorf bleiben, wo deinem Kind so was

Schreckliches zugestoßen ist? Sie haben noch ungefähr drei Monate hier gewohnt, dann waren sie eines Tages weg.«

»Hm. Und der Tobi? Was war das für ein Typ?«

»Ach, in den waren alle Mädchen verliebt. Ich auch.« Jenny lächelte wehmütig bei der Erinnerung an die Zeiten, in denen sie noch jung und dünn und voller Träume gewesen sein mochte. »Er sah toll aus und war einfach ... cool. Und trotzdem nie überheblich, wie die anderen Jungs. Wenn sie ins Schwimmbad gefahren sind, hatte er nichts dagegen, wenn ich mitkomme. Die anderen haben gemault, von wegen die kleine Klette soll doch zu Hause bleiben und so. Nee, er war schon süß. Und gescheit noch dazu. Alle haben geglaubt, er wird mal was richtig Großes. Tja. Und dann das. Aber Alkohol verändert einen Menschen. Wenn Tobi was getrunken hat, ist er nicht mehr er selbst ...«

Die Tür ging auf, zwei Männer kamen herein, und Jenny drückte rasch die Zigarette aus. Amelie räumte die gespülten Gläser weg, dann ging sie zu den Gästen, reichte ihnen die Speisekarten. Auf dem Rückweg nahm sie von einem Tisch die Tageszeitung mit. Ihr Blick fiel auf die aufgeschlagene Seite im Lokalteil. Die Polizei suchte nach dem Mann, der Tobias' Mutter von der Brücke gestoßen hatte.

»Ach du Scheiße«, murmelte Amelie und bekam große Augen. Auch wenn das Fahndungsfoto von schlechter Qualität war, hatte sie den Mann sofort erkannt.

*

Bodenstein hatte den Moment gefürchtet, in dem er Cosima gegenübertreten musste. Er hatte in seinem Büro gesessen und nachgedacht, bis es sich nicht mehr aufschieben ließ. Sie war oben im Badezimmer, als er das Haus betrat, lag in der Badewanne, wie er am Plätschern des Wassers hörte. Mit hängenden Armen stand er in der Küche, als sein Blick auf ihre Tasche fiel, die über einer Stuhllehne hing. Noch nie in seinem Leben hatte Bodenstein die Tasche seiner Frau durchsucht. Genauso wenig wäre es ihm je eingefallen, auf ihrem Schreibtisch herumzuschnüffeln – weil er ihr immer vertraut hatte und davon ausgegangen war, dass sie nichts vor ihm zu verbergen suchte. Jetzt war es anders. Er kämpfte einen Augenblick mit sich, dann ergriff er die Tasche und wühlte darin herum, bis er ihr Handy gefunden hatte. Das Herz schlug ihm bis zum Hals, als er das Gerät aufklappte. Sie hatte es nicht ausgeschaltet. Bodenstein wusste, dass er einen schlimmen Vertrauensbruch beging, aber er konnte nicht anders. Im Menü rief er den Ordner Nachrichten auf und klickte sich durch die SMS. Gestern Abend um 21:48 hatte sie von einem unbekannten Absender eine Kurznachricht erhalten. *Morgen, 9:30? Gleicher Ort?* Und sie hatte geantwortet, nur eine Minute später. Wo war er denn gewesen? Wieso hatte er nicht mitbekommen, dass Cosima schrieb: *Alles klar, freue mich!!!* Drei Ausrufezeichen. Ein flaues Gefühl machte sich in seinem Magen breit. Die Befürchtungen, die er den ganzen Tag mit sich herumgetragen hatte, schienen sich zu bewahrheiten. Mit den drei Ausrufezeichen fielen schon mal die harmloseren Möglichkeiten wie Arzt oder Friseur weg. Darüber würde sie sich um zehn vor zehn an einem Montagabend kaum so sehr freuen. Bodenstein lauschte mit einem Ohr nach oben, während er das Handy weiter nach verräterischen Botschaften durchsuchte. Aber Cosima musste erst kürzlich den Speicher gelöscht haben, er fand sonst nichts. Er zückte sein eigenes Handy und speicherte die Telefonnummer des Unbekannten, der sich an einem Dienstagvormittag um halb zehn offenbar zum wiederholten Mal mit seiner Ehefrau traf. Bodenstein klappte das Handy zu und ließ es zurück in die Tasche gleiten. Ihm war übel. Der Gedanke, dass Cosima ihn hinterging, ihn belog, war schier unerträglich. Er selbst hatte sie noch nie angelogen, in über fünfundzwanzig Jahren Ehe nicht. Es war nicht immer von Vorteil, stets gradlinig und ehrlich zu sein, aber Lügen und falsche Versprechungen widerstrebten seinem Charakter und seiner strengen Erziehung zutiefst. Sollte er jetzt hochgehen und sie mit seinem Verdacht konfrontieren, sie fragen, weshalb sie ihn angelogen hatte? Bodenstein fuhr sich mit allen zehn Fingern durch das dichte, dunkle Haar und holte tief Luft. Nein, entschied er, er würde nichts sagen. Würde den Schein und die Illusion einer intakten Beziehung noch ein wenig wahren. Das mochte feige sein, aber er fühlte sich einfach nicht imstande, sein Leben in beide Hände zu nehmen und zu zerschmettern. Noch bestand die winzige Hoffnung, dass es nicht das war, wonach es aussah.

*

Sie kamen zu zweit oder in kleinen Gruppen, wurden durch den Hintereingang in die Kirche eingelassen, nachdem sie das Codewort genannt hatten. Die Einladung war mündlich erfolgt, das Codewort war wichtig, denn er wollte sichergehen, dass nur die Richtigen dabei waren. Elf Jahre war es her, dass er ein solches Geheimtreffen einberufen und damit noch größeres Unheil verhindert hatte. Nun war es höchste Zeit, erneut Maßnahmen zu ergreifen, bevor die Situation eskalierte. Er stand neben der Orgel auf der Empore, hinter einem der Holzbalken verborgen, und beobachtete mit wachsender Nervosität, wie sich die Bankreihen unter ihm allmählich füllten. Das Flackern der wenigen Kerzen im Altarraum warf groteske Schatten an Decke und Wände des gewölbeartigen Kirchenschiffs. Elektrisches Licht hätte möglicherweise ungewollte Aufmerksamkeit erregt, denn selbst der dichte

Nebel, der sich draußen herabgesenkt hatte, würde die hell erleuchteten Kirchenfenster nicht verbergen können. Er räusperte sich, rieb die feuchten Handflächen aneinander. Ein Blick auf die Uhr verriet ihm, dass es so weit war. Sie waren alle da. Langsam tastete er sich die hölzerne Wendeltreppe nach unten, die Stufen knarrten unter seinem Gewicht. Als er aus der Dunkelheit in das schummerige Kerzenlicht trat, erstarben die flüsternd geführten Gespräche. Die Kirchturmglocke schlug elfmal – eine perfekte Choreographie. Er trat vor die erste Bankreihe in den Mittelgang, blickte in die vertrauten Gesichter; was er sah, machte ihm Mut. Alle Augen waren auf ihn gerichtet, und er erkannte in ihnen dieselbe Entschlossenheit wie damals. Sie alle hatten verstanden, um was es hier ging.

»Danke, dass ihr heute Abend hierhergekommen seid«, begann er die Rede, an der er im Geiste lange gefeilt hatte. Obwohl er leise sprach, drang seine Stimme bis in den letzten Winkel des großen Raumes. Die Akustik der Kirche war perfekt, das wusste er von den Chorproben. »Die Situation ist unhaltbar geworden, seitdem *er* wieder da ist, und ich habe euch heute hierhergebeten, um mit euch zu entscheiden, wie wir mit der Sache umgehen.«

Er war kein geübter Redner, zitterte innerlich vor Aufregung, wie immer, wenn er vor anderen Menschen sprechen musste. Dennoch gelang es ihm, sein und des Dorfes Anliegen in wenige Worte zu fassen. Keinem der Anwesenden musste erklärt werden, um was es heute Abend ging, und so zuckte auch niemand mit der Wimper, als er seinen Entschluss verkündete. Für einen Augenblick herrschte Totenstille. Jemand hustete unterdrückt. Er spürte, wie ihm der Schweiß über den Rücken lief. Auch wenn er von der absoluten Notwendigkeit seines Vorhabens fest überzeugt war, so war er sich doch dessen bewusst, dass er in einer Kirche stand und zu einem

Mord aufgerufen hatte. Sein Blick glitt über die Gesichter der vierunddreißig Menschen vor ihm. Jeden Einzelnen kannte er, seitdem er denken konnte. Niemand von ihnen würde auch nur ein Wort über das, was hier besprochen wurde, verlauten lassen. Damals, vor elf Jahren, war es nicht anders gewesen. Gespannt wartete er.

»Ich bin dabei«, ertönte endlich eine Stimme aus der dritten Reihe.

Es wurde still. Ein Freiwilliger fehlte noch. Zu dritt mussten sie mindestens sein.

»Ich komme auch mit«, sagte schließlich jemand. Ein Aufseufzen ging durch die Versammlung.

»Gut.« Er war erleichtert. Für einen Moment hatte er befürchtet, sie würden einen Rückzieher machen. »Es wird eine Warnung sein. Wenn er danach nicht freiwillig verschwindet, machen wir Ernst.«

Mittwoch, 12. November 2008

Missvergnügt betrachtete Dr. Nicola Engel ihr dezimiertes K 11. Sie waren nur zu viert bei der morgendlichen Teambesprechung, außer Behnke fehlte heute auch Kathrin Fachinger. Während Ostermann über das wenig zufriedenstellende Echo ihres Fahndungsaufrufes berichtete, rührte Bodenstein mit abwesender Miene in seinem Kaffee. Pia fand, er sah übernächtigt aus, als habe er nicht viel Schlaf gefunden. Was war bloß mit ihm los? Seit ein paar Tagen machte er den Eindruck, als würde er einen Meter neben sich stehen. Pia vermutete familiäre Sorgen. Im Mai des vorletzten Jahres war er schon mal so seltsam gewesen; damals hatte er sich Sorgen um Cosimas Gesundheit gemacht, die sich im Nachhinein als unbegründet erwiesen hatten – er hatte nichts von ihrer Schwangerschaft gewusst.

»Also.« Dr. Engel ergriff das Wort, als Bodenstein es nicht tat. »Bei dem Skelett aus dem Flugzeughangar handelt es sich um die seit dem September 1997 vermisste Laura Wagner aus Altenhain. Die DNA passt, die verheilte Fraktur des linken Oberarmes stimmt mit einem Vergleich antemortaler Röntgenaufnahmen überein.«

Pia und Ostermann kannten den Inhalt des rechtsmedizinischen Berichts, hörten aber geduldig zu, bis ihre oberste Chefin ihren Vortrag beendet hatte. Ob sich Frau Dr. Engel in ihrem Job langweilte und sich deshalb ständig in die Arbeit des K 11 einmischte? Ihr Vorgänger, Dr. Nierhoff, war alle Jubeljahre mal aufgetaucht, meist nur dann, wenn es einen richtig spektakulären Fall aufzuklären galt.

»Ich frage mich nur«, sagte Pia, als Dr. Engel geendet hatte, »wie Tobias Sartorius innerhalb einer knappen Dreiviertelstunde von Altenhain nach Eschborn gefahren, in ein gesichertes und abgesperrtes Militärgelände eingedrungen und die Leiche in einen Erdtank geworfen haben soll.«

In der Runde war es still; alle bis auf Bodenstein sahen sie an.

»Sartorius hat die beiden Mädchen angeblich im Haus seiner Eltern ermordet«, erläuterte Pia. »Er wurde von den Nachbarn beobachtet, als er erst mit Laura Wagner das Haus betreten hat und später, als er Stefanie Schneeberger die Tür geöffnet hat. Das nächste Mal wurde er von seinen Freunden gegen Mitternacht gesehen, als die ihn abholen wollten.«

»Was wollen Sie damit sagen?«, wollte Dr. Engel wissen.

»Dass Tobias Sartorius möglicherweise nicht der Täter gewesen ist.«

»Natürlich war er's«, widersprach Hasse sofort. »Hast du vergessen, dass er verurteilt wurde?«

»In einem reinen Indizienprozess. Und ich bin beim Studium der Akten auf einige Ungereimtheiten gestoßen. Um Viertel vor elf hat der Nachbar beobachtet, wie Stefanie Schneeberger zu Tobias Sartorius ins Haus gegangen ist, und eine halbe Stunde später wurde sein Auto von zwei Zeugen in Altenhain gesehen.«

»Ja«, sagte Hasse. »Er hat die Mädchen getötet, sich in sein Auto gesetzt und die beiden Leichen weggeschafft. Das alles wurde nachgestellt.«

»Damals ging man davon aus, dass er die Leichen in der Nähe abgelegt hatte. Heute wissen wir, dass das nicht der Fall war. Und wie ist er auf das abgesperrte Militärgelände gelangt?«

»Die jungen Leute haben dort immer wieder heimlich gefeiert. Sie kannten irgendeinen geheimen Zugang.«

»Das ist doch Unsinn.« Pia schüttelte den Kopf. »Wie soll denn ein angetrunkener Mann so etwas alleine fertigbringen? Und was hat er mit der zweiten Leiche gemacht? Die haben wir nicht in dem Tank gefunden! Ich sage euch, das Zeitfenster ist viel zu knapp!«

»Frau Kirchhoff«, mahnte Dr. Engel. »Wir ermitteln hier nicht. Der Täter wurde seinerzeit gefasst, überführt, verurteilt und hat seine Strafe abgesessen. Fahren Sie zu den Eltern des Mädchens, teilen Sie ihnen mit, dass die sterblichen Überreste ihrer Tochter gefunden wurden, und basta.«

*

»Und basta!«, äffte Pia ihre Chefin nach. »Ich denke gar nicht daran, das einfach auf sich beruhen zu lassen. Es ist offensichtlich, dass damals schlampig ermittelt wurde und die Schlussfolgerungen absolut willkürlich waren. Und ich frage mich, warum!«

Bodenstein, der ihr das Steuer überlassen hatte, erwiderte nichts. Er hatte seine langen Beine in dem unbequem engen Dienst-Opel gefaltet, die Augen geschlossen und die ganze Fahrt über keinen Ton gesagt.

»Sag mal, was ist eigentlich los mit dir, Oliver?«, fragte Pia schließlich leicht verärgert. »Ich hab keine Lust, den ganzen Tag mit jemandem herumzufahren, der so gesprächig ist wie eine Leiche!«

Bodenstein öffnete ein Auge und seufzte. »Cosima hat mich gestern angelogen.«

Aha. Ein familiäres Problem. Wie vermutet.

»Und? Wer hat nicht schon einmal gelogen?«

»Ich.« Bodenstein öffnete auch das zweite Auge. »Ich habe

Cosima noch nie angelogen. Selbst die Sache mit der Kaltensee damals habe ich ihr gesagt.«

Er räusperte sich, dann erzählte er Pia, was gestern geschehen war. Sie hörte mit wachsendem Unbehagen zu. Das klang allerdings ernst. Doch sogar in dieser Situation bereitete ihm sein aristokratisches Ehrgefühl ein schlechtes Gewissen, weil er im Handy seiner Frau heimlich nach Beweisen gesucht hatte.

»Es kann für alles eine ganz harmlose Erklärung geben«, erwiderte Pia, obwohl sie nicht daran glaubte. Cosima von Bodenstein war eine schöne, temperamentvolle Frau, die durch ihren Job als Filmproduzentin selbständig und finanziell unabhängig war. In der letzten Zeit hatte es des Öfteren kleinere Reibereien zwischen ihr und Bodenstein gegeben, das hatte Pia mitbekommen, aber ihr Chef schien dem keine große Bedeutung beigemessen zu haben. Typisch für ihn, dass er jetzt wie vor den Kopf geschlagen war. Er lebte in einem Elfenbeinturm. Und das war umso erstaunlicher, wenn man bedachte, wie sehr ihn die Abgründe der Beziehungen anderer Menschen faszinierten, mit denen sie tagtäglich konfrontiert wurden. Im Gegensatz zu Pia ließ er sich nur sehr selten emotional in einen Fall verwickeln, er wahrte eine innerliche Distanz, die sie für ziemlich selbstgerecht hielt. Glaubte er, ihm könne so etwas nicht widerfahren und er sei über so etwas Profanes wie Eheprobleme erhaben? Dachte er wirklich, Cosima sei damit zufrieden, mit einem kleinen Kind zu Hause herumzusitzen und auf ihn zu warten? Sie war ein ganz anderes Leben gewohnt.

»Wenn sie sich mit jemandem trifft und mir erzählt, sie sei ganz woanders gewesen?«, hielt er nun dagegen. »Das ist nicht harmlos. Was soll ich nur machen?«

Pia antwortete nicht sofort. Sie in seiner Situation hätte alles darangesetzt, die Wahrheit zu erfahren. Wahrscheinlich hätte sie ihren Partner sofort zur Rede gestellt, mit Geschrei und Tränen und Vorwürfen. Unmöglich, einfach so zu tun, als sei nichts.

»Frag sie doch einfach«, schlug sie deshalb vor. »Sie wird dir wohl kaum ins Gesicht lügen.«

»Nein«, antwortete er entschieden. Pia seufzte innerlich. Oliver von Bodenstein tickte eben anders als normale Menschen. Vielleicht würde er sogar, nur um den Schein zu wahren und seine Familie zu schützen, einen möglichen Nebenbuhler akzeptieren und still leiden. Im Fach Selbstbeherrschung hatte er eine Eins mit Sternchen verdient.

»Hast du dir die Handynummer aufgeschrieben?«

»Ja.«

»Gib sie mir. Ich rufe dort an. Mit unterdrückter Nummer.«

»Nein, lieber nicht.«

»Willst du nicht die Wahrheit wissen?«

Bodenstein zögerte.

»Hör mal«, sagte Pia. »Es frisst dich doch auf, wenn du nicht weißt, woran du bist.«

»Verdammt!«, fuhr er auf. »Ich wünschte, ich hätte sie nicht gesehen! Ich wünschte, ich hätte sie nicht angerufen!«

»Hast du aber. Und sie hat gelogen.«

Bodenstein holte tief Luft und fuhr sich mit einer Hand durchs Haar. Selten hatte Pia ihren Chef so ratlos gesehen, nicht einmal als er herausgefunden hatte, dass die Tochter von Vera Kaltensee ihn unter Drogen gesetzt und zu sexuellen Handlungen genötigt hatte, um ihn erpressbar zu machen. Diese Sache hier ging ihm viel mehr an die Nieren.

»Was mache ich, wenn ich herausfinde, dass sie … dass sie mich betrügt?«

»Du hast schon mal völlig falsche Schlüsse aus ihrem Verhalten gezogen«, erinnerte Pia ihn besänftigend.

»Diesmal ist es anders«, sagte er. »Würdest du die Wahrheit wissen wollen, wenn du den Verdacht hättest, dass du betrogen wirst?«

»Aber hundertprozentig.«

»Und wenn …«, er brach ab. Pia sagte nichts. Sie hatten die Schreinerei von Manfred Wagner im Gewerbegebiet von Altenhain erreicht. Männer, dachte sie. Alle gleich. Kein Problem, im Job eine Entscheidung zu fällen. Aber sobald es um die Beziehung ging und Gefühle ins Spiel kamen, waren sie alle verdammte Feiglinge.

*

Amelie wartete, bis ihre Stiefmutter das Haus verlassen hatte. Barbara hatte ihr, ohne zu zögern, geglaubt, dass heute die erste Stunde ausfallen würde. Amelie grinste vor sich hin. Diese Frau war so was von gutgläubig, dass es schon langweilig war, sie zu belügen. Ganz anders als ihre misstrauische Mutter. Die glaubte ihr prinzipiell kein Wort, daher hatte Amelie es sich zur Gewohnheit gemacht, sie anzulügen. Oft schluckte sie die Lügen eher als die Wahrheit.

Amelie wartete, bis Barbara mit den beiden Kleinen in ihrem roten Mini davongebrummt war, dann schlüpfte sie aus der Haustür und rannte zum Hof der Sartorius. Es war noch dunkel und kein Mensch auf der Straße unterwegs, auch von Thies war weit und breit nichts zu sehen. Ihr Herz klopfte, als sie über den düsteren Hof schlich, vorbei an der Scheune und dem langgestreckten Stallgebäude, in dem schon lange keine Tiere mehr lebten. Sie hielt sich dicht an der Mauer, bog um die Ecke und bekam vor Schreck fast einen Herzinfarkt, als plötzlich zwei Gestalten mit vermummten Gesichtern vor ihr standen. Bevor sie schreien konnte, packte sie der eine und presste seine Hand auf ihren Mund. Brutal drehte er ihr die Arme auf den Rücken und stieß sie gegen die Mauer. Der Schmerz war so heftig, dass ihr die Luft wegblieb. Was fiel dem Kerl ein, ihr so weh zu tun? Und was hatten diese Typen hier morgens um halb acht zu suchen? Amelie hatte schon manch bedrohliche Situation in ihrem Leben gemeistert, und auch jetzt empfand sie nach dem ersten Schreck keine Angst, sondern Zorn. Verbissen kämpfte sie gegen die eiserne Umklammerung, sie trat um sich und versuchte, ihrem Angreifer die Maske mit den Augenschlitzen vom Kopf zu ziehen. Mit der Kraft der Verzweiflung gelang es ihr, den Mund freizubekommen. Sie sah ein Stück Haut direkt vor ihren Augen, eine bloße Stelle zwischen Handschuh und Jackenärmel, und biss zu, so kräftig sie konnte. Der Mann stieß einen unterdrückten Schmerzensschrei aus und stieß Amelie zu Boden. Weder er noch sein Kumpan hatten mit einer so heftigen Gegenwehr gerechnet, sie keuchten vor Anstrengung und Zorn. Schließlich versetzte der zweite Mann Amelie einen Tritt in die Rippen, der ihr den Atem nahm. Dann schlug er ihr mit der Faust ins Gesicht. Amelie sah nur noch Sternchen, und ihr Instinkt schrie ihr zu, besser liegen zu bleiben und die Klappe zu halten. Schritte entfernten sich eilig, dann war es ganz still, bis auf ihren eigenen heftigen Atem.

»Scheiße«, fluchte sie und versuchte mühsam, sich aufzurichten. Ihre Klamotten waren klatschnass und dreckig. Blut lief ihr warm über das Kinn und tropfte auf ihre Hände. Diese Mistkerle hatten ihr richtig weh getan.

*

Die Schreinerei Wagner und das angebaute Wohnhaus vermittelten den Eindruck, als sei mitten im Bau das Geld knapp geworden. Unverputzte Mauern, der Hof halb gepflastert, halb asphaltiert, voller Schlaglöcher – hier sah es nicht weniger deprimierend aus als auf dem Hof von Sartorius. Überall stapelten sich Holzbohlen und Bretter, manche waren schon von Moos bedeckt und sahen aus, als lägen sie seit Jahren hier. In Plastik eingeschweißte Türen lehnten an der Wand der Werkstatt, alles war schmutzig.

Pia klingelte an der Haustür des Wohnhauses, dann an der Tür mit der Aufschrift Büro, aber nichts tat sich. Im Innern des Werkstattgebäudes brannte Licht, also drückte sie das Metalltor auf und ging hinein. Bodenstein folgte ihr. Es roch nach frischem Holz.

»Hallo?«, rief sie. Sie gingen quer durch die Werkstatt, die ein einziges Durcheinander war, und fanden hinter einem Bretterstapel einen jungen Mann, der Ohrstöpsel in den Ohren hatte und mit dem Kopf im Takt der Musik nickte. Er war damit beschäftigt, mit einer Hand irgendetwas zu lackieren, hatte dabei aber eine Zigarette im Mund. Als Bodenstein ihm auf die Schulter klopfte, fuhr er herum. Er zerrte die Ohrstöpsel aus den Ohren und machte ein schuldbewusstes Gesicht.

»Machen Sie die Zigarette aus«, sagte Pia zu ihm, und er gehorchte sofort. »Wir suchen Herrn oder Frau Wagner. Sind die hier irgendwo?«

»Im Büro drüben«, sagte der Junge. »Glaub ich zumindest.«

»Danke.« Pia sparte sich den Hinweis auf Brandschutzverordnungen und machte sich auf die Suche nach dem Chef, dem alles egal zu sein schien. Sie fanden Manfred Wagner in einem winzigen, fensterlosen Büro, das so vollgestopft war, dass man sich kaum zu dritt darin aufhalten konnte. Der Mann hatte den Hörer neben das Telefon gelegt und las die BILD-Zeitung. Auf Kundschaft legte man hier offenbar keinen großen Wert. Als Bodenstein nun an die geöffnete Tür klopfte, um sich bemerkbar zu machen, blickte er unwillig von seiner Lektüre auf.

»Ja?« Er war ungefähr Mitte fünfzig und roch trotz der frühen Tageszeit nach Alkohol. Sein brauner Arbeitsoverall wirkte, als habe er seit Wochen keine Waschmaschine mehr von innen gesehen.

»Herr Wagner?«, übernahm Pia. »Wir sind von der Kripo in Hofheim und möchten mit Ihnen und Ihrer Frau sprechen.«

Er wurde leichenblass, starrte sie aus rotgeränderten, wässrigen Augen an wie ein Kaninchen die Schlange. Im gleichen Moment fuhr draußen ein Auto vor, eine Autotür fiel ins Schloss.

»Da ... da kommt ... meine Frau«, stotterte Wagner. Andrea Wagner betrat die Werkstatt, ihre Absätze klapperten auf dem Betonfußboden. Sie hatte kurze, blondierte Haare und war sehr dünn. Früher einmal musste sie hübsch gewesen sein, aber jetzt sah sie verhärmt aus. Kummer, Verbitterung und die Ungewissheit über das Schicksal ihrer Tochter hatten tiefe Falten in ihr Gesicht gegraben.

»Wir sind gekommen, um Ihnen mitzuteilen, dass man die sterblichen Überreste Ihrer Tochter Laura gefunden hat«, sagte Bodenstein, nachdem er sich Frau Wagner vorgestellt hatte. Einen Moment herrschte Schweigen. Manfred Wagner schluchzte auf. Eine Träne rann über seine unrasierte Wange, und er verbarg das Gesicht in den Händen. Seine Frau blieb ruhig und gefasst.

»Wo?«, fragte sie nur.

»Auf dem Gelände des alten Militärflughafens in Eschborn.«

Andrea Wagner stieß einen tiefen Seufzer aus. »Endlich.«

In diesem einen Wort lag so viel Erleichterung, wie sie es mit zehn Sätzen nicht hätte ausdrücken können. Wie viele Tage und Nächte des vergeblichen Hoffens und verzweifelten Bangens lagen hinter diesen beiden Menschen? Wie musste es sein, ständig von den Gespenstern der Vergangenheit verfolgt zu werden? Die Eltern des anderen Mädchens waren weggezogen, aber Wagners hatten den Betrieb, ihre Existenzgrundlage, nicht aufgeben können. Sie hatten bleiben müssen, während ihre Hoffnung auf eine Rückkehr der Tochter immer geringer wurde. Elf Jahre Ungewissheit mussten die Hölle gewesen sein. Vielleicht würde es helfen, wenn sie ihre Tochter nun beerdigen und von ihr Abschied nehmen konnten.

*

»Nein, lass«, wehrte Amelie ab. »Ist nicht so tragisch. Gibt 'n blauen Fleck, mehr nicht.«

Sie würde sich ganz sicher nicht ausziehen und Tobias die Stelle zeigen, wo dieser eine Penner sie mit dem Schuh erwischt hatte. Es war ihr ohnehin schon peinlich genug, so dreckig und hässlich vor ihm zu sitzen.

»Aber die Platzwunde sollte besser genäht werden.«

»Quatsch. Das wird schon wieder.«

Tobias hatte sie angestarrt wie einen Geist, als sie um kurz nach halb acht vor der Haustür gestanden hatte, blutverschmiert und schmutzig, und ihm erzählte, dass sie soeben von zwei maskierten Männern überfallen worden war, draußen, auf seinem Hof! Er hatte sie auf einen Küchenstuhl gesetzt und ihr vorsichtig das Blut aus dem Gesicht getupft. Das Nasenbluten hatte aufgehört, aber der Riss über ihrer Augenbraue, dessen Ränder er nur mit zwei Pflastern notdürftig zusammengeklebt hatte, würde wieder zu bluten anfangen.

»Du machst das echt gut.« Amelie grinste schief und zog an der Zigarette. Sie fühlte sich zittrig, ihr Herz klopfte, und das hatte nichts mit dem Überfall zu tun, sondern mit Tobias. Aus der Nähe und bei Tageslicht betrachtet, sah er noch viel besser aus, als sie zuerst angenommen hatte. Die Berührung seiner Hände elektrisierte sie, und wie er sie immer wieder aus seinen unglaublich blauen Augen anblickte, so besorgt und nachdenklich – das war fast zu viel für ihre Nerven. Kein Wunder, dass früher alle Mädchen in Altenhain hinter ihm her gewesen waren!

»Ich frag mich, was die hier gewollt haben«, überlegte sie, während Tobias sich an der Kaffeemaschine zu schaffen machte. Sie blickte sich neugierig um. In diesem Haus waren also die zwei Mädchen ermordet worden, Schneewittchen und Laura.

»Wahrscheinlich haben sie auf mich gewartet, und du bist ihnen in die Quere gekommen«, erwiderte er. Er stellte zwei Tassen auf den Tisch, dazu die Zuckerdose, und holte Milch aus dem Kühlschrank.

»Das sagst du so einfach! Hast du denn keine Angst?«

Tobias lehnte sich an die Arbeitsplatte und verschränkte die Arme vor der Brust. Mit schiefgelegtem Kopf sah er sie an. »Was soll ich denn machen? Mich verstecken? Weglaufen? Den Gefallen tue ich ihnen nicht.«

»Weißt du denn, wer das gewesen sein könnte?«

»Nicht genau. Aber ich kann es mir schon denken.«

Amelie spürte, wie ihr unter seinem Blick heiß wurde. Was war bloß los? So etwas war ihr noch nie passiert! Sie traute sich kaum, ihm in die Augen zu sehen, am Ende merkte er noch, was für ein Gefühlschaos er in ihrem Inneren auslöste. Die Kaffeemaschine gab ungesunde, röchelnde Töne von sich und stieß Dampfschwaden aus.

»Die müsste mal wieder entkalkt werden«, stellte sie fest. Ein jähes Lächeln erhellte sein düsteres Gesicht und veränderte es auf eine unglaubliche Weise. Amelie starrte ihn an. Plötzlich verspürte sie das unsinnige Verlangen, ihn zu beschützen, ihm zu helfen.

»Die Kaffeemaschine hat nicht unbedingt die oberste Priorität.« Er grinste. »Erst muss ich draußen aufräumen.«

Im gleichen Moment schrillte die Klingel der Haustür. Tobias trat ans Fenster, das Lächeln verschwand aus seinem Gesicht.

»Schon wieder die Bullen«, sagte er mit plötzlicher Anspannung. »Verschwinde besser. Ich will nicht, dass man dich hier sieht.«

Sie nickte und stand auf. Er führte sie durch die Diele und wies auf eine Tür.

»Da geht es durch die Milchküche in den Stall. Schaffst du das alleine?«

»Klar. Ich hab keine Angst. Jetzt, wo es hell ist, werden die Kerle kaum noch draußen rumlungern«, erwiderte sie betont cool. Sie blickten sich an, Amelie senkte die Augen.

»Danke«, sagte Tobias leise. »Du bist ein mutiges Mädchen.«

Amelie machte eine abwehrende Handbewegung und wandte sich zum Gehen. Da schien Tobias etwas einzufallen.

»Warte mal«, hielt er sie zurück.

»Ja?«

»Warum warst du eigentlich auf dem Hof?«

»Ich hab auf dem Bild in der Zeitung den Mann erkannt, der deine Mutter von der Brücke gestoßen hat«, antwortete Amelie nach einem kurzen Zögern. »Es ist Manfred Wagner. Der Vater von Laura.«

*

»Sie schon wieder.« Tobias Sartorius machte keinen Hehl daraus, dass ihm die Polizei nicht sonderlich willkommen war. »Ich habe wenig Zeit. Was gibt es noch?«

Pia schnupperte. In der Luft hing der Duft von frisch gebrühtem Kaffee.

»Haben Sie Besuch?«, fragte sie. Bodenstein hatte eben geglaubt, eine zweite Person durch das Küchenfenster gesehen zu haben, eine Frau mit dunklem Haar.

»Nein, habe ich nicht.« Tobias blieb mit verschränkten Armen in der Haustür stehen. Er bat sie nicht hinein, obwohl es angefangen hatte zu regnen. Auch gut.

»Sie müssen wie ein Verrückter gearbeitet haben«, stellte Pia fest und lächelte freundlich. »Hier sieht es toll aus.«

Ihre Freundlichkeit verfehlte ihre Wirkung. Tobias Sartorius blieb abweisend, seine ganze Körperhaltung strahlte Ablehnung aus.

»Wir wollten Ihnen nur mitteilen, dass man die sterblichen Überreste von Laura Wagner gefunden hat«, sagte Bodenstein nun.

»Wo?«

»Das müssten Sie eigentlich besser wissen als wir«, entgegnete Bodenstein kühl. »Immerhin haben Sie die Leiche von Laura doch am Abend des 6. September 1997 im Kofferraum Ihres Autos dorthin transportiert.«

»Nein, das habe ich nicht.« Tobias runzelte die Stirn, doch seine Stimme blieb ruhig. »Ich habe Laura überhaupt nicht mehr gesehen, nachdem sie weggelaufen ist. Aber das habe ich sicher schon hundertmal gesagt, nicht wahr?«

»Lauras Skelett wurde bei Bauarbeiten auf dem alten Militärflughafen in Eschborn gefunden«, sagte Pia. »In einem Bodentank.«

Tobias sah sie an und schluckte. In seinen Augen lag Verständnislosigkeit.

»Auf dem Flughafen«, sagte er leise zu sich selbst. »Darauf wäre ich nie gekommen.«

Alles Abweisende war mit einem Mal von ihm abgefallen, er wirkte betroffen, geradezu verstört. Pia machte sich bewusst, dass er elf Jahre Zeit gehabt hatte, sich auf diesen Augenblick der Konfrontation mit seiner Tat vorzubereiten.

Er musste damit gerechnet haben, dass man die Leichen der Mädchen eines Tages finden würde. Vielleicht hatte er seine Reaktion einstudiert, hatte eingehend darüber nachgedacht, wie er glaubwürdig den Überraschten spielen konnte. Andererseits – wozu sollte er das tun? Er hatte seine Strafe verbüßt, es konnte ihm egal sein, wenn man die Leichen fand. Ihr fiel ein, wie Hasse den Mann charakterisiert hatte: arrogant, überheblich, eiskalt. Stimmte das?

»Uns würde interessieren, ob Laura schon tot war, als Sie sie in den Tank geworfen haben«, sagte Bodenstein. Pia beobachtete Tobias genau. Er war sehr blass, es zuckte um seinen Mund, als wolle er in Tränen ausbrechen.

»Darauf kann ich Ihnen keine Antwort geben«, erwiderte er tonlos.

»Wer dann?«, fragte Pia.

»Diese Frage beschäftigt mich seit elf Jahren beinahe Tag und Nacht.« Seine Stimme klang mühsam beherrscht. »Es ist mir egal, ob Sie mir das glauben oder nicht. Ich habe mich längst daran gewöhnt, für den Bösen gehalten zu werden.«

»Ihrer Mutter könnte es jetzt erheblich bessergehen, wenn Sie damals gesagt hätten, was Sie mit dem Mädchen gemacht haben«, bemerkte Bodenstein. Tobias schob die Hände in die Taschen seiner Jeans.

»Heißt das, dass Sie herausgefunden haben, welches Schwein meine Mutter von der Brücke gestoßen hat?«

»Nein, das haben wir noch nicht«, räumte Bodenstein ein. »Aber wir gehen mittlerweile davon aus, dass es jemand aus dem Dorf war.«

Tobias lachte. Ein kurzes Schnauben ohne Heiterkeit.

»Herzlichen Glückwunsch zu dieser unglaublich scharfsinnigen Erkenntnis«, sagte er spöttisch. »Ich könnte Ihnen ja weiterhelfen, denn ich weiß, wer's gewesen ist. Aber warum sollte ich das tun?«

»Weil derjenige eine Straftat begangen hat«, erwiderte Bodenstein. »Sie müssen uns sagen, was Sie wissen.«

»Ich muss einen Scheißdreck.« Tobias Sartorius schüttelte den Kopf. »Vielleicht seid ihr ja besser als eure Kollegen damals. Meiner Mutter, meinem Vater und mir würde es nämlich ebenfalls *erheblich bessergehen*, wenn die Polizei damals ordentlicher gearbeitet und den wirklichen Mörder gefasst hätte.«

Pia wollte etwas Beschwichtigendes einwenden, aber Bodenstein kam ihr zuvor. »Natürlich.« Seine Stimme klang sarkastisch. »Sie sind ja unschuldig. Das kennen wir. Unsere Gefängnisse sind voll mit Unschuldigen.«

Tobias musterte ihn mit steinerner Miene. In seinen Augen flackerte mühsam unterdrückte Wut. »Ihr Bullen seid doch alle gleich – überheblich und selbstherrlich«, zischte er verächtlich. »Ihr habt doch keinen blassen Schimmer, was hier abgeht. Und jetzt verschwindet von hier! Lasst mich endlich in Ruhe!«

Bevor Pia oder Bodenstein noch etwas sagen konnten, knallte er ihnen die Haustür vor der Nase zu.

»Das hättest du nicht sagen sollen«, sagte Pia vorwurfsvoll, als sie zurück zum Auto gingen. »Jetzt hast du ihn richtig gegen uns aufgebracht, und wir wissen immer noch nicht mehr.«

»Ich hatte doch recht!« Bodenstein blieb stehen. »Hast du seine Augen gesehen? Der Kerl ist zu allem fähig, und falls er wirklich weiß, wer seine Mutter von der Brücke gestoßen hat, dann ist derjenige in Gefahr.«

»Du bist voreingenommen«, warf Pia ihm vor. »Er kommt nach über zehn Jahren Knast, in dem er möglicherweise wirklich zu Unrecht gesessen hat, nach Hause und muss feststellen, dass sich hier alles verändert hat. Seine Mutter wird angegriffen und schwer verletzt, Unbekannte aus dem Dorf beschmieren das Haus seiner Eltern. Ist es da ein Wunder, dass er wütend ist?«

»Ich bitte dich, Pia! Du glaubst doch wohl nicht im Ernst, dass man den Kerl fälschlicherweise wegen Doppelmordes verurteilt hat!«

»Ich glaube gar nichts. Aber ich bin in den alten Fallakten auf Unstimmigkeiten gestoßen und habe so meine Zweifel bekommen.«

»Der Mann ist eiskalt. Und was die Reaktionen der Dörfler angeht, kann ich sie sogar verstehen.«

»Sag mal, du wirst doch nicht gutheißen, dass die Hauswände beschmieren und kollektiv einen Straftäter decken!« Pia schüttelte ungläubig den Kopf.

»Ich behaupte ja nicht, dass ich das gutheiße«, erwiderte Bodenstein. Sie standen unter dem Torbogen und zankten wie ein altes Ehepaar, dabei bemerkten sie nicht, wie Tobias Sartorius das Haus verließ und über den rückwärtigen Hof verschwand.

*

Andrea Wagner konnte nicht schlafen. Man hatte Lauras Leiche gefunden, oder eher das, was von ihr übrig war. Endlich, endlich war die Ungewissheit vorbei. Auf ein Wunder gehofft hatte sie schon lange nicht mehr. Zuerst hatte sie nichts als grenzenlose Erleichterung empfunden, aber dann war die Trauer gekommen. Elf Jahre lang hatte sie sich Tränen und Trauer verboten, hatte Stärke gezeigt und ihren Mann gestützt, der sich seinem Kummer um das verlorene Kind hemmungslos hingegeben hatte. Sie selbst hatte es sich nicht leisten können, zusammenzubrechen. Da war die Firma, die laufen musste, damit sie die Schulden bei der Bank bezahlen konnten. Und da waren ihre jüngeren Kinder, die ein Recht auf ihre Mutter hatten. Nichts war mehr so, wie es einmal gewesen war. Manfred hatte jede Energie und Lebensfreude verloren, war ihr ein Klotz am Bein geworden mit seinem weinerlichen Selbstmitleid und seiner Trunksucht. Manchmal verachtete sie ihn deswegen. Er machte es sich so leicht mit seinem Hass auf Tobias' Familie.

Andrea Wagner öffnete die Tür zu Lauras Zimmer, in dem seit elf Jahren nichts verändert worden war. Manfred bestand darauf, und sie akzeptierte es. Sie schaltete das Licht ein, nahm das Foto von Laura vom Schreibtisch und setzte sich auf das Bett. Vergeblich wartete sie auf die Tränen. Ihre Gedanken wanderten zu jenem Augenblick vor elf Jahren, als die Polizei vor der Haustür gestanden und ihr mitgeteilt hatte, dass man nach Auswertung der Spurenlage Tobias Sartorius für den Mörder ihrer Tochter halte.

Wieso Tobias?, hatte sie verwirrt gedacht. Auf Anhieb waren ihr zehn andere eingefallen, die mehr Gründe gehabt hätten, sich an Laura zu rächen, als Tobias. Andrea Wagner hatte gewusst, was man im Dorf hinter vorgehaltener Hand über ihre Tochter redete. Als Flittchen hatte man sie bezeichnet, als berechnendes kleines Aas mit Drang nach Höherem. Während Manfred seine älteste Tochter abgöttisch und kritiklos liebte und für ihr Fehlverhalten immer eine Entschuldigung fand, so hatte Andrea auch Lauras Schwächen gesehen und gehofft, sie würden sich im Laufe der Jahre verwachsen. Dazu hatte das Mädchen keine Gelegenheit mehr bekommen. Seltsam eigentlich, dass sie sich im Zusammenhang mit Laura nur mit Mühe an schöne Ereignisse erinnern konnte. Viel lebhafter war die Erinnerung an die unerfreulichen Dinge, von denen es einige gegeben hatte. Laura hatte ihren Vater geringgeschätzt und sich für ihn geschämt. Sie wünsche sich einen Vater wie Claudius Terlinden, der Manieren und Macht besaß, das hatte sie Manfred ins Gesicht gesagt, zu jeder passenden oder unpassenden Gelegenheit. Manfred hatte diese Kränkungen eingesteckt, ohne mit der Wimper zu zucken, der Liebe zu seiner hübschen Tochter hatten sie keinen Abbruch getan. Andrea hingegen hatte schockiert begriffen, wie wenig sie ihre Tochter kannte und dass sie offensichtlich in der Erziehung etwas versäumt hatte. Gleichzeitig hatte sie Angst bekommen. Was, wenn Laura herausfand, dass sie mit Claudius, ihrem Chef, ein Verhältnis hatte?

Nächtelang hatte sie wach gelegen und über ihre Tochter nachgegrübelt. In den darauffolgenden Jahren hatte sie noch viel mehr Gründe zur Besorgnis gehabt, denn Laura trieb es toll mit den Jungs im Dorf – bis sie endlich mit Tobias zusammenkam. Ganz plötzlich war sie wie ausgewechselt gewesen, zufrieden und fröhlich. Tobias tat ihr gut. Zweifellos war er etwas Besonderes, er sah gut aus, er war ein hervorragender Schüler und Sportler, die anderen Jungen hörten auf ihn. Er war genau das, was Laura sich immer gewünscht hatte, und sein Glanz färbte auf sie, seine Freundin, ab. Ein halbes Jahr ging alles gut – bis Stefanie Schneeberger nach Altenhain kam. Laura hatte sie sofort als Konkurrentin erkannt und sich mit ihr angefreundet, aber vergeblich. Tobias verliebte sich in Stefanie und machte mit Laura Schluss. Diese Niederlage hatte sie kaum verkraftet. Was genau sich in jenem Sommer zwischen den jungen Leuten abgespielt hatte, wusste Andrea Wagner nicht, wohl aber, dass Laura mit dem Feuer gespielt hatte, als sie die Freunde gegen Stefanie aufgestachelt hatte. Sie hatte Laura am Kopierer im Büro angetroffen, wo sie einen ganzen Stapel Kopien angefertigt hatte. Laura war ausgerastet, als sie einen Blick darauf hatte werfen wollen. Es war zu einem heftigen Streit gekommen, und Laura hatte in der Aufregung die Kopiervorlage auf dem Kopierer vergessen. Nur ein einziger Satz in Fettschrift stand auf dem weißen Blatt: SCHNEEWITTCHEN MUSS STERBEN. Andrea Wagner hatte das Blatt zusammengefaltet und aufgehoben, aber weder ihrem Mann noch der Polizei gezeigt. Der Gedanke, dass *ihr* Kind einem anderen Menschen den Tod wünschte, war für sie unerträglich gewesen. War Laura vielleicht Opfer ihrer eigenen Intrige geworden? Sie hatte den Mund gehalten, den Dingen ihren Lauf gelassen und Abend für Abend zugehört, wenn Manfred seine Tochter glorifizierte.

»Laura«, murmelte sie und streichelte das Foto mit dem Zeigefinger. »Was hast du getan?«

Plötzlich rollte eine Träne über ihre Wange, dann noch eine. Sie blinzelte, fuhr sich mit der Hand über das Gesicht. Es war keine Trauer, die ihr die Tränen in die Augen trieb, sondern das schlechte Gewissen darüber, dass sie ihre Tochter nicht geliebt hatte.

*

Es war halb zwei, als er vor ihrem Haus stand. Drei Stunden lang war er ziellos in der Gegend herumgefahren. So viel war heute auf ihn eingestürmt, dass er es daheim einfach nicht mehr ausgehalten hatte. Erst Amelie, die blutüberströmt vor ihm gestanden hatte. Der Schock bei ihrem Anblick. Es war nicht das Blut in ihrem Gesicht, das seinen Adrenalinspiegel in die Höhe des Mount Everest hatte schnellen lassen, sondern ihre unglaubliche Ähnlichkeit mit Stefanie. Dabei war sie ganz anders. Nicht die eitle kleine Schönheitskönigin, die ihn betört, verführt und eingewickelt hatte, nur um ihn dann eiskalt abzuservieren. Amelie war ein beeindruckendes Mädchen. Und sie schien überhaupt keine Berührungsängste zu haben.

Dann waren die Bullen aufgetaucht. Man hatte Lauras Leiche gefunden. Weil es so stark geregnet hatte, hatte er die Aufräumarbeiten im Hof sein lassen und seine Wut ins

Ausmisten seines Zimmers gesteckt. Er hatte die albernen Poster von den Wänden gerissen, den Inhalt der Schränke und sämtlicher Schubladen kurz entschlossen in blaue Müllsäcke gestopft. Nur weg mit dem ganzen Kram! Plötzlich hatte er eine CD in der Hand gehalten. *Time to say goodbye* von Sarah Brightman und Andrea Bocelli. Stefanie hatte ihm diese CD geschenkt, weil sie sich bei diesem Lied zum ersten Mal geküsst hatten, im Juni, auf der Abiparty. Er hatte die CD aufgelegt, nicht gefasst auf das Gefühl der Leere, das ihn mit dem ersten Akkord jäh ergriffen und bis jetzt nicht mehr losgelassen hatte. Nie zuvor hatte er sich so einsam, so verlassen gefühlt, nicht einmal im Gefängnis. Da hatte er noch auf bessere Zeiten hoffen können, aber jetzt wusste er, dass sie nicht kommen würden. Sein Leben war vorbei.

Es dauerte einen Moment, bis Nadja ihn hereinließ. Er hatte schon befürchtet, sie sei nicht zu Hause. Er war nicht gekommen, um mit ihr zu schlafen, daran hatte er gar nicht gedacht, aber als sie jetzt vor ihm stand und verschlafen ins helle Licht blinzelte, das blonde Haar wirr auf ihren Schultern, so süß und warm, da durchzuckte ihn der Blitz des sexuellen Begehrens mit einer Heftigkeit, die er nicht für möglich gehalten hatte.

»Was ...«, fragte sie, aber Tobias erstickte den Rest der Frage mit einem Kuss, zog sie an sich, wartete beinahe darauf, dass sie sich wehren, ihn von sich stoßen würde. Aber das Gegenteil war der Fall. Sie streifte ihm die nasse Lederjacke von den Schultern, knöpfte sein Hemd auf und schob sein T-Shirt hoch. Im nächsten Moment lagen sie schon auf dem Boden, er drang ungestüm in sie ein, spürte ihre Zunge in seinem Mund und ihre Hände auf seinem Hinterteil, die ihn drängten, härter und schneller zuzustoßen. Viel zu bald spürte er die Flutwelle heranrasen, die Hitze, die ihm den Schweiß aus allen Poren trieb. Dann brach es über ihn herein, so herrlich, so erleichternd, dass er aufstöhnte, ein Stöhnen, das zu einem dumpfen Schrei wurde. Mit rasendem Herzschlag lag er für ein paar Sekunden auf ihr und konnte kaum glauben, was er getan hatte. Er ließ sich zur Seite rutschen, blieb mit geschlossenen Augen auf dem Rücken liegen und schnappte nach Luft wie ein Fisch auf dem Trockenen. Ihr leises Lachen veranlasste ihn dazu, die Augen zu öffnen.

»Was ist?«, flüsterte er verwirrt.

»Ich glaube, wir müssen noch ein bisschen üben«, erwiderte sie. Mit einer grazilen Bewegung kam sie auf die Füße und hielt ihm die Hand hin. Er ergriff sie, erhob sich ächzend und folgte ihr ins Schlafzimmer, nachdem er sich seiner Schuhe und der Jeans entledigt hatte. Die Geister der Vergangenheit waren verschwunden. Wenigstens für den Moment.

Donnerstag, 13. November 2008

»Die Polizei war gestern bei mir.« Tobias pustete in den heißen Kaffee, den Nadja ihm eingeschenkt hatte. Gestern Nacht hatte er nicht von dem Thema anfangen wollen, aber nun musste er ihr davon erzählen. »Sie haben das Skelett von Laura auf dem alten Flughafen in Eschborn gefunden. In einem Bodentank.«

»Wie bitte?« Nadja, die gerade einen Schluck aus ihrer Tasse nehmen wollte, erstarrte mitten in der Bewegung. Sie saßen an dem Tisch aus grauem Granit in der Küche, an dem sie neulich schon gemeinsam zu Abend gegessen hatten. Es war kurz nach sieben, und vor den Panoramafenstern herrschte noch tiefe Dunkelheit. Nadja musste um acht Uhr ihren Flug nach Hamburg erwischen, wo die Außendreharbeiten für die neue Folge der Serie stattfanden, in der sie die Kriminalkommissarin spielte.

»Wann ...« Sie stellte die Tasse ab. »Ich meine ... woher wissen sie, dass es Laura ist?«

»Keine Ahnung.« Tobias schüttelte den Kopf. »Viel mehr haben sie nicht gesagt. Zuerst wollten sie auch gar nicht damit herausrücken, wo sie das Skelett gefunden haben. Der Oberbulle meinte nur, ich wisse ja wohl, wo.«

»O mein Gott«, stieß Nadja schockiert hervor.

»Nadja.« Er beugte sich vor und legte seine Hand auf ihre. »Sag mir bitte, wenn du willst, dass ich verschwinde.«

»Aber wieso sollte ich das denn wollen?«

»Ich sehe doch, dass es dir vor mir graut.«

»So ein Unsinn.«

Er ließ sie los, stand auf und wandte ihr den Rücken zu. Einen Moment kämpfte er mit sich selbst. Die halbe Nacht hatte er wach gelegen, hatte ihren regelmäßigen Atemzügen gelauscht und sich gefragt, wann sie seiner wohl überdrüssig werden würde. Schon jetzt fürchtete er sich vor dem Tag, an dem sie ihn mit verlegenen Ausreden abwimmeln, ihm ausweichen, sich vor ihm verleugnen lassen würde. Dieser Tag musste kommen. Er war nicht der richtige Mann für sie. Niemals würde er in ihre Welt, in ihr Leben passen.

»Dieses Thema lässt sich nicht einfach ausklammern«, sagte er schließlich mit belegter Stimme. »Ich bin wegen Mordes verurteilt worden und habe zehn Jahre im Knast gesessen. Wir können nicht einfach so tun, als sei das alles nie geschehen und wir wären noch zwanzig.«

Er drehte sich um. »Ich habe keine Ahnung, wer Laura und Stefanie umgebracht hat. Ich kann nicht ausschließen, dass ich es war, aber ich müsste mich doch daran erinnern! Und das kann ich bis heute nicht. Es gibt da nur dieses ... dieses schwarze Loch. Die Psychologin vor Gericht hat damals behauptet, das menschliche Gehirn würde bei so etwas mitunter wie bei einem Schock mit einer Art Amnesie reagieren. Aber glaubst du nicht, dass ich mich wenigstens an irgendetwas erinnern müsste? Daran, wie ich Laura in den Kofferraum gelegt habe und irgendwo hingefahren bin. Ich weiß einfach *nichts* mehr. Das Letzte, an das ich mich erinnere, ist, wie Stefanie mir gesagt hat, dass sie ... dass sie ... mich nicht mehr liebt. Und dann waren Felix und Jörg irgendwann an der Tür, da hatte ich aber so viel Wodka getrunken, dass mir nur noch schlecht war. Und plötzlich stehen die Bullen da und behaupten, ich hätte Laura und Stefanie umgebracht!«

Nadja saß da und blickte ihn aus ihren großen, jadegrünen Augen aufmerksam an.

»Verstehst du, Nadja.« Sein Tonfall wurde flehend. Der Schmerz in seinem Inneren war wieder da, mächtiger als je zuvor. Zu viel stand auf dem Spiel. Er wollte sich nicht auf eine Beziehung mit Nadja einlassen, wenn er wusste, dass sie mit einer weiteren Enttäuschung enden würde. »Es quält mich schrecklich, nicht zu wissen, was damals wirklich geschehen ist. Bin ich ein Mörder? Oder bin ich keiner?«

»Tobi«, sagte Nadja leise. »Ich liebe dich. Seit ich denken kann. Es spielt für mich keine Rolle, selbst wenn du es getan haben solltest.«

Tobias verzog verzweifelt das Gesicht. Sie wollte einfach nicht verstehen. Dabei brauchte er so dringend jemanden, der ihm glaubte. Der an ihn glaubte. Er war für ein Leben als Ausgestoßener nicht gemacht und würde daran zerbrechen.

»Aber für mich spielt es eine Rolle«, erwiderte er eindringlich. »Ich habe zehn Jahre meines Lebens verloren. Ich habe keine Zukunft mehr. Irgendjemand hat sie mir kaputtgemacht. Und ich kann nicht einfach so tun, als wäre alles vorbei.«

»Was hast du stattdessen vor?«

»Ich will die Wahrheit wissen. Auch auf die Gefahr hin, herauszufinden, dass ich es wirklich getan habe.«

Nadja schob den Stuhl zurück. Sie kam mit leichten Schritten auf ihn zu, schlang ihre Arme um seine Mitte und blickte zu ihm auf.

»Ich glaube dir«, sagte sie leise. »Und wenn du willst, dann helfe ich dir bei allem, was du tun musst. Aber geh nicht zurück nach Altenhain. Bitte.«

»Wo soll ich denn sonst hin?«

»Bleib hier. Oder in meinem Haus im Tessin. Oder in Hamburg.« Sie lächelte, erwärmte sich für ihre Idee. »Genau!

Komm doch gleich mit! Das Haus wird dir gefallen. Es liegt direkt am Wasser.«

Tobias zögerte. »Ich kann doch meinen Vater jetzt nicht alleine lassen. Und meine Mutter braucht mich auch. Wenn es ihr erst bessergeht, dann vielleicht.«

»Von hier bist du mit dem Auto in einer Viertelstunde bei deinem Vater.« Nadjas große grüne Augen waren dicht vor seinen. Er roch den Duft ihrer Haut, ihres Shampoos. Die halbe männliche Bevölkerung Deutschlands träumte davon, von Nadja von Bredow gebeten zu werden, bei ihr einzuziehen. Was hielt ihn davon ab?

»Tobi, bitte!« Sie legte ihre Handflächen an seine Wangen. »Ich habe Angst um dich. Ich will nicht, dass dir etwas zustößt. Wenn ich nur daran denke, dass diese Typen dich erwischt hätten statt dieses Mädchens …«

Amelie! An sie hatte er gar nicht mehr gedacht! Sie war in Altenhain, da, wo sich die Wahrheit über die schrecklichen Ereignisse irgendwo versteckte.

»Ich pass schon auf mich auf«, versicherte er. »Mach dir keine Sorgen.«

»Ich liebe dich, Tobi.«

»Ich liebe dich auch«, erwiderte er und zog sie fest an sich.

*

»Chef?« Kai Ostermann stand in der Tür seines Büros, in der Hand hielt er zwei Blätter.

Bodenstein blieb stehen. »Was gibt's?«, fragte er.

»Das ist eben per Fax gekommen.« Ostermann reichte ihm die Blätter und warf einen forschenden Blick auf Bodensteins Gesicht, aber da dieser nichts weiter sagte, enthielt auch Ostermann sich eines Kommentars.

»Danke«, sagte Bodenstein nur und ging mit klopfendem Herzen in sein Büro. Es war das Bewegungsprofil von Cosimas Handy im Zeitraum der letzten vierzehn Tage, das er vorgestern bei der Telekom angefordert hatte. Zum ersten Mal hatte er seine beruflichen Möglichkeiten ausgenutzt, um in einer Privatangelegenheit etwas in Erfahrung zu bringen. Der Drang, Gewissheit zu bekommen, war stärker als sein schlechtes Gewissen wegen eines Vorgehens, das ihm ein böswilliger Sachbearbeiter als Amtsmissbrauch auslegen könnte. Er setzte sich an seinen Schreibtisch und wappnete sich innerlich. Was er lesen musste, raubte ihm jede Illusion. Sie war an genau zwei Tagen tatsächlich in Mainz gewesen, und das nur für jeweils eine Stunde. Dafür aber hatte sie ihre Vormittage an acht Tagen in Frankfurt verbracht. Bodenstein stützte die Ellbogen auf den Schreibtisch, legte das Kinn auf seine Fäuste und überlegte einen Moment. Dann griff er zum Telefon und wählte die Nummer von Cosimas Büro. Kira Gasthuber, Cosimas Produktionsassistentin und Mädchen für alles, meldete sich nach dem zweiten Läuten. Cosima sei für kurze Zeit außer Haus. Weshalb er es nicht einfach auf ihrem Handy probiere.

›Damit sie mich nicht anlügt, du dumme Nuss‹, dachte Bodenstein. Er wollte gerade das Gespräch beenden, da hörte er das helle Stimmchen seiner jüngsten Tochter im Hintergrund. Sofort schrillten alle Alarmglocken in seinem Kopf. Cosima nahm Sophia normalerweise immer und überallhin mit. Warum hatte sie das Kind heute im Büro gelassen? Auf seine Frage antwortete die schlagfertige Kira, Cosima sei ja nicht lange weg, und Sophia amüsiere sich bestens bei ihr und René. Als er aufgelegt hatte, saß Bodenstein noch eine ganze Weile an seinem Schreibtisch. Seine Gedanken kreisten. Fünfmal war Cosimas Telefon in der Funkzelle geortet worden, die sich im Frankfurter Nordend zwischen der Glauburgstraße, dem Oeder Weg, der Eckenheimer Landstraße und der Eschersheimer Anlage befand. Auf dem Stadtplan mochte das klein aussehen, aber das Gebiet umfasste Hunderte von Häusern mit Tausenden von Wohnungen. Verdammt. Wo trieb sie sich herum? Und vor allen Dingen mit wem? Wie würde er reagieren, wenn sich herausstellte, dass sie ihn tatsächlich betrog? Und wieso glaubte er überhaupt, dass sie es nötig hatte, ihn zu betrügen? Gut, ihr Sexleben war nicht mehr so rege wie noch vor Sophias Geburt, das brachte die Anwesenheit eines kleinen Kindes eben mit sich. Aber es war ja nicht so, dass Cosima etwas vermisste. Oder? Zu seiner Schande konnte er sich gar nicht mehr genau erinnern, wann er das letzte Mal mit seiner Frau geschlafen hatte. Er dachte nach und rechnete zurück. Doch! An dem Abend, als sie leicht beschwipst und bester Laune von der Geburtstagsfeier eines Freundes zurückgekommen waren. Bodenstein suchte seinen Terminplaner heraus und schaute nach. Ihn beschlich ein eigenartiges Gefühl, das sich verstärkte, je weiter er zurückblätterte. Hatte er gar vergessen, Bernhards Geburtstag einzutragen? Nein, hatte er nicht. Bernhard hatte am 20. September seinen Fünfzigsten gefeiert, auf Schloss Johannisberg im Rheingau. Das konnte doch nicht wahr sein! Er zählte nach und stellte beschämt fest, dass er seit acht Wochen nicht mehr mit Cosima geschlafen hatte. War er am Ende selbst daran schuld, wenn sie fremdging? Es klopfte an der Tür, Nicola Engel trat ein.

»Was gibt's?«, fragte er.

»Wann«, sagte sie mit frostiger Miene, »wolltest du mir mitteilen, dass Kriminaloberkommissar Behnke einem nicht genehmigten Nebenjob in einer Kneipe in Sachsenhausen nachgeht?«

Verdammt! Das hatte er doch glatt vergessen über seine privaten Probleme. Er fragte nicht, woher sie schon wieder

Bescheid wusste, und verzichtete auch auf jede Art der Rechtfertigung.

»Ich wollte erst selbst mit ihm sprechen«, antwortete er nur. »Dazu hatte ich bisher noch keine Gelegenheit.«

»Heute Abend um 18:30 hast du sie. Ich habe Behnke hierherbestellt, ob krank oder nicht. Sieh zu, wie du die Kuh vom Eis kriegst.«

*

Sein Handy klingelte schon, als er an der Zollkontrolle vorbei zum Ausgang ging. Lars Terlinden wechselte den Aktenkoffer in die andere Hand und nahm das Gespräch entgegen. Den ganzen Tag hatte er sich in Zürich vom Vorstand fertigmachen lassen müssen, dabei hatten sie ihn noch vor ein paar Monaten für genau diesen Deal, für den sie ihn heute ans Kreuz schlagen wollten, gefeiert wie den Heiland. Verdammt, er war auch kein Hellseher! Wie hatte er wissen sollen, dass Dr. Markus Schönhausen in Wirklichkeit Matthias Mutzler hieß, nicht aus Potsdam stammte, sondern aus einem Dorf auf der Schwäbischen Alb und ein Hochstapler der allerübelsten Sorte war! Es war schließlich nicht sein Problem, wenn die Rechtsabteilung seiner Bank ihre Hausaufgaben nicht richtig machte. Da waren schon Köpfe gerollt, und seiner würde der nächste sein, wenn ihm nicht einfiel, womit er den Totalausfall in dreistelliger Millionenhöhe wettmachen konnte.

»Ich bin in zwanzig Minuten im Büro«, sagte er zu seiner Sekretärin, als sich die Milchglasscheiben vor ihm öffneten. Er war erschöpft, ausgebrannt, fertig mit den Nerven und der Welt. Und das mit gerade mal dreißig Jahren. Schlafen konnte er nur noch mit Tabletten, das Essen fiel ihm schwer, nur trinken, das ging noch. Lars Terlinden wusste, dass er auf dem besten Weg war, ein Alkoholiker zu werden, aber um das Problem konnte er sich später kümmern, wenn dieses Drama überstanden war. Wobei ein Ende nicht in Sicht war. Die Weltwirtschaft wankte, die größten Banken Amerikas gingen bankrott. Lehman Brothers war nur der Anfang gewesen. Sein eigener Arbeitgeber, immerhin eine der größten Schweizer Banken, hatte im letzten Jahr schon 5000 Mitarbeiter weltweit entlassen, in den Büros und Fluren herrschte nackte Existenzangst. Das Telefon klingelte wieder, er steckte es in die Tasche und beachtete es nicht. Die Nachricht von der Pleite von Schönhausens Immobilienimperium vor sechs Wochen hatte ihn völlig unerwartet getroffen, noch zwei Tage zuvor hatte er mit Schönhausen im Adlon in Berlin zu Mittag gegessen. Da hatte der Mann längst gewusst, dass die Insolvenz bevorstand, dieser aalglatte Schweinehund, der mittlerweile von Interpol gesucht wurde, weil er sich aus dem Staub gemacht hatte. In einem Kraftakt war es Lars Terlinden wenigstens noch geglückt, einen großen Teil des Kreditportfolios zu verbriefen und an Investoren zu verkaufen, aber 350 Millionen Euro waren futsch.

Eine Frau trat ihm in den Weg, er wollte ihr ausweichen, denn er hatte es eilig, aber sie blieb beharrlich stehen und sprach ihn an. Da erst erkannte er seine Mutter, die er seit acht Jahren nicht mehr gesehen hatte.

»Lars!«, wiederholte sie bittend. »Lars, bitte warte doch!«

Sie sah aus wie immer. Zierlich und gepflegt, das goldblonde Haar zu einem perfekten Pagenschnitt frisiert. Dezentes Make-up, die Perlenkette am sonnengebräunten Dekolleté. Sie lächelte demütig, und das brachte ihn sofort auf die Palme.

»Was willst du?«, fragte er unfreundlich. »Hat dein Mann dich geschickt?«

Die Worte *mein Vater* brachte er nicht über die Lippen.

»Nein, Lars. So bleib doch stehen. Bitte.«

Er verdrehte die Augen und gehorchte. Als Kind hatte er seine Mutter verehrt, sie angehimmelt und schmerzlich vermisst, wenn sie wieder einmal für Tage oder mehrere Wochen auf Reisen war und ihn und Thies der Haushälterin überlassen hatte. Er hatte ihr alles verziehen, um ihre Liebe gebuhlt, aber nie mehr bekommen als ein Lächeln, schöne Worte und Versprechungen. Erst sehr viel später hatte er begriffen, dass sie nicht mehr geben konnte, weil sie nicht mehr hatte. Christine Terlinden war ein leeres Gefäß, eine geistlose Schönheit ohne jede Persönlichkeit, die es sich zur Lebensaufgabe gemacht hatte, die perfekte repräsentative Ehefrau des erfolgreichen Konzernlenkers Claudius Terlinden zu sein.

»Gut siehst du aus, Junge. Ein bisschen mager vielleicht.« Sie blieb sich auch jetzt treu. Nach all der Zeit reichte es wieder nur zu einer ihrer Floskeln. Lars Terlinden hatte angefangen, seine Mutter zu verachten, als ihm klargeworden war, dass sie ihn sein ganzes Leben lang getäuscht hatte.

»Was willst du, Mutter?«, wiederholte er ungeduldig.

»Tobias ist aus dem Gefängnis zurück«, sagte sie mit gesenkter Stimme. »Und die Polizei hat das Skelett von Laura gefunden. Auf dem alten Flugplatz in Eschborn.«

Er biss die Zähne zusammen. Unversehens raste sein Leben im Zeitraffertempo zurück in die Vergangenheit. Er hatte das entsetzliche Gefühl, mitten in der Ankunftshalle des Frankfurter Flughafens wieder zu einem pickligen Neunzehnjährigen zusammenzuschrumpfen, dem die nackte Angst im Genick saß. Laura! Nie würde er ihr Gesicht vergessen, ihr Lachen, ihre unbekümmerte Lebensfreude, der so jäh ein Ende gesetzt worden war. Er hatte nicht einmal mehr mit Tobias sprechen können, so schnell hatte sein Vater alle Entscheidungen für ihn getroffen und ihn in Windeseile auf das Landgut irgendeines Bekannten im tiefsten Oxfordshire verbannt. *Denk an deine Zukunft, Junge! Halt dich da raus, halt nur den Mund. Dann wird nichts passieren.* Er hatte natürlich auf seinen Vater gehört. Sich rausgehalten und geschwiegen. Es war zu spät gewesen, als er von Tobis Verurteilung gehört hatte. Elf Jahre lang hatte er alles getan, um nicht mehr daran denken zu müssen, an diesen schrecklichen Abend, an sein Entsetzen, an seine Angst. Elf beschissene Jahre lang hatte er beinahe rund um die Uhr gearbeitet, nur um vergessen zu können. Und jetzt kam seine Mutter im Pelzmäntelchen angetrippelt und riss mit puppenhaftem Lächeln die alten Wunden auf.

»Das interessiert mich nicht mehr, Mutter«, sagte er scharf. »Ich habe nichts damit zu tun.«

»Aber …«, setzte sie an, doch er ließ sie nicht ausreden.

»Lass mich in Ruhe!«, zischte er. »Hast du verstanden? Ich wünsche nicht, dass du mich noch mal kontaktierst! Halt dich einfach von mir fern, wie du es dein Leben lang getan hast!«

Damit drehte er sich um, ließ sie stehen und marschierte zu der Rolltreppe, die hinunter zum S-Bahnhof führte.

*

Sie standen in der Garage und tranken Bier direkt aus der Flasche, ganz wie früher. Tobias fühlte sich unbehaglich, und allen anderen schien es ebenso zu gehen. Weshalb war er überhaupt hierhergekommen? Sein alter Freund Jörg hatte ihn zu seiner Überraschung am Nachmittag angerufen und ihn eingeladen, mit ihm, Felix und ein paar Kumpels ein Bierchen zu trinken. In der großen Garage, die Jörgs Onkel gehörte, hatten sie als Jugendliche oft zusammen an ihren Mofas, später dann an den Mopeds und schließlich an ihren Autos herumgeschraubt. Jörg war ein begnadeter Automechaniker, der schon als Junge davon geträumt hatte, Rennfahrer zu werden. Es roch in der Garage genauso wie in Tobias' Erinnerung, nach Motoröl und Lack, nach Leder und Politur. Sie saßen auf derselben alten Werkbank, auf umgedrehten Bierkästen und Autoreifen. Nichts um sie herum hatte sich verändert. Tobias hielt sich aus dem Gespräch heraus, das wohl wegen seiner Anwesenheit so gezwungen launig geriet. Jeder hatte ihn zwar mit Handschlag begrüßt, aber die Wiedersehensfreude hielt sich in Grenzen. Nach einer Weile ergab es sich, dass Tobias, Jörg und Felix zusammenstanden. Felix war Dachdecker geworden, im Betrieb seines Vaters. Schon als Teenager war er von kräftiger Statur gewesen, die schwere Arbeit und eifriger Bierkonsum hatten ihn über die Jahre zu einem Koloss gemacht. Seine gutmütigen Augen verschwanden beinahe in einer Fettschicht, wenn er lachte. Tobias musste an ein Rosinenbrötchen denken. Jörg hingegen sah noch fast aus wie damals, nur sein Haaransatz war weit die Stirn hinaufgerutscht.

»Was ist eigentlich aus Lars geworden?«, fragte Tobias.

»Nicht das, was sein Alter sich erhofft hatte.« Felix grinste boshaft. »Auch die Reichen haben Probleme mit ihren Kindern. Der eine ist ein Depp, und der andere hat ihm was geschissen.«

»Lars hat richtig fett Karriere gemacht«, erklärte Jörg. »Hat mir meine Mutter erzählt, die weiß es von seiner. Investmentbanking. Großes Geld. Ist verheiratet, zwei Kinder, und hat 'ne Riesenvilla in Glashütten gekauft, nachdem er aus England zurückgekommen ist.«

»Ich dachte immer, er wollte Theologie studieren und Priester werden«, bemerkte Tobias. Der Gedanke an den besten Freund, der so plötzlich und ohne jeden Abschied aus seinem Leben verschwunden war, schmerzte zu seinem Erstaunen tatsächlich.

»Ich wollte auch nie Dachdecker werden.« Felix öffnete

mit seinem Feuerzeug eine neue Flasche Bier. »Aber beim Bund wollten sie mich nicht und bei der Polizei auch nicht, und die Lehre als Bäcker hab ich ja geschmissen, kurz nachdem ... äh ... ihr wisst schon ...«

Er brach ab, senkte verlegen den Blick.

»Und ich konnte nach meinem Unfall eine Karriere als Rennfahrer abschreiben«, fügte Jörg eilig hinzu, bevor das Schweigen noch peinlicher wurde. »Deshalb bin ich auch nicht in der Formel 1 gelandet, sondern im Schwarzen Ross. Du weißt ja, dass meine Schwester den Jagielski geheiratet hat, oder?«

Tobias nickte. »Mein Vater hat's mir damals erzählt.«

»Tja.« Jörg nahm einen Schluck aus der Bierflasche. »Scheint ganz so, als ob keiner von uns das erreicht hat, wovon er mal geträumt hat.«

»Nathalie schon«, entgegnete Felix. »Mensch, was haben wir sie immer ausgelacht, wenn sie gesagt hat, dass sie eine berühmte Schauspielerin werden will!«

»Zielstrebig war sie schon immer«, sagte Jörg. »Was die uns rumkommandiert hat! Aber dass sie mal so eine Berühmtheit wird, hätte ich auch nie gedacht.«

»Na ja.« Tobias grinste ein bisschen. »Ich hätte auch nicht gedacht, dass ich mal im Knast eine Schlosserlehre und ein Wirtschaftsstudium mache.«

Seine Freunde zögerten erst einen Moment verlegen, aber dann lachten sie. Der Alkohol lockerte die Stimmung. Nach der fünften Flasche Bier wurde Felix redselig.

»Ich mach mir heute noch Vorwürfe, dass ich damals den Bullen erzählt hab, dass wir noch mal bei dir waren, Alter«, sagte er zu Tobias und legte ihm schwer die Hand auf die Schulter.

»Ihr habt nur die Wahrheit gesagt.« Tobias zuckte die Achseln. »Es konnte ja keiner ahnen, wohin das alles führen würde. Ist aber jetzt auch egal. Ich bin wieder da, und ich bin echt froh, dass ihr mir nicht aus dem Weg geht, wie die meisten hier im Dorf.«

»Quatsch.« Jörg klopfte ihm auf die andere Schulter. »Wir sind doch Freunde, Mann! Weißt du noch, wie wir den alten Opel, den mein Onkel in tausend Stunden Fummelarbeit restauriert hat, zu Schrott gefahren haben? Mensch, da war was los!«

Tobias erinnerte sich, Felix auch. Und schon waren sie mittendrin im *Weißt du noch?* Die Party bei Terlindens, bei der sich die Mädchen ausgezogen hatten und mit Mutter Terlindens Pelzmänteln durchs Haus gerannt waren. Der Geburtstag von Micha, als die Bullen anrückten. Die Mutproben auf dem Friedhof. Die Italienreise mit der C-Jugend. Das Feuer beim Martinsumzug, das außer Kontrolle geraten war, weil Felix einen Kanister Benzin als Brandbeschleuniger benutzt hatte. Sie kamen aus den Erinnerungen und aus dem Lachen nicht mehr heraus. Jörg wischte sich die Lachtränen vom Gesicht.

»Mensch, könnt ihr euch erinnern, wie meine Schwester den Schlüsselbund von meinem Alten für den Flugplatz geklaut hat und wir in dem alten Flugzeughangar Rennen gefahren sind? Mann, das war geil!«

*

Amelie saß an ihrem Schreibtisch und surfte im Internet, als es an der Haustür klingelte. Sie klappte ihren Laptop zu und sprang auf. Es war Viertel vor elf! Verflucht! Hatten die Alten den Haustürschlüssel vergessen? Auf Strümpfen sauste sie die Treppe hinunter, bevor es noch einmal klingelte und die Kleinen wach wurden, die sie mit Mühe und Not vor einer Stunde ins Bett befördert hatte. Sie warf einen Blick auf den kleinen Monitor, der mit den beiden Kameras links und rechts der Haustür verbunden war. Das unscharfe Schwarzweißbild zeigte einen Mann mit hellen Haaren. Amelie riss die Tür auf und staunte nicht schlecht, als Thies vor ihr stand. Seit sie ihn kannte, war er noch nie bis an ihre Haustür gekommen, und geklingelt hatte er erst recht nicht. Ihr Erstaunen verwandelte sich in Besorgnis, als sie erkannte, in welchem Zustand der Freund war. So nervös hatte sie Thies noch nie erlebt. Seine Hände flatterten hin und her, seine Augen flackerten, er zuckte am ganzen Körper.

»Was ist denn los?«, fragte Amelie leise. »Ist was passiert?«

Statt zu antworten, hielt Thies ihr eine Papierrolle hin, die sorgfältig mit einem breiten Band verschnürt war. Amelies Füße verwandelten sich auf dem kalten Treppenabsatz in Eisklumpen, aber sie machte sich echte Sorgen um den Freund.

»Willst du nicht reinkommen?«

Thies schüttelte heftig den Kopf und sah sich immer wieder um, als befürchte er, verfolgt zu werden.

»Die Bilder darf niemand sehen«, sagte er plötzlich mit seiner wie immer etwas heiser klingenden Stimme. »Du musst sie verstecken.«

»Klar«, sagte sie. »Mach ich.«

Die Scheinwerfer eines Autos krochen durch den Nebel die Straße hoch und erfassten sie für einen Moment, als der Wagen in die Einfahrt der Lauterbachs einbog. Die Garage befand sich nur knapp fünf Meter unterhalb der Treppe, auf der Amelie gerade stand – allein, wie sie plötzlich feststellte; Thies war wie vom Erdboden verschluckt. Daniela Lauterbach stellte den Motor ab und stieg aus.

»Hallo, Amelie!«, rief sie freundlich.

»Hallo, Frau Dr. Lauterbach«, erwiderte Amelie.

»Was stehst du denn vor der Haustür herum? Hast du dich ausgesperrt?«

»Ich bin grad von der Arbeit gekommen«, sagte Amelie schnell, ohne recht zu wissen, warum sie die Nachbarin anlog.

»Na dann. Grüß deine Eltern. Gute Nacht!« Dr. Lauterbach winkte ihr zu und ließ per Fernbedienung das elektrische Tor der Doppelgarage hochfahren. Sie ging hinein, und das Tor senkte sich wieder hinter ihr.

»Thies?«, zischte Amelie. »Wo bist du?«

Sie fuhr erschrocken zusammen, als er hinter der großen Eibe hervortrat, die neben der Haustür stand.

»Was soll das?«, flüsterte sie. »Warum …?«

Ihr blieben die Worte im Hals stecken, als sie Thies' Gesicht sah. In seinen Augen stand nackte Angst – wovor fürchtete er sich? Tief besorgt streckte sie die Hand nach ihm aus und berührte seinen Arm, um ihn zu beruhigen. Er zuckte zurück.

»Du musst gut auf die Bilder aufpassen.« Die Worte klangen abgehackt, seine Augen glänzten fiebrig. »Keiner darf die Bilder sehen. Auch du nicht! Du musst es versprechen!«

»Ja, ja. Ich versprech's dir. Aber was …«

Bevor sie die Frage vollenden konnte, war Thies in der nebligen Dunkelheit verschwunden. Amelie blickte ihm kopfschüttelnd nach. Sie konnte sich keinen Reim auf das eigenartige Verhalten ihres Freundes machen. Aber man musste Thies eben so nehmen, wie er war.

*

Cosima lag tief und fest schlafend auf der Couch im Wohnzimmer, der Hund hatte sich in ihren Kniekehlen zusammengerollt und hob nicht einmal den Kopf, sondern wedelte nur faul mit der Schwanzspitze, als Bodenstein hereinkam und stehen blieb, um das friedvolle Bild in sich aufzunehmen. Cosima schnarchte ganz leise, die Lesebrille war ihr auf die Nase gerutscht, das Buch, in dem sie gelesen hatte, lag auf ihrer Brust. Normalerweise wäre er jetzt zu ihr hingegangen und hätte sie mit einem Kuss geweckt, vorsichtig, um sie nicht zu erschrecken. Doch die unsichtbare Mauer, die plötzlich zwischen ihnen stand, hielt ihn davon ab. Das Gefühl der Zärtlichkeit, das sich sonst in ihm ausbreitete, sobald er seine Frau sah, blieb zu seinem Erstaunen aus. Es war höchste Zeit für eine offene Konfrontation, bevor das Misstrauen seine Ehe vergiftete. Eigentlich sollte er sie jetzt an der Schulter packen und schütteln und sie fragen, warum sie ihn angelogen hatte, doch seine feige Harmoniesucht und die Angst vor einer Wahrheit, die er nicht würde ertragen können, hielten ihn davon ab. Er wandte sich ab und ging in die Küche. Der Hund, von verfressener Hoffnung getrieben, sprang von der Couch, um ihm zu folgen, und weckte Cosima damit. Sie erschien mit verschlafenem Gesicht in der Küche, als er sich einen Joghurt aus dem Kühlschrank nahm.

»Hallo«, sagte er.

»Ich bin wohl eingeschlafen«, erwiderte sie. Er löffelte den Joghurt und betrachtete sie unauffällig. Auf einmal bemerkte er Falten in ihrem Gesicht, die ihm zuvor nie aufgefallen waren, schlaffer werdende Haut an ihrem Hals und Wassereinlagerungen unter ihren müden Augen. Sie sah aus wie eine Frau von fünfundvierzig Jahren. War mit dem Vertrauen auch plötzlich der Weichzeichner seiner Zuneigung verschwunden?

»Wieso hast du heute im Büro angerufen und nicht bei mir auf dem Handy?«, fragte sie beiläufig, während sie suchend in den Kühlschrank blickte.

»Weiß ich gar nicht mehr«, log er und kratzte konzentriert den Joghurtbecher aus. »Ich bin wohl aus Versehen auf die falsche Nummer gekommen, und danach hab ich nicht mehr dran gedacht. War nicht wichtig.«

»Na ja, ich war nur im Main-Taunus-Zentrum ein paar Sachen einkaufen.« Cosima schloss den Kühlschrank und gähnte. »Kira hat mir Sophiechen abgenommen. Ohne sie geht alles ein bisschen schneller.«

»Hm, natürlich.« Er stellte dem Hund den leeren Becher hin. Einen Moment lang überlegte er, ob er sie fragen sollte, was sie denn eingekauft hatte, denn er glaubte ihr kein Wort. Und plötzlich wurde ihm klar, dass er das nie mehr tun würde.

*

Amelie hatte die Rolle mit den Bildern in ihrem Kleiderschrank versteckt und sich wieder an den Laptop gesetzt. Aber sie konnte sich nicht mehr konzentrieren. Es kam ihr vor, als würden ihr die Bilder leise zurufen: *»Schau uns an! Komm schon! Hol uns raus!«*

Sie drehte sich auf ihrem Stuhl um und starrte den Schrank an, haderte mit ihrem Gewissen. Unten knallten Autotüren, die Haustür ging auf.

»Wir sind wieder da!«, rief ihr Vater. Amelie ging kurz nach unten, um die Leute, bei denen sie wohnte, zu begrüßen. Obwohl Barbara und die kleinen Nervensägen sie freundlich aufgenommen hatten, brachte sie es nie über sich, »meine Familie« zu denken oder gar zu sagen. Dann kehrte sie in ihr Zimmer zurück, legte sich aufs Bett und überlegte. Nebenan rauschte die Toilettenspülung. Was konnte auf den Bildern drauf sein? Thies malte immer so einen abstrakten Kram, mal abgesehen von diesem geilen Porträt von ihr, das sie vorgestern gesehen hatte. Aber warum wollte er die Bilder unbedingt verstecken? Es schien ihm verdammt wichtig gewesen zu sein, immerhin hatte er bei ihr geklingelt und sie gebeten, die Dinger niemandem zu zeigen. Das war schon sehr eigenartig.

Amelie wartete, bis Ruhe im Haus eingekehrt war, dann ging sie zum Schrank und nahm die Rolle heraus. Sie war ziemlich schwer, es mussten mehr als nur zwei oder drei Bilder sein. Und sie rochen auch nicht so intensiv nach Farbe wie frisch gemalte Bilder. Vorsichtig öffnete sie die zahlreichen Knoten des Bandes, mit dem Thies die Rolle umwickelt hatte. Es waren acht Bilder in einem relativ kleinen Format. Und sie waren völlig anders, gar nicht Thies' üblicher Malstil, sondern sehr gegenständlich und detailgetreu mit Menschen, die ... Amelie erstarrte und betrachtete das erste Bild genauer. Sie spürte ein Kribbeln im Genick, ihr Herzschlag beschleunigte sich. Vor einer großen Scheune mit weit geöffnetem Tor beugten sich zwei Jungen über ein am Boden liegendes blondes Mädchen, dessen Kopf in einer Blutlache lag. Ein weiterer Junge mit dunklen Locken stand daneben, ein vierter rannte mit panischem Gesichtsausdruck direkt auf den Betrachter zu. Und dieser vierte war – Thies! Fieberhaft blätterte sie die anderen Bilder durch.

»O Gott«, flüsterte sie. Die Scheune mit dem offenen Tor, daneben ein etwas flacheres Stallgebäude, dieselben Personen. Thies saß neben der Scheune, der Junge mit den dunklen Locken stand an der offenen Tür des Stalles und beobachtete die Vorgänge im Innern des Stalls. Einer der Jungen vergewaltigte das blonde Mädchen, der andere Junge hielt es fest. Amelie schluckte und blätterte weiter. Wieder die Scheune, ein anderes Mädchen mit langen, schwarzen Haaren und einem knappen hellblauen Kleid, das sich mit einem Mann küsste. Er hatte eine Hand auf ihrer Brust und sie ein Bein um seinen Oberschenkel geschlungen. Die Situation wirkte unglaublich lebensecht. Im Hintergrund der dunklen Scheune war der lockige Junge von den anderen Bildern zu erkennen. Die Bilder ähnelten Fotografien; Thies hatte jedes Detail eingefangen, die Farben der Kleider, die Halskette des Mädchens, eine Schrift auf einem T-Shirt. Unglaublich! Die Bilder zeigten unzweifelhaft den Hof der Familie Sartorius. Und sie stellten die Ereignisse vom September 1997 dar. Amelie glättete mit beiden Händen das letzte Bild und erstarrte. Im Haus war es so still, dass sie ihren Puls in den Ohren pochen hörte. Das Bild zeigte den Mann, der sich mit dem schwarzhaarigen Mädchen geküsst hatte, von vorne. Sie kannte ihn. Sie kannte ihn gut.

Freitag, 14. November 2008

»Guten Morgen.« Gregor Lauterbach nickte seiner Büroleiterin Ines Schürmann-Liedtke zu und betrat sein großes Büro im hessischen Kultusministerium am Luisenplatz in Wiesbaden. Er hatte heute einen knallvollen Terminkalender. Für acht Uhr war eine Besprechung mit seinem Staatssekretär angesetzt, um zehn stand die Rede im Plenum an, in der er den Haushaltsentwurf für das kommende Jahr vorstellen würde. Mittags war eine Stunde für ein kurzes gemeinsames Mittagessen mit Vertretern der Lehrerdelegation aus Wisconsin, dem amerikanischen Partnerstaat Hessens, reserviert. Auf seinem Schreibtisch lag schon die Post, ordentlich nach Wichtigkeit geordnet in verschiedenfarbigen Wiedervorlagemappen. Zuoberst die Mappe mit der Korrespondenz, die er unterschreiben musste. Lauterbach knöpfte sein Jackett auf und setzte sich an den Schreibtisch, um schnell das Wichtigste zu erledigen. Zwanzig vor acht. Der Staatssekretär würde pünktlich sein, das war er immer.

»Ihr Kaffee, Herr Kultusminister.« Ines Schürmann-Liedtke kam herein und stellte ihm eine Tasse mit dampfendem Kaffee hin.

»Danke«, er lächelte. Die Frau war nicht nur eine intelligente und hocheffiziente Büroleiterin, sondern darüber hinaus eine echte Augenweide: drall, dunkelhaarig, mit großen, dunklen Augen und einer Haut wie Milch und Honig. Sie erinnerte ihn ein bisschen an Daniela, seine Frau. Manchmal gestattete er sich lüsterne Tagträume, in denen sie eine Hauptrolle spielte, aber in der Realität war sein Verhalten ihr gegenüber stets untadelig. Zwar hätte er das Recht gehabt, bei seinem Amtsantritt vor zwei Jahren die Stellen in seinem Büro mit neuem Personal zu besetzen, aber Ines hatte ihm auf Anhieb gefallen, und sie dankte ihm den Erhalt ihres Arbeitsplatzes mit absoluter Loyalität und unglaublichem Fleiß.

»Sie sehen heute wieder großartig aus, Ines«, sagte er und nippte an seinem Kaffee. »Das Grün steht Ihnen wunderbar.«

»Vielen Dank.« Sie lächelte geschmeichelt, wurde aber sofort wieder professionell und las ihm rasch die Liste der Anrufer vor, die um Rückruf gebeten hatten. Lauterbach hörte mit einem Ohr zu, während er seine Unterschrift unter die Briefe setzte, die Ines geschrieben hatte, nickte oder schüttelte mit dem Kopf. Als sie fertig war, reichte er ihr die Korrespondenz. Sie verließ sein Büro, und er widmete sich der Post, die Ines Schürmann-Liedtke bereits vorsortiert hatte. Vier Briefe waren dabei, die ausdrücklich »persönlich« an ihn gerichtet waren, und die hatte sie auch noch nicht geöffnet. Er schlitzte alle vier mit dem Brieföffner auf, überflog die ersten beiden rasch und legte sie beiseite. Als er den dritten Brief öffnete, stockte ihm der Atem:

Wenn du weiter die Klappe hältst, wird nichts passieren. Wenn nicht, dann erfährt die Polizei, was du damals in der Scheune verloren hast, als du deine minderjährige Schülerin gevögelt hast. Liebe Grüße von Schneewittchen.

Sein Mund war plötzlich staubtrocken. Er betrachtete das zweite Blatt, das ein Foto von einem Schlüsselbund zeigte.

Kalte Angst kroch durch seine Adern, gleichzeitig brach ihm der Schweiß aus. Das hier war kein Scherz, sondern bitterer Ernst. Seine Gedanken rasten. Wer hatte das geschrieben? Wer konnte von ihm und seinem Ausrutscher mit dem Mädchen wissen? Und warum, zum Teufel, kam dieser Brief ausgerechnet jetzt? Gregor Lauterbach hatte das Gefühl, ihm müsse das Herz aus der Brust springen. Elf Jahre lang hatte er die Geschehnisse von damals erfolgreich verdrängen können. Aber jetzt war alles wieder da, so lebendig, als sei es erst gestern passiert. Er stand auf und trat ans Fenster, starrte hinaus auf den leeren Luisenplatz, der im allmählich heller werdenden Licht des trüben Novembermorgens dalag. Er atmete langsam ein und aus. Nur jetzt nicht die Nerven verlieren! In einer Schreibtischschublade fand er das abgegriffene Notizbuch, in dem er sich seit Jahren Telefonnummern notierte. Als er zum Telefonhörer griff, bemerkte er verärgert, dass seine Hand zitterte.

*

Die knorrige alte Eiche stand im vorderen Teil des großen Parks, keine fünf Meter von der Mauer entfernt, die das ganze Grundstück umgab. Das Baumhaus war ihr noch nie aufgefallen, vielleicht weil es im Sommer vom dichten Blätterkleid des Baumes verdeckt wurde. Es war nicht ganz einfach, im Minirock und mit Strumpfhose die wenig vertrauenerweckend aussehenden Stufen der morschen Leiter hinaufzuklettern, die vom Regen der letzten Tage glitschig geworden waren. Hoffentlich kam Thies nicht ausgerechnet jetzt auf die Idee, sein Atelier zu verlassen. Er würde sofort wissen, was sie hier tat. Endlich hatte sie das Baumhaus erreicht und kroch auf allen vieren hinein. Es war ein stabiler Kasten aus Holz, so ähnlich wie die Hochsitze im Wald.

Amelie richtete sich vorsichtig auf und blickte sich um, dann setzte sie sich auf die Bank und blickte durch das vordere Fenster nach unten. Volltreffer! Sie kramte ihren iPod aus der Jackentasche und rief die Bilder auf, die sie gestern Nacht noch fotografiert hatte. Die Perspektive stimmte zu hundert Prozent. Von hier bot sich ihr ein grandioser Ausblick über das halbe Dorf, der obere Teil des Sartorius-Hofes mit Scheune und Kuhstall lag ihr direkt zu Füßen. Selbst mit bloßem Auge war jedes Detail genau zu sehen. Wenn sie davon ausging, dass der Kirschlorbeer vor elf Jahren noch ein kleiner Busch gewesen war, dann musste der Schöpfer der Bilder von genau dieser Stelle aus die Ereignisse beobachtet haben. Amelie zündete sich eine Zigarette an und stemmte die Füße gegen die Holzwand. Wer hatte hier gesessen? Thies konnte es nicht gewesen sein, denn er war auf dreien der Bilder zu sehen. Hatte jemand von hier aus Fotos gemacht, die Thies gefunden und abgemalt hatte? Noch viel interessanter war die Frage, wer die anderen Leute auf den Bildern waren. Laura Wagner und Stefanie »Schneewittchen« Schneeberger, das war klar. Und den Mann, der es mit Schneewittchen in der Scheune getrieben hatte, kannte sie auch. Aber wer waren die drei Jungs? Nachdenklich zog Amelie an ihrer Zigarette und überlegte, was sie mit ihrem Wissen anfangen sollte. Die Polizei schied aus. Sie hatte in der Vergangenheit nur schlechte Erfahrungen mit den Bullen gemacht; nicht zuletzt deshalb war sie in dieses Kaff zu ihrem Erzeuger abgeschoben worden, von dem sie in den zwölf Jahren zuvor außer an ihren Geburtstagen und Weihnachten so gut wie nichts gehört hatte. Alternative zwei, ihre Eltern, würde auch auf die Bullen hinauslaufen, ergab deshalb keinen Sinn. Eine Bewegung im Hof der Sartorius erregte ihre Aufmerksamkeit. Tobias betrat die Scheune, wenig später knatterte der Motor des alten roten Traktors. Wahrscheinlich nutzte er den halbwegs trockenen Tag und räumte weiter auf. Wie wäre es, wenn sie *ihm* von den Bildern erzählte?

*

Auch wenn Frau Dr. Engel nachdrücklich darauf hingewiesen hatte, dass es keine neuen Ermittlungen in zwei elf Jahre alten Mordfällen geben würde, beschäftigte Pia sich weiterhin mit den sechzehn Ordnern. Nicht zuletzt, um ihre Gedanken von der Drohung hinter den lapidaren Worten des Bauamtes abzulenken. Sie hatte im Geiste das neue Haus auf dem Birkenhof schon eingerichtet und zu dem geschmackvoll-gemütlichen Heim gemacht, von dem sie immer geträumt hatte. Viele von Christophs Möbeln passten wunderbar in ihre innenarchitektonischen Träume: der uralte, zerkratzte Refektoriumstisch, an dem zwölf Personen ohne Not Platz hatten, das knautschige Ledersofa aus seinem Wintergarten, das antike Vertiko, die zierliche Recamiere … Pia seufzte. Vielleicht würde sich ja doch noch alles zum Guten wenden und das Bauamt die Genehmigung erteilen, damit sie loslegen konnten.

Sie konzentrierte sich wieder auf die vor ihr liegende Akte, überflog einen Bericht und notierte sich zwei Namen. Ihre letzte Begegnung mit Tobias Sartorius hatte ein eigenartiges Gefühl in ihr hinterlassen. Was, wenn er die ganzen Jahre über die Wahrheit gesagt hatte, wenn er tatsächlich nicht der Mörder der beiden Mädchen war? Abgesehen davon, dass dann der wirkliche Mörder noch immer frei herumlief, hätte das Fehlurteil ihn zehn Jahre seines Lebens und seinen Vater die Existenz gekostet. Neben ihren Notizen skizzierte sie das Dorf Altenhain. Wer wohnte wo? Wer war mit wem befreundet? Auf den ersten Blick waren Tobias Sartorius und seine Eltern damals im Dorf geachtete und beliebte Personen gewesen. Las man jedoch zwischen den Zeilen, sprach deutlich der Neid aus den Worten der vernommenen Leute. Tobias Sartorius war ein bemerkenswert gutaussehender junger Mann gewesen, intelligent, sportlich, großzügig. Er schien die allerbesten Voraussetzungen für eine großartige Zukunft mitzubringen, niemand sagte etwas Schlechtes über den Klassenprimus, die Sportskanone, den Mädchenschwarm. Pia betrachtete einige Fotos. Wie hatten sich Tobias' unscheinbare Freunde mit ihren glänzenden Pickelgesichtern im ständigen Vergleich mit ihm gefühlt? Wie musste es sein, immer im Schatten zu stehen, bei den hübschesten Mädchen nur zweite Wahl zu sein? Waren Neid und Eifersucht nicht vorprogrammiert? Und dann bot sich unversehens eine Gelegenheit, sich für all die kleinen Niederlagen zu rächen: »*... Ja, ein bisschen jähzornig kann der Tobias schon sein*«, hatte einer seiner besten Freunde ausgesagt. »*Besonders, wenn er was getrunken hat. Dann flippt er schon mal richtig aus.*«

Als einen sehr guten, ehrgeizigen Schüler, dem alles zuflog, der aber auch unglaublich diszipliniert lernen konnte, hatte ihn sein ehemaliger Lehrer charakterisiert. Ein Wortführer, selbstbewusst bis zur Überheblichkeit, bisweilen ein Hitzkopf, ziemlich reif für sein Alter. Ein Einzelkind, das von seinen Eltern geradezu angebetet wurde. Aber auch jemand, der mit Konkurrenz und Niederlagen nur schlecht umgehen konnte. Verflixt, wo hatte sie das bloß gelesen? Pia blätterte hin und her. Das Vernehmungsprotokoll von Tobias' Lehrer, zum Zeitpunkt ihres Verschwindens auch der Lehrer der beiden Mädchen, war nicht mehr da. Pia stutzte, kramte auf ihrem Schreibtisch nach ihren Notizen der vergangenen Woche und verglich ihre Aufstellung der Namen mit der Liste, die sie heute angefertigt hatte.

»Das ist ja ein Ding«, sagte sie.

»Was ist los?« Ostermann blickte kauend an seinem Computerbildschirm vorbei.

»In der Akte fehlen die Vernehmungsprotokolle von Gregor Lauterbach zur Sache Stefanie Schneeberger und Tobias Sartorius«, erwiderte sie, blätterte weiter hin und her. »Wie geht das denn?«

»Sie werden in einem anderen Ordner sein.« Ostermann wandte sich wieder seiner Arbeit und seinem Donut zu. Er aß die fettigen Gebäckringe für sein Leben gern, und Pia wunderte sich seit Jahren, dass ihr Kollege nicht längst dick und fett war. Ostermann musste einen sensationellen Stoffwechsel haben, um die Tausenden von Kalorien zu verbrennen, die er jeden Tag in sich hineinmampfte. Sie an seiner Stelle würde jedenfalls nur noch durch die Gegend rollen.

»Nein.« Pia schüttelte den Kopf. »Sie sind echt nicht mehr da!«

»Pia«, sagte Ostermann in geduldigem Tonfall. »Wir sind bei der *Polizei*. Hier kommt keiner einfach so rein und klaut Protokolle aus einem alten Aktenordner!«

»Das weiß ich auch. Aber Fakt ist, dass sie nicht mehr da sind. Letzte Woche habe ich sie noch gelesen.« Pia runzelte die Stirn. Wer konnte ein Interesse an dem alten Fall haben? Es gab keinen Grund, an und für sich unwichtige Vernehmungsprotokolle zu klauen. Das Telefon auf ihrem Schreibtisch klingelte. Sie nahm ab und hörte kurz zu. In Wallau war ein Lieferwagen von der Straße abgekommen und in Flammen aufgegangen, nachdem er sich mehrfach überschlagen hatte. Der Fahrer war schwer verletzt, aber in den Trümmern des Fahrzeugs hatte die Feuerwehr mindestens zwei bis zur Unkenntlichkeit verbrannte Personen ausgemacht. Mit einem Seufzer klappte sie den Ordner zu, verstaute ihre Notizen in einer Schublade. Die Aussicht, bei dem Wetter auf einem matschigen Acker herumzukriechen, war wenig erfreulich.

*

Der Wind heulte um die Scheune, pfiff durch die Dachsparren und rüttelte am Tor, als ob er Einlass begehrte. Tobias Sartorius kümmerte das nicht. Er hatte am Nachmittag mit einem Immobilienmakler telefoniert und für Mittwoch nächster Woche einen Besichtigungstermin vereinbart. Bis dahin mussten Hof, Scheune und die alten Stallungen picobello sein. Mit Schwung warf er einen alten Autoreifen nach dem anderen auf die Ladefläche der Rolle. Zu Dutzenden stapelten sie sich in einer Ecke der Scheune, sein Vater hatte sie aufgehoben, um die Planen über den Heu- und Strohballen draußen im Feld zu beschweren. Jetzt gab es keine Heuballen mehr und auch kein Stroh, die Autoreifen waren nichts als Abfall.

Den ganzen Tag verfolgte ihn schon der Schatten einer flüchtigen Erinnerung, und es machte Tobias schier verrückt, dass ihm nicht einfallen wollte, was es war. Irgendeiner seiner Freunde hatte gestern Abend in der Garage etwas gesagt, das eine blitzartige Assoziation bei ihm ausgelöst hatte, aber die Erinnerung war irgendwo in der Tiefe seines Bewusstseins versunken und ließ sich nicht an die Oberfläche locken, so sehr er sich auch darum bemühte. Atemlos hielt er inne, fuhr sich mit dem Unterarm über die verschwitzte Stirn. Ein kalter Lufthauch streifte ihn, und er wandte sich um, als er aus dem Augenwinkel eine Bewegung wahrnahm. Erschrocken zuckte er zusammen. Drei dunkel gekleidete Gestalten mit bedrohlich vermummten Gesichtern hatten die Scheune betreten. Eine von ihnen schob von innen den schweren, eisernen Riegel vor die Tür. Stumm standen sie da und fixierten ihn durch die Sehschlitze ihrer Sturmhauben. Die Baseballschläger in ihren behandschuhten Händen verrieten ihre Absicht. Adrenalin durchflutete seinen Körper von den Zehen bis zu den Haarspitzen. Er zweifelte nicht daran, dass es sich bei zweien von ihnen um die Männer handelte, die Amelie niedergeschlagen hatten. Sie waren wiedergekommen, um ihr eigentliches Ziel zu erwischen, nämlich ihn. Er wich zurück und überlegte fieberhaft, wie er den drei Männern entkommen könnte. In der Scheune gab es keine Fenster, keine Hintertür. Aber eine Leiter, die hoch auf den leeren Heuboden führte! Sie war seine einzige Chance. Er zwang sich, nicht zu ihr hinüberzusehen, um den drei Männern sein Vorhaben nicht zu verraten. Trotz der aufsteigenden Panik in seinem Inneren gelang es ihm, ruhig zu bleiben. Er musste die Leiter erreichen, bevor sie bei ihm waren. Sie waren noch knapp fünf Meter von ihm entfernt, als er losrannte. In Sekunden war er an der Leiter, kletterte, so schnell er konnte. Der Schlag eines Baseballschlägers traf mit voller Wucht seinen Unterschenkel. Er spürte keinen Schmerz, aber sein linkes Bein war sofort taub. Mit zusammengebissenen Zähnen kletterte er weiter, doch einer der Verfolger war nicht viel langsamer als er, packte seinen Fuß und zerrte daran. Tobias klammerte sich an den Sprossen der Leiter fest, trat mit dem anderen Fuß nach dem Mann. Er hörte einen unterdrückten Schmerzensschrei und spürte, wie sich der Griff an seinem Knöchel lockerte. Die Leiter schwankte, plötzlich griff er ins Leere und verlor beinahe den Halt. Drei Sprossen fehlten! Er warf einen Blick nach unten, fühlte sich wie eine Katze an einem nackten Baumstamm, der drei blutrünstige Rottweiler auf den Fersen waren. Irgendwie erreichte er die nächste Sprosse, zog sich mit aller Kraft nach oben, das taube Bein kribbelte und war ihm kaum eine Hilfe. Endlich hatte er den Heuboden erreicht. Zwei der Kerle kletterten ihm nach, der dritte war verschwunden. Tobias blickte sich hektisch im Halbdunkel des Bodens um. Die Leiter war an die Holzbohlen geschraubt, unmöglich, sie umzukippen! Er humpelte, so schnell er konnte, zu der niedrigsten Stelle des Daches, drückte mit der Hand von unten gegen die Dachziegel. Eine löste sich, dann eine zweite. Immer wieder schaute er über die Schulter. Der Kopf des ersten Verfolgers erschien über dem Rand des Heubodens. Verdammt! Das Loch war noch viel zu klein, um sich hindurchzwängen zu können. Als er die Sinnlosigkeit seines Unterfangens einsehen musste, lief er zu der Luke, unter der einige Meter tiefer die Rolle mit den Autoreifen stand. Mit dem Mut der Verzweiflung wagte er den Sprung. Einer der Verfolger kehrte auf der Leiter um und kletterte wie eine große schwarze Spinne eilig wieder nach unten. Tobias ließ sich zu Boden gleiten, duckte sich in den schwarzen Schatten unter den Anhänger. Er tastete suchend den Boden ab und verfluchte seinen Aufräumwahn. Nichts lag mehr herum, was er als Verteidigungswaffe hätte benutzen können! Das Herz hämmerte gegen seinen Brustkorb, er verharrte noch kurz, dann setzte er alles auf eine Karte und rannte los.

Sie erreichten ihn in dem Augenblick, als er den Riegel schon in der Hand hatte. Die Schläge trafen ihn an den Schultern und Armen, im Kreuz. Seine Knie gaben nach, er rollte sich zusammen, schlang schützend die Arme um seinen Kopf. Sie prügelten und traten auf ihn ein, ohne einen Ton von sich zu geben. Schließlich packten sie seine Arme, bogen sie mit roher Gewalt auseinander und zerrten ihm Pullover und T-Shirt über den Kopf. Tobias biss die Zähne zusammen, um nicht zu jammern oder um sein Leben zu betteln. Er sah, wie einer der Männer eine Wäscheleine zu einer Schlinge knotete. Sosehr er sich auch wehrte, sie waren in der Übermacht, fesselten seine Hand- und Fußgelenke hinter seinem Körper zusammen und legten ihm die Schlinge um den Hals. Hilflos wie ein Paket verschnürt, musste er es erdulden, dass sie ihn mit nacktem Oberkörper unsanft über den rauen, eisigen Boden zur rückwärtigen Wand schleiften, ihm einen stinkigen Lappen als Knebel in den Mund steckten und ihm die Augen verbanden. Keuchend lag er auf dem

Boden, sein Herz raste. Die Wäscheleine schnürte ihm die Luft ab, sobald er sich auch nur einen Millimeter bewegte. Tobias lauschte auf Geräusche, hörte aber nur den Sturm, der unvermindert heftig um die Scheune toste. Sollten die drei sich damit zufriedengeben? Hatten sie gar nicht vor, ihn umzubringen? Waren sie weg? Die Spannung ließ ein winziges bisschen nach, seine Muskeln entkrampften sich. Aber seine Erleichterung war verfrüht. Er hörte ein Zischen, roch den Geruch von Lack. Im selben Moment traf ihn ein Schlag mitten ins Gesicht, sein Nasenbein brach mit einem Knacken, das durch seinen Kopf hallte wie ein Schuss. Tränen schossen ihm in die Augen, Blut verstopfte seine Nase. Durch den Knebel in seinem Mund bekam er kaum noch Luft. Die Panik war wieder da, hundertmal heftiger als zuvor, denn nun konnte er seine Angreifer nicht mehr sehen. Tritte und Schläge prasselten auf ihn ein, und in diesen Sekunden, die zu Stunden, Tagen und Wochen wurden, wuchs in ihm die Gewissheit, dass sie ihn töten wollten.

*

Es war nicht viel los im Schwarzen Ross. Die übliche Skatrunde am Stammtisch war nicht vollzählig, auch Jörg Richter fehlte, was die Laune seiner Schwester auf ein vorläufiges Jahrestief hatte sinken lassen. Eigentlich hätte Jenny Jagielski an diesem Abend zum Elternabend im Kindergarten gehen müssen, aber in Abwesenheit ihres Bruders brachte sie es nicht über sich, das Schwarze Ross ihren Angestellten zu überlassen, zumal Roswitha sich krankgemeldet hatte und Jenny mit Amelie allein im Service war. Es war halb zehn, als Jörg Richter und sein Kumpel Felix Pietsch auftauchten. Sie zogen die nassen Jacken aus und setzten sich an einen der Tische; kurz darauf kamen noch zwei andere Männer, die

Amelie schon des Öfteren zusammen mit dem Bruder ihrer Chefin gesehen hatte. Jenny stapfte wie ein Racheengel zu ihrem Bruder, aber der fertigte sie mit knappen Worten ab. Sie kehrte mit zusammengekniffenen Lippen zurück hinter den Tresen, die roten Wutflecke leuchteten an ihrem Hals.

»Bring uns mal vier Bier und vier Willis!«, rief Jörg Richter Amelie zu.

»Nix gibt's«, knirschte Jenny Jagielski zornig. »Dieser Drecksack!«

»Aber die anderen sind doch Gäste«, bemerkte Amelie arglos.

»Haben die bei dir schon mal bezahlt?«, schnappte Jenny, und als Amelie daraufhin den Kopf schüttelte, sagte sie: »Von wegen Gäste. Schmarotzer sind das!«

Es dauerte keine zwei Minuten, bis Jörg Richter selbst hinter den Tresen marschierte und vier Bier zapfte. Er war nicht weniger übelgelaunt als seine Schwester, es kam zu einem heftigen, im Flüsterton geführten Wortwechsel. Amelie fragte sich, was passiert war. Eine unterschwellige Aggressivität lag wie Elektrizität in der Luft. Der dicke Felix Pietsch war puterrot im Gesicht, auch die beiden anderen zogen finstere Mienen. Amelie wurde von ihren Überlegungen abgelenkt, als die drei fehlenden Skatbrüder hereinpolterten und noch auf dem Weg zum runden Tisch Schnitzel mit Bratkartoffeln, Rumpsteak und Weizenbier bei ihr orderten. Sie entledigten sich ihrer nassen Jacken und Mäntel und setzten sich; einer von ihnen, Lutz Richter, begann sofort, etwas zu erzählen. Die Männer steckten die Köpfe zusammen und lauschten aufmerksam. Richter verstummte, als Amelie mit den Getränken am Tisch erschien, und wartete, bis sie wieder außer Hörweite war. Amelie maß dem eigenartigen Verhalten der Männer keine Bedeutung bei, in Gedanken war sie schon wieder bei Thies' Bildern. Vielleicht war es doch das Beste, vorerst das zu tun, worum Thies sie gebeten hatte, und Stillschweigen zu bewahren.

*

Er kam zur Haustür herein und zog die durchnässte Jacke und die schmutzigen Schuhe im Windfang aus. Im Spiegel neben der Garderobe begegnete er seinem Blick und senkte unwillkürlich den Kopf. Es war nicht richtig, was sie getan hatten. Absolut nicht richtig. Wenn Terlinden davon erfuhr, dann war er reif – und die anderen beiden auch. Er ging in die Küche, fand noch eine Flasche Bier im Seitenfach des Kühlschranks. Seine Muskeln schmerzten, und morgen würde er sicher einige blaue Flecke an Armen und Beinen haben, so hatte der Kerl sich gewehrt. Aber vergeblich. Zu dritt waren sie stärker gewesen. Schritte näherten sich.

»Und?«, ertönte hinter ihm die neugierige Stimme seiner Frau. »Wie ist es gelaufen?«

»Wie geplant.« Er drehte sich nicht zu ihr um, nahm einen Flaschenöffner aus der Schublade und setzte ihn an. Mit einem Zischen und einem leisen »Plopp« sprang der Kronkorken von der Flasche. Er schauderte. So hatte es geklungen, als das Nasenbein von Tobias Sartorius unter seiner Faust gebrochen war.

»Ist er …?« Sie ließ den Satz unvollendet. Da drehte er sich um und musterte sie.

»Wahrscheinlich«, erwiderte er. Der klapprige Küchenstuhl ächzte unter seinem Gewicht, als er sich hinsetzte. Er trank einen Schluck Bier. Es schmeckte schal. Die anderen hätten den Kerl ersticken lassen, aber er hatte noch rasch den Knebel aus dem Mund des Bewusstlosen entfernt, ohne dass sie es bemerkt hatten. »Wir haben ihm auf jeden Fall einen ordentlichen Denkzettel verpasst.«

Seine Frau hob die Augenbrauen, und er wandte den Blick ab.

»Einen Denkzettel. Na toll«, sagte sie verächtlich.

Er dachte daran, wie Tobias sie angesehen hatte, die nackte Todesangst im Gesicht. Erst als sie ihm die Augen verbunden hatten, war er in der Lage gewesen, ebenfalls zuzuschlagen und zu treten. Aus Ärger über seine Schwäche hatte er dann alle Kraft in seine Schläge und Tritte gelegt. Jetzt schämte er sich dafür. Nein, es war ganz und gar nicht richtig gewesen!

»Weichlinge«, schob seine Frau in diesem Moment nach. Mit Mühe unterdrückte er den aufsteigenden Zorn. Was erwartete sie denn von ihm? Dass er einen Mann umbrachte? Einen Nachbarn? Das Letzte, was sie jetzt brauchen konnten, waren Bullen, die überall im Dorf herumschnüffelten und blöde Fragen stellten! Es gab zu viele Geheimnisse, die auch besser welche blieben.

*

Es war kurz nach Mitternacht, als Hartmut Sartorius aufwachte. Der Fernseher lief noch immer – irgendein brutaler Horrorschocker, in dem kreischende Teenager mit angstvoll aufgerissenen Augen vor einem maskierten Psychopathen flohen, der sie nacheinander mit einer Axt und einer Kettensäge abschlachtete. Benommen tastete Hartmut Sartorius nach der Fernbedienung und schaltete das Gerät ab. Seine Knie schmerzten, als er aufstand. In der Küche brannte Licht, die abgedeckte Pfanne mit dem Schnitzel und den Bratkartoffeln stand unangetastet auf dem Herd. Ein Blick auf die Küchenuhr zeigte ihm, wie spät es war. Tobias' Jacke hing nicht in der Garderobe, aber der Autoschlüssel lag auf der Ablage unter dem Spiegel, also war er nicht weggefahren. Der Junge übertrieb es wirklich mit seiner Aufräumerei. Er hatte den

Ehrgeiz, den Hof in der nächsten Woche dem Makler völlig picobello präsentieren zu können. Hartmut Sartorius hatte jedem Vorschlag von Tobias zugestimmt, aber er wusste, dass er unbedingt mit Claudius sprechen musste, was den Makler anbetraf. Immerhin war Claudius Terlinden der alleinige Eigentümer des ganzen Anwesens, auch wenn das Tobias nicht passte. Hartmut Sartorius ging pinkeln, dann rauchte er am Küchentisch eine Zigarette. Mittlerweile war es zwanzig vor eins. Mit einem Seufzer kam er auf die Beine und ging in die Diele. Er zog seine alte Strickjacke über, bevor er die Haustür öffnete und in die stürmische, kalte Regennacht hinausging. Zu seiner Verwunderung blieb der Scheinwerfer an der Hausecke dunkel, obwohl Tobias erst vor drei Tagen einen Bewegungsmelder montiert hatte. Er ging über den Hof und sah, dass es auch im Stall und in der Scheune dunkel war. Das Auto und der Traktor standen aber da. War Tobias bei seinen Freunden? Ein seltsames Gefühl beschlich ihn, als er den Lichtschalter an der Tür des Kuhstalles betätigte. Es klackte, aber das Licht ging nicht an. Hoffentlich war Tobias nicht irgendetwas passiert, während er behaglich im Haus vor dem Fernseher geschlafen hatte! Hartmut Sartorius ging in die Milchküche. Hier hing der Sicherungskasten, und hier funktionierte auch das Licht, denn dieser Raum war an den Sicherungskreis des Hauses angeschlossen. Drei Sicherungen waren herausgesprungen. Er drückte sie hinein, und sofort flammten grell die Scheinwerfer über der Stalltür und dem Scheunentor auf. Hartmut Sartorius überquerte den Hof und stieß einen unterdrückten Fluch aus, als er mit den Filzschlappen in eine Pfütze trat.

»Tobias?« Er blieb stehen, lauschte. Nichts. Der Stall war leer, keine Spur von seinem Sohn weit und breit. Er ging weiter. Der Wind zerrte an seinen Haaren, fuhr durch die Maschen der Strickjacke. Er fror. Der Sturm hatte die dichte

Wolkendecke aufgerissen, Wolkenfetzen segelten schnell am halbvollen Mond vorbei. In dessen bleichem Licht wirkten die drei großen Container, die nebeneinander weiter oben im Hof standen, wie feindliche Panzer. Das Gefühl, dass etwas nicht in Ordnung war, wurde stärker, als er sah, dass ein Flügel des Scheunentores knarrend im Wind hin und her schwang. Er versuchte, das Tor zu fassen, aber es riss sich unter einer neuerlichen Böe beinahe los, als hätte es ein Eigenleben. Mit aller Kraft zog Hartmut Sartorius es hinter sich zu. Der Scheinwerfer verlosch nur Sekunden später, aber er kannte sich auf seinem Hof auch im Dunkeln aus und fand sofort den Lichtschalter.

»Tobias!«

Die Neonröhren brummten und flackerten auf, und im selben Moment sah er die roten Buchstaben an der Wand. WER NICHT HÖREN WILL, MUSS FÜLEN! Ihm fiel der Rechtschreibfehler auf, erst dann erblickte er die zusammengekrümmte Gestalt auf dem Boden. Der Schreck fuhr ihm so heftig in die Glieder, dass er zu zittern begann. Er stolperte quer durch die Scheune, sank in die Knie und sah voller Entsetzen, was geschehen war. Die Tränen schossen ihm in die Augen. Man hatte Tobias an Händen und Füßen gefesselt, eine Schnur lag so straff um seinen Hals, dass sie tief ins Fleisch geschnitten hatte. Tobias' Augen waren verbunden, sein Gesicht und sein nackter Oberkörper zeigten deutliche Spuren grausamer Misshandlungen. Das musste Stunden her sein, denn das Blut war bereits geronnen.

»O Gott, o Gott, Tobi!« Mit bebenden Fingern machte sich Hartmut Sartorius daran, die Fesseln zu öffnen. Mit roter Sprühfarbe hatten sie ein Wort auf seinen nackten Rücken gesprüht: MÖRDER! Er berührte die Schulter seines Sohnes und erschrak. Tobias' Haut war eiskalt.

Samstag, 15. November 2008

Gregor Lauterbach ging ruhelos im Wohnzimmer auf und ab. Er hatte schon drei Gläser Whisky getrunken, aber die beruhigende Wirkung des Alkohols blieb diesmal aus. Den ganzen Tag über hatte er den bedrohlichen Inhalt des anonymen Briefes verdrängen können, doch kaum hatte er sein Haus betreten, war die Angst über ihn hergefallen. Daniela hatte schon im Bett gelegen, er hatte sie nicht stören wollen. Einen Moment hatte er daran gedacht, seine Geliebte anzurufen und sich mit ihr in seiner Wohnung zu treffen, einfach um sich abzulenken, aber den Gedanken hatte er wieder verworfen. Diesmal musste er alleine damit fertig werden. Er hatte also eine Schlaftablette genommen und sich ins Bett gelegt. Aber das Klingeln des Telefons hatte ihn um ein Uhr morgens aus dem Schlaf gerissen. Anrufe um diese Uhrzeit verhießen nie etwas Gutes. Zitternd hatte er im Bett gelegen, schweißnass und wie verrückt vor Angst. Daniela hatte von ihrem Zimmer aus das Gespräch entgegengenommen, wenig später war sie den Flur entlanggegangen, leise, um ihn nicht zu wecken. Erst als die Haustür hinter ihr ins Schloss gefallen war, war er aufgestanden und nach unten gegangen. Es kam vor, dass sie nachts zu einem Patienten fahren musste. Er hatte ihre Bereitschaftsdienste nicht im Kopf. Mittlerweile war es kurz nach drei, und er stand kurz vor einem Nervenzusammenbruch. Wer konnte ihm diesen Brief geschickt haben? Wer wusste von Schneewittchen und ihm und dem verlorenen Schlüsselbund? Herrje! Seine Karriere stand auf dem Spiel, sein Ansehen, sein ganzes Leben! Wenn dieser Brief oder ein ähnlicher in falsche Hände geriet, war er erledigt. Die Presse wartete doch nur auf einen fetten Skandal! Gregor Lauterbach wischte seine schweißfeuchten Handflächen am Bademantel ab. Er schenkte sich noch einen Whisky ein, einen dreifachen diesmal, und setzte sich auf das Sofa. Nur das Licht in der Eingangshalle brannte, im Wohnzimmer war es dunkel. Daniela konnte er nicht von dem Brief erzählen. Schon damals hätte er besser den Mund gehalten. Sie war es, die vor siebzehn Jahren dieses Haus gebaut und bezahlt hatte. Mit seinem schmalen Beamtensalär hätte er sich niemals eine solche Villa leisten können. Es hatte ihr Spaß gemacht, ihn, den kleinen Gymnasiallehrer, unter ihre Fittiche zu nehmen und ihn in die richtigen gesellschaftlichen und politischen Kreise einzuführen. Daniela war eine sehr gute Ärztin, in Königstein und Umgebung hatte sie viele wohlhabende und ausgesprochen einflussreiche Privatpatienten, die das politische Talent ihres Mannes erkannten und förderten. Gregor Lauterbach verdankte seiner Frau alles, das hatte er schmerzlich begreifen müssen, als sie ihm damals um ein Haar ihre Gunst und Unterstützung entzogen hätte. Seine Erleichterung, als sie ihm verziehen hatte, war unendlich gewesen. Mit ihren 58 Jahren sah sie noch blendend aus – eine Tatsache, die ihm ständig Sorgen bereitete. Auch wenn sie seit damals nie mehr miteinander geschlafen hatten, liebte er Daniela doch aus tiefstem Herzen. Alle anderen Frauen, die durch sein Leben und sein Bett huschten, waren unwichtige, rein körperliche Angelegenheiten. Er wollte Daniela nicht verlieren. Nein, er *durfte* sie nicht verlieren! Unter gar keinen Umständen. Sie wusste zu viel von ihm, sie kannte seine Schwächen, seine Minderwertigkeitskomplexe und die Anfälle quälender Versagensängste, die er mittlerweile im Griff hatte. Lauterbach fuhr zusammen, als sich der Schlüssel in der Haustür drehte. Er stand auf und schleppte sich in die Halle.

»Du bist ja wach«, stellte seine Frau erstaunt fest. Sie sah ruhig und gelassen aus, wie immer, und er fühlte sich wie ein Seemann auf rauer See, der in der Ferne den rettenden Leuchtturm erblickt.

Sie betrachtete ihn prüfend und schnupperte. »Du hast Alkohol getrunken. Ist etwas passiert?«

Wie gut sie ihn kannte! Noch nie hatte er ihr etwas vormachen können. Er setzte sich auf die unterste Treppenstufe.

»Ich kann nicht schlafen«, erwiderte er nur, sparte sich jede Begründung und Ausrede. Ganz plötzlich und mit einer Heftigkeit, die ihn erschreckte, sehnte er sich nach ihrer mütterlichen Liebe, nach ihrer Umarmung, ihrem Trost.

»Ich gebe dir eine Lorazepam«, sagte sie.

»Nein!« Gregor Lauterbach erhob sich, schwankte etwas und streckte die Hand nach ihr aus. »Ich will keine Tabletten nehmen. Ich will …«

Er brach ab, als er ihren erstaunten Blick sah. Fühlte sich mit einem Mal kümmerlich und mickrig.

»Was willst du?«, fragte sie leise.

»Ich will heute Nacht nur einfach bei dir schlafen, Dani«, flüsterte er mit belegter Stimme. »Bitte.«

*

Pia betrachtete die Frau, die ihr am Küchentisch gegenübersaß. Sie hatte Andrea Wagner mitgeteilt, dass die Rechtsmedizin die sterblichen Überreste ihrer Tochter Laura freigegeben hatte. Da die Mutter des toten Mädchens einen gefassten Eindruck gemacht hatte, stellte Pia ihr ein paar Fragen über Laura und deren Verhältnis zu Tobias Sartorius.

»Warum möchten Sie das wissen?«, fragte Frau Wagner argwöhnisch.

»Ich habe mich in den letzten Tagen ausführlich mit den alten Akten beschäftigt«, erwiderte Pia. »Und irgendwie habe ich das Gefühl, dass etwas damals übersehen wurde. Als wir Tobias Sartorius gesagt haben, man hätte Laura gefunden, da hatte ich den Eindruck, dass er wirklich ahnungslos war. Verstehen Sie mich bitte nicht falsch, ich will damit nicht sagen, dass ich ihn für unschuldig halte.«

Andrea Wagner blickte sie aus stumpfen Augen an. Eine ganze Weile sagte sie gar nichts.

»Ich habe aufgehört, über all das nachzudenken«, sagte sie dann. »Es ist schwer genug, vor den Augen des ganzen Dorfes immer weiterzumachen. Meine anderen beiden Kinder mussten im Schatten ihrer toten Schwester aufwachsen, ich habe alle Kraft gebraucht, damit sie eine einigermaßen normale Kindheit hatten. Aber das ist nicht einfach mit einem Vater, der sich jeden Abend im Schwarzen Ross bis zur Besinnungslosigkeit betrinkt, weil er nicht akzeptieren will, was geschehen ist.«

Das klang nicht bitter, es war die Feststellung einer Tatsache.

»Ich lasse das Thema nicht mehr an mich ran. Sonst wäre hier schon längst alles in die Binsen gegangen.« Sie wies mit einer Handbewegung auf einen Stapel Papier auf dem Tisch. »Unbezahlte Rechnungen, Mahnungen. Ich gehe im Supermarkt in Bad Soden arbeiten, damit das Haus und die Schreinerei nicht zwangsversteigert werden oder wir in die gleiche Lage kommen wie der Sartorius. Irgendwie muss es ja weitergehen. Ich kann mir nicht leisten, in der Vergangenheit zu leben, wie mein Mann das tut.«

Pia sagte nichts. Nicht zum ersten Mal erlebte sie, wie ein schreckliches Ereignis das Leben einer ganzen Familie komplett aus der Bahn werfen und für immer zerstören konnte. Wie stark mussten Menschen wie Andrea Wagner sein, um Morgen für Morgen aufzustehen und weiterzumachen, ohne Hoffnung auf Besserung? Gab es im Leben dieser Frau überhaupt noch irgendetwas, was sie freute?

»Ich kenne Tobias seit seiner Geburt«, fuhr Andrea Wagner fort. »Wir waren mit der Familie befreundet, wie mit allen Leuten hier im Dorf. Mein Mann war Wehrführer bei der Feuerwehr, Jugendtrainer im Sportverein, Tobias war sein bester Stürmer. Manfred war immer sehr stolz auf ihn.« Ein Lächeln huschte über ihr blasses, abgehärmtes Gesicht, erlosch aber sofort wieder. Sie seufzte. »Keiner hätte ihm so was zugetraut, ich erst auch nicht. Aber man kann einem Menschen eben nur vor die Stirn gucken, nicht wahr?«

»Ja, damit haben Sie wohl recht.« Pia nickte bestätigend. Die Familie Wagner hatte weiß Gott genug Schlimmes erlebt, sie wollte nicht weiter in alten Wunden stochern. Eigentlich hatte sie auch überhaupt keine Grundlage, um Fragen zu einem längst aufgeklärten Fall zu stellen. Da war eben nur dieses undeutliche Gefühl.

Sie verabschiedete sich von Frau Wagner, verließ das Haus und ging über den verwahrlosten Hof hinüber zu ihrem Auto. Aus dem Innern der Werkstatt drang das kreischende Geräusch einer Säge an ihr Ohr. Pia hielt inne, dann machte sie kehrt und öffnete die Tür der Schreinerei. Es war nur fair, wenn sie auch Manfred Wagner mitteilte, dass er in Kürze seine Tochter zu Grabe tragen und damit einen Schlussstrich unter ein entsetzliches Kapitel ziehen konnte. Vielleicht würde er irgendwie wieder Fuß fassen können im Leben. Er stand mit dem Rücken zu ihr an einer Werkbank und schob ein Brett durch eine Bandsäge. Als er die Maschine abstellte, machte Pia sich bemerkbar. Der Mann trug keine Ohrenschützer, nur eine schmuddelige Baseballkappe, und in seinem

Mundwinkel hing ein erloschener Zigarillo. Er streifte sie nur mit einem unfreundlichen Blick und bückte sich nach einem weiteren Brett, wobei seine verbeulte Hose herunterrutschte und Pia die unschöne Aussicht auf den haarigen Ansatz seines verlängerten Rückens präsentierte.

»Was wollen Sie?«, nuschelte er. »Ich hab zu tun.«

Er hatte sich seit ihrer letzten Begegnung nicht mehr rasiert, seine Kleidung verströmte den scharfen Geruch von altem Schweiß. Pia schauderte und machte unwillkürlich einen Schritt rückwärts. Wie musste es sein, tagein, tagaus mit einem solch ungepflegten Mann zusammenleben zu müssen? Ihr Mitgefühl mit Andrea Wagner wuchs.

»Herr Wagner, ich war gerade bei Ihrer Frau, aber ich wollte es auch Ihnen persönlich sagen«, begann Pia.

Wagner richtete sich auf und wandte sich zu ihr um.

»Die Rechtsmedizin hat ...« Pia verstummte. Die Baseballkappe! Der Bart! Es gab keinen Zweifel. Vor ihr stand der Mann, den sie mit dem Foto aus dem Film der Überwachungskamera suchten.

»Was?« Er starrte sie mit einer Mischung aus Aggressivität und Gleichgültigkeit an, doch dann wurde er blass, als habe er Pias Gedanken gelesen. Er wich zurück, das schlechte Gewissen stand ihm ins Gesicht geschrieben.

»Es ... es war ein Unfall«, stammelte er und hob hilflos die Hände. »Ich schwöre Ihnen, ich wollte das nicht. Ich ... ich hab nur mit ihr reden wollen, wirklich!«

Pia holte tief Luft. Sie hatte also mit ihrer Vermutung, es könne eine Verbindung zwischen dem Angriff auf Rita Cramer und den Ereignissen aus dem Herbst 1997 geben, recht behalten.

»Aber ... aber ... als ich gehört hab, dass dieser ... dieser dreckige Mörder raus ist aus'm Knast und wieder hier in Altenhain, da ... da ist auf einmal alles wieder in mir hochgekommen. Ich dachte, die Rita, die kenn ich doch gut. Wir waren Freunde, früher. Ich wollte nur mit ihr reden, damit sie dafür sorgt, dass der Kerl hier verschwindet … aber dann ist sie vor mir weggelaufen … und sie hat nach mir geschlagen und getreten … und auf einmal … auf einmal war ich so wütend …«

Er brach ab.

»Wusste Ihre Frau davon?«, wollte Pia wissen. Wagner schüttelte stumm den Kopf. Seine Schultern sackten nach vorne.

»Erst nicht. Aber dann hat sie das Foto gesehen.«

Natürlich hatte Andrea Wagner ihren Mann erkannt, so, wie ihn jeder Altenhainer erkannt hatte. Sie hatten geschwiegen, um ihn zu schützen. Er war einer der Ihren, ein Mann, der auf grausame Weise seine Tochter verloren hatte. Vielleicht hielten sie das Unglück, das er der Familie Sartorius zugefügt hatte, sogar für ausgleichende Gerechtigkeit.

»Dachten Sie, Sie kommen damit durch, nur weil das ganze Dorf Ihre Tat gedeckt hat?« Pias Mitgefühl mit Manfred Wagner war wie weggefegt.

»Nein«, flüsterte er. »Ich … ich wollte ja zur Polizei gehen.«

Plötzlich übermannten ihn Kummer und Zorn. Er ließ die Faust auf die Werkbank krachen. »Dieser dreckige Mörder hat seine Strafe abgesessen, aber meine Laura, die ist für immer tot! Als Rita mir nicht zuhören wollte, da hab ich plötzlich rotgesehen. Und das Geländer war so niedrig.«

*

Andrea Wagner stand mit vor der Brust verschränkten Armen und ausdrucksloser Miene im Hof und sah zu, wie zwei Polizeibeamte ihren Mann abführten. Der Blick, mit dem sie ihn streifte, sprach Bände. Zwischen den beiden war kein Rest von Zuneigung, geschweige denn Liebe mehr übrig. Was sie noch zusammenhielt, mochten die Kinder sein, die Pflichten des Alltags oder die Perspektivlosigkeit einer Trennung, aber nicht viel mehr. Andrea Wagner verachtete ihren Mann, der seine Sorgen und Probleme im Alkohol ertränkte, statt sich ihnen zu stellen. Pia empfand echtes Mitleid mit der leidgeprüften Frau. Die Zukunft der Familie Wagner sah nicht viel rosiger aus als die Vergangenheit. Sie wartete, bis der Streifenwagen den Hof verlassen hatte. Bodenstein war schon informiert und würde später auf dem Kommissariat mit Wagner sprechen.

Pia setzte sich in ihr Auto, schnallte sich an und wendete. Sie fuhr durch das kleine Gewerbegebiet, das hauptsächlich aus der Firma Terlinden bestand. Hinter einem hohen Zaun lagen auf einem weitläufigen Gelände große Werkshallen zwischen gepflegten Rasenflächen und Parkplätzen. Wollte man zum Hauptgebäude gelangen, einem großen, halbrunden Bau mit einer meterhohen gläsernen Front, musste man Schranken und ein Pförtnerhäuschen passieren. Mehrere Lkw warteten vor einer der Schranken auf Einlass, auf der anderen Seite wurde ein Lkw von Wachpersonal kontrolliert. Der Lkw hinter ihr hupte. Pia hatte schon den linken Blinker gesetzt, um auf die B 519 nach Hofheim abzubiegen, doch dann entschloss sie sich zu einem kurzen Besuch bei Familie Sartorius und bog nach rechts ab.

Der Frühnebel hatte sich gelichtet und Platz für einen trockenen, sonnigen Tag gemacht, ein Hauch von Spätsommer mitten im November. Altenhain lag wie ausgestorben da, Pia sah lediglich eine junge Frau, die zwei Hunde spazieren führte, und einen alten Mann, der in der Einfahrt seines Hofes stand, die Arme auf das halbhohe Tor gelegt, im Gespräch mit einer älteren Frau. Sie fuhr am Schwarzen Ross mit seinem noch leeren Parkplatz und an der Kirche vorbei, folgte der scharfen Rechtskurve und musste bremsen, weil eine dicke, graue Katze in würdevoller Langsamkeit die schmale Straße überquerte. Vor der ehemaligen Gaststätte von Hartmut Sartorius stand ein silberner Porsche Cayenne mit Frankfurter Kennzeichen. Pia stellte ihr Auto daneben ab und betrat den Hof durch das weit geöffnete Tor. Von Müllbergen und Schrotthaufen war nichts mehr zu sehen, auch die Ratten hatten sich wohl in ergiebigere Gefilde verzogen. Sie ging die drei Stufen zur Haustür des Wohnhauses hoch und klingelte. Hartmut Sartorius öffnete. Neben ihm stand eine blonde Frau. Pia traute ihren Augen kaum, als sie Nadja von Bredow erkannte, die Schauspielerin, deren Gesicht nicht zuletzt durch die populäre Rolle der Kriminalkommissarin Stein aus dem Hamburger Tatort in der ganzen Republik bekannt geworden war. Was tat diese Frau hier?

»Ich finde ihn schon«, sagte sie gerade zu Hartmut Sartorius, der neben dieser hochgewachsenen, eleganten Erscheinung noch verhärmter wirkte als sonst. »Vielen Dank erst mal. Wir sehen uns später noch.«

Sie streifte Pia mit einem desinteressierten Blick und ging an ihr vorbei, ohne zu grüßen oder ihr wenigstens zuzunicken. Pia blickte ihr nach, dann wandte sie sich dem Vater von Tobias zu.

»Nathalie ist die Tochter unserer Nachbarn«, erklärte dieser unaufgefordert, weil er wohl das Erstaunen in Pias Gesicht bemerkt hatte. »Sie und Tobias haben zusammen im Sandkasten gespielt, und sie hat während seiner ganzen Haftzeit den Kontakt zu ihm gehalten. Als Einzige von allen.«

»Aha.« Pia nickte. Auch eine berühmte Schauspielerin musste irgendwo aufgewachsen sein, warum also nicht in Altenhain?

»Was kann ich für Sie tun?«

»Ist Ihr Sohn da?«

»Nein. Er ist spazieren gegangen. Aber kommen Sie doch herein.«

Pia folgte ihm ins Haus und weiter in die Küche, die ebenso wie der Hof bedeutend aufgeräumter aussah als bei ihrem letzten Besuch. Warum eigentlich führten die Leute die Polizei immer in ihre Küche?

*

Amelie ging in Gedanken versunken am Waldrand entlang, die Hände in den Jackentaschen. Dem heftigen Regen der vergangenen Nacht war ein stiller, milder Tag gefolgt. Über den Obstbaumwiesen lagen dünne Nebelschleier, die Sonne fand einen Weg durch die graue Wolkendecke und ließ den Wald hier und da in Herbstfarben erglühen. Rot, gelb und braun leuchteten die letzten Blätter an den Ästen der Laubbäume, es duftete nach Eicheln und feuchter Erde, nach einem Feuer, das irgendjemand auf einer der Wiesen angezündet hatte. Amelie, das Großstadtkind, sog die frische, klare Luft tief in ihre Lungen. Sie fühlte sich so lebendig wie selten zuvor und musste sich eingestehen, dass das Leben auf dem Land durchaus angenehme Seiten hatte. Unten im Tal lag das Dorf. Wie friedlich es aus der Ferne wirkte! Ein Auto krabbelte wie ein roter Marienkäfer die Straße entlang und verschwand im Gewirr der dicht beieinanderstehenden Häuser. Auf der Holzbank neben dem alten Wegekreuz saß ein Mann. Als Amelie näher kam, erkannte sie zu ihrem Erstaunen Tobias.

»Hey«, sagte sie und blieb vor ihm stehen. Er hob den Kopf. Ihr Erstaunen verwandelte sich in Entsetzen, als sie sein Gesicht sah. Dunkelviolette Blutergüsse zogen sich über seine linke Gesichtshälfte, ein Auge war zugeschwollen, seine

Nase auf die Größe einer Kartoffel angewachsen. Eine Platzwunde an der Augenbraue war geklammert.

»Hey«, erwiderte er. Sie sahen sich einen Moment an. Seine schönen, blauen Augen waren glasig, er hatte starke Schmerzen, das war nicht zu übersehen. »Sie haben mich erwischt. Gestern Abend, in der Scheune.«

»Na super.« Amelie setzte sich neben ihn. Eine Weile sagte keiner der beiden ein Wort.

»Eigentlich müsstest du zu den Bullen gehen«, sagte sie zögernd und ohne rechte Überzeugung. Er schnaubte abfällig.

»Im Leben nicht. Hast du vielleicht eine Zigarette?«

Amelie kramte in ihrem Rucksack und förderte ein zerknautschtes Zigarettenpäckchen samt Feuerzeug zutage. Sie zündete zwei Zigaretten an, reichte ihm eine.

»Gestern Abend ist der Bruder von der Jenny Jagielski ziemlich spät mit seinem Kumpel, dem dicken Felix, ins Schwarze Ross gekommen. Sie haben mit zwei anderen Kerlen in einer Ecke gehockt und waren ganz komisch drauf«, sagte Amelie, ohne Tobias anzusehen. »Und bei der üblichen Skatrunde am Stammtisch fehlten der alte Pietsch, der Richter vom Laden und der Traugott Dombrowski. Die sind erst gegen Viertel vor zehn aufgetaucht.«

»Hm«, machte Tobias nur und zog an seiner Zigarette.

»Vielleicht waren es welche von denen.«

»Höchstwahrscheinlich sogar«, erwiderte Tobias gleichgültig.

»Ja, aber ... wenn du doch weißt, wer es gewesen sein könnte ...« Amelie wandte den Kopf und begegnete seinem Blick. Sie sah schnell wieder weg. Es war bedeutend einfacher, mit ihm zu reden, wenn sie ihm nicht in die Augen sah.

»Warum bist du auf meiner Seite?«, fragte er plötzlich. »Ich war zehn Jahre im Knast, weil ich zwei Mädchen umgebracht habe.«

Seine Stimme klang nicht bitter, nur müde und resigniert.

»Ich war drei Wochen im Jugendarrest, weil ich für einen Freund gelogen und behauptet habe, das Dope, das die Bullen gefunden habe, wäre meins«, entgegnete Amelie.

»Was willst du denn damit sagen?«

»Dass ich nicht glaube, dass du zwei Mädchen umgebracht hast.«

»Nett von dir.« Tobias beugte sich vor und verzog das Gesicht. »Ich muss dich dran erinnern, dass es einen Prozess gab mit einem Haufen Beweisen, die allesamt gegen mich sprachen.«

»Ich weiß.« Amelie zuckte die Schultern. Sie zog noch einmal an ihrer Zigarette, dann schnippte sie die Kippe in die Wiese auf der anderen Seite des geschotterten Weges. Sie musste ihm unbedingt von den Bildern erzählen! Wie sollte sie nur damit anfangen? Sie entschied sich für einen Umweg.

»Haben die Lauterbachs damals schon hier gewohnt?«, fragte sie.

»Ja«, erwiderte Tobias erstaunt. »Wieso willst du das wissen?«

»Es gibt ein Bild«, sagte Amelie. »Eigentlich sogar mehrere. Ich hab sie gesehen, und ich meine, auf drei Bildern ist der Lauterbach drauf.«

Tobias blickte sie aufmerksam und verständnislos zugleich an.

»Also, ich glaube, es gibt jemanden, der damals beobachtet hat, was wirklich passiert ist«, fuhr Amelie nach kurzem Zögern fort. »Thies hat mir Bilder gegeben, die …«

Sie verstummte. Ein Auto kam mit hoher Geschwindigkeit den schmalen Weg hoch, ein silberner Geländewagen. Der Schotter knirschte unter den breiten Reifen, als der Porsche Cayenne direkt vor ihnen anhielt. Eine schöne, blonde Frau stieg aus. Amelie sprang auf und schulterte ihren Rucksack.

»Warte!« Tobias streckte bittend den Arm nach ihr aus und erhob sich mit schmerzverzerrtem Gesicht. »Was für Bilder? Was ist mit Thies? Nadja ist meine beste Freundin. Du kannst ihr das auch alles erzählen.«

»Nee, lieber nicht.« Amelie blickte der Frau skeptisch entgegen. Sie war sehr schlank und wirkte sehr elegant mit ihren engen Jeans, dem Rollkragenpullover und der beigefarbenen Daunenweste mit dem auffälligen Logo eines teuren Designerlabels. Das glatte, blonde Haar hatte sie zu einem Knoten frisiert, auf ihrem ebenmäßigen Gesicht lag ein besorgter Ausdruck.

»Hallo!«, rief die Frau und kam näher. Sie musterte Amelie kurz mit einem misstrauischen Blick, dann wandte sich ihr ausschließliches Interesse Tobias zu.

»O mein Gott, Schatz!« Sie legte ihre Hand sanft an seine Wange. Diese vertraute Geste versetzte Amelie einen Stich, und sie verspürte sofort eine heftige Abneigung gegen diese Nadja.

»Wir sehen uns später«, sagte sie schnell und ließ die beiden allein.

*

Pia hatte ein zweites Mal an diesem Tag an einem Küchentisch Platz genommen und höflich einen Kaffee abgelehnt, nachdem sie Hartmut Sartorius von Manfred Wagners Geständnis und Verhaftung unterrichtet hatte.

»Wie geht es Ihrer Exfrau?«, fragte sie dann.

»Unverändert«, erwiderte Sartorius. »Die Ärzte reden nur drum rum und legen sich nicht fest.«

Pia betrachtete das ausgemergelte und müde Gesicht von Tobias' Vater. Der Mann hatte nicht viel weniger leiden müssen als die Wagners, im Gegenteil: Während den Eltern der

Opfer Mitgefühl und Solidarität entgegengebracht wurde, hatte man die Eltern des Täters ausgegrenzt und für das Tun ihres Sohnes bestraft. Das Schweigen wurde unbehaglich. Pia wusste selbst nicht, warum sie hierhergefahren war. Was wollte sie eigentlich hier?

»Lässt man Sie und Ihren Sohn denn jetzt einigermaßen in Ruhe?«, fragte sie schließlich. Hartmut Sartorius stieß ein kurzes, bitteres Lachen aus. Er zog eine Schublade auf und holte einen zerknitterten Zettel heraus, den er Pia reichte.

»Der war heute im Briefkasten. Tobias hat ihn weggeworfen, aber ich habe ihn wieder aus dem Mülleimer geholt.«

Mörderpack, las Pia. *Verschwindet von hier, bevor noch ein Unglück passiert.*

»Ein Drohbrief«, stellte sie fest. »Anonym, oder?«

»Natürlich.« Sartorius zuckte die Schultern und setzte sich wieder an den Tisch. »Gestern haben sie Tobias in der Scheune überfallen und zusammengeschlagen.« Seine Stimme schwankte, er kämpfte um Beherrschung, aber in seinen Augen glänzten plötzlich Tränen.

»Wer?«, wollte Pia wissen.

»Die alle.« Sartorius machte eine hilflose Handbewegung. »Sie trugen Masken und hatten Baseballschläger. Als ich ... als ich Tobias in der Scheune gefunden habe ... da ... dachte ich zuerst, er sei ... er sei tot.«

Er biss sich auf die Lippen, senkte den Blick.

»Warum haben Sie nicht die Polizei gerufen?«

»Das bringt doch nichts. Es wird nie aufhören.« Der Mann schüttelte mit einer Mischung aus Resignation und Verzweiflung den Kopf. »Tobias bemüht sich, den Hof wieder einigermaßen herzurichten, und hofft, dass wir einen Käufer finden.«

»Herr Sartorius.« Pia hielt den Drohbrief noch immer in der Hand. »Ich kenne die Akten über den Fall Ihres Sohnes.

Und mir sind einige Ungereimtheiten aufgefallen. Eigentlich wundert es mich, dass Tobias' Anwalt damals nicht in Revision gegangen ist.«

»Das wollte er ja, aber das Gericht hat eine Revision abgelehnt. Die Indizien, die Zeugenaussagen – alles war eindeutig.« Sartorius fuhr sich mit der Hand über das Gesicht. Alles an ihm strahlte Mutlosigkeit aus.

»Aber jetzt ist Lauras Leiche gefunden worden«, beharrte Pia. »Und ich frage mich, wie Ihr Sohn das tote Mädchen innerhalb einer knappen Dreiviertelstunde aus dem Haus in den Kofferraum seines Autos geschafft, nach Eschborn auf das abgesperrte Gelände eines ehemaligen Militärflughafens gebracht und in einen alten Bodentank geworfen haben soll.«

Hartmut Sartorius hob den Kopf und sah sie an. In seinen verschwommenen blauen Augen glomm ein winziger Hoffnungsfunke, der aber sofort wieder erlosch.

»Es nützt nichts. Es gibt keine neuen Beweise. Und selbst wenn, für die Leute hier ist er ein Mörder und wird es immer bleiben.«

»Vielleicht sollte Ihr Sohn Altenhain für eine Weile verlassen«, riet Pia. »Wenigstens bis nach der Beerdigung des Mädchens, wenn sich die Gemüter hier wieder einigermaßen beruhigt haben.«

»Und wo soll er hingehen? Wir haben kein Geld. Tobias wird so schnell keinen Job bekommen. Wer stellt schon einen Knacki ein, auch wenn der ein abgeschlossenes Studium hat?«

»Er könnte vorübergehend in die Wohnung seiner Mutter ziehen«, schlug Pia vor, aber Hartmut Sartorius schüttelte nur den Kopf.

»Tobias ist dreißig Jahre alt«, sagte er. »Es ist gut von Ihnen gemeint, aber ich kann ihm nichts befehlen.«

*

»Ich hatte gerade echt ein Déjà-vu, als ich euch beide auf der Bank gesehen habe.« Nadja schüttelte den Kopf. Tobias hatte sich wieder hingesetzt und betastete vorsichtig seine Nase. Die Erinnerung an die Todesangst, die er gestern Nacht empfunden hatte, lag wie ein düsterer Schatten über dem sonnigen Tag. Als die Männer endlich aufgehört hatten, auf ihn einzuschlagen, und verschwunden waren, hatte er mit dem Leben abgeschlossen. Wäre nicht einer von ihnen zurückgekehrt, um ihm den Lappen aus dem Mund zu ziehen, wäre er an dem Knebel erstickt. Sie hatten es wirklich ernst gemeint. Tobias fröstelte bei dem Gedanken daran, wie nah er dem Tod gewesen war. Die Verletzungen, die er davongetragen hatte, waren zwar schmerzhaft und sahen dramatisch aus, aber sie waren nicht lebensbedrohlich. Sein Vater hatte gestern Nacht noch Frau Dr. Lauterbach angerufen, und sie war sofort gekommen, um ihn zu verarzten. Sie hatte die Platzwunde an seiner Augenbraue geklammert und ihm Schmerztabletten dagelassen. Sie schien ihm nicht nachzutragen, dass er auch ihren Mann damals in den Prozess hineingezogen hatte.

»Findest du nicht?«, drang Nadjas Stimme in sein Bewusstsein.

»Was meinst du?«, fragte er. Sie war so schön und so besorgt. Eigentlich wurde sie zu Dreharbeiten in Hamburg erwartet, aber offenbar war er ihr wichtiger. Nach seinem Anruf von vorhin musste sie direkt losgefahren sein. Das zeichnete eine echte Freundin aus!

»Dass die Kleine eben Stefanie so ähnlich sieht. Unglaublich!«, sagte Nadja und ergriff seine Hand. Sie streichelte mit dem Daumen seinen Handballen, eine zärtliche Berührung, die ihm unter anderen Umständen vielleicht gefallen hätte. Jetzt aber störte sie ihn.

»Ja, unglaublich ist Amelie wirklich«, antwortete er versonnen. »Unglaublich mutig und unerschrocken.«

Er dachte daran, wie sie den Überfall im Hof weggesteckt hatte. Jedes andere Mädchen wäre in Tränen aufgelöst nach Hause oder zur Polizei gelaufen, nicht so Amelie. Was hatte sie ihm eben noch erzählen wollen? Was hatte Thies ihr gesagt?

»Gefällt sie dir?«, wollte Nadja wissen. Wäre er nicht so in Gedanken gewesen, hätte er vielleicht eine andere, diplomatischere Antwort gegeben.

»Ja«, antwortete er aber. »Ich mag sie. Sie ist so ... anders.«

»Anders als wer? Als ich?«

Da blickte Tobias auf. Er begegnete ihrem konsternierten Blick, wollte lächeln, aber das Lächeln wurde zu einer Grimasse.

»Anders als die Leute hier, wollte ich sagen.« Er drückte ihre Hand. »Amelie ist gerade mal siebzehn. Sie ist wie eine kleine Schwester.«

»Na, dann pass mal auf, dass du der kleinen Schwester nicht den Kopf verdrehst mit deinen blauen Augen.« Nadja entzog ihm ihre Hand und schlug die Beine übereinander. Sie blickte ihn mit schräggelegtem Kopf an. »Ich glaube, du hast keinen blassen Schimmer davon, wie du auf Frauen wirkst, oder?«

Ihre Worte erinnerten ihn an früher. Wieso hatte er damals nie bemerkt, dass in Nadjas kritischen Bemerkungen über andere Mädchen immer ein Funken von Eifersucht gesteckt hatte?

»Ach, komm schon«, sagte er und machte eine wegwerfende Handbewegung. »Amelie arbeitet im Schwarzen Ross und hat da einiges aufgeschnappt, was sie so gehört hat. Unter anderem hat sie Manfred Wagner auf dem Fahndungsfoto erkannt. Er war es, der meine Mutter von der Brücke gestoßen hat.«

»Wie bitte?«

»Ja. Und sie glaubt auch, dass der Pietsch, der Richter und der Dombrowski mich gestern Nacht zusammengeschlagen haben. Sie kamen gestern ungewöhnlich spät zu ihrem Skatabend.«

Nadja starrte ihn ungläubig an. »Das ist nicht dein Ernst!«

»Doch. Außerdem ist Amelie der festen Überzeugung, dass es jemanden gibt, der damals etwas beobachtet hat, was mich entlasten könnte. Gerade als du gekommen bist, wollte sie mir etwas von Thies, vom Lauterbach und von irgendwelchen Bildern erzählen.«

»Das wäre ja ... das ... das wäre ja ungeheuerlich!« Nadja sprang auf und ging ein paar Schritte bis zu ihrem Auto. Sie drehte sich um und sah Tobias aufgebracht an. »Aber warum hat denn derjenige nie etwas gesagt?«

»Tja, wenn ich das nur wüsste.« Tobias lehnte sich zurück und streckte vorsichtig die Beine aus. Jede Bewegung seines geschundenen Körpers schmerzte, trotz der Tabletten. »Auf jeden Fall muss Amelie auf irgendetwas gestoßen sein. Stefanie hatte mir damals erzählt, sie hätte was mit dem Lauterbach. Du erinnerst dich an ihn, oder?«

»Natürlich.« Nadja nickte heftig und starrte ihn an.

»Ich dachte erst, sie sagt das nur so, um sich wichtig zu machen, aber dann habe ich die beiden zusammen hinter dem Zelt gesehen, auf der Kerb. Das war der Grund, weshalb ich schnurstracks nach Hause gegangen bin. Ich war ...«, er brach ab, suchte nach den richtigen Worten, um den Gefühlsaufruhr zu beschreiben, der damals in ihm getobt hatte. Kein Blatt Papier hätte zwischen die beiden gepasst, so eng beieinander hatten sie dagestanden, und der Lauterbach hatte seine Hand auf ihrem Po liegen gehabt. Die jähe Erkenntnis, dass Stefanie mit anderen Männern herummachte, hatte ihn wie ein Strudel in ein tiefes Loch gerissen.

»… wütend«, ergänzte Nadja gerade.

»Nein«, widersprach Tobias. »Ich war eben nicht *wütend*. Ich war … verletzt und traurig. Ich habe Stefanie echt geliebt!«

»Stell dir mal vor, das käme raus.« Nadja lachte leise und ein wenig boshaft. »Was meinst du, was das für Schlagzeilen geben würde: ein Kinderficker als Kultusminister!«

»Meinst du denn, die hatten ein richtiges Verhältnis?«

Nadja hörte auf zu lachen. In ihren Augen lag ein eigenartiger Ausdruck, den er nicht deuten konnte. Sie zuckte die Achseln.

»Zugetraut hätte ich es ihm auf jeden Fall. Er war ja wie bekloppt hinter seinem Schneewittchen her, hat ihr sogar die Hauptrolle gegeben, obwohl sie so was von talentfrei war! Wenn sie nur um die Ecke kam, hing ihm die Zunge aus dem Hals.«

Plötzlich waren sie mittendrin in dem Thema, das sie bisher so sorgfältig vermieden hatten. Tobias hatte sich damals nicht gewundert, dass Stefanie die Hauptrolle im Weihnachtsmärchen der Theater AG bekommen hatte. Schon rein äußerlich war sie die ideale Besetzung für das Schneewittchen. Er erinnerte sich lebhaft an den Abend, als es ihm das erste Mal richtig aufgefallen war. Stefanie war in sein Auto gestiegen, sie hatte ein weißes Sommerkleid getragen und roten Lippenstift, das dunkle Haar hatte im Fahrtwind geweht. *Weiß wie Schnee, rot wie Blut, schwarz wie Ebenholz* – das hatte sie selbst gesagt und gelacht. Wohin waren sie gefahren, an jenem Abend? In dieser Sekunde traf ihn die Erkenntnis wie ein Blitzschlag. Da war der Gedanke wieder, der seit Tagen in seinem Kopf herumspukte! … *könnt ihr euch erinnern, wie meine Schwester den Schlüsselbund von meinem Alten für den Flugplatz geklaut hat und wir in dem alten Flugzeughangar Rennen gefahren sind?* Das hatte Jörg am Donnerstagabend in der Garage gesagt. Natürlich konnte er sich erinnern! Auch an diesem Abend waren sie dorthin unterwegs gewesen, Stefanie hatte ihn gedrängt, schnell loszufahren, damit sie alleine im Auto waren. Jörgs Vater Lutz Richter war beim Fernmeldeamt gewesen und hatte in den siebziger und achtziger Jahren auf dem Gelände des ehemaligen Militärflughafens gearbeitet! Als Kinder hatten Jörg, er und die anderen ihn gelegentlich begleiten und auf dem verwilderten Areal spielen dürfen, während er dort zu tun hatte. Später dann, als sie älter waren, hatten sie dort heimlich Autorennen veranstaltet und Partys gefeiert. Und nun war Lauras Skelett genau dort gefunden worden. Konnte das ein Zufall sein?

*

Wie aus dem Boden gewachsen stand er vor ihr, gerade als sie sich noch einmal umgewandt hatte, um einen letzten Blick auf Tobias und diese blonde Schnecke mit dem Luxusschlitten zu werfen.

»Mensch, Thies!«, stieß sie erschrocken hervor und wischte sich verstohlen die Tränen von der Wange. »Musst du mich so erschrecken, verdammt?«

Manchmal war es ihr schon unheimlich, wie lautlos Thies auftauchen und verschwinden konnte. Erst jetzt bemerkte sie, dass er krank aussah. Seine Augen lagen tief in den Höhlen und glänzten fiebrig. Er zitterte am ganzen Körper, hielt die Arme fest um seinen Oberkörper geschlungen. Ihr schoss der Gedanke durch den Kopf, dass er wirklich wie ein Irrer wirkte. Sofort schämte sie sich dafür.

»Was ist mit dir? Geht's dir nicht gut?«, fragte sie.

Er reagierte nicht, blickte sich nervös um. Sein Atem ging schnell und stoßweise, als sei er gerannt. Plötzlich löste er die Arme von seinem Oberkörper und ergriff zu Amelies großem

Erstaunen ihre Hand. Das hatte er noch nie getan. Berührungen waren ihm zuwider, das wusste sie.

»Ich konnte Schneewittchen nicht beschützen«, sagte er mit heiserer, angespannter Stimme. »Aber auf dich passe ich besser auf.«

Seine Augen wanderten unruhig hin und her, immer wieder blickte er zum Waldrand hoch, als erwarte er aus dieser Richtung irgendeine Gefahr. Amelie schauderte. Die Puzzlestückchen setzten sich mit einem Mal wie von selbst in ihrem Kopf zusammen.

»Du hast gesehen, was passiert ist, stimmt's?«, flüsterte sie. Thies wandte sich abrupt um und zog sie mit sich, ihre Hand immer noch fest umklammert. Amelie stolperte hinter ihm her durch einen matschigen Graben und dichtes Gestrüpp. Als sie den schützenden Wald erreicht hatten, verlangsamte Thies das Tempo etwas, dennoch war es viel zu schnell für Amelie, die zu viel rauchte und zu wenig Sport trieb. Eisern hielt er ihre Hand fest; als sie stolperte und hinfiel, zerrte er sie gleich wieder hoch. Es ging bergauf. Trockene Zweige knackten unter ihren Füßen, Elstern zeterten in den Wipfeln der Tannen. Unvermittelt blieb er stehen. Amelie blickte sich keuchend um und erkannte durch die Bäume ein Stück unterhalb des Hangs die hellroten Dachziegel der Terlinden-Villa. Schweiß rann über ihr Gesicht, sie hustete. Warum war Thies um das ganze Grundstück herumgelaufen? Der Weg quer durch den Park wäre weitaus weniger beschwerlich gewesen. Er ließ ihre Hand los und machte sich an einem rostigen, schmalen Tor zu schaffen, das sich mit einem widerwilligen Quietschen öffnete. Amelie folgte ihm durch das Tor und sah, dass sie sich direkt hinter der Orangerie befanden. Thies wollte wieder nach ihrer Hand greifen, aber sie entzog sie ihm.

»Warum rennst du wie ein Bekloppter durch die Gegend?«

Sie versuchte, das Unbehagen, das sie plötzlich erfüllte, zu verdrängen, aber mit Thies stimmte etwas ganz und gar nicht. Die beinahe lethargische Ruhe, die er üblicherweise an den Tag legte, war verschwunden, und als er sie nun anblickte, ganz direkt und ohne ihrem Blick auszuweichen, erschreckte sie der Ausdruck in seinen Augen.

»Wenn du niemandem etwas sagst«, sagte er leise, »dann zeige ich dir mein Geheimnis. Komm!«

Er öffnete die Tür der Orangerie mit dem Schlüssel, der unter der Fußmatte lag. Sie überlegte kurz, ob sie einfach weglaufen sollte. Aber Thies war ihr Freund, er vertraute ihr. Also beschloss sie, auch ihm zu vertrauen, und folgte ihm in den Raum, den sie gut kannte. Er schloss die Tür von innen sorgfältig ab und blickte sich um.

»Kannst du mir sagen, was mit dir los ist?«, fragte Amelie. »Ist irgendetwas passiert?«

Thies antwortete nicht. Er rückte im hinteren Teil des großen Raumes eine große Kübelpalme zur Seite und lehnte das Brett, auf dem sie gestanden hatte, an die Wand. Neugierig trat Amelie näher heran und sah erstaunt eine in den Boden eingelassene Falltür. Thies öffnete die Luke und drehte sich zu ihr um. »Komm«, forderte er sie auf.

Amelie betrat die schmale, rostige Eisentreppe, die steil nach unten ins Dunkel führte. Thies schloss die Luke über sich, Sekunden später flammte schwach eine Glühbirne auf. Er schob sich dicht an ihr vorbei und öffnete eine massive Eisentür. Ein Schwall trockener, warmer Luft schlug ihnen entgegen, und Amelie staunte nicht schlecht, als sie den großen Kellerraum betrat. Heller Teppichboden, in einem fröhlichen Orange gehaltene Wände. Ein Regal voller Bücher an der einen, ein gemütlich aussehendes Sofa auf der anderen Seite. Die hintere Hälfte des Raumes war mit einer Art Paravent abgetrennt. Amelie klopfte das Herz bis in den Hals. Thies hatte ihr nie signalisiert, dass er etwas von ihr wollte, und auch jetzt glaubte sie nicht, dass er über sie herfallen und sie vergewaltigen würde. Außerdem war sie notfalls mit ein paar Schritten auf der Treppe und im Park.

»Komm«, sagte Thies wieder. Er schob den Paravent zur Seite, und Amelie sah ein altmodisches Bett mit einem hohen hölzernen Kopfteil. An der Wand hingen Fotografien, säuberlich in Reih und Glied aufgehängt, wie es Thies' Art war.

»Komm nur. Ich habe Schneewittchen schon so viel von dir erzählt.«

Sie kam näher heran, und es verschlug ihr den Atem. Mit einer Mischung aus Grauen und Faszination blickte sie in das Gesicht einer Mumie.

*

»Was hast du denn?« Nadja ging vor ihm in die Hocke, legte die Hände vorsichtig auf seine Oberschenkel, aber er schob sie ungeduldig weg und stand auf. Er humpelte ein paar Meter, blieb dann stehen. Der Verdacht war ungeheuerlich!

»Lauras Leiche lag in einem Bodentank auf dem Gelände des alten Militärflughafens in Eschborn«, sagte Tobias mit belegter Stimme. »Du erinnerst dich sicher, dass wir dort früher öfter gefeiert haben. Jörgs Vater hatte ja noch die Schlüssel für das Tor.«

»Was meinst du?« Nadja kam ihm nach und sah ihn verständnislos an.

»*Ich* habe Laura nicht in den Tank geworfen«, erwiderte Tobias heftig und biss die Zähne so fest aufeinander, dass sie knirschten. »Verdammt, verdammt, verdammt.« Er ballte die Hände zu Fäusten. »Ich will wissen, was wirklich passiert ist! Meine Eltern wurden ruiniert, ich hab zehn Jahre im Knast gesessen, und dann stößt Lauras Vater auch noch meine Mutter von einer Brücke! Ich kann das alles nicht mehr ertragen!«, schrie er, während Nadja stumm vor ihm stand.

»Komm mit mir, Tobi. Bitte.«

»Nein!«, entgegnete er scharf. »Kapierst du's nicht? Genau das wollen die doch erreichen, diese Arschlöcher!«

»Gestern haben sie dich nur zusammengeschlagen. Was, wenn sie wiederkommen und Ernst machen?«

»Mich umbringen, meinst du?« Tobias blickte Nadja an. Ihre Unterlippe zitterte leicht, ihre großen grünen Augen schwammen in Tränen. Nadja hatte es wirklich nicht verdient, dass er sie anschrie. Sie hatte als Einzige unerschütterlich zu ihm gehalten. Ja, sie hätte ihn sogar im Gefängnis besucht, aber das hatte er nicht gewollt. Plötzlich war sein Zorn verraucht, und er verspürte nur noch ein schlechtes Gewissen.

»Entschuldige bitte«, sagte er leise und streckte die Arme aus. »Ich wollte dich nicht anschreien. Komm zu mir.«

Sie lehnte sich an ihn, schmiegte ihr Gesicht an seine Brust, und er schloss sie fest in seine Arme.

»Wahrscheinlich hast du recht«, flüsterte er in ihr Haar. »Die Zeit lässt sich sowieso nicht mehr zurückdrehen.«

Sie hob den Kopf, blickte ihn an. Tiefe Besorgnis stand in ihren Augen. »Ich habe Angst um dich, Tobi.« Ihre Stimme zitterte leicht. »Ich will dich nicht noch einmal verlieren, jetzt, wo ich dich endlich wiederhabe!«

Tobias verzog das Gesicht. Er schloss die Augen und legte seine Wange an ihre. Wenn er doch nur wüsste, ob es gutgehen könnte mit ihm und ihr! Er wollte nicht wieder enttäuscht werden. Lieber blieb er bis an sein Lebensende alleine.

*

Manfred Wagner saß wie ein Häufchen Elend an dem Tisch im Vernehmungsraum und hob mühsam den Kopf, als Pia und Bodenstein eintraten. Aus rotgeränderten, wässrigen Trinkeraugen starrte er sie an.

»Sie haben sich mehrerer schwerer Verbrechen schuldig gemacht«, begann Bodenstein ernst, nachdem er das Tonband eingeschaltet und die notwendigen Angaben für das Protokoll gemacht hatte. »Körperverletzung, gefährlicher Eingriff in den Straßenverkehr und – je nachdem, wie der Staatsanwalt das beurteilt – fahrlässige Tötung oder sogar Totschlag.«

Manfred Wagner wurde noch eine Spur blasser. Sein Blick wanderte zu Pia und zurück zu Bodenstein. Er schluckte.

»Aber ... aber ... Rita lebt doch noch«, stammelte er.

»Das stimmt«, bestätigte Bodenstein. »Aber der Mann, auf dessen Windschutzscheibe sie gefallen ist, ist noch am Unfallort einem Herzinfarkt erlegen. Ganz abgesehen von dem Sachschaden an den Autos, die in den Unfall involviert waren. Diese Angelegenheit wird für Sie schwerwiegende Konsequenzen haben, und es war nicht gut, dass Sie sich nicht der Polizei gestellt haben.«

»Das wollte ich ja tun«, beteuerte Wagner mit weinerlicher Stimme. »Aber ... aber die haben mir alle abgeraten.«

»Wen meinen Sie?«, fragte Pia. Jegliches Mitgefühl für den Mann war in ihr erloschen. Er hatte einen schlimmen Verlust erlitten, aber das rechtfertigte nicht seinen Angriff auf Tobias' Mutter.

Wagner zuckte die Schultern, blickte sie nicht an.

»Die alle«, erwiderte er, genauso vage wie Hartmut Sartorius wenige Stunden zuvor, als Pia ihn gefragt hatte, wer hinter den anonymen Drohbriefen und dem Angriff auf seinen Sohn stecke.

»Aha. Tun Sie immer, was *die alle* sagen?« Es klang schärfer als beabsichtigt, zeigte aber Wirkung.

»Sie haben doch keine Ahnung!«, fuhr Wagner auf. »Meine Laura war etwas ganz Besonderes. Sie hätte es zu was gebracht. Und sie war so schön. Manchmal konnte ich gar nicht glauben, dass sie wirklich mein Kind war. Und dann musste sie sterben. Wurde einfach weggeworfen, wie ein Stück Müll. Wir waren eine glückliche Familie, hatten gerade neu gebaut, draußen im neuen Gewerbegebiet, und meine Schreinerei lief gut. Im Ort waren wir eine gute Gemeinschaft, jeder war mit jedem befreundet. Und dann ... verschwanden Laura und ihre Freundin. Tobias hat sie ermordet, dieses eiskalte Schwein! Ich hab ihn angebettelt, mir zu sagen, warum er sie ermordet hat und was er mit ihrer Leiche gemacht hat. Aber er hat es nie gesagt.«

Er krümmte sich und schluchzte haltlos. Bodenstein wollte schon das Aufnahmegerät abschalten, aber Pia hielt ihn zurück. Weinte Wagner wirklich aus Kummer um die verlorene Tochter oder aus purem Selbstmitleid?

»Hören Sie auf mit dem Theater«, sagte sie.

Der Kopf von Manfred Wagner fuhr hoch, er starrte sie so verblüfft an, als hätte sie ihm in den Hintern getreten. »Ich habe mein Kind verloren«, begann er mit zittriger Stimme.

»Das weiß ich«, schnitt Pia ihm das Wort ab. »Und dafür haben Sie mein ganzes Mitgefühl. Aber Sie haben noch zwei andere Kinder und eine Frau, die Sie brauchen. Haben Sie überhaupt nicht darüber nachgedacht, was es für Ihre Familie bedeutet, wenn Sie Rita Cramer etwas antun?«

Wagner blieb stumm, aber plötzlich verzerrte sich sein Gesicht.

»Sie wissen ja gar nicht, was ich mitgemacht habe in den letzten elf Jahren!«, schrie er zornig.

»Ich weiß aber, was Ihre Frau mitgemacht hat«, erwiderte Pia kühl. »Sie hat nicht nur ein Kind verloren, sondern auch ihren Mann, der sich vor lauter Selbstmitleid jeden Abend betrinkt und sie völlig im Stich lässt! Ihre Frau kämpft ums Überleben. Und was tun Sie?«

Wagners Augen begannen zu funkeln. Pia hatte offenbar eine wunde Stelle getroffen.

»Was geht Sie das an, zum Teufel?«

»Wer hat Ihnen geraten, sich nicht der Polizei zu stellen?«

»Meine Freunde.«

»Etwa dieselben Freunde, die tatenlos zusehen, wie Sie sich jeden Abend im Schwarzen Ross vollaufen lassen und Ihre Existenz aufs Spiel setzen?«

Wagner öffnete den Mund zu einer Entgegnung, sagte aber nichts. Sein feindseliger Blick wurde unsicher, glitt zu Bodenstein.

»Ich lass mich hier nicht fertigmachen.« Seine Stimme schwankte. »Ohne einen Anwalt sag ich keinen Ton mehr.«

Er verschränkte die Arme vor der Brust und presste das Kinn auf die Brust, wie ein trotziges Kind. Pia sah ihren Chef an und hob die Augenbrauen. Bodenstein drückte auf die Stopp-Taste des Aufnahmegerätes.

»Sie dürfen nach Hause gehen«, sagte er.

»Bin ich … bin ich nicht … verhaftet?«, krächzte Wagner erstaunt.

»Nein.« Bodenstein stand auf. »Wir wissen ja, wo wir Sie finden können. Der Staatsanwalt wird Anklage gegen Sie erheben. Einen Anwalt brauchen Sie auf jeden Fall.«

Er öffnete die Tür; Wagner wankte an ihm vorbei, begleitet von dem Beamten, der beim Verhör im Raum gewesen war. Bodenstein blickte ihm nach.

»Fast könnte er einem leidtun in seiner ganzen Jämmerlichkeit«, sagte Pia neben ihm. »Aber auch nur fast.«

»Wieso bist du ihn so hart angegangen?«, wollte Bodenstein wissen.

»Weil ich das Gefühl habe, dass viel mehr hinter der ganzen Sache steckt, als wir im Moment sehen können«, antwortete Pia. »In diesem Kaff geht irgendetwas vor sich. Und zwar seit damals. Da bin ich mir ganz sicher.«

Sonntag, 16. November 2008

Bodenstein war überhaupt nicht in Stimmung für eine weitere Familienfeierlichkeit, aber da diese im kleinen Kreis und zu Hause stattfinden sollte, fügte er sich in sein Schicksal und gab den Sommelier. Lorenz wurde fünfundzwanzig; am Abend zuvor hatte er mit seinem unüberschaubar großen Freundeskreis in einer Disko, deren Besitzer er aus seinen DJ-Zeiten kannte, bis in die frühen Morgenstunden hineingefeiert, am Sonntagmittag wollte er nun im Kreise der Familie seinen halbrunden Geburtstag in ruhigerem Rahmen begehen. Cosimas Mutter war aus Bad Homburg gekommen, Bodensteins Eltern und Quentin mit seinen drei Töchtern – Marie-Louise war im Schlossrestaurant unabkömmlich – sowie die Mutter von Lorenz' Freundin Thordis, die Tierärztin Inka Hansen, vervollständigten die Runde um den ganz in Weiß eingedeckten und liebevoll herbstlich dekorierten Tisch im Esszimmer. Maître St. Clair hatte seiner besten Mitarbeiterin für den Tag freigegeben, und so werkelte Rosalie mit roten Wangen und hart am Rande eines Nervenzusammenbruchs seit dem frühen Morgen in der Küche, die sie zur Sperrzone erklärt hatte. Das Ergebnis war phantastisch. Der gebratenen Gänseleber mit Mandelcreme und Limone folgte eine Brunnenkresse-Schaumsuppe mit marinierten Krustentieren und Wachtelei. Beim Hauptgang hatte Rosalie sich schließlich selbst übertroffen: Der Rehrücken mit Erbsenmelange, gefüllten Knuspercannelloni und Karotten-Ingwerpüree wäre auch ihrem Chef nicht besser gelungen. Die Runde spendete der Küchenchefin begeisterten Applaus, und Bodenstein nahm seine von der Arbeit und der Last der Verantwortung vollkommen erschöpfte Älteste in den Arm.

»Ich glaube, wir behalten dich«, scherzte er und küsste ihren Scheitel. »Das war wirklich wundervoll, meine Große.«

»Danke, Papa«, erwiderte sie matt. »Jetzt brauche ich einen Schnaps!«

»Zur Feier des Tages sollst du einen bekommen«, er lächelte. »Wer möchte noch einen …«

»Wir möchten lieber noch einen Champagner«, mischte sich Lorenz ein und zwinkerte seiner Schwester zu. Die erinnerte sich wohl an eine Absprache und verschwand wie der Blitz wieder in der Küche, gefolgt von Lorenz und Thordis. Bodenstein setzte sich und wechselte einen Blick mit Cosima. Er hatte sie den ganzen Vormittag unauffällig beobachtet. Rosalie hatte sie gegen zehn Uhr aus dem Haus komplimentiert, und so waren sie in den Taunus gefahren, um bei erstaunlich mildem Altweibersommerwetter einmal rund um den Glaskopf zu spazieren. Cosima hatte sich völlig normal benommen, so wie er es von ihr gewohnt war, ja sie hatte beim Spaziergang sogar seine Hand genommen. Sein Verdacht war immer mehr ins Wanken geraten, dennoch hatte er sich nicht getraut, sie darauf anzusprechen.

Rosalie, Lorenz und Thordis kehrten zurück ins Esszimmer, auf einem Tablett balancierten sie gefüllte Champagnergläser, servierten jedem Gast eines, sogar den drei Nichten im jungen Teenageralter, die aufgeregt kicherten. In Abwesenheit ihrer strengen Mutter drückte Quentin ein Auge zu.

»Liebe Familie«, ergriff Lorenz feierlich das Wort. »Thordis und ich wollten den Tag und die Anwesenheit der ganzen Familie zum Anlass nehmen, Euch zu verkünden, dass wir heiraten werden!«

Er legte Thordis den Arm um die Schulter, und die beiden lächelten sich zufrieden an.

»Keine Sorge, Papa«, wandte sich Lorenz grinsend an seinen Vater. »Wir *müssen* nicht heiraten – wir wollen es einfach!«

»Hört, hört«, sagte Quentin. Stühle rückten, alle erhoben sich, um den beiden zu gratulieren. Auch Bodenstein umarmte seinen Sohn und seine Schwiegertochter in spe. Die Ankündigung der Hochzeit überraschte ihn eigentlich nicht, erstaunt war er nur darüber, dass Lorenz so eisern sein Geheimnis bewahrt hatte. Er begegnete Cosimas Blick und trat zu ihr. Sie wischte sich ein Tränchen der Rührung aus den Augenwinkeln.

»Siehst du«, sagte sie und lächelte. »Auch unser Großer wird spießig und heiratet.«

»Er hat uns ja auch lange genug mit seinem abenteuerlichen Leben in Atem gehalten«, erwiderte Bodenstein. Lorenz hatte sich nach dem Abitur eine bedrohlich lang erscheinende Weile als DJ und mit allerhand Aushilfsjobs bei Rundfunk und Fernsehen durchgeschlagen. Bodenstein hätte damals gerne ein Machtwort gesprochen, aber Cosima war ruhig geblieben, fest davon überzeugt, dass Lorenz eines Tages seine wahre Bestimmung finden würde. Mittlerweile moderierte ihr Sohn bei einem großen privaten Radiosender eine tägliche dreistündige Sendung. Nebenbei verdiente er erstaunlich viel Geld als Moderator auf Galas, Sportveranstaltungen und anderen Events in ganz Deutschland.

Man setzte sich wieder, die Stimmung war fröhlich und entspannt. Auch Rosalie hatte ihre Küche verlassen und trank Champagner.

»Oliver.« Bodensteins Mutter beugte sich vor. »Hast du noch einen Schluck Wasser für mich?«

»Ja, natürlich.« Er schob den Stuhl zurück, stand auf und ging durch die Küche, die seine tüchtige Tochter schon ziemlich aufgeräumt hatte, in die Speisekammer, wo er zwei Flaschen Mineralwasser aus einem Kasten nahm. Just in diesem Moment gab ein Handy in einer der Jacken, die neben der Tür zur Garage an Haken hingen, einen Signalton von sich. Bodenstein kannte diesen Ton. Es war Cosimas Handy! Er kämpfte mit sich, doch diesmal siegte sein Misstrauen. Schnell klemmte er eine der Flaschen unter den Arm und durchsuchte einhändig die Taschen der Jacke, die sie heute getragen hatte. Er fand das Handy in der Innentasche, ließ es aufschnappen und drückte auf das Briefsymbol. MEIN HERZ, ICH DENKE DEN GANZEN TAG AN DICH! MORGEN MITTAGESSEN? GLEICHE ZEIT, GLEICHER ORT? ICH WÜRDE MICH FREUEN! Die Buchstaben im Display verschwammen vor seinen Augen, seine Knie wurden weich. Die Enttäuschung traf ihn wie ein Faustschlag in den Magen. Wie konnte sie sich nur derart verstellen, ihn anlächeln und Hand in Hand mit ihm um den Glaskopf laufen? Cosima würde merken, dass jemand die SMS gelesen hatte, denn das Briefsymbol war nun erloschen. Beinahe wünschte er sogar, sie würde ihn darauf ansprechen. Er steckte das Telefon zurück in die Jacke, wartete, bis sein Herz wieder in einer normalen Frequenz schlug, und kehrte zurück ins Esszimmer. Cosima saß da, Sophia auf dem Schoß, lachte und scherzte, als ob alles in bester Ordnung wäre. Am liebsten hätte er sie vor allen Anwesenden zur Rede gestellt, ihr gesagt, dass eine Nachricht von ihrem Liebhaber auf ihrem Handy wartete, aber dann fiel sein Blick auf Lorenz, Thordis und Rosalie. Es wäre egoistisch und unverantwortlich, ihnen mit seinem noch längst nicht bewiesenen Verdacht diesen schönen Tag zu verderben. Ihm blieb nichts anderes übrig, als gute Miene zum bösen Spiel zu machen.

*

Tobias schlug mühsam die Augen auf und ächzte. Sein Kopf dröhnte, kaum dass er sich bewegte, wurde ihm wieder übel. Er beugte sich über den Bettrand und übergab sich würgend in den Eimer, den jemand neben sein Bett gestellt hatte. Das Erbrochene stank erbärmlich nach Galle. Er ließ sich zurücksinken und fuhr sich mit der Hand über den Mund. Seine Zunge war pelzig, und das Karussell in seinem Kopf wollte einfach nicht anhalten. Was war passiert? Wie war er nach Hause gekommen? Bilder jagten durch sein benebeltes Gehirn. Er erinnerte sich an Jörg und Felix und andere alte Kumpels, an die Garage, an Wodka mit Red Bull gemischt. Auch ein paar Mädchen waren da gewesen, sie hatten ihm immer wieder auffällig unauffällige Blicke zugeworfen und miteinander geflüstert und gekichert. Er hatte sich wie ein Tier im Zoo gefühlt. Wann war das gewesen? Wie viel Uhr war es jetzt?

Mit größter Anstrengung gelang es ihm, sich aufzurichten und die Beine über den Bettrand zu heben. Das Zimmer schwankte vor seinen Augen. Amelie war auch da gewesen – oder brachte er da etwas durcheinander? Tobias stemmte sich auf die Beine, stützte sich an der Dachschräge ab und taumelte zur Tür, öffnete sie und tastete sich den Gang entlang. So einen schlimmen Kater hatte er ja noch nie gehabt! Im Badezimmer musste er sich zum Pinkeln hinsetzen, sonst wäre er umgekippt. Sein T-Shirt stank nach Zigarettenrauch, Schweiß und Kotze. Widerlich. Er zog sich vom Klo hoch und erschrak, als er sein Gesicht im Spiegel sah. Die Hämatome rund um seine Augen waren abgerutscht und bildeten violettgelbe Flecken auf seinen bleichen, unrasierten Wangen. Er sah aus wie ein Zombie, und genau so fühlte er sich auch. Schritte im Flur, ein Klopfen an der Tür.

»Tobias?« Das war sein Vater.

»Ja, komm rein.« Er drehte den Wasserhahn auf, ließ kaltes Wasser in die hohlen Hände laufen und trank ein paar Schlucke. Es schmeckte widerlich. Die Tür ging auf. Sein Vater musterte ihn besorgt.

»Wie geht es dir?«

Tobias setzte sich wieder auf die Klobrille. »Total beschissen.« Es bedurfte einer unendlichen Anstrengung, den bleischweren Kopf anzuheben. Er bemühte sich, seinen Vater anzusehen, aber sein Blick rutschte immer wieder weg. Erst war alles ganz nah, dann weit weg. »Wie viel Uhr ist es?«

»Halb vier. Sonntagnachmittag.«

»O Gott.« Tobias kratzte sich am Kopf. »Ich vertrag wohl echt nichts mehr.«

Die Erinnerung kehrte zurück, wenigstens teilweise: Nadja war bei ihm gewesen, oben, am Waldrand, sie hatten geredet. Danach hatte Nadja ihn nach Hause gefahren, weil sie dringend zum Flughafen musste. Aber was hatte er dann getan? Jörg. Felix. Die Garage. Jede Menge Alkohol. Jede Menge Mädchen. Er hatte sich nicht wohl gefühlt. Warum nicht? Wieso war er überhaupt dahin gegangen?

»Der Vater von Amelie Fröhlich hat eben angerufen«, sagte sein Vater gerade. Amelie! Irgendetwas war auch mit ihr gewesen. Ach ja! Sie hatte ihm irgendetwas Wichtiges erzählen wollen, aber dann war Nadja aufgetaucht, und Amelie war weggelaufen.

»Sie ist gestern Abend nicht nach Hause gekommen.« Der dringliche Unterton in der Stimme seines Vaters ließ ihn aufhorchen. »Ihre Eltern machen sich Sorgen und wollen die Polizei informieren.«

Tobias starrte seinen Vater an. Er brauchte einen Moment, bis er begriff. Amelie war nicht nach Hause gekommen. Und er hatte Alkohol getrunken, sehr viel. Genau wie damals. Sein Herz krampfte sich zusammen.

»Du … du glaubst doch wohl nicht, dass ich etwas damit …«, er brach ab und schluckte.

»Frau Dr. Lauterbach hat dich gestern Nacht an der Bushaltestelle vor der Kirche gefunden, als sie von einem Notfalleinsatz zurückkam. Es war halb zwei. Sie war es, die dich nach Hause gebracht hat. Wir hatten alle Mühe, dich aus dem Auto und hoch in dein Zimmer zu bekommen. Und du hast immer wieder von Amelie geredet …«

Tobias schloss die Augen und verbarg sein Gesicht in den Händen. Er versuchte verzweifelt, sich zu erinnern. Aber da war – nichts. Die Freunde in der Garage, die kichernden, tuschelnden Mädchen. War Amelie auch dabei gewesen? Nein. Oder doch? Nein. Bitte nicht. Bitte, bitte nicht.

Montag, 17. November 2008

Das komplette K 11 hatte sich im Besprechungsraum rings um den großen Tisch versammelt; bis auf Hasse waren alle anwesend, sogar Behnke, der noch mürrischer als sonst dreinblickte.

»Entschuldigung«, sagte Pia und steuerte den letzten freien Stuhl an. Sie zog ihre Jacke aus. Nicola Engel warf einen demonstrativen Blick auf ihre Armbanduhr.

»Es ist zwanzig nach acht«, bemerkte sie scharf. »Wir sind hier nicht bei den Rosenheim-Cops. Organisieren Sie Ihre Bauernhofarbeit in Zukunft bitte so, dass sie nicht mit Ihren Dienstzeiten kollidiert!«

Pia spürte, wie ihr die Hitze ins Gesicht sprang. So eine blöde Kuh!

»Ich war noch in der Apotheke und habe mir etwas gegen Erkältung besorgt«, erwiderte sie mit derselben Schärfe. »Oder wäre es Ihnen lieber, ich würde mich auch noch krankschreiben lassen?«

Die beiden Frauen starrten sich einen Augenblick an.

»Dann sind jetzt wohl alle anwesend«, sagte die Kriminalrätin, ohne sich für ihre ungerechtfertigte Unterstellung zu entschuldigen. »Wir haben ein verschwundenes Mädchen. Die Kollegen aus Eschborn haben uns heute Morgen davon unterrichtet.«

Pias Blick wanderte durch die Runde. Behnke hing breitbeinig auf seinem Stuhl und kaute heftig auf seinem Kaugummi herum. Immer wieder starrte er provokativ zu Kathrin hinüber, die seine Blicke mit zusammengepressten Lippen feindselig erwiderte. Pia erinnerte sich, dass Bodenstein letzte Woche auf Betreiben von Dr. Engel ein Gespräch mit Behnke geführt hatte. Was war dabei herausgekommen? Auf jeden Fall schien Behnke zu wissen, dass Kathrin dem Chef ihre Begegnung in der Sachsenhäuser Kneipe gemeldet hatte. Die Spannung zwischen den beiden war nicht zu übersehen. Bodenstein saß am Kopfende des Tisches und blickte starr auf die Tischplatte. Sein Gesicht war ausdruckslos, aber die Schatten unter seinen Augen und die steile Falte zwischen seinen Augenbrauen verrieten, dass irgendetwas mit ihm nicht in Ordnung war. Auch Ostermann machte einen ungewohnt missmutigen Eindruck. Er saß zwischen den Stühlen. Behnke war ein alter Kumpel, er hatte ihn immer in Schutz genommen und seine Fehler ausgebügelt, aber zuletzt hatte er sich auch immer wieder darüber geärgert, dass sein Kollege seine gutmütige Hilfsbereitschaft mehr und mehr ausgenutzt hatte. Mit Kathrin Fachinger verstand Ostermann sich gut – auf wessen Seite stand er?

»Ist die Sache in Wallau aufgeklärt?«, fragte Nicola Engel. Pia brauchte einen Moment, um zu begreifen, dass die Frage an sie gerichtet war.

»Ja«, antwortete sie und verzog das Gesicht bei der Erinnerung an den Großeinsatz von Spurensicherung und Rechtsmedizinern am Unfallort. »Es gab zwar zwei Leichen, aber mit denen haben wir wohl kaum etwas zu tun.«

»Wieso?«

»Es waren zwei gebratene Spanferkel, die zu einer Feier ausgeliefert werden sollten«, erklärte Pia. »Das Fahrzeug ist bei dem Unfall völlig ausgebrannt, weil der Partyservice-

Mensch ein paar Butangasflaschen auf der Ladefläche stehen hatte, die wohl durch die Hitzeentwicklung zusätzlich in die Luft gegangen sind.«

Dr. Engel verzog keine Miene. »Umso besser. Und der Fall Rita Cramer ist Sache der Staatsanwaltschaft.« Sie wandte sich an Bodenstein. »Dann übernehmen Sie das verschwundene Mädchen. Wahrscheinlich taucht es sowieso bald wieder auf. 98 Prozent aller Fälle von vermissten Jugendlichen klären sich innerhalb von wenigen Stunden oder Tagen.«

Bodenstein räusperte sich. »Zwei Prozent aber auch nicht«, sagte er.

»Sprechen Sie mit den Eltern und Freunden des Mädchens«, riet Dr. Engel. »Ich habe jetzt einen Termin beim BKA. Halten Sie mich auf dem Laufenden.«

Sie stand auf, nickte in die Runde und war weg.

»Was haben wir?«, fragte Bodenstein Ostermann, als sie die Tür hinter sich geschlossen hatte.

»Amelie Fröhlich, siebzehn Jahre alt, aus Bad Soden«, antwortete der. »Ihre Eltern haben sie gestern als vermisst gemeldet. Sie wurde das letzte Mal am Samstagvormittag von ihren Eltern gesehen. Da sie in der Vergangenheit aber bereits öfter von zu Hause abgehauen ist, haben sie erst noch abgewartet.«

»Gut.« Bodenstein nickte. »Pia und ich fahren zu den Eltern des Mädchens. Frank, Sie und Frau Fachinger fahren …«

»Nein«, unterbrach Kathrin ihren Chef, der sie erstaunt anblickte. »Ich fahre ganz sicher nicht mit Behnke irgendwohin.«

»Ich könnte mit Frank fahren«, bot Ostermann eilig an. Für einen Moment war es ganz still. Behnke kaute auf seinem Kaugummi herum und grinste zufrieden vor sich hin.

»Muss ich hier jetzt auch noch Rücksicht auf die Befindlichkeiten Einzelner nehmen?«, fragte Bodenstein. Die Falte zwischen seinen Augenbrauen hatte sich vertieft, er sah richtig verärgert aus, was bei ihm nur selten der Fall war. Kathrin schob trotzig die Unterlippe vor. Das war eine klare Arbeitsverweigerung.

»Passt mal auf, Leute.« Bodensteins Stimme klang gefährlich ruhig. »Es ist mir *scheißegal*, wer hier mit wem momentan Probleme hat. Wir haben Arbeit, und ich erwarte von euch, dass ihr meinen Anweisungen Folge leistet. Ich bin vielleicht in der Vergangenheit ein bisschen zu gutmütig gewesen, aber ich bin nicht euer Hanswurst! Frau Fachinger und Herr Behnke fahren jetzt in die Schule des Mädchens und sprechen mit Lehrern und Klassenkameraden. Wenn sie damit fertig sind, nehmen sie sich die Nachbarn des Mädchens vor. Ist das klar?«

Bockiges Schweigen war die Antwort. Und plötzlich tat Bodenstein etwas, das er noch nie getan hatte. Er schlug mit der Faust auf den Tisch.

»OB DAS KLAR IST?«, brüllte er.

»Ja«, erwiderte Kathrin Fachinger eisig. Sie stand auf, ergriff ihre Jacke und Tasche. Behnke erhob sich ebenfalls. Die beiden verschwanden, und auch Ostermann verzog sich in sein Büro.

Bodenstein holte tief Luft und blickte Pia an.

»Oh Mann.« Er atmete wieder aus und grinste schief. »Das tat gut.«

*

»Altenhain?«, fragte Pia erstaunt. »Ostermann hat doch was von Bad Soden gesagt.«

»Waldstraße 22.« Bodenstein deutete auf das Navigationssystem seines BMW, auf das er sich blind zu verlassen pflegte, obwohl es ihn in der Vergangenheit schon einige Male in die

Irre geführt hatte. »Das ist in Altenhain. Gehört ja zu Bad Soden.«

Pia beschlich eine düstere Vorahnung. Altenhain. Tobias Sartorius. Sie würde es niemals zugeben, aber sie empfand so etwas wie Sympathie für den jungen Mann. Nun war wieder ein Mädchen verschwunden, und sie konnte nur hoffen, dass er nichts damit zu tun hatte. Sie zweifelte allerdings keine Sekunde daran, wie die Einwohner des Dorfes urteilen würden, egal, ob er ein Alibi hatte oder nicht. Ihr ungutes Gefühl verstärkte sich, als sie die angegebene Adresse von Arne und Barbara Fröhlich erreicht hatten. Das Haus lag nur wenige Meter von der rückwärtigen Ausfahrt des Sartorius-Hofes entfernt. Sie hielten vor der hübschen, verklinkerten Villa mit tiefgezogenem Walmdach und mehreren Gauben. Die Eltern erwarteten sie bereits. Arne Fröhlich war seinem Nachnamen zum Trotz ein ernsthaft wirkender Mann von etwa fünfundvierzig Jahren mit Stirnglatze, dünnem, sandfarbenem Haar und einer stahlgefassten Brille. Sein Gesicht zeichnete sich durch das Fehlen jeglicher markanter Merkmale aus. Er war weder dick noch dünn, mittelgroß und sah so durchschnittlich aus, dass es schon wieder ungewöhnlich war. Seine Frau, höchstens Anfang dreißig, war das völlige Gegenteil, nämlich ausgesprochen attraktiv. Mittelblonde, glänzende Haare, ausdrucksvolle Augen, regelmäßige Gesichtszüge, ein breiter Mund, eine leichte Stupsnase. Was fand sie wohl an ihrem Mann?

Beide waren besorgt, aber sehr beherrscht, keine Spur von der Hysterie, die Eltern von verschwundenen Kindern normalerweise an den Tag legen. Barbara Fröhlich gab Pia ein Foto. Amelie war offenbar auch eine auffällige Erscheinung, wenn auch sicher nicht im Sinne ihrer Mutter: Die großen, dunklen Augen waren stark mit Kajal und Eyeliner betont, sie trug mehrere Piercings in Augenbrauen, Unterlippe und in der Kinngrube. Das dunkle Haar hatte sie aufwendig toupiert und so fixiert, dass es wie ein Brett von ihrem Kopf abstand. Unter dieser Maskerade war Amelie ein hübsches Mädchen.

»Sie ist schon öfter ausgerissen«, erwiderte ihr Vater gerade auf Bodensteins Frage, weshalb er seine Tochter erst relativ spät als vermisst gemeldet hatte. »Amelie ist meine Tochter aus erster Ehe und etwas … hm … schwierig. Vor einem halben Jahr haben wir sie zu uns genommen, vorher lebte sie bei meiner Exfrau in Berlin, und da hatte sie auch große Probleme mit … der Polizei.«

»Inwiefern?«, fragte Bodenstein. Die Antwort war Arne Fröhlich sichtlich unangenehm.

»Ladendiebstahl, Drogen, Hausfriedensbruch und Landstreicherei«, zählte er auf. »Sie war manchmal wochenlang verschwunden. Meine Exfrau war irgendwann völlig überfordert und bat mich, Amelie zu mir zu nehmen. Deshalb haben wir erst einmal herumtelefoniert und abgewartet.«

»Aber dann ist mir aufgefallen, dass sie keine Kleider mitgenommen hat«, ergänzte Barbara Fröhlich. »Nicht einmal das Geld, das sie beim Kellnern verdient hat. Das fand ich seltsam. Und ihren Ausweis hat sie auch hiergelassen.«

»Hatte Amelie Streit mit jemandem? Gab es Probleme in der Schule oder mit Freunden?«, ging Bodenstein die üblichen Fragen durch.

»Nein, ganz im Gegenteil«, antwortete die Stiefmutter. »Ich hatte sogar den Eindruck, dass sie sich in der letzten Zeit zu ihrem Vorteil verändert hatte. Sie trug die Haare nicht mehr so wild und hat sich bei mir Kleider ausgeliehen. Normalerweise trägt sie ausschließlich schwarze Kleidung, aber auf einmal zog sie einen Rock an und eine Bluse …« Sie verstummte.

»Steckt hinter dieser Veränderung vielleicht ein Junge?«,

forschte Pia. »Es könnte ja sein, dass sie jemanden im Internet kennengelernt hat und zu ihm hingefahren ist.«

Arne und Barbara Fröhlich wechselten einen ratlosen Blick und zuckten mit den Schultern.

»Wir haben ihr viel Freiheit gelassen«, sagte nun wieder der Vater. »Amelie war auch in letzter Zeit sehr zuverlässig. Mein Chef, Herr Terlinden, hatte ihr einen Kellnerjob im Schwarzen Ross vermittelt, weil sie eigenes Geld verdienen wollte.«

»Schulische Probleme?«

»Sie hat nicht viele Freundinnen«, antwortete Barbara Fröhlich. »Sie ist gerne für sich. Über die Schule hat sie nicht viel geredet, sie ist ja erst seit September dort. Der Einzige, mit dem sie regelmäßigen Kontakt pflegt, ist Thies Terlinden, der Sohn der Nachbarn.«

Für einen Moment presste Arne Fröhlich die Lippen zusammen. Es war ihm anzusehen, dass er diese Freundschaft nicht billigte.

»Was meinen Sie damit?«, hakte Pia nach. »Sind die beiden ein Paar?«

»O nein«, Barbara Fröhlich schüttelte den Kopf. »Thies ist … nun ja … anders. Er ist Autist, lebt bei seinen Eltern und kümmert sich dort um den Garten.«

Auf Bodensteins Bitte führte Barbara Fröhlich sie in Amelies Zimmer. Es war groß und freundlich mit zwei Fenstern, von denen eines auf die Straße hinausging. Die Wände waren nackt, Poster von Popstars, die Mädchen in Amelies Alter gerne aufhängen, waren Fehlanzeige. Barbara Fröhlich erklärte sich das damit, dass Amelie sich hier nur auf »Durchreise« fühle.

»An ihrem 18. Geburtstag im nächsten Jahr will sie sofort zurück nach Berlin«, sagte sie, und das klang ehrlich bedauernd.

»Wie ist Ihr Verhältnis zu Ihrer Stieftochter?« Pia ging durch das Zimmer, öffnete die Schreibtischschubladen.

»Wir verstehen uns gut. Ich halte mich sehr mit Vorschriften zurück. Amelie reagiert auf Strenge eher mit innerem Rückzug als mit lautem Protest. Ich glaube, inzwischen hat sie Vertrauen zu mir. Zu ihren Halbgeschwistern ist sie oft ruppig, aber die beiden hängen sehr an ihr. Wenn ich nicht da bin, spielt sie stundenlang mit ihnen Playmobil oder liest ihnen etwas vor.«

Pia nickte. »Unsere Kollegen werden den Computer mitnehmen«, sagte sie. »Hat Amelie ein Tagebuch geführt?«

Sie hob den Laptop hoch und sah etwas, was ihre schlimmsten Befürchtungen bestätigte. Auf die Schreibtischunterlage war ein Herz gezeichnet. Und darin stand in verschnörkelten Buchstaben ein Name: Tobias.

*

»Ich mache mir Sorgen um Thies«, erwiderte Christine Terlinden auf die verärgerte Frage ihres Mannes, was denn wohl so dringend sei, dass sie ihn extra aus einer Sitzung nach Hause kommen ließ. »Er ist … ganz verstört.«

Claudius Terlinden schüttelte den Kopf und ging die Treppe hinunter ins Souterrain. Als er die Tür von Thies' Zimmer öffnete, erkannte er sofort, dass seine Frau mit dem Ausdruck »verstört« stark untertrieben hatte. Thies kniete mit stierem Blick splitternackt auf dem Boden in der Mitte des Zimmers in einem akkuraten Kreis aus Kinderspielzeugen und schlug sich immer wieder mit der Faust ins Gesicht. Blut rann ihm aus der Nase über das Kinn, es roch scharf nach Urin. Der Anblick war ein Schock und erinnerte Terlinden schmerzlich an längst vergangene Zeiten. Lange Zeit hatte er sich strikt geweigert, zu akzeptieren, dass sein ältester Sohn psychisch krank war. Die Diagnose Autismus hatte er nicht hören wollen. Die Stereotypien in Thies' Verhalten waren beängstigend, schlimmer noch die abstoßende Angewohnheit des Jungen, alles zu zerfetzen und mit Kot und Urin zu beschmieren. Christine und er hatten dieser Problematik völlig hilflos gegenübergestanden und keine andere Lösung gesehen, als das Kind einzusperren und von anderen Menschen – vor allem von seinem Bruder Lars – fernzuhalten. Aber als der Junge mit zunehmendem Alter immer tobsüchtiger und aggressiver geworden war, hatten sie die Augen nicht länger verschließen können. Widerwillig hatte sich Claudius Terlinden mit dem Krankheitsbild seines Sohnes auseinandergesetzt und in Gesprächen mit Ärzten und Therapeuten erfahren, dass es keine Aussicht auf Heilung gab. Daniela Lauterbach, ihre Nachbarin, hatte ihm schließlich erklärt, was Thies brauchte, um einigermaßen gut mit seiner Krankheit leben zu können. Wichtig war eine gewohnte Umgebung, in der am besten nie etwas verändert wurde und nur wenig Unvorhergesehenes passierte. Ebenso wichtig war es, Thies seine eigene, streng ritualisierte Welt zu lassen, in die er sich zurückziehen konnte. Eine Weile ging alles gut, bis zum 12. Geburtstag der beiden Jungen. Irgendetwas geschah an diesem Tag, das Thies völlig aus der Bahn warf. Er rastete so heftig aus, dass er dabei beinahe seinen Bruder tötete und sich selbst schwer verletzte. Da war für Claudius Terlinden das Maß voll gewesen, und der tobende und schreiende Junge war in die geschlossene Kinderpsychiatrie gebracht worden, wo er drei Jahre lang blieb. Man hatte ihn dort mit beruhigenden Medikamenten behandelt, sein Zustand hatte sich gebessert. Tests hatten ergeben, dass Thies überdurchschnittlich intelligent war. Aber leider wusste er mit dieser Intelligenz nichts anzufangen, denn er lebte wie ein Gefangener in seiner eigenen Welt, vollkommen abgekapselt von seiner Umgebung und seinen Mitmenschen.

Drei Jahre später hatte Thies das erste Mal die Einrichtung, in der er lebte, für einen Besuch zu Hause verlassen dürfen. Er war ruhig und friedlich, aber wie taub gewesen. Im Haus war er sofort ins Souterrain hinuntergegangen und hatte angefangen, seine Spielzeuge von früher nebeneinander hinzustellen. Stundenlang hatte er das getan, ein befremdlicher Anblick. Unter dem Einfluss der Medikamente kam es nicht ein einziges Mal mehr zu einem Ausbruch. Thies öffnete sich sogar ein wenig. Er half dem Gärtner, er begann zu malen. Freilich aß er am Tisch noch immer mit seinem Kinderbesteck von seinem Teddybärteller, aber er aß, er trank, er benahm sich weitgehend normal. Die Ärzte zeigten sich hochzufrieden mit dieser Entwicklung und rieten den Eltern, den Jungen nach Hause zu holen. Seitdem, seit nunmehr fünfzehn Jahren, hatte es keinen einzigen Zwischenfall mehr gegeben. Thies bewegte sich frei im Dorf, die meiste Zeit verbrachte er im Garten, den er ohne jede Hilfe zu einem symmetrisch angelegten Park mit Buchsbaumhecken, Blumenbeeten und jeder Menge mediterraner Pflanzen verwandelt hatte. Und er malte, oft bis zur völligen Erschöpfung. Die großformatigen Bilder waren eindrucksvolle Werke: eigenwillig, verstörend düster, beklemmende Botschaften aus den verborgenen Tiefen seines autistischen Innenlebens. Gegen Ausstellungen seiner Bilder hatte Thies nichts einzuwenden, zweimal hatte er seine Eltern sogar zu Vernissagen begleitet, auch störte es ihn nicht, wenn er sich von den Bildern trennen musste, wie Claudius Terlinden anfangs befürchtet hatte. Thies malte also, hielt den Garten in Ordnung, und alles war gut, selbst Kontakte mit der Öffentlichkeit meisterte Thies, ohne auszurasten. Hin und wieder sprach er sogar ein paar Worte. Er schien auf dem besten Weg, die Tür zu seinem Innersten einen winzigen Spalt zu öffnen. Und nun das. Was für ein Rückschlag! Stumm und tief beunruhigt betrachtete

Claudius Terlinden seinen Sohn. Der Anblick tat ihm in der Seele weh.

»Thies!«, sagte er mit sanfter Stimme, dann etwas strenger: »Thies!«

»Er hat seine Medikamente nicht mehr genommen«, flüsterte Christine Terlinden hinter ihm. »Imelda hat sie in der Toilette gefunden.«

Claudius Terlinden ging in das Zimmer, kniete sich außerhalb des Kreises hin. »Thies«, sagte er leise. »Was hast du denn?«

»Washastdudenn«, repetierte Thies tonlos und schlug sich mit der Regelmäßigkeit eines Uhrwerks ins Gesicht. »Washastdudenn … washastdudenn … washastdudenn …«

Terlinden sah, dass er etwas in der Faust hielt. Als er den Arm seines Sohnes ergreifen wollte, sprang Thies unvermittelt auf und stürzte sich auf seinen Vater, schlug mit den Fäusten auf ihn ein und trat nach ihm. Claudius Terlinden war von dem Angriff überrascht, intuitiv wehrte er sich, aber Thies war kein kleiner Junge mehr, sondern ein erwachsener Mann mit von der Gartenarbeit gestählten Muskeln. Sein Blick war wild, Speichel und Blut tropften von seinem Kinn. Keuchend erwehrte Claudius Terlinden sich seines Sohnes, wie durch einen Nebel hörte er seine Frau hysterisch schreien. Endlich gelang es ihm, Thies gewaltsam die Faust zu öffnen und ihm deren Inhalt zu entwenden. Auf allen vieren kroch er zur Tür. Thies folgte ihm nicht, sondern stieß ein schauerliches Geheul aus und blieb zusammengekrümmt auf dem Boden liegen.

»Amelie«, brabbelte er. »Amelie Amelie Amelie Amelie. Washastdudenn … Washastdudenn … Washastdudenn … Papa … Papa …Papa …«

Schwer atmend kam Claudius Terlinden auf die Beine. Er zitterte am ganzen Körper. Seine Frau starrte ihn an, die Hände vor den Mund geschlagen, die Augen voller Tränen.

Terlinden faltete das Papier auseinander, und ihn traf beinahe der Schlag. Von dem zerknitterten Foto lachte ihm Stefanie Schneeberger entgegen.

*

Arne und Barbara Fröhlich waren am Samstagvormittag mit ihren beiden jüngeren Kindern zu Freunden in den Rheingau gefahren und erst spätabends nach Hause gekommen. Amelie hatte am Abend im Schwarzen Ross gearbeitet; als sie um Mitternacht nicht zurück war, hatte ihr Vater in der Gaststätte angerufen und von der aufgebrachten Chefin erfahren, dass Amelie um kurz nach zehn gegangen war, obwohl sie vor Arbeit nicht mehr ein noch aus gewusst hatten. Die Fröhlichs hatten danach sämtliche Klassenkameraden und Bekannte ihrer Tochter, deren Telefonnummern sie finden konnten, abtelefoniert. Vergebens. Niemand hatte Amelie gesehen oder mit ihr gesprochen.

Bodenstein und Pia befragten Jenny Jagielski, die Wirtin vom Schwarzen Ross, die ihnen bestätigte, was Arne Fröhlich zuvor gesagt hatte. Amelie habe sich den ganzen Abend seltsam abwesend verhalten und in der Küche ständig versucht zu telefonieren. Um zehn Uhr habe sie dann einen Anruf erhalten und sei einfach weggelaufen. Und am Sonntag sei sie nicht wie üblich zum Frühschoppen aufgetaucht. Nein, sie hatte nicht mitbekommen, von wem der Anruf gekommen war, der Amelie wohl dazu gebracht hatte, ihren Arbeitsplatz fluchtartig zu verlassen, auch der Rest des Personals hatte keine Ahnung. An dem Abend war in der Gaststätte die Hölle los gewesen.

»Halt doch mal kurz am Laden an«, sagte Pia zu Bodenstein, als sie wieder die Hauptstraße entlangfuhren. »Kann ja nicht schaden, wenn wir uns da mal umhören.«

Es stellte sich heraus, dass sie zu einer günstigen Zeit gekommen waren, was das »Umhören« betraf. Margot Richters kleiner Laden war an diesem späten Montagvormittag offenbar der zentrale Treffpunkt der weiblichen Bevölkerung Altenhains. Diesmal zeigten sich die Damen sehr viel redseliger als bei ihrem letzten Besuch.

»Genau so hat es damals auch angefangen«, sagte die Friseurin Inge Dombrowski, und alle anderen Anwesenden nickten zustimmend. »Ich will nichts behaupten, aber der Paschke Willi hat mir erzählt, dass er die Amelie bei Sartorius drüben im Hof gesehen hat.«

»Ich hab auch gesehen, wie sie neulich bei denen ins Haus gegangen ist«, meldete sich eine andere Frau und ergänzte erklärend, dass sie schräg gegenüber wohne und den Hof gut im Blick habe.

»Außerdem ist sie ja ein Kopp und ein Arsch mit unserem Dorfdepp«, ließ sich eine dicke Frau von der Obsttheke aus vernehmen.

»Ja, genau«, bestätigten drei oder vier andere Frauen eifrig.

»Mit wem?«, fragte Pia nach.

»Mit dem Thies Terlinden«, erklärte wieder die Friseurin. »Der hat nicht alle Tassen im Schrank, schleicht nachts durchs Dorf und durch den Wald. Würde mich nicht wundern, wenn der dem Mädchen was angetan hätte.«

Beifällig nickten die anderen Frauen. Mit Verdächtigungen war man in Altenhain offenbar schnell bei der Hand. Weder Bodenstein noch Pia sagten etwas dazu, ließen die Frauen einfach reden, und die wetzten mit Genuss und Sensationslust die Messer, als hätten sie die Anwesenheit der Polizei vergessen.

»Die Terlindens hätten den Kerl längst in ein Heim stecken müssen«, ereiferte sich eine der Frauen. »Aber hier traut sich ja keiner, dem Alten mal was zu sagen.«

»Klar, weil sie dann Angst um ihren Job haben müssen!«

»Der Letzte, der was gegen die Terlindens gesagt hat, war der Albert Schneeberger. Dann ist seine Tochter verschwunden, und kurz danach war auch er weg.«

»Ist schon eigenartig, wie der Terlinden den Sartorius geholfen hat. Vielleicht hatten die beiden Jungs ja doch was mit der Sache zu tun.«

»Der Lars ist ja danach auch schnell aus Altenhain weggegangen.«

»Und jetzt, hab ich gehört, hat der Terlinden dem Mörder sogar einen Job angeboten! Nicht zu fassen! Anstatt dafür zu sorgen, dass er hier verschwindet!«

Einen Moment war es ganz still im Laden, jede schien über die mögliche Bedeutung dieser Worte nachzusinnen. Plötzlich gackerten alle durcheinander. Pia beschloss, sich unwissend zu stellen.

»Entschuldigung!«, rief sie und versuchte, sich Gehör zu verschaffen. »Wer ist denn eigentlich dieser Terlinden, über den Sie sprechen?«

Den Damen wurde schlagartig bewusst, dass sie nicht unter sich waren. Eine nach der anderen verließ unter irgendeinem Vorwand zügig den Laden, die meisten von ihnen mit leeren Körben. Zurück blieb Margot Richter hinter ihrer Kasse. Sie hatte sich bisher aus den Gesprächen herausgehalten. Wie sich das für eine gute Ladenbesitzerin gehörte, sperrte sie zwar die Ohren auf, wahrte aber Neutralität.

»Das wollten wir jetzt nicht«, sagte Pia entschuldigend, aber die Ladenbesitzerin blieb gelassen.

»Die kommen schon wieder«, erwiderte sie. »Claudius Terlinden ist der Chef von der Firma Terlinden, oben, im Gewerbegebiet. Dic Familie und die Firma gibt es hier in Altenhain seit über hundert Jahren. Und ohne die würde hier auch nicht viel laufen.«

»Wie meinen Sie das?«

»Terlindens sind sehr großzügig. Sie unterstützen die Vereine, die Kirche, die Grundschule, die Stadtteilbücherei. Das ist bei denen so Familientradition. Und die Hälfte vom Dorf arbeitet oben in der Firma. Der eine Sohn, den die Christa eben als ›Dorfdepp‹ bezeichnet hat, der Thies, das ist ein ganz friedlicher Kerl. Der tut keiner Fliege was zuleide. Ich kann mir nicht vorstellen, dass der dem Mädchen etwas angetan haben soll.«

»Apropos – kennen Sie Amelie Fröhlich?«

»Ja, natürlich.« Sie lächelte ein wenig verbissen. »Die kann man ja kaum übersehen, so, wie die sich immer verkleidet! Außerdem arbeitet sie doch bei meiner Tochter im Schwarzen Ross.«

Pia nickte und machte sich eine Notiz. Wieder einmal ließ ihr Chef sie völlig im Stich, stand nur abwesend neben ihr und gab keinen Ton von sich.

»Was denken Sie denn, was mit dem Mädchen passiert sein könnte?«

Margot Richter zögerte einen Moment, aber ihr Blick zuckte nach rechts, und Pia wusste sofort, wen sie im Verdacht hatte, denn von ihrem Platz an der Kasse konnte Frau Richter genau auf den Goldenen Hahn blicken. Das Gerede von Terlindens Sohn war nur vorgeschoben. In Wirklichkeit verdächtigte jeder der Einwohner Tobias Sartorius, der so etwas schließlich schon einmal getan hatte.

»Ich habe keine Ahnung, was passiert sein könnte«, antwortete Margot Richter ausweichend. »Vielleicht taucht sie ja wieder auf.«

*

»Tobias Sartorius ist in allergrößter Gefahr, gelyncht zu werden«, sagte Pia ernsthaft besorgt, als sie zurück auf dem K 11 waren. »Am Freitagabend wurde er schon in seiner Scheune überfallen und zusammengeschlagen, außerdem kriegt sein Vater immer wieder anonyme Drohbriefe, mal ganz abgesehen von den Schmierereien an der Hauswand.«

Ostermann hatte sich schon Amelies Laptop und ihr Tagebuch vorgenommen, das zu seinem Missvergnügen größtenteils in einer Geheimschrift geschrieben war, die er nicht entziffern konnte. Kathrin Fachinger und Frank Behnke waren gleichzeitig mit Bodenstein und Pia eingetroffen und wussten nichts wirklich Hilfreiches zu berichten. Amelie hatte keine engeren Freundinnen, sie hielt sich abseits, redete nur im Bus mit den beiden Klassenkameradinnen, die auch in Altenhain wohnten. Allerdings, so hatte eines der beiden Mädchen erzählt, habe Amelie in letzter Zeit großes Interesse an Tobias Sartorius und den schrecklichen Ereignissen von vor elf Jahren gehabt und immer wieder danach gefragt. Ja, sie habe wohl auch mit *dem Kerl* gesprochen, mehrfach sogar.

Ostermann kam mit einem Fax in den Besprechungsraum. »Der Verbindungsnachweis von Amelies Handy ist gekommen«, verkündete er. »Am Samstagabend um 22:11 Uhr wurde das letzte Mal telefoniert. Sie hat eine Festnetznummer in Altenhain angerufen, ich habe sie schon überprüft.«

»Sartorius?«, vermutete Bodenstein.

»Ja, genau. Die Verbindung dauerte nur sieben Sekunden, offenbar wurde nicht gesprochen. Vorher hatte sie zwölfmal diese Nummer gewählt und immer sofort wieder aufgelegt. Nach 22:11 Uhr war das Handy ausgeschaltet, ein Bewegungsprofil lässt sich nicht erstellen, weil das Gerät nur von der einzigen Funkzelle in Altenhain erfasst wurde, und die hat einen Radius von etwa fünf Kilometern.«

»Eingehende Anrufe werden ja nicht erfasst, oder?«, fragte Bodenstein, und Ostermann schüttelte den Kopf.

»Was ergibt der Computer?«

»Ich hab noch nicht mal das Passwort geknackt.« Ostermann machte ein langes Gesicht. »Aber ich habe das Tagebuch durchgeblättert, zumindest die Stellen, die ich entziffern konnte. Tobias Sartorius, ein ›Thies‹ und ein ›Claudius‹ werden häufig erwähnt.«

»In welchem Zusammenhang?«

»Für Sartorius und diesen Claudius schien sie sich zu interessieren. Auf welche Art, das kann ich noch nicht beurteilen.«

»Gut.« Bodenstein blickte in die Runde, seine alte Entschlossenheit war zurückgekehrt. »Das Mädchen ist jetzt seit knapp vierzig Stunden verschwunden. Ich will das ganze Programm: mindestens zwei Hundertschaften, Hunde, Hubschrauber mit Wärmebildkamera. Behnke, Sie organisieren eine SoKo, ich will jeden verfügbaren Beamten für eine Befragung aller Einwohner des Dorfes. Frau Fachinger, lassen Sie die Busverbindungen und Taxizentralen überprüfen. Der fragliche Zeitraum liegt am Samstag zwischen 22 Uhr und sagen wir 2 Uhr morgens. Noch Fragen?«

»Wir sollten mit diesem Thies und seinem Vater reden«, sagte Pia. »Und mit Tobias Sartorius.«

»Ja. Das machen wir beide jetzt gleich.« Bodenstein blickte sich in der Runde um. »Ach, Ostermann. Presse, Rundfunk, Fernsehen und der übliche Eintrag in der Vermisstendatei. Um 18 Uhr treffen wir uns wieder hier.«

*

Eine Stunde später wimmelte es in Altenhain von Polizei. Eine Hundestaffel war mit speziell ausgebildeten »Man-Trailern« unterwegs, Hunden, die selbst eine vier Wochen alte Spur aufnehmen und verfolgen konnten. Eine Hundertschaft der Bereitschaftspolizei durchkämmte systematisch die nach

Planquadraten eingeteilten Wiesen und Waldränder rings um das Dorf. Ein Hubschrauber mit einer Wärmebildkamera flog dicht über die Baumwipfel, die Kripobeamten der SoKo »Amelie« klingelten an jeder Haus- und Wohnungstür in Altenhain. Jeder Beteiligte war motiviert und voller Hoffnung, das Mädchen möge schnell und unverletzt aufgefunden werden, aber genauso war jedem bewusst, dass der Druck und die Erwartung eines schnellen Ergebnisses enorm waren. Bodensteins Telefon klingelte beinahe unablässig. Er hatte Pia das Steuer des Autos überlassen und koordinierte hochkonzentriert den Einsatz. Absperrungen an der Straße vor dem Haus der Fröhlichs sollten Belästigungen der Eltern durch die Presse und Neugierige unterbinden. Die Hundeführer würden ihre Suche an dem Ort beginnen, an dem Amelie das letzte Mal gesehen worden war, nämlich am Schwarzen Ross. Ja, eine Freundin durfte zu Fröhlichs, der Pfarrer auch. Ja, der Film des Starenkastens am Ortsausgang sollte überprüft werden. Nein, Zivilpersonen sollten nicht bei der Suche helfen. Gerade als sie vor dem Goldenen Hahn anhielten, rief Dr. Engel an und wollte den Stand der Dinge wissen.

»Sobald es etwas mitzuteilen gibt, sind Sie selbstverständlich die Erste, die ich informiere«, sagte Bodenstein knapp und schaltete sein Handy stumm.

Hartmut Sartorius öffnete die Haustür, lugte aber nur hinter der vorgelegten Sicherheitskette hervor.

»Wir wollen mit Ihrem Sohn sprechen, Herr Sartorius«, sagte Bodenstein. »Bitte lassen Sie uns herein.«

»Verdächtigen Sie ihn jetzt jedes Mal, wenn irgendwo ein Mädchen zu spät nach Hause kommt?« Das klang ruppig, fast aggressiv.

»Sie haben schon davon gehört?«

»Ja. Natürlich. So was spricht sich schnell herum.«

»Wir verdächtigen Tobias nicht.« Bodenstein blieb ganz

ruhig, weil er sah, wie nervös Hartmut Sartorius war. »Aber Amelie hat am Abend, an dem sie verschwunden ist, dreizehnmal Ihre Festnetznummer angerufen.«

Die Haustür ging zu, dann, nach dem Klacken einer Sicherheitskette, ganz auf. Hartmut Sartorius straffte die Schultern und bemühte sich offensichtlich um ein autoritäres Auftreten. Sein Sohn allerdings sah schlimm aus. Er saß zusammengesunken auf dem Sofa im Wohnzimmer, sein Gesicht war von Blutergüssen entstellt, er nickte Bodenstein und Pia nur leicht zu, als sie eintraten.

»Wo waren Sie am Samstagabend zwischen 22 Uhr und dem Sonntagmorgen?«, wollte Bodenstein von ihm wissen.

»Also doch!«, fuhr Vater Sartorius auf. »Mein Sohn war den ganzen Abend zu Hause. Am Abend zuvor hat man ihn bei uns in der Scheune überfallen und halbtot geschlagen!«

Bodenstein ließ sich nicht aus dem Konzept bringen. »Amelie hat am Samstagabend um 22:11 Uhr Ihre Telefonnummer gewählt. Der Anruf wurde auch entgegengenommen, aber er war so kurz, dass wohl nicht gesprochen wurde. Davor hatte sie schon einige Male hier angerufen.«

»Wir haben einen Anrufbeantworter, der sich sofort einschaltet«, erklärte Sartorius. »Wegen der ganzen anonymen Anrufe und Beschimpfungen.«

Pia beobachtete Tobias. Er starrte blicklos vor sich hin und schien dem Gespräch überhaupt nicht zu folgen. Sicher ahnte er, was sich draußen gegen ihn zusammenbraute.

»Welchen Grund kann Amelie gehabt haben, bei Ihnen anzurufen?«, fragte sie ihn direkt. Er zuckte die Schultern.

»Herr Sartorius«, sagte sie eindringlich. »Ein Mädchen aus der Nachbarschaft, das mit Ihnen Kontakt hatte, ist verschwunden. Ob Sie wollen oder nicht, man wird Sie damit in Verbindung bringen. Wir wollen Ihnen nur helfen.«

»Na klar«, versetzte Hartmut Sartorius bitter. »Genau

das haben Ihre Kollegen damals auch gesagt. Wir wollen dir nur helfen, Junge. Sag schon, wo du die Mädchen versteckt hast! Und dann hat ja doch niemand meinem Sohn geglaubt. Gehen Sie jetzt. Tobias war den ganzen Samstagabend hier im Haus!«

»Schon gut, Papa«, ließ sich Tobias plötzlich vernehmen. Er verzog das Gesicht, als er sich nun mühsam aufrichtete. »Ich weiß, dass du es gut meinst.«

Er blickte Pia an. Seine Augen waren gerötet.

»Ich habe Amelie am Samstagmittag zufällig getroffen. Oben, am Wald. Sie wollte mir dringend etwas erzählen. Offenbar hatte sie irgendetwas über die Sache von damals herausgefunden. Aber dann kam Nadja dazu, und Amelie ist gegangen. Wahrscheinlich hat sie deshalb später versucht, mich anzurufen. Ich habe kein Handy, deswegen wird sie die Festnetznummer gewählt haben.«

Pia erinnerte sich an ihre Begegnung mit Nadja von Bredow am Samstag, an den silbernen Cayenne. Es konnte stimmen.

»Was hat sie Ihnen erzählt?«, wollte Bodenstein wissen.

»Leider nicht sehr viel«, erwiderte Tobias. »Sie sagte, es gebe jemanden, der damals alles beobachtet habe, sie erwähnte Thies und irgendwelche Bilder, auf denen auch der Lauterbach zu sehen sei.«

»Wer?«

»Gregor Lauterbach.«

»Der Kultusminister?«

»Ja, genau. Der wohnt ja direkt neben dem Haus von Amelies Vater. Er war früher der Lehrer von Laura und Stefanie.«

»Und Ihrer auch, nicht wahr?« Pia erinnerte sich an die Protokolle, die sie gelesen hatte und die danach aus den Akten verschwunden waren.

»Ja«, bestätigte Tobias mit einem Nicken. »Er war in der Oberstufe mein Deutschlehrer.«

»Was hat Amelie über ihn herausgefunden?«

»Keine Ahnung. Wie gesagt, Nadja tauchte auf, und Amelie sagte nichts mehr, nur, dass sie mir später alles erzählen wollte.«

»Was haben Sie gemacht, als Amelie gegangen war?«

»Nadja und ich haben uns noch eine Weile unterhalten, dann sind wir hierhergefahren und saßen ungefähr noch eine halbe Stunde in der Küche. Bis sie wegmusste, das Flugzeug nach Hamburg erwischen.« Tobias Sartorius verzog das Gesicht, fuhr sich durch das ungekämmte Haar. »Ich bin dann zu einem Freund gegangen. Wir haben dort mit anderen Freunden getrunken. Ziemlich viel.«

Er blickte auf. Seine Miene war ausdruckslos. »Ich kann mich leider nicht mehr daran erinnern, wann und wie ich nach Hause gekommen bin. Mir fehlen vierundzwanzig Stunden in meiner Erinnerung.«

Hartmut Sartorius schüttelte verzweifelt den Kopf. Er sah aus, als wolle er am liebsten in Tränen ausbrechen. Das Summen von Bodensteins stummgeschaltetem Handy klang überlaut in der plötzlich eingetretenen Stille. Er nahm das Gespräch entgegen, hörte zu und bedankte sich knapp. Sein Blick suchte den von Pia.

»Wann ist Ihr Sohn nach Hause gekommen, Herr Sartorius?«, wandte er sich an Tobias' Vater. Der zögerte.

»Sag ihm die Wahrheit, Papa.« Tobias' Stimme klang müde.

»Etwa um halb zwei am Sonntagmorgen«, sagte sein Vater schließlich. »Frau Dr. Lauterbach, unsere Ärztin, hat ihn nach Hause gebracht. Sie hat ihn gefunden, als sie spät von einem Notfall zurückkam.«

»Wo?«

»An der Bushaltestelle vor der Kirche.«

»Waren Sie gestern mit dem Auto unterwegs?«, fragte Bodenstein Tobias.

»Nein, ich bin gelaufen.«

»Wie heißen Ihre Freunde, mit denen Sie am Samstag zusammen waren?« Pia zückte ihren Stift und notierte die Namen, die Tobias ihr nannte.

»Wir werden mit denen sprechen«, sagte Bodenstein ernst. »Aber ich muss Sie bitten, sich zu unserer Verfügung zu halten.«

*

Der Einsatzleiter der Suchmannschaft hatte Bodenstein den Fund von Amelies Rucksack gemeldet. Er hatte in einem Gebüsch zwischen dem Parkplatz vom Schwarzen Ross und der Kirche gelegen – unweit der Bushaltestelle, an der Frau Dr. Lauterbach Samstagnacht Tobias Sartorius aufgegabelt hatte.

»Damals war es genauso«, sagte Pia nachdenklich, als sie die wenigen Meter zum Fundort mit dem Auto zurücklegten. »Tobias hatte Alkohol getrunken und einen Filmriss. Staatsanwaltschaft und Gericht glaubten ihm das allerdings nicht.«

»Glaubst du ihm das denn?«, fragte Bodenstein. Pia überlegte. Tobias Sartorius schien eben die Wahrheit gesagt zu haben. Er mochte das Nachbarsmädchen. Aber hatte er nicht die beiden Mädchen, die er vor zehn Jahren ermordet hatte, auch gemocht? Damals war Eifersucht im Spiel gewesen, gekränkte Eitelkeit – das konnte in Bezug auf Amelie keine Rolle spielen. Hatte das Mädchen tatsächlich etwas herausgefunden, das in direkter Beziehung zu dem Fall von früher stand, oder hatte Tobias Sartorius sich das nur ausgedacht?

»Ich kann die Sache von damals nicht beurteilen«, erwiderte sie. »Aber heute, denke ich, hat Tobias uns nicht angelogen. Er erinnert sich wirklich nicht.«

Bodenstein enthielt sich eines Kommentars. Er hatte die Intuition seiner Kollegin, die sie oft auf die richtige Fährte geführt hatte, mittlerweile schätzen gelernt, wohingegen seine eigene ihn des Öfteren hoffnungslos in die Irre geführt hatte. Dennoch: Er hielt Tobias Sartorius in den beiden alten Mordfällen und auch heute nicht für unschuldig, wie Pia das zu tun schien.

Der Rucksack enthielt Amelies Portemonnaie, ihren iPod, Schminkutensilien und allerhand Krimskrams, aber kein Handy. Eins stand damit fest: Sie war nicht von zu Hause weggelaufen, ihr musste etwas zugestoßen sein. Der Suchhund hatte auf dem Parkplatz die Spur verloren und wartete nun ungeduldig hechelnd mit seinem Führer auf den nächsten Einsatz, der für ihn ein aufregendes Spiel war. Pia, die den Plan des Dorfes dank ihrer Skizze klar vor Augen hatte, sprach mit den Beamten, die sich nach und nach auf dem Parkplatz versammelten. Die Haustürbefragungen hatten nichts Hilfreiches ergeben.

»Der Hund hat am Waldrand Spuren gefunden, überall in der Straße, in der das Mädchen wohnt, am Haus der Nachbarn, an deren Gartenhaus«, berichtete der Einsatzleiter gerade.

»Wie heißen die Nachbarn?«, erkundigte sich Pia.

»Terlinden«, antwortete der Beamte. »Die Frau sagte uns, dass Amelie oft bei ihrem Sohn zu Besuch sei. Es ist also nicht unbedingt eine heiße Spur.« Er wirkte enttäuscht. Nichts war unerquicklicher als eine Suche ohne Ergebnis.

*

Kai Ostermann war es gelungen, das Passwort von Amelies Computer zu knacken. Er hatte sich den Verlauf der Seiten angesehen, die Amelie in letzter Zeit im Internet besucht hatte. Entgegen seiner Erwartung war sie selten in den gängigen Netzwerken wie SchülerVZ, Facebook, MySpace oder Wer-kennt-wen aktiv gewesen; zwar besaß sie überall Benutzerprofile, aber die pflegte sie kaum, und sie hatte auch nur wenige Kontakte. Dafür hatte sie offenbar ausführliche Recherchen über die alten Mordfälle von 1997 und die Verurteilung von Tobias Sartorius betrieben. Außerdem hatte sie sich für die Einwohner von Altenhain interessiert, hatte Namen bei verschiedenen Suchmaschinen eingegeben. Ein besonders starkes Interesse schien sie an der Familie Terlinden gehabt zu haben. Ostermann war enttäuscht. Er hatte gehofft, auf irgendeinen Chatpartner oder eine andere verdächtige Internetbekanntschaft zu stoßen, irgendetwas, was konkrete Ermittlungen ermöglicht hätte. Die von Bodenstein kurzfristig angesetzte Besprechung, bei der sich fünfundzwanzig Personen im Besprechungsraum des K 11 drängten, war dann auch wenig ergiebig. Die Suche hatte man bei Einbruch der Dunkelheit ergebnislos abgebrochen. Dank der Wärmebildkamera des Hubschraubers hatte man ein Liebespärchen in einem Auto auf einem versteckten Waldparkplatz ausfindig gemacht sowie ein Reh im Todeskampf, das nach einem missglückten Schuss dem Jäger entkommen war, aber von Amelie gab es keine Spur. Man hatte mit dem Fahrer des 803er-Busses von Bad Soden nach Königstein gesprochen, der um 22:16 Uhr vor der Kirche in Altenhain gehalten hatte, ebenso mit seinem Kollegen, der wenig später die Gegenrichtung gefahren war. Keinem der beiden Männer war ein dunkelhaariges Mädchen aufgefallen. Auch die Taxizentralen aus der Umgebung hatten in der betreffenden Zeit kein Mädchen als Fahrgast chauffiert. Einer der Kollegen vom K 23 hatte einen

Mann ausfindig gemacht, der beim späten Hundespaziergang am Samstagabend einen Mann auf der Bank an der Bushaltestelle hatte sitzen sehen, etwa gegen halb eins.

»Wir sollten Haus und Grundstück von Sartorius durchsuchen«, schlug Behnke vor.

»Wieso? Dafür gibt es noch keine Veranlassung«, widersprach Pia ihm sofort, obwohl sie wusste, dass das nicht ganz richtig war. Die Fakten sprachen leider deutlich gegen Tobias Sartorius. Seine Freunde hatten bestätigt, dass er gegen 19 Uhr in der Garage aufgetaucht war. Jörg Richter hatte ihn am späten Nachmittag angerufen und eingeladen. Tobias hatte einiges getrunken, aber nicht so viel, dass er davon einen solchen Filmriss hätte davontragen können. Gegen 22 Uhr hatte er die Garage verlassen, ganz plötzlich. Zuerst hatten sie gedacht, er sei nur pinkeln gegangen, aber er war nicht wiedergekommen.

»Mensch, ein siebzehnjähriges Mädchen, das erwiesenermaßen Kontakt zu einem verurteilten Mädchenmörder hatte, ist verschwunden«, regte sich Behnke auf. »Ich habe eine Tochter in dem Alter, ich kann verstehen, was in den Eltern vorgeht!«

»Denkst du, man muss selbst Kinder haben, um sich in die Eltern hineinversetzen zu können?«, schnappte Pia zurück. »Und wenn du schon dabei bist, Durchsuchungsbeschlüsse zu beantragen, warum lässt du nicht auch das Haus von Terlinden durchsuchen? Da haben die Hunde massenweise Spuren gefunden!«

»Das stimmt zwar«, mischte sich Bodenstein ein, bevor es zwischen den beiden zu einem Streit vor versammelter Mannschaft kommen konnte, »aber Amelies Stiefmutter hat selbst gesagt, dass das Mädchen sehr häufig bei den Nachbarn war. Insofern ist es fraglich, ob diese Spuren eine tatrelevante Bedeutung haben.«

Pia schwieg. Tobias hatte seinen Vater gebeten, die Wahrheit zu sagen, obwohl er wissen musste, dass ihn das alles belasten würde. Er hätte einfach schweigen oder seinen Vater als Alibi benutzen können, wie der es ihm erst angeboten hatte. Hatte er nur darauf verzichtet, weil es schon einmal nicht funktioniert hatte?

»Ich glaube, Amelie ist auf irgendetwas gestoßen, was direkt mit dem Fall von damals zusammenhängt«, sagte sie nach einer Weile. »Und ich glaube auch, dass mehrere Leute großes Interesse daran haben, dass Geheimnisse geheim bleiben.«

»Quatsch.« Behnke schüttelte nachdrücklich den Kopf. »Dieser Kerl verliert die Kontrolle über sich, wenn er säuft. Er kam von der Party, Amelie lief ihm über den Weg, und er hat sie abgemurkst.«

Pia zog die Augenbrauen hoch. Behnke neigte wie immer dazu, alles auf den einfachsten Nenner zu bringen.

»Und was hat er mit ihrer Leiche gemacht? Er hatte kein Auto dabei.«

»Behauptet er.« Behnke nickte in Richtung Tafel. »Schaut euch das Mädchen doch an.«

Automatisch wandten alle die Köpfe zu dem Foto von Amelie, das an der Wandtafel angebracht war.

»Sie sieht aus wie die Kleine, die er damals umgebracht hat. Der Typ ist krank.«

»Also gut«, entschied Bodenstein. »Frau Fachinger, kümmern Sie sich um einen Durchsuchungsbeschluss für Haus, Auto und Grundstück von Sartorius. Kai, Sie arbeiten weiter an dem Tagebuch. Alle anderen halten sich bitte zur Verfügung, wir machen morgen um 8 Uhr mit der Suche weiter und weiten den Radius aus.«

Unter dem Scharren der Stühle löste sich die Runde auf. Noch war die Stimmung gedämpft optimistisch. Der Großteil der Beamten war Behnkes Meinung und hoffte auf das

Ergebnis einer Hausdurchsuchung bei Sartorius. Pia wartete, bis die Kollegen den Besprechungsraum verlassen hatten, aber bevor sie mit ihrem Chef sprechen und ihre Vorbehalte anbringen konnte, betrat Dr. Nicola Engel mit zwei Herren in Anzug und Krawatte den Raum.

»Einen Moment«, sagte sie zu Behnke, der gerade gehen wollte. Pia begegnete dem Blick von Kathrin Fachinger, sie verließen gemeinsam den Raum.

»Frau Fachinger? Sie warten bitte einen Moment draußen.« Damit schloss Nicola Engel hinter ihnen die Tür.

»So«, sagte Kathrin auf dem Flur. »Jetzt bin ich mal gespannt.«

»Wer ist das?«, fragte Pia erstaunt.

»Dienststelle Interne Ermittlung.« Kathrin wirkte ziemlich zufrieden. »Hoffentlich reißen sie dem Mistkerl mal richtig den Arsch auf.«

Erst da fiel Pia wieder die Angelegenheit mit Behnke in der Kneipe ein und Kathrins erfolglose Weigerung, mit ihm gemeinsam zu ermitteln.

»Wie hat er sich dir gegenüber eigentlich heute benommen?«, erkundigte sie sich. Kathrin hob nur die Augenbrauen.

»Dir muss ich ja wohl nichts erzählen«, antwortete sie. »Er war absolut widerlich. Hat mich vor allen Leuten runtergeputzt wie ein dummes Mädchen. Ich hab die Klappe gehalten. Nur eins sage ich dir: Wenn er wieder ungeschoren davonkommt, dann beantrage ich meine Versetzung. Ich hab auf den Typ echt keinen Bock mehr.«

Pia nickte. Sie konnte ihre Kollegin verstehen. Aber sie ahnte, dass es für Frank Behnke diesmal nicht glimpflich ausgehen würde, denn Nicola Engel hegte irgendeine alte Abneigung gegen ihn, die aus der gemeinsamen Zeit beim K 11 in Frankfurt herrührte. Es sah düster aus für Kollege Arschloch, und das tat ihr überhaupt nicht leid.

Dienstag, 18. November 2008

Die Tageszeitung lag aufgeschlagen vor ihm auf der Schreibtischplatte. Wieder war in Altenhain ein Mädchen verschwunden, und das kurz nachdem das Skelett von Laura Wagner gefunden worden war. Lars Terlinden war sich bewusst, dass man ihn in seinem gläsernen Büro vom Handelsraum und seinem Vorzimmer aus beobachten konnte, deshalb widerstand er dem Impuls, das Gesicht in den Händen zu vergraben. Wäre er doch bloß niemals nach Deutschland zurückgekehrt! In seiner Gier nach noch mehr Geld hatte er vor zwei Jahren seinen ohnehin schon hochbezahlten Job als Derivatehändler in London aufgegeben und war ins Management einer Schweizer Großbank nach Frankfurt gewechselt. Das hatte in der Szene damals für großes Aufsehen gesorgt, immerhin war er gerade 28 Jahre alt gewesen. Aber dem »German Wunderkind«, wie ihn das *Wall Street Journal* nannte, schien weiterhin alles zu gelingen – und er war der Illusion erlegen, er sei der Größte und Beste. Nun war er unsanft auf dem Boden der Tatsachen gelandet und musste darüber hinaus seiner Vergangenheit ins Auge sehen und erkennen, was er aus Feigheit angerichtet hatte. Lars Terlinden stieß einen tiefen Seufzer aus. Seine einzige, weitreichende Fehlentscheidung hatte darin bestanden, dass er ihnen damals von der Kerb aus heimlich gefolgt war, getrieben von dem wahnsinnigen Bedürfnis, Laura seine Liebe zu gestehen. Hätte er das doch nur seinlassen! Hätte er doch nur … Er schüttelte heftig den Kopf, faltete entschlossen die Zeitung zusammen und warf sie in den Papierkorb. Es nützte nichts, mit der Vergangenheit zu hadern. Er brauchte seine volle Konzentration für die Probleme, mit denen er im Moment konfrontiert wurde. Zu viel stand auf dem Spiel, als dass er sich von so einem Kram ablenken lassen durfte. Er hatte Familie und jede Menge finanzielle Verpflichtungen, denen er in den Zeiten der Wirtschaftskrise nur äußerst mühsam nachkommen konnte: Die riesige Villa im Taunus war nicht abbezahlt, die Finca auf Mallorca schon gar nicht, die Leasingraten für seinen Ferrari und den Geländewagen seiner Frau waren jeden Monat fällig. Ja, er war wieder in einer Spirale gefangen, so wie damals. Und diese Spirale, das merkte er immer deutlicher, raste in atemberaubender Geschwindigkeit abwärts. Zum Teufel mit Altenhain!

*

Seit drei Stunden saß er vor dem Haus im Karpfenweg und starrte in das Wasser des Hafenbeckens. Weder die ungemütliche Kälte noch die skeptischen Blicke der Hausbewohner, die im Vorbeigehen misstrauisch sein demoliertes Gesicht musterten, störten ihn. Zu Hause hatte er es nicht länger ausgehalten, und außer Nadja war ihm niemand eingefallen, mit dem er reden konnte. Und er musste reden, sonst würde er platzen. Amelie war verschwunden, in Altenhain drehte die Polizei in einer gigantischen Suchaktion jeden Stein um, genauso wie damals. Er fühlte sich – ebenfalls wie damals – unschuldig, aber der Zweifel nagte an ihm mit scharfen, kleinen Zähnchen. Dieser verdammte Alkohol! Nie mehr würde er auch nur einen einzigen Tropfen anrühren. Absätze klackten hinter ihm. Tobias hob den Kopf und erkannte Nadja, die mit schnellen Schritten auf ihn zukam, das Handy am Ohr.

Plötzlich fragte er sich, ob er ihr überhaupt willkommen sein würde. Ihr Anblick verstärkte das bedrückende Gefühl der Unzulänglichkeit, das ihn jedes Mal in ihrer Gegenwart überfiel. Er kam sich vor wie ein Penner, in seiner abgeschabten, billigen Lederjacke und mit der zerschlagenen Visage. Vielleicht sollte er besser von hier verschwinden und nie mehr wiederkommen.

»Tobi!« Nadja steckte das Telefon weg und eilte mit entsetzter Miene auf ihn zu. »Was tust du denn hier in der Kälte?«

»Amelie ist weg«, erwiderte er. »Die Polizei war schon bei mir.«

Mühsam richtete er sich auf. Seine Beine waren wie Eis, sein Rücken schmerzte.

»Wieso denn das?«

Er rieb seine Hände, pustete hinein.

»Na, einmal Mädchenmörder, immer Mädchenmörder. Außerdem habe ich kein Alibi für die Zeit, in der Amelie verschwunden ist.«

Nadja starrte ihn an. »Jetzt komm erst mal rein.« Sie zückte den Haustürschlüssel, schloss die Tür auf. Er folgte ihr mit steifen Schritten.

»Wo warst du?«, fragte er, als sie mit dem gläsernen Aufzug zum Penthouse hochglitten. »Ich warte seit ein paar Stunden auf dich.«

»Ich war in Hamburg, das weißt du doch.« Sie schüttelte den Kopf und legte besorgt ihre Hand auf seine. »Du solltest dir echt mal ein Handy anschaffen.«

Erst jetzt fiel ihm wieder ein, dass Nadja am Samstag zu Dreharbeiten nach Hamburg geflogen war. Sie half ihm, die Jacke auszuziehen, und schob ihn in Richtung Küche.

»Setz dich«, sagte sie. »Ich mach dir erst mal einen Kaffee zum Aufwärmen. Meine Güte!«

Sie warf ihren Mantel über eine Stuhllehne. Das Handy meldete sich mit einem polyphonen Klingelton, aber sie beachtete es nicht und machte sich stattdessen an der Espressomaschine zu schaffen.

»Ich mache mir echt Sorgen um Amelie«, sagte Tobias. »Ich habe ja keine Ahnung, was sie wirklich über damals weiß und mit wem sie darüber gesprochen hat. Wenn ihr irgendetwas zugestoßen ist, nur weil sie mir helfen wollte, dann ist das alles meine Schuld.«

»Du hast sie doch nicht gezwungen, in der Vergangenheit herumzuschnüffeln«, entgegnete Nadja. Sie stellte zwei Kaffeetassen auf den Tisch, nahm Milch aus dem Kühlschrank und setzte sich ihm gegenüber. Ungeschminkt, mit violetten Schatten unter den Augen, sah sie müde aus.

»Na komm.« Sie legte ihre Hand auf seine. »Jetzt trink deinen Kaffee. Und dann legst du dich in die Badewanne, damit du wieder auftaust.«

Warum verstand sie nicht, was in ihm vorging? Er wollte weder einen Scheißkaffee trinken noch in die Scheißbadewanne! Er wollte aus ihrem Mund hören, dass sie an seine Unschuld glaubte, und mit ihr gemeinsam überlegen, was mit Amelie geschehen sein könnte. Stattdessen redete sie von Kaffee und Aufwärmen, als sei das jetzt wichtig!

Nadjas Handy klingelte wieder, wenig später das Festnetztelefon. Mit einem Seufzer stand sie auf und nahm das Gespräch entgegen. Tobias starrte vor sich auf den Tisch. Obwohl ihm der Oberbulle ganz offensichtlich nicht geglaubt hatte, machte er sich mehr Sorgen um Amelie als um sich selbst. Nadja kehrte zurück, trat hinter ihn und schlang die Arme um seinen Hals. Sie küsste sein Ohr und seine unrasierte Wange. Tobias musste sich beherrschen, um sich nicht gewaltsam von ihr loszumachen. Ihm stand nicht der Sinn nach Zärtlichkeiten. Merkte sie das nicht? Er bekam eine Gänsehaut, als sie mit ihrem Zeigefinger die Strangmarke an seinem Hals entlangfuhr, die die Wäscheleine hinterlassen hatte. Nur damit sie aufhörte, ergriff er ihr Handgelenk, rückte mit dem Stuhl nach hinten und zog sie auf seinen Schoß.

»Ich war am Samstagabend mit Jörg und Felix und ein paar anderen in der Garage von Jörgs Onkel«, flüsterte er eindringlich. »Wir haben zuerst Bier getrunken, dann dieses Red-Bull-Zeug mit Wodka drin. Das hat mich total umgehauen. Als ich am Sonntagnachmittag aufgewacht bin, hatte ich einen Riesenkater und einen totalen Filmriss.«

Ihre Augen waren ganz dicht vor seinen, aufmerksam blickte sie ihn an.

»Hm«, machte sie nur. Er glaubte zu verstehen, was sie dachte.

»Du zweifelst an mir«, warf er ihr vor und schob sie von sich. »Du denkst, ich hätte Amelie ... umgebracht, so wie damals Laura und Stefanie! Stimmt's?«

»Nein! Nein, das tue ich nicht!«, beteuerte Nadja. »Warum hättest du Amelie etwas antun sollen? Sie wollte dir doch helfen!«

»Ja, eben. Ich verstehe es ja auch nicht.« Er stand auf, lehnte sich an den Kühlschrank und fuhr sich mit der Hand durchs Haar. »Fakt ist, dass ich mich an die Zeit zwischen halb zehn abends und vier Uhr Sonntagnachmittag nicht mehr erinnere. Im Prinzip hätte ich es tun können, und so sehen es auch die Bullen. Dazu kommt, dass Amelie zigmal versucht hat, mich anzurufen. Und mein Vater sagt, ich sei um halb zwei nachts von der Lauterbach nach Hause gebracht worden. Sie hat mich besoffen an der Bushaltestelle vor der Kirche gefunden.«

»Scheiße«, sagte Nadja und setzte sich hin.

»Du sagst es.« Tobias entspannte sich ein wenig, griff nach den Zigaretten, die auf dem Tisch lagen, und zündete sich eine an. »Die Bullen haben mir gesagt, dass ich mich zur Verfügung halten soll.«

»Aber wieso denn das?«

»Weil ich verdächtig bin, ganz einfach.«

»Aber … aber das können sie doch nicht machen«, begann Nadja.

»Sie können«, unterbrach Tobias sie. »Sie haben es schon einmal getan. Das hat mich zehn Jahre gekostet.«

Er inhalierte den Rauch der Zigarette, starrte an Nadja vorbei in die neblige, graue Düsternis. Die kurze Schönwetterphase war vorüber, der November zeigte sich von seiner ungemütlichsten Seite. Dichter Regen rauschte aus tiefhängenden, schwarzen Wolken gegen die großen Scheiben. Die Friedensbrücke war nur als schwache Silhouette zu erkennen.

»Es muss jemand gewesen sein, der die Wahrheit kennt«, sinnierte Tobias und griff nach der Kaffeetasse.

»Wovon redest du?« Nadja betrachtete ihn mit schräggelegtem Kopf. Tobias blickte auf. Es ärgerte ihn, dass sie so ruhig und beherrscht wirkte. »Von Amelie«, erwiderte er und registrierte ein kurzes Hochschnellen ihrer Augenbrauen. »Ich bin mir sicher, dass sie irgendetwas Gefährliches herausgefunden hat. Sie muss von Thies ein oder mehrere Bilder bekommen haben, aber was genau darauf zu sehen war, hat sie mir nicht mehr gesagt. Ich glaube, jemand fühlte sich durch sie bedroht.«

*

Das hohe, mit vergoldeten Spitzen versehene Tor vor dem Anwesen der Familie Terlinden war geschlossen, auch auf mehrfaches Klingeln öffnete niemand. Nur die kleine Kamera mit dem rot blinkenden Licht folgte jeder ihrer Bewegungen. Pia signalisierte ihrem Chef, der telefonierend im Auto saß, mit einem Schulterzucken die Ergebnislosigkeit ihrer Bemühungen. Zuvor hatten sie bereits vergeblich versucht, Claudius Terlinden in seiner Firma zu sprechen. Er sei wegen eines privaten Problems nicht im Büro, hatte seine Sekretärin bedauernd mitgeteilt.

»Wir fahren zu Sartorius.« Bodenstein ließ den Motor an und fuhr ein Stück rückwärts, um zu wenden. »Terlinden läuft uns nicht weg ...«

Sie fuhren an der rückwärtigen Ausfahrt des Sartorius-Hofes vorbei, auf dem es vor Beamten wimmelte. Der Durchsuchungsbeschluss war anstandslos erteilt worden. Kathrin Fachinger hatte Pia gestern Abend noch spät angerufen, um ihr das mitzuteilen. In erster Linie hatte sie ihr aber erzählen wollen, wie die Sache mit den internen Ermittlern ausgegangen war. Tatsächlich war es mit der Nachsicht, die Behnke bisher genossen hatte, vorbei, daran hatte auch Bodensteins Versuch einer Intervention nichts ändern können. Da Behnke keine Genehmigung für seinen Zweitjob eingeholt hatte, musste er nun mit einem Disziplinarverfahren, einer Rüge in seiner Personalakte und höchstwahrscheinlich sogar mit einer Rückstufung des Dienstgrades rechnen. Außerdem hatte Dr. Engel ihm klipp und klar ins Gesicht gesagt, dass sie, sollte er sich Kathrin Fachinger gegenüber in irgendeiner Weise unangemessen verhalten oder sie gar bedrohen, seine sofortige Suspendierung vom Dienst veranlassen würde. Pia selbst hätte wohl nie eine offizielle Beschwerde gegen ihn eingereicht. War das ein Zeichen von Feigheit oder von Loyalität unter Kollegen? Offen gestanden bewunderte sie ihre jüngere Kollegin für ihre Courage, einen Kollegen bei der Dienstaufsicht anzuzeigen. Sie alle hatten Kathrin offensichtlich unterschätzt.

Der sonst leere Parkplatz vor dem Goldenen Hahn war ebenfalls voller Polizeifahrzeuge. Auf dem Bürgersteig gegenüber hatten sich trotz des Regens Neugierige eingefunden. Sechs oder sieben ältere Leute, die nichts Besseres zu tun hatten. Bodenstein und Pia stiegen aus. Hartmut Sartorius war gerade damit beschäftigt, einen neuen Schriftzug mit der Wurzelbürste von der Fassade der ehemaligen Gaststätte zu entfernen. Ein hoffnungsloses Unterfangen. ACHTUNG, stand da, HIER WOHNT EIN MÄDCHENMÖRDER!

»Das kriegen Sie mit Seifenlauge nicht weg«, sagte Bodenstein. Der Mann wandte sich um. In seinen Augen standen Tränen, er bot ein Bild des Jammers mit dem nassen Haar und dem durchweichten blauen Kittel.

»Warum lassen sie uns nicht in Ruhe?«, fragte er verzweifelt. »Früher waren wir gute Nachbarn. Unsere Kinder haben zusammen gespielt. Und jetzt ist da nur noch Hass!«

»Gehen wir ins Haus«, schlug Pia behutsam vor. »Wir schicken Ihnen jemanden, der das entfernt.«

Sartorius ließ die Wurzelbürste in den Eimer fallen. »Ihre Leute stellen das Haus und den Hof auf den Kopf.« Seine Stimme klang anklagend. »Das ganze Dorf redet schon wieder deshalb. Was wollen Sie von meinem Sohn?«

»Ist er da?«

»Nein.« Er hob die Schultern. »Ich weiß nicht, wohin er gefahren ist. Ich weiß gar nichts mehr.«

Sein Blick irrte an Pia und Bodenstein vorbei. Urplötzlich, und mit einer Wut, die sie beide überraschte, ergriff er den Eimer und rannte über den Parkplatz. Er schien vor ihren Augen zu wachsen, wurde für einen Moment zu dem Mann, der er früher einmal gewesen sein musste.

»Haut ab, ihr verdammten Arschlöcher!«, brüllte er und schleuderte den Eimer mit heißer Seifenlauge quer über die Straße auf die Leute, die sich dort versammelt hatten. »Verpisst euch endlich! Lasst uns in Ruhe!«

Seine Stimme überschlug sich, er war drauf und dran, sich

auf die Gaffer zu stürzen, als Bodenstein seinen Arm zu fassen bekam. Der Energieschub verpuffte so schnell, wie er gekommen war. Sartorius fiel unter Bodensteins festem Griff in sich zusammen wie ein Luftballon, dem die Luft entweicht.

»Entschuldigung«, sagte er leise. Ein zittriges Lächeln huschte über sein Gesicht. »Aber das hätte ich schon längst einmal tun sollen.«

*

Da das Haus von den Kollegen der Spurensicherung durchsucht wurde, schloss Hartmut Sartorius den Hintereingang zur Gaststätte auf und führte Pia und Bodenstein in den großen, rustikal eingerichteten Gastraum, in dem alles so aussah, als sei lediglich für die Mittagspause abgeschlossen worden. Stühle standen auf den Tischen, auf dem Boden war kein Stäubchen zu sehen, in Kunstleder gebundene Speisekarten lagen in einem ordentlichen Stapel neben der Kasse. Der Tresen war auf Hochglanz gewienert, die Bierzapfanlage blitzte, die Barhocker standen in Reih und Glied. Pia blickte sich um und fröstelte. Hier schien die Zeit stehengeblieben zu sein.

»Ich bin jeden Tag hier«, erklärte Sartorius. »Schon meine Eltern und Großeltern haben den Hof bewirtschaftet und den Goldenen Hahn betrieben. Ich bringe es einfach nicht über mich, hier alles herauszureißen.«

Er nahm die Stühle von einem runden Tisch in der Nähe des Tresens, bot Bodenstein und Pia mit einer Handbewegung Platz an.

»Möchten Sie etwas trinken? Einen Kaffee vielleicht?«

»Ja, das wäre nett.« Bodenstein lächelte. Sartorius ging geschäftig hinter dem Tresen hin und her, nahm Tassen aus dem Schrank, füllte Kaffeebohnen in die Maschine. Vertraute, tausendmal ausgeführte Handgriffe, die ihm Sicherheit gaben. Dabei erzählte er lebhaft von früher, als er noch selbst geschlachtet, gekocht und seinen eigenen Apfelwein gekeltert hatte.

»Aus Frankfurt sind die Leute hierhergekommen«, sagte er mit unüberhörbarem Stolz in der Stimme. »Nur wegen unserm Ebbelwoi. Und wer schon alles hier war! Oben, im großen Saal, da wurde jede Woche gefeiert. Früher, bei meinen Eltern, gab's Kino und Boxkämpfe und was nicht alles. Damals hatten die Leute noch keine Autos und fuhren nicht woandershin zum Essen.«

Bodenstein und Pia wechselten einen stummen Blick. Hier, in seinem Reich, war Hartmut Sartorius wieder der Chef, dem das Wohl seiner Gäste am Herzen lag und den die Schmierereien an der Fassade ärgerten, nicht mehr länger der geduckte, gedemütigte Schatten, zu dem ihn die Umstände gemacht hatten. Erst jetzt erfasste Pia die ganze Tragweite des Verlustes, den dieser Mann erlitten hatte, und empfand tiefes Mitgefühl. Sie hatte ihn fragen wollen, weshalb er nach den Vorfällen damals nicht aus Altenhain weggezogen war, aber nun erübrigte sich diese Frage. Hartmut Sartorius war mit dem Dorf, in dem seine Familie seit Generationen lebte, so fest verwurzelt wie die Kastanie draußen im Hof.

»Sie haben den Hof aufgeräumt«, begann Bodenstein das Gespräch. »Das muss viel Arbeit gewesen sein.«

»Das hat Tobias gemacht. Er will, dass ich alles verkaufe«, erwiderte Sartorius. »Eigentlich hat er recht damit, wir werden hier nie wieder auf einen grünen Zweig kommen. Aber das Problem ist, dass mir der Hof nicht mehr gehört.«

»Wem denn?«

»Wir mussten viel Geld aufnehmen, um den Anwalt für Tobias zu bezahlen«, erzählte Sartorius bereitwillig. »Es überstieg unsere Möglichkeiten, zumal wir uns ohnehin schon verschuldet hatten, um die neue Küche in der Gaststätte, einen Traktor und verschiedene andere Sachen zu bezahlen. Drei Jahre konnte ich noch die Schulden abstottern, aber dann … Die Gäste blieben weg. Ich musste das Lokal schließen. Wäre Claudius nicht gewesen, wir hätten von heute auf morgen auf der Straße gestanden.«

»Claudius Terlinden?«, fragte Pia nach und zückte ihren Block. Plötzlich begriff sie, was Andrea Wagner neulich mit der Bemerkung gemeint hatte, sie wolle nicht in dieselbe Lage geraten wie Sartorius. Lieber gehe sie arbeiten, als sich in die Abhängigkeit von Claudius Terlinden zu begeben.

»Ja. Claudius war der Einzige, der zu uns hielt. Er hatte den Anwalt besorgt und Tobias später regelmäßig im Gefängnis besucht.«

»Aha.«

»Die Familie Terlinden gibt es in Altenhain schon genauso lange wie unsere. Der Urgroßvater von Claudius war der Schmied im Dorf, bis er eine technische Erfindung gemacht hat, aus der sich eine Schlosserei entwickelt hat. Claudius' Großvater schließlich hat daraus die Firma gemacht und die Villa oben am Wald gebaut«, erzählte Hartmut Sartorius. »Die Terlindens waren immer sozial eingestellt und haben viel für das Dorf, ihre Mitarbeiter und deren Familien getan. Sie hätten es heute nicht mehr nötig, aber Claudius hat für jeden ein offenes Ohr. Er hilft jedem, der in der Bredouille ist. Ohne seine Unterstützung hätten die Vereine im Dorf keine Chance. Der Feuerwehr hat er vor ein paar Jahren ein neues Löschfahrzeug geschenkt, er ist im Vorstand vom SV und sponsert die 1. und 2. Mannschaft. Ja, auch den Kunstrasenplatz verdanken sie ihm.«

Er blickte einen Moment versonnen vor sich hin, aber Bodenstein und Pia hüteten sich, seinen Redefluss zu unterbrechen. Nach einer Weile sprach Sartorius weiter.

»Claudius hat Tobias sogar einen Job in seiner Firma angeboten. Bis er etwas anderes gefunden hätte. Lars war ja auch damals Tobias' bester Freund. Er ist bei uns ein und aus gegangen wie ein zweiter Sohn, und Tobias war auch bei Terlindens wie daheim.«

»Lars«, bemerkte Pia. »Er ist geistig behindert, nicht wahr?«

»O nein, nicht Lars.« Sartorius schüttelte nachdrücklich den Kopf. »Das ist Thies, der Ältere der beiden. Und er ist auch nicht geistig behindert. Thies ist Autist.«

»Wenn ich mich recht erinnere«, sagte Bodenstein, der sich mit Pias Unterstützung über den alten Fall ausführlich informiert hatte, »dann fiel seinerzeit auch ein Verdacht auf Claudius Terlinden. Hatte nicht Ihr Sohn behauptet, Terlinden habe etwas mit Laura gehabt? Eigentlich kann er auf Tobias ja nicht besonders gut zu sprechen sein.«

»Ich glaube nicht, dass da etwas zwischen Claudius und dem Mädchen gewesen ist«, erwiderte Sartorius nach kurzem Überlegen. »Die Kleine war hübsch und ein bisschen kess. Ihre Mutter war Haushälterin oben in der Villa, und Laura war deshalb oft dort. Sie hat Tobias erzählt, dass Claudius hinter ihr her wäre, wohl um ihn eifersüchtig zu machen. Es hat sie ziemlich gekränkt, dass er mit ihr Schluss gemacht hat. Aber Tobias war bis über beide Ohren in Stefanie verliebt, da hatte Laura keine Chance mehr. Hm, die war auch ein ganz anderes Kaliber, die Stefanie. Schon eine richtige junge Frau, sehr schön und sehr selbstbewusst.«

»Schneewittchen«, sagte Pia.

»Ja, so wurde sie genannt, nachdem sie die Rolle bekommen hatte.«

»Welche Rolle?«, wollte Bodenstein wissen.

»Ach, in einem Theaterstück in der Schule. Die anderen Mädchen waren sehr neidisch. Stefanie war schließlich die

Neue und hatte trotzdem gleich die begehrte Hauptrolle in der Theater AG bekommen.«

»Aber Laura und Stefanie waren doch Freundinnen, oder nicht?«, fragte Pia nach.

»Die beiden und Nathalie waren in einer Klasse. Sie verstanden sich gut und gehörten alle zur selben Clique.« Sartorius' Gedanken schweiften in eine friedlichere Vergangenheit.

»Wer?«

»Laura, Nathalie und die Jungs: Tobias, Jörg, Felix, Michael und wie sie alle hießen. Als Stefanie nach Altenhain kam, gehörte sie schnell dazu.«

»Und Tobias hat wegen ihr mit Laura Schluss gemacht.«

»Ja.«

»Aber dann hat Stefanie mit *ihm* Schluss gemacht. Warum eigentlich?«

»Das weiß ich auch nicht so genau.« Sartorius hob die Schultern. »Wer weiß schon, was in den jungen Leuten vorgeht? Angeblich hatte sie sich in ihren Lehrer verguckt.«

»In Gregor Lauterbach?«

»Ja.« Seine Miene verfinsterte sich. »Daraus haben sie ja auch vor Gericht ein Motiv gedrechselt. Tobias sei eifersüchtig auf den Lehrer gewesen und habe Stefanie deswegen … umgebracht. Aber das ist Unsinn.«

»Wer hat denn die Hauptrolle in dem Theaterstück bekommen, nachdem Stefanie sie nicht mehr spielen konnte?«

»Wenn ich mich richtig erinnere, dann war das Nathalie.« Pia warf Bodenstein einen Blick zu.

»Nathalie – also Nadja«, sagte sie, »hat Ihrem Sohn immer die Treue gehalten. Bis heute. Warum?«

»Ungers sind unsere direkten Nachbarn«, antwortete Sartorius. »Nathalie war für Tobias wie eine kleine Schwester. Später war sie seine beste Freundin. Sie war – ein Kumpel.

Ziemlich burschikos und überhaupt nicht zickig. Ein Mädel zum Pferdestehlen. Tobias und seine Freunde haben sie immer wie einen Jungen behandelt, weil sie alles mitgemacht hat. Sie ist Moped gefahren, auf Bäume geklettert und hat sich mit ihnen geprügelt, als sie noch jünger waren.«

»Um noch mal auf Claudius Terlinden zurückzukommen«, begann Bodenstein, aber in diesem Augenblick marschierte Behnke, gefolgt von zwei weiteren Beamten, durch die nur angelehnte Hintertür in die Gaststube. Am Morgen hatte Bodenstein ihn mit der Leitung der Hausdurchsuchung betraut. Er baute sich vor dem Tisch auf, die Kollegen wie zwei Flügeladjutanten zu seinen Seiten.

»Wir haben etwas Interessantes im Zimmer Ihres Sohnes gefunden, Herr Sartorius.«

Pia bemerkte das triumphierende Glitzern in Behnkes Augen, den überheblichen Zug um seinen Mund. Mit Genuss spielte er in Situationen wie dieser die Überlegenheit aus, die er kraft seines Amtes besaß. Ein schäbiger Charakterzug, den Pia zutiefst verabscheute.

Wie von einem Zauberstab berührt, sackte Sartorius wieder in sich zusammen.

»Das«, verkündete Behnke, ohne Sartorius aus den Augen zu lassen, »steckte in der Gesäßtasche einer Jeans im Zimmer Ihres Sohnes.« Er blähte siegesgewiss die Nasenflügel. »Gehört das Ihrem Sohn? Hm? Wohl kaum! Hier auf der Rückseite stehen nämlich mit Eddingstift Initialen, schauen Sie mal!«

Bodenstein räusperte sich nachdrücklich und streckte die Hand aus, dazu machte er noch eine auffordernde Bewegung mit dem Zeigefinger. Pia hätte ihren Chef dafür küssen können, sie musste sich alle Mühe geben, nicht breit zu grinsen. Ohne große Worte wies er Behnke in seine Schranken – und das vor den Kollegen von der Spurensicherung. Behnkes erbostes Zähneknirschen war beinahe zu hören, als er seinem Chef nun widerwillig den Plastikbeutel mit seiner Beute reichte.

»Danke«, sagte Bodenstein, ohne ihn auch nur anzusehen. »Ihr könnt draußen weitermachen.«

Behnkes mageres Gesicht wurde erst blass, dann rot vor Zorn über diese Maßregelung. Wehe dem armen Tropf, der ihm jetzt über den Weg lief und einen Fehler machte! Sein Blick streifte den von Pia, aber es gelang ihr, eine gänzlich unbeteiligte Miene zu bewahren. Bodenstein betrachtete unterdessen eingehend den Fund in der Plastiktüte und legte die Stirn in Falten.

»Das scheint das Handy von Amelie Fröhlich zu sein«, sagte er ernst, als Behnke und die beiden anderen Beamten verschwunden waren. »Wie kann das in die Hosentasche Ihres Sohnes gelangt sein?«

Hartmut Sartorius war blass geworden und schüttelte verwirrt den Kopf.

»Ich ... ich habe keine Ahnung«, flüsterte er. »Wirklich nicht.«

*

Nadjas Handy klingelte und vibrierte, aber sie warf nur einen raschen Blick auf das Display und legte es wieder weg.

»Geh doch dran.« Tobias ging die Melodie allmählich auf die Nerven. »Der gibt ja doch keine Ruhe.«

Sie griff nach dem Gerät und nahm das Gespräch entgegen. »Hallo, Hartmut«, sagte sie und blickte Tobias an. Dieser richtete sich unwillkürlich auf. Was wollte sein Vater von Nadja?

»Ach? ... Aha ... Ja, ich verstehe.« Sie hörte zu, ohne ihn aus den Augen zu lassen. »Nein ... tut mir leid. Er ist nicht hier … Nein, ich weiß nicht, wo er sein könnte. Ich bin eben erst aus Hamburg zurückgekommen … Ja, ja natürlich. Sollte er sich bei mir melden, werde ich es ihm sagen.«

Sie legte auf. Einen Augenblick war es ganz still.

»Du hast gelogen«, stellte Tobias fest. »Wieso?«

Nadja antwortete nicht sofort. Sie senkte den Blick, seufzte. Als sie wieder aufblickte, kämpfte sie mit den Tränen.

»Die Polizei durchsucht gerade euer Haus«, sagte sie dann mit gepresster Stimme. »Sie wollen mit dir reden.«

Eine Hausdurchsuchung? Wieso das denn? Tobias erhob sich abrupt. Unmöglich konnte er seinen Vater in dieser Situation allein lassen. Das Maß dessen, was er ertragen konnte, war ohnehin längst voll.

»Bitte, Tobi!«, bat Nadja. »Fahr nicht hin! Ich … ich … lasse nicht zu, dass sie dich wieder verhaften!«

»Wer sagt denn, dass sie mich verhaften wollen?«, entgegnete Tobias erstaunt. »Wahrscheinlich haben sie nur noch ein paar Fragen.«

»Nein!« Sie sprang auf, der Stuhl krachte auf den Granitfußboden. Ihre Miene war verzweifelt, die Tränen quollen aus ihren Augen.

»Aber was hast du denn?«

Sie schlang ihre Arme um seinen Hals, drängte sich an ihn. Er konnte sich keinen Reim auf ihr Verhalten machen, streichelte ihren Rücken und hielt sie in seinen Armen.

»Sie haben in einer Jeans von dir Amelies Handy gefunden.« Ihre Stimme klang dumpf an seinem Hals. Das verschlug Tobias die Sprache. Bestürzt löste er sich aus Nadjas Umklammerung. Es musste sich um einen Irrtum handeln! Wie sollte Amelies Handy in seine Jeans gelangen?

»Geh nicht«, bettelte Nadja. »Lass uns irgendwohin fahren! Ganz weit weg, bis sich hier alles aufgeklärt hat!«

Tobias starrte stumm vor sich hin. Angestrengt versuchte

er, seine Fassungslosigkeit unter Kontrolle zu bekommen. Er ballte seine Hände zu Fäusten und lockerte sie wieder. Was war nur geschehen, in den Stunden, an die er keine Erinnerung hatte?

»Sie werden dich verhaften!«, sagte Nadja wieder einigermaßen beherrscht und wischte sich mit dem Handrücken die Tränen von der Wange. »Das weißt du doch auch! Und dann hast du keine Chance mehr.«

Sie hatte recht, das wusste er. Die Ereignisse wiederholten sich auf geradezu unheimliche Weise. Damals war Lauras Halskette, die in der Milchküche gefunden worden war, als Indiz für seine Schuld gewertet worden. Er spürte das Prickeln der Panik seinen Rücken hinaufkriechen und ließ sich schwer auf den Küchenstuhl sinken. Kein Zweifel, er war der ideale Täter. Man würde ihm aus der Tatsache, dass Amelies Handy in seiner Hosentasche gesteckt hatte, einen Strick drehen und den um seinen Hals legen, sobald er sich ihnen stellte. Plötzlich brach die alte Qual wieder auf, wie giftiger Eiter krochen die Selbstzweifel durch seine Adern, seinen Körper, durch jede Windung seines Gehirns. *Mörder, Mörder, Mörder!* Sie hatten es ihm so lange gesagt, bis er selbst überzeugt gewesen war, es getan zu haben. Er sah Nadja an.

»Okay«, flüsterte er heiser. »Ich fahre nicht hin. Aber ... was ist, wenn ich es wirklich getan habe?«

*

»Kein Wort zur Presse oder zu irgendjemandem wegen des Handys!«, ordnete Bodenstein an. Alle an der Hausdurchsuchung beteiligten Beamten hatten sich unter der Toreinfahrt versammelt. Es goss in Strömen, dazu waren die Temperaturen in den vergangenen vierundzwanzig Stunden um zehn Grad gefallen. In den Regen mischten sich erste Schneeflocken.

»Aber wieso nicht?«, begehrte Behnke auf. »Der Kerl macht sich in Ruhe aus dem Staub, und wir stehen da wie die Idioten!«

»Ich will hier keine Hexenjagd vom Zaun brechen«, entgegnete Bodenstein. »Die Stimmung im Dorf ist aufgeheizt genug. Es besteht eine absolute Informationssperre, bis ich mit Tobias Sartorius gesprochen habe. Ist das klar?«

Die Männer und Frauen nickten, nur Behnke verschränkte trotzig die Arme und schüttelte den Kopf. Die Demütigung von vorhin glomm in ihm wie eine brennende Lunte, das wusste Bodenstein. Darüber hinaus hatte Behnke genau begriffen, was sein Einsatz bei der Spurensicherung bedeutete: Diese Degradierung war eine Strafe. Bodenstein hatte ihm bei seinem Vieraugengespräch klargemacht, wie bitter enttäuscht er von Behnkes Vertrauensbruch war. In den vergangenen zwölf Jahren hatte Bodenstein immer großzügig die Probleme ausgebügelt, die sich Behnke wegen seines explosiven Temperaments regelmäßig eingehandelt hatte. Aber nun, das hatte er ihm deutlich gesagt, war Schluss damit. Dieser Verstoß gegen die Regeln war auch mit familiären Problemen nicht zu entschuldigen. Bodenstein hoffte, dass Behnke sich an seine Anweisung halten würde, denn sonst gab es keine Möglichkeit mehr, ihn vor einer drohenden Suspendierung zu bewahren. Er wandte sich ab und folgte Pia mit schnellen Schritten zum Auto.

»Gib eine Fahndung nach Tobias Sartorius durch.« Er ließ den Motor an, fuhr aber noch nicht los. »Verdammt, ich war mir sicher, dass wir auf dem Hof noch irgendeine Spur von dem Mädchen finden würden!«

»Du glaubst, er war's, stimmt's?« Pia griff zum Telefon und rief bei Ostermann an. Die Scheibenwischer schrammten über die Windschutzscheibe, das Gebläse der Heizung lief auf Hochtouren. Bodenstein biss sich nachdenklich auf die Unterlippe. Wenn er ehrlich war, blickte er überhaupt nicht durch. Immer wenn er versuchte, sich auf den Fall zu konzentrieren, schob sich das Bild einer nackten Cosima, die sich mit einem fremden Mann in den Laken wälzte, vor sein inneres Auge. Hatte sie sich gestern wieder mit dem Kerl getroffen? Als er spätabends nach Hause gekommen war, hatte sie schon im Bett gelegen und geschlafen. Er hatte die Gelegenheit genutzt, ihr Handy zu kontrollieren, und dabei festgestellt, dass sämtliche Ruflisten und SMS gelöscht worden waren. Diesmal hatte er nicht einmal mehr ein schlechtes Gewissen verspürt, auch nicht, als er ihre Tasche und ihren Mantel gefilzt hatte. Beinahe hätte er seinen Verdacht schon wieder verworfen, als er in ihrem Portemonnaie, versteckt zwischen den Kreditkarten, zwei Kondome gefunden hatte.

»Oliver!« Pias Stimme schreckte ihn aus seinen Gedanken. »Kai ist in Amelies Tagebuch auf eine Stelle gestoßen, an der sie schreibt, dass ihr Nachbar offenbar jeden Morgen darauf warte, sie mit zur Bushaltestelle nehmen zu können.«

»Ja und?«

»Der Nachbar ist Claudius Terlinden.«

Bodenstein begriff nicht, worauf Pia hinauswollte. Er konnte nicht nachdenken. Er war überhaupt nicht frei im Kopf, um diese Ermittlung leiten zu können.

»Wir müssen mit ihm reden«, sagte Pia mit einem Anflug von Ungeduld in der Stimme. »Wir wissen noch viel zu wenig vom Umfeld des Mädchens, als dass wir uns auf Tobias Sartorius als einzigen möglichen Täter festlegen sollten.«

»Ja, du hast recht.« Er legte den Rückwärtsgang ein und fuhr auf die Straße.

»Achtung! Der Bus!«, schrie Pia, aber zu spät. Bremsen

quietschten, Metall krachte auf Metall, das Auto wurde von einem heftigen Stoß erschüttert. Bodensteins Kopf knallte unsanft gegen das Seitenfenster.

»Na super.« Pia öffnete ihren Gurt und stieg aus. Benommen blickte Bodenstein über die Schulter nach hinten und erkannte durch die regennasse Scheibe die Umrisse eines großen Fahrzeugs. Etwas Warmes lief über sein Gesicht, er berührte seine Wange und starrte verwirrt auf das Blut an seiner Hand. Erst dann realisierte er, was geschehen war. Der Gedanke, jetzt hinaus in den Regen zu gehen und mitten auf der Straße mit einem erbosten Busfahrer zu diskutieren, kotzte ihn an. Alles kotzte ihn an. Die Tür wurde geöffnet.

»Mensch, du blutest ja!« Pias Stimme klang erst erschrocken, aber dann prustete sie plötzlich los. Hinter ihr auf der Straße im Regen herrschte Gedränge. Beinahe jeder Kollege, der bei der Hausdurchsuchung mitgewirkt hatte, wollte offenbar den Schaden an BMW und Bus begutachten.

»Was gibt's denn da wohl zu lachen?« Bodenstein blickte sie gekränkt an.

»Entschuldige bitte.« Die Anspannung der letzten Stunden entlud sich in einem beinahe hysterischen Lachanfall. »Aber irgendwie dachte ich, dein Blut wäre blau und nicht rot.«

*

Es war schon fast dunkel, als Pia den ziemlich zerbeulten, aber immerhin noch fahrbereiten BMW durch das Tor des Terlinden-Anwesens lenkte, das diesmal weit geöffnet war. Es war purer Zufall, dass sich Frau Dr. Lauterbach in ihrer »Zweigstelle«, wie sie es nannte, aufgehalten hatte. Normalerweise hatte sie in ihrer Praxis im alten Rathaus in Altenhain nur mittwochnachmittags Sprechstunde, aber sie hatte gerade eine Krankenakte für einen Patientenbesuch holen wollen, als es auf der Straße krachte. Sie hatte die Platzwunde an Bodensteins Kopf sachkundig und rasch verarztet und ihm geraten, sich für den Rest des Tages hinzulegen, denn eine Gehirnerschütterung sei nicht auszuschließen. Aber das hatte er entschieden abgewehrt. Pia, die ihren Heiterkeitsausbruch schnell wieder unter Kontrolle bekommen hatte, ahnte, was ihren Chef beschäftigte, auch wenn er Cosima und seinen Verdacht nicht mehr erwähnt hatte.

Sie fuhren die geschwungene, von niedrigen Laternen beleuchtete Auffahrt entlang, die durch einen Park mit herrlichen alten Bäumen, Buchsbaumhecken und winterlich kahlen Blumenrabatten führte. Hinter einer Kurve tauchte in der nebligen Dämmerung des hereinbrechenden Abends das Haus auf, eine große, alte Villa im Fachwerkstil mit Erkern, Türmen, spitzgiebligen Dächern und einladend beleuchteten Fenstern. Sie fuhr in den Innenhof und hielt direkt vor der dreistufigen Treppe. Unter dem von massiven Holzpfosten getragenen Vordach grinste ihnen ein Arrangement von Halloween-Kürbissen entgegen. Pia betätigte die Türglocke, sofort erhob sich im Innern des Hauses vielstimmiges Hundegebell. Durch die altmodischen Milchglasscheiben der Haustür erkannte sie undeutlich eine ganze Meute von Hunden, die bellend an der Tür hochsprangen; am höchsten schaffte es ein langbeiniger Jack-Russel-Terrier, der wie ein Irrsinniger kläffte. Ein kalter Wind trieb den feinen Regen, der allmählich zu scharfen, kleinen Schneekristallen wurde, unter das Vordach. Pia klingelte erneut, woraufhin sich das Gebell der Hunde zu einem ohrenbetäubenden Crescendo steigerte.

»Vielleicht kommt bald mal einer«, schimpfte sie und schlug den Kragen ihrer Jeansjacke hoch.

»Früher oder später wird schon jemand aufmachen.« Bodenstein lehnte sich an das hölzerne Geländer, verzog keine Miene. Pia warf ihm einen missmutigen Blick zu. Seine stoische Geduld brachte sie manchmal auf die Palme. Endlich näherten sich Schritte, die Hunde verstummten und verschwanden wie von Geisterhand. Die Haustür ging auf, und im Türrahmen erschien eine mädchenhaft zierliche Blondine, gekleidet in eine pelzumsäumte Weste über einem Rollkragenpullover, einen knielangen Karorock und modische hochhackige Stiefel. Auf den ersten Blick hätte Pia die Frau für Mitte zwanzig gehalten. Sie hatte ein alterslos glattes Gesicht und große, blaue Puppenaugen, mit denen sie erst Pia, dann Bodenstein mit höflicher Zurückhaltung musterte.

»Frau Terlinden?« Pia suchte in den Taschen der Daunenweste, dann in der Jeansjacke darunter nach ihrer Marke, während Bodenstein stumm wie ein Fisch blieb. Die Frau nickte. »Mein Name ist Kirchhoff, das ist mein Kollege Bodenstein. Wir kommen vom K 11 in Hofheim. Ist Ihr Mann zu Hause?«

»Nein, tut mir leid.« Frau Terlinden reichte ihnen freundlich lächelnd die Hand, die ihr wahres Alter verriet. Sie musste die fünfzig seit ein paar Jahren überschritten haben, ihr jugendliches Outfit wirkte plötzlich wie eine Verkleidung. »Kann ich Ihnen helfen?«

Sie machte keine Anstalten, sie ins Haus zu bitten. Durch die geöffnete Tür erhaschte Pia dennoch einen Blick in das Innere und sah eine breite Freitreppe, deren Stufen mit bordeauxrotem Teppich ausgelegt waren, eine Eingangshalle mit Marmorboden im Schachbrettmuster und düstere, gerahmte Ölgemälde an hohen, safrangelb tapezierten Wänden.

»Sie wissen ja sicher, dass die Tochter Ihrer Nachbarn seit Samstagabend vermisst wird«, begann Pia. »Die Suchhunde haben gestern immer wieder in der Nähe Ihres Hauses angeschlagen, und wir fragen uns, weshalb.«

»Kein Wunder. Amelie ist ja oft bei uns.« Frau Terlindens Stimme klang wie Vogelgezwitscher, ihr Blick wanderte von

Pia zu Bodenstein und wieder zurück. »Sie ist mit unserem Sohn Thies befreundet.«

Mit einer unbewusst wirkenden Geste strich sie sich vorsichtig über den perfekt sitzenden Pagenkopf und schaute wieder kurz und ein wenig irritiert zu Bodenstein hinüber, der sich schweigend im Hintergrund hielt. Das Pflaster an seiner Stirn leuchtete hellweiß im dämmrigen Licht.

»Befreundet? Ist Amelie die Freundin Ihres Sohnes?«

»Nein, nein, das nicht. Sie verstehen sich nur gut, die beiden«, entgegnete Frau Terlinden zurückhaltend. »Das Mädchen hat keine Berührungsängste und lässt ihn nicht spüren, dass er … anders ist.«

Obwohl es Pia war, die das Gespräch führte, wanderten ihre Blicke immer wieder zu Bodenstein, als erhoffte sie Unterstützung von ihm. Pia kannte diesen Frauentypus, diese gekonnt einstudierte Mischung aus weiblicher Hilflosigkeit und Koketterie, die in beinahe jedem Mann den Beschützerinstinkt weckte. Die wenigsten Frauen waren tatsächlich so, die meisten hatten diese Rolle im Laufe der Zeit als wirkungsvolle Manipulationsmethode für sich entdeckt.

»Wir würden gerne mit Ihrem Sohn sprechen«, sagte sie. »Vielleicht kann er uns etwas über Amelie erzählen.«

»Das geht leider nicht.« Christine Terlinden zupfte am Pelzkragen ihrer Weste, strich wieder über ihren blonden Helm. »Thies geht es nicht gut. Er hatte gestern einen Anfall, wir mussten die Ärztin rufen.«

»Was für einen Anfall?«, hakte Pia nach. Sollte Frau Terlinden gehofft haben, die Polizei würde sich mit vagen Andeutungen zufriedengeben, so sah sie sich jetzt im Irrtum. Pias Frage schien sie unangenehm zu berühren.

»Nun ja. Thies ist sehr labil. Schon kleine Veränderungen in seinem Lebensumfeld können ihn mitunter völlig aus der Bahn werfen.«

Das klang, als habe sie das auswendig gelernt. Der Mangel jeglicher Empathie in ihren Worten war bemerkenswert. Offensichtlich interessierte es Frau Terlinden nur wenig, was mit dem Nachbarmädchen geschehen war. Sie hatte nicht einmal aus Höflichkeit nachgefragt. Das war seltsam. Pia erinnerte sich an die Mutmaßungen der Frauen im Dorfladen, die es durchaus für möglich hielten, dass Thies dem Mädchen etwas angetan haben könnte, wenn er nachts durch die Straßen schlich.

»Was macht Ihr Sohn den ganzen Tag?«, wollte Pia wissen. »Geht er arbeiten?«

»Nein. Fremde Menschen überfordern ihn«, antwortete Christine Terlinden. »Er kümmert sich um unseren Garten und um die Gärten von einigen Nachbarn. Er ist ein sehr guter Gärtner.«

Unwillkürlich fiel Pia das alte Lied von Reinhard Mey ein, das dieser als Parodie auf die Edgar-Wallace-Filme aus den 60er Jahren geschrieben hatte. *Der Mörder ist immer der Gärtner.* War es so einfach? Wussten die Terlindens mehr und versteckten ihren behinderten Sohn, um ihn zu schützen?

*

Der Regen war endgültig in Schnee übergegangen. Ein feiner, weißer Belag hatte sich auf dem Asphalt der Straße gebildet, und Pia hatte alle Mühe, den schweren BMW mit den Sommerreifen vor dem Tor des Firmengeländes von Terlinden zum Stehen zu bekommen.

»Du solltest mal die Reifen wechseln lassen«, sagte sie zu ihrem Chef. »Winterreifen von O bis O.«

»Was?« Bodenstein runzelte irritiert die Stirn. Er war in Gedanken irgendwo, aber ganz sicher nicht bei ihrem Fall. Sein Handy summte.

»Hallo, Frau Dr. Engel …«, meldete er sich nach einem Blick aufs Display.

»Oktober bis Ostern«, murmelte Pia, ließ die Scheibe herunter und zeigte dem Portier ihre Kripomarke. »Herr Terlinden erwartet uns.«

Das stimmte zwar nicht ganz, aber der Mann nickte nur, strebte zurück in sein warmes Häuschen und fuhr die Schranke hoch. Pia gab vorsichtig Gas, um nicht ins Rutschen zu geraten, und steuerte das Auto über leere Parkplätze vor die gläserne Front des Hauptgebäudes. Direkt vor der Eingangstür stand ein schwarzer S-Klasse-Mercedes. Pia hielt dahinter und stieg aus. Konnte Bodenstein sein Gespräch mit der Engel nicht abkürzen? Ihre Füße waren Eisklumpen, die kurze Fahrt durch Altenhain hatte die Heizung des Autos kaum in Gang gebracht. Der Schneefall wurde dichter. Wie sollte sie den BMW später noch bis nach Hofheim chauffieren, ohne im Straßengraben zu landen? Ihr Blick fiel auf eine hässliche Delle am linken hinteren Kotflügel des schwarzen Mercedes, und sie sah genauer hin. Sehr alt konnte der Schaden nicht sein, sonst hätte sich Rost gebildet.

Sie hörte, wie eine Autotür hinter ihr zuschlug, und wandte sich um. Bodenstein hielt ihr die Tür auf, sie betraten die Empfangshalle. Hinter einem Tresen aus poliertem Walnussholz saß ein junger Mann; an der meterhohen weißen Wand hinter ihm prangte nur der Name TERLINDEN in goldenen Lettern. Schlicht und dennoch imposant. Pia erläuterte ihm ihr Anliegen, und nach einem kurzen Telefonat begleitete er sie und Bodenstein zu einem Aufzug im hinteren Teil der Halle. Schweigend fuhren sie in den 4. Stock, wo sie bereits von einer gepflegten Dame mittleren Alters erwartet wurden. Sie war offenbar im Aufbruch in den Feierabend begriffen und trug schon Mantel, Schal und ihre Tasche über der Schulter, führte sie aber pflichtschuldig zum Büro ihres Chefs.

Nach allem, was Pia bisher über Claudius Terlinden gehört hatte, hatte sie einen jovialen Patriarchen erwartet und war zuerst ein wenig enttäuscht, als sie den ziemlich durchschnittlich aussehenden Mann in Anzug und Krawatte hinter einem völlig überladenen Schreibtisch sitzen sah. Er erhob sich, als sie eintraten, knöpfte sein Jackett zu und kam ihnen entgegen.

»Guten Abend, Herr Terlinden.« Bodenstein war aus seiner Starre erwacht. »Entschuldigen Sie die späte Störung, aber wir haben heute schon mehrfach versucht, Sie zu erreichen.«

»Guten Abend«, erwiderte Claudius Terlinden und lächelte. »Meine Sekretärin hat mir Ihre Nachricht hinterlassen. Ich hätte mich gleich morgen früh gemeldet.«

Er war etwa Mitte bis Ende fünfzig, sein dichtes, dunkles Haar wurde an den Schläfen grau. Aus der Nähe betrachtet, sah er alles andere als durchschnittlich aus, stellte Pia fest. Claudius Terlinden war kein schöner Mann, seine Nase war zu groß, das Kinn zu kantig, sein Mund für einen Mann etwas zu voll, dennoch strahlte er etwas aus, das sie faszinierte.

»Großer Gott, Sie haben ja eiskalte Hände!«, stellte er besorgt fest, als er ihr eine angenehm warme, trockene Hand reichte, und legte ganz kurz auch seine andere Hand um die ihre. Pia zuckte zusammen, es fühlte sich an, als hätte sie einen elektrischen Schlag erhalten. Ein kurzer Ausdruck des Erstaunens huschte über Terlindens Gesicht.

»Soll ich Ihnen einen Kaffee holen oder einen heißen Kakao, damit Sie ein wenig auftauen?«

»Nein, nein, schon gut«, erwiderte Pia, verunsichert von der Intensität seines Blicks, die ihr unwillkürlich das Blut ins Gesicht trieb. Sie sahen sich ein wenig länger an als notwendig. Was war da eben passiert? Handelte es um eine simple, physikalisch zu erklärende statische Entladung oder etwas ganz anderes?

Bevor sie oder Bodenstein die erste Frage stellen konnten, erkundigte Terlinden sich nach Amelie.

»Ich mache mir große Sorgen«, sagte er ernst. »Amelie ist die Tochter meines Prokuristen, ich kenne sie gut.«

Pia erinnerte sich dunkel, dass sie eigentlich vorgehabt hatte, ihn hart anzugehen und ihm zu unterstellen, er sei scharf auf das Mädchen gewesen. Aber dieser Vorsatz war plötzlich wie weggeblasen.

»Wir haben leider noch keine neuen Erkenntnisse«, sagte Bodenstein. Ohne lange Vorrede kam er zur Sache. »Man hat uns erzählt, dass Sie Tobias Sartorius einige Male im Gefängnis besucht haben. Welchen Grund hatten Sie dafür? Und weshalb haben Sie die Schulden seiner Eltern übernommen?«

Pia schob die Hände in die Taschen ihrer Weste und versuchte sich zu erinnern, was sie Terlinden so dringend hatte fragen wollen. Aber ihr Gehirn war plötzlich so leer wie eine frisch formatierte Computerfestplatte.

»Hartmut und Rita wurden nach dieser schrecklichen Sache von den Leuten im Dorf wie Aussätzige behandelt«, antwortete Claudius Terlinden. »Ich halte nichts von Sippenhaft. Was auch immer ihr Sohn getan haben mag, sie konnten nun wirklich nichts dafür.«

»Obwohl Tobias Sie damals verdächtigte, etwas mit dem Verschwinden eines der beiden Mädchen zu tun zu haben? Sie sind durch seine Behauptung in ziemliche Schwierigkeiten geraten.«

Terlinden nickte. Er steckte die Hände in die Hosentaschen und legte den Kopf schief. Es schien seiner Selbstsicherheit nicht abträglich zu sein, dass Bodenstein ihn um einen Kopf überragte und er zu ihm aufblicken musste.

»Das habe ich Tobias nicht übelgenommen. Er stand unter immensem Druck, wollte sich einfach mit allen Mitteln verteidigen. Und es war ja tatsächlich so, dass Laura mich damals zweimal in äußerst peinliche Situationen gebracht hat. Als Tochter unserer Haushälterin war sie häufig bei uns im Haus und bildete sich ein, in mich verliebt zu sein.«

»Was für Situationen waren das?«, fragte Bodenstein nach.

»Das eine Mal hatte sie sich in mein Bett gelegt, als ich gerade im Bad war«, erwiderte Terlinden mit sachlicher Stimme. »Das zweite Mal zog sie sich vor mir im Wohnzimmer nackt aus. Meine Frau war verreist, Laura wusste das. Sie sagte mir in aller Deutlichkeit, dass sie mit mir schlafen wollte.«

Aus unerfindlichen Gründen zerrten seine Worte an Pias Nerven. Sie vermied es, ihn anzusehen, und betrachtete stattdessen die Einrichtung des Büros. Der mächtige Schreibtisch aus Massivholz mit imposanten Schnitzereien an den Seiten ruhte auf vier riesigen Löwentatzen. Vermutlich war er sehr alt und wertvoll, aber Pia hatte selten etwas Hässlicheres gesehen. Neben dem Schreibtisch stand ein antiker Globus, und an den Wänden hingen düstere, expressionistische Gemälde in schlichten Goldrahmen, ähnlich denen, die sie vorhin über die Schulter von Frau Terlinden in deren Villa erspäht hatte.

»Und was passierte dann?«, erkundigte sich Bodenstein.

»Als ich sie zurückwies, brach sie in Tränen aus und rannte weg. Genau in diesem Moment kam mein Sohn herein.«

Pia räusperte sich. Sie hatte sich wieder unter Kontrolle.

»Sie haben Amelie Fröhlich des Öfteren in Ihrem Auto mitgenommen«, sagte sie. »Das hat sie in ihrem Tagebuch geschrieben. Sie hatte den Eindruck, Sie würden regelrecht auf sie warten.«

»Gewartet habe ich nicht«, Claudius Terlinden lächelte, »aber ich habe sie ein paarmal mitgenommen, wenn sie mir auf dem Weg zur Bushaltestelle oder vom Dorf aus den Berg hoch zufällig begegnet ist.«

Er sprach ruhig und gelassen und machte nicht gerade den Eindruck, als habe er ein schlechtes Gewissen.

»Sie haben ihr den Kellnerjob im Schwarzen Ross besorgt. Warum?«

»Amelie wollte Geld verdienen, und der Wirt vom Schwarzen Ross suchte eine Kellnerin.« Er hob die Schultern. »Ich kenne hier im Dorf jeden, und wenn ich helfen kann, dann tue ich das gern.«

Pia betrachtete den Mann. Sein forschender Blick begegnete ihrem, und sie hielt ihm stand. Sie stellte Fragen, und er antwortete. Gleichzeitig lief zwischen ihnen etwas völlig anderes ab, aber was? Worin bestand diese eigentümliche Anziehung, die der Mann auf sie ausübte? Waren es seine dunklen Augen? Seine angenehme, sonore Stimme? Die Aura gelassener Selbstsicherheit, die von ihm ausging? Kein Wunder, dass er ein junges Mädchen wie Amelie beeindruckt hatte, wenn er sogar sie als erwachsene Frau in seinen Bann schlug.

»Wann haben Sie Amelie das letzte Mal gesehen?«, fragte nun wieder Bodenstein.

»Das weiß ich nicht genau.«

»Wissen Sie denn noch, wo Sie am vergangenen Samstagabend gewesen sind? Uns interessiert ganz konkret die Zeit zwischen 22 Uhr und 2 Uhr morgens.«

Claudius Terlinden nahm die Hände aus den Taschen und verschränkte die Arme vor der Brust. Über den Rücken seiner linken Hand zog sich ein blutiger Kratzer, der ziemlich frisch aussah.

»Ich war abends mit meiner Frau in Frankfurt essen«, erwiderte er nach kurzem Überlegen. »Weil Christine starke Kopfschmerzen hatte, habe ich sie zuerst zu Hause abgesetzt, dann bin ich hierhergefahren und habe den Schmuck in den Safe gelegt.«

»Wann sind Sie aus Frankfurt gekommen?«

»Gegen halb elf.«

»Also sind Sie zweimal am Schwarzen Ross vorbeigefahren«, bemerkte Pia.

»Ja.« Terlinden betrachtete sie mit der Konzentration eines Kandidaten bei einer Fernsehshow, wenn der Quizmaster die alles entscheidende Frage stellt, während er Bodensteins Fragen fast beiläufig beantwortet hatte. Diese Aufmerksamkeit irritierte Pia, und Bodenstein schien es ebenfalls zu bemerken.

»Und Ihnen ist dort nichts aufgefallen?«, fragte er. »Haben Sie irgendjemanden auf der Straße gesehen? Einen späten Spaziergänger vielleicht?«

»Nein, mir ist nichts aufgefallen«, antwortete Claudius Terlinden nachdenklich. »Aber ich fahre diese Strecke jeden Tag ein paarmal und achte nicht sonderlich auf die Umgebung.«

»Woher stammt der Kratzer da an Ihrer Hand?«, fragte Pia.

Terlindens Gesicht verdunkelte sich. Er lächelte nicht mehr. »Ich hatte eine Auseinandersetzung mit meinem Sohn.«

Thies – natürlich! Beinahe hätte Pia vergessen, was sie überhaupt hierher geführt hatte! Auch Bodenstein schien nicht mehr daran gedacht zu haben, bekam aber elegant die Kurve.

»Richtig«, sagte er. »Ihre Frau sagte uns eben, dass Ihr Sohn Thies gestern Abend eine Art Anfall erlitten hat.«

Claudius Terlinden zögerte kurz, dann nickte er.

»Um was für einen Anfall handelte es sich? Ist er Epileptiker?«

»Nein. Thies ist Autist. Er lebt in seiner eigenen Welt und empfindet jede Veränderung in seinem gewohnten Lebensumfeld als Bedrohung. Und darauf reagiert er mit autoaggressivem Verhalten.« Terlinden seufzte. »Ich fürchte, Amelies Verschwinden war der Auslöser für seinen Anfall.«

»Im Dorf geht das Gerücht um, Thies könne etwas damit zu tun haben«, sagte Pia.

»Das ist Unsinn«, widersprach Claudius Terlinden ohne jede Empörung, eher gleichgültig, als sei ihm dieses Gerede zur Genüge bekannt. »Thies mag das Mädchen ausgesprochen gern. Aber einige Leute im Dorf sind der Meinung, er gehöre in eine Anstalt. Natürlich sagen sie mir das nicht ins Gesicht, aber ich weiß es.«

»Wir würden gerne mit ihm sprechen.«

»Das ist im Augenblick leider nicht möglich.« Terlinden schüttelte bedauernd den Kopf. »Wir mussten ihn in die Psychiatrie bringen lassen.«

»Was passiert dort mit ihm?« Pia hatte sofort grausige Bilder von Menschen im Kopf, die gefesselt und mit Stromstößen traktiert wurden.

»Man versucht, ihn zu beruhigen.«

»Wie lange wird es dauern, bis wir mit ihm sprechen können?«

Claudius Terlinden hob die Schultern. »Ich weiß es nicht. Einen so schweren Anfall hatte Thies seit vielen Jahren nicht mehr. Ich fürchte, dass er durch dieses Ereignis in seiner Entwicklung wieder völlig zurückgeworfen wird. Das wäre eine Katastrophe. Für uns und für ihn.«

Er versprach, Bodenstein und Pia zu informieren, sobald die behandelnden Ärzte grünes Licht für ein Gespräch mit Thies gaben. Als er sie zum Aufzug begleitete und ihnen zum Abschied die Hand reichte, lächelte er wieder.

»Es hat mich gefreut, Sie kennenzulernen«, sagte er. Diesmal versetzte seine Berührung Pia keinen elektrischen Schlag, dennoch fühlte sie sich eigentümlich benommen, als sich endlich die Aufzugstür hinter ihnen schloss. Auf der

Fahrt nach unten bemühte sie sich, ihrer Verwirrung Herr zu werden.

»Na, der ist aber auf dich abgefahren«, bemerkte Bodenstein. »Und du auch auf ihn.« In seiner Stimme schwang leiser Spott.

»Quatsch!«, widersprach Pia und zog den Reißverschluss ihrer Jacke bis zum Kinn. »Ich habe nur versucht, ihn einzuschätzen.«

»Und? Zu welchem Ergebnis bist du gekommen?«

»Ich glaube, er war aufrichtig.«

»Ach ja? Ich glaube das Gegenteil.«

»Wieso? Er hat, ohne zu zögern, alle Fragen beantwortet, auch die unangenehmen. Er hätte uns zum Beispiel nicht erzählen müssen, dass Laura ihn damals zweimal in eine peinliche Situation gebracht hatte.«

»Genau das halte ich für seinen Trick«, entgegnete Bodenstein. »Ist es nicht ein eigenartiger Zufall, dass Terlindens Sohn just in dem Augenblick, in dem das Mädchen verschwindet, aus der Schusslinie gebracht wird?«

Der Aufzug hielt im Erdgeschoss, die Türen gingen auf.

»Wir sind kein bisschen weitergekommen«, stellte Pia mit plötzlicher Ernüchterung fest. »Niemand will das Mädchen gesehen haben.«

»Vielleicht will es uns auch nur niemand sagen«, entgegnete Bodenstein. Sie durchquerten die Halle, nickten dem jungen Mann hinter dem Empfangstresen zu und traten hinaus ins Freie. Eisiger Wind pfiff ihnen entgegen. Pia drückte auf die Fernbedienung des Autoschlüssels, und die Türen des BMW entriegelten sich.

»Wir müssen noch einmal mit Frau Terlinden sprechen.« Bodenstein blieb an der Beifahrertür stehen und blickte Pia über das Autodach an.

»Du verdächtigst also Thies und seinen Vater.«

»Ist doch möglich. Thies hat dem Mädchen etwas angetan, sein Vater will es vertuschen und steckt seinen Sohn in die Psychiatrie.«

Sie stiegen ein, Pia ließ den Motor an und fuhr unter dem schützenden Vordach hervor. Sofort bedeckte Schnee die Windschutzscheibe, die Scheibenwischer setzten sich dank feiner Sensoren in Bewegung.

»Ich will wissen, welcher Arzt Thies behandelt hat«, sagte Bodenstein nachdenklich. »Und ob die Terlindens am Samstagabend wirklich in Frankfurt essen waren.«

Pia nickte nur. Die Begegnung mit Claudius Terlinden hatte ein zwiespältiges Gefühl in ihr hinterlassen. Normalerweise ließ sie sich nicht so schnell von jemandem blenden, aber der Mann hatte sie tief beeindruckt, und sie wollte ergründen, woran das lag.

*

Nur die Wache war noch besetzt, als Pia um halb zehn das Gebäude der RKI betrat. Der Schnee hatte sich in Höhe von Kelkheim wieder in Regen verwandelt, und Bodenstein hatte trotz seiner Kopfverletzung darauf bestanden, allein nach Hause zu fahren. Eigentlich hatte Pia auch für heute Schluss machen wollen, Christoph wartete sicher schon auf sie, aber die Begegnung mit Claudius Terlinden ließ ihr keine Ruhe. Und Christoph hatte Verständnis dafür, dass sie hin und wieder länger arbeiten musste.

Sie ging durch die menschenleeren Flure und Treppenhäuser bis zu ihrem Büro, schaltete das Licht ein und setzte sich an ihren Schreibtisch. Christine Terlinden hatte ihnen den Namen der Ärztin genannt, die Thies seit vielen Jahren behandelte. Es war keine Überraschung, dass es sich dabei um Frau Dr. Daniela Lauterbach handelte, immerhin war sie eine langjährige Nachbarin der Terlindens und konnte in Krisensituationen schnell vor Ort sein.

Sie tippte ihr Passwort in die Tastatur. Seitdem sie das Büro von Claudius Terlinden verlassen hatten, ging sie in Gedanken wieder und wieder das Gespräch durch, versuchte, sich jedes Wort, jede Formulierung, alle subtilen Andeutungen in Erinnerungen zu rufen. Wieso war Bodenstein so davon überzeugt, dass Terlinden in Amelies Verschwinden verstrickt war, sie hingegen überhaupt nicht? Hatte die Anziehung, die er auf sie ausgeübt hatte, ihre Objektivität getrübt?

Sie gab Terlindens Name bei einer Suchmaschine ein und landete Tausende von Treffern. In der nächsten halben Stunde erfuhr sie einiges über seine Firma und Familie, über Claudius Terlindens vielseitiges soziales und karitatives Engagement. Er war in zig Aufsichts- und Stiftungsräten verschiedener Verbände und Organisationen aktiv, hatte Stipendien für begabte junge Menschen aus sozial schwachen Familien vergeben. Terlinden tat viel für junge Leute. Warum? Sein offizielles Statement dazu lautete, dass er als ein vom Schicksal begünstigter Mensch der Gesellschaft etwas zurückgeben wolle. Ein durchaus edles Motiv, an dem nichts auszusetzen war. Aber steckte vielleicht noch etwas anderes dahinter? Er hatte behauptet, Laura Wagner zweimal abgewiesen zu haben, als sie ihm eindeutige Avancen gemacht hatte. Stimmte das? Pia klickte die Fotos an, die die Suchmaschine von ihm gefunden hatte, und betrachtete nachdenklich den Mann, der so heftige Gefühle in ihr ausgelöst hatte. Wusste seine Frau, dass ihr Mann auf junge Mädchen stand, und kleidete sich deshalb so übertrieben jugendlich? Hatte er Amelie etwas angetan, weil sie sich seinen Annäherungen widersetzt hatte? Pia kaute auf ihrer Unterlippe. Sie mochte das einfach nicht glauben. Schließlich loggte sie sich aus dem Internet aus und gab seinen Namen bei POLAS, dem Computer-Fahndungssystem, ein. Nichts. Er war nicht vorbestraft, nie mit dem Gesetz in Konflikt geraten. Plötzlich fiel ihr Blick auf einen Link, der rechts unten eingeblendet war. Sie richtete sich auf. Am Sonntag, den 16. November 2008 hatte jemand um 1:15 Uhr Anzeige gegen Claudius Terlinden erstattet. Pia holte sich den Vorgang auf den Bildschirm. Ihr Herz begann zu klopfen, während sie las.

»Na, schau mal einer an«, murmelte sie.

Mittwoch, 19. November 2008

Der Wecker klingelte wie jeden Morgen pünktlich um 6:30 Uhr, aber heute brauchte er dieses Signal so wenig wie in den vergangenen Tagen. Gregor Lauterbach war längst wach. Die Angst vor Danielas Fragen hatte es ihm unmöglich gemacht, wieder einzuschlafen. Lauterbach richtete sich auf und schwang die Beine über die Bettkante. Er war nass geschwitzt, fühlte sich wie gerädert. Die Aussicht auf den vor ihm liegenden Tag mit zahllosen Terminen entmutigte ihn völlig. Wie sollte er sich konzentrieren, während in seinem Hinterkopf diese Bedrohung wie eine heimtückische Bombe tickte? Gestern war wieder ein anonymer Brief in der Büropost gewesen, der Inhalt noch beängstigender als der des ersten:

Ob deine Fingerabdrücke wohl noch an dem Wagenheber festzustellen sind, den du in die Jauchegrube geworfen hast? Die Polizei wird die Wahrheit herausfinden, und dann bist du dran!

Wer kannte diese Details? Wer schrieb ihm diese Briefe? Und warum erst jetzt, nach elf Jahren? Gregor Lauterbach stand auf und schleppte sich ins benachbarte Badezimmer. Die Hände auf das Waschbecken gestützt, starrte er sein unrasiertes, übernächtigtes Gesicht im Spiegel an. Sollte er sich krankmelden, auf Tauchstation gehen, bis der Sturm, der am

Horizont heraufzog, an ihm vorbeigerauscht war? Nein, unmöglich. Er musste so weiterleben wie bisher, durfte sich auf keinen Fall verunsichern lassen. Seine Karriereplanung war mit dem Amt des Kultusministers nicht beendet, er konnte in politischer Hinsicht noch sehr viel mehr erreichen, wenn er sich jetzt nicht von Schatten aus der Vergangenheit einschüchtern ließ. Er durfte nicht zulassen, dass eine einzige Verfehlung, die überdies schon elf Jahre zurücklag, sein Leben zerstörte. Lauterbach straffte die Schultern und warf seinem Spiegelbild einen entschlossenen Blick zu. Auf seinem Posten standen ihm jetzt Mittel und Möglichkeiten zur Verfügung, von denen er damals nicht zu träumen gewagt hätte. Und das würde er ausnutzen.

*

Es war noch dunkel, als Pia am geschlossenen Tor des Terlinden'schen Anwesens klingelte. Trotz der frühen Uhrzeit dauerte es nicht lange, bis die Stimme von Frau Terlinden aus der Sprechanlage klang. Kurz darauf öffneten sich die Flügel des Tores wie von Geisterhand. Pia setzte sich auf den Beifahrersitz des zivilen Dienstwagens, an dessen Steuer Bodenstein saß. Gefolgt von einem Streifenwagen und einem Abschleppwagen, fuhren sie über die noch jungfräuliche Schneedecke die gewundene Auffahrt entlang. Christine Terlinden erwartete sie mit einem freundlichen Lächeln an der Haustür, das unter den gegebenen Umständen so unangemessen war wie der höfliche Gruß, den Pia sich ihrerseits sparte. Ein guter Morgen würde es zumindest für Herrn Terlinden nicht werden.

»Wir möchten mit Ihrem Mann sprechen.«

»Ich habe ihm schon Bescheid gegeben. Er wird gleich hier sein. Kommen Sie doch herein.«

Pia nickte nur, auch Bodenstein blieb stumm. Sie hatte ihn

gestern noch angerufen und danach noch eine halbe Stunde mit dem zuständigen Staatsanwalt telefoniert, der einen Haftbefehl verweigert, aber einen Durchsuchungsbeschluss für Terlindens Auto genehmigt und beim Gericht beantragt hatte. Sie standen in der imposanten Eingangshalle und warteten. Die Hausherrin war verschwunden, irgendwo in einem entfernten Trakt bellten die Hunde.

»Guten Morgen!«

Bodenstein und Pia blickten auf, als Claudius Terlinden nun die Treppe aus dem oberen Stockwerk herunterkam, tadellos gekleidet in Anzug und Krawatte. Sein Anblick ließ Pia diesmal kalt.

»Sie sind früh unterwegs.« Er blieb lächelnd vor ihnen stehen, ohne ihnen die Hand zu reichen.

»Woher stammt die Delle im Kotflügel Ihres Mercedes?«, fragte Pia ohne jede Einleitung.

»Wie bitte?« Er hob erstaunt die Augenbrauen. »Ich weiß nicht, was Sie meinen.«

»Dann werde ich Ihnen mal auf die Sprünge helfen.« Pia ließ ihn nicht aus den Augen. »Am Sonntag erstattete ein Anwohner der Feldstraße Anzeige wegen Fahrerflucht, weil ihm jemand nachts in sein Auto gefahren ist. Er hatte es um zehn vor zwölf vor seinem Haus abgestellt und stand zufällig um 0:33 Uhr auf seinem Balkon, um eine Zigarette zu rauchen, als er ein Krachen hörte. Er konnte das Auto des Unfallverursachers sehen und sogar das Kennzeichen entziffern: MTK–T 801.«

Terlinden sagte keinen Ton. Sein Lächeln war verschwunden. Eine vom Hals aufsteigende Röte breitete sich auf seinem Gesicht aus.

»Am nächsten Morgen erhielt der Mann einen Anruf.« Pia erkannte, dass sie ihn getroffen hatte, und setzte gnadenlos nach. »Von Ihnen. Sie boten ihm an, die ganze Angelegenheit unbürokratisch zu regeln, und tatsächlich – der Mann zog seine Anzeige zurück. Leider war sie damit aber nicht aus dem Polizeicomputer verschwunden.«

Claudius Terlinden starrte Pia mit ausdrucksloser Miene an.

»Was wollen Sie von mir?«, fragte er mit mühsamer Beherrschung.

»Sie haben uns gestern angelogen«, entgegnete sie und lächelte liebenswürdig. »Da ich Ihnen wohl nicht erklären muss, wo sich die Feldstraße befindet, frage ich Sie jetzt noch einmal: Sind Sie auf dem Rückweg von Ihrer Firma am Schwarzen Ross vorbeigefahren, oder haben Sie den Schleichweg übers Feld und dann die Feldstraße entlang genommen?«

»Was soll das alles?« Terlinden wandte sich an Bodenstein, aber der schwieg. »Was wollen Sie mir unterstellen?«

»Amelie Fröhlich ist in dieser Nacht verschwunden«, antwortete Pia an Bodensteins Stelle. »Sie wurde das letzte Mal am Schwarzen Ross gesehen, etwa zu der Zeit, als Sie dort auf dem Weg in Ihre Firma vorbeigefahren sind, nämlich gegen halb elf. Erst zwei Stunden später, um halb eins, kamen Sie zurück nach Altenhain, und zwar aus einer anderen Richtung, als Sie behauptet haben.«

Er schob die Unterlippe vor, betrachtete sie aus schmalen Augen. »Und daraus schließen Sie, dass ich der Tochter eines Mitarbeiters aufgelauert, sie in mein Auto gezerrt und ermordet habe?«

»War das ein Geständnis?«, fragte Pia kühl.

Zu ihrer Verärgerung lächelte Terlinden beinahe amüsiert.

»Mitnichten«, erwiderte er.

»Dann sagen Sie uns, was Sie zwischen halb elf und halb eins getan haben. Oder war es vielleicht gar nicht halb elf, sondern Viertel nach zehn?«

»Es war halb elf. Ich war in meinem Büro.«

»Sie haben zwei Stunden gebraucht, um den Schmuck Ihrer Frau in den Safe zu legen?« Pia schüttelte den Kopf. »Halten Sie uns für dämlich, oder was?«

Die Situation hatte sich um hundertachtzig Grad gewendet. Claudius Terlinden saß in der Klemme, und das wusste er. Aber selbst jetzt wahrte er die Fassung.

»Mit wem waren Sie essen?«, fragte Pia. »Und wo?«

Beharrliches Schweigen. Da fielen Pia die Kameras ein, die sie am Tor der Firma Terlinden gesehen hatte, als sie neulich auf dem Rückweg von Wagners am Firmengelände vorbeigefahren war.

»Wir können uns doch die Bänder aus den Überwachungskameras am Tor Ihrer Firma ansehen«, schlug sie vor. »Damit könnten Sie uns den Beweis liefern, dass Sie über den angegebenen Zeitpunkt tatsächlich die Wahrheit gesagt haben.«

»Sie sind clever«, sagte Terlinden anerkennend. »Das gefällt mir. Leider ist die Überwachungsanlage seit vier Wochen defekt.«

»Und die Kameras an Ihrem Tor unten an der Einfahrt?«

»Zeichnen nicht auf.«

»Tja, das ist dann wohl ziemlich schlecht für Sie.« Pia schüttelte in gespieltem Bedauern den Kopf. »Sie haben kein Alibi für die Zeit, in der Amelie verschwunden ist. Ihre Hände sind zerkratzt, als hätten Sie mit jemandem gekämpft.«

»Aha.« Claudius Terlinden blieb ruhig, hob die Augenbrauen. »Und was jetzt? Verhaften Sie mich, weil ich einen anderen Nachhauseweg genommen habe?«

Pia erwiderte seinen herausfordernden Blick unverwandt. Er war ein Lügner, möglicherweise sogar ein Verbrecher, der allerdings genau wusste, dass ihre Vermutungen viel zu vage waren, um eine Verhaftung zu rechtfertigen.

»Sie sind nicht verhaftet, nur vorübergehend festgenommen.« Ihr gelang ein Lächeln. »Und das nicht, weil Sie einen anderen Nachhauseweg genommen, sondern weil Sie uns angelogen haben. Sobald Sie uns ein plausibles, nachprüfbares Alibi für den fraglichen Zeitraum geliefert haben, dürfen Sie wieder gehen.«

»Gut.« Claudius Terlinden zuckte gelassen die Schultern. »Aber bitte keine Handschellen. Ich bin gegen Nickel allergisch.«

»Ich nehme nicht an, dass Sie flüchten werden«, entgegnete Pia trocken. »Im Übrigen sind unsere Handschellen aus rostfreiem Edelstahl.«

*

Das Telefon auf seinem Schreibtisch klingelte just in dem Augenblick, als er das Büro verlassen wollte. Lars Terlinden erwartete dringend noch den Rückruf des Derivatehändlers von der Crédit Suisse, mit dessen Hilfe er seinerzeit einen großen Teil des Kreditportfolios für diesen Hochstapler Mutzler an den Mann gebracht hatte, bevor er vor dem Vorstandstribunal erschien. Er legte seine Aktentasche ab und nahm den Anruf entgegen.

»Lars, ich bin's«, hörte er die Stimme seiner Mutter; am liebsten hätte er gleich wieder aufgelegt.

»Bitte, Mutter«, sagte er. »Lass mich in Ruhe. Ich habe jetzt keine Zeit.«

»Die Polizei hat heute Morgen deinen Vater verhaftet.«

Lars spürte, wie ihm erst kalt, dann heiß wurde.

»Besser spät als nie«, erwiderte er bitter. »Er ist eben doch nicht der liebe Gott, der in Altenhain schalten und walten kann, wie es ihm beliebt, nur weil er mehr Geld hat als alle anderen. Eigentlich ist er mit seinen Spielchen schon viel zu lange ungeschoren davongekommen.«

Er ging um den Schreibtisch herum und setzte sich auf seinen Sessel.

»Aber Lars! Dein Vater wollte immer nur das Beste für dich!«

»Falsch«, entgegnete Lars Terlinden kühl. »Er wollte immer nur das Beste für sich und für seine Firma. Und damals hat er die Situation ausgenutzt, so, wie er grundsätzlich jede Situation zu seinem Vorteil ausnutzt, und hat mich in einen Job gedrängt, den ich nie machen wollte. Mutter, glaub mir, es ist mir scheißegal, was mit ihm ist.«

Plötzlich war alles wieder ganz nah. Schon wieder pfuschte ihm sein Vater in sein Leben, gerade jetzt, wo er seine ganze Kraft und Konzentration brauchte, um seinen Job und seine Zukunft zu retten! Der Zorn kochte in ihm hoch. Warum konnten sie ihn nicht endlich in Ruhe lassen? Längst vergessen geglaubte Bilder drängten sich ihm auf, ungefragt und unerwünscht, aber er war machtlos gegen die Erinnerungen und die Empfindungen, die mit ihnen kamen. Er wusste, dass sein Vater Lauras Mutter, die damals als Haushälterin in der Villa gearbeitet hatte, regelmäßig in einem der Gästezimmer unterm Dach gevögelt hatte, wenn seine Mutter nicht da war. Aber das hatte ihm nicht ausgereicht. Er musste auch noch die Tochter seiner Leibeigenen, als die er seine Angestellten und das ganze Dorf zu betrachten pflegte, ins Bett zerren – *ius primae noctis*, wie ein Feudalherr im Mittelalter!

Während seine Mutter mit selbstmitleidiger Stimme irgendetwas vor sich hin quasselte, dachte Lars an jenen Abend. Er war vom Firmunterricht nach Hause gekommen und in der Diele beinahe mit Laura zusammengestoßen, die mit verheultem Gesicht an ihm vorbei ins Freie gestürmt war. Nichts hatte er kapiert damals, als sein Vater aus dem Wohnzimmer gekommen war, sein Hemd in den Hosenbund stopfend, hochrot im Gesicht, mit wirrem Haar. Dieses Schwein!

Laura war damals gerade vierzehn. Erst viele Jahre später hatte Lars seinem Vater vorgeworfen, mit Laura geschlafen zu haben, doch der hatte alles abgestritten. Das Mädchen sei in ihn verliebt gewesen, aber er habe ihre Annäherungsversuche zurückgewiesen. Lars hatte ihm geglaubt. Welcher Siebzehnjährige wollte von seinem Vater Schlechtes denken? Im Nachhinein hatte er an den Unschuldsbeteuerungen seines Vaters gezweifelt. Viel zu oft hatte er ihn angelogen.

»Lars?«, fragte seine Mutter. »Bist du noch dran?«

»Ich hätte der Polizei damals die Wahrheit sagen sollen«, antwortete er mit mühsam beherrschter Stimme. »Aber mein eigener Vater hat mich zum Lügen gezwungen, nur damit sein Name nicht beschmutzt wird! Was ist jetzt passiert? Hat er sich auch diesmal das Mädchen geschnappt, das vermisst wird?«

»Wie kannst du so etwas Ungeheuerliches sagen?« Die Stimme seiner Mutter klang schockiert. Christine Terlinden war eine Meisterin des Selbstbetrugs. Was sie nicht hören oder sehen wollte, das überhörte und übersah sie ganz einfach.

»Mach doch endlich mal die Augen auf, Mutter!«, sagte Lars scharf. »Ich könnte noch viel mehr sagen, aber ich tue es nicht. Weil für mich das ganze Kapitel beendet ist, verstehst du? Es ist vorbei. Ich muss jetzt Schluss machen. Ruf mich bitte nicht mehr an.«

*

Das Restaurant, in dem Claudius Terlinden den Samstagabend mit Ehefrau und Freunden verbracht hatte, lag in der Guiolettstraße, gegenüber den gläsernen Zwillingstürmen der Deutschen Bank, das hatte seine Frau Pia am Vorabend mitgeteilt.

»Lass mich hier aussteigen und komm nach, wenn du einen Parkplatz gefunden hast«, entschied Bodenstein, als Pia zum dritten Mal von der Taunusanlage in die Guiolettstraße eingebogen war. Parken war vor dem noblen Ebony Club unmöglich, deshalb warteten Pagen in englischen Wagenmeister-Uniformen vor der Eingangstür darauf, die Karossen der Gäste zu übernehmen und für die Dauer ihres Aufenthaltes in der Tiefgarage abzustellen. Pia fuhr rechts ran, Bodenstein stieg aus und lief mit eingezogenem Genick durch den strömenden Regen zur Eingangstür. Er wurde nicht aufgehalten, als er am *Please wait to be seated*-Schild vorbeiging. Der Empfangschef und die Hälfte des Personals machten gerade großes Aufheben um irgendeinen Promi mit seiner Entourage, der keinen Tisch vorbestellt hatte. Das Restaurant war um die Mittagszeit gut besucht, offenbar hatte die Krise den Managern aus den umliegenden Banken die Lust am Luxuslunch nicht verdorben. Bodenstein sah sich neugierig um. Er hatte schon viel vom Ebony Club gehört, das Restaurant im indischen Kolonialstil gehörte zu den teuersten und derzeit angesagtesten der Stadt. Sein Blick fiel auf ein Paar an einem Zweiertisch auf der Empore etwas weiter hinten. Ihm stockte der Atem. Cosima. Wie gebannt lauschte sie einem widerlich gutaussehenden Mann, der mit großen, temperamentvollen Gesten irgendetwas zu erklären schien. Die Art und Weise, wie Cosima dasaß, leicht vorgebeugt, die Ellbogen aufgestützt und das Kinn auf die verschränkten Hände gelegt, ließ sämtliche Alarmglocken in seinem Gehirn schrillen. Sie strich sich eine Haarsträhne aus dem Gesicht, lachte über irgendetwas, was dieser Kerl gesagt hatte, und legte dann auch noch ihre Hand auf seine. Bodenstein stand wie erstarrt mitten in dem Trubel, das Servicepersonal rannte geschäftig an ihm vorbei, als sei er unsichtbar. Am Morgen hatte Cosima ihm noch beiläufig erzählt, dass sie den ganzen Tag wieder im Schneideraum in Mainz zu tun habe. Hatte sich kurzfristig etwas an ihren Plänen geändert, oder hatte sie ihn wieder bewusst angelogen? Wie konnte sie auch ahnen, dass ihn seine Ermittlungen just an diesem Mittag in genau dieses eine von den vielen tausend Frankfurter Restaurants führen würden?

»Kann ich Ihnen helfen?« Eine junge, mollige Frau blieb vor ihm stehen und lächelte ein wenig ungeduldig. Sein Herz setzte mit der Gewalt eines Schmiedehammers wieder ein. Er zitterte am ganzen Körper, und ihm war speiübel.

»Nein«, antwortete er, ohne seine Augen von Cosima und ihrem Begleiter abzuwenden. Die Bedienstete warf ihm einen eigentümlichen Blick zu, aber es war ihm völlig gleichgültig, was sie von ihm denken mochte. Keine zwanzig Meter von ihm entfernt saß seine Frau mit dem Mann, auf dessen Gesellschaft sie sich mit drei Ausrufezeichen freute. Bodenstein konzentrierte sich angestrengt darauf, ein- und auszuatmen. Er wünschte, er wäre fähig, einfach an diesen Tisch zu gehen und dem Mann ohne Vorwarnung in die Visage zu schlagen. Aber weil er zu eiserner Selbstbeherrschung und höflichen Manieren erzogen war, blieb er einfach stehen und tat nichts. Ganz automatisch konstatierte der scharfe Beobachter in ihm die offensichtliche Vertrautheit der beiden, die nun ihre Köpfe zusammensteckten und tiefe Blicke tauschten. Bodenstein sah aus dem Augenwinkel, wie die junge Dame vom Service den Empfangschef, der inzwischen seinen Promi irgendwo adäquat untergebracht hatte, auf ihn aufmerksam machte. Entweder musste er jetzt zu Cosima und diesem Kerl hingehen oder auf der Stelle verschwinden. Da er sich nicht in der Lage fühlte, den arglos Erfreuten zu spielen, entschied er sich für Letzteres, wandte sich auf dem Absatz um und verließ das überfüllte Restaurant. Als er aus der Tür trat, starrte er einen Moment den Bauzaun auf der gegenüberliegenden Straßenseite an, bevor er wie betäubt die Guiolettstraße entlangging. Sein Puls raste, er hatte das Gefühl, sich übergeben zu müssen. Der Anblick von Cosima und diesem Kerl hatte sich unauslöschlich in seine Netzhaut eingebrannt. Nun war genau das eingetreten, wovor er sich so sehr gefürchtet hatte: Er hatte die Gewissheit, dass Cosima ihn betrog.

Plötzlich trat ihm jemand in den Weg. Er wollte ausweichen, aber die Frau mit dem Regenschirm machte ebenfalls einen Schritt zur Seite, so dass er stehen bleiben musste.

»Bist du schon fertig?« Die Stimme von Pia Kirchhoff durchdrang den Nebel, der ihn wie eine Wand umgab, und holte ihn schlagartig zurück in die Realität. »War Terlinden am Samstag dort?«

Terlinden! Den hatte er völlig vergessen.

»Ich ... ich habe gar nicht gefragt«, gab er zu.

»Ist alles in Ordnung?« Pia sah ihn prüfend an. »Du siehst aus, als hättest du einen Geist gesehen.«

»Cosima sitzt da drin«, erwiderte er tonlos. »Mit einem anderen Mann. Obwohl sie mir heute Morgen gesagt hat ...«

Er konnte nicht weitersprechen, seine Kehle war wie ausgetrocknet. Auf weichen Beinen wankte er zum nächsten Haus und setzte sich ungeachtet der Nässe auf eine Treppenstufe im Hauseingang. Pia betrachtete ihn stumm und, wie ihm schien, mitleidig. Er senkte den Blick.

»Gib mir eine Zigarette«, verlangte er mit heiserer Stimme. Pia kramte in den Taschen ihrer Jacke und reichte ihm wortlos ein Päckchen samt Feuerzeug. Er hatte seit fünfzehn Jahren nicht mehr geraucht und nichts vermisst, aber jetzt musste er feststellen, dass die Gier nach Nikotin noch immer in seinem tiefsten Innern schlummerte.

»Das Auto steht am Kettenhofweg, Ecke Brentanostraße.« Pia hielt ihm den Autoschlüssel hin. »Setz dich lieber rein, bevor du dir hier den Tod holst.«

Er nahm weder den Schlüssel noch gab er ihr eine Antwort.

Es war ihm völlig egal, ob er nass wurde oder die Passanten blöd glotzten. Ihm war alles egal. Obwohl er es insgeheim längst geahnt hatte, so hatte er doch verzweifelt auf eine harmlose Erklärung für Cosimas Lügen und SMS gehofft und war nicht im Geringsten darauf gefasst gewesen, sie in Gesellschaft eines anderen Mannes zu sehen. Gierig sog er an der Zigarette, inhalierte den Rauch so tief er konnte. Ihm wurde schwindelig, als rauche er einen Joint und keine Marlboro. Allmählich verlangsamte das Karussell der sich überstürzenden Gedanken seine rasende Fahrt und blieb stehen. In seinem Kopf herrschte eine tiefe, leere Stille. Er saß auf einer Treppenstufe mitten in Frankfurt und fühlte sich abgrundtief einsam.

*

Lars Terlinden hatte den Hörer auf die Gabel geknallt und saß nun seit ein paar Minuten reglos da. Oben wartete der Vorstand auf ihn. Die Herren waren extra aus Zürich angereist, um zu hören, wie er gedachte, die 350 Millionen, die er in den Sand gesetzt hatte, wieder aufzutreiben. Leider hatte er keine Lösung zur Hand. Sie würden ihn anhören und danach mit falsch-freundlichem Lächeln in Stücke reißen, diese arroganten Arschlöcher, die ihm vor einem Jahr wegen dieses gigantischen Deals noch kumpelhaft auf die Schulter geklopft hatten. Wieder klingelte das Telefon, diesmal die interne Leitung. Lars Terlinden ignorierte es. Er öffnete die oberste Schreibtischschublade und entnahm ihr einen Bogen Geschäftsbriefpapier und seinen Montblanc-Füllfederhalter, ein Geschenk seines Chefs aus besseren Zeiten, den er nur dazu benutzte, Verträge zu unterschreiben. Eine volle Minute starrte er auf das leere, cremefarbene Blatt, dann begann er zu schreiben. Ohne das Geschriebene noch einmal durchzulesen, faltete er das Blatt und steckte es in einen gefütterten

Umschlag. Er schrieb eine Adresse auf den Briefumschlag, stand auf, ergriff seine Aktentasche und den Mantel und verließ sein Büro.

»Das muss heute noch raus«, sagte er zu seiner Sekretärin und ließ den Umschlag auf ihren Schreibtisch fallen.

»Selbstverständlich«, erwiderte sie spitz. Früher einmal war sie Vorstandsassistentin gewesen, und noch immer hielt sie es für unter ihrer Würde, Sekretärin eines Abteilungsleiters zu sein. »Sie denken an Ihren Termin?«

»Natürlich.« Er ging schon weiter, blickte sie nicht einmal an.

»Sie sind schon sieben Minuten zu spät!«

Er trat hinaus auf den Flur. Vierundzwanzig Schritte bis zum Aufzug, der mit geöffneten Türen ungeduldig auf ihn zu warten schien. Oben, im zwölften Stock, saß seit sieben Minuten der versammelte Vorstand. Seine Zukunft stand auf dem Spiel, sein Ansehen, ja sein ganzes Leben. Hinter ihm schlüpften noch zwei Kolleginnen aus dem Backoffice in den Aufzug. Er kannte sie flüchtig vom Sehen, nickte ihnen abwesend zu. Sie kicherten und tuschelten, erwiderten sein grüßendes Nicken. Die Tür schloss sich lautlos. Er erschrak, als er im Spiegel den Mann mit dem eingefallenen Gesicht sah, der seinen Blick aus stumpfen, deprimierten Augen erwiderte. Müde war er, unendlich müde und ausgebrannt.

»Wohin geht's?«, fragte die Brünette mit den Kulleraugen. »Nach oben oder nach unten?«

Ihr Finger mit dem langen, künstlichen Fingernagel verharrte abwartend über dem digitalen Innentableau. Lars Terlinden konnte sich nicht vom Anblick seines Gesichts im Spiegel lösen.

»Nach unten geht's«, erwiderte er. »Ganz nach unten.«

*

Pia Kirchhoff betrat den Ebony Club und nickte dem Portier, der ihr schwungvoll die Tür geöffnet hatte, dankend zu. Erst kürzlich hatten Christoph und sie hier mit Henning und Miriam gegessen. Fünfhundert Euro hatte Henning für das Essen berappen müssen, völlig übertrieben in ihren Augen. Pia hatte nicht viel übrig für Schickimicki-Locations, kryptische Speisekarten und Weinkarten, in denen der Preis für eine einzige Flasche schon mal im vierstelligen Bereich liegen konnte. Da sie Weine nicht nach ihrem Etikett, sondern ihrem persönlichen Geschmacksempfinden beurteilte, reichte ihr zum Essen ein Bardolino oder Chianti in der Pizzeria um die Ecke für einen gelungenen Abend.

Der Empfangschef krabbelte von seinem Hochsitz und steuerte mit einem strahlenden Lächeln auf sie zu. Pia hielt ihm wortlos ihre Kripomarke vor die Nase. Sofort kühlte sein Lächeln um einige Grade ab. Eine potentielle Maharadscha-Menü-Kundin hatte sich vor seinen Augen unversehens in eine Kröte verwandelt, die niemand gerne schluckte. Die Kriminalpolizei war nirgendwo gern gesehen, schon gar nicht in einem Nobelrestaurant im Mittagsgeschäft.

»Darf ich erfahren, um was es geht?«, säuselte der Empfangschef.

»Nein«, erwiderte Pia trocken. »Dürfen Sie nicht. Wo ist der Manager?«

Das Lächeln verschwand völlig. Mit ihm die aufgesetzte Höflichkeit.

»Warten Sie hier.« Der Mann entfernte sich, und Pia blickte sich unauffällig um. Tatsächlich! An einem der Tische saß Cosima von Bodenstein in trauter Zweisamkeit mit einem Mann, der deutlich zehn Jahre jünger war als sie. Er trug einen zerknitterten Straßenanzug, ein am Hals offen stehendes Hemd ohne Krawatte. Seine lässige Körperhaltung strahlte Selbstbewusstsein aus. Das wirre, dunkelblonde Haar reichte bis auf seine Schultern, sein kantiges Gesicht mit dem aggressiv vorspringenden Kinn, dem Fünftagebart und der markanten Adlernase war von Wind und Wetter – oder auch vom Alkohol, wie Pia boshaft dachte – gegerbt. Cosima von Bodenstein redete lebhaft auf ihn ein, und er betrachtete sie lächelnd und mit offensichtlicher Faszination. Das war kein Arbeitsessen, auch kein zufälliges Treffen alter Bekannter – die erotischen Schwingungen zwischen den beiden konnten selbst einem oberflächlichen Betrachter nicht verborgen bleiben. Entweder kamen sie gerade aus dem Bett oder zögerten den Weg dorthin mit einem kleinen Lunch hinaus, um die Vorfreude noch zu steigern. Pia bedauerte ihren Chef ehrlich, dennoch brachte sie auch ein gewisses Verständnis für Cosima auf, die sich nach fünfundzwanzig Jahren ehelicher Routine nach einem Abenteuer sehnen mochte.

Das Erscheinen des Geschäftsführers riss Pia aus ihren Beobachtungen. Er war höchstens Mitte dreißig, wirkte durch sein schütteres, sandfarbenes Haar und das aufgedunsene Gesicht aber älter.

»Ich will Sie nicht lange aufhalten, Herr …«, begann Pia und musterte den massigen Mann, der so unhöflich war, ihr weder die Hand zu reichen noch sich ihr namentlich vorzustellen.

»Jagielski«, ergänzte der Mann von oben herab und scheuchte seinen Empfangschef mit einer arroganten Handbewegung zurück auf seinen Hochsitz. »Was gibt es? Wir sind mitten im Mittagsgeschäft.«

Jagielski. Der Name weckte in Pia irgendeine vage Assoziation.

»Ach. Kochen Sie denn selbst?«, konterte sie ironisch.

»Nein.« Er verzog säuerlich die Lippen, sein irritierend unsteter Blick glitt immer wieder durch den Gastraum. Plötzlich wandte er sich um, hielt eine junge Kellnerin an und brachte sie mit einer gezischten Bemerkung zum Erröten.

»Geschultes Personal ist so gut wie nicht zu bekommen«, erklärte er Pia dann ohne den Anflug eines Lächelns. »Diese jungen Dinger sind eine Katastrophe. Haben einfach keine Einstellung.«

Neue Gäste trafen ein, sie standen im Weg. In dem Augenblick fiel ihr wieder ein, wo sie den Namen Jagielski schon gehört hatte. Die Chefin im Schwarzen Ross in Altenhain hieß ebenfalls so. Ihre Nachfrage bestätigte, dass die Namensgleichheit nicht zufällig war. Andreas Jagielski gehörte das Schwarze Ross ebenso wie der Ebony Club und ein anderes Lokal in Frankfurt.

»Also, was gibt's?«, fragte er. Höflichkeit war nicht seine Stärke. Diskretion ebenso wenig. Noch immer standen sie mitten im Foyer.

»Ich wüsste gerne, ob ein Herr Claudius Terlinden am vergangenen Samstagabend mit seiner Frau hier zum Essen war.«

Eine Augenbraue zuckte hoch. »Wieso will die Polizei das wissen?«

»Weil es die Polizei interessiert.« Allmählich ging Pia seine herablassende Überheblichkeit auf die Nerven. »Also?«

Ein winziges Zögern, dann ein knappes Nicken. »Ja, das war er.«

»Nur mit seiner Frau?«

»Das weiß ich nicht mehr genau.«

»Vielleicht kann sich Ihr Empfangschef daran erinnern. Sie führen doch sicher Buch über die Reservierungen.«

Widerstrebend winkte Jagielski dem zuvor verscheuchten Empfangschef und wies ihn an, ihm das Reservierungsbuch auszuhändigen. Abwartend hielt er die Hand ausgestreckt und wartete stumm, bis der Empfangschef auf seinen Hochsitz geklettert war und wieder heranwieselte. Der Geschäftsführer leckte seinen Zeigefinger an und blätterte langsam in der ledergebundenen Kladde.

»Ah ja, hier«, sagte er schließlich. »Sie waren zu viert. Ich erinnere mich jetzt auch wieder.«

»Wer war dabei? Namen?«, drängte Pia. Eine Gruppe von Gästen rüstete zum Aufbruch. Endlich führte Jagielski Pia Richtung Tresen.

»Ich wüsste nicht, was Sie das angeht.« Er dämpfte die Stimme.

»Hören Sie.« Pia wurde ungeduldig. »Ich ermittele im Fall Ihrer verschwundenen Kellnerin Amelie, die zuletzt am Samstag im Schwarzen Ross gesehen wurde. Wir suchen Zeugen, die das Mädchen danach noch gesehen haben.«

Jagielski starrte sie an, überlegte einen Moment und entschied wohl, dass eine Nennung von Namen unverfänglich sei.

»Das Ehepaar Lauterbach war dabei«, rückte er heraus.

Pia war erstaunt. Wieso hatte Claudius Terlinden ihnen verschwiegen, dass er und seine Frau mit den Nachbarn essen gewesen waren? In seinem Büro gestern Abend hatte er ausdrücklich nur von seiner Frau und sich gesprochen. Seltsam.

Der Begleiter von Cosima von Bodenstein bezahlte gerade seine Rechnung; die Kellnerin strahlte ihn an, offenbar war das Trinkgeld großzügig ausgefallen. Er erhob sich und ging um den Tisch herum, um Cosimas Stuhl zurückzuziehen. Mochte er äußerlich auch das komplette Gegenteil von Bodenstein sein, so hatte er zumindest ähnlich gute Manieren.

»Kennen Sie den Begleiter der rothaarigen Dame dort drüben?«, fragte Pia den Geschäftsführer Jagielski unvermittelt. Der musste nicht einmal den Kopf heben, um zu wissen, wen Pia meinte. Sie drehte sich um, damit Cosima sie nicht zufällig beim Hinausgehen erkannte.

»Ja, natürlich.« Seine Stimme hatte plötzlich einen fast ungläubigen Unterton, als könne er nicht fassen, dass jemand diesen Mann nicht kannte. »Das ist Alexander Gavrilow. Hat er etwa auch etwas mit Ihren Ermittlungen zu tun?«

»Möglich«, entgegnete Pia und lächelte. »Danke für Ihre Hilfe.«

*

Bodenstein saß noch immer auf der Treppenstufe und rauchte. Zu seinen Füßen lagen vier Zigarettenkippen. Einen Moment blieb Pia stumm vor ihrem Chef stehen, um den ungewöhnlichen Anblick in sich aufzunehmen.

»Und?« Er blickte auf. Sein Gesicht war bleich.

»Stell dir vor: Terlindens waren mit Lauterbachs essen«, verkündete Pia. »Und der Geschäftsführer vom Ebony Club ist gleichzeitig der Besitzer vom Schwarzen Ross in Altenhain. Ist das nicht ein Zufall?«

»Das meine ich nicht.«

»Was denn sonst?« Pia stellte sich begriffsstutzig.

»Hast du ... sie gesehen?«

»Ja, hab ich.« Sie bückte sich nach dem Zigarettenpäckchen, das er neben sich auf die Treppenstufe gelegt hatte, und steckte es ein. »Komm. Ich hab keine Lust, mir hier den Arsch abzufrieren.«

Bodenstein erhob sich steif, zog noch einmal an der Zigarette und schnippte die Kippe auf die regennasse Straße. Im Gehen warf Pia ihm einen raschen Seitenblick zu. Hoffte er etwa noch immer auf eine harmlose Erklärung für dieses Tête-à-Tête seiner Gattin mit einem attraktiven Fremden?

»Alexander Gavrilow«, sagte sie und blieb stehen. »Der Polarforscher und Bergsteiger.«

»Wie bitte?« Bodenstein blickte sie verwirrt an.

»Das ist der Mann, mit dem Cosima gegessen hat«, erklärte Pia und ergänzte in Gedanken: ... *und mit dem sie hundertprozentig vögelt.*

Bodenstein fuhr sich mit der Hand übers Gesicht. »Natürlich.« Er sprach mehr zu sich selbst als zu Pia. »Irgendwie kam mir der Kerl bekannt vor. Cosima hat ihn mir einmal vorgestellt, ich glaube, auf ihrer letzten Filmpremiere. Sie haben vor Jahren ein gemeinsames Projekt geplant, aus dem aber nichts wurde.«

»Vielleicht ist es wirklich nur geschäftlich«, versuchte Pia gegen ihre eigene Überzeugung eine Beschwichtigung. »Kann doch sein, dass sie über ein Projekt sprechen, von dem du nichts wissen sollst, und du machst dir zu viele Sorgen.«

Bodenstein musterte Pia mit hochgezogenen Brauen. In seinem Blick blitzte für einen Moment ein spöttischer Funke auf, verlosch aber sofort wieder.

»Ich habe Augen im Kopf«, entgegnete er. »Und ich weiß, was ich gesehen habe. Meine Frau geht mit dem Kerl ins Bett, wer weiß wie lange schon. Vielleicht ist es gut, dass ich mir endlich nichts mehr vormachen kann.«

Er setzte sich entschlossen in Bewegung, und Pia musste beinahe rennen, um mit ihm Schritt zu halten.

*

Thies weiß alles, und die Polizei ist sehr neugierig. Du solltest zusehen, dass du die Sache in den Griff bekommst. Denn du hast alles zu verlieren!

Die Buchstaben auf dem Bildschirm verschwammen vor seinen Augen. Die E-Mail war an seine offizielle Adresse im Ministerium gerichtet! Großer Gott, wenn seine Sekretärin sie gelesen hätte! Sie druckte üblicherweise morgens seine

Mails aus und legte sie ihm vor, nur durch Zufall war er heute früher im Büro gewesen als sie. Gregor Lauterbach biss sich auf die Unterlippe und klickte den Absender an. *Schneewittchen1997@hotmail.com.* Wer verbarg sich dahinter? Wer, wer, wer? Diese Frage beherrschte seine Gedanken seit dem ersten Brief, Tag und Nacht konnte er an kaum etwas anderes denken. Die Angst überfiel ihn wie Schüttelfrost.

Es klopfte, die Tür ging auf. Er fuhr hoch, als hätte man ihn mit kochendem Wasser übergossen. Der freundliche Guten-Morgen-Gruß blieb Ines Schürmann-Liedtke bei seinem Anblick im Hals stecken.

»Geht es Ihnen nicht gut, Chef?«, fragte sie besorgt.

»Nein«, krächzte Lauterbach und ließ sich wieder in seinen Sessel sinken. »Ich glaube, mich hat die Grippe erwischt.«

»Soll ich Ihre Termine für heute absagen?«

»Ist etwas Wichtiges dabei?«

»Nein. Nichts wirklich Dringendes. Ich rufe Forthuber an, damit er Sie nach Hause fährt.«

»Ja, danke, Ines.« Lauterbach nickte und hustete ein bisschen. Sie ging hinaus. Er starrte die E-Mail an. Schneewittchen. Seine Gedanken rasten. Dann schloss er die Nachricht, blockierte mit einem Rechtsklick den Absender und schickte sie gleichzeitig als unzustellbar zurück.

*

Barbara Fröhlich saß am Küchentisch und versuchte vergeblich, sich auf ein Kreuzworträtsel zu konzentrieren. Nach drei Tagen und Nächten der Ungewissheit lagen ihre Nerven blank. Am Sonntag hatte sie die beiden Kleinen zu ihren Eltern nach Hofheim gebracht, und Arne war am Montag arbeiten gegangen, obwohl sein Chef ihm angeboten hatte, daheim zu bleiben. Aber was sollte er zu Hause ausrichten? Seitdem zogen sich die Tage unerträglich in die Länge. Amelie war und blieb verschwunden, es gab kein einziges Lebenszeichen. Ihre Mutter hatte dreimal aus Berlin angerufen, allerdings eher pflichtschuldig als besorgt. In den ersten beiden Tagen hatte sie noch Besuch von Frauen aus dem Dorf bekommen, die sie trösten und unterstützen wollten, aber da sie diese Frauen kaum kannte, hatten sie nur unbehaglich in der Küche gesessen, um Konversation bemüht. Gestern Abend war es auch noch zu einem heftigen Streit zwischen ihr und Arne gekommen, dem ersten überhaupt, seit sie sich kannten. Sie hatte ihm sein mangelndes Interesse am Schicksal seiner ältesten Tochter vorgeworfen und ihm voller Zorn sogar unterstellt, er sei wohl froh, wenn sie nicht mehr auftauchte. Genau genommen war es kein Streit gewesen, denn Arne hatte sie nur angesehen und geschwiegen. Wie immer.

»Die Polizei wird sie finden«, hatte er nur gesagt und war ins Badezimmer verschwunden. Sie war in der Küche zurückgeblieben, hilflos, sprachlos und allein. Und ganz plötzlich hatte sie ihren Ehemann mit anderen Augen gesehen. Feige flüchtete er in seine tägliche Routine. Würde er sich anders verhalten, wenn nicht Amelie, sondern Tim oder Jana verschwunden wären? Seine einzige Angst war die, dass er unangenehm auffallen könnte. Kein Wort hatten sie mehr miteinander gewechselt, stumm nebeneinander im Bett gelegen. Zehn Minuten später hatte er schon geschnarcht, ruhig und gleichmäßig, als ob alles in bester Ordnung sei. Nie zuvor in ihrem Leben hatte sie sich so verlassen gefühlt wie in dieser schrecklichen, endlosen Nacht.

Es klingelte an der Tür. Barbara Fröhlich zuckte zusammen und stand auf. Hoffentlich war es nicht wieder eine dieser Dorffrauen, die nur deshalb mit vorgetäuschtem Mitgefühl bei ihr ausharrten, um später im Laden einen Exklusivbericht der Lage abliefern zu können. Sie öffnete die Haustür. Vor ihr stand eine Unbekannte.

»Guten Tag, Frau Fröhlich«, sagte die Frau. Sie hatte dunkles, kurzes Haar, ein blasses, ernstes Gesicht mit bläulichen Augenringen und trug eine viereckige Brille. »Kriminaloberkommissarin Maren König vom K 11 in Hofheim.«

Sie präsentierte ihre Kripomarke. »Darf ich hereinkommen?«

»Ja, natürlich. Bitte.« Barbara Fröhlichs Herz klopfte ängstlich. Die Frau sah so ernst aus, als würde sie schlechte Nachrichten bringen. »Haben Sie etwas von Amelie gehört?«

»Nein, leider nicht. Aber meine Kollegen haben herausgefunden, dass Amelie von ihrem Freund Thies Bilder bekommen haben soll. In ihrem Zimmer wurde aber nichts gefunden.«

»Ich weiß auch nichts von irgendwelchen Bildern.« Sie schüttelte ratlos den Kopf, enttäuscht, dass die Polizistin ihr nichts Neues mitteilen konnte.

»Vielleicht könnten wir noch einmal in Amelies Zimmer schauen«, schlug Maren König vor. »Die Bilder, sollten sie tatsächlich existieren, könnten ausgesprochen wichtig sein.«

»Ja, natürlich. Kommen Sie.«

Barbara Fröhlich führte sie die Treppe hoch und öffnete die Tür zu Amelies Zimmer. Sie blieb im Türrahmen stehen und sah zu, wie die Kommissarin gründlich in den Wandschränken suchte, auf die Knie ging, unter dem Bett und unter dem Schreibtisch nachschaute. Schließlich rückte sie die Biedermeier-Kommode ein Stück von der Wand weg.

»Eine Tapetentür«, stellte die Kommissarin fest und drehte sich zu Barbara Fröhlich um. »Darf ich sie aufmachen?«

»Sicher. Ich wusste gar nicht, dass es da eine Tür gibt.«

»In vielen Häusern mit Dachschrägen werden die Abseiten als Abstellfläche genutzt«, erklärte die Polizeibeamtin und lächelte das erste Mal ein wenig. »Gerade dann, wenn man im Haus keinen Speicher hat.«

Sie ging in die Hocke, zog die Tür auf und kroch in den kleinen Raum zwischen Wand und Dachisolierung. Ein kalter Lufthauch drang herein. Wenig später kehrte sie zurück, in den Händen eine dicke, in Papier eingeschlagene Rolle, die sorgfältig mit einem roten Band umwickelt war.

»Mein Gott«, sagte Barbara Fröhlich. »Sie haben tatsächlich etwas gefunden.«

Kriminaloberkommissarin Maren König richtete sich auf und klopfte den Staub von ihrer Hose. »Ich nehme die Bilder mit. Wenn Sie möchten, quittiere ich Ihnen den Empfang.«

»Nein, nein, das ist nicht nötig«, versicherte Barbara Fröhlich rasch. »Wenn die Bilder Ihnen dabei helfen können, Amelie zu finden, dann nehmen Sie sie nur mit.«

»Danke.« Die Kommissarin legte ihr die Hand auf den Arm. »Und machen Sie sich nicht zu große Sorgen. Wir tun wirklich alles Menschenmögliche, um Amelie zu finden. Das kann ich Ihnen versprechen.«

Das klang so mitfühlend, dass Barbara Fröhlich mit aller Kraft gegen die aufsteigenden Tränen ankämpfen musste. Sie nickte nur stumm und dankbar. Kurz überlegte sie, ob sie Arne anrufen und ihm von den Bildern erzählen sollte. Aber sie war noch immer tief gekränkt über sein Verhalten, deshalb tat sie es nicht. Erst als sie sich etwas später einen Tee aufbrühte, fiel ihr auf, dass sie völlig vergessen hatte, sich die Bilder anzusehen.

*

Tobias ging unruhig im Wohnzimmer von Nadjas Wohnung auf und ab. Der große Fernseher an der Wand lief ohne Ton. Die Polizei suchte im Zusammenhang mit dem Verschwinden der siebzehnjährigen Amelie F. nach ihm, das hatte er eben im Videotext gelesen. Nadja und er hatten die halbe Nacht beratschlagt, wie er sich verhalten sollte. Sie hatte die Idee gehabt, nach den Bildern zu suchen. Gegen Mitternacht war sie eingeschlafen, aber er hatte wach gelegen und verzweifelt versucht, sich zu erinnern. Eins stand fest: Meldete er sich bei der Polizei, so würden sie ihn auf der Stelle verhaften. Er hatte keine plausible Erklärung dafür, wie das Handy von Amelie in seine Hosentasche gekommen sein konnte, und nach wie vor keine blasse Erinnerung an die Nacht von Samstag auf Sonntag.

Amelie musste irgendetwas über die Ereignisse von 1997 in Altenhain herausgefunden haben, etwas, das jemandem gefährlich werden konnte. Aber wer war dieser Jemand? Seine Gedanken führten ihn immer wieder zu Claudius Terlinden. Elf Jahre lang hatte er ihn für seinen einzigen Beschützer auf dieser Welt gehalten, im Knast hatte er sich auf seine Besuche gefreut, auf die langen Gespräche mit ihm. Was für ein Idiot er gewesen war! Terlinden hatte nur seinen eigenen Vorteil im Blick gehabt. Tobias ging nicht so weit, ihn für das Verschwinden von Laura und Stefanie verantwortlich zu machen. Aber er hatte die Notlage seiner Eltern rücksichtslos ausgenutzt, um das zu bekommen, was er haben wollte: den Schillingsacker, auf den er das neue Verwaltungsgebäude seiner Firma gebaut hatte.

Tobias zündete sich eine Zigarette an. Der Aschenbecher auf dem Couchtisch quoll bereits über. Er trat ans Fenster und blickte hinaus auf das schwarze Wasser des Mains. Die Minuten verrannen quälend langsam. Wie lange war Nadja schon weg? Drei Stunden? Vier Stunden? Hoffentlich hatte sie Erfolg! Ihr Plan war der einzige Strohhalm, an den er sich klammerte. Wenn es tatsächlich diese Bilder gab, von denen Amelie ihm am Samstag erzählt hatte, dann konnten sie mit ihnen vielleicht seine Unschuld beweisen und gleichzeitig herausfinden, wer Amelie entführt hatte. Ob sie noch lebte? Ob ... Tobias schüttelte unwillig den Kopf, aber der Gedanke ließ sich nicht vertreiben. Was, wenn das alles stimmte, was Psychologen, Gutachter und das Gericht ihm damals bescheinigt hatten? Wurde er unter dem Einfluss von zu viel Alkohol vielleicht tatsächlich zum Monster, wie von der Presse mit Genuss dargestellt? Früher war sein Aggressionspotential groß gewesen, Niederlagen hatte er nur schlecht wegstecken können. Es war für ihn selbstverständlich gewesen, zu bekommen, was er wollte – gute Schulnoten, Mädchen oder Erfolg im Sport. Selten hatte er Rücksicht genommen, und dennoch war er beliebt gewesen, der strahlende Mittelpunkt der Clique. Oder hatte er das nur geglaubt, blind und überheblich in seiner grenzenlosen Ichbezogenheit?

Das Wiedersehen mit Jörg, Felix und den anderen hatte vage Erinnerungen in ihm wachgerufen, an lange vergessene Ereignisse, die er für Kleinigkeiten gehalten hatte. Er hatte Laura damals Michael ausgespannt, ohne einen Anflug schlechten Gewissens seinem Kumpel gegenüber. Mädchen waren bloße Trophäen seiner Eitelkeit gewesen. Wie oft hatte er mit seiner Gedankenlosigkeit Gefühle verletzt, wie viel Zorn und Kummer verursacht? Richtig begriffen hatte er das erst in dem Moment, als Stefanie mit ihm Schluss gemacht hatte. Er hatte es nicht akzeptieren wollen, hatte sogar vor ihr gekniet und sie angebettelt, aber sie hatte ihn nur ausgelacht. Was hatte er dann getan? Was hatte er mit Amelie getan? Wie war ihr Handy in seine Hosentasche gelangt?

Tobias ließ sich auf das Sofa sinken, presste die Handflächen gegen seine Schläfen und versuchte verzweifelt, die Erinnerungsfetzen in einen logischen Zusammenhang zu bringen. Doch je mehr er sich zu zwingen versuchte, desto weniger wollte es ihm gelingen. Es war zum Verrücktwerden.

*

Obwohl ihre Praxis brechend voll war, ließ Dr. Daniela Lauterbach Bodenstein und Pia nicht lange warten.

»Was macht Ihr Kopf?«, erkundigte sie sich freundlich.

»Keine Probleme.« Bodenstein berührte wie im Reflex das Pflaster an seiner Stirn. »Ein bisschen Kopfschmerzen, sonst nichts.«

»Wenn Sie wollen, schaue ich es mir noch einmal an.«

»Das ist nicht nötig. Wir möchten Sie auch nicht lange aufhalten.«

»Na gut. Sie wissen ja, wo Sie mich finden.«

Bodenstein nickte lächelnd. Vielleicht sollte er wirklich seinen Hausarzt wechseln. Daniela Lauterbach unterschrieb rasch drei Rezepte, die ihre Sprechstundenhilfe auf den Empfangstresen gelegt hatte, dann führte sie Bodenstein und Pia in ihr Büro. Der Parkettfußboden knarrte unter ihren Schritten. Mit einer Geste bot die Ärztin ihnen die Besucherstühle an.

»Es geht um Thies Terlinden.« Bodenstein setzte sich, aber Pia blieb stehen.

Daniela Lauterbach nahm hinter ihrem Schreibtisch Platz und blickte ihn aufmerksam an. »Was möchten Sie über ihn wissen?«

»Seine Mutter sagte uns, er habe einen Anfall gehabt und sei nun in der Psychiatrie.«

»Das ist richtig«, bestätigte die Ärztin. »Viel mehr kann ich Ihnen darüber aber auch nicht sagen. Sie wissen ja, die Schweigepflicht. Thies ist mein Patient.«

»Man hat uns erzählt, dass Thies Amelie in der Vergangenheit verfolgt hat«, meldete sich Pia aus dem Hintergrund.

»Er hat sie nicht verfolgt, sondern begleitet«, korrigierte die Ärztin. »Thies mag Amelie sehr gerne, und das ist seine Art, Zuneigung zu zeigen. Amelie hat das übrigens von Anfang an richtig einschätzen können. Sie ist ein sehr sensibles Mädchen, trotz ihres etwas ungewöhnlichen Äußeren. Ein Glücksfall für Thies.«

»Thies' Vater hat nach einer Auseinandersetzung mit seinem Sohn blutige Kratzer an den Händen davongetragen«, sagte Pia. »Neigt Thies zu Gewalttätigkeiten?«

Daniela Lauterbach lächelte ein wenig bekümmert. »Da nähern wir uns schon sehr dem Gebiet, über das ich mit Ihnen eigentlich nicht sprechen darf«, entgegnete sie. »Aber ich vermute, dass Sie Thies im Verdacht haben, Amelie etwas angetan zu haben. Das halte ich für ausgeschlossen. Thies ist Autist und verhält sich anders als ein ›normaler‹ Mensch. Er ist nicht fähig, seine Gefühle zu zeigen oder gar zu äußern. Hin und wieder hat er diese ... Ausbrüche, aber sehr, sehr selten. Seine Eltern kümmern sich großartig um ihn, und er verträgt die Medikamente, die er seit vielen Jahren bekommt, sehr gut.«

»Würden Sie Thies als geistig behindert bezeichnen?«

»Auf gar keinen Fall!« Daniela Lauterbach schüttelte heftig den Kopf. »Thies ist hochintelligent und hat eine außergewöhnliche Begabung für die Malerei.«

Sie wies auf die abstrakten großformatigen Bilder, die so ähnlich auch im Haus und im Büro von Terlinden an den Wänden hingen.

»Das hat Thies gemalt?« Pia schaute erstaunt die Bilder an. Auf den ersten Blick hatte sie es nicht wahrgenommen, aber nun erkannte sie, was sie darstellten. Sie schauderte, als sie menschliche Gesichter erkannte, verzerrt, verzweifelt, die Augen voll Qual, Angst und Entsetzen. Die Intensität dieser Bilder war beklemmend. Wie konnte man diese Gesichter tagtäglich ertragen?

»Im vergangenen Sommer hat mein Mann eine Ausstellung für ihn organisiert, in Wiesbaden. Sie war ein sensationeller Erfolg, alle 43 Bilder wurden verkauft.«

Das klang stolz. Daniela Lauterbach mochte den Sohn der Nachbarn, schien aber dennoch genügend professionelle Distanz zu haben, um ihn und sein Verhalten sachlich einzuschätzen.

»Claudius Terlinden hat die Familie Sartorius in den Jahren nach Tobias' Verurteilung großzügig unterstützt«, meldete sich nun Bodenstein zu Wort. »Er hat Tobias damals sogar einen Anwalt besorgt, einen sehr guten. Halten Sie es für möglich, dass er dies getan hat, weil er ein schlechtes Gewissen hatte?«

»Wieso sollte er?« Daniela Lauterbach hörte auf zu lächeln.

»Vielleicht weil er wusste, dass Thies damals etwas mit dem Verschwinden der Mädchen zu tun gehabt hatte.«

Für einen Moment war es ganz still, gedämpft klang das unablässige Läuten des Telefons durch die geschlossene Tür.

Die Ärztin runzelte die Stirn. »So habe ich das noch nie gesehen«, räumte sie nachdenklich ein. »Tatsache ist, dass Thies damals in Stefanie Schneeberger ganz vernarrt war. Er hat viel Zeit mit dem Mädchen verbracht, so wie heute mit Amelie …«

Sie brach ab, als sie begriff, worauf Bodenstein hinauswollte. Ihr fragender Blick suchte seinen. »Großer Gott!«, sagte sie bestürzt. »Nein, nein, das kann ich nicht glauben!«

»Wir müssen wirklich sehr dringend mit Thies sprechen«, sagte Pia nachdrücklich. »Es ist eine Spur, die uns zu Amelie führen könnte.«

»Das verstehe ich. Aber es ist schwierig. Da ich befürchten musste, dass er sich in seinem Zustand selbst Schaden zufügen könnte, blieb mir nichts anderes übrig, als ihn in die geschlossene Psychiatrie zu überweisen.« Daniela Lauterbach legte die Handflächen aneinander und klopfte sich mit den Zeigefingern nachdenklich gegen die geschürzten Lippen. »Es liegt nicht in meiner Macht, Ihnen ein Gespräch mit Thies zu ermöglichen.«

»Aber falls Thies Amelie in seine Gewalt gebracht hat, schwebt sie in größter Gefahr!«, gab Pia zu bedenken. »Vielleicht hat er sie irgendwo eingesperrt, und sie kann sich nicht selbst befreien.«

Die Ärztin blickte Pia an. Ihre Augen waren dunkel vor Sorge.

»Sie haben recht«, sagte sie dann mit Entschlossenheit. »Ich rufe den Chefarzt der Psychiatrie in Bad Soden an.«

»Ach, noch etwas«, ergänzte Pia, als wäre es ihr gerade erst eingefallen. »Tobias Sartorius sagte uns, Amelie habe Ihren Mann im Zusammenhang mit den Ereignissen von 1997 erwähnt. Es ging damals wohl das Gerücht, Ihr Mann habe Stefanie Schneeberger die Hauptrolle in diesem Theaterstück gegeben, weil er dem Mädchen sehr zugetan war.«

Daniela Lauterbach hatte schon die Hand nach dem Telefonhörer ausgestreckt, ließ sie aber wieder sinken.

»Tobias hat damals jeden beschuldigt«, erwiderte sie. »Er wollte seinen Kopf aus der Schlinge ziehen, was ja durchaus verständlich ist. Aber alle Verdächtigungen gegen Dritte wurden im Laufe der Ermittlungen restlos ausgeräumt. Fakt ist, dass mein Mann als Leiter der Theater AG damals absolut begeistert von Stefanies Talent war. Dazu kam ihr Aussehen: Sie war einfach die Idealbesetzung für Schneewittchen.«

Sie legte ihre Hand wieder auf den Telefonhörer.

»Um wie viel Uhr haben Sie am Samstag den Ebony Club in Frankfurt verlassen?«, fragte nun Bodenstein. »Können Sie sich daran erinnern?«

Ein Ausdruck der Verwirrung flog über das Gesicht der Ärztin. »Ja, ich kann mich sogar ganz genau erinnern«, antwortete sie. »Es war halb zehn.«

»Und Sie sind dann alle gemeinsam mit Claudius Terlinden nach Altenhain zurückgefahren?«

»Nein. Ich hatte an dem Abend Bereitschaft, deshalb war ich mit meinem eigenen Auto dort. Um halb zehn wurde ich zu einem Notfall nach Königstein gerufen.«

»Aha. Und Terlindens und Ihr Mann? Wann sind die gefahren?«

»Christine fuhr mit mir. Sie machte sich Sorgen um Thies, er lag mit einer schlimmen Grippe im Bett. Ich habe sie unten an der Bushaltestelle abgesetzt und bin dann weiter nach Königstein gefahren. Als ich um zwei Uhr nach Hause kam, schlief mein Mann schon.«

Bodenstein und Pia wechselten einen raschen Blick. Über den Verlauf des Samstagabends hatte Claudius Terlinden also ordentlich gelogen. Nur warum?

»Als Sie von Ihrem Notfall kamen, sind Sie aber auch nicht direkt nach Hause gefahren, oder?«, forschte Bodenstein. Die Frage überraschte Daniela Lauterbach nicht.

»Nein. Es war kurz nach eins, als ich aus Königstein kam.« Sie seufzte. »Ich sah einen Mann auf der Bank an der Bushaltestelle liegen und hielt an. Da erst erkannte ich, um wen es sich handelte.« Sie schüttelte langsam den Kopf, ihre dunklen Augen waren voller Mitgefühl. »Tobias war sturzbetrunken und schon völlig unterkühlt. Er hatte sich übergeben, war ohne Bewusstsein. Es dauerte zehn Minuten, bis ich ihn im Auto hatte. Hartmut und ich haben ihn dann auf sein Zimmer und ins Bett gebracht.«

»Hat er irgendetwas zu Ihnen gesagt?«, wollte Pia wissen.

»Nein«, antwortete die Ärztin. »Er war gar nicht ansprechbar. Zuerst hatte ich auch überlegt, den Notarzt zu rufen und ihn ins Krankenhaus bringen zu lassen, aber ich wusste, dass er das auf gar keinen Fall gewollt hätte.«

»Woher?«

»Ich hatte ihn ja nur ein paar Tage vorher behandelt, als man ihn in der Scheune überfallen und zusammengeschlagen hat.« Sie beugte sich vor und sah Bodenstein so eindringlich an, dass ihm heiß wurde. »Er kann einem wirklich leidtun, egal, was er getan hat. Die anderen mögen sagen, zehn Jahre Gefängnis wären zu wenig gewesen. Ich denke, Tobias ist für den Rest seines Lebens bestraft.«

»Es gibt Hinweise darauf, dass er etwas mit Amelies Verschwinden zu tun haben könnte«, sagte Bodenstein. »Sie kennen ihn besser als viele andere. Halten Sie das für möglich?«

Daniela Lauterbach lehnte sich in ihrem Sessel zurück und schwieg eine volle Minute, ohne ihren Blick von Bodenstein zu wenden.

»Ich wünschte«, sagte sie schließlich, »ich könnte jetzt voller Überzeugung ›Nein‹ sagen. Aber das kann ich leider nicht.«

*

Sie zerrte sich die Kurzhaarperücke vom Kopf, ließ sie achtlos auf den Boden fallen. Ihre Finger zitterten zu sehr, um das rote Band, das die Rolle zusammenhielt, aufzuknoten, deshalb ergriff sie ungeduldig eine Schere und schnitt es durch. Mit klopfendem Herzen rollte sie die Bilder auf ihrem Schreibtisch auseinander. Acht Stück waren es, und ihr verschlug es den Atem, als sie mit Entsetzen erkannte, was darauf zu sehen war. Dieser elende Mistkerl hatte die Ereignisse des 6. September 1997 mit wahrhaft fotografischer Präzision auf Leinwand gebannt, kein noch so kleines Detail war ihm entgangen. Sogar der alberne Schriftzug und das stilisierte

Schweinchen auf den dunkelgrünen T-Shirts waren deutlich zu erkennen! Sie biss sich auf die Lippen, das Blut rauschte in ihren Ohren. Die Erinnerung war schlagartig wieder lebendig. Das demütigende Gefühl der Niederlage ebenso wie die wilde Genugtuung beim Anblick von Laura, die endlich das bekam, was sie verdiente, dieses verdammte überhebliche Flittchen! Sie zog die anderen Bilder hervor, glättete sie mit beiden Händen. Nackte Panik ergriff sie, genau wie damals. Unglaube, Fassungslosigkeit, kalter Zorn. Sie richtete sich auf und zwang sich, tief durchzuatmen. Dreimal, viermal. Ganz ruhig. Nachdenken. Das hier war keine Katastrophe, es war der absolute Super-GAU. Es konnte ihre sorgfältige Planung vollkommen zerstören, und das durfte sie nicht zulassen! Mit zittrigen Fingern zündete sie sich eine Zigarette an. Nicht auszudenken, was geschehen wäre, hätten die Bullen diese Bilder in die Hände bekommen! Ihr war ganz flau im Magen. Was sollte sie jetzt tun? Waren das wirklich alle Bilder, oder hatte Thies noch andere gemalt? Sie durfte kein Risiko eingehen, zu viel stand auf dem Spiel. Mit hastigen Zügen rauchte sie die Zigarette bis zum Filter, dann wusste sie, was zu tun war. Sie hatte schon immer alle Entscheidungen allein treffen müssen. Mit grimmiger Entschlossenheit ergriff sie die Schere und schnitt die Bilder, eines nach dem anderen, in kleine Stücke. Dann ließ sie alles durch den Reißwolf laufen, nahm den Sack mit den Papierschnipseln heraus und schnappte ihre Tasche. Nur jetzt nicht die Nerven verlieren, dann würde alles gutgehen.

*

Kriminaloberkommissar Kai Ostermann musste sich niedergeschlagen eingestehen, dass die Geheimschrift in Amelies Tagebuch für ihn ein unlösbares Rätsel war. Zuerst hatte er gedacht, es sei ein Leichtes, die Hieroglyphen zu entziffern, aber nun war er nahe daran, aufzugeben. Er erkannte einfach kein System. Offenbar hatte sie für die gleichen Buchstaben verschiedene Symbole benutzt, das machte es ihm so gut wie unmöglich, den Code zu knacken. Behnke kam zur Tür herein.

»Und?«, fragte Ostermann. Bodenstein hatte es Behnke überlassen, Claudius Terlinden zu vernehmen, der seit dem Morgen in einer der Arrestzellen saß.

»Sagt keinen Ton, das arrogante Schwein.« Behnke ließ sich frustriert auf den Stuhl hinter seinem Schreibtisch fallen und verschränkte die Arme hinter dem Kopf. »Der Chef hat gut reden! Ich soll den Kerl mit irgendetwas festnageln – ja, aber mit was denn? Ich hab versucht, ihn zu provozieren, ich war freundlich, ich hab ihm gedroht – er sitzt nur da und lächelt! Am liebsten hätte ich ihm in die Fresse geschlagen!«

»Das würde noch fehlen.« Ostermann warf seinem Kollegen einen raschen Blick zu. Sofort geriet Behnke in Harnisch.

»Du musst mich nicht dran erinnern, dass ich in der Scheiße sitze!«, blaffte er und schlug mit der Faust so heftig auf die Schreibtischplatte, dass die Tastatur einen Satz machte. »Ich glaube allmählich, der Alte will mich hier rausmobben, damit ich von selbst gehe!«

»So 'n Quatsch. Außerdem hat er dir nicht gesagt, dass du ihn festnageln, sondern nur etwas mürbe machen sollst.«

»Genau. Bis er mit seiner Kronprinzessin daherspaziert kommt und ein leichtes Spiel hat!« Behnke war zornrot im Gesicht. »Ich darf nur noch die Drecksarbeit machen.«

Ostermann hatte fast Mitleid mit Behnke. Er kannte ihn von der Polizeischule, sie waren zusammen Streife gefahren und zum SEK gegangen, bis Ostermann bei einem Einsatz seinen Unterschenkel verloren hatte. Behnke war noch ein paar

Jahre beim SEK gewesen, dann war er zur Kripo nach Frankfurt gewechselt und dort gleich beim K 11, in der Königsklasse, gelandet. Er war ein guter Polizist. Gewesen. Seitdem in seinem Privatleben alles schieflief, litt auch seine Arbeit. Behnke stützte den Kopf in die Hände und verfiel in dumpfes Brüten.

Da flog die Tür auf. Kathrin Fachinger marschierte herein, ihre Wangen glühten vor Zorn.

»Sag mal, hast du sie noch alle?«, fuhr sie ihren Kollegen an. »Lässt mich einfach mit dem Kerl alleine und haust ab! Was soll denn das?«

»Du kannst doch eh alles besser als ich!«, entgegnete Behnke sarkastisch. Ostermann blickte zwischen den beiden Streithähnen hin und her.

»Wir hatten eine Strategie«, erinnerte Kathrin ihren Kollegen. »Und dann rauschst du einfach ab. Aber stell dir vor, mit mir hat er geredet.« Ihre Stimme bekam einen triumphierenden Unterton.

»Na toll! Dann renn doch zum Chef und erzähl es ihm, du blöde Kuh!«

»Was hast du gesagt?« Kathrin baute sich vor ihm auf und stemmte die Arme in die Seiten.

»Blöde Kuh, hab ich gesagt!«, wiederholte Behnke laut. »Und ich sag's dir noch deutlicher: Du bist eine hinterhältige, egoistische kleine Zicke! Du hast mich angeschwärzt, und das vergesse ich dir nicht!«

»Frank!«, rief Ostermann und stand auf.

»Drohst du mir etwa?« Kathrin ließ sich nicht einschüchtern. Sie lachte geringschätzig. »Ich hab keine Angst vor dir, du … du Großmaul! Du kannst doch nur blöde Sprüche klopfen und anderen die Arbeit überlassen! Kein Wunder, dass deine Frau das Weite gesucht hat. Wer will schon mit einem wie dir verheiratet sein?«

Behnke lief dunkelrot an. Er ballte die Fäuste.

»Leute!«, mahnte Ostermann besorgt. »Bleibt doch cool!«

Es war zu spät. Behnkes lang aufgestauter Zorn gegen die jüngere Kollegin entlud sich explosionsartig. Er sprang auf, stieß seinen Stuhl um und versetzte Kathrin einen derben Stoß. Sie krachte gegen den Schrank, ihre Brille flog auf den Boden. Behnke trat mit voller Absicht darauf, knirschend zersplitterten die Gläser unter dem Absatz seines Schuhs. Kathrin kam auf die Füße.

»So«, sagte sie und grinste kalt. »Das war's hier für dich, Herr Kollege.«

Da rastete Behnke vollends aus. Bevor Ostermann ihn daran hindern konnte, ging er auf Kathrin los, traf sie mit der Faust mitten im Gesicht. Reflexartig riss sie ihr Bein hoch und rammte ihm ihr Knie in die Genitalien. Mit einem erstickten Schmerzenslaut ging Behnke zu Boden. Im selben Moment ging die Tür auf, und Bodenstein erschien im Türrahmen. Sein Blick flog von Kathrin Fachinger zu Behnke.

»Kann mir bitte jemand erklären, was hier los ist?«, fragte er mit mühsam beherrschter Stimme.

»Er hat mich angegriffen und mir die Brille aus dem Gesicht geschlagen«, erwiderte Kathrin Fachinger und deutete auf das zertretene Brillengestell. »Ich hab mich nur gewehrt.«

»Stimmt das?« Bodenstein sah Ostermann an, der hilflos die Hände hob und nach einem kurzen Blick auf den am Boden kauernden Kollegen nickte.

»Okay«, sagte Bodenstein. »Mir reicht es jetzt mit diesem Kindergarten. Behnke, stehen Sie auf.«

Frank Behnke gehorchte. Sein Gesicht war vor Schmerz und Hass verzerrt. Er öffnete den Mund, aber Bodenstein ließ ihn nicht zu Wort kommen.

»Ich dachte, Sie hätten verstanden, was Frau Dr. Engel und

ich Ihnen gesagt haben«, sagte er eisig. »Sie sind mit sofortiger Wirkung vom Dienst suspendiert!«

Behnke starrte ihn stumm an, dann ging er zu seinem Schreibtisch, schnappte die Jacke, die er über die Lehne seines Stuhles gehängt hatte.

»Die Marke und Ihre Dienstwaffe lassen Sie hier«, befahl Bodenstein.

Behnke schnallte die Waffe ab, warf sie und die Marke achtlos auf den Schreibtisch.

»Ihr könnt mich alle mal am Arsch lecken«, stieß er hervor, drängte sich an Bodenstein vorbei und verschwand. Für einen Moment herrschte völlige Stille.

»Was hat die Vernehmung von Terlinden ergeben?«, wandte Bodenstein sich an Kathrin Fachinger, als sei nichts geschehen.

»Ihm gehört der Ebony Club in Frankfurt«, erwiderte sie. »Genauso wie das Schwarze Ross und das andere Restaurant, von dem Andreas Jagielski Geschäftsführer ist.«

»Und? Was noch?«

»Mehr war nicht aus ihm herauszubekommen. Aber ich finde, das erklärt einiges.«

»Ach? Was denn?«

»Claudius Terlinden hätte Hartmut Sartorius nicht finanziell unterstützen müssen, hätte er ihm nicht selbst mit der Eröffnung vom Schwarzen Ross die Existenz zerstört«, entgegnete Kathrin. »Meiner Meinung nach ist er alles andere als ein barmherziger Samariter. Er hat Sartorius zuerst ruiniert, dann aber verhindert, dass er den Hof verliert und Altenhain verlässt. Garantiert hat er in dem Dorf noch mehr Leute in der Hand, zum Beispiel diesen Jagielski, den er zum Geschäftsführer seiner Restaurants gemacht hat. Es erinnert mich ein bisschen an die Mafia: Er beschützt sie, und dafür halten sie den Mund.«

Bodenstein blickte seine jüngste Mitarbeiterin an und runzelte nachdenklich die Stirn. Dann nickte er.

»Gut gemacht«, sagte er anerkennend. »Sehr gut.«

*

Tobias sprang wie elektrisiert von der Couch auf, als sich die Wohnungstür öffnete. Nadja kam herein, in der einen Hand hielt sie eine Plastiktüte, mit der anderen versuchte sie, ihren Mantel auszuziehen.

»Und?« Tobias half ihr aus dem Mantel und hängte ihn an die Garderobe. »Hast du etwas gefunden?« Nach Stunden des Wartens und der Anspannung konnte er seine Neugier kaum mehr bezähmen.

Nadja ging in die Küche, stellte die Tüte auf den Tisch und setzte sich auf einen Stuhl.

»Nichts.« Sie schüttelte müde den Kopf, löste ihren Pferdeschwanz und fuhr sich mit der Hand durch das offene Haar. »Ich habe das ganze verdammte Haus abgesucht. Allmählich glaube ich, diese Bilder waren nur eine Erfindung von Amelie.«

Tobias starrte sie an. Die Enttäuschung war bodenlos.

»Das kann doch nicht sein!«, widersprach er heftig. »Wieso sollte sie sich so etwas ausdenken?«

»Keine Ahnung. Vielleicht wollte sie sich wichtigtun«, antwortete Nadja achselzuckend. Sie sah erschöpft aus, unter ihren Augen lagen dunkle Schatten. Die ganze Situation schien ihr ebenso an die Nieren zu gehen wie ihm selbst.

»Lass uns erst mal essen«, sagte sie und langte nach der Tüte. »Ich hab uns was vom Chinesen mitgebracht.«

Obwohl Tobias den ganzen Tag noch nichts gegessen hatte, lockte ihn der appetitliche Duft, der den Pappboxen entströmte, überhaupt nicht. Wie konnte er jetzt an Essen denken? Amelie hatte sich das mit den Bildern nicht ausgedacht – nie und nimmer! Sie war nicht der Typ Mädchen, der sich wichtigmachen wollte, da lag Nadja völlig falsch. Schweigend sah er zu, wie sie eine Pappschachtel öffnete, die Holzstäbchen auseinanderbrach und zu essen begann.

»Die Polizei sucht nach mir«, sagte er.

»Das weiß ich«, erwiderte sie mit vollem Mund. »Ich tue ja auch alles, um dir zu helfen.«

Tobias biss sich auf die Lippen. Verdammt, er konnte Nadja wirklich keine Vorwürfe machen. Aber es machte ihn schier verrückt, so zur Tatenlosigkeit verdammt zu sein. Am liebsten wäre er losgegangen, um Amelie auf eigene Faust zu suchen. Nur würde man ihn auf der Stelle verhaften, sobald er einen Fuß vor die Tür setzte. Ihm blieb nichts anderes übrig, als sich in Geduld zu üben und Nadja zu vertrauen.

*

Bodenstein hielt auf der gegenüberliegenden Straßenseite an, stellte den Motor ab und blieb hinter dem Steuer sitzen. Von hier aus konnte er Cosima durch das hell erleuchtete Küchenfenster beobachten, wie sie geschäftig hin und her ging. Er hatte noch eine Besprechung mit Dr. Engel gehabt, wegen Behnke. Der Vorfall hatte sich natürlich wie ein Lauffeuer im ganzen Kommissariat herumgesprochen. Nicola Engel hatte die Suspendierung Behnkes gutgeheißen, aber nun hatte Bodenstein ein ernsthaftes Personalproblem. Nicht nur Behnke, sondern auch Hasse fehlte.

Auf der Fahrt nach Hause hatte Bodenstein darüber nachgegrübelt, wie er sich Cosima gegenüber verhalten sollte. Stumm seine Sachen packen und verschwinden? Nein, er musste die Wahrheit aus ihrem Mund hören. Er empfand keinen Zorn, nur das ganz und gar elende Gefühl bodenloser

Enttäuschung. Nach Minuten des Zögerns stieg er aus und überquerte langsam die regennasse Straße. Das Haus, das Cosima und er damals zusammen gebaut hatten, in dem er zwanzig Jahre gewohnt hatte und glücklich gewesen war, in dem er jeden Winkel kannte, erschien ihm plötzlich fremd. Jeden Abend hatte er sich gefreut, nach Hause zu kommen. Er hatte sich auf Cosima gefreut und auf die Kinder, auf den Hund und auf die Gartenarbeit im Sommer, aber jetzt graute ihm davor, die Haustür aufzuschließen. Wie lange schon lag Cosima nachts neben ihm im Bett und sehnte sich insgeheim nach einem anderen Mann, der sie streichelte und küsste und mit ihr schlief? Hätte er Cosima nur heute nicht mit diesem Kerl gesehen! Aber es war passiert, und nun schrie alles in seinem Innern *warum? Seit wann? Wie? Wo?*

Niemals hätte er geglaubt, dass er einmal in eine solche Situation geraten würde. Seine Ehe war gut gewesen, bis … ja, bis Sophia auf die Welt gekommen war. Danach hatte sich Cosima verändert. Sie war schon immer rastlos gewesen, ihre Expeditionen in ferne Länder hatten aber ihre Sehnsucht nach Freiheit und Abenteuer so weit befriedigt, dass sie in den restlichen Monaten den Alltag ertragen konnte. Er hatte das gewusst und ihre Reisen klaglos akzeptiert, obwohl er die langen Trennungen immer gehasst hatte. Seit Sophia auf der Welt war, seit knapp zwei Jahren also, war Cosima zu Hause. Sie hatte ihn nie spüren lassen, dass sie unzufrieden war. Aber rückblickend erkannte er die Veränderungen. Früher hatten sie nie gestritten, jetzt taten sie es häufig. Es ging immer nur um Kleinigkeiten. Sie machten sich gegenseitig Vorwürfe, kritisierten auf einmal die Marotten des anderen. Bodenstein stand mit gezücktem Schlüssel vor seiner Haustür, als plötzlich und unerwartet der Zorn in ihm aufflammte. Wochenlang hatte sie ihm damals ihre Schwangerschaft verheimlicht. *Sie* hatte sich ganz allein für das Kind entschieden, ihn vor vollendete Tatsachen gestellt. Dabei hatte ihr klar sein müssen, dass mit einem Baby mit ihrem Zigeunerleben wenigstens für eine Weile Schluss sein würde.

Er schloss die Tür auf. Der Hund sprang aus seinem Korb und begrüßte ihn erfreut. Als Cosima in der Küchentür erschien, sackte Bodenstein das Herz in die Kniekehlen.

»Hallo.« Sie lächelte. »Du bist spät dran heute. Hast du schon gegessen?«

Da stand sie, in demselben seladongrünen Kaschmirpullover, den sie auch heute Mittag im Ebony Club getragen hatte, und sah aus wie immer.

»Nein«, erwiderte er. »Ich habe keinen Hunger.«

»Falls doch, ich hab noch Frikadellen und Nudelsalat im Kühlschrank.«

Sie wandte sich ab, wollte zurück in die Küche gehen.

»Du warst heute nicht in Mainz«, sagte er. Cosima blieb stehen und drehte sich um. Er wollte nicht, dass sie ihn anlog, deshalb sprach er weiter, bevor sie etwas sagen konnte. »Ich habe dich heute Mittag im Ebony Club gesehen. Mit Alexander Gavrilow. Streite es bitte nicht ab.«

Sie verschränkte die Arme, blickte ihn an. Es war ganz still, der Hund spürte die plötzliche Spannung und verschwand lautlos in seinem Korb.

»Du bist in den letzten Wochen fast nie in Mainz gewesen«, fuhr Bodenstein fort. »Vor ein paar Tagen kam ich aus der Rechtsmedizin, da bist du zufällig vor mir hergefahren. Ich habe dich angerufen und gesehen, wie du das Telefon abgenommen hast. Und da hast du behauptet, du seiest noch in Mainz.«

Er verstummte. Hoffte noch immer in einem Winkel seines Herzens, dass sie ihm lachend eine völlig harmlose Erklärung bieten würde. Aber sie lachte nicht, stritt nichts ab. Stand einfach da mit verschränkten Armen. Keine Spur von Schuldbewusstsein.

»Sei bitte ehrlich zu mir, Cosima.« Seine Stimme hörte sich in seinen Ohren kläglich an. »Hast du … hast du … ein Verhältnis mit Gavrilow?«

»Ja«, erwiderte sie ruhig.

Die Welt stürzte für ihn ein, aber es gelang Bodenstein, äußerlich ebenso ruhig zu bleiben wie Cosima.

»Warum?«, fragte er nur selbstquälerisch.

»Ach, Oliver. Was willst du denn jetzt von mir hören?«

»Am liebsten die Wahrheit.«

»Ich habe ihn im Sommer zufällig auf einer Vernissage in Wiesbaden getroffen. Er hat ein Büro in Frankfurt, plant ein neues Projekt und sucht dafür Sponsoren. Wir haben ein paarmal telefoniert. Er hatte die Idee, ich könnte einen Film über seine Expedition machen. Ich wusste, dass dir das nicht gefallen würde, und wollte mir erst einmal anhören, was er für Vorstellungen hat. Deshalb habe ich dir nicht erzählt, dass ich mich mit ihm getroffen habe. Na ja. Und irgendwann ist es einfach … passiert. Ich dachte, es wäre ein Ausrutscher, aber dann …« Sie brach ab, schüttelte den Kopf.

Unfassbar, dass sie einen anderen Mann hatte treffen und mit ihm ein Verhältnis beginnen konnte, ohne dass er etwas davon geahnt hatte. War er zu blöd, zu vertrauensselig gewesen oder zu sehr mit sich selbst beschäftigt? Ihm fiel der Text eines Liedes ein, mit dem Rosalie in ihrer schlimmsten Pubertätsphase unablässig das ganze Haus beschallt hatte. *Was hat er, was ich nicht habe? Sag mir ehrlich, was es ist. Jetzt ist es zwar zu spät, aber was hast du vermisst?* So ein bescheuertes Lied – und jetzt auf einmal enthielt es so viel Wahrheit. Bodenstein ließ Cosima stehen, ging die Treppe hoch ins Schlafzimmer. Noch eine Minute länger, dann wäre er explodiert, hätte ihr ins Gesicht gebrüllt, was er von Abenteurern wie

Gavrilow hielt, die mit verheirateten Müttern kleiner Kinder eine Affäre anfingen. Wahrscheinlich hatte er überall auf der Welt seine Liebschaften verteilt, dieser Windhund! Er öffnete sämtliche Kleiderschränke, zerrte eine Reisetasche aus einem der oberen Fächer, stopfte sie wahllos mit Unterwäsche, Hemden, Krawatten voll und warf zwei Anzüge obendrauf. Dann ging er ins Bad und packte seine persönlichen Dinge in einen Toilettenbeutel. Nur zehn Minuten später schleppte er die Reisetasche die Treppe hinunter. Cosima stand noch an derselben Stelle wie vorhin.

»Wo gehst du hin?«, fragte sie leise.

»Weg«, erwiderte er, ohne sie anzusehen, öffnete die Haustür und trat hinaus in die Nacht.

Freitag, 21. November 2008

Um Viertel nach sechs wurde Bodenstein vom Klingeln seines Handys aus dem Tiefschlaf gerissen. Benommen tastete er nach dem Lichtschalter, bis er sich daran erinnerte, dass er nicht zu Hause in seinem eigenen Bett lag. Er hatte schlecht geschlafen und wirre Dinge geträumt. Die Matratze war zu weich, das Federbett zu warm, so dass er abwechselnd geschwitzt und gefroren hatte. Das Handy klingelte hartnäckig weiter, setzte kurz aus und klingelte erneut. Bodenstein wälzte sich aus dem Bett, tastete sich in der Dunkelheit orientierungslos durch den fremden Raum und knurrte einen Fluch, als er mit dem großen Zeh gegen ein Tischbein stieß. Endlich hatte er den Lichtschalter neben der Tür gefunden und kurz drauf sein Handy in der Innentasche des Jacketts, das er gestern Nacht über den Stuhl geworfen hatte.

Der Förster hatte auf einem Waldparkplatz unterhalb des Eichkopfes zwischen Ruppertshain und Königstein eine männliche Leiche in einem Auto entdeckt. Die Spurensicherung war schon unterwegs, ob er kurz vorbeifahren und sich die Sache ansehen würde. Natürlich würde er – was blieb ihm auch anderes übrig? Mit schmerzverzerrtem Gesicht humpelte er zurück zum Bett und ließ sich auf die Bettkante sinken. Die letzten Ereignisse erschienen ihm wie ein böser Traum. Fast eine Stunde war er ziellos durch die Gegend gefahren, bis er eher zufällig an der Abfahrt zum Gutshof vorbeigekommen war. Weder sein Vater noch seine Mutter hatten ihm Fragen gestellt, als er kurz vor Mitternacht bei ihnen vor der Haustür gestanden und um Asyl für eine Nacht gebeten hatte. Seine Mutter hatte ihm in einem der Gästezimmer unterm Dach ein Bett hergerichtet und war nicht weiter in ihn gedrungen. Sicher hatte sie seinem Gesicht angesehen, dass er nicht aus Spaß vorbeigekommen war. Er war dankbar für die Diskretion. Unmöglich hätte er darüber reden können, über Cosima und diesen Kerl.

Mit einem Seufzer erhob er sich, fischte den Toilettenbeutel aus der Reisetasche und ging über den Flur hinüber in das Badezimmer. Es war winzig und eiskalt und erinnerte ihn unangenehm an seine Kindheit und Jugend, in der Luxus Fehlanzeige gewesen war. Seine Eltern hatten gespart, wo sie konnten, denn das Geld war immer knapp gewesen. Drüben im Schloss, in dem er aufgewachsen war, wurden in den Wintermonaten nur zwei Räume geheizt, alle anderen Zimmer waren nur »überschlagen«, wie seine Mutter die knapp 18 Grad Raumtemperatur zu nennen pflegte. Bodenstein schnupperte an seinem T-Shirt und rümpfte die Nase. Um eine Dusche kam er nicht herum. Sehnsüchtig dachte er an die Fußbodenheizung in seinem Haus, an weiche, nach Lenor duftende Handtücher. Er duschte im Rekordtempo, trocknete sich mit einem rauen, zerfransten Handtuch ab und rasierte sich mit zitternden Fingern im fahlen Neonlicht des Allibert-Spiegelschranks. Unten in der Küche traf er seinen Vater, der an dem zerkratzten Holztisch Kaffee trank und die FAZ las.

»Guten Morgen.« Er blickte auf und nickte seinem Sohn freundlich zu. »Auch einen Kaffee?«

»Guten Morgen. Ja, gerne.« Bodenstein setzte sich. Sein Vater stand auf, holte eine Tasse aus einem der Schränke und schenkte ihm ein. Niemals hätte sein Vater ihn gefragt, weshalb er mitten in der Nacht aufgetaucht war und in einem der Gästezimmer übernachtet hatte. Auch was Worte anging, waren seine Eltern schon immer genügsam gewesen. Und er selbst verspürte keine Lust, morgens um Viertel vor sieben über seine Eheprobleme zu sprechen. Daher tranken Vater und Sohn ihren Kaffee in schweigendem Einvernehmen. Seit jeher wurde im Hause Bodenstein selbst im Alltag von Meißener Geschirr gegessen und getrunken – aus Sparsamkeit. Das Porzellan war Familienerbe, es gab keinen Grund, es nicht zu benutzen oder gar neues anzuschaffen. Es wäre wohl von unschätzbarem Wert gewesen, wäre nicht beinahe jedes Stück mittlerweile mehrfach geklebt worden. Auch Bodensteins Kaffeetasse hatte einen Sprung und einen angeklebten Henkel. Schließlich stand er auf, stellte seine Tasse in die Spüle und bedankte sich. Sein Vater nickte und wandte sich wieder seiner Lektüre zu, die er höflich zur Seite gelegt hatte.

»Nimm dir doch einen Haustürschlüssel mit«, sagte er beiläufig. »Am Schlüsselbrett neben der Tür hängt einer mit einem roten Anhänger.«

»Danke.« Bodenstein nahm den Schlüssel. »Bis später.«

Es war für seinen Vater offenbar ausgemachte Sache, dass er am Abend wiederkommen würde.

*

Scheinwerfer und blinkende Blaulichter erhellten den düsteren Novembermorgen, als Bodenstein auf den Waldparkplatz direkt hinter der Nepomuk-Kurve einbog. Er stellte sein Auto neben einem der Streifenwagen ab und machte sich zu Fuß auf den Weg. Der herbstliche Geruch nach feuchter Erde und verfaulendem Laub drang ihm in die Nase, ihm kamen Bruchstücke eines der wenigen Gedichte, die er auswendig kannte, in den Sinn. *Wer jetzt allein ist, wird es lange bleiben, wird in den Alleen hin und her unruhig wandern, wenn die Blätter treiben.* Das Gefühl der Verlassenheit sprang ihn an wie ein wütender Hund, und er musste sich mit aller Macht dazu zwingen, weiterzugehen, seinen Job zu tun, obwohl er sich am liebsten irgendwo verkrochen hätte.

»Morgen«, sagte er zu Christian Kröger, dem Leiter der Spurensicherung, der gerade seine Kamera auspackte. »Was ist denn da oben los?«

»Es hat sich wohl über den Polizeifunk herumgesprochen«, antwortete Kröger und grinste kopfschüttelnd. »Wie die kleinen Jungs!«

»Was hat sich herumgesprochen?« Bodenstein verstand noch immer nicht und wunderte sich über den Menschenauflauf. Trotz der frühen Stunde standen fünf Einsatzfahrzeuge auf dem geschotterten Parkplatz, ein sechstes bog gerade von der Straße aus ein. Schon von weitem hörte Bodenstein Stimmengewirr. Sämtliche Beamte, uniformiert oder in den weißen Overalls der Spurensicherung, waren in heller Aufregung.

»Ein Ferrari!«, teilte ihm einer der Streifenbeamten mit leuchtenden Augen mit. »Ein 599 GTB Fiorano! So einen habe ich nur einmal auf der IAA gesehen!«

Bodenstein drängte sich durch die Reihen der Kollegen. Tatsächlich! Ganz am Ende des Waldparkplatzes leuchtete ein knallroter Ferrari im Licht eines Scheinwerfers, ehrfurchtsvoll umringt von etwa fünfzehn Polizeibeamten, die sich mehr für Hubraum, PS-Zahl, Reifen, Felgen, Drehmomente und Beschleunigung des edlen Sportwagens als für den Toten auf dem Fahrersitz interessierten. Ein Schlauch reichte von einem der armdicken, chromglänzenden Auspuffrohre bis zum Fenster, das von innen sorgfältig mit silbernem Isolierband abgedichtet worden war.

»Das Ding kostet zweihundertfünfzigtausend Euro«, behauptete einer der jüngeren Beamten in diesem Moment. »Wahnsinn, oder?«

»Es dürfte über Nacht erheblich günstiger geworden sein«, entgegnete Bodenstein trocken.

»Wieso?«

»Es ist Ihnen vielleicht entgangen, aber auf dem Fahrersitz sitzt eine Leiche.« Bodenstein gehörte nicht zu den Männern, die beim Anblick eines roten Sportwagens komplett durchdrehten. »Hat jemand das Kennzeichen überprüft?«

»Ja«, ließ sich eine junge Beamtin aus dem Hintergrund vernehmen, die die Begeisterung ihrer männlichen Kollegen offenbar ebenso wenig teilte. »Das Fahrzeug ist auf eine Bank in Frankfurt zugelassen.«

»Hm.« Bodenstein sah zu, wie Kröger seine Fotos schoss und anschließend mit einem Kollegen die Fahrertür des Autos öffnete.

»Die Wirtschaftskrise fordert erste Opfer«, frotzelte jemand. Dann entbrannte eine neue Diskussion darüber, wie viel Geld man im Monat verdienen musste, um die Leasingraten für einen Ferrari Fiorano bezahlen zu können. Bodenstein sah einen weiteren Streifenwagen auf den Parkplatz rollen, gefolgt von zwei Zivilfahrzeugen.

»Lassen Sie den Parkplatz weiträumig absperren«, wies er die junge Polizeimeisterin an. »Und schicken Sie bitte die Kollegen weg, die hier nichts zu tun haben.«

Die junge Frau nickte und schritt energisch zur Tat. Wenige Minuten später war der Parkplatz abgesperrt. Bodenstein ging neben der geöffneten Fahrertür in die Hocke und betrachtete die Leiche. Der blonde Mann war noch jung, schätzungsweise Mitte dreißig. Er trug Anzug und Krawatte, am Handgelenk eine teure Uhr. Sein Kopf war zur Seite gekippt, auf den ersten Blick sah es aus, als ob er schliefe.

»Morgen, Bodenstein«, sagte eine vertraute Stimme hinter ihm, und Bodenstein warf einen Blick über die Schulter.

»Hallo, Dr. Kirchhoff.« Er erhob sich und nickte dem Rechtsmediziner zu.

»Ist Pia nicht hier?«

»Nein, heute darf ich mal ganz alleine ran«, erwiderte Bodenstein ironisch. »Fehlt sie Ihnen?«

Kirchhoff setzte ein müdes Lächeln auf, ging aber auf die Bemerkung nicht ein. Er schien ausnahmsweise nicht in der Stimmung für sarkastische Bemerkungen. Seine Augen hinter den Brillengläsern waren gerötet; auch er sah aus, als habe er letzte Nacht nicht viel Schlaf bekommen. Bodenstein machte dem Rechtsmediziner Platz und ging zu Kröger hinüber; dieser untersuchte gerade die Aktentasche, die auf dem Beifahrersitz des Ferraris gelegen hatte.

»Und?«, fragte er. Kröger reichte ihm die Brieftasche des Toten. Bodenstein zog den Personalausweis heraus und erstarrte. Er las den Namen ein zweites Mal. Konnte das bloßer Zufall sein?

*

Die Oberärztin der Psychiatrie hatte Pia so ausführlich, wie es die ärztliche Schweigepflicht erlaubte, über den Zustand von Thies Terlinden informiert; nun war Pia mehr als gespannt darauf, den Mann zu sehen. Sie wusste, dass sie nicht zu viel erwarten durfte. Wahrscheinlich, so hatte die Ärztin gesagt, würde Thies gar nicht auf ihre Fragen antworten. Eine ganze Weile betrachtete Pia den Patienten durch das Fenster in der Tür. Thies Terlinden war ein ausgesprochen hübscher junger Mann mit dichtem, blondem Haar und einem sensiblen Mund, dem man nicht ansah, mit welchen Dämonen er zu kämpfen hatte. Nur seine Bilder verrieten etwas über seine inneren Qualen. Er saß an einem Tisch in einem hellen, freundlichen Raum und malte konzentriert. Obwohl er sich unter dem Einfluss der Medikamente wieder beruhigt hatte, gab man ihm keine spitzen Gegenstände wie Bleistifte oder Pinsel, deshalb musste er mit Wachsmalkreide vorliebnehmen, was ihn jedoch nicht zu stören schien. Er blickte nicht auf, als Pia in Begleitung der Ärztin und eines Pflegers den Raum betrat. Die Ärztin stellte Pia vor, erklärte ihm, weshalb sie hier war und mit ihm sprechen wollte. Thies beugte sich tiefer über sein Bild, dann lehnte er sich ruckartig zurück und legte die Wachsmalkreide auf den Tisch. Die bunten Stifte lagen nicht einfach herum, er hatte sie akkurat nebeneinanderplaziert, wie Soldaten beim Appell. Pia setzte sich ihm gegenüber auf einen Stuhl und betrachtete ihn.

»Ich habe Amelie nichts getan«, sagte er mit einer seltsam monotonen Stimme, bevor Pia etwas sagen konnte. »Das schwöre ich. Ich habe Amelie nichts getan, nichts getan.«

»Das behauptet ja auch niemand«, erwiderte Pia freundlich.

Thies' Hände flatterten unkontrolliert, er wiegte den Oberkörper vor und zurück, sein Blick blieb starr auf das Bild gerichtet, das vor ihm lag.

»Sie mögen Amelie gerne, und sie war oft bei Ihnen, nicht wahr?«

Er nickte heftig.

»Ich habe auf sie aufgepasst. Auf sie aufgepasst.«

Pia wechselte einen Blick mit der Ärztin, die etwas abseits Platz genommen hatte. Thies ergriff wieder einen Kreidestift, beugte sich über das Bild und malte weiter. Es herrschte Stille. Pia überlegte, welche Frage sie als Nächstes stellen sollte. Die Ärztin hatte ihr geraten, ganz normal mit Thies zu sprechen, nicht wie mit einem kleinen Kind. Aber das erwies sich als nicht so einfach.

»Wann haben Sie Amelie das letzte Mal gesehen?«

Er reagierte nicht, malte wie besessen, wechselte die Farbstifte.

»Worüber haben Sie gesprochen, Amelie und Sie?«

Es war völlig anders als bei einer normalen Vernehmung. Thies' Gesicht war nichts anzusehen, seine Mimik so starr wie die einer Marmorfigur. Er antwortete auf keine Frage, schließlich stellte Pia keine mehr. Die Minuten verstrichen. Zeit bedeute Autisten nichts, hatte die Ärztin Pia erklärt, sie lebten in ihrer eigenen Welt. Geduld war angesagt. Aber um elf Uhr fand auf dem Friedhof in Altenhain die Beerdigung von Laura Wagner statt, dort wollte sie sich mit Bodenstein treffen. Als sie schon enttäuscht aufstehen und gehen wollte, ergriff Thies Terlinden unvermittelt das Wort.

»Ich habe sie an dem Abend gesehen, vom Adlerhorst aus.« Seine Sprechweise war klar und deutlich, er bildete korrekte Sätze. Nur die Satzmelodie fehlte, es hörte sich an, als spräche ein Roboter. »Sie hat im Hof an der Scheune gestanden. Ich wollte sie rufen, aber dann kam … der Mann. Sie haben geredet und gekichert und sind in die Scheune gegangen, damit keiner sieht, was sie tun. Ich habe es aber gesehen.«

Pia blickte verwirrt zu der Ärztin hinüber, die nur ratlos die Schultern zuckte. Scheune? Adlerhorst? Und welchen Mann hatte Thies gesehen?

»Ich darf aber nicht darüber reden«, fuhr er fort, »sonst komme ich in ein Heim. Und da muss ich bleiben, bis ich sterbe.«

Plötzlich hob er den Kopf und blickte sie aus hellen, blauen Augen an, so verzweifelt wie eine Figur auf den Bildern in Dr. Lauterbachs Arbeitszimmer.

»Ich darf nicht darüber reden«, wiederholte er. »Nicht darüber reden. Sonst komme ich in ein Heim.« Er schob Pia das Bild hin, das er gemalt hatte. »Nicht reden. Nicht reden.«

Sie betrachtete das Bild und schauderte. Ein Mädchen mit langem, dunklem Haar. Ein Mann, der wegläuft. Ein anderer Mann, der mit einem Kreuz auf den Kopf des dunkelhaarigen Mädchens einschlägt.

»Das ist nicht Amelie, oder?«, fragte Pia leise.

»Darf nicht reden«, flüsterte er heiser. »Nicht reden. Nur malen.«

Pias Herz klopfte heftiger, als sie begriff, was Thies ihr zu erklären versuchte. Jemand hatte ihm verboten, über das zu sprechen, was er gesehen hatte. Er sprach nicht von Amelie. Und auch das Bild zeigte nicht Amelie, sondern Stefanie Schneeberger und ihren Mörder!

Thies hatte sich wieder von ihr abgewandt, einen Stift ergriffen und malte hingebungsvoll an einem neuen Bild. Es schien, als habe er sich völlig in sich zurückgezogen, seine Gesichtszüge waren noch immer angespannt, aber er hatte aufgehört, seinen Oberkörper vor und zurück zu wiegen. Langsam verstand Pia, was dieser Mann in den letzten Jahren mitgemacht hatte. Man hatte ihn unter Druck gesetzt und bedroht, damit er niemandem erzählte, was er vor elf Jahren beobachtet hatte. Aber wer hatte das getan? Plötzlich war ihr auch klar, in welcher Gefahr Thies Terlinden schwebte, sollte dieser Jemand erfahren, was er soeben der Polizei mitgeteilt hatte. Sie musste, um ihn zu schützen, auch vor der Ärztin so tun, als sei es völlig unerheblich.

»Na ja«, sagte sie also. »Vielen Dank auf jeden Fall.« Sie erhob sich, die Ärztin und der Pfleger ebenfalls.

»Schneewittchen muss sterben, haben sie gesagt«, sagte Thies in diesem Moment. »Aber keiner kann ihr mehr etwas tun. Ich passe nämlich auf sie auf.«

*

Nieselregen und Nebel hielten niemanden in Altenhain davon ab, den sterblichen Überresten von Laura Wagner das letzte Geleit zu geben. Der Parkplatz vor dem Schwarzen Ross konnte die Anzahl der Autos nicht fassen. Pia parkte einfach am Straßenrand, stieg aus und ging mit schnellen Schritten zum Klang der Totenglocke Richtung Kirche, wo Bodenstein sie unter dem Vordach erwartete.

»Thies hat damals alles beobachtet«, platzte sie mit den Neuigkeiten heraus. »Er hat tatsächlich Bilder gemalt, wie Amelie es Tobias erzählt hat. Jemand hat ihn unter Druck gesetzt. Er würde in ein Heim kommen, sollte er über das, was er gesehen hat, jemals reden.«

»Was hat er über Amelie gesagt?« Bodenstein war ungeduldig, ein Zeichen dafür, dass auch er auf etwas Wichtiges gestoßen war.

»Nichts. Nur, dass er ihr nichts getan hat. Aber er hat über Stefanie gesprochen, sogar ein Bild gemalt.«

Pia nestelte das zusammengefaltete Papier aus ihrer Tasche, reichte es Bodenstein.

Der warf einen Blick darauf und runzelte die Stirn, dann deutete er zustimmend auf das Kreuz. »Das ist der Wagenheber. Die Tatwaffe.«

Pia nickte aufgeregt.

»Wer hat ihn bedroht? Sein Vater vielleicht?«

»Möglich. Es kann ihm nicht recht gewesen sein, den eigenen Sohn in ein solches Verbrechen verwickelt zu sehen.«

»Thies war doch nicht beteiligt«, widersprach Pia. »Er hat alles nur beobachtet.«

»Ich spreche auch nicht von Thies«, entgegnete Bodenstein. Die Glocke verstummte. »Heute Morgen wurde ich zu einem Suizid gerufen. Ein Mann hat sich auf dem Parkplatz an der Nepomuk-Kurve in seinem Auto das Leben genommen. Und dieser Mann ist Thies' Bruder, Lars Terlinden.«

»Wie bitte?« Pia war fassungslos.

»Ja.« Bodenstein nickte. »Was, wenn Lars der Mörder von Stefanie war und sein Bruder das gesehen hat?«

»Lars Terlinden ist sofort nach dem Verschwinden der Mädchen zum Studium nach England gegangen.« Pia versuchte, sich die Chronologie der Ereignisse vom September 1997 in Erinnerung zu rufen. Der Name von Thies' Bruder tauchte nicht einmal in den alten Akten auf.

»Vielleicht hat Claudius Terlinden seinen Sohn auf diese Weise aus den Ermittlungen herausgehalten. Und seinen anderen Sohn hat er unter Druck gesetzt, damit er den Mund hält«, vermutete Bodenstein.

»Aber was hat Thies damit gemeint, niemand könne Schneewittchen mehr etwas tun, weil er auf sie aufpassen würde?«

Bodenstein zuckte die Schultern. Die Angelegenheit wurde nicht klarer, sondern immer verworrener. Sie gingen um die Kirche herum zum Friedhof. Die Trauergesellschaft hatte sich unter aufgespannten Schirmen versammelt, drängte sich rings um das ausgehobene Grab, in das just in diesem Moment der weiße Sarg mit einem Bukett aus weißen Nelken hinabgesenkt wurde. Die Männer des Bestattungsinstitutes traten zurück, der Pfarrer begann zu sprechen.

Manfred Wagner hatte für die Beerdigung seiner ältesten Tochter Freigang aus der U-Haft bekommen, mit versteinerter Miene stand er neben seiner Frau und zwei älteren Jugendlichen in der ersten Reihe; die beiden Vollzugsbeamten, die ihn begleitet hatten, warteten ein Stück weit entfernt. Eine junge Frau eilte auf bleistiftdünnen Absätzen an Bodenstein und Pia vorbei, ohne sie anzusehen. Das leuchtend blonde Haar hatte sie zu einem schlichten Knoten frisiert, sie trug ein enganliegendes, schwarzes Kostüm und trotz der nebligen Düsternis eine große, dunkle Sonnenbrille.

»Nadja von Bredow«, erklärte Pia ihrem Chef. »Sie stammt hier aus Altenhain und war mit Laura Wagner befreundet.«

»Ah ja.« Bodenstein war in Gedanken ganz woanders. »Ich habe übrigens eben von Frau Dr. Engel die Zusage bekommen, dass sie sich um Gregor Lauterbach kümmert. Kultusminister hin oder her, er war an dem Samstag, als Amelie verschwand, mit Terlinden unterwegs.«

Pias Handy begann zu klingeln. Eilig kramte sie es hervor und verschwand um die Ecke der Kirche, bevor sie böse Blicke ernten konnte, und meldete sich.

»Pia, ich bin's«, hörte sie Ostermanns Stimme. »Du hast mir doch neulich erzählt, dass in den alten Akten Vernehmungsprotokolle fehlen.«

»Ja, genau.«

»Hör zu. Es fällt mir zwar schwer, das zu sagen, aber mir ist eingefallen, dass Andreas sich ziemlich für die Akten interessiert hat. Er war an einem Abend, als er eigentlich krankgeschrieben war, noch spät im Büro, und ich ...«

Der Rest seiner Worte ging im plötzlichen Geheul der Sirene unter, die sich auf dem Dach des Schwarzen Rosses befand. Pia hielt sich das andere Ohr zu und bat den Kollegen, lauter zu sprechen. Drei Männer hatten beim Ertönen der Sirene die Trauergesellschaft verlassen und hasteten nun an Pia vorbei Richtung Parkplatz.

»... mich gewundert ... Rezept ... war aber in unserem Büro ...«, hörte sie noch. »... keine Ahnung ... ihn fragen ... ist denn das?«

»Die Sirene.« Pia lauschte angestrengt in ihr Handy. »Es brennt wohl irgendwo. Also, noch mal. Was war mit Andreas?«

Ostermann wiederholte, was er zuvor gesagt hatte. Pia lauschte ungläubig.

»Das wäre ja der Hammer«, sagte sie. »Danke. Wir sehen uns später.«

Sie steckte das Handy ein und schritt nachdenklich zurück zu Bodenstein.

*

Tobias Sartorius ging an der Scheune vorbei und betrat den ehemaligen Kuhstall. Ganz Altenhain befand sich auf dem Friedhof, es würde ihn also niemand sehen, nicht einmal Nachbar Paschke, der alte Blockwart. Nadja hatte ihn oben am rückwärtigen Hoftor aussteigen lassen und war zum Friedhof gefahren, um an Lauras Beerdigung teilzunehmen. Tobias schloss die Tür der Milchküche auf und betrat das Haus. Das Gefühl, sich verstecken zu müssen, war grauenvoll. Er war für ein solches Leben nicht geeignet. Als er gerade die Treppe nach oben nehmen wollte, erschien sein Vater lautlos wie ein Schatten in der Küchentür.

»Tobias! Gott sei Dank!«, stieß er hervor. »Ich habe mir solche Sorgen um dich gemacht! Wo bist du gewesen?«

»Papa.« Tobias umarmte seinen Vater. »Ich war bei Nadja. Die Bullen würden mir ja doch nicht glauben und mich sofort einbuchten.«

Hartmut Sartorius nickte.

»Ich wollte mir nur ein paar Klamotten holen. Nadja ist auf die Beerdigung gegangen und holt mich später wieder ab.«

Erst jetzt fiel ihm auf, dass sein Vater an einem gewöhnlichen Vormittag zu Hause und nicht bei der Arbeit war.

»Sie haben mich entlassen.« Hartmut Sartorius zuckte die Schultern. »Haben irgendwelche fadenscheinigen Gründe vorgeschoben. Mein Chef ist doch der Schwiegersohn von Dombrowski.«

Tobias verstand. Die Kehle schnürte sich ihm zusammen. Nun war er auch noch daran schuld, dass man seinen Vater entlassen hatte!

»Ach, ich wollte sowieso kündigen«, sagte Hartmut Sartorius leichthin. »Ich will wieder richtig kochen, nicht nur dieses gefrorene Zeug auftauen und auf Teller schaufeln.« Dann schien er sich an etwas zu erinnern. »Für dich war heute ein Brief in der Post.«

Er wandte sich um und ging in die Küche. Tobias folgte ihm. Der Brief hatte keinen Absender. Am liebsten hätte er ihn sofort in den Mülleimer geworfen. Wahrscheinlich nur wieder eine gemeine Beschimpfung. Er setzte sich an den Küchentisch, riss den Umschlag auf und faltete den vornehmen chamoisfarbenen Papierbogen auseinander. Verständnislos betrachtete er den Briefkopf einer Schweizer Bank, bevor er den handschriftlich verfassten Text zu lesen begann. Schon die ersten Zeilen trafen ihn wie ein Faustschlag in den Magen.

»Von wem ist das?«, erkundigte sich sein Vater. Draußen donnerte ein Feuerwehrauto mit Blaulicht und Sirene vorbei, die Fensterscheiben klirrten. Tobias schluckte. Er blickte auf.

»Von Lars«, krächzte er heiser. »Von Lars Terlinden.«

*

Das Tor zum Grundstück der Terlindens stand weit offen. Der scharfe Brandgeruch drang selbst durch die geschlossenen Autofenster. Die Feuerwehrfahrzeuge waren quer über den Rasen gefahren und hatten tiefe Spuren in dem sumpfigen Boden hinterlassen. Aber nicht die Villa stand in Flammen, sondern ein Gebäude weiter hinten auf dem großen Gelände. Pia ließ das Auto auf dem Vorplatz des Hauses stehen und näherte sich mit Bodenstein zu Fuß dem Brandort. Der Qualm trieb ihnen die Tränen in die Augen. Die Feuerwehr schien das Feuer bereits unter Kontrolle zu haben, es waren keine Flammen mehr zu sehen, nur dichte, dunkle Rauchwolken quollen aus den Fensteröffnungen. Christine Terlinden war ganz in Schwarz gekleidet, offenbar war sie auf der Beerdigung gewesen oder hatte gerade hinfahren wollen, als sie das Feuer bemerkt hatte. Sie blickte schockiert auf das Spektakel, das Durcheinander von Schläuchen, die Feuerwehrleute, die durch die Beete trampelten und den Rasen zerstörten. Neben ihr stand ihre Nachbarin, Daniela Lauterbach, bei deren Anblick sich Bodenstein unwillkürlich an einen seiner wirren Träume der letzten Nacht erinnerte. Sie drehte sich um, als ob sie seine Gedanken gehört hätte, und kam auf ihn und Pia zu.

»Hallo«, sagte sie kühl und ohne die Spur eines Lächelns. Ihre blanken, haselnussbraunen Augen wirkten heute wie gefrorene Schokolade. »War Ihr Besuch bei Thies erfolgreich?«

»Nein«, erwiderte Pia. »Was ist hier los? Was für ein Gebäude brennt da?«

»Die Orangerie. Thies' Atelier. Christine macht sich große Sorgen, wie Thies reagieren wird, wenn er erfährt, dass seine ganzen Bilder verbrannt sind.«

»Wir haben leider noch weitere schlimme Nachrichten für Frau Terlinden«, sagte Bodenstein. Daniela Lauterbach hob eine ihrer wohlgeformten Brauen.

»Viel Schlimmeres kann ja kaum kommen«, entgegnete sie mit unüberhörbarer Schärfe. »Ich habe gehört, Sie halten Claudius noch immer fest. Warum?«

Bodenstein war einen Moment versucht, sie dafür um Verständnis zu bitten, sich zu rechtfertigen. Aber Pia kam ihm zuvor.

»Dafür haben wir unsere Gründe«, sagte sie. »Wir müssen Frau Terlinden leider mitteilen, dass sich ihr Sohn das Leben genommen hat.«

»Was? Thies ist tot?« Frau Dr. Lauterbach sah Pia an. War das Erleichterung, die kurz in ihrem Blick aufflackerte, bevor sich Bestürzung auf ihrem Gesicht breitmachte? Wie seltsam.

»Nein, nicht Thies«, erwiderte Pia. »Lars.«

Bodenstein überließ Pia das Gespräch. Es irritierte ihn, dass ihm so viel an Daniela Lauterbachs Wohlwollen lag. War es die verständnisvolle Warmherzigkeit, die sie ihm entgegengebracht hatte und in die er in seinem derzeitigen seelischen Notstand zu viel hineininterpretiert hatte? Er konnte den Blick nicht von ihrem Gesicht wenden und wünschte sich unsinnigerweise, sie würde ihn anlächeln.

»Er hat sich in seinem Auto mit Auspuffgasen vergiftet«, sagte Pia gerade. »Wir haben seine Leiche heute Morgen gefunden.«

»Lars? Großer Gott.«

Als Dr. Daniela Lauterbach bewusst wurde, welche neuerliche Hiobsbotschaft auf ihre Freundin Christine zukam, schmolz das Eis in ihrem Blick. Sie wirkte hilflos, aber dann straffte sie die Schultern.

»Ich sage es ihr«, sagte sie entschlossen. »Das ist besser so. Ich werde mich um sie kümmern. Rufen Sie mich später an.«

Sie wandte sich ab, ging zu ihrer Freundin, die die Augen kein einziges Mal von dem brennenden Gebäude abgewandt hatte. Daniela Lauterbach legte beide Arme um die Schulter der Freundin, sprach leise auf sie ein. Christine Terlinden stieß einen unterdrückten Schrei aus, sie taumelte leicht, aber Daniela Lauterbach hielt sie fest.

»Gehen wir«, sagte Pia. »Die kommen schon klar.«

Bodenstein riss sich vom Anblick der beiden Frauen los und folgte Pia den Weg zurück durch den verwüsteten Park. Gerade als sie das Auto erreichten, trat eine Frau auf sie zu, die er nicht sofort einordnen konnte.

»Hallo, Frau Fröhlich«, begrüßte Pia Amelies Stiefmutter. »Wie geht es Ihnen?«

»Nicht gut«, gab die Frau zu. Sie war sehr blass, wirkte aber gefasst. »Ich wollte mich bei Frau Terlinden erkundigen, was hier passiert ist, da habe ich Ihr Auto gesehen. Gibt es irgendwelche Neuigkeiten? Konnte Ihre Kollegin etwas mit den Bildern anfangen?«

»Welche Bilder?«, fragte Pia erstaunt. Barbara Fröhlich blickte verwirrt zwischen Pia und Bodenstein hin und her.

»A... aber gestern war doch Ihre Kollegin bei mir«, stotterte sie. »Sie ... sie sagte, Sie hätten sie geschickt. Wegen der Bilder, die Thies Amelie gegeben hat.«

Bodenstein und Pia wechselten einen raschen Blick.

»Wir haben niemanden geschickt«, antwortete Pia mit gerunzelter Stirn. Die ganze Sache wurde immer eigenartiger!

»Aber die Frau sagte doch ...«, begann Barbara Fröhlich, verstummte dann jedoch ratlos.

»Haben Sie die Bilder gesehen?«, wollte Bodenstein wissen.

»Nein ... Sie hat das ganze Zimmer durchsucht und hinter der Kommode eine Tapetentür gefunden. Und dahinter lag dann wirklich eine Rolle mit Bildern. Amelie muss sie dort versteckt haben ... Was auf den Bildern drauf war, habe ich nicht gesehen. Die Frau hat sie mitgenommen, wollte mir den Empfang sogar noch quittieren.«

»Wie sah sie denn aus, unsere angebliche Kollegin?«, erkundigte sich Pia. Barbara Fröhlich schien zu begreifen, dass sie einen Fehler gemacht hatte. Ihre Schultern sackten nach vorne, sie lehnte sich gegen den Kotflügel des Autos, eine Faust gegen die Lippen gepresst. Pia trat zu ihr hin, legte einen Arm um ihre Schulter.

»Sie … sie hatte eine Polizeimarke«, flüsterte Amelies Stiefmutter und kämpfte gegen die Tränen. »Sie war … so verständnisvoll und freundlich. Sie … sie … sagte, dass sie mit Hilfe dieser Bilder Amelie finden würden, und nur das war mir wichtig!«

»Machen Sie sich keine Gedanken«, versuchte Pia sie zu trösten. »Können Sie sich daran erinnern, wie die Frau ausgesehen hat?«

»Dunkle, kurze Haare. Eine Brille. Schlank.« Barbara Fröhlich hob die Schultern. In ihren Augen stand nackte Angst. »Glauben Sie, dass Amelie noch am Leben ist?«

»Aber ganz sicher«, erwiderte Pia gegen ihre eigene Überzeugung. »Wir werden sie finden. Machen Sie sich nicht zu viele Sorgen.«

*

»Thies' Bilder zeigen den wahren Täter, davon bin ich überzeugt«, sagte Pia wenig später zu ihrem Chef, als sie im Auto saßen und Richtung Neuenhain fuhren. »Er hat sie Amelie zur Verwahrung gegeben. Aber Amelie hat den Fehler gemacht, irgendjemandem von diesen Bildern zu erzählen.«

»Genau.« Bodenstein nickte düster. »Nämlich Tobias Sartorius. Und der hat jemanden zu Fröhlichs geschickt, um die Bilder zu holen. Wahrscheinlich hat er sie längst vernichtet.«

»Tobias kann es doch egal sein, wenn die Bilder ihn zeigen sollten«, widersprach Pia. »Er hat seine Strafe abgesessen. Was soll ihm passieren? Nein, nein, es muss jemand anders sein, der größtes Interesse daran hat, dass diese Bilder niemals auftauchen.«

»Und wer?«

Es fiel Pia schwer, ihren Verdacht auszusprechen. Sie begriff, dass der erste Eindruck, den sie von Claudius Terlinden gehabt hatte, nicht falscher hätte sein können.

»Thies' Vater«, sagte sie.

»Möglich«, bestätigte Bodenstein. »Es kann aber auch jemand gewesen sein, den wir noch gar nicht auf der Rechnung haben, weil wir ihn nicht kennen. Hier musst du links abbiegen.«

»Wo fahren wir eigentlich hin?« Pia setzte den linken Blinker, wartete den Gegenverkehr ab und bog in die Straße ein.

»Zu Hasse«, erwiderte Bodenstein. »Er wohnt im letzten Haus auf der linken Seite oben am Waldrand.«

Ihr Chef hatte keine Miene verzogen, als Pia ihm vorhin von Ostermanns Anruf erzählt hatte, aber er schien der Sache unverzüglich auf den Grund gehen zu wollen. Wenig später hielt sie vor dem Häuschen mit dem winzigen Vorgarten, von dem sie wusste, dass Andreas Hasse es am Tag seiner Pensionierung abbezahlt haben würde. Das erwähnte er regelmäßig, voller Groll über die seiner Meinung nach überaus miese Bezahlung im öffentlichen Dienst. Sie stiegen aus und gingen zur Haustür. Bodenstein drückte auf die Klingel. Hasse öffnete selbst. Er wurde sofort totenbleich und senkte betreten den Kopf. Ostermann hatte also mit seiner Vermutung ins Schwarze getroffen. Unglaublich.

»Dürfen wir hereinkommen?«, fragte Bodenstein. Sie betraten eine dunkle Diele mit abgewetztem Linoleumboden, Essensgeruch vermischt mit Zigarettenrauch hing in der Luft. Das Radio dudelte. Hasse schloss die Tür zur Küche. Er versuchte nicht einen Moment zu leugnen, sondern gab alles sofort zu.

»Ein Freund hatte mich um einen Gefallen gebeten«, sagte er unbehaglich. »Ich dachte, es wäre nicht so schlimm.«

»Mensch, Andreas, bist du wahnsinnig?« Pia war außer sich. »Du lässt Protokolle aus Akten verschwinden?«

»Ich konnte ja nicht wissen, dass der alte Kram noch irgendeine Bedeutung hat«, entgegnete er lahm. »Ich meine, das ist doch alles uralt, die ganze Sache längst abgeschlossen …« Er verstummte, als er merkte, was er da sagte.

»Sie wissen, was das bedeutet«, sagte Bodenstein ernst. »Ich werde Sie vom Dienst suspendieren und ein Disziplinarverfahren gegen Sie einleiten müssen. Wo sind die Unterlagen?«

Hasse machte eine hilflose Handbewegung. »Ich habe sie vernichtet.«

»Und warum?« Pia konnte nicht fassen, was sie da hörte. Hatte er wirklich gedacht, es würde niemandem auffallen?

»Pia, der Sartorius hat zwei Mädchen umgebracht und jeden anderen verdächtigt – sogar seine Freunde und seinen Lehrer! Ich habe den Typ damals erlebt, ich war bei den Ermittlungen von Anfang an dabei! So ein eiskaltes Schwein – und jetzt will er die ganze Geschichte wieder aufkochen und sich …«

»Das stimmt doch gar nicht!«, fiel Pia ihm ins Wort. »Ich bin es, die Zweifel bekommen hat. Tobias Sartorius hat überhaupt nichts damit zu tun!«

»Wie heißt der Freund, der Sie um diesen zweifelhaften Gefallen gebeten hat?«, wollte Bodenstein wissen. Hasse druckste noch ein wenig herum.

»Gregor Lauterbach«, gab er schließlich zu und ließ den Kopf hängen.

*

Das Schwarze Ross war bis auf den letzten Platz gefüllt. Der ganze Ort hatte sich nach der Beerdigung zum Leichenschmaus versammelt, aber man sprach bei Kaffee und belegten Brötchen weniger über Laura Wagner als über den Brand bei Terlindens, stellte Mutmaßungen und Spekulationen an. Michael Dombrowski war Wehrführer bei der Freiwilligen Feuerwehr Altenhain und hatte den Einsatz geleitet. Er hatte sich auf der Rückfahrt zum Feuerwehrgerätehaus am Schwarzen Ross absetzen lassen, den Geruch nach Qualm und Feuer noch in der Kleidung und den Haaren.

»Die Kripo geht von Brandstiftung aus«, berichtete er seinen Freunden Felix Pietsch und Jörg Richter, die mit düsteren Mienen an einem kleinen Tisch in einer Ecke zusammensaßen. »Ich frage mich nur, weshalb jemand die Gartenhütte anzündet.« Erst jetzt fiel ihm die gedrückte Stimmung seiner Kumpels auf. »Was ist denn los mit euch?«

»Wir müssen Tobi finden«, entgegnete Jörg. »Und diese ganze Sache jetzt ein für alle Mal zu Ende bringen.«

Felix nickte zustimmend.

»Was meinst du?«, fragte Michael verständnislos.

»Siehst du nicht, dass es hier wieder losgeht? Genau wie damals.« Jörg Richter legte das angebissene Käsebrötchen zurück auf den Teller und schüttelte angewidert den Kopf. »Ich stehe das nicht noch mal durch.«

»Ich auch nicht«, pflichtete Felix dem Freund bei. »Eigentlich bleibt uns gar nichts anderes übrig.«

»Seid ihr euch sicher?« Michael blickte unbehaglich von einem zum anderen. »Ihr wisst, was das bedeutet. Für jeden von uns.«

Felix und Jörg nickten. Ihnen war die Tragweite ihres Vorhabens bewusst.

»Was sagt Nadja?«

»Darauf können wir keine Rücksicht mehr nehmen«, sagte Jörg und holte tief Luft. »Wir können nicht länger damit warten. Sonst gibt's womöglich noch ein Unglück mehr.«

»Lieber ein Ende mit Schrecken als ein Schrecken ohne Ende«, ergänzte Felix zustimmend.

»Scheiße.« Michael rieb sich das Gesicht. »Ich kann das nicht! Ich ... ich meine ... es ist alles so lange her. Können wir es nicht einfach gut sein lassen?«

Jörg starrte ihn an. Dann schüttelte er entschlossen den Kopf.

»Ich nicht. Nadja hat eben auf dem Friedhof gesagt, dass Tobi zu Hause ist. Ich fahre jetzt zu ihm hin und mache dem Ganzen ein Ende.«

»Ich komme mit«, sagte Felix.

Michael zögerte noch, suchte verzweifelt nach einer Möglichkeit, sich herauszuhalten. »Ich muss später noch mal an den Brandort«, sagte er schließlich.

»Kannst du ja. Später«, entgegnete Jörg. »So lange wird es nicht dauern. Los, kommt.«

*

Daniela Lauterbach hatte die Arme vor der Brust verschränkt und betrachtete ihren Mann mit einer Mischung aus Unglauben und Verachtung. Als sie von der Nachbarin gekommen war, hatte er am Küchentisch gesessen, grau im Gesicht, um Jahre gealtert. Bevor sie ihre Jacke hatte ausziehen können, hatte er angefangen zu reden – von anonymen Drohbriefen, von E-Mails und Fotos. Wie ein Wasserfall waren die Worte aus ihm herausgesprudelt, bitter, verzweifelt, voller Selbstmitleid und Angst. Schweigend und mit wachsender Fassungslosigkeit hatte sie ihm zugehört, ohne ihn zu unterbrechen. Seine letzte Bitte hatte ihr vollends die Sprache verschlagen. Eine ganze Weile herrschte völlige Stille in der großen Küche.

»Was erwartest du jetzt von mir?«, fragte sie ihn kühl. »Ich habe dir damals weiß Gott mehr als genug geholfen.«

»Ich wünschte, du hättest es nicht getan«, erwiderte er dumpf. Bei diesen Worten überkam sie die Wut, eine heiße, wilde Wut, die all die Jahre tief in ihrem Innern geschlummert hatte. Was hatte sie nicht alles für ihn getan, für diesen rückgratlosen Schwächling, diesen Blender, der nichts anderes konnte als den großen Mann spielen und schöne Reden schwingen! Sobald er in Bedrängnis geriet, kam er angekrochen und hängte sich winselnd an ihren Rockzipfel. Früher einmal hatte es ihr gefallen, dass er auf ihren Rat hörte und sie um Hilfe bat, wenn er nicht mehr weiterwusste. Er war ihr hübscher Zauberlehrling gewesen, ihr Jungbrunnen, ihr Werk. Bei ihrer ersten Begegnung vor mehr als zwanzig Jahren hatte sie rasch die Talente des damals Einundzwanzigjährigen erkannt. Sie war schon damals eine erfolgreiche Ärztin gewesen, zwanzig Jahre älter als er und gutsituiert dank einer ordentlichen Erbschaft. Zuerst hatte sie ihn nur als Zeitvertreib fürs Bett betrachtet, aber dann hatte sie dem mittellosen Arbeitersohn das Studium finanziert, ihm Kunst, Kultur und Politik nahegebracht. Sie hatte ihm durch Beziehungen einen Job als Gymnasiallehrer vermittelt, ihm den Weg in die Politik geebnet; das Amt des Kultusministers war die Krönung. Aber nach der Sache vor elf Jahren hätte sie ihn rauswerfen sollen. Er war es nicht wert. Ein undankbarer Weichling, der ihre Bemühungen und Investitionen bis heute nicht zu schätzen wusste.

»Hättest du damals auf mich gehört und den Wagenheber im Wald vergraben, statt ihn mit bloßen Händen anzufassen und in Sartorius' Jauchegrube zu werfen, dann wäre überhaupt nichts passiert«, sagte sie. »Aber du wolltest ja schlauer sein. Wegen dir ist Tobias ins Gefängnis gegangen. Wegen dir, nicht wegen mir!«

Er duckte sich unter ihren Worten wie unter Peitschenhieben. »Ich habe einen Fehler gemacht, Dani! Ich stand einfach so unter Druck, mein Gott!«

»Du hast mit einer minderjährigen Schülerin geschlafen«,

erinnerte sie ihn mit eisiger Stimme. »Und jetzt kommst du an und verlangst allen Ernstes von mir, dass ich einen Augenzeugen aus dem Weg schaffe, der dazu auch noch ein Patient von mir ist und der Sohn unserer Nachbarn! Was bist du nur für ein Mensch?«

»Das verlange ich ja gar nicht von dir«, flüsterte Gregor Lauterbach. »Ich will doch nur mit Thies reden. Mehr nicht. Er muss einfach weiterhin den Mund halten. Du bist seine Hausärztin, dich werden sie zu ihm lassen.«

»Nein.« Daniela Lauterbach schüttelte entschlossen den Kopf. »Da mache ich nicht mit. Lass den Jungen in Ruhe, er hat es sowieso schwer genug. Überhaupt wäre es wohl am besten, wenn du für eine Weile von der Bildfläche verschwindest. Fahr nach Deauville ins Haus, bis sich hier die Wogen geglättet haben.«

»Die Polizei hat Claudius verhaftet!«, begehrte Gregor Lauterbach auf.

»Ich weiß.« Sie nickte. »Und ich frage mich, warum. Was habt ihr am Samstagabend wirklich gemacht, du und Claudius?«

»Bitte, Dani«, flehte er. Er rutschte von dem Stuhl und ging vor ihr auf die Knie. »Lass mich mit Thies reden.«

»Er wird dir nicht antworten.«

»Vielleicht doch. Wenn du dabei bist.«

»Dann erst recht nicht.« Sie blickte auf ihren Ehemann hinunter, der vor ihr kauerte wie ein ängstlicher kleiner Junge. Belogen und betrogen hatte er sie, immer wieder. Ihre Freunde hatten ihr schon vor der Hochzeit prophezeit, dass es so kommen würde. Gregor war zwanzig Jahre jünger, er sah blendend aus, war ein eloquenter Redner und besaß Charisma. Die Mädchen und Frauen himmelten ihn an, weil sie in ihm etwas sahen, was er nicht war. Nur sie selbst wusste, wie schwach er in Wirklichkeit war. Daraus, und aus seiner

Abhängigkeit, schöpfte sie ihre Kraft. Sie hatte ihm verziehen, unter der Bedingung, dass so etwas nie wieder passieren durfte. Ein Verhältnis mit einer Schülerin musste tabu sein. Seine wechselnden Geliebten hingegen interessierten sie nicht, sie belustigten sie sogar. Sie allein kannte seine Geheimnisse, seine Ängste und Komplexe, sie kannte ihn viel besser als er sich selbst.

»Bitte«, bettelte er wieder und blickte sie aus großen Augen bittend an. »Hilf mir, Dani. Lass mich nicht im Stich! Du weißt doch, was für mich auf dem Spiel steht!«

Daniela Lauterbach stieß einen tiefen Seufzer aus. Ihr Vorsatz, ihm diesmal nicht zu helfen, löste sich in Luft auf. Wie immer. Sie konnte ihm nie lange böse sein. Und diesmal stand wirklich sehr viel auf dem Spiel, da hatte er recht. Sie beugte sich zu ihm hinab, tätschelte seinen Kopf und grub ihre Finger in sein dichtes, weiches Haar.

»Gut«, sagte sie. »Ich werde zusehen, was ich tun kann. Aber du packst jetzt deine Sachen und fährst für ein paar Tage nach Frankreich, bis alles geregelt ist, okay?«

Er blickte zu ihr auf, ergriff ihre Hand und küsste sie.

»Danke«, flüsterte er. »Danke, Dani. Ich wüsste echt nicht, was ich jemals ohne dich tun sollte.«

Sie lächelte. Der Zorn auf ihn war verebbt. Sie spürte eine tiefe, ruhige Freude in sich aufsteigen. Alles war wieder im Gleichgewicht, mühelos würden sie die Bedrohung von außen meistern – solange Gregor nur zu schätzen wusste, was sie für ihn tat.

*

»Der Kultusminister?« Pia hatte von ihrem Kollegen eine völlig andere Antwort erwartet und war platt. »Woher kennst du den denn?«

»Meine Frau ist eine Cousine seiner Frau«, erklärte Andreas Hasse. »Wir haben uns immer mal wieder auf irgendwelchen Familienfeiern getroffen. Außerdem sind wir beide im Männergesangverein in Altenhain.«

»Na großartig«, sagte Bodenstein. »Ich kann Ihnen gar nicht sagen, wie enttäuscht ich von Ihnen bin, Hasse.«

Andreas Hasse blickte ihn an und schob trotzig das Kinn vor. »Tatsächlich?«, erwiderte er mit bebender Stimme. »Ich wusste gar nicht, dass *ich* Sie enttäuschen könnte, so wenig, wie Sie sich für meine Person jemals interessiert haben.«

»Wie bitte?« Bodenstein hob die Augenbrauen.

Und da sprudelte es aus Hasse heraus, jetzt, wo ihm klargeworden war, dass seine Tage im K 11 sowieso gezählt waren.

»Sie haben noch nie mehr als drei Sätze mit mir geredet. Ich sollte Leiter des K 11 werden, aber dann sind Sie aus Frankfurt dahergekommen, arrogant und überheblich, und haben erst mal alles umgekrempelt, als wäre alles mies gewesen, was wir dämlichen Dorfpolizisten vorher gemacht haben. Wir sind Ihnen doch alle völlig egal, jeder von uns! Dumme Bullen, denen sich der gnädige Herr *von* Bodenstein meilenweit überlegen fühlt!«, ätzte Hasse. »Sie werden schon noch sehen, was Sie davon haben. An Ihrem Stuhl wird gerade ordentlich gesägt.«

Bodenstein blickte Hasse an, als habe er ihm ins Gesicht gespuckt. Pia fand als Erste die Sprache wieder.

»Sag mal, spinnst du?«, fuhr sie den Kollegen an. Der lachte gallig.

»Du solltest auch aufpassen. Im Kommissariat weiß doch längst jeder, dass ihr heimlich was miteinander habt! Das ist mindestens genauso ein Verstoß gegen die Vorschriften wie Franks Nebenjob, von dem der gnädige Herr auch nie etwas mitbekommen hat!«

»Halt die Klappe!«, sagte Pia scharf. Hasse grinste anzüglich.

»Ich hab's von Anfang an gewusst, dass da was läuft. Die anderen haben es erst kapiert, seitdem ihr euch duzt.«

Bodenstein wandte sich grußlos ab und verließ das Haus. Pia sagte Hasse noch ein paar ziemlich unfreundliche Dinge, dann folgte sie ihrem Chef. Er saß nicht im Auto. Sie ging die Straße entlang und fand ihn oben am Waldrand auf einer Bank sitzend, das Gesicht in den Händen vergraben. Pia zögerte kurz, aber dann ging sie zu ihm und setzte sich stumm neben ihn auf die Bank, deren Holz von der Feuchtigkeit des Nebels glänzte.

»Hör doch nicht auf das blöde Geschwätz von diesem verbitterten, frustrierten Idioten«, sagte sie. Bodenstein antwortete nicht, blieb einfach so sitzen.

»Mache ich überhaupt noch irgendetwas richtig?«, murmelte er nach einer Weile dumpf. »Hasse intrigiert mit dem Kultusminister und klaut Protokolle aus Akten, Behnke arbeitet jahrelang heimlich in einer Kneipe, ohne dass ich es weiß, meine Frau betrügt mich seit Monaten mit einem anderen Kerl ...«

Er hob den Kopf, und Pia musste schlucken, als sie den Ausdruck abgrundtiefer Verzweiflung auf seinem Gesicht sah.

»Warum kriege ich das alles nicht mit? Bin ich wirklich so überheblich? Und wie soll ich überhaupt noch meinen Job machen, wenn ich mein eigenes Leben nicht mehr auf die Reihe kriege?«

Pia betrachtete die scharfen Konturen seines Profils und verspürte echtes Mitleid. Das, was Hasse oder auch andere als Arroganz und Überheblichkeit empfinden mochten, war eben Bodensteins Art. Er mischte sich nicht ein, spielte seine Autorität nie aus. Und auch wenn er mehr als neugierig war, würde er seinen Mitarbeitern nie indiskrete Fragen stellen. Das war keine Gleichgültigkeit, sondern Zurückhaltung.

»Ich hab doch von Behnkes Job auch nichts gewusst«, sagte Pia leise. »Und dass Hasse die Protokolle geklaut hat, hat mich genauso umgehauen.« Sie grinste. »Sogar von unserem heimlichen Verhältnis habe ich bis eben nichts geahnt.«

Bodenstein gab einen unartikulierten Laut von sich, zwischen Lachen und Seufzen. Dann schüttelte er mutlos den Kopf.

»Ich hab das Gefühl, mein ganzes Leben fällt in sich zusammen.« Er starrte vor sich hin. »Ich kann an nichts mehr anderes denken als daran, dass Cosima mich mit einem anderen Kerl betrügt. Weshalb? Was hat ihr gefehlt? Habe ich etwas falsch gemacht?«

Er beugte sich nach vorne und verschränkte seine Hände hinter dem Kopf. Pia biss sich auf die Lippen. Was sollte sie ihm sagen? Gab es für ihn in dieser Situation überhaupt irgendeinen Trost? Nach kurzem Zögern legte sie ihre Hand auf seinen Arm und drückte ihn sanft.

»Vielleicht hast du irgendetwas falsch gemacht«, sagte sie. »Aber wenn es Probleme in einer Beziehung gibt, ist nie nur einer schuld. Statt Erklärungen zu suchen, solltest du lieber darüber nachdenken, wie es weitergehen kann.«

Bodenstein rieb sich den Nacken und richtete sich auf.

»Ich musste im Kalender nachgucken, um mich zu erinnern, wann ich das letzte Mal mit ihr geschlafen habe«, sagte er mit plötzlicher Verbitterung. »Aber es ist auch gar nicht so einfach mit einem kleinen Kind, das alle naslang angelaufen kommt.«

Pia wurde unbehaglich zumute. Auch wenn ihr Verhältnis im letzten Jahr viel vertrauter geworden war als früher, so empfand sie es nach wie vor als peinlich, mit ihrem Chef über *so* intime Dinge zu sprechen. Sie holte ihr Zigarettenpäckchen aus der Jackentasche und hielt es ihm hin. Er nahm sich eine Zigarette, zündete sie an und rauchte ein paar Züge, bevor er weiterredete.

»Wie lange geht das schon? Wie viele Nächte habe ich ahnungsloser Trottel neben ihr gelegen, während sie an einen anderen Kerl gedacht hat? Dieser Gedanke macht mich ganz krank!«

Ah, aus der Verzweiflung wurde allmählich Zorn. Das war gut! Pia zündete sich ebenfalls eine Zigarette an.

»Frag sie einfach«, riet sie ihm. »Frag sie am besten sofort. Dann musst du dich nicht länger verrückt machen.«

»Und dann? Wenn sie mir die Wahrheit sagt? Ach, Scheiße! Am liebsten würde ich sie auch ...« Er brach ab, trat die Zigarette mit dem Absatz aus.

»Dann tu es doch. Vielleicht geht's dir dann besser.«

»Was gibst du mir denn für Ratschläge?« Bodenstein warf Pia einen überraschten Blick zu, die Andeutung eines Lächelns zuckte um seine Mundwinkel.

»Sonst scheint dir ja keiner welche zu geben«, erwiderte sie. »Ich hatte in der Schule mal einen Freund, der mit mir Schluss gemacht hat. Am liebsten hätte ich mich umgebracht, so unglücklich war ich. Meine Freundin Miriam hat mich gezwungen, mit ihr auf eine Party zu gehen, und da lief mir irgendein Typ über den Weg. Der hat mir nur Komplimente gemacht. Na ja. Danach ging's mir besser. Auch andere Mütter haben schöne Söhne. Oder Töchter.«

Bodensteins Handy klingelte. Zuerst beachtete er es nicht, schließlich nahm er es mit einem Seufzer aus der Tasche und meldete sich.

»Das war Fachinger«, sagte er hinterher zu Pia. »Hartmut Sartorius hat angerufen. Tobias ist nach Hause gekommen.«

Er erhob sich von der Bank.

»Hoffentlich erwischen wir ihn noch. Sartorius hat schon

vor zwei Stunden angerufen, aber der KvD hat es Fachinger eben erst gesagt.«

*

Das Hoftor von Sartorius stand weit offen. Sie überquerten den Hof und klingelten an der Haustür, aber nichts tat sich.

»Die Tür ist nur angelehnt«, stellte Pia fest und drückte sie auf.

»Hallo?«, rief sie ins Haus hinein. »Herr Sartorius?«

Keine Antwort. Sie ging ein paar Schritte in den Flur und rief noch einmal.

»Er hat sich wohl schon wieder aus dem Staub gemacht.« Enttäuscht wandte sie sich um und ging zu Bodenstein zurück, der vor der Haustür wartete. »Und sein Vater ist auch nicht da. So ein Mist.«

»Lass uns hinten auf dem Hof nachsehen.« Bodenstein zückte sein Handy. »Ich rufe Verstärkung.«

Pia ging um das Haus herum. Tobias Sartorius war am Tag der Beerdigung von Laura Wagner wieder nach Altenhain gekommen. Er war natürlich nicht auf dem Friedhof gewesen, aber während der Begräbniszeremonie war das Atelier von Thies Terlinden in Flammen aufgegangen – mit Hilfe eines Brandbeschleunigers, wie Feuerwehr und Kollegen vom Dezernat für Brandsachen festgestellt hatten. Was lag näher als der Verdacht, dass Tobias die Orangerie in Brand gesteckt hatte und danach wieder abgetaucht war?

»... ohne Sirene, verstanden?«, hörte Pia Bodenstein sagen. Sie wartete, bis er bei ihr war.

»Tobias hat gewusst, dass das ganze Dorf auf dem Friedhof sein würde und er unbeobachtet das Feuer legen konnte«, äußerte sie ihre Vermutung. »Ich verstehe nur nicht, warum sein Vater bei uns angerufen hat.«

»Verstehe ich auch nicht«, gab Bodenstein zu. Er blickte sich auf dem Hof um. Bei früheren Besuchen waren Tor und sämtliche Türen immer sorgfältig verschlossen gewesen, verständlich nach all den Drohungen und dem Überfall auf Tobias. Wieso stand jetzt alles sperrangelweit offen? Gerade als sie um die Hausecke bogen, nahmen sie weiter oben im Hof eine Bewegung wahr. Zwei Männer verschwanden durch das obere Tor, wenig später knallten Autotüren, ein Motor heulte auf. Plötzlich hatte Pia ein ungutes Gefühl.

»Das waren nicht Tobias und sein Vater.« Sie griff in ihre Jacke und zog ihre Dienstwaffe hervor. »Irgendetwas stimmt hier nicht.«

Vorsichtig öffneten sie die Tür zur Milchküche, spähten hinein. Dann gingen sie hinüber zum alten Kuhstall. Am offenen Tor verständigten sie sich stumm, Pia hob die Waffe und betrat den Stall. Sie blickte sich um und erstarrte. Auf einem Hocker in einer Ecke saß Tobias Sartorius. Er hatte die Augen geschlossen, den Kopf gegen die Wand gelehnt.

»Scheiße«, murmelte Pia. »Ich glaube, wir kommen zu spät.«

*

Acht Schritte von der Tür bis zur Wand. Vier Schritte von der gegenüberliegenden Wand bis zu dem Regal. Ihre Augen hatten sich längst an die Dunkelheit gewöhnt, ihre Nase an den fauligen, modrigen Geruch. Tagsüber fiel ein wenig Licht durch eine winzige Ritze oberhalb des schmalen Kellerfensters, das von außen mit irgendetwas verschlossen war. So konnte sie wenigstens bestimmen, ob es Tag war oder Nacht. Die beiden Kerzen waren längst heruntergebrannt, aber sie wusste, was sich in dem Kasten im Regal befand. Vier Flaschen Wasser waren noch übrig, sie musste sparsam damit umgehen, denn sie hatte ja keine Ahnung, wie lange es reichen musste. Die Kekse wurden ebenfalls langsam knapp, ebenso wie die Dosenwurst und die Schokolade. Mehr gab es nicht. Wenigstens würde sie hier ein paar Kilo abnehmen, wo immer sie hier auch war.

Die meiste Zeit war sie müde, so müde, dass sie einfach einschlief, ohne sich dagegen wehren zu können. War sie wach, überkam sie manchmal tiefe Verzweiflung, dann trommelte sie mit den Fäusten gegen die Tür, weinte und schrie um Hilfe. Danach verfiel sie wieder in melancholische Gleichgültigkeit, lag stundenlang auf der stinkenden Matratze und versuchte, sich das Leben draußen vorzustellen, die Gesichter von Thies und von Tobias. Sie sagte auswendig Gedichte auf, an die sie sich erinnerte, sie machte Liegestützen und Tai-Chi-Chuan-Übungen – gar nicht einfach, in der Dunkelheit das Gleichgewicht zu halten – oder sang lauthals alle Lieder, die sie kannte, nur um nicht verrückt zu werden in diesem feuchten Verlies. Irgendwann würde jemand kommen und sie hier rausholen. Ganz sicher. Sie glaubte fest daran. Es fühlte sich einfach nicht so an, als ob der liebe Gott sie jetzt, noch vor ihrem achtzehnten Geburtstag, sterben lassen würde. Amelie rollte sich auf der Matratze zusammen und starrte in die Dunkelheit. Eines der letzten Stückchen Schokolade schmolz auf ihrer Zunge. Kauen und einfach runterschlucken wäre purer Frevel. Eine bleierne Müdigkeit kroch langsam in ihr hoch, saugte ihre Erinnerungen und Gedanken in ein schwarzes Loch. Immer und immer wieder grübelte sie darüber nach, was eigentlich passiert war. Wie war sie an diesen schrecklichen Ort gekommen? Das Letzte, an das sie sich erinnern konnte, war, dass sie verzweifelt versucht hatte, Tobias zu erreichen. Aber weshalb, das wollte ihr einfach nicht mehr einfallen.

*

Pia fuhr erschrocken zusammen, als Tobias Sartorius die Augen aufschlug. Er bewegte sich nicht, blickte sie nur stumm an. Die Blutergüsse in seinem Gesicht waren verblasst, aber er sah krank und müde aus.

»Was ist passiert?«, fragte Pia und steckte ihre Waffe wieder weg. »Wo sind Sie die ganze Zeit gewesen?«

Tobias antwortete nicht. Unter seinen Augen lagen tiefe Schatten, er hatte stark abgenommen, seit sie ihn das letzte Mal gesehen hatten. Mühsam, als ob es seine ganze Kraft erforderte, hob er einen Arm und hielt ihr ein zusammengefaltetes Blatt Papier hin.

»Was ist das?«

Er sagte kein Wort, deshalb nahm sie das Blatt aus seiner Hand, faltete es auseinander. Bodenstein trat neben sie, gleichzeitig lasen sie die handschriftlichen Zeilen.

Tobi, sicherlich wirst du dich wundern, dass ich dir nach so langer Zeit schreibe. In den letzten elf Jahren ist kein Tag vergangen, an dem ich nicht an dich gedacht und mich schuldig gefühlt hätte. Du hast meine Strafe abgesessen, und ich habe es zugelassen. Ich bin zur Karikatur eines Menschen geworden, wie ich ihn zutiefst verachte. Ich diene nicht Gott, so, wie ich das immer wollte, ich bin Sklave eines Götzen geworden. Elf Jahre lang bin ich weggerannt, habe mich gezwungen, mich nicht nach Sodom und Gomorrha umzusehen. Aber jetzt blicke ich zurück. Meine Flucht ist vorbei. Ich bin gescheitert. Ich habe alles verraten, was mir früher etwas bedeutet hat, ich habe einen Pakt mit dem Teufel geschlossen, als ich auf Anraten meines Vaters das erste Mal gelogen habe. Ich habe dich, meinen besten Freund, verraten und verkauft. Der Preis dafür waren unendliche Qualen. Jedes Mal wenn ich mein Gesicht im Spiegel gesehen habe, habe ich dich vor mir

gesehen. Was für ein Feigling war ich! Ich habe Laura getötet. Nicht mit Absicht, es war ein dummer Unfall, aber sie war tot. Ich habe auf meinen Vater gehört und geschwiegen, selbst dann noch, als klar war, dass man dich verurteilen würde. Ich bin damals in eine falsche Richtung abgebogen, die mich direkt in die Hölle geführt hat. Ich war seitdem nie mehr glücklich. Verzeih mir, Tobi, wenn du kannst. Ich kann mir nicht verzeihen. Möge Gott mich richten.
Lars

Pia ließ den Brief sinken. Lars Terlinden hatte seinen Abschiedsbrief auf den Vortag datiert und das Geschäftspapier der Bank benutzt, bei der er gearbeitet hatte. Aber was war der Auslöser für dieses Geständnis und seinen Suizid gewesen?

»Lars Terlinden hat gestern Selbstmord begangen«, sagte Bodenstein und räusperte sich. »Wir haben heute Morgen seine Leiche gefunden.«

Tobias Sartorius reagierte nicht, er starrte nur stumm vor sich hin.

»Na ja.« Bodenstein nahm Pia den Brief ab. »Jetzt wissen wir wenigstens, weshalb Claudius Terlinden die Schulden Ihrer Eltern übernommen und Sie im Gefängnis besucht hat.«

»Kommen Sie.« Pia berührte Tobias' Arm. Er trug nur ein T-Shirt und Jeans, seine Haut fühlte sich kalt an. »Sie holen sich hier ja den Tod. Lassen Sie uns ins Haus gehen.«

»Sie haben Laura vergewaltigt, als sie aus unserem Haus kam«, sagte er plötzlich tonlos. »Genau hier, im Stall.«

Bodenstein und Pia wechselten einen überraschten Blick.

»Wer?«, wollte Bodenstein wissen.

»Felix, Jörg und Michael. Meine *Freunde*. Sie waren betrunken. Laura hatte sie den ganzen Abend scharfgemacht. Die Situation geriet außer Kontrolle. Dann rannte Laura weg, direkt in Lars' Arme. Sie stolperte, fiel hin und war tot.« Er sprach ohne jede Emotion, fast gleichgültig.

»Woher wissen Sie das?«

»Sie waren eben hier und haben es mir gesagt.«

»Elf Jahre zu spät«, bemerkte Pia. Tobias stieß einen Seufzer aus.

»Sie haben Laura in den Kofferraum meines Autos geladen und in den Tank am alten Flugplatz geworfen. Lars ist weggelaufen. Ich habe ihn nie wieder gesehen, meinen besten Freund. Und dann kam heute dieser Brief …«

Seine blauen Augen richteten sich auf Pia. Erst jetzt begriff sie, dass sie mit ihrer Vermutung, Tobias Sartorius sei unschuldig, tatsächlich gegen jede Vernunft recht behalten hatte.

»Was war mit Stefanie?«, fragte Bodenstein. »Und wo ist Amelie?«

Tobias holte tief Luft und schüttelte den Kopf.

»Ich weiß es nicht. Ehrlich. Ich hab absolut keine Ahnung.«

Jemand betrat hinter ihnen den Kuhstall, Bodenstein und Pia wandten sich um. Es war Hartmut Sartorius. Er war totenbleich und konnte nur mit äußerster Anstrengung seine Unruhe beherrschen.

»Lars ist tot, Papa«, sagte Tobias mit leiser Stimme. Hartmut Sartorius ging vor seinem Sohn in die Hocke und umarmte ihn unbeholfen. Tobias schloss die Augen und lehnte sich an seinen Vater. Der Anblick berührte Pia sehr. Würde der Leidensweg der beiden irgendwann ein Ende haben? Der Klingelton von Bodensteins Handy durchbrach die Stille. Er nahm das Gespräch entgegen und ging hinaus auf den Hof.

»Werden … werden Sie Tobias jetzt verhaften?«, fragte Hartmut Sartorius mit unsicherer Stimme und blickte zu Pia auf.

»Wir haben einige Fragen an ihn«, erwiderte sie bedauernd. »Leider besteht noch immer der Verdacht, dass Tobias etwas mit dem Verschwinden von Amelie Fröhlich zu tun hat. Und solange dieser Verdacht nicht ausgeräumt ist …«

»Pia!«, rief Bodenstein vom Hof aus. Sie drehte sich um und ging zu ihm hinaus. Mittlerweile war der angeforderte Streifenwagen eingetroffen, die beiden Beamten waren ausgestiegen und kamen näher.

»Das war Ostermann«, verkündete Bodenstein, während er eine Nummer in sein Handy eintippte. »Er hat die Geheimschrift in Amelies Tagebuch entziffert. In ihrer letzten Eintragung schreibt sie, dass Thies ihr im Keller unter seinem Atelier die Mumie von Schneewittchen gezeigt hat … ja … Bodenstein hier … Kröger, ich brauche Sie und Ihre Leute auf dem Grundstück Terlinden in Altenhain. Da, wo es heute gebrannt hat. Ja, sofort!«

Er blickte Pia an, und sie verstand, was in seinem Kopf vor sich ging.

»Du meinst, Amelie könnte auch dort sein.«

Er nickte angespannt, dann rieb er nachdenklich sein Kinn und runzelte die Stirn.

»Ruf Behnke an, damit er mit ein paar Leuten die drei Männer aufs Kommissariat bringt«, wies er Pia an. »Ein Streifenwagen muss zu Lauterbach, zu seinem Privathaus und in sein Büro in Wiesbaden. Ich will aber heute noch mit ihm sprechen. Mit Claudius Terlinden müssen wir auch reden, er weiß ja noch nichts vom Suizid seines Sohnes. Und falls wir tatsächlich diesen Keller finden, brauchen wir einen Rechtsmediziner.«

»Du hast Behnke vom Dienst suspendiert«, erinnerte Pia

ihn. »Das kann aber auch Kathrin übernehmen. Und was ist mit Tobias?«

»Ich sage den Kollegen, dass sie ihn nach Hofheim bringen sollen. Da muss er halt auf uns warten.«

Pia nickte und griff zu ihrem Telefon, um die entsprechenden Anweisungen zu geben. Sie diktierte Kathrin die Namen von Felix Pietsch, Michael Dombrowski und Jörg Richter, dann ging sie zurück in den Kuhstall. Sie sah zu, wie Tobias mühsam auf die Beine kam und sich schwer auf seinen Vater stützte.

»Meine Kollegen werden Sie jetzt gleich nach Hofheim bringen«, sagte sie zu Tobias. »Sie warten draußen im Hof, bis Sie so weit sind.«

Tobias Sartorius nickte nur.

»Pia!«, rief Bodenstein ungeduldig von draußen. »Komm schon!«

»Also, wir sehen uns dann später.« Pia nickte den beiden Männern zu und ging hinaus.

*

Vor der Lauterbach'schen Villa hielt gerade ein Streifenwagen, als Bodenstein und Pia vorbeifuhren. Sie bogen ein paar Meter weiter in das offene Tor zum Grundstück von Terlindens ein, stiegen aus und gingen zu Fuß über den Rasen bis zu den noch immer rauchenden Trümmern der Orangerie. Die geschwärzten Seitenwände standen noch, das Dach war zur Hälfte eingestürzt.

»Wir müssen da sofort rein«, sagte Bodenstein zu einem der Feuerwehrleute, die zurückgeblieben waren, um den Brandort zu überwachen.

»Völlig unmöglich.« Der Feuerwehrmann schüttelte den Kopf. »Die Mauern können jeden Moment zusammenstürzen, das Dach ist instabil. Da geht jetzt erst mal keiner rein.«

»Doch«, beharrte Bodenstein. »Wir haben einen Hinweis bekommen, dass sich darunter ein Keller befindet. Und in dem Keller ist höchstwahrscheinlich das verschwundene Mädchen eingesperrt.«

Das veränderte die Sachlage völlig. Der Feuerwehrmann besprach sich mit seinen Kollegen, telefonierte. Bodenstein ging, ebenfalls telefonierend, auf und ab, umrundete das abgebrannte Gebäude. Er konnte unmöglich still stehen. Diese verdammte Warterei! Die Techniker von der Spurensicherung trafen ein, wenig später rollte ein Feuerwehrauto heran und ein dunkelblaues Fahrzeug vom Technischen Hilfswerk. Pia erfuhr von der Streife, dass bei Lauterbachs niemand zu Hause war. Sie ließ sich von Ostermann die Nummer des Chefsekretariats im Kultusministerium in Wiesbaden geben und bekam dort zur Antwort, dass der Herr Minister seit drei Tagen krank und nicht im Büro erschienen sei. Nur, wo war er dann? Sie lehnte sich an den Kotflügel, zündete sich eine Zigarette an und wartete, bis Bodenstein seinen Telefonmarathon für ein paar Sekunden unterbrach. Unterdessen hatten die Leute von der Feuerwehr und vom THW begonnen, die Dachreste und Mauern der Orangerie zu untersuchen. Mit schwerem Gerät räumten sie vorsichtig den qualmenden Schutt zur Seite und stellten Scheinwerfer auf, denn es begann schon zu dämmern.

Kathrin Fachinger rief an und meldete Vollzug: Felix Pietsch, Jörg Richter und Michael Dombrowski waren auf dem Kommissariat. Keiner von ihnen hatte bei der Festnahme Schwierigkeiten gemacht. Aber sie hatte noch eine Nachricht, und die versetzte Pia in helle Aufregung. Ostermann hatte in der Zwischenzeit an die 500 Fotos auf Amelie Fröhlichs iPod durchgesehen und dabei Aufnahmen von Bildern gefunden, bei denen es sich durchaus um die handeln konnte, die Thies ihr gegeben hatte. Auf der Suche nach Bodenstein stapfte Pia über den aufgeweichten Rasen, der sich unter den Reifen der Lkw nun in eine einzige Schlammwüste verwandelt hatte. Ihr Chef stand mit ausdrucksloser Miene vor der Orangerie und qualmte eine Zigarette. Gerade als sie ihm von den Bildern auf dem iPod erzählen wollte, begannen die Männer im Innern der Ruine zu rufen und zu winken. Bodenstein erwachte aus seiner Erstarrung, ließ die Kippe fallen und ging hinein. Pia folgte ihm auf dem Fuß. Es war noch immer sehr warm in dem Gebäude, das vor ein paar Stunden lichterloh gebrannt hatte.

»Wir haben etwas gefunden!«, verkündete der Feuerwehrmann, der die Leitung der Arbeiten übernommen hatte, nachdem der Wehrführer nicht aufgetaucht war. »Eine Falltür! Sie lässt sich sogar noch öffnen!«

*

Die Straße war trocken, der Stau auf der A5 hatte sich hinter dem Frankfurter Kreuz aufgelöst. Nadja gab Gas, sobald das Tempolimit aufgehoben war, und beschleunigte auf 200. Tobias saß auf dem Beifahrersitz. Er hatte die Augen geschlossen und noch keinen Ton gesagt, seitdem sie losgefahren waren. Das alles war zu viel für ihn. Seine Gedanken kreisten um das, was er an diesem Nachmittag erfahren hatte. Felix, Micha und Jörg. Er hatte sie für seine Freunde gehalten! Und Lars, der wie ein Bruder für ihn gewesen war! Sie hatten Laura getötet und ihre Leiche in dem Tank auf dem alten Flugplatz versteckt, aber nie etwas gesagt. Ja, sie hatten ihn durch die Hölle gehen lassen und elf Jahre lang geschwiegen. Warum hatten sie sich jetzt plötzlich dazu entschieden, ehrlich zu sein? Warum erst jetzt? Die Enttäuschung war grenzenlos, abgrundtief. Noch vor ein paar Tagen hatten sie mit ihm getrunken, gelacht und Erinnerungen an früher ausgetauscht – und dabei die ganze Zeit gewusst, was sie getan, was sie *ihm* angetan hatten! Er stieß einen tiefen Seufzer aus. Nadja ergriff seine Hand, drückte sie. Tobias öffnete die Augen.

»Ich kann gar nicht glauben, dass Lars tot ist«, flüsterte er, räusperte sich mehrmals, um den Frosch in seinem Hals loszuwerden.

»Es ist alles völlig unfassbar«, bestätigte sie. »Aber ich habe immer daran geglaubt, dass du unschuldig bist.«

Er rang sich ein Lächeln ab. Unter all den Enttäuschungen, der Bitterkeit und dem Zorn keimte ein winziges Pflänzchen der Hoffnung. Vielleicht würde ja doch alles gut werden, mit Nadja und ihm. Vielleicht hatten sie beide eine Chance, wenn die Schatten der Vergangenheit erst vertrieben und die ganze Wahrheit ans Licht gekommen war.

»Ich kriege Ärger mit den Bullen«, sagte er.

»Ach was«, sie zwinkerte ihm zu. »Du bist ja in ein paar Tagen zurück. Und dein Vater hat meine Handynummer, für alle Fälle. Es wird wohl jeder verstehen, dass du jetzt ein bisschen Abstand brauchst.«

Tobias nickte. Er entspannte sich etwas. Der allgegenwärtige, nagende Schmerz in seinem Innern wurde schwächer.

»Ich bin so froh, dass du da bist«, sagte er zu Nadja. »Wirklich. Du bist einfach wunderbar.«

Sie lächelte wieder, hielt den Blick aber auf die Straße gerichtet.

»Wir sind füreinander bestimmt, du und ich«, antwortete sie. »Das habe ich immer gewusst.«

Tobias führte ihre Hand an seine Lippen und küsste sie zärtlich. Vor ihnen lagen ein paar Tage Ruhe. Nadja hatte alle ihre Termine abgesagt. Niemand würde sie stören, er musste sich vor niemandem fürchten. Die leise Musik, die angenehme Wärme, die weichen Lederpolster. Er spürte, wie ihn die Müdigkeit übermannte. Mit einem Seufzer schloss er die Augen und war wenig später tief und fest eingeschlafen.

*

Die rostige Eisentreppe war schmal und führte steil nach unten. Er tastete an der Wand nach dem Lichtschalter. Sekunden später tauchte die 25-Watt-Birne den kleinen Raum in schummeriges Licht. Bodenstein spürte seinen Herzschlag bis in den Hals. Es hatte Stunden gedauert, bis die Ruine endlich so weit gesichert war, dass man sie gefahrlos betreten konnte. Der Bagger vom THW hatte den Schutt beiseitegeschoben, mit vereinten Kräften hatten die Männer die stählerne Falltür geöffnet. Einer der Männer in einem Schutzanzug war die Treppe hinuntergeklettert und hatte festgestellt, dass unten alles in Ordnung war. Der Keller hatte den Brand unbeschadet überstanden.

Bodenstein wartete, bis Pia, Kröger und Henning Kirchhoff den steilen Abstieg geschafft hatten und neben ihm in dem winzigen Raum standen. Er legte seine Hand auf die Klinke der schweren, eisernen Tür. Die schwang lautlos auf. Warme Luft drang ihnen entgegen, es roch süßlich nach verwelkten Blumen.

»Amelie?«, rief Bodenstein. Eine Taschenlampe hinter ihm flammte auf, leuchtete in einen erstaunlich großen, rechteckigen Raum.

»Ein ehemaliger Bunker«, stellte Kröger fest. Es klickte, als er den Lichtschalter betätigte, eine Neonröhre an der Decke sprang flackernd und summend an. »Die Stromleitungen sind separat verlegt, damit im Fall einer Beschädigung des Gebäudes der Keller weiterhin versorgt wird.«

Der Kellerraum war schlicht eingerichtet: ein Sofa, ein Regal mit einer Stereoanlage. Der hintere Teil des Raumes war mit einer altmodischen spanischen Wand abgeteilt. Von Amelie keine Spur. Waren sie zu spät? »Puh«, murmelte Kröger. »Ist das eine Hitze hier drin.«

Bodenstein ging quer durch den Raum. Der Schweiß lief ihm über das Gesicht.

»Amelie?«

Er rückte die spanische Wand beiseite. Sein Blick fiel auf das schmale, eiserne Bett. Er musste schlucken. Das Mädchen, das dort lag, war tot. Ihr langes, schwarzes Haar war wie ein Fächer auf dem weißen Kopfkissen ausgebreitet. Sie trug ein weißes Kleid, die Hände gefaltet über dem Bauch. Der rote Lippenstift wirkte grotesk auf den vertrockneten Lippen der Mumie. Ein Paar Schuhe stand neben dem Bett. Verwelkte Blumen in einer Vase auf dem Nachttisch, daneben eine Flasche Cola. Es dauerte ein paar Sekunden, bis er begriff, dass es sich bei dem Mädchen auf dem Bett nicht um Amelie handeln konnte.

»Schneewittchen«, sagte Pia neben ihm leise. »Da bist du ja endlich.«

*

Es war kurz nach neun, als sie auf dem Kommissariat eintrafen. Vor der Tür des Wachraumes mussten sich drei Kollegen mit einem randalierenden Betrunkenen befassen, dessen weibliche Begleitung nicht minder betrunken war und herumpöbelte. Pia holte sich am Automaten eine Cola light, bevor sie in den Besprechungsraum im ersten Stock ging. Bodenstein stand über den Tisch gebeugt da und betrachtete die Fotos der Bilder, die Kathrin ausgedruckt hatte. Ostermann und Kathrin saßen ihm gegenüber. Er blickte auf, als Pia eintrat. Sie sah die Furchen der Erschöpfung in seinem

Gesicht, aber sie wusste, dass er sich jetzt keine Pause gönnen würde. Nicht so kurz vor dem Ziel und schon gar nicht jetzt, da er seine privaten Sorgen mit rastloser Aktivität verdrängen konnte.

»Wir nehmen sie uns alle drei auf einmal vor«, entschied Bodenstein und warf einen Blick auf die Uhr. »Mit Terlinden müssen wir auch reden. Und mit Tobias Sartorius.«

»Wo ist der denn?«, fragte Kathrin erstaunt.

»Ich denke, unten, in einer der Zellen.«

»Davon weiß ich nichts.«

»Ich auch nicht«, sagte Ostermann. Bodenstein sah Pia an. Sie hob die Augenbrauen.

»Du hast doch den Jungs von der Streife in Sartorius' Hof heute Mittag gesagt, dass sie ihn hierherbringen sollen, oder nicht?«

»Nein. Ich habe ihnen gesagt, sie sollen zu Lauterbach fahren«, erwiderte Bodenstein. »Ich dachte, du würdest eine andere Streife rufen.«

»Und ich habe gedacht, das hättest du getan«, sagte Pia.

»Ostermann, rufen Sie bei Sartorius an«, befahl Bodenstein. »Er soll auf der Stelle hierherkommen.«

Er schnappte die Fotos und verließ den Besprechungsraum. Pia verdrehte die Augen und folgte ihm.

»Darf ich mal die Bilder sehen, bevor wir da reingehen?«, bat sie ihn. Stumm reichte er ihr die Fotos, ohne seine Schritte zu verlangsamen. Er war sauer, weil ihm ein Fehler unterlaufen war. Ein Missverständnis, wie es vorkommen konnte, wenn sich die Ereignisse derart überschlugen. Im Vernehmungsraum war noch niemand. Bodenstein marschierte davon, kam wenig später wieder zurück.

»Hier klappt ja gar nichts«, knurrte er verärgert. Pia schwieg. Sie dachte an Thies Terlinden, der elf Jahre lang die Leiche von Stefanie Schneeberger bewacht hatte. Warum hatte er das getan? Hatte sein Vater es ihm befohlen? Weshalb hatte Lars Terlinden ausgerechnet jetzt diesen Brief an Tobias geschrieben und Selbstmord begangen? Wieso war heute das Atelier von Thies abgebrannt? Wusste jemand von Schneewittchen – oder galt der Brandanschlag Thies' Bildern? Dann konnte dieselbe Person dahinterstecken, die die falsche Polizistin zu Barbara Fröhlich geschickt hatte. Und wo war Amelie? Thies hatte ihr die Mumie von Schneewittchen gezeigt und sie anschließend wieder gehen lassen, sonst hätte sie kaum in ihr Tagebuch schreiben können. Was hatte sie Tobias erzählt? Warum war sie verschwunden? Hatte ihr Verschwinden vielleicht überhaupt nichts mit dem alten Fall zu tun?

Tausend Gedanken fluteten durch ihr Gehirn, es wollte ihr nicht gelingen, Ordnung in die unzähligen Informationen zu bringen. Bodenstein telefonierte schon wieder, diesmal offenbar mit Kriminalrätin Dr. Engel. Er hörte überwiegend mit grimmiger Miene zu, sagte nur hin und wieder »Ja« oder »Nein«. Pia seufzte. Der ganze Fall wuchs sich zu einem Albtraum aus, und das lag weniger an der Arbeit als an den Umständen, unter denen sie ermitteln mussten. Sie spürte Bodensteins Blick auf sich ruhen und hob den Kopf.

»Wenn wir den Fall abgeschlossen haben, wird sie hier durchgreifen, hat sie gesagt. Nein, eher gedroht.« Er legte den Kopf in den Nacken und lachte plötzlich auf, allerdings ohne jede Heiterkeit. »Sie hat heute nämlich einen anonymen Anruf bekommen.«

»Aha.« Das interessierte Pia nicht die Bohne. Sie wollte mit Claudius Terlinden sprechen, herausfinden, was er wusste. Jede zusätzliche Information, die sie jetzt bekam, erschwerte ihr das klare Denken.

»Jemand hat ihr erzählt, dass wir ein Verhältnis haben.« Bodenstein fuhr sich mit beiden Händen durchs Haar. »Man hat uns angeblich zusammen gesehen.«

»Na, das ist ja keine Kunst«, erwiderte Pia trocken. »Wir fahren schließlich den ganzen Tag zusammen durch die Gegend.«

Ein Klopfen an der Tür beendete ihr Gespräch. Die drei Freunde von Tobias Sartorius wurden hereingeführt. Sie setzten sich an den Tisch, Pia nahm ebenfalls Platz. Bodenstein blieb stehen, betrachtete die drei Männer der Reihe nach. Wieso hatte sie jetzt, nach elf Jahren, plötzlich die Reue gepackt? Er überließ es Pia, die Angaben zur Vernehmung, die aufgezeichnet wurde, zu machen. Dann legte er die acht Fotos auf den Tisch. Felix Pietsch, Michael Dombrowski und Jörg Richter betrachteten die Bilder und wurden blass.

»Kennen Sie diese Bilder?«

Kopfschütteln.

»Aber Sie erkennen, was sie darstellen.«

Nicken.

Bodenstein verschränkte die Arme. Er wirkte gelassen und ruhig, ganz so wie immer. Pia konnte nicht umhin, ihn für seine Selbstdisziplin zu bewundern. Niemand, der ihn nicht besser kannte, hätte geahnt, was wirklich in ihm vorging.

»Können Sie uns sagen, wer und was auf den Bildern zu sehen ist?«

Die drei Männer schwiegen einen Moment, dann ergriff Jörg Richter das Wort. Er zählte die Namen auf: Laura, Felix, Michael, Lars und er selbst.

»Und wer ist der Mann in dem grünen T-Shirt?«, fragte Pia. Die drei zögerten, wechselten kurze Blicke.

»Das ist kein Mann«, sagte Jörg Richter schließlich. »Das ist Nathalie. Also Nadja. Sie hatte früher ganz kurze Haare.«

Pia suchte die vier Bilder heraus, die den Mord an Stefanie Schneeberger zeigten.

»Und wer ist das?« Sie tippte mit dem Finger auf die Person, die Stefanie umarmte. Jörg Richter zögerte.

»Das könnte der Lauterbach sein. Vielleicht ist er Stefanie nachgegangen.«

»Was genau ist an dem Abend passiert?«, wollte Bodenstein wissen.

»Es war Kerb in Altenhain«, begann Richter. »Wir waren den ganzen Tag unterwegs, hatten ordentlich getrunken. Laura war eifersüchtig auf Stefanie, weil die auch noch zur Miss Kerb gewählt worden war. Da wollte sie Tobi wohl eifersüchtig machen und hat auf Teufel komm raus mit uns geflirtet. Nein, regelrecht heißgemacht hat sie uns. Tobi hat am Getränkestand im Zelt gearbeitet, mit Nadja zusammen. Irgendwann war er weg, es hatte wohl Zoff mit Stefanie gegeben. Laura ist ihm nachgelaufen und wir ihr.«

Er machte eine Pause.

»Wir sind obenrum gegangen, also die Waldstraße hoch, nicht die Hauptstraße entlang. Dann haben wir hinten im Hof von Sartorius herumgesessen. Plötzlich kam Laura durch die Milchküche in den Stall. Sie hat geheult und hatte Nasenbluten. Wir haben sie ein bisschen geärgert, sie wurde wütend und hat Felix eine geklebt. Und irgendwie … ich weiß auch nicht mehr, wieso … ist die Situation eskaliert.«

»Sie haben Laura vergewaltigt«, stellte Pia mit sachlicher Stimme fest.

»Sie hatte uns den ganzen Abend angemacht ohne Ende.«

»War der Geschlechtsverkehr mit ihr einvernehmlich oder nicht?«

»Na ja«, Richter biss sich auf die Unterlippe. »Wohl eher nicht.«

»Wer von Ihnen hatte Geschlechtsverkehr mit Laura?«

»Ich und … und Felix.«

»Weiter.«

»Laura hat um sich getreten und geschlagen. Dann ist sie weggerannt. Ich bin hinter ihr her. Und plötzlich stand Lars da, Laura lag vor ihm auf dem Boden, und überall war Blut. Sie dachte wohl, er wollte auch was von ihr. Sie ist hingefallen, mit dem Kopf auf den Stein, mit dem das Tor festgestellt wurde. Lars war total entsetzt, er stammelte irgendwas und rannte dann weg. Wir ... wir waren auch in Panik, wollten weglaufen, aber Nadja war ganz cool, wie immer, und sagte, wir sollten Laura verschwinden lassen, dann gäb's auch keine Spuren.«

»Wo kam denn Nadja plötzlich her?«, fragte Bodenstein.

»Sie ... sie war die ganze Zeit dabei gewesen.«

»Nadja hat zugesehen, wie Sie Laura Wagner vergewaltigt haben?«

»Ja.«

»Aber warum wollten Sie Lauras Leiche verschwinden lassen? Ihr Tod war doch wohl ein Unfall.«

»Na ja, wir hatten sie immerhin ... vergewaltigt. Und dann lag sie da. Das ganze Blut. Ich weiß auch nicht, warum wir das gemacht haben.«

»Was genau haben Sie denn gemacht?«

»Tobis Golf stand da, der Schlüssel steckte, wie immer. Felix hat Laura in den Kofferraum gelegt, und ich kam auf die Idee, sie zum alten Flugplatz nach Eschborn zu bringen. Ich hatte noch die Schlüssel einstecken, weil wir ein paar Tage vorher dort waren, um ein bisschen Rennen zu fahren. Wir haben sie in das Loch geworfen und sind wieder zurück. Nadja hat auf uns gewartet. Auf der Kerb hatte gar niemand gemerkt, dass wir weg gewesen sind. Waren ja alle schon ziemlich blau. Und später sind wir dann zurück zu Tobi und haben ihn gefragt, ob er mit zur Kerbewache kommt. Aber er wollte nicht.«

»Und was war mit Stefanie Schneeberger?«

Das wussten alle drei nicht. Auf den Bildern sah es so aus, als ob Nadja Stefanie mit dem Wagenheber erschlagen hätte.

»Nadja hat Stefanie auf jeden Fall gehasst wie die Pest«, sagte nun Felix Pietsch. »Seit sie aufgetaucht war, war mit Tobi kaum noch was anzufangen, so verknallt war er. Und dann hat sie Nadja auch noch die Hauptrolle in diesem Theaterstück weggeschnappt.«

»An dem Abend auf der Kerb hat Stefanie mit dem Lauterbach rumgeschäkert«, erinnerte sich Jörg Richter. »Er war total verrückt nach ihr, das konnte jeder sehen, der Augen im Kopf hatte. Tobi hat die beiden draußen vor dem Zelt beim Knutschen erwischt, deshalb ist er ja auch dann nach Hause gegangen. Ich hab Stefanie das letzte Mal mit dem Lauterbach zusammen vor dem Zelt gesehen.«

Felix Pietsch bestätigte das mit einem Nicken. Michael Dombrowski reagierte gar nicht. Er hatte noch kein einziges Wort gesagt, sondern saß nur blass da und starrte vor sich hin.

»Kann Nadja von diesen Bildern hier gewusst haben?«, fragte Pia.

»Gut möglich. Tobi hat uns letzten Samstag erzählt, was Amelie herausgefunden hat. Von den Bildern und dass angeblich der Lauterbach drauf zu sehen ist. Tobi hat das sicher auch Nadja erzählt.«

Pias Handy summte. Sie erkannte die Nummer von Ostermann und ging dran.

»Entschuldige, dass ich störe«, sagte er. »Aber ich glaube, wir haben ein Problem. Tobias Sartorius ist verschwunden.«

*

Bodenstein unterbrach die Vernehmung und ging hinaus. Pia sammelte die Fotos auf, steckte sie zurück in die Klarsichthülle und folgte ihm. Er wartete auf dem Flur, lehnte mit geschlossenen Augen an der Wand.

»Nadja musste wissen, was auf den Bildern zu sehen sein würde«, sagte er. »Sie war heute Morgen auf der Beerdigung von Laura, zur gleichen Zeit ist Thies' Atelier abgebrannt.«

»Sie kann auch die Frau gewesen ein, die sich bei Barbara Fröhlich als Polizistin ausgegeben hat«, mutmaßte Pia.

»Das glaube ich auch.« Bodenstein öffnete die Augen. »Und um ganz sicherzugehen, dass keine weiteren Bilder mehr auftauchen, hat sie die Orangerie angezündet, während ganz Altenhain auf dem Friedhof war.«

Er stieß sich von der Wand ab, ging den Flur entlang und die Treppen hinauf.

»Es konnte ihr absolut nicht recht sein, dass Amelie die Wahrheit über das Verschwinden der beiden Mädchen herausgefunden hat«, sagte Pia. »Amelie kannte sie, hatte keinen Grund, ihr zu misstrauen. Sie könnte sie ohne weiteres am Samstagabend unter irgendeinem Vorwand aus dem Schwarzen Ross und in ihr Auto gelockt haben.«

Bodenstein nickte nachdenklich. Die Möglichkeit, dass Nadja von Bredow die Mörderin von Stefanie Schneeberger war und aus Angst vor der Entdeckung ihrer Tat nach elf Jahren Amelie entführt und womöglich getötet hatte, wurde zu einer Wahrscheinlichkeit. Ostermann saß in seinem Büro, den Telefonhörer in der Hand.

»Ich habe mit dem Vater gesprochen, gleichzeitig eine Streife hingeschickt. Tobias Sartorius ist heute Nachmittag mit seiner Freundin weggefahren, sie hat dem alten Sartorius gesagt, sie würde ihn zu uns bringen. Aber da sie bisher nicht hier aufgetaucht sind, denke ich mal, dass sie ganz woanders hingefahren sind.«

Bodenstein runzelte die Stirn, Pia schaltete schneller.

»Mit seiner *Freundin*?«, vergewisserte sie sich. Ostermann nickte.

»Hast du noch Sartorius' Nummer drin?«

»Ja.«

Pia ging mit einer bösen Vorahnung um seinen Schreibtisch herum und angelte nach dem Telefon. Sie drückte die Wiederwahltaste, stellte den Lautsprecher an. Hartmut Sartorius meldete sich nach dem dritten Klingeln. Sie ließ ihn gar nicht erst zu Wort kommen.

»Wer ist Tobias' Freundin?«, fragte sie, obwohl sie es schon ahnte.

»Nadja. Aber … aber sie wollte ihn doch …«

»Haben Sie eine Handynummer von ihr? Das Kennzeichen ihres Autos?«

»Ja, natürlich. Aber was ist denn eigentlich …«

»Bitte, Herr Sartorius. Geben Sie mir die Handynummer.« Ihr Blick begegnete dem von Bodenstein. Tobias Sartorius war mit Nadja von Bredow unterwegs und hatte womöglich keinen blassen Schimmer, was Nadja getan hatte und was sie vielleicht noch plante. Sobald sie die Nummer notiert hatte, beendete Pia das Gespräch und tippte die Handynummer von Nadja von Bredow ein.

The person you have called is temporarily not available …

»Was jetzt?« Sie machte Bodenstein keinen Vorwurf, dass er heute Mittag die Streife zu Lauterbach geschickt hatte. Es war passiert und nicht mehr zu ändern.

»Wir geben sofort eine Fahndung raus«, bestimmte Bodenstein. »Dann muss das Handy geortet werden, sobald das möglich ist. Wo wohnt die Frau?«

»Kriege ich raus.« Ostermann rollte mit dem Stuhl wieder an seinen Schreibtisch und begann zu telefonieren.

»Was ist mit Claudius Terlinden?«, wollte Pia wissen.

»Der muss warten.« Bodenstein ging zur Kaffeemaschine, schwenkte die Kanne, die offenbar noch voll war, und goss sich einen Kaffee ein. Dann setzte er sich auf Behnkes leeren Stuhl. »Viel wichtiger ist Lauterbach.«

Gregor Lauterbach hatte sich am Abend des 6. September 1997 mit Stefanie Schneeberger, der Tochter seiner Nachbarn, auf der Kerb in Altenhain geküsst und war später mit ihr an der Scheune der Sartorius gewesen. Das eine Bild zeigte nicht etwa Nadja im Kampf mit Stefanie, sondern möglicherweise Lauterbach beim Geschlechtsverkehr mit dem Mädchen. Hatte Nadja von Bredow das mitbekommen und später, als sich eine günstige Gelegenheit bot, die verhasste Rivalin mit einem Wagenheber erschlagen? Thies Terlinden hatte beobachtet, was geschehen war. Wer wiederum wusste, dass Thies Augenzeuge der beiden Morde gewesen war? Pias Handy summte. Es war Henning, der bereits dabei war, die mumifizierte Leiche von Stefanie Schneeberger zu untersuchen.

»Ich brauche die Tatwaffe.« Er klang müde und angespannt. Pias Blick fiel auf die Uhr an der Wand. Es war halb elf und Henning noch im Institut. Ob er Miriam mittlerweile sein pikantes Problem gestanden hatte?

»Kriegst du«, erwiderte sie. »Glaubst du, du kannst an der Mumie noch fremde DNA feststellen? Das Mädchen hatte eventuell kurz vor dem Tod Geschlechtsverkehr.«

»Ich kann es versuchen. Die Leiche ist sehr gut erhalten. Ich schätze, sie hat all die Jahre in diesem Raum bei diesen Temperaturen gelegen, denn sie ist fast überhaupt nicht verwest.«

»Wie schnell können wir ein Ergebnis bekommen? Wir sind hier ziemlich unter Druck.« Das war eine glatte Untertreibung. Nicht nur, dass sie noch immer mit allen Mitteln und jedem verfügbaren Beamten nach Amelie suchten, sie waren auch dabei, zwei elf Jahre alte Mordfälle neu zu untersuchen. Letzteres mit vier Leuten.

»Wann seid ihr das nicht?«, entgegnete Henning. »Ich beeile mich.«

Bodenstein hatte seinen Kaffee ausgetrunken.
»Komm«, sagte er zu Pia. »Wir machen weiter.«

*

Bodenstein blieb erst noch eine Weile hinter dem Steuer sitzen, als er auf dem Parkplatz vor dem Gutshof seiner Eltern angehalten hatte. Es war kurz nach Mitternacht, er war völlig erschöpft, aber gleichzeitig zu aufgekratzt, um an Schlaf auch nur zu denken. Eigentlich hatte er Felix Pietsch, Jörg Richter und Michael Dombrowski nach der Vernehmung nach Hause schicken wollen, aber dann war ihm gerade noch die wichtigste Frage überhaupt eingefallen: War Laura schon tot gewesen, als sie sie in den Bodentank geworfen hatten? Minutenlang hatten die drei Männer geschwiegen. Plötzlich war ihnen bewusst geworden, dass es nicht mehr nur um Vergewaltigung oder um unterlassene Hilfeleistung ging, sondern um etwas weitaus Schlimmeres. Pia hatte das Verbrechen, dessen sie sich schuldig gemacht hatte, korrekt formuliert: billigende Inkaufnahme des Todes eines Menschen zur Verdeckung einer schweren Straftat. Daraufhin war Michael Dombrowski in Tränen ausgebrochen. Das hatte Bodenstein als Geständnis ausgereicht, er hatte Ostermann beauftragt, sich um Haftbefehle zu kümmern. Was die drei zuvor erzählt hatten, war jedoch mehr als aufschlussreich. Nadja von Bredow hatte sich jahrelang nicht bei ihren Freunden aus Jugendtagen gemeldet. Aber kurz bevor Tobias aus dem Gefängnis entlassen werden sollte, war sie in Altenhain aufgetaucht und hatte die drei Freunde von früher massiv unter Druck gesetzt, damit sie den Mund hielten. Da keiner von ihnen ein Interesse daran hatte, dass elf Jahre nach ihrer Tat die Wahrheit ans Licht kommen würde, hätten sie sicherlich auch weiter geschwiegen, wäre nicht wieder ein Mädchen verschwunden. Dass sie die Verantwortung für die Verurteilung ihres Freundes trugen, hatte ihr Gewissen über all die Jahre schwer belastet. Selbst als in Altenhain die Hexenjagd auf Tobias begonnen hatte, waren Feigheit und Angst vor den unausweichlichen Konsequenzen zu groß gewesen, um sich selbst der Polizei zu stellen. Jörg Richter hatte Tobias am vergangenen Samstag nicht aus alter Freundschaft angerufen. Nadja hatte ihn gebeten, Tobias an dem Abend zu sich einzuladen und zum Trinken zu animieren. Und das bestätigte Bodensteins Befürchtungen. Was ihm jedoch am meisten zu denken gab, war Jörg Richters Antwort auf die Frage, weshalb drei erwachsene Männer Nadja von Bredow aufs Wort gehorchten:

»Sie hatte schon damals etwas an sich, was einem Angst einjagen konnte.« Die anderen hatten bestätigend genickt. »Nadja ist nicht ohne Grund da gelandet, wo sie jetzt ist. Wenn sie etwas will, dann kriegt sie das auch. Ohne Rücksicht auf Verluste.«

Nadja von Bredow hatte Amelie Fröhlich als Bedrohung erkannt und das arglose Mädchen in ihre Gewalt gebracht. Dass sie vor Mord nicht zurückschreckte, verhieß nichts Gutes.

In Gedanken versunken saß Bodenstein in seinem Auto. Was für ein Tag! Zuerst die Leiche von Lars Terlinden, der Brand in Thies' Atelier, Hasses unglaubliche Unterstellungen, die Begegnung mit Daniela Lauterbach ... Da erinnerte er sich daran, dass er sie später, wenn sie Christine Terlinden die schlimme Nachricht vom Freitod ihres Sohnes beigebracht hatte, noch hätte anrufen sollen. Er holte sein Handy hervor, suchte in der Innentasche seines Mantels, bis er die Visitenkarte der Ärztin gefunden hatte. Mit klopfendem Herzen wartete Bodenstein darauf, ihre Stimme zu hören. Aber vergeblich. Die Mailbox sprang an. Er sprach nach dem Piepton auf das Band und bat um Rückruf, egal um welche Uhrzeit. Vielleicht wäre er im Auto sitzen geblieben, hätte der Kaffee nicht so sehr auf seine Blase gedrückt. Es wurde sowieso Zeit, ins Haus zu gehen. Aus dem Augenwinkel nahm er eine Bewegung wahr und erschrak fast zu Tode, als plötzlich jemand an die Scheibe klopfte.

»Papa?« Es war Rosalie, seine älteste Tochter.

»Rosi!« Er öffnete die Tür und stieg aus. »Was machst du denn hier?«

»Ich hab gerade Feierabend«, erwiderte sie. »Aber was machst du hier? Warum bist du nicht zu Hause?«

Bodenstein seufzte und lehnte sich ans Auto. Er war todmüde und hatte keine Lust, mit seiner Tochter über seine Probleme zu reden. Den ganzen Tag über hatte er sich von den Gedanken an Cosima ablenken können, aber jetzt fiel das unerträgliche Gefühl des Scheiterns über ihn her.

»Oma hat mir erzählt, dass du schon gestern Nacht hier geschlafen hast. Was ist denn passiert?« Rosalie blickte ihn besorgt an. Im schwachen Licht der einzigen Laterne sah ihr Gesicht gespenstisch blass aus. Warum sollte er ihr nicht die Wahrheit sagen? Sie war alt genug, um zu verstehen, was los war, und würde es früher oder später ohnehin erfahren.

»Deine Mutter hat mir gestern Abend mitgeteilt, dass sie ein Verhältnis mit einem anderen Mann hat. Daraufhin habe ich es vorgezogen, für ein paar Tage woanders zu übernachten.«

»Was?« Rosalie verzog ungläubig das Gesicht. »Das ist doch … Nein, das kann ich nicht glauben.«

Ihre Fassungslosigkeit war echt und Bodenstein erleichtert, dass seine Tochter sich nicht als heimliche Komplizin ihrer Mutter erwies.

»Tja«, er hob die Schultern. »Das konnte ich auch erst nicht. Es geht aber wohl schon eine ganze Weile.«

Rosalie stieß ein Schnauben aus, schüttelte den Kopf. Aber mit einem Mal fiel jede erwachsene Attitüde von ihr ab, sie war wieder ein kleines Mädchen, restlos überfordert von einer Wahrheit, die für sie ebenso unbegreiflich war wie für ihn. Bodenstein wollte ihr nicht vorgaukeln, es würde schon alles wieder ins Lot kommen. Zwischen ihm und Cosima würde nichts wieder so werden wie früher. Dazu war die Verletzung, die sie ihm zugefügt hatte, zu schwer.

»Ja und jetzt? Ich meine ... wie ... wie ...« Rosalie brach ab. Ratlos. Hilflos. Auf einmal liefen ihr die Tränen über das Gesicht. Bodenstein nahm seine schluchzende Tochter in die Arme, drückte seinen Mund in ihr Haar. Er schloss die Augen und seufzte. Wie sehr wünschte er, auch einfach so seinen Tränen freien Lauf lassen, um Cosima, um sich und ihr ganzes Leben weinen zu können!

»Wir werden schon eine Lösung finden«, murmelte er und streichelte ihren Hinterkopf. »Ich muss das auch erst mal verdauen.«

»Aber warum tut sie das?«, schluchzte Rosalie. »Ich versteh das nicht!«

Sie verharrten eine ganze Weile so, dann nahm Bodenstein ihr tränenfeuchtes Gesicht in seine Hände.

»Fahr nach Hause, mein Schatz«, sagte er leise. »Mach dir keine Sorgen. Deine Mutter und ich kriegen das irgendwie wieder auf die Reihe, hm?«

»Aber ich kann dich doch jetzt hier nicht einfach allein lassen, Papa! Und ... und bald ist Weihnachten, und wenn du nicht da bist, dann ist das doch kein Familienfest mehr!« Das klang verzweifelt und echt nach Rosalie. Schon als Kind hatte sie sich für alles, was in der Familie und in ihrem Freundeskreis geschah, verantwortlich gefühlt – und sich damit oftmals mehr aufgebürdet, als sie zu tragen vermochte.

»Bis Weihnachten sind es noch ein paar Wochen. Und ich

bin nicht allein«, versicherte er ihr. »Opa und Oma sind da, Quentin und Marie-Louise. Es ist nicht so schlimm.«

»Aber du bist doch sicher traurig.«

Dieser Logik hatte er nichts entgegenzusetzen.

»Ich habe im Moment so viel zu tun, dass ich gar nicht richtig dazu komme, traurig zu sein.«

»Ist das wahr?« Ihre Lippen zitterten. »Ich kann den Gedanken nicht ertragen, dass du traurig und alleine bist, Papa.«

»Mach dir keine Sorgen. Du kannst mich jederzeit anrufen oder mir eine SMS schreiben. Aber du musst jetzt ins Bett und ich auch. Morgen reden wir noch mal, okay?«

Rosalie nickte unglücklich und zog die Nase hoch. Dann gab sie ihm einen feuchten Kuss auf die Wange, umarmte ihn noch einmal, stieg in ihr Auto und ließ den Motor an. Er blieb auf dem Parkplatz stehen und blickte ihr nach, bis die Rücklichter ihres Wagens im Wald verschwunden waren. Mit einem Seufzer wandte er sich zum Gehen. Die Erkenntnis, dass ihm die Zuneigung seiner Kinder erhalten bleiben würde, selbst wenn seine Ehe in die Brüche gehen sollte, erleichterte und tröstete ihn.

Samstag, 22. November 2008

Sie fuhr hoch. Ihr Herz klopfte laut, mit weit aufgerissenen Augen blickte sie sich um, aber es war so stockdunkel wie immer. Was hatte sie geweckt? Hatte sie tatsächlich ein Geräusch gehört oder nur davon geträumt? Amelie starrte in die Dunkelheit und lauschte angestrengt. Nichts. Sie hatte es sich nur eingebildet. Mit einem Seufzer richtete sie sich von der modrigen Matratze auf, umfasste ihre Fußknöchel und massierte ihre kalten Füße. Auch wenn sie sich immer wieder sagte, dass man sie finden, dass sie diesen Alptraum hier überleben würde, so hatte sie insgeheim die Hoffnung aufgegeben. Wer auch immer sie hier eingesperrt hatte, hatte nicht vor, sie jemals wieder rauszulassen. Bislang hatte sich Amelie der regelmäßig wiederkehrenden Panikattacken erwehren können. Aber nun verließ sie immer häufiger der Mut, und sie lag nur einfach da und wartete auf den Tod. So oft hatte sie im Zorn zu ihrer Mutter gesagt *Ich wollte, ich wäre tot!* – aber jetzt begriff sie erst, was sie da so leichtfertig von sich gegeben hatte. Längst bereute sie bitter, was sie ihrer Mutter aus Trotz und Gleichgültigkeit angetan hatte. Wenn sie nur lebend hier rauskäme, würde sie alles, alles, alles anders machen. Besser. Keine Widerworte mehr geben, nie mehr von zu Hause abhauen oder undankbar sein.

Es musste einfach ein Happy End geben. Es gab doch immer eins. Meistens auf jeden Fall. Sie fröstelte, als ihr all die Zeitungsnotizen und Fernsehberichte einfielen, in denen es kein glückliches Ende gegeben hatte. Tote Mädchen, im Wald verscharrt, in Kisten eingesperrt, vergewaltigt, zu Tode gefoltert. Verdammt, verdammt, verdammt. Sie wollte nicht sterben, nicht in diesem Drecksloch, in der Dunkelheit, einsam und alleine. Verhungern würde sie so schnell nicht, aber verdursten. Es war nicht mehr viel zu trinken da, sie teilte sich das Wasser mittlerweile in Schlucke ein.

Plötzlich fuhr sie zusammen. Da waren Geräusche! Das bildete sie sich nicht ein. Schritte, draußen vor der Tür! Sie kamen näher und näher, hörten auf. Dann drehte sich ein Schlüssel quietschend im Türschloss. Amelie wollte aufstehen, aber ihr Körper war steif vor Kälte und von der Feuchtigkeit, die ihr nach den vielen Tagen und Nächten der Dunkelhaft in die Knochen gekrochen war. Ein greller Lichtschein fiel in den Raum, erhellte ihn für ein paar Sekunden und blendete sie. Amelie blinzelte, konnte aber nichts erkennen. Schon ging die Tür wieder zu, der Schlüssel drehte sich mit einem Knirschen, und Schritte entfernten sich. Die Enttäuschung griff mit Krakenarmen nach ihr, hielt sie fest umklammert. Kein frisches Wasser! Plötzlich glaubte sie, Atemzüge zu hören. War da jemand außer ihr im Raum? Die feinen Härchen in ihrem Nacken stellten sich auf, ihr Herz schlug wie rasend. Wer war das? Ein Mensch? Ein Tier? Die Angst drohte ihr die Luft abzudrücken. Sie presste sich gegen die feuchte Wand. Schließlich nahm sie allen Mut zusammen.

»Wer ist da?«, flüsterte sie heiser.

»Amelie?«

Ungläubig schnappte sie nach Luft. Ihr Herz machte einen Freudensprung.

»Thies?«, flüsterte sie und tastete sich an der Wand hoch. Es war gar nicht leicht, in der Dunkelheit das Gleichgewicht zu halten, obwohl sie mittlerweile jeden Quadratmillimeter des Raumes kannte. Mit ausgestreckten Armen machte sie zwei Schritte und zuckte zusammen, als sie einen warmen Körper berührte. Sie hörte die angespannten Atemzüge, umfasste Thies' Arm. Statt vor ihr zurückzuweichen, ergriff er ihre Hand und hielt sie fest.

»Oh Thies!« Plötzlich konnte Amelie die Tränen nicht mehr zurückhalten. »Was machst du hier? Oh Thies, Thies, ich bin so froh! So froh!«

Sie drängte sich an ihn, schlang ihre Arme um ihn und ließ ihren Tränen freien Lauf. Ihre Knie wurden weich, so groß war ihre Erleichterung, endlich, endlich nicht mehr allein zu sein. Thies ließ sich die Umarmung gefallen. Nicht nur das. Auf einmal spürte sie, dass er sie ebenfalls umarmte. Vorsichtig und ungeübt. Aber dann zog er sie fest an sich und legte eine Wange auf ihr Haar. Und ganz plötzlich war ihre Angst verschwunden.

*

Wieder weckte ihn das Handy. Diesmal war es Pia, diese gnadenlose Frühaufsteherin, die ihm um zwanzig nach sechs mitteilte, dass Thies Terlinden in der Nacht aus der Psychiatrie verschwunden war.

»Die Oberärztin hat mich angerufen«, erklärte Pia. »Ich bin hier schon in der Psychiatrie und habe mit dem Stationsarzt und der Nachtschwester gesprochen. Sie hat um 23:27 Uhr auf ihrer letzten Runde nach ihm gesehen, da lag er schlafend im Bett. Als sie um 5:12 Uhr das nächste Mal geschaut hat, war er weg.«

»Was haben sie für eine Erklärung?« Bodenstein hatte Mühe, aus dem Bett zu kommen. Nach höchstens drei Stunden Schlaf fühlte er sich wie gerädert. Erst hatte Lorenz bei ihm angerufen, kaum dass er eingeschlafen war. Dann Rosalie, der er nur mit aller Mühe ausreden konnte, sich wieder ins Auto zu setzen und zu ihm zu fahren. Mit einem unterdrückten Stöhnen gelang es ihm, in die Vertikale zu kommen und aufzustehen. Diesmal erreichte er den Lichtschalter an der Tür, ohne irgendwo anzustoßen.

»Keine. Alles wurde abgesucht, er hat sich nirgendwo versteckt. Die Tür seines Zimmers war abgeschlossen. Sieht aus, als hätte er sich in Luft ausgelöst, wie alle anderen auch. Es ist doch zum Kotzen.«

Weder von Lauterbach noch von Nadja von Bredow oder Tobias Sartorius gab es eine Spur, trotz bundesweiter Fahndung in Presse, Funk und Fernsehen.

Bodenstein wankte ins Badezimmer, in dem er nachts noch in weiser Voraussicht die Heizung aufgedreht und das gekippte Fenster geschlossen hatte. Sein Gesicht im Spiegel bot keinen erfreulichen Anblick. Während er Pia weiter zuhörte, rotierten seine Gedanken. Leichtfertig war er davon ausgegangen, dass Thies in der geschlossenen Psychiatrie sicher war, dabei hätte er wissen müssen, in welcher Gefahr der Mann schwebte. Er hätte ihn zum Schutz überwachen lassen müssen! Schon sein zweites schwerwiegendes Versäumnis innerhalb von vierundzwanzig Stunden. Wenn es so weiterging, war er der Nächste, der mit einer Suspendierung rechnen konnte! Er beendete das Gespräch, zog sich das verschwitzte T-Shirt und die Unterhose aus und duschte ausgiebig. Die Zeit lief ihm davon. Der ganze Fall drohte ihm zu entgleiten. Auf was kam es jetzt in erster Linie an? Wo musste er ansetzen? Nadja von Bredow und Gregor Lauterbach schienen die Schlüsselfiguren in dieser Tragödie zu sein. Sie galt es zu finden.

*

Claudius Terlinden nahm die Nachricht vom Freitod seines Sohnes Lars ohne äußerliche Regung auf. Nach vier Tagen und drei Nächten in Polizeigewahrsam war seine gelassene Liebenswürdigkeit verstocktem Schweigen gewichen. Bereits am Donnerstag hatte sein Anwalt Protest eingelegt, aber Ostermann war es gelungen, den Richter von einer möglichen Verdunklungsgefahr zu überzeugen. Lange würden sie ihn jedoch nicht mehr festhalten können, sollte es nicht bald stichhaltigere Beweise geben als die Tatsache, dass er für den Zeitraum von Amelies Verschwinden kein Alibi hatte.

»Der Junge war sein Leben lang zu weich«, war Terlindens einziger Kommentar. Mit offenstehendem Hemdkragen, Bartstoppeln und strähnigem Haar besaß er noch so viel Charisma wie eine Vogelscheuche. Vergeblich versuchte Pia sich zu erinnern, was sie an ihm so fasziniert hatte.

»Aber Sie«, sagte sie nun sarkastisch. »Sie sind hart, nicht wahr? Sie sind so hart, dass es Ihnen vollkommen egal ist, was Sie mit Ihren Lügen und Vertuschungen angerichtet haben. Lars hat Selbstmord begangen, weil er sein schlechtes Gewissen nicht mehr ertragen konnte, Tobias Sartorius haben Sie zehn Jahre seines Lebens gestohlen, und Thies haben Sie derart eingeschüchtert, dass er elf Jahre lang auf ein totes Mädchen aufgepasst hat.«

»Ich habe Thies niemals eingeschüchtert.« Claudius Terlinden blickte Pia das erste Mal an diesem Morgen an. In seinen geröteten Augen lag plötzlich ein wachsamer Ausdruck. »Und von welchem toten Mädchen reden Sie?«

»Ach, kommen Sie schon!« Pia schüttelte ärgerlich den Kopf. »Sie wollen mir ja wohl nicht weismachen, dass Sie nicht wussten, was im Keller unter der Orangerie in Ihrem Garten gelegen hat.«

»Nein. Ich war bestimmt zwanzig Jahre nicht mehr dort.«

Pia zog einen Stuhl unter dem Tisch hervor und setzte sich ihm gegenüber hin.

»Wir haben gestern im Keller unter Thies' Atelier die mumifizierte Leiche von Stefanie Schneeberger gefunden.«

»Was?« In seinen Augen flackerte zum ersten Mal Unsicherheit auf. Die Fassade eiserner Selbstbeherrschung bekam erste feine Risse.

»Thies hatte damals beobachtet, wer die beiden Mädchen getötet hat«, fuhr Pia fort, ohne Terlinden aus den Augen zu lassen. »Jemand hat das erfahren und Thies gedroht, er werde ihn in ein Heim stecken, sollte er jemals einen Ton darüber sagen. Ich bin fest davon überzeugt, dass Sie das waren.«

Claudius Terlinden schüttelte den Kopf.

»Thies ist seit heute Nacht aus der Psychiatrie verschwunden, nachdem er mir verraten hat, was er damals gesehen hat.«

»Sie lügen«, entgegnete Terlinden. »Thies hat Ihnen niemals etwas gesagt.«

»Stimmt. Sein Augenzeugenbericht war nonverbal. Er hat Bilder gemalt, die den Tathergang so detailliert darstellen wie Fotos.«

Endlich zeigte Claudius Terlinden eine Reaktion. Seine Pupillen zuckten hin und her, und seine ruhelosen Hände verrieten Nervosität. Pia frohlockte innerlich. Würde dieses Gespräch endlich den Durchbruch bringen, den sie so dringend brauchten?

»Wo ist Amelie Fröhlich?«

»Wer?«

»Ich bitte Sie! Sie sitzen mir schließlich hier gegenüber, weil die Tochter Ihres Nachbarn und Mitarbeiters Arne Fröhlich verschwunden ist.«

»Ach ja, stimmt. Das hatte ich für einen Moment vergessen. Ich weiß nicht, wo das Mädchen ist. Welches Interesse soll ich an Amelie haben?«

»Thies hat Amelie die Mumie von Stefanie gezeigt. Er hat ihr die Bilder gegeben, die er von den Morden gemalt hat. Das Mädchen war dabei, alle dunklen Geheimnisse von Altenhain aufzudecken. Da liegt es doch auf der Hand, dass Ihnen das nicht gefallen konnte.«

»Ich weiß nicht, wovon Sie reden. Dunkle Geheimnisse!« Ihm gelang ein spöttisches Auflachen. »Sie sehen wirklich zu viele Seifenopern! Im Übrigen müssen Sie mich bald gehen lassen. Es sei denn, Sie haben irgendetwas Konkretes in der Hand, was ich allerdings nicht glaube.«

Pia ließ sich nicht beirren. »Sie haben Ihrem Sohn Lars damals geraten, nicht zuzugeben, dass er etwas mit dem Tod von Laura Wagner zu tun hatte, obwohl es sich wahrscheinlich um einen Unfall gehandelt hat. Wir prüfen gerade, ob das für die Verlängerung des Haftbefehls reicht.«

»Weil ich meinen Sohn schützen wollte?«

»Nein. Wegen Behinderung der Justiz. Wegen Falschaussage. Suchen Sie sich etwas aus.«

»Das ist doch alles längst verjährt.« Claudius Terlinden musterte Pia kühl. Er war ein harter Knochen, Pias Zuversicht schwand.

»Wo waren Sie und Gregor Lauterbach, nachdem Sie den Ebony Club verlassen haben?«

»Das geht Sie nichts an. Wir haben das Mädchen nicht gesehen.«

»Wo waren Sie? Weshalb haben Sie Fahrerflucht begangen?« Pias Stimme wurde schärfer. »Waren Sie so sicher, dass niemand wagen würde, Sie anzuzeigen?«

Claudius Terlinden gab keine Antwort. Er ließ sich zu keiner unbedachten Bemerkung provozieren. Oder war er vielleicht wirklich unschuldig? In seinem Auto hatte die

Kriminaltechnik keinen Hinweis auf Amelie finden können. Ein Unfall mit Fahrerflucht war kein Grund, den Mann noch länger festzuhalten, und mit der Verjährung der Tatbestände hatte er leider recht. Verdammt.

*

Er fuhr die ihm inzwischen vertraute Hauptstraße entlang, vorbei an Richters Laden und dem Goldenen Hahn, und bog beim Kinderspielplatz links in die Waldstraße ein. Die Straßenlaternen brannten, es war einer jener Tage, an denen es nicht richtig hell wurde. Bodenstein hegte die Hoffnung, Lauterbach an einem frühen Samstagmorgen zu Hause anzutreffen. Weshalb hatte er Hasse dazu angestiftet, die alten Protokolle zu vernichten? Welche Rolle hatte er im September 1997 gespielt? Er hielt vor Lauterbachs Haus und stellte verärgert fest, dass entgegen seiner Anordnung weit und breit kein Streifenwagen und auch kein ziviles Polizeifahrzeug zu sehen war. Bevor er mit der Zentrale telefonieren und seinem Ärger Luft machen konnte, öffnete sich das Garagentor, und die Rücklichter eines Autos leuchteten auf. Bodenstein stieg aus und ging hinüber. Sein Herz machte einen Satz, als er Daniela Lauterbach hinter dem Steuer des dunkelgrauen Mercedes erkannte. Sie hielt neben ihm an und stieg aus. Ihrem Gesicht war anzusehen, dass sie in der letzten Nacht nicht viel Schlaf bekommen hatte.

»Guten Morgen. Was führt Sie so früh zu mir?«

»Ich wollte Sie fragen, wie es Frau Terlinden geht. Ich habe die ganze Nacht an sie gedacht.« Das war glatt gelogen, aber mitfühlendes Interesse am Zustand der Nachbarin würde Daniela Lauterbach sicher für ihn einnehmen. Er hatte sich nicht getäuscht. Ihre braunen Augen leuchteten auf, ein Lächeln flog über ihr müdes Gesicht.

»Ihr geht es schlecht. Einen Sohn auf diese Weise zu verlieren ist mehr als fürchterlich. Und dann auch noch der Brand in Thies' Atelier und die Leiche im Keller der Orangerie – das war alles zu viel für sie.« Sie schüttelte bedauernd den Kopf. »Ich war bei ihr, bis eben ihre Schwester eingetroffen ist, um sich um sie zu kümmern.«

»Ich bewundere wirklich, wie Sie sich für Ihre Freunde und Patienten einsetzen«, sagte Bodenstein. »Menschen wie Sie gibt es nur sehr selten.«

Sein Kompliment schien sie zu erfreuen. Ihr Lächeln kehrte zurück, jenes warme, mütterliche Lächeln, das ein kaum zu unterdrückendes Bedürfnis auslösen konnte, sich auf der Suche nach Trost in ihre Arme zu werfen.

»Manchmal nehme ich am Schicksal anderer mehr Anteil, als gut für mich ist.« Sie seufzte. »Ich kann einfach nicht anders. Wenn ich jemanden leiden sehe, muss ich helfen.«

Bodenstein fröstelte in der eisigen Morgenluft. Sie bemerkte es sofort.

»Ihnen ist kalt. Gehen wir doch ins Haus, wenn Sie noch Fragen an mich haben.«

Er folgte ihr durch die Garage eine Treppe hinauf in eine große Eingangshalle, in ihrer repräsentativen Nutzlosigkeit ein typisches Relikt der achtziger Jahre.

»Ist Ihr Mann auch zu Hause?«, fragte er beiläufig und blickte sich um.

»Nein.« Für den Bruchteil einer Sekunde zögerte sie etwas. »Mein Mann ist beruflich unterwegs.«

Falls das eine Lüge war, akzeptierte Bodenstein sie für den Moment. Vielleicht wusste sie aber wirklich nicht, welches Spiel ihr Mann spielte.

»Ich muss dringend mit ihm sprechen«, sagte er. »Wir haben herausgefunden, dass er damals eine Affäre mit Stefanie Schneeberger hatte.«

Der herzliche Ausdruck verschwand schlagartig von ihrem Gesicht, sie wandte sich ab.

»Das weiß ich«, gab sie zu. »Gregor hat es mir damals gestanden, allerdings erst, als das Mädchen verschwunden war.« Es fiel ihr offensichtlich schwer, über die Untreue ihres Mannes zu sprechen.

»Er sorgte sich, dass man ihn bei seinem ... Schäferstündchen in Sartorius' Scheune gesehen haben und ihn verdächtigen könnte.« Bitterkeit lag in ihrer Stimme. Ihr Blick war düster. Die Kränkung schmerzte noch immer und erinnerte Bodenstein unwillkürlich an seine eigene Situation. Daniela Lauterbach mochte ihrem Mann nach elf Jahren vergeben haben, vergessen hatte sie die Demütigung ganz sicher nicht.

»Aber warum ist das jetzt wichtig?«, fragte sie verwirrt.

»Amelie Fröhlich hatte sich mit den Ereignissen von früher beschäftigt und muss das herausgefunden haben. Falls Ihr Mann das wusste, kann er Amelie als Bedrohung empfunden haben.«

Daniela Lauterbach starrte Bodenstein ungläubig an.

»Sie verdächtigen doch nicht etwa meinen Mann, etwas mit dem Verschwinden von Amelie zu tun zu haben?«

»Nein, wir verdächtigen ihn nicht«, beschwichtigte Bodenstein sie. »Aber wir möchten dringend mit ihm reden. Er hat nämlich etwas getan, was strafrechtliche Folgen für ihn haben könnte.«

»Darf ich wissen, was das sein soll?«

»Ihr Mann hat einen Mitarbeiter von mir dazu gebracht, die Vernehmungsprotokolle von 1997 aus den Akten zu entfernen.«

Diese Nachricht versetzte ihr offenbar einen Schock. Sie wurde blass.

»Nein.« Sie schüttelte entschieden den Kopf. »Nein, das kann ich nicht glauben. Weshalb sollte er das tun?«

»Das würde ich gerne von ihm wissen. Also, wo kann ich ihn finden? Wenn er sich nämlich nicht umgehend bei uns meldet, müssen wir ihn öffentlich zur Fahndung ausschreiben. Und das möchte ich ihm in seiner Position gerne ersparen.«

Daniela Lauterbach nickte. Sie holte tief Luft, behielt mit eiserner Beherrschung ihre Emotionen unter Kontrolle. Als sie Bodenstein wieder anblickte, war ein anderer Ausdruck in ihre Augen getreten. War es Furcht oder Zorn – oder beides?

»Ich werde ihn anrufen und ihm das mitteilen«, sagte sie, angestrengt darum bemüht, ihren Worten einen gleichmütigen Klang zu geben. »Da muss ein Missverständnis vorliegen, ganz sicher.«

»Das glaube ich auch«, pflichtete Bodenstein ihr bei. »Aber je schneller wir das geklärt haben, umso besser.«

*

Lange hatte er nicht mehr so tief und wunderbar traumlos geschlafen wie letzte Nacht. Tobias wälzte sich auf den Rücken und setzte sich gähnend auf. Er brauchte einen Moment, um zu begreifen, wo er war. Gestern Abend waren sie erst spät hier oben angekommen. Nadja hatte trotz heftiger Schneefälle die Autobahn bei Interlaken verlassen. Irgendwann hatte sie angehalten, Schneeketten angelegt und war unverdrossen weitergefahren, die steile Serpentinenstraße hinauf, höher und immer höher. Er war so müde und erschöpft gewesen, dass er das Innere der Hütte kaum wahrgenommen hatte. Auch Hunger hatte er keinen gehabt, war nur hinter ihr eine Leiter hinaufgeklettert und hatte sich ins Bett gelegt, das die gesamte Fläche der Empore einnahm. Kaum hatte sein Kopf das Kopfkissen berührt, war er schon eingeschlafen. Kein Zweifel, der tiefe Schlaf hatte ihm gutgetan.

»Nadja?«

Keine Antwort. Tobias kniete sich hin und blickte aus dem winzigen Fenster über dem Bett. Ihm stockte der Atem, als er den tiefblauen Himmel erblickte, den Schnee und das beeindruckende Bergpanorama im Hintergrund. Er war noch nie in den Bergen gewesen; Skiurlaub hatte es in seiner Kindheit und Jugend ebenso wenig gegeben wie Urlaub am Meer. Plötzlich konnte er es kaum noch erwarten, den Schnee zu spüren. Er kletterte die Leiter nach unten. Die Hütte war klein und gemütlich, mit Holz verkleidete Wände und Decke, eine Eckbank mit gedecktem Frühstückstisch. Es duftete nach Kaffee, und im Kamin knackten Holzscheite im Feuer. Tobias lächelte. Er schlüpfte in Jeans, Pullover, Jacke und Schuhe, stieß die Tür auf und trat ins Freie. Einen Augenblick lang verharrte er, geblendet von der gleißenden Helligkeit. Tief sog er die glasklare, eisige Luft in seine Lungen. Ein Schneeball traf ihn mitten im Gesicht.

»Guten Morgen!« Nadja lachte und winkte. Sie stand ein paar Meter unterhalb der Treppe und strahlte mit Schnee und Sonne um die Wette. Er grinste, sprang die Treppenstufen hinunter und versank bis über die Knie im pulverigen Schnee. Sie kam ihm entgegen, ihre Wangen waren gerötet, ihr Gesicht so schön wie nie unter der pelzbesetzten Kapuze.

»Wow, ist das toll hier!«, rief er begeistert.

»Gefällt es dir?«

»O ja! So was kenne ich ja nur aus dem Fernsehen.«

Er stapfte um die Hütte herum, die sich mit ihrem tiefgezogenen Dach an den steilen Hang schmiegte. Der meterdicke Schnee knirschte unter seinen Schuhen. Nadja ergriff seine Hand.

»Schau«, sagte sie. »Da drüben, das sind die bekanntesten Gipfel der Berner Alpen: die Jungfrau, der Eiger und der Mönch. Ach, ich liebe diesen Anblick.«

Dann wies sie hinunter ins Tal. Ganz unten, mit bloßem Auge kaum zu erkennen, lagen Häuser dicht aneinandergedrängt, und ein Stück weiter unten glitzerte blau ein langgestreckter See in der Sonne.

»Wie hoch sind wir hier?«, fragte er neugierig.

»1800 Meter. Über uns gibt es nur noch Gletscher und Gemsen.«

Sie lachte, schlang ihm die Arme um den Hals und küsste ihn mit kalten, weichen Lippen. Er hielt sie fest, erwiderte ihren Kuss. Ihm war so leicht und frei zumute, als hätte er die Sorgen der vergangenen Jahre irgendwo ganz weit unten in den Tälern zurückgelassen.

*

Der Fall nahm ihn so sehr in Anspruch, dass ihm keine Zeit blieb, über seine eigene Misere nachzugrübeln. Darüber war er froh. Seit Jahren wurde Bodenstein beinahe täglich mit menschlichen Abgründen konfrontiert, und zum ersten Mal erkannte er Parallelen zu sich selbst, vor denen er früher die Augen verschlossen hatte. Daniela Lauterbach schien so wenig über ihren Mann zu wissen, wie er über Cosima wusste. Es war erschreckend, aber man konnte offenbar fünfundzwanzig Jahre mit einem Menschen zusammen sein, in einem Bett schlafen und Kinder miteinander haben, ohne denjenigen wirklich zu kennen. Oft genug hatte es Fälle gegeben, in denen nichtsahnende Angehörige jahrelang mit Mördern, Pädophilen und Vergewaltigern zusammengelebt hatten und aus allen Wolken fielen, als sie die schreckliche Wahrheit erfuhren.

Bodenstein fuhr an Fröhlichs Haus und der rückwärtigen Einfahrt des Sartorius-Hofes vorbei bis zum Wendehammer am Ende der Waldstraße und bog in die Auffahrt der Terlindens ein. Eine Frau öffnete ihm die Haustür. Das musste die Schwester von Christine Terlinden sein, auch wenn er keine Ähnlichkeit feststellen konnte. Die Frau war groß und schlank; die Art, wie sie ihn musterte, zeugte von Selbstbewusstsein.

»Ja?« Der Blick aus grünen Augen war direkt und prüfend. Bodenstein stellte sich vor und äußerte den Wunsch, mit Christine Terlinden sprechen zu dürfen.

»Ich hole sie«, sagte die Frau. »Ich bin übrigens Heidi Brückner, die Schwester von Christine.«

Sie musste mindestens zehn Jahre jünger sein und wirkte im Gegensatz zu ihrer Schwester vollkommen ungekünstelt. Das glänzende braune Haar trug sie zu einem Zopf geflochten, ihr glattes, ebenmäßiges Gesicht mit hohen Wangenknochen war ungeschminkt. Sie ließ ihn ein und schloss die Haustür hinter ihm.

»Warten Sie bitte hier.«

Sie ging davon, blieb eine ganze Weile verschwunden. Bodenstein betrachtete eingehend die Gemälde an den Wänden, die unzweifelhaft auch von Thies stammten. Sie ähnelten den Bildern im Büro von Daniela Lauterbach in ihrer grauenhaft apokalyptischen Düsternis: verzerrte Gesichter, schreiende Münder, gefesselte Hände, Augen voller Angst und Qual. Schritte kamen näher, er wandte sich um. Christine Terlinden sah aus, wie er sie in Erinnerung hatte. Perfekt frisiertes Blondhaar, ein unbeteiligtes Lächeln auf einem faltenlosen Gesicht.

»Mein herzliches Beileid«, sagte Bodenstein und reichte ihr die Hand.

»Danke. Das ist sehr freundlich von Ihnen.« Sie schien ihm nicht nachzutragen, dass er ihren Mann seit Tagen festhalten ließ. Und auch der Suizid ihres Sohnes war äußerlich spurlos an ihr vorübergegangen, genauso wie der Brand des Ateliers und der Fund der Mumie von Stefanie Schneeberger. Erstaunlich. War sie eine Meisterin der Verdrängung, oder stand sie unter so starken Beruhigungsmitteln, dass sie das alles noch gar nicht realisiert hatte?

»Thies wird seit heute Morgen im Krankenhaus vermisst«, sagte er. »Er ist nicht zufällig nach Hause gekommen?«

»Nein.« Das klang beunruhigt, aber nicht über die Maßen besorgt. Man hatte sie auch noch nicht benachrichtigt, was Bodenstein eigenartig fand. Er bat sie, mehr über Thies zu erzählen, und ließ sich in dessen Zimmer im Souterrain führen. Heidi Brückner folgte ihnen in einigem Abstand, stumm und aufmerksam.

Thies' Zimmer war freundlich und hell. Da das Haus am Hang lag, erlaubten große Fensterscheiben einen schönen Ausblick über das Dorf. In Regalen standen Bücher, Stofftiere saßen auf einer Couch. Das Bett war gemacht, nichts lag herum. Das Zimmer eines zehnjährigen Jungen, nicht das eines dreißigjährigen Mannes. Außergewöhnlich waren nur die Bilder an den Wänden. Thies hatte seine Familie porträtiert. Und hier offenbarte sich, welch großartiger Künstler er wirklich war. Er hatte in den Porträts nicht nur die Gesichter der Menschen eingefangen, sondern auf eine subtile Art auch deren Persönlichkeit. Claudius Terlinden lächelte auf den ersten Blick freundlich, aber seine Körperhaltung, der Ausdruck seiner Augen und die Farben im Hintergrund gaben dem Bild etwas Bedrohliches. Die Mutter war rosig und hell gemalt, gleichzeitig flach und zweidimensional. Ein Bild ohne Tiefe für eine Frau ohne echte Persönlichkeit. Bemerkenswert. Das dritte Bild hielt Bodenstein zuerst für ein Selbstporträt, bis er sich daran erinnerte, dass Lars der Zwillingsbruder von Thies gewesen war. Es war ganz anders gemalt, beinahe verschwommen, und zeigte einen jungen Mann mit noch unfertigen Gesichtszügen und unsicheren Augen.

»Er ist hilflos«, antwortete Christine Terlinden auf Bodensteins Frage, wie Thies so sei. »Er kann sich im Leben nicht alleine zurechtfinden, und er hat nie Geld bei sich. Auto fahren kann er auch nicht. Wegen seiner Krankheit durfte er den Führerschein nicht machen, und das ist auch besser so. Er kann Gefahren nicht einschätzen.«

»Und Menschen?« Bodenstein sah Christine Terlinden an.

»Wie meinen Sie das?« Sie lächelte verwirrt.

»Ob er Menschen einschätzen kann. Weiß er, wer ihm wohlgesonnen ist und wer nicht?«

»Das ... kann ich nicht beurteilen. Thies spricht ja nicht. Er meidet den Kontakt zu anderen Menschen.«

»Er weiß ganz genau, wer es gut mit ihm meint und wer nicht«, ließ sich Heidi Brückner von der Tür aus vernehmen. »Thies ist nicht geistig behindert. Eigentlich wisst ihr ja gar nicht so genau, was er wirklich hat.«

Bodenstein war überrascht. Christine Terlinden erwiderte nichts. Sie stand am Fenster und blickte hinaus in das trübe Grau des Novembertages.

»Autismus«, fuhr ihre Schwester fort, »ist ein weites Feld. Ihr habt einfach irgendwann aufgehört, ihn zu fördern, ihn stattdessen nur mit diesen Medikamenten vollgestopft, damit er ruhig ist und keine Probleme macht.«

Christine Terlinden drehte sich um. Ihr ohnehin regloses Gesicht wirkte wie eingefroren.

»Entschuldigen Sie mich«, sagte sie zu Bodenstein. »Ich muss die Hunde rauslassen. Es ist schon halb neun.«

Sie verließ das Zimmer, ihre Absätze klapperten auf der Treppe.

»Sie flüchtet sich in ihren Alltag«, bemerkte Heidi Brückner mit einem Anflug von Resignation in der Stimme. »So war sie schon immer. Und sie wird sich wohl nicht mehr ändern.« Bodenstein sah sie an. Die Schwestern verband keine große Zuneigung. Aber weshalb war sie dann hier?

»Kommen Sie«, sagte sie. »Ich zeige Ihnen etwas.«

Er folgte ihr die Treppe hinauf in die Eingangshalle. Heidi Brückner blieb kurz stehen, um sich zu vergewissern, dass ihre Schwester nicht in der Nähe war, dann ging sie mit schnellen Schritten zur Garderobe und ergriff eine Tasche, die an einem der Haken hing.

»Eigentlich wollte ich das einem befreundeten Apotheker geben«, erklärte sie leise. »Aber unter den gegebenen Umständen erscheint es mir besser, wenn es die Polizei bekommt.«

»Was ist das?«, fragte Bodenstein neugierig.

»Ein Rezept.« Sie reichte ihm einen gefalteten Zettel. »Dieses Zeug muss Thies seit Jahren nehmen.«

*

Pia saß mit finsterem Gesicht an ihrem Schreibtisch und tippte den Bericht über die Vernehmung von Pietsch, Dombrowski und Richter in den Computer. Sie ärgerte sich, weil sie keine Handhabe hatte, um Claudius Terlinden länger in Gewahrsam zu behalten. Sein Anwalt war erneut vorstellig geworden und hatte auf sofortige Freilassung seines Mandanten gedrungen. Nach Rücksprache mit Kriminalrätin Dr. Engel hatte Pia Terlinden schließlich gehen lassen müssen. Ihr Telefon klingelte.

»Dem Mädchen wurde der Schädel eindeutig mit diesem Wagenheber eingeschlagen«, sagte Henning mit Grabesstimme, ohne sich mit einem Gruß aufzuhalten. »Und wir haben in der Vagina tatsächlich eine fremde DNA festgestellt. Aber es dauert noch eine Weile, bis wir die genauer bestimmen können.«

»Ja, super«, erwiderte Pia. »Und was ist mit dem Wagenheber? Könnt ihr die Spuren von damals noch mal untersuchen?«

»Ich frage mal nach, wie beschäftigt unser Labor ist.« Er machte eine kurze Pause. »Pia …«

»Ja?«

»Hat sich Miriam bei dir gemeldet?«

»Nein. Wieso sollte sie?«

»Weil diese bescheuerte Kuh sie gestern angerufen und ihr gesagt hat, dass sie ein Kind von mir kriegt.«

»Ach du Scheiße. Und jetzt?«

»Tja.« Henning stieß einen Seufzer aus. »Miriam war ganz ruhig. Sie hat mich gefragt, ob das sein könnte. Als ich es ihr dann gestehen musste, hat sie keinen Ton mehr gesagt, hat ihre Tasche genommen und ist gegangen.«

Pia hütete sich davor, ihm einen Vortrag über Treue und Seitensprünge zu halten. Er machte nicht den Eindruck, als könne er dies im Augenblick verkraften. Obwohl es sie nichts mehr anging, tat ihr Exmann ihr leid.

»Hast du dir mal überlegt, ob die Löblich dich vielleicht reinlegen will?«, erwiderte sie. »An deiner Stelle würde ich Nachforschungen anstellen. Ist sie wirklich schwanger? Und wenn ja, kommt nicht eventuell ein anderer Mann in Frage?«

»Darum geht es gar nicht«, erwiderte er.

»Worum dann?«

Henning zögerte mit seiner Antwort.

»Ich habe Miriam betrogen, ich Idiot«, sagte er nach einer Weile. »Und das wird sie mir nicht verzeihen.«

*

Bodenstein betrachtete das Privatrezept, das Dr. Daniela Lauterbach ausgestellt hatte, und überflog die verschriebenen Medikamente. Ritalin, Droperidol, Fluphenazin, Fentanyl, Lorazepam. Auch als Laie wusste er, dass Autismus keine

Krankheit war, die man mit Psychopharmaka und Beruhigungsmitteln behandeln konnte.

»Es ist eben einfacher, Probleme mit der chemischen Keule zu lösen, als den mühsamen Weg über eine Therapie zu gehen.« Heidi Brückner sprach mit gedämpfter Stimme, aber der Zorn in ihren Worten war unüberhörbar. »Meine Schwester ist ihr Leben lang den Weg des geringsten Widerstandes gegangen. Als die Zwillinge klein waren, war sie lieber mit ihrem Mann unterwegs, als sich um die Kinder zu kümmern. Thies und Lars haben in ihrer frühen Kindheit eine extreme Vernachlässigung erfahren. Hausmädchen, die kein Wort Deutsch sprechen, sind ja wohl kaum der richtige Ersatz für eine Mutter.«

»Was wollen Sie damit sagen?«

Heidi Brückner blähte die Nasenflügel.

»Dass das Problem von Thies hausgemacht ist«, antwortete sie. »Es war schnell klar, dass er Schwierigkeiten hatte. Er war aggressiv, neigte zu Wutausbrüchen und gehorchte nicht. Bis er vier oder fünf Jahre alt war, sprach er kein Wort. Mit wem auch? Seine Eltern waren so gut wie nie da. Claudius und Christine haben nie versucht, dem Jungen mit Therapien zu helfen, sie haben schon immer auf Medikamente gesetzt. Wochenlang wurde Thies völlig ruhiggestellt, er saß nur teilnahmslos herum. Kaum setzten sie dann die Medikamente ab, flippte er aus. Sie schafften ihn in die Kinderpsychiatrie und ließen ihn jahrelang dort. Ein Drama. Der Junge ist sensibel und hochbegabt und musste zwischen geistig Behinderten leben!«

»Wieso hat nie jemand eingegriffen?«, wollte Bodenstein wissen.

»Wer denn?« Das klang sarkastisch. »Thies hatte ja nie Kontakt zu normalen Menschen oder Lehrern, die vielleicht gemerkt hätten, was mit ihm los ist.«

»Sie meinen, dass er gar kein Autist ist?«

»Doch, das schon. Aber der Autismus ist keine klar definierte Krankheit. Das reicht von wirklich schwerer geistiger Behinderung bis zu leichten Ausprägungen des Asperger-Syndroms, bei denen die Erkrankten durchaus in der Lage sind, ein eigenständiges, wenn auch eingeschränktes Leben zu führen. Viele erwachsene Autisten lernen, mit ihren Eigenarten zurechtzukommen.« Sie schüttelte den Kopf. »Thies ist ein Opfer seiner egoistischen Eltern. Und Lars ist es nun auch geworden.«

»Ach?«

»Lars war als Kind und Jugendlicher extrem schüchtern. Er bekam kaum den Mund auf. Dazu war er tief religiös, er wollte Priester werden«, erklärte Heidi Brückner sachlich. »Da Thies kaum die Firma übernehmen würde, setzte Claudius all seine Hoffnungen auf Lars. Er verbot ihm das Theologiestudium, schickte ihn nach England und ließ ihn dort Betriebswirtschaft studieren. Lars war niemals wirklich glücklich. Und jetzt ist er tot.«

»Wieso haben Sie nicht eingegriffen, wenn Sie das alles wussten?«, fragte Bodenstein befremdet.

»Ich habe es versucht, vor vielen Jahren.« Sie hob die Schultern. »Da mit meiner Schwester nicht zu reden war, sprach ich mit Claudius. Es war 1994, ich erinnere mich genau, denn ich war gerade aus Südostasien zurückgekommen, da hatte ich als Entwicklungshelferin gearbeitet. Es hatte sich hier viel verändert. Wilhelm, der ältere Bruder meines Schwagers, war ein paar Jahre zuvor gestorben, Claudius hatte die Firma übernommen und war in diesen Riesenkasten hier gezogen. Ich wäre gerne eine Weile geblieben, um Christine etwas unter die Arme zu greifen.«

Sie schnaubte verächtlich.

»Claudius war das nicht recht. Er hat mich nie leiden können, weil er mich nicht einschüchtern und beherrschen konnte. Ich blieb zwei Wochen und beobachtete das Drama. Meine Schwester trieb sich auf Golfplätzen herum, überließ die Fürsorge für die Jungen einem Hausmädchen aus dem Dorf und dieser Daniela. Eines Tages kam es zwischen Claudius und mir zu einem heftigen Streit. Christine war auf Mallorca, wie so oft. Das Haus einrichten.« Heidi Brückner lachte geringschätzig. »Das war ihr wichtiger als ihre Söhne. Ich hatte einen Spaziergang gemacht, war durchs Souterrain unbemerkt wieder ins Haus gekommen. Ich traute meinen Augen nicht, als ich ins Wohnzimmer kam und meinen Schwager mit der Tochter seiner Haushälterin überraschte. Das Mädchen war höchstens vierzehn oder fünfzehn ...«

Sie brach ab, schüttelte angewidert den Kopf bei der Erinnerung an dieses Ereignis. Bodenstein lauschte aufmerksam. Ihre Darstellung deckte sich mit dem, was Claudius Terlinden selbst erzählt hatte – bis auf einen entscheidenden Punkt.

»Er war auf hundertachtzig, als ich ins Wohnzimmer kam und ihn anschrie. Das Mädchen rannte weg. Claudius stand vor mir mit heruntergelassener Hose, knallrot im Gesicht. Leugnen war kaum mehr möglich. Und plötzlich stand auch Lars da. Ich vergesse nie im Leben seinen Gesichtsausdruck. Sie können sich denken, dass ich seit diesem Tag hier nicht mehr erwünscht war. Christine hatte nie den Mumm, gegen ihren Mann aufzubegehren. Sie glaubte mir nicht einmal, als ich ihr brühwarm am Telefon erzählte, was ich gesehen hatte. Ich sei neidisch und eine Lügnerin, sagte sie. Wir haben uns heute zum ersten Mal seit vierzehn Jahren wiedergesehen. Und ehrlich gesagt: Ich werde nicht lange bleiben.«

Sie stieß einen Seufzer aus.

»Ich habe immer versucht, meine Schwester zu entschuldigen«, sprach sie nach einer Weile weiter. »Vielleicht auch, um mein schlechtes Gewissen zu beruhigen. Insgeheim habe ich immer befürchtet, dass es eines Tages zu einer Katastrophe kommen würde, aber so etwas habe ich dann doch nicht erwartet.«

»Und jetzt?«

Heidi Brückner verstand, was Bodenstein meinte.

»Heute Morgen habe ich endgültig kapiert, dass bloße Familienzugehörigkeit kein Grund ist, jemanden in Schutz zu nehmen. Meine Schwester überlässt alles dieser Daniela, wie früher schon. Was soll ich hier?«

»Sie mögen Frau Dr. Lauterbach nicht?«, fragte Bodenstein.

»Nein. Ich dachte früher schon, dass irgendetwas mit ihr nicht stimmt. Diese übertriebene Fürsorge für alle und jeden. Und wie sie ihren Mann bemuttert hat – das fand ich eigenartig, fast schon krankhaft.« Heidi Brückner strich sich eine vorwitzige Haarsträhne aus dem Gesicht. Bodenstein sah einen Ehering an ihrer linken Hand. Für einen winzigen Augenblick empfand er Enttäuschung und wunderte sich in der gleichen Sekunde über dieses absurde Gefühl. Er kannte die Frau überhaupt nicht und würde sie nach Abschluss der Ermittlungen kaum jemals wiedersehen.

»Seit ich diese Medikamentenberge gesehen habe, halte ich noch weniger von ihr als je zuvor«, fuhr Heidi Brückner fort. »Ich bin zwar keine Apothekerin, aber ich habe mich ausführlich mit Thies' Krankheitsbild beschäftigt. Mir muss diese Frau nichts erzählen.«

»Haben Sie sie noch gesehen, heute Morgen?«

»Ja, sie war kurz hier, um nach Christine zu schauen.«

»Wann sind Sie gekommen?«

»Gestern Abend gegen halb zehn. Ich bin sofort losgefahren, nachdem Christine mich angerufen hatte und mir erzählt hat, was passiert ist. Von Schotten aus brauche ich eine Stunde.«

»Das heißt, Frau Dr. Lauterbach war nicht die ganze Nacht hier?«, erkundigte sich Bodenstein überrascht.

»Nein. Sie kam vorhin gegen halb acht, blieb auf eine Tasse Kaffee und ging wieder. Warum?« Sie blickte ihn aus ihren grünen Augen fragend an, aber Bodenstein blieb ihr eine Antwort schuldig. Wie von selbst fielen die Bruchstücke einzelner Informationen an die richtige Stelle. Daniela Lauterbach hatte ihn angelogen. Und sicher nicht zum ersten Mal.

»Hier ist meine Nummer.« Er reichte ihr eine seiner Visitenkarten. »Und vielen Dank für Ihre Offenheit. Sie haben mir sehr geholfen.«

»Sehr gerne.« Heidi Brückner nickte und reichte ihm die Hand. Ihr Händedruck war warm und fest. Bodenstein zögerte.

»Ach, falls ich noch eine Frage haben sollte – wie kann ich Sie erreichen?«

Ein winziges Lächeln huschte über ihr ernstes Gesicht. Sie zückte ihr Portemonnaie und entnahm ihm eine Karte, die sie Bodenstein gab.

»Sehr lange werde ich wohl nicht mehr hier sein«, sagte sie. »Sobald mein Schwager nach Hause kommt, wird er mich nämlich auf der Stelle rausschmeißen.«

*

Nach dem Frühstück waren sie ein paar Stunden lang durch den tiefen Schnee gestapft und hatten die herrliche Aussicht auf die verschneiten Berner Alpen genossen. Dann war urplötzlich das Wetter umgeschlagen, typisch für das Hochgebirge. Der strahlend blaue Himmel hatte sich innerhalb von Minuten zugezogen, und unvermittelt hatte heftiger Schneefall eingesetzt. Hand in Hand waren sie zur Hütte zurückgelaufen, hatten sich atemlos ihrer völlig durchnässten

Kleidung entledigt und waren splitternackt die Leiter zur Empore hochgeklettert. Die Hitze des Ofens staute sich unter dem Dach. Eng aneinandergeschmiegt lagen sie auf dem Bett, während der Wind um die Hütte heulte und an den Fensterläden rüttelte. Sie sahen sich an. Ihre Augen waren dicht vor den seinen, er spürte ihren Atem. Tobias strich ihr das Haar aus dem Gesicht und schloss die Augen, als sie an seinem nackten Körper hinabglitt, über seine Haut leckte, ihn mit ihrer Zunge neckte. Der Schweiß brach ihm aus allen Poren, er keuchte, seine Muskeln waren zum Zerreißen gespannt. Mit einem Stöhnen zog er sie auf sich, sah ihr vor Lust verzerrtes Gesicht. Sie bewegte sich immer heftiger, voller Begierde nach ihm, ihr Schweiß tropfte auf ihn herab. Eine Flutwelle rauschhaften Glücks erfasste ihn, brach mit einer unerwarteten Gewalt über ihn herein, und ihm war, als ob die Wände wankten und der Boden unter ihm bebte. Eine Weile lagen sie nur da, erschöpft und glücklich, und warteten keuchend darauf, dass sich ihr Herzschlag wieder normalisierte. Tobias nahm ihr Gesicht in seine Hände und küsste lange und sanft ihren Mund.

»Das war wundervoll«, sagte er leise.

»Ja. So sollte es für immer und ewig bleiben«, flüsterte Nadja mit rauer Stimme. »Nur du und ich.«

Ihre Lippen streiften seine Schulter, lächelnd kuschelte sie sich enger an ihn. Er zog die Decke über sie beide und schloss die Augen. Ja, so sollte es bleiben. Seine Muskeln entspannten sich, er wurde müde.

Doch plötzlich sah er Amelies Gesicht vor sich. Es traf ihn wie ein Fausthieb, schlagartig war er hellwach. Wie konnte er hier so ruhig herumliegen, während sie noch immer verschwunden war und womöglich irgendwo um ihr Leben kämpfte?

»Was hast du?«, murmelte Nadja schläfrig. Es gehörte sich

nicht, im Bett von einer anderen Frau zu sprechen, aber Nadja machte sich ja auch Sorgen um Amelie.

»Ich habe gerade an Amelie gedacht«, erwiderte er also aufrichtig. »Wo sie wohl ist? Hoffentlich ist ihr nichts zugestoßen.«

Auf Nadjas Reaktion war er nicht gefasst. Sie erstarrte in seinen Armen, fuhr hoch und stieß ihn heftig von sich. Ihr schönes Gesicht war wutverzerrt.

»Ich glaube, du spinnst!«, schrie sie außer sich. »Du fickst mich und quatschst was von einer anderen Frau! Bin ich dir nicht genug?«

Sie ballte die Fäuste und trommelte ihm mit einer Kraft, die er ihr nicht zugetraut hatte, auf die Brust. Tobias hatte Mühe, sich ihrer zu erwehren. Keuchend und bestürzt über diesen Ausbruch, starrte er sie an.

»Du gemeines Arschloch!«, schrie Nadja, die Tränen quollen wie Sturzbäche aus ihren Augen. »Warum denkst du immer an andere Weiber? Schon früher musste ich mir immer anhören, was du mit dieser oder jener Tussi geredet und gemacht hast! Hast du dir nie überlegt, dass mich das verletzen könnte? Und jetzt liegst du hier mit mir im Bett und laberst von dieser ... dieser kleinen Schlampe!«

*

Der dichte, feuchte Nebel lichtete sich und löste sich oben im Taunus ganz auf. Als sie auf der B 8 hinter Glashütten den Wald verließen, begrüßte sie heller Sonnenschein. Bodenstein klappte die Sonnenblende nach unten.

»Lauterbach wird auftauchen«, sagte er zu Pia. »Er ist Politiker und um seinen Ruf besorgt. Seine Frau hat ihn sicher längst angerufen.«

»Na, hoffentlich.« Pia teilte den Optimismus ihres Chefs

nicht so recht. »Claudius Terlinden wird auf jeden Fall überwacht.«

Die Telefonleitungen zwischen K 11, Staatsanwaltschaft und Gericht liefen heiß seit Jörg Richters Geständnis, Laura habe noch gelebt, als er und seine Freunde sie in den Bodentank geworfen hatten. Um ihr Leben gebettelt hatte sie, geweint und geschrien, bis sie den Deckel auf das Loch gewälzt hatten. Es war klar, dass es im Fall Laura Wagner zu einer Wiederaufnahme des Verfahrens kommen musste, in dessen Verlauf man Tobias Sartorius freisprechen würde. Wenn er wieder auftauchte. Bis jetzt fehlte von ihm jede Spur.

Bodenstein bog nach links ab und fuhr durch das Dörfchen Kröftel nach Heftrich. Kurz vor der Ortseinfahrt von Heftrich lag der Bauernhof, den die Eltern von Stefanie Schneeberger vor zehn Jahren gekauft hatten. Ein großes Schild wies auf den Hofladen hin, in dem nur Bioprodukte aus eigenem Anbau und eigener Zucht verkauft wurden. Bodenstein hielt auf dem blitzsauberen Hof. Sie stiegen aus und blickten sich um. Von der nüchternen Funktionalität des ehemaligen Aussiedlerhofes, wie sie in den sechziger Jahren massenhaft aus dem Boden gestampft worden waren, war kaum noch etwas zu erkennen. Man hatte an- und umgebaut; unter dem neuen Vordach des Mittelbaus, in dem sich der Hofladen befand, warteten herbstliche Gestecke auf Käufer. Die Dächer der Gebäude bestanden beinahe ausschließlich aus Solar- und Photovoltaikplatten. Zwei Katzen rekelten sich auf der Haustürtreppe und genossen die seltenen Sonnenstrahlen. Der Laden war zur Mittagszeit geschlossen, und auch im Haus öffnete niemand. Bodenstein und Pia betraten den hellen Stall, in dem in großen Laufboxen Kühe mit ihren Kälbern knietief im Stroh standen oder lagen und zufrieden wiederkäuten. Welch ein Anblick, verglichen mit der üblichen Viehhaltung in engen Ständern auf Spaltenböden! Auf dem hinteren Hof putzten zwei acht- oder neunjährige Mädchen gemeinsam ein Pferd, das sich die liebevolle Pflege geduldig gefallen ließ.

»Hallo!«, grüßte Pia die beiden Mädchen. Sie glichen einander wie ein Ei dem anderen und waren unverkennbar die jüngeren Schwestern der toten Stefanie. Dasselbe dunkle Haar, die großen, braunen Augen. »Sind eure Eltern zu Hause?«

»Mama ist da drüben im Stall«, antwortete die eine und wies auf den langgestreckten Anbau hinter dem Kuhstall. »Papa ist mit dem Traktor den Mist wegfahren.«

»Ah ja. Danke.«

Beate Schneeberger fegte gerade die Stallgasse, als Bodenstein und Pia den Pferdestall betraten. Sie blickte auf, als der Jack-Russel-Terrier, der in einer leeren Box nach Mäusen gestöbert hatte, anfing zu bellen.

»Hallo!«, rief Bodenstein und blieb sicherheitshalber stehen. Der Terrier war zwar klein, aber sicher nicht zu unterschätzen.

»Kommen Sie nur näher.« Die Frau lächelte freundlich, ohne ihre Arbeit zu unterbrechen. »Bobby macht nur Krach. Was kann ich für Sie tun?«

Bodenstein stellte sich und Pia vor. Beate Schneeberger hielt inne. Das Lächeln verschwand von ihrem Gesicht. Sie war eine schöne Frau, aber Kummer und Leid hatten deutliche Spuren in ihren ebenmäßigen Zügen hinterlassen.

»Wir sind gekommen, um Ihnen mitzuteilen, dass die Leiche Ihrer Tochter Stefanie gefunden wurde«, sagte Bodenstein.

Frau Schneeberger blickte ihn aus großen, dunklen Augen ruhig an und nickte. Ähnlich wie Lauras Mutter reagierte sie ruhig und gefasst.

»Lassen Sie uns ins Haus gehen«, sagte sie. »Ich rufe meinen Mann an. Er wird in ein paar Minuten da sein.«

Sie lehnte den Besen an eine der Boxentüren und kramte ihr Handy aus der Tasche ihrer Daunenweste.

»Albert«, sagte sie. »Kannst du bitte nach Hause kommen? Die Polizei ist hier. Man hat Stefanie gefunden.«

*

Amelie wachte auf, weil sie im Traum geglaubt hatte, ein leises Plätschern zu hören. Sie hatte Durst. Entsetzlichen, quälenden Durst. Ihre Zunge klebte am Gaumen, ihr Mund war so trocken wie Papier. Vor ein paar Stunden hatten Thies und sie die letzten beiden Kekse gegessen und das letzte Wasser getrunken, jetzt war nichts mehr da. Amelie hatte schon davon gehört, dass sich Menschen vor dem Verdursten gerettet hatten, indem sie ihren eigenen Urin tranken. Der schmale Lichtstreifen unter der Decke sagte ihr, dass außerhalb ihres Gefängnisses Tag war. Sie erkannte die Umrisse des Regals auf der anderen Seite des Kellerraumes. Thies lag zusammengerollt neben ihr auf der Matratze, den Kopf in ihrem Schoß, und schlief tief und fest. Wie war er hierhergekommen? Wer hatte sie beide hier eingesperrt? Und wo waren sie überhaupt? Amelies Verzweiflung wuchs. Am liebsten hätte sie geweint, aber sie wollte Thies nicht aufwecken, auch wenn ihr Bein unter dem Gewicht seines Kopfes schon ganz taub geworden war. Sie fuhr sich mit der trockenen Zunge über die ausgetrockneten Lippen. Da! Wieder das leise Glucksen und Plätschern! Als ob irgendwo ein Wasserhahn liefe. Wenn sie hier rauskäme, das schwor sie sich, würde sie nie mehr verschwenderisch mit Wasser umgehen. Früher hatte sie halbvolle Colaflaschen einfach ausgegossen, wenn die Cola schal geworden war. Was gäbe sie jetzt für einen Schluck lauwarme, abgestandene Cola!

Ihr Blick wanderte durch den Raum, fiel auf die Tür. Sie

traute ihren Augen nicht, als sie sah, dass tatsächlich Wasser unter der Türritze hindurchsickerte. Aufgeregt schob sie Thies von sich, fluchte, als ihr eingeschlafenes Bein ihr nicht gehorchen wollte. Auf allen vieren kroch sie über den Boden, der schon nass war. Wie ein Hund leckte sie gierig das Wasser auf, benetzte ihr Gesicht und lachte. Der liebe Gott hatte ihre verzweifelten Gebete gehört. Er ließ sie nicht verdursten! Immer mehr Wasser floss unter der Tür hindurch, plätscherte die drei Stufen hinunter wie ein hübscher, kleiner Wasserfall. Amelie hörte auf zu lachen, richtete sich auf.

»Es reicht jetzt mit dem Wasser, lieber Gott«, flüsterte sie, aber Gott hörte nicht. Das Wasser lief immer weiter, bildete schon eine große Lache auf dem nackten Betonfußboden. Amelie begann, am ganzen Körper vor Angst zu zittern. Sie hatte sich nichts sehnlicher gewünscht als Wasser, und nun ging dieser Wunsch in Erfüllung, allerdings so ganz anders als erhofft! Thies war aufgewacht. Er saß auf der Matratze, die Arme um die angezogenen Knie geschlungen, und wiegte seinen Oberkörper vor und zurück. Sie überlegte fieberhaft, ging zum Regal hinüber und rüttelte daran. Es war zwar rostig, schien aber relativ stabil zu sein. Wer auch immer sie und Thies hier eingesperrt hatte, musste das Wasser aufgedreht haben. Dieser Raum lag offenbar tiefer als der Rest des Kellers. Es gab keinen Abfluss im Boden, und das schmale Oberlicht lag direkt unter der Decke. Wenn das Wasser nun immer weiterlief, würde es irgendwann den Raum überschwemmen. Sie müssten ersaufen wie die Ratten! Amelie blickte sich wild um. Verdammt! Jetzt hatte sie so lange überlebt, ohne durchzudrehen, ohne zu verhungern oder zu verdursten, da würde sie sich nicht einfach so ersäufen lassen! Sie beugte sich über Thies und ergriff energisch seinen Arm.

»Steh auf!«, sagte sie scharf. »Los, Thies! Hilf mir, die Matratze da oben aufs Regal zu legen!«

Zu ihrem Erstaunen hörte er auf, sich hin und her zu wiegen, und stand auf. Gemeinsam gelang es ihnen, die schwere Matratze auf den obersten Regalboden zu wuchten. Vielleicht würde das Wasser ja nicht so hoch steigen, dann waren sie da oben in Sicherheit. Und mit jeder Stunde wuchs die Wahrscheinlichkeit, dass man sie finden würde. Das laufende Wasser musste doch irgendjemandem auffallen – den Nachbarn, dem Wasserwerk oder wem auch immer! Amelie kletterte auf das Regal, vorsichtig, damit es nicht noch umfiel. Als sie oben angelangt war, streckte sie die Hand nach Thies aus. Hoffentlich würde das alte, rostige Ding sie beide aushalten! Wenig später saß er neben ihr auf der Matratze. Das Wasser bedeckte mittlerweile den Boden des Kellerraumes und strömte mit unverminderter Geschwindigkeit unter der Türritze hindurch. Jetzt blieb ihnen nichts weiter übrig, als zu warten. Amelie verlagerte ihr Gewicht und streckte sich vorsichtig auf der Matratze aus.

»Na ja«, sagte sie mit einem Anflug von Galgenhumor. »Das hat man vom Wünschen! Ich wollte als Kind immer ein Hochbett haben. Jetzt hab ich's endlich.«

*

Beate Schneeberger führte Bodenstein und Pia ins Esszimmer und bot ihnen Platz an dem wuchtigen Esstisch an, direkt neben dem mächtigen Kachelofen, der eine behagliche Wärme ausstrahlte. Aus den vielen kleinen Zimmern des ehemaligen Bauernhauses war ein einziger großer Raum geworden, von den Zwischenwänden hatte man nur die Holzbalken stehen lassen. Das Ergebnis wirkte modern und war dennoch erstaunlich gemütlich.

»Bitte warten Sie, bis mein Mann da ist«, sagte Frau Schneeberger. »Ich mache uns einen Tee.«

Sie ging in die Küche, die auch zu allen Seiten offen war. Bodenstein und Pia wechselten einen Blick. Im Gegensatz zu den Wagners, die am Verschwinden ihrer Tochter zerbrochen waren, schien es dem Ehepaar Schneeberger gelungen zu sein, mit den Wunden weiterzuleben und ein neues Leben anzufangen. Die Zwillingsmädchen mussten danach zur Welt gekommen sein.

Keine fünf Minuten später betrat ein großer, hagerer, weißhaariger Mann in kariertem Hemd und blauer Arbeitshose das Esszimmer. Albert Schneeberger reichte erst Pia, dann Bodenstein die Hand, auch er war beherrscht und ernst. Sie warteten, bis Frau Schneeberger den Tee serviert hatte, dann teilte Bodenstein ihnen behutsam alle Details mit. Albert Schneeberger stand hinter dem Stuhl seiner Frau, seine Hände ruhten leicht auf ihren Schultern. Die Trauer der beiden war greifbar, aber auch die Erleichterung, endlich Gewissheit über das Schicksal ihres Kindes zu bekommen.

»Wissen Sie, wer es getan hat?«, fragte Beate Schneeberger.

»Nein, noch nicht mit Bestimmtheit«, entgegnete Bodenstein. »Wir wissen nur, dass es nicht Tobias Sartorius gewesen sein kann.«

»Dann ist er zu Unrecht verurteilt worden?«

»Ja. Es sieht ganz danach aus.«

Eine Weile schwiegen alle. Albert Schneeberger sah nachdenklich durch die großen Fensterscheiben zu seinen beiden Töchtern hinüber, die einträchtig das nächste Pferd putzten.

»Ich hätte mich niemals von Terlinden dazu überreden lassen dürfen, nach Altenhain zu ziehen«, sagte er plötzlich. »Wir hatten eine Wohnung in Frankfurt, suchten aber nach einem Haus auf dem Land, denn Stefanie drohte in der Stadt in zweifelhafte Gesellschaft zu geraten.«

»Woher kannten Sie Claudius Terlinden?«

»Eigentlich kannte ich Wilhelm, seinen älteren Bruder. Wir hatten zusammen studiert, wurden später Geschäftspartner. Nach seinem Tod lernte ich Claudius kennen. Meine Firma belieferte seine. Zwischen uns entwickelte sich etwas, das ich fälschlicherweise für Freundschaft hielt. Terlinden vermietete uns das Haus in seiner direkten Nachbarschaft, es gehörte ihm.« Albert Schneeberger stieß einen tiefen Seufzer aus und setzte sich neben seine Frau. »Ich wusste, dass er großes Interesse an meiner Firma hatte. Das Know-how und unsere Patente passten ideal in sein Konzept und waren wichtig für ihn. Er war damals gerade dabei, seine Firma in eine Aktiengesellschaft umzuwandeln, um an die Börse zu gehen. Irgendwann machte er mir ein Angebot. Es gab einige Interessenten. Die Konkurrenz für Terlinden war seinerzeit groß.«

Er machte eine Pause, nippte an seinem Tee.

»Dann verschwand unsere Tochter.« Seine Stimme klang sachlich, doch es war nicht zu übersehen, wie schwer es ihm fiel, sich die schrecklichen Ereignisse in Erinnerung zu rufen. »Terlinden und seine Frau waren sehr mitfühlend und aufmerksam. Echte Freunde, wie wir anfangs glaubten. Ich war kaum noch in der Lage, mich um mein Geschäft zu kümmern. Wir suchten mit allen Mitteln nach Stefanie, engagierten uns in den verschiedenen Organisationen, im Radio, im Fernsehen. Als Terlinden mir ein neues Angebot machte, ging ich darauf ein. Die Firma war mir völlig egal, ich konnte nur an Stefanie denken; ich hatte ja immer noch Hoffnung, dass sie wieder auftauchen würde.«

Er räusperte sich, versuchte, die Fassung zu bewahren. Seine Frau legte ihre Hand auf seine, drückte sie leicht.

»Wir handelten aus, dass Terlinden an der Unternehmensstruktur nichts verändern und alle Mitarbeiter weiter beschäftigen würde«, fuhr Schneeberger nach einer Weile fort. »Aber genau das Gegenteil trat ein. Terlinden fand einen

Schwachpunkt in den Verträgen. Er ging an die Börse, zerschlug meine Firma, verkaufte alles, was er nicht brauchte, und entließ 80 von 130 Mitarbeitern. Ich war nicht mehr in der Lage, mich zu wehren. Es war ... entsetzlich. All diese Menschen, die ich so gut kannte, waren plötzlich arbeitslos. Das alles wäre mir nicht passiert, wenn ich zu dieser Zeit den Kopf frei gehabt hätte.«

Er fuhr sich mit der Hand über das Gesicht.

»Beate und ich beschlossen, Altenhain zu verlassen. Es war für uns unerträglich geworden, direkt neben diesem ... diesem Menschen zu wohnen und seine Falschheit hautnah mitzuerleben. Wie er die Leute in seiner Firma und im Dorf unter Druck gesetzt und manipuliert hat, und das alles unter dem Deckmäntelchen der Großherzigkeit.«

»Glauben Sie, dass Terlinden Ihrer Tochter etwas angetan haben könnte, um an Ihre Firma zu kommen?«, fragte Pia.

»Da Sie Stefanies ... Leiche auf seinem Grundstück gefunden haben, könnte es durchaus sein.« Schneebergers Stimme schwankte, er presste entschlossen die Lippen zusammen. »Ehrlich gesagt konnten meine Frau und ich uns nie wirklich vorstellen, dass Tobias unserer Tochter etwas angetan haben sollte. Aber dann waren da all die Indizien, die Aussagen. Wir wussten irgendwann selbst nicht mehr, was wir glauben sollten. Zuerst hatten wir Thies im Verdacht. Er folgte Stefanie ja immer wie ein Schatten ...«

Er zuckte hilflos die Schultern.

»Ich weiß nicht, ob Terlinden so weit gegangen wäre«, sagte er dann. »Aber er nutzte unsere Situation aus, ohne mit der Wimper zu zucken. Der Mann ist ein übler Spekulant und Lügner, ohne jegliches Gewissen. Er geht buchstäblich über Leichen, um zu bekommen, was er will.«

*

Bodensteins Handy klingelte. Er hatte Pia das Steuer überlassen und nahm den Anruf an, ohne auf das Display zu blicken. Als er unerwartet Cosimas Stimme vernahm, zuckte er zusammen.

»Wir müssen reden«, sagte Cosima. »Vernünftig.«

»Ich habe jetzt keine Zeit«, entgegnete Bodenstein. »Wir sind mitten in einer Vernehmung. Ich melde mich später.«

Damit drückte er das Gespräch einfach weg, ohne ein Wort des Abschieds. Das hatte er noch nie getan.

Sie hatten das Tal verlassen, der freundliche Sonnenschein war wie abgeschnitten, und düsterer, grauer Nebel umgab sie wieder. Schweigend fuhren sie durch Glashütten.

»Was würdest du an meiner Stelle machen?«, fragte Bodenstein plötzlich. Pia zögerte. Sie erinnerte sich lebhaft an ihre Enttäuschung, als sie von Hennings Affäre mit Staatsanwältin Valerie Löblich erfahren hatte. Dabei hatten sie zu diesem Zeitpunkt schon seit mehr als einem Jahr getrennt gelebt. Aber Henning hatte es immer abgestritten, bis Pia ihn und die Löblich in flagranti erwischt hatte. Hätte ihre Ehe nicht sowieso in Scherben gelegen, wäre dies das Aus gewesen. An Bodensteins Stelle würde sie Cosima niemals wieder vertrauen können, schließlich hatte sie ihn wirklich übel belogen. Eine Affäre war auch etwas anderes als ein Seitensprung, der unter gewissen Umständen verzeihlich war.

»Du solltest mit ihr reden«, schlug sie ihrem Chef vor. »Immerhin habt ihr ein kleines Kind. Und fünfundzwanzig Jahre Ehe wirft man nicht so einfach weg.«

»Ein super Ratschlag«, erwiderte Bodenstein spöttisch. »Vielen Dank. Und was denkst du wirklich?«

»Willst du das echt wissen?«

»Klar. Sonst würde ich wohl kaum fragen.«

Pia holte tief Luft.

»Wenn etwas zerbrochen ist, ist es zerbrochen. Und auch wenn man es klebt, wird es nie wieder ganz sein«, sagte sie. »Das ist meine Meinung. Tut mir leid, wenn du etwas anderes erwartet hattest.«

»Habe ich nicht.« Zu ihrem Erstaunen lächelte Bodenstein sogar, wenn auch alles andere als glücklich. »Deine Ehrlichkeit schätze ich ganz besonders an dir.«

Sein Handy meldete sich wieder. Diesmal schaute er vorher aufs Display, um sich eine weitere Überraschung zu ersparen.

»Das ist Ostermann«, sagte er und ging dran. Er lauschte ein paar Sekunden, nickte. »Rufen Sie Frau Dr. Engel an. Sie soll dabei sein, wenn wir mit ihm reden.«

»Tobias?«

»Nein.« Bodenstein atmete tief durch. »Der Herr Kultusminister ist aus der Versenkung aufgetaucht und wartet samt Anwalt auf uns.«

*

Sie besprachen sich vor der Tür des Verhörraumes, in den Bodenstein Gregor Lauterbach und seinen Anwalt hatte bringen lassen. Er wollte keine freundliche, zwanglose Atmosphäre; Lauterbach musste klar sein, dass er keine Sonderbehandlung zu erwarten hatte.

»Wie wollen Sie vorgehen?«, erkundigte sich Kriminalrätin Dr. Engel.

»Ich setze ihn massiv unter Druck«, erwiderte Bodenstein. »Wir haben keine Zeit mehr zu verlieren. Amelie ist jetzt seit einer Woche verschwunden, und wenn wir sie noch lebend wiederfinden wollen, können wir niemanden mehr mit Samthandschuhen anfassen.«

Nicola Engel nickte. Sie betraten den nüchternen Raum, in

dem eine Wand von einer großen verspiegelten Glasscheibe eingenommen wurde. Am Tisch in der Mitte saßen Kultusminister Lauterbach und sein Rechtsbeistand, der Bodenstein und Pia bestens bekannt und alles andere als sympathisch war. Dr. Anders verteidigte beinahe ausnahmslos Prominente, die in Mord und Totschlag verwickelt waren. Es störte ihn nicht, Prozesse zu verlieren, denn er war begierig darauf, seinen Namen in die Presse und seine Fälle möglichst vor den BGH zu bringen.

Gregor Lauterbach hatte den Ernst der Lage erkannt und gab sich auskunftsfreudig. Blass und sichtlich angeschlagen erzählte er mit leiser Stimme, was sich am 6. September 1997 abgespielt hatte. Er hatte sich an jenem Abend mit seiner Schülerin Stefanie Schneeberger in der Scheune des Sartorius-Hofes getroffen, um ihr klarzumachen, dass er nicht vorhabe, etwas mit einer Schülerin anzufangen. Dann sei er nach Hause gegangen.

»Am nächsten Tag habe ich erfahren, dass Stefanie und Laura Wagner spurlos verschwunden waren«, sagte Lauterbach. »Jemand rief bei uns an und erzählte, die Polizei würde Stefanies Freund, Tobias Sartorius, verdächtigen, die beiden Mädchen ermordet zu haben. Meine Frau hat in unserer Mülltonne einen blutigen Wagenheber gefunden. Ich habe ihr dann gesagt, dass ich mit Stefanie gesprochen habe, weil sie mich den ganzen Abend auf der Kerb bedrängt und angemacht hatte. Uns beiden war klar, dass Tobias den Wagenheber in unsere Mülltonne geworfen haben musste, nachdem er Stefanie aus Zorn erschlagen hatte. Daniela wollte verhindern, dass ich ins Gerede komme. Sie sagte mir, ich solle den Wagenheber irgendwo vergraben. Ich weiß auch nicht, warum ich das getan habe – es war wohl eine Kurzschlussreaktion –, aber ich habe den Wagenheber in die Jauchegrube von Sartorius geworfen.«

Bodenstein, Pia und Nicola Engel hörten schweigend zu. Auch Dr. Anders sagte nichts. Die Arme verschränkt und die Lippen geschürzt, starrte er wie unbeteiligt in die gegenüberliegende Spiegelscheibe.

»Ich ... ich war überzeugt, Tobias hätte Stefanie erschlagen«, sprach Lauterbach weiter. »Er hatte uns zusammen gesehen, und dann hat sie auch noch mit ihm Schluss gemacht. Indem er den Wagenheber in unsere Mülltonne geworfen hatte, wollte er mich in Verdacht bringen. Aus Rache.«

Bodenstein blickte ihn scharf an. »Sie lügen.«

»Nein, das tue ich nicht.« Lauterbach schluckte nervös. Sein Blick glitt zu seinem Anwalt, aber der war noch immer in die Betrachtung seines Spiegelbildes versunken.

»Wir wissen mittlerweile, dass Tobias Sartorius mit dem Mord an Laura Wagner nichts zu tun hatte.« Bodenstein sprach aggressiver, als es sonst seine Art war. »Wir haben die mumifizierte Leiche von Stefanie gefunden. Und wir haben den Wagenheber aus unserer Asservatenkammer geholt und ins Labor bringen lassen. Man kann noch immer Fingerabdrücke feststellen. Darüber hinaus hat der Rechtsmediziner in der Vagina der Leiche Spuren einer fremden DNA gefunden. Sperma. Wenn sich herausstellen sollte, dass es sich dabei um Ihres handelt, dann sitzen Sie richtig tief in der Patsche, Herr Lauterbach.«

Gregor Lauterbach rutschte auf seinem Stuhl hin und her, fuhr sich mit der Zungenspitze nervös über die Lippen.

»Wie alt war Stefanie damals?«, fragte Bodenstein.

»Siebzehn.«

»Und wie alt waren Sie?«

»Siebenundzwanzig.« Lauterbach flüsterte fast. Seine blassen Wangen färbten sich blutrot, er senkte den Kopf.

»Haben Sie am 6. September 1997 mit Stefanie Schneeberger geschlafen oder nicht?«

Lauterbach war wie erstarrt.

»Sie bluffen doch«, kam ihm endlich sein Anwalt zur Hilfe. »Das Mädchen kann mit wer weiß wem geschlafen haben.«

»Welche Kleidung trugen Sie am Abend des 6. September 1997?« Bodenstein ließ sich nicht beirren, er wandte seinen Blick nicht von Lauterbach ab. Der sah ihn verwirrt an und zuckte die Schultern.

»Ich sage es Ihnen. Sie trugen eine Jeans, ein hellblaues Hemd, darunter ein grünes T-Shirt vom Kerbeverein und hellbraune Schuhe.«

»Was tut denn das nun zur Sache?«, wollte Lauterbachs Anwalt wissen.

»Hier.« Bodenstein schenkte ihm keine Beachtung. Er nahm die Ausdrucke von Thies' Bildern aus der Akte und legte sie Lauterbach hin, eines nach dem anderen. »Diese Bilder hat Thies Terlinden gemalt. Er war Augenzeuge der beiden Morde, und das hier war seine Art, sich mitzuteilen.«

Er tippte mit dem Zeigefinger auf eine der Gestalten.

»Wer kann das sein?«, fragte er. Lauterbach starrte auf die Bilder und zuckte die Achseln.

»Das sind Sie, Herr Lauterbach. Sie haben sich mit Stefanie Schneeberger vor der Scheune geküsst, dann haben Sie mit ihr geschlafen.«

»Nein«, murmelte Gregor Lauterbach, schneeweiß im Gesicht. »Nein, nein, das stimmt nicht, das müssen Sie mir glauben!«

»Sie waren ihr Lehrer«, fuhr Bodenstein ungerührt fort. »Stefanie stand in einem Abhängigkeitsverhältnis zu Ihnen. Was Sie getan haben, ist strafbar. Das wurde Ihnen plötzlich bewusst. Sie mussten befürchten, dass Stefanie es ausplaudern könnte. Ein Lehrer, der mit seiner minderjährigen Schülerin schläft, ist erledigt.«

Gregor Lauterbach schüttelte den Kopf.

»Sie haben Stefanie erschlagen, den Wagenheber in die Jauchegrube geworfen und sind nach Hause gegangen. Dort haben Sie Ihrer Frau alles gebeichtet, und die hat Ihnen geraten, den Mund zu halten. Ihre Rechnung ging auf, wenn auch nicht ganz. Die Polizei hielt tatsächlich Tobias für den Mörder, er wurde verhaftet und verurteilt. Es gab nur ein kleines Problem: Stefanies Leiche war verschwunden. Jemand musste Sie und Stefanie beobachtet haben.«

Noch immer schüttelte Lauterbach unablässig den Kopf.

»Als Mitwisser hatten Sie Thies Terlinden in Verdacht. Damit er den Mund hält, hat Ihre Frau – als Thies' Ärztin – den jungen Mann regelrecht unter Drogen gesetzt und massiv eingeschüchtert. Das klappte gut. Elf Jahre lang. Bis Tobias Sartorius aus dem Gefängnis entlassen wurde. Sie erfuhren von Ihrem Bekannten Andreas Hasse, einem Mitarbeiter des K 11, dass wir uns für die alten Fälle interessieren, ja dass wir uns sogar die Akten haben kommen lassen. Und da haben Sie Hasse angestiftet, die entsprechenden Verhörprotokolle aus den Akten zu entfernen.«

»Das stimmt nicht«, flüsterte Lauterbach heiser. Schweißperlen glänzten auf seiner Stirn.

»Doch«, sagte nun Pia. »Hasse hat bereits gestanden und wurde deswegen vom Dienst suspendiert. Hätten Sie das übrigens nicht gemacht, säßen Sie jetzt nicht hier.«

»Was soll das alles?«, mischte sich nun Dr. Anders ein. »Selbst wenn mein Mandant damals mit seiner Schülerin geschlafen hätte, wäre der Tatbestand des Missbrauchs längst verjährt.«

»Aber der Mord nicht.«

»Ich habe Stefanie nicht ermordet!«

»Warum haben Sie Herrn Hasse dann dazu überredet, die Verhörprotokolle zu vernichten?«

»Weil ... weil ich ... ich ... ich dachte, es wäre besser, wenn ich meinen Namen aus allem heraushalte«, gab Lauterbach zu. Er schwitzte so stark, dass ihm der Schweiß über die Wangen lief. »Kann ich etwas zu trinken haben?«

Nicola Engel stand wortlos auf, verließ den Raum und kehrte wenig später mit einer Flasche Wasser und einem Glas zurück. Beides stellte sie vor Lauterbach auf den Tisch und setzte sich wieder. Lauterbach schraubte die Flasche auf, goss sich ein Glas Wasser ein und trank es aus, ohne einmal abzusetzen.

»Wo ist Amelie Fröhlich?«, fragte Pia. »Und wo ist Thies Terlinden?«

»Woher soll ich das wissen?«, fragte Lauterbach zurück.

»Sie wussten, dass Thies damals alles beobachtet hat«, erwiderte Pia. »Außerdem haben Sie erfahren, dass sich Amelie für die Ereignisse von 1997 interessiert. Die beiden stellten eine echte Bedrohung für Sie dar. Da liegt der Gedanke nicht so fern, dass Sie etwas mit ihrem Verschwinden zu tun haben. Sie und Terlinden waren zu der Zeit, als Amelie verschwand, genau dort, wo sie zum letzten Mal gesehen wurde.«

Gregor Lauterbach sah im grellen Licht der Neonröhren aus wie ein Zombie. Sein Gesicht glänzte vor Schweiß, er rieb nervös die Handflächen an seinen Oberschenkeln, bis sein Anwalt ihm die Hand auf den Arm legte.

»Herr Lauterbach.« Bodenstein stand auf, stemmte seine Hände auf die Tischfläche und beugte sich vor. Sein drohender Tonfall zeigte Wirkung. »Wir werden Ihre DNA mit der vergleichen, die in der Vagina von Stefanie Schneeberger gefunden wurde. Wenn sie übereinstimmt, werden Sie sich wegen Missbrauchs einer minderjährigen Schülerin verantworten müssen, ganz gleich, was Ihr Anwalt hier von Verjährung erzählt. Sie werden aufgrund dieser Vorwürfe ganz sicher die längste Zeit Kultusminister gewesen sein. Ich werde alles daransetzen, Sie vor Gericht zu bekommen, das verspreche ich Ihnen hier und jetzt. Was die Presse mit Ihnen macht, wenn herauskommt, dass wegen Ihres Schweigens ein junger Mann, noch dazu ein ehemaliger Schüler von Ihnen, zehn Jahre unschuldig im Gefängnis sitzen musste, das muss ich Ihnen wohl nicht erzählen!«

Er verstummte, ließ seine Worte wirken. Gregor Lauterbach zitterte am ganzen Körper. Was ängstigte ihn mehr – die zu erwartende Strafe oder eine mögliche öffentliche Hinrichtung durch die Presse?

»Sie bekommen von mir heute Abend noch eine Chance«, sagte Bodenstein nun mit ruhiger Stimme. »Ich werde unter Umständen von einer Anzeige bei der Staatsanwaltschaft absehen, wenn Sie uns helfen, Amelie und Thies zu finden. Denken Sie darüber nach und besprechen Sie sich mit Ihrem Anwalt. Wir machen jetzt eine Pause. Zehn Minuten lang.«

*

»Dieses Schwein«, sagte Pia und beobachtete Lauterbach grimmig durch die Glasscheibe. »Er war's. Er hat Stefanie umgebracht. Und jetzt hat er sich auch Amelie gekrallt, da bin ich mir ganz sicher.«

Sie konnten nicht hören, was Lauterbach mit seinem Anwalt besprach, denn Dr. Anders hatte darauf bestanden, das Mikrophon auszuschalten.

»Gemeinsam mit Terlinden.« Bodenstein furchte nachdenklich die Stirn und nippte an einem Becher Wasser. »Aber wie ist er darauf gekommen, dass Amelie etwas wissen konnte?«

»Keine Ahnung.« Pia zuckte die Schultern. »Vielleicht hat Amelie Terlinden etwas von den Bildern erzählt? Aber nein, das glaube ich nicht.«

»Ich auch nicht. Da fehlt noch ein Stück. Irgendetwas muss geschehen sein, was Lauterbach Angst gemacht hat.«

»Hasse?«, schlug Nicola Engel aus dem Hintergrund vor.

»Nein, der wusste nichts von diesen Bildern«, widersprach Pia. »Wir haben sie ja erst gefunden, als er nicht mehr dabei war.«

»Hm. Dann fehlt uns tatsächlich eine Verbindung.«

»Moment mal«, sagte Bodenstein. »Was ist denn mit Nadja von Bredow? Sie war dabei, als die Jungen Laura vergewaltigt haben. Und sie ist auch auf einem der Bilder mit Stefanie und Lauterbach im Hintergrund zu sehen.«

Nicola Engel und Pia blickten ihn fragend an.

»Was, wenn sie die ganze Zeit über im Hof war? Sie ist nicht mit den Jungs weggefahren, um Laura zu verstecken. Und Nadja wusste über die Bilder Bescheid. Tobias hat es ihr selbst erzählt!«

Dr. Engel und Pia verstanden gleichzeitig, worauf Bodenstein hinauswollte. Hatte Nadja von Bredow Lauterbach mit ihrem Wissen erpresst und ihn so zum Handeln gezwungen?

»Gehen wir wieder rein.« Bodenstein warf den Becher in den Mülleimer. »Damit kriegen wir ihn.«

*

Das Wasser stieg. Zentimeter um Zentimeter. Im letzten Licht des Tages hatte Amelie gesehen, dass es bis zur dritten Stufe stand. Ihr Versuch, das Wasser mit einer dicken Wolldecke am Eindringen zu hindern, war nur so lange von Erfolg gekrönt gewesen, bis der Wasserdruck die Decke weggespült hatte. Nun war es stockdunkel, aber sie hörte das unverminderte Rauschen in den Leitungen. Vergeblich versuchte sie auszurechnen, wann das Wasser das oberste Brett des Regals erreicht haben würde. Thies lag dicht neben ihr, sie konnte spüren, wie sich seine Brust hob und senkte. Hin und wieder hustete er keuchend. Seine Haut war fiebrig heiß, die kalte

Feuchtigkeit in diesem Loch würde ihm den Rest geben. Amelie erinnerte sich daran, dass er neulich schon krank ausgesehen hatte. Wie würde er das alles hier überstehen? Thies war so sensibel! Ein paarmal hatte sie versucht, mit ihm zu reden, aber er hatte ihr keine Antwort gegeben.

»Thies«, flüsterte sie. Es fiel ihr schwer, denn ihre Zähne klapperten so stark, dass sie kaum den Mund öffnen konnte. »Thies, sag doch was!«

Nichts. Und da verließ sie endgültig der Mut. Ihre eiserne Selbstbeherrschung, die sie in den letzten Tagen und Nächten davor bewahrt hatte, in der Dunkelheit durchzudrehen, war dahin. Sie brach in Tränen aus. Es gab keine Hoffnung mehr. Sie würde hier drin sterben, jämmerlich ertrinken! Schneewittchen war auch nie gefunden worden. Weshalb sollte sie mehr Glück haben? Die Angst überwältigte sie. Plötzlich zuckte sie zusammen. Sie spürte eine Berührung an ihrem Rücken. Thies legte einen Arm um sie, schlang sein Bein um ihres und zog sie dicht an sich. Die Hitze, die sein Körper ausstrahlte, wärmte sie.

»Nicht weinen, Amelie«, flüsterte er an ihrem Ohr. »Nicht weinen. Ich bin doch da.«

*

»Wie haben Sie von der Existenz dieser Bilder erfahren?«

Bodenstein hielt sich nicht mit einer langen Vorrede auf. Mit sicherem Blick vermochte er den Zustand von Gregor Lauterbach einzuschätzen. Der Herr Minister war kein sonderlich starker Mann, und der Druck machte ihm zu schaffen. Nach den zermürbenden Ereignissen der letzten Tage würde er nicht mehr lange standhalten.

»Ich habe anonyme Briefe und E-Mails bekommen«, erwiderte Lauterbach und brachte seinen Anwalt mit einer kraftlosen Handbewegung zum Verstummen, als dieser Protest einlegen wollte. »Ich hatte an dem Abend in der Scheune meinen Schlüsselbund verloren, und bei einem der Briefe war ein Foto des Schlüsselbundes dabei. Da wurde mir klar, dass jemand Stefanie und mich beobachtet hatte.«

»Wobei beobachtet?«

»Sie wissen es doch.« Lauterbach blickte auf, und Bodenstein las in seinen Augen nichts als Selbstmitleid. »Stefanie hat mich provoziert, schon die ganze Zeit. Ich ... ich wollte nicht mit ihr ... schlafen, aber sie hat mich so massiv bedrängt, bis ich ... einfach nicht mehr anders konnte.«

Bodenstein wartete stumm, bis Lauterbach mit weinerlicher Stimme weitersprach.

»Als ich ... als ich gemerkt habe, dass ich meinen Schlüsselbund verloren hatte, wollte ich ihn suchen. Meine Frau hätte mir den Kopf abgerissen, an dem Bund hingen auch die Schlüssel von ihrer Praxis!«

Er blickte auf, Verständnis heischend. Bodenstein musste sich anstrengen, um seine aufsteigende Verachtung hinter einer ausdruckslosen Miene zu verbergen.

»Stefanie sagte, ich solle lieber verschwinden. Sie würde den Schlüsselbund suchen und ihn mir später bringen.«

»Und das taten Sie dann auch?«

»Ja. Ich bin nach Hause gegangen.«

Bodenstein ließ es für den Moment dabei bewenden.

»Sie bekamen also Briefe und E-Mails«, sagte er. »Was stand da drin?«

»Dass Thies alles wüsste. Und dass die Polizei nichts erfahren würde, wenn ich weiterhin den Mund hielte.«

»Worüber sollten Sie denn den Mund halten?«

Lauterbach hob die Schultern und schüttelte den Kopf.

»Wer, denken Sie, hat Ihnen diese Briefe geschrieben?«

Wieder ein ratloses Schulterzucken.

»Sie müssen doch irgendeinen Verdacht haben! Herr Lauterbach!« Bodenstein beugte sich wieder vor. »Schweigen ist jetzt wirklich die schlechteste aller Lösungen!«

»Ich habe aber keine Ahnung!«, erwiderte Lauterbach in hilfloser Verzweiflung, die augenscheinlich nicht gespielt war. Auf sich allein gestellt und in die Enge getrieben, zeigte er sein wahres Wesen: Gregor Lauterbach war ein schwacher Mensch, der außerhalb des Windschattens seiner Frau zu einem rückgratlosen Männlein schrumpfte. »Ich weiß überhaupt nichts mehr! Meine Frau hat mir erzählt, dass es Bilder geben soll, aber Thies kann ja kaum die E-Mails und Briefe geschrieben haben.«

»Wann hat Sie Ihnen davon erzählt?«

»Irgendwann.« Lauterbach stützte die Stirn in die Hände, schüttelte den Kopf. »Ich weiß es nicht mehr genau.«

»Versuchen Sie, sich zu erinnern«, drängte Bodenstein. »War es bevor oder nachdem Amelie verschwunden ist? Und woher wusste Ihre Frau davon? Wer kann es ihr erzählt haben?«

»Mein Gott, ich weiß es nicht!«, jammerte Lauterbach. »Ich weiß es wirklich nicht!«

»Denken Sie nach!« Bodenstein lehnte sich wieder zurück. »Sie waren an dem Samstagabend, an dem Amelie verschwand, gemeinsam mit Ihrer Frau und dem Ehepaar Terlinden im Ebony Club in Frankfurt essen. Ihre Frau und Christine Terlinden fuhren gegen halb zehn nach Hause, Sie fuhren mit Claudius Terlinden zurück. Was haben Sie gemacht, nachdem Sie den Ebony Club verlassen hatten?«

Gregor Lauterbach dachte angestrengt nach und schien zu begreifen, dass die Polizei eine ganze Menge mehr wusste, als er angenommen hatte.

»Ja, ich glaube, meine Frau hat mir auf der Fahrt nach Frankfurt erzählt, dass Thies dem Nachbarsmädchen irgendwelche Bilder gegeben hätte, auf denen ich angeblich abgebildet sei«, gab er widerwillig zu. »Sie hatte es am Nachmittag erfahren, von einer anonymen Anruferin. Wir hatten dann keine Gelegenheit mehr, darüber zu sprechen. Daniela und Christine fuhren um halb zehn weg. Ich fragte Andreas Jagielski nach Amelie Fröhlich, ich wusste ja, dass sie im Schwarzen Ross bedient. Jagielski rief bei seiner Frau an, und die bestätigte, dass Amelie bei der Arbeit sei. Claudius und ich sind also nach Altenhain gefahren und haben auf dem Parkplatz vor dem Schwarzen Ross auf das Mädchen gewartet. Sie kam aber nicht.«

»Was wollten Sie denn von Amelie wissen?«

»Ob sie diese anonymen E-Mails und Briefe an mich geschrieben hat.«

»Und? Hat sie?«

»Ich konnte sie ja nicht fragen. Wir warteten im Auto, es war ungefähr elf oder halb zwölf. Da tauchte Nathalie auf. Ich meine, Nadja. Nadja von Bredow nennt sie sich ja jetzt.«

Bodenstein blickte kurz auf und begegnete Pias Blick.

»Sie lief auf dem Parkplatz herum«, fuhr Lauterbach fort, »guckte ins Gebüsch und ging schließlich hinüber zur Bushaltestelle. Da erst fiel uns auf, dass dort ein Mann saß. Nadja versuchte, den Mann zu wecken, aber vergeblich. Schließlich fuhr sie weg. Claudius rief vom Handy aus im Schwarzen Ross an und fragte nach Amelie, aber Frau Jagielski sagte ihm, sie sei schon lange weg. Daraufhin sind Claudius und ich in sein Büro gefahren. Er hatte die Befürchtung, dass die Polizei in Kürze herumschnüffeln würde. Eine Hausdurchsuchung konnte er nicht gebrauchen, deshalb wollte er ein paar brisante Unterlagen woanders hinbringen.«

»Welche Unterlagen?«, fragte Bodenstein.

Gregor Lauterbach sträubte sich ein wenig, aber nicht lange. Claudius Terlinden hatte sich seine Machtposition über Jahre hinweg mit Bestechung im großen Stil gesichert. Er sei zwar immer wohlhabend gewesen, aber richtig zu Geld sei er erst Ende der neunziger Jahre gekommen, als er mit seiner Firma expandiert hatte und an die Börse gegangen war. Dadurch hatte er großen Einfluss in Wirtschaft und Politik bekommen. Die besten Geschäfte habe er dann mit Ländern gemacht, gegen die offiziell ein Wirtschaftsembargo verhängt worden war, beispielsweise mit Iran und Nordkorea.

»Diese Unterlagen wollte er an dem Abend verschwinden lassen«, schloss Lauterbach. Nun, da es nicht mehr direkt um ihn ging, gewann er wieder an Selbstsicherheit. »Da er sie aber nicht vernichten wollte, haben wir sie in meine Wohnung nach Idstein gebracht.«

»Aha.«

»Ich habe mit dem Verschwinden von Amelie oder Thies nichts zu tun«, beteuerte Gregor Lauterbach. »Und ich habe auch niemanden ermordet.«

»Das wird sich zeigen.« Bodenstein schob die Bilder zusammen und legte sie zurück in die Akte. »Sie dürfen nach Hause fahren. Aber Sie stehen unter polizeilicher Beobachtung, und wir werden Ihr Telefon überwachen. Außerdem bitte ich Sie, sich zur Verfügung zu halten. Geben Sie mir auf alle Fälle Bescheid, bevor Sie Ihr Haus verlassen.«

Lauterbach nickte demütig. »Könnten Sie meinen Namen nicht wenigstens vorerst aus der Presse heraushalten?«, bat er.

»Das kann ich Ihnen beim besten Willen nicht versprechen.« Bodenstein streckte die Hand aus. »Den Schlüssel für Ihre Wohnung in Idstein bitte.«

Sonntag, 23. November 2008

Pia hatte eine schlaflose Nacht hinter sich und war schon auf den Beinen, als um 5:15 Uhr der Anruf des Überwachungsteams kam: Nadja von Bredow sei soeben in ihre Wohnung am Westhafen in Frankfurt zurückgekehrt. Allein.

»Ich komme sofort«, sagte Pia. »Wartet auf mich.«

Sie warf das Heu, das sie unter den Arm geklemmt hatte, über die Boxentür und steckte das Handy weg. Es war nicht nur der Fall, der sie wach gehalten hatte. Morgen um 15:30 Uhr hatte sie mit dem Bauamt der Stadt Frankfurt einen Ortstermin auf dem Birkenhof. Wenn man die Abrissverfügung nicht zurücknahm, würden sie, Christoph und die Tiere in Kürze obdachlos sein.

Christoph hatte sich in den letzten Tagen intensiv um die Angelegenheit gekümmert, und sein anfänglicher Optimismus hatte sich rasch verflüchtigt. Die Verkäufer des Birkenhofes hatten Pia verschwiegen, dass das Grundstück, auf dem das Haus stand, wegen der Hochspannungsleitungen der MKW überhaupt nicht bebaut werden durfte. Der Vater der Verkäufer hatte irgendwann nach dem Krieg einen Schuppen errichtet und diesen im Laufe der Jahre ohne jede Genehmigung ausgebaut. Sechzig Jahre lang hatte niemand etwas gemerkt, bis sie in Unkenntnis der Illegalität einen Bauantrag gestellt hatte. Pia fütterte noch schnell das Federvieh, dann rief sie Bodenstein an. Als er nicht abnahm, schrieb sie ihm eine SMS und ging nachdenklich zurück zum Haus, das ihr plötzlich fremd vorkam. Auf Zehenspitzen schlich sie ins Schlafzimmer.

»Musst du weg?«, fragte Christoph.

»Ja. Hab ich dich geweckt?« Sie machte das Licht an.

»Nein. Ich konnte auch nicht schlafen.« Er betrachtete sie, den Kopf in die Hand gestützt. »Ich habe die halbe Nacht überlegt, was wir tun können, wenn die Ernst machen.«

»Ich auch.« Pia setzte sich auf die Bettkante. »Auf jeden Fall verklage ich diese Mistkerle, die mir damals den Hof verkauft haben. Die haben mich arglistig getäuscht, ganz klar!«

»Das müssen wir denen aber erst mal nachweisen«, gab Christoph zu bedenken. »Ich bespreche das heute mit einem Freund von mir, der sich mit solchen Sachen auskennt. Vorher tun wir nichts.«

Pia seufzte. »Ich bin so froh, dass du da bist«, sagte sie leise. »Ich wüsste nicht, was ich jetzt alleine machen sollte.«

»Wäre ich nicht in deinem Leben aufgetaucht, hätten wir nie einen Bauantrag gestellt, und es wäre nichts passiert.« Christoph grinste schief. »Jetzt lass den Kopf nicht hängen. Mach deinen Job, und ich kümmere mich um diese Sache, okay?«

»Okay.« Pia gelang ein Lächeln. Sie beugte sich zu Christoph hinüber und gab ihm einen Kuss. »Ich habe leider keine Ahnung, wann ich heute nach Hause komme.«

»Mach dir um mich keine Gedanken.« Christoph lächelte auch. »Ich hab Dienst im Zoo.«

*

Er erkannte die vertraute Gestalt schon von weitem. Sie stand im Licht der Straßenlaterne neben seinem Auto auf dem Parkplatz, ihr rotes Haar war der einzige Farbtupfer in der diesigen Dunkelheit. Bodenstein zögerte einen Moment, bevor er entschlossen auf sie zuging. Cosima war eben keine Frau, die sich einfach von ihm das Telefon auflegen ließ. Eigentlich hätte er damit rechnen müssen, dass sie ihn früher oder später abpassen würde, doch der Fall hatte ihn zu sehr in Beschlag genommen. Deshalb fühlte er sich unvorbereitet und im Nachteil.

»Was willst du?«, fragte er unfreundlich. »Ich habe jetzt keine Zeit.«

»Du rufst mich ja nicht zurück«, erwiderte Cosima. »Ich muss mit dir reden.«

»Ach, auf einmal?« Er blieb vor ihr stehen, musterte ihr blasses, beherrschtes Gesicht. Sein Herz klopfte heftig, es gelang ihm nur mit Mühe, ruhig zu bleiben. »Wochenlang hattest du dieses Bedürfnis nicht. Rede mit deinem Russenfreund, wenn dir nach Reden zumute ist.«

Er zückte seinen Autoschlüssel, aber sie wich nicht von der Stelle und blieb vor der Autotür stehen.

»Ich will dir erklären ...«, begann sie. Bodenstein ließ sie nicht ausreden. Er hatte in der Nacht kaum geschlafen und musste dringend weg, denkbar schlechte Voraussetzungen für ein so wichtiges Gespräch wie dieses.

»Ich will es nicht hören«, unterbrach er sie. »Und ich habe jetzt wirklich keine Zeit.«

»Oliver, glaub mir bitte, ich wollte dir nicht weh tun!« Cosima streckte die Hand nach ihm aus, ließ sie aber wieder sinken, als er vor ihr zurückwich. Ihr Atem stand wie eine weiße Wolke in der kalten Morgenluft. »Ich wollte ja gar nicht so weit gehen, aber ...«

»Hör auf!«, schrie er unvermittelt. »Du *hast* mir weh getan! So weh, wie mir überhaupt noch nie ein Mensch getan hat! Ich will keine Entschuldigungen und Rechtfertigungen von dir hören, denn egal, was du auch sagst, du hast alles kaputtgemacht! Alles!«

Cosima schwieg.

»Wer weiß, wie oft du mich schon betrogen hast, so routiniert, wie du mich getäuscht und angelogen hast«, fuhr er mit zusammengebissenen Zähnen fort. »Was hast du auf all deinen Reisen getrieben? Durch wie viele Betten hast du dich gewälzt, während dein treudoofer, gutgläubiger Spießermann brav mit den Kindern zu Hause gesessen und auf dich gewartet hat? Vielleicht hast du sogar über mich gelacht, weil ich so dämlich war, dir zu vertrauen!«

Wie giftige Lava quollen diese Worte aus seinem gekränkten Innern empor; endlich entlud sich die aufgestaute Enttäuschung. Cosima ließ seinen Ausbruch über sich ergehen, ohne eine Miene zu verziehen.

»Wahrscheinlich ist Sophia überhaupt nicht mein Kind, sondern das von irgendeinem dieser zotteligen, windigen Filmtypen, mit denen du dich so gerne umgibst!«

Er verstummte, als ihm bewusst wurde, wie ungeheuerlich dieser Vorwurf war. Doch nun, da er ihn ausgesprochen hatte, ließ er sich nicht mehr zurücknehmen.

»Ich hätte für unsere Ehe beide Hände ins Feuer gelegt«, sagte er mit gepresster Stimme. »Aber du hast mich belogen und betrogen. Ich werde dir niemals wieder vertrauen können.«

Cosima straffte die Schultern.

»Ich hätte mir denken können, dass du so reagierst«, entgegnete sie kühl. »Selbstgerecht und kompromisslos. Du siehst die ganze Sache nur aus deinem egoistischen Blickwinkel.«

»Aus welchem soll ich sie sonst sehen? Aus dem von deinem Russenliebhaber, oder was?« Er schnaubte. »Die Egoistin von uns beiden, die bist du! Zwanzig Jahre lang hast du nicht nach mir gefragt und bist wochenlang unterwegs gewesen. Mir hat das nie gefallen, aber ich habe es akzeptiert, weil deine Arbeit eben ein Teil von dir ist. Dann warst du schwanger. Du hast mich gar nicht gefragt, ob ich noch ein Kind will, das hast du für dich entschieden und mich vor vollendete Tatsachen gestellt. Dabei wusstest du genau, dass du mit einem kleinen Kind nicht mehr um die Welt gondeln kannst. Aus lauter Langeweile hast du dich in eine Affäre gestürzt – und jetzt willst du mir vorwerfen, ich sei ein Egoist? Wäre es nicht alles so traurig, dann würde ich lachen!«

»Als Lorenz und Rosi klein waren, konnte ich trotzdem arbeiten. Da hast du auch mal die Verantwortung übernommen«, wandte Cosima ein. »Aber ich will mit dir auch nicht diskutieren. Es ist passiert. Ich habe einen großen Fehler gemacht, aber ich werde ganz sicher nicht in Sack und Asche gehen, bis du beliebst, mir zu verzeihen.«

»Und warum bist du dann gekommen?« Das Handy in seiner Manteltasche klingelte und vibrierte, aber er beachtete es nicht.

»Ich werde nach Weihnachten für vier Wochen die Expedition von Gavrilow durch die Nordostpassage begleiten«, verkündete Cosima ihm. »Du wirst dich in dieser Zeit um Sophia kümmern müssen.«

Bodenstein starrte seine Frau sprachlos an, als habe sie ihm soeben ins Gesicht geschlagen. Cosima war nicht etwa gekommen, um ihn um Verzeihung zu bitten, nein, sie hatte längst eine Entscheidung über ihre Zukunft getroffen. Eine Zukunft, in der für ihn offenbar nur noch der Job des Babysitters vorgesehen war. Seine Knie wurden weich wie Butter.

»Das ist jetzt nicht dein Ernst«, flüsterte er.

»Doch. Ich habe den Vertrag schon vor ein paar Wochen unterschrieben. Es war mir klar, dass es dir nicht gefallen würde.« Sie zuckte die Schultern. »Es tut mir leid, wie es gekommen ist, ehrlich. Aber ich habe in den letzten Monaten viel nachgedacht. Ich würde es bis ans Ende meines Lebens bereuen, wenn ich diesen Film nicht mache …«

Sie redete noch weiter, aber ihre Worte kamen nicht mehr bei ihm an. Das Wichtigste hatte er begriffen: Innerlich hatte sie ihn längst verlassen, ihr gemeinsames Leben von sich abgeschüttelt. Eigentlich war er sich ihrer nie ganz sicher gewesen. All die Jahre hatte er geglaubt, die völlige Gegensätzlichkeit ihrer Charaktere sei das Besondere an ihrer Beziehung, das Salz in der Suppe, aber nun wurde ihm klar, dass sie einfach nicht zueinander passten. Sein Herz krampfte sich schmerzhaft zusammen.

Und jetzt tat sie dasselbe wie so viele Male zuvor: Sie hatte eine Entscheidung getroffen, die er zu akzeptieren hatte. Sie war diejenige, die die Richtung bestimmte. Sie hatte das Geld, mit dem sie das Grundstück in Kelkheim gekauft und das Haus gebaut hatten. Er hätte sich das alles nie und nimmer leisten können. Es tat weh, aber zum ersten Mal sah er in Cosima an diesem düsteren Novembermorgen nicht mehr die schöne, selbstbewusste, aufregende Gefährtin an seiner Seite, sondern nur noch die Frau, die rücksichtslos ihren Willen und ihre Pläne durchsetzte. Wie dumm und wie blind er die ganze Zeit gewesen war!

Das Blut rauschte in seinen Ohren. Sie hatte aufgehört zu reden und blickte ihn ungerührt an, als warte sie auf seine Antwort. Er blinzelte. Ihr Gesicht, das Auto, der Parkplatz – alles verschwamm vor seinen Augen. Sie würde weggehen, mit einem anderen Mann. Sie würde ihr Leben leben, in dem für ihn kein Platz mehr war. Plötzlich überwältigten ihn Eifersucht und Hass. Er machte einen Schritt auf Cosima zu, packte ihr Handgelenk. Erschrocken wollte sie vor ihm zurückweichen, aber er hielt ihre Hand umklammert wie ein

Schraubstock. Ihre kühle Überlegenheit war schlagartig verschwunden, sie riss angsterfüllt die Augen auf und öffnete den Mund, um zu schreien.

*

Um halb sieben entschied Pia, alleine die Wohnung von Nadja von Bredow aufzusuchen. Bodenstein ging nicht an sein Handy und hatte auch auf keine SMS reagiert. Gerade als sie auf die Klingel drücken wollte, öffnete sich die Haustür, ein Mann kam heraus. Pia und die beiden Kollegen in Zivil, die die Wohnung überwacht hatten, gingen an ihm vorbei.

»Stopp!« Der Mann, ein leicht ergrauter Mittfünfziger mit runder Hornbrille, trat ihnen in den Weg. »So geht das hier nicht! Zu wem wollen Sie?«

»Das geht Sie nichts an«, entgegnete Pia schroff.

»Das tut es sehr wohl.« Der Mann baute sich vor dem Aufzug auf, verschränkte die Arme und musterte sie überheblich. »Ich bin der Vorsitzende der Eigentümergemeinschaft dieser Wohnanlage. Hier kann nicht jedermann einfach hereinspazieren.«

»Wir sind von der Kripo.«

»Ach ja? Haben Sie einen Ausweis?«

Pia begann vor Zorn zu kochen. Sie zückte ihre Marke und hielt sie dem Mann vor die Nase. Ohne ein weiteres Wort ging sie in Richtung Treppe.

»Du wartest hier unten«, wies sie einen der Kollegen an. »Wir beide gehen hoch.«

Kaum waren sie vor die Tür des Penthouseappartements getreten, ging diese auf. Ein kurzer Ausdruck des Erschreckens flog über das Gesicht von Nadja von Bredow.

»Ich habe Ihnen doch gesagt, dass Sie unten warten sollen«, sagte sie wenig freundlich. »Aber wenn Sie schon mal da sind, können Sie die Koffer gleich mitnehmen.«

»Sie verreisen?« Pia begriff, dass Nadja von Bredow sie nicht erkannte und wohl für die Taxifahrerin hielt. »Sie sind doch gerade erst nach Hause gekommen.«

»Was geht Sie das wohl an?«, entgegnete diese gereizt.

»Ich schätze, eine Menge.« Pia hielt ihr die Marke hin. »Pia Kirchhoff, Kripo Hofheim.«

Nadja von Bredow musterte sie und schob die Unterlippe vor. Sie trug eine dunkelbraune Wellensteyn-Jacke mit Pelzkragen, Jeans und Stiefel. Das blonde Haar hatte sie zu einem strengen Knoten frisiert, aber selbst das reichlich aufgetragene Make-up konnte nicht die Schatten unter ihren geröteten Augen verdecken.

»Sie kommen ungünstig. Ich muss dringend zum Flughafen.«

»Dann müssen Sie Ihren Flug verschieben«, entgegnete Pia. »Ich habe ein paar Fragen an Sie.«

»Ich habe jetzt keine Zeit für so was.« Sie drückte auf den Knopf des Aufzugs.

»Wo sind Sie gewesen?«, fragte Pia.

»Verreist.«

»Aha. Und wo ist Tobias Sartorius?«

Nadja von Bredow blickte Pia aus ihren grasgrünen Augen erstaunt an.

»Woher soll ich das denn wissen?« Ihre Überraschung wirkte echt, aber sie war nicht umsonst eine der bestbezahlten Schauspielerinnen Deutschlands.

»Weil Sie mit ihm nach der Beerdigung von Laura Wagner weggefahren sind, anstatt ihn bei uns zur Vernehmung abzuliefern.«

»Wer behauptet das denn?«

»Tobias' Vater. Also?«

Der Aufzug kam, die Tür glitt zur Seite. Nadja von Bredow wandte sich Pia zu und lächelte spöttisch.

»Ich hoffe, Sie glauben nicht alles, was der so erzählt.« Sie blickte Pias Kollegen an. »Die Polizei, dein Freund und Helfer. Würden Sie mir helfen, mein Gepäck in den Aufzug zu tragen?«

Als dieser tatsächlich Anstalten machte, die Koffer zu ergreifen, platzte Pia der Kragen.

»Wo ist Amelie? Was haben Sie mit dem Mädchen gemacht?«

»Ich?« Nadja von Bredow riss die Augen auf. »Gar nichts! Warum sollte ich mit ihr etwas machen?«

»Weil Thies Terlinden Amelie Bilder gegeben hat, die eindeutig beweisen, dass Sie nicht nur dabei waren, als Ihre Freunde Laura vergewaltigt haben, sondern auch zugesehen haben, wie Gregor Lauterbach mit Stefanie Schneeberger in der Scheune von Sartorius Sex hatte. Danach haben Sie Stefanie mit einem Wagenheber erschlagen.«

Zu Pias Überraschung begann Nadja von Bredow zu lachen.

»Wo haben Sie denn diesen Quatsch her?«

Pia konnte sich nur noch mit Mühe beherrschen. Am liebsten hätte sie die Frau gepackt und geohrfeigt.

»Ihre Freunde Jörg, Felix und Michael haben ein Geständnis abgelegt«, sagte sie. »Laura hat noch gelebt, als Sie den dreien damals den Auftrag gaben, sie wegzuschaffen. Sie mussten befürchten, dass Amelie durch Thies und seine Bilder die Wahrheit herausgefunden hatte. Deshalb lag es in Ihrem Interesse, das Mädchen aus dem Weg zu räumen.«

»Mein Gott.« Nadja blieb gänzlich unberührt. »So einen hanebüchenen Unsinn denken sich nicht einmal Drehbuchschreiber aus. Ich habe diese Amelie ein einziges Mal gesehen und weiß nicht, wo sie jetzt ist.«

»Sie lügen. Sie waren an dem Samstag auf dem Parkplatz vom Schwarzen Ross und haben den Rucksack von Amelie in ein Gebüsch geworfen.«

»Ach, tatsächlich?« Nadja von Bredow blickte Pia mit hochgezogenen Augenbrauen an, als sei sie unerträglich angeödet. »Wer behauptet das denn?«

»Sie wurden gesehen.«

»Ich kann ja einiges«, erwiderte sie sarkastisch. »Aber zur gleichen Zeit an zwei Orten sein, das kann ich noch nicht. Ich war an dem Samstag in Hamburg, dafür gibt es Zeugen.«

»Wen?«

»Ich kann Ihnen Namen und Telefonnummern geben.«

»Was haben Sie in Hamburg gemacht?«

»Gearbeitet.«

»Stimmt nicht. Ihr Manager hat uns gesagt, dass Sie an dem Abend keinen Drehtermin hatten.«

Nadja von Bredow blickte auf ihre teure Armbanduhr und verzog das Gesicht, als habe sie diese Zeitvergeudung satt.

»Ich war in Hamburg und habe vor schätzungsweise vierhundert Gästen zusammen mit meinem Kollegen Torsten Gottwald eine Gala moderiert, die vom NDR aufgezeichnet wurde«, sagte sie. »Ich kann Ihnen zwar nicht die Nummern aller anwesenden Gäste geben, aber die vom Regisseur, von Torsten und einigen anderen. Reicht das als Beweis dafür, dass ich zu dieser Zeit wohl kaum auf einem Parkplatz in Altenhain herumgelaufen sein kann?«

»Sparen Sie sich Ihren Sarkasmus«, entgegnete Pia scharf. »Suchen Sie sich einen von Ihren Koffern aus, den trägt mein Kollege gerne für Sie zu unserem Auto.«

»Ach, das ist ja toll. Die Polizei übernimmt Taxidienste.«

»Sogar mit dem größten Vergnügen«, erwiderte Pia kalt. »Und zwar direkt in die Zelle.«

»Das ist doch lachhaft!« Nadja von Bredow schien allmählich zu begreifen, dass sie ernsthaft in der Klemme steckte. Eine tiefe Falte erschien zwischen ihren sorgfältig gezupften Augenbrauen. »Ich habe einen wichtigen Termin in Hamburg.«

»Jetzt nicht mehr. Sie sind vorübergehend festgenommen.«

»Und weshalb, wenn ich fragen darf?«

»Weil Sie den Tod Ihrer Klassenkameradin Laura Wagner billigend in Kauf genommen haben.« Pia lächelte süffisant. »Sie kennen das ja sicher aus Ihren Drehbüchern. Man nennt das auch Beihilfe zum Mord.«

*

Nachdem die beiden zivilen Kollegen mit Nadja von Bredow auf dem Rücksitz in Richtung Hofheim aufgebrochen waren, versuchte Pia erneut, Bodenstein zu erreichen. Endlich ging er dran.

»Wo steckst du denn?«, fragte Pia ärgerlich. Sie klemmte das Handy zwischen Ohr und Schulter und angelte nach dem Sicherheitsgurt. »Ich versuche seit anderthalb Stunden, dich zu erreichen! Den Weg nach Frankfurt kannst du dir sparen. Ich habe Nadja von Bredow eben festgenommen und aufs Kommissariat bringen lassen.«

Bodenstein erwiderte etwas, aber er sprach so undeutlich, dass sie ihn nicht verstehen konnte.

»Ich hör dich nicht«, sagte sie gereizt. »Was ist denn los?«

»… hatte einen Unfall … auf den Abschleppwagen warten … Abfahrt Messe … Tankstelle …«

»Auch das noch! Dann warte dort. Ich hole dich ab.«

Fluchend drückte Pia das Gespräch weg und fuhr los. Sie hatte das Gefühl, allein auf weiter Flur zu stehen, und das ausgerechnet zu einem Zeitpunkt, in dem sie sich keinen Fehler erlauben und nicht den Überblick verlieren durfte. Eine winzige Unachtsamkeit, und der Fall wäre erledigt! Sie gab Gas. Die Straßen der Stadt waren um die frühe Uhrzeit an einem Sonntagmorgen wie leergefegt, sie benötigte für die Strecke quer durchs Gutleutviertel zum Hauptbahnhof und von dort aus Richtung Messe, für die sie an einem Wochentag eine halbe Stunde gebraucht hätte, kaum zehn Minuten. Im Radio lief ein Lied von Amy MacDonald, das Pia anfangs gefallen hatte; seit die Radiosender es jedoch rund um die Uhr bis zum Erbrechen spielten, ging es ihr auf die Nerven. Es war kurz vor acht, als sie auf der Gegenfahrbahn im heller werdenden Grau des Morgens die orangefarbenen Warnlichter des Abschleppwagens blinken sah, der gerade die Reste von Bodensteins BMW auflud. Sie wechselte am Westkreuz die Fahrtrichtung und hielt ein paar Minuten später vor dem Abschleppwagen und einem Streifenwagen. Bodenstein saß mit bleichem Gesicht auf der Leitplanke, die Ellbogen auf den Knien, und stierte ins Leere.

»Was ist passiert?«, fragte Pia einen der uniformierten Kollegen, nachdem sie sich ihm vorgestellt hatte, und beobachtete ihren Chef aus dem Augenwinkel.

»Ist angeblich einem Tier ausgewichen«, erwiderte der Beamte. »Das Auto ist Schrott, aber ihm ist wohl nichts passiert. Ins Krankenhaus will er auf jeden Fall nicht.«

»Ich kümmere mich um ihn. Vielen Dank.«

Sie wandte sich um. Der Abschleppwagen setzte sich in Bewegung, aber Bodenstein hob nicht einmal den Kopf.

»Hey.« Pia blieb vor ihm stehen. Was sollte sie zu ihm sagen? Nach Hause – wo auch immer das jetzt sein mochte – würde er wohl kaum wollen. Davon abgesehen durfte er jetzt nicht auch noch ausfallen. Bodenstein stieß einen tiefen Seufzer aus. Ein Ausdruck der Verlorenheit lag auf seinem Gesicht.

»Sie geht mit ihm vier Wochen auf Weltreise, gleich nach Weihnachten«, sagte er tonlos. »Ihre Arbeit ist ihr wichtiger als ich oder die Kinder. Sie hat schon im September den Vertrag unterschrieben.«

Pia zögerte. Eine blöde Floskel wie *Das wird schon wieder* oder *Kopf hoch* war hier völlig fehl am Platz. Er tat ihr aufrichtig leid, dennoch drängte die Zeit. Auf dem Kommissariat wartete nicht nur Nadja von Bredow, sondern jeder verfügbare Beamte der RKI.

»Komm, Oliver.« Obwohl sie ihn am liebsten am Arm gepackt und ins Auto gezerrt hätte, zwang sie sich zur Geduld. »Wir können hier nicht auf dem Seitenstreifen herumsitzen.«

Bodenstein schloss die Augen und rieb sich mit Daumen und Zeigefinger die Nasenwurzel.

»Ich befasse mich jetzt seit 26 Jahren mit Mördern und Totschlägern«, sagte er mit heiserer Stimme. »Aber ich konnte mir nie richtig vorstellen, was einen Menschen dazu treibt, einen anderen umzubringen. Heute Morgen habe ich zum ersten Mal begriffen, wie das ist. Ich glaube, ich hätte sie vorhin auf dem Parkplatz erwürgt, wenn mein Vater und mein Bruder nicht dazwischengegangen wären.«

Er schlang die Arme um seinen Oberkörper, als ob er fröre, und blickte Pia aus blutunterlaufenen Augen an. »Ich habe mich in meinem ganzen Leben noch nie so beschissen gefühlt.«

*

Der Besprechungsraum fasste kaum alle Beamten, die Ostermann in die Regionale Kriminalinspektion beordert hatte. Da Bodenstein nach dem Unfall außerstande schien, die Leitung des Einsatzes zu übernehmen, ergriff Pia das Wort. Sie bat um Ruhe, umriss die Situation, zählte die Fakten auf und erinnerte die Kollegen daran, was höchste Priorität hatte, nämlich das Auffinden von Amelie Fröhlich und Thies Terlinden. In Abwesenheit von Behnke stellte niemand Pias Autorität in Frage, jeder hörte aufmerksam zu. Pias Blick fiel auf Bodenstein, der ganz hinten neben Kriminalrätin Dr. Engel an der Wand lehnte. Sie hatte ihm an der Tankstelle einen Kaffee geholt und ein Fläschchen Cognac hineingeleert. Er hatte getrunken, ohne zu protestieren, und jetzt schien es ihm etwas besserzugehen. Aber er stand offenbar noch immer unter Schock.

»Hauptverdächtig sind Gregor Lauterbach, Claudius Terlinden und Nadja von Bredow«, sagte Pia nun und trat an die Leinwand, auf die Ostermann eine Karte von Altenhain und Umgebung projiziert hatte. »Diese drei haben am meisten zu verlieren, sollte herauskommen, was damals in Altenhain wirklich geschehen ist. Terlinden und Lauterbach kamen an dem Abend aus dieser Richtung.« Sie wies auf die Feldstraße. »Zuvor waren sie in Idstein gewesen, aber das Haus haben wir schon durchsucht. Wir konzentrieren uns jetzt auf das Schwarze Ross. Der Inhaber und seine Frau stecken mit Terlinden unter einer Decke, es ist durchaus denkbar, dass sie ihm einen Gefallen getan haben. Möglicherweise hat Amelie die Gaststätte überhaupt nicht verlassen. Außerdem wird nochmals jeder Anwohner rings um den Parkplatz befragt. Kai, sind die Haftbefehle da?«

Ostermann nickte.

»Gut. Jörg Richter, Felix Pietsch und Michael Dombrowski werden hierhergebracht, das übernimmt Kathrin mit Kollegen vom Streifendienst. Zwei Zweierteams sprechen gleichzeitig mit Claudius Terlinden und mit Gregor Lauterbach. Für die beiden haben wir ebenfalls Haftbefehle.«

»Wer fährt zu Lauterbach und Terlinden?«, fragte einer der Beamten.

»Hauptkommissar Bodenstein und Kriminalrätin Dr. Engel übernehmen Lauterbach«, erwiderte Pia. »Ich fahre zu Terlinden.«

»Mit wem?«

Gute Frage. Behnke und Hasse waren nicht mehr dabei. Pia betrachtete der Reihe nach die Gesichter der vor ihr sitzenden Kollegen, dann traf sie eine Entscheidung.

»Sven fährt mit mir.«

Der angesprochene Kollege vom SB 21 riss erstaunt die Augen auf und deutete fragend mit dem Finger auf sich. Pia nickte.

»Noch Fragen?«

Es gab keine mehr. Die Versammlung löste sich unter Stimmengewirr und Stühlerücken auf. Pia drängelte sich zu Bodenstein und Nicola Engel durch.

»War das okay, dass ich Sie mit eingeteilt habe?«, wollte sie wissen.

»Ja, natürlich.« Die Kriminalrätin nickte, dann nahm sie Pia beiseite.

»Warum haben Sie sich für KK Jansen entschieden?«

»Spontane Eingebung.« Pia zuckte die Achseln. »Ich habe des Öfteren von seinem Chef gehört, wie zufrieden er mit Sven ist.«

Nicola Engel nickte. Der unergründliche Ausdruck in ihren Augen hätte Pia unter anderen Umständen an ihrer Entscheidung zweifeln lassen, aber dazu war jetzt keine Zeit. Kriminalkommissar Sven Jansen trat zu ihnen. Während sie hinuntergingen, erklärte Pia rasch, was sie sich von der zeitgleichen Befragung der beiden Verdächtigen versprach und wie sie vorzugehen gedachte. Auf dem Parkplatz trennten sie sich. Bodenstein hielt Pia für einen Moment zurück.

»Gut gemacht«, sagte er nur. »Und – danke.«

*

Bodenstein und Nicola Engel warteten schweigend im Auto, bis Pias Anruf kam, dass sie und Jansen vor Terlindens Haustür standen. Dann stiegen sie aus und klingelten in derselben Sekunde bei Lauterbach, in der Pia dasselbe bei Terlinden tat. Es dauerte einen Moment, bis Gregor Lauterbach die Tür öffnete. Er trug einen Frotteebademantel, auf dessen Brusttasche das Logo einer internationalen Hotelkette prangte.

»Was wollen Sie?«, fragte er und musterte sie aus verquollenen Augen. »Ich habe Ihnen schon alles gesagt.«

»Wir stellen Fragen gerne mehrfach«, entgegnete Bodenstein höflich. »Ist Ihre Frau nicht da?«

»Nein. Sie ist auf einem Kongress in München. Wieso fragen Sie?«.

»Nur so.«

Nicola Engel hielt noch immer das Handy am Ohr und nickte Bodenstein nun zu. Pia und Sven Jansen standen mittlerweile auch im Foyer von Terlindens Villa. Verabredungsgemäß stellte Bodenstein dem Kultusminister die erste Frage.

»Herr Lauterbach«, begann er. »Es geht noch mal um den Abend, als Sie mit Ihrem Nachbarn auf dem Parkplatz vor dem Schwarzen Ross auf Amelie gewartet haben.«

Lauterbach nickte unsicher. Sein Blick wanderte zu Nicola Engel. Es schien ihn zu irritieren, dass sie telefonierte.

»Sie haben Nadja von Bredow gesehen.«

Lauterbach nickte wieder.

»Sind Sie da ganz sicher?«

»Ja, das bin ich.«

»Woran haben Sie Frau von Bredow erkannt?«

»Ich ... ich weiß nicht. Ich kenne sie eben.«

Er schluckte nervös, als Nicola Engel Bodenstein nun ihr Handy reichte. Bodenstein überflog die SMS, die Sven Jansen ihnen geschrieben hatte. Claudius Terlinden wollte – im Gegensatz zu Lauterbach – an jenem Samstagabend auf dem

Parkplatz vor dem Schwarzen Ross keine bestimmte Person gesehen haben. Mehrere Leute seien in die Gaststätte hineingegangen, andere hinaus. Außerdem habe er eine Gestalt an der Bushaltestelle sitzen sehen, aber nicht erkannt, um wen es sich handelte.

»Tja.« Bodenstein holte tief Luft. »Sie und Herr Terlinden hätten sich vielleicht ein wenig besser absprechen sollen. Im Gegensatz zu Ihnen will Herr Terlinden nämlich überhaupt niemanden erkannt haben.«

Lauterbach lief rot an. Er stotterte eine Weile herum, bestand darauf, Nadja von Bredow gesehen zu haben, wollte das sogar beschwören.

»Sie war an dem Abend in Hamburg«, schnitt Bodenstein ihm das Wort ab. Gregor Lauterbach hatte irgendetwas mit dem Verschwinden von Amelie zu tun, das glaubte er nun mit an Sicherheit grenzender Wahrscheinlichkeit zu wissen. Aber im selben Augenblick kamen ihm schon wieder Zweifel. Was, wenn Nadja von Bredow log? Hatten die beiden vielleicht gemeinsam die potentielle Gefahr aus dem Weg geschafft? Oder log Claudius Terlinden? Die Gedanken wirbelten in Bodensteins Kopf herum, und plötzlich erfüllte ihn die niederschmetternde Gewissheit, irgendetwas extrem Wichtiges übersehen zu haben. Er begegnete dem Blick von Nicola Engel, die ihn fragend ansah. Was zum Teufel hatte er gerade sagen wollen? Als habe sie seine Unsicherheit gespürt, ergriff die Kriminalrätin das Wort.

»Sie lügen, Herr Lauterbach«, sagte sie kühl. »Warum? Wie kommen Sie darauf, dass ausgerechnet Nadja von Bredow auf dem Parkplatz gewesen sein soll?«

»Ich sage ohne meinen Anwalt jetzt gar nichts mehr.« Lauterbach war mit den Nerven am Ende, wurde abwechselnd rot und blass.

»Das ist Ihr gutes Recht.« Dr. Nicola Engel nickte. »Bestellen Sie ihn nach Hofheim. Wir nehmen Sie nämlich jetzt mit.«

»Sie können mich nicht einfach verhaften«, protestierte Lauterbach. »Ich habe Immunität.«

Bodensteins Handy klingelte. Es war Kathrin Fachinger. Sie klang, als ob sie kurz vor einem hysterischen Anfall stünde.

»... weiß nicht, was ich machen soll! Der hatte plötzlich eine Waffe in der Hand und hat sich in den Kopf geschossen! Scheiße, Scheiße, Scheiße! Hier drehen alle durch!«

»Kathrin, bleiben Sie ganz ruhig!« Bodenstein wandte sich ab, während Nicola Engel Lauterbach den Haftbefehl präsentierte. »Wo sind Sie jetzt?«

Im Hintergrund hörte er Geschrei und Tumult.

»Wir wollten Jörg Richter festnehmen.« Kathrin Fachingers Stimme bebte. Sie war vollkommen überfordert mit der Situation, die offenbar eskalierte. »Sind zu seinen Eltern gefahren, haben ihm den Haftbefehl gezeigt. Und auf einmal geht der Vater zu einer Schublade, nimmt eine Pistole raus, hält sie sich an den Kopf und drückt ab! Und jetzt hat die Mutter die Pistole in der Hand und will uns daran hindern, ihren Sohn mitzunehmen! Was soll ich denn jetzt tun?«

Die Panik in der Stimme seiner jüngsten Kollegin riss Bodenstein aus seiner eigenen Verwirrung. Plötzlich funktionierte sein Gehirn wieder.

»Sie tun jetzt gar nichts, Kathrin«, sagte er. »Ich bin in ein paar Minuten da.«

*

Die Hauptstraße in Altenhain war gesperrt. Vor dem Laden der Richters standen zwei Notarztwagen mit blinkenden Lichtern, mehrere Streifenwagen standen quer. Schaulustige drängten sich hinter den Absperrbändern. Bodenstein fand

Kathrin Fachinger im Hof. Sie saß auf einer Treppenstufe, die zur Haustür hinter dem Laden führte, schneeweiß im Gesicht und unfähig, sich zu rühren. Er legte ihr kurz die Hand auf die Schulter und vergewisserte sich, dass sie unverletzt war. Im Innern des Hauses herrschte heilloses Chaos. Notarzt und Sanitäter versorgten Lutz Richter, der in einer Blutlache auf dem Fliesenboden der Diele lag, ein anderer Arzt kümmerte sich um seine Frau.

»Was ist passiert?«, erkundigte Bodenstein sich. »Wo ist die Waffe?«

»Hier.« Ein Streifenbeamter reichte ihm einen Plastikbeutel. »Eine Schreckschusspistole. Der Mann lebt noch, die Frau hat einen Schock.«

»Wo ist Jörg Richter?«

»Auf dem Weg nach Hofheim.«

Bodenstein blickte sich um. Durch das Ornamentglas einer geschlossenen Tür sah er verschwommen das Orange und Weiß von Sanitäteruniformen. Er öffnete die Tür und erstarrte beim Anblick des Wohnzimmers für einen Moment. Der Raum war bis unter die Decke vollgestopft, an den Wänden hingen Jagdtrophäen und allerhand Militaria – Säbel, historische Gewehre, Helme und Waffen –, auf der Anrichte, im offenen Schrank, auf dem Couchtisch, mehreren Beistelltischchen und auf dem Boden stapelten sich Zinngeschirr, Apfelweinbembel und so viel Ramsch, dass es ihm kurz den Atem verschlug. In einem der Plüschsessel saß mit erstarrter Miene Margot Richter, einen Tropf in der Armvene. Neben ihr stand eine Sanitäterin und hielt den Infusionsbeutel.

»Ist sie ansprechbar?«, wollte Bodenstein wissen. Der Notarzt nickte.

»Frau Richter.« Bodenstein ging vor der Frau in die Hocke, was angesichts des herumstehenden Krempels nicht ganz einfach war. »Was ist hier passiert? Warum hat Ihr Mann das getan?«

»Sie dürfen meinen Jungen nicht verhaften«, murmelte Frau Richter. Alle Energie und Bosheit schienen ihren mageren Körper verlassen zu haben, ihre Augen lagen tief in den Höhlen. »Er hat doch gar nichts getan.«

»Wer denn dann?«

»Mein Mann ist an allem schuld.« Ihr Blick irrte hin und her, streifte Bodenstein kurz und wanderte dann wieder in die Ferne. »Der Jörg wollte das Mädchen ja wieder da rausholen, aber mein Mann hat gesagt, er soll das seinlassen, das wär besser so. Er ist dann hingefahren, hat eine Platte über den Tank gelegt und Erde draufgeschüttet.«

»Wieso hat er das getan?«

»Damit endlich Ruhe ist. Die Laura hätte den Jungs das ganze Leben ruiniert, dabei ist ja eigentlich gar nichts passiert. Das war doch nur Spaß.«

Bodenstein traute seinen Ohren nicht.

»Dieses kleine Flittchen wollte ihre Freunde anzeigen, zur Polizei gehen. Dabei war sie selbst schuld daran. Sie hat die Jungs den ganzen Abend provoziert.« Übergangslos wechselte sie von der Vergangenheit in die Gegenwart. »Alles war in Ordnung, aber der Jörg, der musste ja unbedingt jedem erzählen, was damals los war! So ein Dummkopf!«

»Ihr Sohn hat eben ein Gewissen«, entgegnete Bodenstein kühl und erhob sich. Jegliches Mitgefühl für die Frau war in ihm erloschen. »Gar nichts war in Ordnung – im Gegenteil! Das, was Ihr Sohn getan hat, war kein Kavaliersdelikt. Vergewaltigung und Beihilfe zum Mord sind Kapitalverbrechen.«

»Pah!« Margot Richter machte eine verächtliche Handbewegung und schüttelte den Kopf. »Keiner hat mehr über die alte Geschichte geredet«, sagte sie bitter. »Und dann kriegen sie Schiss, nur weil der Tobias wieder aufgetaucht ist. Dabei wäre gar nichts rausgekommen, wenn sie nur die Klappe gehalten hätten, diese … diese Weichlinge!«

*

Nadja von Bredow nickte nur gleichgültig, als Pia ihr mitteilte, dass ihr Alibi für den Samstagabend überprüft worden und in Ordnung sei.

»Sehr gut.« Sie warf einen Blick auf ihre Uhr. »Dann kann ich jetzt ja wohl gehen.«

»Nein, noch nicht.« Pia schüttelte den Kopf. »Wir haben noch ein paar Fragen.«

»Na dann. Schießen Sie los.« Nadja sah Pia aus großen Augen gelangweilt an, als könne sie nur mit Mühe ein Gähnen unterdrücken. Sie wirkte nicht im mindesten nervös, und Pia konnte sich des Eindrucks nicht erwehren, dass sie eine Rolle spielte. Wie mochte wohl die echte Nathalie sein, die sich hinter der schönen, makellosen Fassade der Kunstfigur Nadja von Bredow verbarg? Gab es sie überhaupt noch?

»Warum haben Sie Jörg Richter gebeten, Tobias am Abend zu sich einzuladen und dafür zu sorgen, dass er so lange wie möglich bei ihm bleibt?«

»Ich habe mich um Tobi gesorgt«, erwiderte Nadja glatt. »Er hat den Überfall in der Scheune nicht wirklich ernst genommen. Ich wollte ihn einfach in Sicherheit wissen.«

»Tatsächlich?« Pia schlug die Akte auf und suchte, bis sie Ostermanns Übersetzung aus Amelies Tagebuch gefunden hatte. »Wollen Sie hören, was Amelie in ihrer letzten Tagebucheintragung über Sie geschrieben hat?«

»Sie werden es wohl gleich vorlesen.« Nadja verdrehte die Augen und schlug die langen Beine übereinander.

»Stimmt.« Pia lächelte. »... *Wie diese Blondie sich vorhin auf Tobias gestürzt hat, fand ich schon komisch. Und wie die mich angeguckt hat! Total eifersüchtig, als ob sie mich am liebsten aufgefressen hätte. Thies hat voll die Panik gekriegt, als ich den Namen ›Nadja‹ erwähnt hab. Da stimmt doch was nicht mit der ...*«

Pia blickte auf.

»Es passte Ihnen nicht, dass Amelie so vertraut mit Tobias war«, sagte sie. »Sie haben Jörg Richter als Aufpasser benutzt und dann dafür gesorgt, dass Amelie verschwand.«

»Quatsch!« Das gleichgültige Lächeln war von Nadjas Gesicht verschwunden. Ihre Augen sprühten plötzlich zornige Funken. Pia erinnerte sich an die Bemerkung von Jörg Richter, Nadja habe schon als junges Mädchen etwas an sich gehabt, das anderen Menschen Angst einjagen konnte. Als rücksichtslos hatte er sie bezeichnet.

»Sie waren eifersüchtig.« Pia kannte den Inhalt von Amelies Tagebuch. »Vielleicht hat Tobias Ihnen ja erzählt, dass Amelie hin und wieder bei ihm war. Ich glaube, Sie hatten ganz einfach Angst, dass zwischen Tobias und Amelie etwas laufen könnte. Ganz ehrlich, Frau von Bredow, Amelie sieht Stefanie Schneeberger ziemlich ähnlich. Und Stefanie war seine große Liebe.«

Nadja von Bredow beugte sich etwas vor.

»Was wissen Sie schon von der großen Liebe?«, flüsterte sie mit dramatisch gesenkter Stimme und weit geöffneten Augen, als habe sie eine Regieanweisung bekommen. »Ich liebe Tobias, seitdem wir uns kennen. Zehn Jahre lang habe ich auf ihn gewartet. Er brauchte meine Hilfe und meine Liebe, um nach dem Gefängnis im Leben wieder Fuß zu fassen.«

»Da machen Sie sich wohl etwas vor. Ihre Liebe beruhte ja offenbar nicht auf Gegenseitigkeit«, stichelte Pia und sah mit Befriedigung, wie ihre Worte ins Schwarze trafen. »Wenn

Sie ihm nicht einmal für vierundzwanzig Stunden vertrauen konnten.«

Nadja von Bredow presste die Lippen zusammen. Ihr schönes Gesicht verzerrte sich für den Bruchteil einer Sekunde.

»Das, was zwischen Tobias und mir ist, geht Sie nichts an!«, antwortete sie heftig. »Was soll überhaupt diese Scheißfragerei nach dem Samstagabend? Ich war nicht da, und ich weiß nicht, wo dieses Mädchen ist. Punkt. Aus.«

»Wo ist Ihre große Liebe denn jetzt eigentlich?«, bohrte Pia weiter.

»Keine Ahnung.« Lodernde grüne Augen sahen, ohne zu blinzeln, in ihre. »Ich liebe ihn zwar, aber ich bin nicht sein Kindermädchen. Also, darf ich gehen?«

In Pia keimte Enttäuschung auf. Sie konnte Nadja von Bredow nicht nachweisen, dass sie etwas mit Amelies Verschwinden zu tun hatte.

»Sie haben sich bei Frau Fröhlich als Polizistin ausgegeben«, meldete sich Bodenstein aus dem Hintergrund. »Das nennt man Amtsanmaßung. Sie haben die Bilder gestohlen, die Thies Amelie gegeben hatte. Und später haben Sie die Orangerie angezündet, um sicherzugehen, dass es keine weiteren Bilder mehr gibt.«

Nadja von Bredow blickte sich nicht nach Bodenstein um.

»Ich gebe zu, dass ich die Polizeimarke und eine Perücke aus der Requisite benutzt habe, um die Bilder in Amelies Zimmer zu finden. Aber den Brand habe ich nicht gelegt.«

»Was haben Sie mit den Bildern gemacht?«

»Ich habe sie in kleine Stücke geschnitten und durch den Reißwolf gelassen.«

»Klar. Weil die Bilder Sie als Mörderin entlarvt hätten.« Pia zog die Fotoabzüge der Bilder aus der Akte und legte sie auf den Tisch.

»Ganz im Gegenteil.« Nadja von Bredow lehnte sich zurück und lächelte kalt. »Die Bilder beweisen meine Unschuld. Thies ist wirklich ein phantastischer Beobachter. Im Gegensatz zu Ihnen.«

»Wieso?«

»Grün ist bei Ihnen gleich grün. Und kurzhaarig gleich kurzhaarig. Schauen Sie sich doch mal die Person, die Stefanie erschlägt, genauer an. Vergleichen Sie sie mit der Person, die zugesehen hat, wie Laura vergewaltigt wurde.« Sie beugte sich vor, betrachtete kurz die Bilder und tippte auf eine der Figuren. »Hier, sehen Sie. Die Person bei Stefanie hat eindeutig dunkle Haare, und wenn Sie dieses Bild mit Laura anschauen – da sind die Haare viel heller und lockig. Ich muss Ihnen dazu erklären, dass an jenem Abend in Altenhain beinahe jeder so ein grünes T-Shirt vom Kerbeverein anhatte. Da stand noch irgendein Spruch drauf, wenn ich mich richtig erinnere.«

Bodenstein verglich die beiden Bilder.

»Sie haben recht«, räumte er ein. »Aber wer ist dann die andere Person?«

»Lauterbach«, behauptete Nadja von Bredow und bestätigte damit, was Bodenstein ohnehin schon glaubte. »Ich hatte im Hof, hinten an der Scheune, auf Stefanie gewartet, weil ich unbedingt mit ihr reden wollte, wegen der Schneewittchen-Rolle. Ihr war die Rolle eigentlich völlig wurscht, sie hat das nur gemacht, um auch offiziell mehr Zeit mit Lauterbach verbringen zu können.«

»Moment«, unterbrach Bodenstein sie. »Herr Lauterbach hat uns gesagt, er habe nur ein einziges Mal Geschlechtsverkehr mit Stefanie gehabt. Nämlich an diesem Abend.«

»Da hat er gelogen.« Nadja schnaubte. »Die beiden hatten eine Affäre, den ganzen Sommer lang, obwohl sie offiziell mit Tobi zusammen war. Der Lauterbach war völlig verrückt nach ihr, und sie fand das toll. Ich stand also an der Scheune, als Stefanie aus Sartorius' Haus kam. Gerade als ich sie ansprechen wollte, tauchte Lauterbach auf. Ich versteckte mich in der Scheune und habe meinen Augen nicht getraut, als sie auch in die Scheune kamen und es miteinander im Heu trieben, keinen Meter von meinem Versteck entfernt. Ich hatte keine Chance, zu verschwinden, und musste mir das ansehen, eine geschlagene halbe Stunde lang. Und anhören, wie sie beide über mich hergezogen haben.«

»Und da wurden Sie so wütend, dass Sie Stefanie anschließend erschlagen haben«, vermutete Bodenstein.

»O nein. Ich habe keinen Ton gesagt. Plötzlich fiel dem Lauterbach auf, dass er beim Bumsen seinen Schlüsselbund verloren hatte. Hysterisch ist er auf allen vieren überall herumgekrochen und hätte fast geheult. Stefanie hat ihn ausgelacht. Da wurde er fuchsteufelswild.« Nadja von Bredow lachte gehässig. »Er hatte eine Riesenpanik vor seiner Frau, immerhin hatte die ja die Kohle, und ihr gehörte das Haus. Er war nur ein mickriger, kleiner, geiler Lehrer, der sich vor seinen Schülern wie der große Mann aufgespielt hat. Zu Hause hatte er nichts zu sagen!«

Bodenstein musste schlucken. Das kam ihm alles bekannt vor. Cosima hatte das Geld und er nicht viel zu sagen. Und heute Morgen, als ihm das bewusst geworden war, hätte er sie am liebsten umgebracht.

»Irgendwann ist Stefanie sauer geworden. Sie hatte sich das wohl alles romantischer vorgestellt und merkte, was für ein ängstlicher Spießer ihr großartiger Liebhaber in Wirklichkeit war. Sie schlug vor, seine Frau zu holen, damit sie ihm beim Suchen hilft. Das war natürlich als Spaß gemeint, aber Lauterbach verstand keinen Spaß mehr. Stefanie glaubte wohl, sie hätte die Situation im Griff. Sie reizte ihn immer mehr und drohte ihm, ihre Affäre bekannt zu machen, bis er durchdrehte. Als sie die Scheune verlassen wollte, hielt er sie fest. Sie haben miteinander gekämpft, sie hat ihn angespuckt, er hat sie geohrfeigt. Da wurde Stefanie böse, und der Lauterbach checkte, dass sie es tatsächlich fertigbringen und zu seiner Frau marschieren würde. Er griff sich den erstbesten Gegenstand, den er in die Finger bekam, und schlug zu. Dreimal.«

Pia nickte. Die Mumie von Stefanie Schneeberger wies drei Schädelfrakturen auf. Allerdings war es noch kein Beweis für Nadjas Unschuld, denn es konnte sich auch um Täterwissen handeln.

»Dann rannte er los, wie von der Tarantel gestochen. Übrigens in einem grünen T-Shirt. Das coole Jeanshemd hatte er beim Vögeln ausgezogen. Ich habe den Schlüsselbund gefunden. Und als ich aus der Scheune rauskam, hockte Thies neben Stefanie auf dem Boden. ›Dann pass mal schön auf dein teures Schneewittchen auf‹, hab ich zu ihm gesagt und bin gegangen. Den Wagenheber habe ich in Lauterbachs Mülltonne geworfen. Genau so war es und kein bisschen anders.«

»Sie haben also gewusst, dass Tobias weder Laura noch Stefanie getötet hat«, stellte Pia fest. »Wie konnten Sie zulassen, dass er ins Gefängnis gehen musste, wenn Sie ihn doch so sehr geliebt haben?«

Nadja von Bredow antwortete nicht sofort. Sie saß stocksteif da, ihre Finger spielten mit einem der Fotoabzüge.

»Ich war damals stinkwütend auf ihn«, sagte sie schließlich leise. »Jahrelang musste ich mir anhören, was er mit der und der geredet und gemacht hat, wie verliebt er war oder auch nicht mehr. Er ließ sich von mir Ratschläge geben, wie er seine Tussis am besten ins Bett kriegen oder loswerden konnte. Ich war seine *beste* Freundin, pah!«

Sie lachte bitter auf.

»Als Frau war ich für ihn uninteressant. Ich war eine Selbstverständlichkeit für ihn. Dann war er mit Laura zusammen, und die wollte nicht, dass ich dabei bin, wenn sie ins Kino gegangen sind oder ins Schwimmbad oder auf Feten. Ich war das fünfte Rad am Wagen, und Tobi hat das überhaupt nicht gemerkt!«

Nadja von Bredow presste die Lippen aufeinander, ihre Augen schwammen in Tränen. Plötzlich war sie wieder das gekränkte, eifersüchtige Mädchen, die Lückenbüßerin, die als Vertraute des coolsten Jungen im Dorf keine Aussicht darauf hatte, ihn jemals für sich zu gewinnen. Trotz aller Erfolge, die sie seitdem gefeiert hatte, hatten diese Enttäuschungen Narben auf ihrer Seele hinterlassen, die sie ihr ganzes Leben mit sich herumtragen würde.

»Und plötzlich war diese bescheuerte Stefanie da.« Ihre Stimme war tonlos, aber ihre Finger, die eines der Fotos in kleine Fetzen rissen, zeigten, wie es in ihrem Innern aussah. »Sie drängte sich in unsere Clique, schnappte sich Tobi. Alles war plötzlich anders. Und dann verdrehte sie auch noch Lauterbach den Kopf und bekam die Schneewittchen-Rolle, die er mir versprochen hatte. Mit Tobi war nicht mehr zu reden. Er wollte von niemandem mehr etwas wissen, für ihn gab's nur noch Stefanie, Stefanie, Stefanie!«

Nadjas Gesicht verzerrte sich vor Hass, sie schüttelte den Kopf.

»Niemand von uns konnte ahnen, dass die Polizei so blöd sein und man Tobi wirklich verknacken könnte. Ich dachte, ein paar Wochen U-Haft würden ihm nur recht geschehen. Als ich kapiert habe, dass man ihm den Prozess machen würde, da war es längst zu spät, um noch etwas zu sagen. Wir alle hatten schon zu viel gelogen und verschwiegen. Aber ich habe ihn nie im Stich gelassen. Ich habe ihm regelmäßig geschrieben und auf ihn gewartet. Ich wollte alles wieder gutmachen, ja, ich wollte alles für ihn tun. Und ihn davon abhalten, wieder nach Altenhain zurückzukehren, aber er war so stur!«

»Sie *wollten* ihn nicht davon abhalten«, bemerkte Bodenstein, »Sie *mussten* ihn davon abhalten. Denn es hätte ja sein können, dass er Ihre Rolle bei diesem traurigen Theaterstück durchschaut hätte. Und genau das durfte nicht passieren. Sie haben ihm ja die treue Freundin vorgespielt.«

Nadja von Bredow lächelte frostig und schwieg.

»Aber Tobias ist zu seinem Vater gegangen«, fuhr Bodenstein fort. »Sie konnten ihn nicht daran hindern. Und dann tauchte auch noch Amelie Fröhlich auf, die fatalerweise aussieht wie Stefanie Schneeberger.«

»Diese dumme kleine Kuh hat ihre Nase in Dinge gesteckt, die sie einen Scheißdreck angehen«, knirschte Nadja zornig. »Tobi und ich hätten irgendwo auf der Welt ein neues Leben angefangen. Ich habe genug Geld. Irgendwann wäre Altenhain nur noch eine böse Erinnerung gewesen.«

»Und Sie hätten ihm niemals die Wahrheit gesagt.« Pia schüttelte den Kopf. »Was für eine tolle Basis für eine Beziehung.«

Nadja würdigte sie keines Blickes.

»Sie haben Amelie als Bedrohung erkannt«, sagte Bodenstein. »Also haben Sie Lauterbach die anonymen Briefe und E-Mails geschrieben. Denn Sie konnten damit rechnen, dass er etwas unternehmen würde, um sich zu schützen.«

Nadja von Bredow zuckte die Schultern.

»Damit haben Sie Fürchterliches angerichtet.«

»Ich wollte verhindern, dass Tobias wieder verletzt wird«, behauptete sie. »Er hat schon genug gelitten, und ich …«

»Papperlapapp!«, schnitt Bodenstein ihr das Wort ab. Er trat an den Tisch heran und nahm ihr gegenüber Platz, so dass sie ihn ansehen musste. »Sie wollten verhindern, dass er herausfindet, was Sie damals getan – oder besser gesagt: nicht getan haben! Sie hätten ihn als Einzige vor der Verurteilung und dem Gefängnis bewahren können, haben das aber unterlassen. Aus gekränkter Eitelkeit, aus kindischer Eifersucht. Sie haben mit angesehen, wie seine Familie in diesem Dorf gedemütigt und vernichtet wurde, haben Ihrer großen Liebe aus purem Egoismus zehn Jahre seines Lebens gestohlen, nur damit er eines Tages ganz Ihnen gehören würde. Das ist so ziemlich der niedrigste Beweggrund, der mir seit langem untergekommen ist!«

»Sie verstehen das nicht!«, entgegnete Nadja von Bredow mit plötzlicher Verbitterung. »Sie haben ja keine Ahnung, wie es ist, ständig zurückgewiesen zu werden!«

»Und jetzt hat er Sie wieder zurückgewiesen, nicht wahr?« Bodenstein beobachtete scharf ihr Gesicht, registrierte ihr Mienenspiel, das von Hass über Selbstmitleid zu wütendem Trotz reichte. »Er glaubte, tief in Ihrer Schuld zu stehen, aber das reicht nicht. Er liebt Sie heute so wenig wie damals. Und Sie können ja nicht immer darauf hoffen, dass jemand Ihre Konkurrentinnen aus dem Weg schafft.«

Nadja von Bredow starrte ihn hasserfüllt an. Für einen Moment war es totenstill im Verhörraum.

»Was haben Sie mit Tobias Sartorius gemacht?«, fragte Bodenstein.

»Er hat gekriegt, was er verdient hat«, erwiderte sie. »Wenn ich ihn nicht haben kann, dann soll ihn auch keine andere haben.«

*

»Die ist ja total krank im Kopf«, sagte Pia fassungslos, als Nadja von Bredow von mehreren Polizisten abgeführt worden war. Sie hatte getobt und geschrien, als sie begriffen hatte, dass man sie nicht gehen lassen würde. Den Haftbefehl hatte

Bodenstein mit drohender Fluchtgefahr begründet, schließlich besaß Nadja von Bredow Häuser und Wohnungen im Ausland.

»Eine Psychopathin«, bestätigte er nun. »Zweifellos. Als ihr klarwurde, dass Tobias Sartorius sie noch immer nicht liebt, trotz allem, was sie für ihn getan hat, da hat sie ihn umgebracht.«

»Glaubst du, dass er tot ist?«

»Ich befürchte es zumindest.« Bodenstein erhob sich von seinem Stuhl, als Gregor Lauterbach nun von einem Beamten hereingeführt wurde. Sein Anwalt erschien nur Sekunden später.

»Ich will mich mit meinem Mandanten besprechen«, verlangte Dr. Anders.

»Das können Sie später tun«, erwiderte Bodenstein und musterte Lauterbach, der wie ein Häufchen Elend auf dem Plastikstuhl saß. »So, Herr Lauterbach. Jetzt reden wir Tacheles. Nadja von Bredow hat Sie soeben schwer belastet. Sie haben Stefanie Schneeberger am Abend des 6. September 1997 vor der Scheune des Sartorius-Hofes mit einem Wagenheber erschlagen, weil Sie befürchten mussten, dass Stefanie Ihrer Frau von Ihrer Affäre erzählen würde. Damit hatte Stefanie Ihnen gedroht. Was sagen Sie dazu?«

»Er sagt gar nichts dazu«, antwortete sein Anwalt an Lauterbachs Stelle.

»Sie hatten Thies Terlinden als Augenzeugen Ihrer Tat in Verdacht und haben ihn unter Druck gesetzt, damit er schweigt.«

Pias Handy meldete sich. Sie warf einen Blick auf das Display, stand auf und ging ein paar Meter vom Tisch weg. Es war Henning. Er hatte die Medikamente analysiert, die Frau Dr. Lauterbach Thies seit Jahren verschrieben hatte.

»Ich habe mit einem Kollegen, einem Professor für Psychiatrie, gesprochen«, sagte Henning. »Er kennt sich mit Autismus bestens aus und war schockiert, als ich ihm das Rezept gefaxt habe. Diese Medikamente sind absolut kontraproduktiv für die Behandlung eines Asperger-Erkrankten.«

»Inwiefern?«, fragte Pia und hielt sich das andere Ohr zu, denn ihr Chef hatte seine Stimme erhoben und feuerte aus allen Kanonen auf Lauterbach und seinen Anwalt, der immer wieder »Kein Kommentar!« dazwischenrief, als befände er sich bereits inmitten der Pressemeute vor dem Gerichtsgebäude.

»Wenn man Benzodiazepine mit anderen zentral wirkenden Pharmaka wie Neuroleptika und Sedativa kombiniert, verstärkt sich ihre Wirkung wechselseitig. Diese Neuroleptika, die ihr gefunden habt, werden eigentlich bei akuten psychotischen Störungen mit Wahnvorstellungen und Halluzinationen eingesetzt, Sedativa zur Beruhigung und Benzodiazepine zur Angstlösung. Aber Letztere haben noch eine andere Wirkung, die für euch interessant sein könnte: Sie wirken amnestisch. Das bedeutet, dem Patienten fehlt für die Wirkdauer die Erinnerung. Auf jeden Fall gehört dem Arzt, der einem Autisten diese Mittel über einen längeren Zeitraum verschrieben hat, die Approbation entzogen. Das ist mindestens schwere Körperverletzung.«

»Kann dein Kollege ein Gutachten schreiben?«

»Ja, ganz sicher.«

Pias Herz begann vor Aufregung zu klopfen, als sie begriff, was das alles bedeutete. Frau Dr. Lauterbach hatte Thies über elf Jahre hinweg mit bewusstseinsverändernden Drogen vollgestopft, um ihn unter Kontrolle zu halten. Seine Eltern mochten geglaubt haben, die verschriebene Medikation würde ihrem Sohn nützen. Warum Daniela Lauterbach das getan hatte, lag klar auf der Hand. Sie wollte ihren Mann schützen. Aber plötzlich war Amelie aufgetaucht, und Thies hatte seine Medikamente nicht mehr genommen.

Bodenstein öffnete gerade die Tür; Lauterbach hatte sein Gesicht in den Händen verborgen und schluchzte wie ein kleines Kind, während Dr. Anders seine Aktentasche packte. Ein Beamter kam herein und führte den weinenden Gregor Lauterbach ab.

»Er hat gestanden.« Bodenstein wirkte äußerst zufrieden. »Er hat Stefanie Schneeberger erschlagen, ob im Affekt oder mit Vorsatz, spielt erst mal keine Rolle. Tobias ist auf jeden Fall unschuldig.«

»Das wusste ich die ganze Zeit schon«, entgegnete Pia. »Aber wir wissen noch immer nicht, wo Amelie und Thies sind. Wer die beiden aus dem Weg geschafft hat, ist mir jetzt allerdings klar. Wir waren die ganze Zeit auf der falschen Spur.«

*

Es war kalt, kalt, kalt. Der eisige Wind heulte und tobte, die Schneeflocken stachen wie winzige Nadeln in sein Gesicht. Er konnte nichts mehr sehen, alles um ihn herum war weiß, und seine Augen tränten so stark, dass er wie blind war. Füße, Nase, Ohren und Fingerspitzen spürte er nicht mehr, er taumelte durch den Schneesturm von einem Katzenauge zum nächsten, um nur ja nicht völlig die Orientierung zu verlieren. Zeitgefühl hatte er längst keines mehr und ebenso wenig Hoffnung auf einen zufällig vorbeikommenden Schneepflug. Warum lief er überhaupt noch weiter? Wo wollte er hin? Es gelang ihm kaum noch, seine zu Eisklumpen gefrorenen Füße in den dünnen Turnschuhen aus dem Schnee zu ziehen, und es bedurfte schier übermenschlicher Anstrengung, sich Schritt für Schritt durch diese weiße Hölle zu kämpfen. Wieder stürzte er, landete auf allen vieren im Schnee. Tränen liefen ihm über das Gesicht und gefroren zu Eis. Tobias ließ sich nach vorne sinken und blieb einfach liegen. Jede Faser seines Körpers schmerzte; sein linker Unterarm, den sie mit dem eisernen Schürhaken getroffen hatte, war völlig taub. Wie eine Wahnsinnige war sie über ihn hergefallen, hatte ihn geschlagen, getreten und angespuckt in einem rasenden, hasserfüllten Zorn. Dann war sie aus der Hütte gelaufen und einfach weggefahren, hatte ihn zurückgelassen im Nirgendwo der Schweizer Alpen. Stundenlang hatte er nackt auf dem Boden gelegen, unfähig, sich zu bewegen, wie unter Schock. Er hatte gleichzeitig gehofft und gefürchtet, sie würde zurückkommen und ihn holen. Aber das war nicht geschehen.

Was war überhaupt passiert? Sie hatten einen wunderbaren Tag im Schnee verbracht, unter stahlblauem Himmel, gemeinsam gekocht und gegessen und sich dann leidenschaftlich geliebt. Wie aus heiterem Himmel war Nadja ausgerastet. Aber warum nur? Sie war doch seine Freundin, seine allerbeste, engste, älteste Freundin, die ihn niemals im Stich gelassen hatte. Plötzlich durchzuckte ihn die Erinnerung wie ein gleißender Blitz. »Amelie«, murmelte er mit erstarrten Lippen. Er hatte Amelies Namen erwähnt, weil er sich um sie sorgte, und daraufhin war Nadja ausgerastet. Tobias presste die Fäuste an die Schläfen und zwang sich zum Nachdenken. Allmählich stellte sein benebeltes Gehirn die Zusammenhänge her, die er bis dahin nicht hatte erkennen wollen. Nadja war schon früher in ihn verliebt gewesen, aber er hatte es nie kapiert. Wie sehr musste es ihr weh getan haben, wenn er ihr von jeder Einzelheit seiner zahlreichen Abenteuer berichtet hatte! Aber sie hatte sich nie etwas anmerken lassen, ihm Tipps und Ratschläge gegeben, wie es eben ein guter Kumpel tat. Tobias hob benommen den Kopf. Der Sturm hatte nachgelassen. Er widerstand dem Drang, einfach im Schnee liegen zu bleiben, arbeitete sich keuchend auf die steifen Knie. Er rieb sich die Augen. Tatsächlich! Da unten im Tal konnte er

Lichter erkennen! Er zwang sich, weiterzugehen. Nadja war eifersüchtig auf seine Freundinnen gewesen, auch auf Laura und auf Stefanie. Und als sie ihn neulich am Waldrand beiläufig gefragt hatte, ob ihm Amelie gefallen würde, hatte er arglos mit »Ja« geantwortet. Aber wie hätte er auch darauf kommen sollen, dass Nadja, die berühmte Schauspielerin, eifersüchtig auf ein siebzehnjähriges Mädchen sein könnte? Hatte Nadja Amelie etwas angetan? Großer Gott! Die Verzweiflung brachte ihn auf die Füße und trieb ihn talabwärts. Nadja hatte einen Vorsprung von einer Nacht und einem Tag. Wenn Amelie etwas zustieß, dann war er ganz alleine daran schuld, denn er hatte Nadja von Thies' Bildern erzählt und davon, dass Amelie ihm helfen wollte. Er blieb stehen und öffnete den Mund zu einem wilden, zornigen Schrei, der von den Bergen zurückgeworfen wurde. Er schrie, bis seine Stimmbänder schmerzten und seine Stimme versagte.

*

Dr. Daniela Lauterbach war wie vom Erdboden verschluckt. In ihrer Praxis wähnte man sie auf dem Ärztekongress in München, aber Nachforschungen ergaben, dass sie dort nie angekommen war. Ihr Handy war ausgeschaltet, ihr Auto unauffindbar. Es war zum Verrücktwerden. In der Psychiatrie hielt man es für möglich, dass Dr. Lauterbach Thies abgeholt hatte. Sie war Belegärztin im Krankenhaus, und es fiel niemandem auf, wenn sie eine Station betrat. An jenem Samstagabend hatte sie keinen Notfalldienst gehabt. Sie hatte den Anruf vorgetäuscht und sich vor dem Schwarzen Ross auf die Lauer gelegt. Amelie kannte sie und war sicherlich ohne jeden Argwohn bei ihr ins Auto gestiegen. Um den Verdacht auf Tobias zu lenken, hatte Daniela Lauterbach Amelies Handy in seine Hosentasche geschoben, als sie ihn später nach Hause gebracht hatte. Es war perfekt eingefädelt, dazu war ihr der eine oder andere Zufall noch zu Hilfe gekommen. Die Wahrscheinlichkeit, Amelie Fröhlich oder Thies Terlinden lebend zu finden, tendierte gegen null.

Bodenstein und Pia saßen abends um zehn Uhr im Besprechungsraum und schauten sich das Hessenjournal an, in dem der Fahndungsaufruf nach Dr. Daniela Lauterbach gesendet und von der Verhaftung Nadja von Bredows berichtet wurde. Noch immer lungerten vor dem Kommissariat Reporter und zwei Fernsehteams herum, begierig auf Nachrichten über Nadja von Bredow.

»Ich glaube, ich fahre nach Hause.« Pia gähnte und streckte sich. »Kann ich dich irgendwohin fahren?«

»Nein, nein. Fahr nur«, erwiderte Bodenstein. »Ich nehme mir einen von den Dienstwagen.«

»Bist du so weit okay?«

»So weit ja.« Bodenstein zuckte die Schultern. »Das wird schon wieder. Irgendwie.«

Sie warf ihm noch einen zweifelnden Blick zu, dann ergriff sie Jacke und Tasche und ging hinaus. Bodenstein erhob sich und schaltete den Fernseher aus. Den ganzen Tag über hatte er die unerfreuliche Begegnung mit Cosima durch hektische Betriebsamkeit aus seinem Kopf verbannen können, aber jetzt kehrte die Erinnerung in einer üblen, gallebitteren Welle zurück. Wie hatte er nur derart die Beherrschung verlieren können? Er löschte das Neonlicht und ging langsam den Flur entlang zu seinem Büro. Das Gästezimmer im Haus seiner Eltern lockte ihn so wenig wie eine Kneipe. Genauso gut konnte er die Nacht auch hinter seinem Schreibtisch verbringen. Er schloss die Tür hinter sich und stand für einen Moment unschlüssig mitten im Raum, der von der Außenbeleuchtung in ein schwaches Licht getaucht wurde. Er war ein Versager als Mann und als Polizist. Cosima zog ihm einen

Fünfunddreißigjährigen vor, und Amelie, Thies und Tobias waren wahrscheinlich längst tot, weil er sie nicht rechtzeitig gefunden hatte. Die Vergangenheit lag in Trümmern hinter ihm, und die Zukunft schien nicht viel rosiger.

*

Wenn sie sich herabbeugte und den Arm ausstreckte, konnte sie mit den Fingerspitzen die Wasseroberfläche berühren. Das Wasser stieg viel schneller, als Amelie gedacht hatte, offenbar gab es nirgendwo einen Ablauf. Nicht mehr lange, und sie würden auch hier oben auf dem Regal im Wasser sitzen. Und selbst wenn sie nicht ertranken, weil das Wasser durch das Oberlicht abfloss, dann würden sie erfrieren. Es war nämlich scheißkalt. Zudem hatte sich Thies' Zustand dramatisch verschlechtert. Er zitterte und schwitzte, sein Körper glühte im Fieber. Meistens schien er zu schlafen, den Arm um sie gelegt, aber wenn er wach war, dann redete er. Was er sagte, war so fürchterlich und unheimlich, dass Amelie am liebsten geweint hätte.

Als ob man den schwarzen Vorhang in ihrem Kopf zur Seite gezogen hätte, war die Erinnerung an die Ereignisse, die sie in dieses Kellerloch geführt hatten, wieder glasklar. Die Lauterbach musste irgendein Gift ins Wasser und in die Kekse getan haben, deshalb war sie jedes Mal eingeschlafen, nachdem sie gegessen oder getrunken hatte. Aber nun wusste sie wieder alles. Sie hatte sie angerufen und auf dem Parkplatz gewartet, freundlich und besorgt, hatte sie gebeten, mit ihr zu Thies zu kommen, es gehe ihm schlecht. Amelie war, ohne zu zögern, in das Auto der Ärztin gestiegen – und in diesem Keller aufgewacht. Sie hatte geglaubt, sie habe in den Abrisshäusern, den Obdachlosenheimen und auf den Straßen Berlins schon alles gesehen, was es an Üblem auf dieser Welt gab, dabei hatte sie keinen blassen Schimmer gehabt, wie grausam Menschen sein konnten. In Altenhain, diesem idyllischen Dörfchen, das sie für so langweilig und öde gehalten hatte, lebten gnadenlose, brutale Monster, getarnt durch Masken spießiger Harmlosigkeit. Sollte sie jemals lebend aus diesem Keller herauskommen, würde sie niemals wieder in ihrem ganzen Leben jemandem vertrauen. Wie konnte ein Mensch einem anderen Menschen so etwas Entsetzliches antun? Warum hatten Thies' Eltern nie erkannt, was die nette, freundliche Nachbarin mit ihrem Sohn gemacht hatte? Wie konnte ein ganzes Dorf schweigend dabei zusehen, wie ein junger Mann für zehn Jahre unschuldig ins Gefängnis ging, während die wahren Täter unbehelligt blieben? In den langen Stunden in der Dunkelheit hatte ihr Thies nach und nach alles erzählt, was er über die schaurigen Ereignisse in Altenhain wusste, und das war eine Menge. Kein Wunder, dass Dr. Lauterbach ihn am liebsten töten wollte. Im gleichen Moment, als sie das dachte, erfüllte Amelie die niederschmetternde Gewissheit, dass genau das eintreten würde. Die Lauterbach war nicht dumm. Sie hatte ganz sicher dafür gesorgt, dass sie hier niemand fand. Oder erst dann, wenn es zu spät war.

*

Bodenstein hatte das Kinn in die Hand gestützt und betrachtete das leere Cognacglas. Wie hatte er sich so in Daniela Lauterbach täuschen können? Ihr Mann hatte Stefanie Schneeberger im Affekt erschlagen, aber sie war diejenige gewesen, die seine Tat eiskalt gedeckt und Thies Terlinden über Jahre hinweg bedroht, mit Medikamenten zugedröhnt und eingeschüchtert hatte. Sie hatte zugelassen, dass Tobias Sartorius ins Gefängnis gehen musste und seine Eltern durch die Hölle. Bodenstein griff nach der Flasche Rémy Martin, die er irgendwann einmal geschenkt bekommen hatte und die seit über einem Jahr unangebrochen in seinem Schrank stand. Er verabscheute das Zeug, aber ihm war nach etwas Alkoholischem zumute. Den ganzen Tag über hatte er keinen Bissen gegessen, dafür zu viel Kaffee getrunken. In einem Zug leerte er das dritte Glas innerhalb der letzten Viertelstunde und verzog das Gesicht. Der Cognac entfachte ein kleines, wohltuendes Feuer in seinem Magen, strömte durch seine Adern und entspannte ihn. Sein Blick wanderte zu dem gerahmten Foto von Cosima neben dem Telefon. Sie lächelte ihn an, wie seit Jahren. Er nahm es ihr übel, dass sie ihm heute Morgen aufgelauert und ihn provoziert hatte, Ungeheuerliches zu sagen und zu tun. Längst bereute er, derart die Kontrolle über sich verloren zu haben. Obwohl sie es war, die alles zerstört hatte, fühlte er sich im Unrecht. Und das ärgerte ihn mindestens genauso sehr wie sein überheblicher Glaube, eine perfekte Ehe zu führen. Cosima betrog ihn mit einem Jüngeren, weil er ihr als Mann nicht mehr genügt hatte. Sie hatte sich an seiner Seite gelangweilt und sich deshalb einen anderen gesucht, einen Abenteurer wie sie selbst. Dieser Gedanke machte seinem Selbstwertgefühl sehr viel mehr zu schaffen, als er es je für möglich gehalten hatte. Es klopfte an der Tür, als er seinen vierten Cognac herunterkippte.

»Ja?«

Nicola Engel steckte den Kopf zur Tür herein.

»Störe ich?«

»Nein. Komm rein.« Er rieb sich mit Daumen und Zeigefinger die Nasenwurzel. Sie betrat sein Büro, schloss die Tür hinter sich und kam näher.

»Ich habe eben Bescheid bekommen, dass man die Immunität von Lauterbach aufgehoben hat. Das Gericht hat den Haftbefehl für ihn und Frau von Bredow bestätigt.« Sie blieb vor seinem Schreibtisch stehen und musterte ihn. »Mein Gott, wie siehst du denn aus? Nimmt dich der Fall so sehr mit?«

Was sollte er darauf erwidern? Er war zu müde für eine taktisch kluge Antwort. Noch immer konnte er Nicola nicht richtig einschätzen. Fragte sie aus echtem menschlichen Interesse oder weil sie ihm aus seinen Fehlern und seinem Versagen den finalen Strick drehen wollte, der seine Tätigkeit als Leiter des K 11 beendete?

»Die Begleitumstände nehmen mich mit«, gab er schließlich zu. »Behnke, Hasse. Dieses ganze dumme Gerede über Pia und mich.«

»Da ist doch nichts dran, oder?«

»Ach was.« Er lehnte sich zurück. Sein Nacken schmerzte, er verzog das Gesicht. Ihr Blick fiel auf den Cognac.

»Hast du noch ein Glas?«

»Im Schrank. Links unten.«

Sie drehte sich um, öffnete die Schranktür, nahm ein Glas heraus und setzte sich auf einen der Besucherstühle vor seinem Schreibtisch. Er schenkte ein, ihr einen Fingerbreit, für sich selbst beinahe randvoll. Nicola Engel hob die Augenbrauen, sagte aber nichts. Er prostete ihr zu und trank, ohne abzusetzen.

»Was ist wirklich los?«, wollte sie wissen. Sie war eine scharfe Beobachterin, und sie kannte ihn. Schon sehr lange. Bevor er Cosima kennengelernt und recht bald geheiratet hatte, waren sie zwei Jahre lang ein Paar gewesen, Nicola und er. Wozu sollte er ihr etwas vormachen? Bald würde es sowieso jeder wissen, spätestens wenn er eine neue Adresse angab.

»Cosima hat einen anderen«, sagte er daher und versuchte, seine Stimme so gleichmütig wie möglich klingen zu lassen. »Ich hatte die ganze Zeit schon den Verdacht. Vor ein paar Tagen hat sie es zugegeben.«

»Ach.« Das klang nicht nach Schadenfreude. Zu einem *Das tut mir leid* konnte sie sich jedoch nicht durchringen. Es war ihm auch egal. Er ergriff die Flasche, füllte sein Glas erneut. Nicola sah ihm stumm dabei zu. Er trank. Spürte die Wirkung des Alkohols auf leeren Magen und konnte verstehen, weshalb Menschen unter bestimmten Umständen zu Trinkern wurden. Cosima verschwand ganz weit hinten in seinem Bewusstsein, und mit ihr verflüchtigten sich die Gedanken an Amelie, Thies und Daniela Lauterbach.

»Ich bin kein guter Polizist«, sagte er. »Und auch kein guter Chef. Du solltest nach jemand anderem suchen, der meinen Job macht.«

»Auf gar keinen Fall«, antwortete sie entschieden. »Als ich letztes Jahr hier angefangen habe, war das zwar meine Absicht, das gebe ich zu. Aber ich hatte jetzt ein Jahr Zeit, deine Arbeitsweise zu beobachten und auch die Art, wie du deine Mitarbeiter führst. Von deiner Sorte könnte ich hier noch ein paar gebrauchen.«

Er erwiderte nichts darauf, wollte sich einen nächsten Cognac einschenken, aber die Flasche war leer. Achtlos warf er sie in den Papierkorb und ließ das Foto von Cosima gleich folgen. Als er den Kopf hob, begegnete er Nicolas forschendem Blick.

»Du solltest für heute Schluss machen«, sagte sie mit einem Blick auf die Uhr. »Es ist gleich Mitternacht. Komm, ich fahr dich nach Hause.«

»Ich habe kein Zuhause mehr«, erinnerte er sie. »Ich wohne wieder bei meinen Eltern. Komisch, oder?«

»Besser als ein Hotel. Na, komm schon. Steh auf.«

Bodenstein rührte sich nicht. Er wandte seinen Blick nicht von ihrem Gesicht. Plötzlich erinnerte er sich daran, wie er sie damals, vor mehr als siebenundzwanzig Jahren, auf der Party eines Kommilitonen zum ersten Mal getroffen hatte. Mit ein paar Jungs hatte er den ganzen Abend in der winzigen Küche gestanden und Bier getrunken. Die anwesenden Mädchen hatte er gar nicht richtig wahrgenommen, denn die Enttäuschung über seine Jugendliebe Inka war zu frisch gewesen, als dass ihm der Sinn nach einer neuen Beziehung gestanden hätte. Vor der Klotür war ihm Nicola begegnet. Sie hatte ihn von Kopf bis Fuß gemustert und in ihrer unnachahmlich direkten Art etwas zu ihm gesagt, das ihn veranlasst hatte, auf der Stelle mit ihr gemeinsam die Party zu verlassen, ohne sich bei seinem Gastgeber zu verabschieden. Damals war er ähnlich angetrunken und ähnlich verletzt gewesen wie heute. Unvermittelt jagte eine Hitzewelle durch seinen Körper, schoss in seinen Unterleib wie glühende Lava.

»Du gefällst mir«, wiederholte er ihre Worte von damals mit rauer Stimme. »Hast du Lust auf Sex?«

Nicola sah ihn überrascht an, ein Lächeln schlich sich in ihre Mundwinkel.

»Warum nicht?« Sie hatte ihren allerersten Dialog so wenig vergessen wie er. »Ich muss nur noch mal schnell aufs Klo.«

Montag, 24. November 2008

»Dieses Hemd und die Krawatte hattest du doch gestern schon an«, bemerkte Pia mit scharfem Blick, als Bodenstein zu ihr in den noch leeren Besprechungsraum trat. »Und du bist nicht rasiert.«

»Deine Beobachtungsgabe ist wahrhaftig phänomenal«, erwiderte er trocken und ging zur Kaffeemaschine. »Bei meinem überstürzten Auszug konnte ich leider nicht meinen ganzen Kleiderschrank mitnehmen.«

»Soso.« Pia grinste. »Ich habe dich immer für jemanden gehalten, der selbst im Schützengraben noch jeden Tag frische Klamotten anzieht. Oder solltest du etwa meinen guten Rat befolgt haben?«

»Bitte keine unangemessenen Schlussfolgerungen.« Bodenstein setzte eine undurchdringliche Miene auf und gab einen Schuss Milch in seinen Kaffee. Pia wollte gerade etwas erwidern, als Ostermann in der Tür erschien.

»Welche schlechten Nachrichten bringen Sie mit, Herr Kriminaloberkommissar?«, fragte Bodenstein. Ostermann warf erst seinem Chef, dann Pia einen irritierten Blick zu. Die zuckte nur die Schultern.

»Tobias Sartorius hat sich gestern Nacht bei seinem Vater gemeldet. Er liegt in einem Krankenhaus in der Schweiz«, antwortete er. »Von Amelie, Thies oder Frau Dr. Lauterbach gibt es nach wie vor nichts Neues.«

Hinter ihm trat Kathrin Fachinger ein, gefolgt von Nicola Engel und Sven Jansen.

»Guten Morgen«, sagte die Kriminalrätin. »Ich bringe die versprochene Verstärkung. KK Jansen wird vorübergehend im Team des K 11 mitarbeiten, Bodenstein. Wenn Sie damit einverstanden sind.«

»Ja, bin ich.« Bodenstein nickte dem Kollegen vom Diebstahlsdezernat, der gestern mit Pia bei Terlinden gewesen war, zu und setzte sich an den Tisch. Die anderen folgten seinem Beispiel, nur Nicola Engel entschuldigte sich und ging zur Tür. Dort drehte sie sich noch einmal um. »Kann ich Sie noch einmal kurz unter vier Augen sprechen?«

Bodenstein stand wieder auf, folgte ihr hinaus auf den Flur und schloss die Tür hinter sich.

»Behnke hat eine einstweilige Verfügung gegen seine Suspendierung erwirkt und sich gleichzeitig krankgemeldet«, sagte Nicola Engel mit gesenkter Stimme. »Sein Rechtsbeistand ist ein Anwalt aus der Kanzlei von Dr. Anders. Wie kann er sich das leisten?«

»Anders macht so etwas gerne auch ohne Geld«, erwiderte Bodenstein. »Ihm sind doch nur die Schlagzeilen wichtig.«

»Na ja, warten wir ab, was passiert.« Nicola Engel musterte Bodenstein. »Ich habe eben noch etwas erfahren. Eigentlich wollte ich es dir in einem besseren Moment sagen, aber bevor du es durch irgendeine undichte Stelle von jemand anderem hörst …«

Er blickte sie aufmerksam an. Jetzt konnte alles folgen, angefangen von seiner Suspendierung bis zu der Neuigkeit, dass sie die Leitung des BKA übernehmen würde. Es war eine von Nicolas typischen Charaktereigenschaften, sich nie in die Karten schauen zu lassen.

»Herzlichen Glückwunsch zur Beförderung«, verkündete sie ihm zu seiner Überraschung. »Erster Kriminalhauptkommissar Oliver von Bodenstein. Inklusive Erhöhung der Besoldungsstufe. Was sagst du dazu?«

Sie lächelte ihn erwartungsvoll an.

»Muss ich jetzt das Gefühl haben, ich hätte mich hochgeschlafen?«, entgegnete er. Die Kriminalrätin grinste, wurde dann aber ernst.

»Bereust du die letzte Nacht?«, wollte sie wissen. Bodenstein legte den Kopf schief.

»Das würde ich jetzt nicht behaupten«, antwortete er. »Und du?«

»Ich auch nicht. Obwohl mir Aufgewärmtes sonst nicht schmeckt.«

Er grinste, und sie wandte sich zum Gehen.

»Ach, Frau Kriminalrätin …«

Sie blieb stehen.

»Vielleicht … können wir es gelegentlich wiederholen.«

Da grinste sie auch.

»Ich denke darüber nach, Herr Hauptkommissar. Bis später!«

Er blickte ihr nach, bis sie verschwunden war, dann legte er die Hand auf die Türklinke. Ganz plötzlich und unerwartet erfüllte ihn ein fast schmerzhaftes Glücksgefühl. Nicht etwa, weil er sich gerächt und nun seinerseits Cosima betrogen hatte – und das auch noch mit seiner Chefin, die sie von Herzen verabscheute –, sondern weil er sich in dieser Sekunde so frei fühlte wie eigentlich noch nie in seinem Leben. In der letzten Nacht hatte sich seine Zukunft mit atemberaubender Klarheit vor ihm entfaltet, ihm ungeahnte Möglichkeiten offenbart, nachdem er wochenlang tief gekränkt und voller Selbstmitleid in einem Tal der Tränen herumgekrebst war. Nicht dass er sich an Cosimas Seite jemals gefangen gefühlt hatte, aber nun ahnte er, dass mit dem Scheitern seiner Ehe nicht alles vorbei sein musste. Ganz im Gegenteil. Nicht alle

Menschen bekamen mit fast fünfzig Jahren noch einmal eine neue Chance.

*

Amelies Beine waren zu Eis gefroren, trotzdem schwitzte sie am ganzen Körper. Mit aller Kraft versuchte sie, Thies' Kopf über Wasser zu halten. Allein der Auftrieb des Wassers, das mittlerweile gut vierzig Zentimeter über dem letzten Regalboden stand, hatte es ihr ermöglicht, seinen Körper in eine sitzende Position zu bringen. Glücklicherweise war das Regal fest in die Mauer geschraubt, sonst wäre es wahrscheinlich schon umgekippt. Amelie holte keuchend Luft und versuchte, ihre verkrampfte Muskulatur zu lockern. Mit ihrem rechten Arm hielt sie Thies umklammert, mit der linken Hand versuchte sie, die Decke zu berühren. Ein halber Meter Luft war noch übrig, mehr nicht.

»Thies!«, flüsterte sie und schüttelte ihn leicht. »Wach doch auf, Thies!«

Er reagierte nicht. Sie konnte ihn unmöglich noch höher ziehen, das ging über ihre Kräfte. Aber in ein paar Stunden würde sein Kopf unter Wasser sein. Amelie war nahe daran, aufzugeben. Es war so kalt! Und sie hatte eine so entsetzliche Angst vor dem Ertrinken. Immer wieder kamen ihr Bilder aus *Titanic* in den Sinn. Den Film hatte sie ein halbes Dutzend Mal gesehen und Rotz und Wasser geheult, als Leonardo DiCaprio von dem Brett abgeglitten und in den Tiefen des Meeres versunken war. Das Wasser des Nordatlantiks konnte kaum kälter gewesen sein als die Scheißbrühe hier!

Mit zitternden Lippen sprach sie unablässig auf Thies ein, bettelte ihn an, schüttelte ihn, kniff ihn in den Arm. Er musste einfach aufwachen!

»Ich will nicht sterben«, schluchzte sie und lehnte erschöpft ihren Kopf an die Wand. »Ich will nicht sterben, verdammt!«

Die Kälte lähmte ihre Bewegungen und ihre Gedanken. Mit größter Anstrengung strampelte sie mit den Beinen im Wasser hin und her, aber irgendwann wollte ihr auch das nicht mehr gelingen. Sie durfte nur nicht einschlafen! Wenn sie Thies losließ, würde er ertrinken und sie mit ihm.

*

Claudius Terlinden blickte unwillig von den Akten auf, die vor ihm auf dem Schreibtisch lagen, als seine Sekretärin Bodenstein und Pia Kirchhoff in sein Büro führte.

»Haben Sie meinen Sohn gefunden?« Er stand nicht von seinem Stuhl auf und gab sich keine Mühe, seinen Widerwillen zu überspielen. Aus der Nähe erkannte Pia, dass die Ereignisse der letzten Tage nicht spurlos an Terlinden vorübergegangen waren, wenngleich er äußerlich ungerührt wirkte. Er war blass und hatte dunkle Schatten unter den Augen. Flüchtete er sich in die tägliche Routine, um seine Sorgen zu vergessen?

»Nein«, bedauerte Bodenstein. »Leider nicht. Aber wir wissen, wer ihn aus der Psychiatrie entführt hat.«

Claudius Terlinden sah ihn fragend an.

»Gregor Lauterbach hat den Mord an Stefanie Schneeberger gestanden«, fuhr Bodenstein fort. »Seine Frau hat das vertuscht, um ihn und seine Karriere zu schützen. Sie wusste, dass Thies Augenzeuge der Tat gewesen war. Sie hat Ihren Sohn massiv bedroht und über Jahre hinweg mit Psychopharmaka behandelt, die er überhaupt nicht gebraucht hätte. Als sie befürchten musste, dass Amelie Fröhlich und Ihr Sohn ihrem Mann und ihr selbst gefährlich werden könnten, musste sie handeln. Wir befürchten, dass sie den beiden etwas angetan hat.«

Terlinden starrte ihn an. Seine Miene war wie versteinert.

»Wer, dachten Sie eigentlich, hat Stefanie ermordet?«, wollte Pia wissen. Claudius Terlinden nahm seine Brille ab und fuhr sich mit der Hand über das Gesicht. Er holte tief Luft.

»Ich dachte tatsächlich, dass es Tobias gewesen ist«, gab er nach einer Weile zu. »Ich habe angenommen, er hat Gregor mit dem Mädchen beobachtet und ist dann vor Eifersucht durchgedreht. Mir war klar, dass mein Sohn Thies etwas beobachtet haben musste, aber da er nicht spricht, habe ich nie erfahren, was er gesehen hat. Jetzt erklärt sich natürlich einiges für mich. Deshalb war Daniela immer so besorgt um ihn. Und deshalb hatte Thies so eine schreckliche Angst vor ihr.«

»Sie hat ihm gedroht, ihn in eine Anstalt zu bringen, sollte er jemals ein Sterbenswörtchen sagen«, erläuterte Pia. »Aber selbst sie wusste wohl nicht, dass Thies die Leiche von Stefanie im Keller der Orangerie versteckt hielt. Das muss sie von Amelie erfahren haben. Deshalb hat Frau Dr. Lauterbach auch das Feuer in der Orangerie gelegt. Sie wollte nicht die Bilder vernichten, sondern die Mumie von Schneewittchen.«

»Großer Gott!« Terlinden erhob sich von seinem Stuhl, trat an die Fensterfront und starrte hinaus. Ahnte er, wie dünn das Eis war, auf dem er sich bewegte? Bodenstein und Pia wechselten hinter seinem Rücken einen Blick. Man würde ihn wegen zahlloser Vergehen zur Verantwortung ziehen, nicht zuletzt für die großangelegte Bestechungsaffäre, die Gregor Lauterbach in dem feigen Versuch, sich selbst reinzuwaschen, aufgedeckt hatte. Davon wusste Claudius Terlinden noch nichts, aber sicher wurde ihm allmählich klar, welch gigantische Schuld er mit seiner Politik des Verschweigens und Vertuschens auf sich geladen hatte.

»Lutz Richter hat gestern versucht, sich das Leben zu nehmen, als unsere Kollegen seinen Sohn verhaftet haben«, sagte Bodenstein in die Stille. »Er hat vor elf Jahren eine Art Bürgerwehr gegründet, um die wahren Ereignisse zu vertuschen. Laura Wagner lebte noch, als Richters Sohn und seine Freunde sie in den leeren Bodentank auf dem Flugplatzgelände in Eschborn geworfen haben. Richter hat das gewusst und den Tank zugeschüttet.«

»Und als Tobias aus dem Gefängnis gekommen ist, hat Richter die Sache wieder in die Hand genommen und den Überfall auf ihn organisiert«, ergänzte Pia. »Haben Sie das veranlasst?«

Terlinden wandte sich um.

»Nein. Ich hatte es ihnen sogar ausdrücklich verboten«, antwortete er mit heiserer Stimme.

»Manfred Wagner hat Tobias' Mutter von der Brücke gestoßen«, setzte Pia nach. »Hätten Sie damals Ihren Sohn Lars nicht gezwungen, die Wahrheit zu verschweigen, dann wäre all das nicht geschehen. Ihr Sohn würde womöglich noch leben, Familie Sartorius wäre nicht ruiniert, Wagners hätten irgendwann mit der ganzen Sache abschließen können. Ist Ihnen klar, dass Sie ganz alleine die Schuld an dem Leid tragen, das diese Familien durchmachen mussten? Mal ganz abgesehen von Ihrer eigenen Familie, die durch Ihre Feigheit durch die Hölle gegangen ist!«

»Wieso ich?« Terlinden schüttelte verblüfft den Kopf. »Ich habe mich doch nur um Schadensbegrenzung bemüht!«

Pia konnte es nicht fassen. Ganz offensichtlich hatte Claudius Terlinden Rechtfertigungen für sein Tun und sein Unterlassen gefunden und log sich seit Jahren selbst in die Tasche.

»Welchen schlimmeren Schaden wollten Sie denn begrenzen?«, fragte sie sarkastisch.

»Die Dorfgemeinschaft drohte zu zerbrechen«, antwortete Terlinden. »Meine Familie trägt schon seit Jahrzehnten, wenn nicht seit Jahrhunderten eine große Verantwortung in diesem Dorf. Dieser musste ich gerecht werden! Die Jungen hatten eine Dummheit gemacht, sie waren betrunken, und das Mädchen hatte sie provoziert.«

Er hatte mit unsicherer Stimme begonnen, doch nun sprach er im Brustton der Überzeugung.

»Ich dachte, Tobias hätte Stefanie getötet. Er würde also auf jeden Fall ins Gefängnis gehen. Welche Rolle würde es spielen, ob er für ein oder für zwei Verbrechen verurteilt werden würde? Dafür, dass er seine vier Freunde aus der ganzen Sache herausgehalten hatte, habe ich seine Familie unterstützt und immer dafür gesorgt ...«

»Jetzt hören Sie aber auf!«, unterbrach Bodenstein den Mann. »Sie wollten einzig und allein Ihren Sohn Lars heraushalten! Ihnen ging es nur um Ihren guten Namen, der unweigerlich in die Presse geraten wäre, hätte man Lars mit den Mordfällen in Verbindung gebracht. Die jungen Leute und die Dörfler waren Ihnen vollkommen gleichgültig. Und wie egal Ihnen Familie Sartorius war, zeigt sich allein schon daran, dass Sie als Konkurrenz zum Goldenen Hahn das Schwarze Ross eröffnet und Sartorius' Koch als Pächter eingesetzt haben.«

»Darüber hinaus haben Sie die Umstände eiskalt ausgenutzt«, übernahm Pia. »Albert Schneeberger wollte Ihnen niemals seine Firma verkaufen, aber Sie setzten ihn in dieser für ihn entsetzlichen Situation so massiv unter Druck, bis er es tat. Danach haben Sie entgegen der Vereinbarungen die Mitarbeiter entlassen und die Firma zerschlagen. Sie sind der Einzige, der von dem ganzen Unglück damals profitiert hat – in jeder Hinsicht!«

Claudius Terlinden schob die Unterlippe vor und blickte Pia feindselig an.

»Aber jetzt ist doch alles ganz anders gekommen, als Sie es für möglich gehalten haben.« Pia ließ sich nicht einschüchtern. »Die Menschen in Altenhain haben nicht auf weitere Anordnungen gewartet, sondern selbst gehandelt. Und dann tauchte auch noch Amelie auf und stellte auf eigene Faust Nachforschungen an, mit denen sie ungewollt das halbe Dorf unter Zugzwang setzte. Und Sie hatten längst nicht mehr genug Macht, um die Lawine aufzuhalten, die mit Tobias' Rückkehr losgetreten worden war.«

Terlindens Miene verfinsterte sich. Pia verschränkte die Arme und erwiderte seinen erbosten Blick, ohne mit der Wimper zu zucken. Sie hatte mit absoluter Präzision seinen wunden Punkt getroffen.

»Wenn Amelie und Thies sterben«, sagte sie mit drohendem Unterton, »dann tragen Sie ganz allein die Verantwortung dafür!«

»Wo können die beiden sein?«, ließ sich Bodenstein vernehmen. »Wo ist Frau Dr. Lauterbach?«

»Ich weiß es nicht«, knirschte Claudius Terlinden zwischen zusammengebissenen Zähnen. »Ich weiß es verdammt noch mal wirklich nicht!«

*

Die tiefhängenden, dunkelgrauen Wolken über dem Taunus versprachen Schnee. In den letzten vierundzwanzig Stunden waren die Temperaturen um beinahe zehn Grad gefallen. Diesmal würde der Schnee liegen bleiben. Pia fuhr in Königstein durch die Fußgängerzone, ohne sich um die verärgerten Blicke der wenigen Passanten zu kümmern. Sie parkte vor dem Juweliergeschäft, über dem sich die Praxis von Dr. Daniela Lauterbach befand. Dort hielt eine Arzthelferin mittleren Alters tapfer die Stellung, bediente geduldig das unablässig klingelnde Telefon und vertröstete ungehaltene Patienten, die für den Tag einen Termin vereinbart hatten.

»Frau Dr. Lauterbach ist nicht da«, antwortete sie auf Bodensteins Frage. »Ich kann sie telefonisch nicht erreichen.«

»Auf dem Kongress in München ist sie aber auch nicht.«

»Nein, der war ja auch nur am Wochenende.« Die Frau hob hilflos die Hände, als das Telefon wieder klingelte. »Eigentlich wollte sie heute wieder da sein. Sie sehen ja, was hier los ist!«

»Wir vermuten, dass sie sich abgesetzt hat«, sagte Bodenstein. »Sie ist wahrscheinlich für das Verschwinden von zwei Menschen verantwortlich und weiß, dass wir ihr auf der Spur sind.«

Die Arzthelferin schüttelte mit großen Augen den Kopf.

»Aber das kann nicht sein!«, widersprach sie. »Ich arbeite seit zwölf Jahren für die Frau Doktor. Sie würde niemals einem Menschen Schaden zufügen. Ich meine, ich ... ich kenne sie doch.«

»Wann haben Sie Frau Dr. Lauterbach das letzte Mal gesehen oder mit ihr gesprochen? Hat sie sich in den letzten Tagen irgendwie anders verhalten als sonst, oder war sie öfter weg?« Bodenstein warf einen Blick auf das Namensschildchen an der rechten Brusttasche des gestärkten weißen Kittels. »Frau Wiesmeier, bitte denken Sie nach! Ihre Chefin hat womöglich einen Fehler gemacht, obwohl sie es gut gemeint hat. Sie können ihr jetzt helfen, bevor etwas Schlimmeres geschieht.«

Die persönliche Ansprache und der dringliche Unterton in Bodensteins Stimme zeigten Wirkung. Waltraud Wiesmeier dachte so scharf nach, dass sich ihre Stirn in Falten legte.

»Ich habe mich gewundert, dass Frau Dr. Lauterbach letzte Woche alle Besichtigungstermine für die Villa von Frau Scheithauer abgesagt hat«, sagte sie nach einer Weile. »Sie hatte sich monatelang sehr bemüht, einen Käufer für den alten Kasten zu finden, und endlich gab es einen Interessenten, der am Donnerstag aus Düsseldorf kommen wollte. Aber ich musste ihm und zwei Maklern telefonisch absagen. Das war seltsam.«

»Was ist das für ein Haus?«

»Eine alte Villa im Grünen Weg mit Blick auf das Woogtal. Frau Scheithauer war eine langjährige Patientin. Sie hatte keine Erben, und als sie im April gestorben ist, hat sie ihr Vermögen einer Stiftung hinterlassen und Frau Dr. Lauterbach die Villa.« Sie lächelte verlegen. »Ich glaube, andersherum wäre es der Chefin lieber gewesen.«

*

»… erklärte ein Sprecher des Kultusministeriums auf einer Pressekonferenz heute Morgen den überraschenden Rücktritt von Kultusminister Gregor Lauterbach mit persönlichen Gründen …«, klang die Stimme des Nachrichtensprechers aus dem Autoradio, als Pia vom Ölmühlweg in den Grünen Weg einbog. Langsam fuhr sie an den Neubauten vorbei und bog in eine Stichstraße ein, die vor einem großen, schmiedeeisernen Tor endete.

»Aus der Staatskanzlei wurde bisher noch nicht offiziell Stellung genommen. Der Regierungssprecher …«

»Das muss es sein!« Bodenstein öffnete den Sicherheitsgurt und stieg aus, kaum dass Pia angehalten hatte. Das Tor war mit einer Kette und einem nagelneu aussehenden Vorhängeschloss zusätzlich gesichert, von der Villa war nur das Dach zu sehen. Pia rüttelte an den Gitterstäben, wandte den Blick nach links und nach rechts. Die Mauer war zwei Meter hoch und mit eisernen Spitzen bewehrt.

»Ich rufe einen Schlosser und Verstärkung.« Bodenstein zog sein Handy hervor. Sollte sich Daniela Lauterbach in der Villa aufhalten, war damit zu rechnen, dass sie sich nicht kampflos ergeben würde. Pia ging unterdessen an der Mauer des weitläufigen Anwesens entlang, stieß aber nur auf ein verschlossenes Törchen, das von dornigem Gestrüpp überwuchert war. Minuten später traf ein Schlosser ein; zwei Streifenwagen vom Königsteiner Revier hielten weiter oben in der Straße, die Beamten kamen zu Fuß näher.

»Die Villa steht seit ein paar Jahren leer«, wusste einer der Beamten. »Die alte Frau Scheithauer lebte im Rosenhof in Kronberg. Sie war weit über neunzig, als sie im April gestorben ist.«

»Und dann hat sie das ganze Anwesen ihrer Ärztin vermacht«, bemerkte Pia. »Wieso haben manche Leute nur so ein Glück?«

Der Schlosser hatte seinen Job getan und wollte wieder gehen, aber Bodenstein bat ihn, noch einen Moment zu warten. Die ersten winzigen Schneeflocken rieselten herab, als sie die geschotterte Auffahrt hinabgingen. Die Burgruine gegenüber war in den Wolken verschwunden, es war, als hätte die ganze Welt ringsum aufgehört, zu existieren. Ein weiterer Streifenwagen überholte sie im Schritttempo und blieb vor dem Eingangsportal stehen. Auch die Haustür war verschlossen, der Schlosser machte sich ans Werk.

»Hört ihr das?«, fragte Pia, die Augen und Ohren wie ein Luchs hatte. Bodenstein lauschte, aber er hörte nur das Rauschen des Windes in den hohen Tannen vor der Villa. Er schüttelte den Kopf. Die Tür ging auf, er trat in eine große, düstere Eingangshalle. Es roch unbewohnt und muffig.

»Hier ist niemand«, stellte er enttäuscht fest. Pia ging an ihm vorbei und drückte auf den Lichtschalter. Es tat einen Knall, Funken sprühten aus dem Schalter, und die beiden Kollegen vom Königsteiner Revier griffen nach ihren Waffen. Bodensteins Herz klopfte bis zum Hals.

»Nur ein Kurzschluss«, sagte Pia. »Entschuldigung.«

Sie gingen weiter von Raum zu Raum. Die Möbel waren mit weißen Laken abgedeckt, die Schlagläden vor den hohen Fenstern geschlossen. Bodenstein durchquerte den großen Raum, der sich links an die Eingangshalle anschloss. Der Parkettfußboden knarrte unter seinen Schritten. Er zog die klammen, mottenzerfressenen Samtvorhänge zur Seite, aber es wurde kaum heller.

»Da rauscht doch was«, sagte Pia von der Tür aus. »Seid doch mal leise!«

Die Beamten verstummten. Und tatsächlich, jetzt hörte Bodenstein es auch. Unten im Keller rauschte Wasser. Er ging zurück, folgte Pia bis zu einer Tür unterhalb der geschwungenen Freitreppe.

»Habt ihr zufällig eine Taschenlampe dabei?«, fragte sie und wollte die Tür öffnen, aber die bewegte sich nicht um einen Millimeter. Einer der Streifenpolizisten reichte Pia eine Stablampe.

»Ist nicht abgeschlossen und geht trotzdem nicht auf.« Pia bückte sich und leuchtete auf den Boden. »Schaut mal hier! Da hat jemand Silikon in die Türritze geklebt. Wieso das denn wohl?«

Der Königsteiner Kollege ging auf die Knie und ritzte mit seinem Taschenmesser das Silikon auf. Pia rüttelte an der Tür, bis sie aufsprang. Das Rauschen wurde lauter. Fünf oder sechs flinke Schatten huschten an ihr vorbei und verschwanden in den Tiefen des Hauses. »Ratten!« Bodenstein machte einen Satz nach hinten und prallte so heftig gegen den Streifenbeamten, dass dieser fast zu Boden gegangen wäre.

»Deswegen müssen Sie mich ja nicht gleich k.o. schlagen«, beschwerte sich der uniformierte Kollege. »Sie können jetzt auch von meinem Fuß runtergehen.«

Pia hörte ihnen nicht zu. Sie war in Gedanken ganz woanders.

»Wieso wurde die Kellertür mit Silikon abgedichtet?«, fragte sie sich laut, als sie die Treppe hinunterstieg und dabei mit der Taschenlampe vorausleuchtete. Nach zehn Stufen blieb sie wie angewurzelt stehen.

»Scheiße!«, fluchte sie. Sie stand bis an die Knöchel im eisigen Wasser. »Ein Wasserrohrbruch! Deshalb auch der Kurzschluss. Wahrscheinlich sitzt der Stromkasten unten.«

»Ich rufe beim Wasserwerk an«, sagte einer der Königsteiner Polizisten. »Die müssen die Hauptwasserleitung abdrehen.«

»Und am besten alarmieren Sie auch gleich die Feuerwehr.« Bodenstein hielt argwöhnisch Ausschau nach weiteren Ratten. »Komm, Pia. Die Lauterbach ist nicht hier.«

Pia hörte nicht auf ihn. In ihrem Kopf schrillten alle Alarmglocken. Das Haus stand leer und gehörte Daniela Lauterbach, die in der vergangenen Woche plötzlich lang geplante Besichtigungstermine mit potentiellen Käufern abgesagt hatte. Und das nicht deshalb, weil sie selbst sich in diesem Haus verstecken wollte! Da ihre Schuhe und ihre Hose ohnehin schon nass waren, ging Pia die Treppe weiter hinunter. Das Wasser gluckerte, die Kälte traf sie wie ein Schock.

»Was tust du denn da?«, rief Bodenstein ihr nach. »Komm da raus!«

Pia bückte sich und leuchtete um die Ecke in die Dunkelheit. Das Wasser reichte knapp einen Viertelmeter unter die Kellerdecke. Pia ging noch eine Stufe hinunter, klammerte sich mit einer Hand am Geländer fest. Jetzt stand sie bis an die Hüften im Wasser.

»Amelie!«, rief sie mit klappernden Zähnen. »Amelie? Hallo?«

Sie hielt den Atem an und lauschte angestrengt, die Kälte trieb ihr die Tränen in die Augen. Plötzlich erstarrte sie. Ein Adrenalinstoß zuckte so heftig durch ihren Körper, als habe man ihr einen Stromschlag versetzt.

»Hilfe!«, tönte es über das gleichmäßige Rauschen des Wassers. »Hilfe! Wir sind hier!«

*

Ungeduldig rauchend ging Pia in der Eingangshalle auf und ab. Sie spürte die nassen Kleider und Schuhe kaum, so aufgeregt war sie. Bodenstein zog es vor, im Schneefall vor dem Haus zu warten, bis der überflutete Keller endlich zugänglich war. Der Gedanke, sich mit einer Armada von Ratten unter einem Dach aufhalten zu müssen, verursachte ihm Unbehagen. Das Wasserwerk hatte die Hauptwasserleitung abgestellt, und die Männer der Königsteiner Freiwilligen Feuerwehr pumpten mit allen verfügbaren Schläuchen das Wasser aus dem Keller hangabwärts in den zugewucherten Park. Dank eines Notaggregates gab es Licht. Drei Notarztwagen waren eingetroffen, die Polizei hatte das Grundstück abgesperrt.

»Alle Lichtschächte, durch die das Wasser hätte ablaufen können, sind verstopft und mit Silikon abgedichtet worden«, berichtete der Einsatzleiter der Feuerwehr. »Unglaublich.«

Aber wahr. Es gab für Bodenstein und Pia keinen Zweifel, wer das getan hatte.

»Wir können reingehen!«, verkündete einer der Feuerwehrleute, der wie zwei seiner Kollegen eine wasserdichte Hose trug, die ihm bis zum Bauchnabel reichte.

»Ich gehe mit!« Pia warf ihre Zigarette achtlos auf den Parkettfußboden und trat sie aus.

»Nein, bleib hier!«, rief Bodenstein von der Tür aus. »Du holst dir doch den Tod!«

»Ziehen Sie wenigstens Gummistiefel an.« Der Einsatzleiter wandte sich um. »Warten Sie, ich hole Ihnen welche.«

Fünf Minuten später folgte Pia den drei Feuerwehrleuten durch das noch immer kniehoch stehende Wasser durch den Keller. Im Licht der Handscheinwerfer öffneten sie eine Tür nach der anderen, bis sie die richtige gefunden hatten. Pia drehte den Schlüssel im Schloss und drückte gegen die Tür, die mit einem durchdringenden Quietschen nach innen aufschwang. Ihr Herz klopfte zum Zerspringen, und sie bekam vor Erleichterung weiche Knie, als der Lichtkegel des Scheinwerfers in ein blasses, schmutziges Mädchengesicht leuchtete. Amelie Fröhlich blinzelte geblendet. Pia stolperte die beiden Treppenstufen hinunter in den tiefer gelegenen Raum, breitete die Arme aus und zog das hysterisch schluchzende Mädchen an sich.

»Ganz ruhig«, murmelte sie und streichelte das verfilzte Haar. »Jetzt wird alles gut, Amelie. Du musst keine Angst mehr haben.«

»Aber ... aber Thies«, stieß Amelie hervor. »Ich ... ich glaube, er ist tot!«

*

Die Erleichterung bei allen Mitarbeitern der Regionalen Kriminalinspektion war gewaltig. Amelie Fröhlich hatte die zehn Tage im Keller der alten Villa in Königstein ohne größere Verletzungen überstanden. Sie war erschöpft, dehydriert und abgemagert, würde aber von den schrecklichen Erlebnissen in physischer Hinsicht keine Schäden zurückbehalten. Man hatte sie und Thies ins Krankenhaus gebracht. Um Terlindens Sohn stand es nicht so gut. Er war in sehr schlechter körperlicher Verfassung und litt unter starken Entzugserscheinungen. Bodenstein und Pia fuhren nach der Besprechung im K 11 ins Krankenhaus nach Bad Soden und staunten nicht schlecht, als ihnen im Foyer Hartmut Sartorius und sein Sohn Tobias begegneten.

»Meine Exfrau ist aus dem Koma erwacht«, erklärte Sartorius. »Wir konnten eben kurz mit ihr sprechen. Es geht ihr den Umständen entsprechend gut.«

»Ach, das ist ja schön.« Pia lächelte. Ihr Blick fiel auf Tobias, der um Jahre gealtert wirkte. Er sah krank aus, unter seinen Augen lagen Schatten.

»Wo sind Sie gewesen?«, wandte sich Bodenstein an Tobias Sartorius. »Wir haben uns große Sorgen um Sie gemacht.«

»Nadja hat ihn auf einer Berghütte in der Schweiz zurückgelassen«, erklärte Hartmut Sartorius an dessen Stelle. »Mein Sohn ist zu Fuß durch den Schnee bis ins nächste Dorf gelaufen.«

Er legte seine Hand auf Tobias' Arm.

»Ich kann noch immer nicht fassen, dass ich mich so in Nadja geirrt haben soll.«

»Wir haben Frau von Bredow verhaftet«, sagte Bodenstein. »Und Gregor Lauterbach hat gestanden, dass er Stefanie Schneeberger erschlagen hat. Wir werden in den nächsten Tagen eine Wiederaufnahme der Verfahren gegen Sie beantragen. Sie werden freigesprochen.«

Tobias Sartorius zuckte nur mit den Schultern. Es war ihm offenbar gleichgültig. Die verlorenen zehn Jahre und den Ruin seiner Familie würde auch kein nachträglicher Freispruch wiedergutmachen.

»Laura hat noch gelebt, als die drei Jungen sie in den Bodentank geworfen haben«, fuhr Bodenstein fort. »Als sie Skrupel bekamen und das Mädchen wieder herausholen wollten, hat Lutz Richter das verhindert, indem er den Tank mit Erde bedeckt hat. Er war es auch, der in Altenhain eine

Bürgerwehr gegründet und dafür gesorgt hat, dass alle ihren Mund hielten.«

Tobias reagierte nicht, aber sein Vater wurde leichenblass.

»Lutz?«

»Ja.« Bodenstein nickte. »Richter hat auch den Überfall auf Ihren Sohn in der Scheune organisiert, und er und seine Frau stecken hinter den Schmierereien an Ihrem Haus und den anonymen Briefen. Sie wollten mit allen Mitteln verhindern, dass die Wahrheit ans Licht kommt. Als wir seinen Sohn verhaftet haben, hat Richter sich in den Kopf geschossen. Er liegt noch im Koma, aber er wird überleben und dann zur Rechenschaft gezogen werden.«

»Und Nadja?«, flüsterte Hartmut Sartorius. »Hat sie das etwa alles gewusst?«

»Allerdings«, erwiderte Bodenstein. »Sie war Augenzeugin, als Lauterbach Stefanie erschlagen hat. Und sie hatte zuvor ihren Freunden befohlen, Laura in den Tank zu werfen. Sie hätte Tobias' Verurteilung abwenden können, aber sie hat geschwiegen. Elf Jahre lang. Als er aus dem Gefängnis kam, wollte sie mit allen Mitteln verhindern, dass er nach Altenhain zurückkehrt.«

»Aber warum?« Die Stimme von Tobias klang heiser. »Ich verstehe das nicht. Sie ... sie hat mir immer geschrieben, auf mich gewartet und ...«

Er verstummte, schüttelte den Kopf.

»Nadja war in Sie verliebt«, erwiderte Pia. »Aber Sie haben sie immer wieder zurückgewiesen. Es kam ihr nur gelegen, dass Laura und Stefanie von der Bildfläche verschwanden. Wahrscheinlich rechnete sie nicht damit, dass man Sie tatsächlich verurteilen würde. Als es geschah, beschloss sie, auf Sie zu warten und Sie auf diese Weise für sich zu gewinnen. Aber dann tauchte Amelie auf. Nadja empfand sie als Konkurrenz, vor allem aber als echte Bedrohung, denn Amelie hatte ja offenbar etwas herausgefunden. Sie hat sich als Polizistin verkleidet, um bei Fröhlichs nach den Bildern von Thies zu suchen.«

»Ja, ich weiß. Aber sie hat sie nicht gefunden«, sagte Tobias.

»O doch, das hat sie«, antwortete Bodenstein. »Allerdings hat sie die Bilder vernichtet, denn Sie hätten sofort erkannt, dass Nadja Sie angelogen hatte.«

Tobias starrte Bodenstein fassungslos an. Er schluckte mühsam, als er die gewaltige Dimension von Nadjas Lügen und Täuschungen erfasste. Das war beinahe mehr, als er verkraften konnte.

»Jeder in Altenhain hat die Wahrheit gewusst«, fuhr Pia fort. »Claudius Terlinden hat geschwiegen, um seinen Sohn Lars und seinen Namen zu schützen. Weil er ein schlechtes Gewissen hatte, hat er Sie und Ihre Eltern finanziell unterstützt und ...«

»Das war nicht der einzige Grund«, unterbrach Tobias sie. In seine starren Gesichtszüge kehrte das Leben zurück, er warf seinem Vater einen Blick zu. »Aber jetzt kapiere ich langsam alles. Ihm ging es nur um seine Macht und um ...«

»Um was?«

Tobias schüttelte nur stumm den Kopf.

Hartmut Sartorius schwankte. Die Wahrheit über seine Nachbarn und ehemaligen Freunde war für ihn niederschmetternd. Das ganze Dorf hatte geschwiegen und gelogen und aus egoistischen Beweggründen ungerührt dabei zugesehen, wie seine Existenz, seine Ehe, sein guter Ruf, ja sein ganzes Leben ruiniert worden waren. Er ließ sich auf einen der Plastikstühle an der Wand sinken und vergrub das Gesicht in den Händen. Tobias setzte sich neben ihn und legte den Arm um die Schultern seines Vaters.

»Aber wir haben auch noch gute Nachrichten.« Bodenstein fiel erst jetzt wieder ein, weshalb er und Pia ins Krankenhaus gekommen waren. »Eigentlich waren wir gerade auf dem Weg zu Amelie Fröhlich und Thies Terlinden. Wir haben die beiden heute Mittag im Keller eines Hauses in Königstein gefunden. Frau Dr. Lauterbach hatte sie entführt und dort versteckt.«

»Amelie lebt?« Tobias richtete sich wie elektrisiert auf. »Geht es ihr gut?«

»Ja. Kommen Sie doch mit. Amelie wird sich freuen, Sie zu sehen.«

Tobias zögerte einen Moment, aber dann erhob er sich. Auch sein Vater blickte auf und lächelte zaghaft. Aber Sekunden später erlosch das Lächeln, seine Miene verzerrte sich vor Hass und Zorn. Er sprang auf und schoss mit einer Schnelligkeit, die Pia überraschte, auf einen Mann zu, der eben das Foyer des Krankenhauses betreten hatte.

»Nein, Papa! Nein!«, hörte sie Tobias' Stimme, erst dann erkannte sie in dem Mann Claudius Terlinden, begleitet von seiner Frau und dem Ehepaar Fröhlich. Offenbar waren sie auf dem Weg zu ihren Kindern. Hartmut Sartorius packte Terlinden am Hals und würgte ihn, Christine Terlinden, Arne und Barbara Fröhlich standen wie gelähmt daneben.

»Du Schwein!«, knirschte Sartorius voller Hass. »Du dreckiges, hinterhältiges Schwein! Du hast meine Familie auf dem Gewissen!«

Claudius Terlinden war rot angelaufen, er ruderte verzweifelt mit den Armen, trat nach seinem Angreifer. Bodenstein erfasste die Situation und setzte sich in Bewegung, auch Pia wollte eingreifen, wurde aber von Tobias grob zur Seite gestoßen. Sie prallte gegen Barbara Fröhlich, verlor das Gleichgewicht und stürzte. Leute blieben gaffend stehen. Tobias hatte seinen Vater erreicht und wollte dessen Arm ergreifen, aber in diesem Moment gelang es Claudius Terlinden, sich aus der Umklammerung zu befreien; die Todesangst verlieh ihm übermenschliche Kräfte. Er stieß Sartorius von sich. Pia kam wieder auf die Beine und sah wie in Zeitlupe, wie Hartmut Sartorius durch den heftigen Stoß stolperte und rückwärts in eine offenstehende Feuerschutztür krachte. Tobias begann zu schreien und warf sich über seinen Vater. Plötzlich war überall Blut. Pia erwachte aus ihrer Schreckstarre. Sie zerrte Barbara Fröhlich den Schal vom Hals, kniete sich ungeachtet der Blutlache, die rasch zu einem See wurde, neben Sartorius und presste in der verzweifelten Hoffnung, die heftige Blutung irgendwie stoppen zu können, den hellblauen Paschminaschal gegen die klaffende Wunde an Sartorius' Hinterkopf. Die Beine des Mannes zuckten krampfartig, er röchelte gurgelnd.

»Ein Arzt! Schnell!«, schrie Bodenstein. »Verdammt, hier muss doch irgendwo ein Arzt sein!«

Claudius Terlinden kroch hustend und würgend ein Stück zur Seite, die Hände um seinen Hals gelegt. Die Augen quollen ihm aus dem Kopf.

»Das hab ich nicht gewollt«, stammelte er immer wieder. »Das ... das wollte ich nicht. Es war ... es war ein Unfall ...«

Pia hörte Schritte und Geschrei wie aus weiter Ferne. Ihre Jeans, ihre Hände, ihre Jacke waren voller Blut. Weiße Schuhe und Hosenbeine tauchten in ihrem Gesichtsfeld auf.

»Gehen Sie zur Seite!«, rief jemand. Sie rutschte ein Stück zurück, blickte auf und begegnete Bodensteins Blick. Es war zu spät. Hartmut Sartorius war tot.

*

»Ich konnte nichts machen.« Pia schüttelte schockiert den Kopf. »Es ging alles so rasend schnell.«

Sie zitterte noch immer am ganzen Körper und konnte die Cola, die Bodenstein ihr in die blutverschmierten Hände gedrückt hatte, kaum festhalten.

»Mach dir keine Vorwürfe«, erwiderte Bodenstein.

»Tue ich aber, verdammt. Wo ist Tobias?«

»Er war eben noch da.« Bodenstein blickte sich suchend um. Das Foyer war abgesperrt, dennoch wimmelte es von Menschen. Polizisten, Ärzte mit angespannten, schockierten Mienen und die Beamten vom Erkennungsdienst in ihren weißen Overalls sahen zu, wie gerade die Leiche von Hartmut Sartorius in einen Zinksarg gehoben wurde. Jede Hilfe war für Tobias' Vater zu spät gekommen. Er war nach dem Stoß, den Claudius Terlinden ihm versetzt hatte, offenbar so unglücklich gegen die Glastür gefallen, dass seine Schädeldecke zertrümmert worden war. Niemand hätte dem Mann mehr helfen können.

»Bleib hier sitzen.« Bodenstein legte Pia kurz seine Hand auf die Schulter und erhob sich. »Ich schaue mal nach Tobias und kümmere mich um ihn.«

Pia nickte und starrte auf das klebrige, getrocknete Blut an ihren Händen. Sie richtete sich auf, atmete tief ein und aus. Allmählich beruhigte sich ihr Herzschlag und sie konnte wieder klar denken. Ihr Blick fiel auf Claudius Terlinden, der zusammengesunken auf einem Stuhl saß und ins Leere stierte, vor ihm eine Polizistin, die offenbar versuchte, ein Protokoll der Geschehnisse aufzunehmen. Der Tod von Hartmut Sartorius war ein Unfall, daran gab es keinen Zweifel. Terlinden hatte in Notwehr und ohne Tötungsabsicht gehandelt, dennoch schien er allmählich zu begreifen, welche Schuld auf seinen Schultern lastete. Eine junge Ärztin ging vor Pia in die Hocke.

»Soll ich Ihnen etwas zur Beruhigung geben?«, fragte sie besorgt.

»Nein, ich bin okay«, erwiderte Pia. »Aber kann ich mir vielleicht irgendwo die Hände waschen?«

»Ja klar. Kommen Sie mit.«

Pia folgte der Ärztin mit zittrigen Knien. Sie hielt nach Tobias Sartorius Ausschau, sah ihn aber nirgendwo. Wo war er? Wie konnte er dieses entsetzliche Ereignis, den Anblick seines sterbenden Vaters, verkraften? Pia konnte eigentlich auch in Krisensituationen recht gut Distanz und einen kühlen Kopf bewahren, aber das Schicksal von Tobias Sartorius erschütterte sie zutiefst. Nach und nach hatte er alles verloren, was ein Mensch nur verlieren kann.

*

»Tobi!« Amelie richtete sich in ihrem Bett auf und lächelte ungläubig. So oft hatte sie an ihn gedacht in den letzten schrecklichen Tagen und Nächten, sie hatte in Gedanken mit ihm geredet, sich immer wieder ausgemalt, wie es sein würde, ihn wiederzusehen. Die Erinnerung an die Wärme in seinen meerblauen Augen hatte sie davon abgehalten, verrückt zu werden, und nun stand er leibhaftig vor ihr. Ihr Herz tat vor Glück einen wilden Satz. »Oh, das freut mich ja, dass du mich besuchen kommst! Ich hab so viel …«

Ihr Lächeln erlosch, als sie im Halbdunkel Tobias' verstörten Gesichtsausdruck bemerkte. Er schloss die Tür des Krankenzimmers hinter sich, kam mit unsicheren Schritten näher und blieb am Fußende ihres Bettes stehen. Er sah entsetzlich aus, totenbleich, mit blutunterlaufenen Augen. Amelie ahnte, dass etwas Furchtbares geschehen sein musste.

»Was ist passiert?«, fragte sie leise.

»Mein Vater ist tot«, flüsterte er heiser. »Es ist eben gerade … unten … im Foyer passiert. Der Terlinden kam uns entgegen … und mein Vater … und er …«

Er verstummte. Sein Atem ging stoßweise, er presste seine Faust gegen den Mund und kämpfte um Selbstbeherrschung. Vergeblich.

»O Gott.« Amelie starrte ihn entsetzt an. »Aber wie ... ich meine, warum ...«

Tobias verzog das Gesicht zu einer Grimasse, er krümmte sich zusammen, seine Lippen zitterten.

»Papa hat sich auf dieses ... Schwein gestürzt.« Seine Stimme war tonlos. »Und er hat ihn ... gegen eine Glastür gestoßen ...«

Er brach ab. Die Tränen strömten über sein eingefallenes Gesicht. Amelie warf die Bettdecke zurück und streckte die Arme nach ihm aus. Tobias sackte schwer auf den Rand ihres Bettes und ließ zu, dass Amelie ihn an sich zog. Er presste sein Gesicht an ihren Hals, sein Körper wurde von wildem, verzweifeltem Schluchzen geschüttelt. Amelie hielt ihn ganz fest. Die Kehle wurde ihr eng, als sie begriff, dass Tobias außer ihr keinen Menschen mehr auf dieser Welt hatte, zu dem er gehen, dem er seinen grenzenlosen Kummer mitteilen konnte.

*

Tobias Sartorius war spurlos aus dem Krankenhaus verschwunden. Bodenstein hatte eine Streife zum Haus seiner Eltern geschickt, aber dort war er bisher nicht aufgetaucht. Claudius Terlinden war mit seiner Frau nach Hause gefahren. Ihn traf keine unmittelbare Schuld an Sartorius' Tod, es war ein Unfall gewesen, ein unglücklicher Zufall mit tragischem Ausgang. Bodenstein warf einen Blick auf die Uhr. Heute war Montag, also würde Cosima bei ihrer Mutter sein. Die Bridge-Abende im Hause Rothkirch waren ein verlässliches, jahrzehntealtes Ritual, er konnte also ziemlich sicher sein, ihr nicht zu begegnen, wenn er sich frische Kleider holte, bevor er zurück aufs Kommissariat fuhr. Schmutzig und verschwitzt, sehnte er sich nach einer ausgiebigen Dusche.

Zu seiner Erleichterung lag das Haus im Dunkeln, nur die kleine Lampe auf der Anrichte im Eingang brannte. Der Hund begrüßte ihn mit überschwenglicher Freude. Bodenstein streichelte ihn und blickte sich um. Alles wirkte so normal und war so schmerzlich vertraut, aber er wusste, dass er hier nicht mehr zu Hause war. Bevor er sentimental werden konnte, ging er entschlossen die Treppe hoch zum Schlafzimmer. Er machte Licht und erschrak, als er Cosima erblickte, die im Sessel am Fenster saß. Sein Herz machte unvermittelt ein paar schnelle Schläge.

»Warum sitzt du hier im Dunkeln?«, fragte er, weil ihm nichts Besseres einfiel.

»Ich wollte in Ruhe nachdenken.« Sie blinzelte in die Helligkeit, stand auf und trat hinter den Sessel, als wolle sie vor ihm Schutz suchen.

»Es tut mir leid, dass ich gestern Morgen so die Beherrschung verloren habe«, begann Bodenstein nach kurzem Zögern. »Es ... war alles ein bisschen viel für mich.«

»Schon gut. Ich bin ja selbst schuld dran«, erwiderte Cosima. Sie sahen sich stumm an, bis das Schweigen unbehaglich wurde.

»Ich bin nur gekommen, um mir ein paar Kleider zu holen«, sagte Bodenstein und verließ das Schlafzimmer. Wie konnte es sein, dass man für einen Menschen, für den man über fünfundzwanzig Jahre nichts als Zuneigung verspürt hatte, plötzlich überhaupt nichts mehr empfand? War es Selbsttäuschung, eine Art seelischer Schutzmechanismus – oder schlicht und einfach der Beweis dafür, dass seine Gefühle für Cosima längst nur noch bloße Gewohnheit gewesen waren? Bei den vielen kleinen Streitereien in den vergangenen Wochen und Monaten war jedes Mal ein Stückchen Zuneigung zu Bruch gegangen. Bodenstein wunderte sich über die Nüchternheit, mit der er die Situation analysierte. Er öffnete den Einbauschrank im Flur und betrachtete nachdenklich die Koffer, die dort standen. Er wollte keinen der Koffer mitnehmen, die Cosima schon rund um die Welt begleitet hatten. Deshalb entschied er sich für zwei eingestaubte, aber nagelneue Hartschalenkoffer, die Cosima zu sperrig fand. Als er an der Tür von Sophias Zimmer vorbeiging, hielt er inne. Für einen kurzen Blick auf die Kleine sollte Zeit genug sein. Er stellte die Koffer ab und betrat das Zimmer, das von einem Lämpchen neben dem Bett erhellt wurde. Sophia schlief friedlich, das Däumchen im Mund, umgeben von ihren Stofftieren. Bodenstein betrachtete seine jüngste Tochter und seufzte. Er beugte sich über das Bett, streckte die Hand aus und berührte leicht das schlafwarme Gesicht des Kindes.

»Es tut mir leid, meine Süße«, flüsterte er leise. »Aber selbst dir zuliebe kann ich nicht so tun, als wäre nichts geschehen.«

*

Wie diese Polizistin mitten in der riesigen Blutlache gekniet hatte, diesen Anblick würde Tobias niemals mehr vergessen. Er hatte gespürt, dass sein Vater tot war, noch bevor jemand dieses endgültigste aller Wörter ausgesprochen hatte. Wie versteinert hatte er dagestanden, taub und gefühllos, hatte sich von Ärzten, Sanitätern, Polizisten zur Seite drängen lassen. In seinem Inneren war nach all den schrecklichen Nachrichten kein Platz mehr für irgendein Gefühl. Wie bei einem Schiff, das mit Wasser vollgelaufen war, hatten sich die letzten schützenden Schotts geschlossen, um zu verhindern, dass es sank.

Tobias hatte das Krankenhaus verlassen und war losgelaufen. Niemand hatte versucht, ihn aufzuhalten. Er war quer durch den dunklen Eichwald marschiert, und die Kälte hatte allmählich Klarheit in das Durcheinander seiner Gedanken gebracht. Nadja, Jörg, Felix, Papa. Alle hatten ihn verlassen, verraten oder enttäuscht, es gab niemanden mehr, zu dem er gehen konnte. In das starre Grau seiner Hilflosigkeit mischten sich grellrote Sprenkel des Zorns. Mit jedem Schritt, den er machte, wuchs sein Groll auf die Leute, die sein Leben zerstört hatten, drückte ihm die Luft ab und ließ ihn keuchend innehalten. Sein Herz schrie nach Rache für all das, was man ihm und seinen Eltern angetan hatte. Er hatte nichts mehr zu verlieren, gar nichts mehr. In seinem Kopf fanden immer mehr lose Enden zusammen, plötzlich ergab alles einen Sinn. Ihm wurde schlagartig bewusst, dass er nach dem Tod seines Vaters wohl der Letzte war, der das Geheimnis von Claudius Terlinden und Daniela Lauterbach kannte. Tobias ballte die Hände zu Fäusten, als er sich an das Ereignis vor zwanzig Jahren erinnerte, das zu vertuschen sein Vater den beiden geholfen hatte.

Er war damals sieben oder acht Jahre alt gewesen und hatte wie so häufig den Abend im Nebenraum der Gaststätte verbracht. Seine Mutter war nicht da gewesen, deshalb hatte niemand daran gedacht, ihn ins Bett zu schicken. Irgendwann war er auf dem Sofa aufgewacht, es war mitten in der Nacht gewesen. Er war aufgestanden, zur Tür geschlichen und hatte ein Gespräch mit angehört, das er sich nicht hatte erklären können. Am Tresen hatten nur noch Claudius Terlinden und der alte Dr. Fuchsberger gesessen, der beinahe jeden Abend im Goldenen Hahn zu Abend aß. Tobias hatte schon oft genug Betrunkene gesehen, um zu erkennen, dass der ehrwürdige Notar Dr. Herbert Fuchsberger sternhagelvoll war.

»Was ist denn schon dabei?«, hatte Claudius Terlinden gesagt und dem Vater ein Zeichen gegeben, das Glas des Notars erneut zu füllen. »Meinem Bruder kann es doch wurscht sein, er ist tot.«

»Ich komme in Teufels Küche«, hatte Fuchsberger undeutlich genuschelt. »Wenn das rauskommt!«

»Wie soll das denn rauskommen? Es weiß doch niemand, dass der Willi sein Testament geändert hat.«

»Nein, nein, nein! Das kann ich nicht machen«, hatte Fuchsberger gejammert.

»Ich erhöhe den Einsatz«, hatte Terlinden erwidert. »Nein, ich verdopple ihn. Hunderttausend. Ist das nichts?«

Tobias hatte gesehen, wie Terlinden seinem Vater zugezwinkert hatte. So war es noch eine Weile weitergegangen, bis der alte Mann irgendwann nachgegeben hatte.

»Gut«, hatte er gesagt. »Aber du bleibst hier. Ich will nicht, dass dich einer zufällig in meiner Kanzlei sieht.«

Daraufhin war Tobias' Vater mit Dr. Fuchsberger im Schlepptau verschwunden, Claudius Terlinden hatte am Tresen die Stellung gehalten. Tobias hätte wohl nie verstanden, um was es an diesem Abend gegangen war, wenn er nicht Jahre später im Büro seines Vaters auf der Suche nach einer Deckungskarte für die Versicherung im Tresor ein Testament gefunden hätte. Er hatte sich nur kurz gewundert, weshalb das Testament von Wilhelm Terlinden im Tresor seines Vaters lag, aber die Zulassung seines ersten eigenen Autos war ungleich wichtiger gewesen. All die Jahre über hatte Tobias nicht mehr daran gedacht, es verdrängt und schließlich vergessen, aber als ob der Schock über den Tod seines Vaters eine geheime Kammer in seinem Gehirn geöffnet hätte, war plötzlich alles wieder präsent.

»Wo fahren wir hin?«

Amelies Stimme riss Tobias aus seinen düsteren Erinnerungen. Er blickte sie an, legte seine Hand auf die ihre, und ihm wurde warm ums Herz. Ihre dunklen Augen waren voll aufrichtiger Sorge um ihn. Ohne das ganze Metall in ihrem Gesicht und diese verrückte Frisur war sie wunderschön. Viel schöner, als Stefanie es jemals gewesen war. Amelie hatte keine Sekunde gezögert, mit ihm heimlich das Krankenhaus zu verlassen, als er gesagt hatte, dass er noch eine offene Rechnung zu begleichen habe. Ihre ruppige, kratzbürstige Art war nur Fassade, das hatte er gleich bei ihrer ersten Begegnung vor der Kirche erkannt. Nachdem man ihn so oft enttäuscht und verraten hatte, war Tobias immer wieder aufs Neue erstaunt über Amelies selbstlose Ehrlichkeit und das Fehlen jeglicher Berechnung.

»Wir fahren kurz zu mir nach Hause, und dann muss ich mit Claudius Terlinden sprechen«, erwiderte er nun. »Aber du bleibst solange im Auto. Ich will nicht, dass dir noch etwas passiert.«

»Ich lass dich doch nicht alleine mit diesem Schwein«, widersprach sie. »Wenn wir zusammen sind, wird er dir schon nichts tun.«

Trotz allem musste Tobias lächeln. Mutig war sie noch obendrein. Eine winzige Hoffnung flackerte in seinem Innern, wie eine Kerze, deren Licht einen Weg durch Nebel und Dunkelheit suchte. Vielleicht gab es ja doch noch eine Zukunft für ihn, wenn das hier alles vorbei war.

*

Cosima hatte sich nicht von der Stelle gerührt. Noch immer stand sie hinter dem Sessel und sah nun zu, wie Bodenstein die Koffer öffnete und den Inhalt seines Kleiderschrankes hineinpackte.

»Das hier ist dein Haus«, sagte sie nach einer Weile. »Du musst nicht ausziehen.«

»Das werde ich aber.« Er sah sie nicht an. »Das war *unser* Haus. Ich will hier nicht mehr wohnen. Ich kann die Wohnung im alten Kutscherhaus auf dem Gut bekommen, sie steht seit einer Weile leer. Das ist die beste Lösung. Wenn du dann weg bist, können meine Eltern oder Quentin und Marie-Louise auf Sophia aufpassen.«

»Das ging ja schnell«, sagte Cosima spitz. »Du hast also schon einen Schlussstrich gezogen.«

Bodenstein seufzte.

»Nein, nicht ich«, entgegnete er. »Das warst du. Ich akzeptiere lediglich deine Entscheidung, wie ich es schon immer getan habe, und versuche, mich mit der neuen Situation zu arrangieren. Du hast dich für einen anderen Mann entschieden, dagegen kann ich nichts tun. Ich habe aber vor, ungeachtet dessen weiterzuleben.«

Für eine Sekunde überlegte er, ob er Cosima von der Liebesnacht mit Nicola erzählen sollte. Er erinnerte sich an einige spitze Bemerkungen, die Cosima über Nicola gemacht hatte, seitdem sie wusste, dass er mit seiner Ex zusammenarbeitete. Aber das wäre niveaulos und billig.

»Alexander und ich arbeiten zusammen«, sagte Cosima gerade. »Ich habe mich nicht für ihn … entschieden.«

Bodenstein fuhr fort, seine Hemden in den Koffer zu schichten.

»Aber vielleicht passt er besser zu dir, als ich es je getan habe.« Er blickte auf. »Warum, Cosima? Haben dir die Abenteuer in deinem Leben so sehr gefehlt?«

»Nein, das nicht.« Cosima zuckte die Schultern. »Es gibt keine vernünftige Erklärung. Und auch keine Entschuldigung. Alex ist mir einfach zum falschen Zeitpunkt über den Weg gelaufen. Ich hatte mich über dich geärgert, auf Mallorca.«

»Und da bist du gleich mit ihm ins Bett gesprungen. Weil

du dich über mich geärgert hattest.« Bodenstein schüttelte den Kopf und schloss einen der Koffer. Er richtete sich auf. »Na super.«

»Oliver, bitte schmeiß nicht alles weg.« Cosimas Stimme klang bittend. »Ich habe einen Fehler gemacht, das weiß ich. Es tut mir aufrichtig leid. Aber es gibt so viel, das uns verbindet.«

»Und noch mehr, das uns trennt«, erwiderte er. »Ich werde dir nie mehr vertrauen können, Cosima. Und ohne Vertrauen kann und will ich nicht leben.«

Bodenstein ließ sie stehen und ging ins Badezimmer hinüber. Er schloss die Tür hinter sich, zog sich aus und trat unter die Dusche. Unter dem heißen Wasser lockerten sich seine verkrampften Muskeln, die Anspannung ließ ein wenig nach. Seine Gedanken wanderten zur vergangenen Nacht und zu den vielen Nächten, die in seinem Leben noch kommen würden. Nie wieder würde er wach liegen und sich mit der Sorge quälen müssen, was Cosima auf der anderen Hälfte der Erdhalbkugel gerade tat, ob es ihr gutging oder nicht, ob sie in Gefahr war, einen Unfall hatte oder gar mit einem anderen Kerl im Bett lag. Es überraschte ihn, dass er bei dieser Vorstellung keinerlei Wehmut empfand, nur tiefe Erleichterung. Er musste nicht länger nach Cosimas Spielregeln leben. Und er würde, das nahm er sich in genau diesem Moment fest vor, überhaupt nie wieder nach anderen Spielregeln leben als nach seinen eigenen.

*

Er hoffte, dass sie nicht zu spät kamen, aber sie hatten kaum eine Viertelstunde im Auto gewartet, als der schwarze Mercedes auftauchte und kurz vor dem spitzenbewehrten Tor der Terlinden-Werke anhielt. Wie von Geisterhand glitt das Tor zur Seite. Die Bremslichter des Mercedes erloschen, er fuhr an und verschwand.

»Schnell jetzt!«, zischte Tobias. Sie sprangen aus dem Auto, rannten los und schafften es gerade noch durch das Tor, bevor es sich wieder schloss. Das Häuschen des Portiers war leer. Nachts bewachten nur die Kameras das Gelände, einen Werkschutz wie früher gab es längst nicht mehr, das hatte Tobias von seinem Kumpel Michael erfahren, der bei Terlinden arbeitete. Gearbeitet hatte, verbesserte er sich in Gedanken. Jetzt saß Michael im Knast, genau wie Jörg und Felix und Nadja.

Leichter Schneefall hatte eingesetzt. Stumm folgten sie den Reifenspuren, die Terlindens Mercedes hinterlassen hatte. Tobias verlangsamte seine Schritte ein wenig. Amelies Hand fühlte sich eiskalt an in seiner. Sie hatte in den Tagen der Gefangenschaft stark abgenommen und war eigentlich viel zu schwach für eine Aktion wie diese. Aber sie hatte darauf bestanden, ihn zu begleiten. Schweigend gingen sie an den großen Werkshallen vorbei. Als sie um die Ecke bogen, sahen sie, wie im obersten Stockwerk des Verwaltungsgebäudes das Licht anging. Unten vor dem Eingangsportal stand der schwarze Mercedes im orangefarbenen Schein der Nachtbeleuchtung. Tobias und Amelie huschten über den unbeleuchteten Parkplatz und erreichten den Eingang des Gebäudes.

»Die Tür ist auf«, wisperte Amelie.

»Mir wäre es lieber, du würdest hier warten«, sagte Tobias und blickte sie an. Ihre Augen wirkten riesengroß in dem spitzen, blassen Gesicht, sie schüttelte entschlossen den Kopf.

»Auf keinen Fall. Ich komme mit.«

»Na gut.« Er holte tief Luft, dann umarmte er sie kurz und heftig. »Danke, Amelie. Danke für alles.«

»Quatsch nicht rum«, antwortete sie schroff. »Lass uns reingehen.«

Ein Lächeln flog über sein Gesicht, und er nickte. Sie durchquerten die große Eingangshalle, gingen am Aufzug vorbei und betraten das Treppenhaus, das ebenfalls unverschlossen war. Claudius Terlinden schien keine Einbrecher zu fürchten. Im vierten Stock war Amelie außer Atem und lehnte sich für einen Moment an das Geländer, bis sie wieder Luft bekam. Die schwere Glastür klackte, als Tobias sie öffnete. Er verharrte kurz und lauschte in die dunklen Flure, die nur von kleinen Lämpchen in Fußbodennähe schwach erhellt wurden. Hand in Hand schlichen sie den Flur entlang. Tobias spürte, wie sein Herz vor Aufregung gegen seine Rippen hämmerte. Er blieb stehen, als durch eine halbgeöffnete Tür an der Stirnseite des Flures die Stimme von Claudius Terlinden drang.

»... beeilen. Wenn es noch stärker schneit, wird die Maschine vielleicht gar nicht starten können.«

Tobias und Amelie wechselten einen kurzen Blick. Terlinden schien zu telefonieren. Offenbar waren sie gerade noch rechtzeitig gekommen, denn es hörte sich ganz so an, als ob er sich mit dem Flugzeug irgendwohin absetzen wollte. Sie gingen weiter. Plötzlich hörten sie eine zweite Stimme. Amelie fuhr bei ihrem Klang erschrocken zusammen und ergriff Tobias' Hand.

»Was ist mir dir?«, fragte Dr. Daniela Lauterbach. »Warum stehst du so herum?«

Die Tür ging ganz auf, heller Lichtschein flutete in den Flur. Tobias gelang es gerade noch rechtzeitig, die Tür eines Büros hinter sich zu öffnen. Er drängte Amelie in die Dunkelheit und blieb mit rasendem Herzklopfen neben ihr stehen.

»Scheiße, was macht die denn hier?«, flüsterte Amelie fassungslos. »Sie wollte mich und Thies umbringen! Das weiß der Terlinden doch!«

Tobias nickte angespannt. Er überlegte fieberhaft, wie er die beiden aufhalten konnte. Er musste verhindern, dass sie sich absetzten und für immer verschwanden. Wäre er allein gewesen, hätte er sie einfach zur Rede gestellt. Aber er durfte Amelie unter gar keinen Umständen in Gefahr bringen! Sein Blick fiel auf den Schreibtisch.

»Versteck dich da drunter«, sagte er leise. Amelie wollte protestieren, aber Tobias blieb stur. Er wartete, bis sie unter den Schreibtisch gekrochen war, dann nahm er den Telefonhörer ab und presste ihn ans Ohr. Im schwachen Schein der Außenbeleuchtung konnte er das Gerät kaum richtig erkennen. Er drückte eine Taste, von der er hoffte, dass es die für eine Amtsleitung war. Und tatsächlich! Das Freizeichen ertönte. Mit bebenden Fingern wählte er die 110.

*

Er stand vor dem geöffneten Safe, massierte mit einer Hand gedankenverloren seinen schmerzenden Hals und starrte vor sich hin. Seit diesem Unglück vorhin im Krankenhaus war er völlig durcheinander. Immer wieder glaubte er, sein Herz würde stolpern und für ein paar Schläge aussetzen. Ob das an dem kurzzeitigen Sauerstoffmangel lag? Sartorius war wie ein Berserker auf ihn losgegangen und hatte ihn mit unerwarteter Kraft gewürgt, bis er feurige Punkte vor den Augen gesehen hatte. Für ein paar Sekunden war er sicher gewesen, dass sein letztes Stündlein geschlagen hatte. Noch niemals zuvor war er körperlich angegriffen worden, der Ausdruck »Todesangst« war für ihn bis heute eine leere Worthülse gewesen. Aber nun wusste er, wie es sich anfühlte, dem Tod ins Auge zu blicken. Er konnte sich nicht erinnern, wie es ihm gelungen war, sich aus dem Klammergriff dieses Wahnsinnigen zu befreien, aber plötzlich hatte Sartorius auf dem Boden gelegen, in einer Blutlache. Einfach entsetzlich, absolut entsetzlich! Claudius Terlinden wurde bewusst, dass er noch immer unter Schock stand.

Sein Blick fiel auf Daniela, die unter seinem Schreibtisch kniete und mit konzentrierter Miene das Gehäuse des Computers wieder zusammenschraubte. Die Festplatte, die sie gegen eine andere getauscht hatte, steckte schon in einem der Koffer. Daniela hatte darauf bestanden, obwohl er es für unnötig hielt. Auf seinem Computer hatte er nichts gespeichert, was für die Polizei von Interesse sein könnte. Alles war anders gekommen, als er es geplant hatte. Im Nachhinein musste Claudius Terlinden sich eingestehen, dass die Vertuschung von Lars' Verstrickung in den Mord an Laura Wagner eine schwerwiegende Fehlentscheidung gewesen war. Er hatte nicht ausreichend bedacht, was es nach sich ziehen würde, wenn er den Jungen aus der Schusslinie nahm. Diese eine an und für sich unbedeutende Entscheidung hatte Dutzende anderer notwendig gemacht; das Geflecht der Lügen war so dicht und unübersichtlich geworden, dass es zu bedauerlichen, aber unvermeidlichen Kollateralschäden gekommen war. Wenn doch diese dummen Bauern nur auf ihn gehört hätten, anstatt auf eigene Faust zu handeln! Nichts wäre geschehen! Aber so war aus dem schmalen Riss, der durch die Rückkehr von Tobias Sartorius entstanden war, rasch ein gewaltiges Loch geworden, ein gähnender, schwarzer Abgrund. Und sein ganzes Leben, seine Regeln, die täglichen Rituale, die ihm Sicherheit gaben – alles wurde von diesem Strudel infernalischer Ereignisse mitgerissen.

»Was ist mit dir? Warum stehst du so herum?«

Die Stimme von Daniela riss ihn aus seinen Gedanken. Ächzend kam sie wieder auf die Füße und musterte ihn mit einem verächtlichen Gesichtsausdruck. Claudius Terlinden bemerkte, dass er noch immer seine Kehle umklammert hielt, und wandte sich ab. Sie musste seit langem damit gerechnet haben, dass alles auffliegen könnte. Ihr Fluchtplan war perfekt und bis ins kleinste Detail ausgeklügelt. Ihn hingegen hatte es kalt erwischt. Neuseeland! Was sollte er dort? Hier war sein Lebensmittelpunkt, hier, in diesem Dorf, in diesem Gebäude, in diesem Raum! Er wollte nicht aus Deutschland weg, selbst wenn das im ärgsten Fall ein paar Jahre Gefängnis bedeuten konnte. Der Gedanke, mit einer falschen Identität in irgendeinem fremden Land zu sitzen, verursachte ihm Unbehagen, ja Angst. Hier war er jemand, man kannte und respektierte ihn, und sicher würde sich alles wieder beruhigen. In Neuseeland würde er ein Nichts sein, ein namenloser Flüchtling, für immer und ewig.

Sein Blick wanderte durch den großen Raum. Sollte er das alles heute wirklich zum letzten Mal sehen? Nie mehr sein Haus betreten, die Gräber seiner Eltern und Großeltern auf dem Friedhof besuchen, das vertraute Panorama des Taunus betrachten? Die Vorstellung war unerträglich und trieb ihm tatsächlich die Tränen in die Augen. Er hatte doch so sehr gekämpft, um das Lebenswerk seiner Vorfahren zu noch größerem Erfolg zu führen – und nun sollte er alles stehen und liegen lassen?

»Mensch, Claudius, jetzt mach schon!« Danielas Stimme klang schneidend. »Es schneit immer stärker draußen! Wir müssen los!«

Er schob die Unterlagen, die er hier zurücklassen würde, in den Safe. Dabei berührte seine Hand den Kasten, in dem er die Pistole aufbewahrte.

Ich will nicht weg, dachte er. *Lieber bringe ich mich um.*

Er erstarrte. Wie war dieser Gedanke in seinen Kopf gekommen? Nie hatte er verstanden, wie jemand so feige sein und einen Selbstmord als einzigen Ausweg sehen konnte. Aber alles war anders geworden, nachdem ihm der Tod ins Gesicht gegrinst hatte.

»Ist außer uns noch jemand im Gebäude?«, fragte Daniela.

»Nein«, krächzte Terlinden und zog den Kasten mit der Waffe aus dem Safe.

»Aber eine der externen Telefonleitungen ist besetzt.« Sie beugte sich über die Telefonanlage, die mitten auf seinem Schreibtisch stand. »Die Nebenstelle 23.«

»Das ist die Buchhaltung. Da ist niemand mehr.«

»Hast du hinter dir abgeschlossen, als du reingekommen bist?«

»Nein.« Er erwachte aus seiner Erstarrung, öffnete den Kasten und betrachtete die Beretta.

*

Das Restaurant oberhalb des Opel-Zoos war voll. Es war düster, warm und laut, und das war Pia gerade recht. Christoph und sie saßen an einem Tisch direkt an der Fensterfront, aber Pia hatte weder ein Ohr für das, was die Leute vom Bauamt heute gesagt hatten, noch einen Blick für die Lichter Kronbergs oder die glitzernde Frankfurter Skyline in der Ferne. Vor ihr auf dem Teller lag ein verführerisch duftendes Rinderfiletsteak, perfekt gegrillt, aber ihr Magen war wie zugeschnürt.

Sie war vom Krankenhaus direkt nach Hause gefahren, hatte ihre Kleider in die Waschmaschine gesteckt und anschließend so lange geduscht, bis kein heißes Wasser mehr im Boiler war. Trotzdem fühlte sie sich noch immer schmutzig und besudelt. Pia war an Leichen gewöhnt, nicht aber daran, dass ein Mensch unter ihren Händen starb. Darüber hinaus noch ein Mann, den sie kannte, mit dem sie noch eine Minute zuvor gesprochen und für den sie tiefes Mitgefühl empfunden hatte. Sie schauderte.

»Sollen wir lieber nach Hause fahren?«, fragte Christoph in diesem Moment. Die Besorgnis in seinen dunklen Augen brachte Pia an den Rand ihrer Selbstbeherrschung. Plötzlich kämpfte sie mit den Tränen. Wo Tobias wohl war? Hoffentlich tat er sich nicht noch etwas an!

»Nein, schon gut.« Sie zwang sich zu einem Lächeln, aber der Anblick des Steaks, das im Fleischsaft auf dem Teller vor ihr lag, verursachte ihr Brechreiz. Sie schob den Teller weg. »Tut mir leid, dass ich heute keine besonders amüsante Gesellschaft bin. Ich mache mir nur solche Vorwürfe.«

»Das verstehe ich. Aber was hättest du denn tun sollen?« Christoph beugte sich vor, streckte die Hand aus und berührte ihre Wange. »Du hast doch selbst gesagt, dass alles rasend schnell ging.«

»Ja, natürlich. Es ist Quatsch. Ich konnte nichts tun, überhaupt nichts. Aber trotzdem …« Sie stieß einen tiefen Seufzer aus. »In Augenblicken wie diesen hasse ich meinen Job aus tiefstem Herzen.«

»Na komm, Schatz. Wir fahren nach Hause, machen eine Flasche Rotwein auf und …«

Das Klingeln von Pias Telefon ließ ihn verstummen. Sie hatte Bereitschaft.

»Das, was nach dem ›und‹ kommen sollte, würde mich jetzt interessieren.« Pia grinste schwach, und Christoph hob vielsagend die Augenbrauen. Sie ergriff das Handy und meldete sich.

»Ein Tobias Sartorius hat vor sieben Minuten einen Notruf abgesetzt«, teilte ihr der KvD aus der Einsatzzentrale mit. »Er ist im Gebäude der Firma Terlinden in Altenhain und hat gesagt, eine Frau Lauterbach sei dort. Ich habe schon eine Streife hingeschickt …«

»Oh, Scheiße«, unterbrach Pia den Kollegen. Ihre Gedanken überschlugen sich. Was tat Daniela Lauterbach bei Claudius Terlinden? Warum war Tobias dort? Wollte er sich rächen? Zweifellos war Tobias Sartorius nach allem, was geschehen war, eine tickende Zeitbombe. Sie sprang auf. »Funk bitte sofort die Jungs an. Sie sollen um Gottes willen ohne Blaulicht und Sirene da hinfahren. Und sie sollen auf Bodenstein und mich warten!«

»Was ist passiert?«, fragte Christoph. Pia erklärte es ihm mit knappen Worten, während sie Bodensteins Nummer in ihrem Handy aufrief. Zu ihrer Erleichterung hatte sie ihren Chef nur Sekunden später am Ohr. Christoph signalisierte derweil dem Inhaber des Restaurants, den er als Direktor des benachbarten Zoos gut kannte, dass er später vorbeikommen und bezahlen würde.

»Ich fahre dich«, sagte er zu Pia. »Drei Sekunden, bis ich unsere Jacken geholt habe.«

Sie nickte, ging schon hinaus und wartete ungeduldig im Schneegestöber vor der Tür des Restaurants. Warum hatte Tobias einen Notruf abgesetzt? War ihm etwas zugestoßen? Hoffentlich kamen sie nicht zu spät!

*

»Verdammt«, flüsterte Tobias in hilflosem Zorn. Claudius Terlinden und Daniela Lauterbach hatten das Büro verlassen und gingen mit Koffern und Aktentaschen beladen den Flur entlang zum Aufzug. Was konnte er tun, um sie aufzuhalten? Wie lange brauchten die Bullen, bis sie hier waren? Verdammt, verdammt! Er drehte sich zu Amelie um, die unter dem Schreibtisch hervorlugte.

»Du bleibst hier«, sagte er mit vor Anspannung heiserer Stimme.

»Wo gehst du hin?«

»Ich muss sie in ein Gespräch verwickeln, bis die Polizei da ist.«

»Nein, bitte tu das nicht, Tobi!« Amelie schlüpfte aus ihrem Versteck. Im matten Lichtschein der Außenbeleuchtung wirkten ihre Augen riesengroß. »Bitte, Tobi, lass sie gehen! Ich hab Angst!«

»Ich kann sie doch nicht einfach abhauen lassen, nach allem, was sie getan haben! Das musst du doch verstehen!«, entgegnete er heftig. »Bleib hier, Amelie! Versprich mir das!«

Sie schluckte, schlang die Arme um ihren Oberkörper und nickte leicht. Er holte tief Luft und legte seine Hand auf die Türklinke.

»Tobi!«

»Ja?«

Sie kam auf ihn zu und berührte mit ihrer Handfläche seine Wange.

»Pass auf dich auf«, flüsterte sie. Eine Träne quoll aus ihrem Auge. Tobias starrte sie an. Für den Bruchteil einer Sekunde war er versucht, sie in die Arme zu nehmen, sie zu küssen und einfach bei ihr zu bleiben. Aber dann überwog der wilde Wunsch nach Rache, der ihn hierhergetrieben hatte. Er durfte Terlinden und die Lauterbach nicht entwischen lassen. Auf keinen Fall!

»Ich bin gleich zurück«, murmelte er. Bevor er es sich anders überlegen konnte, trat er hinaus auf den Flur und rannte los. Der Aufzug war bereits auf dem Weg nach unten, deshalb riss er die Feuerschutztür auf und lief die Treppe hinunter, immer drei oder vier Stufen auf einmal nehmend. Er erreichte die Halle genau in dem Augenblick, als die beiden aus dem Aufzug traten.

»Halt!«, schrie er, und seine Stimme hallte. Wie elektrisiert fuhren beide herum und starrten ihn fassungslos an. Terlinden ließ die Koffer fallen. Tobias spürte, dass er am ganzen Körper zitterte. Obwohl er sich am liebsten auf sie gestürzt und auf sie eingeprügelt hätte, musste er sich beherrschen und ruhig bleiben.

»Tobias!« Claudius Terlinden hatte sich als Erster gefasst. »Ich ... es ... es tut mir entsetzlich leid, was da passiert ist. Wirklich, du musst mir glauben, das wollte ich nicht ...«

»Hören Sie auf!«, schrie Tobias und ging in einem Halbkreis um die beiden herum, ohne sie aus den Augen zu lassen. »Ich kann die Scheißlügen nicht mehr hören! Sie sind doch an allem schuld! Sie und diese ... diese hinterhältige Hexe!«

Er zeigte anklagend mit dem Finger auf Daniela Lauterbach.

»Ihr habt immer so verständnisvoll getan, dabei habt ihr die ganze Zeit die Wahrheit gewusst! Trotzdem habt ihr zugelassen, dass man mich ins Gefängnis geschickt hat! Und jetzt wollt ihr euch wohl aus dem Staub machen, was? Nach mir die Sintflut, ha! Aber das kommt nicht in Frage. Ich habe die Polizei angerufen, sie wird gleich hier sein.«

Ihm entging nicht der rasche Blick, den Terlinden und die Lauterbach wechselten.

»Ich werde ihnen alles erzählen, was ich über euch weiß. Und das ist eine Menge! Mein Vater ist tot, er kann nichts mehr dazu sagen, aber ich weiß auch, was ihr damals getan habt!«

»Jetzt beruhige dich«, sagte Daniela Lauterbach und lächelte ihr freundliches Lächeln, mit dem sie die ganze Welt getäuscht hatte. »Wovon redest du überhaupt?«

»Ich rede von Ihrem ersten Mann.« Tobias kam näher und blieb direkt vor ihr stehen. Kalte braune Augen bohrten sich in seine. »Von Wilhelm, Onkel Willi, Claudius' älterem Bruder, und seinem Testament!«

»Aha.« Daniela Lauterbach lächelte ihn unverwandt an. »Und wieso glaubst du, dass das die Polizei interessieren könnte?«

»Weil es nicht das richtige Testament war«, entgegnete Tobias. »Das hat nämlich Dr. Fuchsberger meinem Vater gegeben, nachdem Claudius ihn betrunken gemacht und ihm hunderttausend Mark versprochen hatte.«

Das Lächeln auf dem Gesicht von Daniela Lauterbach wurde starr.

»Ihr erster Mann war todkrank, aber er fand es nicht so toll, dass Sie ihn mit seinem Bruder betrogen haben, deshalb hat er sein Testament zwei Wochen vor seinem Tod geändert und euch beide enterbt. Er hat die Tochter seines Chauffeurs als Alleinerbin eingesetzt, weil er kurz vor seinem Tod erfahren hatte, dass Claudius sie im Mai 1976 geschwängert hatte und Sie das Kind auf seinen Befehl hin abgetrieben haben.«

»Hat dein Vater dir diesen Unsinn erzählt?«, mischte sich Claudius Terlinden ein.

»Nein.« Tobias ließ Daniela Lauterbach nicht aus den Augen. »Das musste er gar nicht. Dr. Fuchsberger hatte ihm das Testament gegeben, er sollte es vernichten, aber das hat mein Vater nicht getan. Er hat es aufgehoben, bis heute.«

Nun blickte er Claudius Terlinden an.

»Deshalb haben Sie dafür gesorgt, dass er in Altenhain bleiben musste, nicht wahr? Weil er das alles wusste. Eigentlich gehört Ihnen die Firma nicht und auch nicht das Haus. Und Frau Dr. Lauterbach hätte auch ihr Haus und das ganze Geld nicht bekommen, wäre es nach ihrem ersten Mann gegangen. Laut Testament gehört das alles der Tochter von Wilhelm Terlindens früherem Chauffeur, Kurt Cramer …« Tobias schnaubte. »Leider hatte mein Vater nie den Mumm, das Testament wiederauftauchen zu lassen. Schade, eigentlich …«

»Ja, wahrhaftig schade«, sagte Daniela Lauterbach. »Aber da fällt mir etwas ein.«

Terlinden und Dr. Lauterbach standen mit dem Rücken zum Treppenhaus und konnten Amelie, die durch die Tür trat, nicht sehen, aber sie bemerkten, dass Tobias' Aufmerksamkeit für einen Moment abgelenkt war. Daniela Lauterbach griff nach dem Kasten, der unter Terlindens Arm klemmte, und Tobias blickte plötzlich in den Lauf einer Pistole.

»Ich hätte diesen grässlichen Abend beinahe vergessen, wenn du mich nicht gerade daran erinnert hättest. Du erinnerst dich, Claudius, wie Wilhelm plötzlich in der Tür vom Schlafzimmer stand und mit genau dieser Pistole auf uns gezielt hat ...« Sie lächelte Tobias an. »Danke, dass du mich auf die Idee gebracht hast, du kleiner Dummkopf.«

Ohne eine Sekunde zu zögern, drückte Daniela Lauterbach ab. Ein ohrenbetäubender Knall zerriss die Stille. Tobias verspürte einen heftigen Stoß und hatte das Gefühl, seine Brust würde explodieren. Ungläubig starrte er die Ärztin an, die sich bereits abwandte. Er hörte, wie Amelie mit schriller Stimme verzweifelt seinen Namen rief, wollte etwas sagen, bekam aber keine Luft. Die Beine knickten unter ihm weg. Tobias Sartorius spürte nicht mehr, wie er auf dem Granitfußboden aufschlug. Um ihn herum war alles schwarz und totenstill.

*

Sie berieten gerade, wie sie auf das hermetisch abgeriegelte Gelände der Terlinden-Werke gelangen konnten, als sich von der anderen Seite des Tores mit aufgeblendeten Scheinwerfern und hoher Geschwindigkeit eine dunkle Limousine näherte. Das Tor glitt lautlos zur Seite.

»Das ist er!«, rief Pia und machte den Kollegen ein Zeichen. Claudius Terlinden, der am Steuer seines Mercedes saß, musste scharf bremsen, als ihm plötzlich zwei Streifenwagen den Weg versperrten.

»Er ist alleine im Auto«, stellte Bodenstein fest. Pia trat mit gezogener Waffe neben ihn und bedeutete Terlinden, die

Scheibe herunter zu lassen. Zwei weitere Polizeibeamte verliehen Pias Aufforderung Nachdruck, indem sie das Auto umstellten, die Waffen im Anschlag.

»Was wollen Sie von mir?«, fragte Terlinden. Er saß stocksteif da, seine Hände umklammerten das Lenkrad. Trotz der Kälte glänzte sein Gesicht vor Schweiß.

»Steigen Sie aus, öffnen Sie alle Türen und den Kofferraum«, befahl Bodenstein. »Wo ist Tobias Sartorius?«

»Woher soll ich das denn wissen?«

»Und wo ist Frau Dr. Lauterbach? Jetzt steigen Sie schon aus!«

Terlinden rührte sich nicht. In seinen weit aufgerissenen Augen lag nackte Panik.

»Er steigt nicht aus«, ertönte eine Stimme aus dem Inneren des Wagens, das hinter getönten Scheiben verborgen war. Bodenstein beugte sich ein wenig vor und erkannte Daniela Lauterbach auf der Rückbank. Und die Pistole, die sie Terlinden an den Hinterkopf presste.

»Machen Sie sofort den Weg frei, sonst erschieße ich den Mann«, drohte sie. Bodenstein spürte, wie ihm nun selbst der Schweiß ausbrach. Er zweifelte nicht an Daniela Lauterbachs Entschlossenheit. Die Frau hatte eine Waffe in der Hand und nichts mehr zu verlieren – eine äußerst gefährliche Kombination. Bei dem Mercedes verschlossen sich die Türen nach ein paar Metern Fahrt selbsttätig von innen, weder Bodenstein noch die Polizisten auf der anderen Seite hatten also die Möglichkeit, einfach die Türen aufzureißen und die Ärztin zu überwältigen.

»Ich glaube, sie meint es ernst«, flüsterte Terlinden heiser. Seine Unterlippe zitterte, er stand ganz offensichtlich unter Schock. Bodenstein überlegte fieberhaft. Sie würden kaum entkommen. Bei dem Wetter konnte auch ein S-Klasse-Mercedes mit Winterreifen höchstens 120 fahren.

»Ich lasse Sie gehen«, sagte er schließlich. »Aber sagen Sie mir erst, wo Tobias ist.«

»Wahrscheinlich bei seinem Papa im Himmel«, erwiderte Daniela Lauterbach an Terlindens Stelle und lachte kalt.

*

Bodenstein und ein Streifenwagen folgten dem schwarzen Mercedes aus dem Gewerbegebiet hinaus hoch zur B 8, während Pia über Funk Verstärkung anforderte und einen Rettungswagen zum Werk beorderte. Terlinden bog nach rechts auf die vierspurig ausgebaute Bundesstraße Richtung Autobahn ab. Schon bei Bad Soden schlossen sich ihnen zwei weitere Streifenwagen an, wenige Kilometer weiter tauchten noch drei auf. Zum Glück war der Feierabendverkehr vorbei. In einem Stau könnte die Sache leicht eskalieren, allerdings würde Daniela Lauterbach ihrem Chauffeur kaum während der Fahrt in den Kopf schießen. Bodenstein sah in den Rückspiegel. Mittlerweile folgten ihnen ein Dutzend Einsatzfahrzeuge mit eingeschaltetem Blaulicht und blockierten alle drei Fahrspuren für den nachfolgenden Verkehr.

»Sie fahren in die Stadt«, stellte Pia fest, als sich der schwarze Mercedes am Eschborner Dreieck rechts hielt. Unter Missachtung des Rauchverbots in sämtlichen Dienstwagen zündete sie sich eine Zigarette an. Aus dem Funkgerät quakten verschiedene Stimmen hektisch durcheinander. Die Kollegen in Frankfurt waren informiert und würden versuchen, die Straßen frei zu halten, sollte Terlinden tatsächlich in die City fahren.

»Vielleicht will sie zum Flughafen«, überlegte Bodenstein laut.

»Hoffentlich nicht«, erwiderte Pia, die auf Nachrichten von Tobias Sartorius wartete. Bodenstein warf einen raschen

Seitenblick auf das vor Anspannung blasse Gesicht seiner Kollegin. Was für ein Tag! Kaum war der immense Druck der vergangenen Wochen durch die Entdeckung von Thies und Amelie von ihnen gewichen, hatten sich die Ereignisse plötzlich überschlagen. War es wirklich erst heute Morgen gewesen, dass er in Nicolas Bett aufgewacht war?

»Sie fahren in die Stadt!«, rief Pia in diesem Augenblick ins Funkgerät, denn Terlinden rauschte geradeaus am Westkreuz vorbei, statt auf die A 5 abzubiegen. »Was haben sie vor?«

»Sie wollen uns in der Innenstadt abhängen«, vermutete Bodenstein. Die Scheibenwischer kratzten im Schnellgang über die Windschutzscheibe. Der Schnee hatte sich in starken Regen verwandelt, und Terlinden fuhr sehr viel schneller als erlaubt. Er würde wohl kaum an einer roten Ampel anhalten, und das Letzte, was sie jetzt noch brauchten, war ein überfahrener Fußgänger!

»Er ist jetzt an der Messe, biegt rechts in die Friedrich-Ebert-Anlage ein«, gab Pia durch. »Er hat mindestens achtzig drauf, haltet uns die Straßen frei!«

Bodenstein musste sich konzentrieren. Die regennasse Fahrbahn reflektierte die roten Bremslichter der Autos an den Straßenrändern und das Blaulicht der Streifenwagen, die tatsächlich sämtliche Seitenstraßen blockierten.

»Ich glaub, ich brauche bald eine Brille«, murmelte er und trat stärker aufs Gas, um Terlinden, der bereits die dritte rote Ampel überfuhr, nicht zu verlieren. Was hatte die Lauterbach vor? Wo wollte sie hin?

»Hast du dir mal überlegt, dass sie vielleicht …«, begann Pia, aber dann schrie sie: »Abbiegen! Rechts! Er biegt ab!«

Völlig unvermittelt, ohne das Tempo zu reduzieren oder gar den Blinker zu setzen, war Terlinden am Platz der Republik in die Mainzer Landstraße eingebogen. Bodenstein riss das Lenkrad ebenfalls nach rechts und biss die Zähne zusammen, als der Opel ins Schleudern kam und um ein Haar mit einer Straßenbahn kollidierte.

»Verdammt, das war knapp«, zischte er. »Wo ist er hin? Ich sehe ihn nicht mehr!«

»Links! Links!« Pia war in der Aufregung der Straßenname entfallen, obwohl sie viele Jahre genau gegenüber im alten Polizeipräsidium gearbeitet hatte. Sie fuchtelte mit dem Finger vor Bodensteins Gesicht herum. »Da ist er reingefahren, da!«

»Wo?«, quakte es aus dem Funkgerät. »Wo sind sie?«

»In die Ottostraße eingebogen«, erwiderte Bodenstein. »Ich sehe sie wieder, nein, doch nicht. Verdammt!«

»Die anderen sollen geradeaus weiter zum Bahnhof fahren!«, schrie Pia in das Funkgerät. »Vielleicht will er uns nur abschütteln!«

Sie beugte sich vor.

»Rechts oder links?«, rief Bodenstein, als sie die Poststraße an der Nordseite des Hauptbahnhofs erreicht hatten. Er musste scharf auf die Bremse treten, weil von rechts ein Auto angeschossen kam. Heftig fluchend gab er wieder Gas und entschied sich intuitiv, nach links abzubiegen.

»Meine Güte«, sagte Pia, ohne den Blick von der Straße zu wenden. »Ich wusste ja gar nicht, dass du solche Ausdrücke kennst!«

»Ich habe Kinder«, erwiderte Bodenstein und verlangsamte auf Schritttempo. »Siehst du das Auto irgendwo?«

»Hier stehen Hunderte von Autos herum«, beschwerte sich Pia. Sie hatte die Fensterscheibe heruntergelassen und spähte in die Dunkelheit. Weiter vorne standen Streifenwagen mit zuckenden Blaulichtern, Passanten blieben trotz des strömenden Regens stehen und blickten neugierig herüber.

»Da!«, schrie Pia so plötzlich, dass Bodenstein erschrocken

zusammenzuckte. »Da sind sie! Sie kommen aus dem Parkplatz raus!«

Tatsächlich! Sekunden später war der schwarze Mercedes wieder vor ihnen und beschleunigte auf der Baseler Straße so stark, dass Bodenstein alle Mühe hatte, sich nicht abhängen zu lassen. Sie rasten über den Baseler Platz auf die Friedensbrücke, und Bodenstein schickte stumme Stoßgebete zum Himmel. Pia gab unentwegt ihre Position durch. Mit 120 Stundenkilometern jagte der Mercedes die Kennedyallee entlang, gefolgt von einer Kolonne von Streifenwagen. Mittlerweile fuhren die Kollegen auch vorneweg, versuchten aber nicht, ihn zu stoppen.

»Sie wollen doch zum Flughafen«, sagte Pia in Höhe der Niederräder Rennbahn. Kaum hatte sie das ausgesprochen, zog Terlinden sein Auto von rechts quer über die dreispurige Fahrbahn ganz nach links, schrammte über den Bordstein und geriet auf den Straßenbahngleisen kurz ins Schleudern. Pia konnte kaum so schnell sprechen, wie Terlinden die Richtung wechselte. Die Streifenwagen vor ihm waren schon auf der Flughafenstraße und konnten nicht mehr wenden, aber Bodenstein und Pia blieben hinter dem Mercedes, als er in einem halsbrecherischen Manöver in die Isenburger Schneise einschwenkte. Auf der schnurgeraden Straße gab Terlinden rücksichtslos Gas, und Bodenstein schwitzte Blut und Wasser, als er es ihm gezwungenermaßen nachtat. Doch plötzlich leuchteten Bremslichter vor ihm auf, der schwere Mercedes schlingerte und geriet auf die Gegenfahrbahn. Bodenstein trat so heftig auf die Bremse, dass auch sein Auto ins Rutschen geriet. Hatte die Lauterbach etwa ihre Geisel bei voller Fahrt erschossen?

»Der Hinterreifen ist geplatzt!«, rief Pia, die die Situation sofort erfasst hatte. »Jetzt kommen sie nicht mehr weit!«

Und tatsächlich – Terlinden setzte nach der rasenden, irrsinnigen Fahrt brav den Blinker nach links und bog zur Oberschweinstiege ein. Er tuckerte mit vierzig durch den Wald, überquerte die Bahngleise und hielt schließlich auf dem Waldparkplatz einige hundert Meter weiter an. Bodenstein stoppte ebenfalls, Pia sprang aus dem Auto und bedeutete den Kollegen in den Streifenwagen, einen Kreis um den Mercedes zu bilden, dann stieg sie wieder ein. Per Funk gab Bodenstein die Anweisung, in den Autos zu bleiben. Daniela Lauterbach war noch immer bewaffnet; er wollte kein unnötiges Risiko eingehen und das Leben von Kollegen aufs Spiel setzen, zumal ein Mobiles Einsatzkommando in Kürze eintreffen würde. Doch plötzlich öffnete sich die Fahrertür des Mercedes. Bodenstein hielt die Luft an und richtete sich auf. Terlinden stieg aus. Er taumelte leicht, hielt sich an der offenen Autotür fest und blickte sich um. Dann hob er die Hände in die Luft. Im Licht der Scheinwerfer stand er reglos da.

»Was ist da los?«, klang es undeutlich aus dem Funkgerät.

»Er hat angehalten und ist ausgestiegen«, sagte Bodenstein. »Wir gehen jetzt raus.«

Er nickte Pia zu, sie stiegen aus und näherten sich Terlinden. Pia hielt ihre Waffe auf den Mercedes gerichtet, bereit, bei der kleinsten Bewegung abzudrücken.

»Sie müssen auf niemanden schießen«, sagte Claudius Terlinden und ließ die Arme sinken. Pias Nerven waren zum Zerreißen gespannt, als sie die hintere Tür des Mercedes aufriss und ins Innere zielte. Die Anspannung fiel von ihr ab und verwandelte sich in grenzenlose Enttäuschung. Die Rückbank war leer.

*

»Sie stand plötzlich vor mir in meinem Büro und bedrohte mich mit einer Pistole.« Claudius Terlinden sprach stockend.

Bleich und zusammengesunken saß er an dem schmalen Tisch in einem der Mannschaftswagen; augenscheinlich stand er unter schwerem Schock.

»Weiter«, forderte Bodenstein ihn auf. Terlinden wollte sich mit der Hand über das Gesicht fahren, als ihm wieder einfiel, dass er Handschellen trug. Trotz Nickelallergie, dachte Pia zynisch und betrachtete ihn mitleidslos.

»Sie ... sie zwang mich, den Safe zu öffnen«, fuhr Terlinden mit zittriger Stimme fort. »Ich kann mich gar nicht mehr genau erinnern, was passiert ist. Unten in der Halle tauchte auf einmal Tobias auf. Mit dem Mädchen. Er ...«

»Mit welchem Mädchen?«, unterbrach Pia ihn.

»Mit dieser ... dieser ... ich kann mich nicht an ihren Namen erinnern.«

»Amelie?«

»Ja. Ja, so heißt sie wohl.«

»Gut. Reden Sie weiter.«

»Daniela hat Tobias, ohne zu zögern, niedergeschossen. Dann hat sie mich gezwungen, ins Auto zu steigen.«

»Was war mit Amelie?«

»Weiß ich nicht.« Terlinden hob die Schultern. »Ich weiß überhaupt nichts mehr. Ich bin nur gefahren, immer weiter. So, wie sie es mir befohlen hat.«

»Und am Hauptbahnhof ist sie ausgestiegen«, sagte Bodenstein.

»Ja. Sie rief: Jetzt rechts! Und dann: Jetzt links! Ich habe genau das gemacht, was sie gesagt hat.«

»Kann ich verstehen.« Bodenstein nickte, dann beugte er sich vor, und seine Stimme wurde scharf. »Was ich allerdings nicht verstehe, ist, warum Sie nicht schon am Bahnhof ausgestiegen sind! Weshalb noch diese lebensgefährliche Verfolgungsjagd quer durch die Stadt? Haben Sie eine Ahnung, wie leicht es einen Unfall hätte geben können?«

Pia kaute an ihrer Unterlippe und ließ Terlinden nicht aus den Augen. Gerade als Bodenstein sich zu ihr umwandte, beging Claudius Terlinden einen Fehler. Er tat etwas, was niemand unter schwerem Schock tun würde: Er blickte auf seine Armbanduhr.

»Sie lügen wie gedruckt!«, fuhr Pia ihn wütend an. »Das war alles ein abgekartetes Spiel! Sie wollten nur Zeit schinden! Wo ist die Lauterbach hin?«

Terlinden versuchte noch ein paar Minuten lang, die Tarnung aufrechtzuerhalten, aber Pia ließ nicht locker.

»Sie haben recht«, gestand er schließlich. »Wir wollten zusammen verschwinden. Die Maschine geht um 23:45 Uhr. Wenn Sie sich beeilen, erwischen Sie sie vielleicht noch.«

»Wohin? Wo wollten Sie hinfliegen?« Pia musste sich beherrschen, um den Mann nicht an den Schultern zu packen und durchzuschütteln. »Jetzt machen Sie schon den Mund auf! Die Frau hat einen Menschen erschossen! Das nennt man Mord. Und wenn Sie jetzt nicht allmählich mit der Wahrheit herausrücken, dann sind Sie mit dran, das schwöre ich Ihnen! Also, wird's bald? Welchen Flug will Daniela Lauterbach nehmen? Und unter welchem Namen?«

»Den nach São Paulo«, flüsterte Terlinden und schloss die Augen. »Als Consuela la Roca.«

*

»Ich fahre zum Flughafen«, entschied Bodenstein draußen vor dem Mannschaftswagen. »Du machst mit Terlinden weiter.«

Pia nickte. Es machte sie ganz nervös, dass sie noch nichts von den Kollegen aus Altenhain gehört hatte. Was war mit Amelie? Hatte die Lauterbach das Mädchen etwa auch erschossen? Sie bat einen der Streifenbeamten, sich nach Amelies Befinden zu erkundigen, und kletterte zurück in den VW-Bus.

»Wie konnten Sie das nur tun?«, fragte Pia. »Daniela Lauterbach hat um ein Haar Ihren Sohn Thies getötet, nachdem sie ihn jahrelang mit Drogen vollgepumpt hat!«

Terlinden schloss für einen Moment die Augen.

»Sie verstehen das ja doch nicht«, erwiderte er müde und wandte den Blick ab.

»Dann erklären Sie es mir«, forderte Pia ihn auf. »Erklären Sie mir, warum Daniela Lauterbach Thies so misshandelt und die Orangerie angezündet hat.«

Claudius Terlinden öffnete die Augen und starrte Pia an. Eine Minute verstrich, eine zweite.

»Ich habe mich in Daniela verliebt, als mein Bruder sie das erste Mal mit nach Hause brachte«, sagte er unvermittelt. »Das war an einem Sonntag. Am 14. Juni 1976. Es war Liebe auf den ersten Blick. Trotzdem hat sie ein Jahr später meinen Bruder geheiratet, obwohl sie überhaupt nicht zueinander passten. Sie waren kreuzunglücklich miteinander. Daniela hatte großen Erfolg in ihrem Beruf, mein Bruder stand in ihrem Schatten. Er schlug sie immer häufiger, auch vor dem Personal. Im Sommer 1977 erlitt sie eine Fehlgeburt, ein Jahr später eine zweite und dann eine dritte. Mein Bruder wollte einen Erben, er war wütend und gab ihr die Schuld. Als meine Frau dann auch noch Zwillingssöhne bekam, war es ganz aus.«

Pia hörte schweigend zu und hütete sich davor, ihn zu unterbrechen.

»Vielleicht hätte Daniela sich scheiden lassen, aber ein paar Jahre später erkrankte mein Bruder an Krebs. Unheilbar. Sie wollte ihn in diesem Zustand nicht mehr verlassen. Er starb im Mai 1985.«

»Wie praktisch für Sie beide«, bemerkte Pia sarkastisch. »Das erklärt aber nicht, warum Sie ihr zur Flucht verhelfen wollten, obwohl diese Frau Amelie und Thies entführt hatte und in einem Keller eingesperrt hat. Hätten wir die beiden nicht zufällig gefunden, wären sie ertrunken, denn Frau Lauterbach hatte den Keller geflutet.«

»Was reden Sie denn da?« Claudius Terlinden blickte irritiert auf.

Plötzlich dämmerte Pia, dass Terlinden vielleicht wirklich nicht wusste, was Daniela Lauterbach getan hatte. Er war vorhin im Krankenhaus auf dem Weg zu seinem Sohn gewesen, zu einem Gespräch war es aber durch den tragischen Zwischenfall wahrscheinlich nicht mehr gekommen. Davon abgesehen hätte Thies seinem Vater wohl kaum etwas erzählen können. Pia berichtete Claudius Terlinden also haarklein von Daniela Lauterbachs hinterhältigem Mordversuch an Amelie und Thies.

»Das ist nicht wahr«, flüsterte er immer wieder mit wachsender Fassungslosigkeit.

»Doch, das ist es. Daniela Lauterbach wollte Thies umbringen, weil er Augenzeuge war, als ihr Mann Stefanie Schneeberger erschlagen hat. Und Amelie sollte sterben, weil sie durch Thies hinter dieses Geheimnis gekommen war.«

»Großer Gott!« Terlinden fuhr sich mit beiden Händen über das Gesicht.

»Mir scheint, Sie haben Ihre große Liebe nicht wirklich gut gekannt, wenn Sie tatsächlich mit ihr fliehen wollten.« Pia schüttelte den Kopf.

Terlinden starrte vor sich hin.

»Ich Idiot. Ich bin an allem schuld! Ich selbst habe Albert Schneeberger damals das Haus angeboten.«

»Was hat denn Schneeberger damit zu tun?«

»Diese Stefanie hat Thies völlig den Kopf verdreht. Er war ganz verrückt nach ihr, und dann hat er irgendwann gesehen, wie sie mit Gregor ... na ja ... Sie wissen schon. Er hat einen

Wutanfall bekommen und Gregor angegriffen, wir mussten ihn in die Psychiatrie bringen. Eine Woche bevor das Unglück passiert ist, kam er zurück nach Hause. Er war wieder ganz vernünftig. Die Medikamente haben bei ihm Wunder gewirkt. Und dann hat Thies gesehen, wie Gregor Stefanie erschlagen hat.«

Pia stockte der Atem, beinahe wäre ihr der Mund aufgeklappt.

»Gregor wollte weglaufen, aber da stand Thies plötzlich vor ihm. Er stand einfach da, starrte ihn an und sagte kein Wort, wie es so seine Art ist. Gregor rannte in Panik nach Hause, er hat geheult wie ein Baby.« Terlindens Stimme bekam einen verächtlichen Klang. »Daniela rief mich an, wir trafen uns an Sartorius' Scheune. Thies saß neben dem toten Mädchen. Mir erschien es in dem Moment als das Beste, die Leiche irgendwo zu verstecken, und mir fiel dafür nur der alte Bunker unter der Orangerie ein. Aber es war unmöglich, Thies wegzuschicken. Er hielt Stefanies Hand umklammert. Da kam Daniela auf die Idee, ihm zu sagen, dass er auf Stefanie aufpassen solle. Es war nicht ungefährlich, aber es klappte. Elf Jahre lang. Bis diese Amelie aufgetaucht ist. Dieses neugierige, kleine Aas hat alles kaputt gemacht.«

Er und Daniela Lauterbach hatten die Wahrheit über Laura und Stefanie all die Jahre gewusst und geschwiegen. Wie hatten sie mit diesem entsetzlichen Wissen nur leben können?

»Und wer«, fragte Pia, »dachten Sie, hat das Mädchen und Ihren Sohn entführt?«

»Nadja«, erwidert Claudius Terlinden dumpf. »Ich hatte sie an dem Abend, als Gregor Stefanie erschlagen hat, in der Scheune gesehen, aber niemandem davon erzählt.«

Er stieß einen tiefen Seufzer aus.

»Später habe ich mit ihr darüber gesprochen«, fuhr er fort.

»Sie war ganz vernünftig, und als ich ihr über einen alten Freund einen Kontakt beim Fernsehen verschafft habe, versprach sie mir, niemals ein Wort darüber zu sagen. Sie verließ Altenhain, wie sie es immer vorgehabt hatte, und machte eine großartige Karriere. Damit war Ruhe eingekehrt. Alles war in Ordnung.« Er rieb sich die Augen. »Es wäre nichts passiert, hätte sich jeder an die Spielregeln gehalten.«

»Menschen sind keine Schachfiguren«, entgegnete Pia scharf.

»Doch«, widersprach Terlinden. »Die meisten Menschen sind glücklich und zufrieden, wenn ihnen jemand die Verantwortung für ihr mickriges Leben abnimmt und Entscheidungen trifft, zu denen sie selbst nicht fähig sind. Jemand muss den Überblick über das Große und Ganze behalten, die Fäden ziehen, wenn es nötig ist. Und dieser Jemand bin ich.« Ein Lächeln erschien auf seinem Gesicht, mit einer Spur von Stolz darin.

»Falsch«, entgegnete Pia nüchtern, nachdem sie nun alle Zusammenhänge verstanden hatte. »Das waren nicht Sie, sondern Daniela Lauterbach. Sie waren auch nur ein Bauer in ihrem Schachspiel, den sie nach Belieben hin und her geschoben hat.«

Terlindens Lächeln verschwand.

»Hoffen Sie, dass mein Chef sie am Flughafen noch erwischt. Sonst sind Sie nämlich der Einzige, der fette Schlagzeilen bekommt und für den Rest seines Lebens ins Gefängnis geht.«

*

»Nicht zu fassen.« Ostermann schüttelte den Kopf und blickte Pia an. »Wenn ich das richtig verstehe, dann gehört Tobias' Mutter von Rechts wegen halb Altenhain.«

»Genau.« Pia nickte. Vor ihnen auf dem Tisch lag der

dreiseitige Letzte Wille des Wilhelm Julius Terlinden, aufgesetzt und notariell beglaubigt am 25. April 1985, in dem er seine Ehefrau Daniela Terlinden geborene Kroner und seinen Bruder Claudius Paul Terlinden enterbte. Amelie hatte das Dokument in einem dicken Briefumschlag einem Kollegen gegeben, bevor sie in den Notarztwagen gestiegen war, der Tobias Sartorius ins Krankenhaus brachte. Der junge Mann hatte Glück im Unglück gehabt, denn die Waffe, mit der Daniela Lauterbach auf ihn geschossen hatte, hatte dank ihrer geringen Durchschlagskraft keine tödliche Wirkung gehabt. Dennoch hatte Tobias sehr viel Blut verloren und war auch nach der Notoperation noch nicht außer Lebensgefahr.

»Ich verstehe nicht ganz, warum das Testament von Wilhelm Terlinden im Besitz von Hartmut Sartorius war«, sagte Pia. »Es wurde nur ein paar Wochen vor seinem Tod aufgesetzt.«

»Wahrscheinlich hatte er da erst erfahren, dass die beiden ihn über Jahre hinweg betrogen hatten.«

»Hm.« Pia unterdrückte nur mit Mühe ein Gähnen. Sie hatte jedes Zeitgefühl verloren, war todmüde und gleichzeitig aufgekratzt. Tobias und seine Familie waren Opfer von üblen Intrigen, Geld- und Machtgier geworden, aber dank des Testaments, das Hartmut Sartorius aufbewahrt hatte, zeichnete sich zumindest in finanzieller Hinsicht ein einigermaßen gutes Ende für Tobias und seine Mutter ab.

»Komm, hau schon ab«, sagte Ostermann zu Pia. »Der Papierkram hat auch noch Zeit bis morgen.«

»Weshalb hat Hartmut Sartorius dieses Testament bloß nie geltend gemacht?«, fragte Pia.

»Vielleicht hatte er Angst vor den Konsequenzen, oder er hatte selbst Dreck am Stecken. Irgendwie ist er ja an dieses Testament gekommen, und das sicher nicht auf legalem

Weg«, erwiderte Ostermann. »Außerdem gelten in so einem Dorf andere Gesetze. Ich kenne das.«

»Wieso?«

Ostermann grinste und erhob sich.

»Du willst doch jetzt nicht etwa um halb vier morgens meine Lebensgeschichte hören, oder?«

»Halb vier? Mein Gott …« Pia gähnte und streckte sich. »Wusstest du, dass Frank von seiner Frau verlassen wurde? Oder dass Hasse mit dem Kultusminister befreundet ist?«

»Ersteres ja, letzteres nein«, antwortete Ostermann und schaltete seinen Computer ab. »Warum fragst du?«

»Ich weiß auch nicht.« Pia zuckte nachdenklich die Schultern. »Aber da verbringt man mehr Zeit mit seinen Kollegen als mit seinem Partner und weiß doch nichts voneinander. Warum ist das so?«

Ihr Handy klingelte mit dem speziellen Klingelton, der Christoph vorbehalten war. Er wartete unten auf dem Parkplatz auf sie. Pia erhob sich mit einem Ächzen und angelte nach ihrer Tasche.

»Das macht mir echt zu schaffen.«

»Na, jetzt werd mal nicht philosophisch«, sagte Ostermann von der Tür aus. »Morgen erzähl ich dir alles über mich was du wissen willst.«

Pia grinste müde.

»Wirklich alles?«

»Klar.« Ostermann drückte auf den Lichtschalter. »Ich hab ja nichts zu verbergen.«

*

Auf der kurzen Fahrt von Hofheim nach Unterliederbach fielen Pia vor Erschöpfung die Augen zu. Sie bekam nicht mit, dass Christoph ausstieg, um das Hoftor zu öffnen. Als er sanft an ihrer Schulter rüttelte und ihre Wange küsste, schlug sie verwirrt die Augen auf.

»Soll ich dich ins Haus tragen?«, bot Christoph an.

»Lieber nicht.« Pia gähnte und grinste gleichzeitig. »Dann muss ich nächste Woche die Futtersäcke selber schleppen, weil du dir einen Bruch gehoben hast.«

Sie stieg aus und taumelte zur Haustür. Die Hunde begrüßten sie mit fröhlichem Gebell und forderten eine kurze Streicheleinheit. Erst als sie sich ihrer Jacke entledigte und die Stiefel von den Füßen streifte, fiel Pia der Termin mit dem Bauamt ein.

»Was ist eigentlich dabei herausgekommen?«, erkundigte sie sich. Christoph machte das Licht in der Küche an.

»Leider nichts Gutes«, antwortete er ernst. »Weder das Haus noch die Scheune sind jemals genehmigt worden. Und es ist so gut wie unmöglich, eine nachträgliche Genehmigung zu bekommen, wegen der Überlandleitungen.«

»Das kann doch nicht sein!« Pia hatte das Gefühl, als würde ihr der Boden unter den Füßen weggezogen. Das hier war ihr Haus, ihr Heim! Wo sollte sie denn hingehen mit all den Tieren? Sie starrte Christoph schockiert an. »Und jetzt? Was passiert jetzt?«

Er kam zu ihr, nahm sie in die Arme.

»Die Abrissverfügung bleibt bestehen. Mit einem Einspruch kann man das noch etwas herauszögern, aber leider nicht ewig. Außerdem gibt es noch ein kleines Problem.«

»Oh bitte nicht«, murmelte Pia, den Tränen nahe. »Was denn noch?«

»Eigentlich hat das Land Hessen ein Vorkaufsrecht für das Grundstück, weil irgendwann eine Autobahnabfahrt hierher gebaut werden soll«, erwiderte Christoph.

»Na super. Dann werde ich noch enteignet!« Pia machte sich aus seiner Umarmung los und setzte sich an den Küchentisch. Einer der Hunde stupste sie mit der Schnauze an, und sie streichelte ihm gedankenverloren den Kopf. »Das ganze Geld ist futsch!«

»Nein, nein, hör mir zu.« Christoph nahm ihr gegenüber Platz und ergriff ihre Hand. »Es gibt nämlich auch eine ganz gute Nachricht. Du hast drei Euro für den Quadratmeter bezahlt. Das Land zahlt dir fünf.«

Pia blickte ungläubig auf.

»Woher weißt du das?«

»Tja, ich kenne viele Leute. Und ich habe heute viel telefoniert.« Christoph lächelte. »Dabei habe ich etwas Interessantes erfahren.«

Da musste Pia auch lächeln.

»Wie ich dich kenne, hast du schon einen neuen Hof gefunden.«

»Du kennst mich gut, stelle ich fest«, erwiderte Christoph belustigt, wurde dann aber ernst. »Tatsächlich ist es so, dass der Tierarzt, der früher unsere Tiere im Zoo betreut hat, seine ehemalige Pferdeklinik im Taunus verkaufen will. Ich habe mir den Hof vor einer Weile mal angesehen, weil wir ja etwas suchen, wo man neue Tiere zur Quarantäne unterbringen kann. Dafür eignet sich der Hof nicht, aber ... für dich und für mich und für deine Tiere wäre er ein Traum. Ich habe mir heute die Schlüssel geholt. Wenn du magst, fahren wir morgen einfach mal hin, hm?«

Pia blickte in seine dunklen Augen. Plötzlich verspürte sie ein tiefes, warmes Glücksgefühl in sich aufsteigen. Egal, was auch passierte – selbst wenn sie das Haus abreißen und den Birkenhof verlassen musste –, sie war nicht allein. Christoph stand ihr bei, wie Henning es nie getan hatte. Er würde sie nie im Stich lassen.

»Danke«, sagte sie leise und streckte die Hand nach ihm aus. »Danke, mein Schatz. Du bist einfach unglaublich.«

Er nahm ihre Hand und legte sie an seine raue Wange.

»Ich mache das alles nur, weil ich bei dir einziehen möchte«, entgegnete er lächelnd. »Dir ist wohl klar, dass du mich so schnell nicht mehr loswirst.«

Pia wurde die Kehle eng.

»Hoffentlich nie mehr«, flüsterte sie und lächelte auch.

Dienstag, 25. November 2008

Es war kurz nach fünf Uhr morgens, als Bodenstein das Krankenhaus verließ. Der Anblick von Amelie, die geduldig am Bett von Tobias Sartorius ausharrte, bis dieser aus der Narkose erwachte, hatte ihn tief berührt. Bodenstein schlug den Kragen seines Mantels hoch und machte sich auf den Weg zum Dienstwagen. In allerletzter Sekunde hatte er Daniela Lauterbach verhaften können. Sie hatte nicht in der Maschine nach Südamerika gesessen, sondern in der nach Australien. Bodenstein ging in Gedanken versunken um das Krankenhausgebäude herum. Der frische Schnee knirschte unter seinen Schuhsohlen. Es kam ihm vor, als seien seit dem Tag, an dem auf dem Eschborner Flughafen das Skelett von Laura Wagner gefunden worden war, Monate vergangen. Während er früher jeden Fall aus der nüchternen Perspektive des Außenstehenden betrachtet hatte, der einen Einblick in das Leben völlig Fremder bekam, so hatte er diesmal das Gefühl, persönlich in die Ereignisse involviert gewesen zu sein. Irgendetwas in seiner Einstellung hatte sich verändert, und er wusste, dass er nie wieder so empfinden würde wie früher. Er blieb vor dem Auto stehen. Es fühlte sich an, als wäre er auf dem ruhigen, langweiligen Fluss des Lebens unvermittelt einen Wasserfall hinabgerauscht und segelte nun auf einem anderen, stürmischeren Gewässer in eine gänzlich neue Richtung weiter. Diese Vorstellung war beängstigend und aufregend zugleich.

Bodenstein stieg ins Auto, ließ den Motor an und wartete, bis die Scheibenwischer den Schnee zur Seite geschaufelt hatten. Er hatte Cosima gestern zum Abschied versprochen, zum Frühstück vorbeizukommen und in Ruhe über alles zu sprechen, falls es seine Arbeit zuließ. Erstaunt stellte er fest, dass er keinen Groll mehr gegen sie hegte und sich durchaus in der Lage sah, sachlich über die ganze Situation zu sprechen. Bodenstein lenkte den Wagen vom Parkplatz und fuhr auf die Limesspange Richtung Kelkheim, als sich sein Handy, das im Bereich des Krankenhauses keinen Empfang gehabt hatte, mit einem Piepsen meldete. Er zog das Telefon aus der Tasche und drückte auf das Briefsymbol. Eine Rückrufbitte von 3:21 Uhr mit einer Handynummer, die er nicht kannte. Sofort drückte er auf die Nummer, die das Display anzeigte. Das Freizeichen ertönte.

»Hallo?« Eine verschlafene, ihm unbekannte weibliche Stimme meldete sich.

»Bodenstein«, sagte er. »Entschuldigen Sie bitte die frühe Störung, aber ich hatte eine Rückrufbitte auf meinem Handy und dachte, es sei dringend.«

»Ach … hallo«, erwiderte die Frau. »Ich war noch mit meiner Schwester bei Thies im Krankenhaus und bin eben erst nach Hause gekommen. Aber ich wollte mich bei Ihnen bedanken.«

Jetzt erst begriff Bodenstein, wer am anderen Ende der Leitung war, und sein Herz machte einen erfreuten Satz.

»Wofür bedanken?«, erkundigte er sich.

»Sie haben Thies das Leben gerettet«, sagte Heidi Brückner. »Und das meiner Schwester wahrscheinlich auch. Wir haben im Fernsehen gesehen, dass Sie meinen Schwager und die Lauterbach verhaftet haben.«

»Hm. Ja.«

»Na ja.« Sie klang plötzlich verlegen. »Das war's eigentlich schon, was ich Ihnen sagen wollte. Sie ... Sie hatten ein paar anstrengende Tage, wahrscheinlich sind Sie müde und ...«

»Nein, nein«, sagte Bodenstein schnell. »Ich bin hellwach. Aber ich habe seit Ewigkeiten nichts gegessen und wollte jetzt irgendwo frühstücken gehen.«

Eine kurze Pause entstand, und er fürchtete schon, das Gespräch könnte unterbrochen worden sein.

»Etwas frühstücken könnte ich jetzt auch«, erwiderte sie dann aber. Bodenstein konnte ihr Lächeln förmlich sehen und lächelte ebenfalls.

»Wollen wir nicht zusammen irgendwo einen Kaffee trinken?«, schlug er vor und hoffte, dass es gelassen klang. Innerlich war er alles andere als gelassen, er hatte das Gefühl, seinen Herzschlag bis in die Fingerspitzen zu spüren. Es kam ihm beinahe vor, als ob er etwas Verbotenes tat. Wie lange war es her, dass er sich mit einer attraktiven Frau verabredet hatte?

»Das wäre toll«, antwortete Heidi Brückner zu seiner Erleichterung. »Aber ich bin leider schon wieder zu Hause. In Schotten.«

»Besser als in Hamburg.« Bodenstein grinste und wartete gespannt auf ihre Erwiderung. »Obwohl ich für einen Kaffee jetzt sogar glatt bis nach Hamburg fahren würde.«

»Dann kommen Sie doch lieber im Vogelsberg vorbei«, entgegnete sie. Bodenstein verlangsamte das Tempo, weil vor ihm ein Schneepflug fuhr. In einem Kilometer ging es rechts auf die B 8 nach Kelkheim. Zu Cosima.

»Das ist mir ein bisschen zu ungenau«, sagte er, obwohl er ihre Adresse dank ihrer Visitenkarte eigentlich hatte. »Ich kann ja nicht den ganzen Vogelsberg nach Ihnen absuchen.«

»Stimmt, das wäre schade um die Zeit.« Sie lachte. »Schlossgasse 19. Mitten in der Altstadt.«

»Okay. Das finde ich«, erwiderte er.

»Prima, dann bis später. Und fahren Sie vorsichtig.«

»Das mache ich. Bis gleich.« Bodenstein beendete das Gespräch und stieß einen Seufzer aus. Ob das eine gute Idee war? Im Büro wartete eine Menge Papierkram, und zu Hause wartete Cosima. Der Schneepflug kroch noch immer vor ihm her. Rechts ging es nach Kelkheim.

Die Arbeit hatte Zeit. Und das Grundsatzgespräch mit Cosima erst recht. Bodenstein holte tief Luft und setzte den Blinker. Nach links. Richtung Autobahn.

Danksagung

Von der ersten Idee bis zum fertigen Buch ist es immer ein langer, wenn auch aufregender Weg. Ich danke meinem Mann Harald für sein Verständnis, meinen Schwestern Claudia Cohen und Camilla Altvater, meiner Nichte Caroline Cohen, Simone Schreiber, Anne Pfenninger, Vanessa Müller-Raidt und Susanne Hecker für Probelesen und hilfreiche Anmerkungen in den verschiedenen Stadien der Entstehung des Buches. Ich danke Christa Thabor und Iska Peller für eine wunderbare Zusammenarbeit.

Mein Dank gilt Herrn Prof. Dr. Hansjürgen Bratzke, dem Leiter des Zentrums für Rechtsmedizin der Universität Frankfurt, für Beratung und Unterstützung in allen rechtsmedizinischen Belangen.

Danken möchte ich auch dem Team des K 11 der Regionalen Kriminalinspektion in Hofheim, das Bodenstein, Pia & Co. freundlicherweise immer wieder seine Arbeitsplätze überlässt. Ohne die Ratschläge von KOR Peter Öhm, EKHK Bernd Beer, KOK Jochen Adler und vor allen Dingen KOKin Andrea Schulze könnte ich in meinen Büchern weitaus weniger realistisch die Arbeit der Kriminalpolizei darstellen.

Vielen Dank auch an alle Einwohner aus Altenhain, die mir hoffentlich nicht übelnehmen, dass ich ihr Dorf zum Schauplatz meines Buches gemacht habe. Ich kann versichern, dass alle Figuren und Ereignisse meiner Phantasie entsprungen sind.

Mein allerherzlichster Dank gilt meinen Lektorinnen Marion Vazquez und Kristine Kress. Marion, weil sie mich ermutigt hat, dieses Buch zu schreiben und meine Arbeit begleitet hat, und Kristine Kress, weil sie dem Buch den letzten Feinschliff gegeben hat. Die Zusammenarbeit hat mir sehr große Freude gemacht.

Zum Schluss möchte ich allen meinen wunderbaren Leserinnen und Lesern danken, den Buchhändlerinnen und Buchhändlern, die meine Bücher mögen und mich damit motivieren, weiterzuschreiben.

Nele Neuhaus, im November 2009

Dieses Buch ist ein Roman. Alle beschriebenen Personen und Ereignisse sind Fiktion, Ähnlichkeiten mit lebenden oder verstorbenen Personen oder Begebenheiten sind rein zufällig und nicht beabsichtigt.